U0037536

TOEFL ◆ GRE ◆

必考字彙
活記字典

張宇緯—著

笛藤出版

多年來一直希望能有一本帶有「記憶」提示的英文字典。因為在研習英文時，少不了要查字典。好些單字，查了多次也記不住。一查，「又是你！」。自己好氣又好笑。後來，逐漸學乖了些，就把如何記住一個字的訣竅，記在字典上該字條的旁邊。下次再查，同時看到了自己的旁註，這樣就易記得多。原本一個字要查十次才記住的，現在只要查兩三次就可以記住。

假使在「悟出」的當時不馬上記下來，下次自己也會忘掉。於是痛下決心，廣收博採；時日久了，這樣積累的材料也就相當可觀。自己用起來也倍覺方便。

古時編寫的許多「類書」、「字書」之類的工具書，作者的初意，都是為了自己使用方便，並非為付梓而做。

同樣地，本字典的出版，就是把多年來學習英文過程中，所有親身領悟出來，對每個單字的記憶方法和訣竅集中整理、系統編寫，以期分享給所有對學習英文感興趣或困難的讀者，希望幫助他們輕鬆達到 GRE 字彙能力。

本字典所提供的記憶方法，以「找親戚」為主要思路。也許大家都會同意，最好的記憶方法就是把要記的東西，合理地納入我們早已熟悉的記憶網路之中。

比如說，有一個生字 batter ，查字典知道是「連續地打擊」的意思。

為什麼 batter 會是「連續地打擊」的意思呢？在過去，這個問題就會顯得很荒謬，就像你問我為什麼會姓張一樣。可是現在，我們為 batter 找到了一個「親戚」：beat 打擊。這個字你早已熟識。原來，batter 中的 bat 就是 beat；而 er 表示「連續、反覆的動作」，「啊，原來如此！」你嘆了口氣，若有所悟地。 batter 這個字還會難記嗎？

且慢！ bat 怎麼可以算是 beat 呢？

回答：你背過 sing sang sung 嗎？ sang 怎麼可以算是 sing（唱

歌）呢？道理是一樣的。這是英文拼寫的變化，就像我們的「水」，也可以寫成三個點。

除卻「以找親戚為主」之外，這本字典於所收入的每一個英文單字，還千方百計地提供其它各種幫助記憶的線索（clue / hint），如天然的「諧音」就很有趣：

road 路（諧音）路　　　　　　fond 歡喜的（諧音）歡

fat 肥的（諧音）肥　　　　　since 自從　（諧音）先時

這樣「音從義順」的一對，就是天然的「諧音」。

此外，更有著眾多的項目，都是圍繞「有助記憶」這個目的而設立的「同族字例」；「疊韻近義字」；「雙聲近義字」；「形（音）似近義字」；「易混字」；「陷阱」；「使用情景」；「造句助憶」等等。

值得一提的還有「導讀語段」：

幾乎每一章的開頭，都有一段導讀，好像一幅導遊圖，提綱挈領地介紹本章單字的形態、讀音和字義的深層聯繫。有時會提到記好本章單字的重點和要領。讀完一章之後再回頭讀一次導語，可能體會更深一些。例如：F 一章的「導讀語段」，幾乎涵蓋了英文中用 F 開頭拼寫的字。

有關英文字母的含義，其變異規律，並非一書即可囊括。本字典肯定還有許多值得改進之處，衷心期望讀者賜教。

張宇綽 謹識

字典特色

　　這部字典旨在幫助讀者輕鬆而又持久地記住數千乃至兩萬中、高級英文單字。作為起點,只希望使用本書的讀者已熟悉二千個最基本的英文單字(我們稱之為「熟字」),而以期達到的目標是相當於 GRE 字彙的水準。

　　和其它類似的書相比,本字典有著許多明顯的特點,但是可以用一個英文字來概括,這就是:

REDUCE

reduce new words to familiar words
化「生」為「熟」

reduce high-sounding words to high-frequency words
化「雅」為「俗」

reduce thousands of words to only hundreds to be remembered
化「多」為「少」

reduce hard nuts to soft drinks
化「難」為「易」

……

具體的辦法是:

1. 巧用熟字記生字

　　也許大家都會同意,最好的記憶方法就是把要記的東西,合理地納入我們早已熟悉的記憶網絡之中。本字典首創「巧用熟字記生字」的辦法,就是這種記憶原理的體現。

　　關鍵在於一個「巧」字。請看一些例子:

一生字一		一熟字一	
abide	遵守	obey	服從，聽從（abi←obey）
bastard	私生子，雜種	beast	野獸（bast ←beast）
consternate	使驚愕	astonish	使驚訝（stern ←ston 打雷）
devastate	使荒蕪	waste	浪費，廢棄的（vast←wast）
envoy	使節	voyage	航行（voys←way 路）
…			

是不是覺得很「巧妙」？

需要說明的是：以上這些例子都是信手拈來的。這樣的例子，貫穿著整部字典。

若想越過浩瀚的字彙海洋，首先就是「巧用熟字記生字」。

2. 難字「還原」成易字

讀者很容易會有這樣的疑問：上面的例子巧則巧矣，難道你真能把幾千個英文難字都作這樣巧妙的處理？

這就該講到本書的第二個特點：我們「還原」了大量的英文難字。

還是先看幾個例子：

● 例（一）：**eerie** 怪異的。

親愛的讀者，你打算怎樣記這個字？也請您看一看，其它類似的書建議您怎樣記這個字。

我們在浩瀚的法文字海中找到了這個字的「本來面目」：féerie 夢境，仙境，仙女。它和 eerie 只差開頭的一個 f，字義基本一致。說它們是同源字，相信誰也不會反對。可別小看這個 f，找到它，就等於找到了記住這個字的金鑰匙。原來，eerie 只不過是 fairy（仙子）的變形！ fairy tale 就是「神話，童話」；fairy land 就是「仙境，奇境」。而 eerie 強調的卻是「奇境」，「惡夢」中使人「毛骨悚然」的那種。

當然，字的形態變化了，字的原義就會有所引申和側重。這是

語言發展的規律，古今中外，概莫能外。

- 例（二）：**rehearse** 排練，練習，背誦，覆述。

這是個常用字。而關於這個字的解釋，卻很困難。

語源上有種說法：re- → again 再；hearse → harrow 耙。

解釋：反覆地耙→重複同一個動作→練習。

這樣的解釋，總叫人感到牽強。而且，就算我們接受了這樣的解釋，它對於記憶這個字又有何幫助呢？可真正叫我感到苦惱。

好不容易，找遍了字典 H 一章中的字彙，找到了我認為合理的解釋：

re-→ again 再；hearse → hash v. 反覆推敲，重述，切碎。

[義節解說] 一而再地重述→背誦，排練。作者認為：hearse 是 hash 音變而成。佐證可參考：rehash 重講，改作。

請讀者比較一下：哪一種解釋更加圓滿實用。

接著：

[用熟字記生字] axe 斧頭。事實上，hash 原來的意思就是用斧頭砍。經過反覆用斧頭修正，需要的樣子就出來了。於是引申為「反覆推敲」。我們也常說「斧鑿，斧正」，表示修改。h在西文中常不發音，容易脫落。所以 hash 就成了axe。

[同族字例] hatchet 小斧，hack 用斧亂砍；hackle 砍，劈。

於是，rehearse 被還原成了 axe！如此而已，要記這個字，何難之有？

- 例（三）**hub**（興趣、活動、重要性等）中心，輪轂。

找遍了各種英文字典，都沒有找到我認為合理的解釋。只好轉而求助於法文字典、德文字典、西班牙文字典、義大利文字典等等。

我們在德文字典中找到了 hub 的對應字。這才知道：hub 來源於德文 herd 爐邊，爐膛，家庭（興趣、活動、重要性等）中心。該字相當於英文的 hearth 爐邊，爐膛，家庭。還可以參考法文 foyer 爐子，策源地，中心。這說明西方人習慣將爐子引申為「家庭，中

心」。

原來，hub 是字根 -habit- 和 -hibit-（居住）的一種變形。 於是 hub 這個原來一直沒有著落的字找到了老家。

［同族字例］hob 爐旁的鐵架；inhabit 居住於；inhibit 居住；exhibit 展覽；harbor 港口； habitant 居民；cohabit 同居；habitat 棲息地，（植物）產地，住所，聚集處。

還有：

haven 港口（b → v 通轉）； hive 蜂巢；hovel 茅屋；heaven 天堂；Hestia 希臘神話中的竈神，室家之神；hurdle 籬笆；vesta 女竈神；vestibule 門廳； horde 游牧部落；hospitable 好客的；huddle 聚在一起商量；hoard 儲藏；hearth 爐邊，爐膛，家庭。

hub 還有「輪轂」一義，同族字的基本涵義是「圓而空的事物」：

［同族字例］heap 堆積；hop 蛇麻草；hip 臀部；hope 希望；hoove（動物）鼓脹病；hoopla 投套環遊戲；hollow 空的；hoop 箍（狀物），鐵環。

做到這一步，對於 hub 的解釋才算是圓滿實用的。

英文與德文同宗日耳曼語系，歷史上受拉丁、希臘、法文、義大利文等「熏染」正多。弄得許多字千姿百態，南腔北調，使學習者如墮煙海。一旦還原本來面目，便能減少記憶單字的難度。

3. 音變同源字的繫聯

一方面由於語言的自身發展，另一方面由於廣收博採，英文字彙中有許多同源字，由於聲母或韻母的變異，使我們不易辨認和聯想。這也是造成只能死背單字的原因之一。

韻母變異的字例：

▪ 例（一）：

hash 重述，反覆推敲； rehash 重講，改作→ rehearse 排練，覆述。

其中韻母 a 變成了 ear ，使人們做夢也想不到這兩個字有血緣關

係，以致連權威英文字典講語源時也只好把 rehearse 中的 hearse 釋作 harrow 耕作；捉襟見肘地勉強牽合。

▪ 例（二）：

ear 耳朵→ aural 聽覺的。

其中韻母 ear 變成了 aur。懂得了這一點，人們就用不到再死記一個字根 -aur- 聽。

聲母變異的字例：

（註：請參看後文〈體例→特殊用語→通轉〉，對此有更詳盡的說明。）

▪ 例（一）：

jitter 緊張不安，煩躁→ agitate 攪動，鼓動；使焦慮不安。

聲母 j 變為聲母 g。明白了這種變異，使我們可以利用 jitterbug（吉特巴舞）去記 agitate（擾動）。誰不會跳吉特巴？還有 fidget（煩躁，坐立不安）這個字，您現在覺得容易記嗎（fid → fit 一陣發作）？

▪ 例（二）：

hear 聽→ ear 耳朵

h 在西文中常不發音，容易脫落。所以 hear 就成了 ear。

在這本字典中，我們盡了最大努力，把這些變了音和形的同源字重新繫聯起來。這就等於把看似孤立的單字的數量，又大大地做了一次「減法」。記憶的負擔，就按照幾何級數而遞降（關於這個問題，後文續有敘述）。

4. 義節的設立

一般說來，讀者不必熟悉常用的字根、字首和字尾，這部字典會幫助您自然地熟悉這些構字成分。我們不但為每個字條上的單字劃分了音節，而且劃分了「義節」，這在英文字典中還是首創。

正如劃分音節能幫助讀者正確發音一樣，劃分「義節」是為了幫助讀者正確理解和記憶字義。可是，迄今為止，人們只重視音節。殊不知從記單字的角度看，「義節」比音節重要得多。並且：

音節雖然有助於讀音，卻常常有害於記字。

8

例如：benign 慈祥的，有益於健康的

音節：be.nign [bi'nain]

我們不由自主地會認為這個字是由 be 加 nign 組成，可是為什麼字義是「慈祥的，有益於健康的」呢？百思不得其解。不得其解就難以記住。

現在我們從字義出發，把它劃分為：

義節 ben.ign（字根 -ben - 表示「好」，例如 benefit 好處）。

這樣，字義就容易明瞭，便於記憶。

又如：obscure *a.* 暗的，模糊的，偏僻的。*vt.* 使暗，遮掩，搞混。這個字該理解為 ob.scure 還是 obs.cure？

義節 obs.cure obs - → over； cure → cover.

[義節解說] cover over 遮蓋住→暗。

問題是 cure → cover 有什麼依據或者佐證？

有的！

curfew 宵禁，晚鐘（通知把燈火遮蔽→宵禁）；

kerchief（婦女用）方頭巾（ker → cure → cover 遮蔽；chief → cap 頭）；

handkerchief 手帕；

serenade 小夜曲，月下情歌（ser → cur → cover 遮蔽→夜幕）。

正確設立的「義節」，使讀者易於理解這個單字的結構和字義之間的聯繫。記憶起來事半功倍。例如：

an.i.mos.i.ty n. 仇恨，憎惡，敵意

語源上一般將本字分析為：anim 心，感情；osity 勇氣（或者認為是字尾），總使人覺得有些牽強。「心，感情」總是中性的，你硬要解釋成負面的「仇恨，憎惡，敵意」，有什麼道理？而且所有其它由字根 -anim- 構成的單字，對該字根都不需要作負面的解釋。

現在我們重新設定：

義節 a.nimos.ity a- 處於…狀況；nimos → Nermesis 希臘神話中的復仇女神；-ity 名詞。

[義節解說] 處於要「復仇」的狀況。

[用熟字記生字] enemy 敵人（e.nem.y, nem → Neinesis 復仇女

9

神）。

這樣一來，這個字的解釋就變得十分圓融：易於理解、易於記憶。

不僅如此，這樣的義節劃分還使我們能夠將散布於本字典其它部分的同源字（同源字一定是同義字）聯繫起來。

enmity 敵意，仇恨（e.nm.ity nm → Neinesis）；

nemesis 復仇者；

heinous 極可恨的（hein.ous hein → Nemesis；請注意：拉丁語文中 h 常不發音，故容易脫落）。

上面這三個字記起來不是像「探囊取物」嗎？於是，這四個字條，真正要您動腦筋記的只是其中之一，記憶效率提高了三倍！

還有，我們為您提供了一個熟字：enemy 敵人。它使您很容易記住 Nemesis 復仇女神。實際上無需您真正動什麼腦筋！

這樣總計起來，記憶效率共提高了多少呢？

5. 同族字首尾呼應

且慢！記憶單字的難度是降低了，但畢竟上萬個單字，記憶量還是相當大。我們進一步的工作，就是和讀者一起來大做「減法」。

讓我們先來為一個英文字說個故事：

本字典收入的 ostracize 一字，意為「流放，排斥」。原來，字根 -ostrac- 的原意是「硬的殼體」。古希臘時，公民可以將他認為對國家有危害的人的名字，記在貝殼或瓦片上進行投票，如果超過半數，這個人就要被放逐國外十到十五年。這就是有名的「貝殼放逐法」。

根據作者的研究，我們最熟悉的 out 就是從這裡來的。 out 和 -ost- 只差一個字母（當然還有例證，見下文）。於是，我們可以用 out 這個熟字，去記 ostracize 流放，排斥。

本字典收入的另一個字 estrange 使離開，按照現行的字根法，我們可以分析為：e- = ex- 向外； strange 陌生的。解釋為：使…變成陌生人→使離開。

但是，我們把 estrange 和上述的 ostracize 的形、音、義都比較一下，就會發現：這兩個人不僅長相酷似，連聲音、笑貌 、脾氣都「幾

乎一模一樣」。這就不得不懷疑他們有相同的血統。這兩個字的關鍵「部位」（相學的術語）ostra 和 estra 只有開頭的母音字母不同。於是，我們除了建議用 strange 這個熟字，去記 estrange 之外，還把 estrange 納入「貝殼放逐」的故事框中 。而被納入這個「族」裡的還有：

oust	驅逐
ostentation	誇示，賣弄
ooze	流血，滲出（z 和 s 相通）
ostracean	牡蠣，蠔
oyster	牡蠣，蠔
ossify	（使）骨化，（使）硬化
outrage	凌辱

過去認為「特別怪、特別難記」的 ooze 流血，滲出，終於歸了「宗」，變得自然而易記。

又例：cot（羊，鴿等的）圈，小棚，小屋，吊床，帆布牀。

同族字的基本含義是：「外殼，遮蔽，保護」。

和 cot 血源最近的同族字：

cottage 農家，小別墅； coterie 小團體； cottier 小農； cuttle 烏賊； cote（鳥，家禽，羊等的）小棚，圈，欄； cattle 家畜； court 庭院； cortex 外皮，皮層； decorticate 剝去外 皮（或殼、莢等）； excoriate 擦傷皮膚，剝（皮）； cutis 真皮；cutin 角質； cuticle 表皮，角質層； cutaneous 皮膚的； cod 莢，殼…。

又有前面加了個 s 的：

scut 盾牌；scutate 盾狀的； scutum 古時的長盾；escutcheon 飾有紋章的盾；scute 甲殼類…。

又有中間加了個 s 的：

castle 城堡，巨宅； casbah 北非的要塞，城堡； alcazar 西班牙的宮殿或要塞； case 箱，單，蓋；caste（印度）社會等級，種姓；incest 亂倫；custom 習俗；outcaste 被剝奪種姓的人；custos 監護人；

escort 護送，護衛，伴隨，護理；custody 保管，保護，監護，拘留；costume 服裝，戲服…。

又有 c → ch 的變體：

chest 箱，匣；chatel 動產；chaste 貞潔的，純潔的，簡潔的；orchard 果園，

又有 c → h 的變體：

c 為何變成 h？因為在西班牙文中 x 讀 h 音，如大名鼎鼎的 Don Quixote 唐‧吉訶德；而 x 與 s 相通，c 與 s 相通，所以 h → c 通轉。

hut 小茅屋；hotch 棚，舍；hoard 窖藏的財寶；hostage 人質，抵押品；horticulture 園藝學（hort（德文）保護，避難所，托兒所）；cohort 一群，一幫，同謀者…。

c → g 的變體是我們熟悉的：

kindergarten 幼兒園；guard 監護；guardian 監護人；garden 花園…。

這樣的「同族字例」，揭示了英文單字之間深刻的血緣關係，使人在感到「目不暇接，美不勝收」的同時，又有「豁然開朗，一通百通」的妙悟。

我們在絕大部分的字條中都替讀者提供了「同族字例」。同族字中任查一個，它都會提示您族中的其它字。這樣，您不但會覺得如此的記憶思路堅實可靠，順理成章；而且，本字典裡收入的數千個難字，您很快就會感到實際上不過幾百個字而已。

這就是人們常說的：「書要越讀越薄」。

除了「同族字例」之外，我們還有「疊韻近義字」等多種方式（見後文），貫通單字之間的血脈。如此一來，這本字典中出現的單字就會有兩萬之眾。對於 TOEFL、GRE、GMAT 之類的考試，作了充分的準備。因為 reading 部分，會出現大量百科性的單字，其中不乏偏、難、捉狹者。對於這樣的字，認得和不認得；見到過和未見到過；有線索去猜和沒有線索去猜；結果當然會天差地異。特別是，聽說 TOEFL 考試會取消第三部分中的字彙考試，而加強 reading 部

分。在這種情勢下，多認得一些「冷僻」的字會更操勝算，殆無疑義。

6. 語源新說

前文介紹的「熟字」和「生字」的配對，同族字例的「繫聯」，說穿了也是順理成章，平平無奇。然而，迄今並不會有過一本現成的字典告訴我們：estrange 和 ostracize 是同族字。

這部字典的第六個明顯的特點就是，它是「開山鑄銅」地「著」出來的，而不是「編」成的。這裡面有許多材料，來自作者的最新研究成果。我們對語源的解說，絕不沿襲通常的說法，而是追根究底，精益求精。在這方面，我們自己設定的要求是：

1. 必須能夠把本字講通講透；並且有根有據，持之成理。

2. 必須能夠對於記憶本字有所幫助（並非所有的語源都會有助記憶）。

因此，這部字典不但填補了一般英文字典上語源部分的空白（你常常會掃興地被告知：original unknown 語源不明），而且，一半以上的字條中關於語源的說法與其它書完全不同：追得更深，說得更圓，更切合記憶單字的實際應用。

▪ 例（一）

一般英文字典上語源部分的解釋差強人意，予以保留，另外申述作者的意見：

ne.go.ti.ate

義節 neg.oti.ate neg 否定；oti空間；-ate 動詞。

字義 *vi.* 談判，協商。*vt.*議定，轉讓，處理。

記憶 ① ［義節解說］絕非閒著無事→正在做生意。

② ［用熟字記生字］negative 否定，負的；out 出去，離開。

③ ［同族字例］otiose 空閒的，無效的，無益的。參看：futile 無益的，無效的，輕浮的。

④ 作者對於上述義節和解說，始終不太滿意。查法文作négocier，意為「經商，進行大宗貿易」；西班牙文也作 negociar，意為「做

買賣，交易」。後來才引申爲「談判」。據此，本字應作如下分析：ne.goti.ate；其中 goti→ goci→ groc大宗，批發。同族字例爲： gross 批發；grocery 食品，雜貨。參看： engross 用大字體書寫。

▪ 例（二）
　　一般英文字典上語源部分的解釋雖然差強人意，但是作者認爲有更圓融的解釋，於是捨棄傳統說法。
　　本例 envious 中的 -vi- 傳統說法是「看」→眼紅，本來也說得過去。

en.vi.ous

義節 en.vi.ous en-→ on 在…上面；vi→vie v.競爭，下賭注；-ous形容詞。

字義 *a.* **妒忌的，羨慕的。**

記憶 ① ［義節解說］本字來源於法文 envi爭先恐後地，與…競爭，對抗。
② ［用熟字記生字］envy 妒忌。
③ ［同族字例］ vie 競爭，下賭注；vying 競爭的；veloce（音樂）快速地；velocipede 早期的自行車；velocity 速度。參看： defiance 挑戰，蔑視（fi→vi：f→v通轉；競爭→挑戰）；invidious招人嫉恨的。

▪ 例（三）
　　一般英文字典上語源部分沒有解釋，經作者研究，得到圓融的解釋：

et.y.mon

義節 etym.on etym→stem n. 莖，家族，發源；- on 字尾。
字義 *n.* **語源，詞的原形，原義。**

記憶 ① ［義節解說］e-→ ex-→ es-→s-，所以 etym→stem （類例： state 在法文中作état； study作étude 等等）。本字原意爲：詞最

初的意思或形式。

② [同族字例]　etymology 字源學；stump 根株；stamen雄蕊；stem莖，幹，梗，家譜中的關係；stemma 世系，血統；stemple 橫梁；tamineous雄蕊的，顯著的。　參看：extirpate 根除；ethnic 種族的；staminal（有）持久力的，（有）耐力的，雄蕊的。

　　我曾和幾位朋友說過：如果是用「天下文章一大抄」的辦法來「編」這部字典。我一定會「敬謝不敏」。

　　過去的十多年裡，我把一部五萬字的英文字典共計通讀了一百多次，但絕不是「苦讀」，而是饒有興趣地讀。每次都有不同的目的和角度。逐漸地，就像小時候自己動手顯影照片一樣，許多東西變得一點點地清晰起來，有了眉目。進行聯想的時候，許多有關係的單字，自然奔湊眼底。深深地體會到「讀書百遍，其義自見」。除此之外，又讀英美的大字典、法文字典、德文字典、西班牙文字典、義大利字典…等等，積累了大量的卡片和筆記。

　　但是，「學而不思」也不行。於是，在上班的路上，在等人的間隙，常會把多年存疑的「舊案」，從腦子裡翻出來「過堂」。例如 sublime（雄偉的，崇高的）一個字，我思索了五年之久（我對字典上的語源不滿意，sub - 這個字首，明明表示「下，次，低」，怎麼會構成表示「高」的字呢？）。直到有一天上班等車，遲遲不來，卻忽然開悟；sublime 其實可以與 supreme（最高的）發生聯想：b 和 p 相通（法文的讀音更相近）；l 和 r 讀音也相近（日本人和南方人學英文，分不清 l 和 r 的大有人在，當然「事出有因」）。讓我們再想一想，和 sublime「音近義通」的，還有沒有？有！那就是 climax 高潮。sublime 和 climax 都含有「字核」lim 和「義核」一「高的」。也可以發生聯想而有助記憶。

　　以上這種「吟安一個字，捻斷數根鬍」的喜悅，願藉此書與讀者一起分享。

體例

本字典有著眾多的項目，都是圍繞「有助記憶」這個目的而設立的。具體介紹如下：

1. 義節：

「義節」是相對於「音節」（syllable）而設立的。把一個單字劃分成音節，無疑對讀者很有幫助，但對於字義，卻常會產生「誤導」，因而阻礙了記憶。例如 benign，音節劃分為 be.nign，字義是「慈祥的，有益於健康的」。我們不由自主地會認為這個字是由 be 加 nign 組成，因而百思不得其解。現在我們從字義出發，把它劃分為 ben.ign。字根 - ben- 表示「好」，例如 benefit 好處。這樣，字義就容易明瞭，便於記憶。

設立了「義節」之後，再予以解說，講解這個單字的結構和字義的聯繫。

請參看上文〈字典特色〉：四、義節的設立。

2. [用熱字記生字]：

這是本字典的核心項目之一，基本的思想，還是把陌生的東西自然地納入自己已經熟悉的網絡之中。重點在一個「巧」字，比如說，熟字和生字本來同源，形似音近，字義差別不大。這樣，不但可以立即記住，而且能夠記得很牢。

請參看上文〈字典特色〉：一、巧用熟字記生字。

3. [諧音]：

這是記生字最好的辦法之一。本字典所設立的這個項目，與坊間常見的有所不同：我們的要求是，既要諧音，又要「諧義」。

例如：

you 你→「油」：諧音，不「諧義」。

「汝」：既諧音，又「諧義」。

其它既諧音，又「諧義」的例子： road 路； lane 里； since 先時； yen 癮…

本字典中的實例：

leach

字義 *v. / n.* 瀝濾。 *vt.* 濾取，濾去。

記憶……

③ [諧音] 「瀝去」。

assassin

字義 行刺者，暗殺者。

記憶……

② [諧音] sass 的中文諧音也是「殺死」。全字似可諧音為「阿殺神」。

madrigal

字義 *n.* 情歌，牧歌，小調。

記憶 ① [諧音] 「馬德里歌」→西班牙小調。

4. [同族字例]：

設立這個項目有幾個作用：

①為「義節」中介紹的字根提供豐富的例證。其中有些字，讀者本來就熟悉，但不一定會聯想到條目中的生字上去。現在發現原來都是一家人，會有一種親切和驚喜，有助於鞏固記憶。

②為了使整部字典血脈貫通，使散見於各章的同族字聯繫起來。這樣，讀者會覺得這本字典「越讀越薄」，總複習的時候自然「綱舉目張」。

實例：

lam.i.nate

義節 lamin.ate　lamin薄，弱；- ate 字尾。

字義 *v.* 壓（分）成薄片。 *n.* 薄片製品。 **a.** 薄片的。

記憶 ① [義節解說] 本字來源於拉丁文 lamina 紙片，刀刃，薄殼。

② ［用熟字記生字］ layer 層。

③ ［同族字例］ lame 薄片；lamella 薄片，薄層；lamina薄片，薄層；omelet 煎蛋餅；delamination 分層；limp柔軟的，易曲的；lump 團塊；slumgullion 燉肉 ；slim 細長的，苗條的，站不住腳的（藉口）；flimsy 柔弱的，站不住腳的（藉口）。

以上「同族字例」中的單字，都有一個共同的「字核」：〈l｜母音｜m〉。具體形式是：lam；lim；lum 等。基本含義是「薄」。因「薄」而呈「片狀」；因「薄」而「柔軟」；因「薄」而「細長」，引申為「站不住腳的（藉口）」。這就把 laminate 這個生字，與其他許多字聯繫起來。其中，有我們熟悉的 slim 細長的，苗條的，站不住腳的（藉口）；和 flimsy 柔弱的，站不住腳的（藉口）。 其實，還有 film 薄膜，膠卷。只是 film 中的 i 和 l 換了位置，從 flim 變成了 film，因而不易辨認和聯想。

以上「同族字例」中的單字，它們之間在形、音、義三方面都相似，對擴展字彙有很大助益。

請參看上文〈字典特色〉：五、同族字首尾呼應。

5. ［疊韻近義字］ ：

疊韻，是指兩個英文字的「韻部」形態和讀音都一樣，缺一不可。例如 cat 和 rat，韻部 at 寫法一致，讀音也一樣，但「貓」和「鼠」不是近義字。而 rat 和 bat 則是疊韻近義字。因為 bat 是 蝙蝠，俗稱「飛鼠」，和「鼠」近義。我們認為：疊韻近義字要比單純的疊韻字有較大的助憶效果。例如：

zigzag
字義 *a.／n.*之字形（的），Z字形（的），鋸齒形（的）。
記憶 ……
② ［疊韻近義字］ rigrag 鋸齒形的

zoom
字義 *vi.*（飛機）陡直上升，（開支，銷售額等）激增。
　　　n.（照相機）變焦鏡。

18

③〔疊韻近義字〕boom 激增 ; bloom 突然激增 ; loom 赫然聳現。

　　和「疊韻近義字」有點相似，有時你會見到對某些字母參與拼寫韻部的字的字義小結：

……

字母組合 oo 常表示「呆，笨」。例如：goof 呆子，可笑的蠢人 ; goop 粗魯的孩子，笨蛋 ; boob 【俚】笨蛋，蠢人 ; boor 鄉下佬 ; doodle 笨蛋 ; drool 說傻話 ; fool 蠢人 ; footle 呆話，傻事 ; foozle 笨拙地做 ; looby 傻大個兒，笨蛋 ; loon 笨蛋，傻瓜 ; noodle 笨蛋，傻瓜 ; poop 【俚】傻子，無用的人 ; spoony 蠢人…等等。參看：gawk 呆子，笨人。

……

字母組合 ur 表示「擾動」的其他字例：current 激流 ; hurricane 颱風 ; hurly 騷亂，喧鬧 ; hurry-scurry 慌亂 ; flurry 慌張，倉皇 ; sturt 騷亂，紛擾 ; spurt 突然迸發 ; slurry 泥漿 ; purl 漩渦，（使）翻倒 ; lurch 突然傾斜 gurgitation 渦漩，洶湧，沸騰 ; fury 暴怒，劇烈 ; churn 劇烈攪拌 ; churr 顫鳴聲 ; burn 燃燒 ; burst 爆破，突然發作 ; burr 小舌顫動的喉音 ; blurt 突然說出等等。

6.〔雙聲近義字〕：

　　雙聲，是指兩個英文字的「聲部」形態完全一樣。例如 show 和 shine，聲部都是 sh 雙聲而又近義的，例如：seem（看上去像）和 same（一樣）。

　　和「雙聲近義字」有點相似，有時你會見到對某些字母參與拼寫聲部的字的字義小結：

……

字母 v 表示「貪，食」的字例：vampire 吸血鬼 ; avid 渴望的 ; voluptuary 酒色之徒 ; -vor（字尾）以…為食 ; envy 妒忌。參看：devour 狼吞虎嚥。

……

字母組合 fl 象徵「飛鳥拍打翅膀」時的「拍撻」聲，此義可引申爲「炫耀，誇耀」對方。類例：flighty 虛浮的；flimflam 浮誇；flubdub誇大的空話；flummery 空洞恭維話；flunky 走狗，奉承者。參看：flamboyant 浮誇的；flaunt 誇耀。

7. [形（音）似近義字]：

這個項目提供了一些與條目中的字或者書寫形態相似，或者讀音相仿，而字義又大體相同的字，幫助記憶。例如：

zigzag
字義 *a.／n.***之字形（的），Z字形（的），鋸齒形（的）。**

記憶……

③［音似近義字］jigsaw鋸曲線機；jag鋸齒狀的突出部。參看：jog顛簸地移動。

zoom
字義 *vt.* **（飛機）陡直上升，（開支，銷售額等）激增。**
n. **（照相機）變焦鏡。**

記憶……

④［形似近義字］- zym（o）-（字根）發酵，酶（發酵，體積會「激增」）；zymotic 發酵的；enzyme 酶；juice 果汁；jam果醬，擁擠。

8. [易混字]：

提醒讀者不要把條目中的字相混淆，因為它們之間雖然音或形很相似，但字義卻風馬牛不相及。考試的時候，是常常會在題目中出一些這樣的字，讓人上當的。

9. [陷阱]：

指出考試時常常會將字條中的字設計成怎樣的陷阱，使人上當，

以便讀者警惕注意。實例：

allay

字義 *vt.*減輕。

記憶 ……

② ［陷阱］ 注意：alley（小巷，胡同），GRE 字彙中常會有您似熟而實生的字，常常只有一字母之差，是一種陷阱。

10. ［使用情景］ ：

描述了條目中的字在使用中的一些特徵，使字義更形象化，更具體生動，從而更易於記憶。比如前面舉過例的 eerie 引起恐懼的，可怕的，怪異的：

［使用情景］冷月照寒枝，闃寂無人，忽聞一聲貓頭鷹叫：聽得你心裡發毛；秋夜曠野之中，月光照見荒屋一間，其門吱吱一響，令人毛骨悚然。此種情景，即可用本字形容。例：the ~ cry of a lonely owl.孤淒的貓頭鷹一聲怪叫。 in the ~ silence of the cavern.洞中神秘可怕的寂靜。

有時，本項目提供了豐富的「適用對象」，讓讀者在廣泛的搭配中更深刻地理解字義。例如，如果我們見到 broad hint （明白的暗示）這一搭配，對 broad 的字義就會理解得更深刻，從而記得更快更牢。這裡的 hint，就是形容詞 broad 的適用對象之一。

11. ［造句助憶］ ：

有時我們會有目的地造一個句子，幫助記憶生字。例如：

ad.der

字義 *n.*蝮蛇 （一種小毒蛇）

記憶 ［造句助憶］ Look！An ~ is climbing down the ladder！瞧！一條蝮蛇正在爬下樓梯！（此句借 ladder 串記 adder）

12. ［同義字（反義字）］：

本字典只在極個別的地方出現這種項目。因為一般說來，同義字或反義字和字條中的字形態、讀音都相去甚遠，助憶作用不大。本字典的設計，主要是「聚焦」於有助於記憶的訊息。

13. ［對應字］：

比如「刺激」和「反應」，並不是反義字，互相卻有呼應。這個項目在本字典也只是偶爾一現。例如：

latitude 緯度。

［對應字］參看：longitude 經度。

zenith 天頂，（幸運，繁榮，權力等）頂點。

［對應字］參看：nadir 天底，最低點。

14. 「導讀語段」：

幾乎每一章的開頭，都有一段導讀，好像一幅導遊圖，提綱挈領地介紹本章單字的形態、讀音和字義的深層聯繫。有時會提到記好本章單字的重點和要領。讀完一章之後再來讀一次導語，可能體會更深一些。

·特殊用語·

本字典有個別特殊用語，需要稍加說明：

1. 「免冠」

只出現在每一章的「導讀語段」。例如字母 C 的一章，有大量以 co-，com-，con- 等字首引導的單字。我們稱之為（字）「冠」。而決定這些單字字義的核心成分，往往出現在這些字首之後。例如 commerce（商業），核心在 merce。而 - merc - 這個字根，主要出現在本書 M 章，適用 M 章的「導讀語段」。因此，commerce 這個字，是「身在曹營心在漢」。C 章的「導讀語段」中對字母 C 的分析，

於這個字關係不大。「免冠」，就是指脫去它的帽子，從而一上來就抓住它的核心。

2.「通轉」

「通」是「相通」；「轉」指「轉變」。

這是從中國傳統訓詁學的「通假」和「韻轉」中脫胎出來的術語。在我們這裡，主要是用來描寫輔音（子音）的相通。在中國傳統的訓詁學中，稱為「紐變」（「紐」就是子音）。這個「紐」字更難顧名思義。於是我們改用了「通轉」。但和訓詁學所用的「通假」、「韻轉」有別，特此說明。

也許你馬上要問：我們為什麼要知道這麼一個繁難的東西呢？

答曰：

第一，它並不繁難，而且，你對它早就有過大量的接觸，只不過你不自覺而已。這留待後面說明；

第二，它很有用，因此值得費一點點心思。

說它有用，是因為僅憑這「一音之轉」，就會使你的字彙能力平添百倍。有點像會用和不會用電腦的差別。可是，沒有人天生會用電腦。即便已經會用，對於一個新的軟體，總也要先摸索一下吧？即使想炒股票賺大錢，開頭的一點投資也還是必要的。

更何況：

這是高回報率的，一本萬利的投資；

說它並不繁難，是因為：

其實，這是一種普遍的語言現象，是古今中外，放之四海皆準、簡單的道理。

先以中文為例，操閩南方言的人講國語，很容易把「福」字中的 f 音讀成 h 音，而操客家方言的人講國語，也會把「壞」字中的 h 音讀成 f 音。我們就說 f → h（音變）通轉。

國字的古音和今音之間；不同朝代、不同地域的字音之間；更是大量而普遍地存在著這種音變。

你有沒有讀過世界名著《大衛·考柏飛》（David Copper field）？書中大衛的妻子美麗而嬌憨的 Dora，就總是把 David 叫成

Dafid。只不知她會不會把 love 說成 lofe ？書中沒有交代，不敢妄議。

　　英文和其它歐洲語言之間，其實也有點像我們的中原音和方音。表現在子音上，常有一定的差別。而英語受德語、法語、拉丁語、希臘語的影響又是深刻而久遠。常常會帶著這些姊妹語種讀音的澱積，使人看不清單字的本來面目。一個會使人望而生畏的「難」字。說穿了其實很淺。

　　作者在這本字典裡，努力做一個蓽路襤褸的開拓工作，就是用「通轉」這一術語，還單字的本來面目。這樣做的目的，是為了「化難為易，化深為淺，幫助記憶」。例如：piscator（捕魚人）是個「難」字，但說穿了一文不值。字根 -pisc - 其實就是我們熟知的 fish（魚）。只不過 f 變成了 p，sh 變成了 sc（我們稱為「通轉」）。就像客家人把國語中的 h 音讀成 f 音一樣的正常而又容易理解。如果再探討一下，f 為什麼會變 p 呢？我們可以這樣理解：f 和 ph 都讀 f 音。而 h 在法文中是不讀音的，因而很易「脫落」而剩下了 p。在這本字典中，我們常常會用到「通轉」，成功地把許多「難」字變成「易」字。

　　其實，你對「通轉」早就有過大量的接觸，只不過你不自覺而已。就拿 f 和 v 的通轉來說，你早已習以為常：

live	生活	→	life	生活，生命；
leave	離開	→	left	離開；
wives	妻子	→	wife	妻子 ；
save	救	→	safe	安全；
give	給	→	gift	禮物；
believe	相信	→	belief	信念 ；
five	五	→	fifth	第五；
thieve	偷竊	→	theft	偷竊行為；
prove	證明	→	proof	證明；
……				

下面是其它一些你熟悉的「通轉」例子：

1.　d → t
extend　伸展　　　→　　extent　程度；
tend　　伸向　　　→　　tent　　帳篷；
……

2.　s → c
choose　挑選　　　→　　choice　選擇；
advise　忠告　　　→　　advice　忠告；
……

3.　w → v
waist　　浪費，一片荒涼 → vast　　　廣漠的；
wall　　　牆，壁　　　　→ villa　　　別墅；
wallet　　錢包，行囊　　→ volume　　卷，容量；
award　　授與，獎　　　→ devote　　貢獻，奉獻；
way　　　道路　　　　　→ voyage　航海（又：convey 傳輸）；
widow　　寡婦　　　　　→ divide　　分開；
will　　　願意，心願　　→ volunteer 自願；
win　　　贏得　　　　　→ invincible 戰無不勝的；
wind　　　風　　　　　　→ ventilation 通風；
wine　　　葡萄酒　　　　→ vine　　　葡萄樹；
wire　　　金屬線　　　　→ environ　包圍，圍繞；
wise　　　有智慧的　　　→ advise　　忠告；
witness　證據　　　　　→ evidence　證據；
……

下面是一些你也許並不熟悉的「通轉」例子，好在這樣的字在詞條裡都有說明。

例如：w → g
字母組合 gu，由於語言的歷史地理變遷，產生了一些以 w 起首的對等字，與 gu 起首的字基本同義，共存於英文中。據作者揣測，可能係 gu 拼寫的字（因為 g 後加了 u，則可保證發出 [g] 音）後來

脫落了 g，而 u 則轉用了 w。

其實，國字中也有 w → g 通轉，例如：窩→鍋。

wade	淌，跋涉	→	gad	遊蕩，閒蕩；
wage	發動（戰爭）	→	gage	挑戰；
wager	押注，賭博	→	gage	以為賭注，以…為擔保；
waive	放棄	→	give	給；
wallop	亂竄，猛衝	→	gallop	（馬等）飛跑，疾馳；
wally	好的，一流的	→	gallant	堂皇的，雄偉的；
wander	漫遊；閒逛	→	gander	漫步，閒蕩；
wane	月缺，衰退	→	gaunt	憔悴的，消瘦的；
ward	保衛，警戒	→	guard	保衛，警戒；
warehouse	倉庫	→	garage	汽車間，飛機庫；
warm	溫暖的	→	garment	服裝（註：保暖）；
warp	弄彎，弄歪	→	garble	（對文章）竄改，歪曲；
warranty	保證，擔保	→	guaranty	保證，擔保；
warrior	武士，勇士	→	garrison	駐軍，警衛部隊；
wash	洗，冲出	→	gush	湧出，噴出；
widget	小機械	→	gadget	小配件，（小）機件，（小）裝置；
wile	詭計，奸計	→	guile	詭計，狡詐；
win	獲得，贏	→	gain	贏得，獲得；
swobble	大口吞吃	→	gobble	吞食；
wolf	狼吞虎嚥吃	→	gulf	吞沒；

……

上面這種「通轉」例子，你也許並不熟悉，甚至有點不可思議，因為 w 的讀音和 g 實在相差太遠。好在這樣的字對稱性都很好：形音義基本一致，只差 w 換成了 g，而且很有規律。即便想不通，用來幫助記憶還是十分方便。對於本書所提到的「通轉」，盡可能以作如是觀：英雄莫問出處，善於用人就好！

▪ 特殊符號：

1. →號：表示「亦即，也就是」，或「引申為」等意思。

2. ～號：這是一般字典常用的符號，用來代替字條中的字，或剛出現過的字，以避免重複。例如：

ad.ja.cent
字義 *a.*鄰接的

a music program～to the news. 緊接新聞後的音樂節目。
這裡的～＝adjacent。

3．／號：用於分隔幾個搭配短詞。同上例字條：

ad.ja.cent
字義 *a.*鄰接的

～ houses ／ farms／angle. 鄰屋／毗連的農場／鄰角。
即： adjacent houses / adjacent farms / adjacent angle.

4. * 號：代表 TOEFL 常考字彙。

例：

a.bash [ə`bæʃ; ə`bæʃ] *

　　　　　　　　↑此處用＊號標示，表示 TOEFL 常考字。

Memo

冠蓋滿京華，斯人獨憔悴！

　　記憶本字母項下諸單字的策略，要先給它們「免冠」，卽把字首分解出來，擱到一邊，有兩個字首覆蓋面很廣：

　　① **a-**，表示「無、不」或「處於…狀態」。

　　② **ad-**，表示「加強」、「去做」、「在…」等各種附加意義。

　　由於音的相互作用，**ad-** 碰到字母 b 會變成 **ab-**；碰到 f 會變爲 **af-** 等等。

　　「免冠」之後，影響單字字義的核心部分，諸如字幹、字根、涵義字母組合等就會顯露出來，例如：

　　athwart：「免冠」，得 **thwart**。這是另一個單字，其字義與本字相近，有助記憶。

　　adumbrate：「免冠」，得 **umbrate**。我們認出了字根 **umbr**，很快就能把握記憶本字的理據。

　　當然，也有以 a 作開頭的字根，如：

　　acu- 尖、酸；**arch-** 首要的；**agon-** 角、鬥、痛；

alt- 高等等。

　　大寫 A 有一個銳角，表示「角、角鬥、對抗」。這個角很「尖」，引申有「刺」，從而有「痛」意。小寫的 a 像個圓圈，有「圓環、圓弧、弓形、周而復始」意。又因爲這是字母表中的第一個字母，於是有「首、前」以及「爲首的，初始的，原生的，古的」等涵義。

　　再從總體上看，大寫 A 像艾菲爾鐵塔，它不僅「高」，而且從上到下逐漸「增大」。

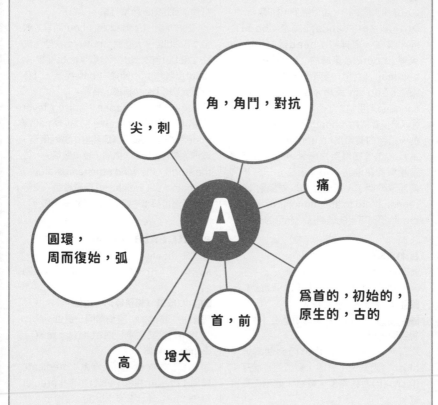

A

a.ban.don [ə′bændən ; ə′bændən] *

義節 a.band.on

a-離開；band *n.*帶子，捆綁；-on字尾。

字義 *vt.* 拋棄，離棄。

　　　n. 放任。

記憶 ① ［義節解說］脫離了束縛→離棄，放任。

② ［用熟字記生字］band帶子，捆綁。

③ ［同族字例］bandage繃帶；bond合同，債券，束縛物；bend彎曲；bind束縛；bound被束縛的；bundle包袱；bandeau（女用）髮帶。參看：bonnet帽；bondage束縛；disband解散；bandana大手帕。

④ ［音似易混字］abundant 豐富的，充裕的。這字的義節為ab.und.ant（-und-豐富）。作者初學英文時覺得這二個字讀音相似而易混淆。用「義節」一分析，便涇渭分明了。再造一句以便識別：We cannot afford to abandon this abundant proof. 我們可不能拋開這一充足的證據。

a.bash [ə′bæʃ ; ə′bæʃ] *

義節 a.bash

a- 使處於…狀態；ba 張開口；-ash動詞。

字義 *vt.* 使羞愧，使受窘。

記憶 ① ［義節解說］本字的原意是「使驚愕得張開嘴巴」。

② ［音似近義字］embarrass使窘迫；blush（因羞愧，窘困，發慌而）臉紅；flush（因激動興奮，發怒，飲酒而）臉紅。

③ ［同族字例］bay海灣，吠；abeyence暫擱。參看：bevel斜角。

④ ［使用情景］to be / feel / stand ～ed at forgetting his wife's birthday. 因忘記妻子生日而感到慚愧。Nothing can ～ him. 他不知廉恥為何物。

a.bate [ə′beit; ə′bet] *

義節 a.bate

a- 向下；bat→batter　*v.*打擊。

字義 *vt.* 使減退，使減弱，使減輕。

　　　vi. 減弱，減退。

記憶 ① ［義節解說］打下去→減退，減弱。

② ［用熟字記生字］記beat打擊；或battle打仗；或batter連續打擊。

③ ［同族字例］beetle木槌；bout競爭，較量；Bastille巴士底獄；buttress扶壁，支柱；debut首次演出。參看：abut鄰接；rebut反駁；butt衝撞；bate壓低，【英俚】大怒；baste狠揍，痛罵。

④ ［使用情景］to～price / noise / fever / debts / penalty / taxes / rage / pain / pride.殺價 / 降噪 / 減退熱度 / 減輕債務 / 減刑 / 減稅 / 息怒 / 鎮痛 / 殺減傲氣。

the storm / the wind / the temperature / the pain / the weight～s.風暴減弱 / 風勢減緩 / 溫度降低 / 疼痛舒緩 / 重量下降。

ab.di.cate [′æbdikeit; ′æbdə,ket] *

義節 ab.dic.ate

ab- 離開；dic說→宣告，奉獻；-ate動詞。

字義 *vt.* 放棄（職務等），退位。

記憶 ① ［義節解說］宣稱離開→退位。

② ［用熟字記生字］dictation聽寫；dictionary字典。

③ ［同族字例］dedicate奉獻；predicate聲稱；dictum格言；edict布告；predict預告；interdict干涉；indicate指示。參看：benediction祝福；jurisdiction司法權；malediction詛咒；contradict反駁，否認，發生矛盾；vindicte辯護。

ab.do.men [æb′doumen, ′æbdəmen ; æb′domən, ′ æbdəmən]*

[義節] ab.d.omen

ab- 來自；omen→拉丁文 omentum→fat skin脂肪。

[字義] *n.* 腹（部）。

[記憶] ① [同族字例] 參看：adipose脂肪多的；obesity過度肥胖；肥胖症（- ip -→- ob - :p→b通轉）。

② [形似易混字] 參看：dome圓屋頂，圓蓋，圓丘，半球型的。此字與便便大腹合記，相得益彰。讀者諸君以爲如何？

ab.duct [æb'dʌkt, əb-; æb'dʌkt, əb-] *

[義節] ab.duct

ab- →from離開；duct引，領，導。

[字義] *v.* 誘拐。

[記憶] ① [義節解說] 引領離開→誘拐。

② [用熟字記生字] conduct導電；introduction導言，介紹。

③ [同族字例] product 產品；education 教育；educe 推斷出；induct 引導；reduction減少；seduce勾引；subduce 減去。參看：conduit管道，導管；deduct減去，推論；ductile可鍛的，易變形的，馴順的。

ab.er.rance [æ'berəns ; æb'ɛrəns]

[義節] ab.err.ance

ab- 離開；err漫遊；-ance名詞。

[字義] *n.* 離開正路，脫離常軌，心理失常。

[記憶] ① [義節解說] -err- 爲常用字根。竊以爲此字根還可拆成er -→ex -→out; r:漫遊（例如：roam漫遊；rave漫遊；road路）。

② [用熟字記生字] river河流；road路。記：路上漫步。

③ [同族字例] erratic 古怪的；aberrant 異常的；error錯誤（「漫遊」出了軌→錯）；to be on an errand出差；rheometer電流計；rheumatism風濕。

參看：ramble漫步；rheumy（多）稀黏液的，易引起感冒或風濕的；rhime韻（腳）；errant漂泊不定的，錯的，漫遊的；errand差使；erroneous錯誤的；rife 流行的；roam漫步，漫遊，遊歷。

④ 字母r表示「漫遊」的其他字例：ranger漫遊者，巡邏兵；rapparee流浪者；rounder巡行者；rove漫遊。

ab.hor [əb'hɔ:; əb'hɔr, æb-] *

[義節] ab.hor

ab- 離開；hor發顫，害怕。

[字義] *vt.* 厭惡，憎恨。

[記憶] ① [義節解說] 本字的基本涵義是因爲有許多粗硬的毛而顯得醜陋、可怕；因感到可怕而欲遠避之→厭惡。

② [用熟字記生字] horror可怕；hair毛，頭髮。

③ [同族字例] hispid 有硬鬃毛的；horrid 粗糙的，可怕的；horrible 可怕的；ordure猥褻，淫話。參看：hirsute多毛的，有粗毛的；hideous醜陋的可怕的。

④ [使用情景] to～snakes / gambing / flattery.厭惡蛇 / 賭博 / 奉承。

to～sin / evil.嫉惡如仇

to～violence / ingratitude / spitting in the street / cruelty 憎恨暴力 / 忘恩負義 / 隨地吐痰 / 殘酷。

a.bide [ə'baid ; ə'baɪd] *

[義節] a.bide

a→to; bide *n.*居住，住所。

[字義] *vi.* 居住，暫住，逗留；遵守（～by）。

　　　vt. （用於疑問句、否定句）忍受（得了）。

[記憶] ① [義節解說] ～by：住在旁邊，即始終守在…旁邊不變。讓…住進來→忍

受。所謂「臥榻之旁，豈容他人酣睡」。
字根- abid -是字根- habit -（居住）的變
體（h脫落，t→d通轉）。-habit -表示
「居住」，可能來源於herb牧草，引申爲
「植物的產地」。有牧草的地方，畜類會
有飼料，這就適合人們安居。

② 〔用熟字記生字〕habit習慣；house住
所。

③ 〔同族字例〕inhabit居住於；exhibit展
覽；harbor港口；heaven天堂；habitant
居民；cohabit同居。參看：haven港口
（b→v通轉）；hive蜂巢；hovel茅屋；
habitat棲息地，（植物）產地，住所，聚
集處；abode住所。

④ 〔使用情景〕to～by the rules of the
game / the contract / the conditions /
the discipline.遵守遊戲規則 / 合約 / 條
件 / 紀律。to～by one's words / one's
promise.遵守諾言。to～by the judgment
/ the referee's decision.服從裁決 / 服從
裁判的判定。to～by one's friends / one's
love.忠於朋友 / 忠於愛。

I can't～loud noise / rude people / the
place / that guy.我受不了高噪音 / 粗野的
人 / 那地方 / 那傢伙。

ab.jure [əb'dʒuə, æb- ; əb'dʒur, æb-]

義節 ab.jure

ab- 離開；jur發誓。

字義 *vt.* **發誓斷絕，公開放棄（意見
等）。**

記憶 ① 〔用熟字記生字〕jury陪審團（每人
先要手按聖經發誓，表明公正）。

② 〔同族字例〕-jur (is) - : jural法制的；
juridical司法上的；juristic合法的。參
看：adjure使發誓；jurisdiction司法
（權）；perjury假誓，僞證（罪）。

③ 〔易混字〕參看：adjure使發誓（ad-
→to）。一個字母之差，但字首涵義不

同。試把這二字串造一句：I adjure you
to abjure your errors.我要你發誓改正錯
誤。

ab.ne.gate ['æbnigeit ; 'æbnɪ,get]

義節 ab.neg.ate

ab- 離開；neg不，否，負；-ate動詞。

字義 *vt.* **克制（慾望等），放棄（權力
等）。**

記憶 ① 〔義節解說〕對於「慾望」，採取否
定的、負面的態度而離開。

② 〔用熟字記生字〕negative負面的；deny
否定，不給。

③ 〔同族字例〕參看：negation否定，否
認，虛無，不存在；renegade叛徒，變
節者，脫教者。

④ 字母n表示「無」的其他字例：nihil虛
無，無價值；annihilate消滅；none一
個也沒有。參看：naught無；null無效
力的；annul廢止；nude裸體的（註：
「無」衣）；narcotic麻醉的（註：
「無」知覺）。

a.bode [ə'boud ; ə'bod] *

義節 a.bode

a- 處於…狀態；bode住所。

字義 *n.* **住所。**

記憶 ① 〔義節解說〕本字是abide（居住）
的對應名詞形式。而字根- abid -是字根-
habit -（居住）的變體（h脫落，t→d通
轉）。- habit -表示「居住」，可能來源
於herb牧草，引申爲「植物的產地」。有
牧草的地方，畜類會有飼料，這就適合人
們居住。

② 〔用熟字記生字〕habit習慣；house住
所。

③ 〔同族字例〕inhabit居住於；exhibit展
覽；harbor港口；heaven天堂；habitant
居民；cohabit同居。參看：haven港口

（b→v通轉）；hive蜂巢；hovel茅屋；habitat棲息地，（植物）產地，住所，聚集處。

a.bol.ish [əˈbɔliʃ ; əˈbɑliʃ]

義節 ab.ol.ish

ab- 離開；ol生長；-ish動詞。

字義 *vt.* 廢除（法律等），取消。

記憶 ① ［義節解說］離開生長→不讓繼續生存→廢止。

② ［同族字例］-ol-：adult成年人（其中ul是ol的異體，表示「生，長」）。參看：alimony贍養費；alms救濟金；coalesce接合，癒合，聯合，合併（其中al是ol的異體，表示「生，長」）；adolescent青春期的，青少年。

a.bort [əˈbɔ:t ; əˈbɔrt]

義節 ab.ort

ab- 離開；ort→ori升起，起源。

字義 *v.* （使）流產，(使)夭折。
　　　vt. 抑制（病）的發展。

記憶 ① ［義節解說］字根- ori -意爲「升起，起源」。東方是太陽升起之處。剛升起就離開→不讓成長→流產。

② ［用熟字記生字］rise升起；origin起源。

③ ［同族字例］orient使向東，定位；originate發起，創辦，發生；disorient暈頭轉向；reorient重定方向；unoriented沒有確定目標的。參看：orientation向東，方向，定位。

a.brade [əˈbreid ; əˈbred]

義節 ab.rade

ab- 離開；rad磨擦→咬，啃。

字義 *vt.* 磨擦，磨掉，擦傷（皮膚等）。

記憶 ① ［義節解說］磨擦得「離開」→磨掉。

② ［用熟字記生字］razor刮鬍刀；rat老鼠（老鼠要「磨」牙）。

③ ［同族字例］rodent咬的，嚙的；erode腐蝕，侵蝕；corrosive腐蝕的；erosive腐蝕的；corrode腐蝕，侵蝕；anticorrosion防腐蝕；rot腐爛；rotten腐爛的；rusty（肉類）腐爛發臭的；raid襲擊；graze放牧，使吃牧草。

ab.rupt [əˈbrʌpt ; əˈbrʌpt] *

義節 ab.rupt

ab- 離開；rupt破裂。

字義 *a.* 支離破碎的，突然的，陡峭的，粗魯的。

記憶 ① ［義節解說］破裂離開→支離→突然破裂。

② ［用熟字記生字］記interrupt打斷（講話）。

③ ［同族字例］rupture破裂；bankrupt破產；disrupt使分裂；erupt（火山等）爆發；rive撕開，扯裂，劈開。參看：rip撕（開）；rift裂縫；corrupt腐敗的，墮落的，貪汙的。

ab.scond [æbˈskɔnd ; æbˈskand] *

義節 abs.cond

abs- 離開；cond→sconce *n.*〔古〕掩蔽物。

字義 *vi.* （爲逃避罪責等）潛逃。

記憶 ① ［義節解說］-（s）cond -的基本涵義是「角」→貝殼的形狀似「角」。再從「貝殼」引申爲表示「覆蓋而使之隱藏」的涵義。傳說法海和尚鎮壓白蛇之後遭報復，躲進了寄生蟹裡，當了「縮頭和尚」，藉蟹殼之「覆蓋」而「潛藏」，正合此意。掩蔽著離開→潛逃。

② ［用熟字記生字］corn角；can罐頭。

③ ［同族字例］cockle海扇殼；conchology貝殼學；congius康吉斯

（古羅馬液量單位）；cochlea耳蝸；cochleate狀如蝸牛殼的，螺旋形的；cone錐形物；sconce頭部的掩蔽物（如：盔等）；second調任，調派。參看：conch貝殼，海螺；ensconce隱蔽；recondite深奧的，難解的，隱蔽的。

---

ab.solve

[əb'zɔlv ; æb'sɑlv,əb-, -'zɑlv] *

義節 ab.solve

ab- 離開；so - 分離；lve→liver放鬆。

字義 vt. 解除，免除。

記憶 ① ［用熟字記生字］to solve a problem 解決問題。

② ［同族字例］leave離開，留下；lift解除（禁令等），清償；relieve解除，免除；deliver釋放；dissolve溶解；resolve分解，決定；solve放鬆，鬆綁。

---

ab.sti.nence

['æbstinəns ; 'æbstənəns]

義節 abs.tin.ence

abs- 離開；tin→tain握，持；- ence名詞。

字義 n. 節制，禁慾。

記憶 ① ［義節解說］保持或堅持遠離（誘惑）→禁慾。- tin –源於拉丁文tenere，法文作tenir，相當於英文的hold.

② ［用熟字記生字］continue繼續；maintain維持；tenant租戶。

③ ［同族字例］tenement地產；tenure占有（權）；tenable可保持的，站得住腳的；obtain獲得；sustentation支持，糧食。參看：tenet信條，宗旨；pertinacious堅持的，執拗的；obstinate固執的；tenacious緊握的，堅持的，頑強的，固執的；continence自制（力），克制，節慾；sustenance生計，支持，食物，營養，供養，支撐物。

---

ab.surd

[əb'sə:d ; əb'səd] *

義節 ab.surd

ab- →ad -加強意義；surd（拉丁文）耳聾的，不願意聽的。

字義 a. 不合理的，荒唐的，愚蠢的，可笑的。

記憶 ① ［義節解說］本字的拉丁文原意是「不和諧，不堪入耳」，引申為「荒唐」。參證法文：surdité聾；absurdit荒唐。

② ［用熟字記生字］記shut關閉。兩耳閉塞，聾而且見聞匱乏。又可借「掩耳盜鈴」故事，記其愚蠢荒唐。

③ 換一個思路：ab -脫離；surd→sure a.確實的，相信可能的。脫離了可信，就是荒唐。

---

a.buse

[v. ə'biu:z ; ə'bjuz n. ə'bju:s ; ə'bjus] *

義節 ab.use

ab- 離開；use使用。

字義 vt./n 濫用，虐待，辱罵。
n. 陋習。

記憶 ① ［義節解說］背離了正常 / 正確的使用

② ［用熟字記生字］use使用。

③ ［同族字例］「濫用」一意：usury高利貸；utility實用。參看：utensil器具；usurious（放）高利貸的，高利（剝削）的。「陋習」一意：usual慣常的；get used to習慣於；accustom習慣於。

---

a.but

[ə'bʌt ; ə'bʌt]

義節 a.but

a- →ad -→to；but n.終端，盡頭。

字義 v. 鄰接，毗連，緊靠。

記憶 ① ［義節解說］到了終端（界線）→接界。

② ［用熟字記生字］about在…附近（bout是but的變體）；butt粗端，槍托，菸蒂，［古］界限。

③ ［同族字例］beat打；battle打仗；beetle木槌；bout競爭，較量；Bastille巴士底獄；buttress扶壁，支柱；debut首次演出；buttock半邊屁股。參看：butt抵觸，緊靠，毗連；rebut反駁；baste狠揍，痛罵；bate壓低，【英俚】大怒；abate使減退。

④ 法律用語butts and bounds地界。（朗朗上口，有助記憶。）

⑤ ［使用情景］Our school～s on a hospital. 我們學校與一家醫院毗連。The house～s upon the church.此屋緊鄰教堂。

a.byss [ə′bis ; ə′bɪs]

義節 a.byss

a- 無，不；byss底。

字義 v. **無底洞，深淵，地獄。**

記憶 ① ［用熟字記生字］用bottom（底）／butt（終端）／base（基，底）來記byss（底）。

② ［同族字例］Abbadon地獄；bathos突降，下降；benthos海洋深處；bathometer水深測量器；fathom測量深度，揣測（bath→fath：b→p→ph→f通轉）；fathometer回音探測儀（利用回音測水深）。

ac.ces.sa.ry

[æk′sesəri, ək- ; æk′sɛsərɪ, ək-]

義節 ac.cess.ary

ac- →to；cess去，走；- ary字尾。

字義 n. / a. **同謀（的），幫兇（的）。**

n. **附件。**

a. **附加的。**

記憶 ① ［義節解說］一起去，跟著一道走→附屬物

② ［用熟字記生字］process進行，過程，程序。

③ ［同族字例］concede讓與；concession讓步，遷就；process進行；succeed成功。參看：precedent先例；cession（領土的）割讓，（權力等）讓渡；幫兇；recess休息。

④ ［使用情景］～s for a car / of a bicycle / to the costume.汽車附件 / 自行車附件 / 服裝的附屬飾物。an～to the crime / to the murder.從犯 / 謀殺案從犯。necessary / stage～s.必須的條件 / 舞臺小道具。

ac.com.plice

[ə′komplis ; ə′kɑmplɪs] *

義節 ac.com.plice

ac- →ad -→to； com -共，同；plice→plex編織。

字義 n. **同謀者，幫兇。**

記憶 ① ［義節解說］共同編織（陰謀）。其中- plice -的涵義可參考下列名字幫助記憶：plot陰謀；plan計畫；accessary同謀，幫兇。

② ［同族字例］complicity同謀，共犯；explicate解釋；implicate暗示。參看：explicit明晰的，明確的，直率的；implicit隱含的。

③ ［音似易混字］易與accomplish（完成）混淆。

④ ［使用情景］an～in the robbery / in a crime. 搶劫案／一樁罪行的同謀犯。criminal / principal / secret～.共犯 / 主要幫兇 / 祕密同謀者。

ac.cost [əˈkɔst ; əˈkɔst] *

義節 ac- →ad -→to ；cost肋骨→胸。

字義 *vt.* 走上前搭話；招呼；（妓女）勾引。

記憶 ① ［義節解說］cost源自拉丁文costa肋骨。走到「肋骨」來，即走得很近，走到「身」前來。參證法文accoster接近，靠近。走上前獻殷勤→搭話，勾引。

② ［用熟字記生字］亦不妨用近似音call（叫）來記義節中的cost。

③ ［同族字例］costa肋骨，前緣；coast岸；costrel有耳狀吊環的皮盛水器；cuesta單面山；intercistal脊間的；corselet胸甲；corset女胸衣。

④ ［使用情景］He was～ed by a beggar. 一個乞丐走過來向他乞討。

⑤ ［音似近義字］courtesan名妓。

ac.cuse [əˈkjuːz ; əˈkjuz] *

義節 ac.cuse

ac- →ad -→to ；cuse→cas落下。

字義 *vt.* 指責，譴責，控訴，控告。

記憶 ① ［義節解說］本字來源於拉丁文cause事件，原因，訴訟。而該字又來源於cado跌落。

② ［用熟字記生字］excuse原諒（其中ex -→out；排除在外）；cause原因，訴訟。

③ ［同族字例］case情形；casual偶然的；occasion時機；occasional偶然的；accident偶然的事，意外；incident事件；coincide巧合。參看：accuse控告；casualty 傷亡（事故），傷亡人員，損失物。

④ ［音似近義字］cures咒罵；accursed遭詛咒的。

a.ceph.a.lous
[eiˈsefələs ; eˈsɛfələs]

義節 a.ceph.al.ous

a- →not無，不；ceph→cap頭；- al字尾；- ous形容詞。

字義 *a.* 沒有頭（領）的；群龍無首的。

記憶 ① ［用熟字記生字］cap帽子，可以助記字根- cephal -頭。

② ［同族字例］cephalic頭部的；cephaloid頭形的；autocephalous自治的；hydrocephalus腦積水；capital首都；gable三角屋頂（cap→gab：c→g：p→b通轉）。

a.ce.tic
[əˈsiːtik, æˈs-, -ˈset ; əˈsitɪk, əˈsɛtɪk]

義節 acet.ic

acet酸，尖；- ic形容詞。

字義 *a.* 醋的，醋酸的。

記憶 ① ［用熟字記生字］acid酸，醋酸；ache痛→「酸」痛；headache頭痛。

② ［同族字例］cuspidate有尖端的；bicuspid雙尖的。參看：acute尖銳的；cusp尖頂，尖端，尖點；acumen敏銳，聰明。

a.cous.tic
[əˈkuːstik, -ˈkaus ; əˈkustɪk, əˈkaustɪk]

義節 acoust.ic

acoust聽；- ic形容詞。

字義 *a.* 聽覺的，傳音的，聲學的。

記憶 ① ［用熟字記生字］echo回音，反響（其中e -→ex -→out；cho→acoust聽；聽到外面傳回來的聲音）。

② ［用熟字記生字］voice聲音（acous→voic：c→g→w→v音轉）。

③ ［同族字例］acoumeter測聽器；acousticon助聽器；acoustics聲學，

音響裝置；hark傾聽（h容易脫落；ark→ac→- acou -）；hearken傾聽；hear聽見；catechize盤問。參看：hearsay傳聞（的）。

ac.qui.esce [,ækwi'es；,ækwɪ' ɛs] *

義節 ac.qui.esce

ac- →ad →to ；qui平靜；- esce開始，漸漸成為。

字義 *vi.* 許可，默認。

記憶 ① ［義節解說］保持靜默。

② ［用熟字記生字］calm平靜；quiet靜的。

③ ［同族字例］requiem安魂曲；requiescence進入寂靜和安寧。參看：quiescent靜止的，不動的，沉默的；quietude安靜，平靜。

④ ［使用情景］to ～ in an arrangement / the charges / an opinion / a plan / a suggestion.默然同意一個安排 / 收費 / 一種意見 / 一項計畫 / 一個建議。

⑤ qu常表示「使平靜」，例如：conquer征服；quash鎮壓，平息；quench撲滅；squeeze壓扁；vanquish征服；squish壓扁；squash鎮壓，壓扁，壓碎；quell鎮壓，平息；tranquil寧靜的；equilibrium平衡；squelch鎮壓，壓服。

ac.quis.i.tive

[ə'kwizitiv；ə'kwɪzətɪv]

義節 ac.quisi.tive

ac- →ad →ad→to；quisi→quir探尋，尋求。

字義 *a.* （對知識等）渴望得到的，能夠獲得的。

記憶 ① ［義節解說］尋求→渴望得到→獲得。

② ［用熟字記生字］conquer征服；

question問題。

③ ［同族字例］quest尋找，探求；acquire努力取得；require要求。參看：conquest征服（地），掠取物。

ac.quit [ə'kwit；ə'kwɪt] *

義節 ac.quit

ac- →ad →to；quit *v.*離開，免除。

字義 *vt.* 宣告無罪，免除義務，表現，履行，完成（to～oneself）。

記憶 ① ［用熟字記生字］quit離開，免除。

② ［同族字例］quit離開，解除，償清；requite報答，報復；equal相等的。參看：quits抵銷的，對等的，不分勝負的。

③ ［使用情景］to be～ted of the crime / the charges / murder / the robbery.被宣告無罪 / 解除指控 / 無謀殺罪 / 無竊盜罪。to be～ted of one's liability.被免除義務。to～oneself of a promise.履行諾言。to～oneself well / poorly / badly / ill 表現出色 / 差勁 / 壞 / 不好。to～oneself of a duty.完成任務。

ac.tin.ism

['æktinizm, -zəm；'æktɪn,ɪzəm]

義節 actin.ism

actin *n.*有觸角的結構，原子團；- ism表示「特性」。

字義 *n.* 放射化學，光化性，光化度。

記憶 ① ［義節解說］觸角向各個方向伸出，如輻射狀。「光」是一種「輻射」。

② ［用熟字記生字］active活性的，活躍的。

③ ［同族字例］actinia海葵；actinozoan珊瑚蟲；actinid射線狀的；antenna觸角，天線；antelope叉角羚羊；antler鹿角；anti -（字首）對抗。參看 ：agony

極度痛苦，痛苦的掙扎，（感情）爆發（actin→agon：ct→g通轉）。

ac.tu.ar.y

['æktjuəri ; 'æktʃu, ɛrɪ, -ərɪ]

義節 act.u.ary

act→ag走，驅動→快；- ary…的人（名詞）。

字義 *n.* 保險統計員。

記憶 ① ［義節解說］本字來源於拉丁文actuarius速記員，會記員，糧食管理員。而該字又來源於拉丁文ago走，驅動。

② ［用熟字記生字］exact精確的。→保險統計員要「做」「精確的」統計。

③ ［同族字例］參看下字：actuate開動（機器等），激勵，驅使。

ac.tu.ate ['æktjueit ; 'æktʃu,et]

義節 act.u.ate

act→ag走，驅動；ate –動詞。

字義 *vt.* 發動（機器等），激勵，驅使。

記憶 ① ［用熟字記生字］act行動。

② ［同族字例］參看：agile敏捷的，靈活的；agitate鼓動，攪動，使焦慮不安；actuary保險統計員。

a.cu.men

['əkju:men ; 'əkjumɪn,-mən]

義節 acu.men

acu（字根）尖，酸。

字義 *n.* 敏銳，聰明。

記憶 ［同族字例］- cu - : cuspidate有尖端的；bicuspid雙尖的。參看：acute尖銳的；cuap尖頂，尖端，尖點；acetic醋的。

a.cute [ə'kju:t ; ə'kjut] *

義節 acu.te

acu（字根）酸，尖。

字義 *a.* 尖銳的，敏銳的，劇烈的，急性的（病）。

記憶 ① ［同族字例］參看上字：acumen敏銳。

② ［疊韻近義字］cute聰明的，機敏的。參看：astute機敏的。

ad.age ['ædidʒ ; 'ædɪdʒ]

義節 ad.age

ad-→to；age古拉丁文：（我）說。

字義 *n.* 格言，諺語。

記憶 ① ［用熟字記生字］predict預言。若不管正規語源，可重新把義節解為：a.dage.其中dage→dict說。

② ［使用情景］to fulfil the～完全符合格言所說。honesty / oft – referred / old～.樸實的 / 經常引用的 / 古老的諺語。

ad.a.mant

['ædəmənt ; 'ædə,mænt, -mənt] *

義節 a.dam.ant

a- 否定，無，不；dam→tame *a.*馴順的（d→t通轉）；- ant形容詞。

字義 *a.* 堅定不移的，堅硬的。

n. 硬石，堅硬物（如鑽石等）。

記憶 ① ［義節解說］不馴順的→堅定不移的，堅硬的。參考：希臘文adamas一種堅硬的金屬。

② ［用熟字記生字］diamond鑽石（形似音似義又近）；dam大壩→像防洪大壩一樣堅定不移。

③ ［同族字例］dominate支配，統治，控制；dare敢；domesticate馴養；dauntless無畏的；tame馴順的（d→t通轉）。參看：daunt威嚇，嚇倒；dome圓屋頂。

④《長恨歌》有句：「但教心似金石堅，

天上人間會相見。」您學了本字，試把
上句譯成英文看看。拙譯爲：As long as
your will is as rigid / hard as adamant,…
⑤［使用情景］I am～that they should
leave.我心意已決：他們得走。

---

ad.den.dum

[ə'dendəm, æ- ;ə'dɛndəm, æ-]

義節 ad.d.endum

ad- →to ;od→don給予；- endum名詞。

字義 *n.* 補遺，附錄，附加物。

記憶 ①［義節解說］to don→give to→add
to→- add -加上。續加在後面的東西→附
加物。

②［同族字例］- add - : addend加數；-
endum :參看：agenda議程（- enda表示
複數）。

---

ad.der ['ædə ;' ædə]

字義 *n.* 蝮蛇（一種小毒蛇）。

記憶 ①［造句助憶］Look !An ～is climbing
down the ladder !瞧 ！一條蝮蛇正爬下樓
梯！（此句借ladder串記adder）。

②［音似近義字］rattle響尾蛇。

---

ad.dle ['ædl ;'æd!]

字義 *a. / vi.* 混亂（的），腐壞（的）
　　vt. 使混亂，使腐壞。

記憶 ①［義節解說］a d d加→越加越
「亂」；dull笨的→「糊」塗蟲。

②［使用情景］雞蛋壞了，叫addle，形容
它裡面的蛋黃「混亂」得一塌糊塗；麵包
壞了叫做stale，形容有一種陳腐氣味；
牛奶壞了叫sour，因爲發酵變酸；火腿、
培根肉、臘腸等壞了叫rancid，爲其有股
變質刺鼻的油脂氣味；人變「壞」了叫作
corrupt（腐敗的）。

③［音似近義字］muddle使混濁，使糊

塗；huddle亂堆，亂擠，混亂；fuddle使
酸，使迷糊。

---

ad.e.quate ['ædikwit ; 'ædəkwɪt] *

義節 ad.equ.ate

ad- →to ；equ→equal相等；- ate形容
詞。

字義 *a.* 適當的，適度的，充分的，可以勝
任的。

記憶 ①［義節解說］與（需要的量）相等→
剛好夠用→適當的，充分的。據作者考證
：字根- equ –來源於字根- aqu –水→端
「平」一碗水。

②［用熟字記生字］equal相等。

③［同族字例］e q u a t e（使）相等；
equation方程式；equator赤道（註：到
南北兩極的距離相等）；aqueous水的。
參看：equanimity沉著；equinox晝夜平
分點，春分，秋分；equivocal模稜兩可
的，歧義的，曖昧的。

---

ad.i.pose ['ædipous ; 'ædə,pos]

義節 ad.ip.ose

ad- 加強意義；ip（動物）脂肪，肥，
胖；- ose充滿…的（形容詞字尾）。

字義 *a.* 脂肪多的，脂肪質的。
　　n. 動物脂肪。

記憶 ①［義節解說］本字來源於拉丁文
adeps油脂，肥，胖（ad –字首）。

②［同族字例］參看：obesity過度肥胖，
肥胖症（- ip -→- ob - : p→b通轉）。

③［造句助憶］He should dip his fingers
into the adipocere（屍油，屍蠟）。他
竟然把手指在屍油蘸了蘸 ！（用dip叫
（蘸）記）adipose）

④［使用情景］excess～tissue多餘的脂肪
組織。

A

ad.ja.cent

[ə'dʒeisnt, -sənt ; ə'dʒesnt] *

義節 ad.jac.ent

ad- →to ; jac→jug→yoke *n.*牛軛，同軛的一對牛或馬 ; - ent形容詞。 字義

字義 *a.* 鄰接的。

記憶 ① ［義節解說］在德文中，j讀y音。同軛的一對牛或馬→（使）鄰接。

② ［用熟字記生字］conjunction連接詞，結合，合併 ; join加入。

③ ［使用情景］～ houses / farms / angle. 鄰屋 / 毗連的農場 / 鄰角。a music program～to the news.緊接新聞後的音樂節目。

④ ［同族字例］join結合，（口語）鄰接，毗連 ; adjoin貼近，毗連 ; coadjacent戶相連接的，在（思想上）很接近的 ; jostle貼近 ; joust馬上的長槍比武，競技（註：「近」身搏鬥） ; juxtaposition並列，並置 ; adjust調整，調節 ; yesterday昨天（註：時間上的「毗鄰」，y→j通轉） ; vicinal附近的，鄰近的。參看 : congest（使）擁擠，（使）充血 ; conjugate結合，成對 ; yoke牛軛 ; juxtapose把…並列，使並置。

ad.journ

[ə'dʒɜːn ; ə'dʒɜ·n] *

義節 ad.journ

ad- →to ; journ一天。

字義 *v.* 延期，休會。

記憶 ① ［義節解說］to another day.推遲至他日。

② ［用熟字記生字］法文jour相當於英文的day.也可借英文的journal（日記，日報）助憶 ; journey旅行，旅程。

③ ［同族字例］journal日記，日誌，報刊（註：「日」報） ; journalist記日記的人，新聞記者。參看 : diurnal白天活動的，白天開花的 ; nocturnal夜的，夜間開花的，夜間活動的 ; sojourn旅居，逗留。

ad.jure [ə'dʒuə; ə'dʒur]

義節 ad.jure

ad- →to ; jur發誓。

字義 *vt.* 使…發誓，懇求。

記憶 ① ［用熟字記生字］jury陪審團（每人先要手按聖經發誓，表明公正）。

② ［同族字例］jural法制的 ; juridical司法上的 ; juristic合法的。參看 : jurisdiction司法（權）; perjury假誓，偽證（罪）。

③ ［易混字］參看 : abjure發誓斷絕（ab -：離開）。一個字母之差，但字首涵義不同。試把這二字串造一句 : I adjure you to abjure your errors.我要你發誓改正錯誤。

ad.ju.tant ['ædʒutənt; 'ædʒətənt]

義節 an- 從事於… ; jut→juv幫助，使歡喜 ; - ant …的（人）（名詞字尾 / 形容詞字尾）。

字義 *n.* 副官，助手。

    a. 輔助的。

記憶 ① ［義節解說］本字來源於拉丁文juvo幫助，使歡喜 ; 它的過去分詞爲jutum.共同輔助→互助。從事於「輔助的」工作→助手。

② ［用熟字記生字］joy喜悅的→幫助他，就使他歡喜。

③ ［同族字例］enjoy享受，欣賞。參看 : jewel寶石（飾物）（joy→jew ; v→w通轉） ; jubilation歡喜（joy→jub ; v→b通轉） ; jovial快活的 ; coadjutant互助的，協助者，助手。

ad.o.les.cent

[ˌædou'lesnt ; ˌædl'ɛsnt]

義節 ad.ol.escent

ad- 向…；ol 成長；escent逐漸變化（形容詞字尾）。

字義 *a.* 青春期的。

n. 青少年。

記憶 ① ［義節解說］正在逐漸成長的→青春期。

② ［用熟字記生字］old年長的，老的（ol 成長；加- ed→oled→old長成）。

③ ［同族字例］- ol -：adult成年人（其中ul是ol的異體，表示「生，長」）。參看：alimony贍養費；alms救濟金；coalesce接合，癒合，聯合，合併（其中al是ol的異體，表示「生，長」）；sciolism膚淺的知識。一知半解，假充內行。

- esc -：descend下降，斜坡；ascend登高，追溯，上升；ascendency優勢，支配地位；transcend超越；transcendent卓越的；aquiesce默認。參看：scramble爬行，攀爬，蔓延；condescend屈尊，俯就；effervesce冒氣泡，起泡沫，生氣勃勃。

④ ［音似易混字］adulterous私通的（註：字根 – ult – other另一→和「另一」個人發生關係）。

a.dore [ə'dɔː ; ə'dor, ə'dɔr] *

義節 ad.ore

ad- →to；ore講話。

字義 *vt.* 崇拜，敬慕，愛慕，喜歡。

記憶 ① ［義節解說］本字來源於拉丁文adoro懇求，呼籲，崇拜，敬慕，愛慕。其中ad -是字首，oro懇求，講話。引申為「神諭」，以及對神的「崇拜」。

② ［用熟字記生字］oral English英文口語。

③ 變通劃分義節為a.dore（a -→ad -→to；dore→dear；親之愛之）。

④ ［同族字例］參看：orate 演說；orison祈禱；perorate長篇演說；osculent接吻的；oracle神諭，預言（者），大智（者）。

a.dorn [ə'dɔːn ; ə'dɔrn] *

義節 ad.orn

ad- →to；orn裝飾。

字義 *vt.* 裝飾，修飾，使生色。

記憶 ① ［義節解說］字根- orn -（裝飾）可能與字根- ornith -（鳥）同源。古時候愛用鳥羽作裝飾物。

② ［用熟字記生字］honor名譽，honorable顧體面的→「名譽」、「體面」均是對人的一種「裝飾」。

③ ［同族字例］ornament裝飾（品），飾物；ornate過分裝飾的；suborn唆使，賄賂；ornithic鳥的；ornithology鳥學。

ad.u.la.tion

[ˌædju'leiʃən ; ˌædʒə'leʃən]

義節 a.dul.ation

a- 屬於…的；dul像狗一樣搖尾乞憐，撫弄（狗）；- ation名詞。

字義 *n.* 奉承，諂媚。

記憶 ① ［義節解說］本字來源於拉丁文adulor像狗一樣搖尾乞憐，表示親熱，撫弄（狗）。

② 換一個角度：字根eu也讀u音，表示「良好，優美」。而且又是常用字根，如eugenics（優生學），eulogy（頌揚）。正宜事急從權，何妨桃僵李代？於是另立「偽」的「義節」如下：ad –表示「加強」；ula→eulogy頌揚。解說：大肆頌揚→奉承。

③ ［同族字例］doll洋娃娃，好看而沒有頭

43

腦的女子；delicate精美的 ；delectable美味的，使人愉快的；delicious美味的；dolce柔和的，平靜的 ；dulcify把…弄甜，使心平氣和；dulcimer德西馬琴；edulcorate【化】純化，除酸；delight使高興。參看：indulgent縱容的，溺愛的；dally嬉戲；dulcet好看的，悅耳的。

④［使用情景］self～自命不凡；servile～阿諛奉承 ；abject～卑劣的諂媚；to enjoy / bask in～喜歡 / 陶醉於奉承。

⑤ 字母d常表示「使身心愉悅的」意味。如darling親愛的；douce悅耳的。參看：dain美味的；dessert甜點；ditty小調；douceur文雅而溫柔的方式。

---

ad.um.brate
['ædʌmbreit ; æd'ʌmbret,'ædəm,bret]

義節 ad.umbr.ate

ad-→to；umbr陰影，蔭；- ate動詞。

字義 vt. 勾畫，暗示，遮蔽。

記憶 ①［義節解說］畫陰影→畫輪廓→見到影子（跡象），預示事務之降臨。

②［用熟字記生字］記umbrella傘（用傘來蔭蔽自己）。

③［同族字例］參看：somber昏暗的，憂鬱的，暗淡的，淺黑的；penumbra半陰影；umbrage樹蔭，不愉快的，懷疑。

④［使用情景］to～the plan.描述計畫的概況。the title～d the meaning of the poem.標題概括了這首詩的主旨。social unrest ～d the revolution.社會的動盪不安預示著革命的來臨。

---

ad.ven.ti.tious [,ædven'tiʃəs, ,ædvən-; ædven'tiʃəs, ,ædvən-]

義節 ad.vent.itiouds

ad-→to；vent來到- itious形容詞。

字義 a. 外來的，偶然的，不定的。

① ［義節解說］ （從外面）來到的→降臨→偶然的。

②［用熟字記生字］event事件；venture冒險。

③［同族字例］advent到來；provenience起源；event事件。參看：revenue收益；parvenu暴發戶（的）；convene召集；convent女修道院；contravene觸犯；conventional慣例的，常規的，傳統的，協定的。

---

ad.ver.si.ty
[əd'vəːsiti ; əd'vɚsətɪ] *

義節 ad.vers.ity

ad-→to；vers轉動；- ity名詞。

字義 n. 逆境，災難，不幸。

記憶 ①［義節解說］ （情況）逆轉→向不利的方面轉折。

②［同族字例］vertical 垂直的；vert 改邪歸正的人；avert 轉移（目光）；divert轉移；evert推翻；revert恢復；vertiginate令人暈眩地旋轉；vertex頂點。參看：vertigo眩暈，頭暈；diverse不一樣的，多變化的；convert改變信仰，轉變，轉換。

---

ad.vo.cate [n. 'ædvəkit; 'ædvəkɪt, -,ket v.'ædvə keit; 'ædvə,ket] *

義節 ad.voc.ate

ad-→to；voc叫，聲- ate動詞 / 名詞。

字義 v. / n. 提倡（者），擁護（者）。

記憶 ①［義節解說］奔走呼叫，號召，大聲疾呼。

②［用熟字記生字］voice聲音；vocation天賦，天職。

③ ［同根字例］ vociferous嘈雜的；vocabulary字彙；vocation使命。參看：vocal有聲的；暢所欲言的；avocation副

業；equivocal模稜兩可的，歧義的，曖昧的。

④〔同族字例〕fauces咽門；vouch擔保。參看：avow聲明；provoke煽動；revoke召回。

ae.gis ['iːdʒis; 'idʒɪs]

義節 aeg.is

aeg →goat n.山羊；-is字尾。

字義 n. 保護，贊助，主辦。

記憶 ①〔義節解說〕本字來源於拉丁文aegidis宙斯的神盾，覆蓋物。這是用山羊皮覆蓋的盾，傳說曾借給雅典娜，所以引申爲「保護，贊助」。所謂「拉大旗作虎皮」。字根- aeg –後來又變形爲：- eg - ; - teg - ; - tect - ; - decor -…等等，都表示「覆蓋，保護」。

②〔諧音〕「倚著是」→倚仗著它就行。

③〔用熟字記生字〕decoration裝飾。

④〔同族字例〕deckle 紙模的定紙框；decor 裝飾風格；thatch茅屋頂；thug黑鏢客；stegodon一種已滅絕的類象動物；protect遮蓋，保護；tutor導師，家教；tile瓦；test（蟹，蛤等的）甲殼，介殼；architect建築師；testudo陸龜；tortoise龜；tester（舊式大床，布道壇上面的）華蓋；toga袍掛，長袍：protege被保護人；integument（動、植物的）外皮，外殼，覆蓋物；test測驗，考試，attest證實，證明；contest競爭；protest抗議；testimony證據。參看：detest痛恨；testy易怒的，暴躁的；intuition直覺；testament遺囑。遺言。test的原意是（蟹，蛤等的）甲殼，介殼，好像古代的東方人和西方人把它們看作神物，引申爲「證物，見證」（witness）。參看：ostracise貝殼放逐法→古希臘由公民把認爲危害邦國的人名寫在貝殼上進行投票，過半數票者則放逐之〕；tutelage保護，

監護，（個別）指導；decent體面的；bedeck裝飾；decorum禮貌，禮節，正派，體面。

ae.on ['iːən, 'iːiɔn; 'iən, 'iɑn]

字義 n. 長年，永恆。

記憶 ①〔用熟字記生字〕age歲月。

②〔同族字例〕ever永遠；annum年；eternity永恆；medieval中世紀的；primeval太古的。參看：evergreen長青的；longevity長壽，長命，資歷。

③〔使用情景〕It has taken~s for our civilization to develop.我們的文明是經歷了百千萬劫才得以造就的。（上述例句中可以用ages去代aeons，讀音相似，意思不變）。

aes.thet.ic [iːs'θetik ; εs'θεtɪk] *

義節 aesthet.ic

aesthet→perceive感知，覺察；- ic形容詞。

字義 a. 美學的，審美的。

記憶 ①〔義節解說〕感覺到的→美學的，審美的。義節的語源不易記，茲另闢二徑，不知當否？ A. aes.thet→is that→That is it!「美」是全靠「感知的」，一下捕捉到了，你倒叫起來:「就是它！」 B. theo這個字根表示「神、理」。如：theology神學；theory理論。於是aes.thet→is theo（這是神）。《洛神賦》有謂「知幾其神乎！」，「彼何人斯？若此之豔也。」

②〔同根字例〕參看：anaesthetic麻木的，麻醉的，麻醉劑。

af.fa.ble ['æfəbl; 'æfəbl] *

義節 af.fable

af- →ad -→to；fab講話；-le表示動作反覆

A

字義 *a.* 溫和的，和藹可親的。

記憶 ①〔義節解說〕主動趨前向你反覆噓寒問暖。

②〔用熟字記生字〕ｂａｂｙ嬰兒（bab→fab；b→f通轉）。咿呀學語→話語。

③〔同族字例〕ｆａｂｕｌｏｕｓ神話的；confabulate讀物；babe嬰兒；bambino嬰孩；boody笨蛋，婦女的乳；burble滔滔不絕地講話；verb動詞（fab→verb；f→b通轉）；adverb副詞；verbal詞語的，逐字的；verbose累贅的。參看：bauble小玩物；fable寓言；effable能被說出的，可表達的；verbatim逐字的，照字面的；proverb格言；ineffable不能用言語表達的；babble咿呀學語，嘮叨。

④ 字母f和讀f音的ph表示「話語」的其他字例：preface序言；confession懺悔；professor教授。參看：prefatory序言的；fate命運；prophecy預言。

⑤〔形似易混字〕參看：effable可表達的。

⑥〔使用情景〕an～countenance / smile 和藹的臉容 / 慈和的微笑。

af.fil.i.ate [əˈfilieit; əˈfɪlɪ,et]

義節 af.fili.ate

af-→ad –→to；fili兒子；- ate動詞。

字義 *vt.* 接納為會員、成員，追溯來源。
　　　 vi. 交往，有關。

記憶 ①〔義節解說〕字根- fil –表示「線」，引申為「子女」。中國人也有「一脈香煙」的說法，指家族一線相傳（法文：fils兒子，fille女兒）。使成為兒子→接納為成員。

②〔同根字例〕file檔案（註：排成一個縱列）；profile側影，形象；filament長絲，燈絲；multifil複絲，多纖維；filiate收為子女；filiation父子關係，社團分

支，起源；unfilial不孝的。參看：filial子女的，孝順的。

af.fin.i.ty [əˈfiniti; əˈfɪnətɪ] *

義節 af.fin.ity

af-→ad –處於…狀態；fin誠，信；- ity名詞。

字義 *n.* 吸引力，親和力，親密關係，類同。

記憶 ①〔義節解說〕定親，靠的是雙方的誠信。中國古時也有「信物」，引申為「親密關係」。參證法文：fiancer定親。

②〔用熟字記生字〕kin（親屬關係）；be akin to…有血緣關係的；同類的。

③〔同族字例〕fine美好的；fiance未婚夫；fiancée未婚妻；affiance定親；affined姻親的；finance信貸；family家庭；familiar熟悉的。

af.fla.tus [əˈfleitəs; əˈfletəs]

義節 af.flat.us

af- → ad – to；flat吹氣，呼吸；- us名詞。

字義 *n.* 靈感，神感。

記憶 ①〔義節解說〕吸入神靈的啟示，激發出靈感。同義字inspiration（靈感，激發）的構字思路與本字完全一致；in -進入；- spir -呼吸；- ation名詞。

②〔用熟字記生字〕blow吹（氣）（fl→bl：f→ph→p→b音轉）。

③〔同族字例〕flatus一陣風；deflate使洩氣；inflation通貨膨脹；bluster風狂吹；bloat使腫脹；blather胡說。參看：blast狂風；flute長笛；flout嘲笑，表示輕蔑（本字意謂用自己的拇指對著鼻子，其餘手指張開，作吹笛狀，以示嘲笑，輕蔑）。

af.flict [ə'flɪkt; ə'flɪkt] *

義節 af.flict

af- →ad -→to；flict打擊。

字義 *vt.* 使苦惱，折磨。

記憶 ① flict可能是模擬鞭子抽打時的「啪啪」破空聲。大寫字母L本身就像一根倒持的鞭子，小寫l長長的，也像鞭子。字母f象徵「呼呼」的風聲，可以描寫揚鞭時的破空聲。所以，fl和l均有「鞭子，鞭打」的義項。

② ［同族字例］flog鞭打；flick（用鞭）輕打；conflict衝突；參看：inflict打擊；flagellate鞭打；flog鞭打，驅使，嚴厲批評。

③ fl表示「鞭打」的其他字例：flip（用鞭）輕打；flail鞭打，抽打。

④ l表示「鞭打」的字例：lash鞭打；lam鞭打；larrup鞭打；lambast（e）鞭打，狠打；slate鞭打；slash鞭打…等等。

af.fray [ə'frei; ə'fre]

義節 af.fray

af- →to；fray *v.*吵架。

字義 *n.* 騷動，爭吵，打架。

記憶 ① ［義節解說］fray的基本字義是「恐嚇」，後來引申爲「爭論」和「吵架」。

② ［用熟字記生字］afraid害怕的。

③ ［同族字例］frighten使害怕；Friday星期五；formadable可怕的；bray驢叫（f→b通轉）；bravado虛張聲勢；brawl喧鬧，吵架；broil爭吵。參看：fray吵架，爭論，【古】警告，恐嚇；brag自誇（者）。

④ ［造句助憶］He was badly hurt in the～, and his sister was deadly afraid.他打架受傷，他妹妹怕極了（用afraid與affray的讀音相似及因果邏輯關係串憶）。

⑤ fr常表示「激動，狂亂」，如：fracas喧吵，打架；frantic狂暴的，狂亂的；frenetic狂亂的。敬請注意，收「舉一反三」之效。

a.gape

[ə'geip, ə'gæp ; ə'gep , ə'gæp]

義節 a.gape

a- 處於…狀態；gape張開口，打呵欠，目瞪口呆地凝視。

字義 *a. / adv.* 目瞪口呆（的），張大嘴（的），張開（的）。

記憶 ① ［用熟字記生字］gap缺口，鴻溝；generation gap代溝。

② ［同族字例］gasp喘氣；gill鰓，峽谷；lammergeier冬眠場所（lam→limb肢體）；chasm裂口；yawn打呵欠。參看：gape張口，（打）呵欠，目瞪口呆。

③ 字母g表示「口」的其他字例，參看：gag 塞口物；gush切口，傷口；gulp梗塞；gargle漱口。

a.gen.da [ə'dʒendə; ə'dʒɛndə] *

義節 ag.enda

ag→act做，動，驅策；- enda複數名詞。

字義 *n.* 議程，記事冊。

記憶 ① ［義節解說］行動安排。

② ［用熟字記生字］agent行爲者，代理人。

③ ［同族字例］參看：actuate開動（機器等），激勵，驅使；agitate鼓動，攪動，使焦慮不安；actuary保險統計員；agile敏捷的，靈活的；massage按摩，推拿（- mass - :手）。

ag.glom.er.ate

[*v.* ə'glɔməreit; ə'glɔmə,ret *adj.,n.* ə'glɔmərit, -reit ; ə'glɑməriːt, -,ret] *

義節 ag.glomer.ate

ag- →ad –to；glomer凝集；- ate動詞。

A

字義 *v.* **（使）成團，（使）凝聚。**

記憶 ① ［用熟字記生字］glue膠水；globe 地球（凝集成「球」）。

② ［同族字例］glomerate 密集成簇的；conglomerate聚集；congeal凍結，凝結；congelation凍結，凝固；gluten麵筋（註：也是黏糊糊的。gl是由字根- gel –中脫落母音e而衍出）；agglutinate膠合，黏合；deglutinate抽提麵筋；jell 凍結，定形（j與g同讀j音時，常可「通轉」）；jelly果凍，膠狀物；jelly - fish 海蜇，水母；jellify使成膠狀。參看：gelatin明膠；glacial冰冷的；glutinous 黏（質）的。

ag.gran.dize

['ægrəndaiz, ə'græn-; 'ægreən,daız, ə'græn-]

義節 ag.grand.ize

ag- →ad→to；grand大；- ize使變成；…化。動詞字尾。

字義 *vt.* **擴張，增加，誇大，提高。**

記憶 ① ［義節解說］使變大（grand→full grown）.

② ［用熟字記生字］grand大的；great大的，偉大的。

③ ［同族字例］grandiose廣大的，壯觀的。

ag.gre.gate [*n., adj.*'ægrigit, -geit ; 'ægrɪgɪt, -,get *v.* 'ægrigeit ; 'ægrɪ,get] *

義節 ag.greg.ate

ag- →ad -→to；greg→gori 在公眾集會上慷慨陳言→聚集，集合；- ate動詞。

字義 *vt.* **聚集，總計。**

記憶 ① ［用熟字記生字］group群，集，組合。

② ［同族字例］gregarious 群集的，群居的；agregious 異常的；congregate 使集合；segregate 使分離（註：se -：分離）；group 群，組；agora 古希臘集市（通常用於集會）；category 範疇；gory 血塊。參看：panegyric 頌詞（演講或文章），頌揚；exaggerate 誇張，誇大，言過其實；categorical 絕對的，明確的，範疇的。

a.ghast [ə'gɑ:st; ə'gæst, ə'gɑst] *

義節 a.ghast

a.- 處於…狀態；ghost *n.*鬼。

字義 *a.* **嚇呆的，驚呆的。**

記憶 ① ［義節解說］像見到鬼一樣嚇呆了。

② ［用熟字記生字］ghost鬼→ 臉像鬼一樣蒼白可怕。

③ ［同族字例］barghest 預示凶事的犬型妖怪；poltergeist捉弄人的鬼；golgotha 墓地，殉難處；god神。參看：ghastly可怕的，蒼白的；giddy頭暈的。

④ ［造句助憶］The ghoul stood～at the ghost, and soon became ghastly.那盜屍人見到鬼，嚇呆了，一會兒他自己也變得像死人一樣。這個句子可從ghost出發，串記aghast, ghastly和ghoul.

ag.ile ['ædʒail; 'ædʒel, -ıl, -aıl] *

義節 ag.ile

ag做，活動，驅動；- ile易於…的（形容詞字尾。

字義 *a.* **敏捷的，靈活的。**

記憶 ① ［義節解說］做起活動來很容易→靈活的。

② ［同族字例］參看：actuate開動（機器等），激勵，驅使；agitate鼓動，攪動，使焦慮不安；actuary保險統計員；agenda議程，記事冊；transigent願妥協的人；intransigent不妥協的。

ag.i.tate ['ædʒiteit; 'ædʒə,tet] *

【義節】a.git.ate

a- →ad -→to；git激動；- ate動詞。

【字義】*v.* 鼓動。

    vt. 攪動，使焦慮不安。

【記憶】① ［用熟字記生字］jitterbug 吉特巴舞，緊張不安的人。

② ［同族字例］fight打鬥；fiddle提琴；vegete有生氣的（v→f 通轉）；jitters煩躁，緊張不安。參看：jolt顛簸；jerk抽搐；fitful間歇的；fidget（使）坐立不安，（使）煩躁。

③ ［音似近義字］參看：cogitate（思考）→在頭腦裡激動→心潮起伏，思緒萬千。

---

ag.no.men

[æg'noumen; æg'nomɛn]

【義節】a.gnomren

a- → ad -表示添加；gnomen→nomen名字。

【字義】*n.* 附加名字，綽號。

【記憶】① ［義節解說］added name添加上去的名字→別名。

② ［用熟字記生字］name名字。

③ ［同族字例］nominate提名；denominate命名；anonym匿名者。參看：ignominy恥辱；cognomen姓，別名。

④ ［易混字］參看：gnome土地神，矮子，格言。

---

ag.o.ny [ˈægəni; ˈægənɪ]

【義節】agon.y

agon角→角鬥→刺痛；- y字尾。

【字義】*n.* 極度痛苦，痛苦的掙扎，（感情）爆發。

【記憶】① ［義節解說］常感到被尖角刺痛。

② ［用熟字記生字］ache疼痛；ail使受病痛。

③ ［同族字例］anger憤怒；anxious焦慮的，擔心的；angst焦慮，擔心；agnail指頭或腳趾發炎，甲溝炎；anguish極度痛苦；diagonal對角線；trigon三角形；pentagon五角形，五角大樓。參看：actinism放射化學，光化性，光化度（actin有觸角的結構→觸角向各個方向伸出，如輻射狀。actin→agon：ct→g 通轉）。

---

a.grar.i.an

[əˈgrɛərɪən; əˈgrɛrɪən, əˈgrer-] *

【義節】agr.arian

agr農業，種植；- arian與…有關的（形容詞字尾）。

【字義】*a.* 耕地的，土地的，農民的。

【記憶】① ［用熟字記生字］agriculture農業。

② ［同族字例］acre 英畝，田地（- agr -→- acr -；g→c 通轉）；acreage畝數，田地面積；agronomy農學。以下的熟字均與字根- agr –意義相關：grow種植，生長；ground大地（→在大地上耕作）；geography地理學（→丈量土地引發的一門數學）。

---

a.lac.ri.ty [əˈlækriti; əˈlækrətɪ]

【義節】a.lacr.ity

a- 處於…狀況；lacr→light *a.*輕鬆的；- tiy名詞。

【字義】*n.* 活潑，敏捷，欣然樂意。

【記憶】① ［義節解說］本字來源於法文allègre活潑的，輕鬆的，愉快的。而法文的lèger相當於英文的light。所以本字可用英文釋作：lighthearted輕鬆愉快的。

② ［用熟字記生字］lively活潑的。

③ ［同族字例］allegretto小快板；wedlock婚姻（lock象徵「歡樂」的禮物）。參看：lark嬉耍，玩樂，騎馬越野。

al.che.my ['ælkimi ; 'ælkəmɪ] *

義節 al.chem.y

al →alt另一個，轉換；chem基本的形式；- y名詞。

字義 n. 煉金術，煉丹術。

記憶 ① ［義節解說］轉換成另一個基本的形式→煉金。

② ［用熟字記生字］chemistry（化學）→化學的始源是煉金術。

③ ［同族字例］chemical化合物；schema綱要，（邏輯三段論法的）格；scheme計畫，方案，組合，系統；ischemia局部貧血。

al.cove ['ælkouv; 'ælkov]

義節 al →the；cove n.山凹，小灣。

字義 n. 凹室，壁龕，（花園中的）涼亭。

記憶 ① ［義節解說］其中cove還可以拆成co表示加強；ve→vault拱頂室，地窖，墓穴。

② ［用熟字記生字］cave洞穴；cover覆蓋。

③ ［同族字例］cow威脅，嚇唬；cover掩蓋；coward懦夫。參看：covert隱藏的；cower畏縮；cove山凹，水灣，（使）內凹。

④ ［使用情景］coat～衣帽間；dining～（客廳中凹入的）餐廳。

a.lert [ə'lə:t; ə'lɚt] *

義節 al.ert

al →at；ert注意，出力。

字義 a. 小心的，警覺的，靈活的，機敏的。

　　　n. 小心，警報，警戒狀態。

記憶 ① ［用熟字記生字］alarm使警覺，警報。

② ［同族字例］exert盡力，施加（影響等）；start開始；startle嚇一跳。參看：inertia慣性，惰性，遲鈍。

③字母組合er常有「力」的含義，如：energy（能量）等。隨時處於「力」的狀態，以便對外界出反應，即爲警覺，機敏。

④ ［使用情景］～ in answering newsmen's questions. 機靈地回答記者問題。a sparrow is very～.麻雀很機靈。air – raid～.空襲警報。

al.ge.bra ['ældʒibrə; 'ældʒəbrə] *

義節 al.gebra

al- → 其他，另一個；gebra→cipher密碼。

字義 n. 代數學。

記憶 ① ［義節解說］用另一個密碼來代替。cipher→gebra變異，其中：c→g；ph→b；er→ra.

② ［同族字例］- al -：參看下字：alias別名，化名。gebra→cepher：decipher破譯密碼。參看：cipher零，密碼，算出。

a.li.as ['eiliæs ; 'elɪəs]

義節 ali.as

ali 它，另一，別；- as字尾。

字義 n. 別名，化名。

　　　adv. 別名爲。

記憶 ① ［用熟字記生字］other另一個。字根- ali -, -alt（r）-和ulter都是other的變體。

② ［同族字例］alternate交替；alienate使疏遠；parallel平行的（- allel -→- ali -）。參看：alien外國的；altercate爭辯；altruism利他主義。

③ ［同族字例］adulterate不純的（註：滲入其他雜物）；adulterous私通的（註：和「另一」個人發生關係）。參看：ultra極端的；ulterior在那邊的，遙遠的；

ultimatum最後通牒，最後結論，基本原理。

al.ien ['eiljən; 'elɪən, 'eljən]

義節 ali.en

ali 它，另一，別；- en字尾。

字義 *a.* **外國的，相異的。**

　　 n. **僑民。**

　　 vt. **轉讓。**

記憶 參看上字：alias別名，化名。

- - - - - - - - - - - - - - - - - -

al.i.mo.ny ['æliməni; 'ælə,monɪ]

義節 ali.mony

ali營養，養育；aliment食物，物質。

字義 *n.* **贍養費，生活費。**

記憶 ① ［用熟字記生字］alive活著的；money錢。

② ［同族字例］aliment食物，滋養物質；adult成年人（其中ul是ol的異體，表示「生，長」）。參看：alms救濟金；coalesce接合，癒合，聯合，合併（其中al是ol的異體，表示「生，長」）；adolescent青春期的。

- - - - - - - - - - - - - - - - - -

al.ka.li ['ælkəlai ; 'ælk,laɪ] *

義節 al.kal.i

al- →the；kal→cal熱→鹼基，氫氧基；li→…化

字義 *n.* **鹼。**

　　 v. **使鹼化。**

記憶 ① ［義節解說］鹼有腐蝕性，能把皮膚「燒」壞，所以稱「燒」鹼。

② ［用熟字記生字］alcohol乙醇，酒精→乙醇與鹼都有氫氧基-OH，只不過前者是有機物；coal煤。

③ ［同族字例］calefy發熱；caustic苛性鹼（諧音「苛士的」，會燒傷皮膚）；calorie卡（熱量單位）；recalescence（冶金）再熱；caldron大鍋；caudle病

人吃的流質；cheudfroid肉凍；chowder魚羹；calenture熱帶的熱病。參看：culinary廚房的，烹飪（用）的；chafe惹怒；scathe灼傷；scorch燒焦；scald燙傷；nonchalant冷漠的。

al. lay [ə'lei; ə'le] *

義節 al.lay

al- →ad -→to；lay→lev舉起，使輕。

字義 *vt.* **減輕。**

記憶 ① ［用熟字記生字］lay 放置，壓平，打倒。香港人愛說「擺平」某人/某事：或是把某人打翻在地；或是收買了某人，總之，把逆向的因素平息掉，也就是「減輕」對本方的壓力。

② ［陷阱］注意：alley（小巷，胡同），GRE字彙中常會有您似熟而實生的字，常常只有一字母之差，是一種陷阱。

③ ［同族字例］lift舉起，升起，電梯；light輕的；leverage槓桿作用，力量，影響；alleviate使減輕；elevate抬起，升起。參看：levity輕浮；levy徵稅；loft閣樓；lofty高聳的；lever用槓桿移動。

④ ［使用情景］to～fears / fever平緩恐懼 / 熱度。

al.lege [ə'ledʒ; ə'lɛdʒ]

義節 al.lege

al- →ad -→to；leg說，語，讀。

字義 *vt.* **斷言，宣稱，提出。**

記憶 ① ［用熟字記生字］dialogue對話。

② ［同族字例］lecture 講課；lectern（教堂中的）讀經臺；diligent 勤勉的；elegant優雅的；intelligent明智的；lesson課。參看：lexicon字典；lex法律；licit合法的；legend傳說，傳奇；apologue寓言；allegory諷諭，比方，寓言；allegiance（對國家，事業，個人等）忠誠。

A

al.le.giance [ə'li:dʒəns; ə'lidʒəns]

義節 al.legi.ance

al- →ad –加強意義；leg臣民對君主的責任；- ance名詞。

字義 *n.* （對國家，事業，個人等）忠誠。

記憶 ① ［義節解說］「臣民對君主的責任」就是「忠誠」。

② ［同族字例］obligate負有責任；diligence勤奮。

③ ［使用情景］to bear / display / give / offer / swear～懷著／顯示／表示／表明／忠誠；宣誓效忠。

al.le.go.ry ['æligəri; 'ælə,gorı]

義節 al.leg.ory

al- 另一，它；leg說，語，讀；- ory名詞。

字義 *n.* 諷諭，比方，寓言。

記憶 ① ［義節解說］講另一件事，而實則諷諭本事，是爲寓言。

② ［形似近義字］參看：legend寓言；apologue寓言。

③ ［同族字例］參看：allege斷言，宣稱，提出。

al.lit.er.ate [ə'litəreit ; ə'lıtə,ret]

義節 al.liter.ate

al -→all全部；liter→ letter *n.*字母；- ate動詞。

字義 *v.* 押頭韻。

記憶 ① ［義節解說］全部（開頭）字母都一樣。所謂「頭韻」，中文叫「雙聲」。如：The furrow followed free.都是f開頭。

② ［用熟字記生字］letter（字母）；literature文學→ 押頭韻是文學上的修辭手段。

al.lo ['ælou ; 'ælo]

義節 al.lo

al- →ad -→to；lo→ly綁，連結。

字義 *a.* 緊密相連的，【化】同分異構的。

記憶 ① ［義節解說］把（物品）「連結」在一起→緊密相連的。al：另一，其他→同分異構的。

② ［形似近義字］alloy合金。參看：ally同盟國，同盟者。

③ ［同族字例］「緊密相連的」一意：alliance聯盟，同盟；rally集會；colleague同事；league社團，同盟；ligate綁，紮 ；colligate紮在一起；obligation責任，義務；liable應服從的；liaison聯絡；raligate結紮在一起。參看：legion軍團，大批部隊，大批。「同分異構的」一意：alter改變，改動；alternate交替的，代理人；alienate使疏遠；parallel平行的（- allel -→- ali -）。參看：alias別名；alien外國的；altercate爭辯；altruism利他主義。

al.lo.cate ['æləkeit; 'ælə,ket,'ælo-] *

義節 al.loc.ate

al -→ad -→to；loc地方，位置，場所；- ate動詞。

字義 *vt.* 分配，把（物資等）劃歸…

記憶 ① ［義節解說］把（物品）放到不同的地方。

② ［用熟字記生字］location位置；local當地的。

③ ［同族字例］collocate搭配，並排；dislocate使離位；lieu場所，位置。參看：lieutenant副官，（陸軍）中尉，（海軍）上尉。

al.lot [ə'lɔt; ə'lɑt] *

義節 al.lot

al- →ad →to；lot抽籤。

字義 *vt.* **分配，分給。**

記憶 ① 〔義節解說〕用抽籤的辦法分配。

② 〔用熟字記生字〕let讓，出讓。

③ 〔同族字例〕lot抽籤；lottery 抽彩給獎法；litter使零亂；slot狹縫。參看：slit狹縫，切開，撕開，使成狹縫。

④ 〔造句助憶〕您一定學過 a lot of 許多。下面這一句子是作者編的，您會覺得有趣：We draw lots, and I was allotted a lot of tasks.我們抽籤，而我被分派到許多任務。

⑤ 〔使用情景〕to～the profits of the business分配營利。（syn：assign, apportion, allocate）. Each speaker is～ted five minutes.每位演講人可以講五分鐘。（syn：appropriate, assign）. The teacher～s homework to each student.老師分配功課。（syn：assign）. man's～ted life span.人的壽命期。（syn:ordain）. They were～ted a house to live in.他們分到了房子。

al.lude [ə′luːd, ə′ljuːd; ə′lud, ə′lɪud] *

義節 al,lude

al- →ad- →to；lude→play *v.*演戲。

字義 *vt.* **暗指，間接提及。**

記憶 ① 〔義節解說〕字根- lud -和- lus –來源於拉丁文ludus敬神競技，表演。引申爲「諷刺，遊戲，欺騙等」。該字又來源於ludius古羅馬的鬥劍士。可見字根- lud -與字根- lid -（打，擊）同源。本字直接來源於拉丁文alludo觸動，暗示，「打，擊」→觸動→暗示。說明：字根lud / lus 的傳統釋義爲：play玩笑，遊戲，難以用來解釋〔同族字例〕中的其他單字。義節中的釋義是作者對拉丁文綜合研究的結果，似較爲圓通實用。

② 〔同族字例〕collide碰撞；interlude穿插，幕間；disillusion幻滅；delitescence潛伏（期）的。參看：elude逃避；collusion共謀；illusion幻覺；prelude前兆，序曲；loath不願意的；latent潛伏的，潛在的。

al.lu.vi.al [ə′luːvjəl; ə′luvɪəl,ə′lɪuv-]

義節 al.luvi.al

al- →ad→to；luvi→wash沖洗；-al字尾。

字義 *a.* **沖積的。**

    n. **沖積土。**

記憶 ① 〔用熟字記生字〕lavatory洗手間；lavish浪費的；laundry洗衣店。

② 〔同族字例〕fluvial河流的；effluent流出的，發出的；efflux流出物，發出物。參看：effluvial惡臭的；fluctuate波動；flux流動；alluvial沖積的；flavor味道，風味。

③ 〔形似近義字〕ablution沐浴；lotion外用藥水；deluge氾濫；dilute沖淡。

al.ly

[*v.* ə′laɪ; ə′laɪ; *n.*′ælaɪ,ə′laɪ; ′ælaɪ, ə′laɪ] *

義節 al.ly

al 其他：ly綁，連結。

字義 *n.* **同盟者。**

    v. **結盟。**

記憶 ① 〔義節解說〕把其他人綁在一起。

② 〔用熟字記生字〕all全部；lying躺著的→躺在一起→同盟。

③ 〔同族字例〕rally集會；rely依靠；colleague同事；league社團，同盟；ligate 綁，紮；colligate紮在一起；obligation責任，義務；liable應從的；liaison聯絡；religate結紮在一起。參看：legion軍團，大批部隊，大批。

④ 字母 l 表示「綁，連結」的其他字例：

enlace捆紮；lash用繩綑綁；lasso套索；lunge練馬索；lock鎖。參看：latch彈簧鎖；leash皮帶。

⑤〔形似近義字〕參看：allo緊密相連：alloy合金。

---

alms [ɑ:mz; ɑmz]

[義節] alm.s
al- →ali營養，養育→aliment n.食物，營養物質。

[字義] n. 施捨物，救濟金（單複數同形）。

[記憶] ①〔用熟字記生字〕用palm（手掌）記alms。試造二句助憶；He reached out his palm for alms.他伸出手掌乞討。 I crossed his palm with some alms.我給了他一點錢作施捨。

②〔同族字例〕aliment食物，滋養物質；adult成年人（其中ul是ol的異體，表示「生，長」）。參看：coalesce接合，癒合，聯合，合併（其中al是ol的異體，表示「生，長」）；adolescent青春期的；alimony贍養費，生活費。

③〔使用情景〕to beg / beg for / solicit～.乞求施捨。to collect pious～.化緣。to contribute / dole out / give / scatter～.賑濟，施捨。

---

a.loof [ə'lu:f; ə'luf]

[義節] a.loof
a- 處於…狀態；loof→luff v.搶風行駛，賽船時搶到對方上風一邊。

[字義] adv. 遠離地，避開地。
　　　 a. 遠離的，冷淡的。

[記憶] ①〔義節解說〕搶風行駛→遠離→疏遠，冷淡。

②〔用熟字記生字〕leave離開。

③〔同族字例〕langlauf越野滑雪；leap跳躍；lop以短而急的浪起伏；elope私奔，逃亡；elapse（時間）飛馳；interlope

闖入；slope閒蕩，逃走；lapwing田鳧。參看：lapse（時間）流逝；lope大步慢跑；gallop（馬等的）疾馳；wallop亂竄猛衝。（g→w 通轉）；luff貼風行駛。

④〔音似近義字〕aloft高高地，向上。

⑤〔使用情景〕to keep respectfully～from 敬而遠之。 ～character / manner冷漠的人 / 冷峻的態度。 be～at the banquet 在宴會中落落寡合。

---

al.ter.cate
['ɔ:ltə:keit; 'ɔltə,ket, 'æl-]

[義節] alter.c.ate
alter另一，其他；- ate動詞。

[字義] vt. 爭辯，爭吵。

[記憶] ①〔義節解說〕與其他人（爭辯）；輪流說話。

②〔用熟字記生字〕alternate交替，輪流；other另一個。字根- ali -, alt（r）-和ulter都是other的變體。

③〔同根字例〕alienate使疏遠；parallel平行的（- allel -→- ali -）。參看：alias別名；alien外國的；altruism利他主義。

④〔同族字例〕adulterate不純的（註：滲入其他雜物）；adulterous私通的（註：和「另一」個人發生關係）。參看：ultra極端的；ulterior在那邊的，遙遠的；ultimatum最後通牒，最後結論，基本原理。

---

al.to ['æltou ; 'ælto]

[義節] alt.o
alt 高，高處。

[字義] n. 男聲最高者，女低音。
　　　 a. 中音部的。

[記憶] ①〔義節解說〕男聲之高者，在女聲則為低。

②〔用熟字記生字〕tall高的。

③〔同根字例〕altar祭壇；altitude高度；exalt提高，晉升。

④〔相關字〕solo獨奏；soprano女高音。

---

al.tru.ism

['æltruizəm; 'æltru,ɪzəm] *

義節 altr.u.ism

altr另一，其他；- ism主義（名詞）。

字義 *n.* **利他主義。**

記憶 ①〔用熟字記生字〕others其他人。字根- ali -,- alt（r）-和ulter都是other的變體。

②〔同根字例〕alternate交替；alienate使疏遠；parallel平行的。（- allel -→- ali -）。參看：alias別名；alien外國的；altercate爭辯。

③〔同族字例〕adulterate不純的（註：滲入其他雜物）；adulterous私通的（註：和「另一」個人發生關係）。參看：ultra極端的；ulterior 在那邊的，遙遠的；ultimatum 最後通牒，最後結論，基本原理；subaltern 次的，副的，副官，部下。

---

a.mal.gam [ə'mælgəm; ə'mælgəm]

義節 a.mal.gam

a- 處於⋯狀態；mal軟的，柔和的；gam結合。

字義 *n.* **汞合金（汞齊），混合物，合併。**

記憶 ①〔義節解說〕所謂汞齊化，就是把汞與其他金屬混合而得到的「軟」「合」金。

②〔用熟字記生字〕mild柔和的；chewing gum口香糖→有結合力。

③〔同族字例〕- mal - ：mellow使柔和；melting溫柔的；molify使軟化；molluscoid軟體動物；muliebrity溫柔；mull細軟薄棉布。參看：malleable（金屬）有延展性的，可鍛的，柔順的，易適應的。- gam - : geminate使成對，使加倍；monogamy一夫一妻制（mono – 字首，表示「單一」）；bigamy重婚（bi -字首，表示「二」）polygamy多配偶的（poly - 字首，表示「多」）；misogamy厭惡結婚（miso -字首，表示「厭惡」）；neogamist新婚者（neo -字首，表示「新」）；endogamy內部通婚（endo -字首，表示「內」）；exogamy異族通婚（exo -字首，表示「外，異」）；autogamy自體受精（auto -字首，表示「自己」）；cryptogam隱花植物（crypto -字首，表示「隱蔽」）；geminate使成對，使加倍（字根- gem -是字根- gam（o）-的變體）；gemini雙子座；bigeminal成雙的，成對的；trigeminus三叉神經；gimmal雙連環。參看：xenogamy（植物）異株異花受精，（動物）雜交配合；gam鯨群，聯歡，交際。

④〔使用情景〕Custom is an ～of sense and folly。習俗是情識和愚昧的混合物。

---

am.a.zon

['æməzən; 'æmə,zɑn, 'æmə,zn]

義節 a.mazon

a- →not無；mazon→man乳。

字義 *n.* **女戰士，悍婦，亞馬遜河。**

記憶 ①〔義節解說〕據說爲了挽弓，把右乳割除→女戰士。作者認爲，本字可能來源於Mars火星，（羅馬神話中的）戰神。mars→maz；s→z 音轉。參看：amuck殺氣騰騰地，狂暴地；mar損壞，毀壞，弄糟。

②〔諧音〕「亞馬遜河上的女戰士」，或：「亞馬遜河悍婦多。」

③〔用熟字記生字〕march行軍；mammal哺乳動物；amah奶媽，女傭。

A

④〔造句助憶〕I was amazed at this～。這悍婦使我驚詫莫名。

---

am.big.u.ous

[æm'bigjuəs; æm'bɪgjuəs] *

〔義節〕ambi.gu.ous

-ambi- →both兩邊；gu→go走；- ous形容詞。

〔字義〕*a.* 模稜兩可的，含義不清的。

〔記憶〕①〔義節解說〕兩邊都去→兩種意思都沾邊兒→皆可。

②〔同族字例〕參看下字：amble 緩馳，溜花蹄，輕鬆地走。

---

am.ble

['æmbl; 'æmb!]

〔義節〕amb.le →amb.ble

amb- →ambi→around周圍，環繞；ble→ball→球→滾動→走動。

〔字義〕*v. / n.* 緩馳，溜花蹄，輕鬆地走。

〔記憶〕①〔義節解說〕隨意走動。

②〔用熟字記生字〕ambulence救護車。

③〔疊韻近義字〕ramble閒逛；shamble蹣跚，拖沓地走；wamble蹣跚；scramble爬行；scamble懶散地閒蕩；preamble序言，開端。

④〔易混字〕ample充足的。

---

a.me.na.ble

[ə'mi:nəbl, -'men-; ə'minəb!, -'mɛn-] *

〔義節〕a.men.able

a- →ad -→to；men領，引，驅；- able能夠（字尾）。

〔字義〕*a.* 有義務的，順從的，禁得起考驗的。

〔記憶〕①〔義節解說〕能服從…的引導、驅使。

②〔同族字例〕commence開始；amenity社交禮節；manner舉止；mien風度；

---

mention提及；menace威脅；mean意味者；permeate滲透，瀰漫，充滿。參看：promenade兜風，散步；impermeable不可滲透的；meander漫步；demean行爲，表現；ominous預兆的；mendacious虛假的；permeable可滲透的。

③〔易混字〕amendable可修正的。

---

a.mi.a.ble ['eimjəbl; 'eimɪəb!] *

〔義節〕ami.able

ami 愛；- able能夠（字尾）。

〔字義〕*a.* 親切的，和藹可親的。

〔記憶〕①〔義節解說〕字根am（or）、amour（愛）梁家輝演的電影《情人》，法文是l'amant→the lover.人有愛心，便顯得和藹可親。

②〔同族字例〕amorist好色之徒；amorous多情的；amateur業餘的；amour戀愛；enamour使迷戀；amatory愛慕的。

③〔使用情景〕參看下字：amicable友好的，和睦的，溫和的。

---

am.i.ca.ble ['æmikəbl; 'æmɪkəb!] *

〔義節〕ami.c.able

ami 愛，有好；able能夠（字尾）。

〔字義〕*a.* 友好的，和睦的，溫和的。

〔記憶〕①〔義節解說〕法文：ami朋友；bon amis好朋友。

②〔同族字例〕參看上字：amiable親切的和藹可親的。

③〔使用情景〕用描寫對象比較本字和amiable：an～agreement / settlement in a dispute / way.友好協議 / 友好地解決爭執 / 友好方式。amiable people / disposition.和藹可親的人 / 氣質。

a.mor.phous

[əˈmɔːfəs; əˈmɔrfəs] *

義節 a.morph.ous
a- 無，不；morph形狀；- ous形容詞。

字義 *a.* **無定型的，亂七八糟的，模糊的。**

記憶 ① ［用熟字記生字］form形狀。把這個字中的f和m位置對換，得morf，而其中的f可用ph拼寫。即得morph，含義不變。這樣，字根morph就易記了。
② ［同族字例］morphology 形態學；geomorphology地貌學。參看：metamorphosis變形，變質，變態（meta變化，變形）。
③ ［使用情景］an～plan / mass of fugitive soldiers.虛無的計畫 / 一群混亂的逃兵。

am.pu.tate

[ˈæmpjuteit；ˈæmpjə,tet, - pju -]

義節 am.put.ate
am- →a -→out；put截短→pur（g）純化；- ate名詞。

字義 *vt.* **切斷，砍掉，刪除。**

記憶 ① ［義節解說］本字來源於拉丁文 puto打掃，刷洗，修剪。引申為「純化，純潔」。
② ［用熟字記生字］pure純潔的。
③ ［同族字例］purge使潔淨，肅清（不良分子）；expurgate刪除；epurate提純；depurate使淨化；Puritan清教徒。參看：purgatory煉獄，暫時的苦難。

a.muck

[əˈmʌk；əˈmʌk]

義節 a.muck
a- 處於…狀態 muck→murk→陰沉→殺人。

字義 *adv.* **殺氣騰騰地，狂暴地。**
　　a. **有殺人狂的。**

記憶 ① ［義節解說］黑暗→死亡→殺人。

參看：macabre以死亡為主題的。作者認為，本字也可能來源於Mars火星（羅馬神話中的）戰神。mars→mac；s→c 音轉。
參看：mar損壞，毀壞，弄糟；amazon女戰士，悍婦。
② ［用熟字記生字］march行軍；murder殺人。
③ ［使用情景］to run～亂砍亂殺，胡作非為，橫行霸道。 He ran～in the department store. 他在百貨公司橫行霸道，胡作非為。 The sea ran～.海上風暴大作。
④ ［同族字例］mere全然的，僅僅的；melancholy憂鬱的（- melan -黑）。參看：morganatic貴賤通婚的；macabre以死亡為主題的；maze迷津；mizzle濛濛細雨；murk黑暗，陰沉，朦朧，霧。

am.u.let [ˈæmjulit；ˈæmjəlɪt, -lɛt]

義節 am.nl.et
-am →ame（法文）靈魂；ul→ali 營養，養育；- et表示「小」。

字義 *n.* **護身符。**

記憶 ① ［義節解說］養護靈魂的小東西。
② ［諧音］「阿魔離」→戴上護身符惡魔「離」。
③ ［同義字］charm, lucky charm, talisman都是「護身符」。

a.nach.ro.nism

[əˈnækrənizəm；əˈnækrə,nɪzəm]

義節 ana.chron.ism
ana- 逆，向後；chron時間；- ism抽象名詞。

字義 *n.* **時代錯誤。**

記憶 ［同根字例］chronicle編年史；synchronic同時性的；a chronic invalid慢性病患者。參看：chronometer精密時

57

A

計，天文鐘，航行表。

an.aes.thet.ic
[,ænəs'θetik; ,ænəs'θɛtɪk]

義節 an.aesthet.ic
an-→not無；aesthet感覺；- ic形容詞。
字義 *a.* 麻木的，麻醉的。
  n. 麻醉劑。
記憶 ① ［義節解說］無感覺的→麻木的。
② ［同族字例］參看：aesthetic美學的。
美學是能夠被「感」知的，不能感知，是
爲麻木。

an.al.ge.sic
[,ænæl'dʒiːsik; ,ænæl'dʒɪzɪk, - sɪk]

義節 an.alges.ic
an-→not無；alges痛；- ic形容詞。
字義 *a.* 止痛的。
  n. 止痛藥。
記憶 ① ［用熟字記生字］ache痛。
② ［同族字例］neuralgia神經痛；
cephalgia頭痛；algesia痛覺；algetic痛
的。參看：nostalgia懷舊，鄉愁。
③ ［形似近義字］ail病痛；agony極端痛
苦。

a.nath.e.ma
[ə'næθimə; ə'næθəmə]

義節 ana.them.a
ana- 逆；them→damn *v.*詛咒；- a字尾。
字義 *n.* 詛咒，被詛咒者。
記憶 ① ［義節解說］th→d 通轉。
② ［用熟字記生字］damn（上帝）罰…入
地獄，詛咒；damage損害。
③ ［同族字例］theme主題；thematic主題
的，題目的；deem判斷，視作；Duma
杜馬（俄國議會）；condemn判罪；
damnous損害的；dump「砰」的一聲

落下。參看：apothegm格言，箴言；
ordeal試罪法（註：交由上帝判決）；
indemnity保障，免罰，賠償（物）；
doom判決，命運。

a.nat.o.my
[ə'nætəmi; ə'nætəmɪ]

義節 ana.tom.y
ana-→up；tom→cut ；- y名詞。
字義 *n.* 解剖（學），分解，解剖體，骨
骼。
記憶 ① ［義節解說］to cut up切開→解剖。
② ［用熟字記生字］atom原子（a –不；古
時以爲原子不可再切分。）
③ ［諧音］tom的諧音是：開「膛」。
④ ［同族字例］tmesis分詞法；tome
卷，冊；anatomy解剖；atom原子；
dichotomy二等分；entomotomy昆蟲解
剖學（entomo昆蟲；tom切→解剖）。
參看：epitome摘要；contemplate凝
視，沉思，期望；entomology昆蟲學
（en - → on在…上面；tom切。昆蟲的外
型多有一節一節，像斑節蝦那樣，好像是
在表皮上用輕刀切過似的）。

an.cil.la.ry
[æn'siləri; 'ænsə,lɛtɪ, æn'sɪlərɪ]

義節 an.cilla.ry
an-→ambi -環繞；cilla小飯桌；- ry屬
於…性質的（形容詞字尾）。
字義 *a.* 輔助的，附屬的。
  n. 助手。
記憶 ① ［義節解說］環繞小飯桌團團轉→女
僕人→輔助的，助手。
② ［同族字例］ancilla女僕人。
③ ［形似近義字］auxiliary輔助者；
accomplice幫凶；accessary幫凶
（的），附件，附加。

and.i.ron [ˈændaiən; ˈænd,aɪə‑n]

字義 *n.* （壁爐用）鐵製柴架。

記憶 ①andiron原意是young bull小公牛。這種andiron常常用獸頭作裝飾。andiron又叫firedog。

②〔用熟字記生字〕用iron（鐵）生發聯想助憶。

an.ec.dote [ˈænikdout; ˈænɪk,dot]

義節 an.ec.dote

an-→not；ec-→ex‑out；dote給。

字義 *n.* 軼事，趣聞。

記憶 ①〔義節解說〕沒有給出的→未公開的→軼事。

②〔同族字例〕antidote解毒劑；done給；pardon原諒。參看：condone寬恕；donation捐贈（物），贈品，捐款。

③〔使用情景〕amusing～趣聞／authentic～眞實可靠的軼事。droll～滑稽的趣聞 literary～文壇掌故。sentimental～傷感的軼事。to collect／manufacture／tell～s.收集／炮製／講述奇聞軼事。

an.i.mad.vert

[,ænimæd'vəːt; ,ænəmæd'vɝt]

義節 anim.advert

anim-→mind心；ad-→to；vert轉向。

字義 *vt.* 責備，譴責，批評。

記憶 ①〔義節解說〕advert注意，談及。談及「心」→誅心之論→譴責。在拉丁文中adverto意爲：「轉向，指向」，再從「指向」引申爲「責備，譴責，批評」。

②〔用熟字記生字〕vertical垂直的。

③〔同族字例〕字根-anim-表示「心」的類例：animosity怨恨；maguanimity寬宏大量；unanimity同意，一致。參看：equanimity沉著，平靜，鎮定。-vert

- ：vertical垂直的；vert改邪歸正的人；avert轉移（目光）；divert轉移；evert推翻；revert恢復；vertiginate令人眩暈地旋轉；vertex頂點。參看：diverse多種多樣的；adversity逆境；convert改變信仰，轉變，轉換；vertigo眩暈，頭暈，暈頭轉向。

an.i.mos.i.ty

[,æni'mɔsiti; ,ænə'mɑsətɪ] *

義節 a.nimos.ity

a-處於…狀況；nimos→Nemesis *n.*希臘神話中的復仇女神；-ity名詞。

字義 *n.* 仇恨，憎惡，敵意。

記憶 ①〔義節解說〕處於要「復仇」的狀況。語源上一般將本字分析爲：- anim –心，感情；- osity勇氣。總覺得有些牽強。

②〔用熟字記生字〕enemy敵人（e.nem.y, nem→nemesis）.

③〔同族字例〕nim拿，取，偷；numb麻木的；noma壞疽性口炎。參看：nimble敏捷的；enmity敵意，仇恨；nemesis復仇者；heinous極可恨的（請注意：西方語文中h常不發音，故容易脫落。）

an.neal [ə'niːl; ə'nil]

義節 anne.al

anne→on；al→fire火。

字義 *vt.* 退火，鍛煉。

記憶 ①〔義節解說〕on fire放在火上→鍛煉。

②〔同族字例〕aestival夏天的；enamel搪瓷，琺瑯。

an.nul [ə'nʌl; ə'nʌl] *

義節 an.nul

an-→ ad-→to；nul→nothing *n.*什麼都

A

沒有。

字義 *v.* 廢止，宣告無效。

記憶 ① ［用熟字記生字］not 不；no否定。

② ［同族字例］null and void無效；nullify 使無效；nil無，零；nihil虛無，無價值；annihilate消滅。參看：null無束縛力的，不存在的，零的。

③ ［易混字］annular環狀的，其中u字母的讀音不同。

an.tag.o.nism

[æn'tægənizəm; æn'tægə,nızəm] *

義節 ant.agon.ism

ant- →anti -反對；agon角，角鬥；- ism 名詞。

字義 *n.* 敵對，對抗。

記憶 ① ［用熟字記生字］against反對。

② ［同族字例］agony 痛苦；agonistic 爭辯的，緊張的。counter 相反地，對立地（corn角→頂牛→反對，con→gon：c→g 通轉）；contrary相反。參看：contradict反駁，否認，發生矛盾；contrast對照；contravene觸犯，違反，抵觸，反駁；contraband違禁品；counterpart副本，相對應者；counterplot將計就計；con反對的論點，反對者，反對票。

an.tique [æn'ti:k; æn'tik] *

義節 ant.ique

ant- →ante→before以前的；- ique形容詞。

字義 *a.* 古時的，古風的。

　　 n. 古物。

記憶 ① ［用熟字記生字］ancient古時的。

② ［同族字例］antecedent先行詞；antediluvian大洪水以前的，上古的；anticipate預料，預感，搶先。

③ ［音似近義字］參看：archaic古代的，古風的，陳舊的。

ap.er.ture ['æpətjuə; 'æpətʃə]

義節 a.pert.ure

a- 處於…狀況；pert→pore *n.*細孔，毛孔；- ure名詞。

字義 *n.* 孔隙，孔徑。

記憶 ① ［義節解說］處於細孔之中。

② ［用熟字記生字］appear出現。

③ ［同族字例］open敞開的，公開的，直率的；porch門廊；port港口；emporium商場；bore打孔（b→p 通轉）；biforate有雙孔的（por→for：p→ph→f通轉）；foramen骨頭或薄膜上的小孔；interfere干涉；pharynx咽喉。參看：overt公開的，明顯的（反義字爲covert隱蔽的。pert→vert：p→ph→f→v通轉）；overture開幕，序幕（法文ouvrir→to open；ouvert→open）；petulant易怒的；ford津渡；perforate穿孔；pert沒有禮貌的，冒失的，活躍的，別緻的，痛快的。

ap.er.y ['eipəri; 'epərı]

義節 ape.r.y

ape：猿；r：連接音；- y形容詞。

字義 *n.* 學樣，模仿。

記憶 ① ［用熟字記生字］ape猿→猿很會模仿人的動作，有樣學樣。

② ［同族字例］aptly敏捷地；adept靈活的。

aph.o.rism ['æfərizm; 'æfə,rızəm]

義節 a.phor.ism

a- →ad -→to；phor→bring, carry；- ism 名詞。

字義 *n.* 格言，警句。

記憶 ① ［義節解說］bring (out) 把（深刻

的含義）帶出。

② ［用熟字記生字］fable寓言。ph與f同音。

③ 字根phor意爲「攜帶，運送」。如：phosphor磷（phos光，→攜有「光」→磷光）。它是字根fer的另一種形式，是ph→f 同音「通轉」。例如：ferry渡輪；transfer轉移…等等。參看：metaphor隱喻。

④ ［同族字例］fare車船費；farewell告別；freight貨運；wayfaring徒步旅行的；seafaring 航海的；far 遠的；further進一步；confer 商量；differ 相異；offer提供，奉獻；prefer 更歡喜，寧可。參看：ferry 渡輪；metaphor 隱喻；wherry駁船，載客舢板。

a.pi.ar.y [ˈeipiəri; ˈepɪˌɛrɪ]

義節 api蜂；-ary名詞。

字義 *n.* 養蜂場，蜂房。

記憶 ① ［用熟字記生字］bee蜜蜂（bee→pi：b→p 通轉）。

② p字母常表示「尖、刺」的意義。如：pin針，打；pink刺；punch刺、戳；puncture刺、穿刺…蜂的特點是有「刺」。這樣，字根api（蜂）便易記了。

a.poc.ry.phal
[əˈpɔkrifəl; əˈpɑkrəfəl]

義節 apo.cryph.al

apo- 遠離；cryph隱蔽；- al形容詞。

字義 *a.* 真僞可疑的，作者不明的。

記憶 ① ［義節解說］時代久遠，真情隱去→真僞可疑，作者難知。

② ［用熟字記生字］用secret（祕密的）記字根crypt（隱蔽）。

③ ［同族字例］crypt 地窖，地穴，教堂地下室；krypton 氪；apocrypha 僞經；cryptograph密碼；decrypt解密碼；cryptology隱語；cryptonym匿名；grotesque古怪的（- esque形容詞字尾），字義可能源於古羅馬地下洞室中古怪的壁畫（grot→crypt，g→c）。參看：cryptogram密碼；grotto洞穴；cryptomeria柳杉；cryptic隱蔽的。

④ ［音似近義字］hypocritic虛僞的；hypothesis假設；apogee遠地點（ge（o）:地球）。

ap.o.logue [ˈæpələɡ; ˈæpəˌlɔɡ,-ˌlɑɡ]

義節 apo.logue

apo- 遠離；logue言語。

字義 *n.* 寓言。

記憶 ① ［義節解說］言近旨遠，是爲寓言。或：所講的事情遠離現在，遠離現實。

② ［用熟字記生字］用dialogue（對話）記字根- logue -（言語）。

③ ［同族字例］analogy類似，類推；apology道歉；catalogue目錄；decalogue（宗敎）十誡；prologue序言；monologue獨白。參看：eulogy頌辭；epilogue尾聲。

④ ［形似近義字］參看：legend傳奇；allegory諷諭，比方，寓言。

a.pos.tate
[əˈpɔstit, -teit; əˈpɑstet, -tɪt]

義節 a.post.ate

a- 處於…狀況；post *adv.*在後；- ate字尾。

字義 *n.* 背敎者，變節者，脫黨者。

記憶 ① ［義節解說］apost→withdraw退縮在後→脫離。

② ［同族字例］postpone延遲；postern後門。參看：posterity後代；posthumous

A

死後的。

a.poth.e.car.y

[ə'pɔθikəri; ə'pɑθə͵kɛri]

義節 apo.thec.ary

apo- 從…，自…；thec→set v.放置；-ary名詞。

字義 n. 藥劑師，藥商。

記憶 ① ［義節解說］從各種藥瓶中取出放置在一起→配藥。

② ［同族字例］theca 膜殼，囊，鞘；bibliotheca 藏書；hypothec 抵押權；amphithecium細胞外層；endothecium細胞內層；perithecium（植物）子囊殼。參看：apothegm格言；hypothecate抵押（財產）。

ap.o.thegm [ˈæpəθɛm; ˈæpə͵θɛm]

義節 apo.thegm

apo- 遠離，離開；thegm→theme n.主題。

字義 n. 格言，箴言。

記憶 ① ［義節解說］言近旨遠→格言。

② ［用熟字記生字］theme主題；theory理論；theorem定理。

③ ［同族字例］thematic 主題的，題目的；lemma 主題。參看：etymon 詞源；dilemma窘境；anathema詛咒，被詛咒者。

a.poth.e.o.sis

[ə͵pɔθi'ousis; ə͵pɑθi'osis, ͵æpə'θiəsis]

義節 apo.theosis

apo- 從…，自…；theosis神。

字義 n. 神聖之理想，神化，頂峰。

記憶 ① ［義節解說］來自神的（東西）。

② ［同族字例］theology神學；pantheism泛神論；theism有神論；thearchy神權統治；thumatology奇蹟學。參看：theocracy神權統治，僧侶政治。 字根-theo -有一個變體deo（神）。這是因爲th讀濁音時與d的讀音很相似，易形成變體：deify神化；deity神，上帝；divine神的；adieu再見（dieu→god；→God by you→good - bye）。參看：deity神。

ap.pall [ə'pɔːl; ə'pɔl] *

義節 ap.pall

ap-→ad-→to；pall→pale a.蒼白的。

字義 vt. 使驚駭，使膽寒。

記憶 ① ［義節解說］to make you pale→使嚇得面色蒼白。

② ［諧音］「怕」（用吳語讀更似）。

③ ［用熟字記生字］pale蒼白的，淡色的。

④ ［同族字例］pallor 蒼白；appalling使人吃驚的；opal 蛋白石。參看：opalescent發乳白光的；palliate減輕，緩和（病，痛等），掩飾（罪過等）；pasty蒼白的；pallid蒼白的，呆板的。

ap.pel.la.tion

[͵æpə'leiʃən; ͵æpə'leʃən]

義節 ap.pell.ation

ap-→to；pell→call v.叫；- ation名詞。

字義 n. 名，名稱，稱號。

記憶 ① ［義節解說］法文：Je m'appele Zhang我姓張。用英文直譯，即爲：I call myself Zhang.意譯爲：My name is Zhang.

② ［同族字例］appeal呼籲，上訴；appellor上訴人；parliament議會；parley會談，談判；parole宣誓。參看：parlance講話；parlor客廳；palaver商議，空談，攏絡，哄騙。

ap.praise [ə'preiz; ə'prez] *

義節 ap.praise
ap- → ad- →to；praise讚揚，價值。
字義 *vt.* **估價，評價，鑒定。**
記憶 ① ［義節解說］給定…的價值。
② ［用熟字記生字］price價格。
③ ［同族字例］appreciate估價，評價，欣賞，升值；depreciate貶值；prize獎金；praise讚揚；precious貴重的。參看：preciosity過分講究，過分文雅，矯揉造作。

ap.prise [ə'praiz; ə'praɪz]
義節 ap.prise
ap- → ad- to；prise→take抓住，取。
字義 *vt.* **通知，報告。**
記憶 ① ［義節解說］使「獲」悉→通知。在法文中，appris是動詞apprendre（學習，教學）的過去分詞。「教學」即是「使知之」。
② ［用熟字記生字］surprise使吃驚。
③ ［同族字例］apprentice學徒；apprehension領悟，認識。
④ ［造句助憶］He was～d that he had won the Nobel Prize.他被通知獲諾貝爾獎。

aq.ui.line
['ækwilain；'ækwə,laɪn, - lɪn]
義節 aquil.ine
aquil →eagle *n.*鷹；-ine字尾。
字義 *a.* **鷹的，似鷹的，鈎狀的，** *an~nose* **鷹鼻。**
記憶 ［同族字例］- aquil -：參看：hawk鷹（hawk→aqu：k→qu同音，h 脫落。請注意：拉丁語文中的h常不發音，故容易脫落）；hack飼鷹架。- ine（字尾）表示「…（動物）的」：canine狗的；bovine牛的；leonine豹的；equine

馬的；porcine豬的；anserine鵝的；colubrine蛇的；murine鼠的。參看：asinine驢的，似驢的。

ar.a.ble ['ærəbl; 'ærəb!]
義節 a.ra.ble
ar → har → plough *v.*耕作；- able能夠（形容詞字尾）。
字義 *a.* **可耕的。**
　　　n. **可耕地。**
記憶 ① ［義節解說］字根- ar -來源於拉丁文aro挖溝，起皺。又：字根- ar - → - har -耕。請注意拉丁語言中h常不發音，故容易脫落。
② ［諧音］阿拉伯人可耕地。
③ ［用熟字記生字］rake耙。
④ ［同族字例］參看：harrow耙；harry折磨；harness治理；harass折磨。
⑤ ［形似近義字］參看：grub掘地。

ar.bi.trate ['ɑːbitreit; 'ɑrbə,tret] *
義節 arb.itr.ate
arb 樹枝，分叉；itr → iter反覆走；- ate動詞。
字義 *v.* **仲裁，調停。**
記憶 ① ［義節解說］使雙方走到一起 → 接受調停、仲裁。
② ［同族字例］- arb -：arborize形成樹枝狀，分叉。參看下字：arbor樹。- itr -：arbitrage套利，在一個市場購進，另一個市場賣出，以套取利差（所以要兩面走來走去）。參看：iterate重複，重述；itinerate巡迴。

ar.bor ['ɑːbɔː; 'ɑrbə, - bɔr] *
義節 arb.or
arb →herb *n.*草本植物→樹；- or字尾。
字義 *n.* **喬木，樹。（舊用）果園，花園。**

記憶 ① ［義節解說］arb→herb：h脫落。請注意：拉丁語文中h常不發音，故容易脫落。 換一個角度，作者經研究認爲：arbor的核心，可能在於bor。請看以下例證：bough（大的）樹枝；bud芽；bush灌木，矮樹叢；bosk樹叢，小叢林；botany植物學… 再從樹的堅硬性抽象出「硬，強壯」的含義，如：burly粗壯的；robust強壯的，茁壯的；corroborate確證（其中burly表示「硬」，即所謂「硬證」）。以上一家之言，供參考，至少可以通過有意義的邏輯聯想幫助串記一批單字。

② ［同族字例］arboreous樹木茂盛的，喬木的；arboretum植物園；arborize（使神經等）形成樹枝狀，（使）分叉；harbor港口；roborant櫟樹，起強壯作用的；robot機器人。參看：habitat（植物）產地，住所，聚集處（字根- habit -表示「居住」，可能來源於herb牧草，引申爲「植物的產地」。有牧草的地方，畜類會有飼料，這就適合人們安居）；corroborate確定，確證；robust強壯的，堅強的，粗野的。

ar.cade [ɑːˈkeid ; ɑrˈked]
義節 arc.ade

arc弧形，弓形；- ade字尾。

字義 拱廊，有拱廊頂的走道。

記憶 ① ［用熟字記生字］arrow箭→「彎」弓射箭；arc弧形。

② ［同族字例］arbalest中世紀勁弩；archer弓箭手；arciform弓形的，拱狀的；arcuate弓形的，拱形的，拱形的；architecture建築物。

③ ［使用情景］shoppoing～ 拱頂商場；penny～ 賣便宜貨的商場。arch 拱門：a triumphal arch 凱旋門。 archway拱道，牌樓：a sylvan archway林蔭拱道；a ponderous archway笨重的牌樓。

ar.cha.ic [ɑːˈkeiik; ɑrˈkeɪk] *
義節 archa.ic

archa古時的；- ic形容詞。

字義 *a.* 古代的，古風的，陳舊的。

記憶 ① ［義節解說］字根- arch（ac）-可能來源於Noah's Ark諾亞方舟→爲避「遠古」洪水而造。

② ［用熟字記生字］ancient古老的。

③ ［同族字例］archaeology考古學。

④ ［使用情景］請與 antique一起記；antique表示「古老而珍貴的，古式的」，如：antique furniture / weapons / glass / chair. 古董家具 / 武器 / 杯子 / 椅子。 archaic表示「古時的」，如：～ period 古代 / ～smile古拙的微笑（公元前500年希臘雕刻的人像的一種微笑）。

ar.chi.pel.a.go
[ˌɑːkiˈpeligou, - ləg; ˌɑrkəˈpɛlə,go]

義節 archi.pelago

archi - 主要的，首要的；pelago海洋。

字義 *n.* 列島，多島嶼的海。

記憶 ① ［義節解說］字根- pelago –來源於- plac -平板，平靜。海洋就像一塊大平板。

② ［諧音］the Archipelago → the Aegean Sea愛琴海。可利用近似諧音記之：「愛琴海上島嶼多。」

③ ［同族字例］the Malay Archipelago馬來群島；pelagic遠洋的；pelagian遠洋動物；placoid板狀的；plasma血漿；plaque飾板；placard標語牌，招牌；placid平靜的，安靜的，溫和的。

ar.dent [ˈɑːdənt; ˈɑrdnt]
義節 ard.ent

ard燃燒，熱；- ent形容詞。

字義 *a.* **熱烈的，強烈的。**

記憶 ① ［同族字例］arid乾燥的；ash灰；arson放火，縱火；arsenal軍火庫；- ard（字尾）熱中於…的人（如：drunkard酒鬼）；aestival夏天的；ardour熱情，熾熱，火。

② ［使用情景］～spirits / love / vows / patriots / eyes. 烈酒 / 熾熱的愛 / 熱烈的誓言 / 熱烈的愛國者 / 熱情的眼睛。

ar.du.ous ['ɑ:djuəs; 'ɑrdʒʊəs] *

義節 ard.uous

ard → hard *a.*艱苦的；- uous充滿…的（形容詞字尾）。

字義 *a.* **艱鉅的，努力的，勤奮的，險峻的。**

記憶 ① ［用熟字記生字］由於h在法文及一些其他拉丁語系中不發音，個人認爲此字相當於英文的hard，字義也基本相同。讀者也可以利用endure（忍受，忍耐，持久）助憶本字。

② ［形似近義字］assiduous勤奮的。參看：ardent熱烈的，強烈的。

ar.o.mat.ic

['ærou'mætik, -rə'm -; ˌærə'mætɪk]

義節 arom.at.ic

arom香氣。香味；at字尾；- ic形容詞。

字義 *a.* **香味濃郁的，芳香性的。**

n. **香料。**

記憶 ① ［義節解說］香味四處飄蕩。

② ［用熟字記生字］air空氣→空氣傳送香味。

③ ［同族字例］aural（人或物發出的）氣味的，香味的。

④ ［使用情景］～goods香味濃郁的化妝品；～compounds芳香族化合物。 名詞

aroma 芳香，香味，風格，風味：the～of coffee咖啡的香味；a savory～ 一陣開胃的香味；a delicate～甜美的香味；the～of old days舊時情味。

ar.ro.gant ['ærəgənt; 'ærəgənt] *

義節 ar.rog.ant

ar- → ad - →to；rog請求，命令；-ant形容詞。

字義 *a.* **驕傲自大的，傲慢的。**

記憶 ① ［義節解說］喜歡頤指氣使，發號施令。

② ［用熟字記生字］interrogative pronoun（文法）疑問代名詞。

③ ［同族字例］abrogate 廢除；derogate貶低；interrogate疑問；obrogate修改；surrogate代理人。參看：prerogative特權；prorogue休會。

ar.tic.u.la.tion

[ɑː,tikju'leiʃən; ɑr,tɪkjə'leʃən, ˌɑrtɪkjə -]

義節 articul.ation

articul關節；- ation名詞。

字義 *n.* **（骨頭等的）關節，連接，（清楚的）發音。**

記憶 ① ［用熟字記生字］ankle踝。

② ［同族字例］arthritis關節炎；arthrosis關節；art藝術；artel（俄國農民，手工業者的）勞動組合；artiodactyl偶蹄動物。參看：artisan手藝人，工匠。

ar.ti.san ['ɑːti'zæn, 'ɑːriz -; 'ɑrtəzn]

義節 arti.san

arti- 手，製造；- san從事…活動者。

字義 *n.* **手藝人，工匠。**

記憶 ① ［用熟字記生字］art藝術；artificial人工的，人造的。

② ［同族字例］- arti -：參看上字：

A

articulation（骨頭等的）關節，連接。- san：partisan黨徒。

as.i.nine ['æsinain; 'æsn,aɪn]

義節 as.in.ine

as →ass *n.*驢；- ine屬於…的（事物）形容詞字尾。

字義 *a.* 驢的，像驢的，愚魯的。

記憶 ①［義節解說］像驢一樣蠢的。

②［用熟字記生字］記ass驢子。

③［同族字例］- ine：canine狗的；bovine牛的；leonine豹的；equine馬的；porcine豬的；anserine鵝的；colubrine蛇的；murine鼠的。

a.skew [əs'kju:; ə'skju]

義節 a.skew

a- 處於…狀態；skew傾斜。

字義 *a.* / *adv.* 斜[的，歪(的)]。

記憶 ［同族字例］skew斜的，歪的，偏的；askance斜視的；squint斜視眼，偏向（q與k同音）；asquint（因眼睛缺陷）斜眼；cranky歪倒的，（船）易傾斜的（c與k同音）；scalenus斜方肌，不等邊三角形；scoliosis脊柱側凸；sharp陡的。參看：scarp（使形成）陡坡。

as.per.i.ty

['æs'periti; æs'pɛrətɪ, ə'spɛr -]

義節 a.sper.ity

a- 處於…狀態；sper→spur *n.*靴刺，刺激；- ity名詞。

字義 *n.* （態度，語氣，天氣）粗暴，（聲音）刺耳。

記憶 ①［義節解說］帶「刺」→人受到刺激，會變得粗暴。根據傳統語源，本字中的sper釋作rough（粗糙）。作者認為此說不甚妥當（解釋不了prosperity），亦未說到點子上。因而研究了拉丁文字典的

有關單字，終於水落石出。

②［用熟字記生字］prosperity繁榮（pro - 向前；因得到激勵向前發展而繁榮）

③［同族字例］spire塔尖；spear矛，槍，刺；spurn踢開，蹂躪；spurge大戟；spoor動物足跡；spar拳擊，爭論；spareribs肋骨；spinose多刺的；pierce刺破。參看：exasperate激怒，加劇；spurt衝刺；spur靴刺，刺激。

as.perse [ə'spəː; æs -; ə'spɝs]

義節 a.sperse

a- → ad - →to；sperse散布。

字義 *vt.* 誹謗。

記憶 ①［義節解說］（到處）散布（流言蜚語）。

②［用熟字記生字］spread伸開，展開，散布。

③［同族字例］spurious假造的，欺騙性的；aspersion灑水，誹謗；spry充滿生氣的；sparge灑，撒，噴霧於；sparse稀疏的；intersperse散布，點綴；sprout發芽，展開；sprit 斜撐帆杆；spray小樹枝；sprayey有小枝的；sprig小枝；使（草）蔓生；spriggy多小枝的；spruce雲衫。參看：sprawl伸開手足（躺，坐），（使）蔓生；sprightly生氣勃勃地；sporadic分散的，零星的。參看：disperse（使）分散，（使）散開。

④ 含義字母組合sp常表示「驅散」。其他字例：spate氾濫；sperm精子；spawn產卵…等等。

as.sail [ə'seil; ə'sel] *

義節 as.sail

as- →ad - →to；sail→sult跳躍。

字義 *vt.* 攻擊，襲擊，毅然應付，出發。

記憶 ①［義節解說］躍起→猛撲→攻擊。

② 換一個角度，本字可分析為：as→ ad -

→ to ; sail帆→揚帆「出發」→襲擊。

③〔用熟字記生字〕insult侮辱,凌辱。

④〔同族字例〕sally出擊,突圍;assault攻擊,襲擊;somersault筋斗;saltant跳躍的,跳舞的;salmon鮭魚;dissilient爆裂的;desultory唐突的;halt跛行。參看:resile反彈。

---

as.sas.sin

[əˈspəːs, æs -; əˈspɚs] *

義節 as.sass.in

as- →ad -→to;sass→cis切,殺,分。

字義 n. 行刺者,暗殺者。

記憶 ①〔義節解說〕自殺,英文是to commit suicide.cis是cid(字根)的變體,再因爲同音而變爲sass。這是我們聯想的線索和理據。字根- schis –和- schiz(o)-表示「分裂,解離」,可能是字根-cis -(切,割,分)的音變變體;sch→c(都讀s音)。另一種說法:本字來源於hashish大麻醉劑,轉義爲一種狂熱的教派,專門刺殺十字軍,再轉義爲「行刺」。

②〔諧音〕sass的中文諧音也是「殺死」。全字似可諧音爲「阿殺神」。

③〔用熟字記生字〕concise簡明的(-cis切,「切」掉雜蕪的部分)

④〔同族字例〕excise割除;decision決定;scissors剪刀;share分享,分擔;shear修剪,剪羊毛;shire郡(註:國家行政上的劃「分」)。參看:incisive鋒利的;schism(政治組織等)分裂,教會分立。

---

as.sim.i.late

[əˈsimileit; əˈsɪmlˌet] *

義節 as.simil.ate

as- →ad -→to;simil相同,相似;- ate動詞。

字義 v.(被)同化,(被)吸收;使相似,成爲相似。

記憶 ①〔義節解說〕(使)相似→只有相似的東西才能被同化、被吸收。如器官移植,不相似的異體是不能被同化吸收的。

②〔用熟字記生字〕記similar相似的;same相同的。

③〔同根字例〕參看:simulate假裝,冒充,模仿;simian類人猿的;dissimulate假裝(鎮靜);simile明喻。

---

as.suage [əˈsweidʒ; əˈswedʒ] *

義節 as.suage

as- →ad -→to;suage溫和,柔軟,甜美,宜人。

字義 v. 平息,減輕。

記憶 ①〔義節解說〕使變成溫和、宜人→平緩,減輕。to~pain / toothache / anger / hunger / thirst鎮痛 / 緩和牙痛 / 平息怒氣 / 充飢 / 解渴。

②〔用熟字記生字〕sweet甜的。

③〔同族字例〕persuade勸說;suave溫和的,和藹的;suasive勸說性的。參看:dissuade勸阻;suavity平和,討好;hedonic享樂的。

---

as.tound [əsˈtaund; əˈstaʊnd] *

義節 as.tound

as- →ad -→to;tound打雷聲。

字義 vt. 使震驚,使大吃一驚。

記憶 ①〔義節解說〕突然聽到一聲響雷所導致的震驚。

②〔用熟字記生字〕astonish使驚訝。法文動詞toner(打雷),估計是模擬響雷的「咚咚」聲。

③〔同族字例〕Stentor特洛伊戰爭中的傳令官(註:顧名思義,此人聲音洪亮,否則如何在戰火中傳令?);tornado龍

A

捲風；thunder雷鳴。參看：detonate爆炸；consternate使驚愕；stun使震驚，驚人的事物，猛擊；stentorian聲音響亮的；stertor鼾聲。

---

as.trin.gent

[əs'trɪndʒənt; ə'strɪndʒənt]

義節 a.string.ent

a- 處於…狀態；string→draw拉緊，抽，吸；- ent形容詞。

字義 *a.* 收斂性的，澀味的，嚴酷的。

記憶 ① ［義節解說］用繩子綁緊→收斂，嚴酷。本字與drink（飲）同源：string→drink；其中t→d；g→k 通轉。「飲」的動作，就是「抽，吸」。

② ［用熟字記生字］string繩子；strict嚴格的。

③ ［同族字例］strain拉緊；astringe束縛；constring壓迫，使緊縮；perstringe挑毛病；restringent收斂性的。參看：strangle勒死；astringent嚴格的，迫切的。

---

as.tute [əs'tjuːt, æs -; ə'stjut, - 'stut] *

義節 as.tute

as- →ad -→to；tute觀察，觀望，保護。

字義 *a.* 敏銳的，精明的，狡猾的。

記憶 ① ［義節解說］常處於觀察的狀態→（反應）敏銳。語源上一般認為本字來源於拉丁文astu城市，特指雅典→居住在城市，需要「敏銳，精明」。

② ［用熟字記生字］tutor導師，私人教師；tuition講授。

③ ［疊韻近義字］cute聰明的，機敏的。參看：acute敏銳的。

④ ［反義字］參看：obtuse蠢笨的。

---

a.sy.lum [ə'saɪləm; ə'saɪləm]

義節 a.syl.um

a- 處於…狀態；syl→seal v.密封；- um名詞。

字義 *n.* 收容所，避難（所），庇護權

記憶 ① ［義節解說］處於封閉狀態→收容，庇護。

② ［用熟字記生字］call小房間，牢房，細胞；close關閉。

③ ［同族字例］shell 殼，莢（syl→shel；s→sh 通轉）；shelter隱蔽處；shield盾；shieling草棚，羊欄；seel用線縫合（鷹）的眼睛（以便馴服）；solitary獨居的；seal封蠟，封緘；conceal把…隱蔽起來（syl→ceal；s→c 通轉）；occultism神祕主義；culet鑽石的底面，冑甲背部下片；culottes婦女的裙褲；bascule吊橋的活動桁架，活動橋的平衡裝置；culdesac死胡同，盲腸；color顏色；calotte小的無邊帽，（苔蘚蟲的）回縮盤；cell地窖，牢房；conceal藏匿，遮瞞；cilia眼睫毛；becloud遮蔽，遮暗。參看：occult隱藏的，祕密的，神祕的；supercilious目空一切的；recoil退縮；soliloquy獨白；insular島嶼的，隔絕的；celibate獨身的；cloister使與塵世隔絕。

---

at.a.vism ['ætəvɪzəm; 'ætə,vɪzəm]

義節 at.av.ism

ata → patr→father *n.* 父；av→avus→grand father *n.* 祖父；- ism抽象名詞。

字義 *n.* 隔代遺傳，返祖現象。

記憶 ① ［義節解說］great grand father祖先→返祖現象。

② ［同族字例］uncle叔伯；avuncular（像）叔伯的。

---

a.thwart [ə'θwɔːt; ə'θwɔrt] *

義節 a.thwart

a- 處於…狀態；thwart v.橫過，穿過，反對，阻撓。

字義 *adv. / prep.* **橫跨，逆，相反。**

記憶 ①thwart可能是traverse（橫越，橫向穿過）的音變變體。

②〔用熟字記生字〕through橫過，穿過。

③〔同族字例〕參看：thwart橫過，穿過，反對，阻撓。

a.troc.i.ty [ə'trɔsiti; ə'trɑsətɪ] *

義節 a.tr.ocity

a- →ad -→to；tr→ter黑色的，陰暗的；-ocity名詞。

字義 *n.* **暴行。**

記憶 ①〔義節解說〕黑色的，陰暗的→暴行。本字來源於拉丁文ater黑色的，陰鬱的，惡意的，兇狠的。

②〔用熟字記生字〕terror恐怖；dark黑暗（dar→ter : d→t通轉）；star星星。

③〔同族字例〕atrabilious憂鬱的，悲觀的，易怒的；atrium正廳；atrocious兇殘的；ataractic心神安定的；trachoma沙眼；trachyte淺色的火山岩；austere嚴厲的，緊縮的；strict嚴格的，嚴厲的；strife激烈的暴力衝突。參看：tar焦油；truculent兇猛的，毀滅性的。

④〔使用情景〕horrible / barbaric / dreadful～駭人聽聞的 / 野蠻的 / 可怕的暴行。to commit / practise～ 犯下 / 施加暴行。

at.ro.phy ['ætrəfi; 'ætrəfɪ] *

義節 a.trophy

a- →not無；trophy營養→活力。

字義 *v.* **使衰退，使萎縮。**

記憶 ①〔義節解說〕因無營養而致衰萎、無活力。

②〔同族字例〕trophology營養學；eutrophy營養良好；hypertrophy肥大。

at.tor.ney [ə'təːni; ə'tɜːnɪ] *

義節 at.torn.ey

at- →ad -→to；torn→turn v.轉；- ey名詞。

字義 *n.* **代理人，律師。**

記憶 ①〔義節解說〕承認委託人已把事務權「轉移」給自己→授權代理。

②〔同族字例〕attorn佃農承認新地主；轉讓；return返回。

au.dit ['ɔːdit; 'ɔdɪt]

義節 aud.it

aud 耳，聽；- it名詞。

字義 *vi. / n.* **審計，查帳。**

　　 vt. **旁聽（大學課程）。**

記憶 ①〔義節解說〕aud→hearing聽證→審計。

②〔用熟字記生字〕addition加上→加起來看看→查帳。

③〔同族字例〕audiophile 音響愛好者；auditorium 禮堂，會堂；audience 聽衆；obedient聽話的，順從的（ed→aud）。

au.gu.ry ['ɔːgjuri, - jər; 'ɔgiərɪ]

義節 aug.u.ry

aug→auk海島；- ry…術（名詞尾）。

字義 *n.* **占卜術，徵兆。**

記憶 ①〔義節解說〕觀察鳥飛作爲占卜。如把aug理解爲表示「大，增大」的字根，則亦可以從「見微知著」的思路去記住「預兆，占卜」的字義。

②〔用熟字記生字〕inauguration（總統）就職典禮（作爲事業開始求一個好的徵兆）。

③〔同族字例〕augur（利用觀察飛鳥）占卜。參看：inaugurate開創，嬉耍；lark

A

雲雀（l.ark：l→la 定冠詞），相當於英文的the；ark→auk北極海鳥）。

④〔音似近義字〕aviation航空（avi鳥，比較：auk海鳥）；auspicious吉兆的（aus→auk海鳥；spi看）。

---

au.re.o.la [ɔˈrɪələ;ɔˈrɪələ]

義節 aure.ol.a

aure金，金色；ol生長，成長；-a字尾。

字義 *n.* **（神像的）光環，（日月等的）暈輪。**

記憶 ①〔義節解說〕發光體周圍孳「生」的「金」環。本字源於Aurora曙光女神。

②〔用熟字記生字〕化學元素 Au金；orange橘子（橘子是金黃色的，aur→or）。

③〔同族字例〕- aure - ；aureate 金色的，燦爛的，絢麗的；aurora曙光，極光；aurum金；auric金的，含金的；origin起源（字根ori意為「升起，出源」。東方是太陽升起之處，aur→or）；orient使向東，定位；originate發起，創辦，發生；disorient暈頭轉向；reorient重定方向；unoriented沒有確定目標的。參看：abort（使）流產，（使）夭折；orientation向東，方向，定位。

- ol - ：adult成年人（其中ul是ol的異體，表示「生，長」）。參看：alimony贍養費；alms救濟金；coalesce接合，癒合，聯合，合併（其中al是ol的異體，表示「生，長」）；adolescent青春的。

---

au.to.chrome [ˈɔːtəkroum; ˈɔːtə,krom]

義節 auto.chrome

auto- 自身；chrome顏色。

字義 *n.* **彩色底片，彩色照片。**

記憶 ①〔義節解說〕自身就有顏色→天然彩

色照片。

②〔化學知識〕chromite鉻酸鹽（鉻離子呈明亮的綠色，鮮豔可愛）

③〔同族字例〕achromatic非彩色的。參看：heliochrome天然照片，彩色照片；chromatic色彩的，顏色的。

---

au.top.sy [ˈɔːtəpsɪ, - təp - ; ˈɔtəptˌ ɪsæpˌ ˈɔtəpˌ] *

義節 aut.ops.y

aut → auto自身；ops視力；- y名詞。

字義 *n.* **驗屍，勘察，分析。**

記憶 ①〔義節解說〕親自看過→勘察。

②〔用熟字記生字〕optics光學。

③〔同族字例〕necropsy驗屍；optometer視力計；achromatopsia色盲；hyperopia遠視；synopsis提要。參看：optic眼的，視力的，光學的，鏡片；optician眼鏡（或光學儀器）製造者，銷售商。

---

av.a.lanche [ˈævəlɑːnʃ, -lɔːntʃ; ˈævl,æntʃ]

義節 a.val.anche

a- →ad -→to；val，vale *n.*山谷；anche→launch *n.*發射。

字義 *vi.* **雪崩。**
    vt. **大量湧入。**
    n. **崩落。**

記憶 ①〔義節解說〕launch to vale射到山谷裡→雪崩。

②〔用熟字記生字〕long長的→槍→投（槍）；valley山谷。

③〔同族字例〕launch 投擲，發射，開始；length 長度；lean 瘦的；line 線；list 狹條。參看：lane 巷路；lank 細長的；lance 投（槍），急速前進。

④ 字母 l 形態瘦長，常表示「細，長，

狹」，例如，參看：lam鞭打；ladle長柄勺；languish凋萎；slim細長的；slit狹縫。

a.ver [əˈvɜː; əˈvɝ]

義節 a.ver

a- →ad -→to；ver真實。

字義 *v.* 斷言。

記憶 ① ［義節解說］to say…is true聲音…是眞實的。

② ［用熟字記生字］記very→ 成句：the very truth is… 鐵的事實是…

③ ［同族字例］verity 眞實性；verify證明，證實；veracious 誠實的；verdict 斷言；asseverative 斷言的。參看：veracity講實話。

av.o.ca.tion

[ˌævəˈkeiʃən, ˈævou -; ˌævəˈkeʃən, ˈævo -]

義節 a.voc.ation

a- → not不，非；voc聲音，叫；ation名詞。

字義 *n.* （個人）副業，業餘愛好。

記憶 ① ［義節解說］vocation職業，天職。不是職業，卽是副業、業餘。voc→call，意爲「召喚」。比如：to answer nature's call.直譯是響應自然的召喚。實卽「人有三急」，要「方便」一下之意。vocation 解作「天職」，因爲這是上帝的「召喚」。類例：call召喚→calling職業；profess講→profession職業。

② ［用熟字記生字］voice聲音；vocation天賦，天職。

③ ［同根字例］vociferous嘈雜的；vocabulary字彙；vocation使命。參看：vocal有聲的，暢所欲言的；advocate提倡（者），擁護（者）；equivocal模稜兩可的，歧義的，曖昧的。

④ ［同族字例］fauces咽門；vouch擔保。參看：avow聲明；provoke煽動；revoke召回。

a.vow [əˈvau; əˈvaʊ] *

義節 a.vow

a- →ad -→to；vow *vt.*立誓，公開承認，公開宣布。

字義 *vt.* 公開宣稱，承認。

記憶 ① 本字應是從voice（聲音）變來，轉義爲「發誓」。參看：vocal有聲的。

② ［用熟字記生字］vote投票選舉。

③ ［同族字例］votary崇拜者，愛好者；devote奉獻；vouch擔保。參看：devout虔誠的；vow立誓，宣布。

awk.ward [ˈɔːkwəd; ˈɔkwəd] *

義節 awk.ward

awk →gauche *a.*笨拙的；- ward 向…的。

字義 *a.* 笨拙的，不熟練的，尷尬的，棘手的。

記憶 ① ［義節解說］gauche→awk：g脫落；au→aw；ch→k通轉。該字是法文借字，原意爲「左手」。一般人用左手做事會顯得笨拙。

② ［同族字例］「呆、笨」意：gowk笨人；goof呆子。參看：gawk呆子，笨人；gauche笨拙的。

az.ure [ˈæʒə, ˈeiʒ -; ˈeʒə, ˈæʒə]

字義 *n. / a.* 天藍色（的）。

n. 碧空。

記憶 ① ［用熟字記生字］藍帽子「阿sir」（香港人稱警員爲阿sir。又：香港有藍帽子警員）。

② ［同族字例］lazurite靑金石；lizard蜥蜴。

Memo

B

帝子降兮北渚，目渺渺兮愁予；
裊裊兮秋風。洞庭波兮木葉下。

有三個重點：

(1)**bough** 大的樹枝；→棒狀物（觸鬚是其中一種）→（築成柵欄等），阻，禁→（造）船→（用於）打，擊

(2)**bang**「砰」的一聲；→打，擊（包括戰爭）→（脹大，大）→冒發，迸發。

(3)**bubble** 冒泡；→作爲次級擬聲，常用於描寫水流的汨汨聲。

掌握這三點，就可以駕馭記憶大批與 **b** 有關的單字。而據 (1)、(3) 兩點，用五行的觀念，我們可以說 **b** 字母屬「木」，有「水」性（或者，按佛家的叫法，有「濕」性）。

請記住：洞庭波兮木葉下

「免冠」：主要注意 **be-**（表示加強等意義）和 **bi**（二，雙）。

以下再從本字母的音、形作點分析：

大寫 **B** 的形態：右邊像兩個「口」，從而與「口」有關：兩條半圓的曲弧包起來，於是有「包」，「帶」，「束縛」，「脹大」，「豐富」的義蘊；左邊一「豎」給人以「阻，禁」之感。小寫 **b** 重心很「低」，左邊像一根「棒」，右上角少了一個「口」而「暴露」，左上角突出，像「觸鬚」。

從發音看，**b** 是閉口爆破音，發音時，氣流衝破兩唇的障礙，「迸發」出來而發出濁子音（聲母）。這時，兩唇作「咬」物狀，發「咬」物聲，再引申為「喝，講，唱」。

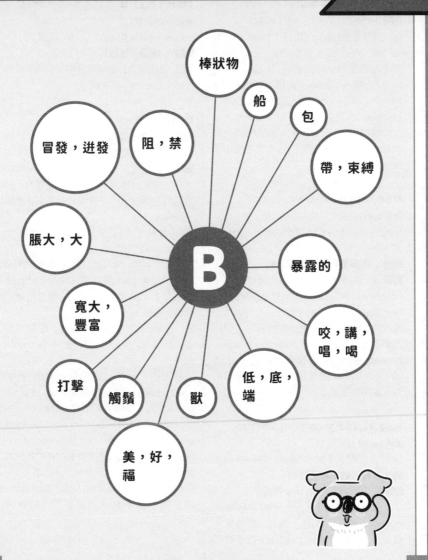

B

bab.ble [ˈbæbl; ˈbæbl] *

義節 babb.le

bab咿呀語聲；- le表示重複動作（字尾）。

字義 v. 咿呀學語，嘮叨。

記憶 ① ［用熟字記生字］記baby嬰兒。

② ［同族字例］babe嬰兒；bambino嬰孩；booby笨蛋，婦女的乳；burble滔滔不絕地講話；verb動詞（bab→verb；v→b 通轉）；adverb副詞；verbal詞語的，逐字的；verbose累贅的。參看：bauble小玩物；fable寓言（bab→fab；b→f 通轉）；effable能被說出的，可表達的；verbatim逐字的，照字面的；proverb格言。

bac.chant [ˈbækənt; ˈbækənt]

義節 bacch.ant

bacch→Bacchus n.酒神巴克斯；- ant形容詞。

字義 a. 信奉酒神的，愛酗酒的。

記憶 ① ［同族字例］baccate結漿果的；bacchanalian狂飲的；bacchic鬧宴的；bacciferous結漿果的。

② 本字母項下與「酒」有關的字不少。出現在本章中的還有：befuddle使爛醉；beverage飲料等。其他熟字還有：beer啤酒；brewery釀酒廠等。據說ban作爲禁令，最初也是禁酒。

bac.il.lar.y [ˈbæsiləti; ˈbæs!,ɛrɪ]

義節 bacill.ary

bacill（字根）小悍，- ary形容詞。

字義 a. 桿狀的，桿菌狀的。

記憶 ① ［用熟字記生字］bar短棍。

② ［同族字例］balk大木，樑；阻礙；balcony陽臺，包廂；debacle垮臺，潰散；peg短樁，baguette小凸圓體花飾；imbecile蠢的，低能的。參看：imbecility愚頑；bacteria細菌；debauch使墮落。

bac.te.ri.a [bækˈtiəriə; bækˈtɪrɪə] *

義節 bacter.ia

bacter→bar n.桿。

字義 n. 細菌（複數）。

記憶 ［義節解說］認爲細菌形似小桿。參看上字：bacillary桿菌狀的。

baf.fle [ˈbæfl; ˈbæf!] *

字義 vt. 挫敗。阻礙，使困惑。
　　　n. 迷惑，擋板，緩衝板。

記憶 ① 「挫敗」一意，可能來源於buffalo水牛→撞擊→挫敗，「阻礙，緩衝板」一意可能來源於 puff「噗噗」地噴氣，膨脹→緩衝。

② ［用熟字記生字］從 b a r 阻礙，embarrass使受窘。

③ ［同族字例］buffet打擊，衝擊；buff打擊，緩衝；bouffant膨起的；buffer緩衝。參看：puff噴氣；rebuff斷然拒絕，冷漠，挫敗。

④ ［音似近義字］muffle蒙住，壓抑（聲音、感情等）；barrier柵欄；balustrade欄杆。

「使困惑」一意，又可借助押韻近義字puzzle去配，例如：a question that～s puzzles us 一個使我們困惑的問題。

⑤ ［使用情景］to be～d by the last question / the mysteries / the code / the news被最後一個問題難倒 / 被其中玄妙所困惑 / 被密碼難倒 / 被那消息所困惑。

to～against high winds / with the storm 與狂風 / 風暴作徒勞的搏鬥（終歸失敗）。

bald [bɔːld; bɔld] *

字義 *a.* 禿的，露出的，露骨的。

記憶 ①〔用熟字記生字〕bare赤裸的，空的。「禿頭」用bald形容；沒有戴帽子用bare形容。又barren不育的，不毛的（地）→所謂「苗而不秀」。

②〔同族字例〕beluga鱘魚（註：白色的魚）；bleak無遮蔽的，蒼白的；blaze馬或其他動物臉上的白斑，樹皮上的指路刻痕；blesbok南非白面大羚羊；blemish瑕疵，汙點；blotch植物的白斑病，汙斑；blind瞎的。參看：blight陰影。

balk [bɔːk, bɔːlk; bɔk] *

字義 *n.*／*vt.* 阻礙，（使受）挫折。
    vi. 畏縮不前。
    n. 錯誤。

記憶 ①〔用熟字記生字〕bar短棍，阻礙；block阻礙；bank堤（用以「阻」水）。

②〔同族字例〕balcony陽臺，包廂；debacle垮臺，潰散；bilk使受挫折，欺騙，躲避付錢；baguette小凸圓體花飾；imbecile蠢的，低能的，peg短樁。參看：bacillary桿狀的；bacteria細菌；debauch使墮落；imbecility愚頑。

③〔音似近義字〕fault錯誤。參看：falter猶豫，畏縮。

ban.dan.a [bæn'dænə; bæn'dænə]

義節 band.ana
band *n.*帶子，捆綁。

字義 *n.* 大手帕。

記憶 ①〔義節解說〕這種大手帕是女孩子用來綁頭髮作頭飾用的。

②〔用熟字記生字〕bandage繃帶；bond合同，債券，束縛物。

③〔同族字例〕bend彎曲；bind束縛；bound被束縛的；bundle包袱；bandit強盜；bandeau（女用）髮帶。參看：bonnet 帽；bondage束縛；disband解散；contraband走私。

④〔易混字〕banana香蕉。

bane [bein; ben]

字義 *n.* 禍根，毒物，死亡，毀滅。

記憶 ①古英語本字意爲「殺人者」。可借butcher（屠夫）助記。

②〔用熟字記生字〕vanish消失。

③〔同族字例〕wean斷奶（w→v→b通轉）；faint暗淡的；want缺少，缺乏；wanton揮霍，浪費，放蕩。參看：bonfrie大篝火（古時候用骨頭燒起篝火。參考法文：bucher篝火，燒死異教徒的火刑臺）；venom毒物，惡毒（字根- ven –是- ban -（毒）的變體，v→b 通轉）；vain空虛的；dwindle變小，衰退；wan暗淡的；wane（月）虧，缺（損），變小；swoon漸漸消失。

④〔疊韻近義字〕參看：wane衰落。

⑤〔音似反義字〕boon爲「恩物」；bane爲「毒物」；參看：boon。

⑥〔使用情景〕smoking is the～of his life吸菸是他的致命傷。Rats used to be the～ of the village.該村一度有鼠患。rats～毒鼠藥。

ban.ish ['bæniʃ; 'bænɪʃ] *

義節 ban.ish
ban *v.*禁止；- ish動詞。

字義 *vt.* 流放，驅逐，消除。

記憶 ①〔義節解說〕置之於禁令管轄之下→驅逐。

②〔用熟字記生字〕ban禁止。

③〔同族字例〕banal平庸的，陳腐的；banns在指定教堂舉行婚禮的預告；banner旗幟；fame名聲；phone聲音。參看：abandon放棄，禁止；boon福

B

利。

④〔音似近義字〕vanish消失。

⑤〔使用情景〕Napoleon was～ed to Elba.拿破崙被放逐到愛爾巴島（對此，後人戲作英文回文詩詠曰：Able was I ere I saw Elba.其中：ere→before。全句以ere中的r為中心，每個字母左右對稱）。to be perpetually～ed from the country.被終身驅逐出國。to～gloom / the thought / the idea / fears.驅除憂慮 / 打消想法 / 打消念頭 / 驅除恐懼。

ban.ter ['bæntə; 'bæntə] *

義節 bant.er

bant→bound v.跳躍；- er反覆動作。

字義 n. / vt. 取笑，逗弄。

vi. 開玩笑。

記憶 ①〔義節解說〕反覆地歡躍→逗弄。

②〔諧音〕「扮他」來取笑。

③〔同族字例〕badiner開玩笑；bound跳躍；bandy來回擺弄。參看：bounce跳躍。

④〔雙聲近義字〕burlesque滑稽劇，諷刺。

barb [bɑːb; bɑb]

字義 n. 倒鈎，倒刺，（動物）羽枝。

vt. 裝倒刺於。

記憶 ①〔用熟字記生字〕bar小桿，棒狀物；barber理髮師（剃去「棒狀」鬚髮的人）；beard鬍鬚。

②〔同族字例〕balberd戟；barbel魚的觸鬚；barbellate有短硬毛的；barbicel鳥的羽纖枝；barbule小芒刺；rebarbative難看的，討厭的。

③〔使用情景〕a～ed fishhook / ～ed wire 帶倒刺的魚鈎 / 帶刺的鐵絲網。

bar.bar.ic [bɑːˈbærik ; bɑrˈbærɪk]

義節 barbar.ic

barbar聽不懂意思的嘰咕語聲；- ic形容詞。

字義 a. 野蠻(人)的，肆無忌憚的。

記憶 ①〔義節解說〕滿嘴嘰咕蠻語的人。

②〔用熟字記生字〕另一思路：參看上字bard倒鈎，羽枝。野蠻人的頭上插了許多羽毛，或頭髮像亂草。

③ b表示「巴巴」語聲，尚可參考如下名字：bark狗吠，喊叫；bable喧嘩聲；balderdash廢話；baloney胡扯；barber話多的人；bawl高聲叫喊；bid喊價；ballad民謠…等等。

④〔使用情景〕與barbarous比較：barbarous treatment / torture / insults / English野蠻的對待 / 野蠻的折磨 / 粗暴的侮辱 / 糟糕的英文。

wild barbaric music / the barbaric use of color 粗豪奔放的音樂 / 恣肆的用色。

bar.i.tone ['bæntə; 'bæntə] *

義節 bari.tone

bari→heavy濃的，重的；tone調子。

字義 n. / a.男中音（的）。

記憶 ①〔義節解說〕男中音的調子比較渾厚。

②〔用熟字記生字〕bear熊（註：「重」量級動物）。

③〔同族字例〕barite重晶石；barium鋇（註：「重」金屬）；baryon重子；isobar等壓線。參看：barometer氣壓計。

ba.rom.e.ter [bəˈrɔmitə; bəˈramətə]

義節 bar.o.meter

bar重量、壓力單位（巴）；meter測量。

字義 n. 晴雨表，氣壓計。

記憶〔用熟字記生字〕thermometer溫度計。參看上字：baritone男中音。

ba.roque

[bəˈrɔk, -ˈrouk; bəˈrok, -ˈrɔk] *

字義 *a.* 奇異（風格）的。

　　n. 巴洛克風格。

記憶 ①記譯音「巴洛克」（人名）。F.Barocci（1528～1612）是義大利畫家。

②〔音似近義字〕grotesque怪異的；rococo洛可可式（的建築風格）。

bar.row [ˈbærou ; ˈbæro, -rə]

義節 bar.r.ow

bar負荷；-ow字尾。

字義 *n.* 手推車，擔架。

記憶 ①〔義節解說〕用兩根棍子並排而成。

②〔用熟字記生字〕bear負擔，負荷。

③〔同族字例〕burden負擔；bier棺材架；bore浪潮。參看：forbear克制；burly粗壯的。

④換一個思路：bar棒；row使成排。這種手推車是獨輪的或兩輪的，專門用來推著販賣小物品。

⑤〔易混字〕barrel桶。

ba.sin [ˈbeisn ; ˈbesn] *

義節 bas.in

bas低；in在內。

字義 *n.* 盆，水盆，盆地，塢。

記憶 ①〔義節解說〕（外高）內低，是為盆狀物。

②〔用熟字記生字〕basement地下室；bass低音。

③〔同族字例〕basis 基礎；basic基礎的，debase降低，敗壞；debased品質惡劣的；vase花瓶（b→v 通轉）。參看：

abase降低；abash使羞愧。

④〔使用情景〕The Mississippi～/ a wash～.密西西比河流域 / 臉盆。

bas.tard [ˈbæstəd; ˈbæstəd]

義節 bast.ard

bast→beast *n.*野獸；ard人（名詞字尾）。

字義 *n.* 私生子，雜種，庶出。

　　a. 私生的，劣質的。

記憶 ①〔義節解說〕野獸是雜交的。參考法文：batard雜種；bete野獸。語源上認為：bast馱鞍；-ard人（名詞字尾）。用「馱鞍」馱得來的→不是家生的，「拖油瓶」而來的。

②〔疊韻近義字〕參看：dastard懦夫。

③〔同族字例〕bête moire被嫌棄的人（或物）；bêtise愚鈍；bestial畜牲一樣的。

④〔使用情景〕～patriotism / dogs / sugar. 摻假的愛國心 / 雜種狗 / 粗劣的糖。

baste [beist ; best]

字義 *vt.* 狠揍，痛罵。

記憶 ①〔諧音〕本字的法文對應字beste罵人的話，「呸」。

②〔用熟字記生字〕beat打；batter連續打；battle打仗。

③〔同族字例〕beetle木槌；bout競爭，較量；Bastille巴士底獄；buttress扶壁，支柱；debut首次演出。參看：abut鄰接；rebut反駁；butt衝撞；bate壓低，【英俚】大怒；abate使減退；swat猛擊。

bate [beit ; bet]

字義 *vt.* 減少，壓低。

　　vi 減退。

記憶 ①〔用熟字記生字〕beat打；battle打

B

仗；batter連續打擊。

② 〔同族字例〕參看上字：baste狠揍。

③ 〔使用情景〕to～one's claims / breath / curiosity降低要求 / 壓低鼻息 / 壓抑好奇心。

---

bat.ten ['bætn ; 'bætn]

〔義節〕batt.en

batt→bite *v.*咬，- en動詞。

字義 *vi.* 貪吃，養肥自己。

　　　vt. 養肥。

記憶 ① 〔義節解說〕bite的過去分詞bitten變形爲本字。什麼都要咬一口，分一份。

② 〔同族字例〕bait餌；bitter苦的；bit一口的量，一點點；bet打賭；abetment敎唆；beetle甲殼蟲。參看：embitter加苦味於，使痛苦，激怒。

③ 〔疊韻近義字〕fatten養肥，發財，長肥。

④ 〔使用情景〕to～ on the poor / on one's relatives / on the blood of the workers.靠剝削窮人 / 靠親戚關係 / 靠榨取工人血汗而養肥自己。

---

bau.ble ['bɔːbl; 'bɔbl]

字義 *n.* 美觀而無價值的小玩物、飾物、擺設。

記憶 ① 〔義節解說〕本字來源於法文babiole小孩玩具，轉義爲「不值錢的小東西」。又，法文：bibelote無價値的東西。

② 〔用熟字記生字〕baby嬰兒。

③ 〔同族字例〕babe嬰兒；bambino嬰孩；booby笨蛋，婦女的乳。參看：babble咿呀學語，嘮叨；fable 寓言（bab→fab；b→f通轉）。

④ 〔雙聲近義字〕beau花花公子，bootless無用的；beauty漂亮的。

⑤ 〔用例〕Wealth and social position are only～ s, we cannot take them when we die.財富和社會地位都不過是身外之物，到頭來誰也帶不走。

---

bea.con ['biːkən; 'bikən]

字義 *n.* 燈塔，烽火，指向標。

　　　v. 照亮，照耀。

記憶 ① 〔用熟字記生字〕bacon煙燻肉。

② 〔同族字例〕bake烤，烘；zwieback雙烤麵包片；bask取暖；buoy浮標；berry漿果（註：顏色鮮豔）；barbecue燒烤。參考：flamboyant豔麗的。

③ 〔音似近義字〕比較：beckon打手勢，招呼。這兩個字的意思都是給出一個信號，讓人做或不做某事。

④ 〔使用情景〕to erect / put up a～建造燈塔。

Weshington was a～for his times. 華盛頓是他所處時代的指標。

The fires～ed the darkness. 火光在黑暗中照耀。

---

be.deck [bi'dek ; bɪ'dɛk]

〔義節〕be.deck

be - 加強意義；deck *vt.*裝甲板，裝飾，打扮。

字義 *vt.* 裝飾。

記憶 ① 〔用熟字記生字〕decoration裝飾。

② 〔同族字例〕deckle紙模的定紙框；decor裝飾風格；thatch茅屋頂；thug黑鏢客；stegodon一種已滅絕的類象動物；protect遮蓋，保護。參看：decent體面的；decorous有敎養的。

③ 〔使用情景〕to be ～ed with medals / silk and jewels / colorful banners.掛滿勳章 / 用絲綢和珠寶裝扮起來 / 彩旗招展。

be.drag.gle [bi'drægl ; bɪ'dræg!]

義節 be.draggle

be- 加強意義；draggle *vt*.拖濕，拖髒。

字義 *vi*. **弄髒，弄濕，弄皺。**

記憶 ① [義節解說] draggle又可再分析爲 drag拖；- le 表示反覆進行的動作。

② [用熟字記生字] drag拉，拖。

③ [同族字例] draggy遲緩的，倦怠的； draw拖；dray用大車拖運；draft拉， 拽；droshky輕便馬車。參看：draught 拉，牽引。

④ [形似近義字] bedabble（用髒水、血 等）潑髒，濺濕；bedrabbled 被雨和泥 弄髒。

beet [bi:t; bit]

字義 *n*. **甜菜（根），糖蘿蔔。**

記憶 ①本字可能來源於boot利益（此義已 廢）。

② [同族字例] better較好的；best最好 的；beatify賜福於，使極樂；fetch鬼， 活人的魂（b→v→f 通轉）；fetishism 拜物教；devote獻身，供奉（v→f 通 轉）；otiose空閒的，無效的，無益的。 參看：boodle僞鈔，fetish神物，偶像； negotiate談判；bootless無用的。

③ [疊韻近義字] sweet甜的。

④ [造句助憶] A bee came to the beet which is sweet. 蜜蜂光顧甜菜，因爲它 甜。

be.fud.dle [bi'fʌdl; bɪ'fʌd!] *

義節 be.fuddle

be- 加強意義；fuddle *vt*.狂飲，使大醉， 使迷糊（fud.d.le fud灌，注；- le重複動 作）。

字義 *vt*. **使爛醉，使迷糊。**

記憶 ① [義節解說] 反覆地灌→醉。

② [用熟字記生字] fountain噴泉； fountain-pen自來水筆，鋼筆。

③ [同族字例] refund 償還；foundry 鑄 造廠；confound 混淆。參看：fuddle （使）大醉，（使）迷糊；fluster 使醉 醺醺；fuzz 使迷糊；futile 無益的，無效 的，輕浮的。

④ [疊韻近義字] muddle攪混，使泥醉， 使糊塗；puddle泥潭，攪混。

be.guile [bi'gail ; bɪ'gaɪl] *

義節 be.guile

be加強意義：guile *n*.狡詐，詭計。

字義 *v*. **欺騙，誘騙。**

記憶 ① [用熟字記生字] guide僞裝； disguise裝假，僞裝。

② [同族字例] guileless不狡猾的，誠實 的；guise外表，裝束；disguise假裝，僞 裝；gullible易受騙的；gullery詐欺，詭 計。參看：gull欺騙；guile奸計，詭計。

③ [疊韻近義字] wile詭計，奸計，詐欺 （由於語言演變的原因，同一個字會有gu 和w兩種拼法，類例：guard警衛→ward 警戒）。參看：vile卑鄙的，邪惡的； guile狡詐。

be.hoove [bi'hu:v ; bɪ'huv]

義節 be.hoove

be- 加強意義；hoove→heave舉起重物。

字義 *vt*. **理當。**

    vi. **是責任，是義務。**

記憶 ① [義節解說] 所謂重任在肩。

② [用熟字記生字] behave行爲，舉止， 表現；have to必須；參考以下本字的用 例，即可明白behave與本字是一對音形 義近似字：

A. It～s me to see him.我理應去看看他。

B. It～s a boy to behave himself well. 男 孩子理應表現得像那個樣子。

B

③ 本字的名詞形式behoof，意義與
behalf（利益）相似：
The father toiled for his children's
behoof.父親爲子女而勞碌。
The money was spent for his own
behoof.那筆錢是用在他自己身上。
④〔同族意義〕heavy重的；haft（刀，斧
的）柄；have擁有。參看：haven港口。

be.la.bor [bi'leibə; bɪ'lebə] *

〔義節〕be.labor
be- 加強意義；labor n.使人疲勞的勞動。
〔字義〕 vt. 痛打；痛斥，過多說明。
〔記憶〕①〔義節解說〕形容打、罵時的費力。
②〔同族字例〕elaborate認真做，推敲，
詳述；collaborate協作；laborious費力
的；laboratory實驗室；lip唇；labial唇
的；labret南非土人的嘴唇裝飾品。參
看：libel誹謗。
③〔使用情景〕to～ a donkey / the
obvious 痛打驢子 / 對本身明顯的事件作
過多的說明。
比較：to elaborate one's proposal.詳
盡闡述自己的建議（同根字elaborate無
「過多」之意）。

be.lea.guer [bi'li:gə; bɪ'ligə]

〔義節〕be.leaguer
be 變名詞為及物動詞；leaguer，camp
n.兵營，野營。
〔字義〕 vt. 圍困，圍攻。
〔記憶〕①〔義節解說〕所謂「四面楚歌，兵圍
垓下」。
②〔用熟字記生字〕colleague同事。
③〔同族字例〕leaguer 盟友，圍攻；
ledge 壁架，礦脈；laager 露營；lager儲
藏的啤酒；lodge 留宿，儲藏；belay 用
繩繫住；stalag 德國的集中營；anlage基
本；vorlage 一種前傾的滑雪姿勢。

④〔形似近義字〕參看：besiege圍困，圍
攻，包圍；beset圍攻。

bel.li.cose ['belikous ; 'bɛlə,kos] *

〔義節〕bel.l.ic.ose
bel戰爭；- ic形容詞；- ose字尾。
〔字義〕 a. 好戰的，好爭吵的。
〔記憶〕①〔用熟字記生字〕bull公牛；bully欺
侮。
②〔同族字例〕belligerent好戰的，交戰
中的；post-bellum戰後的；ante-bellum
戰前的（此二字均特指美國南北戰爭）；
Bellona女戰神；duel決鬥； polemics
辯證法（pol→bel：p→b 通轉）；
polemicist善辯者。參看：rebel造反；
bile膽汁，暴躁，壞脾氣；polemic攻
擊，爭論。

bel.ly ['beli ; 'bɛlɪ] *

〔義節〕bell.y
bell n.鐘；- y名詞。
〔字義〕 n. 腹部，胃，胃口。
　　　 v. 脹滿，（使）鼓起。
〔記憶〕①〔義節解說〕肚皮鼓起如古鐘。- bel
- / - bil - / - bul -均表示一種中空而鼓起之
物。
②〔用熟字記生字〕swell膨脹。
③〔同族字例〕bellows風箱（鼓風用）；
bilge（桶等的）腹部，膨脹；bulge（桶
等的）腹部，膨脹；bulk船艙，脹；bale
貨物的大包；bail桶；blow吹脹。參看：
valise背包（註：其中v→b 通轉）；pail
提桶（註：其中b→p通轉）；billow巨
浪；bloated發脹的；bludgeon棍棒。
④〔使用情景〕to have a large / beer /
capacious / pot～. 他有一個便便大腹。
to crawl on the～. 匍匐爬行。the～of a
plane / a ship. 機艙 / 船艙。

ben.e.dic.tion

[,beni'dikʃən; ,bɛnə'dɪkʃən]

義節 bene.dic.tion

bene→ fane *n.*神廟（b→f 通轉）→供奉
→福，好；dic說；- tion名詞。

字義 *n.* 祝福，恩賜。

記憶 ①〔義節解說〕像神廟供奉的物品→牧
師的俸祿，供養→「乾飼料，糧秣」→利
益，好處。

②〔用熟字記生字〕benefit利益，好處；
provide供給（口糧等）。

③〔同族字例〕- ben -；bon好的；
benefactor恩人；beneficiary受益人；
benevolent仁慈的；venerable 莊嚴的，
可敬的（b→v 通轉）；venery 性慾；
venison 野味；provisions口糧，存糧；
debenture債券；debit借方；debt債
務；benefice有俸聖職；benefit津貼，
好處；benefaction捐助；furnish供應，
給予。參看：veneer虛飾；venerate崇
拜；revenue收益；parvenu暴發戶；
provender（家畜的）乾飼料，糧秣；
fend供養（v→f 通轉）；venal可以利誘
的，爲錢而做的；bounty恩惠；boon恩
惠；benign慈和的。

- dict -：dictation聽寫；dictionary字
典；dictum格言；edict布告；predict
預告；interdict干涉；indicate指示。參
看：contradict反駁，否認，發生矛盾；
jurisdiction司法權；malediction詛咒；
abdicate放棄；vindicate辯護。

be.night.ed [bi'naitid；bɪ'naɪtɪd]

義節 be.night.ed

be- 把名詞變為ed形容詞；night夜晚。

字義 *a.* 不覺天黑了的，蒙昧的。

記憶 〔義節解說〕「天不生仲尼，萬古如長
夜」。古今中外，都會從「黑暗」推想到
「蒙昧」。

be.nign [bi'nain；bɪ'naɪn] *

義節 ben.i.gn

ben→fane *n.*神廟 （b→f 通轉），供奉→
福，好：gn生。

字義 *a.* 慈和的（人等），溫和，有益的
（天氣等），良性的（腫瘤等）。

記憶 ①〔義節解說〕向神廟供奉的物品，牧
師的俸碌，供養，「乾飼料，糧秣」，
利益，好處。「好意」「生發」出來，良
性的。

②〔用熟字記生字〕benefit利益，好處。

③〔同族字例〕bon 好的；benefactor 恩
人，beneficiary 受益人；benevolent仁
慈的；venerable莊嚴的，可敬的（b→v
通轉）；venery性慾；venison野味；
provisions口糧，存糧；debenture 債
券；debit 借方，debt債務；benefice
有俸聖職；benefit 津貼，好處；
benefaction捐助；furnish供應，給
予。參看：veneer虛飾；venerate崇
拜；revenue收益；parvenu暴發戶；
provender（家畜的）乾飼料，糧秣；
fend供養（v→f 通轉）；venal 可以利誘
的，爲錢而做的；bounty 恩惠；boon 恩
惠；benediction 祝福。

④〔使用情景〕a～old lady / climate /
swelling慈和的老太太 / 溫和的氣候 / 良
性腫塊。

be.quest [bi'kwest；bɪ'kwɛst] *

義節 be.quest

be-加強意義；quest→speak *v.*講話。

字義 *n.* 遺贈，遺產，遺物。

記憶 ①〔義節解說〕根據逝者講過的話分配
（遺物）。

②〔同族字例〕quote引用，引錄；quoth
【古】「說」的過去式；bequeath（按

遺囑）遺贈；cite引證，引用（q→c通轉）。

③〔使用情景〕to leave a～留下遺產；to make～s to給（某人）予遺贈；charitable / munificent～s 慈善 / 慷慨遺贈。

be.reave [biˈriːv; bəˈriv] *

義節 be.reave
be 加強意義；reave v.掠奪，劫掠。

字義 vt. ① (bereft) 剝奪，使失去。②（～d) 使喪失（親人）。

記憶 ①〔用熟字記生字〕rob搶劫；deprive剝奪。

②〔同族字例〕ravin補食，搶奪；enravish使狂喜；reave掠奪；bereft失去親人的，被剝奪的；revel著迷，狂歡；rape強姦，強奪；rap奪走；rapt消魂的；ravage掠奪；riffle搶掠。參看：raven強奪；privation剝奪；ravish奪，使出神，使狂喜，強姦。

③ 字母 r 表示「奪取」的其他字例：forage搶掠；maraud搶掠；razzia劫掠；ransack搶劫，掠奪；wrest奪取…等等。

④〔使用情景〕to be bereft of hope / home / riches / reason / sense / shame / hearing / memories of the past.失去希望 / 家庭 / 財產 / 理性 / 常識 / 廉恥 / 聽覺 / 往事的記憶。

to be bereaved of one's mother 喪母。

be.set [biˈset; bɪˈsɛt] *

義節 be.set
be 加強意義；set v.布置，安排，鑲，嵌。

字義 vt. 圍攻，圍困，鑲，嵌。

記憶 ①〔同族字例〕sit坐；settle安頓，saddle鞍，soot油煙，seat座位；sedate鎮定的；sedan轎子，see主教教區。

②〔使用情景〕
1 The city was ～ by enemies.敵兵圍城。
2 The enterprise was ～ with difficulties.企業困難重重。
3 He was ～with questions.他為各種質問所苦。
4 A bracelet ～ with gems.點綴著寶石的手鐲。

比較：The sky was set with myriads of stars.繁星滿天。

③〔形似近義字〕參看：besiege圍困，包圍，圍攻；beleaguer圍攻。

be.siege [biˈsiːdʒ; bɪˈsidʒ] *

義節 be.siege
be- 加強意義；siege vt.包圍，圍攻。n.（舊用）席位，王位。

字義 vt. 圍困，包圍，圍攻。

記憶 ①〔用熟字記生字〕seize捉住，握住，拘留。

②〔使用情景〕to be～d by visitors / with invitations / with letters / with questions.被訪問者團團圍住 / 邀請紛至 / 紛紛來信 / 紛紛提問。

③〔音似近義字〕參看：beast包圍，圍攻。

be.smirch [biˈsmɜːtʃ; bɪˈsmɝtʃ]

義節 be.smirch
be- 加強意義；smirch v.弄髒，玷汙。

字義 v. 玷汙，糟蹋。

記憶 ①〔用熟字記生字〕mark記號，斑點，邊界。

②〔同族字例〕march邊境；demarcation界限；mackle印刷重複造成模糊；macle礦物的斑點；macule由於重複而模糊；smooch汙跡，弄髒；smudge汙跡，玷汙；smutch弄髒，塵垢。參看：maculate玷汙，使有斑點；immaculate

無瑕疵的。

③ 字母m和涵義字母組合sm 常表示「汙跡，玷汙」，例如：stigma汙點；mud泥；smear塗抹，玷汙；smut汙跡，煤塵，玷汙；smutty 給煤炭弄黑的，猥褻的。

④〔形似近義字〕bemire 使沾上汙泥。

be.stow [bi'stou ; bɪ'sto] *

義節 be.stow

be- 加強意義；stow v./n.收藏，使暫宿，推垛。

字義 v. 贈予，使用，儲藏，留宿。

記憶 ①〔用熟字記生字〕store儲存；install安裝。

②〔同族字例〕story樓層；stove火爐，窯；instore儲存；endue授予，賦予；endow捐贈；dowry嫁妝。

be.to.ken [bi'toukən; bɪ'tokən]

義節 be.token

be- 使名詞變為及物動詞；tok→show v.顯示；-en字尾。

字義 vt. 預示，顯示，表示。

記憶 ①〔用熟字記生字〕torch火把（註：ch有時可讀k音，常可通變）→用火把作為標誌。

②〔同族字例〕teach教；tetchy過度敏感的，易生氣的；index指示符號；indicate指示。參看：token記號，象徵，紀念品。

③〔易混字〕本字與take及其動詞變化took，taken無明顯語源關係。但畢竟字形太相似，何不借用助憶？記：to betoken→to be taken as a symbol.

④〔用例〕A dark cloud often～s a storm. 黑雲往往預示風暴將臨。a look～ing anger透著怒氣的目光。

be.tray [bi'trei; bɪ'tre]

義節 be.tray

be- 加強意義；tray→terg背，背部。

字義 vt. 背叛，出賣，洩漏，暴露。

記憶 ①〔義節解說〕蒯通勸韓信謀反。有「相君之背…」之說。

② 也可以換一個思路：tray盤子；把（人或祕密）「和盤托出」。

③〔用熟字記生字〕traitor叛徒，賣國賊。

④〔同族字例〕tergal背的；tergiversate背叛，變節；treason叛逆，謀反。參看：treachery背叛（行為），變節（行為），背信棄義。

⑤〔使用情景〕to～one's friends / origin / promises / the tradition出賣朋友 / 背叛出身 / 不忠於自己的許諾 / 背叛傳統。

to～the news / the secret / an interest / a sign of one's hatred / one's sadness.洩漏消息 / 洩密 / 流露出興趣 / 透出一點跡象 / 顯露出恨 / 顯露出傷感。

…and the white hand ～ed to him what her lips had failed to reveal（Immensee）.而這蒼白的手卻把她口頭不曾表達的情意透露出來（《茵夢湖》）。

be.troth [bi'trouð ; bɪ'trɔθ, -'troð]

義節 be.troth

be- 把名詞變為及物動詞；troth→truth事實，許諾（結婚）。

字義 vt. 同…訂婚。

記憶 ①〔用熟字記生字〕true真實；trust信任。

②〔同族字例〕truth事實，真實；betrothal訂婚，婚約；trow相信，信任；truism自明之理，老生常談；trustworthy可信賴的；entrust委託；distrust不信任，懷疑。參看：troth真實，誓言，訂婚。

B

③〔形似易混字〕froth泡沫。

bev.el ['bevəl; 'bɛv!]

字義 *n./a.* **斜角（的）。**

　　v. **（使）成斜角。**

　　vt. **斜切。**

記憶 ①本字在古法文中原意是「張開嘴巴」，由於「張開嘴巴」而造成斜角。

②〔用熟字記生字〕b在中文可讀「不」，level水平；不「水平」即爲「偏斜」。

③〔同族字例〕bay吠，建築物的突出部分；abeyance中止，暫擱；beagie小獵兔犬；badinage嘲笑。參看：abash使羞愧。

④〔雙聲近義字〕bias斜線，偏見；bigot抱偏見的人。

bev.er.age

['bevəridʒ; 'bɛvrɪdʒ, 'bɛvərɪdʒ] *

字義 *n.* **飲料。**

記憶 ①〔用熟字記生字〕beer啤酒。

②〔同族字例〕bib嬰兒的口水兜，一點點地喝（酒）；bibulous吸濕性強的；beery微醉的。參看：imbibe喝，飲，吸收；imbue使浸透。

③ 字母b表示「喝，飲，酒」的其他字例：bottle酒袋，酒瓶；brewery釀酒；bacchic酒神的。參看：bacchant愛酗酒的；broth肉湯。

bi.as ['baɪəs; 'baɪəs]

字義 *n.* **斜線，偏見。**

　　a./adv. **斜（的）。**

　　vt. **使有偏見。**

記憶 ①本字的基本含義是「偏轉」，引申爲「歪斜」。

②〔諧音〕辮斜。

③〔用熟字記生字〕via經由（v→b 通

轉）；by在…旁邊。

④〔同族字例〕wire金屬線（b→w 通轉）；seaware海生植物；wreathe編織花環。參看：environ包圍，環繞；swirl圍繞，彎曲，旋動；whirl旋轉，迴旋；garland花環；bevel斜角的。

bi.cam.er.al

[baɪ'kæmərəl; baɪ'kæmərəl]

義節 bi.camer.al

bi- →two二；camer→chamber *n.*房，室；-al形容詞。

字義 *a.* **兩個議院的，兩院制的。**

記憶 ①〔用熟字記生字〕camera照相機（裡面有個暗「室」）。

②〔同族字例〕camber 小船塢；cabaret有歌舞助興的小餐館；comrade 同志；camarilla祕密顧問；cummerbund印度人的腰圍，腰帶。

bi.fur.cate

[*adj.* 'baɪfə:keit; 'baɪfə,ket, baɪ'fɚkɪt *v.*'baɪfə:keit,baɪ'fə:keit; 'baɪfə,ket, baɪ'fɚket]

義節 bi.furcate

bi- →two二；furcate *a.*分叉的，分枝的。

字義 *a.* **兩枝的，兩叉的。**

　　v. **（使）分岔。**

記憶 ①〔用熟字記生字〕furcate可再分析爲furc + -ate；furc→fork叉。

②〔同族字例〕forked叉形的，歧義的；bifurcated分成兩部分的。

③ F 的字形像樞杈，有「叉，岔，裂」的蘊義。其他字例：fissile可分裂的；fissure裂縫，分歧。

big.ot ['bigət; 'bɪgət]

義節 bi.got

bi →by接近於；got→god神，上帝。

字義 *n.* 頑固的迷信者，執拗的人，抱偏見的人。

記憶 ① ［義節解說］自認為已經接近上帝，頑固得要帶著花崗岩腦袋去見上帝。

② ［音似近義字］參看：pigheaded頑固的，愚蠢的。

---

bile [baɪl; baɪl]

字義 *n.* 膽汁，暴躁，壞脾氣。

記憶 ［同族字例］bilious 膽汁過多的，暴躁的，脾氣壞的；bull公牛；bully 欺侮；belligerent好戰的，交戰中的；post-bellum戰後的；ante-bellum戰前的（此二字均特指美國南北戰爭）；Bellona女戰神；duel決鬥。參看：rebel造反；bellicose好戰的，好爭吵的；valiant勇敢的（b→v通轉）；gallant勇敢的（b→v→w→g通轉）。

---

bil.lings.gate
['bilɪŋzgit; 'bɪlɪŋz,get, - gɪt]

字義 *n.* 罵人的下流話。

記憶 ① 此為倫敦某魚市場的名字，該市場以充斥下流話著稱。

② ［諧音］本字的首音節與中文罵人的下流話恰巧同音。

③ ［同族字例］bable喧嘩聲；balderdash廢話；baloney胡扯；bawl高聲叫喊；ballad民謠；bellow公牛叫聲。參看：bleat牛叫聲。

---

bil.low ['bilou ; 'bɪlo] *

義節 bil.l.ow
bil鼓起；-ow字尾。

字義 *n.* 巨浪。
　　 v. （使）翻騰。

記憶 ① ［義節解說］巨浪鼓起。-bel- / -bil- / -bul- 均表示一種中空而鼓起之物。

② ［聲音形象］bell鐘→鐘聲→bellow吼聲，怒號→billow巨浪（的怒號聲）。又：b常用來描述水聲。如：boil沸水（聲）。

③ ［同族字例］bellows風箱（鼓風用）；bilge（桶等的）腹部，膨脹；bulge（桶等的）腹部，膨脹；bulk船艙，脹；bale貨物的大包；bail桶；blow吹脹。參看：valise背包（註：其中 v→b 通轉）；pail提桶（註：其中 b→p 通轉）；belly脹滿（使）鼓起；bloated發脹的；bludgeon棍棒。

④ ［形似近義字］willow 柳樹，「垂柳」的英文是weeping willow 借此同韻字試造一個搭配以助記憶：willow billow 柳浪。

⑤ ［使用情景］the～s dash on the rocks / swallowed the ship.巨浪衝擊岩石 / 吞沒了船。

～s of flame / of smoke 熊熊烈火 / 滾滾濃煙。

---

bi.o.scope ['baɪəskoup; 'baɪə,skop]

義節 bio.scope
bio生命，生物；scope鏡。

字義 *n.* 電影放映機。

記憶 ① ［義節解說］放映出栩栩如生的事物。

② ［用熟字記生字］biology生物學；telescope望遠鏡。

③ ［同族字例］biologist 生物學家；biography 傳記；being 生物，存在；human being人類。參看：microbe微生物，細菌（micro-微小）。

---

biv.ou.ac ['bivuæk; 'bɪvu,æk, 'bɪvwæk]

義節 bi.vouac
bi →by ; vouac→watch.

字義 *n.* （一夜）露營，臨時宿營地。
　　 vt. 露營。

B

記憶 ① ［義節解說］ by watch→watch by 露營要有人在外輪流守護。

② ［用熟字記生字］ wake醒的。

③ ［同族字例］ watch注視；vigilant警醒的；vigor活力；invigorate使精力充沛；reveille起床號。參見：surveillance監視，看守；vassal侍臣；vigil守夜，警戒，監視。

④ ［使用情景］ to make a～for the night→to pass the night in～露營過夜。to～behind the trees for the night 在樹後露營過夜。

bi.zarre [bɪˈzɑː; bɪˈzɑr] *

義節 biz.arre

biz→wiz巫術；-arre字尾。

字義 *a.* **異樣的，古怪的。**

記憶 ① ［義節解說］本字可能是wizard（有魔力的，巫術的）的音變變體，b→v→w通轉。

② ［用熟字記生字］ zar沙皇；bi→beard鬍子，像沙皇的鬍子一樣離奇古怪的。

③ ［同族字例］ advise忠告，指導（註：使人更加wise一些）；wit智慧；wish希望。參看：quizzical古怪的（註：quiz→wiz；qu→w音變通轉）；wizard有魔力的，巫術的。

④ ［使用情景］ ～event / dress / happenings.離奇古怪的事件 / 奇裝異服 / 怪事。the～compositions of the impressionists印象派離奇的作品。

⑤ Z 字母常有「怪異」的含義，例如：maze迷宮；amaze驚異的；muzzy迷惑的；puzzle謎；quizzical古怪可笑的；wizard男巫；zombi回魂屍。

⑥ ［形似易混字］ bazaar集市。造一個搭配：a bizarre bazaar古怪的集市（bazaar作「集市」解，多指東方國家的集市，如波斯，很有神祕怪異的味道）

- bl -

以下進入含義字母組合bl區域。bl表示「光亮」。天然光全被反射時，呈現「白色」。如果光譜中的某些顏色受到「阻礙」、「遮蔽」，被吸收，則物體會呈現「顏色」。光線不夠會顯得「模糊」。

bl也用來描寫人語聲（「口舌」）。

本區域中的單字會有這麼一些含義：

① 遮蔽（b：「阻，禁」）

② 色

③ 白，空白

④ 光，閃光（b有「迸發」義。l有「亮，光」義，參見本書有關部分，下同。）

⑤ 模糊，斑紋，玷汙（l：「細，長，狹之物」）

⑥ 阻礙（b：「阻，禁」）

⑦ 口舌，胡說，浮誇（l：「舌」。b往往用來象徵語聲，水聲。）

⑧ 泡，膨脹，鼓起（b：「脹大」，「冒發」）

⑨ 樂，福（b：「美，好，福」）

⑩ 擬聲

blain [blein ; blen]

義節 bl.ain

bl脹大。

字義 *n.* **水疱，膿疱。**

記憶 ① ［用熟字記生字］ blow吹脹。

② ［雙聲近義字］ blister水疱，起疱；bladder氣疱，膀胱，囊；bleb氣泡。

③ 如果你長了個 blain（膿疱），你會感到 pain（疼痛）。

blanch [blɑːntʃ, blɑːnʃ; blæntʃ]

字義 *vt.* 漂白，使變白。

  vt. 發白。

記憶 ① ［用熟字記生字］blank空白。

② ［同族字例］bleak無遮蔽的，蒼白的；blaze馬或其他動物臉上的白斑，樹皮上的指路刻痕；blesbok南非白面大羚羊；blotch植物的白斑病，汙斑；blind瞎的；blancmange牛奶凍（註：白色的）；blank空白的，空虛的；blond（皮膚）白皙的，白裡透紅的。參看：blight陰影；bald禿的，露出的；bleach漂白，變白；blight枯萎。

blast [blɑːst ; blæst]

義節 bl.ast

bl脹大。

字義 *n.* 一陣疾風，狂風。

  v. 爆破。

記憶 ① ［用熟字記生字］blow吹脹。

② ［同族字例］bluster風狂吹；bloat使腫脹；blather胡說；bladdery有氣泡的，囊狀的；flatus一陣風；deflate使洩氣；inflation通貨膨脹。參看：flout嘲笑；flute長笛。

③ ［音似近義字］gust一陣（風）。a blast / gust of wind blew up吹起了一陣風。

bleach [bliːtʃ ; blitʃ] *

字義 *vt.* 漂白，曬白。

  vi. 變白，脫色。

記憶 ① ［同族字例］bleak無遮蔽的，蒼白的；blaze馬或其他動物臉上的白斑，樹皮上的指路刻痕；blesbok南非白面大羚羊；blotch植物的白斑病，汙斑；blind瞎的；blancmange牛奶凍（註：白色的）；blank空白的，空虛的；blond（皮膚）白皙的，白裡透紅的。參看：blight陰影；bald禿的，露出的；bleach漂白，使（面部）蒼白。

② ［疊韻近義字］參看：leach瀝濾。

blear [bliə; blɪr]

義節 bl.ear

bl遮蔽。

字義 *a.* 眼花的，模糊的。

  vt. 使（眼等）迷糊。

記憶 ① ［同族字例］blot損害，遮蔽，弄模糊；blotch植物的白斑病，汙跡，汙斑；blind瞎的；blaze馬或其他動物臉上的白斑，樹皮上的指路刻痕；blesbok南非白面大羚羊；blemish瑕疵，汙點；bare赤裸的，空的；barren不育的，不毛的（地）。參看：bald禿的，露出的，露骨的；blight陰影；blur汙跡，弄汙。

② ［疊韻反義字］clear清楚的。

bleat [bliːt ; blit] *

字義 *vi. / n.* （羊，牛等）叫聲。

  vt. 嘀咕。

記憶 ① 此字是擬聲字，形容羊等的「咩咩」聲。

② ［同族字例］blat咩咩叫聲，瞎說；blare喇叭嘟嘟聲，高聲；blast發出尖響的聲音；blather胡說的人；blazon宣揚，誇示；bleat哀聲哭訴，講蠢話；blether胡說；blithering囉嗦的，胡說八道的；blurt脫口說漏的話；bluster空洞的大話，大聲威嚇；bell鐘，交尾期的雄鹿鳴叫；bellow公牛叫聲，咆哮；belch打嗝；bawl高聲喊叫；belfry鐘樓；appeal呼籲；voluble健談的。參看：billingsgate罵人的話。

③ ［音似近義字］bray驢叫聲。

blend [blend; blɛnd] *

字義 *v. / n.* 混合（物）。

記憶 ① 〔同族字例〕blender攪拌器；blind瞎的；blond（皮膚）白皙的，白裡透紅的。參看：blight陰影。

② 〔形似易混字〕bland和藹的，無動於衷的，平淡乏味的。

---

blight [blait；blaɪt] *

字義 *n.* 枯萎，扼殺，受挫，陰影，破壞性因素。

　　v. （使）枯萎。

記憶 ① 〔同族字例〕blot損害，遮蔽，弄模糊；blotch植物的白斑病，汙跡，汙斑；blotter吸墨水紙；blottesque筆跡不整潔的（畫）；blind瞎的；beluge鰻魚（註：白色的魚）；bleak無遮蔽的，蒼白的；blaze馬或其他動物臉上的白斑，樹皮上的指路刻痕；blesbok南非白面大羚羊；blemish瑕疵，汙點；bare赤裸的，空的；barren不育的，不毛的（地）。參看：bald禿的，露出的，露骨的；blear使迷糊；blur汙跡，弄汙。

② 〔易混字〕此字與bright（輝煌的，快活的）讀音極似，而義蘊正好相反，也可借此助憶。又：b諧音中文「不」；light光；「不光」→「無光」→植物無光照會枯萎。

③ 〔使用情景〕to cast a～ on / over離…蒙上一層陰影；a～to the hopes希望泡影；the～of the family毀了這家庭。

---

blink [blɪŋk；blɪŋk] *

字義 *v. / n.* 眨眼，（使）閃光。

記憶 ① 本字可能從blank（空白）變來→眼睛翻白→眨眼。

② 〔同族字例〕blind瞎眼；blende閃鋅礦；blond金黃色的；blunder錯亂地做事；blank空白。參看：bleach漂白；blanch漂白；flounder錯亂地做事。

③ 〔疊韻近義字〕wink使眼色，眨眼，（星星等）閃爍；twinkle（星星等）閃爍（詩意地說，是星星在向我們眨眼）。一般的說，blink是眨兩隻眼，wink是眨一隻眼（使眼色示意）。參看：flinch收縮（k→ch通轉）。

④ 〔使用情景〕to～at faults / the law / discipline.對缺點睜一隻眼閉一隻眼 / 漠視法律 / 漠視紀律。

to～at his sudden fury對他的突然發怒只有乾瞪眼。

to～away a tear眨掉眼淚。

⑤ 字母組合bl表示「掩蔽，遮蔽」的其他字例：blear眼花的，使（眼等）迷糊；blur弄得模糊一片；blind瞎的，百葉窗（可以一開一合如「眨眼」）。

---

bloat.ed ['bloʊtid；'blotɪd]

字義 *a.* 發脹的，得意忘形的，（因多食而）病態地發胖的。

記憶 ① 〔用熟字記生字〕blow吹脹；swell膨脹；float浮起。

② 〔同族字例〕bellows風箱（鼓風用）；bilge（桶等的）腹部，膨脹；bulge（桶等的）腹部，膨脹；bulk船艙，脹；bale貨物的大包；bail桶；blow吹脹；swell膨脹。參看：valise背包（註：其v→b通轉）；pail提桶（註：其中b→p通轉）；billow巨浪；bludgeon棍棒；belly腹部，鼓起；bolster墊木。

③ 〔造句助憶〕A～corpse is floating down the river.一具腫脹屍體沿河漂浮（從語源看，本字原意為因吸水而發脹）。

④ 〔使用情景〕to be～with pride / with overeating.驕傲自大 / 因多食而過肥。～armaments.過多的軍備。

---

blouse [blauz；blaʊs, blaʊz]

義節 bl.ouse

bl遮蔽。

字義 *n.* **罩衫，（婦女、兒童寬鬆）短外套。**

v. **（使）鬆垂。**

記憶 ① ［用熟字記生字］loose鬆的。

② ［同族字例］blanket毛氈；baldachin（寶座或祭壇上的）華蓋；baldric飾帶；blazon紋章，用紋章裝飾；emblazon飾以紋章；blowzed邋遢的，蓬亂的；pall棺衣，幕，祭服。

③ ［造句助憶］

(1)A mouse jumped out of her blouse！罩衫跳出個大老鼠！

(2)There is a louse in her blouse.她的短外套裡有隻虱子。

bludg. eon [ˈblʌdʒən; ˈblʌdʒən]

字義 *n.* **棍棒。**

vt. **用棍棒打。**

記憶 ① 從語源看：該字源於古法文：bougeon（→club一端粗大的棍棒）。

② ［用熟字記生字］bar棒；參看bully威嚇，欺侮，也可用blood（血）作聯想→棍棒打出血。

③ ［同族字例］billy警棍；bellows風箱（鼓風用）；bilge（桶等的）腹部，膨脹；bulge（桶等的）腹部，膨脹；bulk船艙，脹；bale貨物的大包；bail桶；swell膨脹；blow吹脹。參看：valise背包（註：其中v→b 通轉）；pail提桶（註：其中b→p通轉）；billow巨浪；bloated發脹的；belly鼓起。

blur [blə:; blɝ] *

義節 bl.ur

bl遮蔽；ur震顫的（聲音），模糊的（光）。

字義 *vt.* **弄汙，弄得模糊。**

n. **汙跡，模糊一片。**

記憶 ① ［同族字例］blot損害，遮蔽，弄模糊；blotch植物的白斑病，汙跡，汙斑；blind瞎的；beluge鱘魚（註：白色的魚）；bleak無遮蔽的，蒼白的；blaze馬或其他動物臉上的白斑，樹皮上的指路刻痕；blesbok南非白面大羚羊；blemish瑕疵，汙點；bare赤裸的，空的；barren不育的，不毛的（地）。參看：bald禿的，露出的，露骨的；blear使迷糊；blight陰影。

② 含義字母組合ur表示震顫、模糊的例證：

burr發小舌顫音，發音不清楚；churr（鷓鴣等）顫鳴；purr（貓、汽車發動機等）嗚嗚聲，顫動的聲音；smirch弄髒，沾汙，汙跡；slur含糊不清地發音，模糊不清地書寫。

推薦借用slur和smirch兩字作爲同韻近義字助憶本字。

③ ［使用情景］distinctions were～red out差別被抹煞；a page was～red with ink一頁書爲墨水跡所汙；Her eyes were ～red with tears.她眼淚模糊；windows were～red with rains窗戶因爲雨跡而模糊。

bode [boud; bod]

字義 *v.* **預兆，預示。**

記憶 ① 本字源於德文bote信使，基本涵義是：「告知，使明白」。注意：本字與bide（居住）的過去式同形異義。

② ［用熟字記生字］Buddha佛→預示天機。

③ ［同族字例］bid祝，表示，公開宣布；forbid禁止；bead念珠；botree菩提樹；forbode預示。

④ ［使用情景］此字用法較特別；～ill / well主凶 / 主吉；～well for one's future預示前程遠大。

bog [bɔg; bɔg, bɔg]

字義 *n.* 泥塘，沼澤。

　　v. （使）陷入泥沼。

記憶 ① ［同族字例］bib嬰兒的口水兜，一點點地喝（酒）；bibulous吸濕性強的；beery微醉的。參看：bacchant愛酗酒的；beverage飲料；imbibe喝，飲，吸收；imbue使浸透。

② ［疊韻近義字］boggy低濕的，多沼澤的；soggy浸水的，濕水的，濕潤的，沉悶的（文章）；foggy霧的。

---

bo.gus ['bougəs; 'bogəs]

字義 *a.* 偽造的，假的。

記憶 ①有一種說法認爲此字起源於「見不得人」的偽幣鑄造機，以其蹤跡飄忽故。

② ［同族字例］bogle鬼怪；bogy不明飛行機，幽靈飛機；bugaboo鬼怪；bugbear鬼怪；boodle偽鈔，贓物。

③ ［使用情景］a～certificate偽造的證件；a～government偽政府；a～diary偽造的日記。

---

bois.ter.ous ['bɔistərəs; 'bɔistərəs]

義節 boi.ster.ous

boi→boil沸騰；ster→stir激動；-ous形容詞。

字義 *a.* 狂暴的，洶湧的，喧鬧的，興高采烈的。

記憶 ① ［音似近義字］noise（噪聲）可助記「喧鬧的」一意。

② ［用熟字記生字］boil沸騰。

③ ［同族字例］bustle喧鬧的；busy熱鬧的；burst爆發，突然迸發；bust爆裂；boast自誇；boost提高，助爆，吹捧；break爆裂；garboil喧鬧；ebullient沸騰的，熱情奔放的；combustible易燃的，易激動的。

bol.ster ['boulstə; 'bolstə] *

義節 bol.ster

bol→bold *a.*粗大的；-ster表示事物。

字義 *n.* 長枕，墊木。

　　vt. 支撐，墊。

記憶 ① ［義節解說］粗大的東西→支撐物，墊木。

② ［用熟字記生字］hold握，持；bold face粗體字。

③ ［同族字例］bole樹幹，樹身；bale大包，大捆；ballast壓艙物；boulevard林蔭道；boulder圓石；bough（大的）樹枝；bold粗大的；burly粗壯的，強壯的。參看：arbor（樹）條；bulwark堡壘。

---

bom.bast ['bɔmbæst; 'bɑmbæst]

義節 bomb.ast

bomb *n.*炸彈，爆炸聲；-ast字尾。

字義 *n.* 故意誇大的話

記憶 ① ［義節解說］調侃誇大的言辭，喻之爲「放炸彈」。粵語喻爲「拋浪頭」；滬語喻爲「攢浪頭」；都是相同意思。

② ［用熟字記生字］記bomb炸彈。模擬「蓬」的一聲。

③ ［同族字例］bombard 炮轟，連珠炮似地質問；beam綻開笑容；bump撞擊；bumb爆發；bumper豐盛的（乾杯時的）滿杯；pompous壯麗的，浮華的（註：b→p 通轉）。參看：boom（發出）隆隆聲，突然繁榮，一時興盛；pumpkin南瓜，大亨；pomp壯觀，浮華。

---

bond.age ['bɔndidʒ; 'bɑndidʒ]

義節 bond.age

bond→bound約束；-age名詞。

字義 *n.* 奴役，束縛。

記憶 ① ［用熟字記生字］記band帶子→用帶子去「束縛」。

② ［同族字例］bend彎曲；bind束縛；bound被束縛的；bundle包袱；bandeau（女用）髮帶；bandage繃帶；bond合同，債券，束縛物。參看：bonnet帽；bandana大手帕；disband解散。

③ ［易混字］bandage（繃帶）僅一字母之差。

bon.fire ['bɔn,faiə; 'ban,faɪr]

義節 bon.fire

bon→bone *n.*骨頭；fire火。

字義 *n.* 大篝火，營火。

記憶 ① ［義節解說］古時候用骨頭燒起篝火。參看法文：bucher篝火，燒死異教徒的火刑臺。

② ［同族字例］參看：bane禍根。

bon.net ['bɔnit; 'banɪt]

義節 bon.n.et

bon→band *n.*帶子，捆綁；et表示「小」。

字義 *n.* 帽，女帽。

    vt. 給…戴帽。

記憶 ① ［義節解說］捆上漂亮的小帽子。如果是禿頭，叫bald；不戴帽叫bare；還是戴上bonnet漂亮。

② ［同族字例］bend彎曲；bind束縛；bound被束縛的；bundle包袱；bandeau（女用）髮帶；bandage繃帶；bond合同，債券，束縛物。參看：bandana大手帕；disband解散。

boo.dle ['bu:dl; 'bud!]

字義 *n.* 一群（捆，堆），偽鈔，贓物。

記憶 ① ［同族字例］bundle捆，紮，包；

buddle淘汰盤，洗礦槽；otiose空閒的，無效的，無益的；caboodle一群（人或物）。參看：futile無益的，無效的，輕浮的（b→v→f通轉）bootless無用的。

② ［雙聲近義字］關於「偽鈔」義，參看：bogus偽造的。

③ 字母組合-oodle常見表示「擠，集，聚」之意，如：noodle麵條；cuddle擠挨著睡，擁抱；huddle亂堆，集聚（註：oo→u通轉）。

boom [bu:m; bum] *

字義 *n./v.* （發出）隆隆聲，突然繁榮，一時興盛。

記憶 ① ［用熟字記生字］記bomb炸彈，模擬「蓬」的一聲。

② ［同族字例］bombard 炮轟，連珠炮似地質問；beam綻開笑容；bump撞擊；bumb爆發；bumper豐盛的，（乾杯時的）滿杯；pompous壯麗的，浮華的（註：b→p通轉）。參看：bombast故意誇大的話；pumpkin南瓜，大亨；pomp壯觀，浮華。

③ ［疊韻近義字］bloom開花，繁榮；loom 赫然聳現；zoom（飛機）陡直上升，（銷售額）激增。

boon [bu:n; bun]

字義 *n.* 恩惠，福利，方便。

    a. 愉快的。

記憶 ① 本字來源於字根-ban→speak講話→祈求賜福。

② ［同族字例］bon好的；bonus獎金；bonanza幸運，富礦帶；banns在指定教堂舉行婚禮的預告；參看：bounty恩惠；benediction恩賜；benign慈和的；abandon放棄，禁止；banish流放。

③ ［使用情景］May I ask a～of you？能否請您幫個忙？to confer / grand a～提供便

利／施惠；a great～to…對…是恩物；a veritable～實惠。

boot.less [ˈbuːtlɪs ; ˈbutlɪs]

義節 boot. less
boot利益（此義已廢）；-less字尾。

字義 *a.* **無用的。**

記憶 ① 〔用熟字記生字〕可用good記boot：good可作use解：no good→no use無用的。

② 〔同族字例〕better較好的；best最好的；beatify賜福於，使極樂；fetch鬼，活人的魂（b→v→f 通轉）；fetishism拜物教；devote獻身，供奉（v→f 通轉）；otiose空閒的，無效的，無益的。參看：boodle偽鈔；fetish神物，偶像；negotiate談判。

③ 〔形似近義字〕參看：futile無益的，無效的，輕浮的。

bot.a.ny [ˈbɔtənɪ; ˈbɑtnɪ] *

義節 botan.y
botan牧草，樹；-y名詞。

字義 *n.* **植物(學)。**

記憶 〔同族字例〕bough樹枝。參看：pastor牧師，牧人（-past-牧草，-past-→-bot-；p→b通轉）；pastoral田園的，牧歌式的，鄉村的 ；pasture牧場；panic恐慌；pacifist和平主義者；arbor樹。

bouil.lon [ˈbuːjɔ̃ːŋ ; ˈbuljɑn,buˈjɔ̃]

義節 bouill.on
bouill→boil *v.*沸騰；-on字尾。

字義 *n.* **肉湯，牛肉湯。**

記憶 ① 〔用熟字記生字〕記bull牛；boil沸騰。

② 〔同族字例〕burst 爆發，突然迸發；boast 自誇；boost 提高，助爆，吹捧；break爆裂；broth肉湯；garboil喧鬧；ebullient沸騰的，熱情奔放的；bouillabaisse魚羹；parboil燒成半熟；froth泡沫。參看：boisterous洶湧的。

bounce [bauns; bauns] *

字義 *vi. / n.* **彈跳，跳躍。**
     vt. **使跳回。**

記憶 ① 〔用熟字記生字〕ball球（球會「彈跳」）→ballistics彈道學；ballet芭蕾舞（跳這種舞很講究「彈性」）。

② 〔同族字例〕bound跳躍，彈起；rebound彈回，重新躍起；bandy來回投擲。參看：banter逗弄。

③ 〔疊韻近義字〕參看：flounce跳動，暴跳。

boun.ty [ˈbaunti; ˈbaʊntɪ] *

義節 boun.t.y
boun→bon *a.*好的；-y名詞。

字義 *n.* **慷慨，贈品，賞金，津貼。**

記憶 ① 〔義節解說〕慈悲心性，樂善好施。

② 〔用熟字記生字〕bonus獎金。

③ 〔同族字例〕bon 好的；abound 富於…，充滿…參看：boon 恩惠，福利；benediction恩賜；benign慈和的。

bour.geois
[bəːˈdʒɔis; bəˈdʒɔɪs, bɚ-] *

義節 bourg.eois
bourg→town *n.*城堡。

字義 *n.* **商人，中產階級。**
     a. **中產階級的。**

記憶 ① 〔義節解說〕town people城裡人→中產階級。

② 〔同族字例〕burg城堡；borough自治市；burgher自治市的自由民；burgrave

城防統帥，堡主；ｂｕｒｇｌａｒ竊賊；
fanbourg郊區。

boy.cott [ˈbɔikət, - kɔt; ˈbɔiˌkɑt] *
字義 v. / n. 聯合抵制（購買、使用等）。
記憶 ① Charles C Boycott（1832～1897）
是房地產經紀人，因不肯減租而遭到房客
的抵制。
②〔諧音〕香港人譯爲「杯葛」，已廣爲
採納。

- br -

以下進入含義字母組合br區域：
br表示「臂狀物」，也許是由於大寫
B像把「弓」。大寫B的中心有一個
「分岔」。
br描寫吮吸聲，語聲和粗濃的聲音。
本區域中的單字會有這麼一些含義：
① 臂狀物，弧形→約束與聯結（b：
　「帶」，「束縛」。又：大寫B就
　是一張弓的形狀。）
② 短
③ 寬廣（b：「寬大」）
④ 棕色，溴
⑤ 醞釀（經過一段時間操作始變成
　熟的）（r：「反芻」）
⑥ 分（岔），裂（r：「枝蔓」，
　「破裂」）
⑦ 空氣流動，風。呼吸（r「流」）
⑧ 銅
⑨ 火，光
⑩ 遮蔽，陰影，斑紋（b：「阻、
　禁」）
⑪ 尖的，針縫
⑫ 輕快（r：「快」）

⑬ 口舌（b：「講」，「唱，喝」。
　又：b往往用來表示水聲，語聲）
⑭ 粗豪，粗野（r：「粗俗」）

brag [bræg; bræg] *
字義 v. 吹牛，誇說。
　　　n. 自誇（者）。
記憶 ① 此字來源於bray驢叫，喇叭嘟嘟之
聲。自我吹噓，在別人聽來有如蠢驢叫，
又像是自己吹喇叭→大吹法螺。
②〔同族字例〕ｂｒａｇｇａｄｏｃｉｏ吹牛；
braggart吹牛的；brave自誇；bravado虛
張聲勢；brawl喧鬧，吵架；broil爭吵。
參看：fray爭吵。

braid [breid; bred] *
義節 br.aid
br弧形，臂狀物。
字義 n. 編帶。
　　　vt. 編辮子，鑲邊。
記憶 ①〔義節解說〕辮子是一個一個小弧
狀。如：「§」地編起來的。
②〔同族字例〕ｂｒｉｄｌｅ馬勒，韁繩；
unbridled不受拘束的；brae山腰，急
坡；bride花邊的狹條（連接花紋用）；
bream鯛魚；debridement外科擴創術。
參看：upbraid責備，譴責。
③ 含義字母組合br表示「弧形」，又見
bridge橋（上拱弧形）；bracket括號
（《 》）；bra乳罩（前拱弧形）…等
等。

brash [bræʃ; bræʃ]
義節 br.ash
br碎，裂；-ash衝擊聲。
字義 a. 易碎的，輕率的。
　　　n. 胃反酸，陣雨。

記憶 ① 本字可以看成break（碎裂）和rush（衝，奔，倉促行動）兩字的縮合。

② ［同族字例］bray搗碎；debris碎片，瓦礫堆；brittle易碎的，脆弱的；brusque粗暴的，粗率的。參看：breach突破。

③ 含義字母組合-ash表示衝擊聲，又見crash猛烈的撞擊聲，砸碎；smash粉碎；bash猛擊，猛撞等等。

「胃反酸」的字義，估計來源於-ash，表示水流的衝擊聲。請看以下名字：gush湧出；flush臉紅；blush臉紅（因血「上湧」之故）。此中-ush或可看作-ash的一種異體。

---

breach [bri:tʃ; britʃ] *

字義 n. / vt. **突破。**

　　　n. **違反。**

記憶 ① ［用熟字記生字］break破壞。其中k音「軟化」爲ch音。blanch（漂白）與blank（空白）也是這種音變。

② ［同族字例］brachyloy【語】簡略法，簡潔的表達；branch分支；embranchment支流，分支機構；bray搗碎；brittle易碎的，脆弱的。參看：brash易碎的；debris碎片，瓦礫推；frail脆弱的。

---

breeze [bri:z; briz] *

字義 n. / vt. **（吹）微風。**

記憶 ① ［用熟字記生字］breathe呼吸，微風。「吹微風」可以理解爲大自然的輕微呼吸聲，所謂「天籟」。讀者試把此二字模擬呼氣聲朗讀幾遍，便可體察，但注意要發好-ee-和-ea-的長音。

② ［同族字例］breathe呼吸，微微吹動；brisk活潑的，輕快的，生氣勃勃的；buran大風雪；fresh新鮮的，涼爽的，朝氣蓬勃的。參看：frisky輕快活潑的。

---

brim [brim; brɪm] *

字義 n. **（圓形物，如杯，碗，漏斗，帽子的）邊緣。**

　　　vt. **注滿。**

　　　vi. **滿溢。**

記憶 ① ［用熟字記生字］brink（河流等的）邊緣，（抽象的）邊緣。

② ［同族字例］berm狹道，小擱板；bramble懸鈎子屬植物；broom掃帚，金鳳花；bream（刮擦）清掃木船體；frame構架，框架；frambesia熱帶性類梅毒。參看：rim邊緣。

③ 有趣的是，英文中許多表示「邊緣」概念的字，均以m（偶爾也用n）作結。其他例如：rim（眼鏡，帽等圓形物的）邊緣；hem邊緣，卷邊；limb（日、月等的）邊緣；limit界線；seam（接合處）縫；brink（河流等的）邊緣，（抽象的）邊緣。brim的意味則與rim相同。

---

bris.tle ['brisl; 'brɪsl] *

義節 br.istle

br粗，粗野。

字義 n. **鬃毛。**

　　　v. **（毛髮等）直立。**

　　　vt. **發怒。**

記憶 ① ［用熟字記生字］brush毛刷。

② ［同族字例］bur刺果；burry多刺的，多疙瘩的；burl樹疤，織物上的疵點；brad角釘；embroider刺繡；boor鄉巴佬，粗俗的人；brusque粗魯的；brutal獸性的；bronco野馬；fastigiate圓錐狀的。參看：fastidious有潔癖的。

---

bro.chure [brɔ'ʃuə; bro'ʃur,-ʃyr] *

義節 broch.ure

broch針，刺，縫。

字義 n. **小冊子。**

記憶 ① ［義節解說］用針刺洞裝釘起來。

② ［用熟字記生字］brooch（女子用）胸針，飾針；broken破的。

③ ［同族字例］brad角釘，土釘；broach飾針，尖塔，尖頭工具；brocade織綿，織出花紋；brochette烤肉用的鐵叉；bore鑽洞，挖孔；burrow地洞，穴；barrow古墓；bury埋葬；burin雕刻刀；biforate（植物）有雙孔的（bore→for：b→v→f 通轉）；foramen骨頭或薄組織上的小孔。參看：embroider繡花，刺繡，渲染。

broth [brɔθ, brɔːθ; brɔθ] *

字義 *n.* **肉湯，清湯。**

記憶 ① ［同族字例］brewis 肉湯；bread麵包；brew 釀造，醞釀；ebriosity 嗜酒中毒；inebriate酒醉的；sobriety清醒；broil灼熱；brood孵蛋；bruise青腫，傷痕，紫血塊；bree（蘇格蘭）肉湯。參看：imbrue沾汙（尤指血汙）；embroil使混亂；bouillon肉湯，牛肉湯。

② ［疊韻近義字］參看：froth泡沫→肉湯表面總有許多泡沫。

bub.ble [ˈbʌbl; ˈbʌb!]

義節 bub.ble

bub水泡破裂的「噗」聲；-le反覆動作。

字義 *n.* **泡，泡影，冒泡（聲）。**

v. **冒泡。**

記憶 ① ［義節解說］想像沸水冒泡時的輕微「噗」聲。

② ［同族字例］babble潺潺水聲；burble潺潺聲，汩汩聲；hubble-bubble水煙筒，沸騰聲，吵鬧聲；hubbub吵鬧聲。

bu.col.ic [bjuːˈkɔlik; bjʊˈkɑlɪk]

義節 bu.col.ic

bu→bull *n.*牛；col種植，養殖；-ic形容詞。

字義 *a.* **鄉村的，牧人的。**

記憶 ① ［義節解說］鄉村生活就是種田牧畜。

② ［同族字例］-bu-：beef牛肉；bovine牛一樣的；buffalo水牛；butter牛油。參看：bugle軍號；bully惡霸。-col-：colony殖民地；cultivate培育；culture文化；incult無教養的，粗野的；inquiline寄生的。

bu.gle [ˈbjuːgl; ˈbjug!] *

義節 bu.gle

bu→bull *n.*牛；gle→angle *n.*角。

字義 *n. / v.* **（吹）軍號。**

記憶 ① ［義節解說］bugle源於拉丁文，意為「小牛」。用小牛的角製成軍號。可把本字理解為bull和angle兩字縮合而成。

② ［用熟字記生字］bull公牛；angle角。

③ ［同族字例］參看上字：bucolic牧人的。

④ ［使用情景］to blow / sound the～吹號；the～rang out號角吹響；rousing～激動人心的號角。

bul.ly [ˈbuli; ˈbʊli] *

義節 bull.y

bull *n.*公牛；-iy名詞。

字義 *n.* **惡霸。**

vt. **威嚇。**

vi. **充當惡霸。**

記憶 ① ［義節解說］像公牛一樣兇霸。

② ［用熟字記生字］bull公牛。

③ ［同族字例］參看上字：bucolic牧人的。

④ ［音似近義字］burly粗壯的。

bul.wark

['bulwək, -wəːk, -wɔːk; 'bʊlwək] *

義節 bul.wark

bul→burly *a.*粗壯的，強壯的；wark→ward *n.*警戒。

字義 *n.* 堡壘，防禦。

記憶 ① ［義節解說］強大的警戒→堡壘。bul的這個解釋，源於bough（大的）樹枝。參看：arbor（樹）條。

② ［用熟字記生字］boulevard林蔭道。

③ ［同族字例］-bul-：bole樹幹，樹身，bale大包，大捆；ballast壓艙物；boulder圓石；bold粗大的。參看：bolster長枕，墊木。-wark- → -work-：framework結構；network網路。

bump [bʌmp; bʌmp]

義節 b.ump

b打擊聲；-ump沉重的聲音，脹大。

字義 *v./n.* 碰撞，撞擊。

n. 腫塊。

adv. 突然地。

記憶 ① ［諧音］可記碰撞時「砰」的一聲。

② ［用熟字記生字］記bomb炸彈。模擬「蓬」的一聲。

③ ［同族字例］bombard 炮轟，連珠炮似地質問；beam綻開笑容；bump撞擊；pompous壯麗的，浮華的（註：b→p 通轉）。參看：bombast故意誇大的話；pumpkin南瓜，大亨；pomp壯觀，浮華；boom（發出）隆隆聲，突然繁榮，一時興盛。

④ 字母組合-ump表示「沉重聲音」的其他字例：flump砰地落下；plumper重跌；slump暴跌；stump笨重地行走。

⑤ -ump表示「脹大」的其他字例：clump叢，簇；dump垃圾堆；bumber

同類中特大者；jumbo大而笨的；plump使豐滿，使鼓起；chump厚肉塊；lump團，塊，堆；rump臀部。

bur.geon [ˈbəːdʒən; ˈbədʒən]*

義節 bur.geon

bur→boost *v.*升起，提起；geon→gen生長。

字義 *n.* 嫩芽，蓓蕾。

v. 發（芽），開花，出生（蓓蕾）。

記憶 ① ［義節解說］本字源於古法文burjon升起，提起，生長起來→綻芽。

② ［用熟字記生字］bud芽，發芽；burst脹破，（芽，蕾等）綻開；blossom開花；generate產生。

③ ［同族字例］burst爆發，突然迸發；boast自誇；boost提高，助爆，吹捧；break爆裂；garboil喧鬧；ebullient沸騰的，熱情奔放的；combustion爆破，燃燒。參看：boisterous洶湧；spurt噴射，迸發，精力，活力等短促的迸發或爆發。

④ ［雙聲近義字］bud 發芽（註：此字即butt粗端，d→t 通轉）。參看：germinate發芽。

burl [bəːl, bɝl]

義節 b.url

b→bough樹枝；-url往往表示節，瘤，扭。

字義 *n.* 樹瘤，樹疤，（紗線、織物上的）點結。

vt. 消除（織物）扭節。

記憶 ① ［同族字例］bur刺果；burry多刺的，多疙瘩的；burlap粗麻布；brad角釘；embroider刺繡；boor鄉巴佬，粗俗的人；brusque粗魯的；brush毛刷；brutal獸性的；bronco野馬；fastigiate圓錐狀的。參看：bristle鬃毛；fastidious有

潔癖的。

② ［疊韻近義字］knurl節，瘤。

③ ［音似近義字］gnarl木節，木瘤，扭曲的。

---

bur.lesque [bə:'lesk; bə'lɛsk, bə]

義節 burl.esque

burl n.有扭節的布；-esque形容詞。

字義 *n.* 滑稽（劇），諷刺。

　　a. 滑稽（劇）的，諷刺的。

記憶 ① ［義節解說］穿著粗布衣服扮演滑稽戲，諷刺人和事。

② ［同族字例］參看上字：burl有扭節的布。

---

bus.kin ['bʌskin; 'bʌskɪn]

義節 bu.skin

bu→buck n. 雄鹿skin n.皮。

字義 *n.* （悲劇演員穿的）高統靴，厚底靴，悲劇。

記憶 ① ［義節解說］本字可能源於buckskin雄鹿皮，用之製作靴子。這種厚底靴多用於舞臺，故衍義爲「悲劇」。

② ［用熟字記生字］也可以用boot（靴子）作形式聯想，-oo-發u音。

---

butt [bʌt; bʌt] *

字義 *vt.* 抵觸，緊靠，衝撞，毗連。

　　n. 粗端，槍托。

記憶 ① ［用熟字記生字］關於「衝撞」意，記：batter連續打擊。b常表示「打、擊」時發出的「砰」聲。關於「毗連」意，記：about在…附近。關於「粗端」意，記：bottom底部。

② ［同族字例］beat打；battle打仗；beetle木槌；bout競爭，較量；Bastille巴士底獄；buttress扶壁，支柱；buttock屁股；debut首次演出。參看：abut鄰

接；rebut反駁；baste狠揍，痛罵；bate壓低，【英俚】大怒；abate使減退。

---

bux.om ['bʌksəm; bʌksəm]

義節 bu.xom

bu→bow弓形；xom→some帶…性質的（字尾）。

字義 *a.* （婦女）豐滿的，有健康美的，活潑的。

記憶 ① ［義節解說］謂其曲線豐美如弓形也。

② ［用熟字記生字］bosomy（婦女）胸部發達的；bosom胸，懷（此字與本字形音義均極接近，作者疑爲同一字之不同寫法。）

③ ［同族字例］bust 胸像，婦女的胸圍；boss 盾上的浮雕；bow 鞠躬。參看：embosom懷抱；emboss使凸出。

④ 字母U常表示「豐滿」。例如：plump使豐滿，使鼓起；puffy的；chubby圓臉的，豐滿的；chump厚肉塊；crummy【英俚】（女人）肥的；chunky矮胖的；dug哺乳動物的乳房；dumpy矮胖的；lumpish矮胖的；pudgy圓胖的；pudsy豐滿的；spuddy矮胖的；stubby矮胖的；bun小圓麵包；rump臀部（註：肉厚之處）；udder（牛，羊的）乳房…等等。

---

by.name ['baineim ; 'baɪˌnem]

義節 by.name

by→side n.旁邊。

字義 *n.* 別名，綽號。

記憶 ［義節解說］side name卽是「別號」。

---

by.word ['baiwə:d; 'baɪˌwɚd] *

義節 by.word

by→pro- ; word→verb *n.*動詞。

字義 *n.* **諺語，笑柄，綽號。**

記憶〔義節解說〕byword→proverb格言。byword也可解作「用另外一個詞叫叫看」→綽號。

庭院深深深幾許，…簾幕無重數。

　　C 字母似人、獸的頭蓋，也是原始生活中觸目皆見之物。代表單字爲 cap：帽子，覆蓋；cover 覆蓋。由此衍生出大批單字，均與「覆蓋」這一「源頭」有著千絲萬縷的邏輯相關（例如「房，室，藏」這一意項）。抓住這一點，對於本章單字（除需「免冠」者外），可謂「思過半矣」。

　　分析：c 的形狀像條「腰帶」。你只須把它「圍繞」在腰際，並且「拉緊」。若把它順時針旋轉九十度，它就像人「頭」，也像個「硬」殼，因而有「覆蓋」意。引申爲「房，室，藏」，可在其中「躺，臥」。

　　把它逆時針轉九十度，它就像個鍋子，可用以「烹製」菜餚。

C 字大約占了三分之二的圓周，只要一合攏，就可以「抓」，「取」並「收集」東西。字母組合 **Ch** 可以發 **K** 的音。這鏗鏘的聲母，使人聞「弦歌」而知雅意。

　　　免冠：最主要的是 **co-** 表示：加強意義 / 共，同，相互。此字首按後接字根的讀音不同而有各種變形。其中大量的是 **com**，**con-**。請讀者注意揭開這「重重簾幕」，逮住單字的核心（字根等）。

　　　含義字母組合 **cl** 和 **cr** 的義項於其所在區域另有分析說明。

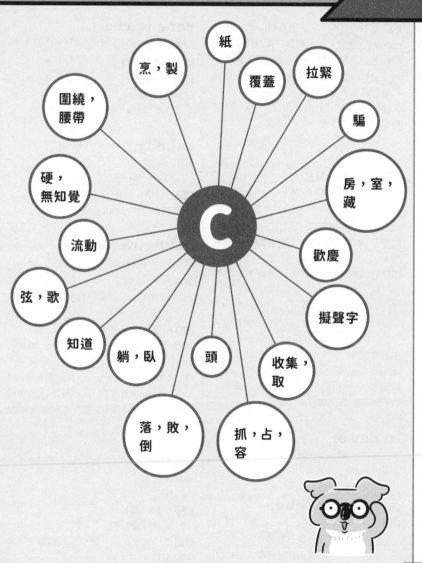

紙

烹，製

覆蓋

拉緊

圍繞，腰帶

騙

硬，無知覺

房，室，藏

流動

C

歡慶

弦，歌

擬聲字

知道

躺，臥

頭

收集，取

落，敗，倒

抓，占，容

ca.bal [kəˈbæl ; kəˈbæl] *

義節 cab.al

cab→capt→ceive捉住；-al字尾。

字義 n. 陰謀，小集團。

     vi. 結黨圖謀。

記憶 ① ［義節解說］從語源看：此字原意 receive（接收），大概是「可以接受上帝的信息」之意，是一種神祕教義。其他字例：cabala猶太神祕教義。利用神祕教義搞陰謀活動，古今中外，屢見不鮮。

② 換一個思路：cab→cabin小屋→「關在小屋裡密謀不軌」亦可助憶。

③ ［形似近義字］cable電纜，電報。

ca.coph.o.ny

[kæˈkɔfəni,kəˈk; kæˈkɑfəni, kə-]

義節 caco.phon.y

caco-壞；phon聲音；-y名詞。

字義 n. 不和諧的音調，粗音調，聲音異常。

記憶 ① ［義節解說］「壞」的聲音→不和諧、粗、異常。

② ［用熟字記生字］telephone電話。

③ ［同族字例］caco-：cacodemon惡鬼，惡人；cacology用詞不當；cacography拼寫錯誤。

-phon-：symphony交響樂；phonetics語音學；microphone麥克風。參看：euphony悅耳的聲音。

ca.dav.er

[kəˈdævə, -ˈdeivə; kəˈdævə,-ˈdevə]

義節 cad.a.ver

cad落，下；ver轉。

字義 n. 屍體（尤其解剖用者）。

記憶 ① ［義節解說］向「下」轉化→decadence腐化→變爲屍體。

② ［用熟字記生字］corpse屍體；cast投

下；decay腐爛。

③ ［同族字例］casual偶然的；occasional偶然的；accident偶然的事；deciduous脫落的。參看：decadence墮落，衰微。

caf.e.te.ri.a

[,kæfiˈtiəriə, fəˈt-; ,kæfəˈtɪrɪə, -tə-ˈriə] *

字義 n. 自助餐廳。

記憶 ① ［用熟字記生字］café餐館；coffee咖啡；tea茶。

② ［諧音］咖啡，茶，來啊！

cal.e.fy [ˈkælifai ; ˈkælɪˌfaɪ]

義節 cale.fy

cale熱；-fy使…化。

字義 v. （使）發暖，（使）發熱。

記憶 參看下字：caloric熱（量）。

cal.lig.ra.phy

[kəˈligrəfi; kəˈlɪgrəfɪ] *

義節 calli.graph.y

calli美麗的；graph刻劃，書寫；-y名詞。

字義 n. 書法，筆跡。

記憶 ① ［用熟字記生字］color顏色；telegraph電報（tele-遠）。

② ［同族字例］callipygian有勻稱臀部的；kaleidoscope萬花筒（kal→calli美麗的；eid（o）景象；scope鏡）；colorful五光十色的。

ca.lor.ic [kəˈlɔrik; kəˈlɔrɪk, kəˈlɑrɪk]

義節 calor.ic

calor熱；-ic形容詞。

字義 n. 熱（量）。

     a. 熱（量）的。

記憶 ① ［諧音］「卡路里」是廣爲熟悉的熱量單位。

② ［用熟字記生字］coal煤。

③ ［同族字例］calefy發熱；caustic苛性鹼（諧音：「苛士的」，會燒傷皮膚）；calorie卡（熱量單位）；recalescence（冶金）復輝現象；caldron大鍋；caudle病人吃的流質；cheudfroid肉凍；chowder魚羹；calenture熱帶的熱病。參看：culinary廚房的，烹飪（用）的；chafe惹怒；scathe灼傷；scorch燒焦；scald燙傷；nonchalant冷漠的。

④本字母項下與「熱」有關的字：carbon碳；caustic腐蝕劑（苛性鈉俗稱「燒鹼」）；cook烹調…等等。

cal.um.ny ['kæləmni; 'kæləmnɪ] *

義節 cal.umn.y

cal→strike，cut擊，砍；-umn字尾；-y名詞。

字義 *n.* 誹謗，中傷，誣蔑。

記憶 ① ［義節解說］打擊→攻擊→中傷。

② ［用熟字記生字］challenge挑戰，非難，反對；call叫喊。

③ ［形似近義字］slander誹謗，詆毀，造謠中傷（slan→calum；s→c通轉）。

④ ［形似易混字］column柱，欄；colony殖民地。

⑤ ［同族字例］kill殺死；claymore大砍刀，劍；calamity災難；slam猛擊，砰地關門（sl→cl；s→c 通轉）；slap 拳擊，猛地關門；slash猛砍，鞭打；slate痛打，鞭打；sledgehammer猛擊；solg猛擊，跋涉，苦幹；onslaught猛攻；slice切成薄片，切，割；slur誹謗；slogan口號。參看：slay殺死，殺害；slaughter屠宰，屠殺，殘殺；slander誹謗，詆毀，造謠中傷；quell屠殺，鎮壓；cult禮拜，狂熱的崇拜。

can.ker ['kæŋkə; 'kæŋkɚ]

字義 *n.* 潰瘍，口瘡，弊病。

　　　vt. 腐蝕。

記憶 ① ［用熟字記生字］cancer腫瘤，癌。

② ［同族字例］chancre（硬性）下疳；carcinogen致癌物質；carcinoma癌，腫瘤。

③ ［形似近義字］rankle發炎，化膿。參看：carrion腐肉；caruncle肉瘤。

can.na ['kænə; 'kænə]

字義 *n.* 美人蕉。

記憶 ① ［用熟字記生字］banana香蕉。

② ［同族字例］cane 藤莖，杖，葦桿；sugar cane甘蔗；candy糖果；cannon大炮（註：管狀）；canoe獨木舟；channel海峽，航道，槽；shin小腿（c音變爲sh）。參看：confect製糖果；condiment調味品；shank脛（骨），小腿，桿，柄。

can.ny ['kæni; 'kænɪ]

義節 can.n.y

can能夠；-y形容詞。

字義 *a.* 精明的，謹慎的，狡猾的。

記憶 ① ［義節解說］字源出自古英語cunnan（知道）。多知多能，自然精明謹慎。

② ［同族字例］con研究，keen敏銳的；ken知識範圍；know知道；uncanny離奇的，不可思議的（註：不可「知道」的）；discern分辨；scout搜索，偵察；sense感覺；census人口普查；censor審查，檢查；examine檢查，細查；science科學。參看：scan細看，審視，瀏覽，掃描；canvass詳細檢查，研討。

can.tan.ker.ous

[kæn'tæŋkərəs; kən'tæŋkərəs, -krəs]

義節 cant.anker.ous

cant角，傾斜；anker→anger怒；-ous形容詞。

字義 *a.* **脾氣壞的，愛爭吵的，難相處的。**

記憶 ① ［義節解說］有發怒的傾向。

② ［用熟字記生字］可借corner（角落）記cant。

③ ［同族字例］cant斜角，斜面；cantle切下的一角；canton州，市區（行政的一「角」）；canteen軍營中的小賣部，餐廳；canthus眼角；scant減少，削弱，不足；contrast相反；counter相反的，反對的；canker腐壞，潰瘍。參看：decant傾注。

④ ［音似近義字］contentious愛爭論的。

can.to ['kæntou；'kænto]

義節 cant.o

cant n.行話，吟唱；-o字尾。

字義 *n.* **長詩中的篇章，旋律。**

記憶 ① ［用熟字記生字］song歌（chant唱歌。其中ch變成c音，得cant吟唱；再由c變成s音，得song歌）。又，在法文中ch發sh音；an發ong音；t不發音。這就很似英文的song（歌）的發音。我們知道，古老的長詩是彈唱。

② ［同族字例］canto篇章；cantata清唱劇；cantilate吟唱；enchant施魔法於，使銷魂，使喜悅；chant唱歌，念咒；chantey船夫曲。參看：descant旋律，唱歌，詳談；incantation咒語，妖術；recant撤回聲明。

can.vass ['kænvəs；'kænvəs]

義節 can.vass

can知道，辨別（cern）；vass→vote

*n.*選票。

字義 *v. / n.* **詳細檢查（選票等），遊說（爭取選票，訂單等），研討。**

記憶 ① ［用熟字記生字］examine檢查，細查（從「義節」分析中，我們看到：此字與本字極爲「神似」。

② ［同族字例］ken知識範圍；discern分辨；canny幹練的；scout搜索，偵察；sense感覺；census人口普查；censor審查，檢查；science科學。參看：scan細看，審視，瀏覽，掃描。

③ ［陷阱］canvas（帆布）與此實同一字，但GRE往往考僻義。

④ ［使用情景］learned～es學術性討論；to～all the items討論所有細目；to～sb through the eye-glasses透過眼鏡審視某人；The～was pushed vigorously forward.大肆拉選票；Please～your market / buyers / customers / clients for orders請遊說你的顧客，拉出訂單。to～among entrepreneurs for contribution / investment / insurance在企業家中募捐 / 兜攬投資 / 兜攬保險。

ca.per ['keipə；'kepə] *

字義 *vi. / n.* **跳躍，亂蹦亂跳。**
n. **蹦跳，玩把戲。**

記憶 ① caper原意爲山羊→像山羊那樣蹦蹦跳跳。

② ［用熟字記生字］taxicab出租馬車。cab→caper跳躍。形容這種馬車之輕巧一如山羊之跳躍。

③ ［同族字例］capriole跳躍；Capricorn山羊星座；capric acid羊蠟酸；caber體育測驗棍棒；cabrilla鱠魚；cabriolet 單馬雙座有篷車；capella五車二星座；chevron（紋章）山形符號；caprifig無花果。參看：scamper蹦跳；caprice反覆無常。

④〔易混字〕cater迎合…的需要。

cap.il.lar.y

[kə'piləri; 'kæp!,εrɪ, kə'pɪlərɪ]

義節 cap.ill.ary

cap頭；（p）ill皮，毛；-ary形容詞。

字義 *a.* **毛狀的，毛細現象的。**

　　 n. **毛細管。**

記憶 ①〔義節解說〕pill來源於peel果皮，剝皮。

②〔用熟字記生字〕capital首都；capita人頭；cap帽子。

③〔同根字例〕capillaceous像頭髮的。

④〔同族字例〕pelage毛皮，pelisse皮製長外皮；pellagrous糙皮病的；pellicle薄皮，薄膜；peltry毛皮，皮貨；pelter剝獸皮者；pile絨毛；pilose柔毛狀的；plush長毛絨；caterpillar毛毛蟲；pileus菌帽。參看：pelt毛皮；peel果皮，剝皮。

ca.price [kə'priːs; kə'pris]

義節 capr.ice

capr山羊；-ice名詞。

字義 *n.* **怪念頭，反覆無常，隨想曲。**

記憶 ①〔義節解說〕caper原意爲山羊→心思像山羊那樣蹦蹦跳跳→反覆無常。

②〔用熟字記生字〕taxicab出租馬車cab→caper跳躍。形容這種馬車之輕巧一如山羊之跳躍。

③〔同族字例〕capriole跳躍；Capricorn山羊星座；capric acid 羊蠟酸；caber體育測驗棍棒；cabrilla鱠魚；cabriolet單馬雙座有篷車；capella五車二星座；chevron（紋章）山形符號；caprifig無花果。參看：scamper蹦跳；caper 亂蹦亂跳。

cap.tion ['kæpʃən; 'kæpʃən] *

義節 cap.tion

cap頭；-tion名詞。

字義 *n.* **標題，解說詞。**

　　 vt. **加標題於。**

記憶 ①〔義節解說〕一篇文章的「頭」，就是標題，所謂「題頭」。類例：title標題；字根-tit-頭。

②〔用熟字記生字〕cap帽子。給一篇文章加標題，有如給它戴帽子。

③〔同族字例〕capital首都；capita人頭；chapter章。參看：recapitulate扼要重述，摘要說明。

car.bo.na.do

[,kɑ:bə'neidou; ,kɑrbə'nedo]

義節 carbon.ado

carbon *n.*碳。

字義 *n.* **黑金剛石。**

　　 n. / vt. **烤炙肉片。**

記憶 ①〔義節解說〕化學知識：金剛石是碳的一種異體。「烤炙肉片」要用碳。

②〔同族字例〕carbuncle紅寶石；carbonari燒炭黨成員；ceramic陶瓷。

ca.ress [kə'res; kə'rεs] *

義節 car.ess

care心，留心；-ess字尾。

字義 *n.* **愛撫，擁抱。**

　　 vt. **愛撫，哄騙。**

記憶 ①〔義節解說〕care for常可解釋爲「愛」。

②〔同族字例〕cherish珍愛；charity慈善。

car.i.ca.ture

['kærikətjuə; 'kærɪkətʃə]

義節 caric.a.ture

caric→carry *v.* 運載；-ture名詞。

字義 *n.* 漫畫，諷刺作品。

　　vt. 用漫畫表現。

記憶 ①［義節解說］用以「運載」諷刺之意。

②［用熟字記生字］cartoon卡通。

③［同族字例］car汽車；career事業生涯；cargo運貨；charge運載；cariole小篷車，狗拉雪橇；chariot戰車。

---

car.nal ['kɑ:n!；'kɑrnəl, -n!]

義節 carn.al

carn肉；-al形容詞。

字義 *a.* 肉體的，肉慾的，世俗的。

記憶 ［同族字例］carnage屠殺，殘殺，incarnate賦予…以形體；carnivore肉食動物；charnel保存遺骸的地方（c音「軟化」爲ch音）。參看：carrion腐肉；caruncle肉瘤；incarnate使成人形的；kern核仁。

---

carp [kɑ:p；kɑrp] *

字義 *vi.* 挑剔。

記憶 ①本字來源於拉丁文carp採摘，拔下，分割，分裂，指摘。

②［用熟字記生字］sharp尖（刻）的→a carping tongue尖刻的話；carping criticism尖刻的批評。

爲記憶方便，也可以把cerpt解作：cut切割。

③［同族字例］carpel果的心皮；carpology果實學；carpet地毯；scarce稀有的；chap使龜裂；shape使成形；landscape風景；capon閹雞；scabble粗略修整；sarcoptic肌肉的；syncopate節略，（音樂）切分（音）；harvest收穫。參看：excerpt摘錄，摘，選；chop砍，劈，切細。

④［雙聲近義字］參看：cull檢選，剔除；

cavil吹毛求疵。

---

car.ri.on ['ræriən；'kæriən]

義節 car.r.ion

car→carn肉；-ion字尾。

字義 *n.* 腐肉，腐朽之物。

　　a. 腐肉的，腐朽的。

記憶 ［同族字例］carnage屠殺，殘殺；incarnate賦予…以形體；carnivore肉食動物；charnel保存遺骸的地方（c音「軟化」爲ch音）。參看：carnal肉體的；caruncle肉瘤。

---

carte blanche ['kɑ:t'blɑ:nʃ；'kɑrt'blɑnʃ]

義節 carte blanche

cart→card紙，卡片；blanch→blank空白。

字義 *n.* 全權委任。

記憶 ①［義節解說］（給）一張空白卡片→有權填上任何內容→全權處理。

②［同族字例］carte戰書；carton紙盒；charter特許狀；chart海圖；cartography製圖學。

---

car.tog.ra.phy [kɑ:'tɔgrəfi；kɑr'tɑgrəfɪ]

義節 cart.o.graph.y

cart→chart海圖，圖表；-o-連接母音；graph畫，寫；-y名詞。

字義 *n.* 製圖學，製圖法。

記憶 ①［用熟字記生字］card卡片；chart海圖。在拼法上，c與ch往往互爲變體。

②［同族字例］參看上字：carte blanche全權委任。

---

car.un.cle ['kærəŋk!, kə'rʌŋk!；'kærʌŋk, kə'rʌŋk!]

義節 car.uncle

car→carn肉；-uncle表示「小」。

字義 *n.* **（鳥的）垂肉，肉冠，肉瘤；肉阜。**

記憶 ①［義節解說］小的肉→肉阜。參看：furuncle癤。

②［同族字例］carnage屠殺，殘殺；incarnate賦予…以形體；carnivoer肉食動物；charnel保存遺骸的地方（c音「軟化」爲ch音）。參看：carrion腐肉；carnal肉體的。

③字母u表示「脹大」、「腫大」的其他字例：bulge腫起；tumor腫塊；turgent腫脹的；puffy腫大的；strut腫脹；hump駝背。

ca.si.no [kə'si:nou; kə'sino]

義節 cas.ino

cas→cast *v.*投，擲；-ino字尾。

字義 *n.* **娛樂場，賭場，涼棚。**

記憶 ①［義節解說］「擲」骰子→賭博。

②［用熟字記生字］case盒子→搖動盒子→賭博。

③［同族字例］cassino一種兩人到四人玩的紙牌戲；hazardous危險的（本字原意爲「擲骰子」。c爲何變成h？因爲在西班牙文中x讀h音，如大名鼎鼎的Don Quixote唐·吉訶德；而x與s相通，c與s相通，所以h→c通轉。類例：hostage人質，抵押品→custody監護，拘留。參看：haphazard偶然性；jeopard危害（在西班牙文中j讀h音，如人名Juan胡安，相當於John）；hazard機會。

cas.ti.gate

['kæstigeit ; 'kæstə,get] *

義節 castig.ate

castig使純化；-ate動詞。

字義 *vt.* **懲罰，鞭打，申訴，修訂。**

記憶 ①［義節解說］爲了矯正錯誤，保持「純正」，故要責打。如《紅樓夢》賈政笞玉，是恨他注意「雜」學，無意科舉之「正」途。

②［用熟字記生字］kind（種，類）→castig保持（種類）純正。

③［同族字例］caste（印度的）社會等級；chaste貞節的，純潔的（ch是c的「軟化」形式）；chastise嚴懲；chasten教訓，嚴責；incest亂倫；euchaist聖餐。參看：quash廢止；squash鎮壓；cathartic淨化的。

④換一個思路：ca落，下；stig→stick手杖，用手杖打下來。

cas.u.al.ty ['kæʒjuəlti; 'kæʒuəltɪ] *

義節 casu.al.ty

casu落下；-al形容詞字尾；-ty名詞。

字義 *n.* **傷亡（事故），傷亡人員，損失物。**

記憶 ①［義節解說］災禍降臨。

②［用熟字記生字］befall降臨，發生；What befell them?他們出了什麼事？（fall落，下；此字構字思路與本字一樣）類例：What has become of them?他們出了什麼事？

③［同族字例］case情形；casual偶然的；occasion時機；occasional偶然的；accident偶然的事；incident事件；coincide巧合；accuse控告。

cat.a.lyst ['kætəlist; 'kætlɪst]

義節 cata.lyst

cata離去；lyst→loose *a.*放鬆的。

字義 *n.* **觸媒（催化劑），刺激因素。**

記憶 ①［義節解說］一經接觸，化合物就要「鬆開」→分解→起反應。

②［同族字例］analysis分析；solution溶

液。

ca.tas.tro.phe

[kə'tæstrəfi; kə'tæstrəfi] *

義節 cata.strophe

cata-落，向下；strophe轉動。

字義 *n.* 悲劇結局，大災變。

記憶 ① ［義節解說］突發性事件，情況急「轉」直「下」→災變。

② ［同根字例］apostrophe撇號「'」（apo-離開，全字意爲：一「轉」而把兩個字母隔開）；anastrophe [語法] 倒裝法（ana-向後）；strophe（古希臘戲劇中）歌詠隊向左面的舞動。

③ ［同族字例］tropology比喻法；heliotropic向日的；tropic回歸線；tropical熱帶的，轉喻的。參看：trope 轉義，借喻。

字根-trop-和-strophe-都表示「轉」，而-trop-更側重「轉而朝向…」的含義。它們可能是字根-turb-（旋轉）的變體。近義字根還有-tort-（扭曲，轉）；-tour-（轉圈）；trans-轉變…等等。字例可參看：torment痛苦；contour輪廓；transient願意妥協者；pertutb攪亂。

cat.e.gor.i.cal

[ˌkæti'gɔrikəl; ˌkætə'gɔrik!, -'gɑr-] *

義節 cate.gori.cal

cate→against反對；gori在公眾集會上的慷慨陳言；-cal形容詞。

字義 *a.* 絕對的，明確的，範疇的。

記憶 ① ［義節解說］激昂地反對→排斥異說→絕對。

② ［同族字例］gregarious群集的，群居的；agregious異常的；congregate使集合；segregate使分離（註：se-：分離）；group群，組；agora古希臘集市（通常用於集會）；category範疇；gory血塊。參看：panegyric頌詞（演講或文章），頌揚；exaggerate誇張，誇大，言過其實。

ca.thar.tic [kə'θɑːtik; kə'θɑrtɪk]

義節 cath.art. ic

cath→cast純淨；art手工，技藝；-ic形容詞。

字義 *n.* 瀉藥。
　　a. 導瀉的；淨化的。

記憶 ① ［義節解說］略施小技，使之「淨化」（「瀉」去有害物）。

② ［形似近義字］catheter 導液管；cathode陰極（註：引導電子流）。

③ ［同族字例］caste（印度的）社會等級；chaste貞節，純潔的（ch是c的「軟化」形式）；chastise嚴懲；chasten敎訓，嚴責；incest亂倫。參看：quash廢止；squash鎭壓；castigate懲罰。

caus.tic ['kɔːstik; 'kɔstɪk]

義節 caust.ic

caust燒，灼；-ic形容詞。

字義 *a.* 腐蝕（性）的，刻薄的。
　　n. 腐蝕劑。

記憶 ① ［諧音］譯音：苛士的；俗名「燒鹼」，會燒傷皮膚。

② ［用熟字記生字］coal煤。

③ ［同族字例］calefy發熱；calorie卡（熱量單位）；recalescence（冶金）復輝現象；caldron大鍋；caudle病人吃的流質；cheudfroid肉凍；chowder魚羹；encaustic上釉燒的，蠟畫法；calenture熱帶的熱病。參看：culinary廚房的，烹飪（用）的；chafe惹怒；scathe灼傷；scorch燒焦；scald燙傷；nonchalant冷漠的；caloric熱（量）；holocaust燔祭（燒全獸祭神），大量燒殺人、畜。

cau.ter.y ['kɔ:təri; 'kɔtərɪ]

義節 caut.ery
caut燒，灼；-ery名詞。
字義 n. 燒灼（木，器物），腐蝕（劑）。
記憶 參看上字：caustic腐蝕劑。

ceil.ing ['si:lɪŋ ;'silɪŋ] *

義節 ceil.ing
ceil封閉→天；-ing名詞。
字義 n. 天花板，頂篷，最高限度。
記憶 ① ［義節解說］本字來源於拉丁文cello頂層，閣樓→高高在上。
② ［用熟字記生字］excellent極好的。
③ ［同根字例］celestial天上的；celestial being天神，天人。
④ ［同族字例］column柱，列；colonel上校；excel超過，勝過；excellency閣下；colonnade 柱廊；colophon書籍版權頁。參看：culminate達到頂點；cumulate堆積；celibate獨身的。

cel.i.bate ['selibit; 'sɛləbɪt, -,bet]

義節 cebib.ate
celib封閉→孤獨；-ate形容詞。
字義 a. 獨身的。
記憶 ① ［義節解說］自由→沒有家室之累。
② ［用熟字記生字］cell小房間，細胞。
③ ［同族字例］occultism神祕主義；culet鑽石的底面，胄甲背部下片；culottes婦女的裙褲；bascule吊橋的活動衍架，活動橋的平衡裝置；culdesac死胡同，盲腸；color顏色；calotte小的無邊帽，（苔蘚蟲的）回縮盤；cell地窖，牢房；conceal藏匿，遮瞞；cilia眼睫毛；seel用線縫合（鷹）的眼睛（註：字母s→c同音變異）；solitary獨居的；seal封蠟，封緘；becloud遮蔽，遮暗。參看：obscure遮蔽；asylum避難所；

supercilious目空一切的；recoil退縮；soliloquy獨白；insular島嶼的，隔絕的；occult隱藏；cloister使與塵世隔絕。
④ ［易混字］celebrate慶祝。參看：cerebrate用腦，思考。

cel.lo ['tʃelou ; 'tʃɛlo]

字義 n. 大提琴。
記憶 ①本字來源於希臘文psallo演奏弦樂器，作爲唱聖歌時的伴奏。而該字又可能來源於palm手掌，用手撫摸。palm又有變體（字根）-palp-接觸，撫摸。
② ［用熟字記生字］cell小室，細胞。大提琴發出渾厚的低音，主要靠共鳴腔（小室）；palm手掌，用手撫摸（註：彈八弦琴）。
③ ［同族字例］psalter禱告用的分印詩篇；psaltery八弦琴，palp觸鬚；palpable摸得出的，容易感覺到的；palpebral眼瞼上的；catapaul弩炮；palpate觸診，feel觸摸。參看：palpitate悸動，感情衝動；pelt投，擲；psalm（唱）讚美詩，聖詩，聖歌。

cen.sure ['senʃə; 'sɛnʃə] *

義節 cens.ure
cens→can知道，辨別（cern）；-ure名詞。
字義 vt. / n. 指責，非難。
記憶 ① ［義節解說］知道，辨別→檢查，審查→指責，非難。
② ［用熟字記生字］sense感覺。
③ ［同族字例］ken知識範圍；discern分辨；canny幹練的；scout搜索，偵察；sense感覺；census人口普查；censor審查（員），檢查（員）；recension修訂。參看：canvass詳細檢查，研討；scan細看，審視，瀏覽，掃描。

cen.trif.u.gal

[sen'trifjugəl; sɛn'triɪfjug!]

義節 centr.i.fug.al

centr中心；fug逃離；-al形容詞。

字義 *a.* 離心的，利用離心力的。

記憶 ① [用熟字記生字] center中心；refugee難民。

② [同根字例] -centr-：參看：eccentric古怪的。-fug-：fugacious轉眼即逝的；febrifuge退燒藥；vermifuge驅蟲藥。參看：fugitive逃亡的，躲避的。

ce.re.al ['siəriəl; 'sırıəl] *

義節 cere.al

cere→ceres希臘神話中的豐收女神；-al形容詞。

字義 *n./a.* 穀類（的），穀類植物（的）。

記憶 ① [用熟字記生字] rice稻穀。

② [同族字例] Ceres穀神；corn玉米；grain穀粒；granary穀倉。參看：kern顆粒；kernel核心；einkorn單種麥；garner穀倉。

cer.e.brate ['seribreit; 'sɛrə,bret]

義節 cerebr.ate

cerebr腦；-ate動詞。

字義 *vi.* 用腦，思考。

記憶 ① [用熟字記生字] brain腦。參考：cerebrum腦，大腦。

② [同族字例] cerebellum小腦；corymb傘房花序；coryphaeus古希臘戲劇的領導者；cranium頭蓋；olccranon鷹嘴；corn角。

③ [易混字] celebrate慶祝（celebr→honor光榮）。

④ [造句助憶] The arrangement for a celebration of his eightieth birthday required much cerebration.為他八十大壽安排一次慶祝活動還真是煞費思量。

cer.e.mo.ny ['seriməni; 'sɛrə,monı]

義節 cere.mony

cere→sacred *a.*神聖的；mony→memory *n.*記憶。

字義 *n.* 典禮，禮儀，客氣。

記憶 ① [義節解說] 舉行典禮，留下一個神聖的回憶。

② [用熟字記生字] christmas聖誕節。

③ [同族字例] sacrufice犧牲；sacral神聖的；sacrament聖禮，聖事；sacristan教堂司事；sacristy聖器收藏室；sacrosanct極神聖的；sacrum薦骨；consecrate奉獻，獻祭，使就聖職。desecrate神物俗用；execrable該咒罵的；execrate咒罵；obsecrate懇請；sacellum教堂小紀念品；sacerdotal聖職的，僧侶的；sanctify使神聖；sanctity聖潔；sanctimonious假裝神聖的，偽裝虔誠的；sanctuary聖殿；sanctum聖所，私室；saint聖。參看：sacrilege瀆聖（罪）。

-mony：monument紀念塔。

ces.sion ['seʃən; 'sɛʃən] *

義節 cess.ion

cess→cis→cut割，切；-ion→sion名詞。

字義 *n.* （領土的）割讓，（權力等）讓與。

記憶 ① [按傳統語源]，cess釋爲「走路」。據此，「割讓」即是「退出」，亦通。但從實用角度，似不及我們的解釋易記。

② [同族字例] concede讓與；concession讓步，遷就；process進行；succeed成功。參看：precedent先例；accessary附件，幫兇；recess休息。

chafe [tʃeif ; tʃef] *

字義 v. / n. **磨擦，擦熱，（使）焦躁，發怒。**

記憶 ①本字來源於拉丁文calefacere（cal熱；fac造），縮合時，c→ch；l脫落。例如：法文chauffer燒熱。

②〔同族字例〕chauffeur汽車司機（原意是把機車燒熱發動的人）；chaudfroid肉凍，魚凍；chafing dish保溫鍋；calefy發熱；caustic苛性鹼（諧音：「苛士的」，會燒傷皮膚）；calorie卡（熱量單位）；caldron大鍋；recalescence（冶金）復輝現象；caudle病人吃的流質；chowder魚羹；calenture熱帶的熱病。參看：culinary廚房的，烹飪（用）的；caloric熱（量）的；scathe灼傷；scorch燒焦；scald燙傷；nonchalant冷漠的。

③〔音義近似字〕attrition磨擦，磨損。tr讀音似ch，也可表示「磨擦」意。

chaff [tʃɑːf ; tʃæf, tʃɑf] *

字義 n. **穀殼。**

　　v. / n. **打趣，嘲弄，嘲笑。**

記憶 ①穀殼磨擦時發出的「嚓嚓」聲。農家小孩常會把穀殼塞入小朋友的衣領處打趣。

②〔同族字例〕chew嚼；chafer金龜子；cockchaffer傷害植物的一種大甲蟲；chaffer閒談，討價還價。參看：scoff嘲弄，嘲笑；coax哄騙；scorn嘲笑，藐視；scorch挖苦。

cha.me.le.on

[kəˈmiːljən, -liən; kəˈmiliən, -ljən]

義節 chame.leon

chame→camp n.野地；leon→lion獅。

字義 n. **變色蜥蜴，變色龍，反覆無常者。**

記憶 ①〔義節解說〕野地上的獅子→地龍→變色龍。

②換一個思路：chame→chrom色；或者chame→change變；似乎更易記。

cha.ris.ma [kəˈrizmə; kəˈrizmə] *

義節 charis.ma

charis喜愛，恩愛；-ma字尾。

字義 n. **（領袖）能吸引大眾的非凡魅力。**

記憶 ①〔義節解說〕希臘文Charis優雅三女神之一，象徵青春，美麗，快樂。相當於拉丁文的Gratiae→grace（英文）優雅的。

②〔用熟字記生字〕chairman主席→領袖；charm魅力。

③〔同族字例〕euchaist聖餐；cherish珍愛；charity慈善；kamasutra（梵文）關於愛情和婚姻的規律；whore妓女；whoredom非婚性行為，（聖經）偶像崇拜；adore愛慕，崇。參看：caress愛撫；curio古董；古玩，珍品；chaste貞潔的，純潔的，簡潔的。

char.la.tan

[ˈʃɑːlətən, -tæn; ˈʃɑrlətn]

字義 n. **庸醫，江湖醫生。**

　　a. **假充內行的。**

記憶 語源上認爲本字來源於cerreto義大利地名。據說古時這個地方以庸醫衆多而出名。

char.y [ˈtʃɛəri; ˈʃɛrɪ, ˈtʃærɪ] *

義節 char.y

char→care v.留心，小心；-y形容詞。

字義 a. **小心的，節儉的。**

記憶 ①〔用熟字記生字〕careful小心的；cautious小心的，謹愼的。

②〔同族字例〕charwoman打雜女工；euchaist聖餐；cherish珍愛；charity慈

C

善。參看：caress愛撫；chore雜物。

chaste [tʃeist ; tʃest] *

字義 a. **貞潔的，純潔的，簡潔的。**

記憶 ① ［義節解說］caste（印度）社會等級，種姓；→kind種，類→保持種族清純。ch是c的「軟化」形式。

② ［同族字例］casten磨練；incest亂倫；outcaste被剝奪種姓的人；chasten教訓，嚴責（註：為了矯正錯誤，保持「純正」，故要責打）；cherub有翼的天使，天真無邪的兒童。參看：castigate懲罰；outcast被遺棄的。

chat.tel [ˈtʃætl ; ˈtʃætl]

字義 n. **動產。**

記憶 ① ［用熟字記生字］cattle家畜。在農牧生活中，家畜即是主人的財產。而且隨時可以變賣，即變現性強，故為動產。

② ［同族字例］coterie小團體；cottier小農；cod莢，殼；cuttle烏賊；cote（鳥，家禽，羊等的）小棚，圈，欄；castle城堡，巨宅；casbah北非的要塞，城堡；alcazar西班牙的宮殿或要塞；chest箱，匣；case箱，罩，蓋；cattle家畜；caste（印度）社會等級，種姓；incest亂倫；outcaste被剝奪種姓的人；cottage農家，小別墅。參看：chaste貞潔的，純潔的，簡潔的；outcast被遺棄的；cathartic淨化的；cot（羊，鴿等的）圈，小棚，小屋。

chau.vin.ist [ˈʃouvinist ; ˈʃovɪnɪst]

義節 chauvin.ist

Chauvin人名：沙文；-ist…主義者。

字義 n. **沙文主義者，盲目的愛國者。**

記憶 ［義節解說］Nicolas Chauvin乃是拿破崙的一位老兵，忠實而盲從。只要記得ch

在法文中讀sh音，如：machine機器，就容易用譯音記住本字。

check.ered [ˈtʃəkəd; ˈtʃɛkəd]

義節 checker.ed

checker→checkerboard n.棋盤；-ed形容詞。

字義 a. **有格子的，多波折的。**

記憶 ① ［義節解說］國際象棋的棋盤是方格子的。又：世「局」如棋「多波折」。

② ［用熟字記生字］section部分；square方的。

chic [ʃiːk, ʃik ; ʃik, ʃɪk]

字義 n. / a. **漂亮（的），時式（的），瀟灑（的）。**

記憶 ① ［用熟字記生字］chick小雞；【俚】少婦。

② ［造句助憶］There is something～about the chick.這雛兒倒有點英姿瀟灑。

③ ［音似近義字］參看：saucy漂亮的（s→c 通轉）。

chil.i.ad [ˈkiliæd, ˈkail-,-ljæd ; ˈkɪlɪˌæd]

字義 n. **一千，一千年。**

記憶 ① ［用熟字記生字］kilo千（kil→chil；k→ch通轉）。參看：myriad一萬，無數

② ［同族字例］chilopod蜈蚣（pod足。蜈蚣，粵語稱「百足」，英文稱「千足」）。

chil.li [ˈtʃili ; ˈtʃɪlɪ]

義節 chil.li

chil→cal→hot a.熱；-li形容詞。

字義 n. **（乾）辣椒。**

記憶 ① ［諧音］辣得要打噴「嚏」。

② ［用熟字記生字］感到chilly（冷），要吃辣椒驅寒，「辣」的英文正是「hot」

（熱）。

③〔同族字例〕calefy發熱；caustic苛性鹼（諧音：「苛士的」，會燒傷皮膚）；calorie卡（熱量單位）；recalescence（冶金）復輝現象；caldron大鍋；caudle病人吃的流質；cheudfroid肉凍；chowder魚羹；calenture熱帶的熱病。參看：culinary廚房的，烹飪（用）的；chafe惹怒；scathe灼傷；scorch燒焦；scald燙傷；nonchalant冷漠的；caloric熱（量）的。

chi.rop.o.dist

[ki'rɔpədist, ʃi'r-, tʃi'r, ,kaiə'r-, kaɪ'rɑpədɪst]

義節 chiro.pod.ist

chiro手；pod足；-ist人（名詞字尾）。

字義 *n.* 手足病醫生（尤指足科醫生）。

記憶 〔同族字例〕-chiro-：chirography書法，筆跡；chiromancy手相術（mancy相術）；chiropractics用手按摩脊柱的療法。-pod-：參看：peddle叫賣；expedient便利的；expeditious敏捷的；octopus章魚；pedestrian步行的；podiatrist足病醫生。

chop [tʃɔp; tʃɑp]

字義 *v.* / *n.* 砍，劈。

　　vt. 切細。

　　n. 一塊排骨。

記憶 ①本字來源於拉丁文carpo採摘，拔下，分割，分裂，指摘。

②〔用熟字記生字〕cut off，「軟化」為「ch」，再加「off」，得chop。

③〔同族字例〕chap使皸裂；shape使成形；landscape風景；capon閹雞；scabble粗略修整；sarcoptic肌肉的；syncopate節略，（音樂）切分（音）；sharp尖（刻）的；carpel果的心皮；

carpology果實學；carpet地毯；scarce稀有的；harvest收穫。參看：excerpt摘錄，摘，選；carp挑剔。

④ 想一想用刀在砧板上切菜時發出的「嚓嚓」聲。卽是此字之擬音→切細。

chore [tʃɔː, tʃɔə; tʃor, tʃɔr] *

字義 *n.* 雜物，困難的工作。

記憶 ①〔用熟字記生字〕careful小心的；cautious小心的，謹慎的。

②〔同族字例〕char家庭雜物；charwoman在英國替人收拾房間的雜物婦；euchaist聖餐；cherish珍愛；charity慈善。參看：caress愛撫；chary小心的，節儉的；churlish粗野的。

cho.re.o.graph

['kɔriəgrɑːf; 'kɔriə,græf, 'kor-, -,grɑf]

義節 choreo.graph

choreo舞蹈，舞場；graph寫，畫。

字義 *v.* 舞蹈設計。

　　vt. 設計，籌劃。

記憶 ①〔義節解說〕本字來源於拉丁文chorea圍成一個圈跳舞。大概是邊跳邊唱吧，進入英文後常轉義為「合唱」。

②〔用熟字記生字〕circle圓（cir→chor）。

③〔同族字例〕choir唱詩班；chorus合唱；christmas carol聖誕頌歌；terpsichore希臘宗教九位繆斯之一，掌管抒情詩和舞蹈；choragus歌隊隊長；choral聖詩隊的，合唱隊的；chorale讚美詩，choric合唱歌舞式的。參看：chorus合唱。

cho.rus ['kɔːrəs; 'korəs]

字義 *n.* 合唱（隊，曲），齊聲。

　　v. 齊聲背誦，合唱。

記憶 參看上字：choreograph舞蹈設計。

C

chro.mat.ic

[krou'mætɪk ; kro'mætɪk]

義節 chromat.ic

chromat顏色；-ic形容詞。

字義 *a.* 色彩的，染色質的，半音（階）的。

記憶 ① ［化學知識］chromite鉻酸鹽（鉻離子呈明亮的綠色，鮮豔可愛）
② ［同族字例］achromatic非彩色的。參看：heliochrome天然照片，彩色照片；autochrome彩色照片。

chro.nom.e.ter

[krə'nɔmiə; krə'nɑmətə]

義節 chrono.meter

chrono時間；meter *n.*測量器。

字義 *n.* 精密時計，天文鐘，航行表。

記憶 ［同族字例］-chrono-：chronicle編年史；a chronic invalid慢性病患者。參看：anachronism時代錯誤。
-met-：measure測量；mensuration測量；commensurate同量的；symetry對稱；immense無垠的；dimension長、寬、高。參看：meticulous拘泥細節的；mete給予，分配，分界，界石。

churl.ish

['tʃəːlif; 'tʃəˌlɪʃ]

義節 churl.ish

churl *n.*粗鄙的人，鄉下人；-ish形容詞。

字義 *a.* 粗野的。

記憶 ① ［諧音］［吳語］粗來兮。
② ［同族字例］carl粗野的人，無敎養的人；char家庭雜物；charwoman在英國替人收拾房間的雜物婦；euchaist聖餐；cherish珍愛；charity慈善。參看：caress愛撫；chary小心的，節儉的；chore雜物。

cil.i.ate

['silist, 'silieit ; 'sɪlɪˌet]

義節 cil.i.ate

cil封閉→眼睫；-ate形容詞。

字義 *a.* 有纖毛的。

　　n. 纖毛蟲。

記憶 ① ［義節解說］眼睫封閉和保護眼睛。
② ［用熟字記生字］cell小房間，細胞。
③ ［同族字例］cilia眼睫毛；seel用線縫合（鷹）的眼睛；ciliary眼睫毛的；occultism神祕主義；culet鑽石的底面；胃甲背部下片；culottes婦女的裙褲；bascule吊橋的活動桁架，活動橋的平衡裝置；culdesac死胡同，盲腸；color顏色；calotte小的無邊帽，（苔蘚蟲的）回縮盤；cell地窖，牢房；conceal藏匿，遮瞞；seal封蠟，封緘；becloud遮蔽，遮暗。參看：obscure遮掩；asylum避難所；occult隱藏；supercilious目空一切的；recoil退縮；soliloquy獨白的；insular島嶼的，隔絕的；cloister使與塵世隔絕的；celibate獨身的。
④ ［形似近義字］參看：capillary 毛狀的，毛細現象的。

ci.pher

['saifə; 'saɪfə]

字義 *n.* 零，密碼（暗號），不重要者。

　　v. 算出。

記憶 ①語源上認爲本字源出阿拉伯文，意爲「無」→「零」。然後，以「點、圈」作成密碼。又：如果沒有「零」，則無法計算。
② ［用熟字記生字］code密碼。
③ ［同族字例］decipher 破譯密碼。參看：algebra代數學（cipher→gebra變異，其中：c→g；ph→b；er→ra）。
④ ［音似近義字］參看：cryptogram密碼。

cir.clet ['sɚ:klɪt; 'sɚklɪt] *

義節 circl.et
circl圓；-et小（字尾）。

字義 *n.* 戒指，小圈，（手鐲等）環形飾物。

記憶 [用熟字記生字] circle圓周；encircle包圍；bracelet手鐲。

cir.cum.fer.ence

[sə'kʌmfərəns; sɚ'kʌmfərəns] *

義節 circum.fer.ence
circum圓的；fer攜帶；-ence名詞。

字義 *n.* 圓周，周圍。

記憶 ① [義節解說] 攜著轉一圈→圓周。
② [用熟字記生字] circle圓周；transfer轉移，傳送，傳遞。
③ [同根字例] confer商量；differ相異；offer提供，奉獻；prefer更歡喜，寧取。
④ [同族字例] far遠的；fare 車船費；farewell告別；freight貨運；wayfaring徒步旅行的；seafaring航海的；further進一步；metaphor隱喻；ferry輪渡（「載」客過河）。

cir.cum.spect

['sɚ:kəmspekt; 'sɚkəm,spɛkt] *

義節 circum.spect
circum圓的，周圍的；spect看。

字義 *a.* 周到的，慎重的。

記憶 ① [義節解說] 先看一看周圍（再說，再動）→慎重。周圍都看過→周到。
② [用熟字記生字] circle圓周；expect期望。
③ [同族字例] respect尊敬；inspect檢查；suspect懷疑。

cir.cum.vent

[,sɚ:kəm'vent; ,sɚkəm'vɛnt] *

義節 circum.vent
circum圓的，周圍的；vent來到。

字義 *vt.* 包圍，智取，占上風。遏止。

記憶 ① [義節解說] 一圈裡面都有（人）來到→包圍；再引申為「遏止」。
② [用熟字記生字] circle圓周；event事件；venture冒險。
③ [同族字例] advent到來；provenience起源。參看：convent女修道院；revenue收益；parvenu暴發戶（的）；convene召集；adventitious偶然的，外來的；contravene觸犯；conventional慣例的，常規的，傳統的，協定的。

cit.a.del

['sɪtədl, -tɪd-, -dəl; 'sɪtəd!, -,dɛl]

義節 cit.a.del
cit城堡。

字義 *n.* 城堡，要塞。

記憶 [用熟字記生字] city城市；citizen市民；civil市民的。

cit.rus ['sɪtrəs; 'sɪtrəs] *

義節 citr.us
citr檸檬，柑桔；-us字尾。

字義 *n.* 檸檬，柑桔。

記憶 [同根字例] citric acid檸檬酸；citrin維他命P；citron香木緣；cider蘋果汁，蘋果酒。

- cl -

以下進入cl區域，cl區域的單字會有列義項：
① 附緊→鉗，抓，夾，勾，釘…（1：「綁，連結」）

② 凝集，團體（c：「收集」）
③ 頂點，攀登（1：「高」）
④ 神職人員（註：「附緊」於「神」）
⑤ 乾淨，清澈（1：「洗」）
⑥ 傾斜
⑦ 封閉，隱藏，洞（c：「房，室，藏」）
⑧ 衣物，覆蓋（c：「覆蓋」）
⑨ 劈分，裂（1：「缺，裂」）
⑩ 喧鬧
⑪ 擬聲字

分析：cl表示「附緊」。「神職人員」就是依「附」於神的。由於附緊，就會「凝集」，從而引起「覆蓋」以至「封閉」。cl表示「傾斜」，由「傾斜」而有「爬攀」。cl描寫金屬鏗鏘聲和「喧鬧」聲。

clair.voy.ant

[klɛə'vɔiənt; klɛr'vɔiənt]

義節 clair.voy.ant

clair→clear *a.*清楚的；voy→view *v.*看；-ant形容詞。

字義 *a.* **有超人視力的，有洞察力的。**

記憶 ①〔義節解說〕此處法文的-ant字尾相當於英文的-ing，本字是-ing分詞作形容詞。
②〔用熟字記生字〕clarify使澄清。
③〔同族字例〕chiaroscuro明暗對比畫；éclaircissement解釋，說明；declare聲明。
參看：clarion響亮尖銳的聲音。

clam.o(u)r

['klæmə; 'klæmə] *

義節 clam.o（u）r

clam→claim 聲稱，要求；-o（u）r字

尾。

字義 *n. / vi.* **喧鬧。**
　　vt. **用喧嚷要求，迫使。**

記憶 ①〔用熟字記生字〕claim的原意爲：call喊叫。
②〔同族字例〕clamant喧鬧的；acclaim歡呼；exclaim喊叫；declaim朗誦；proclaim聲明；disclaim否認；reclaim要求歸還。

clamp

[klæmp; klæmp] *

字義 *n.* **夾鉗。**
　　vt. **夾住，加強（任務等）。**

記憶 ① 在clam（蛤）一字中，cl表示「封閉」，如：close（關閉）。蛤有兩蓋，一張一合，可以「鉗夾」東西。參看：clandestine祕密的。
②〔同族字例〕calm鉗，夾子；clamber攀爬；climp攀爬；clump（灌木）叢，簇；clasp鉤子；clip鉗，夾子。

clan

[klæn, klæn] *

義節 cl.an

cl凝集，團體。

字義 *n.* **氏族，部落，宗派，小集團。**

記憶 ①〔用熟字記生字〕三K黨Ku Klux klan（即clan）。
②〔同族字例〕clamp（磚等的）堆；clump（樹）叢，（人）群；cling依附；cilia眼睫毛；seel用線縫合（鷹）的眼睛；ciliary眼睫毛的；occultism神祕主義；cellar地窖；conceal藏匿，遮瞞；seal封蠟，封緘。參看：obscure遮掩；asylum避難所；occult隱藏；clandestine祕密的；clique派系，小集團。

clan.des.tine

[klæn'destin, -tain ; klæn'dɛstɪn]

義節 clan.destine
clan封閉，隱藏；-destine字尾。

字義 *a.* 祕密的，私下的，暗中的。

記憶 ① ［義節解說］本字是模仿intestine（腸）而做。其中int→inter在…中。
② ［同族字例］參看上字：clan小集團。

---

clar.i.on [ˈklærɪən; ˈklærɪən]

義節 clar.ion
clar→clear *a.*清楚的，清晰的；-ion字尾。

字義 *n.* 響亮尖銳的聲音，號角聲。

記憶 ① ［用熟字記生字］clarify使澄清。
② ［疊韻近義字］blare喇叭嘟嘟聲。參看：fanfare嘹亮的喇叭聲。
③ ［同族字例］clarinet木簫，豎笛；clarisonous聲音清晰的；chiaroscuro明暗對比畫；éclaircissement解釋，說明；declare聲明。參看：clairvoyant有洞察力的。

---

clat.ter [ˈklætə; ˈklætə]

字義 *n.* / *v.* 咔嗒咔嗒地響。

記憶 ① ［用熟字記生字］這是擬聲字，形容馬蹄達達聲；刀叉、碗碟碰擊聲；機器的咔嗒聲，談笑喧嚷的咭咭呱呱聲等等。
② ［同族字例］galimatias不清楚的話；gallinule一種涉水禽鳥；glagolitic格拉哥里字母，原用於斯拉夫語。
③本區域其他近義擬聲字的比較：clang敲鐘的叮噹聲，鶴喉聲；clank鐵鏈的嘟噹聲，玻璃杯碰擊時的叮噹聲；clash金鐵交鳴聲，如刀劍、鈴鐺等碰擊；clink乾杯時的碰杯聲，鑰匙的碰擊聲；clunk沉悶的金屬聲；cluck咯咯聲（如母雞）；click上鎖、扣扳機、打字時發出的咔嗒

聲。

claus.tro.pho.bi.a

[ˌklɔːstrəˈfoubjə, -biə ; ˌklɔstrəˈfobiə]

義節 claustro.phobia
claustro→close關閉；phobia→fear恐懼。

字義 *n.* 幽閉恐懼症。

記憶 ① ［用熟字記生字］close關閉的；closet壁櫥；disclose洩漏。
② ［同族字例］cell地窖，牢房；conceal藏匿，遮瞞；cillia眼睫毛；seel用線縫合（鷹）的眼睛（註：字母；s→c同音變異）；solitary獨居的；seal封蠟，封緘；becloud遮蔽，遮暗。參看：obscure遮掩；asylum避難所；supercilious目空一切的；recoil退縮；soliloquy獨白；insular島嶼的，隔絕的；celibate獨身的；cloister使與塵世隔絕；occult隱藏。-phobia-：hydrophobia恐水症。

---

clav.i.cle [ˈklævikl, ˈklævək!]

義節 clav.icle
clav→key *n.*鎖，鍵；-icle表示「小」。

字義 *n.* 鎖骨。

記憶 ① ［義節解說］封鎖分叉處的小（骨）。本字來源於拉丁文clavis棍棒，手杖，再演化爲「門栓，鑰匙」。可解說爲：棍棒狀的小骨。
② ［同族字例］clavate一端粗大的，棍棒狀的；claviform棍棒狀的；clavier鍵盤；clef譜號；kevel盤繩栓；clavichord擊弦古鋼琴；enclave在一國境內的外國領土；clove植物的小鱗莖；clavicorn錘角組的（動物）；claw爪；clever聰明的；clove過飽；kloof（南非）深的峽谷。參看：conclave祕密會議；glyph雕像。
③ 字母V的字形本身就像「分叉」，故常

119

表示「分岔，叉分」。例如：divaricate
（道路）分岔；diverge分岔，岔開；
divide分開；vice老虎鉗…等等。

cleave [kliːv ; kliv] *

字義 *v.* 劈開，裂開。

記憶 ① ［用熟字記生字］ cut（切，割）+
leave（離開）→割得分離→劈開。
② ［同族字例］ clove丁香；clavicorn 錘角
組的（動物）；clever聰明的；clevise U
形鉤；clip剪開；kloof（南非）深的峽
谷。參看：glyph雕像；cleft裂口。
③ ［使用情景］ to～a path through the
wilderness在荒野中闢一條道路。the
ship is cleaving through the water 船正
破浪前行。

cleft [kleft ; klɛft]

字義 *n.* 裂縫，裂口。

a. 劈開的，裂開的。

記憶 ① cleave（劈裂）的過去分詞形式，
作名詞或形容詞用。這種變化如同leave /
left（離開）；reave / reft（奪取）。
② ［同族字例］ 參看上字：cleave劈開。

clem.en.cy [ˈklɛmənsi; ˈklɛmənsɪ] *

義節 clem.ency

clem→leni軟；-ency名詞。

字義 *n.* 溫和，溫暖，仁慈，寬大，慈悲。

記憶 ① ［用熟字記生字］ mercy慈悲；mild
溫和。
② ［同族字例］ limp柔軟的，易曲的；
lenitive鎮痛性的，緩和的；leniency寬
大，慈悲；lenity寬大，慈悲；relentless
無情的，嚴酷的。參看：relent發慈悲，
憐憫；limber柔軟的；lenient寬大的，寬
厚的，憐憫的。
③ ［形似近義字］ 參看：lament哀悼。

④ 字母l的型態細長而柔軟。常表示「柔
軟」。例如：lidia柔和的，纖弱的；light
輕柔的；lissome柔軟的；lithe柔軟的。

clinch [klɪntʃ ; klɪntʃ]

義節 cl.inch

cl抓緊不放。

字義 *v.* 閉住，扭住，敲彎，確定。

記憶 ① ［用熟字記生字］ climb攀爬。（此
字原意為緊握不放，這樣才能攀爬而不致
下墜）；link連結。
② ［同族字例］ claw爪，用爪抓；clench
抓牢，握拳；cloggy黏牢的。參看：
clutch抓住；cling黏著，依附。

cling [klɪŋ, kiɪŋ] *

義節 cl.ing

cl-抓緊不放；-ing字尾。

字義 *vi.* 黏著，依附，堅守。

記憶 ① ［用熟字記生字］ climb攀爬。（此
字原意為緊握不放，這樣才能攀爬而不致
下墜）；link連結。
② ［同族字例］ claw爪，用爪抓；clench
抓牢，握拳；client主顧；cloggy黏牢
的。參看：clutch抓住；clinch釘住，扭
住。

clique [kliːk ; klik, klɪk]

義節 cl.ique

cl凝集，團體；-ique字尾。

字義 *n.* 派系，小集團。

記憶 ① ［用熟字記生字］ league聯盟，社
會，聯合會；colleague同事，同僚。
② ［雙聲近義字］ club俱樂部。參看：clan
部落，小集團。

cloak [klouk ; klok] *

字義 *n.* 斗篷，罩子，覆蓋物，偽裝。

vt. **覆蓋，掩蓋。**

記憶 ① 〔用熟字記生字〕clock鐘。 因鐘的形狀似斗篷故。

② 〔同族字例〕cloche罩在植物或食品上的鐘形玻璃罩，鐘形女帽。

③ 〔音似近義字〕clothes衣服；coat外衣；clad穿衣的，被覆蓋的；rich-clad衣著體面的。

clois.ter ['klɔistə; 'klɔistə]

義節 cloist.er

cloist→closed *a.*關閉的。

字義 *n.* **修道院，寺院。**

vt. **使與塵世隔絕。**

記憶 ① 〔義節解說〕關起門來修道，「閉關」練功。《紅樓夢》中寶玉對妙玉自稱「檻外人」，不是「關」在其中。

② 〔用熟字記生字〕close關閉的；closet壁櫥；disclose洩漏。

③ 〔同族字例〕cell地窖，牢房；conceal藏匿，遮瞞；cilia眼睫毛；seel用線縫合（鷹）的眼睛（註：字母s→c同音變異）；solitary獨居的；seal封蠟，封緘：becloud遮蔽，遮暗。參看：obscure遮掩；asylum避難所；supercilious目空一切的；recoil退縮；soliloquy獨白；insular島嶼的，隔絕的；celibate獨身的；claustrophobia幽閉恐懼症；occult隱藏。

clue [klu: ; klu] *

義節 cl.ue

cl凝集，團體。

字義 *n.* **線索，思路。**

vt. **提示。**

記憶 ① 〔義節解說〕本字又作clew，原意是希臘神話中引導離開迷宮的線團（線球）。因爲內在的關係千絲萬縷「凝集」在一起，總是有跡可循。

② 〔同族字例〕clod土塊；clot（血等的）凝塊；clout 補釘用的碎布；globe球。參看：clutter雜亂。

clutch [klʌtʃ; klʌtʃ] *

義節 cl.utch

cl抓緊不放。

字義 *v. / n.* **抓（住），攫（住）。**

n. **手，爪子，掌握，控制。**

記憶 詳見上字：clinch釘住。

clut.ter ['klʌtə; 'klʌtə] *

義節 cl.utter

cl凝集，團體。

字義 *n.* **雜亂，零亂，（房屋）擁擠而雜亂的一群。**

v. **弄得雜亂。**

記憶 ① 〔用熟字記生字〕litter零亂，弄得雜亂。

② 〔同族字例〕clod土塊；clot（血等的）凝塊；clout 補釘用的碎布；clot 血凝塊，人群；claster叢生，一簇簇；clutch一窩雞；globe球。參看：clue線索（原意是希臘神話中引導離開迷宮的線團）。

co.ad.ju.tant

[kou'ædʒətənt; ko'ædʒətənt]

義節 co.ad.jut.ant

co-共，同；ad-加強意義；jut→juv幫助，使歡喜；-ant字尾。

字義 *a.* **互助的。**

n. **協助者，助手。**

記憶 ① 〔義節解說〕本字來源於拉丁文juvo幫助，使歡喜；它的過去分詞爲jutum。共同輔助→互助。作「助手」解時，co-表示加強意義。

② 〔用熟字記生字〕joy喜悅的→幫助他，就使他歡喜。

121

③〔同族字例〕enjoy享受，欣賞。參看：jewel寶石（飾物）（joy→jew；v→w 通轉）；jubilation歡喜（jov→jub；v→b 通轉）；jovial快活的；adjutant副官，助手。

co.a.lesce [ˌkouə'les; ˌkoə'lɛs]

義節 co.al.esce

co-共，同；al生，長；-esce逐漸變成…（字尾）。

字義 v. 接合，癒合，聯合，合併。

記憶 ①〔義節解說〕逐漸長在一起→接合。其中al是ol的異體，表示「生，長」

②〔同族字例〕adult成年人。參看：adolesent青春期的；alimony贍養費；alms救濟金。

coax [kouks; koks]

字義 v. 哄騙。

  vt. 耐心地處理，耐心地把火弄旺，慢慢地弄好。

  n. 哄騙的言行。

記憶 ①〔用熟字記生字〕joke玩笑，戲弄→哄騙；cook烹飪，燒煮 → 耐心地處理。

②〔疊韻近義字〕hoax欺騙，戲弄。此字可諧音「哄」（騙）。

③〔同族字例〕「哄騙」：hankypanky欺騙，障眼法；hex施魔法於；hexerei巫術；cog（擲骰子）詐騙，欺騙；hag女巫；hocus-pocus咒語，魔術，哄騙，戲弄。參看：hocus戲弄，欺騙；sorcery巫術，魔術；exorcize用咒語驅魔。「耐心地處理哩，慢慢地弄好」：coach訓練。參看：concoct調製；decoct煎藥；precocious早熟的；cogitate愼重考慮；cogent有說服力的。

cock.ade [kɔ'keid; kak'ed]

義節 cock.ade

cock硬殼；-ade字尾。

字義 n. 帽章，帽上的花結。

記憶 ①〔義節解說〕帽章就像cockle海扇殼，在英國是一種家常食品，就像我們吃田螺。

②〔同族字例〕cockle海扇殼；coco椰子；coccid介殼蟲；coddus球菌；monocoque飛機的硬殼式結構；cochleate狀如蝸牛殼的；cockroach蟑螂；cochineal胭脂紅。參看：conch貝殼；cocoon繭。

cock.er ['kɔkə; 'kakə]

義節 cock.er

cock v. [廢義] 嬌縱（孩子）。

字義 vt. 嬌養，放縱。

記憶 ①〔同族字例〕coach訓練。參看：concoct調製；decoct煎藥；precocious早熟的；cogitate愼重考慮；cogent有說服力的；coax哄（小孩），耐心地處理，耐心地把火弄旺。

②〔雙聲近義字〕參看：coddle 嬌養，溺愛。

cock.sure

['kɔk'ʃuə, - 'ʃoə,- 'ʃɔ:, -'ʃɔ:, -'ʃə:; 'kak,ʃur]

義節 cock.sure

cock n.雄雞；sure a.肯定的。

字義 a. 過於自信的，十分肯定的。

記憶 ①〔義節解說〕as sure as a cock像雄雞那樣昂首自信。

②〔同族字例〕coxy驕傲自大，趾高氣揚的；coxcomb花花公子。參看：cocky趾高氣揚的。

cock.y ['kɔki; 'kɑkɪ]

義節 cock.y

cock n.公雞；-y形容詞。

字義 a. 驕傲自大的，趾高氣揚的。

記憶 ① ［義節解說］請讀者想像一下「昂日星君」那副雄糾糾，充滿自信，不可一世，喔喔啼叫著：「Good morning, Sun!」的樣子，便易記牢本字。

② ［同族字例］參看上字：cocksure過於自信的。

③ ［音似近義字］參看：perk昂首。

---

co.coon

[kə'kuːn, kɔ'k-; kə'kun, ku'kun]

義節 coc.oon

coc硬殼；-oon字尾。

字義 n. 繭（狀物）。

v. 作繭。

記憶 ① ［義節解說］參考：coop籠，棚，禁閉。（爲自己做）一個房→作繭。

② ［同族字例］cockle海扇殼；coco椰子；coccid介殼蟲；coccus球菌；monocoque飛機的硬殼式結構；cochleate狀如蝸牛殼的；cockroach蟑螂；cochineal胭脂紅。參看：conch貝殼；cockade帽章，帽上的花結。

③ c字母的重要涵義之一是「房、室、藏」，如：cellar地窖；cell細胞；cabin房間；case箱子；cottage小屋…等等。

④ 字母組合-oo-常表示「圓形、環狀、彎曲」，如：moon月球；brood一窩（雞）；snood婦女用的髮帶；nook凹角，隱匿處；crook鉤；spool卷軸；room房間；spoon匙；loop環，圈；noose繩圈；hoop鐵環，箍；scoop勺子；stoop彎腰；boot靴子…等等。

---

cod.dle ['kɔdl; 'kɑdl̩]

義節 cod.d.le

cod→chaud熱；-le反覆動作。

字義 vt. 煮（蛋等），悉心照料，嬌養，溺愛。

記憶 ① ［義節解說］熱→溫暖→嬌養。

② ［同族字例］caustic苛性鹼（諧音：「苛士的」，會燒傷皮膚）；caldron大鍋；caudle（病人吃的混有雞蛋、酒、香料等的）熱飲料或麥糊；cheudfroid肉凍；chowder魚羹。參看：scathe灼傷；scald燙傷。

③ ［雙聲近義字］參看：coax哄（小孩）；cocker嬌養，放縱。

---

co.erce [kou'ə:s; ko'ɝs] *

義節 co.erce

co-加強意義；erce→arc n.弧形。

字義 vt. 強制，迫使，脅迫。

記憶 ① ［義節解說］本字來源於拉丁文coerceo包圍，約束，治服。施加（壓）力使之彎曲如弓形→強制。

② ［用字記生字］arcade拱廊。

③ ［同族字例］exercise練習，訓練（ex-出來→把牲畜放出來訓練）；arch拱門；arrow箭；arcuate拱形的。

④ 字母組合er、or、ur讀音相似，且都是長音，給人以持久的韌「力」感，它們都常表示「力」的概念。類例：exercise行使（權力）、運用、訓練（ex-外；把力「使」出來）；erg 爾格（功的單位）；energy能量；urgent急迫的；exorcise驅除（妖怪）…等等。

---

cof.fer ['kɔfə; 'kɔfə]

義節 coff.er

coff→cover v.掩蓋；-er做某動作之物（字尾）。

C

C

字義 *n.* 保險箱，金庫，財源。

　　　vt. 珍藏。

記憶 ①〔用熟字記生字〕cover掩蓋。

②〔同族字例〕coffle鍊在一起的一隊奴隸或獸類；coffin棺材（in-進入，關「進去」）；cuff用手銬銬。參看：cove山坳，洞。

③有趣的是：box可解釋作「箱子、盒子」，也有「打耳光」之意，cuff亦有「打耳光」之意。

---

co.gent [ˈkoudʒənt; ˈkodʒənt] *

義節 cog.ent

cog囓合，塞住；-ent形容詞。

字義 *a.* 有說服力的，無法反駁的。

記憶 ①〔義節解說〕說得天衣無縫，使人難以反駁；塞住對方的嘴巴。

② 換一個思路：cog→cock雄雞，它雄糾糾地自信十足地「喔喔」啼，令人信服。

③〔用熟字記生字〕cork軟木塞。

④〔同族字例〕choke 扼喉，使窒息；cog凸榫，齒輪輪牙；jag尖齒突出物；joggle齒輪的牙。參看：gag打諢，塞住嘴巴。

---

cog.i.tate [ˈkɔdʒiteit; ˈkadʒə,tet]

義節 cog.it.ate

cog→cook *v.*煮→耐心地處理；-it字尾；-ate動詞。

字義 *v.* 慎重考慮，謀劃。

記憶 ①〔義節解說〕（在頭腦中）慢慢煎煮→深思熟慮。

②〔疊韻近義字〕參看：agitate攪動，憂慮不安。

③〔同族字例〕coach 訓練。參看：concoct調製；decoct煎藥；precocious早熟的；coax耐心地處理，慢慢地弄好。

---

cog.no.men

[kɔgˈnoumən, -ˈnɔm-; kagˈnomən]

義節 co.gnomen

co-共，同，相互；gnomen→nomen名字。

字義 *n.* 姓，別名。

記憶 ①〔義節解說〕（家人）共用的名字→姓氏；與本名一同使用的另一個名字→別名。

②〔用熟字記生字〕name名字。

③〔同族字例〕ignominy恥辱；nominate提名；denominate命名；anonym匿名者。參看：agnomen綽號。

④〔易混字〕參看：gnome土地神，矮子，格言。

---

co.here [kouˈhiə; koˈhɪr] *

義節 co.here

co-共，同，相互；here連接；黏連。

字義 *vi.* 黏合，連貫，團結，凝聚。

記憶 ①〔義節解說〕互相連接→連貫，黏合。

②〔用熟字記生字〕here這裡，「都在這裡」→凝聚。這樣記亦通。

③〔同根字例〕（hes是here的變體）adhere附著，堅持；inhere固有；cohesive連貫的；hesitate猶豫（俗話說「黏黏糊糊的」，即辦事拿不定主意）。

④〔音似近義字〕series系列。

---

col.late [kɔˈleit, kəˈl-; kɑˈlet, ˈkɑlet]

義節 col.late

col-→-共，同，相互；late舉起，運送。

字義 *vt.* 對照，核對，整理。

記憶 ①〔義節解說〕要對照，核對，必須先把相關東西「運送」到一起。

②〔用熟字記生字〕relativity相對性；relatively speaking相對而言。

③〔同族字例〕translate翻譯；ventilate通風；superlative最高級的；legislate立法；ablate切除。參看：collate對照；elate使洋洋得意；modulation調節；delate控告，告發，公布（罪行）。

col.lu.sion

[kə'lu:ʒən, -'lju:; kə'luʒən, -'ljuʒən]

義節 col.lus.ion

col - → co - 共，同，相互；lus→lude→play v.演戲，遊戲（lus是lud的另一種形式）；-ion名詞。

字義 n. 共謀，勾結，串通。

記憶 ①〔義節解說〕共同遊戲→串通。字根-lud-和-lus-來源於拉丁文ludus敬神競技，表演。引申爲「諷刺，遊戲，欺騙等」。該字又來源於ludius古羅馬的鬥劍士。可見字根-lud-與字根-lid-（打，擊）同源。

本字直接來源於拉丁文colludo共同遊戲。（轉義）共謀。

說明：字根lud / lus的傳統譯意爲：play玩笑，遊戲，難以用來解釋〔同族字例〕中的其他單字。義節中的釋義是作者對拉丁文綜合研究的結果，似較爲圓通實用。

②〔同族字例〕collide碰撞；interlude穿插，幕間；disillusion幻滅。參看：elude逃避；allude暗指，間接提及；illusion幻覺；prelude前兆，序曲。

co.los.sal [kə'lɔsl; kə'lɑsl] *

字義 a. 巨大的。

記憶 ① 此字據說源出希臘語Kolossos巨型立像，而Colossus是羅德港入口處的阿波羅神巨像，建於公元前280年，高120英尺。

②〔使用情景〕～stars / ～wealth / ～rewards巨星 / 鉅富 / 鉅額報酬。Titanic

was a～ship.鐵達尼號是一艘巨船。

colt [koult ; kolt] *

字義 n. 小馬，缺乏經驗的年輕人，新手。

記憶 ① 本字來源於字根-col- / -cult- 栽培，培育→小馬、缺乏經驗的年輕人、新手，都需要「培育」。

②〔同族字例〕colony殖民地；culture文化；cultive培養。

③〔雙聲近義字〕caval（字根）馬。如：cavalry騎兵；calf小牛；foal（產）馬駒。有人認爲colt一字從calf來；而calf原意爲「脹大的」，指孕馬的大肚子。

co.ma ['koumə; 'komə] *

字義 n. 昏迷，麻木，昏昏欲睡，怠惰。

記憶 ①〔用熟字記生字〕calm安靜的。

②〔同族字例〕cemetery公墓（ceme→come昏迷；ter土地）；comfort安慰，舒適（com怠惰；fort→fer運送）；somnolent想睡的，睏倦的（註：com→somn；c→s 通轉）；somniferous催眠；insomnia失眠。參看：requiem安魂曲（com→quiem變異。其中：c→qu；o→ie）。

③〔易混字〕comma逗號，打個「逗號」，表示「停頓」一下 → 打個「盹」。「我醉欲眠君且去」。

com.bus.ti.ble

[kəm'bʌstəbl; kəm'bʌstəb!]

義節 com.bust.ible

com-加強意義；bust→burst v.爆發；-ible能夠…的（形容詞字尾）。

字義 a. 易燃的，易激動的。

    n. 易燃物。

記憶 ①〔義節解說〕內燃機裡面有一個「爆發」衝程。bust轉義爲burn燃燒。

② ［同族字例］bustle喧鬧的；busy熱鬧的；burst爆發，突然迸發；bust爆裂；boast自誇；boost提高，助爆，吹捧；break爆裂；garboil喧鬧；ebullient沸騰的，熱情奔放的；boisterous狂暴的，洶湧的，喧鬧的。

com.e.dy ['kɔmidi; 'kɑmədɪ] *
［義節］com.edy
com→come *a*.使人開心的；ed→od歌；-y名詞。
［字義］*n*. 喜劇（因素、場面、作品）。
［記憶］① ［用熟字記生字］come來；記中文成語：「喜」從中「來」。
② ［同族字例］-com-：參看：comely標緻的；comity禮儀，禮貌；unseemly不合禮節的，不適宜的。
-od-：Ode to the west wind 西風頌。參看：melody旋律。
③ ［反義字］tragedy悲劇。

come.ly ['kʌmli; 'kʌmlɪ]
［義節］come.ly
come *a*.漂亮的，精美的，宜人的，使人開心的；-ly形容詞。
［字義］*a*. 標緻的，悅目的，秀麗的，（舉止等）合宜的，恰當的。
［記憶］① ［義節解說］本字是seemly的變體。seemly意爲：好看的，悅目的，漂亮的，合乎禮儀的，合適的（com→seem；c→s 通轉）。
② ［用熟字記生字］come來；高啓《梅花》詩：「月明林下美人來」。戲譯爲：A comely fairy comes with the moon shining on the trees around.
③ ［同族字例］comfort安慰，舒適（fort→fer運送）。參看：comedy喜劇；comity禮儀，禮貌；unseemly不合禮儀的，不適宜的。

④ ［疊韻近義字］homely親切友好的。

com.i.ty ['kɔmiti; 'kɑmətɪ]
［義節］com.ity
com→come *a*.宜人的，使人開心的；-ity名詞。
［字義］*n*. 禮儀，禮貌。
［記憶］① ［用熟字記生字］come來，記中文成語：「來」而不往非「禮」也。
② ［同族字例］comfort安慰，舒適（fort→fer運送）；seemly好看的，悅目的，漂亮的，合乎禮儀的，合適的（com→seem；c→s 通轉）。參看：comedy喜劇；comely標緻的。

com.min.gle [kə'mingl; kə'mɪŋg!]
［義節］com.mingle
com-加強意義；mingel *v*.混合，使相混。
［字義］*v*. 混合，摻合。
［記憶］① ［用熟字記生字］mix混合。
② ［同族字例］make製造；mason用石建造；among在…中間；mongrel雜種狗，混合物，混血兒；magma 稀糊狀混合物，岩漿，乳漿；mass使集合成團塊；macerate浸化。參看：mingle混合。
③ 字母m表示「混合」的其他字例：mess混亂；mix混雜；mux使混亂；mestizo混血兒；maslin雜糧；mell混合；medley混合，混雜；molt熔化，混合；motley混雜物；muddle使混合。參看：miscegenation人種混雜；miscellaneous混雜的；miscellany混合物；maze迷宮。

com.mis.er.ate
[kə'mizəreit; kə'mɪzə,ret]
［義節］com.miser.ate
com-共，同，相互；miser→misery *n*.痛

苦，悲慘；-ate動詞。

字義 *v.* **同情，憐憫。**

記憶 ① ［義節解說］共同分擔苦痛的感情。

② ［同族字例］miserable悲慘的，痛苦的，卑鄙的。參看：misery痛苦，悲慘，苦難。

---

com.mo.di.ous

[kəˈmoudiəs; kəˈmodɪəs] *

義節 com.mod.i.ous

com-加強意義；mod尺寸，模式；-ous形容詞。

字義 *a.* **寬敞的，方便的。**

記憶 ① ［義節解說］加強了尺寸→寬敞→（從而）方便。

② ［用熟字記生字］accommodation容納；moderate溫和的；有節制的。

③ ［同族字例］參看：modicum一小份，少量；modus方法，方式；modest有節制的；modish時髦的，流行的；modulation調整。

---

com.mo.tion

[kəˈmouʃən; kəˈmoʃən]

義節 com.mot.ion

com-共，同，相互；mot動；-ion →-tion名詞。

字義 *n.* **混亂，動亂，騷亂。**

記憶 ① ［義節解說］一起動，大家都動起來→混亂。

② ［用熟字記生字］motor發動機。

③ ［同族字例］motion動，運動；motive動機；emotion感情（e-向外，內心的「動」向「外」表現）。參看：motif動機，主旨。

---

com.mune

[*v.* kəˈmjuːn; kəˈmjun *n.* ˈkɔmjuːn; ˈkamjun] *

義節 com.mune

com-共，同，相互；mune公共，服務，奉獻。

字義 *vi.* **親密地交談，談心。**

記憶 ① ［義節解說］互相呈獻（心裡的話）→傾談。

② ［用熟字記生字］community團體，社區。

③ ［同族字例］communicate通訊，聯繫。參看：munificence慷慨；immune免除的；municipal市（政）的。

---

com.pact

[*adj., v.* kəmˈpækt; kəmˈpækt *n.* ˈkɔmpækt; ˈkampækt] *

義節 com.pact

com-共，同，互相；pact→pack *v.*捆紮。

字義 *a.* **緊密的，簡潔的。**

    v. **（使）緊實。**

記憶 ① ［義節解說］捆紮在一起→使之緊密。

② 這是CD的第一個字，以其訊息密度高而命名。

③ 另一個compact是「條約」（pact條約）。條約的文字總是簡潔的，而且把締約雙方「捆」得緊緊的。如果您本來就記得pact（條約），亦可按此思路記本字。

④ ［同族字例］package包，捆；packet小包；parcel小包；pocket小袋，衣袋；portfolio公事包，文件夾；purse錢包；compact契約，協議；pouch錢袋，菸袋；poach煮荷包蛋；bag袋；bucket桶；pact契約，條約；fast緊實（pact→fast : p→ph→f ; c→s通轉）；fascinate使著迷。

---

com.part [kəmˈpɑːt; kəmˈpɑrt]

義節 com.part

C

com-加強意義；part *v.*分開，分隔。

字義 *vt.* **分隔。**

記憶 ① ［用熟字記生字］bar棍棒，阻礙→分隔（b→p通轉）。

② ［同族字例］partial偏愛的；part部分，party黨；apartment公寓；department store百貨公司；partition分割。參看：partisan黨人；partiality偏愛，偏見。

---

com.pas.sion

[kəm'pæʃən; kəm'pæʃən] *

義節 com.pass.ion

com-共，同，相互；pass忍受，感情；-ion.名詞。

字義 *n.* **同情，憐憫。**

記憶 ① ［義節解說］字根-pac-來源於拉丁文Pax和平神，和pax仁慈，寬容。字根-pass-（忍受，感情）因而同源。

② ［用熟字記生字］passionate熱情的，易動情的。

③ ［同根字例］passible易感動的；dispassion冷靜，公平；impassion使感動，使激動。參看：passion激情，熱情。

④ ［同族字例］參看下字：compatible能和諧共處的，兼容的，一致的。

---

com.pat.i.ble

[kəm'pætəbl; kəm'pætəb!] *

義節 com.pat.ible

com-共，同，相互；pat忍受痛苦；-ible能夠…的（形容詞字尾）。

字義 *a.* **能和諧共處的，兼容的，一致的。**

記憶 ① ［義節解說］字根-pac-來源於拉丁文Pax和平神，和pax仁慈，寬容。字根-pass-和-pat-（忍受，感情）因而同源。patiable能忍受的→能相互忍受的→共存，兼容。本字在電腦使用中變得十分

活躍，用其「兼容」一意。

② ［用熟字記生字］patient病人，有耐心的，能忍受的；pity憐憫。

③ ［同族字例］patible能忍的；sympathy同情；apathy冷漠無情。參看：pathos同情；pathetic悲哀的，憂鬱的；compassion同情，憐憫。

---

com.pe.tent

['kɔmpitənt; 'kampətənt] *

義節 com.pet.ent

com-加強意義；pet請求，設法獲得；-eny形容詞。

字義 *a.* **能勝任的，合格的，足夠的。**

記憶 ① ［義節解說］能設法達到（崗位的要求）→稱職。

② ［用熟字記生字］petition請願；compete競爭；repeat重複。

③ ［同族字例］appetite食慾，慾望；petition請求，請願；impetus促進；impetuous魯莽的。

---

com.plai.sant

[kəm'pleizənt; kəm'pleznt, 'kamplı,zænt]

義節 com.plais.ant

com-加強意義；plais使高興，使愉快；-ant形容詞。

字義 *a.* **慇懃的，懇切的，討好的。**

記憶 ① ［用熟字記生字］pleasant令人愉快的；please討好。

② ［同族字例］applause鼓掌；poultice敷在傷處緩解疼痛的藥膏；placebo安慰物；complacent自滿的；placate撫慰；plea懇請。參看：placid平靜的；implacable難和解的；placable易撫慰的；palliate緩和（病，痛）；plausible似乎有理的，嘴巧的；plauditory可稱讚的。

com.plex.ion

[kəm'plekʃən; kəm'plɛkʃən] *

義節 com.plex.ion
com-共，同，相互；plex彎，折；-ion→-sion名詞。

字義 *n.* **面色，局面，氣質。**

記憶 ①〔義節解說〕共同彎折→綜合→局面，氣質（局面，氣質，臉色都是複雜東西的一種綜合表現）。
②〔用熟字記生字〕flesh肉（flesh→plex；其中f→ph→p；sh→x通轉）。
③〔同族字例〕plexus糾紛；complex複雜的，合成的，綜合的；multiplex多重的；complicate使複雜；flax亞麻纖維；fleck小斑點。參看：perplex使混亂。

com.pli.ant

[kəm'plaiənt; kəm'plaɪənt] *

義節 com.pli.ant
com-加強意義；pli→ply彎，折，-ant形容詞。

字義 *a.* **依從的，屈從的。**

記憶 ①〔用熟字記生字〕apply申請，適用。
②〔同族字例〕imply暗指；reply回答；ply傾向。參看：complexion面色。

com.port

[*v.* kəm'pɔrt; kəm'pɔrt, -'pɔrt *n.*'kɔm-pɔːt；'kɑmpɔrt]

義節 com.port
com-加強意義；port *v.*搬運。

字義 *vt.* **舉動，舉止。**
　　 vi. **（舉動等）適合，一致。**

記憶 ①〔義節解說〕port的原意是「持槍」，引申為「相貌堂堂」。再由「持槍致敬」引申為「舉止」。
②〔用熟字記生字〕此字的意義和句法均

與behave有點相似。例如：to～oneself decently舉止大方（大大方方地「搬動」自己）。
③〔同族字例〕port舉止，風采。參看：deport舉止；portly肥胖的，粗壯的，魁梧的。

com.posed

[kəm'pouzd; kəm'pozd] *

義節 com.pos.ed
com-加強意義；pose *v.*擺好姿勢，擺正位置；-ed形容詞。

字義 *a.* **安靜的，鎮靜的。**

記憶 ①〔用熟字記生字〕pause暫停。
②〔同族字例〕pose姿勢；expose暴露；pesade馬騰空向上的姿勢；diapause（昆蟲）發育停滯，repose休息，鎮靜，安靜。參看：poise沉著。
③〔音似近義字〕若按近似音把本字記成calm pose（安靜的姿態），可能更易記。
④〔易混字〕compose作文，作曲。作此義解時，com-表示「共，同」；pose→put放置→放到一起來。

com.po.ta.tion

[ˌkɔmpə'teiʃən; ˌkɑmpə,teʃən]

義節 com.pot.a.tion
com-共，同，相互；pot飲；-tion名詞。

字義 *n.* **同飲，共飲。**

記憶 ①〔用熟字記生字〕bottle酒瓶；pot（盛飲料的）壺。
②〔同族字例〕potation暢飲；potamic河流的；poison毒藥。參看：potion一服，一劑（飲用物）；potable可飲用的。

com.pul.sive

[kəm'pʌlsiv; kəm'pʌsɪv]

129

義節 com.puls.ive

com-加強意義；puls推動，跳動；-ive形容詞。

字義 *a.* **強迫的，有強迫力的。**

記憶 ① ﹝用熟字記生字﹞ pulse脈動；push推。

② ﹝同族字例﹞ compel強迫；impulsive衝動的；repules打退。參看：propulsive推進（力）的。

com.punc.tion

[kəm'pʌŋkʃən; kəm'pʌŋkʃən]

義節 com.punct.ion

com-加強意義；punct刺，扎；-tion名詞。

字義 *n.* **內疚，後悔，良心的責備。**

記憶 ① ﹝義節解說﹞所謂「錐心之痛」。

② ﹝用熟字記生字﹞ point尖端。

③ ﹝同根字例﹞ p u n c t u a l 守 時 的；punctuate加標點；acupuncture針灸。參看：punctilious留心細節的；puncture刺穿；pungent刺激的。

④ ﹝同族字例﹞ punch用拳頭打；expugn攻擊；impugn質問；repugn厭惡。參看：pugnacious好鬥的，好戰的，愛吵架的。

com.sat ['kɔmsæt; 'kɑm,sæt]

義節 com.sat

com→communication *n.*通訊；sat→satellite *n.*衛星。

字義 *n.* **通訊衛星。**

記憶 ① ﹝義節解說﹞本字是縮合字，類例：intercom→inter-communication內部通訊聯絡系統。satellite的原意是：警衛，侍從，伴侶，可以分析爲：sa→self身體；tell→tile覆蓋，保衛→瓦片。

② ﹝同族字例﹞ com：community團體，社區；communicate通訊，聯繫。參看：munificence慷慨；immune免除的；municipal市（政）的；commune談心。sat：tile瓦片；tuille脛甲；tulle做婦女蓬體禮服用的絹網，薄紗；tutelage保護，監護。

con [kɔn; kɑn]

字義 *v.* **研究，精讀。**

  n. **反對的論點，反對者，反對票。**

記憶 ① 作動詞時，本字源出古英語cunnan知道。爲了要「知」，自然就要「研究」。本字作名詞時釋義完全不一樣，估計這時是作爲contrast（相反）的縮寫。

② ﹝用熟字記生字﹞ corn角→頂牛→反對。

③ ﹝同族字例﹞「研究」一意：keen敏銳的；ken知識範圍；know知道；uncanny離奇的，不可思議的（註：不可「知道」的）；discern分辨；scout搜索，偵察；sense感覺；census人口普查；censor審查，檢查；examine檢查，細查；science科學。參看：canny精明的，謹慎的，狡猾的；scan細看，審視，瀏覽，掃描；canvass詳細檢查，研討。「反對」一意：against反對；counter相反地，對立地；antagonism反對的論點；contrary相反。參看：contradict反駁，否認，發生矛盾；contrast對照；contravene觸犯，違反，抵觸，反駁；contraband違禁品；counterpart副本，相對應者；counterplot將計就計。

conch [kɔŋk, kɔntʃ; kɑŋk, kɑntʃ]

字義 *n.* **貝殼，海螺。**

記憶 ① 本字的基本含義是「角」→貝殼的形狀似「角」。再從「貝殼」引申爲表示「覆蓋而使之隱藏」的含義。傳說法海和尚鎮壓白蛇之後遭報復，躲進寄生蟹裡，

當了「縮頭和尚」，求蟹殼之「覆蓋」而「潛藏」，正合此意。

② 〔用熟字記生字〕corn角。

③ 〔同族字例〕cockle海扇殼；conchology貝殼學；congius康吉斯（古羅馬液量單位）；cochlea耳蝸；cochleate狀如蝸牛殼的，螺旋型的；cone錐形物；sconce 遮蔽物；second調任，調派；skulk躲藏。參看：abscond潛逃；ensconce隱蔽；recondite深奧的，難解的，隱蔽的；couch獸穴。

④ 〔疊韻近義字〕honk汽車笛聲。

con.cil.i.ate

[kənˈsilieit; kənˈsɪlɪˌet] *

義節 con.cili.ate

con-共，同，相互；cili→call v.召喚；-ate動詞。

字義 vt. 撫慰，調停，贏得（好感等）。

記憶 ① 〔義節解說〕召集到一起→調停。

② 〔用熟字記生字〕council會議；counsel協商。

③ 〔同族字例〕intercalate插入，添加，設置（閏月等）；paraclete調解人，安慰者；Paraclete聖靈。參看：ecclesiastic教士；eclectic折衷的；reconcile使和解。

con.clave

[ˈkɔnkleiv, ˈkɔŋ -; ˈkanklev, ˈkaŋ-]

義節 con.clave

con-共，同，相互；clave→key n.鎖，鍵→閉鎖，關閉。

字義 n. 祕密會議。

記憶 ① 〔義節解說〕關起門來講。

② 〔用熟字記生字〕close關閉。

③ 〔同族字例〕clavier鍵盤；clef譜號；kevel盤繩栓；clavichord擊弦鼓鋼琴；

enclave在一國境內的外國領土；clove植物的小鱗莖；clavicorn 錐角組的（動物）；claw爪；clever聰明的；clove過飽；kloof（南非）深的峽谷。參看：clavicle鎖骨；glyph雕像。

con.coct

[kənˈkɔkt; kanˈkakt, kən-] *

義節 con.coct

con-共，同，相互；coct→cook v.烹調，煮。

字義 vt. 調製，編造（謊話等），策劃。

記憶 ① 〔義節解說〕集放在一鍋裡「泡製」。

② 〔用熟字記生字〕cook烹飪，燒煮。

③ 〔同族字例〕concoct調製；biscuit餅乾；kitchen廚房的。參看：cuisine廚房，烹飪；culinary廚房的，烹飪（用）的；coax 耐心地把火弄旺；precocity早熟，過早發展；decoct烹飪，燒煮。

con.com.i.tance

[kənˈkɔmitəns; kanˈkamətəns, kən-]

義節 con.co.mit.ance

con-加強意義；co-共，同，相互；mit→mate n.伴侶；-ance名詞。

字義 n. 伴隨，共存。

記憶 ① 〔義節解說〕字根-mat-的原意是「食物」→共同享用食物→共存，伴侶。參考：companion友伴，其中：com-共，同，相互；-pan-麵包。構字思路與本字相同。

語源上一般將本字分析爲：con.com.it.ance con-共，同，相互；com-共，同，相互；it=go去。雖然也能講通，但不如我們的講法圓融。

② 〔用熟字記生字〕classmate同班同學。

③ 〔同族字例〕meat肉；matelote加酒燉煮的魚；mate配偶，伴侶；mast山毛櫸

131

C

的果實，用作豬食；master主人（註：給食物的人）。

con.cor.dat

[kɔnˈkɔːdæt; kɑnˈkɔrdæt]

義節 con.cord.at

con-共，同，相互；cord→chord琴弦；-at字尾。

字義 *n.* 契約。

記憶 ① ［義節解說］把大家同意（合拍，同調）的寫下來→契約。

② ［用熟字記生字］concord協和；according to按照。

③ ［同族字例］accordion手風琴；cord細繩，索；tetrachord四弦樂器；chorus合唱；accord和弦。參看：harpsichord撥弦古鋼琴。

con.course

[ˈkɔŋkɔːs, ˈkɔnk-; ˈkɑnkors, ˈkɑŋ, -kɔrs]

義節 con.course

con-共，同，相互；course→run *v.*奔跑。

字義 *n.* 合流，匯合，集合，中央廣場。

記憶 ① ［義節解說］共同奔向一個地方，所謂「八方風雨會中州」。

② ［用熟字記生字］course進程，跑馬場，學科。

③ ［同族字例］occur出現，發生；cursor游標，光標；recursive循環的；excursion遠足，短途旅行hurry匆忙（h→c 通轉：因爲在西班牙文中x讀h音，而x→s→c 通轉）；courser跑馬；current急流，電流，流行。參看：cursory粗略的，草率的；courier信使，送急件的人；concourse集合，匯合；discourse講話，演講，論述；precursor先驅者，預兆；incursion侵入；succor救

濟，援助；discursive散漫的；scour急速穿行，追尋；scurry急促奔跑，急趕，急轉；recourse求援，求助，追索權。

④ ［雙聲近義字］scamper蹦跳，瀏覽；scarper【俚】逃跑；scat跑得飛快；scoot【口】迅速跑開，溜走；scud飛奔，疾行，掠過；scutter急匆匆地跑；scuttle急奔，急趕；escape逃跑。

con.cuss

[kənˈkʌs, kənˈkʌs]

義節 con.cuss

con-加強意義；cuss→quske / shake *v.*搖，震，→strike *v.*敲打。

字義 *vt.* 激烈地搖動，震動，恐嚇。

記憶 ① ［義節解說］cuss來源爲拉丁文quasso搖動，使震動。引申爲「搖」，「震」，「敲擊」，「打擊」。參考：percussion instrument打擊樂器（如鼓等）。

② ［用熟字記生字］earth-quake地震；case錢箱→搖震錢箱的時候，會發出鏗鏘撞擊的聲音。

③ ［同族字例］squeeze壓榨；squab沉重地；square弄成方形；squaw蹲跪人形靶，女人；squeegee以輥輾壓；squelch鎮壓，壓碎；squish壓扁，壓爛。參看：squat使蹲坐；discuss討論。參看：concussion激烈地搖動；quash搗碎，壓碎，鎮壓；percuss敲，叩，叩診；castigate懲罰，鞭打；squash壓碎，（發）咯吱聲；repercussion反應。

④ ［音似近義字］crash砸碎，撞碎。

con.de.scend

[ˌkɔndiˈsend; ˌkɑndɪˈsɛnd]

義節 con.de.scend

con-加強意義；de-→down向下；scend攀爬。

字義 *vi.* 屈尊，俯就，出醜。

記憶 ① ［用熟字記生字］descend下降，斜坡；ascend登高，追溯，上升。

② ［同族字例］ascendency優勢，支配地位；transcend超越；transcendent卓越的。參看：scramble爬行，攀爬，蔓延。

③ ［使用情景］此字往往用於諷刺的反話，例如電影《魂斷藍橋》中有一句：「It's very～ing of you to come at all.」（眞想不到你能大駕光臨。）此語是劇團女班主對遲到的歌女所講的刻薄話。

con.di.ment

['kɔndimənt; ˈkɑndəmənt]

義節 con.di.ment

con-共，同，相互；di放置；-ment名詞。

字義 *n.* 調味品。

記憶 ① ［義節解說］本字來源於拉丁文condio塗抹，調味→把調味品塗抹在菜上。

② ［同族字例］dub用油脂塗（皮革等）；bedabble（用髒水，血等）潑髒，濺濕；bedraggle被雨和泥弄髒。參看：daub塗抹；dabble弄濕；dab輕拍，輕敲，輕輕地塗抹。

③ 字母d表示「味美的→宜人的」，有下列字例可供參玩：dainty美味的，可口的；delectable美味的，使人愉快的；dessert甜食；douce甜點的，悅耳的；delicious美味的；darling心愛的；dear親愛的；dulcet悅耳的…等等。

con.dole [kən'doul; kən'dol]

義節 con.dole

con-共，同，相互：dole *n.* [詩] 悲哀，[古] 命運。

字義 *vi.* 弔唁，哀悼，慰問。

記憶 ① ［義節解說］所謂「同」聲一哭。《紅樓夢》中寫太虛仙境，有「千紅一窟」、「萬綠同杯」的器物名，實諧「千紅一哭，萬綠同杯」的音。

② ［用熟字記生字］記down情緒低落。例：He is down.

③ ［同族字例］doldrumd憂鬱；dolor悲哀；dirge輓歌；tolerate忍受，耐受（dol→tol；d→t 通轉）；intolerable不能忍受的，無法容忍的。參看：dole悲哀；ordeal試罪法，嚴峻考驗；toil苦工，難事。

con.done [kən'doun; kən'don] *

義節 con.done

con-加強意義；done→give, gift給與，贈品。

字義 *vt.* 寬恕，原諒。

記憶 ① ［義節解說］本字來源於拉丁文condono送給，放棄，讓步，原諒。又：dono給與，寬恕。所以condone→forgive寬恕。

② ［用熟字記生字］pardon寬恕，原諒。

③ ［同族字例］done給；pardon原諒。參看：donation捐贈（物），贈品，捐款。

④ 字母d表示「給與」的其他字例：dowry嫁妝；dub授予（稱號）。參看：anecdote軼事；endow捐贈；dole施捨；endue授予，賦予。

con.duit ['kɔndit; ˈkɑndɪt, duɪt]

義節 con.duit

con-共，同，相互；duit→duct引導，帶領。

字義 *n.* 管道，導管，水管。

記憶 ① ［用熟字記生字］conduct引導，帶領，舉動。

② ［同族字例］product產品；education；educe推斷出；induct引導；

reduction減少；seduce勾引；subduce減去；introduction介紹；tuition教誨（duit→tuit；d→t通轉）。參看：deduct減去，推論；abduct誘拐；deduct減去，推論；ductile可鍛的，易變形的，馴順的。

③〔疊韻近義字〕circuit電路。

cone [koun；kon] *

字義 *n.* 錐形物，（松樹）球果，火山錐。
vi. 使成錐型。

記憶 ① 本字的基本含義是「角」。「錐形」有時又稱「角錐」。又：貝殼的形狀也似「角」。再從「貝殼」引申爲表示「覆蓋而使之隱藏」的含義。傳說法海和尚鎮壓白蛇之後遭報復，躲進了寄生蟹裡，當了「縮頭和尚」，求蟹殼之「覆蓋」而「潛藏」，正合此意。

②〔用熟字記生字〕corn角。

③〔同族字例〕cockle海扇殼；conchology貝殼學；congius 康吉斯（古羅馬液量單位）；cochlea耳蝸；cochleate狀如蝸牛殼的，螺旋形的；cone錐形物；sconce掩蔽物；second調任，調派。參看：abscond潛逃；ensconce隱蔽；recondite深奧的，難解的，隱蔽的；conch貝殼，海螺；conifer針葉樹（如松樹等）。

④〔造句助憶〕This stone is like a bone, and the bone looks like a cone.這塊石頭像骨頭，而這塊骨頭似錐體。

con.fect

[*n.* ˈkɔnfekt；ˈkɑnfɛkt *v.* kənˈfekt；kən-ˈfɛkt]

義節 con.fect
con-共，同，相互；fect做→製造，準備。

字義 *vt.* 調製，拼湊，製糖果、蜜餞。

① 〔義節解說〕加在一起製造。

②〔用熟字記生字〕factory工廠。

③〔同族字例〕affect影響；disaffection離間；confectionary糖果店；perfect完全的；effect效果；confetti糖果；confiture糖果，甜點。參看：refection點心。

con.fis.cate

[ˈkɔnfiskeit；ˈkɑnfis͵ket] *

義節 con.fisc.ate
con-共，同，相互；fisc錢籃子，錢袋→國庫；-ate動詞。

字義 *vt.* 沒收，充公，扣押。

記憶 ①〔義節解說〕據說本字來源於「收稅官員的錢籃子」（money basket）。「統統」放入國庫→充公。

②〔用熟字記生字〕basket籃子（bask→fisc；b→f通轉）。

③〔同族字例〕fiscal year會計年度；bag袋；bucket桶；disbursement支付；purse錢袋，錢包（bask→purs；b→p通轉）；poke（放金砂的）袋，錢包；pocket小袋，衣袋；package包，捆；packet小包；parcel小包；portfolio公事包，文件夾；compact契約，協議；poach荷包蛋；pack包，捆；vase瓶，花瓶（bask→vas；b→v通轉）；vessel容器，船。參看：pouch錢袋，菸袋，小袋；reimburse償還，付還（款項），補償，賠償；pact契約，協定，條約，公約；fiscal國庫的，財政的。

con.fla.gra.tion

[͵kɔnfləˈgreiʃən；͵kɑnfləˈgreʃən]

義節 con.flagr.a.tion
con-加強意義；flagr→burn *v.* 燒；-tion名詞。

字義 *n.* 大火（災），爆發。

記憶 ① ［用熟字記生字］flame火焰；flash閃光；black黑色的（註：燃燒炭化成「黑」。flag→black；f→b；g→ck通轉）。

② ［同根字例］flag旗（記：「壞名聲的旗號已經打起」。）；flagrant火焰般的，灼熱的，惡名昭彰的，臭名遠揚的（註：猶如火光，遠近皆見）；deflagrate（使）突然燃燒；phlegmatic多痰的（註：發「炎」生痰）。

③ ［同族字例］refulgent明亮的，燦爛的；fulgorous閃電般的；fulgid閃閃發光的；effulgent光輝的，燦爛的。參看：fulgent光輝的，燦爛的。

④ 字母f象徵火燒起來的「呼呼」聲，字母l形狀瘦長而軟，常用來表示「舌」，亦可引申爲「火舌」。所以fl和l都有表示「火」的義項，再引申而有「光」和「熱」，這二者均是「火」的本性。

fl表示「火」的字例，參看：flake火花；flamboyant火焰似的；flamingo火烈鳥；flambeau火炬；flint打火石…等等。

f表示「火」的字例：fire火；fuel燃料。

⑤ ［形似近義字］flagitious罪大惡極的，兇惡的，無恥的。

⑥ ［易混字］fragrant芳香的，馥郁的。（註：fragr碎裂。）

---

con.found

[kən'faund; kɑn'faʊnd,kən-] *

義節 con.found

con-共，同，相互；found倒出，傾注。

字義 vt. 混淆，使混淆，挫敗。

記憶 ① ［義節解說］傾注在一起→混淆，混亂。

② ［用熟字記生字］confuse混亂（fus傾注）；foundry鑄造；fountain湧泉。

③ ［同族字例］found 熔製，鑄造；fondant軟糖料；funnel漏斗，匯集，

fountain pen自來水筆。

---

con.geal

[kən'dʒi:l; kən'dʒil] *

義節 con.geal

con-加強意義；gel n.凝膠（=jell使成膠狀，使凍結）。

字義 v. （使）凍結，（使）凝結。

記憶 ① ［用熟字記生字］jelly果凍，膠狀物；jelly-fish海蜇，水母。

② ［同族字例］congelation凍結，凝固；gluten麵筋（註：也是黏糊糊的。gl是由字根gel中脫落母音e而衍生出）；agglutinate膠合，黏合；deglutinate麵筋；glue澆水；jell結凍，定形（j與g同讀j時常可「通轉」）；jellify 使成膠狀。參看：glutinous黏（質）的；glacial冰冷的；gelatin明膠，動物膠，果凍。

---

con.gen.ial

[kən'dʒi:niəl; kən'dʒinjəl] *

義節 con.gen.i.al

con-共，同，相互；gen生，種，類；-al形容詞。

字義 a. 同族的，同類的，志趣相投的，相宜的。

記憶 ① ［用熟字記生字］genius天才，保護神；genial（水土等）溫和宜人的；（從genius「保護神」而生此意）。

② ［同族字例］gene基因；genius天才。參看：eugenic優生學的；gender（文法中的）性；genealogy家譜；genetic遺傳學的；genre流派；genus種類。

③ ［使用情景］to be～with reason and common sense符合常情常理。～companions意氣相投的友件；a～occupation合乎性情的職業；a soil～to roses宜栽玫瑰的土。

④注意比較本字與congenital先天的，天生的。此二字撲朔迷離，極易被矇過。建議從（義節分析）和［使用情景］中細參相異之處。

con.gen.i.tal

[kən'dʒenitl; kən'dʒɛnət!] *

義節 con.genit.al
con-=with與…一起；genit=born出生；-al形容詞。
字義 *a.* **先天的，天生的。**
記憶 ①［義節解說］與生俱來。
②［用熟字記生字］genuine真正的；generate產，生。
③［同族字例］gene基因；genius天才。參看：eugenic優生學的；gender（文法中的）性；genealogy家譜；genetic遺傳學的；genre流派；genus種類。
④［使用情景］～malformation / idiocy / defecy天生的畸形 / 白癡 / 缺陷。
⑤注意比較本字與congenial同族的，同類的。此二字撲朔迷離，極易被矇過，建議從［義節分析］和［使用情景］中細參相異之處。

con.gest [kən'dʒest, kən'dʒɛst] *

義節 con.gest
con-共，同，相互；gest→carry *v.*攜帶。
字義 *v.* **（使）擁擠，（使）充血。**
記憶 ①［義節解說］自都搬動到一起來，造成「擁擠」。
從語源看，本字的原意是「堆積得太多」。請看下面幾個拉丁字：aggero堆積，疊起；aggestus堆積，疊起；congero堆積，疊起；congestus堆積，疊起；exaggero堆積，疊起，擴大。
②［用熟字記生字］digest摘要（di - = dis-分離；→把重要部分分出來帶走）。

③［同族字例］john結合（口語）鄰接，毗連；adjoin貼近，毗連；coadjacent互相連接的，在（思想上）很接近的；jostle貼近；joust馬上的長槍比武，競技（註：「近」身搏鬥；juxtaposition並列，並置；adjust調整，調節；yesterday昨天（註：時間上的「毗鄰」，y→j通轉）；vicinal附近的，鄰近的。參看：adjacent毗鄰的；conjugate結合，成對；yoke牛軛；juxtapose把…並列，使並置；gist（訴訟的）依據，要點；exaggerate誇張，誇大，言過其實。

con.gru.ent

['kɔŋgruənt; 'kɑŋgrʊənt]

義節 con.gr.u.ent
con-共，同，相互；gr→gress行走；-ent形容詞。
字義 *a.* **適合的，和諧的，一致的。**
記憶 ①［義節解說］本字來源於拉丁文congruo相遇，相符，結交。一起行走，步調一致。
實際上，也可以把gru理解成grow生長，一起生長→適合，和諧。
②［用熟字記生字］agree同意。
③［同族字例］agreeable適合的，和諧的，一致的；gree好意；ingrate忘恩負義的人；congratulate祝賀；congress代表會議（「走」到一起來→開會）。

co.ni.fer

['kounifə, 'kɔn-; 'konəfə,'kɑn-] *

義節 coni.fer
coni→cone錐形物；fer→bear *v.*結果實，生產。
字義 *n.* **針葉樹（如松、樅等）。**
記憶 ①［義節解說］本字的基本含義是「角」。「角」是「尖」的，如針狀。

「錐形」有時又稱「角錐」。結出「錐形」果實的→針葉樹（如松）。

又：貝殼的形狀也似「角」。再從「貝殼」引申爲表示「覆蓋而使之隱蔽」的含義。傳說法海和尙鎭壓白蛇之後遭報復，躲進了寄生蟹裡，當了「縮頭和尙」，求蟹殼之「覆蓋」而「潛藏」，正合此意。

② ［用熟字記生字］corn角

③ ［同族字例］-con-：cockle海扇殼；conchology貝殼學；congius 康吉斯（古羅馬液量單位）；cochlea耳蝸；cochleate狀如蝸牛殼的，螺旋形的；sconce掩蔽物；secnd調任，調派。參看：abscond潛逃；ensconce隱蔽；recondite深奧的，難解的，隱蔽的；conch貝殼，海螺；cone錐形物，火山錐。

-fer-：confer商量；differ相異；offer提供，奉獻；prefer更歡喜，寧取；transfer轉移，傳送，傳遞；freight貨運；parents父母（fer→phor→par；f→ph→p通轉）；biparous一產二胎的。參看：postpartum產後的；repertory庫存；viper毒蛇；parturition生產，分娩；metaphor隱喩；aphorism格言。

---

con.ject.ure

[kən'dʒektʃə; kən'dʒεktʃə] *

義節 con.ject.ure

con-共，同，相互；ject投，擲，射；-ture名詞。

字義 *n./v.* 猜測，假設。

記憶 ① ［義節解說］中國人猜謎也叫「射」。李商隱詩：「分曹射覆臘燈紅」，就是要「猜」盆子下面扣著的是什麼物品。

② ［用熟字記生字］inject注入（資金），注射。

③ ［同族字例］reject拒絕；eject彈出；

ejaculation射出，失聲叫出；project投射；jet噴氣，噴射；jetty伸出，突出；javelin標槍。參看：jut突出，伸出；jettison飛機和船隻在緊急情況下投棄累贅物品。

---

con.ju.gate

[*v.* 'kɔndʒugeit; 'kɑndʒə,get adj., *n.*
'kɔndʒəgit, -geit; 'kɑndʒugɪt, -,get]

義節 con.jug.ate

con-共，同，相互；jug→yoke *n.*牛軛，同軛的一對牛或馬；-ate動詞。

字義 *v.* 結合，（使）成對。

記憶 ① ［義節解說］在德文中，j讀y音。同軛的一對牛或馬→（使）成對。

② ［用熟字記生字］conjunction連接詞，結合，連接，合併；join加入。

③ ［同族字例］jugulate勒死；zeugma軛式搭配法；subjugate使屈服，征服，克制，抑制（感情，慾望等）參看：subdue使屈服，征服，克制，抑制（感情，慾望等），緩和；adjacent毗鄰的；yoke牛軛；juxtapose把…並列，使並置。

---

conn [kɔn; kan]

字義 *vt./n.* 引航。

記憶 本字另一種拼法爲con，其意爲conduct引導。參看：conduit導管。

---

con.nive [kə'naiv; kə'naɪv]

義節 con.ni.ve

con-加強意義；ni→not；ve→vid看。

字義 *vi.* 默許，縱容，共謀。

記憶 ① ［義節解說］「默許，縱容」一意：本字源於拉丁文conniveo關閉，裝作沒有看見。「共謀」一意：con-共同；nive→navel *n.*臍，中心（點）、共同走

到中心→「會心」→默契，共謀。

語源上一般認爲 nive→nictitate 瞬目，釋爲：「眨眼示意」。但nive中的v爲什麼會變了ct？令人懷疑。再看本字的派生字connivent，英文釋作：gradually convergent逐漸會聚，顯然niv是「中心」之意。

② ［同族字例］「共謀」一意：nave輪轂，教堂的中殿；knob門的球形柄。參看：navel臍。

con.nois.seur

[,kɔni'sə:, -'sjuə; ,kanə'sɚ, -'sjur] *

義節 con.noiss.eur

con-加強意義；noiss→know知道；-eur=-er行爲者（名詞字尾）。

字義 n. 鑑賞家，鑑定家，行家。

記憶 ① ［義節解說］清楚「知道」的人。

② 換一個角度，可以有意把字面形式歪讀成：can know sir（能夠懂得的先生→行家）。

③ ［用熟字記生字］recognize認出。

④ ［同族字例］agnostic不可知論者；gnosis神祕知覺；diagnose診斷；prognosis預測；cognition認識。參看：reconnaissance偵查（隊），勘察，搜索，預先調查。

con.no.ta.tion

[,kɔnə'teiʃən; ,kɑnənə'teʃən]

義節 con.not.a.tion

con-加強意義；not記號，知道；-tion名詞。

字義 n. 含蓄，含義，內涵。

記憶 ① ［義節解說］其中有著「記號」→含蓄。

② ［用熟字記生字］note筆記，註解；notice公告，注意；noble著名的，高貴的。

③ ［同根字例］notation標誌，樂譜；notion見解，意向，觀念；anotation註解；denotation指示，意義，記號。

con.quest ['kɔŋkwest; 'kɑŋkwɛst] *

義節 con.quest

con-加強意義；quest→quir尋求。

字義 n. 征服（地），掠取物。

記憶 ① ［義節解說］尋求→掠奪→征服。

② ［用熟字記生字］conquer征服；calm平靜的。

③ ［同族字例］quest尋找，探求；acquire努力取得；require要求。參看：acquisitive（對知識等）渴望得到的，能夠獲得的。

④ 字母組合qu表示「壓抑，使平靜」的其他字例：quash撤銷，廢止；quell鎮壓，平息，消除；quench熄滅，撲滅，抑制；quietus平息，制止，清償，寂滅；quiescent安靜的，不活動的人；squash擠壓；squeeze擠壓；squelch壓碎，鎮壓，壓服；squish壓扁，壓爛；acquiescence默許；equanimity平定，安靜；requiem安魂曲；requiescence進入寂靜和安寧；sequacious順從的，盲從的；tranquil平靜的；vanquish征服。

con.san.guin.i.ty

[,kɔnsæŋ'gwiniti ; ,kɑnsæŋ-'gwɪnətɪ]

義節 con.sangui.n.ity

con-共，同，相互；sangui血；-ity名詞。

字義 n. 同宗（關係），親密關係。

記憶 ① ［義節解說］所謂「血親」。

② ［同根字例］sangfroid（遭逢危機時的）冷靜（froid：冷）sanguinary血腥的，血淋淋的；exsanguine貧

血；ensanguine血染，血濺。參看：
sanguine血（紅）的。
③〔同族字例〕haemal血液的（h→s
通轉，因為在西班牙文中x讀h音）；
hematose充血的；hemoid 似血的；
anaemic貧血的。
④〔諧音〕「腥」→ 血腥 → 血紅。

con.scribe [kən'skraib; kən'skraɪd]

義節 con.scribe
con-共，同，相互；scibe寫。

字義 vt. 徵募，招募，徵（兵）。

記憶 ①〔義節解說〕本字的拉丁文原意是：
寫在一處，登記（入冊）→招募。
②〔用熟字記生字〕describe描寫。
③〔同族字例〕prescribe開處方；
subscribe訂閱（書報雜誌）；transcribe
抄寫。

con.sec.u.tive [kən'sekjutiv; kən'sɛkjətɪv]

義節 con.secu.tive
con-共，同，相互；secu跟隨，繼續；-
tive形容詞。

字義 a. 連續的，連貫的，順序的。

記憶 ①〔義節解說〕互相跟隨→連貫。
②〔用熟字記生字〕second第二的。
③〔同族字例〕consequence結果，影
響；sequence過程；subsequent隨後
的；sequacious奴性的，盲從的，順從
的；execute執行；persecution迫害。
參看：intrinsic固有的；extrinsic非固有
的；obsequious諂媚的，奉承的，順從
的。

con.sent [kən'sent; kən'sɛnt] *

義節 con.sent
con-共，同，相互；sent→sense n.感覺，

感情。

字義 vi / n. 同意，贊成，答應。

記憶 ①〔義節解說〕我有同感→同意。
②〔用熟字記生字〕sentiment感情。
③〔同族字例〕assent同意；presentiment
預感；resent怨恨。
④〔反義字〕dissent持異議（dis-分
離）。

con.serv.a.to.ry [kɔn'səːvətri; kən'sɚvə,tori, -,tɔri]

義節 con.serv.a.tory
con-加強意義；serv服務，保存；-tory名
詞。

字義 n. 溫室，音樂學院。

記憶 ①〔義節解說〕這裡的serv相當於save
保護，拯救→溫室能保護植物的生存。
②〔用熟字記生字〕serve服務。
③〔同族字例〕preserve保存，保藏；
reserve保存，儲藏；conserve保存，維
持。

con.sign [kən'sain, kən'saɪn] *

義節 con.sign
con-共，同，相互；sign v.簽名。n.記
號。

字義 vt. 委託，寄存，發送，運送。

記憶 ①〔義節解說〕簽上名才可「委託」，
打記號才能「運送」。大酒店裡可以把貴
重物品「寄存」在保險箱，旅客和服務人
員要共同簽名，方可開啟。
②〔用熟字記生字〕assign委派（簽發「委
任狀」）。
③〔同族字例〕designate指定，選派；
insignia勳章，徽號；segno記號；
resign辭職；seal封緘；signal信號；
countersign連署，確認；design設計。
參看：ensign徽章。

C

C

con.sol.i.date

[kən'sɔlideit; kən'sɑlə,det]

義節 con.solid.ate

con-加強意義；solid a.固體的，牢固的；-ate名詞。

字義 v. 鞏固，加強，合併。

記憶 ① [義節解說] 作「合併」解時，con-表示「共，同」。

② [用熟字記生字] solidarity團結；soly整個的。

③ [同族字例] solder焊接；solace使快樂；console安慰；salt鹽（註：保證健康之物）；salutary有益健康的，合乎衛生的；salute打招呼，致敬（註：在法國，熟人之間卽可以用此字互相問候，等於「你好！」）；salve救助；salvage救援；saluation救助，挽救；haloid海鹽（h→s通轉；因為在西班牙文中x讀h音，而x→s通轉）；health健康；whole完整的；heal痊癒；hello問候語（註：作者認爲：此字實卽：「你身體好?」）。參看：solicitous渴望的；solemn莊重的，隆重的，合禮儀的；salubrious（有益）健康的，有利的；hallow聖徒；wholesome健康的，有生氣的；hail招呼；hale強壯的，矍鑠的。

con.so.nance

['kɔnsənəns, -snə-, -snə-; 'kɑnsənəns]

義節 con.son.ance

con-共，同，相互；son聲音；-ance名詞。

字義 n. 和諧，一致，共鳴。

記憶 ① [用熟字記生字] sound聲音；supersonic超音速的。

② [同根字例] sonnet十四行詩；absonance不合拍；assonant諧音的。參看：resonance共鳴，共振；dissonance

不和諧，不一致；sonorous響亮的，洪亮的；infrasonic次聲的。

con.spic.u.ous

[kən'spikjuəs; kən'spɪkjʊəs] *

義節 con.spic.uous

con-共，同，相互；spic看；-uous形容詞。

字義 a. 明顯的，引人注目的。

記憶 ① [義節解說] 大家都看見→明顯的。

② [用熟字記生字] inspect檢查；expect期待。

③ [同族字例] inspect檢查；spectacle展品，奇觀；spectrum光譜；respect尊敬；suspect懷疑；spy間諜；speculate推測，投機。參看：specter鬼影，幽靈。

con.stel.la.tion

[,kɔnstə'leiʃən, -te'l-, ti'l ; ,kɑnstə'leʃən] *

義節 con.stell.a.tion

con-共，同，相互；stel靜止不動的→恒星；-tion名詞。

字義 n. 星座，群星。

記憶 ① [義節解說] 星星同在一起→群星。

② [用熟字記生字] still靜止不動的；star星。

③ [同族字例] aster星（狀）體；disaster天災；asterisk星號，星狀物；asteroid小行星；stall停頓。參看：stellar星球的，恒星的；stale停滯的；stalemate僵持；stultify使顯得愚蠢可笑；stolid不易激動的，感覺遲鈍的；stilt高蹺，支撐物。

con.ster.nate

['kɔnstə(:) neit ; 'kɑnstə,net]

義節 con.stern.ate

con-加強意義；stern→stun v.使大吃一

驚；-ate動詞。

字義 *vt.* **使驚愕，使驚恐。**

記憶 ① ［義節解說］stern→ton，模擬打雷時的「咚咚」聲。聞雷聲而震驚。

② ［用熟字記生字］astonish使驚訝。法文動詞toner（打雷），估計是模擬雷的「咚咚」聲。

③ ［同族字例］Stentor特洛伊戰爭中的傳令官（註：顧名思義，此人聲音洪亮，否則如何在戰火中傳令？）；tornado龍捲風；thunder雷鳴。參看：detonate爆炸；astound使震驚；stun 使震聾，驚人的事物，猛擊；stentorian聲音響亮的；stertor鼾聲。

con.strain [kən'strein; kən'stren] *

字義 con.strain

con-共，同，相互；strain *v.*捆綁，拉緊。

字義 *vt.* **強迫，硬作出，抑制。**

記憶 ① ［義節解說］捆在一起→抑制，強迫。

② ［用熟字記生字］strict嚴格的；string繩子；stress緊張。

③ ［同族字例］astringent收斂性的；strain拉緊；astringe束縛；constringe壓迫，使緊縮；perstinge挑毛病；restringent收斂性的。restrict限制，約束；austere嚴厲的，緊縮的。參看：strangle勒死；stringent嚴格的，迫切的；atrocity暴行；constrict壓縮，阻塞，收縮。

con.strict [kən'strikt; kən'strıkı] *

字義 con.strict

con-加強意義；str拉緊。

字義 *vt.* **壓縮，阻塞。**

vi. **收縮。**

記憶 ① ［義節解說］拉緊→抽緊（收縮）。

② ［用熟字記生字］strict嚴格的；obstruct阻礙，障礙。

③ ［同族字例］參看上字：constrain 強迫。

con.sum.mate [kən'sʌmit; kən'sʌmıt] *

字義 con.summ.ate

con-加強意義；sum高峰，頂點；-ate形容詞。

字義 *a.* **圓滿的，完美無缺的。**

記憶 ① ［義節解說］-sum-是-super-的最上級：圓滿亦即是「到頂」了，到最高峰了。

② ［用熟字記生字］a summit meeting最高級會晤（高峰會議）。

③ ［同族字例］summit 絕頂，極點；somersault翻筋斗；summary摘要；sum總合；cyma反曲線（sum→cum；s→c通轉）；cumulus一堆，積雲，參看：cumulate堆積（的），累積（的）。

con.ta.gion [kən'teidʒən, -dʒjən, -dʒiən; kən'tedʒən]

字義 con.tag.ion

con-共，同，相互；tag接觸；ion名詞。

字義 *n.* **傳染（病），傳播。**

記憶 ① ［義節解說］互相接觸就會傳染。

② ［用熟字記生字］touch觸；contact接觸。

③ ［同族字例］attach附加；tag標籤，懸垂物；tack平頭釘，附加，黏加；sticky黏的；tangent正切（三角函數）；tangible 可觸知的。參看：tacky有點黏的；contaminate汙染，傳染；tactile觸覺的；contiguous接觸的，鄰近的，接近的。

C

con.tam.i.nate

[υ. kən'tæmineit; kən'tæmə,net *adj.*
kən'tæmineit, -nit; kən'tæmənet, -nɪt] *

義節 con.tam.in.ate
con-共，同，相互；tam接觸；in進入；-ate動詞。

字義 *vt.* 汙染，傳染，毒害。

記憶 ① ［義節解說］本字來源於拉丁文temero汙染；contemero弄汙，tempto觸摸。都接觸到了→汙染，傳染。

② ［同族字例］tempt誘惑；attempt嘗試，試圖攻擊。參看上字：contagion傳染。

con.tem.plate

['kɔntempleit, -təm-; 'kɑntəm,plet,
kən'tɛmplet] *

義節 con.templ.ate
con- = with與…一道；temple *n.*神廟；-ate動詞。

字義 *vt.* 凝視，沉思，期望。
　　　vi. 沉思。

記憶 ① ［義節解說］temple來源於拉丁文templum進行鳥卜的地方，神廟；轉義爲「心靈深處」。在神廟「凝神」觀察飛鳥，「期望」占得一個先兆。字根-temp-和-tom-表示「切」→切出一塊空地→ 進行鳥卜的地方，神廟。

② ［用熟字記生字］tempt誘惑。

③ ［同族字例］tmesis分詞法；tome卷，冊；anatomy解剖；atom原子；dichotomy二等分；entomotomy昆蟲解剖學（entomo昆蟲；tom切→解剖）。參看：epitome摘要；anatomy解剖（學）。分解；entomology昆蟲學（en-→on在…上面；tom切。昆蟲外形多有一節一節，像斑節蝦那樣，好像是在表皮上用輕刀切過似的）。

con.tempt [kən'tempt; kən'tɛmpt] *

義節 con.tempt
con-加強意義；tempt→tum腫脹。

字義 *n.* 輕視，蔑視，丟臉。

記憶 ① ［義節解說］字根-tum-表示「腫脹」。可能來源於dome圓屋頂，圓丘，膨脹成圓頂狀（d→t通轉）。類例：dumpy矮胖的；dumpling湯糰。參看：dome圓屋頂。因自我感覺「膨脹」而「輕視」別人。

② ［用熟字記生字］contemn輕蔑，侮辱；damn詛咒。

③ ［同族字例］contumacy藐視法庭，拒不服從；contumelious傲慢無禮的，謾罵的；drum鼓（d→t通轉）；tambour鼓；tumefy使腫大；tumor腫塊；tuberculosis肺結核；protuberant隆起的；tuber塊莖，結節；turgid腫脹的，浮誇的；turgent腫脹的；tumis腫大的，凸出的，浮華的。

④ ［易混字］tempt引誘，誘惑；tamp 搗固，填塞。

con.test

[*n.* 'kɔntest; 'kɑntɛst *υ.* kən'test; kən'tɛst]

義節 con.test
con-→with與…一道；test證人；證明。

字義 *v.* 爭奪，競爭。

記憶 ① ［義節解說］test的原意是（蟹，蛤等的）甲殼，介殼，好像古代的東方人和西方人都把它們看作神物，引申爲「證物，見證」（witness）。參看：ostracise貝殼放逐法→古希臘由公民把認爲危害邦國的人名寫在貝殼上進行投票，過半數票者則放逐之。競爭的時候，必須有證人在場。

② ［用熟字記生字］test試驗，測試。

③〔易混字〕context上下文，背景。
④〔同族字例〕test（蟹，蛤等的）甲殼，介殼；architect建築師；testudo陸龜；tortoise龜；tester（舊式大床；布道壇上面的）華蓋；toga 袍掛，長袍；protege保護人；test測驗，考試；attest證實，證明；contest競爭；protest抗議；testimony證據。參看：detest痛恨；testy易怒的，暴躁的；intuition直覺；testament遺囑，遺言；tutelage保護，監護，（個別）指導。

---

con.tig.u.ous

[kən'tigjuəs, kɔn-; kən'tɪgjʊəs]

義節 con.tig.u.ous
con-共，同，相互；tig→tag接觸；-ous形容詞。

字義 *a.* 接觸的，鄰近的，接近的。

記憶 ①〔義節解說〕互相接觸→鄰近
②〔用熟字記生字〕contact接觸。
③〔同族字例〕attach附加；tag標籤，懸垂物；tack平頭釘，附加，黏加；sticky黏的；tangent正切（三角函數）；tangible 可觸知的。參看：tacky有點黏的；contaminate汙染，傳染；tactile觸覺的；contagion傳染。

---

con.ti.nence

[kən'tigjuəs, kɔn-; kən'tɪgjʊəs]

義節 con.tin.ence
con-加強意義；tin握，持；-ence名詞。
字義 *n.* 自制（力），克制，節慾。
記憶 ①〔義節解說〕tin源於拉丁文tenere，法文作tenir，相當於英文的hold。 此字謂能夠「把握」自己，能自「持」。
②〔用熟字記生字〕continue繼續；maintain維持；tenant租戶。

③〔同族字例〕tenement地產；tenure占有（權）；tenable可保持的，站得住腳的；obtain獲得；sustentation支持，糧食。參看：tenet信條，宗旨；pertinacious堅持的，執拗的；obstinate固執的；tenacious緊握的，堅持的，頑強的，固執的；sustenance生計，支持，食物，營養，供養，支撐物；abstinence節制，禁慾。

---

con.tin.gent

[kən'tigjuəs, kɔn-; kən'tɪgjʊəs]

義節 con.ting.ent
con-共，同，相互；ting接觸；-ent形容詞。

字義 *a. / n.* 可能的，或有的，偶然的（事）。
    n. 小分隊。

記憶 ①〔義節解說〕互相接觸，一「觸」即「發」。
②〔用熟字記生字〕stain玷汙，汙點。
③〔同族字例〕tinge色彩，風味，著色；intinction 浸禮。參看：contaminate汙染，傳染；tint色澤，著色；taint（使）腐敗，（使）感染；contagion傳染；contiguous接觸的。

---

con.tort

[kən'tɔːt; kən'tɔrt] *

義節 con.tort
con-加強意義；tort扭轉，折磨。
字義 *n.* 扭彎，弄歪。
    vt. 曲解。
記憶 ①〔用熟字記生字〕turn轉；tourism周遊。
②〔同根字例〕extort勒索；intortion曲折，內向旋轉；retort反駁，報復；distort歪曲；torture折磨；torque 轉

矩。參看：torment痛苦，苦惱。

con.tra.band

['kɒntrəbænd; 'kɑntrə,bænd]

義節 contra.band
contra反對，反抗；band n.帶子，捆綁。

字義 *n.* 走私，違禁品。

　　a. 違禁的。

記憶 ① ［義節解說］反對「束縛」→違禁。

② ［用熟字記生字］bandage繃帶；bond合同，債券，束縛物。

③ ［同族字例］bend彎曲；bind束縛；bound被束縛的；bundle包袱；bandit強盜；bandeau（女用）髮帶。參看：bonnet帽；bondage束縛；disband解散；bandana大手帕。

④ ［音似近義字］參看：abandon停止；contravene觸犯。

con.tra.dict

[,kɒntrə'dıkt; ,kɑntrə'dıkt]

義節 contra.dict
contra反對，反抗；dict說。

字義 *v.* 反駁。

　　vt. 否認，發生矛盾。

記憶 ① ［用熟字記生字］corn角→頂牛→反對；contrary相反；dictation聽寫；dictionary字典。

② ［同族字例］-contr-：against反對；counter相反地，對立地；antagonism反對的論點；contrary相反。參看：con反對的論點，反對者，反對票；contrast對照；contravene觸犯，違反，抵觸，反駁；contraband違禁品。-dict-：dictum格言；edict布告；predict預告；interdict干涉；indicate指示。參看：benediction祝福；jurisdiction司法

權；malediction詛咒；abdicate放棄；vindicate辯護。

con.trast

[*n.* 'kɒntrɑːst, -træst; 'kɑntræst *v.* kən'trɑːst, -'træst; kən'træst]

義節 contra.st
contra反對；st→stand立。

字義 *n.* 對照。

記憶 ① ［義節解說］相對而立，形成「對照」。

② ［用熟字記生字］contrary相反。

③ ［同族字例］參看上字：contradict反駁。

con.tra.vene

[,kɒntrə'viːn; ,kɑntrə'vin]

義節 contra.vene
contra反對，反抗；vene來到。

字義 *vt.* 觸犯，違反，抵觸，反駁。

記憶 ① ［義節解說］來自反對的方向→違反。

② ［用熟字記生字］event事件，venture冒險；intervene干涉，插入。

③ ［同族字例］advent到來；provenience起源；event事件。參看：revenue收益；parvenu暴發戶（的）；convent女修道院；convene召集；adventitious偶然的，外來的；conventional慣例的，常規的，傳統的，協定的。

④ ［音似近義字］參看：abandon停止；contraband走私，違禁品。

con.trite

['kɒntraıt; 'kɑntraıt, kən'traıt]

義節 con.trite
con-加強意義；trite磨擦。

字義 *a.* 悔悟的，由悔悟引起的。

記憶 ① ［義節解說］經過痛苦的心靈「磨擦」。trite可能是tear的過去分詞torn（磨損的）的變體。

② ［用熟字記生字］detriment損害；distress悲痛，憂傷，苦惱；tragedy悲劇。

③ ［同族字例］triste悲哀的，暗淡的；tristful悲哀的，憂鬱的；traumatona感傷性；traumatology外傷學；atrabilious憂鬱的，悲觀的，易怒的；atrium正廳；tired疲勞的。參看：torment痛苦，折磨；atrocious兇惡的；trauma損傷；retrench緊縮，刪除；truculent兇猛的；atrocious兇惡的；trechant犀利的，銳利的，清晰的；trite用壞了的，陳腐的，【古】磨損的。

con.trive [kənˈtraɪv; kənˈtraɪv]

義節 con.trive
con-加強意義；trive→找到。

字義 *vt.* **發明，設法做到。**
    vi. **設計，設法。**

記憶 ① ［義節解說］拉丁文trover，法文trouver，相當於英文的find，即：發現→發明。

② ［用熟字記生字］在電腦普及的今天，retrieve（找回，重新找到）已經成了一個熟字。其中re- = back回；trieve找到。

③ ［同族字例］strive努力，奮鬥；strife苦鬥，競爭。參看：travail辛勤勞動，艱苦努力，分娩。

④ ［使用情景］有時可用manage換用，也很適切：
Can you~ / manage to be there by six? 你能在六點鐘趕到那裡嗎？
I can~without it = I can manage to go without it. 沒有它我也能想辦法應付。

con.vene [kənˈviːn; kənˈvin] *

義節 con.vene
con-共，同，相互；vene來到。

字義 *vt.* **召集，召喚，開會，（使）集中。**

記憶 ① ［義節解說］大家一起來。

② ［同族字例］advent到來；provenience起源；event事件。參看：revenue收益；parvenu暴發戶（的）；convent女修道院；souvenir紀念禮物，紀念品；adventitious偶然的，外來的；contravene觸犯；conventional慣例的，常規的，傳統的，協定的。

con.vent
['kɔnvənt, -vent; 'kɑnvɛnt, -vənt] *

義節 con.vent
con-共，同，相互；vent來到。

字義 *n.* **女修道院。**

記憶 ① ［義節解說］都到這裡來（修道，祈禱等）。

② ［同族字例］advent到來；provenience起源；event事件；benefice有俸聖職。參看：venerable莊嚴的，可敬的；fend供養（v→f通轉）；convene召集；adventitious偶然的，外來的；contravene觸犯；conventional慣例的，常規的，傳統的，協定的。

con.ven.tion.al
[kənˈvenʃən! kənˈvɛnʃən!] *

義節 con.vent.ion.al
con-共，同，相互；vent來到；-tion名詞字尾；-al形容詞。

字義 *a.* **慣例的，常規的，傳統的，協定的。**

記憶 ① ［義節解說］大家都是這麼走過來的→傳統的。

② ［同族字例］advent到來；provenience

145

起源；event事件。參看：revenue收益；
parvenu暴發戶（的）；convene召集；
convent女修道院；adventitious偶然
的，外來的；contravene觸犯。

---

con.verge [kən'vəːdʒ; kən'bədʒ]

義節 con.verge
con-共，同，相互；verge v.接近，趨
向。n.邊緣。

字義 v. （使）匯聚，（使）集中。

記憶 ① ［義節解說］互相接近，趨向一個
共同的目標。-verge- 的語源本意是turn轉
動。

② ［同族字例］verge邊緣；divergent分叉
的。參看：diverge分叉，分歧，離題；
diverse多種多樣的；divagate離題。

---

con.ver.sant

[kən'vəːsənt, 'kɔnvəsənt; 'kɑnvəˌsnt,
kən'vɚsnt]

義節 con.vers.ant
con-共，同，相互；vers轉動；-ant形容
詞。

字義 a. 熟悉的，精通的。

記憶 ① ［義節解說］con-+ vers = turn
together→keep company with。翻來覆
去地看或做，會變得「熟悉」，甚至「精
通」。

② ［用熟字記生字］conversation談話，交
談。可記作：通過交談而「熟悉」。

③ ［同族字例］versed 熟悉的，精通的；
versatile多才多藝的；version翻譯，版
本；universe宇宙。參看：vertigo眩暈，
頭暈；adversity逆境；diverse多種多樣
的。

---

con.vert

[v. kən'vəːt; kən'vɚt n. 'kɔnvəːt; 'kɑnvɚt] *

義節 con.vert
con-加強意義；vert轉動。

字義 v. 改變信仰，轉變，轉換。
vt. 兌換。

記憶 ［同族字例］vertical垂直的；vert改邪
歸正的人；avert轉移（目光）；divert轉
移；evert推翻；revert恢復；vertiginate
令人眩暈地旋轉；vertex頂點。參看：
vertigo眩暈，頭暈。

---

con.viv.i.al [kən'viviəl; kən'vɪvɪəl]

義節 con.viv.al
con-共，同，相互；viv生命，活力；-al
形容詞。

字義 a. 快樂的，歡樂的，歡宴的。

記憶 ① ［義節解說］共同顯出活力→歡
樂。

② ［用熟字記生字］vital維持生命所需的。

③ ［同族字例］survive倖存；ivy常春藤；
verve活力，生命力；vigour活力；vis活
力，自癒力；vitamin維他命；vegete有
生氣的，健康的，茂盛的；vivacious活
潑的，愉快的；viable 能活的；能生產
發育的。參看：revive復活；vivid活潑
的，生動的；quivive（口令）誰在走動
（qui→who誰）。

---

co.pi.ous ['koupjəs, -piəs; 'kopɪəs] *

義節 c.opi.ous
c→co-加強意義；opi做，豐收；-ous充
滿…的（形容詞字尾）。

字義 a. 豐富的，大量的，冗長的。

記憶 ① ［義節解說］本字來源於拉丁文Ops
農神的妻子，她是財富，權力，豐收之
神。

② ［用熟字記生字］copy抄本，副本。

③ ［同族字例］-op-：often經常地；
cornucopia豐富，富饒（corn羊角，
象徵富饒）；co-op大量生產，產出；

optimism樂觀；omni-（字根）全部。參看：opulent豐富的（-ulent充滿…的）；optimum最佳條件，最適合的。

---

cor.al ['kɔrəl; 'kɑrəl] *

義節 cor.al

cor頭，冠，蓋；-al形容詞。

字義 *n.* 珊瑚（色）。
    a. 珊瑚（色）的。

記憶 ① ［義節解說］珊瑚的形狀也如「冠」狀。

② ［用熟字記生字］crown冠。

③ ［同族字例］coronal冠狀的；crane鶴（註：鶴有丹「頂」）；crust外殼，麵包皮；crescent新月（註：新月如「冠」）；cream乳脂（註：乳的外皮）；corolla花冠；coronograph日冕觀測儀；cranial頭蓋的；cristate有雞冠狀突起的；pericranium頭蓋骨。參看：crest雞冠。

---

cork [kɔːk; kɔrk] *

字義 *n.* 軟木（塞）。
    a. 軟木的。
    vt. 塞住。

記憶 ① 本字的語源爲oak橡樹。引申爲軟木。

② ［用熟字記生字］socket插座（sock→cork；s→c通轉。-et表示「小」）。

③ ［同族字例］check制止，槽口；chock（用以防止轉動，滑動等）楔子，塞滿；choke 扼喉，使窒息；cog凸榫，齒輪輪牙；jag尖齒突出物；joggle齒輪的牙。參看：cogent無可辯駁的；gag塞口物，塞住嘴巴，（使）窒息。

④ 本字動詞字義可能從韻部ork獲得。據作者觀察，這一韻部常有「堆垛，阻塞」的含義。以韻部ock爲例：block街區，阻塞；cock錐形的乾草小堆；flock人群，畜群；lock鎖；rock礁石（阻礙船行）；shock捆堆禾束；stock根株（阻礙人行）…等等。

⑤ ［造句助憶］To pull out a cork, use a fork. 要拔塞子須用叉。

---

cor.mo.rant ['kɔːmərənt; 'kɔrmərənt]

義節 cor.mor.ant

cor→crow *n.*烏鴉；mor→marine *a.*海的；-ant名詞。

字義 *n.* 水老鴉（鸕鶿）；貪吃的人。
    a. 貪婪的。

記憶 ① ［用熟字記生字］mouth口。參考：morsel一口；munch啃；remorse後悔（所謂「噬臍莫及」）。

② ［同族字例］-con-：carrion crow食腐肉的烏鴉；corvine烏鴉的；corvus烏鴉座；coracoid喙狀的；coraco-（字首）喙。參看：crow雞啼，烏鴉。-mor-：submarine潛水艇，海底的。參看：marine海的。

---

corpse [kɔːps; kɔrps] *

義節 corp.se

corp身體，肉體。

字義 *n.* 屍體。

記憶 ① ［用熟字記生字］corporation公司，團體，法人。

② ［同族字例］corporal身體的，肉體的；corporeal肉體的，物質的；corporate團體的，法人的；incorporate結合，合併；cortex外皮；corium眞皮；decorticate剝去…的皮；excoriate擦傷皮膚，剝（皮）；cutis眞皮；cutin角質；cuticle表皮，角質層；cutaneous皮膚的；scute甲殼類動物的盾板。參看：

C

corpus屍體，主體。

cor.pus ['kɔːpəs; 'kɔrpəs]

義節 corp.us

corp身體，屍體。

字義 *n.* 屍體，主體，基本的本金，全集。

記憶 參看上字：corpse屍體。

---

cor.ri.gent ['kɔridʒent; kɔrɪdʒɛnt]

義節 cor.rig.ent

cor- → co-加強意義；rig（使）正，（使）直；-ent形容詞。

字義 *a.* 矯正的。

　　n. 矯正藥。

記憶 ① ［義節解說］使之「正」；使之「直」。

② ［用熟字記生字］right正確的；rigid剛性的；correct正確的。

③ ［同族字例］correct正確的；erect直立的。參看：rectangle矩形；rectify修正；rectitude正直，公正；rector教區長，校長，主任。

---

cor.rob.o.rate

[kə'rɔbəreit; kə'rabə,ret] *

義節 cor.robor.ate

cor-→co-加強意義；robor結實；-ate動詞。

字義 *vt.* 確定，確實。

記憶 ① 拉丁文robur意爲「橡樹」；英文roborant櫟樹，引申爲「結實的」。例如，參看：robust強健的。

② ［用熟字記生字］robber強盜。

③ ［同族字例］roborant 櫟樹，起強壯作用的；robot機器人；strapper彪形大漢；buster龐然大物，茁壯的孩子。參看：arbor樹，喬木；robust強壯的，堅強的，粗野的。

cor.rode [kə'roud; kə'rod]

義節 cor.rode

cor-→co-加強意義；rode咬，啃。

字義 *v.* 腐蝕，侵蝕。

記憶 ① ［用熟字記生字］rat老鼠。

② ［同族字例］rodent咬的，嚙的；erode腐蝕，侵蝕；corrosive腐蝕的；erosive腐蝕的；anticorrosion防腐蝕；rot腐爛；rotten腐爛的；rusty（肉類）腐爛發臭的。參看：erode（受）腐蝕，（受）侵蝕。

---

cor.ru.gate

[*v.* 'kɔrugeit; 'kɔrə,get, 'kɔrje -, 'kɑr- 'kɔrugeit, -git; 'kɔrəgɪt, -get]

義節 cor.rug.ate

cor-→co-加強意義；rug皺；-ate動詞。

字義 *v.* 弄皺，（使）起皺，（使）起波紋。

記憶 ① ［同族字例］ragged高低不平的；rugose有皺紋的，多皺的；ruck皺，摺；ruga皺紋，折，脊；rugate有皺紋的；rock岩石；scrawny骨瘦如柴的；ridge山脊。參看：rugged有皺紋的，多岩石的，崎嶇不平的；ragamuffin衣服破爛骯髒的人（尤指小孩）；scrag皮包骨頭、肉骨頭；crag岩，崎嶇。

② 其實，字母r長表示「皺、縮」的意思，例如：ruffle弄皺；rumple使皺；crone滿臉皺紋的老太婆；crumlp使皺；frown皺眉；scrunch皺眉；弄皺；shrink皺，縮…等等。

---

cor.rupt [kə'rʌpt; kə'rʌpt] *

義節 cor.rupt

cor-→co-共，同，相互；rupt→break

v. 破，裂。

字義 *a.* 腐敗的，墮落的，貪汙的。

　　v. （使）腐敗。

記憶 ① ［義節解說］都已破裂→腐敗。

② ［用熟字記生字］interrupt打斷。

③ ［同族字例］rupture破裂；abrupt突然的；bankrupt破產；disrupt使分裂；erupt（火山等）爆發；rive撕開，扯裂，劈開。參看：rip撕（開）；rift裂縫。

cor.sair ['kɔːsɛə; 'kɔrsɛr, -sær]

義節 cors.air

cors→course→run *v.*奔跑；-air字尾。

字義 *n.* 海盜（船）。

記憶 ① ［義節解說］語源上認爲本字來源於course（跑，用獵犬追獵），或current（跑，流動）→海盜船在海上急速穿行。

② ［諧音］科西嘉島，法文是Corse，從小說上看，舊時該島民風剽悍。從助憶實用看，不妨以此字作聯想。

③ ［用熟字記生字］course進程，跑馬場，學科。參考：courser跑馬；current急流，電流，流行。

④ ［同族字例］occur出現，發生；cursor游標，光標；recursive循環的；excursion遠足，短途旅行；hurry匆忙（h→c通轉：因爲，在西班牙文中x讀h音，而x→s→c通轉)。參看：cursory粗略的，草率的；courier信使，送急件的人；concourse集合，匯合；discourse講話，演講，論述；precursor先驅者，預兆；incursion侵入；discursive散漫的；scour急速穿行，追尋；scurry急促奔跑，急趕，急轉。

⑤ ［雙聲近義字］scamper蹦跳，瀏覽；scarper【俚】逃跑；scat跑得飛快；sccot【口】迅速跑開，溜走；scud飛奔，疾行，掠過；scutter急匆匆地跑；scuttle急奔，急趕；escape逃跑；concourse合流，匯合。

cor.us.cate ['kɔrəskeit; 'kɔrəs,ket, 'kar-]

義節 co.rusc.ate

co-加強意義；rusc到處跳躍；-ate動詞。

字義 *vi.* 閃耀，煥發。

記憶 ① ［義節解說］本字源於拉丁文corusco（牛羊等用角）觸撞，顫動，閃耀。

② ［用熟字記生字］rush倉促行動，衝，奔，闖。

③ ［同族字例］rathe急切的；rather（舊時用法）更快；rash魯莽的，輕率的；scherzo一種節奏活躍的器樂曲；rate斥責，罵。

cos.met.ic [kɔz'metik; kɑz'mɛtɪk] *

義節 cosm.et.ic

cosm→cosmo秩序，宇宙；-ic字尾。

字義 *n.* 化妝品。

　　a. 化妝用的，整容的。

記憶 ① ［義節解說］cosmo→order→orderly arrange弄得整潔。拉丁文：Cosmus羅馬著名化妝品商人的名字；costum阿拉伯芳香植物，芳香油膏。

② 從實用角度，可記：co-smell→大家一起嗅。因化妝品均有香味，亦可與cosy（舒適的）聯記：cosy smell舒適的氣味。

③ ［同族字例］cosmos宇宙；cosmonaut（蘇聯）太空人；cosmopolitant有世界性的。參看：microcosm微觀世界；cosmography宇宙誌，宇宙結構學。

cos.mog.ra.phy

[kɔz'mɔgrəfi; kɑz'mɑgrəfi]

〔義節〕cosmo.graph.y

cosmo秩序，宇宙；graph圖形；-y名詞。

〔字義〕*n.* **宇宙誌，宇宙結構學。**

〔記憶〕① 〔用熟字記生字〕cosmos宇宙。

② 亦可以這樣記字根cosmo：cos→co-共，同；mo→mov動→萬物一起動，遵循著一定的遊戲規則 → 秩序。

③ 〔同族字例〕參看上字：cosmetic化妝品。

---

cos.tume

['kɔstjuːm, kɔs'tjuːm; 'kɑstjum, *v.* kɑs'tjum]

〔義節〕cost.ume

cost→cot遮蔽，保護；-ume字尾。

〔字義〕*n.* **服裝（式樣），化妝服，戲服，女服。**

    vt. **爲…提供服裝。**

〔記憶〕① 〔用熟字記生字〕custom習俗，定製的。

② 〔造句助憶〕a custom riding～ 一套訂製的騎服。

③ 〔同族字例〕參看下字：cot小屋。

---

cot [kɔt; kɑt]

〔字義〕*n.* **（羊，鴿等的）圈，小棚，小屋，吊床，帆布床。**

〔記憶〕① 〔用熟字記生字〕cottage農家，小別墅。

② 〔同族字例〕coterie小團體；cottier小農；cod莢，殼；cuttle烏賊；cote（鳥、家禽，羊等的）小棚，圈，欄；castle城堡，巨宅；casbah北非的要塞，城堡；alcazar西班牙的宮殿或要塞；chest箱，匣；case箱，罩，蓋；cattle家畜；caste（印度）社會等級，種姓；incest亂倫；custom習俗；outcaste被剝奪種姓的人；scut盾牌；scutate盾狀的；scutum古時的長盾；escutcheon飾有紋章的盾；court庭院；orchard果園；cortex外皮，皮層；decorticate剝去外皮（或殼、莢等）。參看：chattel動產；chaste貞潔的，純潔的，簡潔的；outcast被遺棄的；cathartic淨化的；escort護送，護衛，伴隨，護理；horticulture園藝學（hort（德文）保護，避難所，托兒所）；kindergarten幼兒園；costume服裝，戲服。

---

couch [kautʃ; kaʊtʃ]

〔字義〕*n.* **躺椅，獸穴，休息處。**

    v. **隱含，躺下，蹲伏，埋伏。**

〔記憶〕① 〔疊韻近義字〕參看：crouch蹲伏。

② 〔同族字例〕cockle海扇殼；conchology貝殼學；congius康吉斯（古羅馬液量單位）；cochlea耳蝸；cochleate狀如蝸牛殼的，螺旋形的；coxa 骨寬關節；cone錐形物；sconce掩蔽物；second調任，調派；skulk躲藏。參看：abscond潛逃；ensconce隱蔽；recondite深奧的，難解的，隱蔽的；conch貝殼，海螺；coy害羞；cower畏縮。

---

coun.ter.part

['kauntəpɑːt; 'kaʊntɚˌpɑrt] *

〔義節〕counter.part

counter *a.*相反的，反對的；part部分。

〔字義〕*n.* **副本，相對應者。**

〔記憶〕① 〔用熟字記生字〕contrary相反的；on my part就我這方面而言。

② 〔同族字例〕against反對；counter相反地，對立地；antagonism反對的論點；contrary相反。參看：contradict反駁，否認，發生矛盾；contrast對照；

contravene觸犯，違反，抵觸，反駁；contraband違禁品；counterplot將計就計。

coun.ter.plot

['kauntəplɔt; 'kaʊntə,plɑt]

义节 counter.plot

counter *a*.相反的，反對的；plot *n*.陰謀。

字义 *v.* / *n*. **將計就計。**

记忆 ① ［义節解說］以陰謀反對陰謀。

② ［用熟字記生字］用plan（計畫）記plot（陰謀）。

③ ［同族字例］參看下字：couplet兩行詩，對句，對聯。

cou.plet ['kʌplit; 'kʌplɪt]

义节 cou.pl.et

cou→co-共，同，相互；pl→pull *v*.拉；-et字尾。

字义 *n*. **兩行詩，對句，對聯。**

记忆 ① ［义節解說］pull together相互拉起來→成爲一對。

② ［用熟字記生字］couple夫婦，一對兒，連接，關聯，結合；copy抄本。

③ ［同族字例］copula連繫辭；copulate交配，結合。

cour.i.er ['kuriə; 'kʊrɪə, 'kɜ·ɪə]

义节 cour.i.er

cour=run奔跑；-er行爲者（名詞字尾）。

字义 *n*. **信使，送急件的人。**

记忆 ① ［用熟字記生字］course跑；current急流。

② ［同族字例］hurry匆忙（h→c通轉，因爲在西班牙文中x讀h音，而x→s→c通轉）；occur出現，發生；cursor游標，光標；recursive循環的；excursion遠

足，短途旅行。參看：cursory粗略的，草率的；scurry急促奔跑，急趨，急轉；concourse集合，匯合；discourse講話，演講，論述；precursor先驅者，預兆；incursion侵入；scour急速穿行，追尋；discursive散漫的；concourse匯合。

③ ［雙聲近義字］scamper蹦跳，瀏覽；scarper【俚】逃跑；scat跑得飛快；scoot【口】迅速跑開，溜走；scud飛奔，疾行，掠過；scutter急匆匆地跑；scuttle急奔，急趨；escape逃跑。

cour.te.ous ['kə:tjəs; 'kɜ·tɪəs] *

义节 court.e.ous

court *n*.宮廷；-ous形容詞。

字义 *a*. **有禮貌的，謙和的，殷勤的。**

记忆 ① ［义節解說］西方宮廷中自有一套禮節，極盡討好、巴結之能事者。

② ［用熟字記生字］courtesy禮貌，慇懃；courtship求婚。

③ ［同族字例］curtain簾子；curtilage庭園，宅地；cohort（古羅馬）步兵隊，隨從；cortege隨從，扈從；courtesan高等妓女；scutate盾狀的；scutum古時的長盾；escutcheon飾有紋章的盾；court庭院；orchard果園；garden花園；guard衛兵；garrison駐軍；guaranty保證，擔保；ward保護，看護（g→w通轉：garden花園，庭院）；warden看守人。參看：wary機警小心；warranty保證，擔保；horticulture園藝學（hort（德文）保護，避難所，托兒所）；kindergarten幼兒園；escort護送，護衛，伴隨，護理；cot（羊，鴿等的）圈，小棚，小屋；contume服裝，戲服。

cove [kouv; kov]

字义 *n*. **山凹，水灣。**

    v. **（使）內凹。**

記憶 ① ［用熟字記生字］cave洞。

② ［同族字例］cow威脅，嚇唬；cover掩蓋；coward懦夫。參看：covert隱藏的；cower畏縮；alcove凹室；curfew宵禁，晚鐘。

cov.et ['kʌvit; 'kʌvit] *

義節 co.vet

co-加強意義；vet→vid v.看。

字義 vt. 覬覦。

　　vi. 垂涎，渴望。

記憶 ① ［義節解說］本字的法文對應字是convoiter，其中voit是法文動詞「看」的第三人稱單數形式。

② ［用熟字記生字］envy忌妒（en-使做；vy爭奪，競爭）。

③ ［同族字例］witness見證，vista展望；inviting誘人的；vying爭奪，競爭。參看：improvident不顧將來的。

④ 字母v常表示「貪，愛，強烈願望」。其他字例：avarice貪婪；venal貪汙的；voracious極度渴望的，狼吞虎嚥的；vultrine貪得無厭的；devour吞…等等。

⑤ ［雙聲近義字］參看：cupidity貪財，貪心。

cov.ert ['kʌvət; 'kʌvət] *

字義 a. 隱藏的，祕密的。

　　n. 隱藏處。

記憶 ① ［用熟字記生字］cover掩蓋，覆蓋。

② ［反義字］overt公開的，明智的。聯記：in an overt and～way以公開和隱蔽的方式。

③ ［同族字例］參看上字：cove山凹。

cow.er ['kauə; 'kaʊɚ]

字義 vi. 畏縮，抖縮。

記憶 ① ［用熟字記生字］coward懦夫。

② ［同族字例］cow威脅，嚇唬；cover掩蓋；coward懦夫。參看：covert隱藏的；alcove凹室；cove山凹，水灣。

③ ［音似近義字］recoil畏縮，退縮（re-向後）；coy害羞（也是一種臨場退縮）；shiver發抖（c→sh通轉）；crouch蜷縮。

coy [kɔi; kɔi] *

字義 a.（女子）怕羞的，忸怩的。

記憶 ① ［用熟字記生字］shy怕羞的（c→sh通轉）；quiet安詳的，靜的。

② ［同族字例］參看上字：cower畏縮。

③ ［易混字］decoy誘餌，圈套。

- cr -

以下進入cr區域。

cr的核心單字是cross：十字，交叉。十字象徵上帝----「聖」。「皇權」，古稱受命於天，「統治」天下。聖人製造「產生」人和物。人們也「信」上帝。

cr描寫碎裂聲，從而有「分離」義。

cr區域的單字會有下列義項。

①殼，冠，頭（c：「頭」，「覆蓋」）

②皺，曲，怪（r：「皺」）

③碎，裂（r：「破裂」）

④用條狀物編、搭而成（r：「條狀物」）

⑤粗糙，有缺憾的（r：「粗俗」）

⑥叫喊

⑦產生，增加

⑧鈎聯，凝集，附著（c：「收集」）

⑨ 交叉，十字形（r：「枝蔓」）

⑩ 分離（r：「散，亂」，「破裂」）

⑪ 聖，神，信（來源於「十字形」。又r：「皇權」，「知道」）

⑫ 統治，管轄（r：「皇權，統治」）

⑬ 擬聲字

crab.bed ['kræbid ; 'kræbɪd]

義節 crabb.ed

crab用爪抓，扒，劃；-ed形容詞。

字義 *a.* 脾氣乖戾的，易怒的，（字）潦草的。

記憶 ① ［義節解說］中國人也用蟹來比喻乖戾的人：「且將冷眼看螃蟹，看你橫行到幾時！」無獨有偶，我們說別人字寫得不好，也說其字似蟹。

② ［用熟字記生字］crab蟹，虱子。

③ ［同族字例］carve刻；kerf鋸齒；crayfish淡水小龍蝦；crawl爬行，蠕動；creep爬行，蔓延；scratch 潦草地塗寫；scrap打架，爭吵；scrabble用手挖或亂扒，潦草地塗寫；scrape用刺耳的聲音移動；scrappy愛吵架的，好鬥的。

crag [kræg ; kræg] *

義節 cr.ag

cr.碎，裂。

字義 *n.* 懸岩，岩石碎片。

記憶 ① ［用熟字記生字］crack裂開；rock岩石。

② ［同族字例］ragged高低不平的；rugose有皺紋的，多皺的；ruck皺，摺；ruga皺紋，折，脊；rugate有皺紋的；rock岩石；scrawny骨瘦如柴的。參看：

rugged有皺紋的，多岩石的，崎嶇不平的；ragamuffin衣服破爛骯髒的人（尤指小孩）；scrag皮包骨頭，肉骨頭；corrugate弄皺，（使）起皺，（使）起波紋。

cram [kræm ; kræm] *

字義 *v.* 塞滿，貪婪地吃，死記硬背。

記憶 ① ［用熟字記生字］grow生長；increase增長；create創造。

② ［同族字例］crescent新月；accrus增長；Ceres羅馬神話中的穀物女神；cereal穀物的；crew全體人員；concrescence結合，增殖；decrement減少；recruit招募；excrescence贅生物；procreate生育；gregarious群集的，群居的；agregious異常的；congregate使集合；segregate使分離（註：se-：分離）；group群，組；agora古希臘集市（通常用於集會）；category範疇；gory血塊。參看：decrepit衰老的；increment增長，增額，增值；exaggerate誇張，誇張，言過其實；congest（使）擁擠，（使）充血；panegyric頌詞（演講或文章），頌揚；categorical絕對的，明確的，範疇的。

③ ［疊韻近義字］jam堵塞（traffic jam交通堵塞）。

cramp [kræmp ; kræmp] *

義節 cr.amp

cr怪，曲，皺 / 鉤聯。

字義 *n.* 痙攣，夾子。

       vt. 使起痙攣，夾緊，束縛。

記憶 ① ［義節解說］痙攣的動作是「一抽一縮」，「夾緊」的字義從「鉤聯」來。

② ［同族字例］crimp皺縮，捲曲；crampon攀登用的尖鐵釘；crisp使起皺，使捲曲；crinkle使皺，使捲曲；

C

crumple弄皺，扭彎。參看：crape縐紗。

③ cr表示「鈎聯」的其他字例：crane吊車；concretive凝結性；excrescence贅合物；crochet鈎針編織物；cruor凝血，血塊；crowd人群…等等。

---

crank [kræŋk; kræŋk]

義節 cr.ank

cr皺，曲，怪。

字義 *n.* **曲柄，言行古怪。**

** *a.* 不正常的。**

記憶 ① 〔義節解說〕一個人的性格被「扭曲」了，就會言行古怪，別人視之為「不正常」。

② 〔同族字例〕crinkle使捲曲，使皺，crook彎曲，鈎；cringe畏縮；cringle索圈；encroach侵犯；crochet鈎針編織品；crotchet怪念頭，怪癖；wring絞，扭；wrinkle皺；wrench扭傷。參看：creek小河，支流；crouch蜷縮。

③ cr 表示「皺，曲，怪」的其他字例：crazy古怪的；crud怪病；crook狡猾的；crimp捲曲…等等。

④ 字母組合ank似乎也有「扭、曲、斜」的含義，例如：ankle腳踝；crankle彎扭，彎曲；askance斜眼；askew斜的，歪的；asquint斜眼。

---

crape [kreip; krep]

義節 cr.ape

cr皺，曲，怪。

字義 *n.* **皺紗，皺布，黑紗。**

** *v.* 用皺紗覆蓋。**

記憶 ① 〔同族字例〕crepe縐布；crispate捲曲，收縮；ribbon緞帶；rip巨瀾；riparpan河邊的；（拉丁文）ripa河岸，河堤；ripplet小波紋；riprap防衝亂石。參看：ripple漣漪，細浪。

② 〔疊韻近義字〕cape披肩；drape披（衣），披蓋。

③ cr表示「皺」的其他字例：crimp 皺縮，捲曲；crisp使起皺，使捲曲；crinkle使皺，使捲曲；crumple弄皺，扭彎…等等。

---

crass [kræs; kræs]

義節 cr.ass

cr粗糙。

字義 *a.* **粗糙的，非常愚鈍的。**

記憶 ① 本字來源於拉丁文crassus粗的，厚的，胖的，粗野的。

② 〔用熟字記生字〕gross粗大的，（感覺）遲鈍的（crass→gross：c→r通轉）。

③ 〔同族字例〕crash粗布，粗毛巾；crate破舊的汽車；grass草；crude粗製的，未加工的；coarse粗糙的。

④ 〔易混字〕grass草；class階級，班級；glass玻璃杯；cross穿越。

⑤ cr表示「粗糙」的其他字例：crinoline女襯裙粗布；crummy（女人）粗胖的，劣質的。

---

cra.ter [ˈkreitə; ˈkretə]

義節 crat.er

cr碎，裂。

字義 *n.* **火山口，彈坑，隕石坑。**

記憶 ① 〔義節解說〕本字來源於拉丁文crater放混合水和酒的器皿，火山口。

② 〔用熟字記生字〕cradle搖籃。

③ 〔同族字例〕crate柳條箱，籃；craft手工藝；creel魚籃；crasis兩個母音的融合，氣質；idiosyncrasy（人的）特質，癖性；character特徵；crash破碎聲；craze發狂，（陶瓷的）裂痕。參看：crevice裂縫。

④ 〔易混字〕cater迎合…的口味；creator

創造者。

cray.on ['kreiən, 'kreiɔn; 'kreən]

字義 *n.* **粉筆（畫），蠟筆（畫，顏色筆）。**

記憶 ① 語源上認爲本字來源於白堊的產地名。

② ［用熟字記生字］clay黏土→用來製粉筆。

③ ［易混字］rayon人造絲；neon氖。

---

crease [kri:s ; kris] *

義節 cr.ease

cr怪，曲，皺。

字義 *n.* **折痕。**

　　v. **（使）起摺痕，皺。**

記憶 ① ［用熟字記生字］crack裂開；rock岩石。

② ［同族字例］ragged高低不平的；rugose有皺紋的，多皺的；ruck皺，摺；ruga皺紋，折，脊；rugate有皺紋的；rock岩石；scrawny骨瘦如柴的；gross粗大的，（感覺）遲鈍的；crash粗布，粗毛巾；crate破舊的汽車；grass草；crude粗製的，未加工的；crimp皺縮，捲曲；crisp使起皺，使捲曲；coarse粗糙的。參看：rugged有皺紋的，多岩石的，崎嶇不平的；ragamuffin衣服破爛骯髒的人（尤指小孩）；scrag皮肉骨頭，肉骨頭；corrugate弄皺，（使）起皺，（使）起波紋；crag懸岩；crass粗糙的，非常愚鈍的；crape縐紗。

③ ［易混字］increase增長；create創造。

---

cre.dence ['kri:dəns ; 'kridns]

義節 cred.ence

cred相信；-ence名詞。

字義 *n.* **信任，憑證，證件。**

記憶 ① ［用熟字記生字］credit信用，貸款。

② ［同族字例］credulous輕信的；accredit信任，委任；incredible不可信任的。參看：creed信念，信條，教義，綱領。

---

creed [kri:d ; krid] *

字義 *n.* **信念，信條，教義，綱領。**

記憶 ① 本字從字根cred相信。參看上字：credence信任。

② ［音似近義字］decree法令，天意。

By my Mother's hard decree, Another's wife I needst must be… (Immensee)

母親嚴命操縱，要我別乘龍… （《茵夢湖》）。

---

creek [kri:k ; krik, krik] *

義節 cr.eek

cr.怪，曲，皺。

字義 *n.* **小河，小彎，小港。**

記憶 ① ［義節解說］彎彎曲曲的小河灣。cr表示「曲」。

② ［同族字例］crinkle使捲曲，使皺；crook彎曲，鈎；cringe畏縮；cringle索圈；encroach侵犯；crochet鈎針編織品；crotchet怪念頭，怪癖；wring絞，扭；wrinkle皺；wrench扭傷。參看：crouch蜷縮；crank曲柄，言行古怪。

③ ［音似近義字］brook小溪。

④ cr表示「皺，曲，怪」的其他字例：crazy古怪的；crud怪病；crook狡猾的；crimp捲曲…等等。

---

crest [krest ; krɛst] *

義節 cr.est

cr→cor頭，冠，蓋；-est字尾。

字義 *n.* **雞冠，盔飾，山頂，浪峰。**

v. 到達頂點。

記憶 ① ［用熟字記生字］crown王冠。

② ［同族字例］coronal冠狀的；crane鶴（註：鶴有丹「頂」）；crust外殼，麵包皮；crescent新月（註：新月如「冠」）；cream乳脂（註：乳的外皮）；corolla花冠；coronograph日冕觀測儀；cranial頭蓋的；cristate有雞冠狀突起的；pericranium頭蓋骨。參看：coral珊瑚。

---

crest.fall.en

['krest,fɔ:lən ; 'krɛst,fɔlən]

義節 crest.fallen

crest雞冠；fallen落下的。

字義 *a.* 垂頭喪氣的。

記憶 本字很形象化：公雞不復那種雄糾糾的態勢了。參看上字：crest雞冠。

---

crev.ice ['krevis ; 'krɛvɪs]

義節 crev.ice

crev碎裂；-ice字尾。

字義 *n.* 裂縫。

記憶 ① ［用熟字記生字］bankrupt破產的，垮了的。

② ［同族字例］craven膽小的；crevasse冰隙，堤裂；crepitate發爆裂聲；discrepency差異，脫節；decrepitate燒爆；crisp鬆脆的；quebracho樹皮；rupture破裂，裂開；abrupt突然的；disrupt使分裂；erupt爆發；interrupt打斷。參看：decrepit衰老的；corrupt腐敗的；rive撕開，扯裂，劈開；rip撕（開）；rift裂縫。

③cr表示「裂」的其他字例：crack裂開；crackle龜裂；crag岩石碎片；cranny（牆等）裂縫…等等。cr的這個含義，估計是從「喀拉拉」的爆裂聲而來。

crib [krib ; krɪb] *

義節 cr.ib

cr由條狀物編、搭而成。

字義 *n.* 有欄杆的小床，牛欄，簡陋小屋。

    v. 關進柵欄，設置柵欄。

記憶 ① ［用熟字記生字］cradle搖籃；craft手工藝。

② ［同族字例］crate柳條箱，籃；creel魚籃；cribble篩；cripple（擦窗用）腳手架；créche耶穌在馬槽出生的畫像，孤兒院；crochet鉤針編織品；croft住宅附近的園地。

---

crim.son ['krimzn ; 'krɪmzn] *

字義 *n. / a.* 深紅（的），緋紅（的）；

    v. （使）變緋紅。

記憶 ① 此字源於蚯蚓的顏色，蚯蚓是「紅色的」。

② ［用熟字記生字］worm蚯蚓（註：蚯蚓是蠕動的）。

③ ［同族字例］kermes胭脂紅（由雌蚯蚓的乾燥屍體製成）；vermian蠕蟲的；helminthiasis蠕蟲病，腸蟲病；helminth寄生蟲，蛔蟲；haematin血色素，血紅素（註：蚯蚓是紅色的）。參看：vermin害蟲；squirm蠕動，蠢動，輾轉不安。

---

crip.ple ['kripl ; 'krɪp!] *

義節 cripp.le

crip→rept爬行；-le表示反覆動作。

字義 *n.* 跛子，殘缺者。

    v. （使）跛。

    a. 跛的。

記憶 ① ［義節解說］參考：creep爬行，躡手躡腳走動。跛子走路，一瘸一拐的，不斷重複，慢慢向前「爬行」。

② ［同族字例］repent在地上爬行，俯臥；reptile爬行的，狡詐的；subreption

隱瞞眞相；grape葡萄（註：會攀爬。crip→grap；c→g通轉）。

③〔易混字〕crimple捲曲。

croak [krouk ; krok]

字義 *n. / vi.* **（蛙、鴉）呱呱叫。**

　　vi. **發牢騷，鳴冤。**

記憶 ① 此是擬聲字。類例：crow（雞、鴉）叫；creak吱吱嘎嘎響；crump 嘎扎嘎扎響；croon吟唱，哼唱…等等。

②〔用熟字記生字〕cry叫喊聲；crush壓碎聲。

③〔同族字例〕cricket蟋蟀；croon低聲哼唱；scream尖聲喊叫。參看：crow雞啼；decry大聲反對，責難，詆毀；lachrymose愛哭的。

crock [krɔk ; krɑk]

義節 cr.ock

cr碎，裂。

字義 *n.* **瓦罐，碎瓦，煤灰，破損物，衰竭者，殘廢者。**

記憶 ①〔用熟字記生字〕crack裂開。

②〔同族字例〕crackle龜裂；crag岩石碎片；cranny（牆等）裂縫；decrepit衰老的；ragged高低不平的；rugose有皺紋的；ruck皺，摺；ruga皺紋，摺，脊；rugate有皺紋的；rock岩石；scrawny骨瘦如柴的。參看：rugged有皺紋的，多岩石的，崎嶇不平的；ragamuffin衣服破爛骯髒的人（尤指小孩）；scrag皮包骨頭，肉骨頭；crag岩，崎嶇；corrugate弄皺，（使）起皺。

③〔易混字〕croak呱呱叫；rock岩石，搖動；cock公雞。

crouch [krautʃ ; kraʊtʃ] *

義節 cr.ouch

cr.皺，曲，怪。

字義 *vi. / n.* **蹲伏。**

　　vi. **蜷縮。**

　　v. **低頭彎腰。**

記憶 ①〔義節解說〕把身體「曲」起來。參看crank言行古怪。

②〔音似近義字〕bow彎腰；coy怕羞的（→畏縮）；coil盤捲，盤繞。

③〔同族字例〕crinkle使捲曲，使皺；crook彎曲，鈎；cringe畏縮；cringle索圈；encroach侵犯；crochet鈎針編織品；crotchet怪念頭，怪癖；wring絞，扭；wrinkle皺；wrench扭傷。參看：creek小河，支流；crank曲柄，言行古怪。

④〔疊韻近義字〕couch躺椅，蹲伏。

crow [krou ; kro] *

字義 *vi. / n.* **雞啼，歡呼。**

　　n. **烏鴉。**

　　vi. **吹噓。**

記憶 ① 本字是擬聲字，模擬咯咯的叫聲。

②〔用熟字記生字〕cry喊叫。

③〔同族字例〕cricket蟋蟀；croon低聲哼唱；scream尖聲喊叫。參看：decry大聲反對；croak呱呱叫；lachrymose愛哭的。

crust [krʌst ; krʌst] *

義節 cr.ust

cr殼、冠、頭。

字義 *n.* **外殼，麵包皮。**

　　v. **結硬皮。**

記憶 ①〔用熟字記生字〕crown王冠。

②〔同族字例〕coronal冠狀的；crane鶴（註：鶴有丹「頂」）；crescent新月（註：新月如「冠」）；cream乳脂（註：乳的外皮）；corolla花冠；coronograph日冕觀測儀；cranial

C

頭蓋的；cristate有雞冠狀突起的；pericranium頭蓋骨。參看：coral珊瑚；crest雞冠。

crutch [krʌtʃ; krʌtʃ] *

義節 cr.utch
cr交叉，十字形。

字義 *n.* 拐杖，支柱。
    vt. 支撐。

記憶 ① ［義節解說］拐杖是丁字形的「交叉」狀。
② ［用熟字記生字］cross交叉。
③ ［同族字例］crosier牧杖，權；crotch股岔；crotchet叉架；cruciate交叉的。

cryp.tic ['kriptik; 'krɪptɪk] *

義節 crypt.ic
crypt→cret分別→隱密；-ic形容詞。

字義 *a.* 隱密的，隱義的，使用密碼的。

記憶 ① ［用熟字記生字］secret祕密的；creep躡手躡腳潛行。
② ［同族字例］ crypt地窖，地穴，教堂地下室；kryton氪；apocrypha僞書；cryptograph密碼；decrypt解密碼；cryptology隱語；cryptonym匿名；concrete具體的；discriminate區別；screen甄別；discrete分離的，不連續的；grotesque古怪的（-esque形容詞字尾）。字義可能源於古羅馬地下洞室中古怪的壁畫（grot→crypt, g→c）。參看：apocryphal僞的；cryptogram密碼；grotto洞穴；cryptomeria柳杉；descry辨別出；discreet謹慎的，考慮周到的。
③ 字母c和字母組合cr表示「隱密」的含義，可能來源於字母c有「覆蓋」的基本意。典型的字例是cover覆蓋。參看：abscond潛逃；ensconce隱蔽；recondite深奧的…等等。

cryp.to.gram ['kriptougræm, -təg-; 'krɪptə,græm]

義節 crypt.o.gram
crypt隱密；-o-連接字母；gram文字。

字義 *n.* 密碼（文），暗號（文）。

記憶 ① ［同族字例］參看上字：cryptic隱密的。
② ［用熟字記生字］grammar文法；telegram電報。

cryp.to.me.ri.a [ˌkriptə'miriə; ˌkrɪptə'mɪrɪə]

義節 crypt.o.meria
crypt隱密；-o-連接字母；meria→part部分。

字義 *n.* 柳杉。

記憶 ① ［義節解說］在該樹下可以部分遮隱。
② ［同族字例］參看上字：cryptic隱密的。

crys.tal ['kristl; 'krɪstl] *

義節 cry.st.al
cry冷；st立；-al形容詞。

字義 *n. / a.* 水晶（的），結晶（的）。
    a. 清澈的。

記憶 ① ［義節解說］此字原意爲「冰」，「冷」得能夠「立」起來→冰。
② ［用熟字記生字］frost冰凍；freeze結冰，凝固。
③ ［同族字例］ cryogen冷凍劑；cryogenics低溫物理學；glass玻璃（glac→crys；g→c；l→r通轉）；gloss光滑的表面，上釉；glost上釉的陶器。參看：glisten閃光；glaze變光滑，（上）釉；gelatin明膠；glacial冰的，冰河的，冰冷的。
④ ［音似近義字］-cry-（字根）冷，凍；-

frig-（字根）冷，凍；-rig-（字根）冷，凍。

cuck.oo ['kuku:; 'koku, ko'ku] *

字義 n. 杜鵑，布穀鳥。

   a. 瘋癲的。

記憶 擬聲字，模擬杜鵑「咕咕」啼叫聲，以及瘋子「咕咕」叫聲。

cui.sine [kwi'zi:n; kwi'zin]

義節 cuis.ine

cuis→cook v.烹，煮；ine字尾。

字義 n. 廚房，烹飪（法）。

記憶 ① ［用熟字記生字］cook烹飪，燒煮。

② ［同族字例］concoct調製；biscuit餅乾；kitchen廚房的。參看：decoct煎（藥），熬（湯）；culinary廚房的，烹飪（用）的；coax耐心地把火弄旺；precocity早熟，過早發展。

cu.li.nar.y ['kʌlinəri, 'kju:l-; 'kjulə,nɛrɪ]

義節 culin.ary

culin→calor熱；-ary形容詞。

字義 a. 廚房的，烹飪（用）的。

記憶 ① ［用熟字記生字］coal煤。

② ［同族字例］calefy發熱；caustic苛性鹼（諧音：「苛士的」，會燒傷皮膚）；calorie卡（熱量單位）；caldron大鍋；recalescence（冶金）復輝現象；calenture熱帶的熱病。參看：scald燙傷；caloric熱（量）；nonchalant冷漠的。

③本字母項下與「熱」有關的字：carbon碳；coal煤；caustic腐蝕劑（苛性鈉俗稱「燒鹼」）；cook烹調。參看：cuisine廚房；concoct調製；decoct煎（藥）；

precocious早熟的…等等。

cull [kʌl; kʌl]

字義 vt. 挑選，採集，選拔。

   n. 被剔出物。

記憶 ① ［用熟字記生字］collect收集。

② ［同族字例］colander濾器；percolate使滲濾；machicolation堞眼，搶眼；portcullis城堡的吊閘，吊門；coulee乾河谷；couloir峽谷。

③ ［雙聲近義字］參看：carp挑剔；cavil挑剔。

cul.mi.nate ['kʌlmineit; 'kʌmə,net] *

義節 culmin.ate

culmin高；-ate動詞。

字義 v. 達到頂點。

   vi. 告終。

記憶 ① ［義節解說］本字來源於拉丁文cello頂層，閣樓→高高在上。

② ［用熟字記生字］column柱，列；ultimate終極的；ultra極端的。

③ ［同族字例］colonel上校；excel超過，勝過；excellent極好的；excellency閣下；celestial天上的；celestial being天神，天人；colonnade柱廊；colophon書籍版權頁。參看：cumulate堆積；celibate獨身的；ceiling天花板，頂蓬，最高限度。

cul.pa.ble ['kʌlpəb!; 'kʌlpəb!] *

義節 culp.able

culp罪過，錯失；-able能夠（形容詞字尾）。

字義 a. 有罪的，應受譴責的。

記憶 ① ［義節解說］可以歸罪於他。

② ［用熟字記生字］scold罵。

③〔同族字例〕culprit犯人；inculpate控告，歸罪於。參看：exculpate開脫（罪責）（ex-向外）。

cult [kʌlt; kʌlt] *

字義 *n.* 禮拜，狂熱的崇拜。

記憶 ①本字源於拉丁文：culter刀→cultrarius屠宰供祭祀用的牲畜的人→cultor崇拜者。

②〔用熟字記生字〕culture耕作，文化；cultivate培養。

字根-cult-描寫古代三種基本的社會生活：耕作，居住，敬神。估計當時靠天吃飯，先得敬神，然後開始耕作，神保佑收成好，始獲安居。

③〔同族字例〕claymore大砍刀，劍；calamity災難；challenge挑戰，非難，反對；cultism崇拜迷信；cultist熱中於搞敬神的人；slam猛擊，砰地關門（sl→cl；s→c通轉）；slap拳擊，猛地關門；slash猛砍，鞭打；slate痛打，鞭打；sledgehammer猛擊；slog猛擊，跋涉，苦幹；onslaught猛攻；slogan口號；slice切成薄片，切，割；kill殺死。參看：slay殺死，殺害；quell屠殺，鎮壓；calumny誹謗，中傷，誣蔑；slander誹謗，詆毀，造謠中傷；slaughter屠宰，屠殺，殘殺。

cum.ber ['kʌmbə; 'kʌmbə]

義節 cumb.er

cumb躺，臥，阻礙；-er字尾。

字義 *vt. / n.* 妨礙，煩累。

記憶 ①〔用熟字記生字〕cucumber黃瓜；lumber木料。

②〔同根字例〕incumbency責任，職權；encumber妨礙，拖累；accumbent橫臥的；recumbent橫臥的。

③〔同族字例〕cubicle小臥室；concubine妾；cube立方體；cubital肘的；succubus妓女，女魔；covey（鷓鴣等）一窩，（人）一小群；incubus煩累，夢魘。參看：incubate孵（卵），醞釀成熟。

④〔造句助憶〕a passage～ed with lumber木料阻塞的通道。

⑤字母u常表示「阻礙，障礙」。例如：blunder絆跌；buffer緩衝；bumble結巴地說，跟蹌地走；bumper緩衝器；curp抑制，約束；muffle壓抑（聲音）；stunt阻礙發育；stutter結結巴巴地說…等等。

cu.mu.late

[*v.* 'kju:mjuleit ; 'kjumjə,let *adj.* 'kju:mjulit, -leit ; 'kjumjəlɪt, -,let]

義節 cum.ulate

cum→culmin高；-ulate形容詞。

字義 *v. / a.* 推積（的），累積（的）。

記憶 ①〔義節解說〕本字來源於拉丁文cello頂層，閣樓→高高在上。

②〔用熟字記生字〕accumulate累積，積聚。

③〔同根字例〕cumulus一堆，積雲；cyma反曲線。

④〔同族字例〕column柱，列；colonnade 柱廊；colonel上校；excel超過，勝過；excellent極好的；excellency閣下；celestial天上的；celestial being天神，天人、colophon書籍版權頁；summit絕頂，極點（sum→cum；s→c通轉）；somersault翻筋斗；summary摘要；sum總和。參看：culminate達到頂點；celibate獨身的；ceiling天花板，頂蓬，最高限度；consummate圓滿的，完美無缺的。

⑤字母c有時亦表示「凝集，堆積」，例如：cull採集；curd凝集；cabal小集團；cuddle擁抱，貼緊身子睡；crowd群集；

cruor凝血；crew全體船員…等等。

⑥ 字母u亦常表示「聚合成堆」，例如：bunch束，串；bundle束，捆；clump叢，簇；culster串，簇；dump垃圾堆；huddle擠作一團；jumble亂堆；jungle叢林；muster聚集；shrubby灌木叢生的；tuft叢，簇…等等。

cun.ning ['kʌnɪŋ; 'kʌnɪŋ] *

字義 *a.* 狡猾的，善騙的，奸詐的，巧妙的，熟練的。

記憶 ① ［用熟字記生字］know知道；keen敏銳的，喜愛的。

② ［同族字例］請注意：k與c有同音「通轉」：can能夠；couth有教養的；discern分辨；scout搜索，偵查；sense感覺；census人口普查；censor審查，檢查；examine檢查，細查；science科學。參看：scan細看，審視，瀏覽，掃描；canvass詳細檢查，研討；knack訣竅；con研究；ken知道，視野，知識範圍；canny狡猾的，精明的；uncanny離奇的，不可思議的（註：不可「知道」的）。

cu.pid.i.ty [kju(ː)'piditi; kjʊ'pɪdətɪ]

義節 cupid.ity

cupid→Cupid *n.*丘比特（愛神）；-ity名詞。

字義 *n.* 貪慾，貪婪，貪心。

記憶 ① ［義節解說］愛神→貪欲→貪心。

② ［用熟字記生字］occupy占據。

③ ［同族字例］preoccupy盤踞心頭，縈懷；concupiscence俗人的慾念，性慾；assume擅取（cup→sum；c→s；p→m通轉）；resume再取得，恢復。

④ ［雙聲近義字］參看：covet貪婪。

cu.ra.tor [kjuə'reitə, kjoə'r-, kjɔə'r-, kjɔː'r- ; kjʊ'retə] *

義節 cur.at.or

cur→take care of照顧，用心；-at→ate做；-or動作者。

字義 *n.* 管理者，（博物館等）館長，監護人。

記憶 ① ［義節解說］所謂「勞心者食人」，管理者是要「勞心」的。

② ［同族字例］cure治療，治癒；secure保證，使安全；accurate精確的。參看：manicure修剪（指甲）；pedicure修（腳），醫（腳）；procure（設法）獲得，實現。

curb [kəːb; kɝb] *

字義 *vt. / n.* （裝）馬勒，控制，約束。

記憶 ① 本字來源於curve弄彎，曲線（b→v通轉）。「馬勒」是彎曲的。

② ［同族字例］curl捲曲；curvaceous女子有曲線美的；circle圓環；kurtosis山峰的形態，陡峭的程度；surf拍岸浪花（curv→surf；c→s通轉）；wave波浪（curv→wav；c→g→w通轉）；swerve轉彎；cruller油炸麵包圈；croft住宅附近的園地。

③ 字母u常表示「阻礙，障礙」。例如：blunder絆跌；buffer緩衝；bumble結巴地說，跟蹌地走；bumper緩衝器；muffle壓抑（聲音）；stunt阻礙發育；stutter結結巴巴地說…等等。參看：cumber妨礙。

curd [kəːd; kɝd]

字義 *n.* 凝乳。

　　　v. （使）凝結。

記憶 ① ［同族字例］curdle使凝結；caudle酒，糖，蛋等混合成的糊；cuddle

緊貼著身子躺；chowder魚，菜，牛奶所燉的羹；bean-curd豆腐。

② 字母u亦常表示「聚合成堆」，例如：bunch束，串；bundle束，捆；clump叢，簇；cluster串，簇；dump垃圾堆；huddle擠作一團；jumble亂堆；jungle叢林；muster聚集；shrubby灌木叢生的；tuft叢，簇…等等，參看：cumulate堆積。

cur.few ['kə:fju:; 'kɚfju]

義節 cur.few

cur→cover遮蓋；few→fire *n.*火。

字義 *n.* 宵禁，晚鐘。

記憶 ① ［義節解說］法文：couvrir→英文cover；法文feu→英文fire。通知把燈火遮蔽→宵禁。

② ［同族字例］cow威脅，嚇唬；cover掩蓋；coward懦夫；cave洞。參看：covert隱藏的；cower畏縮；alcove凹室；cove山凹，水灣。

cu.ri.o

['kjuəriou, 'kjoər-, 'kjɔər-, 'kjɔ:r- ; 'kjurɪ,o]

義節 curi.o

curi→char喜愛，恩愛；-o字尾。

字義 *n.* 古董，古玩，珍品。

記憶 ① 本字可能來源於curia古羅馬元老院。元老→「老古董」。也可以換一個思路：cur→care用心，細心→玩古董也需要「用心」。

② ［用熟字記生字］care關懷，思念；curiosity好奇心；charm魅力。

③ ［同族字例］euchaist聖餐；cherish珍愛；charity慈善；kamasutra（梵文）關於愛情和婚姻的規律；whore妓女；whoredom非婚性行為，（聖經）偶像崇拜；adore愛慕，崇拜。參看：caress愛

撫；charisma（領袖）能吸引大眾的非凡魅力；chaste貞潔的，純潔的，簡潔的。

cur.so.ry ['kə:səri; 'kɚsərɪ] *

義節 curs.ory

curs→course奔跑；-ory形容詞。

字義 *a.* 粗略的，草率的，倉促的。

記憶 ① ［義節解說］倉皇奔走，自然粗略草率。

② ［用熟字記生字］cursor游標，（電腦上的）光標（能按操作者的命令四處走動）；occur出現，發生；current急流，電流，流行。

③ ［同族字例］hurry匆忙（h→c通轉，因為在西班牙文中x讀h音，而x→s→c通轉）；occur出現，發生；cursor游標，光標；recursive循環的；excursion遠足，短途旅行。參看：scurry急促奔跑，急趕，急轉；courier信使，送急件的人；concourse集合，匯合；discourse講話，演講，論述；precursor先驅者，預兆；incursion侵入；discursive散漫的；concourse匯合；scour急速穿行，追尋。

④ ［雙聲近義字］scamper蹦跳，瀏覽；scarper【俚】逃跑；scat跑得飛快；scoot【口】迅速跑開，溜走；scud飛奔，疾行，掠過；scutter急匆匆地跑；scuttle急奔，急趕；escape逃跑。

curt [kə:t; kɚt] *

字義 *a.* 簡短的，粗率無禮的。

記憶 ① 本字來源於法文court（e）短的。其實，它就是short的音變：short短的（curt→short；c→sh通轉）。

② ［用熟字記生字］記cut切→「切」之使「短」。

③ ［同族字例］castrate閹割，刪除；cortex外皮，皮層；decorticate剝去外皮（或殼、莢等）；score傷痕，刻痕；

162

scar傷痕，斷層；skirt裙子；shirt襯衫（skirt→shirt；sk→sc→sh通轉）；short短的；share股份；shear剪，修剪，切斷，斬。參看：quash廢止；squash鎮壓；cathartic淨化的；castigate修訂；curtail截短，省略，削減；cutler刀匠，經營刃具者。

④［音似近義字］curse咒罵；scurrility庸俗下流，粗俗的言語，濫罵。

cur.tail [kə'teil; kə'tel, kə-] *

義節 cur.tail
cur短；tail剪，裁。

字義 vt. 截短，省略，削減，剝奪（某人）的特權（或官銜等）。

記憶 ①［用熟字記生字］又可記作cut tail切掉尾巴→截短。

②［同族字例］參看上字：curt簡短的。

cusp [kʌsp; kʌsp]

義節 cu.sp
cu→acu尖，刺；sp尖，刺，點。

字義 n. 尖頂，尖端，尖點。

記憶 ①［義節解說］本字來源於拉丁文cuspis（蜂）刺，矛，標槍，尖端，刀鋒。

②［同族字例］-cu-：cuspidate有尖端的；bicuspid雙尖的。參看：acute尖銳的；acumen敏銳。-sp-：spear矛，槍；asperity（聲音）刺耳；spicula針狀體，刺；spire塔尖。參看：spur靴刺；spurt衝刺；spike大釘，釘鞋，穀穗，刺；picket尖樁。

③［疊韻近義字］wasp黃蜂。

cus.to.dy ['kʌstədi; 'kʌstədɪ]

義節 cust.ody
cust→hort（德文）保護，避難所，托兒所，財寶；-ody名詞。

字義 n. 保管，保護，監護，拘留。

記憶 ①［義節解說］c爲何變成h？因爲在西班牙文中x讀h音，如大名鼎鼎的Don Quixote唐·吉訶德；而x與s相通，c與s相通，所以h→c通轉。

②［用熟字記生字］guard監護。

③［同族字例］custos監護人；cortex外皮；corium眞皮；decorticate剝去…的皮；excoriate擦傷；皮膚，剝（皮）；cutis眞皮；cutin角質；cuticle表皮，角質層；cutaneous皮膚的；scute甲殼類動物的盾板；guardian監護人；cohort一群，一幫，同謀者；orchard果園；court庭園；garden花園；hut小茅屋；hotch棚，舍。參看：hoard窖藏的財寶；horticulture園藝學；hostage人質，抵押品。

cut.ler ['kʌtlə; 'kʌtlə]

字義 n. 刀匠，經營刃具者。

記憶 ① 本字源於拉丁文：culter刀→cultrarius屠宰供祭祀用的牲畜的人→cutler刀匠。

②［用熟字記生字］記cut切（用刀）；cutlery西餐的刀叉餐具（總稱），刀具製造業。參考：pottery陶器（總稱），陶器製造業。

③［同族字例］castrate閹割，刪除；score傷痕，刻痕；scar傷痕，斷層；skirt裙子，shirt襯衫（skirt→shirt；sk→sc→sh通轉）；short短的；share股份；shear剪，修剪，切斷，斬；claymore大砍刀，劍；calamity災難；challenge挑戰，非難，反對；cultism崇拜迷信；cultist熱中於搞敬神的人；slam猛擊，砰地關門（sl→cl；s→c通轉）；slap拳擊，猛地關門；slash猛砍，鞭打；slate痛打，鞭打；sledgehammer猛

163

擊；slog猛擊，跋涉，苦幹；onslaught
猛攻；slogan口號；slice切成薄片，
切，割；kill殺死。參看：quash廢
止；squash鎮壓；cathartic淨化的；
castigate修訂；curtail截短，省略，削
減；curt簡短的，粗率無禮的；slay殺
死，殺害；quell屠殺，鎮壓；calumny誹
謗，中傷，誣蔑；slander誹謗，詆毀，
造謠中傷；slaugher屠宰，屠殺，殘殺；
cult禮拜，狂熱的崇拜；curt簡短的，粗
率無禮的；curtail截短，省略，削減。

---

cy.clone ['saikloun ; 'saiklon] *

義節 cycl.one
cycl→旋轉；-one字尾。

字義 *n.* 氣旋，旋風。

記憶 ① ［用熟字記生字］cycle周期，循
環；typhoon颱風。
② ［同族字例］bicycle自行車；
motorcycle摩托車；encyclopedia百科全
書；circle圓周；chukker（馬球）一巡；
charkha（印度）紡車；calash低輪馬
車。參看：curb馬勒。

---

cyn.ic ['sinik ; 'sınık]

義節 cyn.ic
cyn（o）犬；-ic字尾。

字義 *n.* 憤世嫉俗者，玩世不恭者。

記憶 ① cynic指犬儒學派的信徒，故本字
從「犬」。
② ［同族字例］Cynosure小熊星座；
procyon小犬座；Canis小犬星座；canine
似犬的；cynical冷嘲熱諷的，挖苦的；
cynophobia恐狗症。參看：kennel狗屋
（k與c「通轉」）。

D

燕子雙雙結伴侶，百錦花堆，半灣春水，
清風細細吹，輕輕吹散愁和慮，欲抱櫻桃睡。

　　D 的字形像港灣。港灣有水，有「濕」性。港灣是泊船休憩之處。每「天」日出離港，勞累一天便回「家」休息。勞累了一生的最後休息處乃是進天堂而成爲「神祇」。代表單字爲 dock：船塢。

　　分析：大寫 **D** 是半個 **B** 字，有一個「口」，有口於是會「說」，會「騙」，會嚐到「味美」。左邊一個「豎」給人以「阻礙」之感，於是要「費力」，費力就「苦」。右邊半圓弧的曲弧，像凸起個大肚子，顯得「笨」。如果把這個字順鐘針轉九十度，它的形態就像個水潭，因而有「凹」，「深」，「濕」等意。

　　不過，這個字母還有一個「神祇」的核心義蘊。按照西洋教義，天地萬物，無非神的「給予」。神創造了「好的、有價值的」，也創造了「每天」（歲時）。

　　免冠：最主要是 de- 和 dis-。de- 大多表示「向下」和「分離」；dis- 中的 s 隨其後接字母的不同會有變化，多表「反對」和「分離」。另有 dia-，表示「橫跨」和「貫穿」。

D 字母單字延伸字義

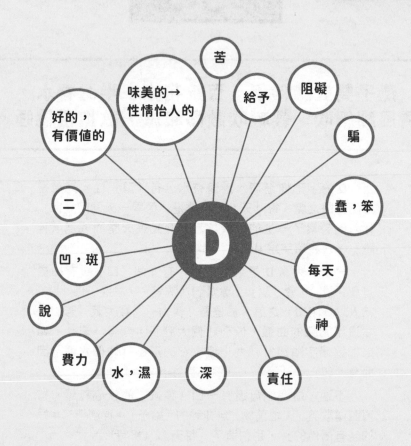

苦

味美的→
性情怡人的

給予

阻礙

好的，
有價值的

騙

二

蠱，笨

凹，斑

每天

說

神

費力

水，濕

深

責任

D

dab [dæb; dæb] *

字義 *v. / n.* 輕拍，輕敲，輕輕地塗抹。

　　n. 少量。

記憶 ① ［用熟字記生字］tap輕拍，輕扣，輕敲。

② ［同族字例］dub用油脂塗（皮革等）；bedabble（用髒水，血等）潑髒，濺濕；bedrabble被雨和泥弄髒。參看：daub塗抹；dabble弄濕。

③ ［使用情景］a～of jelly / powder / butter 一點兒果凍 / 粉 / 奶油；to～at the face with a powder puff 用粉撲搽臉；to～a baby in the face 輕拍嬰兒的臉（愛撫）；to～butter on the bread 把奶油抹在麵包上；to～the eyes / forehead with a handkerchief. 用手帕拭額（上的汗）/ 拭眼。

dab.ble ['dæbl ; 'dæb!]

義節 dab.b.le

dab *v.*輕拍；-le表示重複動作。

字義 *v.* 弄濕，玩水，嘗試，涉獵，涉足。

記憶 ① ［義節解說］在水中輕拍→玩水；在某個領域上輕輕地碰一下→涉獵。

② ［用熟字記生字］dip蘸，泡，瀏覽。

③ ［同族字例］dip浸，蘸；dimple起漣漪；dump垃圾堆；bedabble（用髒水，血等）潑髒，參看：dope膠狀物，黏稠物；damp潮濕；dab輕抹；daub塗抹；dupe欺騙。

④ ［使用情景］to～in water 玩水；to～in art / literature / politics / the stock market 涉獵藝術 / 涉獵文學 / 涉足政治 / 涉足股市。

dainty ['deint ; 'dentɪ] *

字義 *a.* 精巧的，優雅的，美味的。

　　n. 美味。

記憶 ① ［用熟字記生字］dear親愛的，貴的；delicious美味的。

② ［同族字例］indignant憤慨的；condign適宜的；disdain輕蔑，鄙視。參看：deign屈尊；dignity尊貴；indignity輕蔑；dandy第一流的。

③ 字母d表示「美好的，有價值的，適宜的」的其他字例：decent體面的；decorous有教養的；delicate精美的；darling心愛的；delight使高興；dessert甜點；douce甜美的；dulcet悅耳的；-od-（字根）歌，頌等。

dair.y ['dɛəri; 'dɛrɪ] *

字義 *n.* 牛奶房，牛奶場，製酪業。

記憶 ① 語源上認為此字源於dough（生麵糰），原意為製煉粉的人。

② ［易混字］diary日記；daily每天。可利用此二字記憶：每天都要到牛奶房擠奶。

da.is ['deiis, deis ; 'de.ɪs, des]

字義 *n.* 高臺，講臺，演出臺。

記憶 ① ［用熟字記生字］desk書桌；dish盤子。

② ［同族字例］參看：disc圓盤。記：該講臺是圓弧形「盤」狀。

dale [deil ; del]

字義 *n.* 谷，溪谷。

記憶 ① ［同族字例］dell谷；dalles急流，峽谷間的峭壁。參看：deluge洪水；dilute沖淡。

② ［疊韻近義字］vale谷；swale低濕地。

③ ［助憶成語］up hill and down～. 翻山越谷→堅持（做某事）。其中：down～二字首子音相同，是雙聲字串，易於上口。

D

dal.ly ['dæli ; 'dælɪ]

字義 *vi.* 嬉戲，調戲，玩弄，延誤。

　　vt. (因嬉遊) 浪費 (光陰) 。

記憶 ① ［用熟字記生字］用deal (對付，處理) 記「玩弄」意；用delight (取樂) 記「嬉戲」意；用delay (耽延) 記「延誤」意。

② ［同族字例］dull遲鈍的，呆笨的；doll洋娃娃，好看而沒有頭腦的女子；delicate精美的；darling心愛的；delight使高興。參看：indulgent縱容的，溺愛的；dolt傻瓜；dulcet悅耳的。

③ ［使用情景］to～with one's affections。玩弄某人的感情。to～time away。浪費光陰，比較：to dawdle away one's time。混日子。參看：dawdle閒逛。

---

damp [dæmp; dæmp] *

字義 *n./v.* (使) 潮濕。

　　a. 潮濕的。

記憶 ① 本字在德文中意為「蒸氣」，實卽英文的steam蒸氣 (dam→team；d→t通轉) 。

② ［用熟字記生字］dip浸蘸；drop水滴。

③ ［同族字例］dimple起漣漪；dump垃圾堆；bedabble (用髒水，血等) 潑髒。參看：dabble弄濕；dope膠狀物，黏稠物；dupe欺騙。

④ ［雙聲近義字］參看：dank陰濕的。

---

dan.dy ['dændi ; 'dændɪ]

字義 *a.* 華麗的，第一流的。

　　n. 花花公子。

記憶 ① ［用熟字記生字］用dance (跳舞) 記「花花公子」一意。→「花花公子只會跳舞」。參看：dally嬉戲。

② ［同族字例］indignant憤慨的；

---

condign適宜的；disdain輕蔑，鄙視。參看：deign屈尊；dignity尊貴；indignity輕蔑；dainty精巧的，優雅的。

③ ［雙聲近義字］本字常有外觀漂亮而不論實質的含義。參考：doodad 花俏而不值錢的飾物，物品。

④ 字母d表示「美好的，有價值的，適宜的」的其他字例：decent體面的；decorous有教養的；delicate精美的；darling心愛的；delight使高興；dessert甜點；douce甜美的；dulcet悅耳的；-od- (字根) 歌，頌等。

---

dang.le ['dæŋgl ; 'dæŋg!] *

字義 *v.* (使) 搖晃地掛著。

　　vi. 追求。

　　n. 懸掛 (物) 。

記憶 ① ［用熟字記生字］danger危險 (註：搖搖晃晃地掛著，顯得危險) ；hang懸掛；angle角。

② ［諧音］d諧中文「吊」音，angle角；成角度地「吊」起→搖晃。

③ ［同族字例］dingey救生橡皮筏；dandle在膝上或懷抱中舞弄嬰兒。

---

dank [dæŋk ; dæŋk] *

字義 *a.* 陰濕的。

記憶 ①本字的原意是「沼澤地」→陰濕。

② ［用熟字記生字］dense濃密的。

③ ［同族字例］condense濃縮；dasyure袋貓 (註：有毛茸茸的尾巴) ；dendroid樹木狀的。

④ ［雙聲近義字］參看：damp (使) 潮濕。

---

das.tard ['dæstəd ; 'dæstəd]

義節 dast.ard

dast→dazed *a.*茫然的，頭昏眼花的；-ard人。

D

字義 *n.* 懦夫。

    a. 卑怯的。

記憶 ① ［義節解說］想做壞事，又茫然不知所措→卑怯的。-ard表示「人」，往往有貶義。參看：bastard私生子，coward懦夫。

② ［用熟字記生字］coward懦夫。

③ ［同族字例］dizzy頭暈目眩的；dazzle使眼花撩亂。參看：daza使眼花。

④ ［雙聲近義字］dauntless無畏的。參看：daunt嚇倒。

---

daub [dɔːb; dɔb]

字義 *v.* 塗抹，弄髒。

    n. 塗料，塗抹，拙劣的畫。

記憶 ① ［用熟字記生字］tap輕拍，輕扣，輕敲。

② ［同族字例］dub用油脂塗（皮革等）；bedabble（用髒水，血等）潑髒。濺濕；bedrabble被雨和泥弄髒。參看：dab輕輕地塗抹；dabble弄濕。

③ ［使用情景］to～the lips with lipstick用口紅塗唇；to～pink color onto the nails用粉紅色塗指甲；to～a wall with mud用泥巴糊牆。

---

daunt [dɔːnt; dɔnt, dɑnt] *

字義 *vt.* 威嚇，嚇倒。

記憶 ① ［用熟字記生字］dominate支配，統治，控制；dare敢。

② ［同族字例］diamond金剛鑽；domesticate馴養；dauntless無畏的；tame馴順的（d→t通轉）。參看：adamant堅定不移的，堅硬的；dome圓屋頂。

③ ［易混字］dawn黎明。

④ ［雙生近義字］dastard卑怯的。

---

dawd.le [ˈdɔːdl; ˈdɔdl]

字義 *v.* 遊蕩，閒混（時間）。

記憶 ① 語源上認為此字是daddle（不穩定地走）的音訛。

② ［同族字例］dodder蹣跚地走路，衰老；diddle快速搖動；dote老糊塗，溺愛；doddle昏瞶。參看：dotage老糊塗，溺愛。

③ ［雙聲近義字］參看：dally嬉戲，閒逛。

---

daze [deiz; dez] *

字義 *vt.* 使眼花，使迷亂。

    n. 迷亂。

記憶 ① ［用熟字記生字］amaze使困惑，使驚異。

② ［同族字例］dizzy頭暈目眩的；dazzle使眼花撩亂。參看：dastard卑怯的。

③ 字母Z常表示「眩，暈，怪」。其他字例：drizzle濛濛細雨；fuzzy模糊的；gaze凝視；gauze薄霧；grizzle灰色；haze煙霧；maze迷宮；muzzy迷惑的；puzzle謎；smaze煙靄；wizard男巫；woozy眩暈的等等。

---

dead.lock [ˈdedlɔk; ˈdɛd,lak] *

義節 dead.lock

dead *a.*死的；lock *n.*鎖，一綹頭髮。

字義 *n.* 僵局。

    vt. （使）僵持。

記憶 ① ［義節解說］鎖死了→死結→僵局。

② ［同族字例］locket懸在項鍊下的金盒；lucarne屋頂窗；locular有細胞的，有小室的；block封鎖；close關閉；link鏈環，連接；reluctant勉強的；ineluctable不可避免的，不可抵抗的；leek韭菜。參看：locker儲藏箱；latch彈簧鎖；lace縛帶子。

D

dearth [də:θ ; dɚθ] *

義節 dear.th

dear a.貴的；-th名詞。

字義 n. 缺乏，供應不足，饑饉。

記憶 ① dear一字所表示的「貴」，有「物非所值」的隱義。由於「供不應求」、「欠缺」等原因所引起。比如說「你這青菜賣得太貴」，那便是dear。珠寶的昂貴，乃是因爲它值錢。英文叫expensive（隱含「很花錢的」之意）。青菜再貴，一般也不認爲是expensive。

② [易混字] death死亡。

de.bauch [di'bɔ:tʃ ; dɪ'bɔtʃ]

義節 de.bauch

de - → down向下；bauck→balk n.大木，樑。

字義 vt. 使墮落。

　　vi. 放蕩。

記憶 ① [義節解說] 巧樑向下歪→墮落

② [用熟字記生字] bar短棍。

③ [同族字例] balk大木，樑，阻礙；beam屋樑；balcony陽臺，包廂；debacle垮臺，潰散；peg短椿；baguette小凸圓體花飾；imbecile蠢的，低能的。參看：bacillary桿狀的；bacteria細菌；imbecility愚頑。

④ [音似近義字] bawd鴇母，妓女，皮條客。本字所指的「墮落」，是指淫逸，縱慾方面。建議與bawd聯記。

de.bent.ure

[di'bentʃə, də'-; dɪ'bɛntʃə]

義節 de.bent.ure

de → of屬於…的；bent→fane n.神廟（v→f通轉）→供奉；-ure名詞。

字義 n. 債券。

記憶 ① [義節解說] 向神廟供奉的物品→牧

師的俸祿，供養→「乾飼料，糧秣」→利益，好處→屬於「利益」的→債務。

② [用熟字記生字] debt欠債；provide供給（口糧等）。

③ [同族字例] debit借方；indebted感恩的；devoir責任；due應付的；duty職責；endeavor努力，盡力；venerable莊嚴的，可敬的（b→v通轉）；venery性慾；venison野味；provisions口糧，存糧；benefice有俸聖職；benefit津貼，好處；benefaction捐助；furnish供應，給予。參看：veneer虛飾；venerate崇拜；revenue收益；parvenu暴發戶；provender（家畜的）乾飼料，糧秣；fend供養（v→f通轉）；venal可以利誘的，貪汚的，爲錢而做的。

de.bi.li.ty [di'biliti ; dɪ'bɪlətɪ]

義節 de.bility

de - →down向下；bility→ability n.能力。

字義 n. 衰弱，虛弱。

記憶 ① [義節解說] 「能力」走下坡路→衰弱。

② [用熟字記生字] ability能力。

deb.o.nair

[,debə'nɛə, -bɔ'n -; ,dɛbə'nɛr]

義節 de.bon.air

de（法文）→of；bon（法文）→ good；air n.氣氛。

字義 a. 殷勤的，有禮的，快活的。

記憶 ① [義節解說] of good air→good manner殷勤有禮。字根-bon-來源於字根-ban-→speak講話→祈求賜福。

② [同族字例] bon好的；bonus獎金；banns在指定教堂舉行婚禮的預告。參看：bounty恩惠；benediction恩賜；

benign慈和的；boon恩惠，福利；abandon放棄，禁止；banish流放。

deb.ris

['debri:, 'deib -, -bri ; dəˈbri, ˈdebri] *

義節 de.bris

de - →down向下；bris→break v.破裂。

字義 n. 碎片，瓦礫堆，廢墟。

記憶 ①〔義節解說〕break down→完全破碎→瓦礫。

②〔用熟字記生字〕break破碎。

③〔同族字例〕brachylogy【語】簡略法，簡潔的表達；branch分支；embranchment支流，分支機構；bray搗碎；brittle易碎的，脆弱的。參看：brash易碎的；breach突破；frail脆弱的。

dec.a.dence ['dekədəns, di'-keid-,

deˈkeid -; dɪˈkedns,ˈdekədəns] *

義節 de.cad.ence

de - →down向下；cad降下；-ence名詞。

字義 n. 頹廢，墮落，衰微。

記憶 ①〔用熟字記生字〕cast投下；decay墮落。

②〔同族字例〕casual偶然的；occasional偶然的；accident偶然的事；deciduous脫落的。參看：cadaver屍體。

de.cant [di'kænt ; dɪˈkænt]

義節 de.cant

de - →down向下；cant n.斜角，斜面。

字義 vt. 傾注（酒等），移注。

記憶 ①〔義節解說〕向下斜→倒出，傾注。

②〔用熟字記生字〕可借corner（角落）記cant。

③〔同族字例〕cant斜角，斜面；cantle切

下的一角；canton州，市區（行政的一「角」）；canteen軍營中的小賣部，餐廳；canthus眼角；scant減少，削弱，不足；contrast相反；counter相反的，反對的。

de.cease [di'si:s ; dɪˈsis] *

義節 de.cease

de-加強意義；cease v.停息，結束。

字義 n. / vi 亡故。

記憶 ①〔同族字例〕ceaseless不停的，不絕的；incessant不停的，連續的。

②〔易混字〕disease身體不適，生病。有趣的是英文中的「病」與「死」，字形總是很相似，還有一例：morbid生病的；mortal死的。

de.cent ['di:snt ; ˈdisnt]

義節 dec.ent

dec美好的，合適的；-ent形容詞。

字義 a. 正派的，體面的，公平的。

記憶 ①〔用熟字記生字〕decoration裝修，裝飾。

②〔同族字例〕deckle紙模的穩紙框；decor裝飾風格；decorous合宜的，相稱的；indecent粗鄙的，下流的；thatch茅屋頂；thug黑鏢客；stegodon一種已滅絕的類象動物；protect遮蓋，保護。參看：bedeck裝飾；decorum禮貌，端莊。

de.cept.ive [di'septiv ; dɪˈsɛptɪv]

義節 de.cept.ive

de - →from分離；cept→take v.取；-ive形容詞。

字義 a. 騙人的，靠不住的。

記憶 ①〔義節解說〕to take something from somebody→從某人手上（騙）取某

物。

② ［用熟字記生字］deceive欺騙；deceit欺騙。

③ ［同族字例］concept概念；except除…之外；percept感知。

---

dec.i.mate ['desimeit ; 'dɛsə,met] *

義節 decim.ate

decim十；-ate動詞。

字義 *vt.* **大批殺死（毀壞），取…的十分之一。**

記憶 ① ［義節解說］此字源於古羅馬一種「連坐」式的處罰：每十人中選一人處死，中國古代也有過類似的「十戶連坐」制。

② ［用熟字記生字］December十二月。按古羅馬的新年是從March（三月）算起，故「十二月」正好是第十個月。借此字以記decim十。

③ ［同族字例］decimal十進的；decade十年；decimeter分米；digit手指（註：十個手指計數）；digital手指的，數字的。

---

de.cline [di'klain ; dɪ'klaɪn] *

義節 de.cline

de→down向下；cl傾斜。

字義 *v. / n.* **（使）下傾，（使）下降，（使）下垂。**
　　v. **拒絕。**
　　vi / n. **衰退。**

記憶 ① ［用熟字記生字］lean傾斜，傾向，斜倚。

② ［同根字例］declension傾斜。參看：incline傾斜，傾向；recline使斜倚，使依靠；slant（使）傾斜，（使）傾向。

③ ［同族字例］acclivity向上的斜坡；clivus斜坡的；client主顧。參看：declivity向下的斜坡；proclivity傾向，癖性。

---

④ 字母l表示「傾斜」的其他字例。參看：lurch突然傾斜；leer斜眼看。

⑤ ［使用情景］本字表示「拒絕」時意指「婉拒，不肯接受」：to～offer / suggestion / invitation / help / comment婉拒某種供貨 / 建議 / 邀請 / 幫忙 / 評論。這些對象都可用refuse（拒絕），但用本字較婉轉。

---

de.cliv.i.ty [di'kliviti ; dɪ'klɪvətɪ]

義節 de.cliv.i.ty

de - → down向下；cliv傾斜；-ty名詞。

字義 *n.* **斜坡，傾斜。**

記憶 ［同族字例］acclivity向上的斜坡；clivus斜坡的。參看：proclivity傾向，癖性。

---

de.coct [di'kɔkt ; dɪ'kɑkt]

義節 de.coct

de - 完全；coct→cook v.烹，煮。

字義 *vt.* **煎（藥），熬（湯）。**

記憶 ① ［用熟字記生字］cook烹飪，燒煮。

② ［同族字例］concoct調製；biscuit餅乾；kitchen廚房的。參看：cuisine廚房，烹飪；culinary廚房的，烹飪（用）的；coax耐心地把火弄旺；precocity早熟，過早發展。

---

de.com.pose

[,di: -kəm'pouz, 'di: -;,dikəm'poz] *

義節 de.com.pose

de-分離；compose v.組成（com-共，同；pose→put放置→放置在一起→組成）。

字義 *v.* **（使）腐敗，（使）腐敗，分解。**

記憶 ① ［義節解說］使已經組合好的東西分離→分解→腐敗。

② ［同族字例］pose姿勢；expose暴露；

propose建議；suppose假設。參看：
composed鎮靜的。

de.cor.um [di'kɔ:rəm; dɪ'korəm]

義節 decor.um

dec（or）美好的，合適的；-um名詞。

字義 *n.* **禮貌，禮節，正派，體面。**

記憶 ①［用熟字記生字］decoration裝飾。
②［同族字例］deckle紙模的穩紙框；
decor裝飾風格；thatch茅屋頂；thug
黑鏢客；stegodon一種已滅絕的類象動
物；protect遮蓋，保護。參看：decent
體面的；bedeck裝飾。

de.coy

[di'kɔi; dɪ'kɔɪ, 'dikɔɪ di'kɔi; dɪ'kɔɪ] *

義節 de.coy

de→duck *n.*鴨子；coy→cage *n.*籠子 /
coil *n.*盤繞，線圈。

字義 *n.* **誘餌，圈套，誘騙者。**
vt. **誘騙。**

記憶 ①［義節解說］本字原意是把野鴨誘進
圈套。
②［同族字例］cave洞；concave開鑿；
excavate開鑿；jail監牢；gabion篾筐；
coop（關家禽的）籠，棚；cage籠子；
cajole誘騙。
③［易混字］參看：coy（女子）怕羞的，
忸怩的；coax哄騙。

de.crep.it [di'krepit; dɪ'krɛpɪt] *

義節 de.crep.it

de - → down向下；crep裂；-it字尾。

字義 *a.* **衰老的，老弱的。**

記憶 ①［義節解說］破裂且向下走→衰敗，
衰老。
②［用熟字記生字］decrease減少，減小。
③［同族字例］discrepancy差異，脫節，

不一致（dis-分，離）；crepitate發爆裂
聲；decrepitate燒爆；rupture破裂，裂
開；interrupt打斷；bankrupt破產的，
垮了的；crevasse冰隙，堤裂；crisp鬆脆
的；craven怯懦的，膽小的；quebracho
樹皮；rupture破裂，裂開；abrupt突然
的；disrupt使分裂；erupt爆發。參看：
crevice裂縫；corrupt腐敗的；rive撕開，
扯裂，劈開；rip撕（開）；rift裂縫。
④ cr表示「裂」的其他字例：crack裂
開；crackle龜裂；crag岩石碎片；cranny
（牆等）裂縫等等。cr的這個含義，估計
是從「喀啦啦」的爆裂聲而來。

de.cry [di'krai; dɪ'kraɪ]

義節 de.cry

de - → down向下；cry *v.*喊叫。

字義 *vt.* **大聲反對，責難，輕視，詆毀。**

記憶 ①［義節解說］居高臨下地喊叫。
②［用熟字記生字］cry喊叫。參看：
disparage輕視，貶低，毀謗；despise鄙
視。
③［同族字例］cricket蟋蟀；croon低聲
哼唱；scream尖聲喊叫。參看：crow雞
啼；croak呱呱叫；lachrymose愛哭的。
④［易混字］參看：descry看到，發現，
辨別出。

de.duct [di'dʌkt; dɪ'dʌkt]

義節 de.duct

de - → down向下；duct引導，帶領。

字義 *vt.* **減去，推論。**

記憶 ①［義節解說］向下引導→推論。作
「減去」解時，de - → from分離。
②［用熟字記生字］introduction介紹。
③［同族字例］product產品；education
教育；induct引導；reduction減少；
seduce勾引；subduce減去。參看：
conduit管道，導管；educe推斷出；

D

abduct誘拐。

de.fi.ance [di'faiəns; dɪ'faɪəns] *

義節 de.fi.ance

de - → down向下；fi→vi→vie v.競爭，下賭注；-ance名詞。

字義 *n.* **挑戰，蔑視。**

記憶 ① ［義節解說］本字來源於法文défier 互不信任，挑釁；fier信託，委託；envi 爭先恐後地，與…競爭，對抗（fi→vi：f→v通轉）。競爭→挑戰；因信任下降而「蔑視」。

② ［用熟字記生字］defeat擊敗；fight戰鬥；fail使失敗，不及格。

③ ［同族字例］「挑戰」一意：defy挑戰；vie競爭，下賭注；vying競爭的；veloce （音樂）快速地；velocipede早期的自行車；velocity速度；envy忌妒。參看：envious忌妒的，羨慕的。

「蔑視」一意：affiance信用；faith忠實；fiancee未婚妻。

de.fraud [di'frɔːd; dɪ'frɔd] *

義節 de.fraud

de - → 完全；fraud v.欺騙，詐欺。

字義 *vt.* **騙取，詐取。**

記憶 ① ［義節解說］fraud在法文中有「走私」的字義，估計最初可能是裝運假貨走私的意思，後來引申爲「詐欺」。

② ［同族字例］freight貨運，裝貨，使充滿；fraught充滿…的；fraudulent詐欺的。參看：ferry渡船。

③ 字母f表示「僞造，欺騙」的其他字例：fake假貨；foist騙售；fuck欺騙；forge僞造…等等。

deft [deft; dɛft] *

字義 *a.* **靈巧的，熟練的。**

記憶 ①本字在古英文中的原意是「柔軟的」，轉義爲「合適的」。

② ［同族字例］dab能手，熟手；daft瘋狂的，愚蠢的。

③ ［雙聲近義字］參看：dexterous靈巧的。

④ ［疊韻進義字］與 theft（偷竊）作聯想，造句：He is～of theft. 他偷東西的手法可神了。

deign [dein; den]

字義 *vi.* **屈尊，垂顧。**

       vt. **俯允，賜予。**

記憶 ①作者以爲：字根-dign-有「美好的，適宜的」本意。再想深一層，此意很可能來源於deity神，神性；因爲「神性」無疑是「美好的，適宜的」→尊貴的。參看：deity神；divine（敬）神的。

② ［同族字例］indignant憤慨的；condign適宜的；disdain輕蔑，鄙視。參看：dainty優雅的；dignity尊貴；indignity輕蔑；dandy第一流的。

③ 字母d表示「美好的，有價值的，適宜的」的其他字例：decent體面的；decorous有敎養的；delicate精美的；darling心愛的；delight使高興；dessert甜點；douce甜美的；dulcet悅耳的；-od-（字根）歌，頌等。

de.i.ty ['diːiti, 'diːəti, 'diəti; 'diətɪ] *

義節 dei.ty

dei神；-ty名詞。

字義 *n.* **神，神性。**

記憶 ① ［同族字例］deify神化；deism自然神論；adieu再見（→good-bye→God by you→good-bye）。

字根-dei-有一個變體-thei-（神）。這是因爲th讀濁音時與d的讀音很相似，易

形成變體：theism有神論；theology神學；pantheism泛神論；theism有神論；thearchy神權統治；thumatology奇異學。參看：theocracy神權統治；僧侶政治；apotheosis神聖之理想，神化，頂峰。

② 字母d常表示「神」。如：deify神化；div（字根）神；divine神；idol神像。

de.ject [di'dʒekt; dɪ'dʒɛkt]

義節 de.ject

de - → down向下；ject→throw投，射。

字義 *vt.* **使沮喪，使氣餒。**

記憶 ① ［義節解說］throw down (the head)→垂頭喪氣。參看：crestfallen垂頭喪氣的（crest冠）。

② ［同族字例］reject拒絕；eject射出；injection注射，注（資）。

de.late [di'leit; dɪ'let]

義節 de.late

de - 完全；late→raise *v.*舉起，運送。

字義 *vt.* **控告，告發，公布（罪行）**

記憶 ① ［義節解說］把（內情）完全「舉」出來→告發。

② ［易混字］delay耽誤。參看：dilate（使）膨脹，詳述。

③ ［同族字例］translate翻譯；ventilate通風；superlative最高級的；legislate立法；ablate切除；idolatry偶像崇拜（-latry崇拜）。參看：collate對照；elate使洋洋得意；modulation調製。

del.e.te.ri.ous

[ˌdeli'tiəriəs, dil -; ˌdɛləˈtɪrɪəs] *

義節 de.leter.i.ous

de → of；leter→lethe *a.*致死的；-ous形容詞。

字義 *a.* **（對身心）有害的，有毒的。**

記憶 ① ［用熟字記生字］試用delete（刪除）助憶。記：「潔本《金瓶梅》刪除了有毒害的部分文字」。

② ［同族字例］alastor復仇之神（a-否定；last忘卻）；lethe忘川（希臘神話，飲了「忘川」的水會使人忘記）；lanthanum鑭（化學中的惰性元素）；delitescence潛伏（期）。參看：loath不願意的；lethal致死的；lethargy冷淡的；allude暗指，間接提到；lithograph平板畫；lithorint用膠印法印刷；latent潛伏的。

de.light [di'lait, dɪ'lait] *

義節 de.light

de - 完全；light *a.*輕鬆愉快的。

字義 *vt.* / *n.* **（使）高興。**
　　　 vi **取樂。**
　　　 n. **樂事。**

記憶 ① ［用熟字記生字］a light heart輕鬆愉快的心情；light music輕音樂。

② ［同族字例］dull遲鈍的，呆笨的；doll洋娃娃，好看而沒有頭腦的女子；delicate精美的；darling心愛的；dally嬉戲。參看：indulgent縱容的，溺愛的；dolt傻瓜；dulcet悅耳的。

de.lin.e.ate [di'linieit; dɪ'lɪnɪˌet] *

義節 de.line.ate

de - 完全；line線；-ate動詞。

字義 *vt.* **描寫…外型，描繪，描寫。**

記憶 ① ［義節解說］跟隨一條線走一圈→勾勒出輪廓。

② ［同族字例］linear線的，線性的；collinear共線的；align排成一條直線，排隊；lineament面貌，輪廓。

de.lir.i.ous [di'liriəs; dɪ'lɪrɪəs]

D

D

義節 de.lir.i.ous

de - 分離；lir→line *n.*直線；-ous形容詞。

字義 *a.* **神志昏迷的，說胡話的，發狂的。**

記憶 ① ［義節解說］本字來源於拉丁文 deliro 離開直線，發狂。其中 lir→furrow 犁溝，車轍。耕田時離開了犁溝，駕車離了轍→豁了「邊」，出了「軌」→發狂。參考：exult 狂喜（ex-向外，離開；ult 在山的另一邊，終極）。造字思路也與本字相似。

② ［諧音］利用本字開頭二個音節的讀音，記「歇斯底里」（deli）。

③ ［雙聲近義字］delusion 幻想，虛妄，錯覺，迷惑，欺騙；delude 欺騙，弄錯；Delilah 大麗拉，力士參孫的情婦→女誘騙者。

---

del.uge ['delju:dʒ, -ljudʒ; 'dɛljudʒ] *

義節 del.uge

de → dell *n.*谷；-uge 字尾。

字義 *n.* **洪水，暴雨。**

       vt. **使氾濫，淹浸。**

記憶 ① ［義節解說］完全沖洗→洪水，暴雨。

② ［同族字例］dell 谷；dalles 急流，峽谷間的峭壁。參看：dale 溪谷；dilute 沖淡。

---

dem.a.gog.y ['deməgɔgi, -gɔdʒi; 'dɛmə,gɒdʒɪ, -,gɔgɪ, -,gɑgɪ]

義節 dem.agog.y

dem 人民；agog 引導；-y 名詞。

字義 *n.* **煽動，蠱惑人心的宣傳。**

記憶 ① ［義節解說］牽著民眾（的鼻子）走。

② ［用熟字記生字］democracy 民主。

③ ［同族字例］-dem-：epidemic 流行性的，傳染性的；pandemic 廣大地區流行的。參看：endemic 地方性的（疾病）；demography 人口統計學。-agog-：hydragogue 利尿藥；galactagogue 催乳藥；mystagogue 引人入神祕教者；agog 渴望；ogle 作媚眼；goggle 斜視，瞪眼盯視；boggle 吃驚，猶豫。參看：pedagogy 教育學（ped 兒童）。

---

de.mean [di'mi:n; dɪ'min]

義節 de.mean

de → of 具有…的；mean→men 領，引，驅。

字義 *n.* **行為，表現。**

記憶 ① ［義節解說］能引導人們留下印象。

② ［用熟字記生字］mean 意味著；manner 舉止。

③ ［同族字例］commence 開始；amenity 社交禮節；mien 風度；mention 提及；menace 威脅；permeate 滲透，瀰漫，充滿。參看：promenade 兜風，散步；impermeable 不可滲透的；meander 漫步；ominous 預兆的；mendacious 虛假的；permeable 可滲透的；amenable 有義務的，順從的。

---

de.mise [di'maiz; dɪ'maɪz]

義節 de.mise

de - → away 離去；mise 放置。

字義 *n. / vt.* **轉讓，遺贈。**

       n. **死亡，讓位。**

記憶 ① ［義節解說］本字來源於法文動詞 démettre 離職，以及它的變位形式 démission 辭職，放棄。法文的 mettre 相當於英文的 put，put away→（物）贈予，（人）被打發（回老家）。

② ［用熟字記生字］dismiss 使退去，打發。

③ ［同族字例］mise 支出，浪費；mission

派遣，使節；promise允諾。參看：surmise推測，猜測，臆測。

de.mog.ra.phy

[di:'mɔgrəfi; dɪ'mɑgrəfɪ, di -] *

[義節] demo.graphy

demo人民；graph寫，畫；-y名詞。

[字義] *n.* **人口統計學。**

[記憶] ① [義節解說] 畫出人口的（有關曲線）。

② [用熟字記生字] democracy民主；geography地理學。

③ [同族字例] epidemic流行性的，傳染性的；pandemic廣大地區流行的。參看：endemic地方性的（疾病）；demagogy煽動。

de.mon [ˈdiːmən; ˈdimən]

[字義] *n.* **惡魔，惡棍，精靈。**

[記憶] ① [用熟字記生字] de→devil魔鬼；mon→monster妖怪。

② [同族字例] eudemonia幸福（eu-→good；demon→spirit精靈）；demonic惡魔的。參看：pandemonium魔窟，地獄。

③ [音似近義字] dead man死人→鬼→惡魔。

demur [di'mə:; dɪ'mɝ]

[義節] de.mur

de - 加強意義；mur停留。

[字義] *vi / n.* **異議，反對。**

     n. **遲疑。**

[記憶] ① [義節解說] 保留自己的意見→有異議。

② [同族字例] amortization攤還，分期償還，緩衝；morademur韻律單位（相當於一個短音）；remain停留，保持；

moratory延期償付的；mur牆；demure嫻靜的，拘謹的，假正經的；marline細索。參看：mortify抑制，禁慾；mortgage抵押；mortmain傳統勢力；moratorium暫停，moor繫泊，繫住。

de.mure [di'mjuə; dɪ'mjʊr] *

[義節] demure

de - 完全；mur封閉，保護。

[字義] *a.* **嫻靜的，拘謹的，假正經的。**

[記憶] ① [義節解說] 完全處在「封閉」狀態→靜，拘謹。

② [同族字例] countermure（城牆）副壁；extramural牆外的，校外的；immurement關閉，深居簡出。參看：mural牆壁（上）的；immure封閉；munition軍火；murk黑暗；mute緘默的；mump繃著臉不說話。

den [den; dɛn] *

[字義] *n.* **獸穴，私室。**

     vi. **穴居，入洞。**

[記憶] ① 本字來源於拉丁文deintus，今法文作dans，相當於within在…之內→凹。

② [同族字例] dint陷痕，凹痕。參看：dent凹部；denizen（外籍）居民。

③ [疊韻近義字] ben內室；pen畜欄；ken狗窩。

④ [雙聲近義字] dimple笑渦；delve穴，凹，坑。

den.i.grate [ˈdenigreit; ˈdɛnəˌgret]

[義節] de.nigr.ate

de - 完全；nigr黑；-ate動詞。

[字義] *vt.* **抹黑，貶低，詆毀。**

[記憶] ① [用熟字記生字] night夜晚→暗→黑。

② [同族字例] Nigro黑人；nigritude黑人

D

177

的自豪感；noctiluca夜光蟲；noctitropic夜向性的。參看：noctivagant夜遊的；nocturnal夜的；equinox晝夜平分時。

③ 請注意n常表示「無」。如：none沒有一個人；null無效；nothing什麼都沒有等等。「空無」與「黑」是很直接的聯想，可借此記字根 nigr 黑。

den.i.zen ['denizn; 'dɛnəzn]

義節 deniz.en

deniz→with-in在…之內；-en人。

字義 *n.* **（外籍）居民。**

　　vt. **移植。**

記憶 ① 語源上認爲本字源於古法文denzein，今法文作dans→within→「已經住在裡面的人」。

② ［用熟字記生字］citizen市民，平民。

③ ［同族字例］dint 陷痕，凹痕。參看：den獸穴；dent凹部。

dent [dent; dɛnt] *

字義 *n.* **凹部，凹痕，壓。**

　　v. **（使）凹進。**

記憶 ①本字來源於拉丁文deintus，今法文作dans，相當於within在…之內→凹。

② ［同族字例］dint陷痕，凹痕。參看：den獸穴；denizen（外籍）居民；indent（刻成）鋸齒形，（訂）合同，（壓）凹痕。

③ ［雙聲近義字］dimple笑渦；delve穴，凹，坑。

de.nude [di'njuːd ; dɪ'njud, -'nud]

義節 de.nude

de - 完全；nude *a.*裸體的，光禿的。

字義 *vt.* **剝光，剝奪。**

記憶 ① ［用熟字記生字］not無，不。

② ［同族字例］naked裸體的；

gymnasium體育館（註：原意是「裸體訓練」）；gymnosperm裸子植物。參看：ecdysiast脫衣舞女；ecdysis蛻皮。參看：nude裸體的；exuviate蛻皮；endue穿（衣），使穿上。

③ 字母n常表示「無」。其他字例：nothing什麼都沒有；none空無一人；null無效的；numb失去感覺的等等。

de.pict [di'pikt; dɪ'pɪkt] *

義節 de.pict

de - 完全；pict *v.*（用顏料）繪畫。

字義 *vt.* **描繪，雕出，敍述。**

記憶 ① ［用熟字記生字］picture圖畫；paint顏料，油漆。

② ［同族字例］pigment顏料；picturesque如畫的；pictorial繪畫的。

de.plore [di'plɔː,-'plɔə; dɪ'plor] *

義節 de.plore

de - 完全；plore→burst out爆破，爆發。

字義 *vt.* **悲嘆，哀悼，痛惜。**

記憶 ① ［義節解說］burst out into tears哭出來。

② ［同族字例］explore探究；explode爆破，戳穿；implode壓破，內向爆破；applaud鼓掌稱讚；applause鼓掌稱讚；plaudit喝彩讚美。參看：implore哀求。

③ pl表示「煩擾，悲苦」的其他字例：plain抱怨；complain抱怨；plaint悲歎，訴苦；plangent淒切動人的；plight苦況等等。

de.ploy [di'plɔi; dɪ'plɔɪ]

義節 de.poly

de - 分，離；ploy→ply編造，彎繞。

字義 *v.* **展開，調度，布署。**

記憶 ① ［義節解說］把編在一起的東西分

開→展開。

② ［用熟字記生字］display展開，展示。

③ ［同族字例］plywood 寶麗板，三夾板；imply暗指；reply答覆；explicate引申（概念等）；explain解釋，闡明。這二字中的ex-均表示「向外」，字義也是來源於「把原來編在一起的東西向外展開」。

de.pone [di'poun ; dɪ'pon]

義節 de.pone

de - → down向下；pone→put v.放置。

字義 v. 宣誓作證。

記憶 ① ［義節解說］把（手）向下放在（聖經上）→宣誓作證。

② ［用熟字記生字］postpone延期。

③ ［同族字例］component組成部分；compound混合物；exponent說明的；opponent對立的；propone提議。參看：depose宣誓作證。

de.port [di'pɔːt; dɪ'port, -'pɔrt] *

義節 de.port

de - 分離；port攜帶，搬運。

字義 vt. 放逐，舉止。

記憶 ① ［義節解說］攜離→架出去→放逐；「舉止」一樣，port的原意是「持槍」，引申為「相貌堂堂」。再由「持槍致敬」引申為「舉止」。

② 換一個思路：port為「港口，碼頭」，「離港」→放逐。

③ ［用熟字記生字］import進口；export出口。

④ ［易混字］disport娛樂，玩耍。

⑤ ［同族字例］port舉止，風采。參看：comport舉止；portly肥胖的，粗壯的，魁梧的。

de.pose [di'pouz ; dɪ'poz] *

義節 de.pose

de - → down向下；pose→place n.位置，場所，放置。

字義 vt. 廢黜。

    v. 宣誓作證。

記憶 ① ［義節解說］從某一場所或位置中拉下來→廢黜；把手向下放在聖經上宣誓作證。參看：depone宣誓作證。

② ［用熟字記生字］post崗位，職位；position位置，地位。

③ ［易混字］dispose排列，處置，處理。

④ ［同族字例］compose作文，作曲；expose暴露。參看：depone宣誓作證。

dep.ot ['depou ; 'dipo, 'dɛpo]

義節 de.pot

de - → down向下；pot→put放，置。

字義 n. 倉庫，車站，兵站。

記憶 ① ［義節解說］to put down把（貨物）放入→倉庫。

② ［用熟字記生字］post崗位，職位；position位置，地位；deposit存放，積澱。

③ ［易混字］參看：despot暴君。

de.prav.i.ty [di'præviti ; dɪ'prævətɪ]

義節 de.prav.ity

de - 完全；prav→pervert v.墮落；-ity名詞。

字義 n. 墮落，腐敗。

記憶 ① ［義節解說］本字來源於拉丁文depravo引入歧途，和pravas歪曲的，變壞了的。語源上認為-prav-是pervert的變形（per→perish腐敗；vert→turn轉變）。

② ［同族字例］deprave使腐化，使墮落；perversion墮落。參看：reprobate墮落

的，放蕩的；adversity逆境，災難。

③ 字母組合pr表示「俯伏，墮落」的其他字例：prone俯伏的；pronate俯，伏；prostrate俯臥的，衰竭的等等。

dep.re.cate

['deprikeit; 'dɛprə,ket] *

[義節] de.prec.ate

de - 分離；prec祈求；-ate動詞。

[字義] **vt. 反對，駁斥。**

[記憶] ① ［義節解說］不祈求→反對。

② ［用熟字記生字］pray祈禱，祈求。

③ ［同族字例］precative懇請的；imprecate祈求降（禍），詛咒；appreciate贊成；deprecate祈求免去，不贊成。參看：preach說教；precarious危險的，不安定的（註：要祈求上帝保佑）。

④ ［易混字］參看：depreciate（使）貶值。

de.pre.ci.ate

[di'pri:ʃieit, -ʃieit；dɪ'priʃɪ,et]

[義節] de.preci.ate

de - → down向下；preci價值；-ate動詞。

[字義] **v. （使）貶值，（使）跌價。**
vt. 貶低。

[記憶] ① ［用熟字記生字］precious寶貴的；price價錢。

② ［反義字］appreciate（使）升值，讚賞。

③ ［同族字例］praise讚揚；appraise評價；depraise貶損；prize獎賞；misprize蔑視。參看：preciosity過分講究。

④ ［易混字］參看：deprecate反對，駁斥。

dep.re.date

['deprideit, -prəd -; 'dɛprɪ,det] *

[義節] de.pred.ate

de - 完全；pr奪；-ate動詞。

[字義] **v. 搶劫，驚奇。**

[記憶] ① ［義節解說］驚心「奪」魄→驚奇。

② ［同族字例］prison監禁；pry撬；prize捕獲；spree狂歡；osprey魚鷹（註：會「捕」魚）；prey劫掠。參看：prey被捕食的動物；predatory掠奪性的。

③ 換一種思路：de - → down向下；pred→prehend→take down奪下。

④ 字母組合pr表示「奪」的其他字例：privateer私掠船；privation剝奪；deprive剝奪；prowl（野獸）四處覓食等等。

dep.u.ty ['depjuti；'dɛpjətɪ]

[義節] de.put.y

de - down向下；put v.放置；-y名詞。

[字義] **n. 代表，代理（人）。**

[記憶] ① ［義節解說］put down（把事務）委諸（某人）。

② ［同族字例］compute計算，估計，dispute爭辯；impute把…歸咎於…；repute評價；reputation聲譽，名聲；disrepute壞名聲；depute委託（權力等）。參看：amputate切掉（am-→a-→out；put out）；impute推諉，歸咎於，轉嫁於。

③ 語源上認爲字根put的含義爲「計算」和「修剪」。用來解釋上述各字均感困難。作者覺得還是解作常用字的put更合適。

der.e.lict ['derilikt; 'dɛrə,lɪkt]

[義節] de.re.lict

de - 完全；re - →back回，後；lict遺留。

字義 *a.* 遺棄的，無主的。

　　　　n. 遺棄物，乞丐。

記憶 ① ［義節解說］留在原處，留在後面→放棄。

② ［用熟字記生字］leave遺留；loose放鬆。

③ ［同族字例］relique / relic 遺物，遺址；juvenile delinquency青少年犯罪；relict遺體，寡婦。參看：relinquish廢除，放棄。

de.ride [di'raid, də'r -; dɪ'raɪd] *

義節 de.ride

de - → down向下；ride笑。

字義 *vt.* 嘲笑，愚弄。

記憶 ① ［義節解說］居高臨下地「笑」別人。

② ［同族字例］ridiculous可笑的；risible善笑的。

des.cant ['deskænt ; 'dɛskænt]

義節 des.cant

des - → dis-分離；cant *n.*行話，黑話，哀求的吟唱。

字義 *n.* 旋律，唱歌，詳談。

記憶 ① 在［義節解說］把心裡的話（心曲）都「傾」訴出來。

② ［用熟字記生字］song歌。（chant唱歌。其中ch變成c音，得cant吟唱；再由c變成s音，得song歌）。

③ ［同族字例］cantata清唱劇；cantilate吟唱；enchant施魔法於，使銷魂，使喜悅；chant唱歌，稱讚；chantey船夫曲。參看：descant旋律，唱歌，詳談；incantation咒語，妖術；cantankerous愛爭吵的（anker→anger怒）；canto篇章；recant撤回聲明（re-→back向後）。

④ ［諧音］「侃」→詳談。

de.scry [dis'krai ; dɪ'skraɪ] *

義節 des.cry

des→dis-分離；cry→creet分別。

字義 *vt.* 看到，發現，辨別出。

記憶 ① ［用熟字記生字］discover發現；discern分辨。

② ［同族字例］concrete具體的；discrete分離的，不連續的；secret祕密的；discriminate區別，辨別；screen甄別。參看：decrepit衰老的；discreet謹慎的。

③ ［易混字］參看：decry大聲反對，責難，輕視，詆毀。

des.ic.cate ['desikeit; 'dɛsə,ket]

義節 de.sic.c.ate

de - 完全；sic吸；-ate動詞。

字義 *vt.* 使乾燥，使脫水。

　　　　vi 變乾燥。

記憶 ① ［義節解說］（把水分）完全吸出→脫水。

② ［用熟字記生字］sip吸；suck吸吮。

③ ［同族字例］sack白葡萄酒；secco用水和蛋黃、膠料等調色的壁畫方法；siccative使乾燥的。參看：exsiccate使乾燥。

④ 字母s常表示「吸液」。可能與「吸液」時發出的「嘶嘶聲」有關。其他字例：sorb吸收；absorb吸收；sup啜飲；siphon虹吸等。

de.sid.e.rate

[di'zidəreit, di'si-; dɪ'sɪdə,ret, dɪ'zid -]

義節 de.sider.ate

de - 加強意義；sider→star *n.*星；-ate動詞。

字義 *vt.* 需求，渴望得到。

記憶 ① ［義節解說］看著星星而冥思苦想；想把星星摘下來。

② ［用熟字記生字］desire慾望，渴望。

③ ［同族字例］sidereal恆星的；consider考慮；considerate體貼的；desideratum急需品。

④ 字母s有時會表示「尋求」。其他字例：search找尋；seek尋找；beseech懇求…等等。

de.sol.ate

['desəlit, -sli- ; 'dɛsḷɪt 'desəleit; 'dɛ!,et] *

義節 de.sol.ate

de - 完全；sol單獨的；-ate字尾。

字義 *a.* **荒蕪的，孤寂的。**

　　　vt. **破壞，使孤寂。**

記憶 ① ［義節解說］完全處於孤獨的狀況。

② ［用熟字記生字］island島。

③ ［同族字例］insulation隔離，絕緣；peninsula半島；sole單獨的；solo獨唱，獨奏；solitary孤獨的。參看：insular島嶼的，隔絕的。

de.spise [dis'paiz; dɪ'spaɪz]

義節 de.spise

de - →down向下；spise→look *v.*看。

字義 *vt.* **鄙視，藐視，看不起。**

記憶 ① ［義節解說］look down（upon）看不起。

② ［用熟字記生字］spy間諜（專門「窺探」者）。

③ ［同族字例］despicuous輕視；despicable可鄙的，卑鄙的；spite不管，不顧；despite不顧，輕視；in spite of 儘管；auspice鳥卜，吉兆；conspicuous顯眼的，著名的；suspicion懷疑。參看：perspicacious眼光銳利的。

de.spond [dis'pɔnd; dɪ'spɑnd] *

義節 de.spond

de - 分離；spond→promise *v.*承諾，預計。

字義 *vi.* **沮喪，洩氣，失望。**

記憶 ① ［義節解說］離開預計→失望。

② ［用熟字記生字］despair絕望；desperate絕望的。

③ ［同族字例］respond回答，反應；responsible有責任的，可靠的；correspond相當，一致。參看：depone宣誓作證。

des.pot ['despɔt; - pət; 'dɛspət, -pɑt]

義節 des.pot

des - → de-完全；pot能力。

字義 *n.* **專制君主。**

記憶 ① ［義節解說］操完全的權力。

② ［用熟字記生字］potential潛在的。

③ ［同族字例］possible可能的；potentate統治者；impotent無能力的；despotism暴政，專制。

④ ［易混字］參看：depot倉庫。

des.sert [di'zə:t; dɪ'zɝt] *

義節 des.sert

des - → de - 完全；sert→serve *v.*服務，上菜。

字義 *n.* **甜點。**

記憶 ① ［義節解說］至此，所有的菜都已上全（這是最後一道菜了）。

② ［同族字例］preserves蜜餞；serviette餐巾。

③ ［易混字］desert沙漠，丟棄，捨棄；dissert論述。

des.ti.tute

['destitju: 'dɛstə,tjut, -,tut] *

【義節】de.stitute

de - 分離；stitute站立，建立。

【字義】 *a.* **缺乏的，極端貧困的。**

【記憶】① ［義節解說］已建立的東西變得破碎→散了架→潦倒。

② ［同根字例］constitute組成；institute協會；prostitution妓女；restitute償還；substitute替代。

de.su.e.tude

[di'sju:itju:d, 'deswitju:d, 'di:swi- ; 'dɛswɪ,tjud, -,tud]

【義節】de.sue.tude

de - 分離；sue *v.*習慣，合適；-tude名詞。

【字義】 *n.* **廢止，不用。**

【記憶】① ［義節解說］離開了習慣，不再合適。

② ［用熟字記生字］suit適合。

③ ［同族字例］consuetude習慣，慣例；mansuetude柔順，溫和。

④ 換一個思路：sue→follow跟隨。不再follow，就是「廢止」。

de.tain [ditein ; dɪ'ten] *

【義節】de.tain

de - → down向下；tain→hold *v.*握，持。

【字義】 *vt.* **扣留，留住。**

【記憶】① ［義節解說］「拿」下。

② ［同族字例］obtain獲得；maintain維持，contain包含。

de.terg.ent

[di'tə:dʒənt; dɪ'tɜdʒənt] *

【義節】de.terg.ent

de - 完全；terg磨擦，洗擦；-ent字尾。

【字義】 *a.* **使清潔的，淨化的。**

n. **清潔劑。**

【記憶】① ［義節解說］本字來源於拉丁文detero磨傷，磨破。其中：tero研磨，擦洗，疲勞。字母組合tr表示「擦擦」，就是從tero中的ter通過字母er互相「易位」變成tre而來。

② ［同族字例］absterge擦去，洗淨；deterge洗淨（傷口等）；terse簡潔的；abstersion洗淨，淨化；tired疲勞；tribulate磨難，災難；attrition磨擦，磨損；contrite悔恨；detrition磨損，耗損；detritus碎岩；atrophy使衰退，使萎縮。參看：detriment損害，傷害。

de.test [di'test ; dɪ'tɛst] *

【義節】de.test

de - → down向下；test *n.*（蟹，蛤等的）甲殼，介殼。

【字義】 *vt.* **嫌惡，憎恨，痛恨。**

【記憶】① ［義節解說］本字來源於拉丁文detestor趕走，咒罵，鄙棄。其中，-test-的原意是（蟹，蛤等的）甲殼，介殼，好像古代的東方人和西方人都把它們看作神物，引申爲「證物，見證（witness）。參看：ostracise貝殼放逐法→古希臘由公民把認爲危害邦國的人名寫在貝殼上進行投票，過半數票者則放逐之。

② ［用熟字記生字］taste品味→distaste嫌惡，憎恨。

③ ［形似近義字］touchy易怒的。

④ ［同族字例］test（蟹，蛤等的）甲殼，介殼；architect建築師；testudo陸龜；tortoise龜；tester（舊式大床，布道壇上面的）華蓋；toga袍掛，長袍；protege被保護人；test測驗，考試；attest證實，證明；contest競爭。參看：protest抗議；testimony證據；testy易怒的，暴躁的；intuition直覺；testament遺囑，遺言；tutelage保護，監護，（個別）指

導。

⑤〔疊韻近義字〕fester煩惱，怨恨；pester煩擾。

de.throne [di'θroun ; dɪ'θron, di -]

義節 de.throne

de - → down向下；throne n.王位，君權。

字義 vt. 廢黜。

記憶 ①〔義節解說〕從王位下來；「倒」閣；敢把皇帝拉「下」馬。

②〔用熟字記生字〕crown王冠。

det.o.nate

['detouneit, 'di:t -, - tən -; 'dɛtə,net, -to-]

義節 de.ton.ate

de - 完全；ton打雷；-ate動詞。

字義 v.（使）爆炸。

記憶 ①〔義節解說〕用雷聲描寫爆炸聲。ton本身似是模擬打雷時的「咚咚」聲。

②〔用熟字記生字〕astonish使驚訝。法文動詞toner（打雷），估計是模擬響雷的「咚咚」聲。

③〔同族字例〕Stentor特洛伊戰爭中的傳令官（註：顧名思義，此人聲音洪亮，否則如何在戰火中傳令？）；tornado龍捲風；thunder雷鳴。參看：astound使震驚；consternate使驚愕；stun使震聾，驚人的事物，猛擊；stentorian聲音響亮的；stertor鼾聲。

det.ri.ment

['detrimənt; 'dɛtrəmənt] *

義節 de.tri.ment

de - 完全；tri磨擦，磨損；-ment名詞。

字義 n. 損害（物），傷害。

記憶 ①〔義節解說〕本字來源於拉丁文detero磨傷，磨破。其中：tero研磨，擦

洗，疲勞。

②〔用熟字記生字〕tired疲勞。

③〔同族字例〕tribulate磨難；災難；attrition磨擦，磨損；contrite悔恨；detrition磨損，耗損；detritus碎岩；atrophy使衰退，使萎縮；absterge擦去，洗淨；deterge洗淨（傷口等）；terse簡潔的；abstersion洗淨，淨化；tired疲勞；tribulate磨難，災難。參看：detergent使清潔的。

dev.a.state ['devəsteit; 'dɛvəs,tet] *

義節 de.vast.ate

de - → down向下；vast a.廣漠無邊的；-ate動詞。

字義 vt. 使荒蕪，破壞，劫掠，壓倒。

記憶 ①〔義節解說〕reduce to emptiness使變成空無。

②〔用熟字記生字〕waste浪費，使荒蕪，使荒廢。（字母v與w的「通轉」）。

③〔同族字例〕vacuum眞空；vain徒然的；evacuate撤離；vanity空虛；vanish消失。參看：vaunt誇張；devoid缺乏的，沒有的。

de.void [di'vɔid, də'v -; dɪ'vɔid] *

義節 de.void

de - 完全；void a.空虛的。

字義 a. 缺乏的，沒有的。

記憶 ①〔用熟字記生字〕avoid避免，使無效。

②〔同族字例〕vacuum眞空；vain徒然的；evacuate撤離；vanity空虛；vanish消失。參看：vaunt誇張；devastate使荒蕪。

de.vour [di'vauə; dɪ'vaʊr] *

義節 de.vour

de - 完全；vour→vor吞嚥。

字義 *vt.* 狼吞虎嚥，吞沒，耗盡，貪看，貪聽，吸引。

記憶 ① ［義節解說］字根 - vor - 應是字根-gorg-（喉嚨）的變體，其中v→w→g音變通轉。

② ［用熟字記生字］swallow吞嚥。

③ ［同族字例］avarice貪婪，gorge暴食；gormandis暴食。參看：voracity暴食，貪婪。

④ 字母v長表示「貪，愛，強烈願望」的其他字例：avarice貪婪；venal貪汙的；voracious極度渴望的，狼吞虎嚥的；vultrine貪得無厭的；covet覬覦，垂涎，渴望；envy忌妒。

de.vout [di'vaut ; dɪ'vaʊt] *

義節 de.vout

de - 完全；vout→vot→vow *n.*誓。

字義 *a.* 虔誠的，誠懇的。

記憶 ① ［義節解說］全心全意的發誓。本字來源於拉丁文devoveo犧牲，奉獻。其中：voveo向神許願，願望，即volo願望，其變格形式就是votum祭品，誓言。

② ［用熟字記生字］devote奉獻。

③ ［同族字例］votary崇拜者，愛好者；vote投票選舉；victim犧牲；volunteer志願者；will意願。

④ ［雙聲近義字］vouch擔保。參看：vow發誓，許願；avow聲音。

⑤ ［使用情景］～persons / prayers / wishes / thanks.虔誠的人 / 虔誠的祈禱者 / 熱誠的願望 / 懇切的謝意。

dew [dju: ; dju] *

字義 *n.* 露水，露珠般的東西（淚珠，汗珠等），清新。

　　vt. 結露水。

記憶 ① ［用熟字記生字］dip浸，蘸；drop水滴。

② ［同族字例］douce浸，泡；ducking浸入水中；dunk浸；duck鴨；thaw（雪）融化。參看：douche沖洗。

③ ［使用情景］the～of youth朝氣；the funeral～悼念的淚水；a heavy～fell下了很重的露水；…the drops of pearly～caught on the spiders webs glistened in the first rays of the rising sun.（Immensee）蜘蛛網上的露水在旭日初升的光輝中閃耀著。（《茵夢湖》）

dex.te.rous ['dekstərəs; 'dɛkstərəs]

義節 dexter.ous

dexter右；-ous形容詞。

字義 *a.* 靈巧的，敏捷的，用右手的。

記憶 ① ［義節解說］用右手做事比較運用自如。參看：gauche笨拙的（原意爲「左」）。

② ［用熟字記生字］index指示符號。

③ ［同族字例］ambidexter靈巧的，善用左右手的。

④ ［雙聲近義字］參看：deft靈巧的，熟練的。

di.a.bol.ic [ˌdaɪə'bɔlik; ˌdaɪə'bɑlɪk]

義節 diabol.ic

diabol→devil魔鬼；-ic形容詞。

字義 *a.* 惡魔（似）的，凶暴的。

記憶 ① ［用熟字記生字］記devil魔鬼（濁子音b和v常會互相轉化。在西班牙文中，字母b可以發v音，字母v也可以發b音）。

② ［同族字例］diablerie魔法；diabolism凶暴的行爲。參看：demon惡魔。

③ 換一種思路：dia - → through貫穿；bol彈跳；魔鬼一跳可以貫穿牆壁或其他實心物體。

D

di.a.lect ['daiəlekt; 'daɪəlɛkt]

義節 dia.lect

dia - 橫貫；lect講話。

字義 *n.* **方言，土話。**

記憶 ① ［義節解說］（在本地）到處都講的（一種話語）。

② ［用熟字記生字］lecture講課。

③ ［同族字例］dialogue對話。參看：legend寓言。

---

di.a.lec.tic [,daiə'lektik; ,daɪə'lɛktɪk]

義節 dia.lect.ic

dia - 相反，不同方向；lect講話。

字義 *n. / a.* **辯證法（的），邏輯（的）。**

記憶 ① ［義節解說］兩方面都講到→矛盾的對立統一→辯證邏輯。

② ［用熟字記生字］lecture講課。

③ ［同族字例］參看上字：dialect方言，土話。

---

di.am.e.ter

[dai'æmitə; daɪ'æmətə] *

義節 dia.meter

dia - 橫貫；meter測量。

字義 *n.* **直徑，對徑，透鏡放大的倍數。**

記憶 ① ［義節解說］貫穿（圓）的線的測量（尺寸）。

② ［用熟字記生字］meter測量器。

③ ［同族字例］symetry對稱。參看：meticulous謹小慎微的；mete界石。

④ 字母m表示「測量」的其他字例：measure測量；mensuration測量；commensurate同量的；immense無垠的。dimension長、寬、高。

---

di.aph.a.nous

[dai'æfənəs; daɪ'æfənəs]

義節 dia.phan.ous

dia - 穿越；phan呈現；-ous形容詞。

字義 *a.* **半透明的，精緻的，輕妙的。**

記憶 ① ［義節解說］光線穿越，妙相紛呈。

② ［同族字例］phantom鬼怪；phantasm幻象；cellophane玻璃紙；epiphany主顯節；phenomenon現象；phase局面，相；sycophant獻媚者；fancy想像，幻想；fantasy空想，幻想；wonderful奇妙的（fant→wond；f→w通轉）；banner旗幟（fant→ban；f→b通轉）。參看：fantastic空想的；fanion小旗。

---

di.a.tribe ['daiətraib; 'baɪə,traɪb]

義節 dia.tribe

dia - 橫貫；tribe磨擦，磨損。

字義 *n.* **謾罵，諷刺。**

記憶 ① ［義節解說］從頭到尾一直使用磨擦性的語言。

② ［同族字例］tribulate磨難；trepan開孔；detrition磨損。參看：contrite悔恨；detriment損害；tribune講壇；trial考驗。參看：tribulation憂傷；tribunal法庭。

---

di.dact [di'dækt,dai'd-; daɪ'dækt]

義節 di.dact

di - → dis- 加強意義；dact→doct教。

字義 *n.* **說教者。**

記憶 ① ［用熟字記生字］doctor博士，醫生；document文件。

② ［同族字例］adage格言；dogmatic教條的；dogmatism教條主義。參看：docile聽話的，溫順的；doctrine教條，教義；dogma教義。

---

dig.ni.ty ['digniti; 'dɪgnətɪ]

義節 dign.ity

dign有價值的；-ity名詞。

字義 *n.* **尊貴，尊嚴，高位，貴人。**

記憶 ① ［用熟字記生字］dear親愛的，貴的。

② ［同族字例］indignant憤慨的；condign適宜的；disdain輕蔑，鄙視。參看：deign屈尊；indignity輕蔑；dandy第一流的；dainty優雅的。

③ 字母d表示「美好的，有價值的，適宜的」的其他字例：decent體面的；decorous有教養的；delicate精美的；delicious美味的；darling心愛的；delight使高興；dessert甜點；douce甜美的；dulcet悅耳的；-od-（字根）歌，頌…等。

di.lap.i.date

[di'læpideit ; də'læpə,det]

義節 di.lapid.ate

di - → dis- 分離；lapid石頭；-ate動詞。

字義 *v.* **(使) 損毀。**

記憶 ① ［義節解說］lapidate【古】用石頭擲；→用石頭擲得「分離」→損毀。

② ［同族字例］dilapidation損壞，倒塌。參看：lapidate用石頭投擲；lapidary寶石的。

③ 字母l表示「石頭」的其他字例：aerolite隕石；neolithic新石器時代的；zoolite動物化石；lithograph平板畫…等等。

④ ［形似近義字］collapse崩潰。

di.late [dai'leit,di-; daɪ'let,dɪ-] *

義節 di.late

di - → dis - → away離開；late→later邊。

字義 *v.* **(使) 膨脹。**
　　vi. **詳述。**

記憶 ① ［義節解說］向「邊」外「拉」→

膨脹；讓我們把這事「拉」—「拉」→詳述。

② ［用熟字記生字］latitude緯度，寬度，範圍。

③ ［同族字例］lateral側面的；bilateral雙邊的；relate講述。

④ ［易混字］參看：delate控告。

di.lem.ma

[di'lemə,dai- ; də'lɛmə,daɪ-] *

義節 di.lemma

di -二；lemma *n.*主題，題目。

字義 *n.* **左右爲難的窘況。**

記憶 ① ［義節解說］有兩個主題，令人無所適從。（字根 -lem- → -lep- 抓住）。

② ［同族字例］analeptic提神的，強身、興奮劑；catalepy倔強症；prolepsis預期；syllable音節；syllepsis兼用法，一筆雙序法；lemma主題，題目；clepsydra漏壺（字面上的含義是：stealthy flow of water水偷偷地流動）。參看：kleptomaniac有竊盜狂的人。

③ 按：本字的搭配動詞爲ravel；to ravel a～解決窘境。ravel一字的本意，指解開糾纏交織的物品；而字母l常表示「捆綁」意，如：ligament繫帶；obligation責任，義務；religate結紮在一起；religion宗教…等等。因此作者認爲：dilemma也可從「捆綁」一意去記→兩邊都被捆住→進退兩難。

di.lute [dai'lju:t,di-; dɪ'lut, daɪ'lut] *

義節 dil.ute

dil → dale *n.*溪；-ute字尾。

字義 *vt.* **沖淡，沖稀。**
　　a. **淡的，稀釋的。**

記憶 ① ［義節解說］溪水→沖洗→沖淡。

② ［同族字例］dell谷；dalles急流，峽谷

間的峭壁。參看：dale溪谷；deluge洪水，淹浸。

③ 字母l表示「沖洗」的其他字例：launder洗；laundry洗衣店；lavabo洗手禮；lave沖洗；lavatory洗手間；abluent洗滌劑；alluvial沖積的；antediluvian原始的（大洪水）…等等。

ding.y ['dindʒɪ ; 'dɪŋgɪ] *

字義 *a.* 暗黑的，髒的，失去光澤的，襤褸的，邋遢的。

記憶 ① 字母d常表示「陰暗」。例如：dark黑暗的；dim暗淡的，不明亮的；dank陰濕的…等等。

② ［用熟字記生字］dirty髒的。

③ ［同族字例］dunk浸泡。參看：dank陰濕的；dungeon土牢，地牢。

④ ［雙聲近義字］dark黑暗的。參看：dowdy邋遢的。

di.plo.ma.cy

[di'ploumәsi; dɪ'plomәsɪ] *

義節 di.plo.macy

di - 二；plo→ply折疊；-macy字尾。

字義 *n.* 外交（手腕），交際手段。

記憶 ① ［義節解說］折疊起來的（文件）→官方外交的文件交換。

② ［用熟字記生字］diploma文憑。

③ ［同族字例］diploid二重的。參看：duple二重的，雙的。

dip.so.ma.nia

[,dipsou'meinjә ; ,dɪpsә'menɪә]

義節 dipso.mania

dipso→thirst *n.*渴；mania *n.*狂。

字義 *n.* 酒狂。

記憶 ① ［義節解說］沒有酒就渴得發狂。

② ［用熟字記生字］dip浸泡。

③ ［同族字例］deep深的；depth深度。參看：dabble弄濕，濺濕；damp潮濕；dew露水；dope黏稠物；dipstick量水位、油位用的木杆；dip浸，蘸，傾斜；tipple酗酒；tip歪斜；tilt使傾斜；tipsy喝醉的，搖搖晃晃的，歪斜的（-tips-是-dips-的變體：d→t子音無聲化）。

④ 本字也可一拆為三：dip.so.mania.記得：「沉浸杜康，若此之狂」。

dire.ful ['daiәful ; 'daɪrfәl]

義節 di.re.ful

di → dis-離開；re→ruin *v.*毀滅，死亡；-ful充滿…的（形容詞字尾）。

字義 *a.* 可怕的，不幸的，悲慘的，憂鬱的。

記憶 ① ［義節解說］死亡是可怕的，不幸的。本字來源於拉丁文diruo（dis- + ruo坍塌，墜落）毀壞；和dirus凶兆的，恐怖的。

② ［用熟字記生字］die死亡；dare敢於，冒險。

③ ［同族字例］dinosaur恐龍；dinothere凶猛獸，恐獸（古生物）；deimos火星衛星2號。參看：dread令人懼怕的；drear陰鬱的。

④ ［雙聲近義字］dirge輓歌。參看：dole悲哀。

dis.arm [dis'a:m ; dɪs'arm] *

義節 dis.arm

dis - 分離；arm *n.*手臂，武器。

字義 *vt.* 解除武裝，消除。

　　　vi. 裁軍，放下武器。

記憶 注意派生字：disarming *a.*純真的；a disarming smile 純真的微笑。

dis. band [dis'bænd; dɪs'bænd] *

義節 dis.band

dis - 分離；band v.用帶捆紮，聯合；n.樂隊。

字義 v. 解散，遣散。

記憶 ①〔義節解說〕把捆紮帶拉開→解散。

②〔同族字例〕bandage繃帶；bond合同，債券，束縛物；bend彎曲；bind束縛；bound被束縛的；dundle包袱；bandeau（女用）髮帶。參看：bonnet帽；bondage束縛；bandana大手帕。

③〔造句助憶〕The band～ed 樂隊解散。

disc [disk；dɪsk]

字義 n. 圓盤，盤狀物，唱片。

vt. 灌唱片。

記憶 ①〔用熟字記生字〕dish盤子；desk書桌。按：此二字均爲同族字，原意爲鐵製圓盤，鐳射唱片（CD→Compact Disc），參看：compact緊密的。

②〔同族字例〕參看：dais講臺；discotheque夜總會。

dis.ci.ple [di'saipl；dɪ'saɪpl] *

義節 disc.i.ple

disc→doc教，學；-ple人。

字義 n. 信徒，追隨者。

記憶 ①〔義節解說〕本字來源於拉丁文disco，原意爲「得知，學習」。字根-sc-表示「知」。

爲方便記憶，也可以分析爲：dis-分離；cip獲，取；-le重複動作。

學習的過程是分開一點一點地習得。參考：apprentice學徒。其中prend→take取。

②〔用熟字記生字〕pupil學生。

③〔同族字例〕disciplinable應懲罰的；disciplinant苦行者；discipline紀律，訓練。

dis.con.cert

[,diskən'sɜːt；,dɪskən'sɝt] *

義節 dis.con.cert

dis - 否定，相反；con -加強意義；cert確定。

字義 vt. 使慌亂，使爲難，破壞（計畫等）。

記憶 ①〔義節解說〕本字來源於拉丁文certus確認的，無疑的，決定了的。該字又來源於cerno確定，區分。「決定了的」東西，就是「計畫」。

②〔用熟字記生字〕concert音樂會（又可記：音樂會被否定，引起慌亂）。

③〔同族字例〕concert協作，和諧，一起做計畫；concord協作，和諧，certainty確定的；concern關心；accord一致，調和；discord不和；record紀錄；cordial衷心的。

dis.co.theque

[,diskə'teik；,dɪskə'tek]

字義 n. 夜總會。

記憶 ①此字是法文借字，原意爲「唱片」。伴舞不用樂隊，而用唱片播音樂，發展成爲disco，再引申爲「夜總會」。

②〔用熟字記生字〕dish盤子；desk書桌。按：此二字均爲同族字，原意爲鐵製圓盤。雷射唱片（CD→Compact Disc），參看：compact緊密的。

③〔同族字例〕參看：dais講臺；disc唱片。

dis.course

[n. dis'kɔːs, 'diskɔːs, 'dɪskors, dɪskors, v.disk'kɔːs; dɪ'skors] *

義節 dis.course

dis - 分離；course→run v.奔跑。

字義 n. / vi. 講話，演講，論述。

D

dis.creet　　　　　　　　　　**dis.ha.bille**

D

記憶① ［義節解說］妙語如泉湧。參看：
concourse匯合。

② ［用熟字記生字］course課程。

③ ［同族字例］參看下字：discursive散漫
的。

④ ［音似近義字］discuss討論。

dis.creet [dis'kri:t, dɪ'skrit] *

義節 dis.creet
dis - 分離；creet分別。

字義 *a.* 謹慎的，考慮周到的。

記憶① ［義節解說］把各方面都分別看過。

② ［用熟字記生字］secret祕密的；creep
躡手躡腳潛行。

③ ［同族字例］crypt 地窖，地穴，教堂
地下室；kryton氪；apocrypha偽經；
crypograph密碼；decrypt解密碼；
cryptology隱語；cryptonym匿名；
concrete具體的；discriminate區別；
screen甄別；discrete分離的，不連續
的；brotesque古怪的（- esque形容詞字
尾）。字義可能源於古羅馬地下洞室中古
怪的壁畫（grot→crypt,g→c）。參看：
apocryphal 偽的；cryptogram密碼；
grotto洞穴；cryptomeria柳杉；descry
辨別出；discreet謹慎的，考慮周到的；
cryptic隱密的，隱義的，使用密碼的。

④ ［易混字］discrete分離的，不連續的。

dis.curs.ive [dis'kə:siv ; dɪ'skɚsɪv]

義節 dis.curs.ive
dis - 分離；cur→course奔跑；-ive形容
詞。

字義 *a.* 散漫的，雜亂無章的。

記憶① ［義節解說］向各個方面分別奔跑→
散漫。

② ［用熟字記生字］occur出現，發生。

③ ［同族字例］hurry匆忙（h→c通轉，
因爲在西班牙文中x讀h音，而x→s→c通

轉）；occur出現，發生；cursor游標，
光標；recursive循環的；excursion遠
足，短途旅行。參看：cursory粗略的，
草率的；courier信使，送急件的人；
concourse集合，匯合；discourse講話，
演講，論述；precurson先驅者，預兆；
incursion侵入；scurry急促奔跑，急趕，
急轉；concourse匯合；scour急速穿行，
追尋。

④ ［雙聲近義字］scamper蹦跳，瀏覽；
scarper【俚】逃跑；scat跑得飛快；
scoot【口】迅速跑開，溜走；scud飛
奔，疾行，掠過；scutter急匆匆地跑；
scuttle急奔，急趕；escape逃跑。

dis.ha.bille [,disæ'bi:l; ,dɪsə'bil]

義節 dis.habille
dis - 否定，相反；habille衣著。

字義 *n.* 衣著隨便，雜亂。

記憶① ［義節解說］與衣著整齊相反。
habil表示「衣本」，來源於hauberk中世
紀武士穿的一種高領無袖鎖子甲。其中：
hau→high高的；berk→berg遮蔽，保護
（例如：Petersburg彼得堡）

② ［用熟字記生字］habit習慣。

③ ［造句助憶］～is a bad habit不修邊幅是
個壞習慣。

④ ［同族字例］habergeon鎖子甲；
habilitate給…衣服穿；haberdasher男子
服飾用品店。參看：habiliment衣著，服
裝。

⑤ ［形似近義字］參看：garb服裝；
garment衣服。

⑥ 字母「h」常表示「外殼，外蓋」。
例如：hull船殼；husk果殼；holster手
槍套；hamper有蓋大籃；hatch艙蓋；
hood頭巾（註：頭的「外蓋」）；hat帽
子…等等。衣服有如人的「外殼」。

dis.mal ['dizməl; 'dısm!] *

義節 dis.mal

dis→day *n.*一天；mal→evil *a.*壞，病，邪惡。

字義 *a.* 憂鬱的，陰沉的，沉悶的。

記憶 ① ［義節解說］an evil day不吉的一天（本字爲後置修飾結構）。

② ［同族字例］參看：malady疾病；malediction詛咒；malice惡意。

③ ［使用情景］～weather / house / future / days / attitude / show.陰鬱的天氣 / 陰沉的房子 / 暗淡的未來 / 暗淡的幾天 / 憂鬱的態度 / 沉悶的表演。

dis.may [dis'mei; dıs'me] *

義節 dis.may

dis→ex-超出；may *v.*可以，意願。

字義 *vt. / n.* （使）灰心，（使）沮喪，（使）驚愕。

記憶 ① ［義節解說］覺得遇到超越的力量而使自我失去信心，感到驚愕。

② ［用熟字記生字］Almighty God全能的上帝。

③ ［同族字例］might力量。

dis.mem.ber

[dis'membə; dıs'mɛmbɚ]

義節 dis.member

dis-分離；member *n.*部分，身體的一部分。

字義 *vt.* 肢解，割裂，瓜分。

記憶 ① ［義節解說］使各個部分分離。

② ［同族字例］membrane膜；meninx腦膜。

dis.or.i.ent

[dis'ɔːrient; dıs'ɔrıˌɛnt, -'or-] *

義節 dis.orient

dis-分離；orient *n.*東方，方向。

字義 *vt.* 使迷失方向，使迷茫。

記憶 ① ［用熟字記生字］字根ori表示「升起」，東方，乃是太陽升起的地方。可借熟字rise（上升）助憶此字根。

② ［同族字例］oriental東方的；origin起源；horizon地平線。

dis.par.age [dis'pæridʒ; dı'spærıdʒ]

義節 dis.par.age

dis-否定，相反；par *n.*同等；-age名詞。

字義 *vt.* 輕視，貶低，毀謗。

記憶 ① ［義節解說］不以平等視人，對人持不公正的意見。

② ［用熟字記生字］compare比較；pair一對，一雙；at par（證券）以面值平價發行。

③ ［同族字例］nonpareil 無比的，無雙的；parity同等；disparate輕視；omniparity一切平等；peer同輩；compeer同等的人；peerless無匹的。參看：parable比喻；par平價，平均；peer同等的人。

dis.parate ['dispˌərit; 'dıspərıt] *

義節 dis.parate

dis-分離；parate→appear出現（法文paraitre出現）。

字義 *a.* 不相同的，不相似的，無聯繫的。

記憶 ① ［義節解說］appear differently呈現的樣貌有分別→不相同。

② ［用熟字記生字］parade遊行；apparent明顯的。

③ ［同族字例］apparition幽靈；apparel衣著，服飾。

dis.patch [dis'pætʃ; dı'spætʃ] *

義節 dis.patch

D

dis-離物；patch→fetter n.腳鐐，束縛。

字義 vt. / n. 派遣，發送，迅速了結。

　　n. 急件。

記憶 ① ［義節解說］脫開束縛→派遣，發送，亦可借字根ped（足）記patch，全字解說爲：派遣快「足」傳送。

② ［同族字例］pack打包；fasten繫緊（p→ph→f通轉）。參看：compact緊密的；fetter腳鐐；pedestrian步行的；impeach控告（註：to put in fetters使帶上腳鐐→控告）。

③ ［諧音］patch可諧中文「派去」。

---

dis.pens.able

[dis'pensəbl ; dɪ'spɛnsəbl]

義節 dis.pens.able

dis-否定，相反；pens秤重；-able能夠（形容詞字尾）。

字義 a. 省得了的，非必須的。

記憶 ① ［義節解說］可以不秤重的→重量可以忽略不計的，可以排除於權衡之外的。

② ［用熟字記生字］spend花費，消耗。

③ ［同族字例］expend消費，花費；expense消費，花費；dispend揮霍，浪費。

④ ［反義字］indispensable必須的，不可或缺的。

---

dis.pens.a.ry

[dis'pensəri; dɪ'spɛnsərɪ] *

義節 dis.pens.ary

dis-分離；pens秤重；-ary名詞。

字義 n. 藥房，門診部。

記憶 ① ［義節解說］分別秤重→分配→配藥。

注意本字與dispensable（省得了的）的字根、字首均相同，但字首義項不同，因而字義迥異。

---

② ［同族字例］dispensation分配；dispense分配，配藥；dispenser分配器，自動販賣機。參看：dispensable省得了的。

---

dis.peo.ple ['dis'piːpl; dɪs'pipl]

義節 dis.people

dis-分離；people n.人民。

字義 vt. 減少（某地）人口，生物。

記憶 ［義節解說］使人民離開（某地）。

---

dis.perse [dis'pəːs; dɪ'spɝs] *

義節 di.sperse

di - → dis- 分離；sperse驅散。

字義 v. （使）分散，（使）散開。

　　a. 分散的。

記憶 ① ［義節解說］本字來源於拉丁文spargo灑，撒，該字又來源於pars→部分。字根 -spers- 可釋作：s→se- 離分；pers→pars→part部分，分開。

② ［用熟字記生字］spread伸開，展開，散布。

③ ［同族字例］sparge 灑，撒，噴霧於；sparse稀疏的；aspersion灑水，誹謗；intersperse散布，點綴；sprout發芽，展開；sprit斜撐帆杆；spray小樹枝；sprayey有小枝的；sprig小枝，使（草）蔓生；spriggy多小枝的；spruce雲衫。參看：sprawl伸開手足（躺，坐），（使）蔓生；sprightly生氣勃勃地；sporadic分散的，零星的。

④ 含義字母組合sp常表示「驅散」。其他字例：spate氾濫；sperm精子；spawn產卵…等等。

---

dis.port [dis'pɔːt; dɪ'sport, -'spɔrt]

義節 dis.port

dis - → away離去；port n.舉止。

字義 *v. / n.* 嬉戲，娛樂，玩耍。

記憶 ① ［義節解說］離開一本正經→散散心
→娛樂。

② ［用熟字記生字］sport運動。

③ ［同族字例］port舉止，風采。參看：
comport舉止；portly肥胖的，粗壯的，
魁梧的；rapport友好關係。

④ ［易混字］deport舉止。

dis.qui.sit.ion

[ˌdiskwiˈziʃən; ˌdɪskwəˈzɪʃən]

義節 dis.quisi.tion

dis-分離；quisi詢問，請求，追尋；-tion
名詞。

字義 *n.* 專題論文，學術講演。

記憶 ① ［義節解說］解決某一個問題。

② ［用熟字記生字］question問題；
request請求；enquire調查。

③ ［同族字例］參看：exquisite高雅的，
異常的；inquest審訊，查詢；perquisite
津貼；requisite必要的。

dis.sem.ble [diˈsembl; dɪˈsɛmb!]

義節 dis.semble

dis-分離；semble相似。

字義 *v.* 掩飾，隱藏，假裝。

記憶 ① ［義節解說］使脫離「相似」→使不
相似。

② ［用熟字記生字］same一樣的；
resemble像，類似。

③ ［同族字例］assimilate同化，使相
似；simulate假裝，冒充；assemble集
合，收集；dissimulate假裝（鎮靜）；
semblance外觀，外貌。參看：simile明
喻；simian類人猿的。

dis.sem.i.nate

[diˈsemineit; dɪˈsɛməˌnet] *

義節 dis.semin.ate

dis-分離；semin種子；-ate動詞。

字義 *v.* 散布，散播。

記憶 ① ［義節解說］使種子分散到各處。

② ［用熟字記生字］sow播種；seminar研
討會。

③ ［同族字例］season季節；semen
精液，種子；seminary學校；seed種
子；sesame芝麻；insert插入。參看：
seminary發源地。

dis.sert [diˈsəːt, dɪˈsɚt]

義節 dis.sert

dis-分離；sert排列，連接，組合。

字義 *vi.* 論述，寫論文，演講。

記憶 ① ［義節解說］本字來源於拉丁文
disserto研討，推論，該字又來源於
dissero分析，研究；和sero連接，討論，
商談。把整個系列的東西分開來，一層一
層地深入論述。

② ［用熟字記生字］insert插入，嵌入；
series連續，系列。

③ ［易混字］desert沙漠，丟棄，捨棄；
dessert甜點。

④ ［同族字例］sort種類，分類；sortilege
抽籤占卜，魔術；assort分類；consort
配偶，夥伴，聯合；assert斷言；sear擊
發阻鐵（槍炮的保險裝置）；serried排緊
的，靠攏的；sorus孢囊羣；sorosis聚花
果。參看：sororal姐妹（般）的。

dis.serve [disˈsəːv; dɪsˈsɚv]

義節 dis.serve

dis-否定，相反；serv保護，拯救。

字義 *vt.* 危害，損害。

記憶 ① ［義節解說］本字來源於拉丁文
servator救世主。與「拯救」正相反→危
害。

② ［用熟字記生字］save拯救。

③〔同族字例〕Savior救世主；salvage海灘搶救；salvation救助，救濟；Salvation Army救世軍；salve藥膏，治療物。

④〔易混字〕serve服務，適用；deserve應受，值得。試造一句以助記其字義區別：He deserved being disserved.他活該遭到損害。

D

dis.sid.ence ['disidəns; 'dɪsədəns]

義節 dis.sid.ence

dis-否定，相反；sid坐；-ence名詞。

字義 *n.* **不一致，異議。**

記憶 ①〔義節解說〕不坐在一條板凳上→立場各異。

②〔用熟字記生字〕sit坐。

③〔同族字例〕set放置；settle安置；saddle鞍；president總統。

dis.so.lute

['disəlu:t; 'dɪsə,lut, 'dɪsə,ljut]

義節 dis.sol.ute

dis-否定；sol禮儀，習俗；-ute形容詞。

字義 *a.* **無節制的，放蕩的。**

記憶 ①〔義節解說〕不顧禮俗→放蕩。

②〔用熟字記生字〕loose鬆散的。

③〔同根字例〕absolute獨裁的（註：不管「習俗」，獨斷獨行）；absolution免除，赦免。參看：solecism失禮；insolent無禮的；obsolete過時的，廢棄了的；solemn合儀式的。

dis.so.nance

['disənəns; 'dɪsənəns]

義節 dis.son.ance

dis-分離；son聲音；-ance名詞。

字義 *n.* **不和諧（音），不一致。**

記憶 ①〔義節解說〕聲音分散→不協調。

②〔用熟字記生字〕sound聲音；supersonic超聲的。

③〔同根字例〕sonnet十四行詩；resonance共振；consonance一致；absonance不合拍；assonant諧音的。

dis.suade ['di'sweid; dɪ'swed] *

義節 dis.suade

dis-否定，相反；suade甜，溫和，柔和，使和平，宜人。

字義 *vt.* **勸阻，勸止。**

記憶 ①〔義節解說〕用一種宜人的方法使之否定原定的行動。

②〔用熟字記生字〕sweet甜的；persusde說服。

③〔同族字例〕suasive勸說性的。參看：suavity溫和；assuage緩和。

dis.taff ['dista:f; 'dɪstæf]

義節 di.staff

di→de→of；staff棍棒。

字義 *n.* **女人（活），母系。**

記憶 ①〔義節解說〕staff原意是繞線紡織用的棍棒，這是女人做的工作，用來指代女人。

②〔同族字例〕stave棍棒，杖。

③〔易混字〕staff職員，人員。

dis.tend [dis'tend; dɪ'stɛnd]

義節 dis.tend

dis-加強意義；tend伸展，伸張。

字義 *v.* **（使）擴張，（使）膨脹，（使）腫脹。**

記憶 ①〔用熟字記生字〕extend伸展，擴張。

②〔同族字例〕attend出席；intend打算；pretend假裝。

dis.tract [dis'trækt ; dɪ'strækt] *

義節 dis.tract

dis-分離；tract用力拉，拖。

字義 vt. 分散（注意力），使分心。

記憶 ① ［用熟字記生字］attract吸引。

② ［同族字例］train火車；contract締結合約；extract抽提；subtract減去，扣除；retract取消；treat商討，款待，對付，對待；treaty契約；retreat退卻；intractable倔強的，難管的；distrait心不在焉的；traces拖繩；trail拖曳；entrain拖，拽；參看：distress悲苦，憂傷；tract地帶；trait特色；portray畫（人，景）；entreat懇求；distraught異常激動的。

③ ［易混字］detract降低，誹謗（de→down）。

dis.traught [dis'trɔːt; dɪ'strɔt]

義節 dis.traught

dis-加強意義；traught→tract用力拉，拖。

字義 a. 異常激動的，心神錯亂的。

記憶 ① ［義節解說］心神上受到強力的「拉，拖」→激動。

② ［同族字例］參看上字：distract分散（注意力）。

dit.to ['ditou ; 'dɪto]

義節 dit.to

dit說；to表示重複。

字義 n. 如上所述，同前，複製品。

　　adv. 同樣地。

　　vt. 重複。

記憶 ① ［義節解說］本字來源於義大利方言，相當於said。

② ［同族字例］condition條件；indite口授，寫作。參看：ditty小調。

ditty ['diti ; 'dɪtɪ]

義節 dit.t.y

dit說；-y名詞。

字義 n. 小調，小曲。

記憶 ① ［同族字例］參看上字：ditto同前。

② ［雙聲近義字］字根od表示「歌，頌」。又，參考：dolce柔和的，平靜的；douce悅耳的。參看：dulcet悅耳的。

di.urn.al [dai'ə:nl; daɪ'ɚn!] *

字義 a. 每日的，白天（活動）的，【植】晝夜開花。

記憶 ① ［用熟字記生字］di→day白天；urnal→journal日記。

② ［同族字例］-di：date日期；daily每天的；dawn破曉；dial日晷；diary日記；diet飲食；dine就餐；dusk黃昏…等等。參看：dally浪費（時光）；dawdle閒混（光陰）。-urn-：journal日記；journalist新聞記者；era時代；early早的；east東方的；pan檳榔葉。參看：vernal春天（似）的，清新的，青春的；fern蕨類植物；sojourn逗留。

③ ［反義字］參看：nocturnal夜的，夜間開花的，夜間活動的。

di.va ['di:və; 'divə]

義節 div.a

div神；-a表示女性的字尾。

字義 n. 歌劇女主角。

記憶 ① ［義節解說］字面意義爲「女神」，歌劇女主角可謂當之無愧。聯想古代《九歌》，演出《女鬼》、《湘夫人》等原始歌劇，劇中女主角確實是女神。

② ［同族字例］參看：divine（敬）神的。

D

③ 表示「神」的字根還有dei。參看：deity神。又：idol神像。字母組合th讀濁音時與d音相似，也表示「神」。例如：theism有神論；theology神學…等等。

di.va.gate ['daivəgeit; 'daɪvə,get]

義節 di.vag.ate
di - →dis -分離；vag漫遊；-ate動詞。
字義 vi. 漫遊，離題。
記憶 ①［義節解說］字根-vag-來源於wagon四輪馬車→乘車到處流浪。
②［用熟字記生字］way路。
③［同族字例］參看：vagabond流浪的；vagary奇想；vex使煩惱；vogue時尚；wag搖擺；wiggle擺動；extravagant過分的；vag流浪漢；vacillate搖擺；gig旋轉物，（乘）雙輪馬車（g→w通轉）。

di.van ['di'væn; 'daɪvæn, dɪ'væn]

字義 n. 無靠背的長沙發椅，會議室，接見室，吸菸室。
記憶 ①［用熟字記生字］bench長椅（ben→van; b→v通轉）。
②［音似近義字］ben內室；vestibule門廳，門道。估計一般小的「接見室」是設在門廳處。
③［同族字例］ventricle心（室）；van廂式汽車或馬車。

di.verge [dai'vəːdʒ, di -; də'vɝdʒ, daɪ -]

義節 di.verge
di - →dis-分離；verge v.傾斜，轉動。
字義 vi. 分叉，分歧，離題。
vt. 使岔開。
記憶 ①［義節解說］向外傾斜→從原處岔開去。
②［同族字例］verge邊緣；divergent分叉

的。參看：converge（使）匯聚，（使）集中；diverse多種多樣的；divagate離題。

diverse [dai'vəːs, 'daivəːs; də'vɝs,daɪ -] *

義節 di.verse
di - →dis -分離；verse轉動。
字義 a. 不一樣的，多種多樣的，多變化的。
記憶 ①［義節解說］「轉」變出多種狀況。
②［同族字例］vertical垂直的；vert改邪歸正人；avert轉移（目光）；divert轉移；evert推翻；revert恢復；vertiginate令人暈眩地旋轉；vertex頂點。參看：vertigo眩暈，頭暈；adversity逆境；convert改變信仰，轉變，轉換。

di.vest [dai'vest, di -; də'vɛst,daɪ -] *

義節 di.vest
di -→dis -分離；vest n.背心，馬甲（注意：背心的領口正好呈V字形）。
字義 vt. 脫去，剝除，剝奪，放棄。
記憶 ①［用熟字記生字］wear穿衣。
②［同族字例］invest使穿；transvest使穿他人衣服；travesty改變衣服或外觀。

div.i.dend ['dividend ; 'dɪvə,dɛnd]

義節 di.vid.end
di - 分開；vid→fid分裂（f→v通轉）；-end字尾。
字義 n. 分利，股息，債息，被除數。
記憶 ①［義節解說］被「瓜分」的事物。
②［用熟字記生字］divide分開；division分開，分割，部分。
③［同族字例］fissile易裂的，可分裂的；bifid兩叉的；fission分裂；bite咬（註：用牙撕「裂」）。參看：fitful斷斷續續

的；fidget坐立不安；fissure裂縫，分裂。

---

di.vine [di'vain ; də'vaɪn] *

義節 div.ine
div神；-ine字尾。
字義 *a.* （敬）神的。
　　v. 占卜。
　　n. 牧師。
記憶 ① 表示「神」的字根還有dei。參看：deity神。又：idol神像。字母組合th讀濁音時與d音近似，也表示「神」。例如：theism有神論；theology神學…等等。
② ［同族字例］參看：dive歌劇女主角。

---

do.cile ['dousail, 'dɔs -; 'dɑs!, 'dɑsɪl] *

義節 doc.ile
doc教；-ile易於…的（形容詞字尾）。
字義 *a.* 易管教的，馴順的。
記憶 ① ［用熟字記生字］doctor博士；document文件。
② ［同族字例］參看：ductile馴順的；dogma教義；doctrine教義，教條。

---

doc.ket ['dɔkit; 'dɑkɪt]

字義 *n.* 摘要，議事日程。
　　vt. 作摘要。
記憶 ① 語源上認爲此字源於document（文件）加cocket（→seal密封）。
② ［用熟字記生字］take down寫下；digest摘要。
③ ［造句助億］He put the docket into his pocket.他把議事日程放到口袋裡。

---

doc.trine ['dɔktrin; 'dɑktrɪn] *

義節 doctr.ine
doctr教；-ine名詞字尾，表示屬性。

字義 *n.* 敎義，教條，主義，學說。
記憶 ① ［用熟字記生字］doctor博士；document文件。
② ［同族字例］參看：ductile馴順的；docile易管教的；dogma敎義；indoctrinate灌輸，敎訓。

---

dodge [dɔdʒ; dɑdʒ] *

字義 *v.* / *n.* 躲閃，躲避。
　　vi. / *n.* 搪塞。
　　n. 詭計。
記憶 ① 語源上認爲本字來源於dodder哆嗦，蹣跚（字面意義表示一個小幅度的抖動）。
② ［諧音］諧中文「躲之」。
③ ［同族字例］diddle快速搖動；dotty腳步跟蹌的，搖曳不穩的。

---

doff [dɔf; dɑf, dɔf]

義節 d.off
d→do做；off離開。
字義 *vt.* 脫，落，丟棄，廢除（習慣）等。
記憶 ① ［義節解說］do off→take off脫去。
② ［反義字］don（→ do on）*vt.* 披上，戴上。

---

dog.ged ['dɔgid ; 'dɔgɪd] *

字義 *a.* 頑強不屈的，固執的。
記憶 ① ［用熟字記生字］dog狗。記：「像狗一樣的頑強」。
② ［同族字例］dogmatic武斷的，獨斷的。參看：ductile馴順的；docile易管教的；dogma教義；doctrine教義。
③ ［雙聲近義字］參看：dour執拗的；duress強迫。

---

dog.ma ['dɔgmə; 'dɔgmə]

義節 dog.ma

dog教。

字義 *n.* **敎義，敎條，武斷的意見。**

記憶 參看上字：dogged頑固的。

---

dole [doul; dol]

字義 *n./v.* **施捨。**

  n. **悲哀。**

記憶 ① [義節解說]「悲哀」一意，來源於拉丁文doleo疼痛，傷心；該字又來源於dolo匕首，蜂刺。

② [用熟字記生字] deal分配，分給，發牌。

③ [同族字例]「施捨」一意，參看：ordeal試罪法，嚴峻考驗（註：ordeal→deal out）。「悲哀」一意：doldrums憂鬱；dolor悲哀；dirge輓歌；tolerate忍受，耐受（dol→tol；d→t通轉）；intolerable不能忍受的，無法容忍的，參看：condole弔唁；direful悲痛的；toil苦工，難事。

④ 字母d常表示「給予」。此爲本字「施捨」一意的來由。其他字例：done給；donation捐贈；pardon原諒；dot嫁妝；dowry嫁妝；dub授予（稱號）；endue授予，賦予；dote給，贈與物；render給…等等。參看：condone寬恕；donation捐贈（物）；dedicate奉獻；endow捐贈，賦予；anecdote軼事。

⑤ 字母d表示「苦」的其他字例：dump憂鬱，沮喪；dun【詩】憂鬱的；endure忍受…等等。

---

dolt [doult ; dolt]

字義 *n.* **笨蛋，傻瓜。**

記憶 ① [用熟字記生字] dull遲鈍的，呆笨的。

② [同族字例] doll洋娃娃，好看而沒有頭腦的女子；delicate精美的；darling心愛的；delight使高興。參看：indulgent縱容的，溺愛的；dally嬉戲，玩弄；dulcet悅耳的。

③ [諧音] 這個傻瓜眞「逗」！

④ 字母d常表示「蠢，笨」。其他字例：daft愚蠢的；dementia【醫】癡呆；ding-a-ling笨蛋；dummy啞巴，笨蛋；dote老糊塗…等等。參看：dotage老糊塗，溺愛；dunce笨學生。

⑤ [易混字] dole施捨，悲哀。

---

dome [doum ; dom] *

字義 *n.* **圓頂屋，圓蓋。**

  v. **(使) 成圓頂。**

記憶 ①字根dom，意爲「房子，家」請注意這中間的字母「O」，它常表示「圓，滾動」。例如：roll滾動，麵包卷；scroll卷軸；cone圓錐形；cock錐形的乾草堆；pommel（刀劍柄上的）圓頭；pompon（裝飾）絨球…等等

② [用熟字記生字] madame夫人。

③ [同族字例] condom避孕套；dame夫人；diamond金剛鑽；dauntless無畏的。參看：domestic家裡的；dominant支配的；domineer盛氣凌人；dormer屋頂窗；predominate把持；domesticate馴養；tame馴服（d→t通轉）；adamant堅定不移的，堅硬的；daunt威嚇，嚇倒。

---

do.mes.tic [dəˈmestik; dəˈmɛstɪk]

義節 dom.est.ic

dom房子，家；est存在；-ic字尾。

字義 *a.* **家裡的，國內的。**

  n. **家僕。**

記憶 ① [義節解說] 在房子裡的。

② [用熟字記生字] dormitory宿舍。

③ [同族字例] 參看上字：dome圓屋頂。

dom.i.nant

['dɔmɪnənt; 'dɑmənənt] *

義節 domin.ant

domin當家作主；-ant形容詞。

字義 *a.* **支配的，高聳的，優勢的。**

　　n. **要素。**

記憶 ① ［義節解說］字根dom意爲「房子，家」，當家作主，引申爲支配統治，自有一種「高高在上」的意味。

② ［同族字例］參看上字：dome圓屋頂。

dom.i.neer [,dɔmi'niə; ,dɑmə'nır]

義節 domin.eer

domin當家作主；-eer字尾，常帶貶義。

字義 *v.* **飛揚跋扈，盛氣凌人。**

　　vi. **高聳。**

記憶 ① ［義節解說］當家作主，高高在上作爲統治者。

② ［同族字例］參看上字：dome圓屋頂。

do.na.tion [dou'neiʃən; do'neʃən] *

義節 don.a.tion

don給予；-tion名詞。

字義 *n.* **捐贈（物），贈品，捐款。**

記憶 ① ［同族字例］done給；pardon原諒。參看：condone寬恕。

② 字母d表示「給予」的其他字例：dowry嫁妝；dub授予（稱號）。參看：anecdote軼事；endow捐贈；dole施捨；endue授予，賦予。

③ 借用字面形似，也可記作：do（good to the）nation「捐贈給國家」。

doom [duːm; dum] *

字義 *n.* **厄運，毀滅。**

　　n./vt. **判決，命運。**

記憶 ① ［義節解說］本字來源於拉丁文damno宣告有罪，判罪，指責，和

damnum損害。又：本字與deem（判斷，視作）是同根字（可借熟字seen（看上去像）記deem）。類例：tooth / teeth 牙齒；goose / geese鵝；brood / breed 養育；food / feed食…等等。

② ［用熟字記生字］damn（上帝）罰…入地獄，詛咒；damage損害。

③ ［同族字例］Duma杜馬（俄國議會）；condemn判罪；damnous損害的；dump砰的一聲落下。參看：ordeal試罪法（註：交由上帝判決）；anathema 詛咒；indemnity保障，免罰，賠償（物）。

dope [doup ; dop]

字義 *n.* **膠狀物，黏稠物，興奮劑。**

　　v. **（給）服麻醉品。**

記憶 ① ［同族字例］dip浸，蘸；dimple起漣漪；dump垃圾堆。參看：dabble弄濕；damp潮濕；dupe欺騙。

② 字母d有「濕性」，常表示「水，濕」，其他字例：douce浸，泡；ducking浸入水中；dunk浸；duck鴨。參看：dew露水；douche沖洗。

dor.mant ['dɔːmənt; 'dɔrmənt] *

義節 dorm.ant

dorm睡覺；-ant形容詞。

字義 *a.* **休眠的，蟄伏的，靜止的。**

記憶 ① ［用熟字記生字］dormitory宿舍。

② ［同族字例］參看：dormer屋頂窗，老虎窗；doze打盹；dome圓屋頂。

③ 參考：字根dors、dom，意爲「背部」，「睡覺」是「背」躺在床上。再聯想字根dom，意爲「家，住所」，此乃是睡覺之處；宜乎這三個字根相似乃爾！

dor.mer ['dɔːmə; 'dɔrmə]

D

D

義節 dorm.er

dorm睡覺；-er名詞。

字義 *n.* 屋頂窗，老虎窗。

記憶 ①〔義節解說〕睡覺時要關住屋頂窗。

②〔用熟字記生字〕dormitory宿舍。

③〔同族字例〕參看上字：dormant休眠的。

do.tage ['doʊtɪdʒ; 'dotɪdʒ]

字義 *n.* 老糊塗，溺愛。

記憶 ①〔同族字例〕diddle快速搖動；dote老糊塗，溺愛；doddle昏憒；daddle不穩定地走；dodder蹣跚地走路，衰老。參看：dawdle遊蕩，閒混（時間）。

② 字母d常表示「蠢，笨」。其他字例：daft愚蠢的；dementia【醫】癡呆；ding-a-ling笨蛋；dummy啞巴，笨蛋…等等。參看：dolt笨蛋，傻瓜；dunce笨學生。

③〔音似近義字〕「溺愛」一意，參看：indulgent溺愛的。

douche [duːʃ, duʃ]

字義 *n.* 沖洗，灌洗，沖洗法，沖洗器。

記憶〔同族字例〕douce浸，泡；ducking浸入水中；dunk浸；duck鴨。參看：dew露水。

dough.ty ['daʊti; 'daʊtɪ]

字義 *a.* 勇猛的，能幹的。

記憶 ①〔用熟字記生字〕dare敢；do做。

②〔同族字例〕diamond金剛鑽；dauntless無畏的。參看：domineer盛氣凌人；adamant堅定不移的，堅硬的；daunt威嚇，嚇倒。

dour [duə; dur, dɔr]

字義 *a.* 執拗的，陰鬱的，嚴厲的。

記憶 ①〔用熟字記生字〕endure忍耐。

②〔同族字例〕durum硬質小麥；indurate使硬化；dough生麵糰。perdure持久。參看：duress強迫；indurate冷酷的；obdurate執拗的；tyrant暴君，惡霸，專橫的，權勢，使人痛苦的事物。

③ 字母d表示「費力」的其他字例：daunt威嚇；ordeal嚴峻考驗；tediousgp沉悶的，冗長乏味的；dogged頑強的。

④「陰鬱的」一意，參看：drear陰鬱的。

dow.dy ['daudi; 'daʊdɪ] *

字義 *a.* 邋遢的，不漂亮的，過時的。

　　　n. 邋遢女人。

記憶 ①〔用熟字記生字〕dirty髒的。

②〔諧音〕dowdy諧中文「道地」→記「道地的邋遢女人」。

③〔易混字〕dowry嫁妝。建議把這二字串記爲：the～dowry不漂亮的嫁妝。

④〔形似近義字〕參看：dingy髒的，邋遢的；frowzy邋遢的，骯髒的。

doze [douz, doz.] *

字義 *vi.* 打瞌睡，打盹。

記憶 ① 字根dos／dors意爲「背部」，「打瞌睡」時「背部」靠在沙發上，或臥在床上。

②〔同族字例〕doss睡眠；dosser背簍；dorsum背部；endorse背書；dazzle耀眼的；dizzy頭暈目眩的。參看：dormant休眠的；dormer屋頂窗；dome圓屋頂；drowsy瞌睡的。

- dr -

「點點滴滴在心頭。」

以下進入dr區域。dr的主要義項是「拖、拉」。又有「嚴厲」、「粗俗」意。dr主要描寫「水」、「滴」的聲音，有「濕」性，缺之則「乾」。各義項爲：

① 滴，粒（d：「水，濕」）
② 水（d：「水，濕」）
③ 拖，拉，挖，驅，擊（d：「費力」）
④ 乾的，單調乏味的。
⑤ 龍，暴厲（r：「狂暴」）
⑥ 粗，汙（r：「粗俗」）
⑦ 衣物，覆蓋物
⑧ 非眞→夢，戲

draff [dræf; dræf, draf]

字義 n. 渣滓，豬食。

記憶 ①［用熟字記生字］draw拖，拉。把水分「抽乾」了，就只剩「渣兒」。

②［同族字例］dry乾；drought乾旱。參看：drain排水，喝乾；dreg殘渣；dross渣滓。

drag.on.fly

['drægənflai; 'drægən,flaɪ]

義節 dragon.fly

dragon n.龍；fly飛蟲。

字義 n. 蜻蜓。

記憶 ①［義節解說］形狀像龍一樣的昆蟲。

②［同族字例］Draco天龍座，【動】飛龍屬；draconian（法律上）嚴酷的；

draconic龍的，似龍的；dragon龍，凶暴的人；dragonet小龍；dragonnade武力，迫害；dragoon龍騎兵暴徒；rage狂怒。參看：drastic激烈的，嚴厲的；tyrant暴君，惡霸，專橫的，權勢，使人痛苦的事物；enrage激怒，使暴怒。

drain [drein; dren]

字義 v. / n. 排水（溝），耗盡。

　　vt. 喝乾。

記憶 ① dr→draw抽，拉，拖，把（水）抽提乾淨。

② 亦可記d→do, do rain（away）把雨水弄掉。

③［用熟字記生字］dry乾，使乾。

④［同族字例］drawl拖長聲唱；dray用大車拖運；draught掘，曳；dredge挖泥，疏浚；drudge單調乏味的工作。

drape [dreip; drep]

字義 vt. 披蓋，懸掛。

　　n. 布簾，褶皺。

記憶 ①［用熟字記生字］dress衣服（也是「披蓋」在身上之物）。

②［同族字例］draper布商；drapery布匹，織物；drap斜紋布；trap馬飾，馬衣，行李。

③ 字母組合dr常表示「衣物，覆蓋物」。例如：dreadnaught厚呢大衣；drill斜紋布；drugget粗毛地毯…等等。

④［疊韻近義字］cape斗篷；參看：crape縐紗。

dras.tic ['dræstik, 'dræstɪk] *

義節 drast.ic

drast→drac→dragon n.龍，凶暴的人；-ic形容詞。

字義 a. 激烈的，嚴厲的。

D

D

n. **劇瀉藥。**

記憶 ① ［義節解說］像龍一樣「暴戾的」。

② ［同族字例］Draco天龍座，【動】飛龍屬；draconian（法律上）嚴酷的；draconic龍的，似龍的；dragon龍，凶暴的人；dragonet小龍；dragonnade武力，迫害；dragoon龍騎兵暴徒；drat詛咒；rage狂怒；參看：dragonfly蜻蜓；dread害怕；enrage激怒，使暴怒。

③ ［音似近義字］參看：cathartic瀉藥

④ ［易混字］dramatic戲劇的。

---

draught [drɑːft ; dræft]

字義 *n.* **拉，牽引，通風。**

    vt. **選派，起草。**

記憶 ① ［用熟字記生字］draw拖，拉。請注意：f音常代表風聲。如：flap鼓翼；swift快速的；whiff（風的）一吹，一噴；puff一陣（風）…等等。

②「起草」一意，可理解為用筆在紙上「拖」出來的草稿。

③ ［同族字例］draggle 拖濕，拖髒；draggly不整潔的；draggy遲緩的，倦怠的；draw拖；dray 用大車拖運；draft拉，拽；droshky 輕便馬車。draught拉，牽引；bedraggle拖濕。

④ ［易混字］參看：draff 渣滓，豬食；drought 乾旱（季節），缺乏。

---

dread [dred ; dred] *

字義 *v. / n.* **懼怕，擔心。**

    a. **令人懼怕的。**

記憶 ① ［義節解說］本字來源於拉丁文diruo（dis- + ruo坍塌，墜落，毀壞）毀壞；和dirus凶兆的，恐怖的。死亡是可怕的。

② ［用熟字記生字］die死亡；dare敢於，冒險。

③ ［同族字例］dinosaur恐龍；dinothere凶猛獸，恐龍（古生物）；deimos火星衛星2號。參看：direful可怕的，不幸的，悲慘的，憂鬱的。

---

drear [driə; drɪr]

字義 *a.* **沉悶的，陰鬱的。**

記憶 ① ［用熟字記生字］clear清澈的，明淨的，晴朗的。與本字同源，但字義反差很大。

② ［同族字例］drop落下，垂下；drip滴下，濕透；droop低垂，萎靡；dribble微雨，（煙霧）逐漸消散。參看：drizzle濛濛細雨；drowsy瞌睡的；drib點滴滴地落下；dour陰鬱的；direful可怕的，不幸的，悲慘的，憂鬱的。

③ ［雙聲近義字］drap單調，無生氣；dree忍受。參看：drudge乏味的工作。

---

dreg [dreg ; drɛg]

字義 *n.* **殘渣，渣滓，廢物。**

記憶 ① ［用熟字記生字］draw拖，拉。把水分都「抽乾」了，就只剩「渣兒」。

② ［同族字例］dry乾；drought乾旱。參看：drain排水，喝乾；draff渣滓，豬食；dross渣滓。

---

drench [drentʃ ; drɛntʃ] *

字義 *vt. / n.* **（使）濕透，（使）淋透。**

    vt. **洋溢。**

記憶 ① ［用熟字記生字］drunken喝醉了酒的。注意到ch常會發k音，此二字讀音就很近似。「喝醉了酒」，猶如「吸足了水」。

② ［同族字例］drink喝，飲；drown淹死，浸濕。

drib [drib ; drɪb]

字義 *n.* 點，滴，細粒。

vi. 點點滴滴地落下。

記憶 ① ［用熟字記生字］drop水滴；drip滴水。

② ［同族字例］drabble拖泥帶水地走；bedrabbled被雨和泥弄髒的；dribble涓滴；dribblet點滴，少量，小額；drippy毛毛雨似的；drift漂流；adraft漂流；dropsy水腫。

driz.zle ['drɪzl ; 'drɪzl] *

義節 dr.izz.le

dr滴水；z擬聲；-le表示重複動作。

字義 *v. / n.* （下）濛濛細雨。

記憶 ① ［用熟字記生字］drop水滴；drip滴水。

② 請君朗吟本字數遍，自覺「淅淅瀝瀝，點點滴滴」，奔湊耳祭。字母z擬聲類例：fizzle嘶嘶地響；sizzle（油炸食物或水滴於熱鐵時）發吱吱聲，憤怒；frizz吱吱地煎、炸；frizzle（油煎時）發吱吱聲。

③ ［同族字例］drop落下，垂下；drip滴下，濕透；droop低垂，萎靡；dribble微雨，（煙霧）逐漸消散。參看：drear陰鬱的；drowsy瞌睡的；drib點點滴滴地落下；dour陰鬱的。

④ 字母z常有「朦朧」的意味。類例：fuzzy模糊的；gauze網紗，薄霧；grizzle灰朦朦的顏色；haze煙霧；maze迷宮；muzzy迷惑的；smaze煙霾；woozy糊里糊塗的，醉醺醺的；dizzy頭暈目眩的；daze迷亂，使發昏。

⑤ ［疊韻近義字］mizzle細雨。

droll [droul ; drol] *

字義 *a.* 滑稽可笑的。

n. 滑稽角色。

vi. 開玩笑。

記憶 ① 本字字源意義為：a short stout guy矮胖結實的人。其形態顯得「滑稽」。參看：dwindle縮小。另外，字母O常表示「圓胖」的人或物，例如：obese肥大的（人）；onion洋蔥；orb球。參看：dome圓屋頂。

② ［用熟字記生字］doll玩偶。

③ ［同族字例］dwarf矮子；drool說傻話，流口水。參看：dwindle縮小。

④ ［造句助憶］a～doll滑稽可笑的洋娃娃。

drone [droun ; dron]

字義 *n.* 雄蜂，寄生蟲。

v. 發出嗡嗡聲。

記憶 ① ［用熟字記生字］tone聲調；phone（字根）聲音。

② ［同族字例］dor飛行時作嗡嗡聲的昆蟲；threnody哀歌，輓歌，悲哀，哀悼；dirge輓歌；airdrome飛機場；dromond【史】中世紀快速帆船。參看：direful悲慘的。

dross [drɔs; drɔd]

字義 *n.* 渣滓，雜質。

記憶 ① ［用熟字記生字］draw拖，拉。把水分都「抽乾」了，就只剩「渣兒」。

② ［同族字例］dry乾；drought乾旱。參看：drain排水，喝乾；dreg殘渣；draff渣滓，豬食。

drought [draut ; draʊt] *

字義 *n.* 乾旱（季節），缺乏。

記憶 ① ［用熟字記生字］dry乾的。

② ［同族字例］參看上字：dross渣滓。

③ ［易混字］參看：draught拉，通風。與

D

本字僅一字母之差。

drow.sy ['drauzi ; 'draʊzɪ] *
字義 *a.* 瞌睡的，催眠的，沉寂的。
記憶 ① 〔同族字例〕drown淹沒，淹死；
drop落下，垂下；droop低垂，萎靡；
dribble微雨（煙霧）逐漸消散。參看：
drear陰鬱的；dour陰鬱的。
② 字母組合dr常表示「睡夢，非真」。例
如：dream夢；drama戲劇；dryad（希
臘神話中的）樹精，林中仙女；drug麻醉
劑…等等。

drudge [drʌdʒ; drʌdʒ] *
字義 *vi. / n.* 做苦工（的人），（做）乏味
的工作。
記憶 ① 〔用熟字記生字〕drag拖，拉。做苦
工常要用力「曳」；dry乾的，「乏味」
亦即「乾巴巴的」。
② 〔同族字例〕drawl拖長聲唱；dray用大
車拖運；draught拖，曳；dredge挖泥，
疏浚；drain耗盡。

du.al ['dju(:)əl; 'djuəl, 'duəl] *
義節 du.al
du - → two二；-al形容詞。
字義 *a.* 雙的，二重的。
       n. 雙數。
記憶 ① 〔用熟字記生字〕double加倍。
② 〔同族字例〕參看：duple雙的，二倍
的。
③ 〔易混字〕duel二人決鬥。

duc.tile ['dʌktail; 'dʌkt!, - tɪl]
義節 duct.ile
duct引，領，導；-ile易於…的（形容詞
字尾）。
字義 *a.* （金屬）可延展的，易塑的

記憶 ① 〔義節解說〕易於被引導，則「百
依百順」。
② 〔用熟字記生字〕conduct導電；
introduction導言，介紹。
③ 〔同族字例〕product產品；education
教育；educe推斷出；induct引導；
reduction減少；seduce勾引；subduce
減去。參看：conduit管道，導管；
abduct誘拐；deduct減去，推論。「馴
順的」一意，參看：docile馴順的。

dul.cet ['dʌlsit, -set; 'dʌlsɪt, -sɛt]
字義 *a.* 好看的，悅耳的。
記憶 ① 〔同族字例〕doll洋娃娃，好看
而沒有頭腦的女子；delicate精美的；
adulation奉承；delectable美味的，使
人愉快的；delicious美味的；dolce柔和
的，平靜的；dulcify把…弄甜，使心平
氣和；dulcimer德西馬琴；edulcorate
【化】純化，除酸；delight使高興。參
看：indulgent縱容的，溺愛的；dally嬉
戲。
② 字母d常表示「使身心愉悅的」意味。
如：darling心愛的；douce悅耳的。參
看：dain美味的；dessert甜點；ditty小
調；douceur文雅而溫柔的方式。

dum.my ['dʌmi; 'dʌmɪ]
字義 *n.* 啞巴，傀儡，樣品。
       a. 擺樣子的。
記憶 ① 〔用熟字記生字〕dumb啞的；
dumb bell啞鈴。
② 〔同族字例〕doll洋娃娃，好看而沒有
頭腦的女子；dull遲鈍的，呆笨的；deaf
聾的；doldrums鬱悶，無生氣，消沉；
dally嬉戲，玩弄；dolt笨蛋，傻瓜。

dunce [dʌns; dʌns]

字義 *n.* 笨學生。

記憶 ① ［用熟字記生字］donkey蠢驢（donk→dunc；k→c通轉）；dull遲鈍的，呆笨的。

② 字母d常表示「蠢，笨」。其他字例：daft愚蠢的；dementia【醫】癡呆；ding-a-ling笨蛋；dummy啞巴，笨蛋；dote老糊塗…等等。參看：dotage老糊塗，溺愛。

③ ［諧音］d在中文裡可諧「鈍」音；unce→uncle叔伯；「鈍伯」。

---

dune [dju:n；djun, dun] *

字義 *n.* 沙丘。

記憶 ①本字的基本含義是「圍起來的地方」。

② ［同族字例］town城鎮；down作牧場用的丘陵草原。參看：dungeon地牢。

③ 下列單字可供參考助憶本字：dump垃圾堆（「丘」相）；jumble亂，堆；cumulate堆積的；dug哺乳動物的乳房（「丘」狀）；hump小圓丘；lump堆。請注意這批單字均以u爲核心。

---

dun.geon ['dʌndʒən; 'dʌndʒən] *

字義 *n.* 土牢，地牢。

記憶 ① 本字來源於法文donjon城堡的主塔，這種地方戒備森嚴。引入英文後轉義爲「地牢」。基本含義是「圍起來的地方」。詳見上字：dune沙丘。

② ［諧音］可諧中文「蹲監」音。

③ ［音似近義字］也可以認爲「地牢」總是潮濕的。參看：dank陰濕的；dingy髒的，暗黑的。

---

dupe [dju:p；djup, dup]

字義 *vt.* 欺騙，愚弄。
　　　　n. 易受騙者。

記憶 ① ［用熟字記生字］本字是由de hoopoe縮合而成。de→of；hoopoe戴勝，來自歐亞大陸的鳥，樣子蠢笨。

② ［同族字例］dupery詐欺，受愚弄。

③ 茲開列以字母d開頭的近義字以茲助憶：deceive騙；delude哄騙；doodle【方言】欺騙，詐取；defraud騙取，詐取。

④ ［易混字］參看：duple二倍的，雙的。

⑤「易受騙者」一意，幾近於「愚」，可參看：dunce笨伯；dolt笨蛋；dotage老糊塗。

---

du.ple ['dju:pl; 'djup!, 'dup!]

義節 du.ple

du- → two二；ple折迭。

字義 *a.* **雙的，二倍的，二拍子的。**

記憶 ① ［義節解說］折疊爲二→二倍的。參考：twofold二倍的（fold亦有「折疊」意）類例：triple三重的，三倍的（→ three fold）；quadruple四倍的；multiple多數的，多重的。

② ［用熟字記生字］couple一雙。

③ ［同族字例］du -：double重複，加倍；duplicate複製。參看：dual雙的。-ple-：apply適用；reply回答；imply暗指；implication暗示；comply照辦；complex複雜的；supply供應；supplement增補，增錄。參看：compliant屈從的；complexion局面；implicit含蓄的，內含的，無疑的；explicit明晰的；supple柔軟的，順從的，反應快的；replica（藝術）複製品，拷貝。

---

dur.ess

[djuə'rəs, 'djuəres; 'djʊrɪs, djʊ'rɛs]

字義 *n.* **強迫，脅迫，束縛，監禁。**

D

D

記憶 ① ［用熟字記生字］endure容忍。

② ［同族字例］durum硬質小麥；indurate使硬化；dough生麵糰；perdure持久。參看：obdurate冷酷無情的；indurate冷酷的；dour執拗的。

③ 字母d表示「費力」的其他字例：daunt威嚇；ordeal嚴峻考驗；tedious沉悶的，冗長乏味的；dogged頑強的。

---

dwell [dwel；dwɛl] *

字義 *vi.* 居住，住宿。

記憶 ① ［用熟字記生字］well井；中國說的「市井」，即是居民區。「居住」總是選在有「井」處。

② 換一種思路：well好。d→do，do well（日子）過得好，所謂「安居」。

③ ［同族字例］：villa別墅（v→w通轉）；village村莊；vulgar平民的。

---

dwin.dle ['dwindl；'dwɪnd!] *

義節 d.wind.le

d → de- → dowm向下；wind變小，變虧；-le重複動作。

字義 *v.* （使）縮小。

　　　vi. 變小，衰退。

記憶 ① ［義節解說］變小，變虧，每況愈「下」。

② ［用熟字記生字］vanish消失。

③ ［同族字例］wean斷奶；faint暗淡的；want缺少，缺乏；wanton揮霍，浪費，放蕩。參看：wan暗淡的；wane（月）虧，缺（損），變小；swoon漸漸消失；vain空虛的（v→w通轉）；bane死亡，毀滅（v→b通轉）。

④ W表示「變小，變虧」的其他字例：waste損耗；weak弱的；wear耗損；wilt使枯萎；wither枯萎，凋謝；wizen枯萎，凋謝；dwarf使變矮小，妨礙（發育等）。

⑤ ［使用情景］常表示有價值的東西逐漸從多變小的過程：sanctuaries / health / number of people / food supply / hopes / fortune / regiment / money～d.鳥獸禁獵區縮小 / 健康狀況每下愈況 / 人數減少 / 食品供應減少 / 希望變得渺茫 / 財富變少 / 軍團縮小 / 金錢變少。

---

dy.nam.ic

[dai'næmik, di'n -；daɪ'næmɪk]

義節 dynam.ic

dynam力，權利；-ic形容詞。

字義 *a.* 動力（學）的，有力的。

　　　n. 動力。

記憶 ① ［用熟字記生字］dyne達因（動力學單位）。

② ［同族字例］dynasty王朝；dynamite高能炸藥；adynamic無力的（a-否定）；dynamo發電機；dean大學校長，系主任；dint力量。

Memo

E

行人更在青山外

在義項中，最重要的是「外，離」一項，因爲它是「免冠」的對象：

e- 外，離。隨著後接字母的不同，會有 **ec-** ，**ef-** 等各種變體。自然，萬變不離其宗。

ex- 外，離。

可以說，本章單字絕大部分是冠以這種字首的。

分析：大寫 **E** 的架構，明顯是向「外」向「東」。「東」方表示「早」→時間上的「早」和「時序」上的「早」。

E 字母單字延伸字義

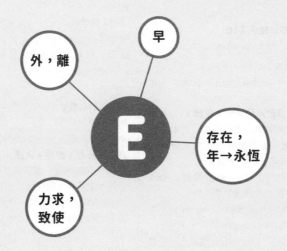

外，離

早

存在，
年→永恆

力求，
致使

ec.cen.tric

[ik'sentrik, ek -; ɪk'sɛntrɪk, ɛk-] *

義節 ec.centr.ic

ec-→ex-離開；centr中心；-ic形容詞。

字義 a. / n. 偏執的（人），古怪的（人）。

記憶 ① ［義節解說］偏「離」了中心→偏執→古怪。

② ［用熟字記生字］center中心。

③ ［同族字例］concentrate集中，專注。參看：centrifugal離心的。

ec.cle.si.as.tic

[i,kli:zi'æstik, -i'ɑ:s-: ɪ,klizɪ'æstɪk]

義節 ec.clesi.as.tic

ec-→ex-向外；clesi→call v.召喚；-ic字尾。

字義 n.（基督敎）傳敎士，牧師。

記憶 ① ［義節解說］原意爲被「召喚」到「外面」來，參加集會→傳敎。參考：ecclesia古時雅典的公衆會議。

② ［用熟字記生字］clergyman牧師；clerk文書，辦事員，敎會的執事。

③ ［同族字例］cleric牧師；council會議；counsel協商；intercalate插入，添加，設置（閏月等）；paraclete調解人，安慰者；Paraclete聖靈。參看：conciliate撫慰，調停，贏得（好感等）；reconcile使和解。

ec.lec.tic

[ek'lektik, i'klek -, i:'klek - ;ɪk'lɛktɪk, ɛk -]

義節 ec.lect.ic

ec-→ex→out ;lect選擇；-ic字尾。

字義 a. 折衷（主義）的。

n. 折衷主義者。

記憶 ① ［義節解說］從各種學派中選擇合適的。

② ［用熟字記生字］elect選擧。

③ ［同族字例］collect 收集；neglect 疏忽；intellect智慧；select選擇。參看：predilection偏愛，偏好，特別喜愛（pre-先，預先挑選出來的→偏愛）。

e.col.o.gy [i'kɔlədʒɪ; ɪ'kɑlədʒ] *

義節 eco.logy

eco居住地，→生態，家政；-logy學科。

字義 n. 生態學。

記憶 ① ［用熟字記生字］economy經濟，節約。

② ［同族字例］colony殖民地；cultivate耕作；economics經濟學；androecium雄蕊；ecesis動植物對新環境的適應；ecumenical全世界的。

ec.sta.sy ['ekstəsi; 'ɛkstəsɪ] *

義節 ecs.tas.y

ecs-→ex-離開，向外；tas伸展；-y名詞。

字義 n. 狂喜，出神，入迷。

記憶 ① ［義節解說］本字來源於拉丁文tasis伸張，伸展，膨脹→伸了出來→出神。

② ［同族字例］tassel纓，流蘇。

③ ［形似近義字］參看：ostracize放逐。

e.dac.i.ty [i'dæsiti ; ɪ'dæsətɪ]

義節 eda.city

eda食；-city名詞。

字義 n. 貪吃，狼吞虎嚥。

記憶 ① ［用熟字記生字］eat吃。

② ［同族字例］ort殘羹剩飯；diet飲食，食物；comedo粉刺；itch癢；comestible可吃的，食物；esculent可食用的；escargot可食用蝸牛。參看：edible食用的；etch腐蝕；obesity過度肥胖。

ed.i.ble ['edibl, -dəb-; 'ɛdəbl] *

義節 ed.ible ed食；-ible能夠地。

字義 *a.* **可以吃的，食用的。**

　　n. **食品。**

記憶 ① ［用熟字記生字］eatable還可以吃得下去的。

② ［同族字例］參看上字：edacity貪吃。

---

e.dict ['i:dikt ; 'idɪkt]

義節 e.dict

e-→ex-向外；dict說。

字義 *n.* **法令，布告。**

記憶 ① ［義節解說］說出來→宣述→布告。

② ［用熟字記生字］dictation聽寫；dictionary字典。

③ ［同族字例］dedicate奉獻；predicate聲稱；dictum格言；predict預告；interdict干涉；indicate指示。參看：benediction祝福；jurisdiction司法權；malediction詛咒；contradict反駁，否認，發生矛盾；vindicate辯護；abdicate放棄（職務等），退位。

---

ed.i.fice ['edifis ; 'ɛdəfɪs]

義節 edi.fice

edi→Eden伊甸園（人類始祖的居處）；fice做。

字義 *n.* **大廈，大建築物。**

記憶 ① ［義節解說］本字來源於拉丁文aedes內室，廟宇。建做伊甸園→做一個可以居住的地方。

② 語源上有把edi解釋為temple（神廟）的。因字形無聯繫，於記憶無助，故不取。

③ ［同族字例］aedile古羅馬管理公有建築物的官吏。參看：edify教誨。

---

ed.i.fy ['edifai ; 'ɛdə,faɪ] *

義節 edi.fy

edi→Eden伊甸園（人類始祖的居處）-fy…化。

字義 *vt.* **教誨，開導，啟發。**

記憶 ① ［義節解說］有了居處，就會敷衍後代，就要通過「教化」使之適應「伊甸園」的生活。參考法文：édifier建造，感化，類似的引申：construct建造→instruct教導。

② ［同族字例］參看上字：edifice大廈。

③ ［形似近義字］本字的名詞形式為edification，與education（教育）近似。

---

e.duce [i(:)'dju:s ; ɪ'djus, ɪ'dus,i-]

義節 e.duce

e-→ex向外；duce引，領。

字義 *vt.* **引出，推斷出。**

記憶 ① ［用熟字記生字］introduce介紹，引言。

② ［同族字例］product 產品；education教育；induct 引導；reduction 減少；seduce勾引；subduce減去。參看：conduit管道，導管；deduct減去，推論；abduct誘拐。

---

ee.rie ['iəri; 'ɪrɪ, 'irɪ]

字義 *a.* **引起恐懼的，可怕的，怪異的。**

記憶 ① 親愛的讀者，您打算怎樣記這個字？也請您看一看，其他類似的書建議您怎樣記這字。

我們在浩瀚的法文字海中找到了這個字的「本來面目」：féerie夢境，仙境，仙女。它和eerie只差開頭的一個f，字義基本一致，說它們是同源字，相信誰也不會反對。可別小看這個f，找到它，就等於找到了記住這個字的金鑰匙。原來，它只

E

不過是fairy（仙子）的變形！fairy tale就是「童話，神話」；fairy land就是「仙境，奇境」。晉朝的劉晨和阮肇入天臺山，遇仙女請他們吃胡麻飯，那是美麗的「仙境」。而eerie強調的卻是「奇境」，使人「毛骨悚然」的那種。當然，字的形態變化了，字的原意就會有所引申和側重。這是語言發展的規律，古今中外，概莫能外。

② ［諧音］「伊犁」魅影，森然「嚇人」（註：伊犁在新疆）。

③ ［同族字例］erratic古怪的；fair美麗的，女性的；fairy小妖精，仙女，幻想的；weired古怪的（fair→weir：f→v→w通轉）。

④ ［使用情景］冷月照寒枝，闐寂無人，忽聞一聲貓頭鷹叫，聽得你心裡發毛；秋夜曠野之中，月光照見荒屋一間，其門吱吱一響，令人毛骨悚然。此種情景，即可用本字形容。例：the~cry of a lonely owl.孤凄的貓頭鷹一聲怪叫。in the~silence of the cavern.洞中神祕可怕的寂靜。

ef.fa.ble ['edəbl; 'ɛfəb!]

義節 ef.fab.le

ef-→ex-out出來；fab說；-le→able能夠的。

字義 a. 能被說出來的，可表達的。

記憶 ① ［用熟字記生字］baby嬰兒（bab→fab ;b→f通轉）。咿呀學語→話語。

② ［同族字例］fabulous神話的；confabulate讀物；babe嬰兒bambino嬰孩；booby笨蛋，婦女的乳；burble滔滔不絕地講話；verb動詞（fab→verb;f→b通轉）；adverb副詞；verbal詞語的，逐字的；verbose累贅的。參看：bauble小玩物；fable寓言；verbatim逐字的，照字面的；proverb格言；affable溫和的；

ineffable不能用言語表達的；babble咿呀學語，嘮叨。

③ 字母 f 和讀 f 音的ph表示「話語」的其他字例：preface序言；confession懺悔；professor教授。參看：prefatory序言的；fate命運；prophecy預言。

④ ［形似易混字］參看：affable和藹可親的。

ef.fem.i.nate [adj.-i'feminit ; ə'fɛmənɪt,ɪ- v.i.femineit;ə'fɛmənet,ɪ-]

義節 ef.femin.ate

ef-→ex-出自；femin女性；-ate形容詞。

字義 a. 女人氣的，嬌氣的，柔弱的。

記憶 ① ［義節解說］出自女性的→嬌柔。

② ［用熟字記生字］female女性的。

③ ［同族字例］family家庭，家眷（fem→fam ;女人→女眷）；familiar熟悉的。

④ ［易混字］famine（饑荒）與feminine（女性的，女人的）易混。

ef.fer.vesce [,efə'ves; ,ɛfə'vɛs] *

義節 ef.ferv.esce

ef-→ex-向外；ferv冒泡，沸騰；esce逐漸變成。

字義 vi. 冒氣泡，起泡沫，生氣勃勃。

記憶 ① ［義節解說］字根-ferv-和-febr-均來源於法文feu火（eu→erv，u→v通轉；erv→ebr,v→b通轉）。

② ［用熟字記生字］fever發燒，熱病；foam泡沫。

③ ［諧音］字根ferv，諧音爲「沸乎」。

④ ［同族字例］-ferv-和-febr- : fervent熾熱的；ferverish高溫，強烈的感情；febris熱情；effervescent起泡的，奮發的。參看：febrifuge退熱藥；fervid熱情的，熱烈的。

-esce-：descend下降，斜坡；ascend登

高，追溯，上升；ascendency優勢，支配地位；transcend超越；trascendent卓越的；aquiesce默認。參看：scramble爬行，攀爬，蔓延；condescend屈尊，俯就，丟醜；adolescent青春期的。

⑤字母f讀音為「呼」類送氣音，常表示「風風火火」，由「火」而「熱」。其他字例：fan狂熱；fire火；fierce狂熱的；furor狂熱；flame火焰。參看：froth泡沫；fume煙。

ef.fete [e'fi:t, i'f-；ε'fit,ι-]

義節 ef.fete

ef-→ex-離開；fet v.懷胎，養育。

字義 a. （生育力）枯竭的，衰老的，衰弱的，無能的。

記憶 ① ［義節解說］本字來源於拉丁文effetus因分娩次數多而體弱。

② ［用熟字記生字］feeble弱的；faint無力的。

③ ［同族字例］fet 懷胎，養育；fetal 胎兒的；feticide 殺死胎兒，非法墮胎；superfetate重孕；fertile能生育的；feed飼養；fertilizer肥料。參看：fatalism宿命論；fetus胎，胎兒。

ef.fi.gy ['efidʒi; 'εfədʒι]

義節 ef.fig.y

ef- → ex-向外圍，出來；fig造型，塑造；-y名詞。

字義 n. 肖像，雕像，模擬像。

記憶 ① ［義節解說］塑造出（某人的形象）。字根-fig-可能來源於finger手指→用手指捏造成形。

② ［用熟字記生字］figure外型，人物；fiction編造，小說。

③ ［同族字例］configure使具體，使成型；disfigure損壞外型；perfigure通過形象預示；transfigure使變形，美化。

ef.flu.vi.al [e'flu:viəl; ε'fluviəl, ι -]

義節 ef.fluv.i.al

ef-→ ex-向外；fluv→flow v.流動；-al形容詞。

字義 a. 惡臭的。

記憶 ① ［義節解說］（臭氣）向外流逸，發出某種氣味。

② ［用熟字記生字］fluent流利的；influence影響。

③ ［同族字例］fluvial河流的；effluent流出的，發出的；efflux流出物，發出物。參看：fluctuate波動；flux流動；flavor味道，風味。

ef.fron.ter.y

[e'frʌntəri, i'f -; ə'frʌntəri, ι -]

義節 ef.front.ery

ef-→ex-離開；front n.前額，臉，厚顏無恥。-ery名詞。

字義 n. 厚顏無恥（行為）。

記憶 ① ［義節解說］拋開「臉面」→不要臉→厚顏。

② ［同根字例］frontier邊境；affrontive公然冒犯的；confront碰面，面對。

egg.plant

['egplɑ:t；'εg,plænt, -,plɑnt]

義節 egg.plant

egg雞蛋；plant植物。

字義 n. 茄子。

記憶 ［義節解說］像雞蛋一樣矮胖的植物。

e.go ['egou, 'ι:gou; 'igo, 'εgo]

字義 n. 自我，自己，自負。

記憶 ① ［易混字］ago以前。

② ［同族字例］egoism利己主義；egocentric自我中心的，自私自利的；eigen本徵的，特徵的；I我。參看：icon

E

人像，畫像。

e.gress [n.'iːgres ; 'igrɛs v.i'gres ; i'gres]

義節 e.gress

e-→ex-向外；gress進行。

字義 n. / vi. **外出。**

 n. **出口。**

記憶 ①〔用熟字記生字〕progress進步。

②〔同族字例〕congress議會；aggressive進取的，積極的；digress離題；ingress進入；regress退回；retrogress退化；transgress越界。

e.late [i'leit ; ɪ'let, I -] *

義節 e. late

e- → ex- →up向上；late→raise v.舉起，運送。

字義 vt. **使得意洋洋。**

記憶 ①〔義節解說〕捧得高高的→趾高氣昂。

②〔同族字例〕translate翻譯；ventilate通風；superlative最高級的；legislate立法；ablate切除。參看：collate對照；modulation調製；delate控告，告發，公布（罪行）。

el.e.gy ['elidʒi; 'ɛlədʒɪ]

義節 e.leg.y

e-→ex-→out出來；leg悲苦；-y名詞。

字義 n. **悲歌，輓歌，哀樂。**

記憶 ①〔義節解說〕把心中的悲苦宣洩「出來」。本字來源於希臘文elego 悲歌，eleisson憐憫我們!

②〔同族字例〕alack嗚呼；alas哎唷（表示悲痛）；lachrymotory bomb催淚彈。參看：lackaday悲哉！lachrymose 愛哭的，滿是淚水的，使流淚的；lugubrious（故意裝出）非常悲哀的。

③ 字母l表示「悲憫」的其他字例：lament悲歎；lenient憐憫的；lorn孤淒的；forlorn悲慘的。

e.lite [ei'liːt, ei'lit; ɪ'lit, e'lit]

義節 e.lite

e-→ex-→出來；lite→leg挑選。

字義 n. **精華，名流，高貴，精銳部隊。**

記憶 ①〔義節解說〕挑選出來的。參考法文：élire選舉，選擇；élite精華。

②〔用熟字記生字〕elect選舉。

③〔同族字例〕collect 收集；neglect 疏忽；intellect 智慧；select 選擇。參看：predilection偏愛，偏好，特別喜愛（pre-先，預先挑選出來的→偏愛）；eclectic折衷（主義）的。

el.o.cu.tion

[ˌelə'kjuːʃən, -lou'k -; ˌɛlə'kjuʃən]

義節 e.locu.tiond

e-→ex-→出來；locu講話；-tion名詞。

字義 n. **演說術，雄辯術，朗誦法。**

記憶 ①〔義節解說〕講得出來，能說善道。

②〔同根字例〕locution 說話的語氣，風格；circumlocution 迂迴說法，累贅的話；interlocution對話，交談；allocution訓諭，prolocutor代言人，發言人；locust知了。

③〔同族字例〕eloquence口才，雄辯術；colloquial口語的。

e.lude [i'luːd, i'ljuːd ; ɪ'lud, ɪ'ljud] *

義節 e.lude

e-→ex-away from離去；lude→lid打，擊。

字義 vt. **逃避，躲避，難倒，使困惑。**

記憶 ①〔義節解說〕字根-lud-和lus-來源於拉丁文ludus敬神競技，表演。引申爲

「諷刺，遊戲，欺騙」等。該字又來源於 ludius 古羅馬的鬥劍士。可見字根-lud-與字根-lid-（打，擊）同源。

本字直接來源於拉丁文 eludo（鬥劍時）避開，躲開（對方的「打，擊」）。

說明：字根 lud / lus 的傳統釋義爲：play 玩笑，遊戲，難以用來解釋〔同族字例〕中的其他單字，〔義節〕中的釋義是作者對拉丁文綜合研究的結果，似較爲圓通實用。

② 〔同族字例〕collide 碰撞；interlude 穿插，幕間；disillusion 幻滅。 參看：collusion 共謀；illusion 幻覺；prelude 前兆，序曲；allude 暗指，間接提及。

③ 〔使用情景〕to～dogs / pursuers / taxation。躲避狗 / 甩掉追蹤的人 / 逃稅。

e.ma.ci.ate

[i'meiʃieit, e'm- ; ɪ'meʃɪ,et]

〔義節〕e.maci.ate

e-→ex-出來；maci 瘦；-ate 動詞。

字義 v. （使）消瘦。

vt. 使衰弱，使貧瘠。

〔記憶〕① 〔義節解說〕瘦了出來，本字來源於拉丁文 macer 瘦弱的，乾枯的，和 marceo 枯萎。

② 〔同族字例〕maigre（羅馬天主教）齋日的，無肉食的；meager 瘦的，貧乏的。參看：macerate 使消瘦，使衰弱。

③ 〔形似近義字〕參看：lacerate 撕碎的，受折磨的。

e.man.ci.pate

[i'mænsipeit, e'm -; ɪ'mænsə,pet]

〔義節〕e.man.cip.ate

e-→ex-分離；man 手；cip 拿，取；-ate 動詞。

字義 vt. 解放，使不受束縛。

〔記憶〕① 〔義節解說〕把手解開→鬆綁。

② 〔用熟字記生字〕manual 手的，手做的；participate 參與，分擔。

③ 〔同族字例〕-man-：manufacture 製造；mancipate 受束縛，受支配（解說：手被「拿」住。）參看：maneuver 調動；manicure 修指甲；manipulate 操縱；manumit 解放；manure 施肥；mortmain 傳統勢力；manacle 手銬，束縛。-cip-: anticipate 預料；municipal 市政的；principle 原理；incipient 開始的；recipe 食譜。

em.a.nate

['eməneit; 'ɛmə,net]

〔義節〕e.man.ate

e-→ex-向外；man→men 領，引，驅；-ate 動詞。

字義 v. 發散，發射。

〔記憶〕① 〔義節解說〕向外引領→發散→發射。

② 〔用熟字記生字〕emit 發射。

③ 〔形似近義字〕參看：emetic 催吐劑。

④ 〔同族字例〕commence 開始；amenity 社交禮節；manner 舉止；mien 風度；mention 提及；menace 威脅；mean 意味著；permeate 滲透，瀰漫，充滿。參看：promenade 兜風，散步；impermeable 不可滲透的；demean 行爲，表現；ominous 預兆的；mendacious 虛假的；permeable 可滲透的；amenable 有義務的，順從的；meander 漫步；迂迴曲折前進。

em.balm

[im'bɑːm, em -; ɪm'bɑm]

〔義節〕em.balm

em-→put on 放在…上面；balm n.香油，香脂。

字義 vt. 塗香油防腐，使不朽，使充滿香

氣。

記憶 ①balm的原意是「樹脂」。字母b常用以表示「樹」。詳見：arbor樹。

② ［同族字例］balsam香脂；balsa一種美洲熱帶樹；baste塗油脂。參看：burl樹疤。

---

em.bar.go
[em'bɑ:gou, im-；ɪm'bɑrgo] *

義節 em.bargo
em-使處於某種狀態；bar阻礙；go出去。

字義 vt. / n. 封港（令），禁運。

記憶 ① ［義節解說］使處於阻止出去的狀況→封港。

② ［用熟字記生字］boat船；bar棍棒；阻礙。

③ ［同族字例］barrack兵營；barricade柵欄；barrier法庭上的圍欄；barrister律師；embarrass使受窘。

---

em.bark [im'bɑ:k, em-；ɪm'bɑrk] *
義節 em.bark
em-登上，登入；bark n.三桅帆船。

字義 v.（使）上船，（使）坐飛機，（使）從事。

記憶 ① ［用熟字記生字］boat船；aboard在船上。

② ［反義字］disembark（使）離船上岸。

③ ［同族字例］barge駁船。

---

em.bel.lish [im'beliʃ；ɪm'bɛlɪʃ]
義節 em.bell.ish
em-使處於某種狀況；bell美麗的，好的；-ish動詞。

字義 vt. 裝飾，修飾。

記憶 ① ［用熟字記生字］beauty美麗。

② ［同族字例］belle美女；clarabella風琴的強音笛音栓；beau美，善。

---

em.bit.ter [im'bitə, ɪm'bɪtə]
義節 em.bitter
em-使處於某種狀況；bitter a.苦的，痛苦的。

字義 vt. 加苦味於，使痛苦，激怒。

記憶 ① ［用熟字記生字］bitter苦的；bite咬（記：痛苦得咬著嘴脣）

② ［同族字例］beetle 甲殼蟲；bait餌；bit 一口的量，一點點；bet打賭；abetment教唆。參看：batten貪吃，養肥自己。

---

em.bos.om
[im'buzəm, em-；ɛm'bʊzəm, - 'buzəm] *

義節 em.bosom
em-包住；bosom n.胸，懷。

字義 vt. 懷抱，珍愛，遮掩，環繞。

記憶 ① ［義節解說］包住胸懷→遮掩 / 緊抱裡面的東西。

② ［同族字例］bust胸像，半身像；breast胸部。參看：buxom豐滿的；emboss使凸出。

③ ［易混字］blossom花，開花。

---

em.boss [im'bɔs, im-；ɪm'bɔs] *
義節 em.boss
em-使處於某種狀態；boss n.盾上的浮雕，凸飾，節疤。

字義 vt. 使凸出，浮雕，裝飾。

記憶 ① ［用熟字記生字］boss老闆，記：「老闆凸出個大肚子」。

② ［同族字例］bass-relief淺浮雕；basset（礦）露出地面；buoy浮標；bur多刺果；burry多刺的，多疙瘩的；burl樹瘤。參看：bristle硬鬃毛。

③ ［疊韻近義字］moss苔蘚（註：浮凸在石上）；gross（身體）臃腫的。

em.broi.der

[im'brɔidə, em -; ɪm'brɔidə-]

義節 em.broider
em-放進去；broider針刺。

字義 v. 繡花，刺繡，渲染。

記憶 ① [義節解說] 通過一針一針刺進去，把花「放」進去

② [用熟字記生字] brooch（女子用）胸針、飾針。

③ [同族字例] brad角釘，土釘；broach飾針，尖塔，尖頭工具；brocade織綿，織出花紋；brochette烤肉用的鐵叉；bore鑽洞，挖孔；burrow地洞，穴；barrow古墓；bury埋葬；burin雕刻刀；biforate（植物）有雙孔的（bore→for: b→v→f通轉）；foramen骨頭或薄組織上的小孔。參看：brochure小冊子。

em.broil

[im'brɔil, em -; ɛm'brɔil]

義節 em.broil
em-使處於某種狀況；broil混亂。

字義 vt. 使混亂，使糾纏，使捲入糾紛。

記憶 ① [義節解說] 本字來源於法文 embrouiller 攪亂；brouiller 弄亂，爭執；broussailleux荊棘叢生的，雜亂的。

② [用熟字記生字] boil沸騰（註：沸騰時氣泡顯得雜亂）。

③ [同族字例] bryology苔蘚植物學；brume霧；zebra斑馬；brewis肉汁，肉湯，bruise青腫，傷痕，紫血塊。參看：broth肉湯，imbrue沾汙（尤指血汙）；imbroglio糾紛，複雜；froth泡沫。

④ 字母組合br常表示「爭吵，嘈雜」。例如：brabble小爭吵；brannigan大吵大鬧；bravo喝采聲；bray驢叫聲；broil大聲爭吵。

em.bry.o

['embriou ; 'ɛmbrɪˌo] *

義節 em.bry.o
em-→in→在內；bry醞釀，孵育；-o字尾。

字義 n. / a. 胚胎（的），萌芽的。

記憶 ① [用熟字記生字] breed養育；bring up養育。

② [同族字例] brio生動活潑；brut（酒）未加過糖的；brute獸；brigade（執行一定任務的）隊。

③ 字母組合br常表示「醞釀」，例如：brood孵，沉思；brewery釀造廠；braise（用文火）燉；bread麵包；ebriosity嗜酒中毒；inebriate酒醉的；sobriety清醒；broil灼熱，參看：broth肉湯，清湯。

e.mend

[i(:)'mend; ɪ'mɛnd]

義節 e.mend
e-→ex-→out；mend缺陷，殘疾，過失。

字義 vt. 校訂，校正。

記憶 ① [義節解說] 找出過失。

② [用熟字記生字] amendment修正案。

③ [同族字例] mend修補，訂正；amend改正，改過。參看：mendacious虛假的，捏造的，愛說謊的；mendicant乞丐，托缽僧。

e.mer.i.tus

[i(:)'meritəs; ɪ'mɛrətəs]

義節 e.merit.us
e-→ex-→out離去；merit n.榮譽，功績；-us字尾。

字義 a. / n. 榮譽退休的（人）。

記憶 ① [義節解說] 載譽離去。字根-merit-來源於拉丁文mereo服兵役，應得，值得，獲得。

② [用熟字記生字] morality美德。

③ [同族字例] demerit缺點；

E

demeritorious應受責備的；meritocracy天才教育，學界名流，能人統治；allomerism異質同形現象。參看：meritorious有功的；meretricious娼妓的，浮華的，耀眼的，俗氣的。

e.met.ic [i'metik；ı'mɛtık]

義節 em.et.ic

em→vom蠕動，不安；-et→-it字尾；-ic字尾。

字義 *n.* 催吐劑。

  a. 催吐的。

記憶 ① ［義節解說］因「蠕動，不安」而「嘔吐，噴出」。emet→vomit嘔吐，催吐劑。

② ［用熟字記生字］worm蚯蚓（註：蚯蚓是蠕動的）。

③ ［同族字例］whelm淹沒；overwhelm淹沒，壓倒；swallow淹沒。swim旋轉，眩暈；squeamish易嘔吐的，神經質的，易生氣的；參看：qualm眩暈，不安；swill沖洗；swamp沼澤，淹沒；vermin害蟲；squirm蠕動，不安；wamble（胃）翻騰；vomit嘔吐，催吐劑。

em.is.sar.y ['emisəri；'ɛmə,sɛrı]

義節 e.miss.ary

e-→ex-向外；miss發射，發送；-ary字尾。

字義 *n./a.* 密使（的），間諜（的）。

記憶 ① ［義節解說］派遣出去（執行使命者）。

② ［用熟字記生字］missionary傳教士。

③ ［同根字例］dismiss開除；promise答應；demise轉讓，遺贈；commission委員會。

④ ［同族字例］admit允許進入；commit承諾；permit准許。參看：emanate發射；emetic催吐劑；concomitance伴

隨，共存；remit匯款；manumit解放。

e.mol.u.ment [i'mɔljumənt, e'm -；ı'mɑljəmənt]

義節 e.mol.u.ment

e-→ex-out出來；mol磨；-ment名詞。

字義 *n.* 報酬，薪水。

記憶 ① ［義節解說］推磨做工做出來的。

② ［同族字例］molar磨的；muller研磨器；immolate犧牲的；molest折磨；demolish毀壞。

③ ［形似近義字］remunerate報酬。

em.pir.ic [em'pirik, im-；ɛm'pırık]

義節 em.pir.ic

em-→on放在…上面；pir做；ic形容詞。

字義 *n.* 經驗主義者。

記憶 ① ［義節解說］在實踐之上取得→經驗。

② ［用熟字記生字］experience經驗。

③ ［同族字例］experiment 實驗；expert熟練者，專家；operate操作；practice實踐。

em.power [im'pauə, em-；ım'pauɚ] *

義節 em.power

em-賦予，提供；power *n.*權力。

字義 *vt.* 授權，使能夠。

記憶 ① ［用熟字記生字］power權力，力量；enable使能夠。

② ［同族字例］參看下字：empress女皇。

em.press ['empris；'ɛmprıs]

義節 empr.ess

empr統治，支配；-ess女性行為者。

字義 *n.* 女皇，皇后。

記憶 ① ［義節解說］此字為emperor（皇

帝）的陰性名詞，字根-imper- / -emper-
（統治，命令）還可再分析為：im- / em-
（使）進入；per→pert→power力，權
力。

② ［用熟字記生字］imperialism帝國主
義；emperor皇帝。

③ ［同族字例］-empr- ：參看：empower
授權；imperative命令，imperious專橫
的；imperial帝國的，帝王（般）的，威
嚴的，特等的。-ess：waitress女服務員；
actress女演員；hostess女主人；
authoress女作家。

④ ［陷阱］本字很易誘惑人把義節誤斷
為：em.press，從而猜測為「施加壓力」
之意。

em.u.late ['emjuleit ; 'ɛmjə,let] *

義節 e.mul.ate

e-→ex-出來，向外；mul模仿；-ate動
詞。

字義 *vt.* **同…競爭（競賽），竭力仿效。**

記憶 ① ［義節解說］先是學樣，到一定程
度，以為學夠了，就想比個高低。

② ［用熟字記生字］mimic模仿；monkey
猴兒（註：也是擅長「模仿」者）。

③ ［同族字例］mule騾子，執拗的人，
輕便牽引機；muleta鬥牛士的紅布；
emulous競爭的，好勝的。

④ ［形似近義字］simulate假裝，冒充，模
仿，模擬；imitate模仿。

en.act [i'nækt, e'n- ; ɪn'ækt] *

義節 en.act

en-使處於某種狀況；act *n.*行動，法案，
表演。

字義 *vt.* **制定（法律），頒布，扮演。**

記憶 ① ［義節解說］使處於「法案」狀況
→制定；使之「動」起來→頒布；使處於
「表演」狀況→扮演。

② ［用熟字記生字］actor演員。

③ ［同族字例］actual現實的；exact正
確的；interact相互作用；react反應；
retroact（法律）追溯既往；transact處
理，交易。

en.chant [in'tʃɑ:nt, en- ; ɪn'tʃænt] *

義節 en.chant

en-使處於某種狀況；chant *v.*念咒，唱
歌。

字義 *vt.* **施魔法，使陶醉，使迷惑，使喜
悅。**

記憶 ① ［義節解說］唱出魔咒，使為魔咒
的歌聲所迷。

② ［用熟字記生字］charm符咒，迷惑。

③ ［同族字例］canto篇章；contata清唱
劇；cantilate吟唱；chant唱歌，念咒；
chantey船夫曲；enchanting迷人的，令
人陶醉的；charming迷人的，令人陶醉
的。參看：descant旋律，唱歌，詳談；
recant撤回聲明；cantankerous愛爭吵
的（anker→anger怒）；incantation咒
語，妖術。

en.dem.ic [en'demik ; ɛn'dɛmɪk] *

義節 en.dem.ic

en-在內；dem民眾；-ic形容詞。

字義 *a.* **特有的。**
　　a. / n. **地方性的（疾病）。**

記憶 ① ［義節解說］在（當地）民眾之內→
當地民眾都有，而外地民眾則無的。

② ［用熟字記生字］democracy民主。

③ ［同族字例］epidemic流行性的，傳染
性的；pandemic廣大地區流行的。參
看：demagogy煽動的；demography人
口統計學；dome圓屋頂。

en.dow [in'dau, en -; ɪn'daʊ] *

E

〔義節〕 en.dow

en-提供，賦予；dow給。

〔字義〕 *vt.* **捐贈，賦予。**

〔記憶〕① ［同族字例］ dowry嫁妝；dub授予（稱號）。參看：anecdote軼事；dole施捨；endue授予，賦予；render給予。② 字母d表示「給予」的其他字例：done給；pardon原諒。參看：condone寬恕；donation捐贈（物），贈品，捐款。

en.due [in'dju:, en-；ɪn'dju, ɛn-, -du]

〔義節〕 en.due

en-放進；due *n.*應得物，應得權益。

〔字義〕 *vt.* **穿（衣），使穿上，授予，賦予。**

〔記憶〕① ［義節解說］ 引領（衣服）進入（身體），再從「穿衣」引申爲「賦予」。② ［同族字例］ 「穿（衣）」一意：ecdysiast脫衣舞女；ecdysis蛻皮；duly正式地，適當地。參看：exuviate蛻皮。「賦予」一意：參看上字：endow賦予。

en.er.vate

[*v.* 'enə:veit；'ɛnə‚vet *adj.* 'enə:vit；ɪ'nɘ˞vɪt]

〔義節〕 e.nerv.ate

e-→ex-向外；nerv腱，神經；-ate動詞。

〔字義〕 *vt.* **使衰弱，削弱。**

〔記憶〕① ［義節解說］ 腱／神經向外繃得緊緊的，功能逐漸衰弱。② ［用熟字記生字］ nerve神經；nervous緊張不安的。③ ［同族字例］ 字根-neur（o）-和-nerv-均表示「神經」，也表示葉脈（神經網路和葉的脈絡題的確很相似，共同點就在一個「網」字上，故亦可借net（網）幫助聯想）：nervure（葉）脈；neuration脈序；sinew腱，中堅，參看：neuron神經原，神經細胞。

en.force [in'fɔ:s, en-；ɪn'fors]

〔義節〕 en.force

en-放進；force *n.*力，力量，效力。

〔字義〕 *vt.* **實施，強迫。**

〔記憶〕① ［義節解說］ 放進了「力」→強迫；放進了「效力」→使生效，實施。② ［同族字例］ perforce用力氣，強迫；reinforce加強，鞏固；fort堡壘；effort努力；forte長處，優點。

en.gen.der

[in'dʒendə, en-；ɪn'dʒɛndɘ˞ -,ɛn-] *

〔義節〕 en.gender

en-提供，賦予；gender *v.*產生，發生。

〔字義〕 *v.* **產生，形成。** *vt.* **造成。**

〔記憶〕① ［用熟字記生字］ generate生產，生殖。② ［同族字例］ gene基因；genius天才。參看：eugenic優生學的；gender（文法中的）性；genealogy家譜；genetic遺傳學的；genre流派；genus種類。參看：congenial同族的；congenital天生的。

en.grave [in'greiv en-；ɪn'grev] *

〔義節〕 en.grave

en-放進；grave刻，寫，畫。

〔字義〕 *vt.* **雕刻，銘記。**

〔記憶〕① ［義節解說］ 刻畫進去。字根-gram-和graph均表示「刻，畫，寫」。估計由於字母組合gr模擬「刮，擦」紙時發出的噪聲。② ［用熟字記生字］ telegram電報；photograph照相機。③ ［同族字例］ grub掘地，找尋；grope摸索；grout（豬）用鼻子拱（泥土）；grave墓穴，雕刻；graben地塹；gravure

照相凹版；greave（古武士）脛甲；groove槽，溝；photograph照相機；carve刻。參看：arable可耕的；harrow耙；grovel匍匐；epigraph銘文，碑文；epigram警句；epitaph墓誌銘。

---

en.gross [in'grous, en- ; ɪn'grɔs, ɛn -]

義節 en.gross

en-放進；gross *a.*總體的，粗壯的，顯著的。

字義 *vt.* 用大字體書寫，占用（時間），使全神貫注。

記憶 ① [義節解說] 使「總體」投入→全神貫注；使「粗壯的，顯著的」進入→用大字體。

② [同族字例] grand大的；grocery食品，雜貨；groschen奧地利先令；grosz波蘭硬幣。參看：negotiate談判。

---

en.gulf [in'gʌlf, en -; ɪn'gʌlf, ɛn-]

義節 en.gulf

en-→in在內；gulf *n.*海灣；*v.*吞沒。

字義 *vt.* 吞沒，吞食。

記憶 ① [諧音] 模擬「咕嘟」一口飲下的聲音。

② [同族字例] glutamate味精（註：增進「食慾」）；glutton貪吃的人；deglutition吞嚥；deglutor吞嚥；gullet食管；gular喉部的；goluptious可口的；jowl下顎的垂肉（g→j通轉）；swallow吞（g→w通轉）。參看：gill鰓；glut吃飽，暴食；gullet食道，咽喉；gulp吞飲，狼吞虎嚥。

③ [音似近義字] wolf狼，狼吞虎嚥地吃；swallow吞嚥。

④ 字母G常模擬口（喉）各種動作發出的聲音。其中關於「吞，食」的字例：gorge狼吞虎嚥；gourmandis狼吞虎嚥；ingurgitaion狼吞虎嚥；guttle貪婪地吃…

等等。

---

e.nig.ma [i'nigmə, e'n -, ɪ'nɪ-gmə] *

義節 e.nigm.a

e-→ex-→out在外；nigm→nim→take *v.*取。

字義 *n.* 謎，曖昧的話，謎般的人（或物）。

記憶 ① [義節解說] out of reach搆不著，捉不住（意思）→謎。

② [用熟字記生字] numb麻木的，愚蠢的。

③ [同族字例] nim 拿，取，偷；numb麻木的；noma壞疽性口炎；enemy敵人（e.nem.y, nem→nemesis）；Nemesis（希臘神話）復仇女神；number數目，點數（源於nim拿，抓→抓一個數一個）；numerable可數的；innumerable無數的；supernumerary額外的，多餘的；numerous許多的。參看：nemesis復仇的；enumerate（一個一個地）數，點數，列舉；nimble靈活的，敏捷的，聰明的，多才的。

④ 換一個思路，可以把-nigm-解爲「纏結難解」。字母n表示「纏結」的其他字例：connexion親戚；nigh親密的；noose套索，束縛；nuptial婚姻的；knit編結；net網；network網路。

⑤ [形似字] stigma恥辱，汙點。

---

en.join [in'dʒɔin, en-; ɪn'dʒɔɪn, ɛn -] *

義節 en.join

en-放進；join *v.*繫上（牛軛），連接。

字義 *vt.* 吩咐，命令，禁止。

記憶 ① [義節解說] join的原意爲「牛軛」，後來再發展爲「連接」意，繫入了牛軛就受到束縛，限制，只好聽命於人。字根-join-來源於拉丁文jungere結合，而jungere就是從拉丁文jugum（牛軛）衍

生的，jugum是yoke（牛軛）的變體。

② ［同族字例］injunction命令，責成；joint接合，接頭，接榫，關節；joinder結合，連接；adjoin貼近，毗連；conjoin（使）結合，（使）聯合（con-字首，表示「共，同」）；conjoint結合的，聯合的；disjoin拆散，把…分開（dis-字首，表示「分離」）；disjoint拆散，使脫臼；rejoin（使）再結合，（使）再聚合（re-字首，表示「又，再」）；subjoin增加，添加（sub-字首，表示「在下」。在下面再「結合」上去，就是「增添」）。參看：yoke牛軛。

---

en.list [in'list, en - ; ɪn'lɪst] *

義節 en.list

en-放進；list n.【古】徵召入伍，官兵名單。

字義 vt. 徵募，謀求。

　vi 入伍，贊助。

記憶 ① ［義節解說］記入名單→上了「冊子」。參看：conscribe徵募。該字的造字思路與本字相近（-scribe-寫）。

② ［用熟字記生字］list名單。

---

en.mi.ty ['enmiti ; 'ɛnməti] *

義節 e.nm.ity

e-→en-使處於…狀況；nm→Nemesis希臘神話中的復仇女神；-ity名詞。

字義 n. 敵意，仇恨，不和。

記憶 ① ［義節解說］處於要「復仇」的狀況。

② ［用熟字記生字］enemy敵人（e.nem.y,nem→nemesis）。

③ ［同族字例］nim拿，取，偷；numb麻木的；noma壞疽性口炎。參看：nimble敏捷的；animosity仇恨，憎惡，敵意；nemesis復仇者；heinous極可恨的（請注意：拉丁語文中h常不發音，故容易脫

落）。

---

en.nui ['ã:nwi:, ɑ:n'wi: ; 'ɑnwi ; ã'nyi]

義節 eb.nui

en-使處於某種狀況；nui厭煩。

字義 n. 厭倦，無聊。

記憶 ① ［用熟字記生字］annoy使煩惱，使生氣。

② ［同族字例］nuisance 討厭的事物；noise 噪聲。參看：nasty 使人討厭的；naughty頑皮的；noxious討厭的；noisome可厭的，惡臭的。

---

e.nor.mi.ty [i'nɔ:miti; ɪ'nɔrməti]

義節 e.norm.ity

e-→ex-超出；norm規則；-ity名詞。

字義 n. 窮兇惡極，無法無天，巨大。

記憶 ① ［義節解說］超越規則→無法無天；超出常規的尺碼→巨大。

② ［用熟字記生字］normal正常的，標準的。

③ ［同族字例］abnormal反常的；enormous龐大的；subnormal低於正常的；supernornal 超常的。

---

en.rage [in'reidʒ, en -; ɪn'redʒ, ɛn-] *

義節 en.rage

en-使進入某種狀態；rage n.狂怒。

字義 vt. 激怒，使暴怒。

記憶 ① ［用熟字記生字］rage狂怒；roar怒吼。

② ［同族字例］rigor發冷，僵直，嚴峻，嚴苛；rigorous嚴峻的，嚴格的；dragon龍，兇暴的人；Draco天龍座，飛龍屬；draconian（法律上）嚴酷的；draconic龍的，似龍的；dragonet小龍；dragonnade武力，迫害；dragoon龍騎兵暴徒；drat詛咒；rage狂怒；參看：

dragonfly蜻蜓；drastic激烈的，嚴厲的，rigid嚴峻的，嚴厲的。

en.sconce [in'skɔns, en -; ɛn'skɑns]

義節 en.sconce

en-使處於某種狀態；sconce n.掩蔽物。

字義 vt. 隱蔽，安置。

記憶 ① [義節解說] 字根-conc-的基本含義是「角」→貝殼的形狀似「角」。再從「貝殼」引申爲表示「覆蓋而使之隱蔽」的含義，傳說法海和尚鎮壓白蛇之後遭報復，躲進了寄生蟹裡，當了「縮頭和尚」，求蟹殼之「覆蓋」而「潛藏」，正合此意。

② [用熟字記生字] cover掩蓋，遮蔽；corn角。

③ [同族字例] cockle 海扇殼；conchology貝殼學；congius康吉斯（古羅馬液量單位）；cochlea耳蝸；cochleate狀如蝸牛殼的，螺旋形的；cone錐形物；sconce掩蔽物；second調任，調派。參看：abscond潛逃；conch貝殼，海螺；recondite深奧的，難解的，隱蔽的。

en.sign

['ensain, 'ensn ; 'ɛnsaɪn, 'ɛnsn]

義節 en.sign

en-→on放在上面；sign n.符號，記號。

字義 n. 旗，軍旗，徽章，標誌。

記憶 ① [用熟字記生字] 想sign符號。

② [同族字例] designate指定，選派；insignia勳章，徽號；segno記號；resign辭職；seal封箴；signal信號；assign指定，分配；countersign連署，確認；design設計；significant有意義的，參看：consign委託，寄存，發送，運送。

en.sue

[in'sjuː, en- ; -'suː ; ɛn'su, ɛn'sju] *

義節 en.sue

en-→ on放在上面；sue→follow跟隨。

字義 vi. 接著發生，接著而來，結果產生。

記憶 ① [義節解說] follow on緊接著，跟隨。

② [同族字例] sue追求，追逐，控訴；suite隨員；pursue追趕，追捕；pursuant隨員；sequent連續的，相繼的；consecutive連貫的。

en.tail [in'teil, en- ; ɪn'tel,ɛn -] *

義節 en.tail

en-在內；tail剪，裁，切。

字義 vt. 限定（繼承人），遺留，課（稅），使承擔。

記憶 ① [義節解說] tail→tally符契，對號牌（註：tal→tail剪，切，割。原意是一塊符木一分爲二，借貸兩方各執其一，日後驗。中國古代的兵符，是由皇帝和統帥各執其一，如信陵君所竊虎符。符木引申爲「護符」。）→用符契限定繼承人，手執符契的人，承擔權利和義務。

② [用熟字記生字] tailor裁縫；detail細節。

③ [同族字例] philately集郵（phila愛；tel印花稅→郵票）；stall分成隔欄的畜舍。參看：subtle微妙的；retaliate以牙還牙，反擊；installment分期付款；talisman護符，避邪物，法寶；retail零售；toll捐稅，通行稅，服務費用；tally符木。

en.tan.gle

[in'tæŋgl, en - ;ɪn'tæŋɡ!, ɛn-]

義節 en.tangle

en-使處於某種狀況；tangle *n.*糾纏，紛亂，爭執。

字義 *vt.* **使糾纏，使捲入，牽連。**

記憶 ① ［用熟字記生字］tangent三角函數中的「正切」，數學上寫作tan或tg.「正切」義源於「接觸」，「接觸」多了便有糾葛。或記：tango探戈舞；→「探戈一舞便纏綿」。

② ［同族字例］tangible可觸知的；tactile觸覺的；taint感染。參看：contaminate汙染，傳染；tint色澤，著色；tangle（使）糾結，（使）糾纏，（使）混亂。

en.thrall [in'θrɔ:l, en-; ɪn'θrɔl] *
義節 en.thrall

en-使處於某種狀態；thrall *n.*奴隸狀態，束縛狀態。

字義 *vt.* **吸引，奴役。**

記憶 ① ［義節解說］被吸引力所「束縛」→吸引。

② ［用熟字記生字］draw吸引，拖，曳（th→d通轉）。

③ 字母組合thr常表示某種「限制」，類例：thrift節儉；thrittle節流，扼殺；threshold界線，閾；thread線（註：用「線」束縛）。

en.tice [in'tais, en-; ɪn'taɪs, ɛn-] *
義節 en.tice

en-放進；tice→tison（法文）火種，餘燼。

字義 *vt.* **誘使，慫恿。**

記憶 ① ［義節解說］撩起心內的火種：an enticing girl「惹火」的女孩。換一個角度，tice可記作tirer（法文）拉，曳。相當於英文的tract拖，拉。本字即可釋作attract吸引。

② ［用熟字記生字］stick棍，柴→點火。

③ ［同族字例］ticket票券；tag標籤；

tagger附加物；stick黏貼；steak牛排；attach繫，貼；shtick引人注意的小噱頭，特色；stack堆積；stacks書庫；stock儲存，股票；stoke添柴加火。參看：instigate煽動；etiquette禮節，禮儀，格式；extinct熄滅的，滅絕的，過時的；tinder引火物，火絨，火種。

en.to.mol.o.gy
[,entə'mɔlədʒi; ,ɛntə'mɑlədʒɪ] *

義節 entomo.logy

entomo昆蟲；-logy學科。

字義 *n.* **昆蟲學。**

記憶 ① ［義節解說］字根-entomo-（昆蟲）還可作進一步分析：en- →on在…上面；tom切。昆蟲的外形多有一節一節，像斑節蝦那樣。好像是在表皮上用輕刀切過似的。希望這樣剖析能助憶本字根。

② ［用熟字記生字］atom原子（a-不；古時以為原子不可再切分。）

③ ［諧音］tom的諧音是：開「膛」。

④ ［同族字例］tmesis分詞法；tome卷，冊；anatomy解剖；atom原子；dichotomy二等分，entomotomy昆蟲解剖學（entomo昆蟲；tom切→解剖）。參看：epitome摘要；contemplate凝視，沉思，期望；anatomy解剖（學），分解。

en.treat [in'tri:t, en-; ɪn'trit] *
義節 en.treat

en-使處於某種狀態；treat→tract拖，拽。

字義 *v.* **懇求。**

記憶 ① ［義節解說］又拖又拽，求對方同意。

② ［同族字例］treat商討，款待，對付，對待；treaty契約；contract合約；

retreat退卻；detraction誹謗；distrait心不在焉的；traces拖繩；trail拖曳；entrain拖，拽；distress悲苦，憂傷。參看：tract地帶；trait特色；portray畫（人，景）；intractable倔強的，難管的。

en.tre.pre.neur

[ˌɔntrəprəˈnɜː; ˌɑntrəprəˈnɝ] *

義節 entre.pren.eur

entre→enter在…中間；pren→法文prendre→英文prehend拿，取；-eur→er行為者。

字義 n. 企業家，主辦者，中間商。

記憶 ① ［義節解說］把自己的財力和精力投放到（企業）中去的人→企業家；在上流和下流中間營運操作的人→中間商。
② ［用熟字記生字］enterprise企業（prise→take）。

e.nu.mer.ate

[iˈnjuːməreit; ɪˈnjuməˌret] *

義節 e.numer.ate

e-→ex-→out向外；numer→count v.點數；-ate動詞。

字義 vt. （一個一個地）數，點數，列舉。

記憶 ① ［義節解說］to count out一個一個地數出來。字根-num（b）-可能來源於nim拿，抓→抓一個數一個。
② ［用熟字記生字］number數目，點數。
③ ［同族字例］numerable 可數的；innumerable無數的；supernumerary額外的，多餘的；numerous許多的；numb麻木的，愚蠢的；nim拿，取，偷；numb麻木的；noma壞疽性口炎，enemy敵人（e.nem.y,nem→nemesis）；Nemesis（希臘神話）復仇女神。參看：nemesis復仇者；

nimble靈活的，敏捷的，聰明的，多才的。

en.vi.ous

[ˈenviəs, -vjəs; ˈɛnvɪəs] *

義節 en.vi.ous

en-→on在…上面；vi→vie v.競爭，下賭注；-ous形容詞。

字義 a. 忌妒的，羨慕的。

記憶 ① ［義節解說］本字來源於法文envi爭先恐後地，與…競爭，對抗。
② ［用熟字記生字］envy忌妒。
③ ［同族字例］vie 競爭，下賭注；vying競爭的；veloce（音樂）快速地；velocipede早期的自行車；velocity速度。參看：defiance挑戰，蔑視（fi→vi:f→v通轉；競爭→挑戰）；invidious招人嫉恨的。
④ 換一個思路：字母v常表示「貪，愛，強烈願望」。其他字例：avarice貪婪；venal貪汙的；voracious極度渴望的，狼吞虎嚥的；vultrine貪得無厭的；vulture貪得無厭的人；avid渴望的，貪婪的；inviting誘人的。參看：covet覬覦，垂涎，渴望。

en.vi.ron

[inˈvaiərən, en -; ɪnˈvaɪrən, ɛn -]

義節 en.vir.on

en-使處於某種狀況；vir旋，捲；on在…上面。

字義 vt. 包圍，圍繞。

記憶 ① ［用熟字記生字］wire金屬絲。
② ［同族字例］variety show 雜耍；invariable 不變的；divaricate（道路等）分岔；anniversary周年；convert轉換；vortex漩渦；girt圍繞；佩帶（註：vir→wir→gir：v→w→g「通轉」。其中字母g與w的「通轉」，參看：gage挑

戰）；girth圍繞，肚帶；girdle腰帶，束縛，圍繞，參看：vary改變，變化；prevaricate搪塞；veer改變方向；gyrate旋轉；gird佩帶，圍繞。

en.vis.age [in'vizidʒ, en -; ɛn'vizidʒ]

義節 en.vis.age

en-使處於某種狀況；vis看；-age名詞。

字義 vt. 正視，設想，展望。

記憶 ① ［用熟字記生字］television電視。
② ［同族字例］visage臉，面容，外表；witness見證；vista展望；inviting誘人的。參看：covet覬覦，垂涎，渴望。

en.voy ['envɔi, 'ɛnvɔi]

義節 en.voy

en-→on在…上面；voy→via→way n.路。

字義 n. 使者，代表，使節。

記憶 ① ［義節解說］（be）on the way（出使）在途。
② ［用熟字記生字］voyage航行，旅行。
③ ［同族字例］convoy護送，護衛；convey輸送，運送。參看：invoice托運，開發票，開清單。

ep.ic ['epik; 'ɛpɪk]

義節 e.pic

e-→ex→out出來；pic→speak講。

字義 n. 史詩，史詩一樣的作品。
    a. 史詩的，壯麗的。

記憶 ① ［義節解說］史詩最初一般都是行吟者唱出來，傳頌下去的，本字來源於希臘文epos史詩。
② ［同族字例］epose史詩，敘事詩；epode一種長短句抒情詩；poet詩人；poem詩。
③ 字母p表示「講話」的字例：parley會

談；parliament議會；parrot鸚鵡；peal大聲說；appeal呼籲；peach告密…等等。

ep.i.cure ['epikjuə, -kjoə, -kjɔə, -kjɔ:, 'ɛpɪ,kjʊr]

義節 n. 講究飲食的人。

記憶 ①Epikouros伊比鳩魯，古希臘哲學家，主張快樂、幸福而又合乎道德的生活。
② 另一線索：epi→ed食；cure→care介意→講究。

ep.i.gone ['epigoun; 'ɛpɪ,gon]

義節 epi.gone

epi-→after在…之後；gone已走，已逝去。

字義 n. 後繼者，追隨者。

記憶 ① ［義節解說］本字來源於希臘文，說的是反對古希臘底比斯的七人集團的後裔，他們在父輩進軍失敗十年後東山再起，終於占領了底比斯。跟在已逝去者的後面→前仆後繼。
② 語源上的一般說法，認為：epi→after；gone→gen→born出生。錄供參考。

ep.i.gram ['epigræm; 'ɛpə,græm] *

義節 epi.gram

epi-在…之上；gram刻，畫，寫。

字義 n. 警句，格言，諷諭短句。

記憶 ① ［義節解說］高於一般的文字。
② ［用熟字記生字］telegram電報。
③ ［同族字例］epi-參看：epigraph銘文；epitaph墓誌銘。-gram-：grammar文法；program程序，計畫。參看：ideogram表意文字，表意符號。

ep.i.graph

['epigrɑːf, -græf ; 'ɛpə,græf, -,grɑf]

義節 epi.graph

epi-→on在…上面；graph→carve刻，畫，寫。

字義 *n.* 銘文，碑文。

記憶 ① ［義節解說］to carve on（a stone）刻在（石）上→勒石→銘文。字根-gram-和-graph均表示「刻，畫，寫」。估計由於字母組合gr模擬「刮，擦」紙時發出的噪聲。

② ［用熟字記生字］telegram電報；photograph照相機。

③ ［同族字例］grub掘地，找尋；grope摸索；grout（豬）用鼻子拱（泥土）；grave墓穴，雕刻；engrave雕刻；graben地塹；gravure照相凹版；greave（古武士）脛甲；groove槽，溝；photograph照相機；carve刻。參看：arable可耕的；harrow耙；grovel匍匐；engrave雕刻，銘記；epigram警句；epitaph墓誌銘。

ep.i.logue ['epilɔg; 'ɛpə,lɔg, -,lɑg] *

義節 epi.logue

epi-在後；logue話語，言論。

字義 *n.* 尾聲，後記。

記憶 ① ［義節解說］在長篇大論之後的東西。

② ［用熟字記生字］dialogue對話。

③ ［同族字例］analogy類似，類推；apology道歉；catalogue目錄；decalogue（宗教）十誡：prologue序言；monologue獨白。參看：eulogy頌辭；apologue寓言。

ep.i.sode

['episoud ; 'ɛpə,sod, -,zod] *

義節 epi.s.ode

epi-在…之旁；s→eso- 在內；ode路。

字義 *n.* 一段情節，一個事件，插曲。

記憶 ① ［義節解說］在正路之旁→穿插出來的，電子學所謂的「旁路」。

② ［同族字例］epi- : epicalyx 苞的環生體。eso- : 參看：esoteric奧祕的，祕傳的。-od- : anode陽極；cathode陰極；odograph計步器，里程表；period一段時期；method方法；synod會議；stomodeum（胚胎學）口道（stomo口）。參看：exodus（成群）出去，退出，離去。

ep.i.stem.ic

[,ɛpi'stiːmik, -'stemik; ,ɛpɪ'stimɪk, -'stɛmɪk,]

義節 epi.stem.ic

epi-→under；stem→stand；-ic形容詞。

字義 *a.* （關於）認識的，認識力的。

記憶 understand懂得，明白→認識。

語源上有一種解釋為：to stand before→to confront使碰面，使遭遇，意亦相似。

ep.i.taph ['epitɑːf, -tæf ; 'ɛpə,tæf]

義節 epi.taph

epi-→on在…上面；taph→tomb *n.*墓。

字義 *n.* 墓誌銘。

記憶 ① ［義節解說］on the tomb（stone）(勒)在墓（碑）上的（文字）。

② ［同族字例］cenotaph衣冠塚，紀念塔（ceno-空的）。

③ ［形似近義字］參看：epigram警句；epigraph銘文，碑文。

ep.i.thet ['epiθet ; 'ɛpə,θɛt] *

義節 epi.thet

epi-在…之前；thet放置。

E

字義 *n.* 性質形容詞，稱號。

記憶 ① ［義節解說］置於（名詞）之前→形容詞；置於（姓名）之前→稱號。

② ［同族字例］thetic 規定的，武斷的；thesis論文；theme主題；hypothesis假設；thesaurus字庫，寶庫；synthesis合成。參看：apothegm格言；apothecary藥劑師。

e.pit.o.me [i'pitəmi, e'p-；ɪˈpɪtəmɪ] *

義節 epi.tome

epi-在…上面；tome切。

字義 *n.* 摘要，縮影。

記憶 ① ［義節解說］把表面上的切出來→縮減→摘要。

② ［用熟字記生字］atom原子（a-不；古時以爲原子不可再切分）。

③ ［諧音］tom的諧音是：開「膛」。

④ ［同族字例］tmesis分詞法；tome卷，冊；anatomy解剖；atom原子；dichotomy二等分；entomotomy昆蟲解剖學（entomo昆蟲；tom切→解剖）。參看：entomology昆蟲學；contemplate凝視，沉思，期望；anatomy解剖（學），分解。

ep.och [ˈiːqɔk；ˈɛpək]

義節 epo.ch

epo-→epi-→on在…上面；ch→check *v.*阻礙。

字義 *n.* （新）紀元，（新）時代。

記憶 ① ［義節解說］chech on遏止；舊時代戞然而止。語源上另一種說法，認爲本字原意爲「裂」，又引申爲「星」。謂其照亮一個新紀元也。此說似乎難助記憶，錄備參考。

② ［同族字例］scheme計畫；cachexia惡病體質。

e.qua.nim.i.ty

[,iːkwəˈnimiti, ,ek-；,ikwəˈnɪməɪ, ,ɛkwə-] *

義節 equ.anim.ity

equ平，相等；anim呼吸，生命，心；-ity名詞。

字義 *n.* 沉著，平靜，鎮定。

記憶 ① ［義節解說］心平氣和，據作者考證：字根-equ-來源於字根-aqu-水→端「平」一碗水。

② ［用熟字記生字］equal相等；animal動物。

③ ［同族字例］-equ- : equate（使）相等；equation方程；equator赤道（註：到南北兩極的距離相等）；aqueous水的。參看：adequate適當的，適度的，充分的，可以勝任的；equinox晝夜平分點，春分，秋分；equivocal模稜兩可的，歧義的，曖昧的。字根anim表示「心」的類例：animosity怨恨；animadvert譴責；maguanimity寬宏大量；unanimity同意，一致。

④ 字母q常表示「平靜，使平靜」。例如：equable寧靜的；quell平息；requium安魂曲；acquiescence默許；quiet安靜的；tranquil寧靜的…等等。參看：calm（使）安靜（c與q同讀k音）。

e.ques.tri.an

[ɪˈkwestriən, eˈk-；ɪˈkwɛstrɪən] *

義節 equestr.i.an

equestr騎馬；-an精通…的人（名詞字尾）。

字義 *a.* 騎馬的，騎術的。

　　　　n. 騎手。

記憶 ① ［同族字例］equine馬的；equitation馬術；equipage馬車。

② 表示「馬」的字根還有-caval-，如：cavalry騎兵；-cheval-，如：chevalier騎

E

士，爵士；-chival-，如：chivalry騎士氣概。考慮到ch音是[k]音的軟化形式，請注意這些表示「馬」的字根都有[k]音，可借此契機把它們都記住。

equi.nox

['i:kwinɔks, 'ek -; 'ikwə,nɑks, 'ɛkwə -]

義節 equi.nox

equi-→equal相等；nox夜。

字義 *n.* **晝夜平分點，春分，秋分。**

記憶 ① ［義節解說］（白晝）與夜間長度相等的時間點。據作者考證：字根-equ-來源於字根-aqu-水→端「平」一碗水。

② ［用熟字記生字］equal相等；night夜晚。

③ ［同族字例］-equ-: equate（使）相等；equation方程；equator赤道（註：到南北兩極的距離相等）；aqueous水的。參看：adequate適當的，適度的，充分的，可以勝任的；equanimity沉著，平靜，鎮定；equivocal模稜兩可的，歧義的，曖昧的。-nox-: noctiluca夜光蟲；noctitropic夜向性的；nyctitropic【植】感夜的；參看：noctivagant 夜遊的；nocturnal 夜間開花的。

④ 字母 n 常表示「無」，如nothing，none，null（無效的）等等。夜間視而不見，萬物有如「無」。故 n 亦常表示「夜間」。

e.quiv.o.cal [i'kwivəkəl, ɪ'kwɪvək!] *

義節 equi.voc.al

equi→equal相等；voc聲音；-al形容詞。

字義 *a.* **模稜兩可的，歧義的，曖昧的。**

記憶 ① ［義節解說］兩種意思的聲音強度一樣，叫人無所適從。

② ［用熟字記生字］equal相等；voice聲音。

③ ［同族字例］-equ-: 參看上字：equinox 晝夜平分點，春分，秋分。-voc -:vocation天賦，天職；vociferous嘈雜的；vocabulary字彙；fauces咽門；vouch擔保。參看：vocal有聲的，暢所欲言的；advocate提倡（者），擁護（者）；avocation副業；avow聲明；provoke煽動；revoke召回。

e.rase [i.reiz ; ɪ'res] *

義節 e.rase

e-→ex-向外，出來；rase刮，擦。

字義 *vt.* **抹掉，除去，刪去，擦（淨）。**

記憶 ① ［用熟字記生字］rub擦，磨；razor剃刀。

② ［同族字例］abrade磨掉，磨損；abrasion磨掉，磨損；eraser黑板擦；raze夷平，拆毀；rasorial抓地覓食的，鳥類的。

e.rode [i'roud, e'r -; ɪ'rod] *

義節 e.rode

e-→ ex- → out ;rode→ganw *v.*咬，啃。

字義 *v.* **（受）腐蝕，（受）侵蝕。**

記憶 ① ［義節解說］gnaw out咬掉→蝕去。

② ［用熟字記生字］rat老鼠。

③ ［同族字例］rodent咬的，嚙的；erode腐蝕，侵蝕；corrosive腐蝕的；erosive腐蝕的；anticorrosion防腐蝕；rot腐爛；rotten腐爛的；rusty（肉類）腐爛發臭的。參看：corrode腐蝕，侵蝕。

e.rot.ic [ɪ'rɔtik, e'r-; ɪ'rɑtɪk]

義節 erot.ic

erot→Eros *n.*希臘神話中的愛神；-ic形容詞。

字義 *a.* **（引起）性慾的，色情的。**

n. 好色者。

記憶 ①〔同族字例〕Eros（希臘神話）愛神；autoerotism自慰，手淫；erotica黃色書籍；erotopathy色情變態。
② 中國人常把「色情」與「腐蝕」作聯想。恰巧這兩個英文字也很相似，建議本字與上字erode（腐蝕）聯記。

er.rand ['erənd; 'ɛrənd] *

義節 err.and
err漫遊；-and字尾。
字義 *n.* 差使，差事。
記憶 ①〔義節解說〕-err-為常用字根，竊以為此字根還可拆成er-→ex-→out；r：漫遊（例如roam漫遊；rave漫遊；road路）。
②〔用熟字記生字〕error錯誤；river河流；road路。記：路上漫步。
③〔同族字例〕erratic古怪的；aberrant異常的；error錯誤（「漫遊」出了軌→錯）；to be on an errand出差；rheometer電流計；rheumatism風濕。參看：ramble漫步；rheumy（多）稀黏液的，易引起感冒或風濕的；rhime韻（腳）；errant漂泊不定的，錯的，漫遊的；aberrance離開正路，脫離常軌，心理失常；erroneous錯誤的；rife流行的；roam漫步，漫遊，遊歷。
④ 字母 r 表示「漫遊」的其他字例：ranger漫遊者，巡邏兵；rapparee流浪者；rounder巡行者；rove漫遊。
⑤〔使用情景〕to be on a business～商務出差。

er.rant ['erənt; 'ɛrənt]

義節 err.ant
err漫遊；-ant形容詞。
字義 *a.* 周遊的，迷路的，漂泊不定的。
記憶 參看上字：errand差使。

er.rat.ic [i'rætik, e'r -; ə'rætik] *

義節 err.at.ic
err漫遊；-ic形容詞。
字義 *a.* 不穩定的，古怪的，反覆無常的。
記憶 ①〔義節解說〕行蹤飄忽，意念游離。
②〔同族字例〕參看：errand差使。
③〔形似近義字〕參看：errie怪異的。

er.ro.ne.ous [i'rounjəs, e'r -; ə'rouniəs, ɛ -] *

義節 err.on.eous
err漫遊；-eous充滿…的（形容詞字尾）。
字義 *a.* 錯誤的。
記憶 ①〔義節解說〕偏離正軌→出差錯。
②〔用熟字記生字〕error錯誤。
③〔同族字例〕參看：errand差使。

er.u.dite ['eru(:)dait, - rju(:)-; 'ɛru,dait, 'ɛrju -] *

義節 e.rud.ite
e- → ex → out超越；rud根→根基，原始→粗糙的；-ite字尾。
字義 *a. / n.* 博學的（人），有學問的（人）。
記憶 ①〔義節解說〕rud意指天然生就，未經雕琢的粗陋。人經過學習，就脫離了這種原始的粗陋。參考：rudiment基本原理。所學已超出了「基本」部分，就是由「約」至「博」了。
②〔用熟字記生字〕rude粗野的，粗陋的；rough粗糙的；root粗糙的；root根。
③〔同根字例〕crude粗野的；rudiment基本（原理）。參看：rudimentary基本的，初步的，發展不完全的。
④〔同族字例〕race種族（註：同「根」而生）；radix根本；eradicate根除；

radical根本的；root根；disroot根除；enroot安根；rhizophorous有根的。

一「歪斜」就可「避開」。

④〔使用情景〕 to～bad friends / alcoholic drinks / drugs。避開壞朋友 / 酒精飲料 / 毒品。

es.ca.pade

[,eskə'peid; 'ɛskə,ped, ,ɛskə'ped]

義節 es.cap.ade
es-→ex-out出去，離開；cap抓住；-ade名詞。

字義 *n.* 越軌行為，惡作劇；【古】逃走，逃避。

記憶 ①〔義節解說〕脫去了斗篷→做不規矩的勾當。

②〔用熟字記生字〕escape逃脫，逃避。

③〔同族字例〕cap捉住；capias拘票；capture捉住；capacity法定資格，權力；scape 逃避。

④〔疊韻近義字〕cape斗篷（脫掉斗篷→脫逃）。參看：drape披蓋；crape用縐紗覆蓋。

---

es.chew [is'tʃuː, es -; ɛs'tʃu,- ,tʃɪu] *

義節 es.chew
es-→ex-離開；chew→chev馬（w→v通轉）。

字義 *vt.* 避免，避開，離開。

記憶 ①〔義節解說〕策馬離開→「避開」。關於本字的語源，有二種說法：一種認為：eschew→shy害羞的，引申為「避開」；另一種認為：eschew→scare out 嚇跑。作者認為二說對於助憶均無明顯幫助，故自闢義節，並介紹語源二說供參考。

②〔同族字例〕cavalry騎兵；chivalrous勇武的，有騎士氣概的（-chival-是-caval-的ch音變通轉）；chivalry騎士團；shift轉移（chiv→shif : ch→sh；v→f通轉）；shun避開。

③〔音似近義字〕參看：askew歪斜的。→

es.cort

[*n.*'eskɔːt; 'ɛskɔrt *v.*is'kɔːt, es -; ɪ'skɔrt] *

義節 e.scort
e-→ex-向外；scort→scut *n.*盾牌。

字義 *vt.* 護送，護衛，伴隨，護理。

記憶 ①〔義節解說〕盾牌一致向外→護衛。語源上認為：es-→ex-→out；cort→correct正確的。一方面難以串解，另一方面覺太不著邊際，不痛不癢，無助記憶，故自闢義節。

②〔用熟字記生字〕cover掩蓋。

③〔同族字例〕scutate 盾狀的；scutum古時的長盾；escutcheon飾有紋章的盾；court庭院；cortege隨從；扈從；orchard果園；garden花園；guard衛兵；garrison駐軍；guaranty保證，擔保；ward保護，看護（g→w通轉：garden花園，庭院）；warden看守人。參看：wary機警小心；warranty保證，擔保；horticulture園藝學（hort（德文）保護，避難所，托兒所）；kindergarten幼兒園。

---

es.o.ter.ic

[,esou'terik, ,iːs -; ,ɛsə'tɛrɪk]

義節 eso.ter.ic
eso-在內；ter比較級；-ic形容詞。

字義 *a.* 奧祕的，祕傳的。

記憶 ①〔義節解說〕esoter是eso的比較級，類例：exoter是exo的比較級。

②〔同族字例〕參看：episode一段情節，一個事件，插曲。

③〔同義字〕interior深藏的（這是inter的

拉丁文形式比較級）。

④〔反義字〕參看：exoteric對外開放的。

es.trange

[is'streindʒ, es -; ə'strendʒ] *

義節 estr.ange

estr-→exter（使處於）更外面；-ange字尾。

字義 vt. 使疏遠，離間，使離開。

記憶 ①〔義節解說〕使離得更遠。

②〔用熟字記生字〕strange生疏的，奇怪的。

③〔同族字例〕exterior外部的；exteranl外部的，外來的；extraneous外部的，外來的，不相關的。參看：ostracize放逐，排斥；oust驅逐，奪走，剝奪，取代；extern通學生，不住院醫生，在外的。

etch [etʃ; ɛtʃ] *

字義 v. 蝕刻，腐蝕，刻畫。

　　 n. 腐蝕劑。

記憶 ①〔用熟字記生字〕eat吃，食→蝕。

②〔諧音〕扼去（相應的部分）。

③〔同族字例〕ort殘羹剩飯；diet飲食，食物；comedo粉刺；itch癢；comestible可吃的，食物；esculent可食用的；escargot可食用蝸牛。參看：edible食用的；edacity貪吃，狼吞虎嚥；obesity過度肥胖。

④〔形似近義字〕notch槽口，凹口，刻痕記（數等）（註：腐蝕之後出現凹口）。

⑤〔易混字〕itch癢。

e.the.re.al

[i:'θiəriəl, i'θiə -; -'θjə:r - ; ɪ'θɪrɪəl]

義節 e.ther.eal

e-→ex-→out在外；ther→ter地；-eal形容詞。

字義 a. 輕飄飄的，天上的，靈妙的。

記憶 ①〔義節解說〕在「地」之外→天上的。本字的英文釋義是：unearthly 非人間的。ether在物理學上是「以太」→一種假想的萬能理想介質；在語源上意為清新的上層的空氣，使人有「飄然雲外」之感。

②〔用熟字記生字〕territory領土。

③〔同族字例〕terrene陸地的，現世的；terrace臺階；parterre花壇；Mediterranean地中海。參看：inter埋葬。

④作者擬想此字根與表示「神」的字根「theo」有關；ether中的e可釋為：「使處於某種狀態」→處於神的狀態→靈氣。

eth.nic ['eθnik ; 'ɛθnɪk] *

義節 ethn.ic

ethn→etym→stem n.莖，家族，發源；→種族；-ic形容詞。

字義 a. 種族的，人種的。

　　 n. 少數民族。

記憶 ①〔義節解說〕e-→ex-→es-→s-，所以etym→stem（類例：state在法文中作état；study作étude等等）。

②〔同族字例〕self自我；estuary港灣；hetaera高等妓女，妾；etymology字源學；stump根株；stamen雄蕊；stem莖，幹，梗，家譜中的關係；stemma世系，血統；stemple橫梁；tamineous雄蕊的，顯著的。參看：extirpate根除；etymon詞源，詞的原形，原意；staminal（有）持久力的，（有）耐力的，雄蕊的。

et.i.quette [ˌeti'ket, 'etiket; 'ɛtɪket]

字義 n. 禮節，禮儀，格式。

記憶 ①本字是法文借字，原意為「附箋」（參考：stick黏貼），後引申為今意。

英文中的ticket（票券），卽從此法文字來。而法文表示「票券」的billet，則在英文變爲bill帳單，票據。

② ［同族字例］ticket票券；tag標籤；tagger附加物；stick黏貼；steak牛排；attach繫，貼；shtick引人注意的小噱頭，特色；stack堆積；stacks書庫；stock儲存，股票；stoke添柴加火。參看：instigate煽動；entice誘使，慫恿。

et.y.mon ['etimɔn; 'ɛtə'mɑn]

義節 etym.on

etym→stem *n.* 莖，家族，發源；-on字尾。

字義 *n.* 詞源，詞的原形，原意。

記憶 ① ［義節解說］e- →ex- →es- →s-，所以etym→stem（類例：state在法文中作état ;study作étude等等）。本字原意爲：詞最初的意思或形式。

② ［同族字例］etymology字源學；stump根株；stamen雄蕊；stem莖，幹，梗，家譜中的關係；stemma世系，血統；stemple橫梁；tamineous雄蕊的，顯著的，參看：extirpate根除；ethnic種族的；staminal（有）持久力的，（有）耐力的，雄蕊的。

eu.gen.ic

[ju:'dʒenik, ju'dʒ -; ju'ʒɛnɪk]

義節 eu.gen.ic

eu-良好，優美，真正；gen生；-ic形容詞。

字義 *a.* 優生學的。

記憶 ① ［用熟字記生字］generate生殖，生產。

② ［諧音］eu諧中文「優」音，很好記。

③ ［同族字例］gene基因；genius天才。參看：gender（文法中的）性。

congenital先天的；genealogy家譜；genetic遺傳學的；genre流派；genus種類。

eu.lo.gy ['ju:lədʒi; 'julədʒɪ] *

義節 eu.log.y

eu-良好，優美，真正；log話語，言論；-y名詞。

字義 *n.* 頌揚，頌詞。

記憶 ① ［義節解說］說好話。

② ［用熟字記生字］用dialogue（對話）記字根-logue-（言語）。

③ ［同族字例］analogy類似，類推；apology道歉；catalogue目錄；decalogue（宗教）十誡；prologue序言；monologue獨白。參看：apologue寓言；epilogue尾聲。

eu.phe.mism

['ju:fimizəm; 'jufə,mɪzəm]

義節 eu.phem.ism

eu-良好，優美，真正；phem→fam話語，名聲；-ism名詞。

字義 *n.* 委婉的說法。

記憶 ① ［義節解說］說得比較好聽些，中聽些。-phem-表示「講話」，可能從字根-phon（o) -（聲音）而來。明乎此，phem就容易記了。

② ［同族字例］fame名聲，輿論；famous著名的；defame誹謗。參看：infamous惡名昭彰的，名聲不好的。

eu.pho.ny ['ju:fəni, -fun -; 'jufənɪ]

義節 eu.phon.y

eu-良好，優美，真正；phon聲音，-y名詞。

字義 *n.* 悅耳的聲音。

記憶 ① ［用熟字記生字］phone電話。

233

② ［同族字例］symphony交響樂；phonetics語音學；microphone麥克風。參看：cacophony不和諧的音調，粗音調，聲音異常。

---

e.vade [i'veid; ɪ'ved]

義節 e.vade
e-→ex-→out出去，離去；vade→go走，前進。

字義 v. 逃避，躲避，迴避。

記憶 ① ［義節解說］go out→走開，躲開。
② ［同族字例］invade侵入；pervade擴大，瀰漫，走遍；wade涉水；vademecum（原文的意思是：come with me）隨身用品；avoid避免。參看：ford涉水；inevitable不可避免的。
③ ［使用情景］to～an attack / difficulties / military service / taxes / a question / the police / one's debts / one's duties---etc.逃避一擊 / 困難 / 兵役 / 稅收 / 詢問 / 警察 / 債務 / 責任…等等。

---

ev.er.green ['evegriːn ; 'ɛvəˌgrin]

義節 ever.green
ever adv.永遠；green a.綠色的。

字義 a. 常青的。
　　　n. 常青樹，冬青。

記憶 ① ［義節解說］to be forever green永遠是青綠的。
② ［同族字例］annum年；eternity永劫；medieval中世紀的；primeval太古的。參看：longevity長壽，長命，資歷；aeon長年，永劫。

---

e.vict [iː'vikt, i'vikt ; ɪ'vɪkt] *

義節 e.vict
e-→ex-→out離去；vict→vest n.背心，（財產，權力等的）歸屬。

---

vt. 驅逐，收回（租房等）。

記憶 ① ［義節解說］收回財產權→驅逐。本字來源於法文eviction剝奪所有權。
② ［同族字例］invest給…穿衣，授予，投資；divest脫衣，剝奪（財產權利等）。

---

e.vince [i'vins ; ɪ'vɪns]

義節 e.vince
e-→ex-→out出來；vince→fend攻擊，打破，揭露。

字義 vt. （感情等）表明，表示，表現。

記憶 ① ［義節解說］使別人能夠看出來。語源上常常籠統地將-vinc-釋爲「勝利」，學界似從無異議。但很難作出解說。因爲字面上evince意爲「勝出」，如何與「表明」掛上鈎？經作者查考拉丁文，才知道字根-vinc-的基本含義乃是「攻擊，打破，揭露」，所謂「勝利」，不過是引申意。
② ［用熟字記生字］evidence證據，痕跡，明顯；wink打眼色示意。說實在的，作者認爲此處的vince用wink解釋最妥。一來字形相似，音變亦很平常（v→w；c→k音轉均極常見）；二者解說起來天衣無縫：示意「出來」→明示→表明。
③ ［同族字例］venus金星；convince說服，使確信；invincible不可戰勝的；wink使眼色示意；win贏得；vindictive報復的，懲罰的，起辯護作用的；defend防護，辯護；vengeful有報仇心理的；avenge報復；revenge報復；defend維護，辯護（vind→fend；v→f通轉）。參看：feud世仇；foe仇人；vengeance報復；fend擋開；vindicate維護，爲…辯護，證明…正確。

---

ew.er ['juːə; 'jʊə; 'juə]

義節 ew.er
ew→eau水；-er器物。

字義 *n.* **水壺，大口水灌。**

記憶 ① 法文的「水」是eau；英文字根 aqua也是「水」，都與本字相似，頗有 淵源。可借此助憶。

② ［同族字例］eau水；eagre河水上漲， 高潮；aquarium水族館；mercury水銀。

ex.ag.ger.ate

[ig'zædʒəreit, ɪg'zædʒə,ret] *

義節 ex.ag.ger.ate

ex→out向外；ag-→ad-加強意義； ger→carry *v.*運送→堆積，疊起；-ate動 詞。

字義 *v.* **誇張，誇大，言過其實。**

記憶 ① ［義節解說］向外「搬」得太多→ 言過其實。從語源看，本字原意是「堆積 得太多」。請看下面幾個拉丁文：aggero 堆積，疊起；aggestus堆積，疊起； congero堆積，疊起；congestus堆積， 疊起；exaggero堆積，疊起，擴大。

② ［用熟字記生字］exact精確的，可以把 exagger看作exact的比較級→比「精確 的」更多些→誇大。參看：exiguous稀少 的。

③ ［同族字例］gesture手勢；suggest暗 示；digest摘要（di-→dis-分離；→把 重要部分分出來帶走）；register登記； gregarious群集的，群居的；agregious異 常的；congregate使集合；segregate使 分離（註：se-：分離）；group群，組； agora古希臘集市（通常用於集會）； category範疇；gory血塊。參看：gist （訴訟的）依據，要點；congest（使） 擁擠，（使）充血；panegyric頌詞（演 講或文章）頌揚；categorical絕對的，明 確的，範疇的。

ex.as.per.ate

[ig'zɑːspəreit, eg -, - 'zæs -; ɛg'zæspə,ret, ɪg -] *

義節 ex.asper.ate

ex-→out出來；a-處於…狀態； sper→spur *n.*靴刺，刺激；-ity名詞。

字義 *v.* **激怒，使加劇。**

    a. **被激怒的。**

記憶 ① ［義節解說］帶「刺」→人受到刺 激，會變得粗暴。根據傳統語源，本字中 的sper釋作rough（粗糙）。作者認爲此 說不甚妥當（解釋不了prosperity），亦 未說到點子上。因而研究了拉丁文字典的 有關單字，終於水落石出。

② ［用熟字記生字］prosperity繁榮（pro- 向前；因得到激勵向前發展而致繁榮）。

③ ［同族字例］spire塔尖；spear矛， 槍，刺；spurn踢開，蹂躪；spurge大 戟；spoor動物足跡；spar拳擊，爭論； spareribs肋骨；spinose多刺的；pierce 刺破。參看：spurt衝刺；spur靴刺；刺 激；asperity（態度，語氣，天氣）粗 暴，（聲音）刺耳。

ex.cerpt   [*n.* 'eksəːpt, ik'səːpt, eks -; 'ɛksəpt *v.* ek'səːpt, ik -; ɪk'səpt]

義節 ex.cerpt

ex-→out出來；cerpt→carp *v.*挑剔。

字義 *n.* **摘錄，節錄。**

    vt. **摘，選。**

記憶 ① ［義節解說］字根-carp-的原意是果 實→摘果；「挑」出來的→摘出。

② ［同族字例］chop砍，刀；carpel果的 心皮；carpology果實學；carpet地毯； scarce稀有的；harvest收穫。參看：carp 挑剔。

③ 爲記憶方便，也可把cerpt解作cut切 割。

ex.cheq.uer

[iks'tʃɛkə, eks -; ɪks'tʃɛkə, 'ɛkstʃɛkə]

義節 ex.chequ.er

ex-出自；chequ方格棋盤；-er字尾。

字義 *n.* **國庫，資金，經濟來源，（個人）資財。**

記憶 ①〔義節解說〕有一個大家熟悉的故事：一位數學家與國王賽棋，說是如果他勝了，只要求棋盤第一格放一粒穀子，第二格二粒，第三格四粒，第四格十六粒…（即幾何級數），國王應按此輸給他一盤穀子，兌現時，國王才發現傾其國庫也不夠輸。

另外一個說法：點錢的臺子往往鋪上方格布。

②〔用熟字記生字〕cheque支票。另一個思路：「財源出自支票」。

ex.cise [ek'saiz, ik -; ɪk'saɪz]

義節 ex.cise

ex-→out出去；cise→set in motion, drive啟動，驅策。

字義 *vt. / n.* **（強徵）貨物稅，執照稅。**

記憶 ①〔義節解說〕從收入中切去一塊去交稅。

②〔陷阱〕注意：此字易與字義為「練習」的exercise混淆。

③〔同族字例〕excite激勵；exactir強徵（捐稅）的人；exact強要，強求；sack裝…入袋，洗劫；exigent苛求的；scarce稀少的。參看：exiguous稀少的；exsiccate弄乾；desiccate使乾燥；siccative（加在油墨中的）催乾劑。

ex.cul.pate

['ekskʌlpeit; 'ɛkskʌlpet, ɪk'skʌlpet]

義節 ex.culp.ate

ex-→out離去；culp罪，錯；-ate動詞。

字義 *vt.* **開脫，使無罪，申明無罪。**

記憶 ①〔義節解說〕使「錯失」離去→開脫。

②〔用熟字記生字〕scold罵。

③〔同族字例〕culprit罪犯，未決犯，inculpate歸罪於，連累。參看：culpable應受譴責的，有罪的。

ex.em.plar

[ig'zemplə, eg -, -lɑː; ɪg'zɛmplə, ɛg -, - plɑr]

義節 ex.empl.ar

ex-→out出來；empl→take取；-ar字尾。

字義 *n.* **典型，樣品，範例。**

記憶 ①〔義節解說〕取出來示範。

②〔用熟字記生字〕same同樣的；similar相似的。

③〔同族字例〕sample 樣品；example例子，榜樣；exemption 免除。參看：peremptory斷然的；preempt以先買權取得，先占，先取。

ex.er.tion [ig'zəːʃən; ɪg'zɚʃən] *

義節 ex.ert.ion

ex-→out出來；ert注意，出力；ion名詞。

字義 *n.* **盡力，努力，行使，發揮。**

記憶 ①〔義節解說〕把力氣都用出來。語源上一般認為ert→sert→series連續，系列，並進一步解釋為join（加入）。但用來助憶，總覺隔靴搔癢。故捨之。

②〔同族字例〕exert 盡力，施加（影響等）；start開始；startle嚇一跳。參看：inertia慣性，惰性，遲鈍；alert警覺的，靈活的，機敏的。

③ 字母組合er常有「力」的含義，如：energy（能量）等。隨時處於「力」的狀態，以便對外界作出反應，即為警覺，機敏。

ex.hume

[eks'hjuːm, ig'zjuːm；ɪg'zjum, ɪk'sjum, ɛg-]

義節 ex.hume

ex-→out出來；hume→earth土，土地。

字義 *vt.* 掘出，發掘。

記憶 ① ［義節解說］出土。參考：unearth
（由地下）掘出，發掘（un-由…取出；
earth土，土地）。

② ［同族字例］humble恭順的，地位低
下的；humor幽默（有水分→有汁→
耐人尋味）humic腐殖的；humify使變
成腐殖質；transhumance季節遷移；
ombrometer雨量計。參看：inhume埋
葬；hyetology降水量學；humid濕的，
濕氣重的；humiliate羞辱，使丟臉；
homage效忠，尊敬，封建主與封臣的關
係；hummock小圓丘。

ex.ig.u.ous [eg'zigjuəs, ig'z -; ek's -, ɪg'zɪgjuəs, ɪk'sɪg -, ɛg -]

義節 ex.ig.u.ous

ex-→out出來；ig→ag→drive啟動，驅
策；-ous形容詞。

字義 *a.* 稀少的，細微的。

記憶 ① ［義節解說］要用力驅策才出得
來；或說：大部分已被驅出，只剩寥寥無
幾。

② ［用熟字記生字］exact精確的。

③ ［同族字例］excite 激勵；exactir 強
徵（捐稅）的人；exact 強要，強求；
sack裝…入袋，洗劫；exigent苛求的；
scarce稀少的。參看：exsiccate弄乾；
desiccate使乾燥；siccative（加在油墨中
的）催乾劑；excise（強徵）貨物稅，執
照稅。

ex.o.dus ['eksədəs; 'ɛksədəs] *

義節 ex.od.us

ex-→out出去；od路；-us字尾。

字義 *n.* （成群）出去，退去，離去。

記憶 ① ［義節解說］有路出去。

② ［同族字例］anode陽極；cathode陰
極；odograph計步器，里程表；period
一段時期；method方法；synod會議；
stomodeum（胚胎學）口道（stomo
口）。參看：episode一段情節，一個事
件，插曲。

ex.on.er.ate

[ig'zɔnəreit, eg-; ɪg'zɑnə,ret, ɛg -] *

義節 ex.oner.ate

ex-免除；oner→load負荷；-ate動詞。

字義 *vt.* （使）免罪，免除。

記憶 ① ［義節解說］卸去負擔。

② ［用熟字記生字］on（壓）在…之上。

③ ［同族字例］參看：onus責任；onerous
繁重的。

ex.or.bi.tant

[ig'zɔːbitənt, eg -; ɪg'zɔrbətənt, ɛg -] *

義節 ex.orbit.ant

ex-超越；orbit *n.* 圓形軌道；-ant形容詞。

字義 *a.* （要求等）過高的，過度的，過分
的。

記憶 ① ［義節解說］超出了常規→過度。

② ［用熟字記生字］orbit軌道。

③ ［同族字例］orb圓，環；orbicular圓
形的，環狀的；oval卵形的，橢圓的
（ov→orb, v→b通轉）；ovary子房，卵
巢；oviduct輸卵管；oosperm受精卵；
ootid卵細胞。參看：ovoid卵形的，蛋形
的。

E

ex.or.cise ['eksɔːsaiz; 'ɛksɔr‚saiz] *

義節 ex.orc.ise

ex-→out離去；orc念咒語；-ise使…。

字義 *vt.* 驅除（妖魔等）。

記憶 ① ［義節解說］念咒語→作法驅除（妖魔等）。

② ［用熟字記生字］oral口頭的。

③ ［同族字例］sortilege抽籤占卜，魔術；hanky-panky欺騙，障眼法；hexerei巫術；hag女巫；hocus-pocus咒語，魔術，哄騙，戲弄；joke戲弄。參看：hoax欺騙；hocus愚弄，戲弄，麻醉；sorcerer男巫，術士，魔術師；coax哄騙。

④ ［形似近義字］參看：ostracise驅逐。

⑤ ［易混字］exercise練習。

⑥ ［造句助憶］He exercise himself in exorcising a devil from a house。他練習驅怪。

ex.ot.ic [eg'zɔtik, ek's -, ig'z- ; ɪg'zɑtɪk] *

義節 ex.ot.ic

ex-→outside外面；ot→ol生長；-ic形容詞。

字義 *a.* 外（國）來的，奇異的。

　　　　n. 外來物。

記憶 ① ［義節解說］exoter是exo的比較級，類例：esoter是eso的比較級。生長在外面的（不是本土生長的）→奇異的。

② ［同族字例］exoteric對外開放的。參看：extraneous體外的，外來的；無關的；extravagant奢侈的，浪費的，過分的；extrinsic外來的，外部的，非固有的。

③ ［同義字］exterior外部的；外面的（這是exter的拉丁文形式比較級）。

④ ［反義字］參看：esoteric奧祕的，祕傳的。

ex.pa.tri.ate

[eks'pætrieit, -'pei- ;‚eks'petrɪ‚et]

義節 ex.patri.ate

ex-→out離去；patri父；-ate動詞。

字義 *v. / n.* 移居國外（的），（被）流放（的）。

記憶 ① ［義節解說］patri→fatherland祖國。

② ［同族字例］paternal父親的；patron庇護人，恩主；patriotism愛國主義；compatriot同胞。

ex.pec.to.rate

[eks'pektəreit; ɪk'spɛktə‚ret, ɛk -]

義節 ex.pector.ate

ex-→out出來；pector胸部；-ate動詞。

字義 *vt.* 咳出，吐（血等）。

　　　　vi. 吐痰，吐唾液。

記憶 ① ［義節解說］從胸部（咳、吐）出來。

② ［用熟字記生字］spit吐痰。

③ ［同族字例］pectoral胸部的；parapet護牆，欄杆；punka大風扇；flank脅，側。

④ 字母組合sp表示「痰，唾」的其他字例：sputter噴濺唾沫；conspue唾棄；spume泡沫；spittle唾沫。

ex.pe.di.ent

[iks'piːdjənt, eks -; ɪk'spidɪənt] *

義節 ex.pedi.ent

ex-→out向外；pedi足；-ent形容詞。

字義 *a.* 便利的。

　　　　n. / a. 方便，權宜。

記憶 ［義節解說］腳向外走→容易移動腳→方便。

記憶 ① ［義節解說］不讓腳移動→使裹足（不前）→阻礙。

② ［用熟字記生字］expedition遠足；speed速度。

③ ［同族字例］pedal足的；octopus章魚（oct-八）。參看：pace步子；repudiate否認；tripod三角架；impedimenta行李，包袱；impede妨礙，阻礙，阻止；expeditious迅速（完成）的，敏捷的，高效的。

ex.pe.di.tious

[ˌekspi'diʃəs ; ˌɛkspɪ'dɪʃəs]

義節 ex.ped.it.ous

ex-→out向外；ped足；-iti→ite動詞尾；-ous形容詞。

字義 a. 迅速（完成）的，敏捷的，高效的。

記憶 ① ［義節解說］腳向外→起步輕快。

② ［用熟字記生字］speed速度。

③ ［同族字例］參看上字：expedient便利的。

ex.pel

[iks'pel, e -; ɪk'spɛl] *

義節 ex.pel

ex-→out出來；pel推一下。

字義 vt. 驅除，開除，排除（氣體等）。

記憶 ① ［義節解說］通過推動而驅出。

② ［用熟字記生字］push推動，促使。

③ ［同族字例］compel強迫；impel推進；propel推進；repel擊退，排出；pulse脈搏。

ex.ple.tive

[eks'pli:tiv ; 'ɛksplɪtɪv]

義節 ex.ple.tive

ex-向外，出來；ple滿盈；-tive形容詞。

字義 a. 補足的，多餘的。

    n. 驚歎語，咒罵語。

記憶 ① ［義節解說］滿到要溢出來，則溢出來的部分便是多餘。人在吃驚、氣恨

時，只覺得一顆心似要從胸腔裡「滿」出來，不吐不快。於是「驚歎」或「咒罵」就會脫口而「出」。

② ［用熟字記生字］complete完全，完成

③ ［同族字例］plenty大量的；replenish補充；accomplish成就；deplete減少。

E

ex.plic.it

[iks'plisit, eks; ɪk's- plɪsɪt] *

義節 ex.plic.it

ex-免除；plic彎，折，疊；-it字尾。

字義 a. 明晰的，明確的，直率的。

記憶 ① ［義節解說］免除了拐彎抹角→直率；免除了折疊包藏→明確。

② ［用熟字記生字］explain解釋，說明。

③ ［反義字］參看：implicit含蓄的，內含的，無疑的。

④ ［同族字例］explicatae解釋；imply暗指；implication暗示；apple適用；reply回答；comply照辦。參看：compliant屈從的；complexion局面；duple二倍的。

ex.pound

[iks'paund, eks- ; ɪk'spaʊnd]

義節 ex.pound

ex-→out出來；pound→put v.放置。

字義 n. 闡述，解釋，說明。

記憶 ① ［義節解說］put out講出來。

② ［用熟字記生字］explain解釋，說明。

③ ［同族字例］compound混合；propound建議，提議。

ex.pro.pri.ate

[eks'prouprieit ;ɛks'proprɪˌet] *

義節 ex.pro.pri.ate

ex-離去；pro-加強意義；pri私有；-ate動詞。

字義 vt. 沒收（財產等），剝奪…的所有權。

記憶 ① 〔用熟字記生字〕private私人的；property財產，所有權。

② 〔同族字例〕appropriate撥款，挪用，盜用；proprietor所有權人，業主：impropriate侵吞（財產）。

---

ex.punge [eks'pʌndʒ; ɪk'spʌndʒ, ɛk-]

義節 ex.punge

ex-離去；punge刺，打孔，拳擊。

字義 vt. 除去，省略，消滅。

記憶 ① 〔義節解說〕通過「打孔」而除去。

② 〔同族字例〕punch用拳頭打；puncheon打孔器；expunction抹去；punctuate加標點；punctual守時的；acupuncture針灸；expugn攻擊；impugn質問；repugn厭惡。參看：pugnacious好鬥的，好戰的，愛吵架的；punctilious拘泥細節的，謹小慎微的；compunction內疚；puncture刺穿；pungent刺激的。

---

ex.qui.site

['ekskwizit, eks'k -, iks'k -; 'ɛkskwɪzɪt, ɪk's -] *

義節 ex.quis.ite

ex-→out出來；quis→question n.問題；-ite字尾。

字義 a. 高雅的，優美的，敏銳的，異常的。

n. 花花公子。

記憶 ① 〔義節解說〕out of question品質高雅，不在話下。

② 〔用熟字記生字〕question問題。

③ 〔同族字例〕參看：disquisition專題論文；inquest審訊，查詢；perquisite津貼；requisite必要的。

④ 〔使用情景〕～roses / workmanship / designs / lace / pain / joy / ear for music / sensibility。美麗的玫瑰 / 精美的工藝 / 高雅的設計 / 精緻的花邊 / 異常的痛楚 / 強烈的歡樂 / 耳朵對音樂的敏感 / 敏銳的感覺能力。

---

ex.sic.cate ['eksikeit; 'ɛksɪ,ket]

義節 ex.sic.c.ate

ex-→out出來；sic→cisc→啟動，驅策；-ate動詞。

字義 vt. 使乾燥，弄乾。

記憶 ① 〔義節解說〕（把水分）吸出來→弄乾。

② 〔用熟字記生字〕sip吸；suck吮吸。

③ 〔同族字例〕sack白葡萄酒；secco用水和蛋黃、膠料等調色的壁畫方法；exactir強徵（捐稅）的人；exact強要，強求；sack裝…入袋，洗劫；exigent苛求的；scarce稀少的。參看：exiguous稀少的；desiccate使乾燥；siccative（加在油墨中的）催乾劑，使乾燥的；excise（強徵）貨物稅，執照稅。

④ 字母s常表示「吸液」。可能與「吸液」時發出的「嘛嘛」聲有關。其他字例：sorb吸收；absorb吸收；sup啜飲；siphon虹吸…等。

---

ex.tant [eks'tænt; ɪk'stænt, 'ɛkstənt] *

義節 ex.tant

ex-出來；tant→stand v.站立。

字義 a. 現存的，未逸失的，未廢的。

記憶 ① 〔義節解說〕站出來（亮相）→證明「尚存」。

② 〔用熟字記生字〕existent現存的。

③ 〔同族字例〕circumstance環境；constant恆定的；distant遠處的；instant急速的；substant眞實的。

---

ex.ten.u.ate

[eks'tenjueit; ɪk'stɛnjʊ,et, ɛk-]

[義節] ex.tenu.ate

ex-→out離去；tenu因持續勞累而變細；-ate動詞。

[字義] *vt.* 減輕，減弱，低估。

[記憶] ① ［義節解說］因變細而丟掉→減輕，減弱。

② ［用熟字記生字］thin瘦的；薄的（注意：在某些拉丁系語文中，h不發音，形同虛設）。

③ ［同族字例］tiny微小的；tender嫩的，軟的；tenuous細的，薄的；attenuate使變細，減弱。

ex.tern

[eks'tə:n, 'eks -; 'ɛkstə·n, ɛk'stə·n]

[義節] ex.t.ern

ex-外面；t連接子音；-ern表示方向（字尾）。

[字義] *n.* 走讀生，不住院醫生。

　　a. 在外的。

[記憶] ① ［義節解說］朝向外面的→總是向外走的。又：exter→extra更外面，是ex-的比較級。

② ［用熟字記生字］eastern東方的；northern北方的。

③ ［同族字例］exterior外部的；external外部的，外觀的，外國的；extraneous外部的，外來的，不相關的。參看：ostracize放逐，排斥；oust驅逐，攆走，剝奪，取代；estrange使疏遠，離間，使離開。

④ ［相關字］參看：intern實習醫生，扣留（俘虜，船隻等）。

ex.tinct [iks'tiŋkt, eks -; ɪk'stɪŋkt] *

[義節] ex.tinct

ex-→out離去；tinct→stick *n.*棍，柴→點火。

[字義] *a.* 熄滅的，滅絕的，過時的。

[記憶] ① ［義節解說］火種離去→熄滅，不復存在。本字來源於拉丁文stinguo砍，剁，劈，熄滅，毀滅。一般書上多把字根-stingu- / -stinct-釋爲「刺」，待要解說清楚，就覺似是而非。其實，「刺」的一意，也來源於「棍，柴」。

② ［用熟字記生字］stick棍，柴→點火。

③ ［同族字例］extinguish絕種，撲滅，使破滅，消滅；distinct獨特的，性質截然不同的；distinguish區別，辨別，識別；ticket票券；tag標籤；tagger附加物；stick黏貼；steak牛排；attach繫，貼；shtick引人注意的小噱頭，特色；stack堆積；stacks書庫；stock儲存，股票；stoke添柴加火，參看：instigate煽動；etiquette禮節，禮儀，格式；entice誘使，慫恿；instinct本能；stigma恥辱，汙點；tinder引火物，火絨，火種。

ex.tir.pate

['ekstə:peit; 'ɛkstə·,pet, ɪk'stə·pet] *

[義節] ex.tirp.ate

ex-→out出去；tirp→stirps *n.*種，種族；-ate動詞。

[字義] *vt.* 根除，除盡。

[記憶] ① ［義節解說］滅種滅族→根除。注意：ex-中的 [s] 音所代表的s字母，在釋義時應予恢復。

② ［同族字例］etymology字源學；stump根株；stamen雄蕊；stem莖，幹，梗，家譜中的關係；stemma世系，血統；stemple橫樑；tamineous雄蕊的，顯著的。參看：etymon詞源，詞的原形，原意；ethnic種族的；staminal（有）持久力的，（有）耐力的，雄蕊的。

③ 字母組合st常表示植物的「根株」，引申爲「種，族」。例如：stem莖，家族，發源；stock根株，家系，世系；stool根

株；stub殘根，殘株；stump根株…等等。

④〔使用情景〕to～weeds / social / evils / a wrong belief 根除雜草 / 時弊 / 有害的信仰。（比較：eradicate根除）。

ex.toll [iks'tɔl; ɪk'stɑl, -'stol, ɛk-]

義節 ex.toll

ex-→up向上；toll→raise v.舉起，徵稅。

字義 vt. 讚美，頌揚，吹捧。

記憶 ①〔義節解說〕向上捧。同形字toll意為「鳴鐘，敲鐘」，估計是模擬「咚咚」的鐘聲。從「大吹法螺」的角度去理解「頌揚」，則亦可助憶本字。供參考。

②〔用熟字記生字〕tall高的；talk講話→講出來→讚美。

③〔同族字例〕toll徵收捐稅，引誘；philately集郵家（註：tel→toll稅）。

ex.tort [iks'tɔːt, eks-; ɪk'stɔrt, ɛk-]

義節 ex.tort

ex-→out出來；tort彎扭，折磨。

字義 vt. 敲詐，勒索，強取。

記憶 ①〔義節解說〕通過扭彎，要你把東西拿出來；通過扭彎，把裡面的汁水榨出來。

②〔用熟字記生字〕torture折磨，痛苦。

③〔同族字例〕torment 痛苦；distort 使歪扭；intort向內扭；retort反駁。參看：contort 扭彎。

ex.tra.ne.ous

[eks'treinjəs; ɪk'strenɪəs, ɛk-]

義節 extra.ne.ous

extra在…之外，外加；ne生；-ous形容詞。

字義 a. 體外的，外來的，無關的。

記憶 ①〔義節解說〕不是與生俱來的，所以亦無關痛癢。

②〔用熟字記生字〕extraordinary非常的，特別的。

③〔同族字例〕exterior外部的，外面的（這是exter的拉丁文形式比較級）exoteric對外開放的。參看：extravagant奢侈的，浪費的，過分的；extrinsic外來的，外部的，非固有的；exotic 外（國）來的，奇異的。

ex.trav.a.gant

[iks'trævigənt; ɪk'strævəgənt] *

義節 extra.vag.ant

extra在…之外，外加；vag漫步；徘徊；-ant形容詞。

字義 a. 奢侈的，浪費的，過分的。

記憶 ①〔義節解說〕漫步出了「軌」→漫遊過了頭。字根-vag-來源於-wagon四輪馬車→乘車到處流浪。

②〔用熟字記生字〕wagon貨車；vague含糊的。

③〔同族字例〕 extra-；參看上字：extraneous 體外的，外來的，無關的。-vag-: vagrant流浪的。參看：vagary奇想；vex使煩惱；vogue時尚；wag搖擺（v→w通轉）；wiggle擺動；divagate漫遊，離題；vacillate搖擺；gig旋轉物，（乘）雙輪馬車（g→w通轉）；vagabond流浪的，漂泊的；vag流浪漢，遊民。

④〔使用情景〕～rings / praise / habit / car / price / behaviour / laughter / abuse. 昂貴的戒指 / 過分吹噓 / 奢侈的習慣 / 高價的汽車 / 昂貴的價錢 / 過分的行為 / 過分的笑 / 濫用。

ex.tri.cate ['ekstrikeit; 'ɛkstrɪ,ket] *

義節 ex.tric.ate

發散。

記憶 ① ［用熟字記生字］sweat汗。注意：su有時可發sw音。如：persuade勸說。

② ［同族字例］sudation出汗；desudation劇汗；transudation滲漏；swelt熱得難受；soak使浸透；juice汁，液。參看：ooze滲出。

ex-免除；tric捆；纏；-ate動詞。

字義 vt. 使解脫，解救，使（氣體）游離。

記憶 ① ［義節解說］從「捆，纏」中解放出來。

② ［同族字例］tress 髮辮；truss 捆紮；trap 圈套；trick 詭計；intrigue 陰謀；intricate纏結的，錯綜的；inextricable糾纏不清的。

③ ［使用情景］to～sb from a crisis / difficulties / ruin / debt / trouble / a trap / the embarrassing situation…把某人從危機 / 困難 / 毀滅 / 債務 / 麻煩 / 陷阱 / 窘境…中解脫出來。

ex.u.ber.ant [ig'zju:bərənt; ɪg'zjubərənt, - zu -, ɛg -]

義節 ex.uber.ant

ex-出來；uber（牛，羊）乳房；-ant形容詞。

字義 a. 茂盛的，旺盛的，多產的，浮誇的。

記憶 ① ［義節解說］乳滿得要流出來→多產的→茂盛的。

② ［同族字例］under（牛，羊）乳房，乳腺；utter說出，整個的。參看上字：exude（使）滲出，（使）流出，（使）發散。

③ 字母U表示「豐盈」的其他字例：abundant豐富的；fecundity豐富，多產；inundate使充滿；lush茂盛的；much大量的。

④ ［使用情景］be ～in growth / spirit / energy / zeal.長勢旺盛 / 精神充沛 / 精力充沛 / 熱情洋溢。

ex.trin.sic [esk'trinsik ; ɛk-'strɪnsɪk]

義節 extr.in.sic

extr→exter外面；sic→secu跟隨→歸屬。

字義 a. 外來的，外部的，非固有的。

記憶 ① ［義節解說］屬於外面的。

② ［用熟字記生字］intrinsic內在的，固有的。

③ ［同族字例］extra-：exterior外部的，外面的（這是exter的拉丁文形式比較級）；exoteric對外開放的；extraordinary非常的，特別的。參看：extravagant奢侈的，浪費的，過分的；exotic外（國）來的，奇異的；extraneous體外的，外來的。-secu-：second第二的；consequence結果，影響；subsequence後繼；execute執行；persecution 迫害。參看：consecutive連續的，連貫的，順序的。

ex.u.vi.ate [ig'zju:vieit, eg -; ɛg'zjuvɪ,et]

義節 ex.uv.i.ate

ex-off離去；（s）uv→suède n.山羊皮；-ate動詞。

字義 v. 脫（殼），蛻（皮）。

記憶 ① ［義節解說］蛻皮→脫殼。

② ［用熟字記生字］cover遮蔽。（s）uv→cov，s→c通轉。

ex.ude [ig'zju:d, ek's -, eg'z - ; ɪg'zjud, -'zud, ɪk'sjud, -'sud] *

義節 ex.ude

ex-→out出來；ude→sude汗。

字義 v. （使）滲出，（使）流出，（使）

③〔同族字例〕suède 麂皮，小山羊皮；
exuviae（蟬、蛇等脫下的）皮，殼；
sweater毛衣，絨衣。參看：covert隱蔽
的。

F

風蕭蕭兮易水寒。

　　按照佛家的說法，物質世界由「地水火風」四大種構成，從性質上表現出「堅濕暖動」四性。

　　先說「地水火風」，字母 f 的造字均有反映，例如：

　　地：**field** 田地；**feudalism** 封建主義（封「地」）。

　　水：**flow** 流動；**flux** 流動；**fluctuate** 波動。

　　火：**fire** 火；**fume** 煙；**flamboyant** 火焰似的。

　　風：**flurry** 陣風；**flaunt** 飄揚；**foul** 惡臭的。

　　再說「堅濕暖動」：

　　堅：**firm** 牢固的；**foritude** 堅忍，剛毅；**fractious** 倔強的。

　　濕：**fester** 化膿；**flurry** 小雨（雪）；**ford** 津。

　　暖：**fusion** 熔化；**febrifuge** 退熱的；**ferid** 熱烈的。

　　動：**fly** 飛翔；**frisky** 生動活潑的；**factitious** 人爲的。

　　當然，以上這些例字只是從大量的類似字中信手拈來，聊作範例的。

在「地水火風」中，最重要的是「風」。因為 f 的讀音本來就是模擬「呼呼」的風聲，其實是「風助火勢」而出來的。f 象徵水流的「嘩嘩聲」，語言學家稱之為「次級擬聲」。顧名思義，不及風聲那麼直接了。

再從「人」方面看，首先是「生養」（foster 養育），然後有家庭（family），家庭中有女人（female）、兄弟（fraternal 兄弟般的）、子女（filial 子女的）。家庭成員之間要交談，講故事（fable 傳說，故事）。他們之間要互相信賴（fealty 效忠）。「生養」的另一端是「死葬」（funeral 葬禮）。

然後是人在自然界中生存，首先要幹活（facility 熟練；字根 fac 做），初民以狩獵開始，會碰到野獸（feral 兇殘的，未馴的）。馴養（feed）野獸要築起圍欄（fence）以抵擋（fend）外來的侵犯，不聽話的獸類，要用鞭打（flagellate）。後來又發展為馴養飛禽（fowl），這樣形成動物群（fauna）。為了使畜牧業得天之佑，初民要敬牛羊之神（Faunus）。牧業發達，大家歡天喜地設宴（fete）慶祝，祭神（fetish 神物）。這就是節日（festial）的由來。

下一步發展為農業，首先要有地（field），要施肥（fertilizer），使之變成肥沃的（fecund）。莊稼會變得根深葉（foliar 葉的）茂，開花（flower）結果（fruit）。

女人在家裡要紡紗織布（flax 亞麻布），要剪羊毛（fleece）。

這樣男耕女織，農牧並舉，如果邀天之寵（favor

恩惠），生活過得不錯，男人一高興，就要喝得爛醉
（**fuddle**）。

以上解說，因篇幅所限，僅是極粗的線條。聰明的
讀者自能用更多的字彙和意象把它變成一幅原始生活的
工筆畫。

「免冠」：

和字母 **E** 正相反，**F** 項下的單字絕大部分無「冠」
可「免」，都是很樸素地以本色示人的。字母 **F** 從多方
面反映了原始生活中，初民與大自然對抗求生存的廣闊
圖景。

「通轉」：

① **f → ph → p**

f 與 **ph** 讀音相同，**h** 在西方語文中經常不發音，
容易脫落，所以 **f** 也和 **p** 通轉。

② **f → v → w**

f 與 **v** 是一對子音，與 **w** 讀音相似。

③ **f → b**

b 與 **p** 是一對子音，因為 **f → p** 通轉，所以
f → b 通轉。

分析：**F** 的字形像椏杈，有「叉，岔，裂」的義蘊。
大寫的「**F**」像把「斧子」→工具，於是有「做」意。小
寫的「**f**」形狀「細，弱」。字母的讀音吐氣很強，從而
有「迸發，冒發」，越「吹」越「大」。「養育」也是
使之長高變大。

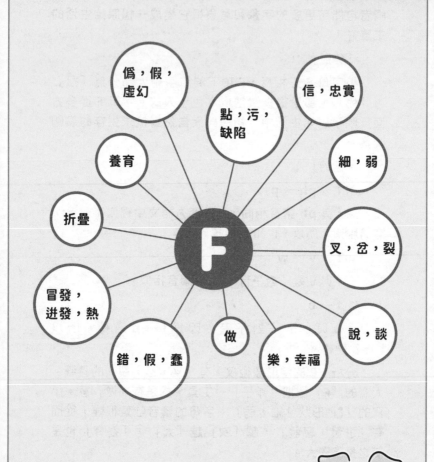

偽，假，虛幻

點，污，缺陷

信，忠實

養育

細，弱

折疊

F

叉，岔，裂

冒發，迸發，熱

做

說，談

錯，假，蠢

樂，幸福

fa.ble ['feibl; 'feb!] *

義節 fab.le

fab話語；-le表示重複動作。

字義 *vi.* / *n.* **(講)寓言，(編)寓言。**
**　　*n.* 傳說，故事。**

記憶 ① [義節解說] 寓言，傳說，故事都是通過話語反覆傳述而流傳下來的。

② [用熟字記生字] baby嬰兒（bab→fab；b→f通轉）。咿呀學語→話語→寓言。

③ [同族字例] fabulous神話的；confabulate讀物；babe嬰兒；bambino嬰孩；booby笨蛋，婦女的乳；burble滔滔不絕地講話；verb動詞（fab→verb；f→b通轉）；adverb副詞；verbal詞語的，逐字的；verbose累贅的。參看：bauble小玩物；effable能被說出的，可表達的；verbatim逐字的，照字面的；proverb格言；affable溫和的；ineffable不能用言語表達的；babble咿呀學語，嘮叨。

④ 字母f和讀f音的ph表示「話語」的其他字例：preface序言；confession懺悔，professor教授。參看：prefatory序言的；fate命運；prophecy預言。

⑤ [形似易混字] 參看：affable和藹可親的。

fac.et ['fæsit ; 'fæsɪt] *

義節 fac.et

fac外部形狀→臉面；-et表示「小」。

字義 *n.* **小平面，(事物之)一個方面。**

記憶 ① [用熟字記生字] face臉，面孔。

② [同族字例] facade（建築物）正面，（事物）外表；surface表面；superficial表面的；phase相，階段；efface擦掉，抹去；deface損傷外觀，使失面子。參看：visage面容，外表（fac→vis；f→v；s→c音轉）。

fa.ce.tious [fə`si:ʃəs; fə`siʃəs]

義節 facet.i.ous

facet→farc填塞，充填；-ous形容詞。

字義 *a.* **滑稽的，愛開玩笑的。**

記憶 ① [義節解說] 由「填充」引申為：在演出中「加插」進去的滑稽小品。

② [用熟字記生字] pack填塞（f與p常可「通轉」，因為ph與f同音，h則常常會「脫落」）。

③ [同族字例] farce填塞，為（演說，作品）加插；infarct梗塞；diaphragm隔膜；facete愉快的，滑稽的。參看：compact緊密的。

④ 換一個角度，可借face（面孔）助憶。說：「滑稽面孔」。

fa.cil.i.ty [fə'siliti ;fə'sɪləti] *

義節 fac.il.ity

fac做；-il→-ile易於…的；-ity名詞。

字義 *n.* **容易，熟練，敏捷，便利。**

記憶 ① [用熟字記生字] factory工廠。

② [同族字例] feat手藝；effect結果，影響；proficiency精通；function功能。參看：faction派別；factitious人為的；feasible可行的。

fac.tion ['fækʃən; 'fækʃən] *

義節 fact.ion

fact→act做；-ion名詞。

字義 *n.* **派別(鬥爭)，小集團。**

記憶 ① [義節解說] act together共同行動，一起做→小集團。本字來源於拉丁文factio行動，行動權，政黨。該字又來源於facto做。

② [疊韻近義字] fraction分數，小部分，片斷。小集團是「分」出來的一部分。

③ [同族字例] feat手藝；effect結果，影響；proficiency精通；function功能。參

看：factitious人為的；feasible可行的。

④成語說：「Birds of a feather flock together.」物以類聚，人以群分。「黨徒」正合用。（請注意：feather，flock 都以f始）。

---

fac.ti.tious [fæk'tiʃəs; fæk'tɪʃəs]

義節 fact.itious

fact做；-itious有…性質的，形容詞字尾。

字義 *a.* **人為的，不自然的。**

記憶 ①〔義節解說〕只有人能夠「製造」，→有「人工斧鑿」性質的。

②〔同族字例〕feat手藝；effect結果，影響；proficiency精通；function功能。參看：faction派別；facility容易；feasible可行的。

---

fac.ul.ta.tive

['fækəltətiv, -teit -; 'fæk!,tetɪv]

義節 facult.ative

facult→pecul牲口、土地等個人財產；-ative形容詞。

字義 *a.* **授權的，任意的，可選擇的，本能的，才能上的（f→ph→p通轉）。**

記憶 ①〔義節解說〕古時候，牲口是私有財產，轉義為「獨具的，本能的」。

②換一個思路：fac.ult.ative fac做；ult在山那一邊；終極；-ative形容詞。在山的另一邊去做→授權彼方之人去「做」；有極大的「做」的能力→才能。

③〔用熟字記生字〕peculiar獨具的，獨特的。

④〔同族字例〕impecunious無錢的，貧窮的；special特殊的；speciality特性，特質；species種類；specific特有的，具體的；specification規格；specimen樣本，標本；speciology物種學；spice香料，調味品（註：特有的味道）；especially尤其。參看：pecuniary金錢的；peculate挪用，盜用，侵吞。

---

fad [fæd; fæd]

字義 *n.* **一時的風尚，一時的愛好。**

記憶 ①〔用熟字記生字〕fashion流行式樣，時尚；favorite喜愛的。

②〔同族字例〕fond喜愛的；fun快樂；fan喜好，狂熱。參看：fondle愛撫；fain樂意地。

③〔易混字〕fade漸漸消失。

④〔造句助憶〕The fad of queer dance is slowly fading away跳怪舞的時尚正在慢慢地消逝（fad, fade）。

⑤〔使用情景〕本字描寫人群中一時的狂熱，常可帶點古怪的意味，也可指嗜好。例如：藏書，集郵，繫黃領帶，不戴帽子，跳怪舞，剃光頭等等。

---

fag [fæg; fæg]

字義 *n.* **苦差事，疲勞。**
    vi. **辛苦地做工作。**
    vt. **使疲勞，磨損。**

記憶 ① 本字可能來源於拉丁文facto做→幹「活兒」→累。

②〔疊韻近義字〕flag無力地下垂；（力氣，興趣，熱情等）衰退。語源上認為fag可能是flag的變形。

③〔用熟字記生字〕fatigue疲勞。

④〔同族字例〕feat手藝；effect結果，影響；proficiency精通；function功能。參看：factitious人為的；feasible可行的；faction派別（鬥爭），小集團。

---

fain [fein; fen]

字義 *a.* **願意的。**
    adv. **樂意地。**

記憶 ① 本字來源於fan煽動（尾巴）→樂意。

② ［用熟字記生字］fan扇子，電風扇。

③ ［同族字例］fond喜愛的；fun快樂；fan喜好，狂熱。參看：fondle愛撫；fanion小旗；fawn搖尾乞憐，討好；fad一時的風尚，一時的愛好。

fake [feik ; fek] *

字義 *vt. a.* 偽造（的）。

v. 偽裝。

n. 假貨。

記憶 ① 本字來源於法文：fausser彎曲，曲解，作假→faux人造的，假的。其中x在法文中不讀音，但按照英文要讀成[ks]。因此音變爲fake。

② ［用熟字記生字］false錯的；fork叉（註：「叉」是彎曲的）。

③ ［同族字例］fault錯誤；furcate分叉（枝）的；fissile可分裂的；fetch活人的魂，鬼。參看：fissure裂縫，分歧；bifurcate兩枝的，兩叉的；fickle易變的；figment虛構的事物。

④ 「假」是人「做/造」出來的。字母f也常表示「假」，估計與f表示「做」有一定關聯。例如：falsify偽造；feign假裝；feint偽裝；counterfeit偽造的；forge偽造；fiction小說（註：假語村言）…等等。

⑤ ［易混字］flake薄片。

⑥ ［使用情景］～diaries / antique / diamonds / painting / report / illness / telegram / testament / answers / story / will / election / medicine / trade mark / drugs. 偽造的日記 / 古董 / 鑽石 / 畫 / 報告 / 病 / 電報 / 證詞 / 答案 / 故事 / 遺囑 / 選舉 / 藥 / 商標 / 藥物。

a medical～冒牌醫生；～Picasso畢加索的贋品。

fal.li.ble ['fæləbl; 'fæləb!]

義節 fall.ible

fall→fail *v.*失敗，失職；-ble能夠，易於。

字義 *a.* 易犯錯誤的，難免有錯的。

記憶 ① ［義節解說］本字的法文相應字爲faillible，所以知道本字的fall是fail的變形。

② ［用熟字記生字］false錯的，假的；fall落下，跌落（犯錯誤就是「跌倒」）。

③ ［同族字例］fallacy謬誤；fault過錯；infallible永不犯錯誤的；fautity蠢事。參看：fiasco慘敗。

fal.low ['fælou ; 'fælo] *

義節 fal.low

fal→for-加強意義；low→ leave *n.*休假。

字義 *a.* 休耕的（地），未孕的，休閒的。

vt. 使休閒。

記憶 ① ［義節解說］本字是furlough（休假）的變體，其中：fur→fal；lough→low.而furlough來源於德文verlaub或verlof，兩均表示「休假」。休假也就是「使休閒」。

② 換一個思路，將本字分析爲：fall.ow fall→fail *v.*停止作用；ow→sow *v.*播種；fail to sow未予播種→休耕；「播種」失敗→未能懷孕。

③ ［用熟字記生字］fall【美語】秋天→秋收後耕地休閒。

④ ［同族字例］furlough休假，暫時解雇；leave離開，留下；lift解除（禁令等），清償；relieve解除，免除；deliver釋放；dissolve溶解；resolve分解，決定；solve放鬆，鬆綁。參看：absolve解除，免除。

⑤ ［使用情景］～a crop / sow / skill / ground休閒作物 / 未孕母豬 / 未得所用的技能 / 休耕地。

⑥［易混字］fellow夥計；follow跟隨；farrow一胎小豬；furrow皺紋。

⑦［形似相關字］參看：harrow耙；arable可耕的。

fal.ter ['fɔ:ltə; 'fɔltə] *

義節 falt.er

falt→vult跳動，滾動，轉動；-er反覆動作。

字義 vi/n. 躊躇，畏縮。
vi. 搖晃。
vt. 支吾地說。

記憶 ①［義節解說］轉來轉去→躊躇，搖晃，支吾地說。

②［用熟字記生字］pause躊躇，停頓；fall落下，跌落（搖搖晃晃，好似要跌倒）。

③［疊韻近義字］halt躊躇，猶豫；halter（馬的）籠頭，韁繩，束縛，抑制；-alter-（字根）→other另一，其他。記：顧左右而言它→閃爍其詞。

④ 其他韻部相近，字義相近的字例：balk阻礙；calk填塞缺口；galt閹豬；halt停住，止步。這些字，包括本字，最基本的含義均是「阻礙行動」。

⑤［同族字例］impulse衝動。參看：compulsive強迫的；pulsate跳動；propulsive推進力的；repulse反感；vault（撐竿）跳；convulse使痙攣；revulse反感（註：-puls-→-vuls-；p→v通轉）。welter翻滾，顛簸；palsy痙攣；wallop打滾，顛簸。

⑥［雙聲近義字］fence籬笆，柵欄；fend擋開。參看：flinch畏縮；flounder跟蹌；funk畏縮。

fam.ish ['fæmiʃ; 'fæmɪʃ]

義節 fam.ish

fam飢餓。-ish動詞字尾，多用於法文來源的字。

字義 v.（使）挨餓。

記憶 ①［義節解說］本字可能來源於fast緊的，牢固的→齋戒（註：勒「緊」褲腰）。fast→firm牢固的→fam餓。法文：faim飢餓；J'ai faim直譯成英文爲I have hunger我有飢餓。英文：famine飢餓。

②［用熟字記生字］breakfast早餐（原意爲「開齋，開禁」）。

③［同族字例］fasten繫牢；fascinate使著迷；fix固定；avast停！（航海口令）。

④本字以f起頭。字母f常表示「養育」，疑與「餓」有關。字例：feed餵食，飼料；fertile肥沃的，能生育的；fodder飼料；food食物…等等。參看：forage飼料；foster養育。

fan.fare ['fænfɛə; 'fæn,fɛr]

義節 fan.fare

fan→phone；fare→faire（法文）make, do.

字義 n. 嘹亮的喇叭聲，鼓吹，誇耀。

記憶 ①［義節解說］make phone「製造出」聲音。

②［用熟字記生字］telephone電話；affair事情（af-→ad-：to；to do→to be done要做的事）

③［疊韻近義字］字母組合are常表示明亮的「聲，光，色」。例如：blare喇叭嘟嘟聲，高聲宣布；clarion嘹亮的號角聲；flare火光閃耀，炫耀，（聲音，怒氣）爆發→a flare of trumpets一陣喇叭聲；glare閃耀，炫耀；stare凝視，（顏色等）顯眼，惹眼。

④［同根字例］fanfaronade炫耀，誇口；fanfaron吹牛的人。

⑤［同族字例］fond喜愛的；fun快樂；fan扇子，電風扇，喜好，狂熱；banner旗；wind風；window窗口；wing翼；van（鳥，昆蟲的）翅；ventilation通

風。參看：fondle愛撫；fanion小旗；fawn搖尾乞憐，討好；fad一時的風尚，一時的愛好；fain樂意地。

fan.ion ['fænjən; 'fænjən]

義節 fan.ion

fan *n*.扇。-ion表示物品。

字義 *n*. **小旗，測量旗。**

記憶 ① ［義節解說］小旗類似扇形，揮動時猶如扇搧風。

② ［用熟字記生字］fan扇子，煽動。

③ ［同族字例］fond喜愛的；fun快樂；fan喜好，狂熱；banner旗；wind風；window窗口；wing翼；van（鳥，昆蟲的）翅；ventilation通風。參看：fondle愛撫；fawn搖尾乞憐，討好；fain樂意地。

fan.tas.tic

[fæn'tæstik ; fæn'tæstɪk] *

義節 fant.astic

fant→phant呈現；-astic形容詞。

字義 *a*. **奇異的，怪誕的，空想的，荒謬的。**

記憶 ① ［用熟字記生字］fancy想像，幻想。

② ［同族字例］fantasy 空想，幻想；phantasm 幻想；幻影；phantom 幽靈；phenomenon現象；wonderful奇妙的（fant→wond；f→w通轉）；banner旗幟（fant→ban；f→b通轉）。參看：diaphanous透明的；fanion小旗。

③ ［使用情景］-dream / story / fashions / idea / fears 怪異的夢 / 奇特的故事 / 古怪的服式 / 奇特的想法 / 莫名其妙的恐懼。

fas.tid.i.ous

[fæs'tidiəs; fæs'tɪdɪəs]

義節 fastidi.ous

fastidi→fastigi尖，刺；-ous形容詞。

字義 *a*. **愛挑剔的，有潔癖的，過分講究的，令人反感的，令人憎恨的。**

記憶 ① ［義節解說］本字源於法文fustiger鞭笞，（轉義）嚴責。

② ［同族字例］fastigiate圓錐狀的；fussy過分講究的，愛挑剔的。

③ ［形似近義字］detest厭惡；distaste厭惡。參看：tedious使人厭煩的。

④ 換一種思路：fast牢固，tidi→tidy ;→有潔癖。

⑤ ［使用情景］a～mind / reader 吹毛求疵的個性 / 挑剔的讀者。be～about clothes / food對衣 / 食挑剔。be～in the choice of partner for life 選終身伴侶極挑剔。

fa.tal.ism ['feitəlizəm; 'fetḷ,ɪzəm]

義節 fat.al.ism

fat講話；-al形容詞字尾；-ism主義。

字義 *n*. **宿命論。**

記憶 ① ［義節解說］生下來就「注定」了的→命運。

② ［用熟字記生字］fate命運；fatal命運的，致命的。

③ ［同族字例］fate命運；prophet預言；preface序言；infant嬰兒的。參看：fable寓言；prophecy預言（能力）；prefatory序言的，位於前面的。

④ 字母f表示「話語」的其他字例：fame名聲；defame誹謗；confession懺悔；professor教授…等等。

fat.u.ous ['fætjuəs; 'fætʃʊəs] *

義節 fatu.ous

fatu裂→愚蠢；-ous形容詞。

字義 *a.* 愚昧的，昏庸的。

記憶 ①［義節解說］本字來源於拉丁文 fatuus愚蠢的，癡呆的。該字又來源於 fatisco張開，裂開，疲憊。

②［用熟字記生字］foolish愚蠢的。

③［同族字例］fatuity癡呆的；infatuate 糊塗；fade衰弱，漸漸消失；fatigue疲 勞；fissile易裂的，可分裂的；bifid兩 叉的；fission分裂；bite咬（註：用牙 撕「裂」）。參看：fitful斷斷續續的； fidget坐立不安；dividend分紅；fissure 裂縫·分裂，裂開。

④ 字母f常表示「叉，裂」。參看：fickle 多變的；bifurcate兩叉的，分叉；flaw裂 縫。

⑤ 字母f常表示「愚蠢」。例如：folly愚 笨；fool傻瓜；fallacy謬見。

fau.na ['fɔːnə; 'fɔnə]

義節 faun.a

faun→Faunus古羅馬傳說中半人半羊的 農牧之神；-a複數名詞。

字義 *n.*（某一時期／區域）動物群，動物 區系，動物誌。

記憶 ①這位神在希臘神話中叫做Pan，參 看：panic恐慌。

②［相關字］flora（某一時期／區域）植 物群。

③ 參考：由於農牧之神的厚愛，賜福， 使某地區六畜興旺，於是引申出「喜好， 偏愛，熱情對待」的含義，衍生出下列各 字：favor恩惠；fete慶祝，招待（註： 慶祝牧業興旺）；fond喜愛的；funny快 樂的。參看：fain樂意地；fawn奉承，討 好。

fawn [fɔːn; fɔn]

字義 *vi.* 搖尾乞憐，討好。
　　　n. 小動物。

記憶 ①本字來源於fan煽動（尾巴）→討 好。

② 換一個思路：參看上字：fauna動物 群，疑本字是Faun（農牧之神）的拼字 變體（u→w）衍義而來→為了六畜興 旺，要討好牧羊神。

③［用熟字記生字］fan扇子，電風扇。

④［同族字例］fond喜愛的；fun快樂； fan扇子，電風扇，喜好，狂熱；banner 旗；wind風；window窗口；wing翼； van（鳥，昆蟲的）翅；ventilation通 風。參看：fondle愛撫；fanion小旗；fad 一時的風尚，一時的愛好；fain樂意地； fanfare嘹亮的喇叭聲，鼓吹，誇耀。

fe.al.ty ['fiːəltɪ; 'fɪəltɪ]

義節 fealt.y

fealt→field *n.*地；-y名詞。

字義 *n.*（尤指對封建領土的）效忠，孝 順。

記憶 ①［義節解說］分封諸侯，獲得土地， 成為封建領主。

②［同族字例］feudalism封建主義；fee封 土，領地。參看：feud世仇；foe敵人； feldspar【礦】長石；filial孝順的。

③［形似近義字］fidelity忠實。

④ 字母f常表示「信用，忠誠」。例如： faith忠誠；federal同盟的；fiancee未 婚妻（註：已有婚約，必須忠守）； affiance信用；confide信任；finance信 用貸款；fiduciary信用的。

fea.si.ble ['fiːzəbl; 'fizəb!] *

義節 feas.ible

feas→do做；-ible能夠。

字義 *a.* 行得通的，可能的，可用的。

記憶 ① 本字源出法文faire，相當於英文 的do。字母f常表示「做」。參看：fake 偽造。

254

② ［同族字例］feat手藝；effect結果，影響；proficiency精通；function功能。參看：faction派別；factitious人為的；facility容易。
③ ［有用的衍生字］feasibility可行性；feasibility study可行性研究。

---

feat [fi:t ; fit] *

字義 *n.* **功績，偉業，武藝，技藝。**

記憶 ①本字來源於法文fait已做的，成熟的。該字是法文動詞faire的過去分詞形容詞，字意為do做。功績、偉業均是靠「做」出來的。
② ［同族字例］effect結果，影響；proficiency精通；function功能。參看：faction派別；factitious人為的；feasible可行的。
③ ［使用情景］to achieve famous～s建立豐功偉績；to perform historic～s立下歷史功績；an astounding～驚人的技藝；～s of horsemanship騎術。

---

feb.ri.fuge

['febrifju:dʒ; 'fɛbrɪfjudʒ, -,fɪudʒ]

義節 febr.i.fuge
febr熱；-i-連接母音；fuge逃，逸。

字義 *n.* **退熱藥。**
　　a. **退熱的。**

記憶 ① ［義節解說］熱度逸去→退熱。字根-ferv-和-febr-均來源於法文feu火（eu→erv, u→v通轉；erv→evr, v→b通轉）。
② ［用熟字記生字］fever熱病；refugee難民。
③ ［同族字例］fervent熾熱的；ferverish高溫，強烈的感情；febris熱情；effervescent起泡的，奮發的。參看：fervid熱情的，熱烈的；effervesce冒氣泡，起泡沫，生氣勃勃。
④ 字母f讀音為「呼」類送氣音，常表示「風風火火」，由「火」而「熱」。其他字例：fan狂熱；fire火；fierce狂熱的；furor狂熱；flame火焰。參看：froth泡沫；fume煙。

---

fe.cund ['fi:kənd; 'fikənd, 'fɛk-]

義節 fec.und
fec糞，汙；und豐富，充溢。

字義 *a.* **多產的，肥沃的。**

記憶 ① ［義節解說］用糞便做肥料，地肥則多產。
② ［用熟字記生字］fertile多產的，肥沃的，能生育的。
③ ［同族字例］feces糞便；fecula蟲糞；feculence汙穢；fecundate使肥沃；fecal渣滓的；feculent汙穢的。
④ 子母f表示「汙穢」的其他字例：fuck他媽的（註：髒話）。參看：fester膿瘡；fug室內的悶濁空氣。
⑤ 字母組合und表示「豐富，充溢」的字例：jocund歡樂的，高興的（joc→joy歡樂）；rubicund紅潤的（rubi→red）；fund基金；rotundity肥胖；abundant豐富的，充裕的…等等。參看：orotund（聲音）洪亮的，（文體）浮誇的。

---

feign [fein ; fen] *

字義 *vt.* **假裝，杜撰，捏造。**
　　vi. **做假。**

記憶 ①本字來源於finger手指。用手指捏成形，引申為「捏造」。
② ［同族字例］參看下字：feint假象。
③ 字母f常表示「假，造假／做假」。參看：fake偽造；figment虛構的事物。
④ ［使用情景］to～death / surprise / sickness / another's voice假裝死／吃驚／病／別人的聲音。～ed enthusiasm /

255

voice / friendship / names / alibi 假裝出來的熱情 / 聲音 / 友誼 / 姓名 / 案發時不在現場的證明。

feint [feint ; fent] *
字義 *n. / vi.* 佯攻。
    n. / a. 假象（的）。
    a. 虛飾的。
記憶 ①本字來源於finger手指。用手指捏成形，引申爲「捏造，假象」。
②〔同族字例〕vain虛有其表的（v→f通轉）；faint不清楚的。figure塑造，想像；finger手指；prefigure預示，預兆；fiction虛構，小說；fictitious虛構的；picture圖畫，照片（p→ph→f通轉）；depict描寫；fix固定。參看：fake僞造的；feign假裝；figment虛構的事物。
③〔使用情景〕打仗時聲東擊西，圍魏救趙；打球、拳擊中的假動作，虛晃一招；學生攤開功課，實際上在聽電視…均適用此字。

feld.spar ['feldspɑ: ; 'feld,spɑr, 'fel -]
義節 feld.spar
feld→field *n.* 野地；spar *n.*晶石。
字義 *n.*【礦】長石。
記憶 ①〔義節解說〕躺在野地上的石→長石。
②〔同族字例〕-field-: feudalism封建主義；fee封土，領地。參看：feud世仇，foe敵人；fealty（尤指對封建領主的）效忠，孝順。-spar- ; spathic晶石的；sphene榍石。

fe.lic.i.ty [fi'lisiti ;fə'lɪsəti]
義節 feli.city
feli幸福；-city抽象名詞。

字義 *n.* 幸運，運氣，巧妙（的語句）。
記憶 ①〔用熟字記生字〕well好。
②〔同族字例〕felicitate慶幸，慶祝；infelicity不幸；weal福利，幸福。
③ 字母f常表示「幸福，快樂」。例如：fortunate幸運的；favourable優待的；fiesta喜慶日；festival節日…等等。

fel.on ['felən; 'fɛlən] *
義節 fel.on
fel→fell *a.*殘忍的，兇猛的，致命的；-on表示人。
字義 *n.* 重罪犯，邪惡的人。
    a. 兇惡的。
記憶 ①〔義節解說〕兇殘的人→犯重案，fall落下→fell砍倒→兇殘的。
②〔用熟字記生字〕fault罪過。
③〔同族字例〕evil邪惡的；devil魔鬼；vicious惡毒的。參看：vile邪惡的。
④ 字母f表示「兇殘」的其他字例，參看：feral兇殘的；ferocious兇殘的；fiend惡魔（般的人）；flay剝皮，掠奪；frantic狂暴的。

fend [fend, fɛnd] *
字義 *vt.* 抵擋。
    vi. 供養。
記憶 ①〔義節解說〕fend→fane神廟（v→f通轉）→供奉；像神廟供奉的物品→牧師的俸祿，供養→「乾飼料，糧秣」→利益，好處。
②〔用熟字記生字〕fence籬笆，柵欄（註：可以「擋開」野獸等外部侵害）；feed餵食，飼養；provide供給（口糧等）。
③〔同族字例〕「擋開」一意：defend防守，保衛，答辯。參看：vindicate維護，爲…辯護（vind→fend：v→f通轉）。「供養」一意：venerable莊嚴的，

可敬的（v→f通轉）；venery性慾；benison野味；provisions口糧，存糧；debenture債券（b→v通轉）；debit借方；debt債務；benefice有俸聖職；benefit津貼，好處；benefaction捐助；furnish供應，給予。參看：veneer虛飾；benerate崇拜；revenue收益；parvenu暴發戶；provender（家畜的）乾飼料，糧秣；venal可以利誘的，貪汙的。

fer.ment

[v.fəˈmɛnt; fəˈmɛnt n.ˈfəːmɛnt; ˈfɚmɛnt] *

義節 ferm.ent
ferm激動，起泡；-ent字尾。

字義 n. 酵素。
 v. / n. （使）發酵，（使）激動，（使）騷動。

記憶 ① ［義節解說］發酵時化學反應產生的氣體要冒泡。
② ［用熟字記生字］foam泡沫，使起泡，發怒。
③ ［同族字例］barm酵母，發酵的泡沫（註：f→b通轉，也可與bubble（沸騰）聯想）。參看：foment煽動；fulminate爆炸；fume激勵；vehement激動的，熱烈的。
④ 字母f表示「激動，擾動」的其他字例：effervesce冒泡，興奮；fiery激烈的；furor大騷動；frenzy激動；frantic狂亂的；fit（一陣）發作；fidget煩躁；坐立不安；flurry激動，慌張。

fern [fəːn; fɝn]

字義 n. 蕨類動物。

記憶 ①參看：frond蕨類的葉，估計本字是從frond通過字母易位（r與o互易）音變而得。
② ［同族字例］pan檳榔葉；frondage

葉，茂盛的葉；frondose多葉的。參看：diurnal白天（開花）的；foliar葉的；vernal春天（似）的，清新的，青春的。

fe.ro.cious

[fəˈrouʃəs, fi -, fe-; fəˈroʃəs, fɪ -] *

義節 fer.o.cious
fer野的；- o -連接母音；-cious形容詞。

字義 a. 兇惡的，殘忍的，極度的。

記憶 ① ［義節解說］原意為未經馴養的野獸，兇殘乃其本性。
② ［同族字例］feral野的；fierce兇殘的；theriomorphic有獸的外型的；theriac解毒舔劑（古時用來醫治各種毒獸咬傷的藥）；treacle解讀舔劑。參看：fiend魔鬼。

fer.ret ['ferit; 'fɛrɪt]

義節 fer.r.et
fer→fur n.毛皮；-et字尾。

字義 n. 雪貂，搜索者。
 v. 搜索。

記憶 ① ［義節解說］本字來源於法文furet雪貂，這種動物大概有很好的毛皮，所以與fur（毛皮）同源。雪貂是用來獵兔用的，它在「搜索」時為免打草驚蛇，要偷偷地行動。在法文中，本字又轉義為「好奇，包打聽」。
② ［用熟字記生字］find找到；feel摸索。
③ ［同族字例］參看：forage搜索；furtive偷偷摸摸的；ferocious兇惡的。

fer.ry ['feri; 'fɛrɪ]

義節 fer.r.y
fer運送，上路；-y字尾。

字義 n. 擺渡，渡口，渡輪。
 v. 擺渡，空運。

記憶 ① ［用熟字記生字］transfer轉移，傳

送，傳遞。

② ［同根字例］confer商量；differ相異；offer提供，奉獻；prefer更喜歡，寧取；transfer轉移，傳送，傳遞。

③ ［同族字例］fare車船費；farewell告別；freight貨運；wayfaring徒步旅行的；seafaring航海的；far遠的；further進一步；metaphor隱喩；aphorism格言。

④ ［疊韻近義字］參看：wherry駁船，載客舢板。

fer.vid ['fɜ:vid; 'fɝvɪd]

［義節］ferv.id

ferv沸騰；id如…的，形容詞字尾。

［字義］a. 熱情的，熱烈的。

［記憶］① ［義節解說］字根-ferv-和-febr-均來源於法文feu火（eu→erv, u→v通轉；erv→ebr, v→b通轉）。

② ［用熟字記生字］fever熱病。

③ ［諧音］字根ferv，諧音爲「沸乎」。

④ ［同族字例］fervent熾熱的；ferverish高溫，強烈的感情；febris熱情；effervescent起泡的，奮發的。參看：febrifuge退熱藥；effervesce冒氣泡，起泡沫，生氣勃勃。

⑤ 字母f讀音爲「呼」類送氣音，常表示「風風火火」，由「火」而「熱」。其他字例：fan狂熱；fire火；fierce狂熱的；furor狂熱；flame火焰。參看：froth泡沫；fume煙。

fes.ter ['festə; 'fɛstɚ]

［字義］n. 膿瘡。

v.（使）潰爛，（使）化膿。

［記憶］①因內部擾動起泡而會潰爛、化膿，本字應從「起泡」意。參看：ferment（使）發酵。

② ［同族字例］參看：pester使困擾，使苦

惱，使煩惱；pest令人討厭的人或物，毒蟲，疫病；putrefy使化膿；（p→ph→f通轉）infest（害蟲，歹徒等）大批出沒。

③ ［形似近義字］yeast酵母，發酵。

fete [feit; fet]

［字義］n. 節日，盛宴。

vt. 款待。

［記憶］① ［用熟字記生字］feast宴會，feed餵食。

② ［同族字例］festival節日，喜慶；festoon花採，燈彩；fiesta拉丁美洲宗敎節日；gabfest社交性聚談；songfest合唱會。

fet.ish ['fi:tiʃ, 'fe-; 'futiʃ, 'fɛt-] *

［義節］fet.ish

fet→fact做…；-ish字尾。

［字義］n. 原始人認爲負有神力而加以崇拜的物品；神物，迷信（物），偶像。

［記憶］① ［義節解說］本字可能來源於factitious人爲的→人爲地把一些事物變成崇拜的偶像。

② ［用熟字記生字］pet寵物（p→ph→f通轉）。

③ ［同族字例］fetch鬼，活人的魂；fetishism拜物敎；devote獻身，供奉（v→f通轉）；better更好的（b→v→f通轉）；beatify賜福於，使極樂。參看：bootless無用的，無益的；feat功績，偉業，技藝。

fet.ter ['fetə; 'fɛtɚ] *

［義節］fet.t.er

fet→feet腳；-er物品。

［字義］vt. / n.（爲…上）腳鍊：束縛，羈絆。

記憶 [用熟字記生字] feet腳；fasten紮牢，扣住。

fe.tus ['fi:təs; 'fitəs]

義節 fet.us

fet v.懷胎，養育；-us字尾。

字義 n. 胎，胎兒。

記憶 ① [同義字] 參看：embryo胚胎。

② [同族字例] fet懷胎，養育；fetal 胎兒的；feticide殺死胎兒，非法墮胎；superfetate重孕；fertile能生育的；feed飼養；fertilizer肥料。參看：fatalism宿命論；effete（生育力）枯竭的，衰老的；foster養育。

feud [fju:d ; fjud] *

字義 n. 世仇。

　　n. / vi. 長期不和。

記憶 ①古代的封建領地亦叫feud，估計從field（田地）而來。由於封地而形成不同的家族，很容易會發生衝突和族爭，遂成「世仇」。如羅密歐與茱麗葉兩家。

② [同族字例] feudalism封建主義；fee封土，領地。參看：foe敵人；fealty（尤指對封建領主的）效忠，孝順。

③ [形似近義字] fight鬥爭，打仗。參看：defiance蔑視，反抗；odious可憎的；invidious引起反感的。

fi.as.co [fi:'æskou ; fɪ'æsko]

義節 fia.sco

fia→fail v.失敗；-sco→-sque形容詞。

字義 n. 大敗，慘敗。

記憶 ① [義節解說] 本字是義大利文借字。估計與法文faillite（徹底失敗）同源。-ll-在法文中讀[j]音，所以-faill-讀成[fɛj]，與fia讀音相近。

② [用熟字記生字] fail失敗，不及格。

③ [同族字例] fallacy謬誤；fault過錯；infallible永不犯錯誤的；fatuity蠢事；defeat擊敗。參看：fallible易犯錯誤的；defiance蔑視。

fick.le ['fikl ; 'fɪk!] *

義節 fick.le

fick開叉；-le反覆動作。

字義 a. （在感情等方面）易變的，無常的。

記憶 ① [義節解說] （在感情等方面）常有分岔，變化多端。

② [用熟字記生字] fork叉子。

③ [同族字例] 大寫的字母F形狀就像個樹丫叉，故常表示「叉，岔，裂」。例如：furcate分叉（枝）的；fissile可分裂的。參看：fissure裂縫，分歧；bifurcate兩枝的，兩叉的。另外：fetch活人的魂，鬼。

④ 亦可從「欺騙」意義去理解助憶。參看：counterfeit假裝。參看：fake偽造的。

⑤ [形似近義字] flicker搖曳不定，忽隱忽現；flip（觀點，態度）突然改變，參看：freak反覆無常，變化的。

fidg.et ['fidʒit; 'fɪdʒɪt] *

義節 fid.get

fid分裂；get顫動。

字義 v. / n. （使）坐立不安，（使）煩躁。

記憶 ① [義節解說] 斷續性的顫動→煩亂不安。

② [用熟字記生字] fit痙攣，（病，感情等）一陣突發；jitterbug吉特巴舞，緊張不安的人。

③ [同族字例] fight打鬥；fiddle提琴；vegete有生氣的（v→f通轉）；jitters煩躁，緊張不安；jactation輾轉不安。參看：agitate使焦慮不安；jolt顛簸；jerk

顛簸；fitful間歇的；vigilant警覺的。

fiend [fi:nd ; find] *

字義 *n.* 魔鬼，惡魔（般）的人。

記憶 ① ［用熟字記生字］friend朋友，與本字只差一個字母r，→「一字之差，朋友變惡魔」。

② 也可從「顯現」的角度去理解助憶本字。字母組合ph讀f音，常表示「呈現」。其中有關字例：phantom鬼怪，幽靈；Epiphany主顯節；theophany神之顯現；phantasmagor幻覺效應。參看：diaphanous透明的；fantastic怪誕的。

③ ［同族字例］feral野的；fierce兇殘的；theriomorphic有獸的外形的；theriac解讀舔劑（古時用來醫治各種毒獸咬傷的藥）；treacle解讀舔劑。參看：ferocious兇惡的，殘忍的。

fig.ment ['figmənt; 'fɪgmənt] *

義節 fig.ment

fig塑造；-ment名詞。

字義 *n.* 虛構的事物。

記憶 ① ［義節解說］本字來源於拉丁文fingo塑造，虛構。該字又來源於figo釘入，插入，使牢固。

② ［用熟字記生字］figure塑造，想像；finger手指。語源上一般認爲本字來源於「手指」→捏造成形→虛構。

③ ［同族字例］prefigure預示，預兆；fuction虛構，小說；fictitious虛構的；fake僞造的；picture圖畫，照片（p→ph→f通轉）；depict描寫；fix固定。

④ 字母f常表示「虛，假」。例如：fallacy謬誤；falsify僞造；counterfeit假裝…等等。參看：feint佯攻，虛飾的；feign假裝。

filch [filtʃ ; fɪltʃ]

字義 *vt.* 偷竊（不貴重的東西），小偷，小摸。

記憶 ① 本字可能來源於法文filouter賭博作弊，巧偷。其中字根-fil-一般表示「線」。可能指巧妙地用一根線把需要的牌偷出來（out）。語源上也有認爲本字原意爲小偷隱語，指「鈎住的東西」。按此思路，本字應從「叉，岔，裂」。參看：fickle易變的。

② ［同族字例］參看下字：filial子女的。

③ ［形似近義字］pilfer *v.*偷竊，小偷，小摸。

④ ［易混字］參看：filth汙穢。

fil.i.al ['filjəl; 'fɪlɪəl, -ljəl]

義節 fil.i.al

fil子女；-al形容詞。

字義 *a.* 子女的，孝順的。

記憶 ① ［義節解說］字根-fil-表示「線」，引申爲「子女」。中國人也有「一脈香煙」的說法,指家族一線相傳。

② ［同根字例］file檔案（註：排成一個縱列）；profile側影，形象；filament長絲，燈絲；multifil複絲，多纖維；filiate收爲子女；unfilial不孝的。參看：affiliate接納爲會員；fealty孝順。

filth [filθ ; fɪlθ] *

字義 *n.* 汙穢，汙物，淫猥。

記憶 ① 本字是foul（骯髒的）的變體，而foul可能來源於fowl家禽,因爲家禽是又髒又臭。

② ［同族字例］參看：foul骯髒的；defile玷汙；fowl家禽。

③ 字母f常表示「汙穢」。例如：feculent汙穢的；fuck他媽的（註：髒話）；fecal渣滓的。參看：fester膿瘡；fug室內的悶

濁空氣。

④〔易混字〕參看：filch偷竊。

fin.er.y ['faɪnəri; 'faɪnəri]

義節 fin.er.y

fin→fine *a.*好看的，漂亮的；-ery名詞。

字義 *n.* 華麗的服飾。

記憶 ①〔義節解說〕fine attire盛裝。

②〔用熟字記生字〕fine好看的，漂亮的。

fi.nesse [fɪ'nes; fə'nɛs]

義節 fin.esse

fin→fine *a.*美好的，纖細的，委婉的；-esse字尾。

字義 *n.* 手腕，技巧，手法。

v. 用技巧（取勝）

記憶 ①纖細委婉→技巧。參看：法文finasser耍花招，施鬼計；fine狡猾的；finesse纖細，手腕，鬼計。

②〔用熟字記生字〕fine美好的。

fis.cal ['fʌskəl; 'fɪsk!] *

義節 fisc.al

fisc國庫；-al形容詞。

字義 *a.* 國庫的，財政的。

n. 印花稅票。

記憶 ①〔義節解說〕本字來源於拉丁文fidcus筐，錢箱，帝王個人錢庫。語源上一般認為本字來源於「收稅官員的錢籃子」（money basket）。

②〔用熟字記生字〕basket籃子（bask→finc：b→f通轉）。

③〔同族字例〕fiscal year會計年度；bag袋；bucket桶；disbursement支付；purse錢袋，錢包（bask→purs；b→p通轉）；poke（放金砂的）袋，錢包；pocket小袋，衣袋；package包，捆；packet小包；parcel小包；portfolio公事包，文件夾；compact契約，協議；

poach荷包蛋；pack包，捆；vase瓶，花瓶（bask→vas ;b→v通轉）；vessel容器，船。參看：pouch錢袋，菸袋，小袋；reimburse償還，付還（款項），補償，賠償；pact契約，協定，條約，公約；confiscate沒收，充公，扣押。

④〔使用情景〕a～year會計年度；～stamp印花稅票。

fis.sure ['fɪʃə; 'fɪʃə]

義節 fiss.ure

fiss分裂；-ure名詞。

字義 *n.* 裂縫，分裂，裂傷。

v. （使）裂開。

記憶 ①〔用熟字記生字〕division分開，分割，部分（fis→vis；f→v通轉）。

②〔同族字例〕fissile易裂的，可分裂的；bifid兩叉的；fissile易裂的；bite咬（註：用牙撕「裂」）。參看：fitful斷斷續續的；fidget坐立不安；dividend分紅。

③ 字母f常表示「叉，裂」。參看：fickle多變的；bifurcate兩叉的，分叉；flaw裂縫。

fit.ful ['fitful ; 'fɪtfəl]

義節 fit.ful

fit→fid裂；-ful充滿的。

字義 *a.* 一陣一陣的，斷斷續續的，間歇的，不規則的。

記憶 ①〔義節解說〕割裂成一段一段。語源上一般認為fit的原意是strike打擊。英文常把疾病發作看作是一種打擊。類例：stroke打擊，疾病的突然發作，腦溢血；heart attack心臟病發作。

②〔用熟字記生字〕divide分開（註：fit→vid；f→v；t→d通轉）；fit（疾病，情感）突然陣發，痙攣；fight打擊。

③〔同族字例〕參看上字：fissure分裂。

④〔使用情景〕a～breeze / sleep / gleam. 一陣一陣的微風／斷斷續續的睡眠／明明滅滅的閃光。～attempts一次又一次的嘗試。

- fl -

以下進入fl區域。

fl主要描寫扁「平」物的拍「打」聲。拍打引起空氣「流動」，產生「風」，用「風」可以「吹」，「吹」而「脹」。鳥類振其「羽」翅，也是扁平物的拍打。fl還表示「長」繩類的東西，於是有「鞭」，有「彎曲」和「鬆弛」。

一般來說，本區域內的單字會有如下義項：

① 給人以光感和跳躍感（l：「亮，光」）
②流動，變動，液體，風
③羽毛，飛，拍打，風（l：「輕，高」）
④小孔→長笛→吹，脹
⑤鞭，長（l：「細，長，挾之物」）
⑥彎曲（l：「柔軟」）
⑦鬆弛，衰退（l：「怠惰，遲緩，放鬆」）
⑧花，植物
⑨平，絨毛（l：「薄片」，「柔軟」）
⑩打擊
⑪假，騙，壞，奉承（f：「偽，假，虛幻」）

flab.by ['flæbi ; 'flæbɪ]
字義 a. 不結實的，鬆弛的，軟弱的。

記憶 ①字母組合fl模擬飛鳥拍翼發出的劈啪聲，拍翼之後，鳥翼變爲「鬆弛下垂」。後來又引申爲「扁平的東西」。例如：flap鳥翼等的撲動，拍擊；flot拍擊（聲）；floppy鬆軟的；flipperty-flopperty鬆弛地下垂；flag無力地下垂，衰退，低落。參看：flaccid鬆弛的。
②字母l表示「鬆弛」的字例：lax鬆；relax放鬆；lag鬆懈；loose鬆開；release釋放；dissolute放蕩的；slack寬鬆的…等等。

flac.cid ['flæksid; 'flæksɪd]
義節 flac.c.id
flac→flag n.無力地下垂，熱情衰退；-id形容詞。
字義 a. 不結實的，鬆弛的，軟弱的。
記憶 ①字母組合fl模擬飛鳥拍翼發出的劈啪聲，拍翼之後，鳥翼變爲「鬆弛、下垂」。後來又引申爲「扁平的東西」。例如：flap鳥翼等的撲動，拍擊；flop拍擊（聲）；floppy鬆軟的；flipperty-flopperty鬆弛地下垂；flag無力地下垂，衰退，低落。參看上字：flabby鬆弛的。
②〔用熟字記生字〕loose鬆弛的。
③〔同族字例〕phlegm痰，黏液，冷淡；phlebitis靜脈炎；flebby鬆弛；inflame發炎。參看：phlegmatic冷淡的；lax鬆；relax放鬆；lag鬆懈；loose鬆開；release釋放；dissolute放蕩的；slack寬鬆的；flake薄片，剝落。

flag.el.late
['flædʒeleit, -dʒəl-; 'flædʒə,let]
義節 flag.el.late
flag n.鞭子；late舉起。
字義 vt. 鞭打。
　a. 有鞭毛的。
　n. 鞭毛蟲。

記憶 ①〔用熟字記生字〕大寫字母L本身就像一根倒持的鞭子，小寫l長長的，也像鞭子。字母f象徵「呼呼」的風聲，可以描寫揚鞭時的破空聲。所以，fl和l均有「鞭子，鞭打」的義項。

② 〔同族字例〕flog鞭打；flick（用鞭）輕打；afflict折磨；conflict衝突；inflict打擊。

③ fl 表示「鞭打」的其他字例：flip（用鞭）輕打；flail鞭打，抽打。

④ l 表示「鞭打」的字例：lash鞭打；lam鞭打；larrup鞭打；lambast（e）鞭打，狠打；slate鞭打；slash鞭打…等等。

flag.on ['flægən; 'flægən]

字義 *n.* 酒壺，大肚酒壺。

記憶 ①〔同族字例〕flask長頸瓶，燒瓶；flasket小瓶；thermoflask熱水瓶。

② 玻璃燒瓶是「吹脹」而成的，是否與flate（脹大）有關？參考：inflation通貨膨脹。酒壺是用火燒出來的，是否與flame（火焰）有關？參看：conflagation火災。

③〔形似近義字〕jug壺；keg小桶；mug大杯；noggin小杯；trug木製牛奶罐。

fla.grant ['fleigrənt; 'flegrənt] *

義節 flagr.ant

flagr火焰；-ant形容詞。

字義 *a.* 罪惡昭彰的，臭名遠揚的，火焰般的，灼熱的。

記憶 ①狼藉聲名有如火焰，遠近皆見。

②〔用熟字記生字〕flame 火焰；flash 閃光；black 黑色的（註：燃燒炭化成「黑」。flag→black；f→b；g→ck通轉）。

③〔同根字例〕flag旗（記：「壞名聲的旗號已經打起」。）；conflagrant燃燒的，熾熱的；deflagrate（使）突然燃燒；phlegmatic多痰的（註：發「炎」生痰）。

④〔同族字例〕refulgent明亮的，燦爛的；fulgorous閃電般的；fulgid閃閃發光的；effulgent光輝的，燦爛的。參看：fulgent光輝的，燦爛的。

⑤ 字母f象徵火燒起來的「呼呼」聲，字母l形狀瘦長而軟，常用來表示「舌」，亦可引申爲「火舌」。所以fl和l都有表示「火」的義項，再引申而有「光」和「熱」，這二者均是「火」的本性。

fl表示「火」的字例，參看：conflagration火災；flake火花；flamboyant火焰似的；flamingo火烈鳥；flambeau火炬；flint打火石…等等。

f表示「火」的字例：fire火；fuel燃料。參看：effulgent光輝的。

⑥〔形似近義字〕flagitious罪大惡極的，兇惡的，無恥的。

⑦〔易混字〕fragrant芳香的，馥郁的。（註：fragr碎裂。）

flake [fleik ; flek] *

字義 *n.* 薄片，火花。

　　vt. 使成薄片。

　　vi. 剝落。

記憶 ①〔同族字例〕floe浮冰塊；fluke錨爪；flag鳶尾，菖蒲葉。參看：flaw裂縫，缺陷。

② 字母組合fl表示「毛茸茸的一團」，薄片的形狀像一團「絮」。中國人用「柳絮」形容「雪片」，西方人也有同感。例如：fleck微小的（雪）片；flock羊群，毛束；flix毛皮，海狸絨；flocculent羊毛狀的，絮狀的；flocky毛茸茸的。參看：flax亞麻織維；fleece羊毛；floss絮狀物；flaccid不結實的，鬆弛的，軟弱的。

③字母l表示「瘦，薄，弱」的字例：lean瘦的；laminate壓成薄片；lame薄片；

delamination分層；layer層；slice薄片；sliver薄片…等等。參看：frail意志薄弱的。

---

flam.boy.ant

[flæm'bɔɪənt; flæm'bɔɪənt] *

義節 flam.boy.ant

flam→flame n.火焰；boy→beau漂亮的；-ant形容詞。

字義 a. 火焰似的，豔麗的，浮誇的。

　　n. 火焰色紅花。

記憶 ① 〔義節解說〕估計本字從另一字flambeau（火炬，裝飾燭臺）變出。像火焰一般的漂亮耀眼→豔麗。

② 〔同族字例〕參看：flaunt誇耀；flamingo火鶴。

---

fla.min.go

[flə'miŋgou, flæm'-; flə'mɪŋgo]

義節 flam.ingo

flam→flame n.火焰；-ingo→ish帶…色的。

字義 n. 火鶴。

記憶 ① 〔義節解說〕火焰般的顏色→紅色的羽毛。

② 〔用熟字記生字〕flame火焰。

③ 〔同族字例〕參看：flaunt誇耀；flamboyant火焰似的。

---

flan.nel ['flænl; 'flænl]

字義 n./a. 法蘭絨（的）。

　　n. 絨布。

記憶 ① 〔諧音〕法蘭絨。

② 〔用熟字記生字〕lamb羊羔。

③ 〔同族字例〕lanate表面蓋有一層絨毛的；lanolin羊毛脂；laniterous有細羊毛的；lanital人造羊毛；delaine細長精梳毛。

④ 字母組合fl常表示「絨毛」，可能來源於flock羊群，毛束。其他字例：flix毛皮，海狸絨；flocculent羊毛狀的，絮狀的；flocky毛茸茸的；flue蓬鬆之物；fluffy絨毛狀的，蓬鬆的。參看：flax亞麻；fleece羊毛（狀物）；floss細絨線，絨毛。

---

flat.ter ['flætə; 'flætə] *

義節 flat吹；-er重複動作。

字義 v. 諂媚，使高興。

記憶 ① 〔義節解說〕本字來源於拉丁文flatus吹，妄自尊大，轉義為「吹捧，拍馬」。

② 〔用熟字記生字〕blow吹（氣）。

③ 〔同族字例〕flatus一陣風；deflate使洩氣；inflation通貨膨脹；bluster風狂吹；bloat使腫脹；blather胡說；參看：blast狂風；flute長笛；afflatus靈感；flout嘲笑，輕蔑；flaunt（旗等炫耀地）飄揚，誇耀。

④ 字母組合fl象徵「飛鳥拍打翅膀」時的「拍撻」聲，此意可引申為「炫耀，誇耀」對方。類例：flighty虛浮的；flimflam浮誇；flubdub誇大的空話；flummery空洞恭維話；flunky走狗，奉承者。參看：flamboyant浮誇的；flaunt誇耀。

---

flaunt [flɔːnt; flɔnt]

字義 vi./n. （旗等炫耀地）飄揚，誇耀。

　　vt. 揮動，誇耀。

記憶 ①本字是brandish（揮舞，炫耀）的音變變體，其中：br→bl。

② 〔同族字例〕「飄動」一意：fleet飛逝；float飄浮；flitter迅速飛掠；flight飛行，逃走。參看：flit掠過；fledge長翅；flutter飄揚；flirt飄動。「揮動，誇耀」一意，參看：flamboyant火焰似的；

264

flatter諂媚，使高興。

③ 字母組合fl表示「飄揚」的其他字例：flicker撲翅；flourish揮舞。

---

fla.vo(u)r ['fleivə; 'flevə] *

義節 flav.or
flav→fluv流動，發出；-or字尾。

字義 *n.* 味道，風味。

　　vt. 加味於。

記憶 ① 發出某種氣味。

② [用熟字記生字] flow流動。

③ [同族字例] fluvial河流的；effluent流出的，發出的；efflux流出物，發出物。參看：effluvial惡臭的；fluctuate波動；flux流動；alluvial沖積的；mellifluent流蜜糖的，甜蜜的，（聲音，言詞等）甜美的，流暢的，流暢的（-melli-蜜；fluent流暢的）。

④字母v表示「貪，食」的字例：vampire吸血鬼；avid渴望的；voluptuary酒色之徒；-vor（字尾）以…爲食；envy忌妒。參看：devour狼吞虎嚥。

⑤ [疊韻近義字] savo（u）r風味，有…的氣味。

⑥ [易混字] favo（u）r恩惠。

---

flaw [flɔː; flɔ] *

字義 *n.* 裂縫，缺陷。

　　vt. 使有缺陷。

　　vi. 生裂縫。

記憶 ① [同族字例] floe浮冰塊；fluke錨爪；flag鳶尾，菖蒲葉。參看：flake薄片，剝落。

② [疊韻近義字] paw獸爪。

---

flax [flæks; flæks] *

義節 fl→filamen纖維；linen亞麻線，布。ax→texture編織。

字義 *n.* 亞麻，亞麻布，亞麻纖維。

記憶 ① [義節解說]（亞麻）纖維是編織而成。字根-fil-表示「線，纖維」，縮合爲字母組合fl。

② [同族字例] file檔案（註：排成一個縱列）；profile側影，形象；filament長絲，燈絲；multifil複絲，多纖維；filiate收爲子女；unfilial不孝的；fleck微小的（雪）片；flock羊群，毛束；flix毛皮，海狸絨；flocculent羊毛狀的，絮狀的；flocky毛茸茸的；flexible易彎曲的，靈活的；complex複雜的；perplex使混亂，使困惑。參看：fleece羊毛；floss絮狀物；affiliate接納爲會員；flinch退縮，畏縮。

---

flay [flei ;fle]

義節 fl.ay
fl→fell *n.*獸皮→peel *n.*果皮 *v.*剝皮→ *v.*搶掠；-ay字尾。

字義 *vt.* 剝皮，掠奪，嚴厲批評。

記憶 ① [義節解說] 音變的原因和過程：peel→fell→fl ;其中：p→ph→p通轉。基本含義是「撕開」。

② [同族字例] flesh肉（註：撕出來的一塊）；fleck小塊，小片；flank側面切下來的肉；flitch醃豬脅肉；psylla從樹幹上縱向切割下來的木條；pill搶掠；peel果皮，剝皮；pilfer偷竊，鼠竊；pilferage偷竊，賊物，pelter剝獸皮者；depilate拔毛，脫毛；spill傾覆，濺出；；despoil奪取，劫掠。參看：peef不義之財；pluck拔毛；spoil掠奪（物）；pillage（戰爭中的）搶劫，掠奪，偷竊。

③ [疊韻近義字] splay展開，張開；slay殺死；spay切除動物的卵巢；fray吵架，磨損。

④ [雙聲近義字] 參看：flake薄片，剝落。「薄片狀剝落」→「蛻皮」→「剝皮」，掠奪，有時叫做「搜刮一空」或

F

「刮地皮」，是廣義的「剝皮」。

flea [fliː; fli] *

字義 n. 跳蚤

記憶 ①〔用熟字記生字〕fly飛。

②字母組合fl常表示快速跳動或飛動。例如：flounce跳動；fleet飛逝。參看：flit掠過；flee逃走；fledge長翅。

③〔易混字〕free自由的。記：free market自由市場；flea market跳蚤市場。另：flee逃走。

fledge [fledʒ; flɛdʒ] *

字義 vi. 長飛羽，長翅。

　　vt. 餵養小雞至長毛，用羽毛蓋。

記憶 ①〔用熟字記生字〕feather羽毛。

②字母組合fl常表示「羽毛，拍打羽翼；飛翔」。例如：flap拍打；flick輕拂，輕拍；flounce跳動；flit飛翔；fowl禽…等等。參看：flea跳蚤；flee飛逝；flirt飄動；flit掠過；flutter振翼，拍翅。估計是模擬「拍打」羽翼時夾帶著風聲的拍擊聲。

flee [fliː; fli] *

字義 v. 逃走，逃避。

　　vi. 飛逝，消失。

記憶 ①〔用熟字記生字〕fly飛行。

②〔同族字例〕fleet飛逝；float飄浮；flitter迅速飛掠；flight飛行，逃走。參看：flit掠過；fledge長翅；flutter飄揚；flirt飄動；flea跳蚤。

③〔易混字〕free自由的。記：free market自由市場；flea market跳蚤市場。

fleece [fliːs; flis] *

字義 n. 羊毛（狀物）。

　　vt. 剪羊毛，詐取。

記憶 ①〔義節解說〕（亞麻）纖維是編織而成。字根-fil-表示「線，纖維」，縮合為字母組合fl。

②〔同族字例〕file檔案（註：排成一個縱列）；profile側影，形象；filament長絲，燈絲；multifil複絲，多纖維；filiate收為子女；unfilial不孝的；fleck微小的（雪）片；flock羊群，毛束；flix毛皮，海狸絨；flocculent羊毛狀的，絮狀的；flocky毛茸茸的；flexible易彎曲的，靈活的；complex複雜的；perplex使混亂，使困惑。參看：fleece羊毛；flax亞麻纖維；affiliate接納為會員。

flim.sy ['flimzi ; 'flɪmzɪ]

字義 a. 輕而薄的，淺薄的，脆弱的，（立論）站不住腳的。

　　n. 薄紙，電報（留底的薄紙）

記憶 ①〔義節解說〕本字來源於拉丁文lamina紙片，刀刃，薄殼。

②〔用熟字記生字〕film薄膜；thin薄的。th讀清子音時與f相似；m與n相近。

③〔形似近義字〕參看：sleazy輕而薄的，質劣的，脆弱的，（立論）站不住腳的；flake薄片；frail脆弱的，意志薄弱的，foible弱點。

④〔疊韻近義字〕參看：slimsy脆弱的。

⑤〔同族字例〕lame薄片；lamella薄片，薄層；lamina薄片，薄層；omelet煎蛋餅；delamination分層；limp柔軟的，易曲的；lump團塊；slumgullion燉肉；slim細長的，苗條的，站不住腳的（藉口）；laminate薄片的。

⑥〔使用情景〕a～excuse / argument / cardboard box / dress / alibi / silk / security / evidence ;～furniture.站不住腳的藉口 / 無理的爭辯 / 單薄易壞的紙箱 / 輕而薄的衣裳 / 站不住腳的不在場證明 / 薄絲 / 不充足的擔保 / 難以成立的證據；

單薄的家具。

flinch [flintʃ; flɪntʃ]

字義 *vi./n.* 退縮，畏縮。

記憶 ① ［用熟字記生字］本字是字根-flex-（彎，折）的變體。彎曲→退縮。

② ［疊韻近義字］shrink收縮，畏縮。（請注意k音軟化會變成ch音）。參看：wink眨眼，使眼色，閃爍；blink眨眼，閃光；參看：twinkle（星星）閃光。（「閃光」、「眨眼」，動作上也是一張一「縮」）。shrivel皺縮，枯萎；languish枯萎，憔悴（註：彷彿人「縮」了）；cringe畏縮。

③ ［形似近義字］參看：falter畏縮；funk畏縮。

④ ［同族字例］fleck微小的（雪）片；flock羊群，毛束；flix毛皮，海狸絨；flocculent羊毛狀的，絮狀的；flocky毛茸茸的；flexible易彎曲的，靈活的；complex複雜的；perplex使混亂，使困惑。參看：fleece羊毛；floss絮狀物；affiliate接納為會員；flax亞麻，亞麻布，亞麻纖維。

flip [flip, flɪp] *

字義 *v.* 用手指彈，翻（紙等）。

n. （用鞭）輕打，（用紙）輕彈。

記憶 ①字母組合fl模擬飛鳥拍翼發出的劈啪聲，拍翼之後，鳥翼變為「鬆弛下垂」。後來又引申為「扁平的東西」。本字模擬用拇指和食指（註：也是扁平的東西）捻彈出來的聲音，以及輕輕揮鞭的破空聲。讀起來也很覺輕脆，劈啪聲如在耳畔。

② ［同族字例］flap鳥翼等地撲動，拍擊；flop拍擊（聲）；floppy鬆軟的；flipperty-flopperty鬆弛地下垂。參看：

flabby鬆弛的；flippant無禮的。

③ ［音似近義字］snap（把手指、鞭子等）弄得劈啪作響。

④ ［形似近義字］參看：flirt 用指輕彈。

flip.pant ['flipənt; 'flɪpənt] *

義節 flipp.ant

flip *v.*用手指彈；-ant形容詞。

字義 *a.* 無禮的，輕率的。

記憶 參看上字：flip.對著人家的面把手指捻得劈啪作響，實屬輕率無禮，中國古人稱之為「惡模樣」的，有：「當衆躺臥」、「對丈母娘唱豔曲」；還有：吃魚把骨頭還擱到盤子上，等等。見《義山雜纂》。

flirt [flə:t; flɚt] *

字義 *vi.* 用指輕彈。

vi./n. 調情（者），飄動。

記憶 ①「彈指」意參看：flip用手指彈，對異性把手指彈得啪啪響，引申為「調情」。

② ［同族字例］「飄動」一意：fleet飛逝；float飄浮；flitter迅速飛掠；flight飛行，逃走。參看：flit掠過；fledge長翅；flutter飄揚；flaunt飄揚。

flit [flit; flɪt] *

字義 *vi./n.* 掠過，遷移。

記憶 ①本字源於fleet疾飛，掠過，飛逝，艦隊。

② ［同族字例］float飄浮；flitter迅速飛掠；flight飛行，逃走。參看：flirt飄動；fledge長翅；flutter飄揚；flaunt飄揚。

flog [flɔg; flɑg]

字義 *vt.* 鞭打，驅使，嚴厲批評。

記憶 ①大寫字母L本身就像一根倒持的鞭

F

子，小寫l長長的，也像鞭子。字母f象徵「呼呼」的風聲，可以描寫揚鞭時的破空聲。所以，fl和l均有「鞭子，鞭打」的義項。

② ［同族字例］flick（用鞭）輕打；conflict衝突；inflict打擊。參看：afflict折磨；flagellate鞭打。

③ fl表示「鞭打」的其他字例：flip（用鞭）輕打；flail鞭打，抽打。

④ l表示「鞭打」的字例：lash鞭打；lam鞭打；larrup鞭打；lambast（e）鞭打，狠打；slate鞭打；slash鞭打…等等。

---

floss [flɔs; flɔs, flɑs]

字義 n. 亂絲，細絨線，【植】絨毛，絮狀物。

記憶 ①纖維是編織而成。字根-fil-表示「線，纖維」，縮合爲字母組合fl。

② ［同族字例］file檔案（註：排成一個縱列）；profile側影，形象；filament長絲，燈絲；multifil複絲，多纖維；filiate收爲子女；unfilial不孝的；fleck微小的（雪）片；flock羊群，毛束；flix毛皮，海狸絨；flocculent羊毛狀的，絮狀的；flocky毛茸茸的。參看：fleece羊毛；flax亞麻纖維；affiliate接納爲會員；lissome柔軟的。

---

floun.der ['flaundə ; 'flaʊndə] *

字義 vi. / n. 掙扎，踉蹌，肢體亂動。

　　vi. 錯亂地做事。

記憶 ①語源上認爲本字由下列二字「加成」：flounce跳動，肢體亂動（有疊韻近義字bounce跳動）；founder摔倒，變跛，動不得，失敗，房子倒塌。實際上作者認爲本字是blunder（跌跌撞撞，錯亂地做事）的音變變體。其中b→f；un→oun.blunder來源於blind瞎眼→閉著眼睛走路，所以跌跌撞撞；閉著眼睛做

事，所以做錯。

② ［同族字例］blind瞎眼；blende閃鋅礦；blond金黃色的；blink眨眼。

---

flout [flaut ; flaʊt]

字義 vt. / n. 嘲笑，輕蔑。

　　vi. 表示輕蔑。

記憶 ①本字意謂用自己的拇指對著鼻子，其餘手指張開，作吹笛狀，以示嘲笑，輕蔑。

② ［用熟字記生字］blow吹（氣）。

③ ［同族字例］flatus一陣風；deflate使洩氣；inflation通貨膨脹；bluster風狂吹；bloat使腫脹；blather胡說；參看：blast狂風；flute笛管；afflatus靈感。

④ ［雙聲近義字］fleer嘲笑，嘲弄。及其疊韻近義字：sneer嘲笑，譏笑。

---

fluc.tu.ate

['flʌktjueit, -tʃueit; 'flʌktʃʊ,et] *

義節 fluct.u.ate

fluct流動，波動；-ate動詞。

字義 v. （使）波動，（使）起伏。

記憶 ① ［用熟字記生字］flow流動；float漂浮。

② 字母組合fl常表示「流動」（其中字母f象徵風聲和水聲，字母l常表示「水」和「洗」。如：liquid液體；lavatory洗手間…等等。參看：dilute沖淡）。例如：flood水淹；fluid流體；fluvial河流的。參看：flux流動；effluvial惡臭的；flavor風味。

③ 字母u常表示「波動」。例如：ruck皺；rugate有皺紋的；corrugate成波狀；crumple使皺；scrunch皺眉；undulate波動；inundate淹沒…等等。參看：flux波動。或問：「皺」與「波動」有何相干？答曰：「吹皺一池春水，干卿

底事？」

flur.ry ['flʌri ; 'flɜˑi]

字義 *n.* 陣風，小雨（雪）。

　　v. / n.（使）激動，（使）慌張。

記憶 ①由於fl表示「拍打羽翼」（參看：
fledge長翅），引申為表示「風」，例
如：flatus陣風；flaw一陣狂風；flue煙
道；effluvium惡臭氣味；flutter飄揚；
flag旗；flute笛子…等等。
② ［疊韻近義字］hurry慌張，急走；
scurry疾走。參看：whir呼的一聲帶走；
匆忙，紛亂；stir擾動，不安，whirl旋
風；alert警覺。
③ ［雙聲近義字］flustration慌張的狀態。
參看：fluster（使）激動，（使）慌張；
flutter（使）焦急，（使）不安定。

flus.ter ['flʌstə ; 'flʌstɚ] *

字義 *v. / n.*（使）激動，（使）慌張。

　　vt. 使醉醺醺。

記憶 ①「激動，慌張」一意參看上字：
flurry（使）激動，（使）慌張。
②「使醉醺醺」一意，來源於flux漲潮→
酒往上湧，（再，因為酒醉而激動）。
③ ［音似近義字］bustle匆忙，使忙亂；
hustle奔忙，緊張的活動。參看：fuddle
（使）大醉；befuddle使爛醉。

flute [fluːt ; flut] *

字義 *v. / n.*（吹）長笛。

　　n. 笛狀物。

記憶 ① ［用熟字記生字］blow吹（氣）。
② ［同族字例］flatus一陣風；deflate使洩
氣；inflation通貨膨脹；bluster風狂吹；
bloat使腫脹；blather胡說。參看：blast
狂風；flout嘲笑。

flut.ter ['flʌtə ; 'flʌtɚ] *

義節 flut.t.er

flut→flow流動；-er反覆動作。

字義 *v. / n.* 振翼，拍翅，飄揚，（使）焦
急，（使）不安。

記憶 ① ［義節解說］本字來源於拉丁文
fluito漂流，晃動，動盪不安。該字又來
源於fluo流動。
② ［用熟字記生字］flow流動；float飄浮。
③ ［同族字例］「飄動」一意：fleet飛
逝；float飄浮；flitter迅速飛掠；flight飛
行，逃走。參看：flit掠過；fledge長翅；
flaunt飄揚；flirt飄動。
「焦急不安」意，參看：fluctuate（使）
起伏；flutty（使）激動，（使）慌張；
fluster（使）激動，（使）慌張。

flux [flʌks; flʌks] *

字義 *n.* 流動，波動，漲潮，流量，腹瀉。

　　v. / n.（使）熔融。

記憶 ① ［用熟字記生字］flow流動；float飄
浮。
② ［同根字例］influx流入；reflux逆流，倒
流，退潮；efflux流出；conflux河流，匯
合；afflux流向。
③ 字母組合fl常表示「流動」（其中字
母f象徵風聲和水聲；字母l常表示「水」
和「洗」。如：liquid液體；lavatory洗
手間…等等。參看：dilute沖淡）。例
如：flood水淹；fluid流體；fluvial河流
的。參看：flavor風味；effluvial惡臭的；
fluctuate波動。
④ 字母u常表示「波動」。例如：ruck
皺；rugate有皺紋的；corrugate成波
狀；crumple使皺；scrunch皺眉；
undulate波動；inundate淹沒…等等。參
看：fluctuate波動。或問：「皺」與「波
動」有何相干?答曰：「吹皺一池春水，
干卿底事？」

foe [fou; fo]

字義 *n.* 敵人，反對者，危害物。

記憶 ① ［義節解說］本字來源於拉丁文 foede 醜惡可憎。參見：feud 世仇→敵人；估計本字是一種變體。古代的封建領地亦叫 feud，估計從 field（田地）而來。由於封地而形成不同的家族，很容易會發生衝突漢族爭，遂成「世仇」。如羅密歐與茱麗葉兩家。

② ［同族字例］hate 恨；epicedium 哀歌；pudenda 外陰部，生殖器；pudendum 女性外生殖器，陰門；pudency 害羞。參看：feud 世仇；defiance 蔑視，反抗；odious 可憎的，醜惡的，令人作嘔的（odi（拉丁文）（我）恨）；impudent 無恥的。

foi.ble ['fɔibl; 'fɔib!]

義節 foi.ble

foi→foil *v.* 破壞；-ble→able 能夠。

字義 *n.* 弱點，小缺點，怪癖。

記憶 ① ［義節解說］易於被破壞→有弱點。所謂「蚊子不叮沒縫兒的蛋」。

② ［用熟字記生字］feeble 弱的。

③ ［同族字例］enfeeble 使衰弱；faiblesse 虛弱，乏力；failing 缺點，弱點。參看：fallible 易犯錯誤的。

④ ［雙聲近義字］frail 虛弱的；fray 磨損；flake 薄片。

foil [fɔil; fɔil] *

字義 *n.* 箔，陪襯物，葉形飾。

     v. 挫敗，破壞。

記憶 ① 「箔」意參看：foliar 葉狀的。我們有時也稱金箔為金葉子，引申為寶石的襯底。

② ［同族字例］「箔，葉形飾」一意：

foliage 葉子（總稱）；bifoliate 雙葉的；defoliation 落葉；exfoliate 片狀剝落；phylloid 葉狀的；portfolio 公文包。「挫敗」一意：fail 失敗；feeble 弱的；enfeeble 使衰弱；faiblesse 虛弱，乏力；failing 缺點，弱點。參看：fallible 易犯錯誤的；foible 弱點；foliar 葉的，葉狀的。

③ ［疊韻近義字］spoil 損壞，搞糟；soil 敗壞。

foist [fɔist; fɔist]

字義 *vt.* 私自添加，把…強加（於），把…塞（給），騙售。

記憶 ① 本字是字根 -farc-（填塞，充填）的變體。「騙售」一意應是從「強加於人，硬塞給人」之意中衍出。語源上認為本字從 fist 拳頭，釋為 take in hand 拿在手中，也通。

② ［用熟字記生字］thrust 把…強加於，塞入。（請注意：th 讀清子音時與 f 音相似，o 音與 u 音常常相通）

③ ［同族字例］fist 拳頭；five 五；farce 填塞，為（演說，作品）加插；infarct 梗塞；diaphragm 隔膜；facete 愉快的，滑稽的。參看：compact 緊密的；facetious 滑稽的。

fo.li.ar ['fouliə; 'foliə]

義節 foli.ar

foli 葉子；-ar 形容詞。

字義 *a.* 葉的，葉狀的。

記憶 ① ［用熟字記生字］leaf 葉子。

② ［同族字例］foliage 葉子（總稱）；bifoliate 雙葉的；defoliation 落葉；exfoliate 片狀剝落；phylloid 葉狀的；portfolio 公文包。參看：foil 葉形飾。

③ ［雙聲近義字］參看：flake 薄片（註：「葉子」也是薄片狀）。

fo.ment [fou'ment ; fo'mɛnt]

義節 fom.ent

fom激動，起泡；-ent字尾。

字義 *vt.* **熱敷，激起，煽動。**

記憶 ① ［用熟字記生字］foam泡沫，使起泡，發怒。

② ［同族字例］barm酵母，發酵的泡沫（註：f→b通轉，也可與bubble［沸騰］聯想）。參看：fulminate爆炸；fume激動；ferment（使）激動，（使）騷動。

③ ［諧音］fo諧「敷」音。

④ 字母f表示「激動，擾動」的其他字例：effervesce冒泡，興奮；fiery激烈的；furor大騷動；frenzy激動；frantic狂亂的；fit（一陣）發作；fidget煩躁，坐立不安；flurry激動，慌張。

fon.dle ['fɔndl; 'fɑndl]

義節 fond.le

fond *a.*喜愛的；-le重複動作。

字義 *v.* **愛撫，撫弄。**

記憶 ① ［用熟字記生字］fond喜愛的。

② ［同族字例］fun快樂；fan喜好，狂熱。參看：fain願意的；fad一時的愛好；fanion小旗；fawn搖尾乞憐，討好。

for.age ['fɔridʒ; 'fɔridʒ, 'fɑr -]

字義 *n.* **飼料。**
　　　　vt. **餵飼料。**
　　　　v. **搜索（糧秣），搶掠。**

記憶 ① ［義節解說］本字來源於法文furet雪貂，這種動物大概有很好的毛皮，所以與fur（毛皮）同源。雪貂是用來獵兔用的，再從「搜索」獵物引申為「搜索糧草」。參考下面兩法文字：fourager砍集草料，亂翻，損害，蹂躪；fourrage草料，飼料。

② ［用熟字記生字］food食品；feed飼養。

③ ［同族字例］「飼料」：farm飼養場；farina穀物；farrago混合物；barley大麥；fodder飼料，餵飼料；farrow一胎豬。

「摸索」參看：ferret雪貂，搜索；furtive偷偷摸摸的；foray突然襲擊；ferocious兇惡的。

for.ay ['fɔrei; 'fɔre, 'fɑre]

字義 *vi / n.* **突然襲擊**

記憶 ① ［義節解說］本字來源於法文furet雪貂，這種動物大概有很好的毛皮，所以與fur（毛皮）同源。雪貂是用來獵兔用的，所以要「突然襲擊」。

② ［同族字例］參看：forage搜索；furtive偷偷摸摸的；ferocious兇惡的；ferret雪貂，搜索。

③ 字母r常表示「搶奪」例如：ramsack搶掠；rap奪走；ravage掠奪；raven掠奪；deprive剝奪；maraud劫掠；razzia劫掠；reave劫掠；depredate劫掠；wrest搶奪；riffle劫掠…等等。

for.bear [fɔ:'bɛə; fɔr'bɛr, fə -, -'bær] *

義節 for.bear

for-克制，在前面。bear *v.*忍受，養育，攜帶。

字義 *v.* **克制，容忍。**
　　　　vt. **避免。**
　　　　n. **祖先。**

記憶 ① ［義節解說］忍受著，克制自己（做某事）→克制。字首for-表示「克制」，可參看：forbid禁止。「生」在前面的人→祖先。參看：forefather祖先。

② ［同族字例］barrow手推車；burden負擔；bore使厭煩；birth出生；bier棺材架；burly粗壯的；bairn小孩；bring拿來。

前是碧波無際的茫茫大海」。

ford [fɔːd; ford, fɔrd] *

字義 *v.* 涉水。

　　n. 津，可涉水而過的地方。

記憶 ① ［用熟字記生字］Oxford牛津。

② ［諧音］for諧「芙」（蓉），記：「涉江採芙蓉」。請想像涉水時腳拖水而運動的「嘩嘩聲」，與此字讀音很神似。

③ ［同族字例］wade涉水；vademecum（原文的意思是：come with me）隨身用品；invade侵略；pervade走遍；fare車船費；farewell告別；wayfaring徒步旅行。參看：paddle划槳行進，涉水。

fore.fa.ther

['fɔː﹐fɑːðə, 'fɔə-; 'for﹐fɑðə, 'fɔr-] *

義節 fore.father

fore-→before以前的；father *n.*父親。

字義 *n.* 祖先，前人。

記憶 ① ［義節解說］父輩以前的父輩。

② ［用熟字記生字］before以前。

fore.la.dy ['fɔː﹐leidi; 'for﹐ledɪ, 'fɔr-]

義節 fore.lady

fore-在前的→首要的；lady *n.*女子。

字義 *n.* 女工頭，女領班。

記憶 ［義節解說］參考：foremost最重要的；foreman工頭。

明朝名姬馮小青詩：「盈盈金谷女班頭，一曲驪珠衆伎收。直得樓前身一死，季倫原是解風流。」

fore.land

['fɔːlənd, 'fɔə-; 'forlənd, 'fɔr-]

義節 fore.land

fore-前面的；land *n.*陸地。

字義 *n.* 前岸，海角。

記憶 ［義節解說］「海角」意，記作「眼面

fo.ren.sic

[fəˈrensik, fɔˈr-; fəˈrɛnsɪk, fo-]

義節 forens.ic

forens→forum *n.*法庭，討論會；-ic形容詞。

字義 *a.* 法庭的，辯論的。

　　n. 辯論練習。

記憶 ① ［義節解說］forum原意爲古羅馬城鎮的廣場或市場（for原意爲「門」）。參考：法文porte門（p→ph→f通轉）。forum似指市場上奪席談經，設壇辯論；或者在廣場上設壇公開審案。後來又從「市場」引申爲泛指「戶外」。

② ［用熟字記生字］fair市場，集市。

③ ［同族字例］foreign外國人（註：原意是集市中的外來賣藝人）；forest森林；feria宗教節日，集市節日；forfeit放棄；freight運費；al fresco戶外的；fresco壁畫；freshet流入海中的。參看：forum法庭。

fore.run.ner

['fɔː﹐rʌnə, 'fɔə-; 'for﹐rʌnə] *

義節 fore.run.ner

fore-在前面；run *v.*跑，奔。-er行為者。

字義 *n.* 先驅者，預報者，預兆。

記憶 ［義節解說］走在常理之前的東西，所謂「超前」。

for.ge.tive

['fɔːdʒətiv; 'fordʒətɪv, 'fɔr-]

義節 forge.tive

forge *v.*鍛造，偽造；-tive形容詞。

字義 *a.* 能創造發明的，富想像力的。

記憶 ① ［義節解說］可以鍛造出各種新花樣。

② 〔易混字〕forgetful健忘的。請注意本字的義節。在考試中，本字屬於「陷阱」。字形很容易誤導人們作forget.ive的義節劃分，於是猜作forgetful的字義。這就猶如讀古文破了句，謬以千里了。

③ 〔同族字例〕forge鍛造；fork叉。參看：factitious人為的，不自然的。

---

for.go [fɔ:'gou; fɔr'go]

義節 for.go

for-放棄，避開；go *v.*走。

字義 *vt.* 摒棄，放棄。

記憶 ① 〔義節解說〕離開…而走掉→離棄。

② 〔同族字例〕foreign外國人（註：原意是集市中的外來賣藝人）；forest森林；feria宗教節日，集市節日；forfeit放棄；freight運費；al fresco戶外的；fresco壁畫；freshet流入海中的；fair市場，集市。參看：forum法庭；forsake摒棄；forlorn被遺棄的。

---

for.lorn [fə'lɔ:n; fə'lɔrn]

義節 for.lorn

for-加強意義；lorn *a.*被棄的，孤單的，荒涼的。

字義 *a.* 被遺棄的，可憐的，幾乎無望的。

記憶 ① 〔義節解說〕本字的德文對應字是：verloren失去的。德文loren相當於英文的lose失去。所以forlorn的基本意思是：「失落」。揣摩本字的形態和字義，極似一個轉作形容詞用的過去分詞。原形動詞雖不可考，估計字形可能會是lear （lore,lorn）。含義應為desert拋棄，遺棄。

② 〔用熟字記生字〕lose失去；leave離開，留下；lonely孤獨的（lorn中的r脫落→lone）。

③ 〔同族字例〕參看：lorn被棄的，孤單的，荒涼的。

---

for.mat ['fɔ:mænt, -mɑ:; 'fɔrmæt. fɔ:r'ma] *

義節 form.at

form *n.*形式，形狀。-at字尾。

字義 *n.* 版式，布局。

記憶 ① 〔用熟字記生字〕formal正式的；reform改革。

② 本字現在電腦使用中已廣泛爲人們熟悉，就是「初始化，格式化」。

---

for.sake [fə'seik, fɔ:'s -; fəˈsek] *

義節 for.sake

for-離開；sake *n.*個人的利益。

字義 *vt.* 遺棄，拋棄，摒棄。

記憶 ① 〔義節解說〕「離開」個人的利益→拋棄。

②從記憶的功利上看，也可將本字釋作：for→off離，分；sake→shake；shake off擺脫→拋棄。

③對於熟悉短語 for the sake of（爲了…的緣故）的人，本字又是一個陷阱。因爲本字字面極易誤導至上述短語，而意味正相反。

④ 〔同族字例〕for- : foreign外國人（註：原意是集市中的外來賣藝人）；forest森林；feria宗教節日，集市節日；forfeit放棄；freight運費；al fresco戶外的；fresco壁畫；freshet流入海中的；fair市場，集市。參看：forum法庭；forensic法庭的。-sak-: soke地方司法權；sack劫掠，解雇。參看：ransack掠奪。

---

for.ti.tude ['fɔ:titju:d; 'fɔrtə,tjud] *

義節 fort.i.tude

fort力，強；-tude名詞。

字義 *n.* 堅忍，剛毅。

記憶 ① 〔用熟字記生字〕force力量；effort

努力。

② ［同根字例］fort要塞；fortress堡壘；forte長處，優點；comfort安慰。

fort.night ['fɔːtnait; 'fɔrtnaɪt, -nɪt]

義節 fort.night

fort→fourteen十四；night *n.*夜晚。

字義 *n.* **兩星期。**

記憶 ① ［義節解說］十四個日夜就是兩星期。

② 參考：sennight一星期；sen→seven七。但由於week爲常用字，此字幾無立足之地。

for.tu.i.tous

[fɔ'tju(:)itəs; fɔr'tjuətəs, -tu-]

義節 fortu.it.ous

fortu運氣；it→go走；-ous形容詞。

字義 *a.* **偶然（發生）的，幸運的。**

記憶 ① ［義節解說］「走運」。字根it表示「走」，例如：exit出口。本字來源於丁文fors偶然發生的事。

② ［用熟字記生字］fortunate幸運的；opportunity機會（-portun- → -fortun-原意爲：朝港口吹的風；其中p→f通轉，參看：fowl禽）。

③ ［同族字例］-fort-: misfortune不幸，運氣不好；unfortunate不幸的；portable便攜的。參看：importune強求。-it-: exit 出口（ex-向外）；reiterate重述，重複；itinerary旅行路線。參看：itinerate巡迴，旅遊；ion離子；iterate重複，反覆申訴。

④ ［形似近義字］參看：felocity運氣。

fo.rum ['fɔːrəm; 'forəm, 'fɔrəm]

字義 *n.* **廣場，論壇，法庭。**

記憶 ① ［義節解說］forum原意爲古羅馬城

鎮的廣場或市場（for原意爲「門」）。參考：法文porte門（p→ph→f通轉）。forum似指市場上奪席談經，設壇辯論；或者在廣場上設壇公開審案。後來又從「市場」引申爲泛指「戶外」。

② ［用熟字記生字］fair市場，集市。

③ ［同族字例］foreign外國人（註：原意是集市中的外來賣藝人）；forest森林；feria宗教節日，集市節日；forfeit放棄；freight運費；al fresco戶外的；fresco壁畫；freshet流入海中的。參看：forensic法庭的。

fos.ter ['fɔstə; 'fɔstə, 'fɑs-]

義節 fost.er

fost→fet懷胎，養育；-er字尾。

字義 *vt.* **養育，鼓勵，抱有（希望）等。**

記憶 ① ［用熟字記生字］feed飼養，餵養；feast宴會。

② ［同族字例］fet懷胎，養育；fetal胎兒的；feticide殺死胎兒，非法墮胎；effet（生育力）枯竭的，衰老的；superfetate重孕；fertile能生育的；feed飼養。參看：fatalism宿命論；fetus胎，胎兒。

foul [fail; faʊl] *

字義 *a.* **惡臭的，骯髒的。**

　　adv. / n. **犯規。**

　　v. **腐敗，淤塞。**

記憶 ①本字可能來源於fowl家禽，因爲家禽是又髒又臭，音形相近，而且家禽棲息處，總較骯髒，也有股惡臭味，如雞欄。

② ［同族字例］參看：defile玷汙，fowl家禽；filth汙穢，汙物，淫穢。

③ 字母f常表示「汙穢」例如：feculent汙穢的；fuck他媽的（註：髒話）；fecal渣滓的。參看：fester膿瘡；fug室內的悶濁空氣。

fowl [faul ; faʊl] *

字義 *n.* （家）禽，禽肉。

vi. 打野禽。

記憶 ①本字原意為鳥，飛禽，從「飛」。讀音就像「呼呼」的風聲，可能是擬聲造字。

② ［用熟字記生字］fly飛行，feather羽毛。

③ ［同族字例］poult幼禽；poultry家禽（f→p通轉：f→ph→h脫落→p；ow→ou）參看：flee逃走；fledge長翅。

④ 字母f模擬風的「呼呼」聲，故常表示「風」。例如：fin翅片；niff難聞的氣味；puff噴氣，（風）一陣陣四面吹；quiff（船的）搶風行駛；sniff以鼻吸氣；squiffer六角手風琴；waft飄送；whiff風，一陣氣味；whiffle（風）一陣陣地吹…等等。雞一展翅，「呼」的一聲飛下來。故用此字母造字。

---

foxed [fɔkst; fɑkst]

字義 *a.* 生褐斑的，變了色的。

記憶 ① ［用熟字記生字］fox狐狸。本字的意思是「像狐皮上的褐斑」。

② ［疊韻近義字］pox疹，膿瘡；smallpox天花。

③ ［同族字例］vixen 雌狐，潑婦，alopecia 脫髮，禿髮；pecky 有霉斑的；impeckable無瑕疵的；speck小斑點；apex頂點；focus焦點。

④參考：下列各字韻部與本字相近，都以k音阻塞前面的母音，表示「斑點」：defect缺點；fleck使起斑點；freck（le）雀斑，斑點；vertex頂點；mark記號；maculate有汙點的。

- fr -

以下進入fr區域。

fr描寫一些顯露於「外部」的事象。如「服飾」、「皺」、「狂亂」、「詐欺」。引起「怕」而感到「冷」。

fr描寫「碎、裂」聲。

一般來說。本區域內的單字會有如下義項：

① 裂，碎（r：「破裂」）

②聯結，約束

③自由不拘（r：「散，放蕩」，「漫遊」）

④激動，狂亂（r：「亂」，「狂暴」）

⑤磨擦，磨損，耗費（r：「剝，磨」）

⑥油煎，油炸（f：「冒發，迸發，熱」）

⑦冷（r：「冷，僵」）

⑧嚇，怕

⑨邊緣，外部，前沿

⑩服飾

⑪皺，曲，波（r：「縮，皺」）

⑫詐欺（f：「偽，假」）

⑬果（r：「根」。f：「養育」）

---

frac.tious [ˈfrækʃəs; ˈfrækʃəs]

義節 fract.i.ous

fracrt破裂，破碎；-ous形容詞。

字義 *a.* 倔強的，暴躁的，任性的，難駕馭的。

記憶 ① ［義節解說］心志「破裂」，行事任性，脾氣也易「破裂」→怒氣爆發。

② ［用熟字記生字］free自由的；break破

裂，破碎。

③〔同族字例〕fraction片斷，部分；
fragile易碎的；diffract分解，折射；
effraction闖進；infraction違犯；refract
折射。

④ 字母組合fr表示「破裂，破碎」的其他
字例：suffrage投票；infrangible不能侵
犯的。參看：frail脆弱的；infringe破壞；
fritter消耗；froward難駕馭的。

frail [freil; frel] *

字義 *a.* **脆弱的，虛弱的，意志薄弱的。**

記憶 ①〔用熟字記生字〕fragile易碎的；
break破裂，破碎。

② 字母組合fr表示「碎，裂」。詳見上
字：fractious暴躁的。

③〔音似近義字〕參看：flimsy脆弱的；
flake薄片，剝落。

fran.tic ['fræntk ; 'fræntɪk] *

義節 frant.ic

frant→phreno精神；ic形容詞。

字義 *a.* **發狂的，狂暴的，狂亂的。**

記憶 ①〔義節解說〕精神上出了問題。

②〔同族字例〕frenetic狂亂的；phrenitis
腦炎，精神錯亂；phrenic精神的，心理
的；phrenology骨相學。參看：frenzy
（使）狂亂。

③字母組合fr常表示「激動，狂亂」。例
如：參看：fractious暴躁的；freak任性怪
誕的行爲，反常的；froward剛愎的。

④字母f表示「激烈，狂亂」的字例：fan
狂熱的愛好者；fanaticism狂熱的；febris
熱情；fierce狂熱的；fiery激烈的，易怒
的；furore狂熱；infuriate激怒等等。

fra.ter.nal [frə'tɜ:nl; frə'tɝnl, fre -]

義節 frat.ern.al

frar兄弟；-ern表示方向；-al形容詞。

字義 *a.* **兄弟（般）的，友好的。**

記憶 ①〔義節解說〕傾向於像兄弟一樣的。

②〔用熟字記生字〕brother兄弟。

③ 參考：father父親→paternal父親
（般）的；mother母親→maternal母親
（般）的。

fray [frei; fre] *

字義 *v. / vi.* **吵架。**

　　n. **爭論。**

　　v. **（被）磨損。【古】警告，恐嚇。**

記憶 ①本字的基本字意是「恐嚇」，後來
引申爲「爭論」和「吵架」。「磨損」一
意，來源於拉丁文frio磨損。

②〔用熟字記生字〕afraid害怕的。

③〔同族字例〕frighten 使害怕；Friday
星期五；formidable可怕的；bray驢叫
（f→b通轉）；bravado虛張聲勢；brawl
喧鬧，吵架；broil爭吵。參看：affray爭
吵，打架；brag自誇（者）。

「磨損」一意：fraying磨擦後落下之物；
frazzle磨損。參看：friction磨擦（力），
衝突；fritter消耗，浪費，（罕用）弄
碎，切細，撕成小片。

freak [fri:k ; frik]

字義 *n.* **怪誕的行爲，怪物。**

　　a. **反常的。**

記憶 ①〔用熟字記生字〕break破碎，破
裂。行爲怪誕反常，使人聯想到精神分
「裂」。

②〔同族字例〕fraction片斷，部分，
fragile易碎的；diffract分解，折射；
effraction闖進；infraction違犯；refract
折射。參看：fractious任性的。

③〔形似近義字〕參看：fantastic怪誕的。

fre.net.ic

[frə'netik, fri -; frə'nɛtɪk, frɪ -]

義節 fren.et.ic

fren→phren心靈；-ic形容詞。

字義 *a.* **極度激動的，狂亂的。**

記憶 ①［義節解說］心靈上起了擾動所致。

②［同族字例］phrenitis腦炎，精神錯亂；phrenic精神的，心理的；phrenology骨相學。參看：frenzy（使）狂亂；frantic狂亂的。

③ 字母組合fr常表示「激動，狂亂」。例如：參看：fractious暴躁的；freak任性怪誕的行爲，反常的；froward剛愎的。

④ 字母f表示「激烈，狂亂」的字例：fan狂熱的愛好者；fanaticism狂熱；febris熱情；fierce狂熱的；fiery激烈的，易怒的；furore狂熱；infuriate激怒……等等。

fren.zy ['frenzi; 'frɛnzɪ] *

義節 fren.zy

fren→phren心靈；-zy使…化。

字義 *vt.* / *n.* **（使）狂亂。**

記憶 參看上字：frenetic狂亂。

fric.tion ['frikʃən; 'frɪkʃən] *

義節 frict.ion

frict磨擦；-ion名詞。

字義 *n.* **磨擦（力），衝突。**

記憶 ①［義節解說］本字來源於拉丁文frio磨損，引申爲「爭論」和「吵架」。

②字母組合ft常表示「磨擦」。參考：字母組合tr也表示「磨擦」，參看：contrite悔悟的。

③［同族字例］frighten使害怕；Friday星期五；formadable可怕的；fraying磨擦後落下之物；frazzle磨損；bray驢叫（f→b通轉）；bravado虛張聲勢；brawl喧鬧，吵架；broil爭吵。參看：affray爭吵，打架；brag自誇（者）；fritter消耗，浪費，（罕用）弄碎，切細，撕成小片；fray（被）磨損。

④［形似近義字］conflict衝突。

frig.id ['fridʒid; 'frɪdʒɪd] *

義節 frig.id

frig冷；-id字尾。

字義 *a.* **寒冷的，（態度）冷淡的。**

記憶 ①［用熟字記生字］refrigerator電冰箱。

② 字母組合fr表示「冷」的其他字例：freeze結冰，凝固；frost冰凍，嚴寒，霜；frozen冰凍的。

③ 參考：冰凍了的東西，一定顯得「僵，硬」。估計fr表示「冷」意實從字母r來，請看：rigid僵硬的；rigor【醫】（發燒前突然的）打冷戰，僵直（比較：字根frigo寒冷的）；rigo（u）r嚴寒。

frill [fril ; frɪl]

字義 *n.* **（服裝的）飾邊，皺褶。**

vt. **鑲飾邊。**

記憶 字母組合fr常表示「邊緣」。例如：fray磨損邊緣；frieze壁緣；fringe緣飾，流蘇；frisette瀏海（婦女額前捲髮）；frize捲曲；frizzle炸酥；frontier邊境…等等。參看：rim邊緣。

frisk.y ['friski ; 'frɪskɪ]

字義 *a.* **輕快活潑的。**

記憶 ①［用熟字記生字］fresh新鮮的，有生氣的；free自由的，無約束的。

②［同族字例］breath呼吸，微微吹動；breath呼吸，微風。參看：breeze（吹）微風。

③［疊韻近義字］brisk輕快活潑的。

F

④〔形似近義字〕參看：frolic嬉戲。

frit.ter ['fritə; 'frɪtə]

[義節] frit.t.er

frit→fract破裂，破碎；-er表示反覆動作。

[字義] vt. 消耗，浪費，（罕用）弄碎，切細，撕成小片。

[記憶] ①〔義節解說〕把物品反覆「裂」成一小部分用去→消耗；把好的東西弄成碎片→浪費。

②〔用熟字記生字〕free自由的；break破裂，破碎。

③〔疊韻近義字〕litter亂丟雜亂的東西。

④〔同族字例〕fraction片斷，部分；fragile易碎的；diffract分解，折射；effraction闖進；infraction違犯；refract折射。參看：fractious暴躁的。

⑤字母組合fr表示「破裂，破碎」的其他字例：suffrage投票；infrangible不能侵犯的。參看：frail脆弱的；infringe破壞；froward難駕馭的。

friv.ol ['frivəl; 'frɪv!]

[義節] fri.vol

fri→free a.自由的。vol意願。

[字義] vi. 做無聊事。
　　　　vt. 亂花（金錢等）。

[記憶] ①〔義節解說〕本字來源於拉丁文frivolum小事；和frio磨損。本字的德文對應字為freiwillig自願的。自由的意願→胡作非為。

②〔用熟字記生字〕will願意；volunteer自願者，志願者。

③〔同族字例〕value價值；frivolous無價值的，輕率的，愚蠢的。

④〔雙聲近義字〕參看：fritter消耗，浪費；frolic嬉戲。

frock [frɔk; frɑk]

[字義] n.（女）上衣，（童）外衣，工裝，僧袍。

[記憶] ①〔疊韻近義字〕crock（女）上衣，工裝。參看：cloak斗篷。

②〔同族字例〕froufrou衣服沙沙聲；frippery便宜而俗豔的衣飾；unfrock脫去…的法衣，革去…的職權。

frol.ic ['frɔlik; 'frɑlɪk]

[字義] n. / vi. / a. 嬉戲（的），鬧著玩（的），歡快（的）。
　　　　n. 歡樂的聚會。

[記憶] ①本字的德文對應字為frohlich興高采烈的。另，德文freundlich友好的，高興的，快活的，這就是英文friendly友好的。

②〔用熟字記生字〕free自由的；friend朋友。

③〔同族字例〕filibuster用冗長的演說阻撓通過提案。

④字母組合fr表示一種「自由，歡快」的意味。例如：fresh有生氣的；free無約束的；frivolous輕浮的。參看：frisky輕快活潑的。

frond [frɔnd; frɑnd]

[字義] n. 蕨類的葉，植物體（藻類、苔蘚等）。

[記憶] ①本字的核心含義是「葉」，例如：frondage葉，茂盛的葉；frondose多葉的。參看：foliar葉的；fern蕨類植物。

②〔易混字〕front前面，正面；fond喜愛。

froth [frɔθ; frɔːθ; frɔθ, frɑθ]

[字義] n. 泡沫，廢物，空談。
　　　　v.（使）起泡。

[記憶] ①〔用熟字記生字〕foam泡沫，發

怒；bread麵包。

② ［同族字例］brew醸造，醞釀；broil灼熱；brood孵蛋；imbrue浸染。

③ ［疊韻近義字］broth肉湯（註：表面上都是泡沫）。

④ 字母f表示「激動，擾動」的其他字例：effervesce冒泡，興奮；fiery激烈的；furor大騷動；frenzy激動；frantic狂亂的；fit（一陣）發作；fidget煩躁，坐立不安；flurry激動，慌張。參看：ferment發酵。

fro.ward

['froʊəd, 'frouwəd; 'froə-d, 'frowə-d]

義節 fro.ward

fro放棄，避開；ward彎折，轉向。

字義 a. 不易控制的，難駕馭的，剛愎的。

記憶 ① ［義節解說］避開彎折→不能屈→難以駕馭。

② ［用熟字記生字］towards朝…方向；curve曲線。

③ ［同族字例］wire金屬絲；warble（鳥）囀鳴；wrap包，裹，纏；wrong錯；carpal腕骨的（w→g→k→c通轉）；garble篡改，歪曲（g→w通轉）。參看：swerve彎曲；environ包圍，圍繞；wrest扭，擰；warp（弄）彎曲，（使有）偏見。

④ 另一種思路：frow→furrow壟溝，皮膚上的深皺紋→坑窪不平，難以駕馭，-ard字尾。參看下字：frown不滿。

⑤ ［雙聲近義字］參看：fractious暴躁的；frantic狂亂的。

⑥ ［陷阱］字面誤導；fro前進；ward方向；使你猜測成「向前行進」：forward向前的。

frown [fraʊn; fraʊn]

字義 v. / n. 皺眉頭，蹙額。

v. 不滿。

記憶 ①本字可能由furrow縮成，該字表示「壟溝，皮膚上的深皺紋」。

② ［用熟字記生字］brow眼眉。

③ ［同族字例］bury埋葬；burrow（動物）打地洞。

④ 字母組合fr常表示「皺，曲」。例如：fret使（水面）起波紋；friz使捲曲；frizzle使捲曲；捲結…等等。fr的這一義蘊可能來源於字母r。字母r表示「皺」的字例：rugged皺眉的；scrunch皺眉；ruck皺，褶；ruga皺紋；corrugate使起皺，成波狀…等等。

frow.zy ['fraʊzi; 'fraʊzɪ]

字義 a. 邋遢的，骯髒的，悶熱的，霉臭的。

記憶 ①字母f表示「髒，腐，臭」的字例：frowsty悶熱的，霉臭味的；frump衣著邋遢的女人；參看：foul骯髒的，惡臭的，腐壞的；fester潰爛；ferment發酵；fug室內濁悶的空氣…等等。

② ［音似近義字］dowdy邋遢的，過時的，此字韻部與本字相似，意亦相近。

fud.dle ['fʌdl; 'fʌdl]

義節 fud.d.le

fud灌，注；-le重複動作。

字義 vt. / n. （使）大醉，（使）迷糊。

vi. 狂飲。

記憶 ① ［義節解說］反覆地灌→醉。本字來源於拉丁文fundo灌，注。它的變化形式為fudi；fusum。

② ［用熟字記生字］fountain噴泉；fountain-pen自來水筆。

③ ［同族字例］refund償還；foundry鑄造廠；confound混淆。參看：befuddle使大醉，使迷糊；fluster使醉醺醺；fuzz使

迷糊。

④［疊韻近義字］muddle攪渾，使泥醉，使糊塗；puddle攪渾。

fug [fʌg; fʌg]

字義 *n.* 室內的悶濁空氣。

vi. 待在悶室裡。

記憶 ①［用熟字記生字］fog霧。語源上認為本字是從fog變來。

②［同族字例］fuscous暗褐色的，深的；fuscin褐色素；subfuscous陰暗的，單調的；farce填塞，為（演說，作品）加插；infarct梗塞；diaphragm隔膜；facete愉快的，滑稽的；pack填塞（f與p常可「通轉」，因為ph與f同音，h則常常會「脫落」）。參看：compact緊密的；obfuscate使暗淡；facetious滑稽的，愛開玩笑的。

③［雙聲近義字］參看：frowzy悶熱的。

fu.gi.tive
['fjuːdʒitiv, -dʒət-; 'fjudʒətɪv]

義節 fug.i.tive

fug逃逸；-tive形容詞。

字義 *n.* 逃亡者。

a. 逃亡的，躲避的。

記憶 ①［用熟字記生字］refugee難民。

②［同根字例］fugacious轉眼即逝的；febrifuge退熱藥；vermifuge驅蟲藥。參看：centrifugal離心的；subterfuge狡猾的逃避手段，遁詞，託詞。

ful.crum ['fʌlkrəm; 'fʌlkrəm]

義節 fulcr.um

fulcr→fork *n.*叉；-um名詞。

字義 *n.* 支點，支軸，轉節，舌骨，（動物的）棘狀鱗。

記憶 ①［義節解說］分成叉狀。支點是力臂

和重臂的分割點，也是一種「分叉」。

②［同族字例］furcate分叉的；bulk從建築物前邊突出的構架。參看：bifurcate兩岔的；fickle易變的；debauch使墮落。

③ 第二種思路：ful完全，充滿。curm→crump嘎扎嘎扎響。支點是槓桿的受力點，會弄得嘎扎響。又，參考：crank曲柄，曲折行進（此與「轉節」義相近）。

ful.gent ['fʌldʒənt; 'fʌldʒənt]

義節 fulg.ent

fulg閃電；-ent形容詞。

字義 *a.* 光輝的，燦爛的。

記憶 ①［義節解說］像閃電般劃破黑暗的光芒。

②［用熟字記生字］flame火焰；flash閃光；black黑色的（註：燃燒炭化成「黑」）。

③［同根字例］refulgent明亮的，燦爛的；fulgorous閃電般的；fulgid閃閃發光的；effulgent光輝的，燦爛的。參看下字：fulminate爆炸。

④［同族字例］flag（記：「壞名聲的旗號已經打起」。）；conflagrant燃燒的，熾熱的；deflagrate（使）突然燃燒；phlegmatic多痰的（註：發「炎」生痰）。參看：fulgent光輝的，燦爛的。

⑤［形似近義字］fugacious轉眼即逝的。-fulg- → -fug-，閃電是轉眼即逝的，很可能這兩個字根同源。

⑥ 字母f象徵火燒起來的「呼呼」聲，字母l形狀瘦長而軟，常用來表示「舌」，亦可引申為「火舌」。所以 fl 和 l 都有表示「火」的義項。再引申而有「光」和「熱」，這二者均是「火」的本性。

fl表示「火」的字例，參看：onflagration火災；flake火花；flamboyant火焰似的；flamingo火焰鳥；flambeau火炬；

flint打火石…等等。

f 表示「火」的字例：fire火；fuel燃料。

參看：effulgent光輝的。

ful.mi.nate

['fʌlmineit; 'fʌlmə,net] *

[義節] fulmin.ate

fulmin與閃電相伴的雷鳴；-ate動詞。

[字義] v. （使）爆炸，呵斥。

　　vi. 爆發。

　　n. 雷汞。

[記憶] ① [義節解說] 雷鳴本身就是一種爆鳴聲。「喝斥」，謂其聲屬似雷鳴也。

② [用熟字記生字] bomb炸彈；mine地雷，水雷，換一個思路：ful充滿；→地雷充實要引爆。

③ [同族字例] barm酵母，發酵的泡沫（註：f→b通轉，也可與bubble [沸騰] 聯想）；foam泡沫，使起泡，發怒；bombard炮轟，連珠炮似地質問；beam綻開笑容；bum撞擊；bump爆發；bumper豐盛的，（乾杯時的）滿杯；pompous壯麗的，浮華的（註：b→p通轉）。參看：ferment（使）發酵，（使）激動，（使）騷動；foment煽動；fume激動。boom（發出）隆隆聲，突然繁榮，一時興盛；bombast故意誇大的話。

④ [形似字] culminate達到頂點，告終。

⑤ 字母 f 表示「激動，擾動」的其他字例：effervesce冒泡，興奮；fiery激烈的；furor大騷動；frenzy激動；frantic狂亂的；fit（一陣）發作；fidget煩躁，坐立不安；flurry激動，慌張。

ful.some

['fulsəm; 'fʊlsəm, 'fʌl-] *

[義節] ful.some

ful→full a.充滿的；-some像…的（如：

troublesome麻煩的）。

[字義] a. （恭維）過分的，虛偽的。

[記憶] [義節解說] 好像太滿了，裝不下了。記得古時有位丞相，年輕時算命先生說他將來位極公侯。他大怒，賞以老拳。卽是認爲此種恭維太過分了，使人受不了（裝載不下）。

fum.ble

['fʌmbl; 'fʌmb!] *

[義節] fumb.le

fumb→thumb n.拇指；-le重複動作。

[字義] v. / n. 摸索，笨拙地亂摸，失球。

[記憶] ① [義節解說] 拇指是最笨的，重複用拇指摸→笨拙地亂摸。all thumbs笨手笨腳的，弄亂，摸髒。f→th通轉。因爲th讀音與f相近。

② [用熟字記生字] feel摸索，撫摸；palm手掌，用手撫摸。

③ [同族字例] 參看：thimble頂針。

④ 字母組合um（b）常表示一種「笨手笨腳」的動作。例如：stumble結結巴巴地說話，絆跌；tumble摔倒，跌倒；jumble搞亂；bumble結結巴巴地說，跌倒，弄遭；thrum亂彈（弦樂器）；thumb拇指（註：拇指是「笨」的，遠不如食指靈巧），拙劣地彈奏…等等。

fume

[fju:m; fjum] *

[字義] n. 煙，氣，激動。

　　v. 冒（煙，氣）。

　　n. / vi. 發怒。

[記憶] ① [用熟字記生字] 本字在法文中是常用字，相當於smoke菸，吸菸。

② [用熟字記生字] fire火（西諺曰：無火則無煙。意爲「無風不起浪」。）；perfume香火，芳香，foam泡沫，使起泡，發怒。

③ [同族字例] barm酵母，發酵的泡沫（註：f→b通轉，也可與bubble [沸騰] 聯

想）；fumigate煙熏，用香熏；fumarole（火山區的）噴氣孔。參看：foment煽動；fulminate爆炸；ferment（使）發酵，（使）激動，（使）騷動。

④ 字母f表示「激動，擾動」的其他字例：effervesce冒泡，興奮；fiery激烈的；furor大騷動；frenzy激動；frantic狂亂的；fit（一陣）發作；fidget煩躁，坐立不安；flurry激動，慌張。

funk [fʌŋk; fʌŋk]

字義 n./v. 驚恐，畏縮。

　　　vt. 害怕，逃避。

　　　n. 霉味。

記憶 ①本字的「驚恐，畏縮」一意可能來源於德文furcht害怕，畏懼。這個德文字相當於英文的fright害怕。德文中的-cht在英文中往往用-ght拼寫。又，德文的furchten害怕，相當於英文的frighten使害怕。本字的「霉味」一意可能來源於法文fange汙泥漿，腐化。

② ［同族字例］「畏縮」一意：wince（因疼痛）畏縮，退縮；vincible可征服的；convince使信服；winch絞車，曲柄。參看：flich畏縮。「霉味」一意：fungi眞菌；fusty發霉的，霉臭的。

③ ［雙聲近義字］「畏縮」一意參看：falter畏縮；flurry慌張；fluster慌張。「霉味」一意參看：frowzy霉臭的；fug室內悶濁空氣；fester潰爛；ferment發酵；foul腐壞，惡臭。

fur.tive ['fɜːtiv; 'fɝtɪv] *

義節 furt.ive

furt→fut逃逸；-ive形容詞。

字義 a. 偷偷摸摸的，偷來的。

記憶 ① ［義節解說］本字來源於法文fuit逃遁；fuite逃走。所以，本字是來源於字根-fut-逃逸。

② ［用熟字記生字］theft偷竊。

③ ［同族字例］future將來，前途。參看：forage搜索；foray突然襲擊；ferret雪貂，搜索；futile無益的，無效的，輕浮的；fugitive逃亡的，躲避的。

④ 參考：有趣的是，作者發現好些ur長音字都有上述含義。例如：lurk偷偷地行動，潛伏；lurch（偷偷摸摸地）徘徊；murky黑暗的，陰沉的，朦朧的，霧狀的；curtain簾幕；turtle烏龜（註：頭縮在硬甲裡掩藏）；curfew宵禁（註：叫大家關燈，以便掩藏目標）…等等。

fu.run.cle

['fjuərʌŋkl, 'fjoər -; 'fjʊrʌŋkl]

義節 fur.uncle

fur→fire n.火。；-uncle表示「小」。

字義 n. 【醫】癤。

記憶 ① ［義節解說］火→發炎→癤。類例：inflame發炎，其中flame火焰。語源上認爲：fur→theft偷。參看：furtive偷來的，粵語，眼皮上長了癤，稱「眼偷針」，不知是否說這癤子是偷偷摸摸地長出來的?想不到西人亦有此說，大奇！

② ［形似近義字］參看：caruncle肉瘤；fester膿瘡。

fu.ry

['fjuəri, 'fjoər -, 'fjɜər -, 'fjɔːr -; 'fjʊrɪ]

字義 n. 狂怒，猛烈，潑婦。

記憶 ①本字可能來源於Furies希臘神話中的復仇女神→復仇的「怒火」。

② ［用熟字記生字］fire火。參考：fume煙。中國人也用「火冒三丈」，「鼻子冒煙」等來形容怒氣。

③ ［同族字例］furor狂怒，狂熱；infuriate激怒。

fu.sion ['fju:ʒən; 'fjuʒən] *

義節 fus.ion

fus傾注，灌注；-ion名詞。

字義 *n.* 熔化，融合，合成，聯合。

記憶 ① ［用熟字記生字］confuse使混合，使慌張；refuse拒絕。

② ［同族字例］diffuse散發，散布；effusive充溢的；infuse注入，灌輸；profuse豐富的，浪費的。參看：futile無效的；confound混淆；refutation駁斥，反駁，駁倒；interfuse使滲透，（使）融合，（使）混合；suffusion充滿，瀰漫，（臉等）脹紅。

fu.tile ['fju:tail ; 'fjut!, -tɪl] *

義節 fut.ile

fut逃逸；-ile易於…的。

字義 *a.* 無益的，無效的，輕浮的。

記憶 ① ［義節解說］易於逃逸。比如一邊裝入，一邊傾出，等於「無效」勞動。本字來源於法文的fuir逃遁；fuite逃走；futé狡猾的，機靈的→「輕浮」。

② ［用熟字記生字］utility有用，用處。加了個「f」，等於加了一陣風，有用變無用。

③ ［同族字例］otiose空閒的，無效的，無益的；future將來，前途。參看：fugitive逃亡的，躲避的；furtive偷偷摸摸的，偷來的。

④ ［形似近義字］參看：bootless無益的，無用的。

fuzz [fʌz; fʌz]

字義 *n.* 微毛，絨毛。

     v. （使）成絨毛狀。

     vt. 使模糊。

記憶 ①「絨毛」意參看：floss絨毛。

② ［用熟字記生字］puzzle使迷惑

（p→ph→f通轉）。

③ ［同族字例］fog霧；fuss大驚小怪；fuse保險絲；pus膿。參看：fug室內的悶濁空氣；obfuscate使迷糊；befuddle使大醉，使迷糊；fluster使醉醺醺；fuddle（使）迷糊。

④ 字母z常表示「模糊」。如：amaze使驚訝；maze迷宮；puzzle謎；drizzle濛濛細雨；dazzle耀眼，使眩暈；daze使發昏，使迷亂；quiz測驗；smaze煙霾…等等。

G

潴頭鳴格礫

　　字母 G 的常用讀音 [g]（有時加上字母 r 的襄助）比較粗濃，是喉嚨裡發出來的「咕噥」聲。因此，英文中用它表示「喉嚨」，並用以描寫喉嚨發出的各種聲音，如「咕噥」聲、漱口聲、咬嚼聲…等等。繼之，又把喉嚨擴大爲整個口腔。於是，也描寫諸如語聲、吃食…等與口有關的事物和動作。

　　ghost（鬼）是大家都認得的字，而且 g 讀 [g] 音時，與中文的「鬼」的聲母一樣。本字母項下很有一些單字是與「鬼、怪」有關的。

　　通轉：

　　字母組合 gu，由於語言的歷史地理變遷，產生了一些以 w 起首的對等字，與 gu 起首的字基本同意，共存於英文中。據作者揣測，可能是 gu 拼寫的字（因爲 g 後加了 u，則可保證發出 [g] 音）後來脫落了 g。而 u 則轉用了 w。例如：guard → ward 保衛，警戒；guile → wile 詭計；guaranty → warranty 保證，擔保…等等。掌握了這一規律，自然可以使我們收「一箭

雙鵰」之效。這樣的字在詞條裡都有說明。

　　字母 g 的軟化讀音與 j 同音，於是又有一批以 j 起首的近義對等字共存。明乎此，有利於我們融會貫通，把 j 項的有關單字聯繫起來一起記住。

　　分析：G 像個「口」，而且帶「舌」。有人憑三寸不爛之舌去「騙」。「女子」愛講話，也愛「花，飾」。G 又像我們的「地」球，萬物賴大地而「生長」。

　　G 又像個武士的頭盔。武士「勇敢」，起「保護」作用。

膽汁→勇敢
→惱怒→怨毒
→厚臉皮→愉快

保護，保證

刺

口

走動，流動

G

相關擬聲詞

花，飾，服

騙

生

女子

地

gab [gæb；gæb]

字義 *n./vi* 空談，嘮叨。

> *n.* 廢話。
>
> *vi.* 閒聊。

記憶 ① 〔用熟字記生字〕字母g（有時加上字母r的輔助）模擬喉嚨發出的粗濃的聲音。又引申爲講話時和吃食物時口發出的聲音。當講出來的話沒什麼大意思時，我們就好比只聽到「吱吱嘎嘎」「嘰哩咕嚕」的噪音。例如：gossip閒聊；argot暗語；garrulity喋喋不休；gam聯歡，交際；gambit開場白。

② 〔同族字例〕gob嘴；gobble發出雄火雞似的咯咯叫聲；garble歪曲，竄改；jabber急促不清地說話（g→j通轉，參看：gelatin明膠）；yap急促不清地說話；waffle嘮叨，含糊的或騙人的話、文字（gab→waf：g→w；b→v→f通轉）。參看：gabble急促不清地說話；gibber急促不清地說話；gaff欺騙。

gab.ble ['gæbl；'gæb!] *

義節 gab.b.le

gab *v.*嘮叨；-le重複動作。

字義 *v./n.* 急促不清地說話。

記憶 參看上字：gab嘮叨。又，參看：gibber急促不清地說話。

gad [gæd；gæd]

字義 *vi/n.* 遊蕩，閒蕩，帶刺的棍棒。

> *vi.* 追求刺激，蔓延。

記憶 ①「遊蕩」一意，是wade（跋涉）的變體，g→w通轉。

② 〔用熟字記生字〕gate大門→走出大門→遊蕩。

③ 〔同族字例〕「遊蕩」一意：vadose滲流；invade侵入；evasive推諉的；waddle搖搖擺擺地走。參看：gait步法；evade逃避；pervade瀰漫；ford津，涉水；wade淌（河），（跋）涉。

「刺棒」一意：yard碼（原意是度量用的棍棒。y→j通轉；j→g通轉）。weather侵蝕（gad→weath：g→w；d→th通轉）。參看：gad追求刺激；gadfly牛虻；goad刺激；wither使消亡；whet磨（快），刺激（物）。

④字母g表示「走動」的其他字例：go走；gallivant閒逛；galumph昂首闊步地前進；migrate遷移等等。

⑤字母g和j表示「刺，戳，掘」的其他字例：gig用魚叉刺，戳，激勵，刺激。參看：gaff用魚叉刺；garlic大蒜；gouge鑿孔；jag刺，戳（g→j通轉）；jab刺，戳。

gad.fly ['gædflai；'gæd,flai]

義節 gad.fly

gad *n.*帶刺的棍棒；fly *n.* 飛蟲。

字義 *n.* 牛虻，惹人討厭的人。

記憶 ① 〔義節解說〕帶刺的飛蟲。人皮沒有牛皮厚，如果碰到像牛虻那樣「叮」人的傢伙，自然覺得討厭。參看上字：gad帶刺的棍棒。

② 〔同族字例〕yard碼（原意是度量用的棍棒。y→j通轉；j→g通轉）；weather侵蝕（g→w,d→th通轉）。參看：gad帶刺的棍棒，追求刺激；goad刺激；wither使消亡；whet磨（快），刺激（物）。

③ 字母g和j表示「刺，戳，掘」的其他字例：gig用魚叉刺，戳，激勵，刺激。參看：gaff用魚叉刺；garlic大蒜；gouge鑿孔；jag刺，戳（g→j通轉）；jab刺，戳。

gaff [gæf；gæf]

字義 *n.* 魚叉，手鈎。

> *vt.* 用魚叉刺，用手鈎鈎，欺騙。

記憶 ①本字來源於法文gaffe撐船篙子，鈎竿。基本含義是「彎曲」→編織，騙。

② ［同族字例］give對…施行（懲罰）等；gypsum石膏；goffer打皺褶；garble歪曲，竄改；weave編織（g→w通轉）；woof緯線；weft緯線，織物；web蛛網；waffle含糊的或騙人的話、文字。參看：gyve（使上）手銬，（使上）腳鐐。

③ ［形似近義字］harpoon魚叉（harp→gaff；p→ph→f通轉）。參看：gab帶刺的棍棒。

④ 字母g表示「欺騙」的其他字例：guise僞裝；beguile詐騙，欺騙。參看：guile詭計；gull欺騙。估計由於字母g常表示「口，語」（參看：gab嘮叨），故又可引申爲：用甜言蜜語「騙」人。

gag [gæg; gæg] *

字義 n. 塞口物，打諢。

v. 塞住嘴巴，（使）窒息。

記憶 ［同族字例］check制止，槽口（g→k→ch通轉）；chock（用以防止轉動，滑動等的）楔子，塞滿；choke扼喉，使窒息；cog凸榫，齒輪輪牙，jag尖齒突出物（g→j通轉）；joggle齒輪的牙；wedge楔子（g→w通轉）。參看：cork軟木塞；cogent無可辯駁的。

gage [geidʒ; gedʒ]

字義 n. 抵押品，擔保品。

vt. 挑戰。

記憶 ①字母g與字母w常可以「通轉」，即互相換用。這可能是語言發展的原因。據作者揣測，可以是gu拼寫的字（因爲g後加了u，則可保證發出 [g] 音）後來脫落了g。而u則轉用了w。例如：guard→ward保衛，警戒；guile→wile詭計；guaranty→warranty保證，擔保等

等。

② ［用熟字記生字］engage從事…工作，訂婚。

③ ［同族字例］gauge測量；wager下賭注，擔保，抵押（g→w通轉）；wage發動（戰爭）。參看：mortgage抵押。

gain.say

[gein'sei, 'geinsei ; gen'se, 'gen,se]

義節 gain.say

gain→against prep.反對；say v.說。

字義 vt. 否定，反駁。

記憶 ① ［義節解說］say（something）against…講反對的話。類例：參看：hearsay傳聞。

② ［陷阱］字面會誤導：gain→獲得→獲得講話權利。朝這個方向一猜就上當了。

③ ［同族字例］goniometer測角計；diagonal對角線；orthogonal直角的，正交的。參看：ginger薑，活力（ging鹿角。薑的形狀像鹿角）。

gait [geit; get] *

字義 n. 步態，步法。

vt. 訓練（馬）步法。

記憶 ① ［義節解說］用腿走路（的方法）。語源上認爲本字源於gate→street路。路是給人「走」的。事實上，它是wade（跋涉）的變體（gait→wad：g→w；t→d通轉）。

② ［用熟字記生字］gate大門。

③ ［同族字例］vadose滲流（g→w→v通轉）；invade侵入；evasive推諉的；waddle搖搖擺擺地走。參看：gad遊蕩，閒蕩；evade逃避；pervade瀰漫；exude浸出；ford津，涉水；wade淌（河），（跋）涉。

④ 字母g表示「走動」的其他字例：go

走；gallivant閒逛；galumph昂首闊步地前進；gallery迴廊；migrate遷移…等等。

ga.la ['gɑːlə, 'geil -; 'gelə, 'gɑlə]

字義 *n.* 節日，慶祝，盛會。

記憶 ① [用熟字記生字] gay歡樂；well好的 (gal→well：g→w通轉)。

② [同族字例] galliard快活的；生氣勃勃的；jolly興高采烈的；jollification（節日）慶祝（gala→joli，g→j通轉。參看：gelatin明膠）；will願意；welfare福利；wealth財富；felicitate慶幸，慶祝 (-feli-→weal幸福；f→w通轉)；infelicity不幸。參看：voluptuary驕奢的；felicity幸福，運氣；weal福利，幸福。

③ 節日的盛會，人們自然巧加裝飾，並且把自己打扮得衣著華麗，花枝招展。字母g常表示「裝飾」例如：gallery畫廊；garish（服裝）華美的；garnish裝飾，刷新；gainly優雅的，秀麗的。參看：gallant華麗的；garb（表示官階，境況等）服飾；garland花環；gauze網紗；garment外衣，外表；gown長袍，禮服；gossamer薄紗。

gale [geil；gel]

字義 *n.* 大風，疾風，狂風。

記憶 ① [同族字例] nightingale夜鶯；call呼喊（gal→cal：g→k→c通轉）；yelp叫喊（gal→yel：g→j→y通轉）；yell叫喊；wail嗚咽。參看：hail冰雹，歡鬧。以上名字的含義是「呼喊，呼嘯」。

②字母g表示「風」的其他字例：gust陣風；gusty颱風的。參看：galley大帆船（「帆船」靠「風」而動，參考：sail帆）。

gal.lant ['gælənt, gə'lænt; 'gælənt] *

字義 *a.* 華麗的。

n. / a. 豪俠（的），勇敢（的）。

記憶 ① [義節解說]「華麗的」一意，來源於字根-cal-美麗的（gal→cal：g→k→c通轉）。「豪俠，勇敢」一意：作者傾向於認為本字是從cavalier（騎士）縮略而成。「騎士」是「豪俠的，英勇的」。

② [同族字例]「華麗的」一意：gallery畫廊；color顏色（gal→cal：g→k→c通轉）；callipygian有勻稱臀部的；colorful五光十色的。參看：calligraphy書法；kaleidoscope萬花筒，千變萬化的情景（kal→calli美麗的；eido景象；-scope觀看，鏡）；gala節日。「豪俠，勇敢」一意：cavalry騎兵；chivalrous勇武的，有騎士氣概的（-chival-是-caval-的變體，c→ch音變通轉）；chivalry騎士團。galliard快活的，生氣勃勃的；bull公牛（b→v→w→g通轉）；bully欺侮；belligerent好戰的，交戰中的；post-bellum戰後的；ante-bellum戰前的（此二字均特指美國南北戰爭）；Bellona女戰神；duel決鬥；bilious膽汁過多的，肝氣不和的，暴躁的，脾氣壞的。參看：bile膽汁，暴躁，壞脾氣；bellicose好戰的，好爭吵的；valiant勇敢的（g→w→v通轉）；gallop（馬等的）疾馳，飛奔；rebel造反。

gal.ley ['gæli；'gælɪ]

義節 gal.l.ey

gal吊，掛；-ey字尾。

字義 *n.* 大帆船，（船上）廚房。

記憶 ① [義節解說]「掛」帆遠航。

② [同族字例] gallivant閒逛；galumph昂首闊步地前進；gallery迴廊；galluses吊襪帶。參看：gallows（絞刑）架，掛架；gallop（馬等的）疾馳，飛奔。

G

③〔疊韻近義字〕sail帆。

gal.lop ['gæləp; 'gæləp]

義節 gal.lop

gal吊，掛；lop→leap v.跳躍。

字義 n./vi. (馬等的) 疾馳，飛奔。

記憶 ①〔義節解說〕本字原意為馬的前後腿均騰空，猶如「吊起」，風馳電掣。

②〔用熟字記生字〕leap跳躍。

③〔同族字例〕-gal-：gallivant閒逛；galumph昂首闊步地前進；gallery迴廊；galluses吊襪帶。參看：galley大帆船；gallows（絞刑）架，掛架。

-lop-：elope私奔，逃亡；elapse（時間）飛馳；interlope闖入；lop以短而急的浪起伏；slope閒蕩，逃走；langlauf越野滑雪；lapwing田鳧。參看：lapse（時間）流逝；luff搶風行馳；aloof遠離；lope大步慢跑。

④〔疊韻近義字〕wallop亂竄猛衝（g→w通轉）。

gal.lows ['gælouz; 'gæloz, -əz] *

義節 gal.l.ow.s

gal 吊，掛；-ow字尾；-s名詞複數。

字義 n. (絞刑) 架，掛架。

記憶 ①〔同族字例〕gaugu測量的標準；gallivant閒逛；galumph昂首闊步地前進；gallery迴廊；galluses吊襪帶。參看：galley大帆船；gallop（馬等的）疾馳，飛奔。

②字母g表示「絞刑」的其他字例：garotte西班牙的絞刑；gibbet絞架。

gal.va.nize

['gælvənaiz, -vnaiz; 'gælvə,naiz]

字義 vt. 通電流於，電鍍，刺激，使興奮。

記憶 義大利科學家L.Galvani用刺激青蛙作電學試驗。

gam [gæm; gæm]

字義 n. 鯨群。

v./n. 聯歡，交際。

記憶 ①本字可能是jam（擁擠的人群）的變體（g→j通轉）。原意為：捕鯨船在海上相遇，船上的人都很高興，相互招呼、打趣。

②〔用熟字記生字〕gum樹膠；chewing gum口香糖。又，大的獵物，如獅、虎等，英文叫game。鯨則是捕鯨船的獵物。

③〔同族字例〕join使結合；monogamy一夫一妻制（mono-字首，表示「單一」）；bigamy重婚（bi-字首，表示「二」）；polygamy多配偶的（poly-字首，表示「多」）；misogamy；neogamist新婚者（neo-字首，表示「新」）；endogamy內部通婚（endo-字首，表示「內」）；exogamy異族通婚（exo-字首，表示「外，異」）；autogamy自體受精（auto-字首，表示「自己」）；cryptogam隱花植物（crypto-字首，表示「隱蔽」）；geminate使成對，使加倍（字根-gem-是字根-gam（o)-的變體）；Gemini雙子座；bigeminal成雙的，成對的；trigeminus三叉神經；gimmal雙連環。參看：xenogamy（植物）異株異花受精，（動物）雜交配合。

gam.bit ['gæmbit; 'gæmbit] *

義節 gamb.it

gamb腿，足；it→go走，去。

字義 n. 開局讓棋法，開場白，策略。

記憶 ①〔義節解說〕原意為開局時犧牲一、二子以打開局面。開局著棋，猶如人拔腿

G

啓步。「開場白」、「策略」均爲引申意。

② ［用熟字記生字］jump跳→開局「跳」馬（gamb→jump：g→j；b→p通轉）。

③ ［同族字例］gambade（馬的）跳躍；gammon醃豬的後腿；gammy跛的，瘸的；gam（女人健美的）腿；gambrel馬的髁關節；jambeau脛甲；gimp跛行，瘸腿；limb肢；lame跛的，瘸的（註：末二字雖以l拼寫，但韻部及字義均相似，列供參考）。參看：gambol跳躍；gamble賭博，投機，冒險。

④ 字母g表示「用腿走動」的其他字例：gallivant閒逛；galumph昂首闊步地前進；gallery迴廊。參看：gait步態；gallop疾馳。

gam.ble ['gæmbl ; 'gæmb!] *
義節 gamb.le

gamb腿，足；-le反覆動作。

字義 v./n. 賭博，投機，冒險。

記憶 ① ［義節解說］開局著棋，猶如人拔腿啓步。一而再地下棋→賭博，冒險。

② ［用熟字記生字］game遊戲，比賽，玩笑；gain贏（利）。

③ ［同族字例］參看上字：gambit開局讓棋法；gamester賭棍。

④ ［易混字］gambol跳躍，嬉戲。

gam.bol ['gæmbəl; 'gæmb!, -bəl]
義節 gamb.ol

gamb腿。

字義 n./vi. 跳躍，嬉戲。

記憶 ① ［用熟字記生字］jump跳躍（jump→gamb；g→j；p→b通轉）；game玩笑。

② ［同族字例］gambade（馬的）跳躍；gammon醃豬的後腿；gammy跛的，瘸的；gam（女人健美的）腿；gambrel馬的髁關節；jambeau脛甲；gimp跛行，瘸腿；limb肢；lame跛的，瘸的（註：末二字雖以l拼寫，但韻部及字義均相似，列供參考）。參看：gambit開局讓棋法。

③ ［易混字］gamble賭博。

game.ster ['geimstə; 'gemstə]
義節 game.ster

gam→gamble n.賭博；-ster人。

字義 n. 賭棍。

記憶 ① ［用熟字記生字］game遊戲，比賽，玩笑；gain贏（利）。

② ［同族字例］-gam-：參看：gamble賭博。-ster：gangster（一幫中的一名）歹徒；youngster年輕人。

gam.ut ['gæmət; 'gæmət]
義節 gam.ut

gam→gamma伽瑪，希臘字母；代表最低音；ut→Lut代表最高音。

字義 n. 全音域，全範圍。

記憶 ① ［義節解說］從最低音到最高音都有了。

② ［用熟字記生字］記：gamma伽瑪。

gape [geip ; gep] *
字義 vi./n. 張口。（打）呵欠，目瞪口呆。

記憶 ① ［用熟字記生字］gap缺口，鴻溝；generation gap代溝。

② ［同族字例］gasp喘氣；gill鰓，峽谷；lammergeier冬眠場所（lam→limb肢體）；chasm裂口（ga→cha：a→k→ch通轉）；yawn打呵欠（ga→ya：g→j→y通轉）。參看：agape目瞪口呆，張大嘴，張開。

③ 字母g表示「口」的其他字例，參看：

gag塞口物；gush切口，傷口；gulp硬塞；gargle漱口。

garb [gɑ:b；gɑrb] *

義 n. 服裝，外衣，外表。

vt. 穿。

記憶 ①〔同族字例〕gar引起，迫使；garibaldi（女人，小孩）一種寬大紅罩衫；gear適合，一致；agree適合，一致；wear穿戴（g→w通轉）；yare準備妥當的（gar→yar：g→j→y通轉）；furbish刷新，恢復（以上各字的基本字義是：equip裝備，準備）。

② 字母g表示「裝飾」的其他字例，參看：gala節日；gallant華麗的；garland花環；garment外衣，外表；gown長袍，禮服。

③〔形似近義字〕參看：habilement衣服。

gar.gle ['gɑ:gl；'gɑrgl] *

義 garg.le

garg漱口的「咯咯」聲；-le反覆動作。

字義 v. 漱（口）。

n. 含漱劑。

記憶 ①字母g（有時加上字母r的輔助）模擬喉嚨發出的粗濃的聲音。例如：giggle咯咯笑；gurgle咯咯聲；grunt喉嗚聲…等等。參看：gab嘮叨。

②〔諧音〕潴頭鳴「格碟」→水禽的嘎嘎鳴聲。

③〔同族字例〕gargoyle屋頂獸形排水嘴；gorge咽喉，貪吃；gorget護喉甲胄；gurgitation洶湧；ingurgitate狼吞虎嚥；regurgitate反胃，回湧；jarring刺耳的（j→g通轉）；jink大吵大鬧；jingle叮咚響。參看：voracity貪食（g→w；w→v通轉）；devour狼吞虎嚥；jargon行話（g→j通轉）；jangle（使）發出刺耳

聲；objurgate怒斥，譴責；garrulity饒舌，喋喋不休。

gar.land ['gɑ:lənd；'gɑrlənd]

義 garl.and

garl彎曲，環繞；-and字尾。

字義 n. 花環，花冠。

vt. 做／戴花環。

記憶 ①本字的法文對應字爲guirland花環。字母組合-irl-表示「環繞，旋轉」。語源上認爲本字源於galloon（裝飾或結紮用的）緞帶、金銀絲帶、金銀花邊。也許是用這種絲帶編結花環吧?錄供參考。

②〔用熟字記生字〕wire金屬線（g→w通轉）。

③〔同族字例〕girt圍繞，佩帶；girth圍繞，肚帶；girdle腰帶，束縛，圍繞；seaware海生植物；wreathe編織花環。參看：gird束，縛，佩帶，圍繞；environ包圍，圍繞（註：v→w「通轉」。字母g與w的「通轉」，參看：gage挑戰）；gyrate旋轉；swirl圍繞，彎曲，旋動；whirl旋轉，迴旋。

④ 字母組合ir / yr / er / or / ur 有「圓，轉的意味」。例如：circle圓；cycle周期；reverse翻轉，反轉；environment環境；torsion扭轉。turbinate陀螺形的；sphere球體；spiral螺旋形的…等等。

gar.lic ['gɑ:lik；'gɑrlɪk]

義 gar.lic

gar刺；lic彎折，彎曲。

字義 n. 大蒜。

記憶 ①〔義節解說〕刺激性氣味。字母g常表示「刺」。參看：gad追求刺激。

②〔同族字例〕-gar-：edge刀口；gore（用角或獠牙）刺破，劃破，血塊；gorilla猩猩；gerfalcon大隼。參看：gory血跡斑斑的。-lic-：leek韭葱；reluct反

G

抗，不願意；ineluctable不可避免的；
elusive躲避的；reflect反射。

gar.ment ['gɑ:mənt; 'gɑrmənt] *

義節 gar.ment
gar→cover v.覆蓋，保護。 -ment名詞。
字義 n. 衣服，外衣，外表。
　　vt. 給…穿衣。
記憶 ①〔用熟字記生字〕warm暖活的→穿
了衣服暖活（g→w通轉）。
②〔同族字例〕garage汽車房；garrison
要塞，駐防；guarantee擔保；garish
打扮或裝飾俗氣的；garnish裝飾；weir
堰，低壩；wear穿戴；warren養兔場，
小獵物繁殖的園地。參看：garret閣樓；
garner穀倉；garb服裝，外衣，外表。
③ 字母g表示「裝飾」的其他字例：
gainly優雅的。參看：gala節日；gallant
華麗的；garland花環；gown禮服。

gar.ner ['gɑ:nə; 'gɑrnɚ]

義節 garn.er
garn覆蓋，保護；er器物。
字義 n. 穀倉，儲備物。
　　vt. 儲入穀倉。
記憶 ①〔用熟字記生字〕grain穀粒。其
中r與a位置對易即衍出本字：corn穀；
garage車房。
②〔同族字例〕garnish裝飾；granary穀
倉；warn警告（g→w通轉）；charnel
存放屍骨的場所（gar→char：g→k→ch
通轉）。參看：kern顆粒；gauntlet長
手套；gown長而鬆的衣服。參看上字：
garment衣服。
③字母組合gr常表示「粒狀物」。例如：
gram綠豆；graham粗麵粉；gravel沙
礫；grit粗沙；groat去殼穀粒…等等。
參看：granite花崗岩；granule顆粒；
graphite石墨。

gar.ret ['gærət, - rit; 'gærɪt]

義節 gar.r.et
gar→gard觀看；-et字尾。
字義 n. 屋頂層，頂樓，閣樓。
記憶 ①〔義節解說〕本字原意爲屋頂上作警
戒之望樓。
②〔用熟字記生字〕guard警戒，守衛。
③〔同族字例〕regard注視，凝視；
disregard無視，忽視；garage汽車房；
garrison警衛部隊；watch警戒（註：
字母g與w的「通轉」，參看：gage挑
戰）；ward監視，看守，warn警告。
④ 換一個思路，參考：gable三角屋頂；
參看：gore三角形地帶。屋頂層可能也
呈三角形。字母 g 亦表示「角」。例如：
triangular三角形的。

gar.ru.li.ty

[gæ'ru:liti, - 'rju:- ; gə'rulətɪ]

義節 gar.r.ul.ity
gar喉嚨的「咯咯」聲；-ul充滿…的；-ity
名詞。
字義 n. 饒舌，喋喋不休。
記憶 ①〔用熟字記生字〕字母g（有時加上
字母r的輔助）模擬喉嚨發出的粗濃的聲
音。例如：giggle咯咯笑；gurgle咯咯
聲；grunt喉鳴聲…等等。參看：gargle漱
（口）。
②〔同族字例〕gargoyle屋頂獸形排水
嘴；gorge咽喉，貪吃；gorget護喉甲
冑；gurgitation洶湧；ingurgitate狼吞
虎嚥；regurgitate反胃，回湧；jarring刺
耳的（j→g通轉）；jink大吵大鬧；jingle
叮咚響。參看：voracity貪食（g→w；
w→v通轉）；devour狼吞虎嚥；jargon
行話（g→j通轉）；jangle（使）發出刺
耳聲；objurgate怒斥，譴責；gargle漱
（口）。

③ 字母g表示「嘰嘰呱呱」的語聲。參看：gab嘮叨。另，參看：gabble急促不清地說話；gibber急促不清地說話；gam聯歡，交際；gambit開場白。

gas.con.ade

[ˌgæskə'neid; ˌgæskən'ed]

義節 gascon.ade

gascon→Gascon法國地名；-ade某地居民。

字義 *n./vi.* **吹牛，誇口。**

記憶 ① [義節解說] 據說當時該地方的人愛誇口。

② 也可以換一個思路：字母g表示「嘰嘰呱呱」的語聲。參看：gabble急促不清地說話；gibber急促不清地說話；gam聯歡，交際；gambit開場白；gab嘮叨。

gash [gæʃ; gæʃ] *

字義 *n.* **切口，傷口，裂縫。**

v. **割開。**

記憶 ① [用熟字記生字] gap缺口。

② 字母g表示「切，割」的其他字例。參看：geld閹割；gore使成三角形狹條；gouge鑿孔。

③ [同族字例] gut海峽；geyser間歇噴泉；ingot鑄模。參看：gush噴出；gutter溝；gust迸發；gulch峽谷。

④ [疊韻近義字] hash切細；trash修剪；slash深砍。

gas.trol.o.gy

[gæs'trɑlədʒi; gæs'trɑlədʒɪ]

義節 gastro.logy

gastro腹，胃；-logy學科。

字義 *n.* **烹調學，美食學。**

記憶 ① [義節解說] 研究如何侍候腸胃，如

何「果腹」的學科。

② [同族字例] gastric胃的；gastritis胃炎；gastralgia胃痛；gastronomy烹調法；epigastrium腹的上部；disgust噁心。

③ 字母g表示「口」，引申爲大快朵頤的「食」。例如：gorge喉，胃；engorge大吃；gourmand美食家；gulp狼吞虎嚥地吃；ingurgitation大吃大嚼；guttle貪婪地吃。參看：gult暴食。

gauche [gouʃ; goʃ] *

字義 *a.* **不善交際的，笨拙的，粗魯的。**

記憶 ①本字是法文借字，原意爲「左手」。一般人用左手做事會顯得笨拙。

② [對應字] 參看：dexterous靈巧的，敏捷的，用右手的。

③ [同族字例] g o w k 笨人。參看：awkward笨拙的；gawk笨人；goose鵝（肉），呆鵝。

gaunt.let ['gɔːntlit; 'gɔntlɪt, 'gɑnt -]

義節 gaunt.let

gaunt瘦長物；-let佩帶在…上的飾物。

字義 *n.* **（中世紀武士用的）金屬護手，長手套。**

記憶 ① [用熟字記生字] glove手套；joint接合（g→j通轉）。

② [同族字例] -gaun-：gaunt瘦的；gantlet軌道套疊。參看：gown長袍；-let：armlet臂章；bracelet胸飾。

gauze [gɔːz; gɔz]

字義 *n.* **薄紗，紗布，網紗，薄霧。**

記憶 ①據說本字源於「網紗」的發祥地→Gaza（巴勒斯坦的城市）。

② [同族字例] yashmak穆斯林婦女的面罩（gauz→yash：g→j→y；z→sh通

轉）；yarn紗線。參看：gossamer薄紗。

③ 另一思路：字母z常表示「迷濛」的意味。參看：fuzz使模糊；daze使迷亂；drizzle濛濛細雨；haze變模糊；maze迷惑。參考：quiz測驗；bamboozle【俚】迷惑。

gawk [gɔːk; gɔk]

字義 *n.* 呆子，笨人。

    vi. 呆呆地看著。

記憶 ①「呆、笨」意估計從gauche（笨拙的）衍變而來（k與ch、u與w常可互相變換）。該字是法文借字，原意爲「左手」。一般人用左手做事會顯得笨拙。
② 「呆看」意：字母g和字母組合gl常表示「看」。其他字例：gaze凝視。參看：glare怒目注視。
③ [同族字例] 「呆、笨」意：gowk笨人；goof呆子。參看：awkward笨拙的；gauche笨拙的；goose鵝（肉），呆鵝。「呆看」意：goggle瞪眼看；ogle拋媚眼；agog渴望；Argus百眼巨人；boggle吃驚。

ga.ze.bo [gəˈzeibou; gəˈzebo]

義節 gaz.ebo

gaz→gaze *v.* 凝視；-ebo拉丁文第一人稱將來式字尾。

字義 *n.* 信號臺，陽臺，涼亭。

記憶 ① [義節解說] 我將看見…→登臨縱目的地方。
② [用熟字記生字] gaze凝視。記：「高處便於凝視」。
③ [同族字例] television電視（gaz→vis：g→w→v；z→s通轉）；visage臉，面容，外表；witness見證；vista展望；inviting誘人的。參看：envisage正視，設想，展望。

ga.zette [gəˈzet; gəˈzɛt] *

義節 gaz.ette

gaz→case *n.* 箱子；-ette表示「小」。

字義 *n.* 報紙，官報，公報。

    vt. 在公報上公布。

記憶 ① [義節解說] 語源上認爲本字原意是小硬幣，指一份報紙的價錢。投幣買報？
② [用熟字記生字] magazine期刊，雜誌，報紙的星期天專刊。
③ [同族字例] cassette小盒子，暗盒，卡式錄音帶（gaz→cas：g→k→c；z→s通轉）；magazine子彈匣，倉庫（mag-大；gaz→cae箱子）。

gel.a.tin

[ˌdʒeləˈtiːn, ˈdʒelət -; ˈdʒɛlətn, - tɪn]

義節 gel.atin

gel冷凝

字義 *n.* 明膠，動物膠，果凍。

記憶 ① [用熟字記生字] jelly果凍，膠狀物；jelly-fish海蜇，水母。
② [同族字例] congeal凍結，凝結；congelation凍結，凝固；gluten麵筋（註：也是黏糊糊的。gl是由字根gel中脫落母音e而衍出）；agglutinate膠合，黏合；deglutinate抽提麵筋；glue膠水；jell結凍，定形（j與g同讀）音時常可「通轉」）；jellify使成膠狀。參看：glutinous黏（質）的；glacial冰冷的。

geld [geld; gɛld]

字義 *vt.* 閹割，剝奪，刪去。

記憶 ①本字來源於拉丁文gladius劍，刀；gladiator鬥劍士。該二字又來源於ludius古羅馬的鬥劍士；ludus敬神競技，表演。引申爲「諷刺，遊戲，欺騙等」。於是有字根-lid-（打，擊）同源。

本字的變形過程：gald刀→gled→geld
割。

② ［同族字例］gilt未生育過的小母豬；
collide碰撞；interlude穿插，幕間；
disillusion幻滅。參看：collusion共謀；
illusion幻覺；prelude前兆，序曲；
allude暗指，間接提及；elude逃避，躲
避，難倒，使困惑。

③ ［諧音］「割爾蛋」→閹割。

④ 字母g表示「切，割」的其他字例，參
看：gash切口，傷口；gore使成三角形狹
條；gouge鑿孔。

---

gem [dʒem; dʒem] *

字義 *n.* 寶石，珍寶。

　　　　vt. 用寶石裝飾。

記憶 ①本字的法文對應字是gemme寶
石，松脂。該字的動詞爲gemmer採脂，
發芽。寶石玲瓏可愛，就像破土而出的嫩
芽。

② ［同族字例］gemma芽；gemmate有芽
的；gemmule胚芽；german同父母的。
參看：germinate發芽；germane關係密
切的。

③ ［諧音］「珍」→珍寶。

④ ［雙聲近義字］jade玉；jewel寶石（g→j
通轉）。

---

gen.der ['dʒendə; 'dʒendə] *

義節 gen.der

gen生，育；der給予。

字義 *n.* （文法中的）性。

記憶 ① ［義節解說］一陰一陽，才能「生、
育」。文法中「賦予」字的「性別」。

② ［用熟字記生字］generate產生。

③ ［同族字例］-gen-：gene基因；
genius天才。參看：eugenic優生學的；
congenital先天的；genealogy家譜；
genetic遺傳學的；genre流派；genus

種類。-der-：render翻譯；給予；rent
出租；surrender投降，交出，放棄。參
看：rendezvous約會；rendition給予，
翻譯，放棄，引渡，交出，致使。

---

ge.ne.al.o.gy

[,dʒi:ni'ælədʒi, ,dʒen -; ,dʒini'ælədʒi, ,dʒeni -]

義節 genea.logy

genea→family家庭；-logy學科。

字義 *n.* 家系（學），系統（圖），家譜，
血統。

記憶 ① ［義節解說］genea家庭。歸根
究柢，應從字根-gen-（生、育）。有
「生、育」才會有「家庭」。

② ［同族字例］gene基因；genius天才。
參看：eugenic優生學的；congenital先
天的；genetic遺傳學的；genre流派；
genus種類。

---

ge.net.ic

[dʒi'netik, dʒe'n-, dʒə'n-, dʒə'nɛtɪk]

義節 gene.tic

gene生，育，起源；-tic形容詞。

字義 *a.* 創始的，遺傳學的。

記憶 ① ［諧音］gena *n.* 「基因」→遺傳因
子。

② ［同族字例］genius天才。參看：
eugenic優生學的；congenital先天的；
genealogy家譜；genre流派；genus種
類。

---

gen.ial ['dʒi:njəl, - niəl; 'dʒinjəl] *

義節 geni.al

geni→genius *n.* 保護神。-al形容詞。

字義 *a.* 親切的，溫暖的。

記憶 ① ［義節解說］有貴人守護在旁，
一團和氣，使人如沐春風。本字仍可釋
爲：gen生，育。起源→生發出（一團和

氣）。

② ［諧音］用「精靈」記「保護神」一意。

③ ［用熟字記生字］gentle慈愛的，和藹的。

④ ［同族字例］gainly優雅的；gene基因；genius保護神，天才。參看：eugenic優生學的；congenital先天的；genealogy家譜；genetic遺傳學的；genre流派；congenial性質相同的；genus種類；ungainly笨拙不雅的。

---

gen.ius ['dʒiːnjəs, -niəs; 'dʒinjəs]

義節 geni.us

geni生，育，起源。

字義 *n.* 天才，特徵，精神，傾向，保護神。

記憶 ① ［義節解說］與生俱來的（才能）。

② ［諧音］用「精靈」記「保護神」一意。

③ ［同族字例］gena基因。參看：eugenic優生學的；congenital先天的；genealogy家譜；genetic遺傳學的；genre流派；genus種類。

④ ［易混字］參看：genus種屬（只差一個字母i）。

---

gen.re

[ʒɑ̃ːr, ʒɔ̃ːr, ʒɑːŋr, ʒɔːŋr, ʒɔŋr; 'ʒɑnrə] *

義節 gen.re

gen生，育，起源。

字義 *n.* 流派，風格，風俗畫。

記憶 ① ［義節解說］本字從genus（種屬）衍出。同「種」風格匯成流派。

② ［同族字例］gene基因；genius天才。參看：eugenic優生學的；congenital先天的；genealogy家譜；genetic遺傳學的；genus種類。

---

gen.tile ['dʒentail; 'dʒɛntaɪl]

義節 gen.tile

gent生，育，起源→氏族；-ile形容詞。

字義 *n. / a.* 非猶太人（的），異教徒（的）。

     a. 部落的。

記憶 ① ［義節解說］本字可能來源於拉丁文gentilis同族人，外國的，異鄉的→異教徒（的）。

② ［同族字例］gens外婚父系氏族；genteel有教養的；clan氏族，宗派。參看：gentility紳士們。

---

gen.til.i.ty

[dʒen'tiliti; dʒɛn'tɪlətɪ] *

義節 gentil.ity

gentil→genteel *a.*高尚的，有教養的。-ity名詞。

字義 *n.* 出身高貴，紳士，文雅。

記憶 ① ［用熟字記生字］gentlemen紳士們，先生們。

② ［同族字例］gainly優雅的；gentle溫柔的；gens外婚父系氏族；clan氏族，宗派。參看：gentile異教徒；ungainly笨拙不雅的。

---

gen.u.flect

['dʒenjuːflekt; 'dʒɛnju,flɛkt]

義節 genu.flect

genu膝；flect彎，折。

字義 *vi.* 屈膝，屈服。

記憶 ① ［用熟字記生字］knee膝。

② ［同族字例］-genu-：knuckle膝關節；kneel跪；knout皮鞭；knurl小突起物；knag木節，木瘤；snag殘根，暗礁；knurl樹木硬節，瘤；snarl纏結。參看：knoll圓丘；gnarl木節，木瘤，扭，使

G

有節。-flect-：reflector回光器，反射器
（安裝於車輛、道路）。

③字母n表示「結，節，瘤」和各種糾纏
盤結關係，正所謂「盤根錯節」。其他字
例：knob節，瘤；node結，瘤；nub小
瘤；nubble木瘤；network網路；knit編
織；noose絞索，圈套；connect連接；
snare圈套，羅網…等等。

ge.nus ['dʒi:nəs; 'dʒinəs] *
義節 gen.us
gen生，育，起源；-us字尾。
字義 n. 類，種類。
記憶 ① ［諧音］gene基因→遺傳因子。相
同基因形成同「種」。
② ［同族字例］genuine純血統的，真正
的；gene基因；genius天才。參看：
eugenic優生學的；congenital先天的；
genealogy家譜；genetic遺傳學的；
genre流派。
③ ［易混字］genius天才。
④ ［形似近義字］kind種類。

ge.og.ra.phy
[dʒi'ɔgrəfi, 'dʒiɔg -; dʒi'ɑgrəfi] *
義節 geo.graph.y
geo-地；graph刻，畫，寫；-y名詞。
字義 n. 地理學，地形，地誌，布局。
記憶 ① ［義節解說］把地球的狀況刻畫出來
（學問）。
② ［用熟字記生字］ground地面。
③ ［同族字例］-geo-：geology地質學；
geometry幾何學。參看：geoid地球體。
-graph-：telegraph電報。參看：graft嫁
接，移植；graphite石墨。

ge.oid ['dʒiːɔid; 'dʒiɔid]
義節 ge.oid

ge地；-oid…形，…體。
字義 n. 地球體，地球形，大地水準面。
記憶 ［同族字例］-geo-：參看上字：
geography地理學。-oid-：celluloid細胞
狀的，賽璐珞。

ger.mane [dʒə:'mein; dʒɚ'men] *
義節 germ.ane
germ n.起源，萌芽，細菌；-ane帶有…
性質的。
字義 a. 關係密切的，有關的，恰當的。
記憶 ① ［義節解說］（關係）帶有起源方面
的性質，就有可能有血緣上的瓜葛。
② ［同族字例］-germ-：gemma子芽；
gemmate有芽的；gemmule胚芽；
german同父母的。參看：germinate發
芽；gem寶石。-ane-：humane有人情
的。

ger.mi.nate
['dʒə:mineit; 'dʒɚmə,net] *
義節 germin.ate
germin→germen n.幼芽。-ate動詞。
字義 v. (使) 發芽。
vt. 使發生。
vi. 開始生長。
記憶 ① ［用熟字記生字］generate產生。通
過字根gen（生，育，起源）記憶為易。
② ［同族字例］參看上字：germane關係
密切的。

ghast.ly ['gɑːstli ; 'gæstlɪ, 'gɑst -] *
字義 a. 可怕的，蒼白的，糟透的。
adv. 可怕地。
記憶 ① ［用熟字記生字］ghost鬼 → 臉像鬼
一樣蒼白可怕。
② ［同族字例］barghest預示凶事的犬形妖
怪；poltergeist捉弄人的鬼；golgotha墓

地，殉難處；gast嚇唬；god神。參看：
aghast驚呆的；giddy頭暈的。
③［造句助憶］The ghoul's face turned～
at the ghost.看見了鬼，那盜屍者的臉一
下變得蒼白。

gi.ant ['dʒaiənt; 'dʒaɪənt]
字義 *n.* 巨人，巨物。
　　a. 巨大的。
記憶 ①本字源於Goliath歌利亞，聖經中的
勇士，轉喻「巨人」。
②字母g表示「巨大」的其他字例：
gigantic巨大的；great偉大的；grand大
的；gross粗大的。

gib.ber ['dʒibə; 'dʒɪbə, 'gɪbə]
字義 *vi.* 急促不清地說話。
記憶 ①［用熟字記生字］字母g（有時加上
字母r的輔助）模擬喉嚨發出的粗濃的聲
音。又引申爲講話時和吃食時口發出的聲
音。當講出來的話沒什麼大意思時，我
們就好比只聽到「吱吱嘎嘎」「嘰哩咕
嚕」的噪音。例如：gossip閒聊；argot
暗語；garrulity喋喋不休；gam聯歡，交
際；gambit開場白。
②［同族字例］gob嘴；gobble發出雄火
雞似的咯咯叫聲；garble歪曲，竄改；
jabber急促不清地說話（g→j通轉，參
看：gelatin明膠）；yap急促不清地說
話；waffle嘮叨，含糊的或騙人的話、文
字（gab→waf：g→w；b→v→f通轉）。
參看：gabble急促不清地說話；gaff欺
騙；gab空談，嘮叨。

gibe [dʒaib; dʒaɪb]
字義 *v. / n.* 嘲笑，嘲弄。
記憶 ①［用熟字記生字］joke玩笑。
②［同族字例］jibe嘲笑，嘲弄；jape開玩

笑，嘲弄（g→j「通轉」，參看：gelatin
明膠）。
③字母g和j表示「玩笑」的其他字例：
jeer嘲笑，嘲弄；jest嘲弄；guy取笑，嘲
弄。

gid.dy ['gidi; 'gɪdɪ] *
義節 gid.dy
gid→gird v.圍繞，包圍。-y字尾。
字義 *a.* 頭暈的，輕率的。
　　v. （使）暈眩，（使）急促旋轉。
記憶 ①［義節解說］圍繞某物而動→旋轉→
頭暈。
語源上認爲本字gid→god.解說爲：被鬼
神迷住，因而頭暈。參看：ghastly可怕
的，蒼白的。
②［同族字例］giddy girl輕佻的少女；girt
圍繞，佩帶；girth圍繞，肚帶；girdle
腰帶，束縛，圍繞。參看：gird圍繞；
gyrate旋轉；gig旋轉物。

gig [gig; gɪg]
字義 *n.* 旋轉物。
　　vi. / n. （乘）雙輪馬車，（乘）快
艇。
記憶 ①［用熟字記生字］本字來源於wagon
四輪馬車（g→w通轉）。
②［疊韻近義字］jig跳快步舞，（使）作上
下／前後的急動（註：乘馬車、快艇，即
是這種形式的運動。估計此字與本字也是
g→j通轉。參看：gelatin明膠）。
③［同族字例］giddy girl輕佻的少女。參
看：wag搖擺；wiggle擺動；vagabond
流浪的；vag流浪漢，遊民；vagary奇
想；extravagant過分的；vacillate搖擺；
vex使煩惱；vogue時尚；hack出租馬
（車）；hackney出租（馬車）。

G

gill [gil ; gɪl]

字義 *n.* （魚）鰓，（雞等下頜的）垂肉。
v. 刺網捕魚。

記憶 ①參考：jowl頜，垂肉，魚頭及頭邊部分（註：即是鰓）。此字與本字也是 g→j通轉。參看：gelatin明膠。

② ［用熟字記生字］ jaw顎部，頜部。

③ ［同族字例］ glutamate味精（註：增進「食慾」）；glutton貪吃的人；deglutition吞嚥；gullet食管；gulp吞嚥；gular喉部的；goluptious可口的；jowl下頜的垂肉（g→j通轉）；swallow吞（g→w通轉）。參看：glut（使）吃飽，暴食。

④「刺網」一意。參看：gad帶刺的棍棒。

---

gin.ger [ˈdʒɪndʒə ; ˈdʒɪndʒə]

義節 ging.er

ging鹿角；-er物。

字義 *n.* 薑，活力。
vt. 使有薑味，使有活力。

記憶 ① ［義節解說］薑的形狀像鹿角。

② ［用熟字記生字］ against對著。

③ ［同族字例］ goniometer測角計；diagonal對角線；orthogonal直角的，正交的。參看：gainsay反駁。

---

gin.ger.ly [ˈdʒɪndʒəli ; ˈdʒɪndʒəlɪ] *

義節 ging.er.ly

ging→gent溫柔；-er比較級；-ly字尾。

字義 *adv./a.* 小心謹慎（的），戰戰兢兢（的）。

記憶 ① ［義節解說］本字在法文中是gentle的比較級→更輕柔→小心謹慎。

② ［諧音］「戰兢來」。

③ ［用熟字記生字］ gentle溫和的，輕柔的。

---

④ ［同族字例］ genteel高尚的，有教養的；gentlemen紳士們，先生們；gainly優雅的；gens外婚父系氏族；clan氏族，宗派。參看：gentile異教徒；ungainly笨拙不雅的；gentility出身高貴的，紳士們，文雅。

⑤ ［易混字］參看：ginger薑→有刺激，因而要小心翼翼，謹慎從事。

---

gi.raffe [dʒiˈrɑːf, -ˈræf; dʒəˈræf, -ˈrɑf]

字義 *n.* 長頸鹿。

記憶 ① ［諧音］麒麟。曾見有人考證，認為中國人看作「祥瑞」的麒麟，實即西方之長頸鹿。證據之一即是音的酷似。

② ［同族字例］ grape葡萄；grapnel（四爪）錨；agraffe（衣服上的）搭扣，搭鈎；crimp使捲曲；creep爬行；crumple扭彎，弄皺。參看：crouch蜷縮；shrimp小蝦；grovel匍匐，趴下；graft嫁接，移植。

---

gird [gəːd; gɝd] *

字義 *vt.* 束，縛，佩帶，圍繞。
vi. 準備。

記憶 ①「準備」一意，是從「穿戴整齊，結束停滯」，「隨時可以動身」衍出。

② ［用熟字記生字］ wire金屬線（g→w通轉）。

③ ［同族字例］ girt圍繞，佩帶；girth圍繞，肚帶；girdle腰帶，束縛，圍繞；gorth庭院；guard守衛；seaware海生植物；wreathe編織花環。參看：gird束，縛，佩帶，圍繞；environ包圍，圍繞（註：v→w「通轉」。字母g與w的「通轉」，參看：gage挑戰）；gyrate旋轉；swirl圍繞，彎曲，旋動；whirl旋轉，迴旋；garland花環，花冠。

④ 字母組合ir / yr / er / or / ur 有「圓，轉的意味」。例如：circle圓；cycle周

期；reverse翻轉，反轉；environment環境；torsion扭轉。turbinate陀螺形的；sphere球體；spiral螺旋形的…等等。

---

gist [dʒist; dʒɪst]

字義 *n.* （訴訟的）依據，要點。

記憶 ①語源上認爲，本字來源於ject，意爲lie（躺）是第三人稱單數形式。於是可釋爲：where（the argument）lies辯論的依據是…。

② 換一種思路：本字從gest / ger 攜帶，運送。釋爲：運載有關辯論思路的事物。參考：digest文摘，摘要。

③［同族字例］join結合（口語）鄰接，毗連；adjoin貼近，毗連；coadjacent互相連接的，在（思想上）很接近的；jostle貼近；joust馬上的長槍比武，競技（註：「近」身搏鬥）；juxtaposition並列，並置；adjust調整，調節；joist托梁，欄柵；jess繫在鷹腿上的足帶；yesterday昨天（註：時間上的「毗鄰」，y→j通轉）；vicinal附近的，鄰近的。參看：adjacent毗鄰的；conjugate結合，成對；yoke牛軛；juxtapose把…並列，使並置。

④［疊韻近義字］list開列（要點）。

- gl -

以下進入gl區域。

gl的核心含義是「光」和「滑」。有光於是能「看」。

g有「口」意，l有「舌」意。於是gl有「口舌」、「食」意。

一般來說，本區域內的單字會有如下意項：

① 遮光（r：「亮，光」）

②光滑

③食（g：口）

④看，瞥，凝視

⑤舌。語言（l：「讀，語」）

⑥凝集

⑦球

---

gla.cial

['gleisjəl, -ʃiəl, -ʃʃəl, -ʃiəl, -ʃəl; 'gleʃəl]

義節 glac.i.al

glac冰；-al形容詞。

字義 *a.* 冰的，冰河的，冰冷的。

記憶 ①［用熟字記生字］glass玻璃。

②［同族字例］gloss光滑的表面，上釉；glost上釉的陶器；cryogen冷凍劑（glac→crys；g→c；l→r通轉）；cryogenics低溫物理學。參看：glisten閃光；glaze變光滑，（上）釉；gelatin明膠；crystal水晶（的），清澈（的）。

③［音似近義字］-cry-（字根）冷，凍；-frig-（字根）冷，凍；-rig-（字根）冷，凍。

---

gland [glænd; glænd]

字義 *n.* 腺。

記憶 ①［用熟字記生字］glue膠水。「腺」的分泌物多爲膠黏狀。

②［同族字例］glanders鼻疽病；glandular腺的；glans陰蒂頭，龜頭；myrobalan櫻桃李；vallonia槲斗，一種櫟樹（以上各字的基本含義是：橡果的殼斗）。參看：glean拾落穗，蒐集（新聞等）。

---

glare [glɛə; glɛr]

字義 *vi. / n.* 炫耀。

　　　　v. / n. 怒目注視。

n. 眩光。

記憶 ①〔同族字例〕glow發光，臉紅；glower怒視。參看：leer斜視。

②字母組合gl表示「注視」的其他字例：glance一瞥；glim一瞥；glimpse瞥見；glint窺視。參看：gloar愛慕地凝視。

③〔疊韻近義字〕字母組合-are常表示「強烈的光、色、聲」。其他字例：blare喇叭嘟嘟聲；fanfare響亮喧鬧的喇叭聲；flare閃亮；stare凝視，（顏色）惹眼。

glaze [gleiz ; glez] *
字義 *v.* 配玻璃，變光滑。

　　v./n. 上光，（上）釉。

記憶 ①〔用熟字記生字〕glass玻璃。

②〔同族字例〕gloss光滑的表面，上釉；glost上釉的陶器；lux勒克司（照明的計量單位）；translucent半透明的；lucarne屋頂窗；luculent明白的，明顯的；noctiluca夜光蟲；relucent明亮的，返照的；elucidate闡明。參看：glisten閃光；glacial冰的（註：玻璃具有「透明」光滑等質感，與冰相似）；leucocyte白細胞；lucid透明的；pellucid透明的；luxuriant華麗的；luscious華麗的；luster光澤；lucent發亮的，透明的。

③字母l表示「光，亮」的其他字例：lunar月亮的。參看：lambent閃爍的；luminous照亮的；illumine照亮。

gleam [gli:m ; glim]
字義 *n.* 微光，閃光。

　　v. （使）發微光，（使）閃爍。

記憶 ①〔用熟字記生字〕lamp燈，記：「昏燈」。lamp來源於字根-lang-舌，引申為：「火舌」，再變形為gleam。

②〔同族字例〕glimse微光，閃光；glamor迷惑；glimmer微光；glum悶悶不樂的；grum悶悶不樂的；grump壞脾氣的人。參看：grim恐怖的；lambent閃爍的；gloaming黃昏；gloom朦朧。最後兩個字是本字最近親同族。都是用來描寫幽暗的背景中間反映出來的微光。有一種朦朧的美。其意味有點像中文裡的晨「曦」（曦光）、暮「霞」（夕照）。

③字母組合gl表示「閃光」的其他字例。參看：glint閃現；glisten閃光；glitter閃光。

④〔使用情景〕擦拭過的家具、汽車、湖上月影的閃光；遠來汽車的前燈、簾幕後的燈發出的微光；眼睛閃耀著智慧、自豪、熱情的光芒；遠山、林中農舍隱隱可見…等等，均可用本字表現。

glean [gli:n ; glin]
字義 *v.* 拾落穗，搜集（新聞等）。

　　vt. 發現。

記憶 ①〔疊韻近義字〕clean弄乾淨；clean out打掃乾淨。

②〔同族字例〕euglena眼蟲屬動物；glanders鼻疽病；glandular腺的；glans陰蒂頭，龜頭；myrobalan櫻桃李；vallonia槲斗，一種櫟樹（以上各自的基本含義是：橡果的殼斗）。參看：gland腺。

③字母組合 gl 表示「凝集」。例如：glue膠水；conglomeration凝聚；agglutinate膠合…等等。

glib [glib ; glɪb] *
字義 *a.* 隨便的，油嘴滑舌的，流利的。

記憶 ①〔同族字例〕glabrous光潔的，無毛的；glabella鼻子上方兩眉之間的部位；slip滑；collapse崩潰；elapse（時間）流逝；relapse後退，舊病復發；slob泥濘地；slobber流口水；saliva唾液；slaver唾液。參看：lope大步慢跑；lapse失誤，下降，（時間）流逝；lubricity光

滑；libel誹謗；libretto（歌劇等的）歌詞，歌劇劇本；lube潤滑油。
② ［音似近義字］flippant【古】能說善道的，輕率的；slip滑動；a slip of tongue 說溜了嘴。

glide [glaid；glaɪd]
字義 *v.* / *n.* **(使) 滑動，(使) 滑行。**
　　n. **滑音。**
記憶 ① ［同族字例］glede鳶；glad高興的。參看：gloat愛慕地凝視。
② ［疊韻近義字］slide滑動。
③ ［使用情景］跳舞的滑步，溜冰的滑行，火車剎車進站時的滑行，飛機和鳥的滑翔，一葉扁舟在水面上的滑行，「魚翔淺底」…等等，均可用本字表現。

glint [glint；glɪnt]
字義 *v.* / *n.* **(使) 發光，(使) 反射。**
　　vi. / *n.* **閃現。**
記憶 ① ［用熟字記生字］blind瞎的，耀目的；light光。
② ［疊韻近義字］flint打火石。
③ ［同族字例］lit照亮；glede鳶；glad高興的。參看：gloat愛慕地凝視；glitter閃光；glide滑動。
④ ［使用情景］太陽透過樹枝投下的閃光，反射光等等。

glis.ten ['glisn；'glɪsn]
字義 *vi.* **閃耀，閃光，反光。**
記憶 ① ［用熟字記生字］glass玻璃。
② ［同族字例］gloss光滑的表面，上釉；glost上釉的陶器。參看：glaze上光，（上）釉；glacial冰的（註：玻璃具有「透明」光滑等質感，與冰相似）。
③ ［使用情景］李商隱詩：「滄海月明珠有淚。」本字多用於潮濕、拋過光的表面

的閃光。如：夜空中的星星，淚汪汪的眼睛，荷葉上的露珠，鑽石，額上的汗珠，鍍金的銅像，雨後的馬路，樹葉，雪地，抹了油的頭髮…等等。

glit.ter ['glitə；'glɪtə]
字義 *vi.* / *n.* **閃光。**
　　vi. **炫耀，華麗奪目。**
記憶 ① ［用熟字記生字］light光。
② ［同族字例］lit照亮；glede鳶；glad高興的。參看：gloat愛慕地凝視；glint使發光；glide滑動。
③ ［助憶成語］All that～s is not gold. 發光的不一定就是金子。
④ ［使用情景］stars / diamond rings / jewels pearls of dew～ed. 星星 / 鑽戒 / 珠寶 / 露珠閃閃發光。

gloam.ing ['gloumiŋ；'glomɪŋ]
義節 gloam.ing
gloam→gleam *v.*發微光。
字義 *n.* **黃昏，薄暮。**
記憶 ① ［同族字例］glimse微光，閃光；glamor迷惑；glimmer微光；glum陰鬱的，悶悶不樂的；gloam漸暗，使朦朧；grum悶悶不樂的；grump壞脾氣的人。參看：gleam發微光；grim恐怖的；lambent閃爍的；gloom朦朧；illumine照亮，使發亮，啓發。
② ［使用情景］本字是用來描寫幽暗的背景中間接反映出來的微光。有一種朦朧的美。其意味有點像中文裡的晨「曦」（曙光）、暮「靄」（夕照）。

gloat [glout；glot] *
字義 *vi.* / *n.* **愛慕地凝視，貪婪地看，幸災樂禍地看。**
記憶 ［同族字例］lit照亮；glede鳶；glad

高興的；glutton貪吃的人；leer色瞇瞇地看。參看：glut使充滿。

gloom [glu:m ; glum] *

字義 *v. / n.* **（使）黑暗，（使）朦朧，（使）陰鬱。**

記憶 ① ［用熟字記生字］lamp燈。

② ［同族字例］glimse微光，閃光；glamor迷惑；glimmer微光；glum陰鬱的，愁悶的；grum悶悶不樂的；grump壞脾氣的人。參看：grim恐怖的；lambent閃爍的；illumine照亮，使發亮，啟發；gloaming黃昏；gleam發微光。

最後兩個字是本字的最近親同族。都是用來描寫幽暗的背景中間接反映出來的微光。有一種朦朧的美。其意味有點像中文裡的晨「曦」（曙光）、暮「靄」（夕照）。

③ ［使用情景］本字是用來描寫幽暗的背景中間接反映出來的微光。有一種朦朧的美。其意味有點像中文裡的晨「曦」（曙光）、暮「靄」（夕照）。

④ ［疊韻近義字］參看：loom隱約出現（此字的意味，是在朦朧不清的背景中，隱隱約約地赫然呈現出來，與本字近義）。

glow.er ['gloʊə; 'glaʊə]

字義 *vi. / n.* **怒視，凝視。**

記憶 ［同族字例］glow發光，臉紅。參看：glare怒目注視。

glut [glʌt; glʌt] *

字義 *vt. / n.* **（使）吃飽，（使）充斥。** *vi.* **暴食。**

記憶 ［同族字例］glutamate味精（註：增進「食欲」）；glutton貪吃的人；

deglutition吞嚥；deglutor，吞嚥；gullet食管；gulp吞嚥；gular喉部的；goluptious可口的；jowl下顎的垂肉（g→j通轉）；swallow吞（g→w通轉）。參看：gill鰓。

glu.ti.nous ['glu:tinəs; 'glutinəs]

字義 *a.* **黏（質）的。**

記憶 ① ［用熟字記生字］glue膠水。

② ［同族字例］congeal凍結，凝結；congelation凍結，凝固；gluten麵筋（註：也是黏糊糊的。gl是由字根gel中脫落母音e而衍出）；agglutinate膠合，黏合；deglutinate抽提麵筋；jell結凍，定形（j與g同讀j音時常可「通轉」）；jelly凍；jelly果凍，膠狀物；jelly-fish海蜇，水母。jellify使成膠狀。參看：gelatin明膠；glacial冰冷的。

glyph [glif ; glɪf]

字義 *n.* **雕像，雕刻的文字。**

記憶 ① ［用熟字記生字］carve刻；photograph照相。本字是字根-graph-（刻，畫，寫）的變體。

② ［同族字例］anaglyph凸雕；glyptic雕刻的；telegraph電報；sculpture浮雕（glyph→culp：g→k→c；ph→p通轉）；scalpel解剖刀。參看：hieroglyph神祕的文字，象形文字。

gnarl [nɑ:l ; nɑrl]

字義 *n.* **木節，木瘤。** *vt.* **扭，使有節。** *vi.* **生節。**

記憶 ① ［同族字例］knuckle膝關節；kneel跪；knout皮鞭；knurl小突起物；knag木節，木瘤；snag殘根，暗礁；knurl樹木硬節，瘤；snarl纏結。參看：knoll圓

丘；genuflect屈膝；屈服。

② ［疊韻近義字］snarl纏結。

③ 字母n表示「結，節，瘤」和各種糾纏盤結關係，正所謂「盤根錯節」。其他字例：knob節，瘤；node結，瘤；nub小瘤；nubble木瘤；network網路；knit編織；noose絞索，圈套；connect連接；snare圈套，羅網⋯等等。

gnaw [nɔː; nɔ] *

字義 v. 啃，咬，消耗，侵蝕，折磨。

記憶 ① ［同族字例］nag嘮嘮叨叨地責罵；snack小吃；snaffle馬嚼子；gnash咬牙，嚙；gnat咬人的小蟲。

② 字母n表示「咬，啃，蝕」的其他字例：gnarl（狗）咆哮（註：露出鋒利的牙齒）；knout（狠毒地）鞭打；nip咬；nick刻痕；snap猛咬⋯等等。

gnome [noum; nom]

字義 n. 土地神，矮子，格言。

記憶 ①「矮子」一意，從字根-nan-矮小。又：字母o常表示「圓胖，矮胖」。例如：droll（矮胖的）滑稽角色；obese肥大的人；onion洋蔥⋯等等。西洋的土地神形象，大概是像「白雪公主」中的小矮人。參看：grim恐怖的。

② ［同族字例］nanism侏儒症；nanoid矮小的；nanosomia侏儒；neap最低潮；nether下面的；nethermost最低的。參看：nadir天底，最低點。

③「格言」一意，應源於字母組合gn表示「知」，例如：recognize認出；ignorant無知的；diagnose診斷；prognosis預測⋯等等。參看：cognomen姓。

goad [goud; god] *

字義 vt./n. （用）刺棒（趕），刺激（物）。

記憶 ① ［同族字例］yard碼（原意是度量用的棍棒。y→j通轉；j→g通轉）。參看：gad帶刺的棍棒，追求刺激；gadfly牛虻。

② 字母g表示「刺，戳，掘」的其他字例：gig用魚叉刺，戳，激勵，刺激。參看：gaff用魚叉刺；garlic大蒜；gouge鑿孔；jag刺，戳。（g→j通轉）；jab刺，戳。

go.down ['goudaun; go'daʊn]

字義 n. 倉庫，貨棧。

記憶 想像倉庫是設在地下室，要go down（走下去）才能到達。

gong [gɔŋ; gɔŋ]

字義 n. 鑼，銅鑼，皿形鐘，鈴。

記憶 模擬敲鐘時發出的聲音。

goose [guːs; gus]

字義 n. 鵝（肉），呆鵝。

vt. 突然加快油門。

記憶 ① 本字模擬鵝叫的聲音。參考：gaggle鵝的嘎嘎叫聲。無獨有偶，中國人也曾用「鳴格磔」來形容禽鳥聲。更請參看：gull海鷗，笨人。《紅樓夢》中黛玉也曾罵寶玉為「呆雁」。好像中西方均把禽鳥認為「呆，笨」。

② ［同族字例］goshawk蒼鷹；gosling小鵝；gander雄鵝，傻瓜；gannet塘鵝；merganser秋沙鴨；anserine鵝似的；smorgasbord北歐餐前冷菜，大雜燴；gowk笨人。參看：awkward笨拙的；gawk笨人；gauche笨拙的，粗魯的。

③ 字母組合oo常表示「呆，笨」。例如：goof呆子，可笑的蠢人；goop粗魯的孩子，笨蛋；boob【俚】笨蛋，蠢人；boor鄉巴佬；doodle笨蛋；drool說傻

話；fool蠢人；footle呆話，傻事；foozle
笨拙地做；looby傻大個兒，笨蛋；loon
笨蛋，傻瓜；noodle笨蛋，傻瓜；poop
【俚】傻子，無用的人；spoony蠢人…
等等。參看：gawk呆子，笨人。
④「突然加快油門」一意，可從下列兩個
角度聯想：字母g常表示「口」（參看：
gag塞口物），「加快油門」也就是把
「口子」開大。其次，參考：loom突然
聳現；zoom（飛機）陡直上升。似乎字
母組oo有一種「突然變化」的意味。

gore [gɔ; gɔə; gor; gɔr]

字義 vt. （使成）三角形狹條。

　　n. 三角形地帶。

記憶 ①〔同族字例〕edge刀口；gore（用
角或獠牙）刺破，劃破，血塊；gorilla猩
猩；gerfalcon大隼。參看：garlic大蒜。
②字母g表示「三角」的其他字例：gable
三角牆；gusset三角形布料；groin腹
股溝（註：腹與股交叉處，呈「三角」
形）。也許因為g本表示「角」。例如：
pentagon五角形；angle角；agony痛
苦…等等。
③字母 g 表示「口」（參看：gag塞口
物），也可以想像江河入口處，常是稱為
「三角洲」的地帶。

go.ry ['gɔːrɪ; 'gorɪ, 'gɔrɪ]

義節 gor.y

gor→gore n.凝結的血塊。v.（用角或獠
牙）刺破，劃破；-y形容詞。

字義 a. 血跡斑斑的，流血的，駭人聽聞
的。

記憶 ①〔義節解說〕agora古希臘集市，通
常用於集會，引申為「凝結」。也可以從
gore（用角或獠牙）「刺破，劃破」的角
度去聯想：切口流出血。
②〔同族字例〕gregarious群集的，群居

的；agregious異常的；congregate使
集合；segregate使分離（註：se-：分
離）；group群，組；agora古希臘集
市，通常用於集會；category範疇。參
看：panegyric頌詞。
③〔疊韻近義字〕sore痛處，潰瘍（參考：
gore血塊，流出的血）。
④字母g象徵液體流動的聲音。例
如：garrulous水聲潺潺的；gush浪
湧；gust洶湧；gurgle汩汩流水聲；
gurgitation洶湧，沸騰的聲音等等。

gos.sa.mer ['gɔsəmɚ; 'gɑsəmə]

義節 gos.samer

gos→gauze薄紗，薄霧；samer→
summer夏天。

字義 n. 薄紗，蛛絲。

　　a. 輕而薄的，薄弱的。

記憶 ①〔義節解說〕據說本字源於「網紗」
的發祥地Gaza（巴勒斯坦的城市）。
Gaza出產，適於夏天穿著的。詳見：
gauze薄紗。
②〔同族字例〕yashmak穆斯林婦女的
面罩（gauz→yash：g→j→y；z→sh通
轉）；yarn紗線。參看：gauze薄紗，網
紗，薄霧。
③另一思路：字母z常表示「迷濛」的意
味。參看：fuzz使模糊；daze使迷亂；
drizzle濛濛細雨；haze變模糊；maze迷
惑。參考：quiz測驗；bamboozle【俚】
迷惑。

gouge [gaudʒ; gaʊdʒ]

字義 n. 鑿子。

　　vt. / n. 鑿孔，掘出，搾取。

記憶 ①〔同族字例〕gudeon樞，軸孔；gig
用魚叉刺，戳，激勵，刺激；jag刺，戳
（g→j通轉）；jagged鋸齒形的。參看：
jangle發出刺耳聲；zigzag鋸齒形（的）

（j→z通轉）。

② 字母g表示「鑿，掘」的其他字例：grout（豬）用鼻子拱（泥土）；grub掘出；grup掘地。參看：gulch峽谷；gullet峽谷；gutter開溝。

gour.mand ['guəmənd; 'gʊrmənd]

義節 gour.mand

gour→gor 喉嚨；-mand 字尾。

字義 *n.* 貪吃的人，美食家。

記憶 ① ［義節解說］字母g（有時加上字母r的輔助）模擬喉嚨發出的粗濃的聲音。再從表示「喉嚨」引申爲表示「胃，食」。

② ［同族字例］gargoyle屋頂獸形排水庫；gargle漱（口）；gorge咽喉，貪吃；gorget護喉甲冑；gurgle咯咯聲；gurgitation洶湧；ingurgitate狼吞虎嚥；regurgitate反胃，回湧。參看：voracity貪食（g→w；w→v通轉）；devour狼吞虎嚥；jargon行話（g→j通轉）。

③ ［形似近義字］參看：gastrology美食學。

gown [gaun; gaʊn]

字義 *n.* 長袍，禮服，睡衣。

vt. 使穿長袍等。

記憶 ① ［同族字例］garnish裝飾；gaunt瘦的；gantlet軌道套疊；glove手套。參看：gauntlet長手套；garner穀倉，儲備物；garment衣服。

② ［造句助憶］He put on a gown and go to town. 他穿上長袍上城去（註：gown，town疊韻）。

- gr -

以下進入gr區域。

gr主要表示「磨」。「磨」的時候會產生一種粗濃「重、大」的聲音。「刻、挖」也是一種「磨」。「磨」的結果是得到「顆粒」。用「顆粒」狀的種子可以「種植」。有了收成就會「貪」和「奪」。

gr還表示「走」。「走」到一起來便成了「群」。

一般來說，本區域的單字會有如下義項：

① 顆粒

② 重，大

③ 草，牧，綠，種植（r：「根」。g：「生」）

④ 給予，使滿足

⑤ 分級，分格

⑥ 貪，抓，奪（r：「奪取」）

⑦ 群

⑧ 奇怪恐怖的

⑨ 走，流，前進（g：「走動，流動」）

⑩ 刻，溝，槽，挖（r：「剝，劃」，「條狀物」）

⑪ 磨擦，粗（r：「剝，磨」）

⑫ 柵格

⑬ 表示一種粗濃的聲音（r：「濁重的聲音」）

grab [græb; græb]

字義 *v. / n.* 攫取，強奪。

記憶 ① ［用熟字記生字］rob強奪；robber強盜。

② ﹝同族字例﹞grasp抓住，抓緊；grip緊握；grope摸索；grippe流行性感冒（英文「著涼」叫catch cold，字面上是「捉住」了「冷」）；grapple抓住，握緊；grape葡萄；grapnel（四爪）錨；agraffe（衣服上的）搭扣，搭鉤；satyagraha非暴力的消極抵抗。參看：gripe緊握；graft貪汙。

③ ﹝疊韻近義字﹞nab猛然抓住。

graft [grɑːft ; græft, grɔft] *
字義 v. / n. 嫁接，移植，貪汙。
　　n. 不義之財。
記憶 ①本字是字根-graph-的變體（ph→f通轉），該字根的含義是「筆，寫」。用像筆一樣的枝條進行嫁接。
② ﹝用熟字記生字﹞grow種植（graf→grow：f→v→w通轉）；用greedy（貪婪的）記「貪汙」。
③ ﹝同族字例﹞telegraph電報。參看：geography地理學；graphite石墨；green綠色的；grass草；agriculture農業；grape葡萄。參看：giraffe長頸鹿；graze放牧，吃草，擦（傷）；grovel匍匐，卑躬屈節；grove小樹林，樹叢，園林。「貪汙」一意，參看上字：grab攫取。

gran.ite ['grænit ; 'grænɪt] *
字義 n. 花崗岩，堅如磐石。
記憶 ① ﹝用熟字記生字﹞grain顆粒。
② ﹝同族字例﹞granulite白粒岩；granulous顆粒狀的。參看：garner穀倉；granule顆粒，細粒。
③字母組合gr表示「顆粒」的其他字例：gravel砂礫；grit粗砂；groat去殼穀粒；graphite石墨；grime汙垢。

gran.ule ['grænjuːl ; 'grænjʊl]
字義 n. 顆粒，細粒，粒狀斑點。
記憶 詳見上字：granite花崗岩。

graph.ite ['græfait ; 'greif- ; 'græfaɪt]
義節 graph.ite
graph刻，畫，寫；-ite名詞。
字義 n. 石墨。
記憶 ① ﹝義節解說﹞石墨質軟，可以用來畫和寫。
② ﹝同族字例﹞telegraph電報。參看：geography地理學；graft嫁接，移植。
③ 石墨實質是微粒，亦可按gr表示「顆粒」記。字母組合gr表示「顆粒」的其他字例：gravel砂礫；grit粗砂；groat去殼穀粒；grime汙垢。參看：granite花崗岩。

grat.i.fy ['grætifai; 'grætə,faɪ] *
義節 grat.i.fy
grat給予，恩惠，使滿足；-fy使動。
字義 vt. 使滿足，使滿意。
記憶 ① ﹝用熟字記生字﹞congratulate祝賀。
② ﹝同族字例﹞ingratitude忘恩負義；ingratiate討好；grateful令人愉快的；agreeable宜人的。

gra.tis
['greitis, 'grɑːtis, 'grætis ; 'gretɪs, 'grætɪs]
字義 adv. / a. 免費地（的），無償地（的）。
記憶 ﹝同族字例﹞grant給予，准予；grace寬限，恩惠。參看：gratuitous無償的。

gra.tu.i.tous
[grəˈtjuː(ː)itəs ; grəˈtjuətəs] *
字義 a. 免費的，無償的，無緣無故的。

記憶 詳見上字：gratis免費的。

gra.va.men
[grə'veimen; grə'vemɛn]

義節 grav.amen
grav彎曲；-amen字尾。

字義 *n.* 冤情，委屈，不平。

記憶 ①〔義節解說〕彎曲→委屈。

②〔同族字例〕grieve悲痛；gray灰色；grape葡萄；grapnel（四爪）錨；agraffe（衣服上的）搭扣，搭鈎；crimp使捲曲；creep爬行；crumple扭彎，弄皺。參看：crouch蜷縮；shrimp小蝦；graft嫁接，移植；giraffe長頸鹿；grovel匍匐，卑躬屈節。

gra.vy ['greivi; 'grevɪ] *

義節 grav.y
grav→heavy重的，濃的。

字義 *n.* 肉汁。

記憶 ①〔義節解說〕肉汁總是heavy（濃膩）的。

②〔用熟字記生字〕gravity重力。

③〔同族字例〕gravid懷孕的；gray灰色（註：灰色給人以沉重感）。參看：grease脂肪。

graze [greiz; grez] *

字義 *v. / n.* 放牧，吃草，擦（傷）。

記憶 ①〔用熟字記生字〕grass草；razor剃鬍刀；rat老鼠（老鼠要「磨」牙）。

②〔同族字例〕grist磨碎的穀物；rodent咬的，嚼的；erode腐蝕，侵蝕；corrosive腐蝕的；erosive腐蝕的；corrode腐蝕，侵蝕；anticorrosion防腐蝕；rot腐爛，rotten腐爛的；rusty（肉類）腐爛發臭的；raid襲擊；abrade磨擦，磨掉，擦傷

（皮膚）等；grow種，生長；green綠色的。

③ 字母組合gr發音濃粗，可用來描寫磨擦聲，牛羊吃草時發出磨擦聲，再轉義爲「擦（傷）」。例如：grate磨碎；grind磨；grit磨牙，咬牙…等等。

grease
[*n.* gri:s; *v.* gris gri:z, gri:s; griz, gris] *

字義 *n.* 脂肪，牛油，未脫脂的羊毛。
　　　 vt. 塗油脂，潤滑。

記憶 〔同族字例〕gressy塗有油脂的，滑的；grocery食品，雜貨；gross肥胖的。參看：gravy肉汁；engross用大字體書寫，占用（時間），使全神貫注。

grill [gril; grɪl]

字義 *n.* 烤架，炙烤肉。
　　　 v. 炙烤，（使）酷熱。

記憶 ①〔諧音〕「吉利」豬排→炙烤豬排。

②〔用熟字記生字〕rail柵欄，鐵路，橫桿，橫檔。

③〔同族字例〕rally嘲笑，挖苦；rail咒罵，抱怨；rile攪渾，惹怒，激起，使動蕩；roll滾動，翻滾。參看：roil攪渾，惹怒，激起，使動蕩。

④ 字母組合gr表示「柵格、架子」的其他字例：grate爐柵；grid格柵，（電子管）柵極；griddle烤餅盤；gridiron烤架…等等。

grim [grim; grɪm] *

字義 *a.* 嚴厲的，堅強的，恐怖的。

記憶 ①〔同族字例〕gloomy陰沉的；glum悶悶不樂的；grump壞脾氣的人；grumble發牢騷；pogrom大屠殺，集體迫害。參看：grimace（作）怪相，

G

（裝）鬼臉；gloaming黃昏；gloom朦朧。

② 關於「恐怖的」一意。字母g常表示「鬼、怪」。例如：ghost鬼；goblin小鬼；gargoyle怪獸形，滴水嘴；grotesque奇形怪狀的；grisly可怕的；gruesome可怕的。參看：ghastly可怕的；grimace裝鬼臉；gnome土地神。

gri.mace [gri'meis ; grɪ'mes]

義節 grim.ace

grim彎曲→恐怖的；ace→face *n*.臉。

字義 *vi.* / *n*. **（作）怪相，（裝）鬼臉。**

記憶 ① ［義節解說］彎曲→扭曲的面孔。

② ［同族字例］grieve悲痛；gray灰色；grape葡萄；grapnel（四爪）錨；agraffe（衣服上的）搭扣，搭鉤；crimp使捲曲；creep爬行；crumple扭彎，弄皺。參看：crouch蜷縮；shrimp小蝦；graft嫁接，移植；giraffe長頸鹿；grovel匍匐，卑躬屈節；grim恐怖的；gravamen冤情，委屈，不平。

grime [grim ; gaɪm]

字義 *n*. **煙垢，黑灰，汙垢。**

　　 vt. **使骯髒，使積灰。**

記憶 ①本字的基本含義是「磨擦」→磨成「灰」→黑色→炭→用炭勾畫出特徵；黑色→顏色。

② ［同族字例］char燒焦（gr→char：g→k→ch通轉）；charcoal焦炭；character特徵；char家庭雜務；charwoman在英國替人收拾房間的雜物婦；euchaist聖餐；chromite鉻酸鹽（鉻離子呈明亮的綠色，鮮豔可愛）；achromatic非彩色的。參看：chore雜物，困難的工作；churlish粗野的；chromatic色彩的，染色質的；heliochrome天然照片，彩色照片；

autochrome彩色照片。

③字母組合 gr 發音粗濃，可用來描寫磨擦聲，「磨碎」而成塵垢。例如：grate磨碎；grind磨；grit磨牙，咬牙；grist碎的穀物。參看：graze擦（傷）。

grin [grin ; grɪn] *

字義 *v*. / *n*. **露齒而笑。**

記憶 ① ［用熟字記生字］grind磨→露齒而作磨牙狀。

② ［同族字例］grudge怨恨。參看：grunt咕嚕；grimace（作）怪相，（裝）鬼臉；groan呻吟（聲）。

gripe [graip ; graɪp] *

字義 *vt*. / *n*. **緊握，抓住，（使）苦惱。**

　　 vi. **腸痛。**

記憶 ① ［用熟字記生字］rob強奪；robber強盜。

② ［同族字例］grasp抓住，抓緊；girp緊握；grope摸索；gripe流行性感冒（英文「著涼」叫catch cold，字面上是「捉住」了「冷」）；grapple抓住，握緊；grape葡萄；grapnel（四爪）錨；agraffe（衣服上的）搭扣，搭鉤；satyagraha非暴力的消極抵抗。參看：graft貪汙；grab攫取，強奪。

grit [grit ; grɪt]

字義 *n*. **砂礫，剛毅。**

　　 v. **磨擦。**

記憶 ①字母組合gr發音粗濃，可用來描寫磨擦聲，「磨碎」而成「砂礫」。

② ［同族字例］groat少量，小額；groats去殼的穀物碎片；grout渣滓，灰漿；gruel粥，薄糊；gruesome令人厭惡的，可怕的；grist磨碎的穀物；grate磨碎；grind磨；grit磨牙，咬牙。

griz.zle ['grɪzl ; 'grɪz!]

字義 *n.* 灰白頭髮，灰朦朧的顏色，灰色（圖案）。

v. （使）成灰色。

記憶 ① ［用熟字記生字］grey灰色的。

② ［同族字例］grisaille全部用灰色的裝飾畫法；griseous深灰色的；ambergris龍涎香；grisette青年女工；grilse幼鮭；grisly恐怖的。

③ 字母z常有「朦朧」的意味。類例：drizzle濛濛細雨；fuzzy模糊的；gauze網紗，薄霧；haze煙霧；maze迷宮；muzzy迷惑的；smaze煙霾；woozy糊里糊塗的，醉醺醺的；dizzy頭暈目眩的；daze迷亂，使發昏。

groan [groun ; gron] *

字義 *vi.* / *n.* 呻吟（聲）。

    vi. 渴望。

    vt. 呻吟著說。

記憶 ① ［同族字例］grudge怨恨。參看：grunt咕噥；grimace（作）怪相，（裝）鬼臉；grin露齒而笑。

② ［疊韻近義字］moan呻吟聲，悲歎聲，嗚咽聲，蕭蕭風聲，瑟瑟樹聲。

grot.to ['grɔtou; 'grɑto]

字義 *n.* 洞穴，洞室。

記憶 ① ［用熟字記生字］ground地面；secret祕密的；creep躡手躡腳潛行。

② ［同族字例］crypt 地窖，地穴，教堂地下室；kryton 氪；apocrypha 偽經；cryptography密碼；decrypt解密碼；cryptology隱語；cryptonym匿名；grotesque古怪的（-esque形容詞字尾。字義可能源於古羅馬地下洞室中古怪的壁畫。grot→crypt，g→c通轉）。參看：

apocryphal偽的；cryptogram密碼；cryptomeria柳杉；cryptic隱蔽的。

grove [grouv ; grov] *

字義 *n.* 小樹林，樹叢，園林。

記憶 ① ［用熟字記生字］grow種植（v→w通轉）。

② ［同族字例］green綠色的；grass草；agriculture農業；grape葡萄。參看：graft嫁接，移植；giraffe長頸鹿；graze放牧，吃草，擦（傷）；grovel匍匐，卑躬屈節。

③ ［易混字］參看：grovel匍匐。

grov.el ['grɔvl, 'grʌvl; 'grɑvl, 'grʌvl]

字義 *vi.* 匍匐，卑躬屈節。

記憶 ① ［用熟字記生字］level水平。匍匐時身體與地面平。

② ［同族字例］grape葡萄；grapnel（四爪）錨；agraffe（衣服上的）搭扣，搭鉤；crimp使捲曲；creep爬行；crumple扭彎，弄皺。參看：crouch蜷縮；shrimp小蝦；graft嫁接，移植；giraffe長頸鹿。

③ 字母組合gr表示「挖掘」，引申為「溝，槽」。例如：groove車轍；槽，溝；groin腹股溝；grout（豬）用鼻子拱（泥土）；grup掘地，刨地。參看：grub掘地。做「挖掘」的動作時，上身要向下俯→卑躬屈節。

growl [graul ; grɑʊl]

字義 *vi.* / *n.* 嗥叫，咆哮，轟鳴。

    vt. 咆哮著說。

記憶 ① 字母g常表示「喉嚨」，例如：garget喉腫；gargle漱喉聲；gorge喉；guttural喉的；grunt喉鳴…等等。上述表示「喉嚨」的字根-gar- / -gor- 縮併為字母組合gr，表示粗濃的喉嚨聲。例如：

grumble發牢騷；grudge怨恨。參看：groan呻吟；grump發牢騷；grunt咕噥。

② ［疊韻近義字］參看：owl貓頭鷹，梟；howl嚎叫，嚎哭。

grub [grʌb; grʌb]

字義 v. 掘地，找尋。

vi. / n. 做苦工（者）。

記憶 ①本字的基本含義是「挖掘」，引申為「做苦工」

② ［同族字例］grup掘地，找尋；grope摸索；grout（豬）用鼻子拱（泥土）；grave墓穴，雕刻；engrave雕刻；graben地塹；gravure照相凹版；greave（古武士）脛甲；groove槽，溝；photograph照相機；carve刻。參看：arable可耕的；harrow耙；grovel匍匐；engrave雕刻，銘記；epigraph銘文，碑文。

gru.el.ling

['gruəlɪŋ, 'gruːəl- ; 'gruəlɪŋ] *

義節 gruel.ling

gruel vt.（用重罰或逼口供等）使筋疲力盡；-ing分詞形容詞。

字義 a. 折磨的，使筋疲力盡的。

n. 痛打。

記憶 ①字母組合gr發音粗濃，可用來描寫磨擦聲→折磨。

② ［疊韻近義字］cruel殘酷的，存心讓別人痛苦的。

③ ［同族字例］groat少量，小額；groats去殼的穀物碎片；grout渣滓，灰漿；gruel粥，薄糊；gruesome令人厭惡的，可怕的；grist磨碎的穀物；grate磨碎；grind磨。參看：grit磨擦，磨牙，咬牙；graze擦（傷）。

grump [grʌmp; grʌmp]

字義 n. 壞脾氣（的人）。

vi. 鬧情緒，發牢騷。

記憶 ①［同族字例］gloomy陰沉的；glum悶悶不樂的；grum悶悶不樂的；grumble發牢騷；gruff脾氣壞的；pogrom大屠殺，集體迫害。參看：grimace（作）怪相，（裝）鬼臉；gloaming黃昏；gloom朦朧；grim嚴厲的。

② ［疊韻近義字］參看：mump慍怒，咕噥。參考：lump勉強容忍。

grunt [grʌnt; grʌnt] *

字義 v. / n.（發）哼哼聲，咕噥。

記憶 ①根據拉丁文，本字原意是模擬豬的叫聲。

② ［用熟字記生字］grind磨→咕噥好像磨東西的聲音。

③ ［同族字例］grudge怨恨。參看：grin露齒而笑；grimace（作）怪相，（裝）鬼臉；groan呻吟（聲）。

guile [gail ; gaɪl] *

字義 n. 狡計，詭計。

記憶 ①［用熟字記生字］disguise假裝，偽裝。

② ［同族字例］guileless不狡猾的，誠實的；guise外表，裝束；disguise假裝，偽裝；gullible易受騙的；gullery詐欺，詭計。參看：gull欺騙；beguile欺騙，詐欺。

③ ［疊韻近義字］參看：wile 狡計，詭計（gu→w通轉）；vile 卑鄙的，邪惡的；revile 辱罵，誹謗；defile 汙損，敗壞。

gulch [gʌlʃ; gʌltʃ]

字義 n. 沖溝，峽谷，乾谷。

記憶 ①［同族字例］gulf海灣；gully沖溝，

峽谷。參看：gouge鑿孔；gullet水道峽
谷，食管；gulp吞嚥。

② ［諧音］ 「溝渠」。

③ ［疊韻近義字］culture耕種，文化（耕
種→挖地→挖溝）。

gull [gʌl; gʌl]

字義 *n.* **海鷗，笨人。**

　　vt. **欺騙。**

記憶 ① ［諧音］本字模擬海鷗「咕咕」的
叫聲。參看：goose鵝。

② ［同族字例］「笨人」一意：gall田野
或樹叢的光禿處，膽汁；choler膽汁；
melancholy憂鬱。

「欺騙」一意：guileless不狡猾的，誠實
的；guise外表，裝束；disguise假裝，偽
裝；gullible易受騙的；gullery詐欺，詭
計。參看：guile狡計。

③ ［音似近義字］fool笨人。

gul.let ['gʌlit; 'gʌlit]

字義 *n.* **食道，咽喉，水道峽谷。**

記憶 ［同族字例］glutamate味精（註：
增進「食慾」）；glutton貪吃的人；
deglutition吞嚥；deglutor吞嚥；gular
喉部的；goluptious可口的；jowl下顎的
垂肉（g→j通轉）；swallow吞（g→w通
轉）。參看：gill鰓；gulp吞嚥；glut吃
飽，暴食。

「峽谷」意：gully沖溝，峽谷。參看：
gulch峽谷。

gulp [gʌlp; gʌlp] *

字義 *v. / n.* **吞飲，狼吞虎嚥。**

　　vt. **忍住。**

　　vi. **硬塞。**

　　n. **一口喝下。**

記憶 ① ［同族字例］參看上字：gullet食

管，咽喉。

② ［諧音］模擬「咕嘟」一口飲下的聲
音。

③ ［音似近義字］wolf 狼，狼吞虎嚥地
吃；swallow吞嚥；gulf海灣，吞沒。

gunk [gʌŋk; gʌŋk]

字義 *n.* **黏膩的東西，汙穢的東西。**

記憶 ① ［諧音］ 「羹」→黏膩的東西。

② ［用熟字記生字］gum樹膠；chewing
gum口香糖。

③ ［疊韻近義字］junk廢棄的舊物，破爛
貨；funk霉味→汙穢的東西。

④ 字母g表示「黏膩物」的其他字例：
gore血塊；grease油脂；goo甜膩膩的東
西；guck黏糊糊的東西（參考：muck汙
穢的東西）。

gush [gʌʃ; gʌʃ] *

字義 *v. / n.* **湧出，噴出，迸出。**

記憶 ① ［用熟字記生字］wash洗（g→w通
轉）。

② ［同族字例］gut海峽；geyser間歇噴
泉；ingot鑄模。參看：gutter溝；gust迸
發；gulch沖溝；gash切口。

③ ［疊韻近義字］blush（臉一下子）羞紅
（註：血往上湧）；flush奔流，湧；rush
激流，蜂擁。參考：push推。

④字母g象徵液體流動的聲音。例如：
garrulous水聲潺潺的；gory流血的；gust
洶湧；gurgle汩汩流水聲；gurgitation洶
湧，沸騰的聲音等等。

gust [gʌst; gʌst] *

字義 *n.* **陣風，陣雨，迸發。**

記憶 ① ［用熟字記生字］gas氣體。

② ［同族字例］gut海峽；geyser間歇噴
泉；ingot鑄模；disgust噁心。參看：

G

313

G

gush噴出；gutter溝；gulch沖溝；gush
迸出；gash切口，傷口，裂縫；chaos混
亂，混沌。
③〔使用情景〕A～of wind blew up. 刮起
了一陣風。
④〔音似近義字〕burst迸發。

gut.ter ['gʌtə; 'gʌtə] *

字義 n. 槽，溝，貧民區。
　　vt. 開溝。
　　vi. 流。
記憶 ①〔同族字例〕gut海峽；geyser間
歇噴泉；ingot鑄模。參看：gush噴出；
gust迸發；gulch沖溝。
②〔形似近義字〕ghetto少數民族集中街
區。

gy.nae.ce.um

[,dʒaini'siəm, ,dʒi -; ,dʒɪnɪ'siəm, ,dʒaɪnɪ-]

義節 gynaec.eum
gynaec（o）女性，雌性；-eum名詞。
字義 n. 閨房，女眷，內室，雌蕊群。
記憶 ①〔用熟字記生字〕用generation
（代）記字根-gyn-（女人）→女人
「生」養傳代（-gen-→-gyn-）。
②〔同族字例〕gynaecology婦科學；
queen王后；quean輕佻的女人；zanana
印度和巴基斯坦的閨房；polygynous一
夫多妻的；gynocracy婦女統治。參看：
misogynist厭惡女人的人。
③〔陷阱〕本字與gymnasium（體育場）
極易混淆。GRE考試常設計陷阱字，此亦
其中一例，乍看一眼，極易上當。

gy.rate ['dʒaiərit; 'dʒaɪret]

義節 gyr.ate
gyr旋轉；-ate字尾。
字義 vi./a. 旋轉（的）。

a. 螺旋狀的。
記憶 ①〔同族字例〕girt圍繞，佩帶；girth
圍繞，肚帶；girdle腰帶，束縛，圍繞；
autogiro旋翼式飛機；wire金屬線（g→w
通轉）；seaware海生植物；wreathe編
織花環。參看：gird束，縛，佩帶，圍
繞；environ包圍，圍繞（註：v→w「通
轉」。字母g與w的「通轉」，參看：
gage挑戰）；swirl圍繞，彎曲，旋動；
whirl旋轉，迴旋；garland花環，花冠。
②字母組合ir／yr／er／or／ur有「圓，
轉的意味」。例如：circle圓；cycle周
期；reverse翻轉，反轉；environment環
境；torsion扭轉。turbinate陀螺形的；
sphere球體；spiral螺旋形的等等。

gyve [dʒaiv; dʒaɪv]

字義 vt./n. （使上）手銬，（使上）腳
銬。
記憶 ①建議把本字看作：gy→gyr（字
根）旋轉；ve→withy柳條繩。可串成
「用柳條繩環繞一圈」，後來發展爲改用
金屬而成鐐銬。同族字的基本含義是「彎
曲」→編織，騙。
②〔用熟字記生字〕glove手套。
③〔同族字例〕give對…施行（懲罰等）；
gypsum石膏；goffer打皺摺；garble歪
曲，竄改；weave編織（g→w通轉）；
woof緯線；weft緯線，織物；web蜘蛛
網。參看：gaff手鈎。

心比天高，身為下賤。

這是《紅樓夢》對晴雯的考語。移用作為本字母項下單字的考語，倒也很適切。

這字母旗下，有 **heart** 心；有 **heaven** 天；有 **high** 高的。其中與「天」有關的，例如「神，聖」，就有不少單字。聖人有正宗的「繼承」，也有「異教」與之相對。與「高」有關的單字就更多了。

字母 **h** 的發音，象徵使勁、費力的「呼呼」聲。因此，表示「工具」（如斧，耙等）以及使用工具進行勞動（如「砍，劈」）的單字也為數不少。另一方面，**h** 的發音比較粗硬，從「粗硬的毛髮」引申為「馬」、「傷害」等又一類單字。

儘管如此，在拉丁系的語文中，**h** 常常是不發音的。在法文中，有時僅用 **h** 來阻止聯誦（**liaison**）。因此，英文從拉丁系語文中吸收單字時，**h** 便較易脫落。於是，有些以母音字母開頭的單字（例如 **A** 章中的單字），常

可在本章的單字中找到親戚（卽除 h 外，兩字的形音義均相似的單字）。

免冠：

本章需要「免冠」的單字不多，只有 hydr（o）- 水；hyper- 過度；hypo- 在下、次於…等有限幾種。

通轉：

h → x 通轉。因爲西班牙文的 x 讀 h 音。例如：Don Quixote 唐吉訶德。又因爲：x → s；x → c 通轉，所以：h → s；h → c 通轉。類例：hostage 人質，抵押品→ custody 監護，拘留；hept- 七→ sept- 七；hex- 六→ sex- 六；hemi- 半→ semi- 半；…等等。

h → j 通轉。因爲西班牙文中 j 讀 h 音。例如英文的 John 約翰，在西班牙文中爲 Juan 胡安。

分析：

大寫的 H 像並立的葦「草」，兩個豎畫有「包容」、「庇護」的義蘊。再仔細看一看，它像不像兩層樓的房子的平面圖？這裡面可以「住」人。

小寫 h 像把「斧頭」，於是有「斧，砍」，「手，工具」意。左邊一豎，「高」而「凸起」。該字母發音，有似「樂」呵呵的歡鬧聲，也似策「馬」的吆喝聲。「哄騙」中「哄」的聲母，不也是 h 嗎？

草、植物

包容，庇護，住

歡樂，熱鬧

手，工具，傳遞

哄，騙

H

斧，砍

聖，天

高，凸起

與 h 發音有關的字

障礙，克服障礙的運動

馬及有關用具

ha.bil.i.ment

[hə'bilimənt, hæ'b-; hə'bɪləmənt]

義節 habil.i.ment

habil衣服；-ment名詞。

字義 *n.* **裝飾，裝備，制服，衣服。**

記憶 ① ［義節解說］habil表示「衣服」，來源於hauberk中世紀武士穿的一種高領無袖鎖子甲。其中hau→high高的；berk→berg遮蔽，保護（例如Petersburg彼得堡）。

② ［同族字例］habergeon鎖子甲；habilitate給…衣服穿；haberdasher男子服飾用品店。參看：dishabille衣著隨便，雜亂。

③ ［形似近義字］參看：garb服裝；garment衣服。

④ 字母「h」常表示「外殼，外蓋」。例如：hull船殼；husk果殼；holster手槍套；hamper有蓋大籃；hatch艙蓋；hood頭巾（註：頭的「外蓋」）；hat帽子…等等。衣服有如人的「外殼」。

hab.i.tat ['hæbitæt; 'hæbə,tæt] *

義節 habit.at

habit居住，居屋；-at字尾。

字義 *n.* **棲息地，（植物）產地，住所，聚集處。**

記憶 ① ［用熟字記生字］habit 表示「居住」，可能來源於herb牧草，引申為「植物的產地」。有牧草的地方，畜類會有飼料，這就適合人們安居。

② ［用熟字記生字］habit習慣；house住所。

③ ［同族字例］hob爐旁的鐵架；inhabit居住於；exhibit展覽；harbor港口；heaven天堂；habitant居民；cohabit同居。參看：haven港口（b→v通轉）；hive蜂巢；hovel茅屋；hub（興趣、活

動、重要性等）中心，輪轂。

④ 字母h從表示「外殼，外蓋」（詳見：habiliment裝飾），引申為表示「居住，房子」。例如：home家；hotel旅館；hospital醫院；host主人…等等。參看：harbinger先行官。

hack [hæk; hæk]

字義 *v.* **砍，劈。**

v./n. **出租馬（車）。**

a. **出租的。**

記憶 ①字母h常表示「斧」，引申為「砍，劈」。究其來由，乃源於axe斧（請注意：拉丁系文字中h常不發音）。

② ［同族字例］hag砍，劈。參看：hatchet短柄斧，haggle亂砍；hash切細；rehearse排練；hew砍，劈。「出租馬（車）」一意，參看下字：hackney出租（馬車）。

③ ［疊韻近義字］attack打擊。參看：whack重擊。

hack.ney ['hækni; 'hæknɪ]

義節 hack.ney

hack→hook *v.*用鈎鈎住；-ney字尾，暱稱。

字義 *vt./n.* **出租（馬車）。**

a. **出租的，陳腐的。**

記憶 ①本字的原意是「哈克尼馬」，蘇格蘭種，膝彎。引申為「馬車」。用鈎鈎住→給馬套上軛→開始拉車。

② ［用熟字記生字］hire租用；horse馬。

③ ［同族字例］chaos混沌（註：混沌初開）；inch英寸，使慢慢移動，漸進；hug擁抱；hooker破舊的船；heckle責問；inherent天生的。參看：hack出租馬（車）；inchoate才開始的，初期的，未發達的。

④ 字 母 h 表 示 「 馬 」 的 其 他 字 例：

hansom雙輪雙座馬車；halter馬籠頭，韁繩；heel（馬）後腳跟；hippodrome馬戲場；eohippus始祖馬；hippocampus希臘神話中馬頭魚尾的怪獸，海馬；hippogriff希臘神話中半鷹半馬的有翅怪獸。參看：harness馬具；hippopotamus河馬。

hag.gard [ˈhægəd; ˈhægəd] *

義節 hag.g.ard

hag n.老醜婦，鷹；-ard表示「人」。

字義 a. 憔悴的，樣子兇暴的。

　　n. 悍鷹。

記憶 ①〔義節解說〕鷹的樣子是兇暴的。「老醜」是「憔悴」之極。

②〔同族字例〕eagle 鷹；aquinine鷹的（hag鷹→-aqu-鷹；h脫落）；hack飼鷹架。參看：hawk鷹。

③〔疊韻近義字〕sag萎靡，衰弱。

hag.gle [ˈhægl; ˈhæg!] *

義節 hag.gle

hag v.砍。劈。-le重複動作。

字義 vt. 亂砍，亂劈。

　　vi./n. 爭論，論價。

記憶 ①〔義節解說〕從「砍，劈」引申爲爭論。

②〔用熟字記生字〕axe斧。

③〔同族字例〕hag 砍，劈；heckle 責問。參看：hatchet 短柄斧；hash 切細；rehearse排練；hew砍，劈；hack砍，劈。

hail [heil; hel] *

字義 vi./n. 招呼，（下）冰雹。

　　vt. 歡呼。

　　v. 雹子般落下。

記憶 ①本字模擬打招呼的「嗨！」聲，和「歡呼」的「嗬嗬」聲。電子落下的「呼呼」聲。亦可與high（高的）聯想：電子從高處落下。參考：德文hagel雹，霰，大批。說明：雹←大批←whole整體。

②〔用熟字記生字〕hello問候語（註：作者認爲，此字實即「你身體好？」。佐證：法國熟人間用salute作問候。字根-sal-也表示「健康」。

③〔同族字例〕hale健康的；heal治癒；health健康；holy神聖的；exhilarate使興奮；howl歡鬧；hullabaloo喧鬧。參看：wholesome有生氣的；hilarity歡鬧，狂歡。

④字母h模擬「歡鬧」聲音的其他字例：hurrah歡呼聲；hurly喧鬧。參看：hubbub喧嘩；heyday全盛期。

hal.cy.on [ˈhælsiən; ˈhælsiən]

字義 n. 傳說中的一種海鳥，產卵時能使海上平靜，翠鳥，魚狗。

　　a. 翠鳥產卵期的，平靜的，美好的。

記憶 ①halc→hals，在希臘文中意爲「海」。

②〔用熟字記生字〕silent靜的。

hale [heil; hel]

字義 a. 強壯的，矍鑠的。

記憶 ①〔用熟字記生字〕health健康。

②〔同族字例〕whole完整的；heal痊癒；hello問候語（註：作者認爲：此字實即「你身體好？」。佐證：法國熟人間用salute作問候。等於「你好！」字根-sal-也表示「健康」）；haloid海鹽（註：保證健康之物）；salt鹽（h→s通轉，因爲在西班牙文中x讀h音）；save安全的；salutary有益健康的，合乎衛生的；sound健康的；sanitation公共衛生。參看：hallow聖徒；wholesome健康的，有生氣的；husky強健的；hail招呼；

H

salve救助；sane健全的；salubrious健康的。

hal.low ['hælou; 'hælo]

字義 *n.* 聖徒。

    vt. 崇敬，把…視爲神聖。

記憶 ① ［用熟字記生字］holy神聖的。

② ［同族字例］參看上字hale強壯的，矍鑠的

③ 字母h常表示「神聖」。例如：heaven天堂；hell地獄；holiday假日；holisom聖物；hallon崇敬，視爲神聖；Halloween萬聖節前夕…等等。參看：hierarchic統治集團的（字根hier（o）表示「神聖的」）。

hal.lu.ci.nate

[həˈluːsineit, -lju -; həˈlusn,et -ˈlɪu -]

義節 hal.lucin.ate

hal→halo *n.*日、月的暈，乳暈，神的光環；lucin光，照亮；-ate動詞。

字義 *vt.* 使生幻覺。

記憶 ① ［義節解說］日，月的暈「光」，映現致生幻覺。

② ［同族字例］illusion幻影，幻覺；delusion幻覺；illustrate照明；disillusion幻滅；halation暈影；hole洞；hollow空洞的。參看：lucent透明的；translucent透明的；hallow聖徒。

halt [hɔːlt; hɔlt] *

字義 *n. / v.* 停止（前進）。

    vi. 跛行，猶豫。

記憶 ① ［用熟字記生字］hold止住，約束。hold的德文對應字是holten，可知halt就是hold。

② ［疊韻近義字］參看：falter躊躇，畏縮。

③ ［同族字例］「停止」一意：haul拖，曳；halter韁繩；inhale吸氣；exhorsted筋疲力盡的。參看：hawser纜繩。

「跛行」一意：assilient跳躍的。凸出的（h→s通轉，因爲在西班牙文中x讀h音）；saltate跳躍；desultory散漫的，唐突的；result結果，效果；insult侮辱；sally出擊，突圍；assault攻擊，襲擊；somersault筋斗；saltant跳躍的，跳舞的；salmon鮭魚；dissilient爆裂的；resile反彈。參看：assail攻擊，襲擊，毅然應付，出發；resilient有回彈力的，有彈性的，恢復活力的。

ham.per ['hæmpə; 'hæmpɚ] *

字義 *vt.* 妨礙，阻礙，牽制。

    n. 有蓋的大籃子，必要而累贅的船具。

記憶 ① ［義節解說］有蓋的大籃子→必要而累贅→妨礙，阻礙，牽制。hamper來源於hanaper文件筐，其中-nap-表示take拿，取。例如：kidnap綁架。

本字也可能與hemp（大麻，長纖維，（大麻製成的）麻醉藥）有關。長纖維→捆綁，束縛→牽制，妨礙。事實上，-hamp-與-cumb-（臥，阻礙）同源：h→x通轉。因爲西班牙文的x讀h音。例如：Don Quixote唐·吉訶德。又因爲：x→s；x→c通轉，所以：h→s；h→c通轉。

② ［同根字例］incumbency責任，職權；cucumber黃瓜。參看：encumber妨礙，拖累；accumbent橫臥的；recumbent橫臥的；cumber妨礙，煩累；incumbent壓在上面的，有責任的，義不容辭的。

③ ［同族字例］cubicle小臥室（字根-cub-是-cumb-中的m脫落後的變體）；concubine妾；cube立方體；cubital肘的；succubus妓女，女魔；covey

（鷦鴣等）一窩，（人）一小群。參看：incubus煩累，夢魘；incubate孵（卵），醞釀成熟。

④字母h表示「障礙」的其他字例：hedge障礙物；inhibit抑制。參看：halt停止（前進）；handicap障礙；hurdle障礙；hitch障礙；hinder阻礙。

⑤［疊韻近義字］字母組合amp表示「阻抑」的其他字例：clamp箝制；cramp約束；scamp【古】攔路強盜…等等。

hand.i.cap

['hændɪkæp; 'hændɪˌkæp] *

義節 hand.i.cap

hand *n*.手；cap→cuff *n*.硬袖。

字義 *n*. 障礙，不利條件。

    vt. 妨礙，使不利。

記憶 ①［義節解說］手上有了硬袖，「妨礙」行動。例如：handcuff手銬（manacle手銬，束縛-man-手）。事實上，-cap-與-cump-（臥，阻礙）同源。因此，本字也可解釋爲：妨礙手的（動作）→妨礙。

②字母h表示「障礙」的其他字例，參看上字：hamper妨礙。

③［同族字例］參看上字：hamper妨礙。

hap.haz.ard

[*n*.'hæp,hæzəd; 'hæp,hæzə-d *adj*.& *adv*. ,hæp'hæzəd; 'hæp'hæzə-d] *

義節 hap.hazard

hap *n*.運氣；haz→cast *v*.投，擲；-ard名詞字尾。

字義 *n*. 偶然性，任意性。

    a./*adv*. 任意。

記憶 ①［義節解說］hazard擲骰子→不可預見的結果。c爲何變成h？因爲在西班牙文中x讀h音，如大名鼎鼎的Don Quixote

唐·吉訶德；而x與s相通，c與s相通，所以h→c通轉。類例：hostage人質，抵押品→custody監護，拘留。

②［用熟字記生字］happy幸福的。

③［同族字例］-hap-：perhaps也許；happen發生；mishap不走運；-haz-：casino賭場；cassino一種兩人到四人玩的紙牌戲；hazardous危險的；Smoking is hazardous to your health !吸菸危害健康！（香菸廣告所附「忠告」語）。參看：hazard機會，危害。

ha.rangue [hə'ræŋ; hə'ræŋ]

字義 *v*. 滔滔不絕地演說。

    n. 長篇演說。

記憶 ①［用熟字記生字］arrange整理，排列→把演說「安排」得井井有條。

②［同族字例］arena競技場；range放牧區；ranch大牧場；rink滑冰場；rank橫列；roar吼叫，怒號，轟鳴。參看：rant誇誇其談。

③字母r發低沉的喉鳴聲，模擬「吼叫」聲。其他字例：ran-tan敲打聲，歡鬧；rave咆哮，狂亂地說；growl咆哮，轟鳴。

④換一個思路：rangue→ring響鈴聲。比喻演講者愈講愈得意，愈講愈長。而聽衆覺得吵耳，有如鈴聲不絕。

har.ass ['hærəs; 'hærəs, hə'ræs] *

字義 *vt*. 使煩惱，折磨，騷擾。

記憶 ①本字原意是「放狗出來咬人」。參看：hound獵狗。

②［用熟字記生字］hurt使痛，使受傷，使苦惱。

③［同族字例］harm傷害，危害。參看：harrow弄傷，折磨；harry掠奪，折磨，驅走；harsh刺耳的，刺目的，嚴厲的。

④［易混字］參看：caress愛撫。harness

H

（套）馬具，治理。

har.bin.ger

['hɑːbindʒə; 'hɑrbindʒə]

義節 har.bing.er

har→harness *n*.鎧甲→軍人；bing→burg 遮蔽，保護；-er表示「人」。

字義 *n*. 先行官，先驅。

n./vt. 預示。

記憶 ① ［義節解說］harbing軍人住宿地→ 驛站。中國古時候有「驛站」，用來傳送 文書，也是「先行官」落腳之處。

② ［用熟字記生字］用harbor港口。

③ ［同族字例］-har-：參看：harness 馬具；harry掠奪；habiliment裝備；- bing-：auberge旅館；bourg城鎮。

④字母h表示「居住，房子」的其他字 例：home家；inhabit居住；hotel旅館； hospital醫院；host主人…等等。參看： habitat住所，聚集處。

har.ness ['hɑːnis; 'hɑrnis]

字義 *vt./n.* （套）馬具。【古】鎧甲。

vt. 治理。

記憶 ①本字源於armour盔甲。（請注 意，拉丁語系中h常不發音）套馬具， 猶如給馬穿戴盔甲，所謂「整裝」。再引 申爲「治理」。

② ［同族字例］hauberk中世紀武士穿的一 種高領無袖鎖子甲；habergeon鎖子甲； habilitate給…衣服穿；haberdasher男子 服飾用品店。參看：habiliment裝備，制 服。

③ ［易混字］參看：harass折磨。

④ ［音似近義字］furnish裝備；burnish擦 亮。參看：varnish修飾。

harp [hɑːp; hɑrp] *

n. 豎琴。

vi. 彈豎琴，反覆地講述。

記憶 ①本字的原始意義，可能是「爬」的 動作。用手指在琴上「爬」抓，就是彈豎 琴的動作。估計古時的傳說，都是用彈唱 的形式講述流傳。因此「彈豎琴」又引申 爲「反覆講述」。

② ［同族字例］harpsichord「撥」弦古 鋼琴，羽管鍵琴（「撥」→harp；弦 →chord）；hop單足跳（此字另有一 意：蛇麻草，是一種蔓生攀爬植物）； herpes疱疹；serpigo癬，匍行疹（h→s 通轉）；creep爬行（h→c通轉）； reptile爬行動物。參看：serpent蛇； surreptitious鬼鬼祟祟的，偷偷摸摸的， 祕密的；herpetology爬蟲學。

harp.si.chord

['hɑːpsikɔːd; 'hɑrpsɪˌkɔrd]

義節 harp.si.chord

harp *n*.豎琴；chord琴弦。

字義 *n*. 撥弦古鋼琴，羽管鍵琴。

記憶 ① ［用熟字記生字］harmonious和諧 的。

② ［同族字例］harp：參看上字：harp豎 琴。

-chord-：accordion手風琴；cord細繩， 索；tetrachord四弦樂器；chorus合唱； accord和弦。參看：concordat契約。

har.ri.dan ['hæridən; 'hærədən]

字義 *n*. 兇惡的老婦，老醜婦，年老色衰的 娼妓。

記憶 ①本字在法文對應字中的原意爲「老 馬」。參考：Harpy希臘、羅馬神話中的 鳥身女妖，引申爲殘忍貪婪的人，惡婦。

② ［同族字例］year歲月；era時代；ere 在…之前。參看：hoary灰白的。

har.row ['hærou ; 'hæro] *

義節 har.row

har→plough v.犁；row n.排。

字義 n./v. 耙。

vt. 弄傷，折磨。

記憶 ① ［義節解說］有一排齒的犁→耙。字母h模擬勞動時發出的「嗬嗬」聲。因此也常表示勞動的工具。如hatchet短柄斧；harpoon魚叉，標竿；harp豎琴；hoe鋤頭…等等。

② ［用熟字記生字］hurt使痛，使受傷，使苦惱；row一行。耙地常常是耙出一行一行來。harvest收穫。記：有耕耘才有收穫。

③ ［同族字例］remex（鳥的）飛羽；row划船（中文的「划」和「鏵」也是同源字。因划船破浪而行，犁地破地前進，其用法一樣。這在訓詁學上叫做「同用引申」）。參看：arable可耕的（字根-ar-→-har-耕。請注意拉丁語言中h常不發音）；harry折磨；harness治理；harass折磨。

④ ［形似近義字］參看：grub掘地。

har.ry ['hæri; 'hæri]

義節 har.r.y

har→harness n.鎧甲→軍人；-y字尾。

字義 vt. 掠奪，折磨，驅走。

記憶 ① ［義節解說］本字原意是army軍隊（請注意h在拉丁文語言中常不發音）。「掠奪」即可從此聯想。

② ［用熟字記生字］用harm（傷害，危害）記「掠奪，折磨」意；用hurrry（匆忙地走）記「驅走」意。

③ ［同族字例］參看：harness馬具；habiliment裝備；harbinger先行官。

harsh [hɑːʃ; hɑrʃ] *

字義 a. 粗糙的，刺耳的，刺目的，嚴厲的。

記憶 ① ［用熟字記生字］hard硬的，刺耳的，刺目的，嚴格的。

② ［同族字例］據作者觀察：字母組合har，hari，hoar，hor均有「粗糙的，粗硬的」這樣的原始意味。例如：hard硬的；hare野兔（註：其毛多而粗硬）；hari毛髮；hairy有茸毛的，多毛的；harm傷害（註：因太粗硬而致傷）；hoarse嘶啞的（聲音）；horrid【古】粗糙的，粗硬的；horse馬（註：馬鬃毛是「粗硬的」。參看：hoarse（聲音）嘶啞的；hoary（植物）有灰白茸毛的。

③ ［易混字］hush噓聲。參看：hash切細，雜燴，覆述。

hash [hæʃ; hæʃ]

字義 vt. 切細。

n. 雜燴，覆述。

記憶 ① ［義節解說］「覆述」是把內容嚼「細」以後再講出來。

② 字母h常表示「斧」，引申爲「砍，劈」。究其由來，乃源於axe斧（請注意：拉丁系文字中h常不發音）。

③ ［同族字例］hag砍，劈。參看：hatchet 短柄斧，haggle 亂砍；hack砍，劈；rehearse排練；hew砍，劈。

④ ［疊韻近義字］gash 切口；trash 修剪；slash 深砍。

⑤ ［易混字］hush噓聲。參看：harsh粗糙的，刺耳的，刺目的，嚴厲的。

hatch [hætʃ; hætʃ] *

字義 v./n. 孵（化）。

vt. 策劃。

n. 結果。

H

記憶 ①本字的基本意思是「緊抱」。孵蛋就是「緊抱」著蛋。它和hook（鉤住）是同源字（k→ch通轉）。佐證：hitch鉤住；hug緊抱。

本字在「懷抱，策劃」這個意義上與harbour一字有同樣的意味。例如：to～a polt心懷陰謀。比較：to harbour ulterior motives 心懷叵測。

② ［用熟字記生字］hen母雞。The hen is hatching eggs 母雞正在孵蛋。

③ ［同族字例］hook鉤；heckle櫛梳；hack耙（地）；harquebus火繩槍；hutch籠，棚，舍。參看：hitch鉤住；hike（使）升起；hug緊抱。

④ ［助憶成語］下面兩句與本字有關的成語，是很好的助憶載體：

Don't count your chickens before they are～ed. 不要未孵出蛋就先數雞。

～es，catches，matches，and dispatches（報刊上的）出生，訂婚，結婚和死亡欄（註：諧音而又諧謔，精彩易記）。

⑤ ［易混字］參看：hatchet 短柄斧。

hatch.et ['hætʃit ; 'hætʃit] *

義節 hatch.et

hatch→axe n.斧頭。-et表示「小」。

字義 n. 短柄斧，小斧。

記憶 ① 字母h常表示「斧」，引申為「砍，劈」。究其來由，乃源於axe斧（請注意：拉丁系文字中h常不發音）。

② ［同族字例］hag砍，劈。參看：hatchet短柄斧；haggle亂砍；hash切細；hack砍，劈；rehearse排練；hew砍，劈。

③ ［易混字］參看：hatch孵（化）。

ha.tred ['heitrid ; 'hetrɪd]

字義 n. 憎恨，敵意。

記憶 ① ［用熟字記生字］hate憎恨。

② ［同族字例］epicedium哀歌。參看：heinous極可恨的；odious可憎的，醜惡的，令人作嘔的；hostile敵方的，敵意的。

haul [hɔːl ; hɔl] *

字義 v. / n. 拖，拉。

vi. 改變方向。

n. 捕獲物。

記憶 ①「拖，拉」時用力，發出「嗬嗬」的聲音。請注意：韻部aul是「拖」長的音。參看：draw拖，拉。「捕獲物」是用手或馬「拖」回去的。

② ［同族字例］halter韁繩；inhale吸氣；exhorsted筋疲力盡的；hale強拉，硬拖。參看：hawser纜繩；halt停止（前進）。

haunt [hɔːnt; hɔnt, hɑnt]

字義 v. 常去，經常出沒，（鬼）作祟。

n. 常去之地，（動物）生息地。

記憶 ①本字的原意是feeding place of animals 動物覓食的地方，也就是「常去之地，經常出沒的地方」。鬼魂作祟之處，應是其「生息地」。

② ［用熟字記生字］home家；heaven天堂（haun→heaven；其中un→ven音變）。

③ ［同族字例］hunt追獵；helmet頭盔，防護帽；hem包圍，禁閉；hermet隱士；ermite隱士（註：h脫落）；niflheim陰間（nifl霧）；hame馬頸軛。參看：hermetic奧祕的；habitat棲息地；haven港口；hound獵狗，追獵，追逼。

④字母h表示「隱藏」的其他字例：hide

藏；hint暗示；hoard祕藏物。

⑤〔音似近義字〕參看：jaunt短途遊覽；advent到來；wander漫遊。

ha.ven ['heivn ; 'hevən] *

字義 *n.* 港口，避難所。

vt. 開船入港，掩護。

記憶 ①本字應從harbour港口，避難所。請注意西班牙文中，至今b、v二字母都可發b或v音。harb的原意是「居處」，可能是字根 - habit -（表示「居住」）的變形。

②〔用熟字記生字〕heaven天堂。且說海上遇風，得以避入一個港灣，就如同到了天堂。

③〔同族字例〕inhabit居住於；exhibit展覽；harbor港口；heaven天堂；habitant居民；cohabit同居。參看：habitat棲息地；hive蜂巢；hovel茅屋。

hav.oc ['hævək; 'hævək]

字義 *n. / vt.* 嚴重破壞。

n. 大混亂。

記憶 ①本字是hawk（鷹，殘忍的掠奪者）的音變變體。有人認爲本字是搶劫開始時發出的叫聲。

②〔音似近義字〕參看：avalanche雪崩（hav→av.請注意拉丁系語言中h常不發音）；chaos大混亂；inchoate才開始的，初期的，未發達的。

③〔同族字例〕eagle鷹；aquinine鷹的（hag鷹→-aqu-鷹；h脫落）；hack飼鷹架。參看：hawk鷹；haggard悍鷹。

④〔音似近義字〕chaos混沌。

hawk [hɔːk; hɔk] *

字義 *n.* 鷹，騙子，殘忍的掠奪者。

v. 猛撲，咳（出），叫賣。

①〔同族字例〕「鷹」一意：eagle鷹；aquinine鷹的（hag鷹→-aqu-鷹；h脫落）；hack飼鷹架。參看：hawk鷹；haggard悍鷹；havok大混亂。

「騙子」一意：joke開玩笑，戲弄（h→j通轉）；coax哄騙（h→c通轉）；hanky-panky欺騙，障眼法；hexerei巫術；hag女巫；hex施魔法於；hocus-pocus哄騙，戲弄。參看：hocus欺騙；sorcery巫術，魔術；exorcize用咒語驅魔；hoax欺騙，戲弄。

「叫賣」一意，來源於「彎身而坐，蹲坐，背負」的基本意義：hucker叫賣小販；hawker叫賣小販；huckster叫賣小販；huckle臀部；hunker蹲坐。

②換一個角度，「叫賣」一意也可能是模擬沿街叫賣的聲音。「咳」則是模擬「乾咳」時喉嚨發出的一聲。例如：hiccup打呃。參看：hectic肺病的。

③字母h表示「哄騙」的其他字例：hob惡作劇；hum欺騙；humbug欺瞞。

haw.ser ['hɔːzə; 'hɔzə, 'hɔsə]

字義 *n.* 粗繩，纜索，錨鏈。

記憶 ①〔諧音〕用「粗繩」拖，拉時發出「嗬嗬」的聲音。

②〔同族字例〕hose 皮管；hawse錨鏈孔；exhorsted筋疲力盡的；halter韁繩；inhale吸氣；hale強拉，硬拖。參看：haul拖，拉；halt停止（前進）。

haz.ard ['hæzəd; 'hæzəd] *

義節 haz.ard

haz→cast *v.*投，擲；-ard名詞字尾。

字義 *n.* 機會，危害。

vt. 使遭危險。

記憶 ①〔義節解說〕本字原意爲「擲骰子」。c爲何變成h？因爲在西班牙文中x讀h音，如大名鼎鼎的Don Quixote唐·

吉訶德；而x與s相通，c與s相通，所以h→c通轉。類例：hostage人質，抵押品→custody監護，拘留。

② ［同族字例］cassino一種兩人到四人玩的紙牌戲；hazardous危險的。參看：haphazard偶然性；jeopard危害（在西班牙文中j讀h音，如人名Juan胡安，相當於John）；casino賭場。

③ ［形似近義字］leopard豹。

④ ［使用情景］Smoking is hazardous to your health !吸菸危害健康！（香菸廣告所附「忠告」語）。

---

haze [heiz ; hez] *

字義 *n.* 霾，煙霧，頭腦糊塗。

　　v. （使）變模糊◦

記憶 ①據說本字可能是從gauze（薄霧）變來，而該字可能源於「網紗」的發祥地Gaza（巴勒斯坦的城市）。

② ［疊韻近義字］daze迷亂；maze迷宮；smaze煙霾。

③ ［同族字例］參看：gossamer薄紗；gauze薄紗，網紗，薄霧；hoary灰白的，古老的，（植物）有灰白茸毛的；hoax欺騙，戲弄；hocus欺騙。

④字母z表示「朦朧，眩暈」的其他字例：bamboozle【俚】迷惑；dazzle耀眼的；dizzy頭暈目眩的；drizzle濛濛細雨；fuzzy模糊的；gaze凝視；grizzle灰色的；muzzy迷惑的；puzzle謎；quiz測驗；wizard男巫；woozy眩暈的…等等。

---

head.y ['hedi; 'hɛdɪ]

義節 head.y

head頭；-y形容詞。

字義 *a.* 輕率的，任性的，猛烈的，精明的。

記憶 ［義節解說］「頭腦發熱」而行事，乃是「輕率任性」。事事用腦子盤算，是謂「精明」。

---

heal [hi:l, hil] *

字義 *v.* 痊癒。

　　vt. 使和解。

記憶 ① ［用熟字記生字］health健康。

② ［同族字例］whole完整的；hale健康的；hello問候語（註：作者認爲，此字實卽「你身體好 ?」佐證：法國熟人間用salute作問候。字根-sal也表示「健康」）；參看：hallow聖徒；wholesome健康的，有生氣的；husky強健的；hail招呼；hale強壯的。

③ ［易混字］heel後腳跟。

---

hear.say ['hiəsei; 'hɪr,se]

義節 hear.say

hear *v.*聽見。say說。

字義 *n. / a.* 傳聞（的）。

記憶 ① ［義節解說］聽見（別人如是）說。類例：參看gainsay否定（gain→against反對）。

② ［同族字例］hark傾聽；hearken傾聽；acoumeter測聽器（h容易脫落；ark→ac→-acou-）；acousticon助聽器；acoustics聲學，音響裝置；catechize傳聞；echo回音，反響（其中e-→ex-→out ;cho→acoust聽；聽到外面傳回來的聲音）。參看：acoustic聽覺的，傳音的，聲學的。

③ ［易混字］參看：heresy異端。

---

hearth [hɑ:θ; hɑrθ] *

字義 *n.* 爐邊，爐膛，家庭。

記憶 ①本字來源於Hestia希臘神話中的竈神，室家之神。

② ［用熟字記生字］heat熱（因爲爐邊是「熱」的）；house家宅。

---

③〔同族字例〕hot熱的；husband丈夫；host主人；horst地壘；hose長統襪；hurdle籬笆；vesta女竈神；vestibule門廳。參看：heir繼承人；hereditary世襲；horde游牧部落；hospitable好客的；hub（活動）中心；huddle聚在一起商量；hoard儲藏。

④〔形似易混字〕heart心臟；參看：dearth缺乏。

hea.then [ˈhiːðən; ˈhiðən] *

義節 heath.en

heath→earth n.泥土，土地；-en字尾。

字義 n. / a. 異教徒（的），未開化的（人）。

記憶 ①〔義節解說〕heath的原意，是「未經開墾的土地，野地」。世界名著《咆哮山莊》（Wuthering Heights）中的男主角是個「野」孩子，性格也「野」。名字就叫Heathcliff。

②〔用熟字記生字〕other than非此的，不同的（heath→eath（h脫落）→other）。

③〔同族字例〕heterochromosome異染色體；heterocycle【化】雜環；heterodox異教的，異端的；heterosexual異性愛的。參看：heresy異教；heterogeneous異類的，異質的；heretic異教徒；hoyden野丫頭，男孩氣的女孩。

hec.tic [ˈhektik ; ˈhɛktɪk] *

義節 hect.ic

hect→hex身體的習慣；-ic形容詞。

字義 a. 肺病的，發熱的，激動的。
　　 n. 肺病熱。

記憶 ①〔義節解說〕肺病總是下午會潮熱，臉上潮紅。

②〔用熟字記生字〕heat熱。肺病總是要「發熱」。

③〔同族字例〕cachexia 惡病質（cac-，壞，惡）；echard不可能被植物吸收的土壤水；hector嚇唬，虛張聲勢。

④再從擬聲的角度看：hect似乎模擬肺病患者的乾咳聲。例如：hiccup打呃聲。參看：hawk咳（出）。

he.don.ic [hiˈdɔnik; hiˈdɑnik]

義節 hedon.ic

hedon→sweet a.甜的；-ic形容詞。

字義 a. 享樂的，享樂主義的。

記憶 ①〔義節解說〕hed→sweet（h→sw；d→t通轉）。

②〔同族字例〕persuade勸說；suasive勸說性的；dissuade勸阻。參看：assuage緩和；suavity討好。

heed [hiːd ; hid] *

字義 v. / n. 注意，留意。

記憶 ①本字是hood（兜帽，頭巾）的變體，基本含義是「遮蔽，警戒」。

②〔用熟字記生字〕heart心。記：「留心」。

③〔同族字例〕hat帽子；hood兜帽，頭巾。參看：hoodwink蒙住眼睛，蒙騙。

④〔易混字〕heel腳後跟。

he.gem.o.ny

[hi(:)ˈgeməni, ˈhedʒim-, ˈhegim -; hiˈdʒɛmənɪ, ˈhɛdʒə͵monɪ]

義節 heg.e.mony

heg→德文hegen保護，看護；-mony抽象名詞。

字義 n. 霸權。

記憶 ①〔義節解說〕保護人→領袖→霸。-heg-來源於拉丁文aegidis宙斯的神盾，覆蓋物。這是用山羊皮（age→goat山羊）覆蓋的盾，傳說曾借給雅典娜。所以引申

H

爲「保護，贊助」。所謂「拉大旗作虎皮」。字根-aeg-後來又變形爲：-eg-；-teg-；-tect-；-decor-…等等，都表示「覆蓋，保護」。

② ［同族字例］hedge 樹籬，保值措施；hegumen（希臘東正教的）修道院長；exegesis評註；decoration裝飾；deckle紙模的隱紙框；decor裝飾風格；thatch茅屋頂；thug黑鏢客；stegodon一種已滅絕的類象動物；protect遮蓋，保護；tutor導師；tile瓦；test（蟹，蛤等的）甲殼，介殼；architect建築師；testudo陸龜；tortoise龜；tester（舊式大床，布道壇上面的）華蓋；toga袍掛，長袍；protege被保護人；integument（動、植物的）外皮，外殼，覆蓋物；test測驗，考試；attest證實，證明；contest競爭；protest抗議；testimony證據。參看：detest痛恨；testy易怒的，暴躁的；intuition直覺；testament遺囑，遺言。test的原意是（蟹，蛤等的）甲殼，介殼，好像古代的東方人和西方人都把它們看作神物，引申爲「證物，見證」（witness）。參看：ostracise貝殼放逐法→古希臘由公民把認爲危害邦國的人名寫在貝殼上進行投票，過半數票者則放逐之）；tutelage保護，監護，（個別）指導；decent體面的；bedeck裝飾；decorum禮貌，禮節，正派，體面；presage預兆；sagacious有洞察力的；aegis保護，贊助，主辦。

③ ［形似近義字］參看：hierarchic統治集團的。

---

hei.nous ['heinəs; 'henəs]

［義節］hein.ous

hein→Nemesis希臘神話中的復仇女神；-ous充滿…的。

［字義］a. 極可恨的，極兇殘的。

［記憶］① ［義節解說］充滿「復仇」心態。

② ［用熟字記生字］hate v.恨。參看：hatred憎恨。

③ ［同族字例］參看：animosity仇恨，憎惡，敵意；enemy敵人（e.nem.y，nem→nemesis）；enmity敵意，仇恨（hein→enm，請注意：拉丁語文中h常不發音，故容易脫落。）；nemesis復仇者。

---

heir [ɛə; ɛr] *

［字義］n. 後嗣，繼承人。

［記憶］①本字應從字根-her-相接於。「後嗣」乃是與其長輩相銜接連貫的。

② ［同族字例］adhere附著；cohesive連貫的；inhere固有；heres（法定）繼承人；heritage遺產；inherit繼承人；herd獸群；series連續，系列（h→s通轉）。參看：hereditary世襲，遺傳的。

---

hel.i.cal ['helik! ; 'hɛlɪk!]

［義節］helic.al

helic→helix螺旋線；-al形容詞。

［字義］a. 螺旋形的，螺旋（線）的。

［記憶］① ［用熟字記生字］helicopter直升飛機（註：pter翼）。

② ［同族字例］helix螺旋形的；helm舵；waltz華爾滋舞；walk散步；whelk蛾螺；wallet錢包；vault撐竿跳；ball球；wheel輪子；welter翻滾，顛簸；wallow滾，顛簸；whorl葉輪，旋輪。參看：swelter熱得發昏；voluble易旋轉的；wallop打滾，顛簸。

③ ［音似近義字］axis軸（線）。螺旋線應有相關的軸。

he.li.o.chrome

['hi:lioukroum ; 'hilıo,krom]

義節 helio.chrome
helio太陽；chrome顏色。

字義 *n.* 【商標名】天然照片，彩色照片。

記憶 ① ［義節解說］太陽光由七色組成→七彩照片。

② ［同族字例］-helio-：heliac 太陽的；helianthus 向日葵屬；heliosis 中暑；aphelion遠日點；perihelion近日點。-chrom-：chromite鉻酸鹽（鉻離子呈明亮的綠色，鮮豔可愛）；achromatic非彩色的。參看：autochrome彩色照片；chrometic色彩的。

Hel.ot ['helət; 'hɛlət, 'hilət]

字義 *n.* 奴隸，農奴。

記憶 本字源於Helos（地名）。該城市是古代奴隸市場所在處。

he.mat.ic [hi'mætik ; hi'mætık]

義節 hemet.ic
hemat血。-ic形容詞。

字義 *a.* （多）血的，血色的。
　　　a. / n. 作用於血的（藥）。

記憶 ① ［用熟字記生字］worm蚯蚓（註：蚯蚓是紅色的）。本字根有幾種形式：hema，hemo，hemat（o）；都是從worm變來（worm→hem）。

② ［同族字例］hematein蘇木紅；hematin正鐵血紅素；hematite赤鐵礦；hemal血的，血管的；hemic（關於）血的；vermilion朱砂；vermeil亮紅色的；vermian蠕蟲的。參看：vermin害蟲；squirm蠕動；vampire吸血鬼。

he.pat.ic [hi'pætik, he'p- ; hɪ'pætık]

義節 hepat.ic

hepat→hepar *n.*肝；-ic形容詞。

字義 *a.* 肝的，肝狀的，肝色的。
　　　n. 歐龍牙草。

記憶 ① ［同族字例］hepatitis肝炎；heparin肝素；gizzard（鳥等的）砂囊。

②本字可能與hemo（血）有關：肝的顏色與血相近，且是為血解毒的。也可能與herb（草）有關→歐龍牙草。

her.ald ['herəld; 'hɛrəld]

義節 her.ald
her→har軍隊；ald→wield *v.*運用（武器），行使（權力），施加（影響）

字義 *n.* 傳令官，先驅。
　　　vt. 預示…的來臨，宣布，歡呼。

記憶 ① ［義節解說］herald→army wielder軍隊中的發號施令者。

② ［同族字例］-her-：參看：harness馬具；habiliment裝備；harry掠奪。ald：value價值；valor勇氣；prevail壓倒。

③ ［音似近義字］「歡呼」一意，可能與hurrah（歡呼聲）有關。
字母h模擬「歡鬧」聲音的其他字例：hurrah歡呼聲；hurly喧鬧。參看：hubbub喧嘩；heyday全盛期。

④ ［形似近義字］參看：harbinger先行官，先驅。

her.ald.ry ['herəldri; 'hɛrəldrı]

義節 her.ald.ry
her→har軍隊；ald→wield *v.*運用（武器），行使（權力），施加（影響）；-ry抽象名詞。

字義 *n.* 紋章（學），勳章。

記憶 ① ［義節解說］herald → army wielder軍隊中的發號施令者→權力的象徵。又：herald是英國專司宗譜紋章的官。

② ［同族字例］參看上字：herald傳令官。

he.red.i.ta.ry

[hi'reditəri, he'r -, hə'r; hə'rɛdə͵tɛrɪ] *

義節 here.dit.ary
here相接於；dit給予；-ary形容詞。
字義 a. 世襲的，遺傳的。
記憶 ①〔義節解說〕由於與上一輩相接而被給予。參看：heir後嗣。
②〔用熟字記生字〕traditional傳統的，因襲的（dit給予）。
③〔同族字例〕-her-：adhere附著；cohesive連貫的；inhere固有；heres（法定）繼承人；heritage遺產；inherit繼承人；herd獸群；series連續，系列（h→s通轉）。參看：heir後嗣，繼承人。-dit-：antidote解毒劑。參看：anecdote軼事，趣聞。

---

her.e.sy ['herəsi, -ris-; 'hɛrəsɪ] *

義節 heres.y
heres→heret→heter（o）-異；-y名詞。
字義 n. 異教，異端，信奉邪說。
記憶 ①詳見下字：heretic異教徒。
②〔易混字〕參看：hearsay傳聞。

---

her.e.tic ['herətik, -rit-; 'hɛrətɪk] *

義節 heret.ic
heret→heter（o）-異；-ic字尾。
字義 n. 異教徒，持異端者。
記憶 ①〔用熟字記生字〕other另一個（heter→eter（h脫落）→other）。另一個→其他→異。
②〔同族字例〕heterochromosome異染色體；heterocycle【化】雜環；heterodox異教的，異端的；heterosexual異性愛的。參看：heresy異教；heterogeneous異類的，異質的；heathen異教徒。

---

her.met.ic

[hə'metik, -ikəl; hə'mɛtɪk, -ɪk!]

義節 hermet.ic
hermet隱藏；-ic形容詞。
字義 a. 奧祕的，煉金術的，密封的。
記憶 ①〔用熟字記生字〕home 家。德文：heim 家；heimlich 祕密的，私下的；hermetisech密閉的。可知hermet表示「隱蔽」，與home（家）同源。
②〔同族字例〕helmet頭盔，防護帽；hem包圍，禁閉；hermet隱士；ermite隱士（註：h脫落）；niflheim陰間（nifl霧）。參看：haunt常去之地。
③字母 h 表示「隱藏」的其他字例：hide藏；hint暗示；hoard儲藏物。

---

her.pe.tol.o.gy

[͵hə:pə'tɔlədʒi; ͵hɝpə'tɑlədʒɪ]

義節 herpeto.logy
herpeto→reptile n.爬行動物，爬蟲；-logy學科。
字義 n. 爬蟲學。
記憶 ①〔用熟字記生字〕hop單足跳。此字另有一意：蛇麻草。是一種蔓生攀爬植物。
②〔同族字例〕herpes疱疹；serpigo癬，匐行疹（h→s通轉）；creep爬行（h→c通轉）；reptile爬行動物。參看：serpent蛇；harp豎琴；surreptitious鬼鬼祟祟的，偷偷摸摸的，祕密的。
③換一個思路：herpeto→herb草本植物。爬蟲均要靠草的環境生存。

---

het.er.o.ge.ne.ous

['hetərou'dʒi:niəs, ͵het-,-rə'dʒ-, -'dʒen-, -njəs; ͵hɛtərə'dʒɪnɪəs, -njəs]

義節 hetero.gene.ous
hetero-異；gene生，育，-ous形容詞。

字義 *a.* 異類的，異質的。

記憶 ① ［義節解說］參看：genus種類→異類。

②［用熟字記生字］other另一個(heter→eter (h脫落)→other)。另一個→其他→異。

③ ［同族字例］heterochromosome異染色體；heterocycle【化】雜環；heterodox 異教的，異端的；heterosexual異性愛的。參看：heresy異教；heretic異教徒。

④ ［反義字］homogeneous同類的 (homo-同)。

---

hew [hju ; hju] *

字義 *v.* 砍，劈。

　　vi. 堅持。

記憶 ① ［用熟字記生字］hoe鋤頭；hold堅持。

② ［同族字例］「砍，劈」意：hay乾草。參看：howl嚎叫。

③字母h模擬勞動時發出的「嗬嗬」聲。因此也常表示勞動的工具。如：hatchet 短柄斧；harpoon魚叉，標竿；harp豎琴；hoe鋤頭…等等。

---

hey.day ['heidei ; 'he,de] *

義節 hey.day

hey歡呼聲；day *n.*日子。

字義 *n.* 全盛期。

記憶 ① ［義節解說］day字本身有時可釋作「全盛時期」。例如：on one's day在最興旺之時。Every dog has his day. 每人都會有過一段得意的日子。

② ［用熟字記生字］hello問候語（註：作者認爲，此字實卽「你身體好？」。佐證：法國熟人間用salute作問候。字根-sal-也表示「健康」）。

③ ［同族字例］hale健康的；heal治癒；health健康；holy神聖的；exhilarate使興奮；howl歡鬧；hullabaloo喧鬧。參

看：wholesome有生氣的；hail歡呼；hilarity歡鬧，狂歡。

④字母h模擬「歡鬧」聲音的其他字例：hurrah歡呼聲；hurly喧鬧。參看：hubbub喧嘩。

⑤換一個思路：hey→high高的→高峰期。

---

hi.a.tus [hai'eitəs; haɪ'etəs]

字義 *n.* 空隙，（稿子等）脫字，中斷。

記憶 ① 本字來源於拉丁文hio張開（嘴），裂口。

② ［用熟字記生字］hole洞。

③字母h表示「空」的其他字例：hollow 空的，空虛的；dehisce張口，（植物學）裂開；lammergeier冬眠場所 (lammer肢；gei張開)；yawn打呵欠。參看：gape張口；hyaline透明的。

④ ［同族字例］idle空閒的。參看：otiose 空閒，無效的；naught無，零；void無效的；futile無效的。

---

hi.ber.nate ['haibə:neit; 'haɪbəˌnet] *

義節 hibern.ate

hibern冬天；-ate動詞。

字義 *vi.* 冬眠，越冬。

記憶 ① ［義節解說］法文：hiver冬天，冬季。請注意西班牙文中b和v均可以讀v和b音。參考：hiemal冬季的，寒冷的。

② ［對應字］aestivate夏眠，越夏。

③ ［音似近義字］參看：hyperborean極北的，寒冷的。

---

hid.e.ous ['hidiəs; 'hɪdɪəs] *

字義 *a.* 醜陋的，可怕的。

記憶 ①本字的基本含義是：因爲有許多粗硬的毛，而顯得醜陋，可怕。

②〔用熟字記生字〕hide躲藏。記：「因爲醜陋，故要躲藏」。

③〔形似近義字〕tedious使人厭煩的，冗長乏味的。參看：odious可憎的，醜陋惡的，令人作嘔的。

④〔同族字例〕hispid有硬鬃毛的；horrid粗糙的，可怕的；ordure猥褻，淫話。參看：hirsute多毛的，有粗毛的；abhor憎厭；odious醜惡的，可憎的；invidious引起反感的。

hi.er.ar.chic
[ˌhaiəˈraːkɪk,haiəˈrɑrːkɪk]

義節 hier.arch.ic

hier神聖；arch統治；-ic形容詞。

字義 a. **僧侶統治（集團）的，等級（制度）的。**

記憶 ①〔義節解說〕僧侶專司供神之職。借神之名而形成統治。

②〔同族字例〕hierodule聖役；hierarch祭司長，大主教。參看：hieroglyph象形文字。

③〔形似近義字〕參看：hegemony霸權。

hi.er.o.glyph
[ˈhaiərouglif, -rəg -; ˈhaiərə,glif, ˈhairə -]

義節 hiero.glyph

hiero神聖；glyph→graph刻，畫，寫。

字義 n. **神祕的文字，象形文字。**

記憶 ①〔義節解說〕所謂「天書」。「神聖」傳下的文字。

②〔同族字例〕-hier-參看：hierarchic僧侶統治（集團）的。-glyph- anaglyph凸雕；glyptic雕刻的；telegraph電報。參看：glyph雕刻的文字。

hi.jack
[ˈhaidʒæk; ˈhai,dʒæk] *

義節 hi→high a.高的；jack v.【美俚】拔（槍等）。

字義 vt. **搶劫，劫持。**

記憶 ①〔義節解說〕在飛至高空時，拔槍劫持飛機。

②有人認爲，本字來源於攔路強盜的話：「stick'em high up' Jack！」高舉雙手，老兄！縮簡而成hijack。

hike
[haik；haik] *

字義 vi. / n. **徒步旅行。**
     v. **（使）升起。**
     n. **提高。**

記憶 ①本字的基本意思是「鉤住」。它和hook（鉤住）是同源字。「鉤住」→升起；「徒步旅行」時「鉤上」一部車→搭車。參看：hitch鉤住，蹣跚。語源上認爲本字是此字之訛音（註：ch常可讀k音）。

②〔用熟字記生字〕hook鉤住。

③〔同族字例〕heckle櫛梳；hack耙（地）；harquebus火繩槍；hutch籠，棚，舍。參看：hitch鉤住；hug緊抱；hatch孵（化），策劃。

hi.lar.i.ty
[hiˈlæriti；həˈlærəti, hi -, hai -]

義節 hilar.ity

hilar歡呼聲；-ity名詞。

字義 n. **歡鬧，狂歡。**

記憶 ①〔義節解說〕本字模擬打招呼的「嗨！」聲，和「歡呼」的「嗬嗬」聲。

②〔用熟字記生字〕hello問候語（註：作者認爲，此字實即「你身體好？」。佐證：法國熟人間用salute作問候。字根-sal-也表示「健康」）；

③〔同族字例〕hale健康的；heal治癒；

health健康；holy神聖的；exhilarate使興奮；howl歡鬧；hullabaloo喧鬧。參看：wholesome有生氣的；hail歡呼。

④字母h模擬「歡鬧」聲音的其他字例：hurrah歡呼聲；hurly喧鬧。參看：hubbub喧嘩；heyday全盛期。

hin.der ['hɪndə; 'hɪndə] *

義節 hind.er

hind *a.*後面的。-er字尾。

字義 *v.* 阻礙，妨礙。

記憶 ① ［義節解說］使之在後面→不讓向前→阻礙（前進）。

② ［用熟字記生字］behind在…的後面。

③ ［同族字例］hide躲藏；hint暗示。參看：hinterland內地，窮鄉僻壤。

④字母h表示「障礙」的其他字例：hamper阻礙，妨礙；hedge障礙物；inhibit抑制。參看：halt停止（前進）；handicap障礙；hurdle障礙；hitch障礙。

hinge [hɪndʒ; hɪndʒ] *

字義 *n.* 鉸鏈，轉捩點。

　　vt. 裝鉸鏈。

　　vi. 隨…而定。

記憶 ① ［用熟字記生字］本字從hang吊，掛。「鉸鏈」的一頭裝在固定之處，另一頭裝在需要活動之處（如門）。等於通過鉸鏈將活動之處「吊掛」著。

② ［同族字例］hanker渴望，追求；cunctation遲延。

hin.ter.land

['hɪntəlænd; 'hɪntə‚lænd]

義節 hinter.land

hinter→hinder *a.*更後面的。 land土地。

字義 *n.* 內地，窮鄉僻壤。

記憶 ① ［義節解說］遠離沿海或發達地區的地方。

② ［用熟字記生字］behind在…的後面。

③ ［同族字例］hide躲藏；hint暗示。參看：hinder阻礙，妨礙。

④ 換一種思路：hinter→inter在…之內。亦可記成「內地」。在拉丁語文中，h常不發音。

hip.po.pot.a.mus

[‚hɪpə'pɔtəməs; ‚hɪpə'patəməs] *

義節 hippo.potamus

hippo馬；potamus河流。

字義 *n.* 河馬。

記憶 ① ［用熟字記生字］horse馬；pot（字根）飲，*n.*水罐。

② ［同族字例］-hippo-：eohippus始祖馬；hippocampus希臘神話中馬頭魚尾的怪獸，海馬；hippogriff希臘神話中半鷹半馬的有翅怪獸；hippodrome馬戲場。-pot-：poison毒藥；potation暢飲，飲料；potamic河流的。參看：potion一服藥；compotation同飲；potable可飲用的。

③字母h表示「馬」的其他字例：hansom雙輪雙座馬車；halter馬籠頭，韁繩；heel（馬）後腳跟。參看：hackney出租（馬車）。

hire ['haɪə; haɪr]

字義 *vt./n.* 租用，雇用。

　　vi. 接受雇用。

記憶 ①據說本字來源於古英文hyr，意為payment付錢；wage工錢。

② ［造句助憶］I am tired, I must～a car tomorrow. 我累了，明天得租部車。

③ ［形似近義字］參看：hackney出租（馬車）。

hir.sute [ˈhəːsjuːt; ˈhɚsut, -sjut]

義節 hir.sute

hit→hair *n.*毛，髮。sute→suit *n.*一副，
一套。

字義 *a.* 多毛的，有粗毛的。

記憶 ① [用熟字記生字] hairy多毛的。

② [同族字例] 據作者觀察：字母組合
har，hair，hoar，hor均有「粗糙的，
粗硬的」這樣的原始意味。例如：hard硬
的；hare野兔（註：其毛多而粗硬）；
hair毛髮；harm傷害（註：因太粗硬而
致傷）；hoarse嘶啞的（聲音）；horrid
【古】粗糙的，粗硬的；horse馬（註：
馬鬃毛是「粗硬的」）。參看：hoarse
（聲音）嘶啞的；hoary（植物）有灰白
茸毛的；harsh粗糙的。

his.tri.on.ic

[ˌhɪstrɪˈɔnɪk; ˌhɪstrɪˈɑnɪk]

字義 *a.* 戲劇的，表演的，舞臺的。

n./a. 演員（的）。

記憶 [用熟字記生字] history歷史。「戲
劇」所演出的都已成過去。所謂「聽評書
掉淚，替古人擔憂」，我們又有「歷史舞
臺」之說。

hitch [hitʃ; hɪtʃ] *

字義 *vt./n.* 急拉，急推，鉤住，拴住。

vi./n. 蹣跚。

n. 故障，障礙。

記憶 ①本字的基本意義是「鉤住」。它和
hook（鉤住）是同源字。「徒步旅行」
時「鉤上」一部車→搭車（hitch-hike搭
車旅行）。參看：hike徒步旅行。

② [用熟字記生字] hook鉤住。

③ [同族字例] heckle櫛梳；hack耙
（地）；harquebus火繩槍；hutch
籠，棚，舍。參看：hug緊抱；hatch孵

（化），策劃。

hith.er [ˈhiðə; ˈhɪðɚ]

字義 *adv.* （到）這裡。

a. 這邊的，附近的。

記憶 ① [用熟字記生字] here（到）這裡。

② [同族字例] hitherto迄今。

hive [haiv; haɪv] *

字義 *n.* 蜂房，蜂群，鬧區。

v. 進入蜂箱。

vt. 貯備。

記憶 ① [用熟字記生字] house住所。

② [疊韻近義字] thrive繁榮，興旺，旺
盛。

③ [同族字例] inhabit居住於；exhibit展
覽；harbor港口；heaven天堂；habitant
居民；cohabit同居。參看：haven港口
（b→v通轉）；habitat棲息地，聚集
處；hovel茅屋；hover伏窩，孵化；hub
輪轂。

④ [雙聲近義字] hum該字模擬蜜蜂的嗡嗡
聲。

hoard [hɔːd, hɔəd; hord, hɔrd] *

字義 *v.* 貯藏，積聚。

n. 窖藏的財寶。

記憶 ①本字來源於德文hort保護，避難
所，托兒所，財寶。

② [同族字例] cohort一群，一幫，同謀
者；herd獸群，使集在一起；host一大
群；hut小茅屋；hotch棚，舍；hedge
樹籬；hurst樹林；heath石南屬植物；
horst地壘；hoarding臨時圍籬；orchard
果園；court庭院；garden花園。參看：
horticulture園藝學；horde成群結隊；
hostage人質，抵押品；huddle擠作一
團；hurdle籬笆，圍欄。

hoarse [hɔːs; hɔəs; hors] *

字義 *a.* **(聲音)嘶啞的。**

記憶 ① ［用熟字記生字］horse馬→馬「嘶」→嘶啞的。

② ［同族字例］據作者觀察：字母組合har，hair，hoar，hor均有「粗糙的，粗硬的」這樣的原始意味。例如：hard硬的；hare野兔（註：其毛多而粗硬）；hair毛髮；hairy有茸毛的，多毛的；harm傷害（註：因太粗硬而致傷）；hoarse嘶啞的（聲音）；horrid【古】粗糙的，粗硬的；horse馬（註：馬鬃毛是「粗硬的」）。參看：harsh（聲音）粗糙的，刺耳的；hoary（植物）有灰白茸毛的；husky結實的，強健的，大個子的，龐大的。

③ ［疊韻近義字］coarse粗糙的，聲音沙啞的。c為何變成h？因為在西班牙文中x讀h音，如大名鼎鼎的Don Quixote唐·吉訶德；而x與s相通，c與s相通；所以h→c通轉。類例：hostage人質，抵押品→custody監護，拘留。

hoar.y ['hɔːri, 'hɔər -; 'hori]

字義 *a.* **灰白的，古老的，（植物）有灰白茸毛的。**

記憶 ① ［用熟字記生字］hairy有茸毛的，多毛的，【美俚】粗魯的，陳舊的（笑話等）。此字與本字音形義均相似。

② ［同族字例］year歲月；era時代；ere在…之前。參看：harridan老醜婦。

③據作者觀察：字母組合har，hair，hoar，hor均有「粗糙的，粗硬的」這樣的原始意味。例如：hard硬的；hare野兔（註：其毛多而粗硬）；hair毛髮；harm傷害（註：因太粗硬而致傷）；hoarse嘶啞的（聲音）；horrid【古】粗糙的，粗硬的；horse馬（註：馬鬃毛是「粗硬的」）。由「粗硬的」再引申為毛髮。反

之，毛髮生長到一定程度，老了，就變得更粗硬。於是再引申為「灰白的」，「古老的」等意。

hoax [houks; hoks] *

字義 *n. / vt.* **欺騙，戲弄。**

記憶 ① ［用熟字記生字］joke開玩笑，戲弄。其實hoax就是joke的音變。因西班牙文中j讀h音。例如英文的John約翰，在西班牙文中為Juan胡安。佐證：德文jux戲謔，它既像hoax，又像joke。

② ［諧音］「哄」騙。

③ ［疊韻近義字］coax哄騙（h→c通轉）。

④ ［同族字例］hanky-panky欺騙，障眼法；hexerei巫術；hag女巫；hex施魔法於；hocus-pocus哄騙，戲弄。參看：hocus欺騙；sorcery巫術，魔術；exorcize用咒語驅魔；hawk騙子，叫賣。

⑤字母h表示「哄，騙」的其他字例：hob惡作劇；hum欺騙；humbug欺瞞。

hob.ble ['hɔbl; 'hab!] *

義節 hob.b.le

hob→hop *v.* 單足跳。-le重複動作。

字義 *v. / n.* **（使）跛行。**
    vt. / n. **縛住馬腳（的繩子）。**
    vt. **阻礙。**

記憶 ① ［義節解說］反覆單足跳行→跛行。

② ［同族字例］hop單足跳；hover徘徊，彷徨，猶豫；jump跳（h→j通轉）。

ho.cus ['houkəs; 'hokəs]

義節 hoc.us

hoc→hex *v.* 施魔法於；-us字尾。

字義 *vt.* **愚弄，戲弄，欺騙，加麻醉劑，摻假。**

記憶 ① ［義節解說］本字是hocus-pocus

（咒語，魔術，哄騙，戲弄）的縮略。

② ［用熟字記生字］joke戲弄（西班牙文中 j讀h音。例如英文的John約翰，在西班牙文中為Juan胡安。佐證：德文jux戲謔，它既像hocus，又像joke。）

③ ［同族字例］hanky-panky 欺騙，障眼法；hexerei巫術；hag女巫；hex施魔法於；hocus-pocus哄騙，戲弄。參看：sorcery巫術，魔術；hoax欺騙；exorcize用咒語驅魔；coax哄騙；hawk騙子，叫賣。

④字母h表示「哄，騙」的其他字例：hob惡作劇；hum欺騙；humbug欺瞞。

---

hoe [hou ; ho] *

字義 n. 鋤頭。

v. 鋤。

記憶 ① ［諧音］戴月「荷」鋤歸。

② ［用熟字記生字］hold握持。

③ ［同族字例］hay乾草。參看：howl嚎叫；hew砍，劈。

④字母h模擬勞動時發出的「嗬嗬」聲。因此也常表示勞動的工具。如：hatchet短柄斧；harpoon魚叉，標竿；harp豎琴；hoe鋤頭；harrow耙…等等。

---

hogs.head

['hɔgzhed; 'hagz,hɛd, 'hɔgz -]

義節 hogs.head

hog n.豬。head n.頭。

字義 n. 大桶。

記憶 ［義節解說］大桶的形狀像個豬頭。

---

hoist [hɔist; hɔist] *

字義 v. / n. 扯起，絞起。

vt. / n. 升起。

n. 吊車。

記憶 ① ［用熟字記生字］high高的。法文

---

haut高的→英文high；法文hausser扯起，升起→英文hoist。所以hoist是從high來。

②字母h表示「使高」的其他字例：heave舉起；heighten提高，加高。參看：hike升起，提高。

---

hol.o.caust ['hɔləkɔːst; 'halə,kɔst] *

義節 holo.caust

holo完全；caust燒，灼。

字義 n. 燔祭（燒全獸祭神），大量燒殺人、畜，大破壞。

記憶 ① ［用熟字記生字］whole完整的，整個的。

② ［同族字例］holo-：holograph 親筆文件；holography 全息照相術。caust：encaustic上釉燒的，蠟畫法。參看：caustic腐蝕（性）的；cautery燒灼腐蝕；scorch燒焦；scathe燒傷。

---

hom.age ['hɔmidʒ; 'hamidʒ, 'am-] *

義節 hom.age

hom→hum土壤，土地；-age抽象名詞。

字義 n. 效忠，尊敬，封建主與封臣的關係。

記憶 ① ［義節解說］置之於地上→地位相對低下→恭順。

② ［用熟字記生字］humble恭順的，地位低下的。

③ ［同族字例］ 參看：humid濕的；exhume發掘；humiliate羞辱，使丟臉；hummock小圓丘。

---

home.spun

['houmspʌn; 'hom,spʌn]

義節 home.spun

home n.家；spun v.織（過去分詞，原形為spin）。

字義 *a.* 家裡（織）的，純樸的。

記憶 ①［義節解說］身穿家織粗布，純樸之狀可掬。

②［用熟字記生字］home-made自製的，手工的（註：made也是過去分詞）。

③［同族字例］pan平底鍋；pan-（字首）泛，全；expand張開；palm手掌；spanner扳手；expanse廣漠，擴張；spindle紡錘，長得細長。參看：span跨度；spin旋轉，紡（紗）。

hom.i.cide

['hɔmisaid; 'hɑmə,saɪd] *

義節 hom.i.cide

hom→human *n.*人類的；cide切，殺。

字義 *n.* 殺人（者）。

記憶 ①［義節解說］自殺，英文是to commit suicide. cis是cid（字根）的變體。再因為同音而變為sass。這是我們聯想的線索和理據。

字根-schis-和-schiz(o)-表示「分裂，解離」，可能是字根-cis-（切，割，分）的音變變體：sch→c（都讀s音）。

②［諧音］cide的中文諧音也是「殺」。

③［同族字例］suicide自殺（者）；insecticide殺蟲劑；decide決定；concise簡明的（-cis切，「切」掉蕪雜的部分）；excise削除；decision決定；scissors剪刀；share分享，分擔；shear修剪，剪羊毛；shire郡（註：國家行政上的劃「分」）。參看：incisive鋒利的；schism（政治組織等）分裂，教會分立；assassion行刺者，暗殺者（as-→ad-→to；sass→cis切，殺，分）；excies（強徵）貨物稅。

hom.i.ly ['hɔmili; 'hɑmɪlɪ]

義節 hom.i.ly

hom→homo-相同的，單一的；-ly字尾。

字義 *n.* 布道，（使人厭煩的）說教。

記憶 ①［義節解說］內容雷同，千篇一律，使人生厭。homo→same相同的（h→c通轉）。

②［同族字例］homeochromatic同色的；homogeneous同類的，均一的；homosexual同性戀；anomalous不規則的，異常的；humdrum單調（的），無聊的（話、人）。

③［易混字］homely家常的，樸素的，不漂亮的。

hoo.doo ['hu:du:; 'hudu]

字義 *n.* 不祥的人或物，惡運。

vt. 使遭惡運。

記憶 本字從voodoo變來。指美國南部某些黑人中的「伏都」教，信仰巫術。動詞意思為：施巫術迷惑。

hood.wink ['hudwiŋk; 'hud,wɪŋk]

義節 hood.wink

hood *v.*用頭巾包，給戴頭罩。wink *v.*眨眼。

字義 *vt.* 蒙住眼睛，蒙騙，遮蓋，隱瞞。

記憶 ①［用熟字記生字］hat帽子。

②［同族字例］hood：兜帽，頭巾。參看：heed注意，留意。wink：winch絞車；wench妓女；wangle兜圈子，欺騙；wonky搖晃的；wince畏縮。

hoof [hu:f; hʊf, huf]

字義 *n.* 蹄，足。

v. 走，踢，踏。

記憶 ①［用熟字記生字］horse馬。記：馬「蹄」。

②［同族字例］hop單足跳。參看：hobble（使）跛行；hover翱翔，徘徊。

③［音似近義字］scuff 踢開，殘踏（s-→se-→out；cuff→hoof：c→h；u→oo

通轉）。

④字母 h 表示「馬」的其他字例：hansom 雙輪雙座馬車；halter馬籠頭，韁繩；heel（馬）後腳跟；hippodrome馬戲場。參看：hackney出租（馬車）；harmess馬具；hippopotamus河馬。

hoop [hu:p ; hʊp]

字義 *n.* 箍（狀物），鐵環。

vt. 加箍於。

記憶 ① ［同族字例］heap堆積；hop蛇麻草；hip臀部；hope希望；hoove（動物）鼓脹病；hoopla投套環遊戲；hollow空的。參看：hive蜂房。

② ［疊韻近義字］encoop用圍欄圍住；loop環狀物。

請注意這中間的字母o，它常表示「圓，滾動」。例如：roll滾動，麵包卷；scroll卷軸；cone圓錐形；cock錐形的乾草堆；pommel（刀劍炳上的）圓頭；pompon（裝飾）絨球…等等。參看：dome圓屋頂。

hoot [hu:t ; hut]

字義 *vi. / n.* 貓頭鷹叫，汽笛鳴，呵斥。

vt. 轟趕。

記憶 ①擬聲字，模擬上述各種有關聲音。其他字例：honk雁叫聲，汽車喇叭聲；hoop百日咳的呼呼聲；howl狼嚎聲；horn號角聲。

② ［同族字例］howlet貓頭鷹。參看：owl貓頭鷹。

③ ［疊韻近義字］toot喇叭。

horde [hɔ:d; hord, hɔrd] *

字義 *n.* 游牧部落，人群。

vi. 成群結隊。

記憶 ①本字來源於德文hort保護，避難

所，托兒所，財寶。

② ［同族字例］cohort一群，一幫，同謀者；herd獸群，使集在一起；host一大群；hut小茅屋；hotch棚，舍；orchard果園；court庭院；garden花園。參看：horticulture園藝學；hoard貯藏，積聚，窖藏的財寶；hostage人質，抵押品；huddle擠作一團。

hor.o.loge

['hɔrəlɔdʒ, 'hɔ:r -,-loʊʒ; 'hɔrə,lodʒ, 'hɑr -]

義節 horo.loge

horo→hour *n.* 小時；loge→log→tell講，說。

字義 *n.* 鐘錶，日晷。

記憶 ① ［用熟字記生字］tell the hours報時。

② ［用熟字記生字］hour小時；dialogue對話。

③ ［同族字例］analogy類似，類推；apology道歉；catalogue目錄；decalogue（宗教）十誡；prologue序言；monologue獨白。參看：apologue寓言；epilogue尾聲；eulogy頌揚，頌詞。

hor.ror ['hɔrə; 'hɑrɚ]

字義 *n.* 恐怖，極端厭惡，引起恐怖的事物。

記憶 ①本字的基本含義是因爲有許多粗硬的毛而顯得醜陋，可怕。

② ［形似近義字］terror恐怖。

③ ［同族字例］hispid有硬鬃毛的；horrid粗糙的，可怕的；ordure猥褻，淫話。參看：hirsute多毛的，有粗毛的；abhor憎厭；hideous可怕的。

④ 據作者觀察：字母組合har，hair，hoar，hor均有「粗糙的，粗硬的」這樣

的原始意味。例如：hard硬的；hare野兔（註：其毛多而粗硬）；hair毛髮；harm傷害（註：因太粗硬而致傷）；hoarse嘶啞的（聲音）；horrid【古】粗糙的，粗硬的；horse馬（註：馬鬃毛是「粗硬的」）。

hor.ti.cul.ture

['hɔːti,kʌltʃə; 'hɔrtɪ,kʌltʃə]

義節 hort.i.cult.ure

hort（德文）保護，避難所，托兒所，財寶；cult種植；-ure名詞。

字義 *n.* 園藝學。

記憶 ①〔義節解說〕culture文化→草本植物的文化→園藝學。

②〔同族字例〕cohort一群，一幫，同謀者；orchard果園；court庭院；garden花園；hut小茅屋；hotch棚，舍。參看：hoard窖藏的財寶；hostage人質，抵押品。

③字母h表示「植物」的其他字例：hay乾草；hassock草叢；hedge樹籬；hurst樹林；heath石南屬植物…等等。

hos.pi.ta.ble

['hɔspitəbl; 'hɑspɪtəb!] *

義節 hospit.able

hospit以賓客禮相待。-able能夠。

字義 *a.* 好客的，招待周到的，宜人的。

記憶 ①〔義節解說〕hospit源於host主人。主人的義務就是以客禮待人。能做到的，就是好客的主人。

②〔同族字例〕house房子；husband丈夫；hostel招待所；hospice招待所，濟貧院。參看：hostelry旅館。

③〔易混字〕hospital醫院。醫院收容病人，更應該做到賓至如歸。

hos.tage

['hɔstidʒ; 'hɑstɪdʒ]

義節 host.age

host→hort（德文）保護，避難所，托兒所，財寶；-age名詞。

字義 *n.* 人質，抵押品。

記憶 ①〔義節解說〕被「保護，托管」的人或物。

②〔用熟字記生字〕host主人；主人暫屈客人小作逗留，實質是軟禁。表面上仍會盡地主之誼。有如諸葛亮留吳；hold持，留。被人家「hold住了」作爲「人質」，作爲「抵押品」。

③〔同族字例〕cohort一群，一幫，同謀者；orchard果園；court庭院；garden花園；hut小茅屋；hotch棚，舍。參看：hoard窖藏的財寶；horticulture園藝學。

④〔形似近義字〕參看：custody監護，托管，拘禁。

hos.tel.ry

['hɔstəlri; 'hɑst!rɪ]

義節 hostel.ry

hostel *n.*旅社，寄宿舍。-ry字尾。

字義 *n.* 旅店，旅館。

記憶 ①〔用熟字記生字〕host主人；hotel旅館。

②〔同族字例〕house房子；husband丈夫；hostel招待所；hospice旅館招待所，濟貧院。參看：hospitable好客的；hustings議員競選演說壇。

hos.tile

['hɔstail; 'hɑstɪl] *

義節 host.ile

host→out外面的→敵人；-ile易於…的，有…傾向的。

字義 *a.* 敵方的，敵意的。
　　 n. 敵對分子。

記憶 ①〔義節解說〕傾向於敵意的。本字來源於拉丁文hostis外邦人，民族的敵人。

H

② ［用熟字記生字］hate恨。

③ ［同族字例］參看：ostracize貝殼放逐法（在古希臘，由公民把他們認爲會危害邦國的人名寫在貝殼上進行投票，過半數票者則放逐之）；oust驅逐。

④ ［音似近義字］參看：hatred憎恨，敵意；heinous極可恨的；odious可憎的，醜惡的，令人作嘔的。

hound [haund; haʊnd] *

字義 *n.* 獵狗，卑鄙者。

　　　vt. 追獵，追逼。

記憶 ① ［用熟字記生字］hunt追獵。

② ［同族字例］dachshund德國種的小獵狗；keeshond荷蘭凱斯狗。參看：haunt常去，經常出沒，（鬼）作祟，（動物）生息地。

③ ［使用情景］福爾摩斯探案《古邸之怪》（或譯《巴斯克維爾的獵犬》）中神祕的巨犬，卽用此字。

hov.el ['hʌvəl, 'hʌv -; 'hʌv!, 'hɑv!]

字義 *n.* 茅屋，棚。

記憶 ① ［用熟字記生字］hay乾草，用以蓋茅屋。參考：haulm稻草。

② ［同族字例］inhabit居住於；exhibit展覽；harbor港口；heaven天堂；habitant居民；cohabit同居；haver野燕麥；herb草本植物。參看：haven港口（b→v通轉）；hive蜂巢；habitat棲息地，住所；hover伏窩，孵化。

hov.er ['hʌvɚ, 'hʌv -; 'hʌvə, 'hɑvə] *

義節 hov.er

hov→hop v.單足跳。-er反覆動作。

字義 *vi.* 翱翔，徘徊，徬徨，猶豫。

　　vi. 伏窩，孵化。

記憶 ① ［義節解說］跳過來又跳過去→徘徊，徬徨

② ［用熟字記生字］h→high高的；over在…上方。hover→highover在高空中翱翔。

③ ［音似近義字］參看：soar翱翔。「孵化」一意，參看：hatch孵化。

④ ［同族字例］「翱翔，徘徊」：hop單足跳；scuff踢開，踐踏（s-→se-→out；cuff→hoof：c→h；u→oo通轉）；參看：hobble（使）跛行；hoof走，踢，踏。
「伏窩，孵化」：heaven天堂。參看：haven港口；hovel茅屋；hive蜂房。

⑤字母h從表示「外殼，快蓋」（詳見：habiliment裝飾），引申爲表示「居住，房子」。例如：home家；hotel旅館；hospital醫院；host主人…等等。參看：harbinger先行官。

howl [haul; haʊl] *

字義 *n./vi.* 嚎叫，狼嚎，號叫。

　　　vt. 喝住。

記憶 ① ［諧音］「嚎」，「號」。本字是擬聲，中文亦然。

② ［疊韻近義字］參看：growl嗥叫，咆哮；owl貓頭鷹（叫聲）。

hoy.den ['hɔɪdn; 'hɔɪdn]

字義 *n.* 野丫頭，男孩氣的女孩。

記憶 ①本字來源於heathen異教徒、不信教的、野蠻未開化的人。heath的原意是「未經開墾的土地，野地」。世界名著《咆哮山莊》（Wuthering Heights）中的男主角是個「野」孩子，性格也「野」。名字就叫Heathcliff。女孩本應嫻靜，男孩氣的女孩則可視爲heathen。hoyden是heathen的音變變體；其中d→th通轉。

② ［用熟字記生字］hoy→boy男孩；den→maiden少女。串成：boyish

maiden男孩氣的女孩；other than非此的，不同的（heath→eath（h脫落）→other）。

③［同族字例］heterochromosome異染色體；heterocycle【化】雜環；heterodox異教的，異端的；heterosexual異性愛的。參看：heresy異教；heterogeneous異類的，異質的；heretic異教徒；heathen異教徒（的），未開化的（人）。

hub [hʌb; hʌb] *

字義 *n.* **（興趣、活動、重要性等）中心，輪轂。**

記憶 ①本字來源於德文herd爐邊，爐膛，家庭，（興趣、活動、重要性等）中心。該字相當於英文的hearth爐邊，爐膛，家庭。還可以參考法文foyer爐子，發源地，中心。這說明西方人習慣將爐子引申爲「家庭，中心」。

②［用熟字記生字］hot熱的（因爲爐邊是「熱」的）。

③［同族字例］Hestia希臘神話中的竈神，室家之神；hob爐旁的鐵架；hurdle籬笆；vesta女竈神；vestibule門廳；inhabit居住於；exhibit展覽；harbor港口；heaven天堂；habitant居民；cohabit同居。參看：horde游牧部落；hospitable好客的；huddle聚在一起商量；hoard儲藏；hearth爐邊，爐膛，家庭；haven港口（b→v通轉）；hive蜂巢；hovel茅屋；habitat棲息地，（植物）產地，住所，聚集處。

「輪轂」一意：heap堆積；hop蛇麻草；hip臀部；hope希望；hoove（動物）鼓脹病；hoopla投套環遊戲；hollow空的。參看：hoop箍（狀物），鐵環；orbicular圓形的。

④［疊韻近義字］pub小酒店。（註：也是

「爐邊，活動中心」）。

⑤從擬聲的角度看，最喧鬧之處，即爲活動中心。參看下字：hubbub吵鬧聲，喧嘩，騷動。

hub.bub ['hʌbʌb; 'hʌbʌb] *

字義 *n.* **吵鬧聲，喧嘩，騷動。**

記憶 ①本字可能來源於擬聲字hubble-bubble水菸筒，沸騰，吵鬧聲，騷動。參看：bubble冒泡。文學作品也常用「沸騰」描寫人潮的喧鬧。

②字母h表示「歡鬧」的其他字例：hail歡呼；exhilarate使興奮；howl歡鬧；hullabaloo喧鬧；hurrah歡呼聲；hurly喧鬧。參看：hilarity歡鬧。

huck.ster ['hʌkstə; 'hʌkstə]

義節 huck.ster

huck→hawk叫賣聲；-ster表示「人」。

字義 *n.* **小販，廣告員。**
    vt. **叫賣。**
    v. **討價還價。**

記憶 ①［同族字例］「叫賣」一意，來源於「彎身而坐，蹲坐，背負」的基本意義：hucker叫賣小販；hawker叫賣小販；huckle臀部；hunker蹲坐。參看：hawk叫賣；hunch（使）隆起成弓狀。

②換一個角度，「叫賣一意」也可能是模擬沿街叫賣的聲音。「咳」則是模擬「乾嗝」時喉嚨發出的一聲。例如：hiccup打嗝。參看：hectic肺病的。

hud.dle ['hʌdl; 'hʌdl] *

字義 *v. / n.* **擠作一團。**
    vt. **亂堆，亂擠，捲作一團。**
    vi. **聚在一起商量，蜷縮。**

記憶 ①本字來源於德文herd爐邊，爐膛，家庭，（興趣、活動、重要性等）中心。

H

該字相當於英文的hearth爐邊，爐膛，家庭。這就是「聚在一起商量」的地方。

② ［同族字例］cohort一群，一幫，同謀者；herd獸群，使集在一起；host一大群；hut小茅屋；hotch棚，舍；orchard果園；court庭院；garden花園。參看：horticulture園藝學；horde成群結隊；hostage人質，抵押品；hoard積聚；hub（興趣、活動、重要性等）中心，輪轂；hearth爐邊，爐膛，家庭，發源地，中心。這說明西方人習慣將爐子引申爲「家庭，中心」。

③ ［疊韻近義字］cuddle緊貼著身子躺，蜷縮著睡；muddle混在一起。

hue [hju: ; hju] *

字義 n. 顏色，形式，樣子。

記憶 ①本字可能來源於hull外皮。引申爲「好看，顏色」。

② ［同族字例］hulk巨大笨重的船、人、物；hull果殼，船殼。參看：husky結實的，強健的，大個子的，龐大的。

③字母「h」常表示「外殼，外蓋」。例如：hull船殼；husk果殼；holster手槍套；hamper有蓋大籃；hatch艙蓋；hood頭巾（註：頭的「外蓋」）；hat帽子…等等。「形式，樣子」有人如的「外殼」。

huff [hʌf; hʌf]

字義 v. 吹氣，吹脹，嚇唬。

v. / n. 發怒。

記憶 ① ［疊韻近義字］bluff嚇唬；luff貼風行駛；puff吹氣，噴煙；snuff撲滅，消滅。這裡，字母組合uff模擬風聲，空氣吹動聲。關於字母f模擬風聲，詳見本書F章。

②［音似近義字］參看：whiff吹（氣），噴（煙）；miff(使)生氣，(使)發脾氣。

hug [hʌg; hʌg] *

字義 vt. / n. 緊抱。

vt. 懷有，持有（觀點、意見等）。

記憶 ①本字母的基本意思是「懷抱」。參看：hatch孵化。參考：habour懷有（觀點，感情等）。

② ［用熟字記生字］hook鈎住。

③ ［同族字例］heckle櫛梳；hack耙（地）；harquebus火繩槍；hutch籠，棚，舍。參看：hitch鈎住；hatch孵（化），策劃；hike（使）升起。

④［使用情景］to～an opinion堅持一種意見。

hum.drum ['hʌmdrʌm; 'hʌm,drʌm]

義節 hum.drum

hum→homo-單一，相同；drum n.鼓聲咚咚。

字義 n. / a. 單調（的），無聊的（話，人）。

vi. 作單調動作。

記憶 ① ［義節解說］單調雷同的聲音。

② ［同族字例］homogeneous同類的；homosexual同性戀的。

③從擬聲的角度看，hum模擬蜜蜂的嗡嗡聲→單調雷同的聲音。

hu.mid ['hju:mid ; 'hjumɪd] *

義節 hum.id

hum土壤，土地。-id字尾。

字義 a. 濕的，濕氣重的。

記憶 ① ［義節解說］泥土總是潮濕的。

② ［用熟字記生字］humor幽默（有水分→有汁→耐人尋味）。

③ ［同族字例］humic腐植的；transhumance季節遷移；ombrometer雨量計。參看：inhume埋葬；exhume發掘；humiliate羞辱；hyetology降水量學。

H

hu.mil.i.ate

[hju:ˈmilieit ; hju'mɪlɪˌet] *

義節 humili.ate

humili土壤，土地。-ate動詞。

字義 vt. 羞辱，使丟臉。

記憶 ①〔義節解說〕置之於地上→放在一個低下的位置。中國人說「天壤之別」，亦指高低不同。

②〔用熟字記生字〕humble恭順的，地位低下的；shame羞恥。

③〔同族字例〕參看：humid濕的；exhume發掘；homage效忠，尊敬，封建主與封臣的關係；hummock小圓丘。

hum.mock ['hʌmək; 'hʌmək]

義節 hum.m.cok

hum→hop圓而中空的；-ock表示「堆，垛」。

字義 n. 小圓丘，圓崗，冰丘，沼澤中的高地。

記憶 ①〔義節解說〕堆垛而成圓且中空的。

②〔同族字例〕-hum-：參看下字：hump駝背，（駝）峰，小丘。-ock表示「堆，垛」的其他字例：cock錐形的乾草小堆；flock人群，畜群；shock捆堆禾束；tussock（樹枝，毛髮）叢，束。

③字母o表示圓形物。例如：roll滾動，麵包捲；scroll卷軸；cone圓錐形；cock錐形的乾草堆；pommel（刀劍柄上的）圓頭；pompon（裝飾）絨球…等等。參看：dome圓屋頂。

hump [hʌmp; hʌmp]

字義 n. 駝背，（駝）峰，小丘。

v. 隆起，苦幹。

記憶 ①〔疊韻近義字〕字母組合ump常表示「團塊，隆起」。例如：bump腫塊；clump厚底鞋；chump厚肉塊；dump垃圾堆；lump隆起，腫塊；plump豐滿的；rump臀部…等等。

②〔用熟字記生字〕camel駱駝（cam→hum；c→h通轉）。

③〔同族字例〕hammock 圓丘；humpback 駝背人；heap 堆積；hop蛇麻草；hip臀部；hope希望；hoove（動物）鼓脹病；hoopla 投套環遊戲；hollow空的。參看：hive 蜂房；hub 輪轂；hoop 箍（狀物），鐵環；hovel茅屋；hover 伏窩，孵化；hummock小圓丘。

④字母 h 表示「拱起，隆起」的其他字例；hill小山丘；hurst小丘。參看：hunch使背部彎起成弓狀。

hunch [hʌntʃ; hʌntʃ] *

字義 v. （使）隆起成弓狀，堆。

n. 堆，肉峰，大塊。

記憶 ①〔同族字例〕hucker叫賣小販（「叫賣」一意，來源於「彎身而坐，蹲坐，背負」的基本意義）；hawker叫賣小販；huckle臀部；hunker蹲坐。參看：hawk叫賣；huckster小販，廣告員。

②字母h表示「拱起，隆起」的其他字例，詳見上字：hump駝背。

hur.dle ['hə:dl; 'həd!]

字義 vt. / n. 籬笆，（跳過）圍欄，（克服）障礙。

記憶 ①本字來源於德文hort保護，避難所，托兒所，財寶。

②〔同族字例〕hedge樹籬；hurst樹林；orchard果園；court庭院；garden花園；hut小茅屋；hotch棚，舍；heath石南屬植物；horst地壘；hoarding臨時圍籬。參看：horticulture園藝學；hoard貯藏，積聚；hostage人質，抵押品。

H

hur.ri.cane

['hʌrikən, -kin, -kein; 'hɝɪ,ken] *

字義 *n.* 強颱風，（感情等）爆發。

記憶 ①［用熟字記生字］hurry匆忙，騷動。
②本字讀音類似「呼呼」的風聲。
③［形似近義字］fury發怒；flurry大風雪；scurry匆忙。

---

husky ['hʌski; 'hʌskɪ] *

字義 *a.* 結實的，強健的，大個子的，龐大的。

　　　n. 強健的人。

記憶 ①［同族字例］hulk巨大笨重的船、人、物；hull果殼，船殼。參看：hue顏色，形式，樣子。
②［形似近義字］robust結實的，強健的。
③字母 u 常表示「體積大」。例如：bulky龐大的；dune沙丘；jumbo龐然大物…等等。
④字母 h 表示「健康」的其他字例：health健康；heal痊癒；hale健康的；hello問候語（註：作者認為，此字實即「你身體好？」。佐證：法國熟人之間用salute作問候。字根-sal-也表示「健康」）；參看：wholesome健康的，有生氣的；hale強壯的。

---

hus.tings ['hʌstiŋz; 'hʌstɪŋz]

義節 hus.tings

hus→house *n.*議院；tings→things事情。

字義 *n.* 議員競選演說壇，選舉程序。

記憶 ①［義節解說］發表競選演說，在議院的活動中，也可算得是件事情。
②［用熟字記生字］host主人；hotel旅館。
③［同族字例］house房子；husband丈夫；hostel招待所；hospice旅館招待所，濟貧院。參看：hospitable好客的；hostelry旅店，旅館。

---

hy.a.line

['haiəlin, -iːn, -ain; 'haɪəlɪn, -,lain]

字義 *a.* 玻璃（般）的，透明的。

　　　n. 透明的東西。

記憶 ① 本字來源於拉丁文hio張開（嘴），咧口。
②［用熟字記生字］hole洞。
③字母h表示「空」的其他字例：hollow空的，空虛的；dehisce張口，（植物學）裂開；lammergeier冬眠場所（lammer肢；gei張開）；yawn打呵欠。
參看：gape張口；hiatus空隙（hya→hia「透明」，亦即看上去「空如無物」）。

---

hy.brid ['haibrid ; 'haɪbrɪd] *

義節 hy.brid

hy→hog *n.*豬。brid→breed *v.*生殖，養育。

字義 *n. / a.* 雜種（的）。

　　　n. 混血兒。

　　　a. 混合性（的）。

記憶 ①［義節解說］本字原指野豬與家豬的雜種。參看：mongrel雜種狗，混血兒。
②［同族字例］brewis肉湯；bread麵包；brew釀造，醞釀；ebriosity嗜酒中毒；inebriate酒醉的、sobriety清醒；broil灼熱；brood孵蛋、bruise青腫，傷痕，紫血塊；bree（蘇格蘭）肉湯。參看：imbrue沾汙（尤指血汙）；embroil使混亂；broth肉湯，清湯。
③ 換一個角度：hy→hi→x（希臘字母，相當於英文的x）→cross；brid→breed養育；即cross-bred雜種的。

---

hy.drant ['haidrənt; 'haɪdrənt]

義節 hydr.ant

hydr水；-ant表示器物。

字義 *n.* 消防龍頭，配水龍頭，給水栓。

記憶 ①〔用熟字記生字〕hydrogen氫。
②另一個思路：Hydra（希臘神話）九頭蛇，（天文學）長蛇座。「水龍」的形狀，就像條蛇。
③〔同族字例〕hydrous含水的；hydrophilic親水的；hydroplane水上飛機。

hy.e.tol.o.gy
[ˌhaii'tɔlədʒi; ˌhaɪi'tɑlədʒɪ]

義節 hyeto.logy
hyeto雨，下雨；-logy學科。
字義 n. 降水量學。
記憶 ①〔用熟字記生字〕w e t濕的（hyet→wet：hy→hw→w）；sweat出汗。
②〔同族字例〕hyetal雨的；hyetometer雨量計；isohyet等雨量線。參看：humid濕的。
③比較字根hyeto與hydr（o），它們都是hy開頭，實質都表示「水」。參看：hydrant消防龍頭。

hy.per.bo.re.an
[ˌhaipə'bɔːriən; ˌhaɪpə'bɔriən,-'bɔr-]

義節 hyper.borean
hyper-過度；borean→boreal a.北方的，北風的。
字義 a. 極北的，寒冷的。
     n. / a. 北極（的）。
記憶 ①Boreas（希臘神話）北風之神。引申為「北方，北風」。
②〔用熟字記生字〕up向上；upper較上面的；bear熊→北極熊。
③〔形近義字〕north北方的。參看：hibernate冬眠。

hy.per.ten.sion
[ˌhaipə'tenʃən; 'haɪpə'tɛnʃən]

義節 hyper.tens.ion
hyper-過度；tens拉緊；-ion名詞。
字義 n. 高血壓，過度緊張。
記憶 ①〔義節解說〕tension緊張→過度緊張會導致高血壓。本字是醫學專業字。高血壓的俗字為：high blood pressure。
②〔用熟字記生字〕up向上；upper較上面的；tense緊張的。
③〔同族字例〕tender投標；contend爭奪；extend延伸；tend照料，管理，留心。參看：intendence監督，管理（部門）。

hyp.no.tism
['hipnətizəm; 'hɪpnə,tɪzəm]

義節 hypnot.ism
hypnot睡眠，催眠術；-ism抽象名詞。
字義 n. 催眠狀態，催眠術（研究）。
記憶 ①〔用熟字記生字〕nap打盹兒。字根hypnot似乎還可以再分析為：hyp→hypo次於；not→nap。「催眠」乃是使人處於一種「亞」（「次」）睡眠狀態。
②〔同族字例〕hypnosis催眠；hypnotic催眠的（藥）。

hy.po.chon.dri.a
[ˌhaipou'kɔndriə, ˌhip-, -pə'k-; ˌhaɪpə'kɑndrɪə, ˌhɪpə-]

義節 hypo.chondria
hypo在下，次於；chondr軟骨病。
字義 n. 自疑生病。
記憶 ①〔義節解說〕幾乎像生了軟骨病一樣，疑心自己有各種症狀。
②〔同族字例〕chondrify變成軟骨組織；chondroma軟骨病。

H

hyp.o.crit.ic

[ˌhipəkəˈritik, ˌhaipə -; ˌhɪpəkərɪtɪk, ˌhaipə -]

義節 hypo.crit.ic

hypo在下，次於；crit→Christ *n.*聖靈；-ic形容詞。

字義 *a.* 偽善的，虛偽的。

記憶 ① ［義節解說］次於神聖→不是真正的「善」。

有一種說法認為：hypocrite（偽善的人）原意為「演員」。引申為「裝扮」成善男信女者。

② ［用熟字記生字］Christmas聖誕節。

③ ［同族字例］crisis危急關頭，轉捩點；criterion（評判的）標準；sacrosanct極神聖的；consecrate，獻身，奉為聖；desecrate侮辱，神物俗用；execrate咒罵，憎惡；obsecrate懇請，求。

hy.poth.e.sis

[haiˈpɔθisis; haɪˈpɑθəsɪs] *

義節 hypo.thesis

hypo在下，次於；thesis→text排列，編織。

字義 *n.* 假設，（邏輯的）前提。

記憶 ① ［義節解說］主要的內容「編織」在它之下，即作為假設或前提。

② ［用熟字記生字］textbook教科書（thesis→text；其中th→t；s→x通轉）。

③ ［同族字例］text課文；textile紡織；texture構造，組織，紋理；context上下文；contexture構造，組織，織造；hypothetical假設的，（邏輯上）有前提的；thesis論點，論文；diathesis素質；epenthesis增音，插入字母；metathesis易位；parenthesis插入語；prosthesis字首增添字母；antithesis對偶。參看：synthesis合成。

hy.poth.e.cate

[haiˈpɔθikeit, haiˈpɑθəˌket]

義節 hypo.thec.ate

hypo在下，次於；thec→set *v.*放置；-ate動詞。

字義 *vt.* (不轉移占有權地) 抵押(財產)。

記憶 ① ［義節解說］把（權益證明等）轉置於（別人）項下，作為抵押。

② ［同族字例］theca 模殼，囊，鞘；bibliotheca 藏書；hypothec 抵押權；amphithecium細胞外層；endothecium細胞內層；perithecium（植物）子囊殼；apothegm格言。參看：apothecary藥劑師。

I

只從鏡裡喚真真。

　　本章中「無冠」的字，最重要的概念是「鏡影」：鏡中的影子，和物體本身是「同一的」。鏡子使人產生許多「想像」。

　　絕大部分的單字，需要「免冠」。最主要的是 in-。其後隨字母不同時會變形爲 il-；im-，ir⋯等。主要無非是兩種含義：

　　①使進入某種狀態之內。

　　②否定，無，非，離⋯等等。這類字「免冠」之後，往往能直接得到反義字。

　　讀到需要「免冠」的字時，建議先撇開字首，迅速抓住「字核」。我們在提供助憶線索時，一般不把這類字作爲重點，希望讀者盡量參看「免冠」後的相應詞條。你會找到詳盡的解釋和介紹。

　　分析：

　　大寫的 I 像一面豎立的鏡子的側影。（物理學中的幾何光學，畫光路圖時就是以一豎來表示平面鏡的）這馬上使我們聯想到「像」。另外，和「E」表示「外」相反，I 表示「內」。

I 字母單字延伸字義

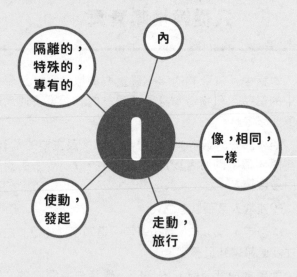

隔離的，特殊的，專有的

內

像，相同，一樣

使動，發起

走動，旅行

I

ich.thy.ol.o.gy

[ˌɪkθɪˈɔlədʒɪ; ˌɪkθɪˈɑlədʒɪ]

義節 ichthyo.logy
ichthyo魚；-logy學科。

字義 *n.* 魚類學，有關魚（類）的論文。

記憶 ［用熟字記生字］fish魚（fish→ich：f
脫落；ich中的ch有時也會讀成sh音。又
如字根-pisc-魚（fish→pisc：f→ph→p；
sc→sh音變通轉）。

---

i.con ['aikɔn, -kən; 'aɪkɑn]

義節 ico.n
ico→iso- 等同，均勻；-n字尾。

字義 *n.* 人像，肖像，聖像，偶像。

記憶 ① ［義節解說］「像」與本人酷似。
② ［同族字例］iconolatry偶像崇拜；
aniseikonia（兩眼）物像不等；isogon
等角多角形；eigen本徵的，特徵的。
參看：isotopic同位素的；ego自我，自
己。
③字母i表示「似，像，相同」的其他字
例：image肖像；imago意象；imagery
像，雕像；ilk同類；identical同一的；
imitation模仿。

---

id.e.o.gram

['idiougræm, 'aid-, -diəg-; 'ɪdɪəˌgræm, 'aɪdɪə-]

義節 ideo.gram
ideo景象，幻象；gram刻，畫，寫。

字義 *n.* 表意文字，表意符號。

記憶 ① ［義節解說］write down the idea把
意念寫下來。
② ［用熟字記生字］eye眼睛→eido→ideo
景象；idea意識，意念；telegram電報。
③ ［同族字例］-ideo-：eidetic（印象）鮮
明的（eido為ideo之異體）；eidolon幻
象；idyll即景詩，田園詩。參看：idol幻
象；idolatry偶像崇拜；kaleidoscope萬

花筒，千變萬化的情景（kal→calli美麗
的；eido景象；-scope觀看，鏡）。
-gram-：grammar文法；program程序，
計畫。參看：epigram警句，格言，諷諭
短句。

---

i.de.ol.o.gy

[ˌaidiˈɔlədʒi, ˌid-; ˌaɪdɪˈɑlədʒɪ, ˌɪd-] *

義節 ideo.logy
ideo→idea *n.*意識；-logy學科，論。

字義 *n.* 思想意識，意識形態。

記憶 ① ［義節解說］關於意識的學問。
② ［用熟字記生字］idea意識；technology
技術。

---

id.i.o.graph

['idiəgrɑːf; 'ɪdɪəˌgræf, -ˌgrɑf]

義節 idio.graph
idio→one's own個人的，特殊的，特有
的；graph刻，畫，寫。

字義 *n.* 個人簽名，商標。

記憶 ① ［義節解說］個人所寫的→簽名；特
有的寫法、畫法→商標。
② ［用熟字記生字］identity身分，個性，
特性；identity card身分證。
③ ［同族字例］參看：idiom俗語；idiot白
癡。

---

id.i.om ['idiəm, 'idjəm; 'ɪdɪəm]

義節 idio.m
idio→one's own個人的，特殊的，特有
的。

字義 *n.* 俗語，成語。（某種）語言的特
性；（某地區、行業或民族的）語言；
（某文藝家的）風格，特色。

記憶 ① ［義節解說］本字強調「特有的」。
成語和俗語都是一種語言長期使用約定俗
成。

id.i.ot

② ［同族字例］參看：idiograph個人簽名；idiot白癡。

id.i.ot ['idiət, 'idjət; 'ɪdɪət] *

義節 idi.ot

idi→one's own 個人的，特殊的，特有的；-ot病症。

字義 *n.* 白癡。

記憶 ① ［義節解說］本字來源於拉丁文idiotia先天白癡→個人特有的病症。

② ［同族字例］-idi-：參看：idiograph個人簽名；idiom俗語。-ot-：neurotic神經（官能）病的，神經衰弱的（neur→nerve神經）。

i.dol ['aidl; 'aɪdl] *

字義 *n.* 偶像，幻象，寵物。

記憶 ① ［義節解說］本字原意爲「形狀」，引申爲「幻象」、「像」、「寵物」意，大概從「形影不離」的思路再引申而出。

② ［同族字例］idolatry偶像崇拜；eidolon幻象；idyllic田園詩；eidetic（頭腦中的影像）極爲逼真的。參看：ideogram表意文字；kaleidoscope萬花筒。

③字母i表示「似，像，相同」。其他字例：image肖像；imago意象；imagery像，雕像；ilk同類；identical同一的；isogon等角多角形；imitaion模仿…等等。參看：icon偶像。

ig.ne.ous ['igniəs; 'ɪgnɪəs]

義節 ign.e.ous

ign火；-ous形容詞。

字義 *a.* （似）火的，火成的。

記憶 ① ［義節解說］字根-ign-來源於Agni吠陀的火神，人類的衛士。

② ［同族字例］ignitron引燃管。參看：ignite點火。

ig.nite [ig'nait; ɪg'naɪt] *

義節 ign.it

ign火；-ite字尾。

字義 *v.* 點燃，點火。

記憶 ① ［義節解說］字根-ign-來源於Agni吠陀的火神，人類的衛士。

② ［同族字例］參看上字：igneous火的。

ig.no.ble [ig'noubl; ɪg'nobl]

義節 ig.noble

ig-→in-→not否定；noble *a.*高貴的。

字義 *a.* 卑鄙的，下流的。

記憶 ① ［反義字］noble高貴的（know + -able → able to be known因「高貴」而知名）

② ［同族字例］snob勢利的（s→self；nob→noble）。

ig.no.min.y ['ignəmini; 'ɪgnə,mɪnɪ]

義節 i.gnomin.y

i→in否定；gnomin記號；-y名詞。

字義 *n.* 恥辱，汙辱，醜行。

記憶 ① ［義節解說］打上一個（不好的）記號。

② ［用熟字記生字］name名字。

③ 換一個思路：ign火→打上「烙印」。參看：igneous火的。

④ ［形似近義字］參看：stigma【古】烙印，恥辱，汙名。

⑤ ［同族字例］nominate 提名；denominate 命名；anonym 匿名者。參看：congnomen姓，別名；gnome 格言；agnomen 附加名字，綽號。

il.lim.it.a.ble

[i'limitəbl; ɪ'lɪmɪtəbl, ɪl'lɪm-]

義節 il.limit.able

il-→in-否定的；limit限制，限定；-able
能夠。

字義 *a.* **無窮的，無限的。**

記憶 ① ［義節解說］不可限量的

② ［用熟字記生字］limit邊界，極限；line
線。

③ ［近義字］infinite無窮的，無限的。

④ ［同族字例］delimit劃定界線；
eliminate消滅，消除；sublimity崇高，
雄偉（註：sub-次於→僅次於極限→崇
高）。

il.lu.mine [i'lju:min; ɪ'lumɪn, ɪ'lju-]

義節 il.lumine

il-→in-進入；lumine光，照亮。

字義 *vt.* **照亮，使發亮，啓發。**

記憶 ① ［諧音］「流明」，光學上表示
「照度」的單位。

② ［用熟字記生字］light光線；lamp燈。

③ ［同族字例］illuminate照亮，闡明；
relumine重新點燃，輝映；lambent閃爍
的；glimse微光，閃光；glamor迷惑；
glimmer微光；glum陰鬱的，愁悶的。
參看：gloaming黃昏；gleam發微光；以
上兩個字都是用來描寫幽暗的背景中間接
反映出來的微光。有一種朦朧的美。其意
味有點像中文裡的晨「曦」（曙光）、暮
「靄」（夕照）；loom隱隱呈現。

④字母 l 常表示「光，亮」。例如：
lantern燈籠；lucent發亮的；lunar月
亮的；lustre光澤；luxuriant華麗的；
noctiluca夜光蟲。

il.lu.sion [i'lu:ʒən, i'lju:-; ɪ'ljuʒən] *

義節 il.lus.ion

il-→in處於…狀態；lus→lude→play *v.*演
戲，-sion名詞。

字義 *n.* **幻覺，假象，錯覺，薄紗。**

記憶 ① ［義節解說］字根-lud-和-lus-來源

於拉丁文ludus敬神競技，表演。引申爲
「諷刺，遊戲，欺騙等」。該字又來源於
ludius古羅馬的鬥劍士。可見字根-lud-與
字根-lid-（打，擊）同源。

本字直接來源於拉丁文illudo欺騙，迷
惑。「演戲」→假的。

說明：字根lud / lus 的傳統釋義爲：play
玩笑，遊戲，難以用來解釋［同族字例］
中的其他單字。［義節］中的釋義是作者對
拉丁文綜合研究的結果，似較爲圓通實
用。

② ［同族字例］collide碰撞；interlude穿
插，幕間；disillusion幻滅。參看：elude
逃避；collusion共謀；allude暗指，間接
提及；prelude前兆，序曲。

im.be.cil.i.ty

[,imbi'siliti ; ,ɪmbə'sɪlətɪ]

義節 im.bec.il.ity

im-→in-處於…狀況；bec→bac短棍；-il
傾向於…；-ity名詞。

字義 *n.* **愚頑。**

記憶 ① ［義節解說］處於像短棍那樣的狀況
→像根木頭。

② ［用熟字記生字］bar短棍。

③ ［同族字例］balk大木，梁，阻礙；
balcony陽臺，包廂；debacle跨臺，潰
散；peg短椿；baguette小凸圓體花飾；
imbecile蠢的，低能的。

參看：bacillary桿狀的；bacteria細菌；
debauch使墮落。

④ ［音似近義字］silly愚蠢的。

im.bibe [im'baib ; ɪm'baɪb]

義節 im.bibr

im-→in-進入；bib *v.*一點點地喝（酒）。

字義 *v.* **喝，飲，吸收。**

記憶 ① ［用熟字記生字］beer啤酒。

I

② ［同族字例］bib嬰兒圍涎；bibulous吸濕性強的；beery微醉的。

參看：imbue使浸透；beverage飲料。

③字母b表示「喝，飲，酒」的其他字例：bottle酒瓶。參看：bacchant愛酗酒的；broth肉湯。

---

im.bro.glio

[im'brouliou, -ljou；ɪm'broljo]

［義節］im.brogl.io

im-→in-使處於…狀況；brogl纏結。

［字義］*n.* 一團糟；錯綜複雜的局面（或情節），糾纏不清，糾葛。

［記憶］① ［義節解說］本字來源於法文embrouiller攪亂；brouiller弄亂，爭執；broussailleux荊棘叢生，雜亂的。imbroglio是義大利文借字。

② ［用熟字記生字］boil沸騰（註：沸騰時氣泡顯得雜亂）。

③ ［同族字例］embrangle使糾纏，使紛亂；bryology苔蘚植物學；brume霧；zebra斑馬；brewis肉汁，肉湯；bruise青腫，傷痕，紫血塊，參看：broth肉湯；imbrue沾汙（尤指血汙）；froth泡沫；embroil使糾纏，使紛亂。

④字母組合br常表示「纏結，嘈雜」。例如：embrace環抱；braid編帶，辮子；brabble小爭吵；brannigen大吵大鬧；bravo喝采聲；bray驢叫聲；broil吵鬧，騷動。

---

im.brue [im'bru:；ɪm'bru]

［義節］im.brue

im-→in-進入；brue汙點。

［字義］*vt.* 沾汙（尤指血汙）。

［記憶］① ［用熟字記生字］bruise青腫，傷痕，紫血塊。

② ［同族字例］參看上字：imbroglio一團

糟。

③字母組合br表示「遮蔽，斑，點」的其他字例：brindle斑點；bryology苔蘚植物學；brume霧；zebra斑馬…等等。

---

im.bue [im'bju:；ɪm'bju] *

［義節］im.bue

im-→in-進入；bue喝。

［字義］*vt.* 使浸透，染，使充滿，鼓舞。

［記憶］① ［義節解說］法文boire的過去分詞爲bu（e），相當於英文的drunken喝足，喝醉。喝，即是「吸入」、「侵入」。

② ［用熟字記生字］beer啤酒。

③ ［同族字例］bib嬰兒圍涎，一點點地喝（酒）；bibulous吸濕性強的；beery微醉的。參看：imbibe喝，飲，吸收；beverage飲料。

④字母b表示「喝，飲，酒」的其他字例：bottle酒瓶。參看：bacchant愛酗酒的；broth肉湯。

⑤ ［音似近義字］「鼓舞」一意。參考：buoy鼓勵，支持。

⑥ ［用例］to be~d with the spirit of co-operation. 充滿合作精神。His mind was~d. with righteousness.他的心受到正義感的鼓舞。

---

im.mac.u.late

[i'mækjulit；ɪ'mækjəlɪt] *

［義節］im.maculate

im-→in-否定；maculate *a.*有汙點的。

［字義］*a.* 純潔的，無瑕疵的。

［記憶］① ［用熟字記生字］mark斑點。

② ［同族字例］march邊境；demarcation界線；mackle印刷重複造成模糊；macle礦物的斑點；macule由於重複而模糊；smooch汙跡，弄髒；smudge汙

跡，玷汙；smutch弄髒，塵垢。參看：besmirch玷汙，糟蹋；maculate有汙點的。

③字母 m 表示「小洞，小點」的其他字例：mottle斑點；mail盔甲；maillot緊身衣服；maquis灌木，叢林；trammel細網，參看：mesh網眼；measles麻疹；stigma斑點；mote瑕疵的，小缺點。

④字母 m 和含義字母組合sm常表示「汙跡，玷汙」，例如：stigma汙點；mud泥；smear塗抹，玷汙；smut汙跡，煤塵，玷汙；smutty給煤炭弄黑的，猥褻的；bemire使沾上汙泥。

⑤〔反義字〕參看：maculate有汙點。

im.merse [i'mə:s; ɪ'mɝs] *

義節 him.merse

im-→in進入；merse沉，浸。

字義 vt. 沉浸，使沉浸於。

記憶 ①〔用熟字記生字〕emergency突然出現的情況。

②〔同族字例〕「浸軟」一意：merge吞沒，使漸漸消失；emerge浮現；emergency突然出現的情況；emersion浮現，出現；immersion浸入；submerge淹沒；submersion沉沒，浸沒；Mass彌撒（註：發給小「軟」餅作爲聖餐）；matzoom發酵牛奶。參看：mason泥瓦工；moccasin軟鞋；martyr折磨；mash麥芽漿，糊狀物，搗碎。參看：macerate浸軟，浸漬。

im.mi.nent ['iminənt; 'ɪmənənt] *

義節 im.min.ent

im-→in-進入；min突出，顯眼；-ent形容詞。

字義 a. 急迫的，危急的。

記憶 ①〔義節解說〕已經進入十分突出顯眼的狀況，隨時會發難。

②〔用熟字記生字〕menace威脅。

③〔同根字例〕prominent突出的，傑出的；supereminent出類拔萃的；eminent著名的（活著的人），（德行）突出的；preeminent卓越的，傑出的；minatory威脅性的；comminatory威嚇的。

④〔使用情景〕a flood / storm / war is～一場水災 / 風暴 / 戰爭已迫在眉睫；～danger / death / departure迫在眉睫的危險 / 死亡即將來臨 / 馬上要離別。

im.mo.late ['imouleit, -məl-; 'ɪmə,let]

義節 im.mol.ate

im-→in-進入；mol磨石，磨；-ate動詞。

字義 vt. 犧牲，殺戮，宰殺作祭，毀滅。

記憶 ①〔義節解說〕進磨子碾成粗麵粉，再撒上鹽，古代用於祭祀→毀滅，犧牲。

②〔用熟字記生字〕mill磨坊；meal餐。

③〔同族字例〕molar磨的；muller研磨器；molest折磨，使煩惱；demolish毀壞；ormolu仿金銅箔。參看：emolument報酬。

im.mune [i'mju:n; ɪ'mjun] *

義節 im.mune

im-→in-→not否定；mune奉獻，義務。

字義 a. 免除的，不受影響的，有免疫力的。

記憶 ①〔用熟字記生字〕community社區，團體；commune公社。

②〔同族字例〕common共同的，普通的；remunerate報酬；communicate通訊，聯繫。參看：munificence慷慨；commune談心；municipal市（政）的。

im.mure [i'mjuə; ɪ'mjʊr]

義節 im.mure

im-→in-在內；mur牆，封閉，保護。

字義 *vt.* **禁閉，封閉。**

記憶 ① ［義節解說］（關）在大牆之內。

② ［同族字例］mure監禁；mural牆壁；extramural牆外的，校外的；intramural內部的；intermural壁間的，牆間的；immurement關閉，深居簡出。參看：demure嫻靜的；mural牆壁（上）的，壁畫，壁飾；munition軍火；murk黑暗；mute緘默的；mump繃著臉不說話。

im.mu.ta.ble

[i'mju:təbl; ı'mjutəb!]

義節 im.mut.able

im-→in-否定；mut改變，變換；-able能夠。

字義 *a.* **不變的。**

記憶 ① ［用熟字記生字］commute乘車往返…之間；mutual相互的。

② ［同族字例］ m u t a b l e善變的；commute乘車往返…之間；permute改變順序；transmute使變形。參看：mew鷹籠；moult換羽；mutinous叛變的，反抗的，騷亂的；mutation變化，變換，突變，人生沉浮。

im.pair [im'pεə; ım'pεr] *

義節 im.pair

im-加強意義；pair→per毀滅，沉淪。

字義 *vt.* **損害，損傷，削弱，減少。**

記憶 ① ［義節解說］字根-per-源於法文動詞perir死亡，滅亡，沉船。

② ［同族字例］pessimistic悲觀的；pest瘟疫。參看：peril危險；pestilent致命的；imperil危害；perjury偽證；perfunctory敷衍塞責的；perverse墮落的；perdition毀壞；perish滅亡，死，枯萎，腐爛。

③ ［易混字］pair一雙，一對。

④字母p表示「糟，壞」的其他字例：pejorative惡化的；輕蔑的；pessimistic悲觀的；s p o i l損壞，弄壞，寵壞；putrefy化膿，腐爛；purulent化膿的。

im.pale [im'peil；ım'pel]

義節 im.pale

im-→in-進入；pale *n.*（做柵欄用的）尖板條，樁，圍欄。

字義 *vt.* **刺穿，釘住，使絕望。**

記憶 ① ［義節解說］尖樁「進入」→刺穿；困在「圍欄」裡面→絕望。

② ［用熟字記生字］pole桿，極；palace宮殿。

③ ［同族字例］pale 柵欄，圍籬；bail 馬廄裡的柵欄；bailey城堡外牆，外柵；baluster欄杆柱。參看：pallet小床；palatial宮殿（似）的，宏偉的，壯麗的。

④字母p常表示「尖，刺」。例如：pique刺激；pierce刺破；pike長矛，槍刺；pink刺；poke戳；acupuncture針灸…等等。

im.pal.pa.ble

[im'pælpəbl; ım'pælpəb!]

義節 im.palp.able

im-→in-否定；palp手掌，觸摸；-able能夠。

字義 *a.* **不可觸知的，難捉摸的。**

記憶 ① ［義節解說］palpable可觸知的，前知否定。

② ［用熟字記生字］palm手掌；feel摸，觸（p→ph→f通轉）。

③ ［同族字例］palp觸鬚；palpitate悸動；pack包，捆；palmiped蹼足的；pinkle小手指（註：字母p的字形就像「掌」。「掌」有「觸摸」和「包容」兩意。）

im.passe

[æm'pɑːs ; ɪm'pæs, 'ɪmpæs] *

義節 im.passe

im-→in-→not否定；passe→pass v.通過。

字義 n. 死胡同，僵局。

記憶 ① [義節解說] 不能通過→此路不通→死胡同。

② [用熟字記生字] passport護照；pace步子。

③ [同族字例] pedal足的；tripod三角架；impedimenta行李，包袱；expedition遠足；octopus章魚（oct-八）。參看：expedient便利的；repudiate否認；impede妨礙，阻礙，阻止。

④ [同義字] 參看：deadlock僵局（字面意謂：鎖「死」了，走不出來）。

⑤ [易混字] 參看：impassion激動；impassive缺乏熱情的。

im.pas.sion

[im'pæʃən; ɪm'pæʃən]

義節 im.pass.ion

im-→in-進入；pass感情，苦痛；-ion名詞。

字義 vt. 激起⋯的熱情，激動。

記憶 ① [義節解說] passion n.激情，熱情；使「進入」激情。

② [同根字例] dispassionate不動情的；passible易感動的；dispassion冷靜，公平。參看：passion激情；compassion同情；compatiable可和諧共存的；impassive缺乏熱情的。

③ [同族字例] 字母p表示「忍受，感情」的其他字例：pity憐憫；patible能忍的；sympathy同情；pathetic感傷的。參看：pathos憐憫。

im.pas.sive

[im'pæsiv ; ɪm'pæsɪv] *

義節 im.pass.ive

im-→in-→not否定；pass感情，苦痛；-ive形容詞。

字義 a. 缺乏熱情的，不感痛苦的，不動的。

記憶 ① [用熟字記生字] passive被動的。利用此字助憶時，im-→in→處於⋯狀態。

② [同族字例] 參看上字：impassion激動。

③ [易混字] 參看：impasse僵局；impassion激起⋯的熱情。

im.peach [im'piːtʃ ; ɪm'pitʃ]

義節 im.peach

im-→in-進入；peach v.告發，告密，出賣。

字義 vt. 控告，彈劾，責問。

記憶 ① [用熟字記生字] speak / speech講話→講出來→控告。

② [同族字例] pique激怒；piquant辛辣的；peck啄、beak鳥嘴；bicker口角，爭吵；bark怒吼。參看：bilk欺騙。

③ 字母p常表示「講話」。例如：parley會談；parliament議會；parol口頭的；parrot鸚鵡；expatiate細說；exponent闡述的；peal大聲說；appeal呼籲，控告，上訴等等。

im.pec.ca.ble

[im'pekəbl; ɪm'pɛkəb!] *

義節 im.pec.c.able

im- →in- →not否定；pec罪，錯，汙點；-able能夠。

字義 a. 無瑕的。

記憶 ① [義節解說] peccable易犯罪的→無犯罪傾向的→無瑕的。

② ［同族字例］ pecky有霉斑的，有蛀孔的；speck玷汙，小斑點。參看：peccadillo輕罪；peccant有罪的。

im.pede [im'pi:d ; ɪm'pid] *

義節 im.pede

im-→in- 否定；pede足。

字義 vt. 妨礙，阻礙，阻止。

記憶 ① ［義節解說］ 不讓腳移動→使裹足（不前）→阻礙。

② ［用熟字記生字］ expedition遠足。

③ ［同族字例］ pedal足的；octopus章魚（oct八）。參看：expedient便利的；pace步子；repudiate否認；tripod三角架；parade遊行；impedimenta行李，包袱。

im.pen.i.tent

[im'penitənt; ɪm'pɛnətənt]

義節 im.penit.ent

im- →in- 否定；penit處罰，痛，後悔；-ent形容詞。

字義 a. 無悔意的。

記憶 ① ［義節解說］ 參看：penitence悔罪→不悔。

② ［用熟字記生字］ pain痛。

③ ［同族字例］ penitentiary教改院；repine訴苦；penalty罰金，刑罰；punity刑罰的；punitive處罰的；impunity不予懲罰；punish處罰；fine罰金（p→f音變）。參看：penitence悔罪；penance苦行，懺悔；penal刑事的，刑法的，（當）受刑罰的；repent後悔，悔悟，悔改，懺悔。

im.per.a.tive

[im'perətiv; ɪm'pɛrətɪv] *

義節 imper.ative

imper統治，命令；-ative形容詞。

字義 n. / a. 命令（的）。

　　a. 絕對必要的，緊迫的。

記憶 ① ［義節解說］ 統治者的「命令」是「絕對必要的，緊迫的」。

② ［用熟字記生字］ imperialism帝國主義；emperor皇帝。

③ ［同族字例］ 參看：empower 授權；empress 女皇，皇后；imperious專橫的；imperial 帝國的。

im.pe.ri.al [im'piəriəl; ɪm'pɪriəl] *

義節 imperi.al

imperi統治，命令；-al形容詞。

字義 a. 帝國的，帝王（般）的，威嚴的，特等的。

記憶 ① ［義節解說］ 字根imper / emper（統治，命令）還可再分析爲 ：im- / em-（使）進入；per→pert→power力，權力。

② ［用熟字記生字］ imperialism帝國主義；emperor皇帝。

③ ［同族字例］ 參看上字：imperative命令。

im.per.il [im'peril ; ɪm'pɛrəl, -ɪl]

義節 im.per.il

im- → in- 在…之中；per毀壞，消失，沉淪；-il→-ile易於…的。

字義 vt. 使處於危險，危害。

記憶 ① ［義節解說］ 有毀壞的可能→危險。字根 -per- 來源於法文動詞perir死亡，滅亡，沉船。語源上多將本字中的per看做字首，故百般牽強而不得要領。

② ［同族字例］ pessimistic悲觀的；pest瘟疫。參看：peril危險；perish毀壞，死亡；pestilent致命的；perjury僞證；perfunctory敷衍塞責的；perverse墮落的；perdition毀壞。

③換一個思路：per- 完全；il→壞，病，邪；→完全壞了→危險。

im.pe.ri.ous
[im'piəriəs; ɪm'pɪrɪəs] *

義節 imperi.ous
imperi統治，命令；-ous形容詞。

字義 *a.* **專橫的，老爺式的，緊要的。**

記憶 詳見上字：imperial帝國的。

im.per.me.a.ble
[im'pə:mjəbl; ɪm'pɚmɪəbl]

義節 im.per.me.able
im- →in- →not否定；per-貫穿；me→move動；-able能夠。

字義 *a.* **不能滲透的，不透水的。**

記憶 ① ［義節解說］不能移動貫穿→不能透過。

② ［同族字例］meatus（解剖學）管，道；irremeable不能退回的，無法復原的；molt換羽；remuda牧場工人用的馬；permeate滲透，瀰漫，充滿。

③ ［反義字］參看：permeable能滲透的。

④ ［形似近義字］參看：impervious不能滲透的。

im.per.ti.nent
[im'pə:tnənt; ɪm'pɚtnənt] *

義節 im.pert.in.ent
im- →in- 處於…狀況；pert *a.*無禮的；-ent形容詞。

字義 *a.* **無禮的，粗魯的。**

記憶 ①［用熟字記生字］pert→apert→open敞開的，公開的，直率的。

② ［同族字例］參看：aperture孔隙，overt公開的；overture主動的表示；petulant易怒的。參看：pert沒有禮貌的，冒失的，活躍的，別緻的，痛快的。

im.per.turb.a.bil.i.ty
['impə(:),tə:bə'biliti ; ,ɪmpɚ,tɚbə'bɪlətɪ]

義節 im.per.turb.ability
im- → in- 否定；per- 完全，十分；turb旋轉，攪混；-ability能夠。

字義 *n.* **冷靜，沉著。**

記憶 ① ［義節解說］perturb擾亂→不被擾亂→冷靜。

② ［同族字例］turbid混濁的，不透明的；turbulent激流的；turbine渦輪機；disturb動亂；stir攪動。

③字母組合ur表示「擾動」的其他字例：current激流；hurricane颶風；hurly騷亂，喧鬧；hurry-scurry慌亂；flurry慌張，倉皇；sturt騷亂，紛擾；spurt突然迸發；slurry泥漿；purl漩渦，（使）翻倒；lurch突然傾斜；gurgitation渦漩，洶湧，沸騰；fury暴怒，劇烈；churn劇烈攪拌；churr顫鳴聲；burn燃燒；burst爆破，突然發作；burr小舌顫動的喉音；blurt突然說出…等等。

im.per.vi.ous
[im'pə:vjəs; ɪm'pɚvɪəs] *

義節 im.per.vi.ous
im- →in- →not否定；per-貫穿；vi路；-ous形容詞。

字義 *a.* **不能滲透的。**

記憶 ① ［用熟字記生字］via道路，經由。

② ［同族字例］way路；obvious明顯的；voyage航行，旅行；convoy護送，護衛；convey輸送，運送。參看：invoice托運，開發票，開清單。參看：envoy使者。

③ ［反義字］參看：pervious能滲透的。

④ ［形似近義字］參看：impermeable不能滲透的。

I

im.pe.tus ['impitəs; 'ɪmpətəs] *

義節 im.pet.us

im- →in- 進入；pet尋求，追求；-us字尾。

字義 *n.* （原）動力，促進，推動，動量。

記憶 ① ［義節解說］進入了極力追求的狀態，就是一種動力和促進。

② ［用熟字記生字］push推動，促進；competition競爭。

③ ［同族字例］appetite 胃口；perpetual不斷的；repetition 重複，反覆。參看：petition請願；competent能勝任的。

④ 字母p表示「推動」的其他字例：impact衝擊；compel強迫；propel推進；propulsion推進力；repulse擊退…等等。

im.pi.e.ty [im'paiəti; ɪm'paɪətɪ]

義節 im.piet.y

im- →in- →not否定；piet對神虔敬，對父母盡職；-y名詞。

字義 *n.* 不虔誠，不孝順。

記憶 ① ［用熟字記生字］pure純潔的；impurity不純，不道德。

② ［同族字例］pious虔誠的；impiety不虔誠、expiate贖（罪）；purge清洗；Puritan清教徒；depurant淨化器；expurgate使純潔；epurate提純。

③ ［反義字］參看：piety虔誠，孝順。

im.pinge [im'pindʒ; ɪm'pɪndʒ] *

義節 im.pinge

im-→in- 進入；pinge→punch *v.*衝撞；

字義 *v.* 撞擊。

　　vi. 緊密接觸，接納，侵犯。

記憶 ① ［義節解說］hpinge亦可釋作ping（子彈等的）砰聲。「緊密接觸」一意參考：pin別針→用針別緊。

② ［同族字例］punch用拳頭打；puncheon打孔器；expunction抹去；punctuate加標點；punctual守時的；acupuncture針灸；expugn攻擊；impugn質問；repugn厭惡。參看：pugnacious好鬥的，好戰的，愛吵架的；punctilious拘泥細節的，謹小慎微的；compunction內疚；puncture刺穿；pungent刺激的；impugn指責；expunge除去，省略，消滅。

③ 字母p表示「擊」的其他字例：pike槍刺；pip射擊；poniard用短劍戳；pugilism拳擊。

im.pla.ca.ble

[im'plækəbl; ɪm'plekəb!, -'plækəb!]

義節 im.plac.able

im- →in- 否定；plac使平，使愉快起來；-able能夠。

字義 *a.* 難和解的，難撫慰的。

記憶 ① ［義節解說］難以「擺平」→難撫慰的。

② ［用熟字記生字］please使愉快。

③ ［同族字例］poultice敷在傷處緩解疼痛的藥膏；placebo安慰物；complacent自滿的；placate撫慰；plea懇請；please使愉快。參看：placid平靜的；complaisant和諧的；palliate緩和（病，痛等）。

④ ［反義字］參看：placable易和解的，易撫慰的，溫厚的。

im.plic.it [im'plisit; ɪm'plɪsɪt] *

義節 im.plic.it

im-→in- 在內；plic彎，折。

字義 *a.* 含蓄的，內含的，無疑的。

記憶 ① ［義節解說］彎折在裡面，不是一目了然的。

② ［近義字］imply暗指；implication暗示。

③ ［反義字］參看：explicit明晰的。

④ ［同族字例］apply適用；reply回答；comply照辦。參看：compliant屈從的；complexion局面；duple二倍的；replica複製品。

im.plore [im'plɔ:; ɪm'plor, 'plɔr] *

義節 im.plore

im- →in- 處於…狀態；plore→burst out爆破，爆發。

字義 vt. 乞求，懇求，哀求。

記憶 ① ［義節解說］burst out into tears 哭出來→weep哭泣。聲淚俱下（地求）→哀求。

② ［同族字例］explore探究；explode爆破，戳穿；implode壓坡，內向爆破；applaud鼓掌稱讚；applause鼓掌稱讚；plaudit喝采讚美。參看：deplore悲哀，哀悼，痛惜。

③ pl表示「煩擾，悲苦」的其他字例：plain抱怨；complain抱怨；plaint悲嘆，訴苦；plangent淒切動人的；plight苦況…等等。

im.pol.i.tic [im'pɔlitik；ɪm'pɑlətɪk]

義節 im.polit.ic

im- →in- 否定；polit公民，城市；-ic形容詞。

字義 a. 失策的，不明智的。

記憶 ① ［義節解說］polit公民→治理公民→政策。不合治理之道→失策。

② ［用熟字記生字］polite有禮貌的。

③ ［同族字例］policy政策，策略；politics政治；cosmopolis國際都會；metropolis大都會；policy保險單；bill帳單；bulletin公告。

im.pon.der.a.ble [im'pɔndərəbl；ɪm'pɑndərəb!]

義節 im.ponder.able

im- →in- 否定；ponder→pens懸，吊，掛→秤重，放在一邊；-able能夠。

字義 a. 沒有重量的。

記憶 ［同族字例］depend依靠；suspend吊，懸，停止；prepense預先考慮過的；propensity嗜好，參看：pension撫卹金；penchant嗜好；pensive沉思的，憂鬱的；pendant下垂物，垂飾；ponder估量；ponderous沉重的。

im.por.tune [im'pɔ:tju:n；ˌɪmpə'tjun, ɪm'pɔrtʃən]

義節 im.port.une

im- →in- 否定；port門，港口；-une →-ern 朝向…的。

字義 v. 強求，糾纏。

a. 強求的，迫切的。

記憶 ① ［義節解說］本字來源於拉丁文impoirtune不合時宜地，無禮地。風不是朝向港口／家門口→時機不對→強求。

② ［用熟字記生字］opportunity機會（註：風向正好朝著港口，有盡快「入港」之機會）；fortunate幸運的(-portun- →-fortun-；其中p→ph→f通轉，參看：fowl禽)。

③ ［同族字例］port舉止，風采；misfortune不幸，運氣不好；unfortunate不幸的。參看：deport舉止；portly肥胖的，粗壯的，魁梧的；comport舉動，舉止，（舉動等）適合，一致；fortuitious偶然（發生）的，幸運的。

④ ［陷阱］字面誤導，與 important（重要的）或是 import（進口）…等字混淆。

im.pose [im'pouz；ɪm'poz] *

I

〔義節〕im.pose
im→upon在…上面；pose放，置。
〔字義〕*v.* 徵（稅等），強加，利用，欺騙。
〔記憶〕① 〔義節解說〕本字來源於拉丁文
impono獻上，委託→獻上稅（等）。硬
是置於…的身上→強加。
② 〔用熟字記生字〕用put（放置）記字根
pose。
③ 〔同族字例〕oppose反對；propose
建議；interpose插入，干預。參看：
imposter騙子，冒名頂替。

---

im.pos.tor [im'pɔstə; ɪm'pastə]

〔義節〕im.pose.or
im→upon在…上面；pose放，置；-or行
為者。
〔字義〕*v.* 騙子，冒名頂替。
〔記憶〕① 〔義節解說〕本字來源於拉丁文
impono欺騙。
② 〔同族字例〕參看上字：impose欺騙。

---

im.po.tent [ˈɪmpətənt; ˈɪmpətənt]

〔義節〕im.pot.ent
im- →in- 否定，無；pot力，權力；-ent
形容詞。
〔字義〕*a.* 無力的，軟弱無能的。
〔記憶〕① 〔義節解說〕potent強有力的，前加
否定。
② 〔用熟字記生字〕potential潛在的，潛
力。
③ 〔同族字例〕potent有力的；possible可
能的；emperor統治者；empire帝國；
empower授權；puissance權勢。參看：
omnipotent有無限權力的；potentate君
主，統治者。
④字母p常表示「推動之力」。這可能
因為p的字形像「手掌」。例如：push
推動；impact衝擊；compel強迫；
impetus推動；impinge撞擊，衝擊；

power力；puissant強有力的；impulse
衝動。

---

im.pre.cate [ˈɪmprɪkeɪt; ˈɪmprɪˌket] *

〔義節〕im.prec.ate
im- →in- 進入；prec祈求；-ate動詞。
〔字義〕*vt.* 祈求降（禍），詛咒。
〔記憶〕① 〔義節解說〕祈求（禍事）進入…。
② 〔用熟字記生字〕prey祈禱，祈求。
③ 〔同族字例〕precative懇請的；
appreciate贊成；deprecate祈求免去，
不贊成。參看：preach說教；precarious
危險的，不安定的（註：要祈求上帝保
佑）；deprecate反對，駁斥。

---

im.preg.na.ble
[ɪmˈprɛgnəbl; ɪmˈprɛgnəbl]

〔義節〕im.pregn.able
im- →in- →not否定；pregn→prehend→
take抓住，取走；-able能夠… 的。
〔字義〕*a.* 鞏固的，堅定的。
〔記憶〕① 〔義節解說〕can not be taken→不
可「奪」→堅固。
② 〔同族字例〕prehensile能抓住的；
prehension抓住，理解；deprehend
奇襲；comprehension理解。參看：
pregnable可攻克的，易占領的，易受攻
擊的。
③ 〔形似易混字〕參看：pregnant懷孕的。
④ 〔反義字〕參看：pregnable可攻克的。

---

im.pre.sa.ri.o
[ˌɪmprɛˈsɑːrɪoʊ; ˌɪmprɪˈsɑrɪˌo]

〔義節〕im.pres.ario
im- → on；pres→press壓。
〔字義〕*n.* （樂團等）經理，指揮，主持人。
〔記憶〕① 〔義節解說〕本字來源於拉丁文

impression壓，強音，重音，語氣，表情。（樂團）指揮正是要掌握「強音，重音，語氣，表情」。

② ［同族字例］ express表達；pressure壓力；compress壓縮；press印刷，報紙；depress蕭條。

---

im.promp.tu

[im'prɔmptjuː; ɪm'prɑmptu, -tju] *

義節 im.prompt.u
im-加強意義；prompt a.立即行動的，當場交付的。

字義 a. / adv. 無準備的，即興的。
　　　n. 即興演奏。

記憶 ① ［義節解說］ 突然被邀請，就立即行動（表演等）。prompt→pro-向前；empt取得，買→取出來→當場交付。

② ［同族字例］ promptly迅速的；exempt免除，免疫。參看：preempt已先買權取得，先占，先取；peremptory斷然的，高傲的，專橫的，絕對的。

③ ［近義字］ 參看：improvise即興演奏。

---

im.prov.i.dent

[im'prɔvidənt; ɪm'prɑvədənt]

義節 im.pro.vid.ent
im- →in- →not否定；pro-向前；vid看；-ent形容詞。

字義 a. 浪費的，無遠見的。

記憶 ① ［義節解說］ 不向前看→無遠見；→今朝有酒今朝醉→浪費。

② ［用熟字記生字］ view看，觀；visa簽證。

③ ［同族字例］ visit參觀；advise忠告；evident明顯的；television電視；revise修訂，複習。參看：improvise即席創作（演奏等），臨時準備。

④ ［反義字］ 參看：providence節儉，遠見。

---

im.pro.vise

['imprəvaiz; 'ɪmprə,vaiz, ,ɪmprə'vaiz] *

義節 im.pro.vise
im- → not否定、pro-前面；vis看。

字義 vt. 即席創作（演奏等），臨時準備。

記憶 ① ［義節解說］ provise→provision預備。無準備→卽席。

② ［近義字］ 參看：impromptu卽興演奏。

③ ［同族字例］ 參看上字：improvident無遠見的。

---

im.pu.dent

['impjudənt; 'ɪmpjədənt] *

義節 im.pud.ent
im- →in- →not否定；pud→pudendum n.女性外生殖器，陰門→羞怯，拘謹；-ent形容詞。

字義 a. 無恥的，無禮的，冒失的。

記憶 ① ［義節解說］ 沒有羞恥之心。同源字根-pub-陰部。例如：pubes陰毛，陰阜。又有同源字根-priv-陰部。例如：privates外陰部，生殖器。引申爲：私人的，祕密的，隱蔽的。參看：privy私人的。

② ［形似近義字］ imprudent輕率的，魯莽的；prudent小心謹愼的。

③ ［同族字例］ pudency害羞；pubes陰毛，陰阜；pubescence到達思春期；pubic陰毛的；pudendum女性外生殖器，陰門。參看：puddle任何液體的小池；repudiate遺棄（妻子等）；puberty思春，青春期。

---

im.pugn [im'pjuːn ; ɪm'pjun] *

義節 im.pugn
im-加強意義；pugn→pinge刺，擊，鬥爭。

【字義】 *vt.* 抨擊，攻擊，責難，否認。

【記憶】① ［義節解說］pinge亦可釋作ping（子彈等的）砰聲。「緊密接觸」一意參考：pin別針→用針別緊。

② ［用熟字記生字］punish處罰；pain痛。

③［同族字例］expugn攻擊；inexpugnable不能征服的，難推翻的；repugn和…鬥爭，反對，排斥，使憎惡；impugn質問；punch用拳頭打；puncheon打孔器；expunction抹去；punctuate加標點；punctual守時的；acupuncture針灸。參看：pugnacious好鬥的，好戰的，愛吵架的；punctilious拘泥細節的，謹小慎微的；compunction內疚；puncture刺穿；pungent刺激的；impugn指責；expunge除去，省略，消滅；impinge撞擊；repugnant對抗性的。

④字母p表示「擊」的其他字例：pike槍刺；pip射擊；poniard用短劍戳；pugilism拳擊。

---

im.pute [im'pjuːt; ɪm'pjut] *

【義節】im.pute

im-→in- 進入；pute→put *v.*放置。

【字義】 *vt.* 推諉，歸咎於，轉嫁於。

【記憶】① ［義節解說］put…onto…把（帳）算到…身上；put down（把事務）委諸（某人）。

② ［同族字例］compute計算，估計；dispute爭辯；impute把…歸咎於…；repute評價；reputation聲譽，名聲；disrepute壞名聲；depute委託（權力等）。參看：amputate切掉（am- → a- → out；put out）；deputy代表，代理（人）。

---

in.ane [i'nein ; ɪn'en] *

【義節】in.ane

in- → not否定；ane→anim呼吸，精神，生氣。

【字義】 *a.* 空（洞）的，空虛的，愚蠢的。

【記憶】① ［義節解說］本字來源於拉丁文inanis無生氣的，不喘氣的，死的。

② ［用熟字記生字］none沒有一個人→空的。

③ ［同族字例］animosity怨恨；maguanimity寬宏大量；unanimity同意，一致。參看：animadvert譴責；equanimity沉著，平靜，鎮定。

④換一種思路：字母n表示「無」，例如：nothing沒有東西；naked裸的；nil無；nix無；nihil虛無。

---

in.ar.tic.u.late
[,ɪnɑː'tikjulit ; ,ɪnɑr'tɪkjəlɪt]

【義節】in.articul.ate

in- → not否定；articul *a.*明白的，清晰的；-ate動詞。

【字義】 *a.* 說話不清的。

【記憶】① ［義節解說］本字來源於拉丁文articulo用關節連接，清楚地發音…。

② ［用熟字記生字］article文章。

③［同族字例］arthritis關節炎；arthrosis關節；art藝術；artel（俄國農民，手工業者的）勞動組合；artiodactyl偶蹄動物。參看：articulation（骨頭等的）關節，連接，（清楚的）發音。

---

in.au.gu.rate
['ɪnɔːgjureit; ɪn'ɔgjə,ret] *

【義節】in.augur.ate

in-使…；augur一種海鳥；-ate動詞。

【字義】 *vt.* 開始，開創，舉行就職典禮（閉幕式等）。

【記憶】① ［義節解說］在就職典禮上用海鳥進行占卜。這種迷信想法有點像古代中國出

師前要占卜，要祭旗等。就職典禮象徵某種開始。

②［形似近義字］auspicate創始，舉行就職典禮，（根據飛鳥行動的）占卜（aus→auk海鳥；spi看。注意：此字與本字的構字思路和字義幾乎完全一樣！）。

③［同族字例］augur（利用觀察飛鳥）占卜。參看：inaugurate開創，嬉耍；lark雲雀（l.ark：l→la定冠詞，相當於英文的the；ark→auk北極海鳥）；augury占卜術；預兆。

in.can.ta.tion

[ˌinkænˈteiʃən; ˌɪnkænˈteʃən]

義節 in.cant.ation
in-使用；cant n.行話，黑話，吟唱；-ation名詞。

字義 n. 咒語，妖術。

記憶 ①［義節解說］cant→chant單調重複地唱歌或說話→念咒；使用黑話→咒語。
②［用熟字記生字］charm符咒，迷惑。
③［同族字例］canto篇章；cantata清唱劇；cantilate吟唱；enchant施魔法於，使銷魂，使喜悅；chant唱歌，念咒；chantey船夫曲。參看：descant旋律，唱歌，詳談；recant撤回聲明；cantankerous愛爭吵的（anker→anger怒）。

in.car.nate

[adj. inˈkɑːnit, -neit；ɪnˈkɑrnɪt, -net v. ˈinkɑːneit, inˈkɑːneit；ɪnˈkɑrnet]

義節 in.carn.ate
in-進入；carn肉；-ate形容詞。

字義 a. 使成人形的，化身的。

記憶 ①［義節解說］本字來源於拉丁文Carna保護肉體生活器官的女神。賦予血肉，便成人形。

②［同族字例］carnage屠殺，殘殺；incarnate賦予…以形體；carnivore肉食動物；charnel保存遺骸的地方（c音「軟化」為ch音）。

參看：carnal肉體的，肉慾的；carrion腐肉；caruncle肉阜；kern核，仁。

in.cen.di.ar.y

[inˈsendjər；ɪnˈsɛndɪˌɛrɪ]

義節 in.cendi.ary
in-使處於…狀況；cendi火，光；-ary名詞。

字義 n. 縱火者，煽動者。

記憶 ①［義節解說］cendi→candi火→光。使處於「火」中。
②［用熟字記生字］candle蠟燭（請注意k→c同音「通轉」）；sun太陽（c→s通轉）。
③［同族字例］incense香，使激動，奉承（cendi→candi火）；candid眞實的；incandescent白熱的，白熾的；shine照耀（c→s→sh通轉）；scintilla火花（sh→sc通轉）；scintillescent發光的，閃爍的。參看：incentive誘因；kindle點燃，（使）照亮；scintillate發出（火花），閃耀；shimmer閃爍。

in.cen.tive [inˈsentiv；ɪnˈsɛntiv] *

義節 in.cent.ive
in-使處於…狀況；cent→cand火，光；-ive字尾。

字義 n. 刺激，誘因，動機。

記憶 ①［義節解說］點燃他心中想望的火種→為其設立誘因。
②［用熟字記生字］candle蠟燭。
③［同族字例］詳見上字：incendiary縱火者。

in.ces.sant [in'sesnt ; ɪn'sɛsnt] *

義節 in.cess.ant

in- → not否定；cess停止；-ant形容詞。

字義 *a.* **不停的，連續的，頻繁的。**

記憶 ① [用熟字記生字] cease停止。

② [形似近義字] unceasing不斷的。

③ [同族字例] cede放棄權力；decease死的；ceaseless不停的，連續的。

④換一種思路：in-處於…狀態。cess行走→處於行走狀態→連續不停。

---

in.cho.ate ['ɪnkoueit, in'k- ; ɪn'ko·ɪt]

義節 in.cho.ate

in-使動；cho→hook *v.*用鈎鈎住；-ate動詞。

字義 *a.* **才開始的，初期的，未發達的。**
　　 vt. **開始。**

記憶 ① [義節解說] 用鈎鈎住→給馬套上軛→開始工作。

② [用熟字記生字] echo回聲（e-向外）。

③ [同族字例] chaos混沌（註：混沌初開）；inch英寸，使慢慢移動，漸進；hug擁抱；hack拉車的馬；hooker破舊的船；heckle責問；inherent天生的。

④ [近義字] 參看：incipient開始的。

---

in.cip.i.ent [in'sipiənt; ɪn'sɪpɪənt]

義節 in.cip.i.ent

in-進入；cip→take取，抓取；-ent形容詞。

字義 *a.* **開始的，剛出現的，早期的。**

記憶 ① [義節解說] take in 剛剛抓住→僅僅是開始。

② [同族字例] inception開端，開始；anticipate預見，占先；participate參與；accept接受；except除卻。參看：perceptible感覺得到的；recipient接受的，容納的；recipe處方，食譜，烹飪法。

③ [近義字] 參看：inchoate才開始的。

---

in.ci.sive [in'saisiv ; ɪn'saɪsɪv]

義節 in.cis.ive

in-進入；cis切；-ive形容詞，

字義 *a.* **鋒利的，敏銳的。**

記憶 ① [義節解說] 易於「切」進去→鋒利。

② [用熟字記生字] concise簡明的（-cis切，「切」掉蕪雜的部分）

③ [同族字例] excise割除；decision決定；scissors剪刀；share分享，分擔；shear修剪，剪羊毛；shire郡（註：國家行政上的劃「分」）。參看：assassin行刺者，暗殺者（sass→cis切，殺，分）；schism（政治組織等的）分裂，教會分立；homicide殺人。

---

in.cite [in'sait ; ɪn'saɪt] *

義節 in.cite

in-使處於…狀態；cite激起，使活動。

字義 *vt.* **激勵，刺激，煽動，促成。**

記憶 ① [用熟字記生字] excite使興奮。

② [同族字例] resuscitate使復活；cinema電影（註：裡面的人會「動」）；kinetics動力學。

---

in.clem.ent
[in'klemənt; ɪn'klɛmənt]

義節 in.clement

in- → not否定；clement *a.*（氣候）溫和的。

字義 *a.* **狂風暴雨的，殘酷的。**

記憶 ① [同族字例] limp柔軟的，易曲的；lenitive鎮痛性的，緩和的；leniency寬大，慈悲；lenity寬大，慈悲；relentless無情的，嚴酷的。

參看：relent發慈悲，憐憫；limber柔軟的；lenient寬大的，寬厚的，憐憫的；

clemency溫和，仁慈，溫暖。

② ［形似近義字］參看：lament哀悼。

③字母l的形態細長而柔軟，常表示「柔軟」。例如：lidia柔和的，纖弱的，light輕柔的；lissome柔軟的；lithe柔軟的。

---

in.cline

[v. in'klain；ɪn'klaɪn n. in'klain, 'inklain; 'ɪnklaɪn, ɪn'klaɪn] *

義節 in.cline
in-朝向…；cline傾斜。

字義 v. (使) 傾斜，屈 (身)，(使) 傾向於。n. 斜面。

記憶 ① ［用熟字記生字］lean斜倚。

② ［同根字例］declension傾斜。參看：decline（使）下傾，拒絕；recline使斜倚，使依靠。

③ ［同族字例］acclivity向上的斜坡；clivus斜坡的；client主顧。參看：declvity向下的斜坡；proclivity傾向，癖性。

---

in.cog.ni.to

[in'kɔgnitou; ɪn'kɑgnɪ,to] *

義節 in.cogn.i.to
in-→not否定，無；cogn同族，同源。

字義 a. / adv. / n. 隱匿姓名身分 (者)。

記憶 ① ［義節解說］同族的人，有家族的姓，無「姓」→隱姓。-cogn-又可再分析爲：co-共，同；gn生。

② ［用熟字記生字］recognize認出。

③ ［同族字例］cognate同族的，同源的。參看：cognomen姓。

---

in.co.her.ence

[,inkou'hiərəns; ,ɪnko'hɪrəns]

義節 in.co.her.ence
in-→not否定；her連接，黏連，相接

於；-ence名詞。

字義 n. 沒有條理，不連貫。

記憶 ① ［用熟字記生字］here這裡，「都在這裡」→凝聚。這樣記亦通。

② ［同族字例］adhere附著，堅持；inhere固有；cohesive連貫的（hes是here的變體）；hesitate猶豫（俗話說「黏黏糊糊的」，即辦事拿不定主意）。參看：cohere黏合，連貫，團結，凝聚。

---

in.com.mode

[,inkə'moud; ,ɪnkə'mod]

義節 in.com.mode
in-→not否定；com-加強意義；mode尺寸，範圍，容納。

字義 vt. 使感覺不便，妨礙，打擾，惹惱。

記憶 ① ［義節解說］commode尺寸夠大，活動得開→方便。否定之，則變爲「不便」。

② ［用熟字記生字］model模型。

③ ［同族字例］modesty 謙虛；mode 樣式；moderate 溫和的；modulate 調節；modify改良；mould造型；modern現代的；accommodation收容，便利。

---

in.con.gru.i.ty

['inkɔŋ'gru:iti; ,ɪnkɑŋ'gruətɪ]

義節 in.con.gru.ity
in-→not否定；con-共，同；gru走；-ity名詞。

字義 n. 不合適，不和諧。

記憶 ① ［義節解說］con- + gru→一起行走，步調一致。實際上，也可以把gru理解成grow生長，一起生長→適合，和諧。

② ［用熟字記生字］agree同意。

③ ［同族字例］agreeable適合的，和諧

的，一致的；gree好意；ingrate忘恩負義的人；congratulate祝賀；congress代表會議（「走」到一起來→開會），適合，一致。參看：congruent適合的，和諧的，一致的。

in.cor.po.rate

[v. inˈkɔːpəreit, iŋˈk-; ɪnˈkɔrpə,ret adj. inˈkɔːpərit, iŋˈk-; ɪnˈkɔrpərit] *

義節 in.corpor.ate
in-進入；corp（or）體；-ate動詞。
字義 v. 合併，（使混合）。
　　vt. 使具體。
記憶 ①〔義節解說〕使各種東西進入一個「體」內→合併，混合。
②〔用熟字記生字〕corporation公司（實體）。
③〔同族字例〕corporal身體的，肉體的；corporeal肉體的，物質的；corporate團體的，法人的；incorporate結合，合併。參看：corpus屍體，主體；corpse屍體。

in.cor.ri.gi.ble

[inˈkɔridʒəbl; ɪnˈkɔridʒəb!, -ˈkɑr-]

義節 in.cor.rig.ible
in- → not否定；cor- → con-共，同；rig使正，直；-ible能夠。
字義 a. 不能矯正的。
記憶 ①參看：corrigent矯正的。
②〔用熟字記生字〕right正確的；rigid剛性的；correct正確的。
③〔同族字例〕correct正確的；erect直立的。參看：rectangle矩形；rectify修正；rectitude正直，公正；rector教區長，校長，主任；corrigent矯正的。

in.cre.ment

[ˈinkrimənt, ˈiŋk-; ˈɪnkrəmənt, ˈɪŋk-] *

義節 in.cre.ment
in-處於⋯狀態；cre增加；-ment名詞。
字義 n. 增長，增額，增殖。
記憶 ①〔用熟字記生字〕grow生長；increase增長；create創造。
②〔同族字例〕crescent新月；accrue增長；Ceres羅馬神話中的穀物女神；cereal穀物的；crew全體人員；recruit招募；concrescence結合，增殖；excrescence贅生物；procreate生育。參看：decrepit衰老的；cram塞滿。
③〔反義字〕decrement減少。

in.crim.i.nate

[inˈkrimineit; ɪnˈkrɪmə,net]

義節 in.crimin.ate
in-進入；crimin指責，起訴；-ate動詞。
字義 v. 牽累，控告。
記憶 ①〔義節解說〕把⋯一起「指責」進去→牽累。參看：criminate控告。
②〔用熟字記生字〕crime罪惡；criminal罪犯。
③〔同族字例〕criminate控告有罪；criminal罪犯，犯罪上的。參看：recrimination反責，反（控）訴。

in.cu.bate [ˈinkjubeit; ˈɪnkjə,bet]

義節 in.cub.ate
in-處於⋯狀況；cub→lie臥，俯；-ate動詞。
字義 v./n. 孵（卵）。
　　v. 醞釀成熟。
記憶 ①〔義節解說〕俯在卵上→孵。再引申爲「醞釀」。
②〔同根字例〕cubicle小臥室；concubine妾；cube立方體；cubital肘的；succubus

妓女，女魔；covey（鷓鴣等）一窩，（人）一小群。參看：incubus煩累，夢魘。

③〔同族字例〕incumbency責任，職權（字根-cub-是-cumb-中的m脫落後的變體）；cucumber黃瓜。參看：encumber妨礙，拖累；accumbent橫臥的；recumbent橫臥的；cumber妨礙，煩累；incumbent壓在上面的，有責任的，義不容辭的。

in.cu.bus
['iŋkjubəs, 'ink-; 'ɪŋkjəbəs, 'ɪŋk-]

義節 in.cub.us
in-→on在…上面；cub→lie臥，俯；-us字尾。

字義 n. 煩累，夢魘。

記憶 ①〔義節解說〕lie on壓在…上面→煩累。「夢魘」就是夢到被鬼壓在身上。

②〔同族字例〕參看上字：incubate孵（卵）。

in.cul.cate
['ink ʌlkeit, in'k-; ɪn'kʌlket, 'ɪnkʌl,ket] *

義節 in.culc.ate
in-進入；culc→kick v.踢；-ate動詞。

字義 vt. 反覆灌輸，諄諄教誨。

記憶 ①〔義節解說〕踢進去→強力灌輸進去。

②〔用熟字記生字〕cultivate培養。

③換一個思路：culvert排水渠，水道→cul灌水→灌輸。

④〔同族字例〕decalcomania 移畫印花法（註：發瘋般地用腳踩，使花脫落而印上去：de-分離；calc腳跟，踢，踩；-mania瘋狂）；cockamamie偽造的，價值小的（註：用移畫印花法仿製；cock→calc；mamie→mimic模仿）。參看：recalcitrant堅決反抗的，不服從的。

（re-→back；calc→kich；kick back踢回去→反抗。）

⑤〔形似近義字〕參看：inoculate向…灌輸。

in.cum.bent
[in'kʌmbənt; ɪn'kʌmbənt]

義節 in.cumb.ent
in-→on在…上面；cumb→lie俯，臥；-ent形容詞。

字義 a. 壓在上面的，有責任的，義不容辭的。

記憶 ①〔義節解說〕俯在卵上→孵。再引申為「醞釀」。

②〔同根字例〕incumbency責任，職權；cucumber黃瓜。參看：incubus煩累；encumber妨礙，拖累；accumbent橫臥的；recumbent橫臥的；cumber妨礙，煩累。

③〔同族字例〕cubicle小臥室（字根-cub-是-cumb-中的m脫落後的變體）；concubine妾；cube立方體；cubital肘的；succubus妓女，女魔；covey（鷓鴣等）一窩，（人）一小群。參看：incubus煩累，夢魘；incubate孵（卵），醞釀成熟。

in.cur.sion
[in'kə:ʃən; ɪn'kɝʒən, -ʃən]

義節 in.curs.ion
in-進入；curs奔跑，奔流；-ion名詞。

字義 n. 進入，侵入，襲擊，流入。

記憶 ①〔義節解說〕奔跑而入→侵入。

②〔用熟字記生字〕occur出現，發生；course跑，追，流動；current急流，電流，流行。

③〔同族字例〕hurry匆忙（h→c通轉，因為在西班牙文中x讀h音，而x→s→c通轉）；occur出現，發生；cursor游標，

367

光標；recursive循環的；excursion遠足，短途旅行。參看：cursory粗略的，草率的；courier信使，送急件的人；concourse集合，匯合；discourse講話，演講，論述；precursor先驅者，預兆；scurry急促奔跑，急趕，急轉；discursive散漫的；concourse匯合；scour急速穿行，追尋。

④ ［雙聲近義字］scamper蹦跳，瀏覽；scarper【俚】逃跑；scat跑得飛快；scoot【口】迅速跑開，溜走；scud飛奔，疾行，掠過；scutter急匆匆地跑；scuttle急奔，急趕；escape逃跑。

in.de.fat.i.ga.ble

[ˌindiˈfætigəbl; ˌɪndɪˈfætɪgəb!]

義節 in.de.fatig.able

in-→not否定；de-→down向下；fatig→fid / fiss 分裂；-able能夠。

字義 *a.* **不疲倦的，不屈不撓的，堅持不懈的。**

記憶 ① ［義節解說］疲勞得好像要裂開，要「散了架」→不會疲累得倒下來（躺倒不幹）。

② ［用熟字記生字］fork叉；fatigue疲乏，使筋疲力盡。

③ ［同族字例］fissile 易裂的，可分裂的；bifid 兩叉的；fission分裂；division分開，分割，部分（fis→vis；f→v通轉）；bite咬（註：用牙撕「裂」。fis→vis；f→v通轉）。參看：fitful 斷斷續續的；fidget 坐立不安；fissure 裂縫，分裂，裂傷，（使）裂開；fickle多變的；bifurcate兩叉的，分叉；dividend分紅（fid→vid；f→v通轉）。

in.dem.ni.ty

[inˈdemniti; ɪnˈdɛmnətɪ]

義節 in.demn.ity

in-→not否定；demn處罰，損害；-ity名詞。

字義 *n.* **保障，免罰，賠償（物）。**

記憶 ① ［義節解說］不受損害→保障。

② ［用熟字記生字］damn（上帝）罰…入地獄，詛咒；damage損害。

③ ［同族字例］deem 判斷，視作；Duma 杜馬（俄國議會）；condemn 判罪；damnous損害的；dump砰的一聲落下；theme主題（th→d通轉）thematic主題的，題目的。參看：ordeal試罪法（註：交由上帝判決）；doom判決，命運；anathema詛咒，被詛咒者（them→damn詛咒；th→d通轉）；apothegm格言，箴言。

in.dent

[*v.* inˈdent; ɪnˈdɛnt, *n.* ˈindent, ɪnˈd-; ɪnˈdɛnt, ˈɪndɛnt] *

義節 in.dent

in-使處於…狀態；dent凹，齒。

字義 *v. / n.* **（刻成）鋸齒形，（訂）合同，（壓）凹痕。**

記憶 ①字根-dent-來源於拉丁文deintus，今法文作dans，相當於within在…之內→凹。

② ［用熟字記生字］dentist牙醫生；trident三叉戟。

③ ［同族字例］dint 陷痕，凹痕。參看：den獸穴；dent凹部，凹痕，（使）凹進；denizen（外籍）居民。

④ ［雙聲近義字］dimple笑渦；delve穴，凹，坑。

in.dict [inˈdait; ɪnˈdaɪt] *

義節 in.dict

in-→on；dict說。

字義 *vt.* 控告，告發。

記憶 ①〔義節解說〕say sth. on sb. 把某些事「說」到某人身上→控告。

②〔用熟字記生字〕dictation聽寫；dictionary字典。

③〔同族字例〕dedicate奉獻；predicate聲稱；dictum格言；edict布告；predict預告；interdict干涉；indicate指示。參看：benediction祝福；jurisdiction司法權；malediction詛咒；contradict反駁，否認，發生矛盾；vindicate辯護；abdicate放棄（職務等），退位；didact說教者；edict法令。

---

in.dif.fer.ence
[in'difərəns; ɪn'dɪfərəns]

義節 in.dif.fer.ence
in-→not否定；dif-→dis-分離；fer→bring *v.* 攜，帶；-ence名詞。

字義 *n.* 不在乎，不關心，中立。

記憶 ①〔義節解說〕分別攜帶→difference差別，區別。不認為有什麼兩樣→無所謂；對待雙方無差別→中立。

②〔用熟字記生字〕transfer轉移，傳送，傳遞。

③〔同根字例〕confer授予，商量；differ相異，區分；offer提供，奉獻；prefer更歡喜，寧取；transfer轉移，傳送，傳遞。參看：ferry擺渡，渡口，渡輪（註：「攜帶」人們過河）；inference推論。

④〔同族字例〕fare車船費；farewell告別；freight貨運；wayfaring徒步旅行的；seafaring航海的；far遠的；further進一步；metaphor隱喻；aphorism格言。

---

in.dig.e.nous
[in'didʒinəs; ɪn'dɪdʒənəs] *

義節 indi.gen.ous
indi-→in- 在…內；gen→gigno（拉丁文）生；-ous形容詞。

字義 *a.* 本土的，生來的，固有的。

記憶 ①〔義節解說〕生於（本土）之內→本土的；在「生」之內就有的→生來的。

②〔用熟字記生字〕native本土的。

③〔同族字例〕naive天真的；natural自然的；renascent新生的；connate生來的，天生的；nature自然；nation國家，民族；pregnant懷孕的。參看：nascent初生的；natal出生的；knave男子；naivete天真的（的言行）；樸素；genius天才；innate天生的，固有的。

---

in.di.gent ['indidʒənt; 'ɪndədʒənt] *
義節 ind.ig.ent
ind- →indi →in- 處於…狀況；ig→want需要；-ent形容詞。

字義 *a.* 貧困的，貧窮的。

記憶 ①〔義節解說〕in want需要→缺乏→貧困。

②換一個思路：in-→not無；dig→diet食物；無衣食→窮。

---

in.dig.ni.ty
[in'digniti; ɪn'dɪgnətɪ] *

義節 in.dign.ity
in-否定；dign有價值的；-ity名詞。

字義 *n.* 侮辱，輕蔑。

記憶 ①〔義節解說〕否定對方的價值，尊嚴。

②〔用熟字記生字〕dear親愛的，貴的；delicious美味的。

③〔同族字例〕indignant憤慨的；condign適宜的；disdain輕蔑，鄙視。參看：deign屈尊；dignity尊貴；dandy第一流的；dainty精巧的，優雅的，美味

I

的。

④〔反義字〕參看：dignity尊嚴。

⑤字母d表示「美好的，有價值的，適宜的」的其他字例：decent體面的；decorous有教養的；delicate精美的；darling心愛的；delight使高興；dessert甜點；douce甜美的；dulcet悅耳的；-od-（字根）歌，頌等。

---

in.dite [in'dait ; ɪn'daɪt]

義節 in.dite

in-進入；dite→dict說。

字義 *vt.* 寫，作（詩，文）。

記憶 ①〔義節解說〕說進去→「吟」詩並寫進紙內。

②〔用熟字記生字〕edit編輯。

③〔同根字例〕tradition傳說。參看：sedition煽動叛亂，煽動性的言行。

④〔同族字例〕dictation聽寫；dictionary字典；dedicate奉獻；predicate聲稱；dictum格言；predict預告；interdict干涉；indicate指示。參看：benediction祝福；jurisdiction司法權；malediction詛咒；contradict反駁，否認，發生矛盾；vindicate辯護；abdicate放棄（職務等），退位；didact說教者；edict法令；indict控告，告發；pundit（某學科）權威。

---

in.doc.tri.nate

[in'dɔktrineit; ɪn'dɑktrɪn,et]

義節 in.doctrin.ate

in-進入；doctrine *n.*教義；-ate動詞。

字義 *v.* 灌輸，教訓。

記憶 ①〔義節解說〕把「教義」輸「進」。doctrin從doct（說）。參看：doctrine教義；docile易管教的。

②〔用熟字記生字〕doctor博士；document文件。

③〔同族字例〕參看：ductile馴順的；docile易管教的；dogma教義；doctrine教義，教條，主義，學說。

---

in.do.lent ['indələnt; 'ɪndələnt] *

義節 in.dol.ent

in-→not否定；dol→pain *n.*痛苦，努力；-ent形容詞。

字義 *a.* 懶惰的，無積極性的。

記憶 ①〔義節解說〕不努力的。

②〔用熟字記生字〕idle懶惰的（與本字形義均酷似，是否本字縮合而成（→i（n）d（o）le）?又：dull鈍的，遲鈍的。

③〔同族字例〕dolor憂傷，悲哀；dolt笨蛋，傻瓜；doll洋娃娃，好看而沒有頭腦的女子；doldrum憂鬱，無生氣。參看：condole哀悼；dole悲哀。

---

in.dom.i.ta.ble

[in'dɔmitəbl; ɪn'dɑmətəb!]

義節 in.dom.it.able

in-→not否定；dom家；it走；-able能夠。

字義 *a.* 不可屈服的，不屈不撓的。

記憶 ①〔義節解說〕走向家中→被馴養。不肯被馴養→不肯就範。

②〔用熟字記生字〕dominate統治，支配。

③〔同族字例〕dame夫人；diamond金剛鑽；dauntless無畏的。參看：domestic家裡的；dominant支配的；domineer盛氣凌人；dormer屋頂窗；predominate把持；domesticate馴養；tame馴服的（d→t通轉）；adamant堅定不移的，堅硬的；daunt威嚇，嚇倒；dome圓頂屋；timid膽怯的；intimidate恐嚇，威脅。

in.du.bi.ta.bly

[in'dju:bitəbli; ın'djubıtəblı]

義節 in.dubit.ably

in-→not否定；dubit二；ably→able（能夠）+-ly。

字義 *adv.* **無疑地。**

記憶 ①〔義節解說〕沒有三心二意。一心認定。

②〔用熟字記生字〕doubt懷疑（註：有二種想法，未能認定）。

③〔同族字例〕double二倍；dubious可疑的；dubiety懷疑。參看：redoubtable可怕的。

in.dul.gent

[in'dʌldʒənt; ın'dʌldʒənt]

義節 in.dulg.ent

in-在…內；duly甜美，親善；-ent形容詞。

字義 *a.* **縱容的，放縱的，寬容的。**

記憶 ①〔義節解說〕因感到甜美，對之親善而寬容。

②〔用熟字記生字〕darling心愛的。

③〔同族字例〕indulge 沉迷，縱情；doll 洋娃娃，好看而沒有頭腦的女子；delicate精美的；adulation奉承；delectable美味的，使人愉快的；delicious美味的；dolce柔和的，平靜的；dulcify把…弄甜，使心平氣和；dulcimer德西馬琴；edulcorate【化】純化，除酸；delight使高興。參看：dulcet好看的，悅耳的；dally嬉戲。

④字母d常表示「使身心愉悅的」意味。如：dear親愛的；douce悅耳的。參看：dain美味的；dessert甜點；ditty小調；douceur文雅而溫柔的方式。

⑤〔使用情景〕常用以形容溺愛的父母，如：an～mother。結果就形成了：

spoiled child慣壞了的孩子。

in.du.rate

[*v.* 'indʒuəreit; 'ındju,ret *adj.* 'indju əreit; 'ındjur-ıt, -dərıt]

義節 in.dur.ate

in-使處於…狀況；dur堅固，持久；-ate動詞。

字義 *v.* **（使）硬化，（使）堅固。**

　　 a. **硬化的，冷酷的。**

記憶 ①〔用熟字記生字〕endure忍耐。

②〔同族字例〕durum硬質小麥；indurate使硬化；dough生麵糰；perdure持久。參看：duress強迫；dour執拗的；obdurate冷酷無情的，頑固不化的，執拗的。

in.e.bri.ate

[*v.* i'ni:brieit; ın'ibrı,et *n.* i'ni:briit, -brieit; ın'ibrıit, -,et *adj.* i'ni:briit, -brieit; ın'ibrıit]

義節 in.e.bri.ate

in-使處於…狀況；e-超出；bri酒，醞釀；-ate動詞。

字義 *a.* **酒醉的。**

　　 n. **酒鬼。**

　　 vt. **灌醉，使醉，使興奮。**

記憶 ①〔義節解說〕使處於超過酒量的狀況→灌醉。

②〔同族字例〕brandy白蘭地；ebriosity嗜酒中毒；brasseri啤酒店；brewery醸造廠；sobriety清醒（註：so-離開）。brewis肉湯；bread麵包；brew醸造，醞釀；inebriate酒醉的；broil灼熱；brood孵蛋；bruise青腫，傷痕，紫血塊。參看：imbrue沾汙（尤指血汙）；embroil使混亂；bouillon肉湯，牛肉湯；broth肉湯，清湯；sober清醒的。

in.ef.fa.ble [in'efəbl; ɪn'ɛfəb!]

義節 in.ef.fab.le

in-→not否定；ef-→ex-→out向外；fab
講；-le重複動作。

字義 *a.* **不能用語言表達或形容的。**

記憶 ① ［義節解說］難以言宣。參看：
fable寓言；effable可表達的。

②［用熟字記生字］baby嬰兒（bab→fab；
b→f通轉）。咿呀學語→話語。

③ ［同族字例］f a b u l o u s 神話的；
confabulate 讀物；babe 嬰兒；bambino
嬰孩；booby笨蛋，婦女的乳；burble滔
滔不絕地講話；verb動詞（fab→verb；
f→b通轉）；adverb副詞；verbal詞語的，
逐字的；verbose累贅的。參看：bauble
小玩物；fable寓言；effable能被說出的，
可表達的；verbatim逐字的，照字面的；
proverb格言；affable溫和的；babble咿
呀學語，嘮叨。

④字母 f 和讀 f 音的 ph 表示「話語」的
其他字例：preface序言；confession懺
悔；professor教授。參看：prefatory序
言的；fate命運；prophecy預言。

⑤［形似易混字］參看：affable和藹可親
的。

⑥［使用情景］～joy難以表達的歡樂；～
beauty難以形容的美；～anguish難以言
宣的苦惱；～contempt 說不出的輕蔑。

in.e.luc.ta.ble
[,ini'lʌktəbl; ,ɪnɪ'lʌktəb!]

義節 in.e.luct.able

in-否定；e-離開；luct爭鬥；-able能夠。

字義 *a.* **不可避免的，必然發生的。**

記憶 ① ［義節解說］luct意爲：「wrestle,
struggle」摔角，爭鬥。此意應來源於lug
v.（用力地）拖，拉。人家逼到頭上，想
不和他角力一番也不行。

② ［用熟字記生字］reluctant勉強的，不情
願的（re-→back向後→臨陣退縮）。

③ ［同族字例］luggage行李（「行李」是
要用力「拖」著走的）。參看：lug（用
力）拖（拉）。勒索。

in.er.tia [i'nə:ʃiə; ɪn'ɚʃə]

義節 in.ert.ia

in-使處於…狀態；ert→erst *adv.*【古】往
時，原來。

字義 *n.* **慣性，惰性，遲鈍。**

記憶 ① ［義節解說］處於原來的狀況（不
變）→慣性。「遲鈍」一意。可按語源
上通用的說法，釋作：in-→not否定；
ert→art技巧→無技巧。

②［用熟字記生字］early早先的。

③ ［同族字例］exert盡力，施加（影響
等）；start開始；startle嚇一跳。參看：
alert小心的，警覺的，靈活的，機敏的；
exertion盡力，努力，行使，發揮。

④ ［使用情景］～Newton's law of～牛頓
的慣性定律（卽：如沒有外力作用，物體
將保持「原來的」靜止或勻速運動狀態不
變）。

⑤ ［形似近義字］inure使習慣。

in.ev.i.ta.ble
[in'evitəbl; ɪn'ɛvətəb!] *

義節 in.e.vit.able

in-→not否定；e-向外；vit→vad走；-
able能夠。

字義 *a.* **不可避免的，老一套的。**

記憶 ① ［義節解說］evit→go out→向外走
→走開，躲開，避開。

② ［同族字例］invade侵入；pervade
擴大，瀰漫，走遍；wade涉水；
vademecum（原文的意思是：come with
me）隨身用品；avoid避免。參看：ford
涉水；evade逃避，躲避，迴避。

③〔形似近義字〕avoid避免→unavoidable不可避免的。

in.ex.o.ra.ble

[in'eksərəbl; ın'ɛksərəbḷ]

義節 in.ex.or.able

in-→not否定；ex-向外；or口說；-able能夠。

字義 a. 殘酷無情的，不爲所動的。

記憶 ①〔義節解說〕exorable可以用懇求打動的，可以說服的。加了否定字首，即爲：懇求也無用→殘酷無情。
②〔用熟字記生字〕oral English英文口語。
③〔同族字例〕oracle神諭；oratory雄辯；perorate總結地說。

in.fal.li.ble [in'fæləbl; ın'fæləbḷ]

義節 in.fall.ible

in-否定；fall錯→fail v.失敗，失職；-ble能夠，易於。

字義 a. 不會錯的。

記憶 ①〔義節解說〕fallible的法文相應字爲failible，所以知道本字中的-fall-是fail的變形。
②〔用熟字記生字〕false錯的，假的；fall落下，跌落（犯錯誤就是「跌倒」）。
③〔同族字例〕fallacy謬誤；fault過錯；fatuity蠢事。參看：fiasco慘敗；fallible易犯錯誤的。
④〔反義字〕參看：fallible難免有錯的，易犯錯誤的。

in.fa.mous ['infəməs; 'ınfəməs] *

義節 in.fam.ous

in-→not否定；fam話語，名聲；-ous形容詞。

字義 a. 惡名昭彰的，名聲不好的。

記憶 ①〔義節解說〕注意先用in否定了fam.

得：壞名聲。然後才接-ous屈折成形容詞。
②〔用熟字記生字〕famous著名的。
③〔同族字例〕fame名聲，輿論；defame誹謗。參看：euphemism委婉的說法（phem → fam 話語，名聲）。
④〔陷阱〕字面上很易誤導作如下猜測：in-處於…狀況→聲譽很好的。

in.fan.te [in'fænti; in'fæntɛ]

義節 in.fante

in-→not否定；fante→fam話語。

字義 n. 王子。

記憶 ①〔義節解說〕還不會講話→嬰幼兒。
②〔用熟字記生字〕infant嬰幼兒。
③〔同族字例〕infanta（西班牙的）公主；infantry步兵團；fantoccini木偶。參看：fate命運。

in.fect [in'fekt; ın'fɛkt] *

義節 in.fect

in-進入；fect做，動作。

字義 vt. 傳染，侵染，感染，使受影響。

記憶 ①〔義節解說〕某種活動的、有活力的東西進入（體內）。
②〔用熟字記生字〕effect影響，效果。
③〔同族字例〕affect 影響；disaffection離間；confectionary糖果店；perfect完全的；confetti糖果；confiture糖果，甜點。參看：confect調製，拼湊，製糖果、蜜餞；refection點心。
④〔音似近義字〕impact影響，效果。

in.fer.ence ['infərəns; 'ınfərəns] *

義節 in.fer.ence

in-在…之中；fer→bring攜，帶；-ence名詞。

字義 n. 推論。

記憶 ①〔義節解說〕bring in帶出來的→推

373

理導致的。

② ［用熟字記生字］transfer轉移，傳送，傳遞。

③ ［同根字例］confer授予，商量；differ相異，區分；offer提供，奉獻；prefer更歡喜，寧取；transfer轉移，傳送，傳遞。參看：ferry擺渡，渡口，渡輪（註：「攜帶」人們過河；indifference不在乎，不關心，中立）。

④ ［同族字例］fare車船費；farewell告別；freight貨運；wayfaring徒步旅行的；seafaring航海的；far遠的；further進一步；metaphor隱喻；aphorism格言。

in.fest [in'fest ; ɪn'fɛst] *

義節 in.fest

in-進入；fest→vest足，腳步。

字義 *vt.* （害蟲、盜匪等）大批出沒，侵擾。

記憶 ① ［義節解說］害蟲進入（f與v常可「通轉」）。查法文vestige足跡。又：piste足跡；dépister追蹤獸跡。所以vest是pist的音變變體，v→p通轉。pist是pus（足）的變體。

② ［用熟字記生字］pace步子；feet腳。

③ ［同族字例］octopus章魚（八爪魚，oct八）；pass經過，通過；path路；passage通道。參看：investigate調查；vestige痕跡，遺跡。

④ ［形似近義字］pester煩擾，糾纏；fettle紛擾。

in.fil.trate [in'filtreit ; ɪn'fɪltret] *

義節 in.filtr.ate

in-進入；filtr滲濾；-ate動詞。

字義 *v.* （使）滲入。
　　　 n. 滲入物。

記憶 ① ［義節解說］滲濾而進入。

② ［用熟字記生字］filter過濾，滲入。

③ ［同族字例］felt氈，像氈的纖維。

in.fir.ma.ry [in'fə:məri; ɪn'fɚməri]

義節 in.firm.ary

in-→not否定；firm *a.*監牢的。-ary字尾。

字義 *n.* 醫院，醫務室。

記憶 ① ［義節解說］infirm體弱的（註：不堅牢。所謂「少年色嫩不堅牢」→多病多災）。醫院就是爲體弱多病者而開設。

② ［同族字例］infirmity弱點；affirm斷言，證實；confirm確認。

in.flate [in'fleit ; ɪn'flet] *

義節 in.flate

in-進入；flate吹氣。

字義 *v.* （使）充氣，（使）膨脹。
　　　 vt. 使驕傲。

記憶 ① ［義節解說］把氣吹進去→充氣。

② ［用熟字記生字］inflation通貨膨脹。

③ ［同族字例］flatus陣風，屁；conflate合成；deflate使洩氣；sufflate打氣；blow吹（氣）；bluster風狂吹；bloat使腫脹；blather胡說。參看：blast狂風；flout嘲笑；flute（吹）長笛。

in.flict [in'flikt; ɪn'flɪkt]

義節 in.flict

in-→on在…上面；flict打擊。

字義 *vt.* 予以（打擊），使承受，處（罰）。

記憶 ①flict可能是模擬鞭子抽打時的「啪啪」破空聲。大寫字母L本身就像一根倒持的鞭子，小寫l長長的，也像鞭子。字母f象徵「呼呼」的風聲，也可以描寫揚鞭時的破空聲。所以，fl和l均有「鞭子，鞭打」的義項。

②〔同族字例〕flog鞭打；flick（用鞭）輕打；conflict衝突。參看：flagellate鞭打；flog鞭打，驅使，嚴厲批評；afflict使苦惱，折磨。

③fl表示「鞭打」的其他字例：flip（用鞭）輕打；flail鞭打，抽打。

④l表示「鞭打」的字例：lash鞭打；lam鞭打；larrup鞭打；lambast（e）鞭打，狠打；slate鞭打；slash鞭打…等等。

in.flux ['inflʌks; 'ɪn,flʌks] *

義節 in.flux

in-進入；flux v.流動。

字義 n. 流進，灌輸。

記憶 ①〔用熟字記生字〕flow流動；float飄浮。

②〔同根字例〕reflux逆流，倒流，退潮；efflux流出；conflux合流，匯合；afflux流向。參看：flux流動，波動，漲潮，流量，腹瀉。

③字母組合fl常表示「流動」（其中字母f象徵風聲和水聲；字母l常表示「水」和「洗」。如：liquid液體；lavatory洗手間…等等。參看：dilute沖淡）。例如：flood水淹；fluid流體；fluvial河流的。參看：flavor風味；effluvial惡臭的；fluctuate波動。

④字母u常表示「波動」。例如：ruck皺；rugate有皺紋的；corrugate成波狀；crumple使皺；scrunch皺眉；undulate波動；inundate淹沒…等等。參看：fluctuate波動。或問：「皺」與「波動」有何相干？答曰：「吹皺一池春水，干卿底事？」

in.frac.tion

[in'frækʃən; ɪn'frækʃən] *

義節 in.fract.ion

in-使處於…狀態；fract碎，裂。

字義 n. 違反，違背。

記憶 ①〔義節解說〕打破了規則→違犯。

②〔用熟字記生字〕free自由的；break碎裂，破壞。

③〔同族字例〕fraction片斷，部分；fragile易碎的；diffract分解，折射；effraction闖進；infraction違犯；refract折射。參看：fractitious倔強的，暴躁的，任性的，難駕馭的。

④字母組合fr表示「破裂，破碎」的其他字例：suffrage投票；infrangible不能侵犯的。參看：frail脆弱的；infringe破壞；fritter消耗；froward難駕馭的。

in.fra.red ['infrə'red; ,ɪfrə'rɛd]

義節 infra.red

infra-在下（部）；red a.紅色的。

字義 n. / a. 紅外線(的)，紅外區(的)。

記憶 ①〔義節解說〕光譜是按光波頻率由高而低排列，紫色頻率最高，紅色頻率最低，在紅光頻率區之下的就是紅外區。參考：ultra-violet紫外區。

②〔同根字例〕infra-：inferior低，下。參看以下兩字。

red：raddle紅赭石；reddle紅赭石；rust鐵鏽；rutilant發紅色火光的。參看：ruddy紅色的，（臉色）紅潤的。

③字母r表示「紅色」的其他字例：ruby紅寶石；rubiginous鏽色的；rubric紅字。參看：rubicund（臉色）紅潤的；roseate玫瑰紅的。

in.fra.son.ic

[,infrə'sɔnik; ,ɪnfrə'sɑnɪk]

義節 infra.son.ic

infra-在下（部）；son聲音；-ic形容詞。

字義 a. 次聲的。

記憶 ① ［義節解說］人耳可聞的聲音在20Hz～20KHz區域。頻率低於20Hz的，就是次聲。參考：supersonic超聲的，超音速的。

② ［用熟字記生字］sound聲音。

③ ［同根字例］infra-：inferior低，下。參看上下兩字。

-son-：sonnet十四行詩；absonance不合拍；assonant諧音的。參看：resonance共鳴，共振；dissonance不和諧，不一致；sonorous響亮的，洪亮的；consonance和諧，一致，共鳴。

in.fra.struc.ture
['infrə,strʌktʃə; 'ɪnfrə,strʌktʃɚ]

義節 infra.struct.ure

infra-在下（部）；struct建築；-ure名詞。

字義 *n.* 基礎（結構）。

記憶 ① ［義節解說］在於底部的建築即為基礎。參考：superstructure上層建築。

② ［同根字例］infra-：inferior低，下。參看以下兩字。

-struct-：structure結構；instruct指示；destruct破壞；consturct建設。

in.fringe [in'frindʒ; ɪn'frɪndʒ]

義節 in.fringe

in-使處於…狀態；fringe→fract碎，裂。

字義 *v.* 侵犯，侵害。

vt. 違犯。

記憶 ① ［義節解說］使處於「碎，裂」的狀態→侵犯，侵害。

② ［用熟字記生字］free自由的；break破裂，破碎。

③ ［同族字例］fraction 片斷，部分；fragile 易碎的；diffract 分解，折射；effraction闖進；infraction違犯；refract

折射。參看：infraction違反，違背；fractious倔強的，暴躁的，任性的，難駕馭的。

④字母組合fr表示「破裂，破碎」的其他字例：suffrage投票；infrangible不能侵犯的。參看：frail脆弱的；infringe破壞；fritter消耗；froward難駕馭的。

⑤ ［音似近義字］impringe撞擊。

in.gest [in'dʒest; ɪn'dʒest]

義節 in.gest

in-進入；gest→carry *v.* 攜帶，運送。

字義 *vt.* 嚥下，攝取，吸收。

記憶 ① ［義節解說］運送進入（體內）→嚥下，攝取。

② ［用熟字記生字］Reader's Digest讀者文摘（di- → dis-分離→把重要部分，分出來帶走）。

③ ［同族字例］gesture手勢；register註冊；suggest建議。參看：congest擁擠。

in.grate [in'greit ; 'ɪngret]

義節 in.grate

in-→not否定；grate恩惠，感激。

字義 *n.* 忘恩負義的人。

記憶 ①［用熟字記生字］grateful感恩賜的。

② ［同族字例］grace恩惠；grant賜予。參看：gratify使滿意；gratis免費地；gratuitous免費的；ingratiate使討好。

in.gra.ti.ate
[in'greiʃieit ;ɪn'greʃɪ,et]

義節 in.grati.ate

in-使處於…狀況；grati恩惠，感激；-ate動詞。

字義 *vt.* 使討好，使巴結，使迎合。

記憶 ① ［義節解說］使處於別人的恩寵之中→邀寵→討好。

② ［同族字例］參看上字：ingrate忘恩負義的人。

---

in.hab.it [in'hæbit; ɪn'hæbɪt]

義節 in.habit

in-在內；habit居住，住所。

字義 vt. 居住於，棲居於。

記憶 ① ［義節解說］habit表示「居住」，可能來源於herb牧草，引申爲「植物的產地」。有牧草的地方，畜類會有飼料，這就適合人們安居。

② ［用熟字記字字］habit習慣；house住所。

③ ［同族字例］exhibit展覽；harbor港口；heaven天堂；habitant居民；cohabit同居。參看：haven港口（b→v通轉）；hive蜂巢；hovel茅屋；habitat棲息地，（植物）產地，住所，聚集處。

④字母h從表示「外殼，外蓋」（詳見：habiliment裝飾），引申爲表示「居住，房子」。例如：home家；hotel旅館；hospital醫院；host主人…等等。參看：harbinger先行官。

---

in.hale [in'heil; ɪn'hel] *

義節 in.hale

in-進入；hale v.強拉，硬拖（→draw）。

字義 vt. 吸入，吃，喝。

    vi. 吸氣。

記憶 ① ［義節解說］draw in吸入。

② ［反義字］exhale呼出，呼氣，蒸發。

③ ［同族字例］halter韁繩；inhale吸氣；exhorsted筋疲力盡的；hale強拉，硬拖；exhaust抽完，吸乾。參看：hawser纜繩；halt停止（前進）；haul拖，拉。

---

in.hib.it [in'hibit; ɪn'hɪbɪt] *

義節 in.hibit

in-使處於…狀態；hibit→hold v.抑制，約束。

字義 vt. 禁止，抑制。

    vi. 有禁止力，起抑制作用。

記憶 ［同族字例］adhibit黏，貼；exhibit顯示，展示；prohibit禁止；have有；behavior行爲；debit借方。

---

in.hume [in'hju:m; ɪn'hjum]

義節 in.hume

in-→into進去；hume→earth土，土地。

字義 v. 埋葬。

記憶 ① ［義節解說］入土。參考：unearth（由地下）掘出，發掘（un-由…取出；earth土，土地）。

② ［同族字例］humble恭順的，地位低下的；humor幽默（有水分→有汁→耐人尋味）；humic腐殖的；humify使變成腐殖質；transhumance季節遷移；ombrometer雨量計。參看：exhume發掘；hyetology降水量學；humid濕的，濕氣重的；humiliate羞辱，使丟臉；homage效忠，尊敬，封建主與封臣的關係；hummock小圓丘；exhume掘出，發掘。

---

in.im.i.cal

[i'nimikəl; ɪn'ɪmɪk!, -kəl] *

義節 in.imic.al

in-→使處於…狀態；imic→Nemesis n.希臘神話中的復仇女神；-al形容詞。

字義 a. 敵意的，不友好的，有害的，不利的。

記憶 ① ［義節解說］處於要「復仇」的狀況。語源上一般將本字分析爲：imic→ami愛，友好，總覺得有些牽強。

② ［用熟字記字字］enemy敵人（e.nem.y, nem→nemesis）。

I

③〔同族字例〕nim拿，取，偷；numb麻木的；noma壞疽性口炎。參看：nimble敏捷的；animosity仇恨，憎恨，敵意；nemesis復仇者；heinous極可恨的（請注意：拉丁語文中h常不發音，故容易脫落）；enmity敵意，仇恨，不和。

i.niqu.i.tous

[i'nikwitəs; ɪ'nɪkwətəs]

義節 in.iquit.ous

in-→not否定；iquit→equit相等，平；-ous形容詞。

字義 a. **不正當的，邪惡的。**

記憶 ①〔義節解說〕不平→不公正→邪惡。

②〔用熟字記生字〕equal平等的，相等的。

③〔同族字例〕參看：adequate適當的；equanimity平靜；equinox晝夜平分的；equivocal歧義的。

in.junc.tion

[in'dʒʌŋkʃən; ɪn'dʒʌŋkʃən] *

義節 in.junct.ion

in-進入；junct→join連接；ion名詞。

字義 n. **命令，責成，禁令。**

　　vt. **吩咐，命令，禁止。**

記憶 ①〔義節解說〕join的原意爲「牛軛」，後來再發展爲「連接」意。繫入了牛軛。就受到束縛，限制，只好聽命於人。

字根-join-來源於拉丁文jungere結合。而jungere就是從拉丁文jugum（牛軛）衍生的，jugum是yoke（牛軛）的變體。

②〔同族字例〕joint結合，接頭，接榫，關節；joinder結合，連接；adjoin貼近，毗連；conjonin（使）結合，（使）聯合（con-字首，表示，「共，同」）；conjoint結合的，聯合的；disjoin拆散，把…分開（dis-字首，表示「分離」）；disjoint拆散，使脫臼；rejoin（使）再結

合，（使）再聚合（re-字首，表示「又，再」）；subjoin增加，添加（sub-字首，表示「在下」。在下面再「結合」上去，就是「增添」。）參看：yoke牛軛。

③〔形似近義字〕參看：enjoin命令，責成，禁令。

ink.ling

['iŋkliŋ; 'ɪŋklɪŋ]

義節 in.kling

in-在內；kling→clue n.線索，暗示。

字義 n. **暗示，細微的跡象，略知一二。**

記憶 ①〔義節解說〕線索在內→跡象。

②〔用熟字記生字〕hint暗示（請注意：拉丁語系中h常不發音）。

③換一個思路：ink墨水；-ling表示「小」。小點墨水→細微的跡象。

④〔形似近義字〕brink眨眼。

in.let

[n. 'inlet; 'ɪn‚lɛt v. 'inlet; ɪn'lɛt]

義節 in.let

in-進入；let v.使流出，放出。

字義 n. **入口，水灣，插入物。**

　　vi. **引進，插入。**

記憶 ①〔義節解說〕let in使流入。

②〔用熟字記生字〕lead領導，引導（let→led→lead的過去分詞）。

③〔反義字〕outlet出口，出路，通風口，發洩。

in.nate

['i'neit; ɪ'net, ɪn'net] *

義節 in.nate

in-在內；nate生。

字義 a. **天生的，固有的，先天的。**

記憶 ①〔義節解說〕與生俱來的。

②〔近義字〕參看：indigenous生存的，固有的；genius天才。

③〔用熟字記生字〕native本土的。

④〔同族字例〕naive天眞的；natural自

然的；renascent新生的；connate生來
的，天生的；nature自然；nation國家，
民族；pregnant懷孕的。參看：nascent
初生的；natal出生的；knave男子；
naivete天眞（的言行）；樸素。

in.noc.u.ous

[i'nɔkjuəs; ɪ'nɑkjʊəs] *

義節 in.noc.u.ous

in-→not否定；noc危害，致死；-ous形容
詞。

字義 *a.* **無害的。**

記憶 ① ［用熟字記生字］innocent清白無罪
的，天眞無邪的。

② ［反義字］參看：nocuous有害的，有
毒的。

③ ［同族字例］nocet有害的，有罪的；
pernicious有害的，有毒的；internecine
互相殘殺；nobbler毒馬者（使馬不能取
勝）。參看：obnoxious引起反感的；
necrology訃告；necromancy向亡魂問卜
術；noxious有害的，有毒的。

in.no.va.tion

[,inou'veiʃən; ,ɪnə'veʃən]

義節 in.nov.ation

in-→en-使動；nov新；-ation動作（名詞
字尾）。

字義 *n.* **改革，革新。**

記憶 ① ［義節解說］使變成新的。

② ［用熟字記生字］new新的。

③ ［同族字例］novel小說，新穎的；
renovate革新，恢復；neo-（字首）新
的；innovation革新；novation更新。參
看：neoplastic新造型主義的；novice新
手。

in.nu.en.do

[,inju'endou; ,ɪnju'ɛndo]

義節 in.nuend.o

in-朝，向；nuend點頭；-o字尾。

字義 *n. / v.* **（使用）暗諷。**

　　　n. **影射。**

記憶 ① ［義節解說］點頭→示意。

② ［用熟字記生字］nod點頭；Netherland
荷蘭（原意爲：萊茵河下游的低地，
neth→nad；th與d發音相近而形成變
體）。

③ ［同族字例］nod點頭，打盹；noddle
點頭；nutate俯垂，下垂；nutation
垂頭；nap打瞌睡（註：頭垂下來）；
nutant【植】俯垂的；nether下面的；
nethermost最低的。參看：gnome矮
子；neap最低潮；nadir天底，最低點，
極度消沉的時刻。

in.oc.u.late [i'nɔkjuleit; ɪn'ɑkjə,let]

義節 in.o.cul.ate

in-進入；cul→cult種植，培養；-ate動
詞。

字義 *vt.* **給…接種，移植（細菌），向…
灌輸。**

記憶 ① ［義節解說］本字來源於拉丁文
inoculo嫁接，裝飾，和cultus栽培，裝束
→把牛（痘）植入人體。

② ［用熟字記生字］cultivate培養。

③ ［同族字例］culture文化；colony殖民
地；agriculture農業。

④ ［形似近義字］vaccinia牛痘；vaccinate
接種牛痘；inculcate反覆灌輸。

in.or.di.nate

[i'nɔːdinit; ɪn'ɔrdṇit] *

義節 in.ordin.ate

in-→not否定，無；ordin排列，至→秩
序；-ate動詞。

字義 *a.* 無節制的，過度的。

記憶 ①〔義節解說〕無秩序→無規律→無節制。參考：coordinate（使）協調。

②〔用熟字記生字〕order順序。

③〔同族字例〕subordinate下級的；extraordinary異常的；ordinary普通的。參看：ordinal序數；ordain制定。

---

in.quest [ˈinkwest ; ˈɪnkwɛst]

義節 in.quest

in-使處於…狀況；quest詢問，尋求。

字義 *n.* 審訊，查詢，陪審（團），驗屍（團）。

記憶 ①〔義節解說〕處於詢尋狀況。

②〔用熟字記生字〕question問題。

③〔同族字例〕參看：acquisitive渴望得到的；disquisition論文；exquisite高雅的。

---

in.scur.ta.ble

[inˈskruːtəbl; ɪnˈskrutəbl] *

義節 in.s.crut.able

in-否定；s-→dis-的縮略；離開；crut→cret分開，分辨；-able能夠。

字義 *a.* 不明白的，不可思議的。

記憶 ①〔義節解說〕scrut搜檢→搜索枯腸，無從理解。

②〔用熟字記生字〕discretion離散，辨別，謹慎。比較：scrutable可辨認的，能被理解的。可見這兩個字確是同源異形字。

③〔同族字例〕secret祕密的；concret具體的；scrutable可辨認的，可理解的；perscrutation徹底檢查，詳細調查；scrutinize細讀；scrotum陰囊；scrod切成塊的小鱈魚；escrow第三者保存的契據；shrew潑婦；shrewd尖銳的，精明的；shred碎片，碎條。參看：scroll卷軸；screed冗長文章；scrutiny細看，細

閱，仔細檢查，監視。

---

in.sect [ˈinsekt ; ˈinsɛkt] *

義節 in.sect

in-進入；sect切，部分。

字義 *n.* 昆蟲，可鄙的人，渺小的人。

記憶 ①〔義節解說〕昆蟲的身體表面看來好像分成一節一節的部分。「可鄙，渺小」之意，均是用昆蟲喻人而引申出來的。

②〔用熟字記生字〕section部分。

③〔同族字例〕sectile可切開的；dissect解剖，仔細分析；intersect交叉，相交；transect橫切，截斷；segment部分，分段。

④〔近義字〕參看：entomology昆蟲學（註：tom切。此字的造字思路與本字一樣）。

---

in.sid.i.ous [inˈsidiəs; ɪnˈsɪdiəs] *

義節 in.sidi.ous

in-在內；sidi坐；-ous形容詞。

字義 *a.* 陰險的，暗中危害的，伺機陷害的。

記憶 ①〔義節解說〕心中的想法「坐落」在內部→陰險；「坐」在暗處→伺機害人。

②〔用熟字記生字〕sit坐。

③〔同族字例〕set放置；settle安置；saddle鞍；president總統。參看：dissidence異議。

---

in.sight [ˈinsait ; ˈɪn,saɪt] *

義節 in.sight

in-進入；sight *n.* 視力。

字義 *n.* 洞察（力），洞悉，見識。

記憶 ①〔義節解說〕能夠深入內裡的視力。

②〔同族字例〕see看；sight-seeing遊覽；scene場景（scen→seen看的過去分詞）；scenario場景，方案。

in.sin.u.ate

[in'sinjueit；ɪn'sɪnjʊ,et] *

義節 in.sinu.ate
in-進入；sinu彎繞；-ate動詞。

字義 vt. 使潛入，使巧妙進入，暗示。

記憶 ①〔義節解說〕彎彎繞繞地進入，拐彎抹角地表示。

②〔用熟字記生字〕sine正弦三角函數（註：其圖象是波浪形曲線。）

③〔同族字例〕sinuate波狀的；cosine餘弦。

④字母s常表示S形狀之事物。例如：saw鋸；serpent蛇；serpentine蜿蜒的；serrate有鋸齒邊的；sickle鎌刀；sigmoid S形的；surf浪湧；surge波濤…等等。

in.sip.id [in'sipid；ɪn'sɪpɪd] *

義節 in.sip.id
in-→not否定，無；sip v.啜，呷；-id形容詞。

字義 a. 乏味的。

記憶 ①〔義節解說〕吃而不得其味→乏味。字母s模擬吮吸時的「嘶嘶聲」，所以常用來表示「吮吸」。如：suck吮吸…等等。於是又引申爲：「嘗到味道」，如：savor滋味。

②〔用熟字記生字〕soup湯。

③〔同族字例〕sapid有味道的，有風味的；sapor味覺。參看：sap樹液；savor滋味。

in.so.lent

['insələnt, -sul-；'ɪnsələnt] *

義節 in.sol.ent
in-→not否定；sol習慣，習俗；-ent形容詞。

字義 a. 傲慢的，目空一切，無禮的。

記憶 ①〔義節解說〕不從流俗→傲世；不照習俗行事，會被視爲「無禮」。語源上另有一種看法，認爲sol→sult跳。參考：insult侮辱。

②〔同根字例〕absolute獨裁的（註：不管「習俗」，獨斷獨行）。參看：disolute放蕩的，不道德的；obsolete過時的，廢棄了的；solemn合儀式的；solecism失禮，語法錯誤，謬誤。

in.som.ni.a

[in'sɔmnɪə；ɪn'sɑmnɪə] *

義節 in.somn.ia
in-→not否定，無；somn睡眠。

字義 n. 失眠（症）。

記憶 ①〔義節解說〕無眠。

②〔用熟字記生字〕calm安靜的；sleep睡。

③〔同族字例〕somniferous催眠的；somniloquy說夢話；somnolent想睡的，困倦的；soporific睡眠的；stertpor打鼾；cemetery公墓（ceme→come→somn：c→s通轉；ter土地）；comfort安慰，舒適（com怠惰；for→fer運送）。參看：coma昏迷，麻木，昏昏欲睡，怠惰（註：com→somn；c→s通轉）；requiem安魂曲（com→quiem變異。其中：c→qu；o→ie）。

in.sou.ci.ant

[in'suːsjənt, -siənt；ɪn'susɪənt]

義節 in.souci.ant
in-→not否定；souci關心；-ant形容詞。

字義 a. 漠不關心的。

記憶 ①〔義節解說〕souci是法文，意爲「關心，掛慮」。相當於英文concern（關心）中的cern。法文的sou相當於英文的sub-，under-（在…下面）；ci估計是coeur（心）的縮略→放在心上→關

心。曾見有人解釋爲：sou→sol全部；
ci→cite激動；→不激動→不關心。實在
不敢苟同。

② ［形似近義字］solicitous焦慮的。

in.stall.ment

[in'stɔ:lmənt; ɪn'stɔlmənt] *

義節 in.s.tall.ment

in-處於…狀況；s→ex-分離；tall→tail
剪，切，割；-ment名詞。

字義 *n.* **分期付款，分期刊載。**

記憶 ① ［義節解說］已把每一期的數量和
支付（刊出）時間分別安排就緒。作爲名
詞，stall原意爲畜舍內的分隔欄，使每頭
家畜各就各位。

② ［用熟字記生字］tailor裁縫。

③ ［同族字例］philately集郵（phila愛；
tel印花稅→郵票）；detail 細節；tally符
契，對號牌（註：tal → tail剪，切，割）。
原意是一塊符木一分爲二，借貸兩方各執
其一，日後對驗。中國古代的兵符，是由
皇帝和統帥各執其一，如信陵君所竊虎
符。符木引申爲「護符」）；stall 分成隔
欄的畜舍；參看：subtle 微妙的；tally符
木；retaliate 以牙還牙，反擊；talisman
護符，避邪物，法寶；entail使承擔；
tetail零售；toll徵稅。

in.sti.gate [ˈinstigeit ; ˈɪnstə,get] *

義節 in.stig.ate

in-加強意義；stig刺；-ate動詞。

字義 *vt.* **敎唆，鼓勵，煽動。**

記憶 ① ［義節解說］刺激而使之動。字
根-stig-源於stake樁，柱，棍，柴→添柴
加火→煽動。

② ［用熟字記生字］stick棍棒，刺，戳。

③ ［同族字例］ticket票券；tag標籤；
tagger附加物；stick黏貼；steak牛排；

attach繫，貼；shtick引人注意的小噱
頭，特色；stack推積；stacks書庫；
stock儲存，股票；sticker芒刺；stoke添
柴加火。參看：etiquette禮節，禮儀，格
式；entice誘使，慫恿。

④字母組合st常表示「刺、激動」。其他
字例：stab刺；stench惡臭（註：「刺
鼻」）；stimulate刺激；sting刺，叮；
stink發惡臭；stirring激動人心的…等
等。

in.stinct [ˈinstiŋkt ; ˈɪnstɪŋkt]

義節 in.stinct

in-在內；stinct→stick *v.*黏附。

字義 *n.* **本能，直覺，天性。**
　　　a. **充滿的。**

記憶 ① ［義節解說］「黏附」於本體之內
的→本能。一般書上多把字根-stingu- /
-stinct- 釋爲「刺」，待要解說清楚，就
覺似是而非。其實，「刺」的一意，也來
源於stick棍，柴。

② ［用熟字記生字］stick黏附。

③ ［同族字例］extinguish絕種，撲滅，使
破滅，消滅；distinct獨特的，性質截然
不同的；distinguish區別，辨別，識別；
ticket票券；tag標籤；tagger附加物；
stick黏貼；steak；牛排；attach繫，
貼；shtick引人注意的小噱頭，特色；
stack堆積；stacks書庫；stock儲存，股
票；stoke添柴加火。參看：instigate煽
動；etiquette禮節，禮儀，格式；entice
誘使，慫恿；extinct熄滅的，滅絕的，過
時的。

in.su.lar

[ˈinsjulə, ˈinsjələ; ˈɪnsələ, ˈɪnsju-] *

義節 in.sul.ar

in-處於…狀況；sul單獨；-ar形容詞。

字義 *a.* **島嶼的，隔絕的，保守的。**
記憶 ①〔義節解說〕處於孤獨的狀況。獨學無友，則孤陋寡聞，思想保守。
②〔用熟字記生字〕island島。
③〔同族字例〕insulation 隔離，絕緣；peninsula 半島；sole單獨的；solo獨唱，獨奏；solitary 孤獨的，獨居的；seel 用線縫合（鷹）的眼睛；seal 封蠟，封緘；occultism 神祕主義（註：字母s→c同音變異）；culet 鑽石的底面，胄甲背部下片；culottes 婦女的裙褲；bascule 吊橋的活動桁架。活動橋的平衡裝置；culdesac死胡同，盲腸；color顏色；calotte 小的無邊帽，（苔蘚蟲的）回縮盤；cell地窖，牢房；conceal 藏匿，遮瞞；cilia眼睫毛；becloud 遮蔽，遮暗。參看：desolate荒涼的；obscure遮掩；asylum 避難所；supercilious 目空一切的；recoil退縮；soliloquy獨白；celibate獨身的；cloister使與塵世隔絕；occult隱蔽的，祕密的，神祕的。

in.su.per.a.ble

[in'sju:pərəbl, -'su:- ; ɪn'supərəb!]

義節 in.super.able
in-→not否定，不；super超越；-able能夠。
字義 *a.* **難以超越的，不能克服的。**
記憶 ①〔用熟字記生字〕up向上；upper上，高（super-與upper同源）。
②〔同根字例〕參看：superb超等的；supercilious目空一切；superintend監督；supernal超凡的；superstition迷信；supervise監督。
③〔反義字〕superable可勝過的，可凌駕於上的。

in.sur.gent

[in'sə:dʒənt; ɪn'sɚdənt] *

義節 in.surg.ent
in-處於…狀態；surg跳起；-ent形容詞。
字義 *a.* **起義的，暴動的，洶湧而來。**
記憶 ①〔義節解說〕字根 -surg- 來源於拉丁文surgo→subrigo豎起來，舉起，出現。surrect是surgo的拉丁文變格形式。跳起來振臂一呼，揭竿而「起」；紛紛「跳起來」→暴動，洶湧。
②〔用熟字記生字〕surf浪；exult歡欣鼓舞。
③〔同族字例〕surge巨浪，波濤、resurgent恢復活力的；resurrection復活，恢復，掘墓盜屍（註：掘墓盜屍，總是把屍體重新「直」起來。曾見書上說，單獨行動的盜墓人，慣用繩圈把自己脖子與屍體頭部連接，一抬頭，屍體直起，盜墓人兩手可恣意搜尋）。參看：insurrection起義。
④〔形似近義字〕字根surg（跳起）與字根merg（下沉）正好同韻而反義。

in.sur.rec.tion

[ˌɪnsə'rekʃən; ˌɪnsə'rɛkʃən]

義節 in.sur.rect.ion
in-處於…狀況；sur-→sub-在下；rect直，正，僵；-ion名詞。
字義 *n.* **起義，暴動，造反。**
記憶 ①〔義節解說〕由下而上（用暴力）糾正→起義。surrect與surge同源（參看上字：insurgent起義的）。
②〔同族字例〕參看上字：insurgent起義的。

in.te.grate　[ˈintigreit ; 'ɪntə,gret] *

義節 in.tegr.ate
in-無；tegr觸；-ate動詞。
字義 *n.* **（使）結合，（使）成一體。**
　　a. **完整的，綜合的。**
記憶 ①〔義節解說〕未經觸動→完整。語源

上一般認爲-integer-（整數）就是字根。經過我們這樣分析，就可以少記一個字根。

② ［用熟字記生字］together在一起。

③ ［同族字例］integrity誠實，完善；integral完整的，積分的；intact未觸動的，未受影響的；entire完全的。參看：integument覆蓋物，外殼。

④字母組合gr表示「集聚」的其他字例：group群；congregate使集合；grumous聚成團粒的；gross總體的…等等。

in.teg.u.ment

[in'tegjumənt; ɪn'tɛgjəmənt]

義節 in.tegu.ment

in-→on 在…上面；tegu掩蓋；-ment名詞。

字義 *n.* 覆蓋物，外殼。

記憶 ① ［用熟字記生字］protect保護。

② ［同族字例］detective偵探；protege被保護人；tegument覆皮，天然外殼；tegular瓦的；tile瓦片。參看：integrate（使）結合，完整的，綜合的。

in.tel.li.gent

[in'telidʒənt; ɪn'tɛlədʒənt]

義節 intel.lig.ent

intel→inter在…之中；lig選擇；-ent形容詞。

字義 *a.* 理解力強的，聰明的，明智的。

記憶 ① ［義節解說］能在紛紜複雜的事物中作出選擇的→理解力強，明智。

② ［同族字例］diligent 勤勉的；negligent疏忽的；elect 選舉；select 選擇；collect收集；intellect智慧。參看：elite精華，名流，高貴的，精銳部隊；predilection偏愛，偏好，特別喜愛。（pre-先。預先挑選出來的→偏愛）；

eclectic折衷（主義）的。

③ ［形似近義字］talent才能。

in.ten.dence

[in'tendəns; ɪn'tɛndəns]

義節 in.tend.ence

in-處於…狀態；tend *v.*照料，管理，留心；-ence名詞。

字義 *n.* 監督，管理（部門）。

記憶 ① ［用熟字記生字］attend照顧，侍候。

② ［同族字例］tender投標；contend爭奪；extend延伸；tuition直覺；tutelage監護；tend照料，管理，留心。參看：intuition直覺，直觀。

in.ter [in'tə:; ɪn'tɜ]

義節 in.ter

in-進入；ter土，地。

字義 *vt.* 埋葬。

記憶 ① ［用熟字記生字］territory領土。

② ［同族字例］terrace臺階；parterre花壇；Mediterranean地中海；terrene陸地的，現世的。參看：ethereal輕飄飄的，天上的，靈妙的（e- → ex- →out在外；ther→ter地）。

in.ter.cept

[*n.* 'intəsept; 'ɪntə,sɛpt *v.* intə'sept；,ɪntʃə'sɛpt] *

義節 inter.cept

inter-在…之間；cept→capt→take *v.*取。

字義 *vt./n.* 攔截，竊聽。

記憶 ① ［義節解說］在半路上「取」之。

② ［用熟字記生字］accept接受。

③ ［同族字例］except除…外；concept概念；reception接待。

in.ter.dict [n. 'intədikt; 'ɪntɚˌdɪkt v. intə'dikt; ˌɪntə'dɪkt]

義節 inter.dict
inter-在…之間；dict說。

字義 vt. 禁止，制止。

記憶 ①［義節解說］在進行之中說句話（要求停止）。

②［用熟字記生字］dictation聽寫。

③［同族字例］參看：abdicate 放棄（職務）；contradict 反駁；diadact 說教者；doctrine教義；edict法令。

in.ter.fuse [ˌintə'fjuːz; ˌɪntɚ'fjuz]

義節 inter.fuse
inter-相互；fuse傾，注，融化。

字義 v. （使）融合，（使）混合。

　　vt. 使滲透。

記憶 ①［義節解說］互相傾注在一起→融冶於一爐。

②［用熟字記生字］confuse使混合，使慌張；refuse拒絕。

③［同族字例］diffuse散發，散布；effusive充溢的；infuse注入，灌輸；profuse豐富的，浪費的。參看：futile無效的；fusion熔合；confound混淆；refutation駁斥，反駁，駁倒。

in.ter.im ['intərim; 'ɪntərɪm]

義節 inter.im
inter在…之間；-im字尾。

字義 n./a. 間歇（的）。

　　a. 暫時的，臨時的。

記憶 ①［用熟字記生字］interval間歇。

②［形似近義字］參看：intermit間斷。

in.ter.mi.na.ble

[in'tə:minəbl; ɪn'tɚmɪnəb!]

義節 in.termin.able

in-→not否定，無；termin→tom切→限定，終端；-able能夠。

字義 a. 漫無止境的，沒完沒了的。

記憶 ①［義節解說］從這裡一刀切斷→界限。

②［用熟字記生字］term學期，限期；determination決心。

③［同根字例］terminate終結；predeterminate預先決定的；determine下決心；exterminate滅絕。參看：terminology術語學；interminable漫無止境的；terminus終點（站），目標，界限，界石。

④［同族字例］atom原子（註：a-否定；tom切→不可分割的）；tmesis分詞法；tome卷，冊；anatomy解剖；dichotomy二等分；entomotomy昆蟲解剖學（entomo昆蟲；tom切→解剖）。參看：entomology昆蟲學；contemplate凝視，沉思，期望；anatomy解剖（學），分解；epitome摘要，縮影。

in.ter.mit [ˌintə'mit; ˌɪntɚ'mɪt]

義節 inter.mit
inter-在…之間；mit發射，發送。

字義 v. 間斷。

　　vi. 斷斷續續。

記憶 ①［義節解說］在兩次「發送」之間→間斷。

②［用熟字記生字］admit，接受，允許進入；permit許可。

③［同根字例］commit承諾。參看：emanate發射；emetic催吐劑；concomitance伴隨，共存；remit匯款；mamumit解放。

④［同族字例］dismiss開除；promise答應；demise轉讓，遺贈；commission委員會；missionary傳教士。參看：emissary密使（的），間諜（的）。

in.terne ['intə:n; 'ıntɚn]

義節 in.terne
in-在內；-ern朝…方向。
字義 *n.* **實習醫生。**
記憶 ① ［義節解說］記：實習醫生在醫院裡幫忙做些內部工作。
② ［用熟字記生字］internal內部的。參看：external外部的。

in.ter.ne.cine

[,intə'ni:sain, 'intə'n-；,ıntɚ'nisın, -saın]

義節 inter.nec.ine
inter-互相；nec傷害，毒害；-ine字尾。
字義 *a.* **兩敗俱傷的。**
記憶 ① ［用熟字記生字］innocent清白無罪的。
② ［同族字例］noxious有害的；nocent有害的；obnoxious討厭的；pernicious有害的；necro（字根）死。參看：nocuous有毒的，有害的；innocuous無害的。

in.ter.ro.gate

[in'terəgeit; ın'tɛrə,get] *

義節 inter.rog.ate
inter-在…之內；rog請求，命令。
字義 *vt.* **詢問，審問，質問。**
  vi. **提出問題。**
記憶 ① ［義節解說］深入其內求取（想知道的）→詢問。
② ［同根字例］參看：arrogant傲慢的。參考：adrogate廢止；obrogate修改（法律等）；prerogate有特權；prorogue休會；surrogate代理…等等。

in.ter.stice [in'tə:stis; ın'tɚstıs]

義節 inter.stice

inter-在…之間；stice→stand *v.*站立。
字義 *n.* **空隙，間隙，裂縫。**
記憶 ［義節解說］處於兩個「站立」著的東西之間→空隙。

in.ti.mate ['intimit; 'ıntəmıt] *

義節 intim.ate
intim→inter-（在…內）的最上級；-ate形容詞。
字義 *a.* **內部的，親密的，熟悉的。**
  n. **密友。**
記憶 ① ［義節解說］字根 -intim- 來源於拉丁文intimus最內部的。interior是比較級。-im相當於英文的-ist。類例：-proxim-最近；-maxim-最大。放在…內→內部的，放在「心」內→親密的。
② ［用熟字記生字］classmate同學。其中mate表示「友伴」，可資助憶。

in.tim.i.date

[in'timideit；ın'tımə,det] *

義節 in.timid.ate
in-使處於…狀況；timid *a.*膽怯的；-ate動詞。
字義 *vt.* **恐嚇，威脅。**
記憶 ① ［義節解說］字根-tim-來源於字根-dom-，意爲「房子，家」。把野獸關在房子裡馴養→使處於膽怯的狀況。
② ［用熟字記生字］dominate統治，支配。
③ ［同族字例］dame夫人，diamond金剛鑽；dauntless無畏的。參看：domestic家裡的；dominant支配的；domineer盛氣凌人；dormer屋頂窗；predominate把持；domesticate馴養；tame馴服的（d→t通轉）；adamant堅定不移的，堅硬的；daunt威嚇，嚇倒；dome圓頂屋；timid膽怯的。

in.trac.ta.ble

[ɪn'træktəbl; ɪn'træktəb!] *

義節 in.tract.able
in-否定；tract拖；-able能夠。
字義 *a.* **難駕馭的，難對付的，難消除的。**
記憶 ① ［義節解說］硬「拖」也「拖不動」/「拖不開」。
② ［用熟字記生字］attractive吸引的人。
③ ［同族字例］treat商討，款待，對付，對待；treaty契約；contract合約；retreat退卻；detraction誹謗；distrait心不在焉的；traces拖繩；trail拖曳；entrain拖，拽；distress悲苦，憂傷。參看：tract地帶；trait特色；portray畫（人，景）；entreat懇求（treat→tract拖，拽）。
④ ［使用情景］～children / pain / metal / tempor 不聽話的孩子 / 難消散的疼痛 / 不易加工的金屬 / 難對付的脾氣。

in.tran.si.gent

[ɪn'trænsɪdʒənt; ɪn'trænsədʒənt]

義節 in.trans.ig.ent
in-否定；trans-轉移；ig→ag引領，驅使。-ent形容詞。
字義 *a.* **不妥協的。**
記憶 ① ［義節解說］用轉折的辦法去做→妥協。
② ［反義字］參看：transigent願妥協的人。
③ ［同族字例］參看：actuate開動（機器等），激勵，驅駛；agitate鼓動，攪動，使焦慮不安；actuary保險統計員；agenda議程，記事冊；transigent願妥協的人；agile敏捷的，靈活的。
④ ［易混字］transient短暫的，過路的，過渡的。

in.trep.id

[ɪn'trepid; ɪn'trɛpɪd]

義節 in.trep.id
in-否定；trep顫抖；-id形容詞。
字義 *a.* **無畏的，勇敢的。**
記憶 ① ［用熟字記生字］tremble顫抖。
② ［同族字例］tremot顫抖，震動；tremulous 顫抖的；trill 顫動，顫音，囀鳴；thrill顫動，激動。參看：trepidation發抖，震顫，驚慌。

in.tri.cate

[ɪntrɪkɪt; 'ɪntrəkɪt] *

義節 in.tric.ate
in-在…之內；tric纏繞；-ate動詞。
字義 *a.* **複雜的，錯綜的，纏結的，難懂的。**
記憶 ① ［義節解說］內中諸多糾纏→錯綜複雜→難以解開→難懂。
② ［同族字例］tress髮辮；truss捆紮；trap圈套；trick詭計；inextricable糾纏不清的；trepan設圈套陷害。參看：intrigue陰謀。
③ ［反義字］參看：extricate使解脫，解救。

in.trigue

[*n.* in'triːg, 'intriːg; ɪn'trig, 'ɪntrig *v.* in'triːg; ɪn'trig] *

義節 in.trigue
in-在…之內；trigue纏繞。
字義 *n./vi.* **（策畫）陰謀，私通。**
 v. **用詭計取巧。**
記憶 ① ［義節解說］在暗中設計錯綜曲折的計畫。
② ［用熟字記生字］trick奸計；謀略。
③ ［同族字例］參看上字：intricate錯綜的。

in.trin.sic [ɪn'trinsik; ɪn'trɪnsɪk] *

I

義節 intr.in.sic

intr→inter內部；sic→secu跟隨→歸屬。

字義 *a.* 內在的，固有的，體內的。

記憶 ①〔義節解說〕屬於內部的。

②〔反義字〕參看：extrinsic外部的，非固有的。

③〔同族字例〕intr-：interior內部的，裡面的（這是inter的拉丁文形式比較級）。參看：interne實習醫生；intimate內部的，親密的。-secu-：second第二的；consequence結果，影響；subsequence後繼；execute執行；persecution迫害。參看：consecutive連續的，連貫的，順序的。

in.tro.vert

[*v.* ˌɪntrouˈvɚt, -trə-; ˌɪntrəˈvɝt *n.* ˈɪntrouvɚt, -trə-; ˈɪntrəˌvɝt]

義節 intro.vert

intro-向內；vert轉。

字義 *n.* 性格內向者，內省者。

記憶 ①〔義節解說〕心思向內轉。

②〔同族字例〕vertical垂直的；vert改邪歸正的人；avert轉移（目光）；divert轉移；evert推翻；revert恢復；vertiginate令人眩暈地旋轉；vertex頂點。參看：vertigo眩暈，頭暈；diverse不一樣的，多變化的；convert改變信仰，轉變，轉換；adversity逆境，災難，不幸；invert使顛倒。

③〔反義字〕extrovert性格外向者。

in.trude [ɪnˈtruːd; ɪnˈtrud] *

義節 in.trude

in-進入；trude推，衝，刺。

字義 *vi.* 直覺，闖入，打擾。

    vt. 硬擠，強加。

記憶 ①〔用熟字記生字〕thrust猛推，衝

刺。

②〔同族字例〕abstruse 深奧的；extrude擠壓出，伸出，突出；protrude 伸出；obtrude衝出，強加；detrude推倒。

in.tu.i.tion

[ˌɪntju(ː)ˈɪʃən; ˌɪntjʊˈɪʃən] *

義節 in.tui.tion

in-加強意義；tui觀察，保護；-tion名詞。

字義 *n.* 直覺，直觀。

記憶 ①〔義節解說〕本字來源於拉丁文intueor注視，細看。其中字根-tui-來源於拉丁文tueor，看，照料。

②〔用熟字記生字〕tutor私人教師，導師。

③〔同族字例〕tuition直覺；tutelage監護；tend照料，管理，留心；attend照顧，侍候。參看：intendence監督，管理（部門）。

in.un.date

[ˈɪnʌndeit, ɪnˈʌndeit; ˈɪnʌnˌdet, ɪnˈʌndet] *

義節 in.und.ate

in-在內；und波浪，充溢；-ate動詞。

字義 *vt.* 淹沒，使充滿。

記憶 字母組合und表示「波浪，充溢」的字例：undulant波動的；redundant多餘的；rotundity肥胖，洪亮；rubicund紅潤的；fecundate使豐饒；使受孕；jocund歡樂的；abundant豐富的，充裕的。

in.ven.to.ry

[ˈɪnvəntri; ˈɪnvənˌtori, -ˌtɔrɪ] *

義節 in.vent.ory

in-進入；vent→fane *n.*神廟（v→f通轉）；-ory名詞。

字義 *vt./n.* （編）財產目錄。

    n. 存貨。

[記憶] ① ［義節解說］向神廟供奉的物品→牧師的俸祿，供養→財產，存貨。

② ［用熟字記生字］invent發明；provide供給（口糧等）。

③ ［同族字例］venerable莊嚴的，可敬的；venery性慾；venison野味；provisions口糧，存糧；debenture債券（b→v通轉）；debit借方；debt債務；benefice有俸聖職；benefit津貼，好處；benefaction捐助；furnish供應，給予。參看：veneer虛飾；venerate崇拜；revenue收益；parvenu暴發戶；provender（家畜的）乾飼料，糧秣；venal可以利誘的，可以收買的，貪汙的，為錢而做的；fend供養（v→f通轉）。

in.vert

[v. in'vəːt; ɪn'vɚt n.'invəːt ; 'ɪnvɚt] *

[義節] in.vert.

in-使處於…狀況；vert→turn轉。

[字義] vt. 使顛倒，使反向。

[記憶] ① ［義節解說］「轉」過來，即「顛倒」「反向」。

② ［同族字例］vertical垂直的；vert改邪歸正的人；avert轉移（目光）；divert轉移；evert推翻；revert恢復；vertiginate令人眩暈地旋轉；vertex頂點。參看：vertigo眩暈，頭暈；diverse不一樣的，多變化的；convert改變信仰，轉變，轉換；adversity逆境；災難，不幸；extrovert性格外向者；introvert性格內向者，內省者。

in.ves.ti.gate

[in'vestigeit ; ɪn'vɛstə,get]

[義節] in.vestig.ate

in-使用；vestig足跡，腳印；-ate動詞。

[字義] v. 調查，研究。

[記憶] ① ［義節解說］跟著足跡去追尋究竟。查法文vestige足跡。又：piste足跡；dépister追蹤獸跡。所以vest是pist的音變變體。v→p通轉。pist是pus（足）的變體。

② ［用熟字記生字］pace步子。

③ ［同族字例］octopus章魚（八爪魚，oct八）；pass經過，通過；path路；passage通道。參看：vestige痕跡；infest侵擾，（害蟲，盜賊等）大批出沒。

in.vet.er.ate

[in'vetərit; ɪn'vɛtərɪt] *

[義節] in.veter.ate

in-處於…狀況；veter→et年老，長久；-ate形容詞。

[字義] a.（疾病，習慣等）根深蒂固的。

[記憶] ① ［義節解說］本字來源於拉丁文vetus年老的，高齡的，長久的，昔日的。可知字根-vet-與-et-同源。

② ［用熟字記生字］yesterday昨天（yester→veter：y→v通轉）。

③ ［同族字例］veteran老手，老練的人；eternal永久的。

④ ［形似近義字］venerable古老的。

⑤ ［使用情景］～gambler / smoker / superstition / disease / enemy。賭博成性的人 / 老菸槍 / 根深蒂固的迷信 / 痼疾 / 宿仇。

in.vid.i.ous [in'vidiəs; ɪn'vɪdɪəs]

[義節] in.vid.i.ous

in-使處於…狀況；vid看；-ous形容詞。

[字義] a. 引起反感的，招人嫉恨的，誹謗的。

[記憶] ① ［義節解說］本字來源於拉丁文invideo斜眼看，懷著敵意看，嫉妒。使

處於被人白眼相看的狀況→引起反感；被
人用紅眼相看→嫉恨。

② ［用熟字記生字］envy嫉妒；envious嫉
恨的。

③ ［同族字例］video 電視的，視頻的；
review 複查；visit 訪問；survey俯瞰；
evident明顯的；inviting誘人的；witness
目擊證人。

④ ［音似近義字］參看：feud世仇；odious
可憎的。

in.vi.o.la.bil.i.ty

[in,vaiələ'biliti; ɪn'vaɪələ'bɪlətɪ]

義節 in.viol.ability

in-否定；viol→foul v.玷汙，違犯（規則
等）；-ability能夠。

字義 n. 神聖，無法傷害和破壞。

記憶 ① ［義節解說］viol是foul的變體，因
為f→v音變通轉。

② ［同族字例］vilify誹謗；wild野的；fell
殘忍的；fault罪過；Belial（《聖經・舊
約》）邪惡。參看：foul骯髒的，犯規；
defile玷汙，敗壞；vile卑鄙的；felon重
罪犯，邪惡的人；violate玷汙，違犯（規
則等），侵犯；guile狡詐；revile辱罵，
誹謗。

in.voice ['invɔis; 'ɪnvɔɪs]

義節 in.voice

in-進入；voice→vey→way路。

字義 n. 托運，發票。

v. 開發票，開清單。

記憶 ① ［義節解說］打發上路→托運。托運
時要開列清單。

② ［用熟字記生字］voyage航行，旅行。

③ ［同族字例］convoy 護送，護衛；
convey輸送，運送。參看：envoy使者，
代表，使節。

in.vul.ner.a.ble

[in'vʌlnərəbl; 'in'v-; ɪn'vʌlnərəb!]

義節 in.vulner.able

in-否定；vulner傷害，毀損；-able能
夠。

字義 a. 不能傷害的，無懈可擊的。

記憶 ① ［用熟字記生字］wounded受傷的
（v→w通轉）。

② ［同族字例］Valhalla（北歐神話中）
接待戰死英靈的殿堂（halla→hall殿，
廳）；volley（槍炮，弓箭等的）群射，
排球；vulnerary治傷的；wen皮脂囊
腫，粉瘤；pall（酒等）走味，失去作用
（val→pal；其中：v→f→ph→p通轉：
ph→f；h脫落）；poultice敷在傷處緩
解疼痛的藥膏；pallor蒼白；appalling
使人吃驚的；opal蛋白石。參看：
invulnerable無懈可擊的；bellicose好戰
的；valetudinary體弱的（人），多病的
（人）。

③ ［反義字］參看：vulnerable易受傷的，
脆弱的，易受攻擊的。

i.o.dine

['aiədi:n, 'aioud-; 'aɪə,daɪn, -dɪn, -din]

義節 iod.ine

iod紫色；-ine化學名詞。

字義 n. 碘。

記憶 ① ［義節解說］碘是紅棕色，近乎暗
紫。

② ［用熟字記生字］violet紫色（io→vio）。

③ ［諧音］dine諧「碘」。化學元素符號 I
表示碘，乃本字首字母。

i.on ['aiən, 'aiɔn; 'aɪən, 'aɪɔn]

義節 i.on

i→it走；-on子（物理名詞字尾）。

字義 n. 離子。

記憶 ① ［義節解說］走動的粒子→游離→離子。

② ［用熟字記生字］exit出口（ex-向外；it走）。

③ ［同族字例］-i-：reiterate重述，重複；itinerary旅行路線。參看：iterate重複，反覆申訴；itinerate巡迴，巡遊。

-on：neutron中子；Boson玻色子。

i.o.ta [ai'outə; aɪ'otə]

字義 *n.* 微小，丁點兒。

記憶 ①希臘字母l的字母名稱，是希臘文中體形最「小」的字母。

② ［同族字例］參看：jot丁點兒（應是iota的變形；i→j通轉）。

i.ras.ci.ble

[i'ræsibl, ˌaiə'r-; aɪ'ræsəb!, ɪ'ræsə-]

義節 irasc.ible

irasc使怒；-ible易於…的。

字義 *a.* 易怒的，性情暴躁的。

記憶 ① ［用熟字記生字］rage怒。

② ［同族字例］ire怒火；ireful發怒的；iron熨斗；hero英雄。

參看：irate發怒的，憤怒的，激怒的。

③字母 r 表示「怒」的其他字例：wrath憤怒；ruffle觸怒；roil惹怒；enrage激怒。參看：irate發怒的；irritate激怒。

i.rate [ai'reit, ˌaiə'r; 'aɪret, aɪ'ret] *

義節 ir.ate

ir使怒；-ate形容詞。

字義 *a.* 發怒的，憤怒的，激怒的。

記憶 詳見上字：irascible易怒的。

ir.i.des.cent [ˌiri'desnt; ˌɪrə'dɛsnt]

義節 irid.escent

irid虹；-escent表示逐漸形成、成長（形容詞字尾）。

字義 *a.* 彩虹的，閃色的（織物）。

記憶 ① ［義節解說］-iri-的基本含義是「彎曲」，所以用來描寫「虹」。rainbow（彩虹）中的bow就是「彎曲」。

② ［用熟字記生字］red紅色的；rainbow彩虹。

③ ［同族字例］lris彩虹女神；iris虹；iridaceous鳶尾科的；wire金屬線；seaware海草；environment環境；radiant光芒四射的，絢麗的；radio無線電。參看：irony反諷。

④ ［使用情景］與一些基本顏色字搭配。例如：～blue，表示海水波光閃閃的顏色；～green描寫孔雀的羽色。這兩例用法均有「閃光，耀目」的意味。

irk.some ['ə:ksəm; 'ɝksəm] *

義節 irk.some

irk *v.*使厭煩，使惱怒；-some易於…的（形容詞字尾）。

字義 *a.* 使人厭煩的，惹惱的。

記憶 ① ［義節解說］irk可能來源於jerk顛簸，震搖。在拉丁文中，字母i和j通轉。因為「顛簸，震搖」而「使人厭煩」。例證：參看：vex使煩惱，使惱火，【詩】使洶湧，使激蕩（來源於拉丁文vexo搖擺；抖動，折磨，使煩惱）。

② ［用熟字記生字］work工作。記：「工作使人厭煩」：work→weary疲勞的。

③ ［形似近義字］tiresome使人厭倦的，令人疲勞的。

④ ［同族字例］convex凸面的；vexatious麻煩的，不安的，使人惱火的；wagon車。參看：vicar代理主教，代理人；vicissitude變化；vag流浪漢；vagabond流浪的；vagary奇想；wag搖擺；wiggle擺動；extravagant過分的；vacillate搖擺，震盪，波動，猶豫；oscillate動搖，

擺動；vex使煩惱，使惱火，【詩】使洶湧，使激蕩。

i.ro.ny ['aiəni; 'aɪə·nɪ]

義節 iron.y

iron彎曲；-y名詞。

字義 *n.* 冷嘲熱諷，反話。

記憶 ①〔義節解說〕拐彎抹角地說。語源上認爲本字源於希臘語。原意爲：「假裝不知道；言不由衷」。似無助於記憶。

②〔易混字〕iron鐵，熨斗。

③〔同族字例〕參看上字：iridescent彩虹色的。

ir.rev.er.ent

[i'revərənt, 'i'r- ; ɪ'rɛvərənt]

義節 ir.re.ver.ent

ir-→in-否定；ver→very *adv.*極其，非常；-ent形容詞。

字義 *a.* 不恭敬的。

記憶 ①〔義節解說〕本字的意味，有「畏」，veriest是very的最上級形式，表示「絕對的，極度的」。見到這樣的東西使人由「畏」而「崇敬」。加否定變成「不恭敬的」。

②〔用熟字記生字〕afraid害怕的（ver→fr：v→f通轉）

③〔同族字例〕frighten使人害怕的；reverend應受尊敬的。參看：revere敬畏，崇敬，尊敬。

④〔形似近義字〕respect尊敬。參看：venerate崇拜，尊敬（此字的意味是因年高德劭而被尊崇）。

ir.rev.o.ca.ble

[i'revəkəbl, ,iri'voukəbl; ɪ'rɛvəkəbl, ɪr'rɛv-]

義節 ir.re.voc.able

ir-→in-否定；re-→back往後，往回；voc聲音；-able能夠。

字義 *a.* 不可撤銷的，不能挽回的。

記憶 ①〔義節解說〕revoke召回。

②〔用熟字記生字〕voice聲音。

③〔同族字例〕vocation天賦，天職；vociferous嘈雜的；vocabulary字彙；fauces咽門；vouch擔保。參看：vocal有聲的，暢所欲言的；advocate提倡（者），擁護（者）；avocation副業；avow聲明；provoke煽動；revoke召回；equivocal模稜兩可的，岐義的，曖昧的。cal模擬兩可的，歧義的，曖昧的。

④〔用例〕～L／C不可撤銷的信用狀。

ir.ri.gate ['irigeit ; 'ɪrə‚get] *

義節 ir.rig.ate

ir-→in-使用；rig水流，澆水；-ate動詞。

字義 *v.* 灌溉。

     vt. 沖洗（傷口），滋潤。

記憶 ①〔義節解說〕本字來源於拉丁文rigo引進，通過，澆灌。字根-rig-的變格形式有-rav-。

②〔用熟字記生字〕river河流。

③〔同族字例〕rain雨；ravine窄而深的峽谷；rill小河，溪流。

ir.ri.tate ['iriteit ; 'ɪrə‚tet] *

義節 ir.rit.ate

ir-→in-使處於…狀態；rit怒；-ate動詞。

字義 *vt.* 激怒，刺激，使不悅。

     vi. 引起不悅，引起怒氣。

記憶 ①〔義節解說〕本字來源於拉丁文irrito激怒，促進，招致，教唆。

②〔用熟字記生字〕route路線。可助記「車轍」一意。

③〔同族字例〕roist喧鬧；rote濤聲；rout咆哮；bruit喧鬧，謠言。參看：rant咆哮；riot騷亂，放縱；rout聚衆鬧事，騷動；rut思春。

④字母r表示「怒」的其他字例：wrath 憤怒；ruffle觸怒；roil惹怒，使動蕩；enrage激怒；rage怒；ire怒火；ireful發怒的。參看：irate發怒的，憤怒的，激怒的；irascible易怒的，性情暴躁的。

---

i.sin.glass

['aizɪŋglɑːs ; 'aɪzɪŋ͵glæs, -͵glɑs]

義節 isin.glass
isin→resin n.松香，樹脂；glass n.玻璃。
字義 n. 魚膠，【地】白雲母片。
記憶 ［義節解說］松香與魚膠均是黏稠性的，玻璃與白雲母片均是透明閃亮的。

---

isle [ail ; aɪl] *

字義 n. （小）島。
    vt. 使成島。
    vi. 住在小島。
記憶 ①可將本字看作isolate（隔離）一字脫落字母o等而得：is (o) l (at) e。
②［用熟字記生字］island島。
③［同族字例］參看下字：isolate隔離，孤立。

---

i.so.late ['aɪsəleit, -sol-; 'aɪs!͵et, 'ɪs-] *

義節 i.sol.ate
i-→in-使處於…狀況；sol單獨，孤獨；-ate動詞。
字義 vt. 隔離，孤立，使脫離，使分離。
記憶 ①［義節解說］處於孤獨的狀況。
②［用熟字記生字］island島。
③［同族字例］insulation隔離，絕緣；peninsula半島；sole單獨的；solo獨唱，獨奏；solitary孤獨的，獨居的；seel用線縫合（鷹）的眼睛；seal封蠟，封緘；occultism神祕主義（註：字母s→c同音變異）；culet鑽石的底面，胄甲背部下片；culottes婦女的裙褲；bascule

吊橋的活動桁架，活動橋的平衡裝置；culdesac死胡同，盲腸；color顏色；calotte小的無邊帽，（苔蘚蟲的）回縮盤；cell地窖，牢房；conceal藏匿，遮瞞；cilia眼睫毛；becloud遮蔽，遮暗。參看：insular島嶼的，隔絕的，保守的；desolate荒涼的；obscure遮掩；asylum避難所；supercilious目空一切的；recoil退縮；soliloquy獨白；celibate獨身的；cloister使與塵世隔絕；occult隱藏的，祕密的，神祕的。

---

i.so.top.ic [aisou'tɔpik; aɪso'tɑpɪk]

義節 iso.top.ic
iso-等，同；top→topos地方，位置；-ic形容詞。
字義 a. 同位素的。
記憶 ①［義節解說］在元素周期表中處於等同的地位。
②［諧音］topos拓撲（拓撲學是數學的一個分支）。
③［同族字例］iso：iconolatry偶像崇拜；aniseikonia（兩眼）物像不等；isogon等角多角形；idol偶像。參看：icon人像，肖像，聖像。-top-：topos陳詞濫調；topography地形（學）。參看：Utopia烏托邦，理想的完美境界；topology地誌學，拓撲學，局部解剖學。

---

itch [itʃ ; ɪtʃ] *

字義 n. / vi. （發）癢，渴望。
    n. 疥瘡。
記憶 ①［用熟字記生字］ache痛，渴望（itch→ich→ach）。
②［同族字例］agony極度痛苦。
③［使用情景］to～for writing / a fight / home / an opportunity / his arrival / romance / excitement. 渴望寫 / 手癢要打鬥 / 渴望回家 / 渴望機會到來 / 渴望他的

到來 / 渴想羅曼蒂克 / 渴望刺激。比較：
to ache for home / sb. 渴望回家 / 想念某
人。

it.er.ate ['itəreit; 'ıtə,ret]

義節 it.er.ate
it走；-er重複動作；-ate動詞。

字義 *vt.* **重複，反覆申訴。**

記憶 ① ［義節解說］ 走來走去→重複。
② ［用熟字記生字］ exit出口（ex-向外）。
③ ［同族字例］ -i-：reiterate重述，重複；
itinerary旅行路線。參看：itinerate巡
迴，巡遊；ion離子。

i.tin.er.ate

[i'tinəreit, ai't-；aı'tınə,ret, ı-]

義節 itiner.ate
itiner→it走；-ate動詞。

字義 *vt.* **巡迴，巡遊。**

記憶 ① ［用熟字記生字］ exit出口（ex-向
外）。
② ［同族字例］ 參看上字：iterate重複，反
覆申訴。

i.vo.ry ['aivəri; 'aıvərı]

義節 ivor.y
ivor象牙；-y字尾。

字義 *n.* **象牙（色）。**
　　　a. **象牙（色）的。**

記憶 ① ［義節解說］ ivor源於ebur象牙。猜
想原意爲「樹」。象牙很像是長出兩棵小
樹，而且堅壯無比。參看：arbor樹（請
注意：在西班牙文中，至今b和v讀音一
樣：都可讀成v和b）。參考：robust強壯
的。
② 換一個角度：字根-vor-表示「咬，
食」，正是「象牙」的功能。參看：
devour狼吞虎嚥；voracity暴食，貪婪。

I

逢君一笑，世間無此歡喜！

　　本字母的字形像一個跳舞人形，又像舉手投槍。它的讀音，像吱吱喳喳的雀噪聲，熱鬧非凡。撲克牌寫著 **Joker** 的兩個小丑，引人發噱。總之，本字母項下的單字，主流含義總是洋溢著一片歡聲笑語，從表示「青春」、「玩笑」到「顛簸」、「投射」，活潑地，有無限的動態，無盡的歡喜。

　　也有嚴肅的時候，那就是「宣誓」和「結合，聯接」。

　　「免冠」：

　　本字母項下的單字無需「免冠」，都是以本來面目示人，因而多是短字。

　　「通轉」：

　　請注意字母 g 在讀軟化音時與本字母同音，另外，本章中的不少單字，在德文中會用字母 y 拼寫，因而常有「通轉」現象，可參看 G、Y 二章的導語。

分析：

　　大寫的 J 像一個人「快樂」得踢腿跳舞。其中第二筆似「拋擲」東西。又如金雞獨立，溜冰，表示「不穩定的位移活動」。J 的字形像我們中文的「丁」字，有「連接」的樣子。

　　J 的讀音，也酷似「嘰嘰呱呱」的笑聲。

J 字母單字延伸字義

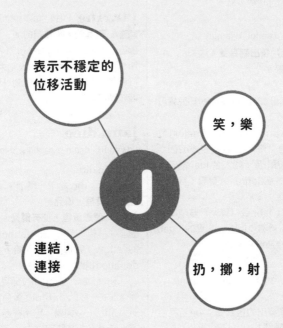

表示不穩定的位移活動

笑，樂

J

連結，連接

扔，擲，射

397

jab [dʒæb; dʒæb]

字義 *v. / n.* 刺，戳，猛擊。

記憶 ① ﹝疊韻近義字﹞ stab刺，戳，刺傷；dab啄，戳。

② ﹝同族字例﹞ job刺，戳；jabber（猴兒）吱喳叫（註：刺耳的聲音）。參看：jubilation歡喜，歡呼，歡慶；gab空談（註：j→g通轉）。

③ ﹝雙聲近義字﹞ jag刺，戳。

jan.gle ['dʒæŋgl; 'dʒæŋg!]

字義 *v. / n.* (使) 發出刺耳聲。

　　vi. / n. 吵架。

　　n. 空談。

記憶 ① ﹝用熟字記生字﹞ jingle bell鈴兒響叮咚。

② ﹝同族字例﹞ jink大吵大鬧；jingle叮咚響；honk號角（聲）（j為何變成h?因為在西班牙文中j讀h音，如人名Juan胡安，相當於英文的人名John）。參看：jargon吱吱喳喳地叫。

③ ﹝雙聲近義字﹞ jabber（猴兒）吱喳叫；jaw喋喋不休。參看：jarring刺耳的；gab空談（註：j→g通轉）。

jar.gon ['dʒɑːgən; 'dʒɑrgən, -gɑn]

義節 jarg.on

jarg→garg喉嚨發出的粗濃聲；-on名詞。

字義 *n.* 行話，隱語。

　　v. 講難懂的話，吱吱喳喳地叫。

記憶 ① ﹝義節解說﹞ 字母g（有時加上字母r的輔助）模擬喉嚨發出的粗濃的聲音，並且，g與j常可「通轉」。例如：gabble和jabber均表示「急促不清地說。」在外人聽來也是「吱吱喳喳」的噪聲。

② ﹝同族字例﹞ gargle漱口的「咯咯」聲；giggle咯咯笑；gurgle咯咯聲；grunt喉鳴聲；gargoyle屋頂獸形排水嘴；gorge咽

喉，貪吃；gorget護喉甲胄；gurgitation洶湧；ingurgitate狼吞虎嚥；tegurgitate反胃，回湧。參看：voracity貪食（g→w；w→v通轉）；devour狼吞虎嚥；objurgate怒斥，譴責。

③ 字母J模擬「吱喳」叫聲。詳見上字：jangle發出刺耳聲。「隱語」，在外行的人聽來也不過是「吱吱喳喳」的噪聲。

jar.ring ['dʒɑːriŋ; 'dʒɑriŋ]

字義 *a.* 刺耳的，不和諧的。

記憶 ﹝雙聲近義字﹞ jabber（猴兒）吱喳叫；jaw喋喋不休；jink大吵大鬧；jingle叮咚響。參看：jangle發刺耳聲；jargon吱吱喳喳地叫。

jaun.dice

['dʒɔːndis, 'dʒɑːn -; 'dʒɔndis, 'dʒɑn -]

義節 jaun.dice

jaun黃色；dice給予，賦予。

字義 *n.* 黃疸，偏見。

　　vt. 使患黃疸，使有偏見。

記憶 ① ﹝義節解說﹞ 法文jaune相當於英文的yellow。字母d表示「給予」。參看：donation捐贈。

② ﹝形似近義字﹞ prejudice偏見

③ ﹝同族字例﹞ xanthous黃色的（-jaun- → -xan- ; j→x通轉。因為在西班牙文中，j讀h音，而在某些西文中，x讀h音）。參看：xanthic帶黃色的。

jaunt [dʒɔːnt; dʒɔnt, dʒɑnt]

字義 *vt. / n.* 短途遊覽。

記憶 ① ﹝用熟字記生字﹞ journey旅行。

② ﹝同族字例﹞ jaunty逍遙自在的，活潑的。參看：sojourn逗留；junket郊遊。

③ ﹝疊韻近義字﹞ 參看：haunt 出沒，作祟，常到之處。

je.june [dʒɪ'dʒuːn; dʒɪ'dʒun]

義節 je.june

je法文；我；june→jeuner（法文）斷食，齋戒。

字義 *a.* **缺乏營養的，枯燥無味的，不成熟的。**

記憶 ①［義節解說］因持齋而覺無味，缺乏營養。本字來源於拉丁文jejunus斷食的，齋戒的，餓的，渴的。

②［用熟字記生字］dine進餐。該字來源於法文dejeuner（de-離開；→不再斷食）；junior年輕的→不成熟的。

③［同族字例］「缺乏營養的」一意 jejunum空腸；jejunitis空腸炎；jejunetomy空腸切除術；yearn渴望（註：空腸而望食；j→y通轉）。「不成熟的」一意：junior年輕的；young年輕的；youth青春。參看：jejune不成熟的；rejuvenate使回復青春；juvenile青少年的，幼稚的（juven→youth青春；-ile傾向於…的）。

jel.ly.fish ['dʒelifiʃ; 'dʒɛlɪ,fɪʃ]

義節 jelly.fish

jelly *n.*膠狀物，糊狀物。fish *n.*魚。

字義 *n.* **水母，海蜇，優柔寡斷者。**

記憶 ①［義節解說］海蜇確有點像果凍。黏糊糊的人，即是優柔寡斷。

②［用熟字記生字］jelly果凍。

③［同族字例］jell結凍，定形；jellify使成膠狀；congelation凍結，凝固（j與g同讀j音時常可「通轉」）；gluten麵筋（註：也是黏糊糊的。gl是由字根gel中脫落母音e而衍出）；agglutinate膠合，黏合；glue膠水；deglutinate抽提麵筋。參看：glutinous黏（質）的；congeal凍結，凝結；glacial冰冷的；gelatin明膠。

jeop.ard ['dʒepəd; 'dʒɛpɚd]

義節 jeop.ard

jeop→haz→cast *v.*投，擲；-ard名詞字尾。

字義 *vt.* **使遭受危險，危害。**

記憶 ①［義節解說］本字可能源於hazard機會，危害，使遭危險。該字原意爲「擲骰子」。j爲何變成h？因爲在西班牙文中x讀h音，如人名Juan胡安，相當於英文的John。

②［同族字例］casino賭場；cassino一種兩人到四人的紙牌戲；hazardous危險的。參看：haphazard偶然性；hazard機會，危害，使遭危險。

③［形似近義字］leopard豹。

jer.e.mi.ad

[,dʒeri'maiæd, -'maiəd; ,dʒɛrə'maɪæd]

字義 *n.* **哀訴，悲哀的故事，哀史。**

記憶 ①Jeremiah（耶利米）是希伯來四大先知之一，他寫的《哀書》見《聖經》。

②［諧音］耶利米「哀」。

jerk [dʒɚːk; dʒɝk] *

字義 *v. / n.* **猛地一拉（推，扭等）。**

n. **顛簸。**

記憶 ①估計此是擬聲字。讓我們想像一臺舊電梯，突然猛一下起動時的聲音和那副顛簸的樣子，就是本字的意味。參考：lurch突然傾斜（ch與k音相同；er與ur讀音相同）。

②［同族字例］jag顛簸；jiggle輕輕搖晃；joggle輕輕顛搖；juggler玩雜耍，耍花招；jink急轉；jounce顛簸；zigzag之字形（路線）（j→z通轉）；yank突然猛拉（註：j→y通轉）。參看：jog輕推，輕搖，緩步走，顛簸地移動。

③［雙聲近義字］jar劇震。參看：jolt顛

簸，猛然一擊；fidget坐立不安；agitate 攪動；yaw搖擺（註：j→y通轉）。

jest [dʒest; dʒɛst] *
字義 v. / n. （說）笑話，開玩笑。

    n. （舊意）功績。

記憶 ①〔用熟字記生字〕joke笑話，開玩笑。

②〔同族字例〕jeer開玩笑；josh玩笑。參看：jocose開玩笑的；jocular喜歡開玩笑的；gest功績（j→g通轉）；zest（給…添）風趣，（給…增）興趣（j→z音變通轉）。

③字母j常表示「歡樂、玩笑」。其他「玩笑」字例：jape說笑話，開玩笑；jolly開玩笑；jovial玩笑的等等。

jet.ti.son
['dʒetisn, -tizn; 'dʒɛtəsn, -zn]

義節 jet.tison
jet射，擲，扔。

字義 n. 飛機和船隻在緊急情況下投棄累贅物品。

記憶 ①〔用熟字記生字〕jet噴氣，噴射。

②〔同族字例〕jetty伸出，突出。參看：jut突出，伸出。

③字母j常表示「射，擲，扔」。其他字例：ejeulation射出，失聲叫出；javelin標槍；eject彈出；project投射…等等。參看：conjecture猜測。

jew.el
['dʒuː:əl, dʒuəl, dʒuː:l, dʒuː:il ; 'dʒuɛl, 'dʒuəl]

義節 jew.el
jew→joy a.喜悅的；-el表示「小」（字尾）。

字義 n. 寶石（飾物）。

    vt. 用寶石裝飾。

記憶 ①〔義節解說〕寶石是悅人心目的東西。本字的法文對應字是joyau珠寶。又，法文joyeux喜悅的，幸福的，它相當於英文的joyous喜悅的，幸福的。

②〔用熟字記生字〕enjoy享受，欣賞。

③〔同族字例〕參看：jovial快活的（jov→jew；v→w通轉）。jubilation歡喜（jov→jub, v→b 通轉）。

④〔雙聲近義字〕jade綠玉；jasper碧玉。參看：gem寶石，用寶石裝飾（j→g通轉）。

jin.go ['dʒiŋgou; 'dʒiŋgo]
字義 n. 侵略主義者，沙文主義者。

記憶 ①by～！是上世紀末一首流行的愛國歌曲中反覆重唱的一句。引申爲「沙文主義者」。

②〔諧音〕「進攻」——侵略狂人嚎叫著。

jo.cose [dʒə'kous, dʒou'k -; dʒo'kos]
義節 joc.ose
joc快樂，玩笑；-ose字尾。

字義 a. 開玩笑的，滑稽的，幽默的。

記憶 ①〔用熟字記生〕joke玩笑。

②〔同族字例〕jocular滑稽的，喜開玩笑的；jeer開玩笑；josh玩笑；yak高聲大笑（註：j→y通轉）。參看：jocund歡樂的；jest開玩笑；hoax戲弄，欺騙（西班牙文中字母j可讀h音）。

③字母j常表示「歡樂，玩笑」其他「玩笑」字例：jape說笑話，開玩笑；jolly開玩笑；jovial玩笑的…等等。

joc.und
['dʒɔkənd, 'dʒouk -, -kʌnd; 'dʒɑkənd]

義節 joc.und
joc快樂；-und充滿…的。

字義 *a.* 歡樂的，快樂的。

記憶 ① ［用熟字記生字］joke玩笑；joy快樂。

② ［同族字例］參看上字：jocose 開玩笑的。

③字母j常表示「歡樂」。其他字例：jam 樂事；jollity歡樂；jubilant歡樂的…等等。

④組合und表示「波浪，充溢」的字例：undulant波動的；redundant多餘的；rotundity肥胖，洪亮；rubicund紅潤的；fecundate使豐饒，使受孕；jocund 歡樂的；abundant豐富的，充裕的。參看：inundate使充滿。

---

jog [dʒɔg; dʒɑg] *

字義 *v. / n.* 輕推，輕搖，緩步走，顛簸地移動。

　　　vt. 提醒。

記憶 ① ［疊韻近義字］mog不停地重步前進。

② ［同族字例］jag顛簸；jiggle輕輕搖晃；joggle輕輕顛搖；juggler玩雜耍，耍花招；jink急轉；jounce顛簸；zigzag之字形（路線）（j→z通轉）；yank突然猛拉（註：j→y通轉）。參看：jerk猛推。

③ ［雙聲近義字］jar劇震。參看：jolt顛簸，猛然一擊；fidget坐立不安；agitate 攪動；yaw搖擺（註：j→y通轉）。

---

jolt [dʒoult; dʒɔlt] *

字義 *v. / n.* 顛簸，震搖。

　　　vt. 猛擊。

記憶 ① ［同族字例］參看：fidget坐立不安；agitate攪動。

② ［雙聲近義字］jink急轉；jog突然轉向，顛簸地移動；jag顛簸；jiggle輕輕搖晃；joggle輕輕顛搖；zigzag之字形（路線）；jounce顛簸；jar劇震。參看：jerk 顛簸。

---

jot [dʒɔt; dʒɑt]

字義 *n.* 一丁點兒，（最）小額。

　　　vt. 草草記下。

記憶 ①本字可能是iota一字的變體（i→j 通轉）。iota是希臘字母中形體最小的一個。參看：iota丁點兒。

② ［用熟字記生字］job→a piece of work.

③ ［疊韻近義字］lot份額，份兒；scot估定的款項；shot一份；blot汙跡；clot凝塊；spot汙點；dot圓點；tot少量。

---

jo.vi.al ['dʒouvjəl, -viəl; 'dʒoviəl]

義節 jovi.al

jovi→Jupiter *n.*木星；-al形容詞。

字義 *a.* 快活的，愉快的，木星的（J大寫時）。

記憶 ① ［義節解說］好像古時候不分中西，都有「天人感應」的迷信：認爲人的命運和性格受出生時的天象（星象）影響。西方人認爲，受木星影響的人是快活的。

② ［用熟字記生字］joy喜悅的。

③ ［同族字例］enjoy享受，欣賞。參看：jewel寶石（飾物）（jov→jew；v→w通轉）；jubilation歡喜（jov→jub；v→b通轉）。

---

ju.bi.la.tion

[,dʒu:bi'leiʃən; ,dʒub!'eʃən]

義節 jubil.ation

jubil→Jupiter *n.*木星；-ation表示動作的名詞。

字義 *n.* 歡喜，歡呼，歡慶。

記憶 ① ［義節解說］本字來源於拉丁文jubilatio歡呼；該字又來源於jubilo歡呼，呼喚。西方人認爲，受木星影響的人是快活的。把本字與上字jovial（快活的）作一比較：b與v在一些拉丁系語言中

是相通的；o與u也常會互相轉變。這兩個字形音義均相似，有很深的血緣關係。

② ［同族字例］jabber（猴兒）吱喳叫。參看：jovial快活的；gab空談（註：j→g通轉）；jab刺，戳，猛擊。

ju.di.cious [dʒuːˈdiʃəs; dʒuˈdɪʃəs] *

義節 ju.dic.i.ous

jud宣誓，判斷；dic說；-ous形容詞。

字義 *a.* **明斷的，明智的，審慎的，有見識的。**

記憶 ① ［義節解說］對情況判斷清楚，表達明確→明斷的。

② ［用熟字記生字］judge審判，判斷。

③ ［同族字例］ -jud- ：prejudice 偏見；adjudge判決；adjudicate裁判。參看：jurisdiction管轄（權）。

-dict- ：dictation聽寫；dictionary字典；dictum格言；edict布告；predict預告；interdict干涉；indicate指示。參看：benediction祝福；contradict反駁，否認，發生矛盾；malediction詛咒；abdicate放棄；vindicate辯護。

jug [dʒʌg; dʒʌg] *

字義 *n.* **壺（中物）。**

　　 vt. **把…放入壺中，燉。**

記憶 ① ［雙聲近義字］jar罐，壇。參看：junket凝乳食品，野餐（原意是：用柳條「編結」成小籃子，盛放奶酪之類，郊遊時作野餐之需）。

② ［疊韻近義字］mug大杯；trug木製牛奶罐。

junk [dʒʌŋk; dʒʌŋk] *

字義 *n.* **舊貨，舊纜繩，假貨，大塊，厚片。**

　　 vt. **丟棄。**

記憶 ① ［用熟字記生字］join結合。揣測本字可能與字根-junct-（聯接）有關。意謂舊貨交錯堆積，理不出個頭緒。

② ［疊韻近義字］chunk大塊，厚片；hunk大塊，厚片；gunk黏膩的東西，汙穢的東西。

③ ［同族字例］jumble亂堆，舊雜貨義賣；jungle混亂的一堆東西；junction連接，結合；disjunct分離的，分離性的（dis-字首，表示「分離」）；disjunction分離，分裂；junta政務會；rejunction重新結合（re-字首，表示「又，再」）；subjunction附加，增補（sub-字首，表示「在下」→在下面再「結合」上去，就是「增添」）。參看：junto小集團；junket凝乳食品，野餐。

jun.ket [ˈdʒʌŋkit; ˈdʒʌŋkit]

義節 junk.et

junk→junct聯結；-et表示「小」。

字義 *n.* **凝乳食品，野餐，郊遊。**

　　 v. **郊遊，設野餐，設宴。**

記憶 ① ［義節解說］本字的原意是：用柳條「編結」成小籃子，盛放奶酪之類，郊遊時作野餐之需。

② ［同族字例］參看下字：junto小集團。

jun.to [ˈdʒʌnotu; ˈdʒʌnto]

字義 *n.* **小集團，祕密政治集團。**

記憶 ①本字從junta（立法議會）音訛而來。從字根-junct-結合，聯接。

② ［用熟字記生字］join結合，參加。

③ ［同族字例］junction連接，結合；disjunct分離的，分離性的（dis-字首，表示「分離」）；disjunction分離，分裂；junta政務會；rejunction重新結合（re-字首，表示「又，再」）；subjunction附加，增補（sub-字首，表示「在下」。在下面再「結合」上去，就是「增添」）。

ju.ris.dic.tion

[,dʒuəris'dikʃən, ,dʒoər-; ,dʒurıs-ˈdıkʃən] *

義節 juris.dic.tion
juris宣誓；dic說，講；-tion名詞。

字義 *n.* 司法（權），管轄權，管轄範圍。

記憶 ①〔義節解說〕從事與司法有關的活動，必先宣誓。

②〔用熟字記生字〕jury陪審團；dictionary字典。

③〔同族字例〕-jur-（is）-：jural法制的；juridical司法上的；juristic合法的。參看：adjure使…起誓；abjure發誓斷絕。-dict-：dictation聽寫；dictionary字典；dictum格言；edict布告；predict預告；interdict干涉；indicate指示。參看：benediction祝福；contradict反駁，否認，發生矛盾；malediction詛咒；abdicate放棄；vindicate辯護。

jut [dʒʌt; dʒʌt] *

字義 *v. / n.* （使）突出，伸出。

　　 n. 突出部，伸出部。

記憶 ①〔用熟字記生字〕jet噴氣，噴射（「伸出」猶如「射」出）。

②〔同族字例〕jetty伸出，突出。參看：jettison飛機和船隻在緊急情況下投棄累贅物品。

③字母j常表示「射，擲，扔」。其他字例：ejeculation射出，失聲叫出；javelin標槍；eject彈出；project投射…等等。參看：conjecture猜測。

ju.ve.nile

['dʒu:vinail, -vən-; 'dʒuvən!, -,nail] *

義節 juven.ile
juven青春；-ile傾向於…的。

字義 *a.* 青少年的，幼稚的。

n. 青少年（讀物等）。

記憶 ①〔用熟字記生字〕young年輕的；youth青春。西語中常把j讀成y音，u讀成ou音。作者以爲英文的youth卽從本字根音變而來（v→th音變）。

②〔同根字例〕junior年輕的，參看：jejune不成熟的；rejuvenate使回復青春。

③〔使用情景〕～period / age / years 青少年時代，青春歲月；～books / dances青少年讀物 / 青少年舞蹈；～delinquency青少年犯罪。

jux.ta.pose

['dʒʌkstəpouz, ,dʒʌkstə'p-; ,dʒʌkstə'poz]

義節 juxta.pose
juxta→yoke *n.*牛軛，同軛的一對牛；pose *v.*放置。

字義 *vt.* 把…並列，使並置。

記憶 ①本字來源於拉丁文juxta在旁邊，靠近。該字又來源於拉丁文jugum架在一對牛頸上的「牛軛」，音轉爲yoke（註：j→y通轉）。兩頭牛是相互「緊貼」著，並駕齊驅。

②〔用熟字記生字〕just就在，正好；propose提議；pose擺姿勢。

③〔同族字例〕-juxt-：join結合，（口語）鄰接，毗連；adjoin貼近，毗連；coadjacent互相連接的，在（思想上）很接近的；jostle貼近的；joust馬上的長槍比武，競技（註：「近」身搏鬥）；juxtaposition並列，並置；adjust調整，調節；yesterday昨天（註：時間上的「毗鄰」，y→j通轉）；vicinal附近的，鄰近的。參看：adjacent毗鄰的；conjugate結合，成對；yoke牛軛。

-pos-；post崗位，職位；position位置，地位；dispose排列，處置，處理；compose作文，作曲；expose暴露。參

403

看：depone宣誓作證；depose廢黜。

盤根錯節，締造艱難。

　　在 26 個英文字母中，本字母好像有點多餘。因爲，它的絕大部分功能，都由 C 擔當了。請注意 K → C 和 K → Q 的同音通轉。除字母組合 kn 表示「知道」的情況以外，本章單字均不必「免冠」。

結，竅

敲，擊

知道

K

詐欺，
流氓

種，類，屬

ka.lei.do.scope

[kə'laidəskoup; kə'laɪdə,skop]

義節 kal.eido.scope

kal→calli美麗的；eido景象；-scope觀看，鏡。

字義 *n.* 萬花筒，千變萬化的情景。

記憶 ①〔義節解說〕用來觀看美麗景象的東西。

②〔用熟字記生字〕color顏色；eye眼睛→eido景象。

③〔同族字例〕-kal-：callipygian有勻稱臀部的；colorful五光十色的。參看：calligraphy書法。

-eido-：eidetic（印象）鮮明的；eidolon幻象；idyll卽景詩，田園詩。參看：idol幻象（eido為idol的異體）；idolatry偶像崇拜。

-scope：scope範圍，領域；telescope望遠鏡；microscope顯微鏡；periscope潛望鏡；landscape景色。參看：bioscope電影放映機。

---

ken [ken; kɛn] *

字義 *v.* 知道。

　　n. 視野，知識範圍。

記憶 ①〔用熟字記生字〕know知道；keen敏銳的，喜愛的。

②〔同族字例〕請注意：k與c有同音「通轉」：can能夠；couth有教養的；discern分辨；scout搜索，偵查；sense感覺；census人口普查；censor審查，檢查；examine檢查，細查；science科學。參看：scan細看，審視，瀏覽，掃描；canvass詳細檢查，研討；knack訣竅；con研究；cunning狡猾的，精巧的；canny狡猾的，精明的；uncanny離奇的，不可思議的（註：不可「知道」的）。

---

ken.nel ['kɛnl; 'kɛn!]

字義 *n.* （狗）窩，（狗等的）群。

　　v. （使）進狗窩。

記憶 ①〔同族字例〕cynosure小熊星座（k與c「通轉」）；procyon小犬座；Canis小犬星座；canine似犬的；cynical冷嘲熱諷的，挖苦的；cynophobia恐狗症。參看：cynic憤世嫉俗者（註：「犬儒學派」）。

②〔疊韻近義字〕den獸窩，賊窩；pen（家畜的）圈，欄。

---

ker.chief ['kə:tʃif; 'kɚtʃif]

義節 ker.chief

ker→cover *v.* 遮蔽；chief *n.* 頭。

字義 *n.* （婦女用）方頭巾。

記憶 ①〔義節解說〕用來遮蔽頭的東西→頭巾。

②〔用熟字記生字〕chief頭領，首領。

③〔同族字例〕-ker-：cow威脅，嚇唬；cover掩蓋；coward懦夫；cave洞。參看：covert隱藏的；cower畏縮；alcove凹室；cove山凹，水灣；curfew宵禁，晚鐘（通知把燈火遮蔽→宵禁）；obscure暗的。-chief-：chef廚師長；chapeau帽子；handkerchief手帕。

---

kern [kə:n; kɚn]

字義 *v.* 結（果實）。

　　n. 核，仁，顆粒。

記憶 ①〔用熟字記生字〕core果實的心，核心；corn穀物；五穀。語源上認為本字是從corn變來（請注意c→k同音「通轉」）。

②〔同族字例〕kernal穀粒，核心；einkorn單種麥；grain顆粒（ker→ger→gr；k→g通轉）。參看：garner穀倉；carnal肉體的；incarnate使成人形的。

K

kin.der.gar.ten

['kındə,gɑ:tn ; 'kındə,gɑrtn]

義節 kinder.garten

kinder兒童的；garten→garden *n.*園子。

字義 *n.* 幼兒園。

記憶 ① ［義節解說］本字是德文借字：kinder→kid's；garten→garden。其實，字根-kin-就是字根-gen-（產生）的音變（k→g通轉）。「生」出來的→孩兒→孳生為種族。

② ［用熟字記生字］kind類；garden花園。

③ ［同族字例］-kinder-：kin親屬；kith and kin（總稱）親友；king君主。參看：kith親屬；kindred宗教。

-garten-：guard衛兵；garrison駐軍；guaranty保證，擔保；court庭院；orchard果園；ward保護，看護；（g→w通轉；garden花園，庭院）；warden看守人。參看：wary機警小心；warranty保證，擔保；horticulture園藝學（hort〈德文〉保護，避難所，托兒所）；escort護衛，護理。

---

kin.dle ['kındl ; 'kındl] *

字義 *v.* 點燃，（使）照亮。

記憶 ① ［用熟字記生字］candle蠟燭（請注意k→c同音「通轉」）；sun太陽（c→s通轉）；keen熱烈的。

② ［同族字例］incandescent白熱的；白熾的；candid眞實的；incense使激動，奉承（cendi→candi火）；shine照耀（c→s→sh通轉）；scintilla火花（sh→sc通轉）；scintillescent發光的，閃爍的。參看：incentive誘因；incendiary縱火者，煽動者；scintillate發出（火花），閃耀；shimmer閃爍。

---

kin.dred ['kindrid ; 'kındrıd]

字義 *n. / a.* 宗族（的），親屬（的），相似（的）。

     n. 血緣。

記憶 ① ［義節解說］其實，字根-kin-就是字根-gen-（產生）的音變（k→g通轉）。「生」出來的→孩兒→孳生為種族。

② ［用熟字記生字］kind種類。

③ ［同族字例］kin親屬；kith and kin（總稱）親友；king君主。參看：kindergarten幼稚園；kith親屬。又：gene基因（k→g通轉）；genius天才。參看：eugenic優生學的；congenital先天的；genealogy家譜；genetic遺傳學的；genre流派；genus類，種類。

---

ki.net.ic

[kai'netik, ki'n- ; kı'nɛtık, kaı-]

義節 kinet.ic

kinet運動，行動；-ic形容詞。

字義 *a.* 動力（學）的，（運）動的，活動的，能動的。

記憶 ① ［用熟字記生字］cinema電影院（cine→kinet動→放映活動影像→電影）。

② ［同族字例］kinescope（電影）顯像館。

---

kis.met

['kismet, 'kizmet ; 'kızmɛt, 'kıs -]

義節 kis.met

kis→法文qui→英文who誰；met→put放置。

字義 *n.* 命運，命定。

記憶 ① ［義節解說］是誰這樣布置的？→命運。

② ［同族字例］-qui-：參看：quivive口令；-met-：admit接納；permit允許。

③ ［音似近義字］cosmos宇宙，秩序。

④本字找不出其他熟悉的聯想線索，只好來個怪點子，出奇制勝；kis→kiss吻；met→meet遇見。記：初逢便接吻，全仗好命運！

kith [kiθ ; kɪθ]

字義 *n.* 朋友，鄰居。

記憶 ①本字來源於know知道。其中的n脫落，就成了kow→cou；再添加-th（字尾，舊時英文用，相當於-s），變成couth【古】知道的，再由此變爲kith（c→k通轉），知道的人→熟人。

②［用熟字記生字］know知道，認識。

③［同族字例］aquaintance熟人（k→qu同音）；couth有教養的；court奉承。參看：uncouth不文明的，【古】不知道的。

④［形似近義字］參看：kindred親屬。

---

klep.to.ma.ni.ac

[ˌkleptou'meiniæk, -njæk ; ˌklɛptə'menɪˌæk]

義節 klept.o.maniac

klept→lept抓住；maniac…狂。

字義 *n.* 有竊盜狂的人。

記憶 ①［義節解說］klept表示「偷竊」，可能來源於elepsydra漏壺（字面上的含義是：stealthy flow of water水偷偷地流動）。

②［同族字例］analeptic提神的，強身、興奮劑；catalepsy僵硬症；prolopsis預期；syllable音節；syllepsis兼用法；一筆雙序法；lemma主題，題目。參看：dilemma左右爲難的窘況。

③試比較klept與crypt（隱藏）。二者形音義均有相似處。「偷竊」，總是要「躲躲藏藏，伺機下手」的。可借此聯想助憶。參看：cryptic隱蔽的；cryptogram密碼。

knack [næk ; næk] *

字義 *n.* 訣竅，技巧，花招，習慣，玩具。

記憶 ①［用熟字記生字］know知道；know-how訣竅。

②［同族字例］knuckle膝關節；kneel跪；knout皮鞭；knurl小突起物；neck頸；quenelle肉丸，魚丸。（k→qu同音通轉）。參看：genuflect屈膝，屈服；knoll圓丘，土墩。

③字母n和字母組合kn常表示「隆起像疙瘩一樣」。例如：knee膝關節（俗稱「腳饅頭」）；knob疙瘩，球形突出；knop球形捏手；nob球形門柄…等等。

④也可以理解爲knack→ken知道+ -ack（字尾）→訣竅。參看：ken知道。

knar [nɑː ; nɑr]

字義 *n.* 木節，木瘤。

記憶 ①［同族字例］knag木節，木瘤；sang殘根，暗礁；knurl樹木硬節，瘤；snarl纏結。參看：knur瘤；gnarl木節，木瘤。

②字母n表示「結，節，瘤」和各種糾纏盤結關係，正所謂「盤根錯節」。其他字例：knob節，瘤；node結，瘤；nub小瘤；nubble木瘤；network網路；knit編織；noose絞索，圈套；connect連接；snare圈套，羅網…等等。

knave [neiv; nev]

字義 *n.* 【古】男子，男僕；流氓，無賴，惡棍。

記憶 ①本字相當於boy，在德文中仍沿用。揣測應從字根-（g）na-生。男孩子少不更事，頑皮玩鬧，再引申爲「流氓」等意。

②［同族字例］naive天眞的，幼稚的；native土生土長的；nature自然；nation

K

國家，民族；connate天生的；pregnant 懷孕的。參看：nascent初生的；natal出 生的；naivete天眞（的言行）；樸素。

knell [nel ; nɛl] *

字義 *n.* （喪）鐘聲。

　　v. 敲喪鐘。

記憶 ①本字的基本涵義是strike打擊。試 把本字記作：knock（敲打）與bell縮合 而成。

② [疊韻近義字] bell鐘。

③ [同族字例] knap狠敲，狠打，折斷； knoll敲鐘，鳴鐘；knout（狠毒地）鞭 打；snap折斷。

knoll [noul ; nol]

字義 *n.* 小山，圓丘，土墩。

記憶 ① [同族字例] knuckle膝關節； kneel跪；knout皮鞭；knurl小突起物； quenelle肉丸，魚丸。（k→qu同音通 轉）。參看：genuflect屈膝，屈服。

②字母n和字母組合kn常表示「隆起像疙 瘩一樣」。例如：knee膝關節（俗稱「腳 饅頭」）；knob疙瘩，球形突出；knop 球形捏手；nob球形門柄…等等。

③字母o表示「圓形物」。例如：cob （石頭）圓塊；atoll環礁；cone圓錐體； roll滾動，麵包捲；scroll卷軸；cock錐 形的乾草堆；pommel（刀劍柄上的）圓 頭；pompon（裝飾）絨球等等。參看： dome圓屋頂，圓丘。

knur [nəː; nɚ]

字義 *n.* （樹木）硬節，瘤，（球戲中的） 木球。

記憶 ① [同族字例] knag木節，木瘤； snag殘根，暗礁；knurl樹木硬節，瘤； snarl纏結。參看：knar木節，木瘤。

gnarl木節，木瘤。

②字母n表示「結，節，瘤」和各種糾纏 盤結關係，正所謂「盤根錯節」。其他字 例：knob節，瘤；node結，瘤；nub小 瘤；nubble木瘤；network網路；knit編 織；noose絞索，圈套；connect連接； snare圈套，羅網…等等。

L

細雨濕流光，春草年年惹恨長。

　　本字母項下的單字都是本來面目，無需「免冠」。

　　分析：

　　大寫的 L 形象地給出了「界，限」的義蘊。它又像根「柔軟」的「繩」，可以用來「拉」，「綁」，引申為「合」，「聯結」。另一方面，整個字形顯得「鬆」，於是有「離」，「怠惰」，「遲緩」，「放鬆」等意。

　　小寫的 l「細，長」而「狹」。

　　L 是個「舌邊音」，發音時氣流從「舌」兩旁衝出。有「舌」於是有「脣」，有「話語」，有「欲」和「喜愛」，也就有「誘惑」。

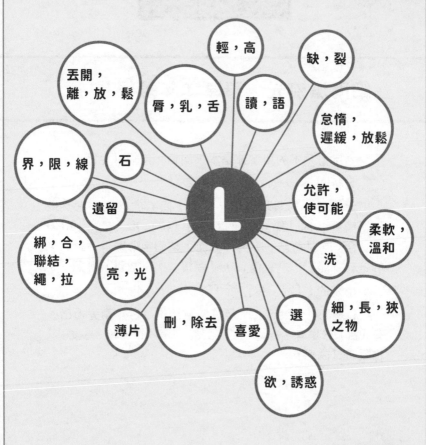

la.bel ['leibl; 'leb!] *

字義 *n.* 標籤，標記，稱號。

　　vt. 用標籤標明。

記憶 ①〔義節解說〕本字古意爲「布條，帶子」。繫在物上，就成了「標籤」。字母 l 的字形細長而柔軟，常表示「繩帶，綁合」。例如：lachet鞋帶；lanyard船上繫物的細繩；lariat繫繩；ligament繫帶，韌帶；lasso用套索捕捉；lunge練馬索…等等。參看：lace繫帶；loop繩圈。

②〔易混字〕參看：libel誹謗。

③〔同族字例〕lap環繞，包裹，（跑道的）一圈；overlap交迭；limp柔軟的，易曲的；envelope信封，包圍；develop發展；ribbon緞帶；slab厚板；lobe（肺，肝）葉，瓣膜，裂片；wrap包裹（l→r通轉）。參看：loop環，繩圈；flabby不結實的，鬆弛的，軟弱的。

lab.y.rinth

['læbərinθ, -bir-; 'læbə,rinθ] *

義節 laby.rinth

laby→labor→elaborate *a.*複雜的，精心製作的；rinth→rank *n.*秩序，排列。

字義 *n.* 迷宮，曲徑，錯綜複雜。

記憶 ①〔義節解說〕（精心製作成）排列複雜的（路徑）→曲徑。

②〔同義字〕參看：maze迷宮。

lace [leis; les] *

字義 *n.* 鞋帶，繫帶，花邊。

　　v. 縛帶子。

記憶 ①〔用熟字記生字〕lock鎖→用鞋帶把鞋「鎖」上。

②〔同族字例〕enlace捆紮；lachet鞋帶；laciniate（葉子）條裂的，有邊的；lasso活結套馬索；lariat麻製套馬索。參看：leash繫狗的皮帶；locker儲藏箱。

lac.er.ate ['læsəreit; 'læsə,ret]

義節 lacer.ate

lacer→torn *a.*撕開的；-ate動詞。

字義 *vt. / a.* 撕碎（的），割碎（的）。

　　vt. 使煩惱，傷害。

　　a. 受折磨的。

記憶 ①〔義節解說〕本字可能是模擬「裂帛」時「冽」的一聲。它來源於拉丁文 lacero撕碎，折磨，使悲痛。

②〔同族字例〕laciniate（葉子）條裂的，有邊的；lizard壁虎；lancinate刺，撕裂；laniary（牙）適合撕裂東西的；leak裂；lack缺；lacuna空隙；slice切成薄片。參看：lesion傷害；lace繫帶（→撕成帶狀）。

③〔疊韻近義字〕參看：macerate消瘦，衰弱。

lach.ry.mose

['lækrimous ; 'lækrə,mos]

義節 lachrym.ose

lachrym淚；-ose多…的。

字義 *a.* 愛哭的，滿是淚水的，使流淚的。

記憶 ①〔義節解說〕本字來源於拉丁文 lacrima滲出物，流出物；lacero撕碎，折磨，使悲痛。

②〔用熟字記生字〕cry哭（chry→cry；ch→c通轉）；leak滲漏。

③〔同族字例〕alack嗚呼；alas哎喲（表示悲痛）；lachrymotory bomb催淚彈。參看：lackaday悲哉，輓歌，哀樂；lugubrious（故意裝出）非常悲哀的。

④ 字母 l 表示「悲憫」的其他字例：lament悲歎；lenient憐憫的；lorn孤凄的；forlorn悲慘的。

lack.a.dai.si.cal

[ˌlækəˈdeizikəl; ˌlækəˈdezɪkl]

義節 lackadais.ic.al

lackadais→lax鬆；-ical形容詞。

字義 *a.* 懶洋洋，無精打采的。

記憶 ① ［義節解說］因痛惜而無精打采。

② ［用熟字記生字］lazy懶的；slight輕微的，脆弱的，不結實的；loose鬆弛的。

③ ［同族字例］lax鬆；relax放鬆；lag鬆懈；release釋放；lassitude無精打采；leizure閒暇；languid無精打采的；lounge懶散的人；flag無力地下垂，衰退，低落；phlegm痰，黏液，冷淡；slouch無精打采地走；slug懶漢，動作緩慢的。參看：flaccid不結實的，鬆弛的，軟弱的；slack寬鬆的；phlegmatic冷淡的；sleazy質劣的；（理由）站不住腳的；languish衰弱無力；laggard落後者，懶散的人。

④字母l表示「鬆，散，懶」的其他字例：lie躺，臥；loiter閒逛；libertine浪子；sloth懶散；sloven懶惰的人；slattern懶婦；floppy鬆軟的；flipperty-flopperty鬆弛地下垂；flabby鬆弛的；phlebitis靜脈炎；dissolute放蕩的。

lack.ey [ˈlæki; ˈlækɪ]

義節 lack.ey

lack→lig綁，約束，義務；-ey名詞。

字義 *n.* （穿號衣的）男僕，走狗。

    v. 侍候。

記憶 ① ［義節解說］男僕有侍候主人的義務。

② ［用熟字記生字］obligation責任，義務。

③ ［同族字例］leech前後帆的後緣；lictor扈從；colleague同事；league社團，同盟；enlace捆紮；lash用繩綑綁；lasso套索；link聯繫；ligate綁，紮；colligate紮在一起；religate結紮在一起；lunge練馬索；lock鎖。參看：latch彈簧鎖；leash皮帶；liable應服從的；liaison聯絡；allo緊密相聯的；ally結盟；lace繫帶；legion軍團，大批部隊，大批。

la.con.ic [ləˈkɔnik; ləˈkɑnɪk]

義節 lacon.ic

lacon古希臘的斯巴達人；-ic形容詞。

字義 *a.* 簡潔的，精練的。

記憶 ［義節解說］斯巴達人愛以極爲精簡的方式（語言，文字）作信息交流。

lac.quer [ˈlækə; ˈlækə]

字義 *n.* 漆，眞漆，漆器。

    vt. 用漆塗。

記憶 ①本字來源於拉丁文lacrima滲出物，流出物。

② ［諧音］廣東人、香港人稱之爲「瀝架」。

③ ［同族字例］lac蟲膠（→用蟲膠片溶成的亮漆）；lack缺少；leak漏；liquid液體；lixiviate浸濾（字根-lix-中含有k音。所以，leak, leach, lixiviate三個字，實是一樹中之三枝，一源中之三派，三字同記，可謂「舉一反三」）。參看：liquidate清算；lagoon鹹水湖；leech抽血；less渣滓；prolix冗長的；lactic乳汁的；leach瀝濾。

lac.tic [ˈlæktik; ˈlæktɪk]

義節 lact.ic

lact乳；-ic形容詞。

字義 *a.* 乳、乳汁的，從乳酸中取得的。

記憶 ① ［義節解說］本字來源於拉丁文lacrima滲出物，流出物；Lucina生育女神。再從「乳」引申出字根-leuco-白

色；-lucr-銀；等等。

② ［同根字例］lactate餵奶；lactobacillus乳酸桿菌；galactic乳的，乳汁的，銀河的；Galaxy銀河系。

③ ［同族字例］lucre錢財（貶義）；galore豐富，豐盛；leucorrh（o）-ea白帶；leuk（a）emia白血病；cytology細胞學；cytogenetics細胞遺傳學。參看：lucent透明的；leucocyte白細胞，白血球；lucrative有利的，生利的，賺錢的。

lade [leid ; led]

字義 v. 裝（貨），汲取（液體），舀（水等）。

記憶 ① ［用熟字記生字］load裝載，負荷。

② 「汲取（液體）」一意，尚可參看：leech水蛭，吸血鬼。參看：lap舔食；lick舔。

③ ［同族字例］lead鉛（註：沉重）；last英國重量單位，約四千磅；ballast英國重量單位，約四千磅；ballast壓艙物；balance平衡（lance秤盤）。參看：lode礦脈；lathe車床；ladle舀，盛。

la.dle ['leid! ; 'led!]

義節 lad.le

lad→lade v.舀（水等）；-le小幅度動作重複。

字義 n. 長柄勺。

　　 v. 舀，盛（水）等。

記憶 ①詳見上字：lade舀（水等）。

② ［疊韻近義字］handle柄。

lag.gard ['lægəd; 'lægəd] *

義節 lag.g.ard

lag v.走得慢，落後；-ard過於…的人（名詞字尾）。

字義 n. 落後者，懶散的人。

　　 a. 落後的，遲緩的。

記憶 ① ［用熟字記生字］late遲的；lazy懶的；loose鬆弛的。

② ［同族字例］lax鬆；relax放鬆；lag鬆懈；release釋放；lassitude無精打采；leizure閒暇；languid無精打采的；lounge懶散的人；flag無力地下垂；衰退，低落；phlegm痰，黏液；冷淡；slouch無精打采地走；slug懶漢，動作緩慢的。參看：flaccid不結實的，鬆弛的，軟弱的；slack寬鬆的；phlegmatic冷淡的；sleazy質劣的；（理由）站不住腳的；languish衰弱無力；lackadaisical懶洋洋的，無精打采的。

③字母l表示「鬆，散，懶」的其他字例：lie躺，臥；loiter閒逛；libertine浪子；sloth懶散；sloven懶惰的人；slattern懶婦；floppy鬆軟的；flipperty-flopperty鬆弛地下垂；flabby鬆弛的；phlebitis靜脈炎；dissolute放蕩的。

la.goon [lə'gu:n; lə'gun] *

字義 n. 環礁湖，鹹水湖，潟湖。

記憶 ① ［用熟字記生字］lake湖。

② ［同族字例］lack缺少；lacuna空隙，窪地；lacustrine湖泊的；leak漏。參看：leach瀝濾；prolix冗長的。

③字母組合oo表示「圓、環（形物）」。例如：hook鉤；nook凹角隱蔽處；pool水池；spool卷軸；balloon氣球；moon月球；spoon匙；coop籠。參看：hoop鐵環；loop圈，環（狀物）。

lair [lɛə; lɛr]

字義 n. 獸穴。

　　 vt. 進穴，休息。

　　 vt. 設洞穴。

記憶 ① ［用熟字記生字］lie躺，臥。本字是從此字「原級派生」而得。獸穴，即獸

L

「臥」之處。

② ［同族字例］leer斜眼看，送秋波；leery懷疑的，狡猾的。參看：lurk潛伏，潛藏，潛行；flinch退縮；flank側面；slink鬼鬼祟祟地走；lurch【古】潛行，潛藏，突然傾斜，東倒西歪，徘徊。

③ ［雙聲近義字］參看：latent潛伏的；lam突然潛逃；lee庇護所。

④由lie通過「原級派生」而得的其他字例：lay放置；layer層；law法律（註：被laid down之物）；low低的；ledger帳簿（註：把帳目「放置」其中）。參看：ledge壁架（註：「臥」於壁上）；lees沉積物（註：「臥」於底）。

---

la.i.ty [ˈleiiti; ˈleəti, ˈle‧ɪti]

［義節］lai.ty

lai→lay a.俗人的，非專業的性的；-ty表示性質、狀態的抽象名詞。

［字義］n. 俗人，外行。

［記憶］①本字原意為「非專職奉神者」，也就是說，被「放置」於神的「內庭」之外者。所謂「檻外人」。字根lay意為unlearned不學無術。於是作狎邪遊，行為卑劣。追究起來，本字來源於法文laideur醜，難看，（轉）醜惡，不體面，平民，庸俗。

② ［同族字例］layman不是專任神職的人，俗人，門外漢；low低的；下賤的，卑劣的。參看：lewd卑劣的。

---

lam [læm; læm]

［字義］v. (鞭) 打，逃走。
     n. (犯罪者) 突然潛逃。

［記憶］①字母l的形態瘦長柔軟，像「鞭子」。表示「鞭打」的字例：lambast鞭打；larrup鞭打；lash鞭打；slash鞭打；slate鞭打。

② ［同族字例］lame跛行；lumber笨拙地向前走；lump笨拙地移動；slam砰的一聲關閉；lambast鞭打；collapse坍塌；flump砰的一聲落下；plump沉重地墜下；clump重踏的腳步聲。參看：slim細長的，微小的，低劣的；slum貧民窟；loom赫然聳現；roam遊蕩；slump（物價等）暴跌，衰退，消沉，頹然。

---

lam.bent [ˈlæmbənt; ˈlæmbənt]

［義節］lamb.ent

lamb火舌，光輝；-ent形容詞。

［字義］a. (火，光等) 輕輕搖曳的，閃爍的；(眼睛，天空等) 柔和地發光的。

［記憶］① ［義節解說］本字來源於拉丁文lampus火把；lambo舐。基本含義是「舌」→火舌。

② ［用熟字記生字］lamp燈；flame火焰。

③ ［同族字例］Lambert朗伯（亮度單位）；eclampsia驚厥；illuminate照亮，闡明；relumine重新點燃，輝映；lap舐；glimpse微光，閃光；glamor迷惑；glimmer微光；glum陰鬱的，愁悶的。參看：lampoon用諷刺文攻擊，嘲諷；illuminous照亮的，啟發的；gleam（使）發微光，（使）閃爍；gloaming黃昏；loom隱隱呈現；flamboyant豔麗的，火焰式的（建築）；limpid清澈，清晰的，平靜的，無憂無慮的。

④字母l常表示「光，亮」的其他字例：lantern燈籠；lucent發亮的；lunar月亮的；lustre光澤；luxuriant華麗的；noctiluca夜光蟲。

---

lam.i.nate

[v. ˈlæmineit; ˈlæmə,net adj. ˈlæminit; ˈlæmɪnɪt, -,net]

［義節］lamin.ate

lamin薄，弱；-ate字尾。

字義 *v.* 壓（分）成薄片。

　　n. 薄片製品。

　　a. 薄片的。

記憶 ①〔義節解說〕本字來源於拉丁文 lamina紙片，刀刃，薄殼。

②〔用熟字記生字〕layer層。

③〔同族字例〕lame薄片；lamella薄片，薄層；lamina薄片，薄層；omelet煎蛋餅；delamination分層；limp柔軟的，易曲的；lump團塊；slumgullion燉肉；slim細長的，苗條的，站不住腳的（藉口）；flimsy柔弱的，站不住腳的（藉口）。

---

lam.poon [læm'pu:n ; læm'pun]

義節 lamp.oon

lamp→lamb舌→光輝；-oon字尾。

字義 *n.* 諷刺文。

　　vt. 用諷刺文攻擊，嘲諷。

記憶 ①〔義節解說〕本字來源於拉丁文 lambo舔。基本含義是「舌」→用舌刺人。語源上認爲：本字是法文借字。原文爲lampons→Let's drink. 是《茶花女‧飲酒歌》中反覆重唱的一句。此類歌詞極易被大衆借來打趣，逐引申爲「嘲諷」義。

②〔用熟字記生字〕flame火焰→火辣辣的諷刺；language語言。

③〔同族字例〕eclampsia驚厥；illuminate照亮，闡明；lap舔；glum陰鬱的，愁悶的；lingulate舌形的；bilingual二種語言的。參看：illuminous照亮的，啓發的；linguistic語言的，語言學的。

---

lance [lɑːns ; læns, lɑns]

字義 *n.* 矛，槍，柳葉刀。

　　vt. 矛刺穿。

　　vi. 急速前進。

記憶 ①〔用熟字記生字〕launch投擲，發射，開始。此字源於法文原文lancer投（槍），而本字是其名詞形式；long長的→槍→投（槍）。

②〔同族字例〕launch投擲，發射，開始；length長度；lean瘦的；line線；list狹條。參看：lane狹路；lank細長的；avalanche雪崩（a-→ad-→to；val→vale *n.*山谷；lanche→launch發射）；sling投，拋，擲；fling投，拋，擲。

③字母l形態瘦長，常表示「細，長，狹」，例如：參看：lam鞭打；ladle長柄勺；languish凋萎；slim細長的；slit狹縫。

---

lane [lein ; len] *

字義 *n.* 狹路，小巷，單行道，跑道。

記憶 ①本字原意是「樹叢中的狹路」，來源於法文laie林間小徑。基本含義是「彎折」→彎曲。

②〔諧音〕「里弄」、「里」。

③〔用熟字記生字〕along沿著……。

④〔同族字例〕lenitive鎮痛性的，緩和的；relentless無情的，嚴酷的；lenis軟音，弱子音；limp柔軟的，易曲的；splanchnic內臟的；spleenful易怒的，懷恨的；splenetic脾的，易怒的，懷恨的；splenitics脾炎；relentless無情的。參看：relent發慈悲，憐憫，變溫和，減弱，緩和；lane狹路，小巷，單行道，跑道；lounge（懶洋洋地）躺，靠，閒蕩。參看：linger拖延，逗留，徘徊，閒蕩；spleen脾，壞脾氣，惡意，怨恨，消沉；limber柔軟的；lenient寬大的，寬厚的，憐憫的。

---

lan.guish ['læŋwiʃ ; 'læŋgwiʃ] *

義節 langu.ish

langu瘦，弱；-ish動詞。

L

字義 *vi.* **變得衰弱無力，凋萎，焦思渴想。**

記憶 ①〔義節解說〕本字來源於拉丁文 languor 衰弱，無力，遲鈍，疲倦，懶惰，懶散；langueo 衰弱，凋萎。

②〔用熟字記生字〕long 長時間。細參本字的深層意思，應是長日慨慨而引起倦怠；長期不保重身體而變衰弱；久不見或未能得到而引起渴想。languish for（渴望）和 long for（渴望）意味相同。

③〔同族字例〕languishing 有「（疾病等）長期拖延的」之意；languid 有「慢吞吞的」之意；languor 有「（氣候、氣氛等引起的）倦怠」之意；lax 鬆；relax 放鬆；lag 鬆懈；flag 無力地下垂，衰退，低落；phlegm 痰，黏液，冷淡；slug 懶漢，動作緩慢的。參看：flaccid 不結實的，鬆弛的，軟弱的；slack 寬鬆的；phlegmatic 冷淡的；lackadaisical 懶洋洋的，無精打采的；laggard 落後者，懶散的人；lounge 懶散的人。

④字母 l 表示「鬆，散，懶」的其他字例：lie 躺，臥；loiter 閒逛；libertine 浪子；sloth 懶散；sloven 懶惰的人；slattern 懶婦；floppy 鬆軟的；flipperty-flopperty 鬆弛地下垂；flabby 鬆弛的；phlebitis 靜脈炎；dissolute 放蕩的。

---

lank [læŋk ; læŋk] *

字義 *a.* **細長的，瘦的，（草）稀少的，（頭髮）平直的。**

記憶 ①〔用熟字記生字〕launch 投擲，發射，開始。此字源於法文原文 lancer 投（槍），而本字是其名詞形式；long 長的→槍→投（槍）。

②〔同族字例〕launch 投擲，發射，開始；length 長度；lean 瘦的；line 線；list 狹條。參看：lane 狹路；avalanche 雪崩（a - → ad - → to ; val → vale *n.*山谷；

lanche→launch 發射）；lance 矛，槍，柳葉刀；sling 投，拋，擲；fling 投，拋，擲。

③字母 l 形態瘦長，常表示「細，長，狹」，例如，參看：lam 鞭打；ladle 長柄勺；languish 凋萎；slim 細長的；slit 狹縫。

---

lap.i.dar.y ['læpidəri; 'læpə,dɛri]

義節 lapid.ary

lapid 石；-ary 從事…的人（名詞字尾）。

字義 *n.* **寶石工匠，玉石商。**

記憶 ①〔義節解說〕從事玉石加工者→玉石工；從事玉石交易者→玉石商。

②〔同族字例〕dilapidation 損壞，倒塌。參看：lapidate 用石頭投擲；lapidary 寶石的；dilapidate（使）損毀。

③字母 l 表示「石頭」的其他字例：aerolite 隕石；neolithic 新石器時代的；zoolite 動物化石；lithograph 平板畫；lime 石灰。

---

lap.i.date ['læpideit ; 'læpə,det]

義節 lapid.ate

lapid 石頭；-ate 動詞。

字義 *vt.* **用石頭投擲，用石頭把…扔死。**

記憶〔同族字例〕參看上字：lapidary 寶石商。

---

lapse [læps ; læps]

字義 *n. / vi.* **失誤，下降，（時間）流逝。** *vt.* **使失效。**

記憶 ①本字來源於拉丁文 lapso 滑行，跌落；labor 滑的。

②〔用熟字記生字〕leap 跳躍。

③〔同族字例〕collapse 崩潰；elapse（時間）流逝；relapse 後退，舊病復發；slip 滑；slob 泥濘地；slobber 流口水。

參看：lope大步慢跑；lube潤滑油；lubricity光滑，狡猾，淫蕩，不穩定性。

lar.ce.ny ['lɑːsnɪ; 'lɑrsnɪ] *

義節 larc.en.y

larc→lucr光輝，洋溢；-en有…性質的；-y名詞。

字義 *n.* 偷竊，非法侵占財產。

記憶 ①〔義節解說〕本字來源於法文larcin小偷，賊贓，剽竊；拉丁文lego偷。字根-lucr-來源於拉丁文lacrima滲出物，流出物→乳；再從「乳」引申出字根-leuco-白色；-lucr-銀。金銀乃是金光閃閃的（-lux-應是-lucr-的一種變體）。偷竊銀錢，也是非法生財。

②〔雙聲近義字〕參看：loot掠奪，贓物；lurk潛行；lark騎馬越野。

③〔用熟字記生字〕luck好運氣。

④〔同族字例〕lucre錢財（貶義）；luxuriate繁茂，盡情享受；lush茂盛的，豐富的，豪華的；galore豐富，豐盛；allowence津貼；-lux-（字根）豐富；lucky幸運的；lactate餵奶；lactobacillus乳酸桿菌；galactic乳的，乳汁的，銀河的；Galaxy銀河系。參看：luscious華麗的；luster光澤；flux流動；lactic乳汁的；luxuriant繁茂的，豐富的，華麗的；lucrative有利的，生利的，賺錢的。

lar.gess ['lɑːdʒes; 'lɑrdʒɪs]

義節 larg.ess

larg→large大的；-ess抽象名詞。

字義 *n.* 慷慨（贈與），賞賜物，大度。

記憶 ①〔用熟字記生字〕large。此字表示「大」，常有面積，幅度廣大的意味。變成抽象名詞則爲「大度」。

②〔同族字例〕enlarge擴大；augment擴大；auxine生長素；auction拍賣；luxurious奢侈的；lush茂盛的，豪華

的；galore豐富，豐盛；lactate餵奶；galactic乳的，乳汁的，銀河的。參看：lactic乳汁的；luxuriant繁茂的，豐富的，華麗的。

lark [lɑːk; lɑrk]

字義 *n.* 雲雀。

     v. / n. 嬉耍，玩樂，騎馬越野。

記憶 ①lark→lacr→light輕鬆的。本字來源於法文allègre活潑的，輕鬆的，愉快的。而法文的léger相當於英文的light。所以本字可用英文釋作：light-hearted輕鬆愉快的。

②〔同族字例〕skylark雲雀，嬉樂；allegretto小快板；wedlock婚姻（lock象徵「歡樂」的禮物）；auk北極海鳥；qugur（利用觀察飛鳥）占卜。參看：augury預兆；inaugurate開創；alacrity活潑，敏捷，欣然樂意。

la.ryn.ge.al

[,lærin'dʒiːəl, lə'rindʒiəl; lə'rindʒiəl]

義節 laryng.e.al

laryng喉；-al形容詞。

字義 *a.* 喉（部）的。

     n. 喉部，喉音。

記憶 ①借lark（雲雀）串記→「雲雀吊嗓子，練喉嚨」。

②〔同根字例〕laryngology喉科學；laryngoscope喉鏡。

las.civ.i.ous

[lə'siviəs; lə'sɪvɪəs, læ-]

義節 lascivi.ous

lascivi貪慾，淫蕩；-ous形容詞。

字義 *a.* 好色的，淫蕩的，挑動情慾的。

記憶 ①本字來源於拉丁文lascivus愛玩的，任性的，放蕩的，好色的。

L

② ［同族字例］ list慾望。參看：listless倦怠的。lust淫慾；lusty精力充沛的，強烈的，貪慾的；luscious肉感的；luxuriant繁茂的，豐富的，華麗的；licentious放肆的，放蕩的；lass情侶。

③ 字母 l 表示「淫慾」的其他字例：lubricious淫蕩的；luxurious縱慾的；Lydian情慾的；lecher好色的人；lickerish淫蕩的；lech好色，慾望。參看：libertine放蕩的人；libidinous淫蕩的；liaison私通；lewd淫蕩的；lecherous好色的，淫蕩的，縱慾的。

---

lass [læs ; læs] *

字義 *n.* **少女，情侶。**

記憶 ① ［用熟字記生字］ lady小姐，女士。參考：lad少男；lassie少女，情侶。

② ［同族字例］ 參看上字：lascivious好色的，淫蕩的，挑動情慾的。

---

las.si.tude

['læsitjuːd ; 'læsə,tjud, -,tud]

義節 lassi.tude

lassi→lax鬆弛；-tude名詞。

字義 *n.* **疲乏，無力，厭倦，無精打采。**

記憶 ① ［用熟字記生字］ lazy懶的；loose鬆弛的。

② ［同族字例］ lax鬆；relax放鬆；lag鬆懈；release釋放；lasso套索（註：未套上目標前是「鬆弛」的）；leizure閒暇；languid無精打采的；lounge懶散的人；flag無力地下垂，衰退，低落；phlegm痰，黏液，冷淡；slouch無精打采地走；slug懶漢，動作緩慢的。參看：flaccid不結實的，鬆弛的，軟弱的；slack寬鬆的；phlegmatic冷淡的；sleazy質劣的，（理由）站不住腳的；languish衰弱無力；laggard落後者，懶散的人；

lackadaisical懶洋洋的，無精打采的。

③ 字母 l 表示「鬆，散，懶」的其他字例：lie躺，臥；loiter閒逛；libertine浪子，sloth懶散；sloven懶惰的人；slattern懶婦；floppy鬆軟的；flipperty-flopperty鬆弛地下垂；flabby鬆弛的；phlebitis靜脈炎；dissolute放蕩的。

---

latch [lætʃ ; lætʃ] *

字義 *n.* **閂，彈簧鎖。**

     v. **閂上，鎖上，抓住，理解。**

記憶 ① ［用熟字記生字］ lock鎖，鎖上；link聯繫。

② ［諧音］ 「拉起」門閂。

③ ［同族字例］ locket懸在項鏈下的金盒；lucarne屋頂窗；locular有細胞的，有小室的；block封鎖；close關閉；link鏈環，連接；reluctant勉強的；ineluctable不可避免的，不可抵抗的；leek韭菜。參看：lace縛帶子；locker儲藏箱，櫃，抽屜，小艙。

④ ［疊韻近義字］ catch抓住。

---

la.tent ['leitənt; 'letnt]

義節 lat.ent

lat潛藏，間接，不活動性；-ent形容詞。

字義 *a.* **潛伏的，潛在的。**

     n. **隱約的指印。**

記憶 ① ［用熟字記生字］ lie躺，臥；lay放置，躺→潛伏。

② ［同族字例］ alastor復仇之神（a-否定；last忘卻）；lethe忘川（希臘神話，飲了「忘川」的水會使人忘記）；lanthanum鑭（化學中的惰性元素）；delitescence潛伏（期）的。參看：loath不願意的；lethal致死的；lethargy冷淡的；allude暗指，間接提到；lithograph平板畫；lithorint用膠印法印刷；deleterious有害的。

L

③〔雙聲近義字〕參看：larceny偷竊；lurk潛伏；lackadaisical懶洋洋的；lee庇護所；lurch【古】潛行，徘徊；slink鬼鬼祟祟的地走。

④〔使用情景〕-force潛力；～heat潛熱；～period潛伏期；～cause潛在的原因；～disease潛伏的疾病。

---

lathe [leið ; leð]

字義 *n.* 車床。

    vt. 用車床加工。

記憶 ①本字原始意思爲「陶工的旋盤」，引申爲「車床」。

②〔易混字〕參看：lather泡沫。

③〔用熟字記生字〕load裝載，負荷。

④〔同族字例〕lead鉛（註：沉重）；last英國重量單位，約四千磅；ballast壓艙物；balance平衡（lance秤盤）。參看：lode礦脈；ladle舀，盛；lade裝（貨），汲取（液體），舀（水等）。

---

lath.er ['lɑːðə; 'læðə]

字義 *n.* （肥皂）泡沫，激動。

    vt. 塗泡沫。

    vi. 起泡沫。

記憶 ①本字應從「水，洗」之意而來→用肥皂洗，則起泡沫。

②〔同族字例〕lye灰汁，鹼液；latrine坑形廁所；ablution沐浴。參看：dilute稀釋；lotus荷；lotion洗劑。

③字母l表示「水，洗」的其他字例：lixiviate浸濾；liquid液體；fluvial河流的；effluent流出的，發出的；saliva唾液；slaver唾液。參看：lavish浪費的；alluvial沖積的；flavor味道，風味；lava熔岩；lavender薰衣草；diluge洪水；leach瀝濾；lave沖洗。

④〔易混字〕lathe車床。

---

lat.i.tude ['lætitjuːd ; 'lætə,tjud]

義節 lat.i.tude

lat邊界，限度；-tude名詞。

字義 *n.* 【古】範圍，幅度；緯度，（氣溫）地區。

記憶 ①〔義節解說〕本字來源於拉丁文latus寬闊的；laxo放寬。

②〔同族字例〕lateral側面的；bilateral雙邊的；dilate膨脹。

③字母l表示「邊界，限度」的其他字例；delimit劃定邊界；limit極限，限制。

④〔對應字〕參看：longitude經度。

---

laud.a.to.ry

['lɔːdətəri; 'lɔdə,torɪ, -,tɔrɪ]

義節 laud.atory

laud→Lord *n.* 上帝，基督；-atory由…產生的（形容詞字尾）。

字義 *a.* 表示讚美的，頌揚性的。

記憶 ①〔義節解說〕本字來源於拉丁文laudo和laus稱讚，讚美，頌揚。laud的原意是天主教早禱時的讚美歌。估計歌詞中會反覆出現Lord的字樣。轉義而爲「讚頌」。

②〔用熟字記生字〕love愛；laugh笑。

③〔同族字例〕laud 稱讚；baccalaureate大學學士學位；bachelor學士桂冠；laureate戴桂冠的人；ladder梯子；superlative最高的；bibliolatry聖經崇拜；matolatru文字崇拜。參看：laurel桂冠，給予榮譽；idolatry偶像崇拜。

---

lau.rel ['lɔrəl; 'lɔrəl, 'lɑr -] *

義節 l.aur.el

l→la→the定冠詞；aur曙光，金光；-el表示「小」。

字義 *n.* 月桂樹（葉），桂冠。

    vt. 使戴桂冠，給予…榮耀。

L

記憶 ① ［義節解說］本字來源於Aurora曙光女神。佐證：西班牙文：laureola桂冠，聖像頭上的光環。

② ［用熟字記生字］orange橘黃色；Laura蘿拉（西方女子常用名。看來相當於中文的「金桂」之類女子名）。記：「蘿拉金桂，競逐桂冠。」

③ ［同族字例］or金黃色；aura香味，輝光，auric含金的；baccalaureate大學學士學位；bachelor學士桂冠；laureate戴桂冠的人。參看：aureola（神像的）光環；laudatory表示讚美。

la.va ['lɑːvə; 'lævə]

義節 lav.a

lav水，洗；-a名詞。

字義 n.【地】熔岩。

記憶 ① ［義節解說］字根-lav-意爲「水，洗」。熔岩流動如液體，沖刷大地，所向披靡。

② ［用熟字記生字］lavatory洗手間。

③ ［同族字例］參看下字：lave沖洗。

lave [leiv; lev]

字義 vt. 洗，沖洗。

v. 洗浴。

記憶 ① ［用熟字記生字］lavatory洗手間。

② ［同族字例］laundry洗衣店；fluvial河流的；effluent流出的，發出的；saliva唾液；slaver唾液。參看：lavish浪費的；alluvial沖積的；flavor味道，風味；lava熔岩；lavender薰衣草。

③字母l表示「水，洗」的其他字例：lixiviate浸濾；liquid液體；lotion外用藥水；ablution沐浴。參看：deluge洪水；dilute沖淡；leach瀝濾。

lav.en.der ['lævində; 'lævəndɚ]

義節 lav.end.er

lav水，洗；-end名詞；-er物。

字義 n. 薰衣草。

a. 淡紫色的。

記憶 ① ［義節解說］本字來源於拉丁文lavendula薰衣草花。薰衣草的顏色可能是藍綠色的，近淡紫。

② ［同族字例］詳見上字：lave洗。

③ ［形似近義字］verdant綠色的。

lav.ish ['læviʃ; 'lævɪʃ] *

義節 lav.ish

lav水，洗；-ish形容詞。

字義 a. 豐富的，浪費的，慷慨的。

記憶 ① ［義節解說］水滿則「溢」。俗語：花錢花得像淌水似的。此話第一指其「錢多」，第二指「捨得花」，第三指「浪費」。

② ［同族字例］詳見上字：lave洗。

③字母l表示「豐盈，洋溢」的其他字例：lush豐富的，茂盛的，多汁的；luxurious奢侈的。參看：luxuriant豐饒的。

leach [liːtʃ; litʃ]

字義 v. / n. 瀝濾。

vt. 濾取，濾去。

記憶 ① ［義節解說］本字來源於拉丁文lacrima滲出物，流出物。

② ［用熟字記生字］leak洩漏，滲漏。ch是k音的軟化形式。

③ ［諧音］「瀝去」。

④ ［同族字例］lack缺少；leak漏；liquid液體；lixiviate浸濾（字根-lix-中含有k音。所以，leak, leach, lixiviate三個字，實是一樹中之三枝，一源之中三派。三字同記，可謂「舉一反三」）。參看：

liquidate清算；lacquer漆；lagoon鹹水湖；leech抽血；less渣滓；prolix冗長的；lactic乳汁的。

lease [liːs ; lis] *

字義 *vt.* 出租，租得。

　　　　　n. 租約，租借期。

記憶 ①〔用熟字記生字〕loose鬆開，放開。→放開自己多餘的一部分，租給別人。

②〔同族字例〕release釋放；let出讓；lend出借；loan貸款；lysozyme溶菌酶；allow准許；（註：allow的法文對應字爲：allouer准許；而法文louer意爲「出租」，所以英文的allow與lease是同族字）。參看：lessee租戶。

leash [liːʃ ; liʃ] *

字義 *n.* （繫狗的）皮帶。

　　　　　vt. 用皮帶繫住。

　　　　　n. / vt. （喻）束縛，抑制。

記憶 ①〔用熟字記生字〕loose鬆開。用皮帶鬆鬆地拖著狗，既可以行動，又受一定限制。leather皮革→皮帶。

②〔同族字例〕lachet鞋帶；laciniate（葉子）條裂的，有邊的；lasso活結套馬索；lariat麻製套馬索。參看：locker儲藏箱；lace鞋帶，縛帶子。

③〔形似近義字〕lash鞭打，鞭子→皮鞭，用皮帶抽打。

lech.er.ous ['letʃərəs; 'lɛtʃərəs]

義節 lecher.ous

lecher *a.*好色的人；-ous形容詞。

字義 *a.* 好色的，淫蕩的，縱慾的。

記憶 ①〔義節解說〕本字來源於lick舔（lech中的ch「硬化」後便是k的音）。

②〔同族字例〕lichen地衣，苔癬；lech好色，慾望；electuary乾藥糖劑；lickerish淫蕩的。

③〔用熟字記生字〕like喜歡；delicious美味的。

④字母l常表示「淫慾」的其他字例：lubricious淫蕩的；luxurious縱慾的；Lydian情慾的。參看：liaison私通；libertine放蕩的人；lust淫慾；lascivious淫蕩的；libidinous淫蕩的；lewd淫蕩的。

ledge [ledʒ; lɛdʒ] *

字義 *n.* 壁架，暗礁，礦脈。

記憶 ①〔義節解說〕本字來源於拉丁文lego聚集；和lectus床。

②〔用熟字記生字〕用lay（放置）記「壁架」意→「置」於壁上；用lie（躺，臥）記「暗礁」意→躺在水中；用lead（引導）記「礦脈」意。

③〔同族字例〕lodge住所，沉積，存放；dislodg驅逐；loge包廂；lobby門廳。參看：loft閣樓，鴿棚；lair獸穴；lode礦脈。

leech [liːtʃ; litʃ] *

字義 *n.* 水蛭，吸血鬼，【古】醫生。

　　　　　vt. 抽血。

　　　　　vt. 依附於。

記憶 ①本字來源於拉丁文lacrima滲出物，流出物。又：古時的醫生多用「放血」的辦法治病。參看：lick舔吃（ch是k的軟化音，吸血時用舌舔吃）。

②〔雙聲近義字〕lamia希臘神話中的吸血女怪；lic舔；lap舔食。

③〔同族字例〕lack缺少；leak漏；liquid液體；lixiviate浸濾（字根-lix-中含有k音。所以，leak, leach, lixiviate三個字，實是一樹中之三枝，一源中之三派。三字同記，可謂「舉一反三」）。參看：

423

lacquer漆；lagoon鹹水湖；lees渣滓；prolix冗長的；lactic乳汁的；liquidate清理，清算。

leer [liə; lɪr]

字義 *n.* 斜眼一瞥（表示敵意、會意、嘲弄、媚眼等）。

　　vi. 送秋波，斜眼看。

記憶 ① ［用熟字記生字］look瞧，看。

② ［同族字例］leery留神的，猜疑的，狡猾的；sly狡猾的；ear耳朵（註：側耳傾聽）；listen聽；sloe-eyed斜眼的。參看：lurk潛伏，潛藏，潛行；flinch退縮；flank側面；slink鬼鬼祟祟地走；lurch【古】潛行，潛藏，突然傾斜，東倒西歪，徘徊；lair獸穴。

③ ［疊韻近義字］peer凝視；veer改變方向，轉向；steer掌舵（註：轉向）。

④ ［形似近義字］gloat愛慕地凝視；glad高興；lure誘惑，吸引。

lees [li:z ; liz]

字義 *n.* 酒糟，沉積物，渣，滓。

記憶 ①參看：leach瀝濾→渣滓乃「瀝濾」所餘下的沉積物。

② ［用熟字記生字］lie躺，臥。「沉積物」是躺在底部的東西。

③ ［同族字例］lack缺少；leak漏；liquid液體；lixiviate浸濾（字根-lix-中含有k音。所以，leak, leach, lixiviate三個字，實是一樹中之三枝，一源中之三派。三字同記，可謂「舉一反三」）。參看：liquidate清算；lacquer漆；lagoon鹹水湖；lees渣滓；prolix冗長的；lactic乳汁的；liquidate清理，清算。

④ ［雙聲近義字］參看：latent潛伏的；lam突然潛逃；lee庇護所。

⑤由lie通過「原級派生」而得的其他字例：lay放置；layer層；law法律（註：被laid down之物）；low低的；ledger帳簿（註：把帳目「放置」於其中）。參看：ledge壁架（註：「臥」於壁上）；lair獸穴。

leg.end ['ledʒənd; 'lɛdʒənd] *

義節 leg.end

leg說，語，讀；-end名詞。

字義 *n.* 傳說，傳奇，（獎章等）題銘，（地圖）圖例。

記憶 ① ［義節解說］「傳奇」等等是寫給別人讀的，「傳說」是口述流傳的，這就與fable（寓言）同一構字思路。參看：fable。

② ［同族字例］lecture講課；lectern（教堂中）的讀經臺；diligent勤勉的；elegant優雅的；intelligent明智的；lesson課。參看：lexicon字典；lex法律；licit合法的；allege斷言，宣稱，提出；allegiance（對國家，事業，個人等）忠誠。

③ ［形似近義字］參看：apologue寓言；allegory諷諭，比方，寓言。

le.gion ['li:dʒən; 'lidʒən] *

義節 leg.ion

leg綁，聯結；-ion名詞。

字義 *n.* 軍團，大批部隊，大批。

記憶 ① ［義節解說］「軍團」是以軍隊的規矩把大批人「聯結」在一起。

② ［用熟字記生字］collect收集。

③ ［同族字例］leech 前後帆的後緣；lictor扈從；colleague同事；league社團，同盟；enlace捆紮；lash用繩捆綁；lasso套索；link聯繫；ligate綁，紮；colligate紮在一起；religate結紮在一起；lunge練馬索；lock鎖。參看：latch彈簧鎖；leash皮帶；liable應服從的；liaison聯絡；allo緊密相聯的；ally結盟；lace繫帶；

lackey男僕，走狗。

le.ni.ent ['liːnjənt; 'liniənt, 'linjənt] *

義節 leni.ent
leni彎折→軟；-ent形容詞。

字義 *a.* **寬大的，寬厚的，憐憫的。**

記憶 ① ［義節解說］本字來源於拉丁文
lentus拖延，柔軟，易彎，和lenis溫柔
的，平和的，緩慢的。心腸「軟」也。
② ［同族字例］lenitive鎮痛性的，緩
的；relentless無情的，嚴酷的；lenis
軟音，弱子音；limp柔軟的，易曲的；
splanchnic內臟的；spleenful易怒的，
懷恨的；splenetic脾的，易怒的，懷恨
的；splenitics脾炎；relentless無情的。
參看：relent發慈悲，憐憫，變溫和，減
弱，緩和；lane狹路，小巷，單行道，跑
道；lounge（懶洋洋地）躺，靠，閒蕩。
參看：linger拖延，逗留，徘徊，閒蕩；
spleen脾，壞脾氣，惡意，怨恨，消沉；
limber柔軟的。
③字母l的形態細長而柔軟，常表示「柔
軟」。例如：lidia柔和的，纖弱的；light
輕柔的；lissome柔軟的；lithe柔軟的。

le.sion ['liːʒən; 'liʒən]

義節 les.ion
les傷害，消滅；-ion名詞。

字義 *n.* **損害，傷害。**

記憶 ① ［義節解說］本字來源於拉丁文
leasio損壞；leade傷害，損害。
② ［用熟字記生字］collide相撞，互相衝突
（col - → con - → together一起；lide傷
害）。
③ ［同族字例］elide取消；delete刪除；
elision省略；obliterate擦去；oblivion忘
卻。參看：lethal致死的；lacerate傷害。
④ ［易混字］lesson課。

les.see [le'siː; ; lɛs'i]

義節 les.s.ee
les→lease *v.*出租；-ee動作的承受者。

字義 *n.* **承租人，租戶。**

記憶 ① ［義節解說］承受「出租」的動作
者。參考：employee雇員。
② ［用熟字記生字］loose鬆開，放開。→
放開自己多餘的一部分，租給別人。
③ ［同族字例］release釋放；let出讓；
lend出借；loan貸款；lysozyme溶菌
酶；allow准許（註：allow的法文對應字
為：allouer准許；而法文louer意為「出
租」，所以英文的allow與lease是同族
字）。參看：lease出租，租得。

le.thal ['liːθəl; 'liθəl] *

義節 leth.al
leth不活動性；-al形容詞。

字義 *a.* **致死的，致命的。**
　　　n. **致死因子。**

記憶 ① ［義節解說］本字來源於拉丁文
Lethe陰間裡的列蒂河，喝其水而忘過
去。猶如中國人所說的「孟婆湯」，喝了
它就死定了。
② ［同族字例］參看下字：lethargy嗜眠
症，冷淡，懶散，無生氣。

leth.ar.gy ['leθədʒi; 'lɛθɚdʒɪ] *

義節 leth.arg.y
leth不活動性；-arg字尾；-y名詞。

字義 *n.* **嗜眠症，冷淡，懶散，無生氣。**

記憶 ① ［義節解說］本字來源於拉丁文
Lethe陰間裡的列蒂河，喝其水而忘過
去。猶如中國人所說的「孟婆湯」。
② ［用熟字記生字］lie躺，臥；lay放置，
躺→潛伏。
③ ［同族字例］alastor復仇之神（a-否定；
last忘卻）；lethe忘川（希臘神話，飲了

L

「忘川」的水會使人忘記）；lanthanum
鑭（化學中的惰性元素）；delitescence
潛伏（期）的。參看：loath不願意的；
lethal致死的；allude暗指，間接提到；
lithograph平板畫；lithorint用膠印法印
刷；deleterious有害的；latent潛伏的，
潛在的；sloth懶惰，懶散，樹獺。

④［雙聲近義字］參看：larceny偷竊；lurk
潛伏；lackadaisical懶洋洋的；lee庇護
所；lurch【古】潛行，徘徊；slink鬼鬼
祟祟地走。

⑤字母l表示「懶」的其他字例：relax休
息；languid無精打采的；leizure閒暇；
listless無精打采的；lie躺，臥。參看：
languish衰弱無力；lounge懶散的人；
lassitude無精打采；loiter閒逛；lounge
懶洋洋；libertine浪子；slattern懶婦；
sloven懶散的人；sluggard懶漢；slouch
無精打采地走；slug懶漢。

---

leu.co.cyte

['lju:kəsait; 'ljukə,saɪt, 'lu -]

義節 leuco.cyte

leuco白色，無色；cyte→cell細胞。

字義 **n. 白細胞，白血球。**

記憶 ①［義節解說］本字來源於拉丁文
lacrima滲出物，流出物；Lucina生育
女神，再從「乳」引申出字根-leuco-白
色；-lucr-銀；等等。

②［用熟字記生字］clear明白的；cell細胞。

③［同族字例］-leuc-：leucorrh (o) ea白
帶；leuk (a) emia白血病。參看：lucent透
明的；pellucid透明的；lactic乳。

-cyte-：cytology細胞學；cytogenetics細
胞遺傳學。

---

le.ver

['li:və; 'lɛvə, 'livə]

義節 lev.er

lev舉起，輕；-er表示工具（名詞）/ 表
示小幅度動作重複（動詞）。

字義 **n. （槓）桿，工具。**
　　 v. 用槓桿移動。

記憶 ①［義節解說］用來撬起重物的工具→
槓桿，重複地，小幅度地撬動→用槓桿移
動。

②［用熟字記生字］lift舉起，升起，電梯；
light輕的。

③［同族字例］leverage槓桿作用，力量，
影響；alleviate使減輕；elevate抬起，升
起。參看：levity輕浮；levy徵稅；loft閣
樓；lofty高聳的。

---

lev.i.ty

['leviti ; 'lɛvətɪ] *

義節 lev.ity

lev舉起，輕；-ity名詞。

字義 **n. （舉止等）輕浮，輕率。**

記憶 ①［義節解說］本字來源於拉丁文levis
平滑的，輕浮的，流暢的，無毛的。

②［用熟字記生字］level平的。

③［同族字例］參看上字：lever槓桿。

---

lev.y

['levi ; 'lɛvɪ] *

義節 lev.y

lev→raise舉起，徵募；-y字尾。

字義 **v. / n. 徵稅。**
　　 n. / vt. 徵集，徵兵。

記憶 ①［用熟字記生字］raise money集資。

②［同族字例］參看上字：lever槓桿。

---

lewd

[lu:d, lju:d ; lud, lɪud]

字義 **a. 淫蕩的，邪惡的，卑劣的。**

記憶 ①字來源於法文laideur醜，難看，
（轉）醜惡，不體面，平民，庸俗。

②［同族字例］layman不是專任神職的
人，俗人，門外漢；low低的，下賤的，
卑劣的。參看：laity俗人。

③字母l常表示「淫慾」。參看：liaison
私通；libertine放蕩的人；lust淫慾。參
看：lickerish淫蕩的；lubricious淫蕩的；
luxurious縱慾的；Lydian情慾的。參看：
lust色慾；lascivious淫蕩的；lacherous
淫蕩的；libidinous淫蕩的。

lex [lɛks ; lɛks]

字義 *n.* **法律**

記憶 ①字來源於拉丁文lex法律，規則，方
式，風俗。

② ［用熟字記生字］law法律；legal合法
的。

③ ［同族字例］參看下字：lexicon字典。

lex.i.con ['lɛksikən; 'lɛksɪkən]

義節 lex.icon

lex字；icon像。

字義 *n.* **詞典，字典，專業字彙。**

記憶 ①本字來源於拉丁文lexis單詞，話
語。把所有字都「攝」下來，留下影像備
查→字典。參看：icon肖像。

② ［同族字例］lecture講課；lectern
（教堂中的）讀經臺；diligent勤勉
的；elegant優雅的；intelligent明智
的；lesson課。參看：lexicon字典；
licit合法的；allege斷言，宣稱，提出；
allegiance（對國家，專業，個人等）忠
誠；legend傳說，傳奇，（獎章等）題
銘。

③ ［形似近義字］參看：apologue寓言；
allegory諷諭，比方，寓言。

li.a.ble ['laiəbl; 'laɪəb!] *

義節 li.able

li→ly綁，聯合；-able能夠。

字義 *a.* **有責任的，應服從的，有…傾向**

的。

記憶 ① ［義節解說］「責任」給人以約束，
猶如「綁」住人。「有…傾向」一意中，
li應從lean傾斜。參考：leer斜眼看。

②換一個思路li→lie躺，臥，→（責任）
躺在你身上→責任在身。這樣，構字的
思路就與incumbent（成爲責任的）一樣
（cumb躺，臥）。

③ ［用熟字記生字］reliable可靠的。

④ ［同族字例］leech前後帆的後緣；lictor
扈從；colleague同事；league社團，同
盟；enlace捆紮；lash用繩細綁；lasso套
索；link聯繫；ligate綁，紮；colligate紮
在一起；religate結紮在一起；lunge練馬
索；lock鎖。參看：latch彈簧鎖；leash
皮帶；liaison聯絡；allo緊密相聯的；ally
結盟；lace繫帶；lackey男僕，走狗；
legion軍團。

li.ai.son [li(:)'eizɔ̃ŋ ; ,lie'zɔ̃] *

義節 li.aison

li→ly綁，聯合；-aison字尾。

字義 *n.* **聯絡，私通，（語音）聯誦，（烹
調）勾芡。**

記憶 ① ［用熟字記生字］link聯繫

② ［同族字例］參看上字：liable有責任的。

li.bel ['laibəl; 'laɪb!] *

義節 lib.el

lib文字，書；-el表示「小」的字尾。

字義 *n.* **（用文字）誹謗（罪），侮辱。**

      v. **誹謗。**

      vt./n. **不公平。**

記憶 ① ［義節解說］本字來源於拉丁文
libellus小的書，傳單，諷刺文章。該字又
來源於liber樹皮，書寫用的革皮，書。
「不公平」一意，參考：librate（天平
的）擺動。這裡本字的lib→libr擺動→
不平衡→不公平。類例：level平的；

equilibrate平衡。

② 〔用熟字記生字〕library圖書館。

③ 〔易混字〕參看：label標籤。

④ 〔同族字例〕limb樹的大枝，肢。參看：limber可塑的，柔軟的，敏捷的；libretto（歌劇等的）歌詞，歌劇劇本。

lib.er.tine

['libətain, 'libəti:n; 'lɪbə‚tin] *

義節 libert.ine

libert自由；-ine具有…屬性者（名詞字尾）。

字義 *n.* 浪子，放蕩的人。

記憶 ① 〔義節解說〕自由→無拘束，放蕩不羈。

② 〔用熟字記生字〕liberty自由。

③ 〔同族字例〕lief 樂意地；livelong漫長的；leave休假；furlough休假；quodlibet各種旋律的隨意混合，幻想曲；love愛；deliver送達；livery交割；libido性慾。參看：lewd淫蕩的；libidinous好色的，淫蕩的。

li.bid.i.nous

[li'bidinəs; lɪ'bɪdənəs]

義節 libidin.ous

libidin→libido *n.*性慾；-ous形容詞。

字義 *a.* 好色的。淫蕩的。

記憶 ① 〔義節解說〕本字來源於拉丁文Libentina維納斯的綽號，慾樂女神。libido是精神分析學的術語。

② 〔同族字例〕參看上字：libertine放蕩的人。

③字母l表示「淫慾」的其他字例：lickerish淫蕩的；lubricious淫蕩的；luxurious縱慾的；Lydian情慾的。參看：liaison私通；lust色慾；lascivious淫蕩的；lacherous淫蕩的。

li.bret.to [li'bretou; lɪ'brɛto]

義節 libr.etto

libr文字，書；-etto表示「小」的字尾。

字義 *n.*（歌劇等的）歌詞，歌劇劇本。

記憶 ① 〔義節解說〕本字來源於拉丁文liber樹皮，書寫用的革皮，書。

② 〔用熟字記生字〕library圖書館，叢書。

③ 〔同族字例〕limb樹的大枝，肢。參看：limber可塑的，柔軟的，敏捷的；libel誹謗。

li.cen.tious

[lai'senʃəs; laɪ'sɛnʃəs] *

義節 licent.i.ous

licent許可；-ous形容詞。

字義 *a.* 放肆的，放蕩的。

記憶 ① 〔義節解說〕本字來源於拉丁文licentia放肆；licens自由，權利。

② 〔用熟字記生字〕licence許可，執照。

③ 〔同族字例〕loose鬆弛的；lax鬆；relax放鬆；lag鬆懈；release釋放。參看：flaccid不結實的，鬆弛的，軟弱的；slack寬鬆的；dissolute放蕩的；lackadaisical懶洋洋的，無精打采的。

lic.it ['lisit; 'lɪsɪt]

義節 lic.it

lic法律；-it字尾。

字義 *a.* 合法的，正當的。

記憶 ① 〔義節解說〕本字來源於拉丁文licitus允許，准許；licit允可。字根-lic可能是lex的變形。

② 〔用熟字記生字〕law法律。

③ 〔同族字例〕licence許可，執照。參看：litigation訴訟；lex法律。

④ 〔反義字〕illicit不合法的，不正當的（il-→in-→not）。

lieu.ten.ant

[lɛf'tenənt, le't-; luˈtɛnənt, lɪu-, lɛf -] *

義節 lieu.ten.ant

lieu場所，位置；ten→hold持據；-ant行為者。

字義 *n.* **副官，（陸軍）中尉，（海軍）上尉。**

記憶 ① ［義節解說］本字是法文借字。參看：lieu場所。ten→tenir（法文，相當於英文的hold）。當別人不能執行職務時占據其位置，代為執行→副官。後再引申為不同的官銜。

② ［同族字例］location位置；local當地的；collocate搭配，並排；dislocate使離位。參看：allocate分配，把（物資等）劃歸…；locate（事情發生的）場所，地點。

lig.ne.ous ['lignɪəs; 'lɪgnɪəs]

義節 lign.e.ous

lign線→木紋→木；-ous能夠。

字義 *a.* **木的，木質的，木頭似的。**

記憶 ① ［用熟字記生字］log木頭。

② ［同族字例］lignify（使）木質化；lumber木材；limb大的樹枝；lign木；lodge森林中的小木屋。

lil.y ['lili ; 'lɪlɪ]

義節 li.ly

li→lie臥；-ly字尾。

字義 *n.* **百合（花），純潔的人。**
　　a. / n. **潔白的（東西）。**

記憶 ① ［義節解說］waterlily是謂「睡蓮」，「躺臥」在水上。再從花的色相引申為「潔白」等意。

② ［用熟字記生字］lie躺，臥。

lim.ber ['limbə; 'lɪmbɚ] *

義節 limb.er

limb大樹枝；-er字尾。

字義 *a.* **可塑的，柔軟的，敏捷的。**
　　v. **（使）柔軟。**

記憶 ① ［義節解說］大樹枝與樹幹相比，是柔軟的。我們想像猴子在枝柯間攀援飛越，只見柔軟的樹枝被攀得此起彼落，而猴子的「敏捷」，也叫人歎服。

② ［同族字例］limb大的樹枝，肢；lame跛的；limp柔軟的，易曲的；lumber木材。參看：lenient憐憫的；libel（用文字）誹謗（罪），侮辱；lumbar腰（部）的。

③ 字母l的形態細長而柔軟，常表示「柔軟」。例如：lidia柔和的，纖弱的；light輕柔的；lissome柔軟的；lithe柔軟的。

④ ［疊韻近義字］climb攀爬。

lim.bo ['limbou ; 'lɪmbo]

義節 limb.o

limb大樹枝，肢→邊緣；-o字尾。

字義 *n.* **地獄的邊境，中間過渡狀態或地帶，監禁，遺棄。**

記憶 ① ［義節解說］本字來源於拉丁文limen門口，邊界。

② ［用熟字記生字］limit界線，界限。

③ ［同族字例］limb天體的邊緣。參看：limn畫，勾畫，描述，刻畫。

④ ［形似近義字］有趣的是，英文中許多表示「邊緣」概念的字，均以m（偶爾也用n）作結。例如：brim（杯，碗，漏斗，帽等圓形物的）邊緣；hem邊緣，捲邊；limb（日、月等的）邊緣；limit界線，seam（接合處的）縫；brink（河流等的）邊緣，（抽象的）邊緣；rim（圓形物的）邊緣（如眼鏡框，帽邊）。rim的意味則與brim同。

L

limn [lim；lɪm]

字義 *vt.* 畫，勾畫，描述，刻畫。

記憶 ① ［用熟字記生字］ line線條。用線條勾畫→描畫。

② ［形似近義字］ 參考：delineate用線條畫，描繪（line線條）。此字與本字同源，思路都是從「線條」引申爲「描畫」。參看：lineage血統。

③ ［同族字例］ 參看上字：limbo地獄的邊境。

lim.pid ['limpid；'lɪmpɪd] *

義節 limp.id

limp光亮；-id形容詞。

字義 *a.* 清澈的，清晰的，平靜的，無憂無慮的。

記憶 ① ［義節解說］ 本字來源於拉丁文limpidus透明的，光亮的，清澈的。

②換一個角度。記：lime石灰。石灰水一般顯得特別清澈，如石灰溶洞中的水。

③ ［用熟字記生字］ lamp燈；flame火焰。

④ ［同族字例］ lymph淋巴（液）；eclampsia驚厥；illuminate照亮，闡明；relumine重新點燃，輝映；lap舐；glimpse微光，閃光；glamor迷惑；glimmer微光；glum陰鬱，愁悶的。參看：lampoon用諷刺文攻擊，嘲諷；illuminous照亮的，啓發的；gleam（使）發微光，（使）閃爍；gloaming黃昏；loom隱隱呈現；flamboyant豔麗的，火焰式的（建築）；lambent（火，光等）輕輕搖曳，閃爍的；（眼睛，天空等）柔和地發光的。

⑤字母l常表示「光，亮」的其他字例：lantern燈籠；lucent發亮的；lunar月亮的；lustre光澤；luxuriant華麗的；noctiluca夜光蟲。

line.age ['liniidʒ；'lɪnɪɪdʒ]

義節 line.age

line線條；-age名詞。

字義 *n.* 血統，世系，門第。

記憶 ① ［義節解說］ （形成）一條線→一「脈」相承→血統。

② ［用熟字記生字］ line線條；linear線性的，直線的。

③ ［同族字例］ linear線的，線性的；collinear共線的；align排成一條直線，排隊；lineament面貌，輪廓；lineal世系的，直系的。參看：delineate描畫…外形，描繪，描寫。

lin.ger ['liŋɡə；'lɪŋɡɚ] *

義節 ling.er

ling→lengthen *v.*延長；-er小幅度動作重複。

字義 *v.* 拖延。

　　vi. 逗留，徘徊，閒蕩。

記憶 ① ［用熟字記生字］ long長的。long通過改變母音，「原級派生」出length（長度）和本字。

② ［同族字例］ lengthen延長；prolong延長；languishing有「（疾病等）長期拖延」之意；languid有「慢吞吞的」之意；languer有「（氣候、氣氛等引起的）倦怠」之意；lean斜靠；lounge（懶洋洋地）躺，靠，閒蕩。參看：malinger裝病，開小差（mal病，錯，僞）；languish變得衰弱無力。

lin.guis.tic

[liŋ'ɡwistik；lɪŋ'ɡwɪstɪk]

義節 lingu.ist.ic

lingu舌，語言；-ist字尾；-ic形容詞。

字義 *a.* **語言的，語言學的。**

記憶 ① ［義節解說］lingu / langu均從表示「舌」而引申爲表示「語言」。

② ［用熟字記生字］language語言；tongue舌。

③ ［同族字例］eclampsia驚厥；illuminate照亮，闡明；lap舐；glum陰鬱的，愁悶的；lingulate舌形的；bilingual二種語言的。參看：illuminous照亮的，啓發的；lampoon用諷刺文攻擊，嘲諷。

---

liq.ui.date ['likwideit ; 'lɪkwɪ,det]

義節 liquid.ate

liquid液體；-ate動詞。

字義 *v.* **清理，清算。**
vt. **清償，肅清。**

記憶 ① ［義節解說］液體的最根本屬性之一，是「流動性」。清算，就是把固定資產變爲有流動性，以便處理（如：員工工資，歸還本息，股東分配等）。

② ［用熟字記生字］liquid液體；leak洩漏，滲漏。

③ ［同族字例］lack缺少；lixiviate浸濾（字根-lix-中含有k音。所以，leak, leach, lixiviate三個字，實是一樹中之三枝，一源中之三派。三字同記，可謂「擧一反三」）。參看：lacquer漆；lagoon鹹水湖；leech抽血；less渣滓；prolix冗長的；lactic乳汁的；leach瀝濾。

---

lis.some ['lisəm; 'lɪsəm]

義節 lis.some

lis柔軟；-some有…傾向的（形容詞字尾）。

字義 *a.* **柔軟的，敏捷的，輕快的。**

記憶 ① ［同族字例］lachet鞋帶；lasso活結套馬索；lariat麻製套馬索；lizard壁虎；flock羊群，毛束；flix毛皮，海狸絨；flocculent羊毛狀的，絮狀的；flocky毛茸茸的。參看：leash繫狗的皮帶；lace鞋帶，繫帶；fleece羊毛；flax亞麻纖維；floss亂絲，細絨線，【植】絨毛，絮狀物。

②字母l的形態細長而柔軟，常表示「柔軟」。例如：lidia柔和的，纖弱的；light輕柔的；lissome柔軟的；lithe柔軟的；lenient憐憫的。

---

list.less ['listlis ; 'lɪstlɪs] *

義節 list.less

list→lust慾念；less否定。

字義 *a.* **無精打采的，倦怠的，不想活動的。**

記憶 ① ［義節解說］慾念不興，百無聊賴。據說三十年時代一位教授有詩句：「懶人的夏天啊！我連女人的屁股也懶得去摸了。」句雖不雅，用以說明本字的意味，卻似正好。

② ［同族字例］list慾望。參看：lust淫慾；lusty精力充沛的，強烈的，貪慾的；luscious肉感的；luxuriant繁茂的，豐富的，華麗的；licentious放肆的，放蕩的；lass情侶；lascivious好色的，淫蕩的，挑動情慾的。

③字母l表示「淫慾」的其他字例：lubricious淫蕩的；luxurious縱慾的；Lydian情慾的；lecher好色的人；lickerish淫蕩的；lech好色，慾望；參看：libertine放蕩的人；libidinous淫蕩的；liaison私通；lewd淫蕩的；lecherous好色的，淫蕩的，縱慾的。

---

lithe [laið ; laið] *

字義 *a.* **柔軟的，易彎曲的。**

記憶 ① ［義節解說］本字來源於拉丁文lentus拖延的，柔軟的，易彎曲的。

② ［用熟字記生字］light輕柔的。

③ ［同族字例］lenitive鎮痛性的，緩和

的；relentless無情的，嚴酷的；lenis
軟音，弱子音；limp柔軟的，易曲的；
splanchnic內臟的；spleenful易怒的，
懷恨的；splenetic脾的，易怒的，懷恨
的；splenitics脾炎；relentless無情的。
參看：relent發慈悲，憐憫，變溫和，減
弱，緩和；lane狹路，小巷，單行道，跑
道；lounge（懶洋洋地）躺，靠，閒蕩。
參看：linger拖延，逗留，徘徊，閒蕩；
spleen脾，壞脾氣，惡意，怨恨，消沉；
limber柔軟的；lenient憐憫的。
④字母l的形態細長而柔軟。常表示「柔
軟」。例如：lidia柔和的，纖弱的；light
輕柔的；lissome柔軟的。

lith.o.graph

['liθəgrɑːf; 'liθə,græf] *

義節 lith.o.graph
lith→leth不活動性→石；graph刻，畫，
寫。

字義 *n.* 平板畫，平板印刷品。
　　 v. 平板印刷。

記憶 ①［義節解說］用石刻板，所謂石板。
②［同族字例］aerolith隕石；neolithic新
石器時代的；alastor復仇之神（a-否定；
last忘卻）；lethe忘川（希臘神話，飲了
「忘川」的水會使人忘記）；lanthanum
鑭（化學中的惰性元素）；delitescence
潛伏（期）的。參看：loath不願意的；
lethal致死的；allude暗指，間接提到；
lithoprint用膠印法印刷；deleterious有
害的；latent潛伏的，潛在的；sloth懶
惰，懶散，樹獺；lethargy嗜眠症，無生
氣。
③字母l表示「石」的其他字例：lime石
灰；zoolite動物化石。參看：lapidate用
石頭投擲；dilapidation損壞，倒塌。

lith.o.print

['liθəprint; 'liθə,prɪnt]

義節 lith.o.print
lith→leth不活動性→石；print *v.*印刷。

字義 *vt.* 用（照像）膠印法印刷。

記憶 ①［義節解說］用石刻版，所謂石版印
刷。
②［同族字例］-lith-：參看：lithograph平
板畫。
print：press壓，報紙；impression印象；
express表達。參看：reprimand責備。

lit.iga.tion

[ˌliti'geiʃən; 'lɪtə'geʃən]

義節 lir.ig.ation
lit文字；ig做，使動起來；-ation表示動
作（名詞詞字尾）。

字義 *n.* 訴訟，打官司。

記憶 ①［義節解說］本字來源於拉丁文
litigo爭吵，訴訟；lis訟案。訴之於文字→
興訟。
②［同族字例］literature文學；letter字；
lesson課；illicit不合法的，不正當的；
licence許可，執照。參看：lex法律；licit
合法的，正當的。
③換一個角度：lit→lid→打擊，傷害→
訴訟。字母l表示「傷害，消滅」的其他
字例：elide取消；delete刪除；elision省
略；obliterate擦去；oblivion忘卻。參
看：lethal致死的；lacerate傷害；lesion
傷害。

liv.er

['livə; 'lɪvə] *

字義 *n.* 肝（臟）

記憶 ①［用熟字記生字］live活著。記：肝
是人生存不可或缺的器官。
②［同族字例］blue藍色的；sloe黑刺李
樹；life生命。參看：livid青黑色的（皮肉
受傷內出血的顏色，這正是肝的顏色）。

liv.id [ˈlivid ; ˈlɪvɪd]

字義 *a.* **青黑色的（皮肉受傷內出血的顏色），青灰色的，鉛色的。**

記憶 ① ［用熟字記生字］ blue藍色的；lead鉛→鉛色→青紫色。

② ［同族字例］ 參看上字：liver肝（臟）。

③ ［陷阱］ 字面上的誤導使人以爲與live（生活，活生生的）有關。

loach [loutʃ ; lotʃ]

字義 *n.* **泥鰍。**

記憶 詳見下字：loam肥土。→肥土中生活的→泥鰍。

loam [loum; lom]

字義 *n.* **肥土，沃土，壤土，（鑄模用）泥沙。**

vt. 用肥土蓋。

記憶 ① ［用熟字記生字］ land土地。

② ［同族字例］ lime；slime軟泥。

③字母l（更多見的是字母組合sl）常表示「泥」。例如：slew沼澤；slob爛泥；sludge淤泥；slurry泥漿。參看：loach泥鰍；slop泥漿；slosh泥濘；slush爛泥。

loath [louθ; loθ] *

字義 *a.* **不願意的，厭惡的，憎恨的。**

記憶 ① ［疊韻近義字］ oath發誓，詛咒。

②本字的動詞形式為loathe憎恨，厭惡。

③ ［同族字例］ alastor復仇之神（a-否定；last忘卻）；lethe忘川（希臘神話，飲了「忘川」的水會使人忘記）；lanthanum鑭（化學中的惰性元素）；delitescence潛伏（期）的。參看：lethal致死的；allude暗指，間接提到；lithograph平板畫；lithorint用膠印法印刷；deleterious有害的；latent潛伏的，潛在的；sloth懶惰，懶散，樹獺；lethargy嗜眠症，冷淡，懶散，無生氣。

④ ［音似近義字］ 參看：odious憎恨的。

lo.cate [louˈkeit; ˈloket, loˈket] *

義節 loc.ate

loc地方，地點；-ate字尾。

字義 *n.* **（事情發生的）場所，地點。**

記憶 ① ［用熟字記生字］ local地方的，當地的。

② ［同族字例］ collocation 搭配；dislocate使脫臼；relocate重新安置。參看：allocate分配；lieutenant副官，（陸軍）中尉；（海軍）上尉。

lock.er [ˈlɔkə; ˈlakɚ]

義節 lock.er

lock *v.*鎖，*n.*一綹頭髮；-er表示器物。

字義 *n.* **儲藏箱，櫃，抽屜，小艙。**

記憶 ① ［義節解說］ 可以加鎖鎖上的小空間。

② ［同族字例］ locket懸在項鏈下的金盒；lucarne屋頂窗；locular有細胞的，有小室的；block封鎖；close關閉；link鏈環，連接；reluctant勉強的；ineluctable不可避免的，不可抵抗的；leek韭菜。參看：latch彈簧鎖；lace縛帶子。

lo.cust [ˈloukəst; ˈlokəst] *

義節 locu.st

locu講話；-st→-ster行為者。

字義 *n.* **蝗蟲，知了，貪吃的人。**

記憶 ① ［義節解說］ 能說善道→知了。

② ［同根字例］ locution 說話的語氣，風格；circumlocution迂迴說法，累贅的話；interlocution對話，交談；allocution訓諭；prolocutor代言人，發言人；elocution演說術，雄辯術，朗誦法。

③〔同族字例〕eloquence口才，雄辯術；colloquial口語的；obloquy斥責。參看：soliloquy獨白；loquacity過於健談，多話。

lode [loud ; lod] *

字義 n. 礦脈。

記憶 ①〔用熟字記生字〕lead v.領導，引導→引導到礦藏所在地。

②〔同族字例〕leitmotif主導旋律，主題；ladder梯子；load裝載，負荷。參看：ledge礦脈；lodestar北極星；loadstone天然磁石。

③〔疊韻近義字〕code記號，密碼。ode（字根）路。

lode.star ['loudsta: ; 'lod,star]

義節 lode.star

lode→lead v.引導；star n.星星。

字義 n. 北極星，指導原則，目標。

記憶 詳見上字：load礦脈。引路的星星→北極星。

load.stone ['loudstoun ; 'lod,ston]

義節 load.stone

load→lead引導；stone n.石頭。

字義 n. 天然磁石，吸引人的東西。

記憶 ①〔義節解說〕天然磁石，可製指南針，指引方向→指引方向的石頭。

②詳見：load礦脈。參看：loadstar北極星。

loft [lɔːft; lɔft, laft]

字義 n. 閣樓、鴿棚。

vt. 放進閣樓，關進鴿棚。

記憶 ①〔用熟字記生字〕lift升高→高高在上的小室。

②〔同族字例〕leaf樹葉；lodge住所，沉

積，存放；lobby門廳；aloft高高地，向上。參看：lever槓桿。

③〔派生字〕lofty高聳的，高尚的，高傲的，高級的。

loi.ter ['lɔitə; 'lɔitə] *

義節 loit.er

loit→leizure n.閒暇；-er反覆動作。

字義 vi. 閒逛。

v. 消磨（時間）。

記憶 ①〔義節解說〕本字來源於法文loisir空間，閒暇。相當於英文的leizure閒暇。

②〔用熟字記生字〕lazy懶的；loose鬆弛的。

③〔同族字例〕lax鬆；relax放鬆；lag鬆懈；release釋放；lassitude無精打采。參看：flaccid不結實的，鬆弛的，軟弱的；slack寬鬆的；sleazy質劣的；（理由）站不住腳的；lackadaisical懶洋洋的；dissolute放蕩的。

④字母l表示「鬆，散，懶」的其他字例：lie躺，臥；libertine浪子，sloth懶散；sloven懶惰的人；slattern懶婦；floppy鬆軟的；flipperty-flopperty鬆弛地下垂；flabby鬆弛的；phlebitis靜脈炎。

lon.gev.i.ty

[lɔn'dʒeviti; lɑn'dʒɛvətɪ] *

義節 long.ev.ity

long a.長的；ev年代；-ity名詞。

字義 n. 長壽，長命，資歷。

記憶 ①〔義節解說〕長的年代→長壽，資歷長。

②〔用熟字記生字〕long長的；ever永遠。

③〔同族字例〕long：lengthen延長；prolong延長；languishing有「（疾病等）長期拖延的」之意；languid有「慢吞吞的」之意；languor有「（氣候、

氣氛等引起的）倦怠」之意。參看：
malinger裝病，開小差（mal病，錯，
偽）；languish變得衰弱無力；linger
拖延；longitude經度。-ev-：annum
年；eternity永劫；medieval中世紀的；
primeval太古的。參看：evergreen常青
的；aeon長年，永劫。

long.i.tude

['lɔndʒitjuːd, -ŋgi-; 'lɑndʒə,tjud] *

義節 long.i.tude
long *a.*長的；-tude名詞。
字義 *n.* 經度。
記憶 ① ［義節解說］long長的→長度→經
度。
② ［對應字］latitude緯度。
③ ［同族字例］詳見上字：longevity長
壽，長命，資歷。

loom [luːm ; lum]

字義 *n.* 織機。
　　vi. / n. 隱隱呈現。
　　vi. 逼近，赫然聳現。
記憶 ① ［諧音］本字似是模擬織機發出的
「隆隆聲」。
② ［用熟字記生字］lamp燈。
③ ［疊韻近義字］參看：boom隆隆聲，突
然增加，激增；gloom黑暗，朦朧（此字是
用來描寫幽暗的背景中間接反映出來的
微光。而本字的意味，是在朦朧不清的背
景中，隱隱約約地赫然呈現出來，兩字比
義）；zoom陡直上升，激增，發嗡嗡聲。
④ ［同族字例］「隱隱呈現」一意：glimse
微光，閃光；glamor迷惑；glimmer微
光；glum陰鬱的，愁悶的；illuminate照
亮，闡明；relumine重新點燃，輝映；
參看：illumine照亮，使發亮，啓發；
lambent閃爍的；gloaming黃昏；gleam

發微光（這兩字都是用來描寫幽暗的背景
中間接反映出來的微光。有一種朦朧的
美。其意味有點像中文裡的晨「曦」（曙
光）、暮「霞」（夕照）)。
「逼近」一意：lame跛行；lumber笨拙
地向前走；lump笨拙地移動；slam砰的
一聲關閉；flump砰的一聲落下；plump
沉重地墜下；clump重踏的腳步聲。參
看：slump（物價等）暴跌，衰退，消
沉，頹然；lam（犯罪者）突然潛逃。

loon [luːn ; lun]

字義 *n.* 笨蛋，瘋子，（捕魚的）潛鳥。
記憶 ①本字是字根-lun-（月亮）的變形。
月亮的圓缺影響潮汐和人的情緒→瘋子。
參看：lunatic精神錯亂的，瘋（狂）的。
② ［用熟字記生字］lamp燈；flame火焰。
③ ［同族字例］lunar月亮的；lantern
燈籠；Lambert朗伯（亮度單位）；
eclampsia驚厥；illuminate照亮，闡
明；relumine重新點燃，輝映；glimse微
光，閃光；glamor迷惑；glimmer微光；
glum陰鬱的，愁悶的。參看：lampoon
用諷刺文攻擊，嘲諷；gleam（使）發微
光，使（閃爍）；gloaming黃昏；loom
隱隱呈現；flamboyant豔麗的，火焰式的
（建築）；lambent（火，光等）柔和地
發光的；luminous發光的，發亮的。
「潛鳥」一意：lull哄小孩入睡；loll
懶洋洋地倚靠；lollop懶洋洋地靠著；
lallation把r讀作l的錯誤發音。參看：
lullaby催眠曲，輕柔的聲音。
④字母l常表示「光，亮」的其他字例：
lucent發亮的；lustre光澤；luxuriant華
麗的；noctiluca夜光蟲。
⑤ ［雙聲近義字］參看：lout蠢人。
⑥字母組合oo常表示「呆、笨」。例如：
goof呆子，可笑的蠢人；goop粗魯的
孩子，笨蛋；boob【俚】笨蛋，蠢人；

L

boor鄉巴佬；doodle笨蛋；drool說傻話；fool蠢人；footle呆話，傻事；foozle笨拙地做；looby傻大個兒，笨蛋；loon笨蛋，傻瓜；noodle笨蛋，傻瓜；poop【俚】傻子，無用的人；spoony蠢人…等等。參看：gawk呆子，笨人；goose呆鵝。

loop [lu:p；lup] *
字義 n. 圈，環（狀物）。
    v. 打環，成圈。
記憶 ①〔用熟字記生字〕link用環連接。
②〔同族字例〕lap環繞，包裹；overlap交疊；envelope包裹物，包膜，信封；develop開展，展開；slab厚板；lobe（肺，肝）葉，瓣膜，裂片。參看：label標籤。
③〔雙聲近義字〕lasso（捕馬）套索；lariat麻製套馬索。
④〔疊韻近義字〕hoop鐵環，箍；coop籠，棚。
⑤字母組合oo表示「圓，環」的其他字例：noose套索，圈套；spool卷軸；cocoon蠒；spoon匙；scoop勺子…等等。

loot [lu:t；lut] *
字義 n. 搶奪（物），贓物。
    v. 搶奪，掠奪。
記憶 ①〔雙聲近義字〕參看：larceny偷竊，非法侵占財產。
②〔疊韻近義字〕booty搶奪（物），贓物。
③〔同族字例〕slate痛打，鞭打；onslaught猛攻。參看：slit切開，撕開，使成狹縫；slaughter屠宰，屠殺，殘殺。

lope [loup；lop]
字義 v./n.（使）大步慢跑。
記憶 ①〔用熟字記生字〕leap跳躍。
②〔同族字例〕lop以短而急的浪起伏；elope私奔，逃走；interlope闖入，干涉；slope閒蕩，逃走；langlauf越野滑雪；lapwing田鳧。參看：gallop疾馳，飛奔；lapse（時間）流逝；wallop亂竄。

lo.quac.i.ty
[lou'kwæsiti, lə'k-, lɔ'k- ; lo'kwæsəti]
義節 loqu.acity
loqu講話；-acity有…傾向。
字義 n. 過於健談，多話。
記憶 ①〔用熟字記生字〕colloquial口語的。
②〔同根字例〕eloquence口才，雄辯術；colloquial口語的；obloquy斥責。參看：soliloquy獨白。
③〔同族字例〕locution說話的語氣，風格；circumlocution迂迴說法，累贅的話；interlocution對話，交談；allocution訓諭；prolocutor代言人，發言人；elocution演說術，雄辯術，朗誦法；locust知了。

lore [lɔ:, lɔə; lor, lɔr] *
字義 n. 學問，經驗知識，口頭傳說。
記憶 ①本字來源於德文lehre學說；lehren教導。
②〔用熟字記生字〕learn學會，得知（本字即從此字變來）；oral口語的。
③〔同族字例〕參看：orate演說；orison祈禱；perorate長篇演說；osculent接吻的；adore崇拜，敬慕；oracle神諭，預言（者），大智（者）；orate大言不慚地演說，裝腔說腔。

lorn [lɔ:n; lɔrn]
字義 a. 被棄的，孤單的，荒涼的。
記憶 ①本字的德文對應字loren相當於英

文的lose失去。又：德文verloren失去的，相當於英文的forlorn被遺棄的。所以forlorn的基本意思是：「失落」。揣摩本字的形態和字義，極似一個轉作形容詞用的過去分詞。原形動詞雖不可考，估計字形可能會是lear（lore, lorn）。含義應爲desert拋棄，遺棄。

② ［用熟字記生字］lose失去；leave離開，留下；lonely孤獨的（lorn中的r脫落→lone）。

③ ［同族字例］參看：forlorn被遺棄的，可憐的，幾乎無望的。

---

lo.tion ['louʃən; 'loʃən]

義節 lot.ion

lot→wash *v*.洗；-ion名詞。

字義 *n.* 洗劑，洗淨。

記憶 ① ［用熟字記生字］lavatory洗手間。

② ［同族字例］lye灰汁，鹼液；latrine坑形廁所；ablution沐浴；laundry洗衣店。參看：lather泡沫；dilute沖淡；lotus荷，蓮。

③ 字母l表示「水，洗」的其他字例：lixiviate浸濾；liquid液體；fluvial河流的；effluent流出的，發出的；saliva唾液；slaver唾液。參看：lavish浪費的；alluvial沖積的；flavor味道，風味；lava熔岩；lavender薰衣草；diluge洪水；leach瀝濾；lave沖洗。

---

lo.tus ['loutəs; 'lotəs]

義節 lot.us

lot→wash *v*.洗；-us名詞。

字義 *n.* 荷，蓮。

記憶 ① ［義節解說］本字來源於拉丁文lotis變成蓮花的仙女。荷、蓮均長在水中，日受沖洗。

② ［同族字例］參看上字：lotion洗淨。

---

lounge [laundʒ; laUndʒ] *

字義 *vi. / n.* 閒逛。

    vi. 懶洋洋地倚（躺）。

    n. 懶洋洋。

記憶 ① ［義節解說］本字來源於拉丁文languor衰弱，無力，遲鈍，疲倦，懶惰，懶散。

② ［同族字例］languishing有「（疾病等）長期拖延的」之意；languid有慢吞吞的」之意；languor有「（氣候、氣氛等引起的）倦怠」之意；lax鬆；relax放鬆；lag鬆懈；flag無力地下垂，衰退，低落；phlegm痰，黏液，冷淡；slug懶漢，動作緩慢的；參看：flaccid不結實，鬆弛的，軟弱的；slack寬鬆的；phlegmatic冷淡的；lackadaisical懶洋洋的，無精打采的；laggard落後者，懶散的人；linger拖延，逗留，徘徊，閒蕩；languish變得衰弱無力，凋萎，焦思渴想。

③ 字母l表示「鬆，散，懶」的其他字例：lie躺，臥；loiter閒逛；libertine浪子，sloth懶散；sloven懶惰的人；slattern懶婦；floppy鬆軟的；flipperty-flopperty鬆弛地下垂；flabby鬆弛的；phlebitis靜脈炎；dissolute放蕩的。

---

lout [laut; laʊt]

字義 *n.* 蠢人，丑角般的人物，鄉巴佬。

    vt. 愚弄。

    vt. 鞠躬，屈服。

記憶 ① ［義節解說］本字來源於拉丁文lotium尿→non valet lotium suum無用的人→蠢人。

② ［用熟字記生字］bow鞠躬；clown丑角。

③ ［同族字例］lye灰汁，鹼液；latrine坑形廁所；ablution沐浴；laundry洗衣店。參看：lather泡沫；dilute沖淡；lotus荷，蓮；lotion洗劑，洗淨。

④〔雙聲近義字〕參看：loon笨蛋；ludicrous荒謬可笑的。

⑤〔音似近義字〕boor鄉巴佬。

⑥〔疊韻近義字〕參看：flout嘲笑，輕蔑。

---

lube [lu:b, lju:b ; lub]

字義 *n.* 潤滑油。

記憶 ①〔用熟字記生字〕slip滑。

②〔同族字例〕collapse崩潰；elapse（時間）流逝；relapse後退，舊病復發；slob泥濘地；slobber流口水；saliva唾液；slaver唾液。參看：lope大步慢跑；lapse失誤，下降，（時間）流逝；lubricity光滑。

---

lu.bric.i.ty

[lu:'brisiti, lju: - ; lu'brɪsətɪ]

義節 lubr.ic.ity

lubr猾；-ic形容詞字尾；-ity名詞。

字義 *n.* 光滑，狡猾，淫蕩，不穩定性。

記憶 ①〔用熟字記生字〕slip滑。

②〔同族字例〕參看上字：lube潤滑油。

③ 字母l常表示「滑」：「光滑」意，參看：glide滑行；slick光滑。「狡猾」意，參看：sly狡猾的；sleight奸詐。字母表示「淫慾」的其他字例：詳見：lewd淫蕩的。本字中的「淫蕩」一意，估計應是從「潤滑」一意引申出來。

---

lu.cent ['lu:snt, 'lju: - ; 'lusnt]

義節 luc.ent

luc光，亮；-ent形容詞。

字義 *a.* 發亮的，透明的。

記憶 ①〔用熟字記生字〕lux勒克司（照明的計量單位）。

②〔同根字例〕translucent半透明的；lucarne屋頂窗；luculent明白的，明顯的；noctiluca夜光蟲；relucent明亮

的，返照的；elucidate闡明。參看：leucocyte白細胞；lucid透明的；pellucid透明的；luxuriant華麗的；luscious華麗的；luster光澤。

③字母l表示「光，亮」的其他字例：lunar月亮的。參看：lambent閃爍的；luminous照亮的；illumine照亮。

---

lu.cid ['lu:sid, 'lju: - ; 'lusɪd, 'lɪu-] *

義節 luc.id

luc光，亮；-id形容詞。

字義 *a.* （頭腦）清楚的，透明的，易懂的。

記憶 ①〔義節解說〕頭腦裡清明透亮，自然清楚有光照著，就容易看清楚，弄明白→易懂。

②〔同根字例〕參看上字：lucent透明的。

---

lu.cra.tive

['lu:krətiv, 'lju: -; 'lukrətɪv, 'lɪu -] *

義節 lucr.ative

luct光輝，洋溢；-ative有…性質的（形容詞字尾）。

字義 *a.* 有利的，生利的，賺錢的。

記憶 ①〔義節解說〕本字來源於拉丁文lacrima滲出物，流出物→乳；Lucina生育女神。再從「乳」引申出字根-leuco-白色；-lucr-銀。金銀乃是金光閃閃的（-lux-應是-lucr-的一種變體）。

②〔用熟字記生字〕de luxe豪華；luck好運氣。

③〔同族字例〕lucre錢財（貶義）；luxuriate繁茂，盡情享受；lush茂盛的。豐富的，豪華的；galore豐富，豐盛；allowance津貼；-lux-（字根）豐富；lucky幸運的；lactate餵奶；lactobacillus乳酸桿菌；galactic乳的，乳汁的，銀河的；Galaxy銀河系。參看：luscious華

438

麗的；luster光澤；flux流動；lactic乳汁
的；luxuriant繁茂的，豐富的，華麗的；
larceny偷竊，非法侵占財產。

---

lu.di.crous

['lu:dikrəs, 'lju:-; 'ludıkrəs, 'lıu-] *

義節 ludicr.ous

ludicr → lud → lid打，擊；-ous形容詞。

字義 *a.* 荒謬可笑的。

記憶 ① ［義節解說］字根-lud-和-lus-來源
於拉丁文ludus敬神競技，表演。引申為
「諷刺，遊戲，欺騙等」。該字又來源於
ludius古羅馬的鬥劍士。可見字根-lud-與
字根-lid-（打擊）同源。

說明：字根lud / lus的傳統釋義為：play
玩笑，遊戲，難以用來解釋［同族字例］
中的其他單字。[義節] 中的釋義是作者對
拉丁文綜合研究的結果。似較為圓通實
用。

② ［形似近義字］參看：lout蠢人，丑角般
的人物。

③ ［音似近義字］ridiculous可笑的。參
看：loon笨蛋。

④ ［同族字例］collide碰撞；interlude
穿插，幕間；disillusion幻滅。參看：
collusion共謀；illusion幻覺；prelude
前兆，序曲；allude暗指，間接提及；
elude逃避，躲避，難倒，使困惑。

---

luff [lʌf; lʌf]

字義 *n. / v.* 貼風行駛。

記憶 ① ［同族字例］langlauf越野滑雪；
leap跳躍；lop以短而急的浪起伏；
elope私奔，逃亡；elapse（時間）飛
馳；interlope闖入；slope閒蕩，逃走；
lapwing田鳧。參看：lapse（時間）流
逝；lope大步慢跑；gallop（馬等的）疾
馳；wallop亂竄猛衝。（g→w通轉）；
aloof遠離。

② ［疊韻近義字］bluff嚇唬；luff貼風行
駛；puff吹氣，噴煙；snuff撲滅，消滅。
參看：huff吹氣。這裡，字母組合uff模擬
風聲，空氣吹動聲。關於本字字母f模擬風
的「呼呼」聲，詳見本書F章。

③ ［音似近義字］參看：whiff 吹（氣），
噴（煙）；miff（使）生氣，（使）發脾
氣。

---

lug [lʌg; lʌg]

字義 *v.* （用力）拖（拉）。

　　　n. 耳狀物，勒索。

記憶 ① ［用熟字記生字］luggage行李。→
「行李」是要用力「拖」著走的。

② ［疊韻近義字］參看：tug用力拉（拖）；
hug緊抱，堅持。

③ ［同族字例］reluctant勉強的。參看：
ineluctable不可避免的；ligate綁，紮；
colligate紮在一起；religate結紮在一
起；lictor扈從；obligation責任，義務；
leech前後帆的後緣；colleague同事；
league社團，同盟；enlace捆紮；lash
用繩綑綁；lasso套索；link聯繫；lunge
練馬索；lock鎖。參看：latch彈簧鎖；
leash皮帶；liable應服從的；liaison聯
絡；allo緊密相聯的；ally結盟；lace繫
帶；lackey男僕，走狗；legion軍團，大
批部隊，大批。

---

lu.gu.bri.ous

[lu:'gju:briəs, lju:'g-; lu'gjunrıəs]

字義 *a.* （故意裝出）非常悲哀的，陰鬱
的。

記憶 ① ［義節解說］本字來源於拉丁文
lugeo痛哭，哀悼。

② ［同族字例］alack嗚呼；alas哎喲（表
示悲痛）；lachrymotory bomb催淚彈。
參看：lackaday悲哉! elegy悲歌，輓歌，
哀樂；lachrymose愛哭的，滿是淚水的，

使流淚的。

③字母l表示「悲憫」的其他字例；
lament悲歎；lenient悲憫的；lorn孤淒
的；forlorn悲慘的。

④［形似近義字］lug裝腔作勢；brood鬱
悶地沉思。

luke.warm

['lu:k- wɔːm, 'lju:k -; 'luk'wɔrm. 'lɪuk-] *

義節 luke.warm

luke→light *a.*輕的；warm *a.*暖和的。

字義 *a.*（液體）微溫的，不熱情的。

記憶 ①［義節解說］輕微的暖熱。

②［用熟字記生字］slightly輕微地；warm
暖和的。

lul.la.by ['lʌləbai; 'lʌlə,baɪ]

義節 lull.a.by

lull *v.*哄小孩入睡；by *prep.*使用…手段。

字義 *n.* 催眠曲，輕柔的聲音。

　　　vt. 唱催眠曲。

記憶 ①［義節解說］用來哄小孩睡覺的（聲
音）→催眠曲。

②lull可能是模擬一種輕柔的聲音。字母l
表示「柔軟」的其他字例，詳見；lenient
憐憫的。

③［用熟字記生字］lazy懶的。

④［同族字例］lull哄小孩入睡；loll懶洋洋
地倚靠；lollop懶洋洋地倚靠；lallation把
r讀作l的錯誤發音。參看：loon（捕魚
的）潛鳥。

⑤字母l表示「懶洋洋」的其他字例，詳
見：lackadaisical懶洋洋的。

lum.bar ['lʌmbə; 'lʌmbɚ] *

義節 lumb.ar

lumb→limb大樹枝→柔軟；-ar字尾。

字義 *a.* 腰（部）的。

n. 腰神經，腰椎，腰動脈。

記憶 ①［義節解說］本字來源於拉丁文
lumbus腎，腰，葡萄藤分枝處。腰部是
背部最「柔軟」的部分。

②［同族字例］lumbago腰部神經痛，疝
氣；loin腰，腰部的肉；sirloin牛腰肉；
lungi印度人用的腰布；limb大的樹枝，
肢；lame跛的；limp柔軟的，易曲的；
lumber木材。參看：lenient憐憫的；
libel（用文字）誹謗（罪），侮辱；
limber（使）柔軟。

lu.mi.nous

['lu:minəs, 'lju:-; 'lumənəs] *

義節 lumin.ous

lumin火舌，光輝；-ous形容詞。

字義 *a.* 發光的，發亮的。

記憶 ①［義節解說］本字來源於拉丁文
lampus火把；lambo舐，基本含義是
「舌」→火舌。

②［諧音］「流明」（光學單位）。

③［用熟字記生字］lamp燈；flame火焰。

④［同族字例］Lambert 朗伯（亮度單
位）；eclampsia驚厥；illuminate照
亮，闡明；relumine重新點燃，輝映；
lap舐；glimse微光，閃光；glamor迷
惑；glimmer微光；glum陰鬱的，愁悶
的。參看：lampoon用諷刺文攻擊，
嘲諷；gleam（使）發微光，（使）閃
爍；gloaming黃昏；loom隱隱呈現；
flamboyant豔麗的，火焰式的（建築）；
lambent（火，光等）輕輕搖曳的，閃爍
的；（眼睛，天空等）柔和地發光。

⑤字母l常表示「光，亮」的其他字例：
lantern燈籠；lucent發亮的；lunar月
亮的；lustre光澤；luxuriant華麗的；
noctiluca夜光蟲。

lu.na.tic ['lu:nətik, 'lju: -; 'lunə,tɪk] *

義節 lun.atic

lun月亮；-atic…性的（形容詞字尾）。

字義 a. 精神錯亂的，瘋（狂）的。

　　n. 瘋子，狂人。

記憶 ①［義節解說］據信人的情緒受月亮的影響→精神錯亂。參看：loon瘋子（字根-lun-的變形）。

②［用熟字記生字］lamp燈；flame火焰。

③［同族字例］lunar月亮的；lantern燈籠；Lambert朗伯（亮度單位）；eclampsia驚厥；illuminate照明，闡明；relumine重新點燃，輝映；glimse微光，閃光；glamor迷惑；glimmer微光；glum陰鬱的，愁悶的。參看：lampoon用諷刺文攻擊，嘲諷；gleam（使）發微光，（使）閃爍；gloaming黃昏；loom隱隱呈現；flamboyant豔麗的，火焰式的（建築）；lambent（火，光等）輕輕搖曳的，閃爍的；（眼睛，天空等）柔和地發光的；luminous發光的，發亮的。

lurch [lə:tʃ; lətʃ] *

字義 vi. / n.【古】潛行，潛藏，突然傾斜，東倒西歪，徘徊。

記憶 ①本字的基本含義是「傾斜」。來源於法文loucher斜視，（轉）曖昧不明。本字應是lurk（潛行）的舊字。請注意ch音「硬化」即讀k音。參看：lurk。

②［同族字例］leer斜眼看，送秋波；leery懷疑的，狡猾的。參看：lurk潛伏，潛藏，潛行；lair獸穴；flinch退縮；flank側面；slink鬼鬼祟祟地走；obligue傾斜。

③［雙聲近義字］參看：latent潛伏的；lam突然潛逃；lee庇護所。「徘徊」意，參看：lounge閒逛。

④［形似近義字］參看：jerk猛拉（註：突然一動）。

⑤字母組合ur表示「擾動」的其他字例：current激流；hurricane颱風；hurly騷亂，喧鬧；hurry-scurry慌亂；flurry慌張，倉皇；sturt騷亂，紛擾；spurt突然迸發；slurry泥漿；purl漩渦，（使）翻倒；lurch突然傾斜；gurgitation漩渦，洶湧，沸騰；fury暴怒，劇烈；churn劇烈攪拌；churr顫鳴聲；burn燃燒；burst爆破，突然發作；burr小舌顫動的喉音；blurt突然說出…等等。參看：imperturbability冷靜。

lu.rid ['ljuərid, 'luər -; 'lʊrɪd]

義節 lur.id

lur→lure n.誘餌，魅力；-id形容詞。

字義 a.（臉色）蒼白的，灰黃的，（雲霞等）火紅的，驚險恐怖的，俗豔的。

記憶 ①［義節解說］本字來源於拉丁文luridus蒼白的，灰黃的，火紅的；和lut土，黃泥，lure原意為「用來把獵鷹引誘召回的一束彩色羽毛」，引申為「火紅，俗豔」。誘餌意味著災難，引申為「驚險恐怖」。

②「（臉色）蒼白，灰黃」一意，參看：livid青灰色的。

③［同族字例］lyric抒情的。

lurk [lə:k; lək]

字義 vi. / n. 潛伏，潛藏，潛行。

記憶 ①本字應是從lurch變來（ch→k通轉），並保持著lurch的古意。該字的基本含義是「傾斜」。來源於法文loucher斜視，（轉）曖昧不明。參看：lurch潛行。

②［同族字例］leer斜眼看，送秋波；leery懷疑的，狡猾的。參看：lurch潛藏，潛行；lair獸穴；flinch退縮；flank側面；slink鬼鬼祟祟地走。

③［雙聲近義字］參看：latent潛伏的；lam突然潛逃；lee庇護所。「徘徊」意，

參看：lounge閒逛。

④字母組合ur表示「擾動」的其他字例，詳見：lurch潛行。

lus.cious ['lʌʃəs; 'lʌʃəs]

義節 lusc.i.ous

lusc→lux光輝，洋溢；-ous形容詞。

字義 *a.* **甘美的，芬芳的，肉感的，華麗的。**

記憶 ①〔義節解說〕光輝照人→華麗的；誘惑洋溢→芬芳，甘美，肉感。

②〔用熟字記生字〕delicious美味的。

③〔同族字例〕lush甘美的，芬芳的，肉感的，豪華的，有利的；delicate精美的；delectable美味的，使人愉快的。參看：lust慾望；lusty貪慾的；luxuriant華麗的，豐富的；lucrative有利的。

lust [lʌst; lʌst] *

字義 *n.* **慾望，貪婪，淫慾，渴望。**

　　vi. **貪求，渴望。**

記憶 ①本字來源於拉丁文lustrum妓院，嫖客，泥塘；luxus茁壯，好色。

②〔用熟字記生字〕lure誘惑。

③〔同族字例〕list慾望。參看：listless倦怠的；lusty精力充沛的，強烈的，貪慾的；luscious肉感的；luxuriant繁茂的，豐富的，華麗的；licentious放肆的，放蕩的；lass情侶；lascivious好色的，淫蕩的，挑動情慾的。

④字母l表示「淫慾」的其他字例：lubricious淫蕩的；luxurious縱慾的；Lydian情慾的；lecher好色的人；lickerish淫蕩的；lech好色，慾望。參看：libertine放蕩的人；libidinous淫蕩的；liaison私通；libertine放蕩的人；lewd淫蕩的；lecherous好色的，淫蕩的，縱慾的。

lus.ter ['lʌstə; 'lʌstə] *

義節 lust.er

lust→lux光輝，洋溢；-er字尾。

字義 *n.* **光澤，光彩，榮光，釉。**

　　v. **有光澤。**

記憶 〔同族字例〕illustration說明，圖解；illustrious輝煌的，卓越的，明亮的，有光澤的；lustrous有光澤的。參看：luscious華麗的；lust慾望；lusty精力充沛的；luxuriant繁茂的，豐富的，華麗的。

lust.y ['lʌsti; 'lʌstɪ]

義節 lust.y

lust→lux光輝，洋溢；-y形容詞。

字義 *a.* **強壯的，精力充沛的，有力的，強烈的，貪慾的。**

記憶 ①〔義節解說〕本字來源於拉丁文luxus茁壯，好色，光輝→耀目→引起貪慾；洋溢→精力充沛→強壯有力。

②〔用熟字記生字〕lure誘惑。

③〔同族字例〕list慾望。參看：listless倦怠的；lusty精力充沛的，強烈的，貪慾的；luscious肉感的；luxuriant繁茂的，豐富的，華麗的；licentious放肆的，放蕩的；lass情侶；lascivious好色的，淫蕩的，挑動情慾的；lust慾望；luster光彩。

lux.u.ri.ant

[lʌg'zjuəriənt, lʌk'sjuər -; lʌg'ʒuriənt, lʌk'ʃur -]

義節 luxuri.ant

luxuri光輝，洋溢；-ant形容詞。

字義 *a.* **繁茂的，豐富的，華麗的。**

記憶 ①〔義節解說〕本字來源於拉丁文lacrima滲出物，流出物→乳；Lucina生育女神→繁茂的，豐富的。再從「乳」引申出字根-leuco-白色；-lucr-銀。金銀乃是金光閃閃的→華麗的（-lux-應是-lucr-

的一種變體）。

② ［用熟字記生字］deluxe豪華；luck好運氣。

③ ［同族字例］lucre錢財（貶義）；luxuriate繁茂，盡情享受；lush茂盛的，豐富的，豪華的；galore豐富，豐盛；allowance津貼；-lux-（字根）豐富；lucky幸運的；lactate餵奶；lactobacillus乳酸桿菌；galactic乳的，乳汁的，銀河的；Galaxy銀河系。參看：luscious華麗的；luster光澤；flux流動；lactic乳汁的；lucrative有利的，生利的，賺錢的。

lynch [lintʃ ; lɪntʃ]

字義 *vt.* 私刑處死。

　　　 n. 私刑。

記憶 ①十八世紀末至十九世紀初，Virginia州先後有兩名姓Lynch的官員，均以用私刑而惡名遠揚。

② ［諧音］「凌遲」處死。

L

Memo

壞壁醉題塵漠漠，斷雲幽夢事茫茫。

　　這是陸放翁爲《釵頭鳳》本事所寫的詩句。從「次
級擬聲」的角度看，這詩句中就有不少 M 聲母的音。諷
吟之下，傳達了一種低徊哀傷的色彩。以下我們可以看
到：M 這一低沉的鼻音，被用來表示各種相關的聲音象
徵，特別是表示「負面」的字，如「呻吟」、「悲慘」、
「死」、「厭恨」、「孤獨」、「不幸」等等。歸結起來，
大概有如下幾個方面：

　　1. 低沉的聲音

　　　　(1) 引申爲象徵低調的心境

　　　　(2) 象徵陰沉、低調的天氣、環境

　　　　(3) 象徵戰爭、災難、壞、滅、病、死等不幸

　　　　(4) 象徵暗昧無知引起怪異、驚奇的感覺

　　2. 口的吸吮、咬嚼聲音

　　　　(1) 吮乳聲引申爲乳，女，母

　　　　(2) 咬嚼聲，咕噥聲

　　3. 水流汩汩聲，黏稠液體聲

4. 拍擊，打擊聲
5. 笨重的跌落聲
   (1) 引申爲象徵「腫，脹，笨大」
   (2) 笨重的動作
   (3) 蠢笨，愚鈍

分析：

大寫的 M 有兩個「突起」，（「突出」）它也像我們「居」屋之頂。字形的對稱性很好，不偏不倚而居「中」。M 字如波濤起伏，有「水」相，有「柔軟的」靜態，也有「轉換」的動態。

小寫的 m 等於兩個 n「合併」，「聯結」，由「一」變「多」，因而增「大」。

m 是閉口濁鼻音，其發聲似用「口」吃「乳」。它又是多種語言喚「母」的聲音，發聲低沉而有「阻塞」，引申爲「障礙行動」。

「免冠」：主要是 mis- 和 mal- 兩個字首。它們都表示「否定」或者「壞、病、假」等負面的意義。

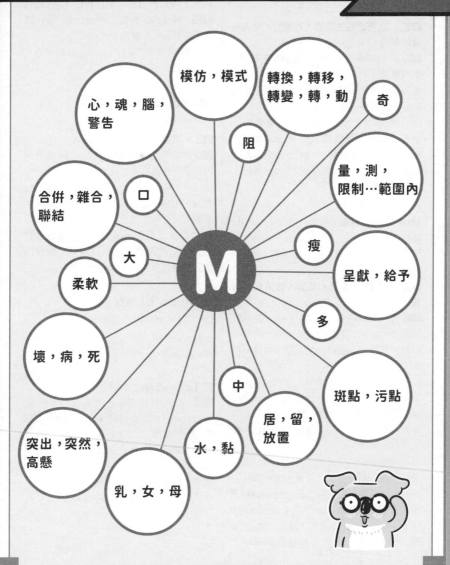

ma.ca.bre

[mə'ka:bə; mə'kabə,mə'kabrə]

義節 imac.abre

mac→murk *n*.黑暗，陰沉；abre→Abaddon *n*.地獄，深淵，魔鬼。

字義 *a*. 以死亡爲主題的，可怕的，令人毛骨悚然的。

記憶 ① ［義節解說］黑暗的地獄暗無天日，群魔亂舞，令人毛骨悚然。本字法文中原意爲中古時代的骷髏舞，後解作「葬儀的」。轉義爲「陰森恐怖的」。

② ［同族字例］mere全然的，僅僅的；melancholy憂鬱的（-melan-黑）。morning早上。參看：morganatic貴賤通婚的；amuck殺氣騰騰地；murk黑暗，陰沉，朦朧，霧。

---

mac.er.ate ['mæsəreit; 'mæsə,ret]

義節 mac.er.ate

mac→merg浸，沉；-er反覆動作；-ate動詞。

字義 *v*. 浸軟，浸漬，浸解，使消瘦，折磨。

記憶 ① ［義節解說］「浸軟」一意，來源於拉丁文macero使變軟，使無力，削弱，折磨。反覆浸→搗碎→捏成型；搗碎→折磨。

「使消瘦」一意，來源於拉丁文macer瘦弱的，乾枯的，和marceo枯萎。

② ［用熟字記生字］make製造（註：此字原意可能是「捏製」，就像上帝捏出一個人一樣）。

③ ［同族字例］「浸軟」一意：merge吞沒，使漸漸消失；emerge浮現；emergency突然出現的情況；emersion浮現，出現；immersion侵入；submerge淹沒；submersion沉沒，浸沒；Mass彌撒（註：發給小「軟」餅作爲聖餐）；

matzoom發酵牛奶。參看：mason泥瓦工；moccasin軟鞋；martyr折磨；mash麥芽漿，糊狀物，搗碎。參看：immerse使沉浸於。「使消瘦」一意：maigre（羅馬天主教）齋日的，無肉食的；meager瘦的，貧乏的。參看：emaciate（使）消瘦，使衰弱，使貧瘠。

④ ［疊韻近義字］參看：lacerate撕碎的，受折磨的。

---

mach.i.na.tion

[,mæki'neiʃən;,mækə'neʃən]

字義 *n*. 陰謀，詭計。

記憶 ①本字可能源於Machiavell，義大利政治家，主張爲達到目的而不擇手段。

② ［用熟字記生字］make製造；machine機器，機械；mechanics力學、機械學。有趣的是：中國古人也把「機械」和「心計」看作一回事。例如明朝張岱對水滸人物宋江的評語：「忠義滿胸，機械滿胸」。謂其多智謀、工心計也。

---

mac.ro.bi.an

[mæk'roubiən; mæk'robiən]

義節 macro.bi.an

macro-長，大，宏；bi = bio生命；-an字尾。

字義 *a*. / *n*. 長壽的（人）。

記憶 ① ［同族字例］- macro -：macrocosm宏觀世界；macrophysics宏觀物理學；maximum最大的；magnanimous寬宏大量的；majesty雄偉，君權。-bi-：be是，存在；biology生物學；born出生。

② ［近義字］參看：longevity長壽。

mac.u.late

[v.'mækjuleit；'mækju,let adj.'mækjulit；'mækjʊlɪt]

義節 mac.ul.ate
mac洞，點；-ul→cule表示小；-ate字尾。

字義 a. 有斑點的，有汙點的。
　　vt. 沾汙，使有斑點。

記憶 ①［用熟字記生字］mark斑點。
②［同族字例］march 邊境；demarcation界限；mackle 印刷重複造成模糊；macle礦物的斑點；macule由於重複而模糊；margin邊緣；smooch汙跡，弄髒；smudge汙跡，沾汙；smutch弄髒，塵垢。參看：besmirch沾汙，糟蹋；immaculate無瑕疵的。
③字母m表示「小洞，小點」的其他字例：mottle斑點；mail盔甲；maillot緊身衣服；maquis灌木，叢林；trammel細網。參看：mesh網眼；measles麻疹；stigma斑點；mote瑕疵的，小缺點。
④字母 m 和含義字母組合 sm 常表示「汙跡，沾汙」，例如：stigma汙點；mud泥；smear 塗抹，沾汙；smut 汙跡，煤塵，沾汙；smutty 給煤炭弄黑的，猥褻的；bemire使沾上汙泥。
⑤［反義字］參看：immaculate無瑕疵的。

mad.ri.gal ['mædrigəl; 'mædrɪg!]

字義 n. 情歌，牧歌，小調。

記憶 ①［諧音］「馬德里歌」→西班牙小調。
②語源上認為本字原意為「牛欄」，引申為「牧歌」。錄供參考。

mael.strom

['meilstroum；'melstrəm]

義節 mael.strom
mael→mol磨；strom→stream n.溪流。

字義 n. 漩渦。

記憶 ①［義節解說］由「磨」引申為「轉動」，「旋轉的溪流」→漩渦。
②［用熟字記生字］mule騾→騾子蒙著眼睛推磨。
③［同族字例］mol-：mill 磨坊；meal餐；molar磨的；muller研磨器；molest折磨，使煩惱；ormolu仿金銅箔。參看：emolument報酬；immolate犧牲，殺戮，宰殺作祭，毀滅。strom-：stream溪流；storm風暴。

maf.fi.a ['mɑ:fiɑ:；'mɑfɪ,a]

字義 n. 黑手黨，祕密犯罪組織。

記憶 ①本字是義大利文借字，原意為「大膽，無法無天」。據說源於阿拉伯文mahyah。
②［用熟字記生字］mad瘋狂的。
③［形似近義字］參看：muffle蒙住。

mag.is.trate

['mædʒistrit, -treit; 'mædʒɪs,tret, -trɪt]

義節 mag.i.strate
mag宏大；-strate→-ster人。

字義 n. 地方行政官，文職官員。

記憶 ①［義節解說］本字來源於拉丁文magister長官，首長，主謀。
②［用熟字記生字］master主子。
③［同族字例］magnifico要人；major長者，少校。參看：magnate大官，權貴；magnanimous寬宏大量的；megalomania自大狂，妄自尊大。

M

mag.nan.i.mous

[mæg'næniməs, məg -; mæg-'nænəməs] *

義節 magn.anim.ous

mag(n)宏大；anim呼吸，生命，心神；-ous形容詞。

字義 *a.* 寬宏大量的，高尚的。

記憶 ①〔義節解說〕心神恢宏→器量大。

②〔同族字例〕-magn-：magnificent宏偉的，莊嚴的；magnitude廣大；macrocosm宏觀世界；macrophysics宏觀物理學；maximum最大的；majesty雄偉，君權；magnifico要人；major長者，少校。參看：magistrate地方行政官；macrobian長壽。-anim-：unanimity同意，一致；animal動物。參看：animadvert譴責；equanimity沉著，平靜，鎮定；animosity敵意。

③〔形似近義字〕munificent慷慨的，大方的，寬宏大量的。

mag.nate [ˈmæɡneit ; ˈmæɡnet]

義節 magn.ate

mag（n）宏大；-ate字尾。

字義 *n.* 大官，權貴，巨頭。

記憶 ①〔用熟字記生字〕main主要的。

②〔同族字例〕macrocosm 宏觀世界；macrophysics宏觀物理學；maximum 最大的；majesty雄偉，君權；magnifico要人；major長者，少校。參看：magnanimous寬宏大量的；magistrate地方行政官；macrobian長壽；megalomania自大狂，妄自尊大；magniloquent誇張的，華而不實的；magnitude巨大，重大，大小，數量。

mag.net [ˈmæɡnit ; ˈmæɡnɪt] *

字義 *n.* 磁體，磁鐵，磁石，有吸引力的（人，物）。

記憶 本字以磁石產地Magnesia（在希臘東北部）而得名。參看：loadstone天然磁鐵。

mag.nil.o.quent

[mæg'niləkwənt, -louk -; mæg- ˈnɪləkwənt]

義節 magn.i.loqu.ent

mag（n）宏大；loqu講話；-ent形容詞。

字義 *n.* 魚類學，有關魚（類）的論文。

記憶 ①〔義節解說〕講「大」話。

②〔用熟字記生字〕colloquial口語的。

③〔同族字例〕-magn-：magnificent宏偉的，莊嚴的；magnitude廣大；macrocosm宏觀世界；macrophysics 宏觀物理學；maximum最大的；majesty雄偉，君權；magnifico要人；major長者，少校。參看：magistrate地方行政官；macrobian長壽。-loqu-：locution說話的語氣，風格；circumlocution迂迴說法，累贅的話；interlocution對話，交談；allocution訓諭；prolocutor代言人，發言人；eloquence口才，雄辯術。參看：elocution演說術。

mag.ni.tude

[ˈmæɡnitjuːd ; ˈmæɡnə,tjud] *

義節 magn.i.tude

mag（n）宏大；-tude抽象名詞。

字義 *n.* 巨大，重大，大小，數量。

記憶 〔同族字例〕magnificent宏偉的，莊嚴的；magnitude廣大；macrocosm宏觀世界；macrophysics宏觀物理學；maximum最大的；majesty雄偉，君權；magnifico要人；major長者，少校。參看：magistrate地方行政官；macrobian長壽；magnanimous寬宏大量的。

mag.pie ['mægpai ; 'mæg,paɪ]

義節 mag.pie

mag→Margaret；pie n.【古】愛說話的人，喜鵲。

字義 n. 鵲，嘰嘰喳喳的人。

記憶 ①Mag是Margaret的愛稱，加之於鵲。估計pie來源於beak鳥嘴，其中b→p通轉。

②〔用熟字記生字〕speak說話，談話；parrot鸚鵡。

③〔同族字例〕pike槍刺；pick啄；鑿；pink戳；poke戳；punch沖壓，打孔；pica異食癖；pique激怒；woodpecker啄木鳥；spicula針狀體，刺。參看：picket（用）尖樁（圍住）；peg用木釘釘；peck啄，鑿；spike用大釘釘，刺。

④字母 p 表示「講話」。參看：palaver空談；panegyric頌詞；parlance講話；parable寓言…等等。

---

ma.gus ['meigəs; 'megəs]

字義 n. 古波斯僧，魔術家，占星家。

記憶 ①〔用熟字記生字〕magic魔法，巫術。

②〔同族字例〕magician魔術師，術士；maggot怪念頭。

③字母 M 表示「奇幻」的其他字例：marvel奇蹟；amaze使驚奇；mesmerize使入迷；miracle奇蹟；mirage幻影，幻景；mystery神祕事物。參看：myth神話；maze迷宮；macabre恐怖的。

---

maim [meim ; mem] *

字義 vt. 殘害，使殘廢，使負重傷。

記憶 ①估計本字可能是mayhem語音縮略而成。h在許多拉丁系語言中不讀音。參看：mayhem殘害罪。參考：madam可縮略成ma'am（女士）。

②〔同族字例〕ant螞蟻；emmet蟻；mangle損壞，撕碎，亂砍；muley無角的。參看：mar損壞。

---

maj.es.ty

['mædʒisti, -dʒəs-; 'mædʒɪstɪ, 'mædʒəstɪ]

義節 maj.est.y

maj宏大；-est最高級字尾；-y名詞。

字義 n. 雄偉，莊嚴，威嚴，君權，君主。

記憶 ①〔義節解說〕宏大→雄偉→偉大→君權。字根-maj-應是-mag（n）-的變體（j→g常有同音「通轉」現象。參看：gelatin明膠），都表示「宏大」。

②〔用熟字記生字〕major較大的，較年長的，較重要的。

③〔同族字例〕magnificent 宏偉的，莊嚴的；magnitude廣大；macrocosm宏觀世界；macrophysics宏觀物理學；maximum最大的；magnifico要人。參看：magistrate地方行政官；macrobian長壽。

---

mal.a.droit

[,mælə'drɔit; ,mælə'drɔit]

義節 mal.adroit

mal-不；adroit a.靈巧的。

字義 a. 笨拙的，不靈巧的。

記憶 ①〔義節解說〕droit原是法文，意爲：右手的。一般認爲右手比較靈巧。

②〔用熟字記生字〕right右手的（droit→roit→right）。

③〔同根字例〕mal-：參看：malarky空話，蠢話；malcontent不滿的；malediction詛咒，咒罵，誹謗；malefactor作惡者；malevolent惡意的；malice惡意；malign邪惡的；malignant惡意的；malinger裝病。

mal.a.dy ['mælədɪ; 'mælədɪ] *

義節 mal.ady

mal-壞，病，錯，偽。

字義 *n.* 疾病，弊病

記憶 ① ［同根字例］參看：maladroit笨拙的，不靈巧的；malarky空話，蠢話；malcontent不滿的；malediction詛咒，咒罵，誹謗；malefactor作惡者；malevolent惡意的；malice惡意；malign邪惡的；malignant惡意的；malinger裝病。

② ［易混字］參看：melodic旋律的。

ma.lar.ky [mə'lɑ:ki; mə'lɑrkɪ]

義節 mal.ark.y

mal壞，病，錯，偽；lark→loqu講話；-y名詞。

字義 *n.* 假情假意的話，空話，蠢話。

記憶 ① ［義節解說］把假話叫得震天價響。

②參看：lark雲雀。借此助憶，記：說的比（雲雀）唱得還好聽。

③ ［同族字例］mal-：參看：maladroit笨拙的，不靈巧的；malcontent不滿的；malediction詛咒，咒罵，誹謗；malefactor作惡者；malevolent惡意的；malice惡意；malign邪惡的；malignant惡意的；malinger裝病。

-loqu-：colloquial口語的；locution說話的語氣，風格；circumlocution迂迴說法，累贅的話；interlocution對話，交談；allocution訓諭；prolocutor代言人，發言人；eloquence口才，雄辯術。參看：elocution演說術；magniloquent誇張的，華而不實的。

mal.con.tent

['mælkən,tent; 'mælkən,tɛnt]

義節 mal.content

mal-不；content *a.*滿意的。

字義 *a.* 不滿的，反叛的。

　　 n. 不滿者，反叛者。

記憶 ① ［形似近義字］discontent不滿的，不滿者。

② ［用熟字記生字］contain包含，包括。tain和tent都來源於法文tenir，相當於英文的hold抓牢。

③ ［同根字例］參看：maladroit笨拙的，不靈巧的；malarky空話，蠢話；malediction詛咒，咒罵，誹謗；malefactor作惡者；malevolent惡意的；malice惡意；malign邪惡的；malignant惡意的；malinger裝病。

mal.e.dic.tion

[,mæli'dikʃən; ,mælə'dɪkʃən] *

義節 male.dict.ion

male壞，病，錯，偽；dict講，說；-ion名詞。

字義 *n.* 詛咒，咒罵，誹謗。

記憶 ① ［義節解說］嘴裡盡說些「壞的」。

② ［同根字例］mal-：參看：maladroit笨拙的，不靈巧的；malarky空話，蠢話；malcontent不滿的；malefactor作惡者；malevolent惡意的；malice惡意；malign邪惡的；malignant惡意的；malinger裝病。-dict-：dictation聽寫；dictionary字典；dictum格言；edict布告；predict預告；interdict干涉；indicate指示。參看：benediction祝福；jurisdiction司法權；contradict反駁，否認，發生矛盾；abdicate放棄；vindicate辯護。

③ ［反義字］benediction祝福，感謝。

mal.e.fac.tor

['mælifæktə; 'mælə,fæktə]

義節 male.fact.or

male壞，惡，病，錯；fact做，幹；-or行為者。

字義 *n.* 作惡者，壞分子，犯罪分子。

記憶 ① [義節解說] 做壞事的人。

② [同族字例] -male-：參看：maladroit笨拙的，不靈巧的；malarky空話，蠢話；malcontent不滿的；malediction詛咒，咒罵，誹謗；malady疾病；malevolent惡意的；malice惡意；malign邪惡的；malignant惡意的；malinger裝病。

-fact-：factory工廠；feat手藝；effect結果，影響；proficiency精通；function功能。參看：factitious人爲的；feasible可行的；facility容易，熟練，敏捷，便利。

③ [對應字] benefactor捐助人，恩人（bene好，善）。

ma.lev.o.lent

[məˈlevələnt, mæˈl -,- vlə -;məˈlɛvələnt]

義節 male.vol.ent

male壞，惡，病，錯；vol意願；-ent形容詞。

字義 *a.* 惡意的。

記憶 ① [義節解說] 壞的意願。

② [用熟字記生字] will願意；volunteer志願者。

③ [對應字] benevolent慈善的，和藹可親的（bene好，善）。

④ [同根字例] 參看：maladroit 笨拙的，不靈巧的；malarky 空話，蠢話；malcontent不滿的；malediction詛咒，咒罵，誹謗；malefactor作惡者；malice惡意；malign邪惡的；malignant惡意的；malinger裝病。

mal.ice ['mælis ; 'mælɪs]

義節 mal.ice

mal壞，病，錯，偽；-ice字尾。

字義 *n.* 惡意，怨恨，蓄意犯罪，預謀。

記憶 ① [義節解說] 一肚壞水。

② [同根字例] 參看：maladroit 笨拙的，不靈巧的；malarky 空話，蠢話；malcontent不滿的；malediction詛咒，咒罵，誹謗；malefactor作惡者；malevolent惡意的；malign邪惡的；malignant惡意的；malinger裝病。

ma.lign [məˈlain; məˈlaɪn] *

義節 mal.i.gn

mal壞，惡，病，錯；gn生。

字義 *a.* 邪惡的，惡意的，有害的（疾病）惡性的。

記憶 ① [義節解說] 「惡」意「生」發。

② [對應字] benign親切的，良好的，（疾病）良性的（ben好，善）。

③ [同根字例] 參看：maladroit笨拙的，不靈巧的；malarky空話，蠢話；malcontent不滿的；malediction詛咒，咒罵，誹謗；malefactor作惡者；malevolent惡意的；malice惡意；malignant惡意的；malinger裝病。

ma.lig.nant [məˈlignənt; məˈlɪgnənt] *

義節 mal.i.gn.ant

mal壞，惡，病，錯；gn生；-ant形容詞。

字義 *a.* 惡意的，邪惡的，（疾病）惡性的。

記憶 ① [義節解說] 「惡」意「生」發。

② [對應字] benignant慈祥的，寬厚的，溫和的（ben好，善）。

③ [同根字例] 參看：maladroit 笨拙的，不靈巧的；malarky 空話，蠢話；malcontent不滿的；malediction詛

咒，咒罵，誹謗；malefactor作惡者；
malevolent惡意的；malice惡意；malign
邪惡的；malinger裝病。

ma.lin.ger [mə'laɪnə; mə'laɪnə]

[義節] ma.linger

ma→mal壞，病，偽；linger v.閒蕩。

[字義] *vi.* 裝病，開小差。

[記憶] ① [義節解說] 裝病去逛街。參看：
linger閒蕩。

② [同族字例] mal-：參看：maladroit
笨拙的，不靈巧的；malarky空話，蠢
話；malcontent不滿的；malediction詛
咒，咒罵，誹謗；malefactor作惡者；
malevolent惡意的；malice惡意；malign
邪惡的；malignant惡意的。

-ling-：lengthen延長；long長的；length
長度；lounge（懶洋洋地）躺，靠，閒
蕩。參看：linger拖延，逗留，徘徊，閒
蕩。

mall [mɔːl; mɔl, mæl]

[字義] *n.* 林蔭路，鐵圈球。

[記憶] ①Pall-Mall是倫敦的一條街的名字，
街上有許多俱樂部。轉義為：「林蔭
路」。此字又作「鐵圈球場」解。

② [用熟字記生字] ball球。記作由metal
ball縮略而成。又：參考：boulevard
（boul＝ball）林蔭路。

③ [同族字例] 參看：maul木槌；
malleable可鍛的；mallet（木）槌，
（打馬球用的）球棍。

mal.le.a.ble

['mæliəbl, - ljə- lə -; 'mæliəbl] *

[義節] malle.able

malle＝maul *n.*大槌。-able能夠。

[字義] *a.* （金屬）有延展性的，可鍛的，柔

順的，易適應的。

[記憶] ① [義節解說] 參看：maul大槌→能
用大槌緞打→可延展的。

② [用熟字記生字] mild柔和的。

③ [同族字例] mellow使柔和；melting溫
柔的；molify使軟化；molluscoid軟體動
物；muliebrity溫柔；mull細軟薄棉布。
參看：maul木槌；mallet（木）槌，（打
馬球用的）球棍。

④ [易混字] 參看：mall林蔭路。

⑤字母M表示「柔軟」的其他字例：
moderate溫和的；modest謙和的；
mush軟糊糊的東西。

mal.let ['mælit; 'mælɪt] *

[義節] mall.et

mall＝malle＝maul *n.*木槌。-et表示
「小」。

[字義] *n.* （木）槌，（打馬球用的）球棍。

[記憶] ① [用熟字記生字] hammer手錘
（ham→hand；mer→maul）。

② [同族字例] 參看：maul木槌；
malleable可鍛的。

mal.o.dor [mæ'loudə; mæl'odə]

[義節] mal.odor

mal壞，病，錯，偽；odor氣味。

[字義] *n.* 惡臭。

[記憶] ① [義節解說] 壞的氣味→惡臭。

② [同族字例] mal-：參看：maladroit笨
拙的，不靈巧的；malarky空話，蠢話；
malady疾病；malcontent不滿的；
malediction詛咒，咒罵，誹謗；
malefactor作惡者；malevolent惡意
的；malice惡意；malign邪惡的；
malignant惡意的。-odor-：odor氣味；
malodorous惡臭的；redolent有…氣味
的；deodorant除臭劑。參看：odious可
憎的，醜惡的，令人作嘔的。

mam.mal ['mæməl; 'mæm!] *

義節 mam.m.al

mam乳房；-al字尾。

字義 *n.* 哺乳動物。

記憶 ① 〔義節解說〕字根-mam-模擬嬰兒吃奶時發出的聲音，粵語中的兒語，猶稱「吃飯」爲「食mum-mum」。

② 〔用熟字記生字〕mama（兒語）媽媽→有「奶」便是娘。

③ 〔同族字例〕mammalla哺乳綱；mammilia乳頭；mamma媽媽。

④ 字母 M 表示「乳」的其他字例：mastitis乳腺炎；mastoid乳頭狀的；milk牛奶；emulsify使乳化。

⑤ 〔易混字〕參看：mammoth猛瑪，龐然大物。

mam.mon ['mæmən; 'mæmən]

字義 *n.* 錢財，財富，財神（M大寫）

記憶 ① 〔用熟字記生字〕money錢財。

② 〔同族字例〕monetary錢的，貨幣的，金融的；mean吝嗇的。

mam.moth ['mæməθ; 'mæməθ] *

義節 mam.moth

mam大；moth→一口牙齒→咬，嚼。

字義 *n.* 猛瑪（已絕種的古代長毛象）。

　　 a. 龐大的。

記憶 ① 〔義節解說〕（長有一雙）大牙齒（的野獸）→巨象。mam可能是magn（大）在連接moth時因「音的同化」而變形。

② 〔用熟字記生字〕mouth口。

③ 〔易混字〕參看：mammal哺乳動物。

④ 〔形似近義字〕behemoth巨獸，龐然大物。

⑤ 〔同族字例〕aftermath再生草，（災

禍性）後果。參看：masticator咀嚼；moth蛾，蛀蟲。

man.a.cle ['mænəkl; 'mænək!]

義節 mana.cle

mana手；-cle表示「小」。

字義 *n.* 手銬，束縛。

　　 vt. 給…上手銬，束縛。

記憶 ① 〔義節解說〕把手「縮小」→給…上手銬，束縛。

② 〔用熟字記生字〕manufacture製造；manual手的。

③ 〔形似近義字〕參考：handcuff手銬。參看：handicap妨礙。

④ 〔同族字例〕參看：maneuver 調動；manicure 修指甲；manipulate 操縱；manumit 解放；manure 施肥；mortmain 傳統勢力。

man.date

[*n.*'mændeit, - dit ; 'mændet, - dɪt *v.* 'mændeit; 'mændet] *

義節 mand.ate

mand命令；-ate動詞。

字義 *n.* 命令，委任，委託，託管。

記憶 ① 〔義節解說〕「委託」一意，可釋作：man→manu手；date給予。

② 〔用熟字記生字〕demand要求；command命令。

③ 〔同族字例〕「委託」一意，參看上字：manacle手銬，束縛。

ma.neu.ver

[mə'nu:və; mə'nuvə] *

義節 man.euver

man手；euver→work工作。

字義 *n. / v.* 調動，（使）演習，（用）策略。

記憶 ① 〔義節解說〕原意是handiwork手工

藝品，引申爲「人工編織的」→計謀。

② ［用熟字記生字］manage處理，管理；manual手製的。

③ ［同族字例］-man-：參看：manicure修指甲；manipulate 操縱；manumit解放；manure施肥；mortmain傳統勢力；manacle手銬。-euver-：serve服務（s→self；erve→work）。參看：manure 施肥；metalurgical 冶金的。

---

man.ful ['mænful ; 'mænfəl] *

義節 man.ful

man *n.*男人；-ful充滿的。

字義 *a.* 勇敢的，果斷的。

記憶 ① ［義節解說］有男人大丈夫氣慨→勇敢果斷，不婆婆媽媽。

② ［用熟字記生字］man男人。

---

mange [meindʒ; mendʒ]

字義 *n.* 獸疥癬，癩疥，皮膚的骯髒。

記憶 ①語源上認爲本字從法文manger咬，吃→癩癢像蟲「咬」。

②字母M表示「口，咬」的其他字例：mordacious愛咬的，諷刺的；remorse後悔（註：所謂「噬」臍莫及）；mandible顎；manger馬槽；blancmange牛奶凍。參看：mordant尖銳的，腐蝕的；morsel（食物的）一口，一小份；motto格言；munch用力嚼；muzzle（動物）口鼻；mug嘴；mammoth猛瑪；mite蟎。

③字母 M 表示「小洞，小點」的其他字例：mottle斑點；mackle印刷重複造成模糊；macle礦物的斑點；mackle由於重複模糊；mail盔甲；maillot緊身衣服；maquis灌木，叢林；trammel細網。參看：mesh網眼；measles麻疹；stigma斑點；mote瑕疵的，小缺點；maculate有斑點的；immaculate無瑕疵的。

---

ma.ni.a ['meinjə, -niə; 'meniə] *

字義 *n.* 瘋狂，狂熱，狂亂，癖好。

記憶 ① ［用熟字記生字］mental心理的，精神的；mad瘋狂的，狂熱的。

② ［同族字例］dementia精神錯亂；mind精神。字尾-mania表示「對…狂熱」。反義字尾爲：- phobia，表示「對…厭惡」。例如：kleptomania 竊盜成癖。參看：dipsomania 酒狂；hydrophobia 恐水症。

---

man.i.cure

['mænikjuə, -kjoə, - kjə, - kjɔː; 'mæni,kjur]

義節 mani.cure

mani手；cure = care *n.*用心，照管。

字義 *n. / vt.* 修指甲。

vt. 修剪，修平。

記憶 ① ［義節解說］take care of the hands把手料理好→修剪指甲。

② ［用熟字記生字］manual手的；care照管。

③ ［同族字例］-mani-：參看：maneuver調動；manipulate 操縱；manumit解放；manure施肥；mortmain傳統勢力。manacle手銬。-cure-：cure治療，治癒；secure保證，使安全；accurate精確的。參看：pedicure 修（腳），醫（腳）；curator 管理者；procure獲得。

---

man.i.fest

['mænifest ; 'mænə,fɛst] *

義節 mani.fest

mani手；fest→fast *a.*牢的，可靠的。

字義 *a.* 明白的。

vt. 表明。

vi. 顯露。

n. 顯示。

記憶 ① [義節解說] 抓牢在手上 → 碰得著，摸得著→明擺在那裡的。本字來源於拉丁文manifestus明顯的，當場被抓住罪證的。另外，參考拉丁文festuca大法官的權杖，用來觸奴隸的頭，表示該人可釋放。

② [同族字例] -mani-：參看：maneuver調動；manicure修指甲；manipulate操縱；manumit解放；manure施肥；mortmain傳統勢力。manacle手銬。-fest-：fasten紮牢；fasciate用寬彩帶紮住的；fascinate迷住。參看：manifesto宣言。

③ [形似近義字] demonstrate顯示。

man.i.fes.to

[ˌmæniˈfestou ; ˌmænəˈfɛsto]

義節 mani.fest.o

mani手；fest→fend = struck擊。

字義 vi. / n. (發表) 宣言 (或聲明)。

記憶 詳見上字。

man.i.fold

['mænifould ; 'mænə,fold]

義節 mani.fold

mani = many a.許多的；fold v.摺疊。

字義 a. 多樣的，多方面的。

　　vt. / n. 複寫 (本)。

記憶 ① [義節解說] 多重摺疊→許多層。fold又表示倍數。如two-fold二倍。「複寫」即等於加了倍。

② [同族字例] faltboat可折疊的帆布艇；faldstool折疊凳；fauteuil扶手椅；-fold (字尾)…倍，…重。

man.i.kin ['mænikin ; 'mænəkın]

義節 man.i.kin

man n.人；-kin表示「小」。

字義 n. 矮人，人體模型，女模特兒。

記憶 ① [義節解說] 體型較「小」的人。

② [易混字] mankind人類。

③ [同族字例] -man-：參看：manful勇敢的。-kin：lambkin羔羊；devilkin小魔鬼；cannikin小罐；pannikin小盤。

ma.nip.u.late

[məˈnipjuleit; məˈnɪpjə,let] *

義節 mani.pul.ate

mani手；pul→pull v.拉；-ate動詞。

字義 vt. 操縱，處置。篡改。

記憶 ① [義節解說] 用手拉 (操縱) 桿。語源上一般認爲：pul → plete = fill填滿。錄供參考。

② [用熟字記生字] manufacture製造；manual手的。

③ [同族字例] 參看：maneuver調動；manicure修指甲；manumit解放；manure施肥；mortmain傳統勢力；manacle手銬。

ma.nom.e.ter

[məˈnɔmitə; məˈnɑmətə]

義節 mano.meter

mano流動；meter測量。

字義 n. (流體) 壓力計，血壓計。

記憶 ① [義節解說] 本字來源於拉丁文mano流動。該字又來源於meo行動，流動。語源上一般認爲：mano = thin瘦，薄；「量血壓」是：皮管內氣體變稀「薄」，測出血壓。這樣，[同族字例] 有：minnow銀色小魚。參看：monarch君主；monk僧侶；monotheism一神論。

② [同族字例] commence開始；amenity社交禮節；manner擧止；mien風度；mention提及；menace威脅；mean意味著；permeate滲透，瀰漫，充

M

滿。參看：promenade兜風，散步；impermeable不可滲透的；meander漫步；demean行為，表現；ominous預兆的；mendacious虛假的；permeable可滲透的；amenable有義務的，順從的；meander漫步，迂迴曲折前進。

---

man.sion [ˈmænʃən; ˈmænʃən] *

義節 mans.ion

man（s）→stay居停；-ion名詞。

字義 *n.* **大樓，大廈，宅第。**

記憶 ①〔義節解說〕本字最直接的來由似是manse牧師住宅。

②〔用熟字記生字〕remain剩下，保持；museum博物館；community社區，共性。

③〔同族字例〕manor莊園，大宅邸；manse牧師住宅；immanent內在的，固有的；permanent持久的，永久的；remnant殘餘的；menage家庭，家務；menagerie動物園，（馬戲團中）囚在籠中的獸群。參看：menial僕人；remnant殘餘（的），剩餘（的）；mundane世間的，世俗的，庸俗的，宇宙的；municipal市（政）的，自治城市的，內政的。

---

man.u.mit

[ˌmænjuˈmit; ˌmænjəˈmɪt]

義節 manu.mit

manu手；mit放，發送。

字義 *vt.* **解放（農奴等）。**

記憶 ①〔義節解說〕把（束縛著的）手放（開）→解放。

②〔同族字例〕-manu-：參看：maneuver調動；manicure修指甲；manipulate操縱；manure施肥；mortmain傳統勢力。manacle手銬；manifesto宣言。-mit-：missionary傳教士；dismiss開

除；promise答應；commission委員會；admit允許進入；commit承諾；permit准許。參看：emanate發射；demise轉讓，遺贈；emetic催吐劑；concomitance伴隨，共存；remit匯款；emissary密使。

---

ma.nure [məˈnjuə; məˈnjʊr] *

義節 man.ure

man *n.*人；ure→urine *n.*尿。

字義 *n.* **糞肥，肥料。**

       vt. **施肥於。**

記憶 ①〔義節解說〕人（糞）尿→肥料。語源上一般釋為：man手，ure工作，做。似不如作者所關新解切實易記。

②〔用熟字記生字〕mature成熟。此字與本字只差一個字母，容易混淆。乾脆借此串記；施肥催熟。

③〔形似近義字〕nurture營養物；nurse護士，餵奶，飼養（幼獸）。記：人和動物，用nurture作營養；植物要manure滋養（請注意：nur是兩字都有的）。參看：muck糞肥，施肥。

---

mar [mɑ:; mɑr] *

字義 *vt.* **損壞，毀壞，弄糟。**

記憶 ①Mars意為：火星，（羅馬神話中的）戰神→戰爭造成毀壞。

②〔同族字例〕immortal不朽的；mortar研缽，搗物機器；nightmare惡夢；mare鬼；marasmus衰弱；amaranth想像中不凋謝的花（a-：否定）。參看：moribund垂死的；mortician殯儀業者；murrain獸瘟，畜疫，（農作物）害病；maim殘害；maraud擄掠；martyr殺害。

---

ma.raud [məˈrɔ:d; məˈrɔd]

字義 *v.* / *n.* **擄掠，劫奪。**

記憶 ① ［義節解說］ Mars意爲：火星，（羅馬神話中的）戰神→戰爭造成擄掠。
② ［用熟字記生字］ raid襲擊。
③ ［同族字例］ 參看上字：mar毀壞。

mar.ble ['mɑːbl; 'mɑrb!] *

字義 *n. / a.* **大理石（的）。**
　　　vt. **弄上大理石花紋。**

記憶 ① ［用熟字記生字］ mark斑痕 → 大理石上的花紋；ble → boulder圓石。
② ［音似近義字］ cobble用鵝卵石鋪路；pebble鵝卵石，小圓石。

mare [mɛə; ɛr] *

字義 *n.* **牝馬，母馬，海。**

記憶 ① 參看：mammal哺乳動物；mare→mam乳→牝。
② ［諧音］ 「馬」，「媽」→馬媽媽→母馬。
③ ［同族字例］ 「馬」：Mars火星，戰神；marshal元帥（註：原意是「馬夫」）；march行軍。「海」：Mercury水星。參看：marsh濕地；mercury水銀；moor沼澤；morass沼澤；marine海的。

mar.i.gold

['mærigould ; 'mærə,glod]

義節 mari.gold

mari→Virgin Mary貞女瑪麗；gold *n.*金色。

字義 *n.* **金盞花，萬壽菊。**

記憶 抓住一個gold字。記：「金」盞花，「金」菊。

ma.rine [mə'riːn; mə'rin] *

義節 mar.ine

mar海；-ine字尾（表示具有…屬性）。

字義 *a.* **海的，海生的，航海的。**
　　　n. **船舶，海運業。**

記憶 ① ［同族字例］ Mercury水星。參看：marsh濕地；mercury水銀；moor沼澤；morass沼澤；mare海。
②字母 M 常表示「水」。此意可從邏輯上歸結到 Mercury 水星。其他字例：moist 潮濕的；magma岩漿；mucus（動植物）黏液。參看：miasma潮氣；mizzle濛濛細雨；moss沼澤；macerate浸軟；moil弄濕。

mar.i.tal ['mæritl, mə'raitl; 'mærət!]

義節 mar.it.al

mar→mas男性，雄性；-it字尾；-al形容詞。

字義 *a.* **婚姻的，【古】丈夫的。**

記憶 ① ［義節解說］ 法文中，mari是「丈夫」。引申爲「婚姻」意。
② ［用熟字記生字］ marry結婚，man男人；male雄的，男的。
③ ［同族字例］ emasculate閹割，使無生氣。參看：masculine男子。

marsh [mɑːʃ; mɑrʃ] *

字義 *n.* **沼澤，濕地。**

記憶 ① ［同族字例］ Mercury水星；mercury水銀；mere池沼；mermaid美人魚。參看：marine海的；moor沼澤；morass沼澤；moss沼澤。
② ［易混字］ marshal 元帥。串記：元帥腳陷沼澤裡，虎落平陽被犬欺。

mar.su.pi.al

[mɑ:'sju:piəl, -'su: -, - pjəl; mɑr'sjupiəl, - 'su -]

義節 marsup.i.al

marsup袋；-al字尾。

字義 *a. / n.* **有袋動物（的）。**

M

記憶 ① ［用熟字記生字］parcel小包（註：mars→parc；m→p音變，因為都是閉口音；s→c通轉）。

② ［同族字例］marsupialize【醫】施行造袋術；marsupium（有袋類動物之）育兒袋；matriarch女家長；mistress主婦；material物質的。參看：matron主婦；matrix子宮，矩陣；matricide殺母（罪），殺母（者）；maternal母親（似）的，母性的，母方的；maw（動物的）胃；mawkish令人作嘔的。

---

mar.ti.net

[ˌmɑːtiˈnet; ˌmɑrtn̩ˈɛt, ˈmɑrtn̩ˌɛt]

字義 *n.* 嚴厲的軍紀官，厲行嚴格紀律的人。

記憶 ①本字原是一名法國軍官的名字，以設計嚴厲軍規而傳名。

② ［諧音］喝了「馬丁尼」，對人更嚴厲。

---

mar.tyr ['mɑːtə; 'mɑrtə]

義節 mart.yr

mart 搗，研磨→折磨；-yr→-er人。

字義 *n.* 殉難者，殉教者，長期病痛者。
    vt. 殺害，折磨。

記憶 ① ［義節解說］本字的來源，在德文中看得比較清楚；德文marter拷問，刑訊；martern拷打，折磨；martyrer烈士。據此，作者判定字根-mart-的基本含義如上。參看：［同族字例］。

本字語源上一般釋作witness見證人。費解且無助憶之憑藉。

② 換一個角度，「殉難」表示「呈獻」出自己的生命。字母M表示「呈獻、給予」的其他字例：mete給予；immolate犧牲；immolation當作祭品的人；munificent慷慨給予的。

③ ［同族字例］mortar研缽，搗物機器；nightmare惡夢；mare鬼；marasmus衰弱；amaranth想像中不凋謝的花（a-：否定）。

---

mas.cu.line

['mɑːskjulin; ˈmæskjəlɪn] *

義節 mas.cul.ine

mas男性，雄性；-cul表示「小」；-ine字尾（表示具有…屬性）。

字義 *a. / n.* 男性的（東西）。
    n. 男子，男孩。

記憶 ① ［用熟字記生字］man男人；male雄的，男的。

② ［同族字例］-mas-：emasculate閹割，使無生氣。參看：marital婚姻的，【古】丈夫的。-cul：參看：molecule分子。

---

mash [mæʃ; mæʃ]

字義 *n.* 麥芽漿，糊狀物。
    vt. 搗碎，調情求愛。

記憶 ① ［義節解說］本字的基本含義是：搗碎→捏軟→成形。「調情」一意可能從malt（麥芽）而來。麥芽→麥芽漿→糊狀物。「調情」可能取其「黏糊糊」的喻意。

② ［用熟字記生字］make製造（註：此字原意可能是「捏製」，就像上帝捏出一個人一樣）。

③ ［疊韻近義字］bash猛地撞毀；crash撞毀，砸碎；smash粉碎。

④ ［同族字例］Mass彌撒（註：發給小「軟」餅作為聖餐）；matzoom發酵牛奶。參看：mason泥瓦工；macerate浸軟；moccasin軟鞋；martyr折磨；massage按摩，推拿。

M

ma.son ['meisn ; 'mesn] *

義節 mas.on

mas捏軟；-on人，字尾。

字義 *n.* **石工，磚石工，泥瓦工。**

　　　vt. **用石建造。**

記憶 ①〔義節解說〕-mas-的基本含義是「搗碎→捏軟→成形。」泥瓦工就是要用手去「捏」。

②〔用熟字記生字〕mass塊，團；massive沉重的，牢固的，大塊的。石頭是大塊而又沉重的。

③〔同族字例〕Mass彌撒（註：發明小「軟」餅作爲聖餐）；matzoom發酵牛奶。參看：massage按摩；macerate浸軟；moccasin軟鞋；martyr折磨；mash麥芽漿，糊狀物，搗碎。

mas.sage ['mæsɑ:ʒ, - ɑ:dʒ; mə'sɑʒ]

義節 mass.age

mass手→捏軟；ag做；-e字尾。

字義 *n. / vt.* **按摩，推拿。**

記憶 ①〔義節解說〕-mass-的基本含義是：手→捏軟→成形。按摩就是用手去捏（骨節）。

②換一個角度。記：mass→man手。用手「按摩」。

③〔易混字〕message消息，音訊。記：按摩時聽見的消息。

④〔同族字例〕-mass-：masturbate手淫；Mass彌撒（註：發給小「軟」餅作爲聖餐）；matzoom發酵牛奶。參看：mason泥瓦工；macerate浸軟；moccasin軟鞋；martyr折磨；mash麥芽漿，糊狀物，搗碎。-ag-：agent行爲者，代理人。參看：actuate開動（機器等），激勵，驅使；agitate鼓動，攪動，使焦慮不安；actuary保險統計員；agile敏捷的，靈活的；agenda議程，記事冊。

mas.sif ['mæsi:f ; 'mæsɪf]

義節 mass.if

mass *n.*團，塊；-if字尾。

字義 *n.* **山岳，【地】地塊，斷層塊。**

記憶 ①〔義節解說〕本字來源於拉丁文messis收割，收成，收穫→一大堆。本字應是massive（粗大的，塊狀的）的名詞形式。

②〔用熟字記生字〕mountain山。

③〔同族字例〕maximum最大，極大。參看：muster聚集；maxim格言，準則，諺語。

mas.ti.ca.tor

['mæstikeitə; 'mæstə,ketə]

義節 mast.ic.at.or

mast一口牙齒→咬，嚼；-ic字尾；-at動詞尾；-or行爲者。

字義 *n.* **咀嚼者，咀嚼的動物，割碎機，撕碎機。**

記憶 ①〔用熟字記生字〕mouth口。

②〔同族字例〕mandible顎；manger馬槽；blancmange牛奶凍。參看：muzzle（動物）口鼻；mammath猛瑪。

③字母 M 表示「口，咬」的其他字例：mordacious 愛咬的，諷刺的；remorse後悔（註：所謂「噬」臍莫及）。參看：mordant 尖銳的，腐蝕的；morsel（食物的）一口，一小份；motto格言；munch用力嚼；mug嘴；mite蟎。

ma.ter.nal [mə'tə:n!; mə'tən!]

義節 matern.al

matern母；-al形容詞。

字義 *a.* **母親（似）的，母性的，母方的。**

記憶 ①〔義節解說〕字根-mater-可能來源於marsup袋→matrix子宮→母。

② ［用熟字記生字］ mother母親。

③ ［對應字］ paternal父親（似）的，父方的。

④ ［同族字例］ marsupialize【醫】施行造袋術；marsupium（有袋類動物之）育兒袋；matriarch女家長；mistress主婦；material物質的。參看：matron主婦；matrix子宮，矩陣；matricide殺母（罪），殺母（者）；maw（動物的）胃；mawkish令人作嘔的；marsupial有袋動物（的）。

ma.tri.cide

['meitrisaid；'metrə,saɪd，'mætrə -]

義節 matr.i.cide

matr母；-cide切，殺。

字義 *n.* **殺母（罪），殺母（者）。**

記憶 ① ［義節解說］ 字根-mater-可能來源於marsup袋→matrix子宮→母。

② ［用熟字記生字］ mother母親；suicide自殺。

③ ［同族字例］ -matr-：參看上字：maternal母親的。-cid-：concise簡明的（-cis切，「切」掉蕪雜的部分）；excise割除；decision決定；scissors剪刀；share分享，分擔；shear修剪，剪羊毛；shire郡（註：國家行政上的劃「分」）。參看：incisive鋒利的；schism（政治組織等的）分裂，教會分立；assassin行刺者，暗殺者。

ma.trix

['meitriks，'mæt- ；'metrɪks，'mætrɪks]

義節 matr.ix

matr母；-ix字尾。

字義 *n.* **子宮，發源地，矩陣，模型，（印刷）紙型。**

記憶 ① ［義節解說］ 字根-mater-可能來

源於marsup袋→matrix子宮→母。「矩陣」一意：因爲矩陣是一個括號，裡面包藏著許多「矩陣元」，猶如子宮內孕育著許多胎兒。

② ［用熟字記生字］ mother母親。

③ ［同族字例］ -matr-：參看上字：maternal母親的。

ma.tron

['meitrən；'metrən]

義節 matr.on

matr母；-on字尾。

字義 *n.* **主婦，女主管，護士長，母種畜。**

記憶 ① ［義節解說］ 字根-mater-可能來源於marsup袋→matrix子宮→母。

② ［用熟字記生字］ mother母親。

③ ［對應字］ patron庇護人，恩主（註：patr父）。

④ ［形似近義字］ mistress主婦。

⑤ ［同族字例］ -matr-：參看上字：maternal母親的。

maud.lin

['mɔːdlin；'mɔdlɪn]

字義 *a.* **易傷感的，感情脆弱的。**

記憶 ① 本字源於Mary Magdalene（人名），據說此人哀傷善泣。

② ［音似近義字］ 參看：mourning（哀悼的），可借此助憶。

③ ［用熟字記生字］ moved感動的。

④ ［同族字例］ moan呻吟；bemoan呻吟。參看：mourn哀痛；maunder咕噥，發牢騷，無精打采地行動，胡言亂語。

maul

[mɔːl；mɔl] *

字義 *n.* **大槌。**

vt. **毆打，打傷，粗手粗腳地做。**

記憶 ① ［用熟字記生字］ hammer手錘（ham→hand；mer→maul）。

② ［同族字例］ mellow使柔和；melting溫柔的；molify使軟化；molluscoid軟體動

物；muliebrity溫柔；mull細軟薄棉布。
參看：mallet（木）槌，（打馬球用的）
球棍；mallet槌；malleable可鍛的。

maun.der

['mɔːndə; 'mɔndɚ, 'mɑn -]

字義 *vi.* 咕噥，發牢騷，無精打采地行
動，胡言亂語。

記憶 ①本字是擬聲字。字母M常用來模
擬「低沉、濃濁」的聲音。其他字例：
參看：mumble咕噥；murmur咕噥；
mutter咕噥。

②［同族字例］moan呻吟；bemoan呻
吟。參看：mourn哀痛；maudlin易傷感
的，感情脆弱的。

③［易混字］參看：meander漫步。

mau.so.le.um

[mɔːsə'liːəm; ˌmɔsə'liəm]

義節 mausol.eum

mausol→Mausolus公元前Caria地方執政
者；-eum神殿。

字義 *n.* 陵墓，大而陰森的房屋。

記憶 ①［義節解說］Mausolus的妻子爲紀
念他，建造了華麗的陵墓，是世界七大奇
蹟之一。

②［用熟字記生字］museum博物館（原意
爲「繆斯的神殿」）。

③換一個角度：mau→magn大；
soleum→solemn莊嚴的；→大莊嚴地→
陵墓。

④［諧音］「墨索里尼」的陵墓。

⑤［形似近義字］參看：mansion大廈，宅
第。

mauve

[mouv; mov]

字義 *n.* 淡紫色。

記憶 ①本字原意爲錦葵類植物，爲紫色。

英文中以物而名「色」的其他字例：
apple蘋果→淡綠色；chestnut栗子→褐
色；rose玫瑰→淡紅色；amber琥珀→淡
黃色；coral珊瑚→紅色；ivory象牙→米
色…等等。

②［諧音］「模糊」。記「紫釵對鏡影模
糊」。

③［同族字例］mallow錦葵屬植物；
malachite孔雀石（註：綠色）。

maw

[mɔː; mɔ]

字義 *n.* 動物的胃，（鳥的）嗉囊，魚鰾。

記憶 ①本字從「袋」意，所謂胃「袋」。
字根-marsup-表示「袋」。

②［用熟字記生字］stomach胃。

③［同族字例］marsupialize【醫】施行
造袋術；marsupium（有袋類動物之）
育兒袋；matriarch女家長；mistress主
婦；material物質的。參看：matron主
婦；matrix子宮，矩陣；matricide殺
母（罪），殺母（者）；maternal母親
（似）的，母性的，母方的；mawkish
令人作嘔的；mew【古】鷹籠（尤指供
其換毛期用）；馬廄；隱蔽處，密室；
marsupial有袋動物。

mawk.ish

['mɔːkiʃ; 'mɔkiʃ]

字義 *a.* 令人作嘔的，假裝多情的，乏味
的。

記憶 本字是由maw派生。詳見上字：
maw動物的胃。作嘔，即是「翻胃」。

max.im

['mæksim; 'mæksim] *

字義 *n.* 格言，準則，諺語。

記憶 ①［用熟字記生字］maximum最大，
極大→最大的（見解）→準則，格言。

②［用熟字記生字］major較大的，較年長
的，較重要的。

M

③〔同族字例〕magnificent宏偉的，莊嚴的；magnitude廣大；macrocosm宏觀世界；macrophysics 宏觀物理學；magnifico 要人。參看：magistrate 地方行政官；macrobian長壽；majesty雄偉，莊嚴；massif山岳，【地】地塊，斷層塊。

maze [meiz ; mez] *

字義 *n.* 迷宮，迷津，曲徑。

　　 vt. / n. （使）困惑，（使）迷惑。

記憶 ①字母M的形狀，是彎彎曲曲的。因此有「曲徑」一意。參看：meander彎彎曲曲的路。

②〔用熟字記生字〕mist霧，朦朧；amaze使驚訝。

③〔疊韻近義字〕haze煙霧；smaze煙霾。參看：daze（使）迷亂。

④〔同族字例〕mess混亂；mix混雜；mux使混亂；mestizo混血兒；maslin雜糧麵包。參看：mizzle濛濛細雨；murk朦朧，霧；miscegenation人種混雜；miscellaneous混雜的；miscellany混合物。

⑤字母Z常表示「眩，暈，怪」。其他字例：dazzle耀眼的；dizzy頭暈目眩的；drizzle濛濛細雨；fuzzy模糊的；gaze凝視；gauze薄霧；grizzle灰色；muzzy迷惑的；puzzle謎；wizard男巫；woozy眩暈的…等等。

mead.ow ['medou ; 'mɛdo] *

字義 *n.* 草地，牧草地，河（或湖）邊肥沃的低草地。

記憶 ①〔同族字例〕mead草地；aftermath再生草。參看：mow割草。

②〔音似易混字〕參看：meddle干涉，亂弄。

me.an.der

[mi'ændə, mi:'æ-; mɪ'ændə] *

義節 meand.er

meand→men領，引，驅；-er表示小幅度動作的反覆。

字義 *n. / v.* 漫步。

　　 v. 迂迴曲折前進。

　　 n. 彎彎曲曲的路。

記憶 ①〔義節解說〕本字來源於拉丁文meatus行動，運轉，流動，道路。該字又來源於meo行動，流動。又：字母m的形狀是彎彎曲曲的，故本字從M。

②〔同族字例〕commence開始；amenity社交禮節；manner舉止；mien風度；mention提及；menace威脅；mean意味著；permeate滲透，瀰漫，充滿。參看：promenade兜風，散步；impermeable不可滲透的；demean行為，表現；ominous預兆的；mendacious虛假的；permeable可滲透的；amenable有義務的，順從的。

mea.sles ['mi:zlz ; 'miz!z]

字義 *n.* 【醫】麻疹。

記憶 ①〔同族字例〕mazer飲料杯（註：原意是「木瘤」用來製作飲料杯）；smite重擊，折磨；blemish瑕疵，汙點。

②字母M表示「小洞，小點」的其他字例：mote瑕疵的，小缺點；mottle斑點；mackle印刷重複造成模糊；macle礦物的斑點；macule由於重複而模糊；mail盔甲；maillot緊身衣服；maquis灌木叢林；trammel細網；參看：immaculate無瑕疵的；maculate有斑點的；mesh網眼；stigma斑點。

③〔形似近義字〕miserable悲慘的。記：生麻疹真夠慘！

M

med.dle ['medl ; 'mɛd!]

[義節] med.d.le

med混合；-le重複動作。

[字義] vi. 干涉，亂弄。

[記憶] ① [義節解說] 把水攪混。

②換一個角度：med中間→插到中間來→橫加干預。

③ [用熟字記生字] middle中間的→從中干涉。

④ [同族字例] intermeddle干涉，多管閒事；muddle混亂；medley混雜；motley混雜的；molt熔化，混合。

⑤ [音似易混字] 參看：meadow草地，牧草地；mettle氣質。

me.di.ate

[v. 'mi:dieit ; 'midɪ,et adj. 'mi:diit; 'midɪɪt] *

[義節] medi.ate

medi中間；-ate動詞。

[字義] vi. 處於中間地位，調停，調解。

[記憶] ① [義節解說] 所謂「居間」調停。

② [用熟字記生字] medium中號（衣服），傳媒。

③ [易混字] meditate沉思。

④ [同族字例] immediate 直接的；medieval 中古的；medial 中間的；mesial中間的；mid 中間的；moderate中等的；amidst 在…之中。參看：moiety 一半。

me.di.o.cre

['mi:dioukə, 'med -; 'midɪ,okə, ,midɪ'okə] *

[義節] medi.ocre

medi中間；ocre→peak n.尖峰。

[字義] a. 普普通通，平庸的，低劣的。

[記憶] ① [義節解說] 尖峰的中間，自然比較低，「平平而已」。記：才不及「中」人。

② [用熟字記生字] middle中間的。

③ [同族字例] -med-：mediate調解；immediate直接的；medieval中古的；medial中間的；mesial中間的；mid中間的；moderate中等的；amidst在…之中。參看：moiety一半。-ocre-：acme頂點；acrid辛辣的；acrobatic雜技的。

④ [雙聲近義字] mean低劣的，小氣的。

med.i.tate ['mediteit ; 'mɛdə,tet]

[義節] med.it.ate

med施術，醫治；it走；-ate動詞。

[字義] v. 考慮。

vt. 策劃。

vi. 深思，反省。

[記憶] ① [義節解說] 走到中間去→深入內裡→深思。本字來源於拉丁文morbus病；medeor醫治（變化形式morbo）。它們又來源於medeis有毒的，有魔術的，巫女，（轉義）解救，消除。

② [易混字] mediate處於中間地位，調停，調解。

③ [同族字例] medical 藥的，醫療的；medicate 用藥物治療；remedy 醫藥，醫療，補救；modest 適度的；moderate 適度的；maid 少女；maiden 少女的；metheglin 蜂蜜酒；remedy 補藥；method 方法。參看：morbid 有毛病的，致病的，可怕的；myth 神話（人或事物），傳說。

med.ley ['medli ; 'mɛdlɪ] *

[義節] med.l.ey

med混合；l→le重複動作；-ey字尾。

[字義] vt./n. (使成) 雜亂一團，(使) 混雜。

a. 混雜的。

[記憶] ① [義節解說] 反覆攪混。

② [同族字例] intermeddle干涉，多管閒事；muddle混亂；motley混雜的；molt

熔化，混合；meddle干涉，亂弄。

me.dul.la [me'dʌlə, mi'd -; mɪ'dʌlə]

義節 med.ulla
med中間；-ulla字尾。

字義 *n.* 髓（質）。

記憶 ①［用熟字記生字］middle中間的。
記：骨中間的東西。

②［同族字例］medllitis骨髓炎，脊髓炎；
myelitis脊髓炎；myelocyte髓細胞；
smear用油膩的東西塗汙；smearcase農
家的新鮮乾酪；schmeer賄賂（註：「油
水」）；smorgasbord北歐自助餐（註：
可能很油膩）。

meek [mi:k ; mik] *

字義 *a.* 溫順的，適中的，柔和的。

記憶 ①［用熟字記生字］mild溫柔的。

②［同族字例］smug 沾沾自喜的；mold
霉；midden 糞堆，垃圾堆；muck 糞
肥；mucus 黏膜分泌的黏液；moist 潮濕
的；musty 發霉的；match 火柴，點槍用
的火繩。

③字母M表示「柔軟」的其他字例：
mellow使柔和；melting溫柔的；
moderate溫和的；modest謙和的；
molify使軟化；molluscoid軟體動物；
muliebrity溫柔；mull細軟薄棉布；mush
軟糊糊的東西。參看：malleable柔順
的。

meg.a.lo.ma.ni.a
['megəlou'meinjə, ˌmeg -, - niə;
ˌmɛgələ'menɪə]

義節 megalo.mania
megalo大；-mania…狂。

字義 *n.* 自大狂，妄自尊大，【醫】誇大狂。

記憶 ①參看：mania狂熱。

②［同族字例］magnificent宏偉的，莊
嚴的；magnitude廣大；macrocosm
宏觀世界；macrophysics宏觀物理學；
maximum最大的；majesty雄偉，君權；
magnifico要人；major長者，少校。參
看：magistrate地方行政官；macrobian
長壽；magnanimous寬宏大量的；
magnitude巨大，重大。

me.lee
['melei, 'meil -; me'le, 'mele, 'mɛle] *

字義 *n.* 混戰，混亂的一堆（人群等）。

記憶 ①本字來源於mell混合。

②［同族字例］intermeddle干涉，多管
閒事的；muddle混亂；motley混雜的；
melt熔化；molt熔化，混合；meddle干
涉，亂弄；medley混雜的。

mel.lif.lu.ent
[mə'lifluənt; mə'lɪflʊənt]

義節 melli.fluent
melli蜜；fluent *a.* 流暢的。

字義 *a.* 流蜜糖的，甜蜜的，（聲音，言詞
等）甜美的，流暢的。

記憶 ①［用熟字記生字］fluent流暢的。

②［同族字例］-melli-：melliferous 產蜜
的，甜的；mellifluence（聲音，言詞等
的）甜美，流暢；mellow甘美多汁的，
（聲音）圓潤的；melon甜瓜；mildew發
霉；melilot 草本犀屬植物；marmalade
酸果醬。參看：melodic旋律的。
-flu-：flow流動；fluvial 流河的；effluent
流出的，發出的；efflux 流出物，發出
物。參看：effluvial 惡臭的；fluctuate 波
動；flux 流動；alluvial 沖積的；flavor味
道，風味。

me.lod.ic [me'lɔdik, mi'l -; mə'lɑdɪk]

義節 mel.od.ic

mel→melli蜜，甜；od頌歌；-ic形容詞。

字義 *a.* 旋律的，音調悅耳的，音調優美的。

記憶 ① [義節解說] 甜美的歌。

② [用熟字記生字] melody旋律。

③ [同族字例] -mel-：melliferous產蜜的，甜的；mellifluence（聲音，言詞等的）甜美，流暢；mellow甘美多汁的，（聲音）圓潤的；melon甜瓜；mildew發霉；melilot草本犀屬植物；marmalade酸果醬。參看：mellifluent甜蜜的。-od：Ode to the west wind 西風頌；tragedy悲劇；melody旋律。參看：comedy喜劇（因素、場地、作品）。

me.men.to

[me'mentou, mi'm -, mə'm -; mɪ'mɛnto] *

字義 *n.* 紀念品，引起回憶的東西，記憶。

記憶 ① [用熟字記生字] memory記憶。

② [同族字例] remember記憶；reminder引起記憶的東西；monument紀念碑。

③ [形似近易字] momenta動量，勢頭。

me.mo.ri.al.ize

[mi'mɔ:riəlaiz; mə'morɪəlˌaɪz, -'mɔr-]

義節 memori.al.ize

memori記憶；-al字尾；-ize使…化。

字義 *vt.* 記住，熟記，記錄，存檔。

記憶 ① [義節解說] 使化爲記憶。

② [用熟字記生字] memory記憶。

③ [同族字例] remember 記憶；memo備忘錄。

med.da.cious

[men'deiʃəs; mɛn'deʃəs]

義節 mend.acious

mend缺陷，殘疾，過失；-acious有…傾向的，多…的。

字義 *a.* 虛假的，捏造的，愛說謊的。

記憶 ① [義節解說] 有著太多的缺陷，過失→顯得虛假。

② [用熟字記生字] amendment修正案→有錯誤就要修改。

③ [同族字例] mend修補，訂正；amend改正，改過。參看：mendicant乞丐，托缽僧；emend校訂，校正。

men.di.cant

['mendikənt; 'mɛndɪkənt]

義節 mend.ic.ant

mend缺陷，殘疾，過失；-ic字尾；-ant字尾。

字義 *a.* 行乞的。

　　 n. 乞丐，托缽僧。

記憶 ① [義節解說] 因有殘疾而乞討。

② [同族字例] 參看上字：mendacious虛假的。

me.ni.al ['mi:niəl; 'minɪəl]

義節 meni.al

meni→man（s）→stay居停；-al形容詞。

字義 *n. / a.* 僕人（的），奴僕（的），奴性的（人）。

記憶 ① [義節解說] 在居停中服役者。本字來源於拉丁文Mena羅馬奴隸的名字。

② [同族字例] ménage家務管理；minister伺候；administrate管理；manse牧師住宅；immanent內在的，固有的；permanent持久的，永久的；remnant殘餘的；menagerie動物園，（馬戲團中）囚在籠中的獸群。參看：mansion宅第；remnant殘餘（的），剩餘（的）；minion奴才，寵兒，寵物，偶像。

M

me.nin.ge.al

[məˈnɪndʒɪəl; məˈnɪndʒɪəl]

義節 menin.geal

menin→mental腦的；geal→gel膠狀物。

字義 *a.* 腦膜的。

記憶 ①〔義節解說〕腦中的膠狀物→腦膜。

②〔用熟字記生字〕mental心的，腦的；jelly果凍，膠狀物；jelly-fish海蜇，水母。

③〔同族字例〕-menin-：membrane膜；mind心；meninx腦膜；Minerva【羅神】智慧、創造女神。參看：mentor良師益友，私人教師。-geal-：congeal凍結，凝結；gelatin明膠，動物膠，果凍；congelation凍結，凝固；jell結凍，定形；jellify使成膠狀（j 與 g 同讀 j 音時常可「通轉」）；glue膠水；glacial冰冷的（此二字是由字根-gel-中脫落母音e而衍出）。

men.tor [ˈmentɔː; ˈmɛntə, - tɔr]

義節 ment.or

ment→mind *n.*心；-or字尾。

字義 *n.* 良師益友，私人教師。

記憶 ①〔義節解說〕Mentor人名，傳說是荷馬史詩中奧德修斯的「高參」。該字來源於拉丁文mens智慧，思考，思維，想法，打算。

②〔用熟字記生字〕monitor監視器，班長，勸告者。

③〔同族字例〕amenity社交禮節；manner舉止；mien風度；mention提及；mean意味著；premonition預告；meninx腦膜；Minerva【羅神】智慧、創造女神。參看：meningeal腦膜的；ominous預兆的；demean行為，表現。

mer.can.tile

[ˈməːkəntail; ˈmɝkənˌtil, - ˌtail]

義節 merc.ant.ile

merc商旅；-ant人；-ile易於…的。

字義 *a.* 商人的，貿易的。

記憶 ①本字源於Mercury水星，它是保護商旅的福星。大概因為水的本性是流動的，而商旅也是一種流動。無獨有偶，中國人也有把水喻財的。粵語用得最多。例如：「磅水」= 付錢；「乾涸」= 無錢…等等。「豬肝」在粵語中稱「豬潤」，忌「乾」也。

②〔用熟字記生字〕merchant商人。

③〔同族字例〕commerce 商業。參看：mercury 水銀；mercenary 圖利的；merchandise商品；meretrcious娼妓的。

mer.ce.nar.y

[ˈməːsinəri; ˈmɝsnˌɛrɪ] *

義節 merc.en.ary

merc商旅；-en字尾；-ary形容詞。

字義 *a.* 為錢的，貪財的，唯利是圖的，雇傭的。

記憶 ①〔義節解說〕天涯羈旅，為錢奔波。本字源出Mercury水星。它是保護商旅的福星。大概因為水的本性是流動的，而商旅也是一種流動。無獨有偶，中國人也有把水喻財的。粵語用得最多。例如：「磅水」= 付錢；「乾涸」= 無錢…等等。「豬肝」在粵語中稱「豬潤」，忌「乾」也。

②〔用熟字記生字〕merchant商人。

③〔同族字例〕commerce 商業。參看：mercury 水銀；mercantile 商業的；merchandise商品；meretricious娼妓的。

mer.chan.dize

['mə:tʃəndaiz; 'mɝtʃən,daɪz] *

義節 merch.and.ize

merch商業，貿易；-and字尾；-ize字尾。

字義 *n.* **商品。**
　　vi. **經商。**
　　vt. **買賣。**

記憶 ①本字源出Mercury水星。它是保護商旅的福星。大概因為水的本性是流動的，而商旅也是一種流動。無獨有偶，中國人也有把水喻財的。粵語用得最多，例如：「磅水」＝付錢；「乾涸」＝無錢…等等。「豬肝」在粵語中稱「豬潤」，忌「乾」也。

②〔同族字例〕commerce 商業。參看：mercury 水銀；mercantile 商業的；mercenary圖利的；meretricious娼妓的。

mer.cu.ry ['mə:kjuri; 'mɝkjərɪ] *

字義 *n.* **水銀（柱），汞，活潑，水星（M大寫）。**

記憶 ①本字原意為「水星」。煉金術士喜用星宿命名金屬，可能水銀常溫下是液態，故用水星命名。又可能由於「商旅」也像「水」一樣，川流不息，有此共性，水星又是商旅的福星。故本字與merchant（商人）很相像，可借之聯想助憶。參看：merchandize商品。

②〔同族字例〕Mercury水星。參看：marsh濕地；moor沼澤；morass沼澤；mare海；marine海的，海生的，航海的。

③字母M常表示「水」。此意可從邏輯上歸結到Mercury水星。其他字例moist潮濕的；magma岩漿；mucus（動植物）黏液。參看：miasma潮氣；mizzle濛濛細雨；moss沼澤；macerate浸軟；moil弄濕。

mer.e.tri.cious

[,meri'triʃəs; ,mɛrə'trɪʃəs]

義節 meretr.ic.ious

meretr功利；-ic形容詞；-ious充滿…的。

字義 *a.* **娼妓的，浮華的，耀眼的，俗氣的。**

記憶 ①〔義節解說〕字根-merit-來源於拉丁文mereo服兵役，招來，掙得，應得，值得，獲得；merito為掙錢而工作；meritoria供租用的。

②〔同族字例〕merit優點；demerit缺點；demeritorious應受責備的；meritocracy天才教育，學界名流，能人統治；allomerism異質同形現象；merchant商人；commerce商業。參看：emeritus光榮退休；meritorious有功的；mercenary為錢的，貪財的，唯利是圖的，雇傭的；mercantile 商業的；merchandise商品；meretricious娼妓的。

me.ringue [mə'ræŋ; mə'ræŋ]

字義 *n.* **蛋白酥皮餅（將蛋白與糖混合烘烤後覆蓋於糕餅上）。**

記憶 〔形似近義字〕margarine瑪淇淋（人造奶油）。

mer.i.to.ri.ous

[,meri'tɔ:riəs; ,mɛrə'toriəs]

義節 meritor.i.ous

meritor功利；-ous形容詞字尾，常表示「充滿」。

字義 *a.* **有功的，值得稱讚的，可獎勵的。**

記憶 ①〔義節解說〕字根-merit-來源於拉丁文mereo服兵役，招來，掙得，應得，值得，獲得；merito為掙錢而工作；

M

meritoria供租用的。

② ［同族字例］ merit優點；demerit缺點；demeritorious應受責備的；meritocracy天才教育，學界名流，能人統治；allomerism異質同形現象；merchant商人；commerce商業。參看：emeritus光榮退休；meritorious有功的；mercenary爲錢的，貪財的，唯利是圖的，雇傭的；mercantile商業的；merchandise商品；meretricious娼妓的，浮華的，耀眼的，俗氣的。

mesh [meʃ; mɛʃ]

字義 *n.* 網眼，網（狀物）。

　　 vt. 用網捉，使成網狀。

　　 vi. 落網，緊密配合，

記憶 ① ［同族字例］語源上認爲本字從字根 -merg- / -mers- 沉→沉網入水中。其他字例：demersal居於水底的。emerge浮現；immerge沉浸；submersion浸沒。

② ［用熟字記生字］ mask假面具→強盜常用「網眼」女襪作假面具。

③ ［形似近義字］ net網。

④ ［形似易混字］ 參看：mash 糊狀物。

⑤ 「網眼」就是「小洞」。字母M表示「小洞，小點」的其他字例：mottle斑點；mackle印刷重複造成模糊；macle礦物的斑點；macule由於重複而模糊；mail盔甲；maillot緊身衣服；maquis灌木，叢林；trammel細網。參看：measles麻疹；stigma斑點；mote瑕疵的，小缺點；maculate有斑點的；immaculate無瑕疵的。

me.tab.o.lism
[me'tæbəlizəm, - bol -; mə'tæbḷɪzəm, mɛ -]

義節 met.ab.ol.ism

met-變化；ab-脫離；ol生長；-ism抽象名詞。

字義 *n.* 新陳代謝（作用）。

記憶 ① ［義節解說］ ol生長；abol廢止；處於「生長→廢止」的變化之中→新陳代謝。參看：abolish廢止；adolescent青春期的。

語源上認爲本字釋作：met-變化；bol拋擲。錄供參考。

② ［同族字例］ -met- ：mutable善變的；commute乘車往返…之間；permute改變順序；transmute使變形；mutual相互的。參看：mew鷹籠；moult換羽；mutation變化；metamorphosis變形；mutinous叛變的。

-ol- ：adult成年人（其中ul是ol的異體，表示「生，長」）。參看：alimony贍養費；alms救濟金；coalesce接合，癒合，聯合，合併（其中al是ol的異體，表示「生，長」）；adolescent青春期的，青少年；abolish廢除（法律等），取消。

met.al.lur.gi.cal
[,metə'lə:dʒikəl; ,mɛtə'lədʒɪk!]

義節 metal.l.urg.ic.al

metal *n.*金屬；urg→erg力，工作；-ic字尾；-al形容詞。

字義 *a.* 冶金的，冶金學的。

記憶 ① ［義節解說］ 對金屬進行加工。

② ［同族字例］ metal：mine礦；diamond金剛石。-urg- ：energe能量；ergomania工作狂；urge驅策；urgent急迫的。參看：coerce強迫。

met.a.mor.pho.sis
[,merə'mɔ:fəsis;,mɛtə'mɔrfəsis]

義節 meta.morph.osis

meta變化，變形；morph形狀；-osis名詞。

字義 *n.* 變形，變質，變態。

記憶 ① ﹝用熟字記生字﹞form形狀。把這個字中的f和m位置對換，得morf，f可用ph拼寫，卽得morph，含義不變。

② ﹝同族字例﹞morphology形態學；geomorphology地貌學；allomerism異質同形現象。參看：amorphous無定型的。

met.a.phor

['metəfə; 'mɛtəfə, - fɔr] *

義節 meta.phor

meta-→over；phor→bring，carry

字義 *n.* 隱喻。

記憶 ① ﹝義節解說﹞bring over把（含義）帶過去。

② ﹝用熟字記生字﹞transfer轉移，傳送，傳遞。

③字根phor意爲「攜帶，運送」。如：phosphor磷（phos光；→攜有「光」→磷光）。它是字根fer的另一種形式，是ph→f同音「通轉」。

④ ﹝同族字例﹞fare車船費；farewell告別；freight貨運；wayfaring徒步旅行的；seafaring航海的；far遠的；further進一步；confer商量；differ相異；offer提供，奉獻；prefer更歡喜，寧取。參看：ferry渡輪；aphorism格言；wherry駁船；載客舢板。

met.a.phys.i.cal

[,metə'fizikl; ,mɛtə'fɪzɪk!]

義節 meta.physic.al

meta-超越，總的；physic物質，自然。

字義 *a.* 形而上學的，抽象的。

記憶 ① ﹝義節解說﹞從物質、自然中抽象出來的總體觀念。

② ﹝用熟字記生字﹞physics物理學；physical物理學的，肉體的，物質的。

mete [miːt；mit]

字義 *vt.* 給予，分配。

　　　 n. 分界，界石。

記憶 ①字根-met-來源於拉丁文metior測量，評價，分配；metor劃分；分界；meto收割，砍殺。

② ﹝用熟字記生字﹞meter測量器。「測量」之後才談得上分配；丈量之後才能「分界」。

③ ﹝同族字例﹞參看：meteorite隕星；meteorology氣象（學）；meteor閃電（等大氣現象），流星；mite蟎，一點兒；mote微塵；mutilate使斷肢，使殘廢，使殘缺不全。

④字母m表示「測量」的其他字例：measure測量；mensuration測量；commensurate同量的；symetry對稱；immense無垠的；dimension長、寬、高。參看：meticulous謹小愼微的。

me.te.or ['miːtjə, - tiə; 'mitɪə] *

義節 met.eor

met切，割，劃分；eor→air *n.*空氣，天空。

字義 *n.* 閃電（等大氣現象），流星。

記憶 ① ﹝義節解說﹞閃電，流星在空中劃過，然後消失在遠方。字根-met-來源於拉丁文metior測量，評價，分配；metor劃分；分界；meto收割，砍殺。

② ﹝同族字例﹞-met-：參看：meteorite隕星；meteorology氣象（學）；mite蟎，一點兒；mote微塵；mutilate使斷肢，使殘廢，使殘缺不全；mete給予，分配，分界，界石。

-eor-：aerial大氣的；aerology氣象學；aerolith隕石；aeroplane飛機。

M

471

me.te.or.ite

['mi:tjərait, -tiə-; 'mitɪər,aɪt] *

義節 met.eor.ite

met切，割，劃分；eor→air n.空氣，天空，-ite字尾。

字義 n. 隕星。

記憶 ① ［義節解說］閃電、流星在空中劃過，然後消失在遠方。字根-met-來源於拉丁文metior測量，評價，分配；metor劃分；分界；meto收割，砍殺。

② ［同族字例］參看上字：meteor流星。

me.te.or.ol.o.gy

[,mi:tjə'rɔlədʒi; ,mitɪə'rɑlədʒɪ]

義節 met.eor.ology

met→切，割，劃分；eor→air n.空氣，天空。-logy學科。

字義 n. 氣象（學）。

記憶 ① ［義節解說］閃電、流星在空中劃過，然後消失在遠方。字根-met-來源於拉丁文metior測量，評價，分配；metor劃分；分界；meto收割，砍殺。在天空中發生的事情→研究大氣現象的學科。

② ［同族字例］參看上字：meteor流星。

me.tic.u.lous

[mi'tikjuləs, me't -; mə'tɪkjələs] *

義節 met.ic.ulous

met害怕；-ic字尾；-ulous充滿…的。

字義 a. 謹小慎微的，過細的。

記憶 ① ［義節解說］本字來源於拉丁文meticulosus可怕的，疑懼的；metus害怕的情緒，敬畏。它們可能來源於meto收割，砍殺。

② ［用熟字記生字］meter量具，儀表。

③ ［同族字例］參看：meteorite隕星；meteorology氣象（學）；mite蟎，一點兒；mote微塵；mutilate使斷肢，使

殘廢，使殘缺不全；mete給予，分配，分界，界石；meteor閃電（等大氣現象），流星。

met.tle ['metl ; 'mɛt!]

義節 met.t.le

met→ment→mind n.心；-le字尾。

字義 n. 氣質，氣概，勇氣，精神

記憶 ① ［義節解說］Mentor人名，傳說是荷馬史詩中奧德修斯的「高參」。該字來源於拉丁文mens智慧，思考，思維，想法，打算。

語源上認為本字是metal（金屬）之變形，甚為費解。倒不如說是mental（精神的）的變形。

② ［易混字］meddle干涉。

③ ［同族字例］amenity社交禮節；manner擧止；mien風度；mention提及；mean意味者；premonition預告；meninx腦膜；Minerva【羅神】智慧、創造女神。參看：meningeal腦膜的；ominous預兆的；demean行為，表現；mentor良師益友，私人教師。

mew [mju: ; mju]

字義 n. 【古】鷹籠（尤指供其換毛期用）；馬廏；隱蔽處，密室。

記憶 ①本字從「袋」意，引申為「鷹籠，馬廏」。字根-marsup-表示「袋」。鷹籠是供鷹換毛期用，所以引申出字根-mute-變化，變更。

② ［同族字例］marsupialize【醫】施行造袋術；marsupium（有袋類動物之）育兒袋；matriarch女家長；mistress主婦；material物質的。參看：matron主婦；matrix子宮，矩陣；matricide殺母（罪），殺母（者）；maternal母親（似）的，母性的，母方的；maw（動物的）胃；mawkish令人作嘔的；

marsupial有袋動物；maw動物的胃，（鳥的）嗉囊，魚鰾。-mute-變化，變更；mutual相互的；mutable善變的；commute乘車往返…之間；permute改變順序；transmute使變形。參看：mutation變化，更換；moult換（羽）。
③〔易混字〕new新的。試造一句：The cat mewed in a new mew.貓在一個新的隱角「喵嗚」地叫了起來。

mi.as.ma

[mi'æzmə, mai'æ -; maɪ'æzmə, mɪ -]

字義 *n.* 瘴氣，大氣的潮氣，有害的氣氛。

記憶 ①本字的基本含義是「潮濕」。

②〔用熟字記生字〕moist潮氣；mist霧。

③〔同族字例〕amianthus 石麻，石絨；mole鼴鼠（註：穴居動物）；mist霧；mistletoe裝飾聖誕樹的植物；micturate排尿；moist潮濕；mistake錯誤；mystery神祕；mystic神祕的；myxoid含黏液的；myxomycete黏菌。參看：maze迷津；murk朦朧，霧；mizzle（下）濛濛細雨。

mi.ca ['maikə; 'maɪkə]

字義 *n.* 雲母。

記憶 本字來源於拉丁文mico閃光，閃爍，冒火花。因爲雲母片閃閃發光。

mi.crobe ['maikroub ; 'maɪkrob]

義節 micro.be

micro-微小；be→being生物，存在。

字義 *n.* 微生物，細菌。

記憶 ①〔用熟字記生字〕microphone麥克風；human being人類。

②〔同族字例〕-micro-：參看：microcosm微觀世界，縮影。-be-：biology生物學；biologist生物學家；

biography傳記。參看：bioscope電影放映機。

mi.cro.cosm

['maikroukɔzəm; 'maɪkrə,kɑzəm]

義節 micro.cosm

micro-微小的；cosm = cosmos *n.*宇宙。

字義 *n.* 微觀世界，縮影。

記憶 ①〔用熟字記生字〕microscope顯微鏡。

②〔同族字例〕-micro-：microphone 麥克風。參看：microbe 微生物。-cosm-：cosmos宇宙；cosmonaut宇航員；cosmopolitant有世界性的。參看：cosmography宇宙誌，宇宙結構學；cosmetic化妝品。

mien [mi:n ; min]

字義 *n.* 行爲，擧止，風度，神朵，態度。

記憶 ①〔義節解說〕本字來源於拉丁文meatus行動，運動，流動，道路。該字又來源於meo行動，流動。

②〔用熟字記生字〕manner擧止，風度，樣式。

③〔同族字例〕commence開始；amenity社交禮節；manner擧止；misdemeanor不端行爲，輕罪；mention提及；menace威脅；mean意味著；permeate滲透，彌漫，充滿。參看：promenade兜風，散步；impermeable不可滲透的；meander漫步；demean行爲，表現；ominous預兆的；mendacious虛假的；permeable可滲透的；amenable有義務的，順從的。

④〔諧音〕「面」→記：「人心不同，各如其面」。

⑤〔使用情景〕a (n) indignant / pleasing / haughty / serious / easy～憤慨

M

的樣子／討人喜歡的態度／傲慢的樣子／
嚴肅的神情／自若的神色。

⑥〔易混字〕mean *v.* 意思是 *a.* 小氣的。

miff [mif；mɪf]

字義 *n.* 小爭執。

    v. ／*n.*（使）生氣，（使）發脾氣。

記憶 ①字母f表示風的「呼呼」聲。詳見F
章。生氣就是氣「呼呼」地。

②字母組合-ff-表示「吹風，生氣」。參
看：huff吹氣，發怒；bluff嚇唬；luff貼
風行駛；puff吹氣，噴煙；snuff撲滅，消
滅。

③〔疊韻近義字〕參看：whiff 吹（氣），
噴（煙）。

mi.grant ['maigrənt; 'maɪgrənt] *

義節 mi.gr.ant

mi→place of living居住地；gr從一處走
到另一處；-ant形容詞。

字義 *a.* 遷移的，移居的，流浪的。

記憶 ①〔用熟字記生字〕immigrant外來移
民。

②〔同族字例〕emigrant向國外移民
的；remigrant返回來的遷居者；
transmigrant移居的。

③字母M表示「居停，停留」的其他字
例：manse牧師住宅；immanent內在
的，固有的；permanent持久的，永久
的；remanent殘餘的；ménage家庭，
家務；menagerie動物園，（馬戲團
中）囚在籠中的獸群。參看：menial僕
人；moor繫住，使停泊；remnant殘餘
（的），剩餘（的）；mansion大樓，大
廈，宅第。

mil.dew ['mildju:；'mɪl,dju, -,du]

義節 mil.dew

mil→mel蜜；dew *n.* 露水。

字義 *n.* 植物的霉病，霉。

    v.（使）發霉。

記憶 ①〔義節解說〕原意是蟲在樹葉上分泌
的黏液，又叫honey dew蜜露。

②〔用熟字記生字〕dew露水。記：衣物
「吃」過露水要發霉。

③〔同族字例〕-melli-：melliferous產蜜
的，甜的；mellifluence（聲音，言詞等
的）甜美，流暢；mellow甘美多汁的，
（聲音）圓潤的；melon甜瓜；melilot草
本犀屬植物；marmalade酸果醬。參看：
melodic旋律的；mellifluent流蜜糖的，
甜蜜的，（聲音，言詞等）甜美的。

④字母M表示「霉，潮濕」的其他字
例：mucedin霉菌；musty發霉的；mist
霧；moist潮濕；myxoid含黏液的；
myxomycete黏菌。參看：murk朦朧，
霧；mizzle（下）濛濛細雨。

mi.lieu ['mi:ljə:; mi'ljφ]

義節 mi.lieu

mi→mid中間；lieu→loc地方，地區。

字義 *n.* 周圍，環境，社會環境。

記憶 ①〔義節解說〕在某個地方之中→環
境。

②〔同族字例〕local地方的。參看：lieu場
所；lieutenant副官。

mil.i.tate ['militeit；'mɪlə,tet]

義節 milit.ate

milit軍事；-ate動詞。

字義 *vi.* 發生影響，起作用。

記憶 ①〔義節解說〕像軍事行動一樣，立竿
見影。

②〔用熟字記生字〕military軍事的。

③〔同族字例〕militia民兵；militarism軍
國主義。

mil.le.nar.y ['mɪlənəri; 'mɪlə,nɛrɪ]

義節 mill.en.ary

mill一千；en年；-ary字尾。

字義 *n./a.* **一千（年）（的）。**

    a. **太平盛世的。**

記憶 ①〔用熟字記生字〕millimeter
（mm）毫米（註：千分之一）。

②「太平盛世」一意，尚可借助mild（溫
柔）去記：溫柔的歲月→無戰爭。

③〔同族字例〕anniversary周年；
annual每年的；biennial兩年一度的；
superannuate因超過年齡而被迫退休；
annals紀年表；annuity年金；anile衰老
的；anility衰老，老婦人的體態；annum
年；senior較年長的，高級的。參看：
superanuate給養老金退休，淘汰；
senator元老；參議員；senility衰老；
perennial長久的，永久的，終年的。

min.a.ret

['mɪnəret; ,mɪnə'rɛt, 'mɪnə,rɛt]

義節 minar.et

minar突出；et表示「小」。

字義 *n.* **伊斯蘭敎寺院的尖塔。**

記憶 ①〔義節解說〕小的「突出」→尖→尖
塔。

②〔同族字例〕prominent突出的，傑出
的；supereminent出類拔萃的；eminent
著名的（活著的人），（德行）突出的；
preeminent卓越的，傑出的；minatory
威脅性的；comminatory威嚇的。參看：
imminent迫在眉睫的。

min.a.to.ry

['mɪnətəri; 'mɪnə,torɪ, -,tɔrɪ]

義節 minat.ory

minat突出；-ory形容詞。

字義 *a.* **威嚇的，威脅性的。**

記憶 ①〔義節解說〕危害性的東西已經突了
出來，好像隨時可以發難→威脅。

②〔用熟字記生字〕menace威脅，威嚇。

③〔同族字例〕prominent突出的，傑出
的；supereminent出類拔萃的；eminent
著名的（活著的人），（德行）突出的；
preeminent卓越的，傑出的；minatory
威脅性的；comminatory威嚇的。參看：
imminent迫在眉睫的。

minc.ing ['mɪnsɪŋ; 'mɪnsɪŋ]

義節 minc.ing

minc→mince *v.*弄碎；-ing字尾。

字義 *a.* **裝腔作勢的，矯揉造作的，剁碎用
的。**

記憶 ①〔義節解說〕字根-min-來源於拉丁
文minuo剁碎，縮小，是parum的比較
級。parum少→英文sparce稀少的。

「裝腔作勢的」一意，-min-表示「突
出」。參看上字：minatory威嚇的，威脅
性的。

②〔用熟字記生字〕mince剁碎。諧音：
「免治」（肉糜）。

③〔同族字例〕字母m表示「小」的其他字
例（「剁碎」即剁成「小」塊）：mini-
迷你；minute微小的；minus減去；
diminish使減小；minority少數。參看：
minino奴才。

min.gle ['mɪŋgl; 'mɪŋgl] *

義節 ming.le

ming揉合，混合；-le重複動作。

字義 *v.* **（使）混合，（使）相混。**

記憶 ①〔用熟字記生字〕mix混合。

②〔同族字例〕make製造；manson用石
建造；among在…中間；mongrel雜種
狗，混合物，混血兒；magma稀糊狀
混合物，岩漿，乳漿；mass使集合成團
塊；macerate浸化。

③字母m表示「混合」的其他字例：
mess混亂；mix混雜；mux使混亂；
mestizo混血兒；maslin雜糧麵包。
參看：miscegenation人種混雜；
miscaellaneous混雜的；miscellany混合
物；maze迷宮。

min.ion [ˈminjən; ˈmɪnjən]
義節 mini.on
mini小；-on名詞。
字義 *n.* 奴才，寵兒，寵物，偶像。
記憶 ① [義節解說] 小東西→寵物。「奴
才」一意：應釋作：min→man（s）
→stay居停→在居停中服役者。可能來
源於拉丁文Mena羅馬奴隸的名字。「偶
像」一意：應釋作：min. ion. ion表示
「像」。參看：icon偶像；idol偶像。
② [造句助憶] He lost a million and
reduced to a～他損失百萬，淪爲奴才。
③ [同族字例] 「寵兒」一意：mania
熱中，癖好；minnesinger抒情詩人；
minkin微小的，矯飾的；Minerva【羅
神】智慧、創造女神。參看：mincing剁
碎用的。「奴才」一意：ménage家務管
理；minister伺候；administrate管理；
manse牧師住宅；immanent內在的，
固有的；permanent持久的，永久的；
remanent殘餘的；menagerie動物園，
（馬戲團中）囚在籠中的獸群。參看：
mansion宅第；remnant殘餘（的），
剩餘（的）；menial僕人（的），奴隸
（的），奴性的（人）。

min.ster [ˈminstə; ˈmɪnstɚ]
義節 min.ster
min→mon（o）→thin瘦，薄→單，一；
ster人。
字義 *n.* 禮拜堂，大教堂。
記憶 ①本字應爲monastery（男修道院）

的變形。mon = mono 單一的，孤獨的；
aster人→孤獨的人→修士。
② [易混字] minister僕人；minst音樂
家，詩人，黑人劇團團員。
③ [同族字例] monastery 男修道院；
mean 小氣的；minnow 銀色小魚。
參看：monarch君主；monk僧侶；
monastic修道士；monotheism 一神論；
manometer（流體）壓力計，血壓計。

min.strel [ˈminstrəl; ˈmɪnstrəl]
字義 *n.* 音樂家，詩人，黑人劇團團員。
記憶 ①本字從minister僕人。西方封建時
代，音樂家均受財主貴人「恩養」，其地
位有如僕人。
② [易混字] minster禮拜堂，大教堂。
③ [同族字例] minnesinger抒情詩人；
minikin微小的，矯飾的；Minerva【羅
神】智慧、創造女神。參看：minion奴
才，寵兒，寵物，偶像。

mi.rage [ˈmiraːʒ, miˈraːʒ; məˈrɑʒ]
義節 mir.age
mir→mar海→奇異，驚異；-age名詞。
字義 *n.* 幻影，幻景，海市蜃樓。
記憶 ① [義節解說] 海→海市蜃樓→奇異，
驚異。字根-mir-來源於拉丁文miror詫
異，欣賞。
② [用熟字記生字] admire欣賞，欽慕；
mirror鏡子（註：西方人對鏡子有一種迷
茫的幻想和迷信。中國古人也有「鏡聽」
之術）。
③ [同族字例] miracle奇蹟；marvel對…
感到驚異。
④字母M表示「奇幻」的其他字例：
magic魔法，巫術；magician魔術師，
術士；maggot怪念頭；amaze使驚奇；
mesmerize使入迷；mystery神祕事物。
參看：myth神話；maze迷宮；macabre

476

恐怖的；magus魔術家。

mire ['maɪə; maɪr]

字義 *n.* 淤泥，泥坑。

 v. (使) 陷入泥坑。

 vt. 使濺滿汙泥。

記憶 ① [用熟字記生字] mud泥。

② [同族字例] moss青苔，沼澤；litmus 石蕊；quagmire泥沼；mustard芥，芥末；must發酵中的果汁；myriad 無數的；mysophobia 潔癖；mere 池沼；mermaid美人魚；smearcase 農家鮮乾酪；schmeer 行賄；smorgasbord 由多種食物配成的斯堪的納維亞自助餐；smirch 弄髒，玷汙；besmirch 沾汙，糟蹋。參看：morass沼澤；marsh 沼澤，濕地；moor 荒野，沼澤；smear 用油膩的東西塗汙。

mis.ad.ven.ture

['misəd'ventʃə; ,misəd'vɛntʃə]

義節 mis.ad.vent.ure

mis-壞，錯；ad- = to；vent來臨；-ure名詞。

字義 *n.* 不幸的事，災難，意外事故。

記憶 ① [義節解說] 壞事來臨。本字來源於拉丁文adventus到來，來臨，襲擊；和advenio到來，突然發生，遇到。

② [用熟字記生字] event事件。

③ [易混字] adventure冒險。

④ [同族字例] advent到來；provenience 來源；event事件。參看：convene召集；convent女修道院；adventitious 偶然的，外來的；contravene觸犯；conventional慣例的，常規的，傳統的，協定的。

⑤ [形似近義字] 參看：mischance不幸。

mis.an.thrope

['mizənθroup, 'misən -; 'misən,θrop, 'miz -]

義節 mis.anthrope

mis→miso-厭惡，僧恨；anthrope人類。

字義 *n.* 憎恨人類的人，厭世的人。

記憶 [同族字例] miso-：misogamist厭惡婚姻者；misoneism厭新。參看：misogynic厭惡女人的。-anthrope-：anthropology人類學；philanthrope 【古】慈善家 (註：phil愛)。

mis.ap.pre.hen.sion

['mis,æpri'henʃən; ,mis-æpri'hɛnʃən]

義節 mis.ap.prehens.ion

mis-錯；ap- = ad-加強意義；prehens = take；-ion名詞。

字義 *n.* 誤會，誤解。

記憶 ① [義節解說] mistake錯誤，誤會。

② [同根字例] prehend抓住；apprehend 抓住，擔心，comprehension理解；reprehend斥責；deprehend奇襲。

③ [同族字例] 字根-prehend-源出法文動詞prendre，相當於英文的take。其變位形式pris被吸收到英文中，構成大量的單字。例如：surprise吃驚；comprise 包含；imprison監禁；reprisal報復…等等。

mis.ce.ge.na.tion

[,misidʒi'neiʃən; ,misidʒə - 'neʃən]

義節 misc.e.gen.ation

misc混雜；gen產生；-ation表示動作 (名詞字尾)。

字義 *n.* 人種混雜，黑白通婚。

記憶 ① [用熟字記生字] mix混合；generate產生。

② [同族字例] -misc-：mess 混亂；mix 混雜；mux 使混亂；mestizo 混血兒；

maslin雜糧麵包。參看：miscellaneous混雜的；miscellany混合物；maze迷宮。-gen-：genius天才，保護神；genial（水土等）溫和宜人的（從genius「保護神」而生此意）；gene基因。參看：eugenic 優生學的；gender（文法中的）性；genealogy家譜；genetic 遺傳性的；genre 流派；genus 種類。參看：congenial同族的，同類的。

mis.cel.la.ne.ous

[ˌmisiˈleinjəs; ˌmɪsˈeɪəs] *

記義 *a.* 混雜的。有各種特點的，多方面的。

記憶 ① ［用熟字記生字］misc＝mix混合。

② ［同族字例］mess混亂；mix混雜；mux使混亂；mestizo混血兒；maslin雜糧麵包。參看：miscegenation人種混雜；miscellany混合物；maze迷宮。

mis.cel.la.ny

[miˈselәni, ˈmisil-; ˈmɪsˌenɪ]

義節 miscell.any

miscell混雜；-any字尾。

記義 *n.* 混合物，雜品，雜集，雜錄。

記憶 ① ［用熟字記生字］misc＝mix混合。

② ［同族字例］mess混亂；mix混雜；mux使混亂；mestizo混血兒；maslin雜糧麵包。參看：miscegenation人種混雜；miscellaneous混雜的；maze迷宮。

mis.chance

[misˈtʃɑːns ; mɪsˈtʃæns, -ˈtʃɑns]

義節 mis.chance

mis-壞，錯；chance *n.*運氣，偶然。

記義 *n.* 不幸，橫禍，災難。

記憶 ① ［義節解說］壞的運氣。

② ［用熟字記生字］case盒子→搖動盒子→

賭博。

③ ［同族字例］cassino一種兩人到四人玩的紙牌戲；cast投，擲。參看：casino娛樂場，賭場，涼棚。

④ ［形似近義字］參看：misadventure不幸的事。

mis.cre.ant [ˈmiskriənt; ˈmɪskrɪənt]

義節 mis.cre.ant

mis-錯，壞；cre→cred信心；-ant字尾

記義 *a.* 墮落的，惡的，【古】異端的，異教的，不信教的。

　　n. 惡棍，異教徒。

記憶 ① ［義節解說］人而無信，不知其可→惡棍。

② ［用熟字記生字］create創造。

③ ［同族字例］credit信用。參看：decree命令；recreant討饒的，怯懦的，變節的。

mis.de.mean.or

[ˌmisdiˈmiːnə;ˌmɪsdɪˈminə]

義節 mis.demean.or

mis-錯，壞；demean *n.*舉止；-or＝-our名詞。

記義 *n.* 不端行為，輕罪。

記憶 ① ［義節解說］錯誤的行止，行為不軌。本字來源於拉丁文meatus行動，運轉，流動，道路。該字又來源於meo行動，流動。

② ［用熟字記生字］manner舉止，風度，樣式。

③ ［同族字例］commence 開始；amenity社交禮節；manner 舉止；mien風度；mention提及；menace威脅；mean意味著；permeate滲透，瀰漫。充滿。參看：promenade兜風，散步；impermeable不可滲透的；meander漫

步；demean行為，表現；ominous預兆的；mendacious虛假的；permeable可滲透的；amenable有義務的，順從的；mien行為，舉止，風度，神采，態度。

---

mi.ser ['maizə; 'maizɚ] *

字義 *n.* **守財奴，吝嗇鬼。**

記憶 ①［義節解說］本字來源於拉丁文miser不幸的，貧乏的，卑鄙的。可將本字記作：有錢捨不得用，卻過著悲慘生活的人。

②［同族字例］參看下一字：misery痛苦，悲慘。

---

mis.er.y ['mizəri; 'mɪzəri]

字義 *n.* **痛苦，悲慘，苦難。**

記憶 ①［義節解說］本字來源於拉丁文miser不幸的，貧乏的，卑鄙的。

②［同族字例］mis-（字首）壞，錯；miserable（同義字為wretched悲慘的，痛苦的，卑鄙的）。參看：commiserate憐憫，同情。

---

mis.give [mis'giv; mɪs'gɪv]

義節 mis.give

mis-壞，錯；give *v.*給。

字義 *vt.* **使疑慮。**

    vi. **疑慮，擔憂，害怕。**

記憶 ①［義節解說］難以「給出」決策或選擇。give在中古英文中意思是suggest（「暗示」）。

②［使用情景］本字作*vt.*時，主調一般不用人，而用「心」，如：My heart / mind / conscience～s me.我感到心神不寧。

---

mis.hap

['mishæp, mis'h -; 'mɪs,hæp, mɪs'hæp] *

義節 mis.hap

mis-錯，壞；hap（好）運氣。

字義 *n.* **不幸，災禍。**

記憶 ①［義節解說］運氣壞。

②［用熟字記生字］happen發生；happy快樂的。

③［同族字例］hapless倒霉的；perhaps或許。參看：haphazard偶然的。

④［近義字］參看：mischance不幸；misadventure災禍。

---

mis.no.mer

['mis'noumə; mɪs'nomɚ]

義節 mis.nom.er

mis-壞，錯；nom名字；-er字尾。

字義 *n.* **用詞不當，名稱使用不當。**

記憶 ①［義節解說］用錯了名稱。

②［用熟字記生字］noun名詞；nominate命名，任命；name名字。

③［同族字例］anonymous匿名的；denominate命名。參看：cognomen姓。

④［形似近義字］misname稱呼不當。

---

mi.sog.y.nist

[mai'sɔdʒinist; mɪ'sɑdʒənɪst]

義節 miso.gyn.ist

miso-厭惡，憎恨；gyn女人；-ist持…見解者。

字義 *n.* **厭惡女人的人。**

記憶 ①［用熟字記生字］用generation（代）記字根gyn（女人）→女人「生」養傳代 (-gen- → -gyn-) 。

②［同族字例］miso-：參看：misanthrope厭世者。-gyn-：gyneology婦科學；queen王后；quean輕佻的女人；zanana印度和巴基斯坦的閨房；polygynous一夫多妻的；gynocracy婦女統治。參看：gynaeceum閨房，女眷，內室，雌蕊群。

③［陷阱］本字中的gynist與gymnasium

M

（體育場）極易混淆。GRE考試常設計陷阱字。此亦其中一例。乍看一眼，很易上當。

mis.sile ['misail ; 'mɪsl]

義節 mis.s.ile

mis放射，發送；-ile字尾。

字義 *n.* **發射物，導彈，飛彈。**

記憶 ①〔用熟字記生字〕message口信；admission接納，允許進入。

②〔同族字例〕missionary傳教士；dismiss開除；promise答應；commission委員會。參看：emanate發射；demise轉讓，遺贈；emetic催吐劑；mission使團；emissary密使；concomitance伴隨，供存。

mis.sion ['mɪʃən; 'mɪʃən] *

義節 miss.ion

miss發射，發送；-ion名詞。

字義 *n.* **使團，傳教（團），慈善機構。**
　　vt. **派遣，向…傳教。**

記憶 ①〔用熟字記生字〕message口信；admission接納，允許進入。

②〔同族字例〕missionary傳教士；dismiss開除；promise答應；commission委員會。參看：emanate發射；demise轉讓，遺贈；emetic催吐劑；missile發射物，導彈，飛彈；emissary密使；concomitance伴隨，共存。

mite [mait; maɪt]

字義 *n.* **蟎，壁蝨，蛆，一點兒。**

記憶 ①〔義節解說〕本字來源於拉丁文metior測量，評價，分配；metor劃分，分界；meto收割，砍殺。蝨子「咬人」，就是用牙齒「割」。

②〔同族字例〕參看：meteorite隕星；meteorology氣象（學）；mote微塵；

mutilate使斷肢，使殘廢，使殘缺不全；mete給予，分配，分界，界石；meteor閃電（等大氣現象），流星。

③〔疊韻近義字〕bite咬（記：a mite can bite 蝨子會咬人）；bit一點兒。

④〔雙聲近義字〕參看：mote微塵；modicum少量；morsel少量；meticulous謹小慎微的，過細的。

⑤字母 M 表示「口，咬」的其他字例：mordacious 愛咬的，諷刺的；remorse後悔（註：所謂「噬」臍莫及）；mandible顎；manger 馬槽；blancmange 牛奶凍。參看：mordant尖銳的，腐蝕的；morsel（食物的）一口，一小份；motto格言；munch用力嚼；muzzle（動物）口鼻；mug嘴；mammoth猛瑪；masticator咀嚼者。

mit.i.gate ['mitigeit ; 'mɪtə,get] *

義節 miti.g.ate

miti→mild *a.*柔和的；g→ag做；-ate動詞。

字義 *vt.* **使緩和，使鎮靜，安慰，平息（怒氣等），減輕（懲罰等）。**

記憶 ①〔義節解說〕make mild 使柔和。本字來源於拉丁文mitigo使柔軟（mitis柔軟的，安靜的；ago驅使）。

②〔同族字例〕melting溫柔的。參看：molt熔化，混合。

③字母M表示「柔軟」的其他字例。mellow使柔和；moderate溫和的；modest謙和的；molify使軟化；molluscoid軟體動物；muliebrity溫柔；mull細軟薄棉布；mush軟糊糊的東西。參看：malleable柔順的。

miz.zle ['mizl ; 'mɪzl]

字義 *vi./n.* **（下）濛濛細雨。**

記憶 ①〔用熟字記生字〕mist霧。

② ［疊韻近義字］drizzle（下）濛濛細雨。
③ ［同族字例］mist霧；mistletoe 裝飾聖誕樹的植物；micturate 排尿；moist 潮濕；mistake錯誤；mystery神祕；mystic 神祕的；myxoid含黏液的；myxomycete 黏菌。參看：maze迷津；murk朦朧，霧。
④字母Z常表示「迷濛」。其他字例：daze迷亂，茫然；dazzle耀眼的；dizzy 頭暈目眩的；drizzle濛濛細雨；fuzzy模糊的；gaze凝視；gauze薄霧；grizzle灰色；haze煙霧；muzzy迷惑的；puzzle 謎；smaze 煙霾；wozzy眩暈的⋯等等。

moan [moun ; mon] *
字義 *vi./n.* **呻吟（聲），嗚咽（聲）。**
　　vi. **以呻吟聲說出。**
記憶 ①本字是擬聲字。字母M常用來模擬「低沉、濃濁」的聲音。其他字例：參看：mumble咕噥；murmur咕噥；mutter咕噥。
② ［同族字例］bemoan呻吟；參看：mourn哀痛；maudlin易傷感的，感情脆弱的；maunder咕噥，發牢騷，無精打采地行動，胡言亂語。

mo.bile
['moubail, - bi:l, - bil ; 'mob!, 'mobil, - bɪl] *
義節 mob.ile
mob動，運動；-ile易於⋯的。
字義 *a.* **運動的，活動的，流動的，易變的。**
記憶 ① ［用熟字記生字］automobile汽車；move移動（註：b和v都是閉口濁子音，發音相似，在拉丁語文中常有「通轉」）。
② ［同族字例］mobilize動員。參看：motif主題。

moc.ca.sin
['mɔkəsin; 'mɑkəsn- zn] *
義節 moc.cas.in
moc柔軟；cas→case盒子；-in字尾。
字義 *n.* **軟（拖）鞋，（美國南部）一種毒蛇。**
記憶 ① ［義節解說］字根-moc-的基本含義是：搗碎→捏軟→成形。軟的盒子（可以把腳伸進去）。
② ［同族字例］Mass彌撒（註：發給小「軟」餅作為聖餐）；matzoom發酵牛奶。參看：mason泥瓦工；macerate浸軟；mash麥芽漿，糊狀物；martyr折磨。
③字母M表示「柔軟」的其他字例：mellow使柔和；melting溫柔的；moderate溫和的；modest謙和的；molify使軟化；molluscoid軟體動物；muliebrity溫柔；mull細軟薄棉布；mush軟糊糊的東西。參看：malleable柔順的。
本字中的「毒蛇」一意，可能從「柔軟」聯想而得。

mock [mɔk; mɑk] *
字義 *v./n.* **嘲弄（的）對象。**
　　n./a. **模仿（的）。**
　　a. **假的。**
記憶 ①本字可能是mug的音變變體。該字原意是「水杯」，舊時的水杯形狀像魔怪，引申為：（扮怪相的）鬼臉→扮鬼臉嘲弄別人。參看：mug鬼臉。本字「嘲弄」一層意思，應指模仿他人動作之類的「嘲弄」。
② ［用熟字記生字］monkey猴子，猿，猿猴最擅「模仿」。又例如：ape既表示「猿」，又表示「模仿」。

M

③〔同族字例〕smuggle走私，偷帶；muck閒逛，鬼混（註：oo→u；ch→ck常有「通轉」現象）；smug沾沾自喜的；smock罩衣；schmuck笨拙而固執的人。參看：muggy濕熱的；mulct詐騙，盜取，騙得；mug（扮）鬼臉；mooch閒蕩，鬼鬼祟祟地走，偷偷拿走，索取。

④〔雙聲近義字〕mimic模仿。參看：emulate竭力仿效；pantomime啞劇。

mod.est ['mɔdist; 'madɪst] *

義節 mod.est

mod規矩，模式；-est字尾。

字義 *a.* 謙虛的，端莊的，有節制的，樸素的。

記憶 ①〔義節解說〕「不逾矩」也。字根-mod-來源於拉丁文modus尺規，標準；metior測量，評價，分配；metor分界；meto收割，砍殺。

②〔用熟字記生字〕modern摩登的，時髦的，現代的；model模特兒。

③〔同族字例〕參看：commodious寬敞的；modicum一小份，少量；modish時髦的，流行的；modulation調整；modus方法，方式。

mod.i.cum ['mɔdikəm; 'madɪkəm]

義節 mod.ic.um

mod模式，規矩；-ic字尾；-um名詞。

字義 *n.* 一小份，少量。

記憶 ①〔義節解說〕在「規」、「模」範圍之內的「量」。本字來源於拉丁文modicum不多的。字根-mod-來源於拉丁文modus尺規，標準；metior測量，評價，分配；metor劃分；分界；meto收割，砍殺。

②〔使用情景〕a～of wine / truth少量的酒，一點點的眞實。

③〔雙聲近義字〕參看：mite一點兒；mote微塵；morsel少量；meticulous謹小愼微的，過細的。

④〔同族字例〕參看：commodious寬敞的；modest有節制的；modish時髦的，流行的；modulation調整；modus方法，方式。

mod.ish ['moudiʃ; 'modɪʃ]

義節 mod.ish

mod規矩，模式；-ish…似的。

字義 *a.* 時髦的，流行的。

記憶 ①〔義節解說〕字根-mod-來源於拉丁文modus尺規，標準；metior測量，評價，分配；metor分界；meto收割，砍殺。

②〔用熟字記生字〕modern摩登的，時髦的。

③〔諧音〕「摩登兮兮」的。

④〔同族字例〕參看：commodious寬敞的；modicum一小份，少量；modest有節制的；modulation調整；modus方法，方式。

mod.u.la.tion

[,mɔdju'leiʃən; ,madʒə'leʃən]

義節 mod.u.lat.ion

mod模式，規矩；lat放置，運送，轉換；-ion名詞。

字義 *n.* 調整，調節，抑揚，變調，調製。

記憶 ①〔義節解說〕置之於規矩之中→調製，調節。字根-mod-來源於拉丁文modus尺度，標準；metior測量，評價，分配；metor分界；meto收割，砍殺。

②〔同族字例〕-mod-：參看：commodious 寬敞的；modicum 一小份，少量；modest有節制的；modish時髦的，流行的；modus方法，方式。-lat-：translate翻譯；ventilate通風；

superlative最高級的；legislate立法；ablate切除。參看：collate對照；elate使洋洋得意；delate控告，告發，公布（罪行）。

---

mo.dus ['moudəs; 'modəs]

[義節] mod.us

mod規矩，模式；-us字尾。

[字義] *n.* **方法，方式。**

[記憶] ① [義節解說] 行事的「規矩，模式」，即是「方法，方式」。字根-mod-來源於拉丁文modus尺規，標準；metior測量，評價，分配；metor分；分界；meto收割，砍殺。

② [諧音]「模」。

③ [同族字例] 參看：commodious寬敞的；modicum一小份，少量；modest有節制的；modish 時髦的，流行的；modulation 調整。

④ [形似近義字] method方法。

---

moi.e.ty ['mɔiəti; 'mɔiəti]

[字義] *n.* **一半，組成部分。**

[記憶] ① [用熟字記生字] medium中號（衣服），傳媒；middle中間。

② [同族字例] immediate 直接的；medieval中古的；medial中間的；mesial中間的；mid中間的；moderate中等的；amidst在…之中。參看：mediate處於中間地位，調停，調解；mediocre普通的。

---

moil [mɔil; mɔil]

[字義] *vi. / n.* **（做）苦工。**

    vt. **弄髒，弄濕。**

[記憶] ①本字可能是maul（大槌）的變形→掄大槌→苦工。

② [疊韻近義字] toil苦工；soil弄髒。

---

③ [用熟字記生字] h a m m e r手錘（ham→hand；mer→maul）。

④ [同族字例] mellow使柔和；melting溫柔的；molify使軟化；molluscoid軟體動物；mullein毛蕊花屬植物；emollient使柔軟的，使緩和的，護膚劑；muliebrity溫柔；mull細軟薄棉布。參看：mallet（木）槌，（打馬球用的）球棍；mallet槌；malleable可鍛的；maul大槌，毆打，打傷，粗手粗腳地做。

---

mol.e.cule

['mɔlikju:l; 'mɑlə,kjul, -,kıul] *

[義節] mole.cule

mole *n.*防波堤；-cule表示「小」。

[字義] *n.* **分子。**

[記憶] ① [義節解說] 防波堤由一堆堆的碎石堆成，這些小石子就是防坡堤的分子。mole的這一字義，從mass（堆）。字根-mol-來源於拉丁文moles塊，堆，大建築；堤；molior移動，建築。

② [雙聲近義字] 參看：morsel一小份；mote微塵；mite一點兒。

③ [同族字例] molest騷擾，調戲，使煩惱；mole防波堤；demolish毀壞；multi-（字首）多。

---

mol.li.fy ['mɔlifai; 'mɑlə,faı] *

[義節] moll.i.fy

moll→maul *n.*大槌→鍛打，延展；-fy使…。

[字義] *vt.* **使平靜，平息，使軟，緩和，減輕。**

[記憶] ① [義節解說] 金屬經槌打延展而變軟。字根-mol來源於拉丁文mollis柔軟的。

② [同族字例] mellow使柔和；melting溫柔的；molluscoid軟體動物；mullein毛

蕊花屬植物；emollient使柔軟的，使緩和的，護膚劑；muliebrity溫柔；mull細軟薄棉布。參看：mallet（木）槌，（打馬球用的）球棍；mallet槌；malleable可鍛的；maul大槌，毆打，打傷，粗手粗腳地做；moil（做）苦工，弄髒，弄濕。

mol.lusc ['mɔləsk, 'mɑləsk]

字義 *n.* 軟體動物。

記憶 ①本字來源於拉丁文molluscus柔軟的。

② [用熟字記生字] mild柔和的。

③ [同族字例] 參看上字：mollify撫慰，使柔軟。

mol.ten ['moultən; 'moltn]

義節 molt.en

molt→moll大槌→鍛打，延展；-en使……

字義 *a.* 熔融的，融化的。

記憶 ① [義節解說] 金屬經槌打延展而變軟。參看：mollusc軟體動物。金屬熔融即變軟。

② [用熟字記生字] mild柔和的；melt熔融（本字是其過去分詞）。

③ [同族字例] mell 混合；molt 熔化，混合；mellow 使柔和；melting溫柔的；molluscoid軟體動物；mullein毛蕊花屬植物；emollient使柔軟的，使緩和的，護膚劑；muliebrity溫柔；mull細軟薄棉布。參看：mallet（木）槌，（打馬球用的）球棍；mallet槌；malleable可鍛的；maul大槌，毆打，打傷，粗手粗腳地做；moil（做）苦工，弄髒，弄濕；mollify使軟，緩和，減輕；melee混亂，混亂的一堆（人群等）。

mo.men.tum [mou'mentəm; mo'mɛntəm]

字義 *n.* 勢頭，力量，要素，動量。

記憶 ① [用熟字記生字] movement運動。

② [形似易混字] 參看：memento紀念品。

③ [同族字例] moment規刻，力矩。

mon.arch ['mɔnək; 'mɑnək] *

義節 mon.arch

mon（o）→thin瘦，薄→單，一；arch首要，統治。

字義 *n.* 君主，最高統治者。

記憶 ① [義節解說]「孤」家「寡」人。

② [同族字例] -mon-（o）-：mean小氣的；minnow銀色小魚。參看：monk僧侶；minster禮拜堂；monastic修道士；monotheism一神論；manometer（流體）壓力計，血壓計。

-arch-：thearchy神權統治；anarchist無政府主義者。參看：patriarch家長。

mo.nas.tic [mə'næstik; mə'næstɪk]

義節 mon.ast.ic

mon（o）→thin瘦，薄→單；一；ast→aster人；-ic字尾。

字義 *a.* 修道院的，寺院的。

　　　n. 修道士，和尚。

記憶 ① [義節解說] 出世而「獨」修者。

② [同族字例] monastery男修道院；mean小氣的；minnow銀色小魚。參看：monarch君主；monk僧侶；minster禮拜堂；monotheism一神論；manometer（流體）壓力計，血壓計。

mon.e.tar.y

['mʌnitəri; 'mʌnə,tɛrɪ, tɛrɪ, 'mɑnə -] *

義節 monet.ary

monet錢財；-ary形容詞。

字義 *a.* **貨幣的，金融的，金錢的。**

記憶 ① [義節解說]本字來源於拉丁文Juno Moneta神廟，是古羅馬造幣處。

② [用熟字記生字] money錢。

③ [同族字例]demonetize使（貨幣）失去標準價值；mammon錢財，財富；mammonism拜金主義。

---

monk [mʌŋk; mʌŋk]*

字義 *n.* **修道士，僧侶**

記憶 ①本字從字根-mon（o）-單，一：出世而「獨」修者。

② [易混字] monkey猿猴。中國古代文化：避世隱遁之士，多與猿鳥親近。如《北山移文》，以山靈的口氣，指責假隱士，說他又出了山，致使「猿驚鶴怨」。未想到英文中「修士」與「猿猴」二字，亦是極為相似。

③ [同族字例] mean小氣的；minnow銀色小魚。參看：minster禮拜堂；monastic修道士；monotheism一神論；manometer（流體）壓力計，血壓計；monarch君主，最高統治者。

---

mon.o.the.ism ['mɔnouθi:izəm; 'manəθi,izəm]

義節 mono.the.ism

mono-→thin瘦，薄→單，一；the→theo神；-ism主義，信仰。

字義 *n.* **一神教，一神論。**

記憶 [同族字例]-mon（o）-：mean小氣的；minnow銀色小魚。參看：monk僧侶；minster禮拜堂；monastic修道士；manometer（流體）壓力計，血壓計；monarch君主，最高統治者。

-theo-：theism有神論；thearchy神權統治；theology神學。參看：deity神性（註：-dei- = -thei-，d→th通轉）；apotheosis神化。

---

mon.soon [mɔn'su:n; man'sun]

字義 *n.* **季（節）風**

記憶 ① [用熟字記生字] moon月亮；month月；season季節。

② [疊韻近義字] typhoon颱風；simoon西蒙風，帶沙風暴。

---

mooch [mu:tʃ; mutʃ]

字義 *vi.* **閒蕩，鬼鬼祟祟地走。**

    vt. **偷偷拿走，索取。**

記憶 ① [用熟字記生字] march大步走。

② [同族字例] smuggle走私，偷帶；muck閒逛，鬼混（註：oo→u；ch→ck常有「通轉」現象）；smug沾沾自喜的；smock罩衣；schmuck笨拙而固執的人。參看：muggy濕熱的；mulct詐騙，盜取，騙取；mug（扮）鬼臉。

③ [形似近義字] slouch無精打采地走；mope閒蕩，憂鬱，悶悶不樂。

---

mood.y ['mu:di; 'mudɪ] *

字義 *a.* **喜怒無常的，心情易變的，憂鬱的。**

記憶 ① [義節解說]本字來源於拉丁文mos心態；morosus不快的，頑固的。

② [疊韻近義字] broody鬱鬱沉思的。

③ [形似近義字] mope憂鬱，悶悶不樂。

④ [同族字例] mad瘋狂的；moral道德的；mores道德態度。參看：morale士氣；morose脾氣不好的，愁眉不展的。

---

moor [muə; mʊr]

字義 *n.* **荒野，沼澤。**

    v. **繫泊，繫住。**

記憶 [同族字例]「繫泊」一意，來源於

M

拉丁文mora耽延，停頓，中止，障礙：morademur韻律單位（相當於一個短音）；demur遲疑，異議；remain停留，保持；moratory延期償付的；-mur-（字根）牆；demure嫻靜的，拘謹的，假正經的；marline細索。參看：mortify抑制，禁慾；mortgage抵押；mortmain傳統勢力；amortization攤還，分期償還，緩衝；moratorium延期償付權，延緩，暫停。

「沼澤」一意：Mercury水星；mercury水銀；mere池沼；mermaid美人魚。參看：marine海的；morass沼澤；moss沼澤；marsh沼澤，濕地。

---

moot [muːt ; mut]

字義 *a.* **可討論的，爭議未決的，學究式的，不切實的。**

記憶 ① 法文的mot相當於英文的word字，詞。尚可置「詞」→尚可討論。咬文嚼字→學究式的。

② ［用熟字記生字］meeting會議。記：尚可開會再討論。

③ ［同族字例］meeting 會議；gemot 群衆大會；folkmote群衆集會；blackmail 敲詐，勒索；riksmal挪威官方話；matter要緊，（講話的）內容。參看：mutter咕噥；moot可討論的，爭議未決的；smatter略微會說一種語言，一知半解地談論；motto箴言；座右銘，格言，題詞。

---

mo.rale [mɔˈrɑːl; moˈræl, moˈrɑl] *

字義 *n.* **士氣，風紀，精神，信念，道義。**

記憶 ① ［義節解說］本字來源於拉丁文mos心態；morosus不快的，頑固的。

② ［用熟字記生字］moral道德（上）的，道義上的，精神上的。

③ ［同族字例］morality 道德；immoral 不道德的；mad瘋狂的。參看：mores習俗；道德態度；morose脾氣不好的，愁眉不展的；moody喜怒無常的，心情易變的，憂鬱的。

---

mo.rass

[məˈræs; moˈræs, mɔ-, mə -] *

義節 mor.ass

mor→moor *n.*沼澤，荒野；-ass字尾。

字義 *n.* **沼澤；泥淖，陷阱，困境。**

記憶 ① ［用熟字記生字］mud泥。

② ［同族字例］Mercury 水星；mercury 水銀；mere池沼；mermaid美人魚。參看：marine海的；moss沼澤；marsh沼澤，濕地；moor荒野，沼澤。

③ ［形似易混字］參看：mores習俗，慣例，道德態度；morose鬱悶的，愁眉不展的，脾氣不好的。

---

mor.a.to.ri.um

[ˌmɔːrəˈtɔːriəm; ˌmɔrəˈtoriəm, ˌmɑr -]

義節 morat.ori.um

morat→delay *v.*暫停，耽擱；-ori = -ory字尾；-um名詞。

字義 *n.* **延期償付權，延緩，暫停。**

記憶 ① ［義節解說］本字來源於拉丁文mora耽延，停頓，中止，障礙。

② ［同族字例］morademur 韻律單位（相當於一個短音）；demur 遲疑，異議；remain停留，保持；moratory延期償付的；-mur-（字根）牆；demure嫻靜的，拘謹的，假正經的；marline細索。參看：mortify抑制，禁慾；moor繫泊；mortgage抵押；mortmain傳統勢力；amortization攤還，分期償還，緩衝。

---

mor.bid [ˈmɔːbid; ˈmɔrbɪd] *

義節 morb.id

morb病；-id形容詞。

字義 *a.* 有毛病的，致病的，可怕的。

記憶 ①［義節解說］本字來源於拉丁文morbus病；medeor醫治（變化形式morbo）。它們又來源於medeis有毒的，有魔術的，巫女，(轉義)解救，消除。

②「病」與「死」有密切聯繫。似乎由於此，表達這二種概念的字，形狀也相似：本字與mortal死的。另一例子可參看：decease亡故。它與disease（生病）也很相似。

③［同族字例］maid少女；maiden少女的；medicine藥；metheglin蜂蜜酒；remedy補藥；method方法。參看：myth神話；meditate思考。

mor.dant ['mɔːdənt; 'mɔrdnt]

義節 mord.ant

mord咬；-ant字尾。

字義 *a.* 尖銳的，腐蝕的，劇烈的。
    n. 媒染劑。

記憶 ①［義節解說］能「咬」必「尖」；「蝕」即是「咬」→參看：caustic腐蝕劑。

②［用熟字記生字］mouth口。

③［音似易混字］modern摩登的，現代的。

④［同族字例］mordacious愛咬的，諷刺的；remorse後悔（註：所謂「噬」臍莫及）。參看：morsel（食物的）一口，小一份；mammoth猛瑪；mite蟎；masticator咀嚼者。

⑤字母M表示「口，咬」的其他字例：mandible顎；manger馬槽；blancmange牛奶凍。參看：motto格言；munch用力嚼；muzzle（動物）口鼻；mug嘴。

mo.res ['mɔːriːz; 'mɔriz, 'mɔr -] *

字義 *n.* 習俗，慣例，道德態度。

記憶 ①本字來源於拉丁文mos心態；morosus不快的，頑固的。

②［用熟字記生字］moral道德（上）的。

③［同族字例］morality道德；immoral不道德的。參看：morale道義；morose脾氣不好的，愁眉不展的；moody喜怒無常的，心情易變的，憂鬱的。

④［形似易混字］more較多的。參看：morass沼澤。

mor.ga.nat.ic
[,mɔːgə'nætik; ,mɔrgə'nætɪk]

義節 morgan.at.ic

morgan→morning早上；-ic形容詞。

字義 *a.* 貴賤通婚的。

記憶 ①本字原意爲「早晨的禮物」。王室男子與平民女子結婚，該女子唯一的權利是新婚第二天早上得到「早晨的禮物」。而女子及其所生子女均無襲爵權。

②［用熟字記生字］morning早上。

③［同族字例］mere全然的，僅僅的；melancholy憂鬱的（-melan-黑）。參看：macabre以死亡爲主題的；amuck殺氣騰騰地；murk黑暗。

mor.i.bund
['mɔːribʌnd; 'mɔrə,bʌnd, 'mɑr -,- bənt]

義節 mor.i.bund

mor→mort死；bund→bound *a.*正在到…去的。

字義 *a. / n.* 垂死的人（的）。

記憶 ①［義節解說］正在走向死亡。bound的用例：The ship is bound for London這船是開往倫敦的。

②［同族字例］immortal不朽的。參看：mortician殯儀業者；murrain獸瘟，畜

疫，（農作物）害病。

mo.rose [mə'rous; mo'ros,mə -]

義節 moros.e

moros不快的；-e字尾。

字義 *a.* 陰鬱的；脾氣不好的；孤僻的。

記憶 ①〔義節解說〕本字來源於拉丁文mos心態；morosus不快的，頑固的。

②〔形似近義字〕mope憂鬱，悶悶不樂，moody喜怒無常的，心情易變的，憂鬱的。

③〔形似易混字〕參看：morass沼澤。

④〔同族字例〕mere全然的，僅僅的；melancholy憂鬱的 (-melan-黑)。參看：macabre以死亡爲主題的；amuck殺氣騰騰地；murk黑暗；moody憂鬱的；demure嫻靜的，拘謹的，假正經的；mores習俗，慣例，道德態度；morale士氣；morose脾氣不好的，愁眉不展的。

mor.sel [ˈmɔːsəl; ˈmɔrsəl, - s!] *

義節 mors.el

mors咬；- el表示「小，細小」。

字義 *n.* 一小份，（食物的）一口，少量，佳肴。

    vt. 使分成小份。

記憶 ①〔義節解說〕一口咬下來的那一部分；咬成小塊。

②〔用熟字記生字〕mouth口。

③〔雙聲近義字〕參看：mite一點兒；mote微塵；modicum少量；meticulous謹小愼微的，過細的。

④〔同族字例〕mordacious愛咬的，諷刺的；remorse後悔（註：所謂「噬」臍莫及）；參看：mordant尖銳的，腐蝕的；mammoth猛瑪；mite蟎；masticator咀嚼者；mordant尖銳的，腐蝕的。

⑤字母M表示「口，咬」的其他字例：mandible顎；manger馬槽；blancmange

牛奶凍。參看：motto格言；munch用力嚼；muzzle（動物）口鼻；mug嘴。

mort.gage [ˈmɔːgidʒ; ˈmɔrgidʒ] *

義節 mort.gage

mort→morat→delay *v.*暫停，耽擱；gage占有→*n.*抵押品。

字義 *n. / vt.* 抵押。

    vt. 獻身於。

記憶 ①〔義節解說〕本字來源於拉丁文mora耽延，停頓，中止，障礙。

②〔用熟字記生字〕engage訂婚，從事。參看：gage抵押品。

③〔同族字例〕morademur 韻律單位（相當於一個短音）；demur 遲疑，異議；remain停留，保持；moratory延期償付的；-mur-（字根）牆；demure嫻靜的，拘謹的，假正經的；marline細索。參看：mortify抑制，禁慾；moor繫泊；mortmain傳統勢力；amortization攤還，分期償還，緩衝；moratorium延期償付權，延緩，暫停。

mor.ti.cian [mɔːˈtiʃən; mɔrˈtiʃən]

義節 mort.ician

mort死；-ician從事某種行當者。

字義 *n.* 殯儀業者。

記憶 ①〔義節解說〕作「死人」生意者。

②〔同族字例〕-mort-：immortal不朽的。參看：moribund垂死的；murrain獸瘟，畜疫，（農作物）害病。

-ician：technician技術人員；magician魔術師…等等。

mor.ti.fy [ˈmɔːtifai; ˈmɔrtəˌfai] *

義節 mort.i.fy

mort→morat→delay *v.*暫停，耽擱；-fy使…化。

字義 *vt.* （用苦行）抑制，傷害（感情）。

vi. **禁慾，苦行，生壞疽，（植物）壞死。**

記憶 ① ［義節解說］通過苦行，使慾念變作死灰。本字來源於拉丁文mora耽延，停頓，中止，障礙。

② ［同族字例］morademur韻律單位（相當於一短音）；demur遲疑，異議；remain停留，保持；moratory延期償付的；-mur-（字根）牆；demure嫻靜的，拘謹的，假正經的；marline細索。參看：moor繫泊；mortgage抵押；mortmain傳統勢力；amortization攤還，分期償還，緩衝；moratorium延期償付權，延緩，暫停。

mort.main ['mɔːtmein; 'mɔrtmen]

義節 mort.main

mort→morat→delay暫停，耽擱；main手。

字義 *n.* **（轉讓出去的）永久管業權；傳統勢力。**

記憶 ① ［義節解說］停留在「手」中。手→管理，勢力。

② ［用熟字記生字］maintain保養，維持。

③ ［同族字例］-mort-：amortization攤還，分期償還，緩衝；morademur韻律單位（相當於一個短音）；demur遲疑，異議；remain停留，保持；moratory延期償付的；mur牆；demure嫻靜的，拘謹的，假正經的；marline細索。參看：mortify抑制，禁慾；moor繫泊；moratorium延期償付權，延緩，暫停；mortgage抵押。

-main-：參看：maneuver調動；manicure修指甲；manipulate操縱；manumit解放；manure施肥；manacle手銬。

mos.qui.to [məs'kiːtou; mə'skito] *

義節 mosqu.it.o

mosqu飛；it字尾；-o字尾。

字義 *n.* **蚊子。**

記憶 ① 參考：字母M模仿飛蟲的「嗡嗡」聲。

② ［同族字例］midge搖蚊，蠓；Musca蒼蠅座；muscarine毒蠅鹼；musket舊式步槍（註：用飛蟲命名）；myiasis蠅蛆病。參看：moth蛾；musketry步槍射擊。

moss [mɔs; mɔs, mas] *

字義 *n.* **苔蘚，地衣，沼澤。**
　　vt. **以苔覆蓋。**

記憶 ① ［用熟字記生字］moist潮濕的。記：潮濕會生青苔。又，可以借mousse（泡沫頭髮整形劑）助憶：頭髮噴上「慕斯」，就像覆了一層「地衣」。

② ［同族字例］muscology苔蘚學；muscoid青苔狀的；litmus石蕊；quagmire泥沼；mustard芥，芥末；must發酵中的果汁；myriad無數的；mysophobia潔癖；mist霧；micturate排尿；myxoid含黏液的；myxomycete黏菌。參看：maze迷津；murk朦朧，霧；mizzle（下）濛濛細雨；mire淤泥，泥坑，使濺滿汙泥；marsh沼澤，濕地；muddle使渾濁，使多淤泥。

mote [mout; mot]

字義 *n.* **微塵，瑕疵，小缺點。**

記憶 ①本字來源於拉丁文metior測量，評價，分配；metor劃分；分界；meto收割，砍殺→「割」成微粒。

② ［同族字例］參看：meteorite隕星；meteorology氣象（學）；mote微塵；mutilate使斷肢，使殘廢，使殘缺不全；mete給予，分配，分界，界石；meteor

閃電（等大氣現象），流星；mite一點兒。

③〔雙聲近義字〕參看：mite一點兒；modicum少量；morsel少量；meticulous謹小慎微的，過細的。

---

moth [mɔθ; mɔθ, mɑθ] *

字義 n. 蛾，蛀蟲。

記憶 ①〔用熟字記生字〕mouth口。

②〔同族字例〕midge搖蚊，蠓；Musca蒼蠅座；muscarine毒蠅鹼；musket舊式步槍（註：用飛蟲命名）；maggot蛆；myiasis蠅蛆病；aftermath再生草，（災禍性）後果；behemoth巨獸，龐然大物。參看：musketry步槍射擊；mosquito蚊子；mawkish極度傷感的；mammoth猛瑪（已絕種的古代長毛象）。

---

mo.tif [mou'ti:f, 'mouti:f ; mo'tif]

義節 mot.if

mot動；-if名詞。

字義 n. （作品）主題，基本花紋（色彩），花邊，動機，主旨。

記憶 ①〔義節解說〕本字應是motive（動機，主旨）的變形。爲什麼而「動」？→動機。

②〔用熟字記生字〕move搬動。

③〔同族字例〕motion動，運動；emotion感情。參看：commotion動亂。

---

mot.ley [ˈmɔtli; ˈmɑtlı]

字義 a. 雜色的，五顏六色的。

n. 混雜物。

記憶 ①本字是medley（混雜的）變體。

②〔同族字例〕intermeddle干涉，多管閒事；muddle混亂；molt熔化，混合。參看：meddle干涉，亂弄；medley混雜

的。

mot.to ['mɔtou; 'mɑto] *

義節 mot.to

mot字詞。

字義 n. 箴言，座右銘，格言，題詞。

記憶 ①〔義節解說〕法文的mot等於英文的word→（重要的）詞兒。

②換一個角度。詞兒是「口」講出來的。字母M表示「口」的字例，詳見：masticator咀嚼者。

③〔同族字例〕meeting會議；gemot群衆大會；folkmote群衆集會；blackmail敲詐，勒索；riksmal挪威官方話；matter要緊，（講話的）內容。參看：mutter咕噥；moot可討論的，爭議未決的；smatter略微會說一種語言，一知半解地談論。

---

moult [moult ; molt]

字義 n./v. 換（羽），脫（毛），蛻（皮）。

記憶 ①本字從字根-mut-轉換，變換。是一種變體。字根-mut-來源於mew【古】鷹籠（尤指供其換毛期用）。

②〔同族字例〕mutable善變的；commute乘車往返…之間；permute改變順序；transmute使變形。參看：mutation變化，更換；mew【古】鷹籠（尤指供其換毛期用的）。

③〔用熟字記生字〕mutual相互的。

---

moun.te.bank

['mauntibæŋk ; 'mauntə,bæŋk]

義節 mounte.bank

mounte 攀上；bank→banch n.凳子。

字義 n. 江湖醫生。

vi. 走江湖賣藥的。

記憶 〔義節解說〕爬上醫生的凳子，充起醫

M

生來，招搖撞騙。

mourn.ing

['mɔːnɪŋ; 'mɔrnɪŋ, 'mɔrnɪŋ] *

義節 mourn.ing
mourn v.哀悼；-ing字尾。

字義 n. 哀悼，居喪，喪服。

記憶 ① 本字是擬聲字。字母M常用來模擬「低沉、濃濁」的聲音。其他字例：參看：mumble咕噥；murmur咕噥；mutter咕噥。

② [用熟字記生字] remember記住。→懷念。

③ [同族字例] bemoan呻吟；參看：maudlin易傷感的，感情脆弱的；maunder咕噥，發牢騷，無精打采地行動，胡言亂語；moan呻吟（聲），嗚咽（聲）。

④ [易混字] morning早晨。

mow [mou; mo]

字義 vt. 刈歌，割，掃除。
　　vi. 割草。
　　n. 禾堆，穀堆。

記憶 ① 本字深層意義表示「切斷」。字母M表示這一意義的其他字例。參看：mutilate使斷肢；maim殘害；mayhem殘害罪。

② [用熟字記生字] 本字與move（動）相似，可借以助憶。記：割草機向前運動，掃除蕪草。

③ [同族字例] mead草地；aftermath再生草。參看：meadow草地，牧草地。

muck [mʌk; mʌk]

字義 n. 糞肥，汙物。
　　vt. 施肥，弄髒。

記憶 ① 本字來源於拉丁文muceo發霉，腐

壞。

② [用熟字記生字] mud泥淖。

③ [同族字例] midden糞堆，垃圾堆；moist潮濕的；mucilage膠水，從植物中提取的黏膠；muceus黏膜分泌的黏液；musty發霉的，霉臭的；muco-（字首）黏液，黏膜；myco-（字首）眞菌。參看：muggy濕熱的，悶熱的；meek溫順的，柔和的。

④ [形似近義字] 參看：manure糞肥。

mud.dle ['mʌdl; 'mʌdl] *

義節 mud.d.le
mud n.泥淖；-le重複動作。

字義 vt. 使渾濁，使多淤泥，使糊塗，使混亂，鬼混。

記憶 ① [義節解說] 由泥淖而引申爲混濁，攪渾。

② [形似易混字] middle中間的。參看：meddle干涉。

③ [疊韻近義字] 參看：fuddle混亂的一堆。

④ [同族字例] moss青苔；litmus石蕊；quagmire泥沼；mustard芥，芥末；must發酵中的果汁；myriad無數的；mysophobia潔癖。參看：mire淤泥，泥坑，使濺滿汙泥。

muf.fle ['mʌfl; 'mʌfl] *

義節 muff.le
muff裹住；-le重複動作。

字義 v. 裹住，包住，捂住。

記憶 [同族字例] muff 女子防寒用的皮手籠；camouflage僞裝（moufl→muffle）；muffler厚圍巾，消音器；mufti便衣；muffin鬆糕。參看：ragamuffin衣服破爛骯髒的人（尤指小孩）。

M

mug [mʌg; mʌg]

字義 *n.* **大杯，嘴，下頜，臉，(扮)鬼臉。**

記憶 ① 本字原意是「水杯」，舊時的水杯形狀像魔怪，引申為：(扮怪相的)鬼臉。

② [同族字例] smuggle走私，偷帶；muck閒逛，鬼混 (註：oo→u；ch→ck常有「通轉」現象)；smug沾沾自喜的；smock罩衣；schmuck笨拙而固執的人。參看：muggy濕熱的；mulct詐騙，盜取，騙得；mooch閒蕩，鬼鬼祟祟地走。

③ [疊韻近義字] 參看：jug壺。

mug.gy ['mʌgi; 'mʌgɪ]

字義 *a.* **悶熱的，濕熱的。**

記憶 [同族字例] midden糞堆，垃圾堆；moist潮濕的；mucilage膠水，從植物中提取的黏膠；muceus黏膜分泌的黏液；musty發霉的，發臭的；muco- (字首) 真菌。參看：meek溫順的，柔和的；muck糞肥，汙物。

mulct [mʌlkt; mʌlkt]

字義 *vt.* **罰款，詐騙，盜取，騙得。**

記憶 ① [諧音]「謀得」→騙，盜而得。

② [同族字例] smuggle走私，偷帶；muck閒逛，鬼混 (註：oo→u；ch→ck常有「通轉」現象)；smug沾沾自喜的；smock罩衣；schmuck笨拙而固執的人。參看：muggy濕熱的；mulct詐騙，盜取，騙得；mug (扮) 鬼臉；mooch閒蕩，鬼鬼祟祟地走，偷偷拿走，索取；mock嘲弄 (的) 對象，模仿 (的)，假的。

mul.ti.far.i.ous
[mʌltiˈfɛəriəs; ˌmʌltəˈfɛriəs]

義節 multi.far.i.ous

multi-多；far分岔，裂；-ous形容詞。

字義 *a.* **多種多樣的，五花八門的。**

記憶 ① [義節解說] 多分岔的→變化多的。所謂「一樹千枝，一源萬派」。字根-multi-來源於拉丁文moles塊，堆，大建築，堤；molior移動，建築。

② [用熟字記生字] fork叉子。

③ [同族字例] multi-：molest騷擾，調戲，使煩惱；mole防波堤；demolish毀壞；multi- (字首) 多。參看：molecule分子。-far-：multifid多裂的；furcate叉狀的。參看：bifurcate兩叉的；omnifarious五花八門的。

④ [疊韻近義字] various各種各樣的 (註：字母v的形狀本身就是個「分叉」)。

⑤ [形似近義字] 參看：proliferate繁殖；biparous一產二胎的。

mul.ti.form
['mʌltifɔːm; 'mʌltə,fɔrm]

義節 multi.form

multi-多；form *n.*形狀。

字義 *a.* **多種形式的，多種多樣的。**

記憶 ① [義節解說] 字根-multi-來源於拉丁文moles塊，堆，大建築，堤；molior移動，建築。

② [用熟字記生字] multiply乘法；form形狀。

③ [同族字例] multi：參看上字：multifarious多種多樣的，五花八門的。form：conform符合，適合；inform告知；perform表演。

mul.ti.lin.gual
[ˌmʌltiˈlɪŋgwəl; ˌmʌltɪˈlɪŋgwəl]

義節 multi.lingu.al

multi-多；lingu舌，語言；-al形容詞。

字義 *a.* （懂、使用）多種語言的。

記憶 ① ［用熟字記生字］language語言。

② ［同族字例］multi：參看上字：multifarious多種多樣的，五花八門的。-lingu-：lingulate舌形的；bilingual兩種語言的。參看：linguistic語言的。

mul.ti.plic.i.ty

[ˌmʌltiˈplisiti ; ˌmʌltəˈplɪsəti]

義節 multi.plic.ity

multi-多；plic→ply彎，折疊；-ity名詞。

字義 *n.* 複合，多重性，多倍，複雜，大量。

記憶 ① ［義節解說］多種東西折疊在一起→多重，複合。

② ［用熟字記生字］multiply乘法。

③ ［同族字例］multi-：參看上字：multifarious多種多樣的，五花八門的。-plic-：apply適用；reply回答；imply暗指；implication暗示；comply照辦。參看：compliant屈從的；complexion局面；duple二倍的；replica複製品；implicit含蓄的，內含的，無疑的；explicit明晰的。

mum.ble [ˈmʌmbl; ˈmʌmbl] *

義節 mumb.le

mumb濃濁含糊的聲音；-le重複動作。

字義 *v.* 含糊地說（話），咕噥。
　　 n. 含糊的話。

記憶 ① ［義節解說］本字源於Mumbo-Jumbo，乃是驅魔咒文：grandmother jump away 老祖母，快走開。又：本字模擬念咒時的「喃喃」聲，所謂「念念有詞」。

② ［易混字］參看：mumbo迷信的崇拜物。

③ 字母組合mu（m）表示「緘默，喃喃的模糊語聲」。例如：muffle捂住，壓抑

（聲音），消聲器，mum沉默的，緘默的，演啞劇；mummer啞劇，啞劇演員。參看：mump繃著臉不說話，故作正經；mumps慍怒；mumbo迷信的崇拜物；muse冥想；mute緘默的，啞子；mutter咕噥。

mum.bo [ˈmʌmbou; ˈmʌmbo]

字義 *n.* 迷信的崇拜物，令人畏懼的東西，繁文褥節。

記憶 ①本字源於Mumbo-Jumbo，乃是驅魔咒文：grandmother jump away 老祖母，快走開。又：本字模擬念咒時的「喃喃」聲，所謂「念念有詞」。類例詳見：maunder咕噥。

② ［易混字］參看：mumble咕噥。

③字母組合mu（m）表示「緘默，喃喃的模糊語聲」。例如：muffle捂住，壓抑（聲音），消聲器；mum沉默的，緘默的，演啞劇；mummer啞劇，啞劇演員。參看：mump繃著臉不說話，故作正經；mumps慍怒；mumble咕噥；muse冥想；mute緘默的，啞子；mutter咕噥。

mum.my [ˈmʌmi; ˈmʌmɪ] *

字義 *n.* 木乃伊，乾癟的人，稀爛的一團。

記憶 ①從語源上看，本字源於阿拉伯文mumiyah，意爲wax臘。

②換一個角度，mum表示「緘默，喃喃的模糊語聲」。木乃伊是人形，但永遠不會說話，亦可借此聯想。參看下一字：mump繃著臉不說話。

mump [mʌmp; mʌmp]

字義 *vi.* 繃著臉不說話，故作正經。

記憶 ① ［諧音］「悶」聲不響。

②字母組合mu（m）表示「緘默，喃喃的模糊語聲」。例如：muffle捂住，壓

抑（聲音），消聲器；mum沉默，緘默的，演啞劇；mummer啞劇，啞劇演員。參看：mump繃著臉不說話，故作正經；mumps慍怒；mumbo迷信的崇拜物；mumble咕噥；muse冥想；mute緘默的，啞子；mutter咕噥，muzzle（動物）口套，封住嘴。

③〔疊韻近義字〕lump勉強容忍。參看：grump發牢騷。

mumps [mʌmps; mʌmps]

字義 *n.* 流行性腮腺炎，慍怒。

記憶 ①生了腮腺炎，腮部腫大，說話含糊不清，又像氣得鼓鼓的。詳見：mump繃著臉不說話。

②字母組合mu（m）表示「緘默，喃喃的模糊語聲」。例如：muffle 住，壓抑（聲音），消聲器；mum沉默的，緘默的，演啞劇；mummer啞劇，啞劇演員。參看：mump繃著臉不說話，故作正經；mumbo迷信的崇拜物；mumble咕噥；muse冥想；mute緘默的，啞子；mutter咕噥。

③〔疊韻近義字〕參看：grump發牢騷；參考：lump勉強容忍。

munch [mʌntʃ; mʌntʃ]

字義 *v.* 用力嚼，大聲嚼。

記憶 ①本字可能來源於法文動詞manger吃。

②〔用熟字記生字〕mouth口，嘴。

③〔同族字例〕mandible顎；manger馬槽；blancmange牛奶凍。參看：mange獸疥癬，癩疥，皮膚的骯髒。

④字母M表示「口，咬」的其他字例：mordacious愛咬的，諷刺的；remorse後悔（註：所謂「噬」臍莫及）。參看：

mordant尖銳的，腐蝕的；morsel（食物的）一口，一小份；motto格言；muzzle（動物）口鼻；mug嘴；mammoth猛瑪；mite蟎；masticator咀嚼者。

⑤〔疊韻近義字〕crunch嘎吱嘎吱地咬嚼。

mun.dane ['mʌndein; 'mʌnden]

義節 mund.ane

mund→monde（法文）地球，世界；-ane表示「屬於…的」（形容詞字尾）。

字義 *a.* 世間的，世俗的，庸俗的，宇宙的。

記憶 ①本字的構字思路，相當於earthly地球的，塵世的，世俗的，現世的。

②〔同族字例〕antemundane世界開創以前的；inframundane地下的；supramundant超出世俗的；ultramundane世界以外的；community社區，共性。參看：mansion大樓，大廈，宅第；municipal市（政）的，自治城市的，內政的。

mu.nic.i.pal

[mju:'nisipəl; mju'nısəp!]

義節 muni.cip.al

muni公共，服務，奉獻；cip→take *v.*拿起，擔當；-al字尾。

字義 *a.* 市（政）的，自治城市的，內政的。

記憶 ①〔義節解說〕擔當起（城市的）公共服務→市政。字根-mun-來源於拉丁文munus職務。

②〔用熟字記生字〕community社區，共性；cosmos宇宙。

③〔同族字例〕communicate 通訊，聯繫；manor莊園，大宅邸；manse牧師住宅；immanent內在的，固有的；permanent持久的，永久的；remanent殘餘的；ménage家庭，家務；

menagerie動物園，（馬戲團中）囚在籠中的獸群。參看：menial僕人；remnant殘餘（的），剩餘（的）；munificence慷慨；immune免除的；mansion大樓，大廈，宅第；mundane世間的，世俗的，庸俗的，宇宙的。

mu.nif.i.cence

[mju:'nifisns ; mju'nɪfəsns]

義節 muni.fic.ence

muni公共，服務，奉獻；fic做；-ence名詞。

字義 *n.* 慷慨，毫不吝嗇。

記憶 ① ［義節解說］樂於作出奉獻→慷慨。字根-mun-來源於拉丁文munus贈品。

② ［同族字例］參看上字：municipal市政的。

mu.ni.tion [mju:'niʃən; mju'nɪʃən]

義節 mun.i.tion

mun→mur封閉，保護；-tion名詞。

字義 *n.* 軍火，必需的物質準備。

　　　vt. 提供軍火。

記憶 ① ［義節解說］字根-mun-來源於拉丁文munitio防禦工事；moenia城牆，圍牆。軍火用於保護城池。

② ［同族字例］ammunition軍火，攻擊或防禦手段；premunition免疫，預防；mere邊境線。參看：mete邊界；mural牆壁的。

mu.ral ['mjuərəl; 'mjʊrəl] *

義節 mur.al

mur封閉，保護；-al形容詞。

字義 *a.* 牆壁（上）的。

　　　n. 壁畫，壁飾。

記憶 ① ［義節解說］由「封閉」而引申爲「牆壁」。

② ［同族字例］extramural牆外的，校外的；immurement關閉，深居簡出；mere邊境線。參看：demure嫻靜的；immure封閉；munition軍火；murk黑暗；mute緘默的；mump繃著臉不說話。

mur.id ['mjuərid; 'mjʊrɪd]

義節 mur.id

mur→mor口，咬；-id形容詞。

字義 *a.* 鼠科的。

　　　n. 鼠科動物。

記憶 ① ［義節解說］《元曲》：「毛詩中誰道鼠無牙，卻怎生咬到了金瓶架？」鼠的最大特點就是「咬，嚙」，故造字時有此聯想。字根-mur-來源於拉丁文mus鼠。

② ［同族字例］mouse老鼠；murine鼠的；muscle肌肉（註：上臂的肌肉動起來像老鼠）；mussel蚌，貽貝；musteline鼬鼠科，如：貂、水貂等、marmot旱獺；musk麝香；mordacious愛咬的，諷刺的；remorse後悔（註：所謂「噬臍莫及」）。參看：morsel（食物的）一口，一小份；mammoth猛瑪；mite蟎；masticator咀嚼者；mordant尖銳的，腐蝕的。

murk [məːk; mɜk] *

字義 *n.* 黑暗，陰沉，朦朧，霧。

　　　a. 陰沉的。

記憶 ①本字可能從字根-mur-（封閉）變來。封閉在大牆之內，故陰沉黑暗。參看：mural牆的。

② ［諧音］陸游詩（註：寫《釵頭鳳》本事）：壞壁醉題塵「漠漠」，斷雲幽夢事茫茫。另又可諧「墨」黑。

③ ［用熟字記生字］morning早上；mist霧，朦朧。

④ ［同族字例］mere全然的，僅僅的；

M

melancholy憂鬱的（-melan-黑）。參看：morganatic貴賤通婚的；macabre以死亡爲主題的；amuck殺氣騰騰地；maze迷津；mizzle濛濛細雨。

---

mur.rain ['mʌrin; 'mɜ·in]

義節 mur.r.ain

mur→mor死；-ain字尾。

字義 *n.* 獸瘟，畜疫，（農作物）害病。

記憶 ①［義節解說］瘟疫，就是大批或大片的死亡。

②［同族字例］immortal不朽的。參看：moribund垂死的；mortician殯儀業者。

---

muse [mjuːz; mjuz] *

字義 *n. / v.* 沉思，冥想。

記憶 ①本字從Muse，希臘神話中掌握「敎、科、文」的女神。職掌的都是些需要深入思考的科目。

②［用熟字記生字］music音樂；museum博物館（原意爲繆斯的神殿）；amusement park樂園。（註：a- = not，否定→不再繃著臉沉思。中國人叫「破顏」、「解頤」）。

③［同族字例］參看：mutter咕噥；mute緘默的；muzzle封住嘴。

④「沉思」必然「不語」。參考：拉丁文musso緘默，喃喃自語；參看：mute緘默的。

字母組合mu（m）表示「緘默，喃喃的模糊語聲」。例如：muffle捂住，壓抑（聲音），消聲器，mum沉默的，緘默的，演啞劇；mummer啞劇，啞劇演員。參看：mump繃著臉不說話，故作正經；mumps慍怒；mumbo迷信的崇拜物；mumble咕噥；mute緘默的，啞子；mutter咕噥；muzzle動物的口套，封住…的嘴，壓制言論。

---

mus.ket.ry ['mʌskətri; 'mʌskətrɪ]

義節 musket.ry

musket飛；-ry名詞。

字義 *n.* 步槍射擊，射擊術，滑膛槍。

記憶 ①本字源於義大利文moschetto雀鷹。早期的槍炮均以動物命名。musket的深層意義爲「飛」。

②大仲馬名著《三劍客》（The Three Musketeers三個火槍手）可資助憶。

③［同族字例］midge搖蚊，蠓；Musca蒼蠅座；muscarine毒蠅鹼；musket舊式步槍（註：用飛蟲命名）；myiasis蠅蛆病。參看：moth蛾；mosquito蚊子。

---

mus.ter ['mʌstə; 'mʌstə·] *

義節 must.er

must→mass聚集；-er重複動作。

字義 *v. / n.* 集合，聚合。

　　　n. 檢閱，檢驗，清單。

記憶 ①［義節解說］本字來源於拉丁文messis收割，收成，收穫→一大堆。

②［同族字例］maximum最大，極大。參看：maxim格言，準則，諺語；massif山岳。

③「檢閱」意，從demonstrate = show顯示。

---

mus.ty ['mʌsti; 'mʌstɪ] *

義節 must.y

must濕，霉；-y形容詞。

字義 *a.* 霉的，發霉的，陳腐的，老朽的。

記憶 ①［用熟字記生字］moist潮濕。

②［諧音］「霉」。

③［同族字例］mist霧；mistletoe 裝飾聖誕樹的禮物；micturate排尿；mistake錯誤；mystery神祕；mystic神祕的；myxoid含黏液的；myxomycete黏菌。參看：maze迷津；murk朦朧，霧。

④［形似近義字］參看：mildew霉。

mu.ta.tion

[mju:'teiʃən; mju'teʃən] *

【義節】 mut.ation

mut轉換，變換；-ation表示動作（名詞字尾）。

【字義】 n. 變化，更換，突變，人生的沉浮。

【記憶】 ① ［用熟字記生字］commute乘車往返…之間；mutual相互的。

② ［同族字例］ mutable善變的；commute乘車往返…之間；permute改變順序；transmute使變形。參看：mew鷹籠；moult換羽；mutinous叛變的，反抗的，騷亂的；immutable不變的。

mute

[mju:t ; mjut] *

【字義】 a. 緘默的，不言的。

n. 啞子。

vt. 減弱…聲音。

【記憶】 ①本字可能從字根-mur-（封閉）變來→閉口不言。參看：mural牆壁的。參考：拉丁文mutus緘默，喃喃自語。

② ［同族字例］ 參看：muse冥想；mutter咕噥；muzzle封住嘴。

③ ［雙聲近義字］muffle減弱聲音；mump繃著臉不說話。

④字母組合mu（m）表示「緘默，喃喃的模糊語聲」。例如：muffle捂住，壓抑（聲音），消聲器；mum沉默的，緘默的，演啞劇；mummer啞劇，啞劇演員。參看：mump繃著臉不說話，故作正經；mumps慍怒；mumbo迷信的崇拜物；mumble咕噥；muse冥想；mutter咕噥。

⑤ ［諧音］默的。

mu.ti.late

['mju:tileit; 'mjut!,et] *

【義節】 mut.i.late

mut切，割；late→bring v.帶來。

【字義】 vt. 使斷肢，使殘廢，使殘缺不安全。

【記憶】 ① ［義節解說］本字深層意義表示「切斷」。來源於拉丁文metor劃分，分界；meto收割，砍殺。

② ［雙聲近義字］ 參看：maim殘害；mayhem殘害罪；mar損害，毀壞；mow割草。

③ ［同族字例］ 參看：meteorite隕星；meteorology氣象（學）；meteor閃電（等大氣現象），流星；mite蟎，一點兒；mote微塵；mete分界，界石。

mu.ti.nous

['mju:tinəs; 'mjutnəs]

【義節】 mut.in.ous

mut變化，變換；-ous形容詞。

【字義】 a. 叛變的，反抗的，騷亂的。

【記憶】 ① ［義節解說］「叛變」的關鍵字是「變」：原來「忠」的，「變」成了「不忠」。

② ［用熟字記生字］commute乘車往返…之間；mutual相互的。

③ ［同族字例］mutable善變的；commute乘車往返…之間；permute改變順序；transmute使變形。參看：mew鷹籠；moult換羽；mutation變化；immutable不變的。

mut.ter

['mʌtə; 'mʌtə] *

【義節】 mut.ter

mut濃濁含混的語音；-er重複動作。

【字義】 n. / v. 咕噥，輕聲低語，抱怨。

【記憶】 ① ［義節解說］本字來源於拉丁文mutus緘默，喃喃自語。

②字母組合mu（m）表示「緘默，喃喃的模糊語聲」。例如：muffle捂住，壓抑（聲音），消聲器；mum沉默的，緘默的，演啞劇；mummer啞劇，啞劇演員。參看：mump繃著臉不說話，故作正經；

mumps慍怒；mumbo迷信的崇拜物；mumble咕噥；muse冥想；mute緘默的，啞子。

③〔同族字例〕meeting會議；gemot群衆大會；folkmote群衆集會；blackmail敲詐，勒索；riksmal挪威官方話；matter要緊，（講話的）內容。參看：mute緘默的；moot可討論的，爭議未決的；smatter略微會說一種語言，一知半解地談論；motto箴言，座右銘，格言，題詞；muse沉思，冥想。

---

muz.zle ['mʌzl; 'mʌzl] *

字義 *n.* （動物）口鼻，（動物）口套，炮口，槍口。

    vt. 封住嘴。

記憶 ①〔用熟字記生字〕mouth口。

②〔同族字例〕mandible顎；manger馬槽；blancmange牛奶凍。參看：muzzle（動物）口鼻；mammoth猛獁；masticator咀嚼者，咀嚼的動物，割碎機，撕捏機。

③字母M表示「口，咬」的其他字例：mordacious愛咬的，諷刺的；remorse後悔（註：所謂「噬」臍莫及）。參看：mordant尖銳的，腐蝕的；morsel（食物的）一口，一小份；motto格言；munch用力嚼；mug嘴；mite蟎。

④字母組合mu（m）表示「緘默，喃喃的模糊語聲」。例如：muffle捂住，壓抑（聲音），消聲器；mum沉默的，緘默的，演啞劇；mummer啞劇，啞劇演員。參看：mump繃著臉不說話，故作正經；mumps慍怒；mumbo迷信的崇拜物；mumble咕噥；muse冥想；mute緘默的，啞子；mutter咕噥；nuzzle（用鼻子）挨擦。

⑤〔形似近義字〕muffle捂住，包住，蒙住；nuzzle（用鼻子）挨擦。

---

my.col.o.gy
[maiˈkɔlədʒi; maɪˈkalədʒɪ]

義節 myc.ol.ogy

myc潮濕；ol生，養；-logy學科。

字義 *n.* 眞菌學。

記憶 ①〔義節解說〕-myc-的原意是「潮濕，發黴」，「生養」出「菌」。本字來源於拉丁文muceo發黴，腐壞。

②〔用熟字記生字〕moist潮濕。

③〔形似近義字〕參看：microbe細菌；mildew黴。

④〔同族字例〕-myc-：mist霧；mistletoe裝飾聖誕樹的植物；micturate排尿；mistake錯誤；mystery神祕；mystic神祕的；myxoid含黏液的；myxomycete黏菌。參看：maze迷津；murk朦朧，霧；musty霉的。

-ol-：adult成年人（其中ul是ol的異體，表示「生，長」）。參看：alimony贍養費；alms救濟金；coalesce接合，癒合，聯合，合併（其中al是ol的異體，表示「生，長」）；adolescent青春期的，青少年；abolish廢除（法律等），取消。

---

my.op.ic [maiˈɔpik; maɪˈɑpɪk]

義節 my.op.ic

my→mute關閉（口、眼等）；op眼；-ic形容詞。

字義 *a.* 缺乏遠見的，缺乏辨別力的。

記憶 ①〔義節解說〕不開眼→缺乏遠見，缺乏辨別力。本字來源於拉丁文myopia近視。

②〔同族字例〕myocardial心肌的；myopia近視；diplopia複視；myosis瞳孔縮小；myotic縮瞳孔的（藥劑）；mystery神祕；mystic神祕宗教儀式的。參看：mute緘默的。

myr.i.ad [ˈmiriəd; ˈmɪrɪəd]

義節 myri.ad

myri萬，無數；-ad字尾。

字義 *n.* 無數，一萬。

　　a. 無數的。

記憶 ① ［義節解說］本字來源於拉丁文 myriophyllon千葉芪。

② ［用熟字記生字］million百萬。

③ ［雙聲近義字］參看：chiliad千年。

④ ［同族字例］moss青苔；litmus石蕊；quagmire泥沼；mustard芥，芥茉；must發酵中的果汁；myriad無數的；mysophobia潔癖。mire淤泥，泥坑。

myth [miθ; mɪθ] *

字義 *n.* 神話（人或事物），傳說。

記憶 ①本字來源於拉丁文morbus病；medeor醫治（變化形式morbo）。它們又來源於medeis有毒的，有魔術的，巫女，（轉義）解救，消除。

② ［用熟字記生字］mystery神祕；mist霧；amaze使驚訝。

③ ［同根字例］mythical神話的；mythologem神話主題；mythology神話學。

④ ［同族字例］maid少女；maiden少女的；medicine藥；metheglin蜂蜜酒；remedy補藥；method方法。參看：meditate思考；morbid有毛病的，致病的，可怕的。

⑤字母M表示「奇幻」的字例：maggot怪念頭；macabre恐怖的；marvel奇蹟；mesmerize使入迷；miracle奇蹟；mirage幻影，幻景。參看：magus魔術家；maze迷宮。

M

Memo

N

淮南皓月冷千山，**瞑瞑歸去無人**管。

字母組合 **gn**、**kn**、**sn** 常常會是 **n** 的特殊拼寫形式。

本章出現的字首一般表示「否定」，如 **non-**，**ne-**，**neg-**…等。而這恰是本章題中之義。故沒有「免冠」的問題。

分析：

N 的字形給人以「聯結」，「靠近」之感。引申爲「結」，爲「節」，爲「瘤」。**N** 是鼻音，與「鼻」有關。有趣的是：它又是多種語言和方言表示「無」，「否定」意義的聲母。由「無」而引申爲「黑暗」。由「無」可以「生」有。**N** 是指南針的北極，古時「航海」全靠它指引。

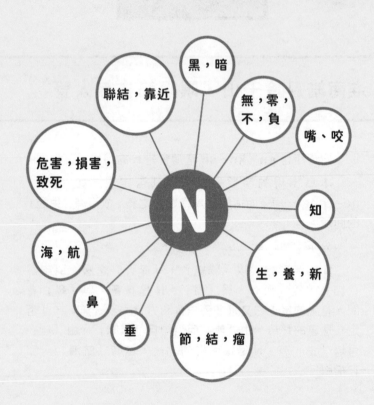

黑，暗

聯結，靠近

無，零，不，負

嘴、咬

危害，損害，致死

N

知

海，航

生，養，新

鼻

垂

節，結，瘤

na.dir ['neidiə; 'nedə] *

字義 *n.* **天底，最低點，極度消沉的時刻。**

記憶 ①本字原意為opposite對面，指與zenith（天頂）遙遙相對。

② ［用熟字記生字］Netherland荷蘭（原意為：萊茵河下游的低地，neth→nad；th與d發音相近而形成變體）。

③ ［同族字例］nod點頭，打盹；noddle點頭；nutate俯垂，下垂；nutation垂頭；nether下面的；nethermost最低的。參看：gnome矮子；neap最低潮；noodle笨蛋，傻子，腦袋瓜。

na.ive.te

[nɑ:'i:vtei, nai'i:v ; nɑ,iv'te, mɑ'ivte]

字義 *n.* **天真（的言行）；樸素。**

記憶 ① ［義節解說］字根na（t）意為「出生」。本字意為：像剛出生時那樣的「赤子之心」→天真。再由「新生的」引申為「新」。

② ［用熟字記生字］native土生土長的。

③ ［同族字例］new新的；novel小說；innovation革新；renovate恢復，革新；novation更新；nature自然；nation國家，民族；connate天生的；pregnant懷孕的。參看：nascent初生的；natal出生的；knave男子；novice新手，初學者，見習修道士（修女）。

nap [næp ; næp] *

字義 *vi. / n.* **小睡，打盹。**
　　　　vi. **疏忽。**

記憶 ① ［用熟字記生字］nod點頭，打盹；sleep睡。

② ［同族字例］nape項，後頸。參看：neap最低潮。

③打盹就是頭「垂」下來。字母n表示「向下俯垂，低，矮」的其他字例：noddle點

頭；nutate俯垂，下垂；nutation垂頭；nether下面的；nethermost最低的。參看：gnome矮子。

nar.cot.ic [nɑ:'kɔtik; nɑr'kɑtɪk]

義節 narcot.ic

narcot-麻木，無知覺；-ic形容詞。

字義 *a. / n.* **麻醉劑（的），（精神上）起麻痺作用（的），吸毒成癮（的）。**

記憶 ① ［用熟字記生字］numb使麻木，使麻痺。

② ［同族字例］narco-（字首）麻木，昏迷；narceine負鴉片鹼；narcism自我陶醉；narcissus水仙花（此字原意是希臘神話中的美少年，愛戀自己在水中的影子，死後變花）；narcosis麻醉；narcolepsy嗜眠症；necrology死亡者名單，訃告。

③字母n常表示「無」。本字扣住「無」知覺。字母n表示「無」的其他字例：nihil虛無，無價值；annihilate消滅；none一個也沒有。參看：null無效力的；annul廢止；nude裸體的（註：「無」衣）；naught無。

na.sal ['neizəl; 'nez!]

義節 nas.al

nas鼻；-al形容詞。

字義 *a.* **鼻（音）的。**
　　　　n. **鼻音（字母）。**

記憶 ① ［用熟字記生字］nose鼻子。

② ［同族字例］nostril鼻孔；nuzzle（用鼻子）挨擦。參看：nasty（氣味）令人作嘔的；nosegay花束（註：聞到花香，鼻子快樂）。

③n是鼻音字母，常表示「鼻」。例如：sniff抽鼻子；snivel抽鼻子，啜泣；snort噴鼻息，發哼聲；snot鼻涕；snout大鼻子；snuffle抽鼻子。

N

nas.cent

['næsnt, 'neisnt ; 'næsnt, 'nesnt]

義節 na.scent

na生；-scent開始，逐漸變成…的。

字義 *a.* 初生的，開始形成的，尚未成熟的。

記憶 ①〔用熟字記生字〕native土生土長的。

②〔同族字例〕nature自然；nation國家，民族；connate天生的；pregnant懷孕的。參看：natal出生的；naivete天眞。

---

nas.ty ['nɑːsti ; 'næsti] *

義節 nast.y

nast→nois討厭→nox傷害；-y形容詞。

字義 *a.* （氣味）令人作嘔的，極髒的，下流的，心毒的，惡劣的，討厭的。

記憶 ①〔義節解說〕語源上認爲本字從nest鳥巢→「鳥巢」又髒又臭，聞到臭味，令人作嘔，再由「通感」轉到其他各意。

②〔用熟字記生字〕innocent無罪的；noise噪聲。

③〔同族字例〕annoy使煩惱；ennui厭倦；nuisance討厭的人；nocent有害的，有罪的；pernicious有害的，有毒的；internecine互相殘殺。參看：naughty下流的；noxious討厭的；nauseate（使）噁心，（使）厭惡；enmity敵意；innocuous無害的；obnoxious引起反感的；necrology訃告；necromancy向亡魂問卜術；noxious有害的，有毒的；noisome有毒的，有害的，惡臭的，可厭的。

④字母n表示「氣味」的其他字例：niff難聞的氣味；noisome惡臭的。

⑤〔使用情景〕～smell / taste / weather / book / mind / language / temper / sea / question / storm。難聞的氣味 / 難受的味道 / 令人不快的天氣 / 淫書 / 邪惡的心 / 骯髒的言語 / 暴躁的脾氣 / 風浪大的海面 / 棘手的問題 / 厲害的風暴。

---

na.tal ['neitl ; 'netl]

義節 nat.al

nat生；-al形容詞。

字義 *a.* 出生的，誕生時的。

記憶 ①〔義節解說〕字根na（t）意爲「出生」。本字意爲：像剛出生時那樣的「赤子之心」→天眞。

②〔用熟字記生字〕native土生土長。

③〔同族字例〕nature自然；nation國家，民族；connate天生的；pregnant懷孕的。參看：naivete天眞。

---

na.ta.tion [nei'teiʃən, nə't-; ne'teʃən]

義節 nat.ation

nat→naiad *n.*女游泳者；-ation表示動作（名詞字尾）。

字義 *n.* 游泳（術）。

記憶 ①〔義節解說〕本字來源於拉丁文no游泳，航行，飛馳。其變化形式爲navi；natum→-nat-游泳。naiad是希臘、羅馬神話中住在河、湖、泉中的仙女。轉義爲女游泳者。

②〔同族字例〕nekton自游動物；natant游泳的，浮游的；supernatant浮於表面的；naked裸體的。參看：nautical航海的，海員的，船舶的。

---

naught [nɔːt; nɔt]

字義 *n.* 無，零。

    a. 無價值的，無用的。

記憶 ①〔用熟字記生字〕not不；no否定。

②〔同族字例〕aught零，沒有東西；wight人，生物。

③字母n表示「無」的其他字例：nihil虛

無，無價值；annihilate消滅；none一個也沒有。參看：null無效力的；annul廢止；nude裸體的（註：「無」衣）；narcotic麻醉的（註：「無」知覺）…等等。

---

naugh.ty ['nɔːti; 'nɔtɪ] *

義節 n.aught.y

n→un-無，不；aught→art n.藝術，技能，鬼計多端；-y形容詞。

字義 a. 頑皮的，淘氣的，下流的。

記憶 ① ［義節解說］盡幹些無用的事→淘氣，頑皮。參考：德文unartig淘氣的；unart（小孩）頑皮，淘氣，沒有教養，壞習慣。本字可能就是由此變來。

② ［形似近義字］參看：nasty下流的；naught無用的。

③ ［同族字例］art藝術；artel（俄國農民，手工業者的）勞動組合；artificial人工的，人造的。參看：artisan手藝人，工匠。

---

nau.se.ate

['nɔːsieit, -sjeit, -ʃeit; 'nɔʒɪˌet, -zɪˌet] *

義節 nause.ate

nause航船；-ate動詞。

字義 v. / n. （使）噁心，（使）厭惡。

記憶 ① ［義節解說］在航行時暈船而噁心。字母n常表示「航行」。作者猜測源於Noah's Ark（諾亞方舟）的故事。Noah造了方形大船作避洪水之用。Noah→-naus- / -naut- / -nav-，派生出各種變體字根，都表示「航行」。

② ［同族字例］nausea暈船；navicular船形的；astronaut宇航員。參看：nautical航海的；naval海軍的；navigate航行；navaid助航裝置；nasty討厭的。

---

nau.ti.cal ['nɔːtikəl; 'nɔtɪk!]

義節 naut.ic.al

naut航海；-ic字尾；-al形容詞。

字義 a. 航海的，海員的，船舶的。

記憶 ① ［義節解說］本字來源於拉丁文no游泳，航行，飛馳。其變化形式為navi；natum→-nat-游泳，航海。

② ［同族字例］naiad女游泳者（naiad是希臘、羅馬神話中住在河、湖、泉中的仙女。轉義為女游泳者）；astronaut宇航員；nekton自游動物；natant游泳的，浮游的；supernatant浮於表面的；naked裸體的。參看：nautical航海的，海員的，船舶的；natation游泳（術）；navaid助航裝置；nauseate（使）噁心，（使）厭惡。

---

nav.aid ['næveid ; 'næved]

義節 nav.aid

nav航行；aid n.幫助。

字義 n. 助航裝置，助航系統。

記憶 ① ［義節解說］本字來源於拉丁文no游泳，航行，飛馳。其變化形式為navi→-nav-航行；natum→-nat-游泳。

字母n常表示「航行」。作者猜測應源於Noah's Ark（諾亞方舟）的故事。Noah造了方形大船作避洪水之用。Noah→-naus- / -naut- / -nav-，派生出各種變體字根，都表示「航行」。

② ［同族字例］nausea暈船；nautical航海的；navicular船形的；astronaut宇航員。參看：naval海軍的；navigate航行。

---

na.val ['neivəl; 'nev!] *

義節 nav.al

nav航行；-al形容詞。

字義 a. 海軍的，軍艦的，船的。

記憶 ① ﹝義節解說﹞ 本字來源於拉丁文no
游泳，航行，飛馳。其變化形式爲navi→-
nav-航行；natum→-nat-游泳。
字母n常表示「航行」。作者猜測應源於
Noah's Ark（諾亞方舟）的故事。Noah
造了方形大船作避洪水之用。Noah→-
naus- / -naut- / -nav-，派生出各種變體字
根，都表示「航行」。

② ﹝同族字例﹞ 詳見上字：navaid助航裝
置。

③ ﹝易混字﹞ 參看：navel臍。

na.vel ['neivəl; 'nev!] *
義節 nav.el
nav小圓球；-el字尾。
字義 *n.* （肚）臍，中心（點）。
記憶 ① ﹝用熟字記生字﹞ neutral中間的。
② ﹝同族字例﹞ nave輪轂，教堂的中殿；
knob門的球形柄。參看：connive默契；
neuter中性。
③ ﹝易混字﹞ 參看：naval航行。

nav.i.gate ['nævigeit; 'nævə,get] *
義節 nav.ig.ate
nav航行；ig→ag做；-ate動詞。
字義 *vi.* 航行，航空。
　　 v. 駕駛（船舶）等。
記憶 ① ﹝義節解說﹞ 本字來源於拉丁文no
游泳，航行，飛馳。其變化形式爲navi→-
nav-航行；natum→-nat-游泳。
「做」航行的事。字母n常表示「航
行」。作者猜測應源於Noah's Ark（諾
亞方舟）的故事。Noah造了方形大船
作避洪水之用。Noah→-naus- / -naut-
/ -nav-，派生出各種變體字根，都表示
「航行」。
② ﹝同族字例﹞ nausea暈船；nautical航
海的；navicular船形的；astronaut宇航
員。參看：naval海軍的；navaid助航裝

置。

neap [ni:p; nip]
字義 *a.* 最低潮的。
記憶 ①本字的基本含義爲「低，矮」。
② ﹝用熟字記生字﹞ Netherland荷蘭（原意
爲：萊茵河下游的低地，neth→nad，th
與d發音相近而形成變體）。
③ ﹝同族字例﹞ nape項，後頸；nether
下面的；nethermost最低的。參看：
gnome矮子；nadir最低點；nap小睡，
小盹。

neb.u.la ['nebjulə; 'nɛbjələ]
義節 nebul.a
nebul霧，雲，星雲；-a名詞。
字義 *n.* 星雲，噴霧劑。
記憶 ① ﹝義節解說﹞ 本字來源於拉丁文
nubilus雲覆蓋的；nebes雲，面紗，掩
蓋，陰影，幻象→nubo遮羞，出嫁，結
婚。
② ﹝同族字例﹞ nebulose雲霧狀的；
nebulous雲霧狀的，模糊的；nimbus
雨雲；nival雪的；snow雪；niflheim
（北歐神話）陰間；nepheline霞石；
nephelometer測液計；nephology雲學。
參看：nepotism重用親戚，裙帶關係；
nuptial婚姻的，婚禮的，結婚的。

ne.crol.o.gy [ne'krɔlədʒi; nɛ'krɑləʒɪ]
義節 necro.log.y
necro屍體，死亡；log講話；-y字尾。
字義 *n.* 死亡者名單，訃告。
記憶 ① ﹝義節解說﹞ 本字來源於拉丁文
neco殺害，殺死→講出有關「死亡」的
事。
② ﹝用熟字記生字﹞ neck頸→殺頭。
③ ﹝同族字例﹞ necrolatry對死者的崇拜；

necropolis墓地；necrosis壞死；nocent有害的，有罪的；pernicious有害的，有毒的；internecine互相殘殺；nobbler毒馬者（使馬不能取勝）。參看：necromancy向亡魂問卜術；nectar甘美的飲料；narcotic麻醉劑，吸毒成癮；innocuous無害的；obnoxious引起反感的；noxious有害的，有毒的；nocuous有毒的。

nec.ro.man.cy

['nekroumænsi, -krəm- ; 'nɛkrə,mænsɪ]

義節 necro.mancy

necro屍體，死亡；-mancy占卜術。

字義 *n.* **向亡魂問卜的巫術，妖術。**

記憶 ［同族字例］-necro-：詳見上字：necrology訃告。-mancy：參看：chiromancy手相術。

nec.tar ['nektə, -tɑ; 'nɛktə]

義節 nec.tar

nec死亡；tar戰勝。

字義 *n.* **甘美的飲料，花蜜。**

記憶 ①本字來源於希臘神話，原意是衆神飲的酒，據說這酒能「戰勝」死亡。所謂「仙釀」，自然甘美。引申爲花蜜。另有一個字和本字構造思路一樣，值得參考：ambrosia神的食品，美味的食品（am-→a- = not ; brosia死亡）。
②［同族字例］-nec-：nectarean有花蜜的，甜美的；nectarous甘美的，似仙釀的；necrolatry對死者的崇拜；necropolis墓地；necrosis壞死；nocent有害的，有罪的；pernicious有害的，有毒的；internecine互相殘殺。參看：innocuous無害的；obnoxious引起反感的；noxious有害的，有毒的；nocuous有毒的；necromancy向亡魂問卜術。

-tar-：triumph戰勝。參看：trump出王牌戰勝。
③［形似近義字］tar瀝青→也是黏糊糊的東西。

ne.far.i.ous

[ni'fɛəriəs, ne'f-, nə'f-; nɪ'fɛrɪəs, -'fær-] *

義節 ne.fari.ous

ne-否定，壞；fari→fess講話；-ous形容詞。

字義 *a.* **（陰謀等）惡毒的，極壞的。**

記憶 ①［義節解說］本字來源於拉丁文nefarius瀆神的，邪惡的，惡毒的，極壞的；nefandus瀆神的，可惡的，該咒罵的。這兩個字又可分析爲：ne非；fari→for→fas講話，神諭。
②［用熟字記生字］preface序言。
③［同族字例］confession懺悔；professor教授；fate命運；prophet預言；infant嬰兒的；fame名聲；defame誹謗。參看：fable寓言；prophecy預言（能力）；prefatory序言的，位於前面的。

ne.ga.tion [ni'geiʃən, ne'g-; nɪ'geʃən]

義節 neg.ation

neg-否定；-ation表示動作（名詞字尾）。

字義 *n.* **否定，否認，虛無，不存在。**

記憶 ①［義節解說］本字來源於拉丁文nego否定，否認。這個字又可分析爲：ne非；ago做，說明。
②［用熟字記生字］negative負面的；deny否定，不給。
③［同族字例］參看：renegade叛徒，變節者，脫教者；abnegate克制（慾望等），放棄（權力等）。
④字母n表示「無」的其他字例：nihil虛

無，無價值；annihilate消滅；none一個也沒有。參看：naught無；null無效力的；annul廢止；nude裸體的（註：「無」衣）；narcotic麻醉的（註：「無」知覺）…等等。

ne.go.ti.ate

[ni'gouʃieit ; nɪ'goʃɪ,et] *

義節 neg.oti.ate

neg否定；oti空閒；-ate動詞。

字義 *vi.* 談判，協商。

vt. 議定，轉讓，處理。

記憶 ① ［義節解說］絕非閒著無事→正在做生意。

② ［用熟字記生字］negative否定，負的；out出去，離開。

③ ［同族字例］otiose空閒的，無效的，無益的。參看：futile無益的，無效的，輕浮的。

④作者對於上述義節和解說，始終不太滿意。查法文作négocier，意爲「經商，進行大宗貿易」；西班牙文也作ngociar，意爲「做買賣，交易」。後來才引申爲「談判」。據此，本字應作如下分析：ne.goti.ate；其中goti→goci→groc大宗，批發。同族字例爲：gross批發；grocery食品，雜貨。參看：engross用大字體書寫。

nem.e.sis [ˈnemisis ; ˈnɛməsɪs]

字義 *n.* 復仇者，公正，懲罰，報應。

記憶 ①本字源出Nemesis，是希臘神話中的復仇女神。字根-nem-的基本含義是take取。

② ［用熟字記生字］enemy敵人（e.nem.y,nem→nemesis）。

③ ［同族字例］nim拿，取，偷；numb麻木的；noma壞疽性口炎。參看：nimble敏捷的；animosity敵意，仇恨；enmity敵意，仇恨。

ne.ol.o.gism

[ni(:)'ɔlədʒizəm; niˈɑləˌdʒɪzəm]

義節 neo.log.ism

neo-→new新；log言語；-ism名詞。

字義 *n.* 新詞，舊詞的新意或新用法。

記憶 ① ［用熟字記生字］new新的；logic邏輯。

② ［同族字例］dialogue對話；-logue-（字根）言語；analogy類似，類推；apology道歉；catalogue目錄；decalogue（宗教）十誡；prologue序言；monologue獨白。參看：apologue寓言；epilogue尾聲；eulogy頌詞。

ne.o.phyte

['ni(:)oufait, 'niəf-; ˈniəˌfaɪt]

義節 neo.phyte

neo-新；-phyte植物。

字義 *n.* 新入教者，初學者。

記憶 ① ［義節解說］新的植物（品類）→新人。

② ［用熟字記生字］new新的；physical物質的，自然的。

③ ［同族字例］epiphyte附生植物；protophyte原生植物；physique體格。參看：pastor牧師，牧人（-past-牧草，-past-→-phyte-；p→ph通轉）；pastoral田園的，牧歌式的，鄉村的；pasture牧場；botany植物（學）（botan牧草，樹；-past-→-bot-；p→b通轉）。

ne.o.plas.tic

[ˌniːou'plæstik; ˌnioˈplæstɪk]

義節 neo.plast.ic

neo-新；plast成形，形成物，原生質；-ic

形容詞。

字義 *a.* **贅生物的，瘤的，新造型主義的。**

記憶 ①〔義節解說〕新形成的（本來沒有的）→瘤。

②[用熟字記生字]new新的；plastics塑料；

③[同族字例]plastic易塑造的；plasma原形質，血漿，等離子；mesoplast細胞核；plotoplasm原生質。

---

nep.o.tism ['nepətizəm; nɛpə,tɪzəm]

義節 nepot.ism

nepot→nupt婚姻；-ism制度，行為。

字義 *n.* **重用親戚，裙帶關係。**

記憶 ①〔義節解說〕本字來源於拉丁文nubilus雲覆蓋的；nebes雲，面紗，掩蓋，陰影，幻象→nubo遮羞，出嫁，結婚。

字根-nupt-表示「婚姻」，可能直接來源於nymph，希臘羅馬神話中居住於水湄、林泉的仙女→小姑獨處無郎，要找丈夫。所以，歸根到底nymph來源於字根-nimb-→take取。「取」者「娶」也。英文解釋是：to take a husband。參看：nimble敏捷的。

語源上另有一種說法：nepot→nephew外甥，姪兒；-ism制度，行為。中世紀時，羅馬教皇謊稱其私生子為外甥，加以重用。

②〔同族字例〕nubile女性發育到適合結婚的；nymphet年輕貌美的性感少女；nympholepsy色情狂；nymphomaniac患色情狂的女子；nymphalid色彩斑斕的蛺蝶；connubial婚姻的；nebulose雲霧狀的；nebulous雲霧狀的，模糊的；nimbus雨雲；nival雪的；snow雪；niflheim（北歐神話）陰間；nepheline霞石；nephelometer測液計；nephology雲學。參看：nuptial婚姻的；nemesis復仇者；nebula星雲，噴霧劑。

③從更廣的角度看，裙帶關係，又稱為裙帶「網」。字母n常表示「聯結」。例如：net網；connect連結；annex附件；connexion親戚，聯結；nest巢。參看：noose套索；nettle蕁麻；nexus連結。

---

nest.ling ['nes!ɪŋ; 'nɛslɪŋ, 'nɛs!ɪŋ]

義節 nest.ling

nest *n.*同巢鳥群；-ling表示「小」。

字義 *n.* **（未離巢的）雛鳥，嬰兒。**

記憶 ①〔用熟字記生字〕nest巢。所謂「結巢而居」；net網。因「巢」糾纏聯結，如網狀。

②〔同族字例〕nestle築巢，安臥；niche放雕像、花瓶等的壁龕，合適的職務或地位；nide雉巢；nidus昆蟲放卵的巢；nidify築巢。參看：nasty（氣味）令人作嘔的，極髒的；nettle蕁麻。

---

net.tle ['netl; 'nɛt!]

字義 *n.* **蕁麻。**

    vi. **蕁麻鞭打，惹怒，使煩惱。**

記憶 ①「蕁麻」一意，從net網。因其糾纏聯結，如網狀。

②〔同族字例〕「蕁麻」一意：node結，節，瘤；nodule小節結；nodus節結，錯綜複雜；denoument終結；snood束髮帶；網式帽子；knit編織；knot結；connect連結；annex附件；connexion親戚，聯結；nest巢。參看：noose套索；nexus連結；nestling（未離巢的）雛鳥，嬰兒。「惹怒」一意：innocent無罪的；noise噪音；annoy使煩惱；ennui厭倦；nuisance討厭的人。參看：naughty下流的；noxious討厭的；nauseate（使）噁心，（使）厭惡；enmity敵意；innocuous無害的；obnoxious引起反感的；noisome有毒的，有害的，惡臭的，可厭的；nasty下流的，討厭的。

neu.ron [ˈnjuərɔn; ˈnjʊrɑn, ˈnʊ-]

義節 neur.on

neur神經；-on字尾。

字義 *n.* **神經原，神經細胞。**

記憶 ① ［用熟字記生字］n e r v e神經；nervous緊張的。

② ［同族字例］字根-neur (o) -和-nerv-均表示「神經」，也表示葉脈（神經網絡和葉的脈絡確實很相似，共同點就在一個「網」字上，故亦可借net（網）；幫助聯想）；nervure（葉）脈；neuration脈序；sinew腱，中堅。參看：enervate削弱。

neu.ter [ˈnjuːtə; ˈnjutə]

義節 n.euter

n-→ne-否定；euter→either（兩者之中）任何一個。

字義 *n. / a.* **中性（的），無性的（動，植）物。**

vi. **閹割。**

記憶 ① ［義節解說］不是（兩者之中）任何一個→不偏不倚→中性（的）。實際上，可以將本字看作neither（兩者都不的）的變體。

② ［用熟字記生字］neutral中立的，中性的。

③ ［同族字例］neutron中子；nuclear核心的，中心的；sinew腱，中堅。參看：navel中心。

nex.us [ˈneksəs; ˈnɛksəs]

義節 nex.us

nex聯結；-us字尾。

字義 *n.* **連結，連繫，關係。**

記憶 ① ［用熟字記生字］connect連結；next緊接（在後面）的。

② ［同族字例］node結，節，瘤；nodule小節結；n o d u s節結，錯綜複雜；denoument終結；knit編織；knot結；annex附件；connexion親戚，聯結；nest巢。參看：noose套索；nettle蕁麻。

nig.gard [ˈnigəd; ˈnɪgəd]

義節 nig.gard

nig細碎；-ard表示「人」，常帶貶義。

字義 *n.* **小氣鬼，吝嗇。**

a. **小氣的，吝嗇的。**

記憶 ① ［義節解說］nig模擬咬嚼硬殼的聲音，不論是果殼還是果仁，咬碎了就成為「瑣屑」。對於「細事」斤斤計較，即為「小氣」。

② ［用熟字記生字］nougat花生「牛軋」糖（有核桃仁或花生仁的牛奶糖）。

③ ［同族字例］nut堅果；nuclear核；niggle為小事操心，小氣地給；nugget（天然）塊金，塊礦；knack小玩意兒。參看：nugatory瑣碎的。

④字母n表示「咬，啃」，例如：neb鳥嘴；nib鳥嘴；nibble啃；gnash咬牙，嚙；gnat咬人的小蟲；gnaw咬，啃；snap猛咬；snaffle馬嚼子。參看：nip咬。

⑤換一個思路：n→nothing；ig→ag→drive；nothing can be driven out 擠不出一滴油水→慳吝。參看：exiguous稀少的。

night.mare [ˈnaitmɛə; ˈnaɪtˌmɛr] *

義節 night.mare

night *n.*午夜；mare *n.*【古】惡魔。

字義 *n.* **惡夢，可怕的事物，經常的恐懼。**

記憶 ① ［義節解說］夢中見鬼→夢魘。mare的古意為「惡魔」。記：Money

makes the mare（to）go 有錢能使鬼推磨。mare來源於字根-mor（d）-死。

② ［同族字例］immortal不朽的；mortar研缽，搗物機器；nightmare惡夢；mare鬼；marasmus衰弱；amaranth想像中的不凋謝的花（a-：否定）。參看：moribund垂死的；mortician殯儀業者；murrain獸瘟，畜疫，（農作物）害病；maim殘害；maraud擄掠；martyr殺害；mar損壞，毀壞，弄糟。

nim.ble ['nimbl；'nɪmb!]

义節 nimb.le

nimb→take取；-le反覆動作。

字義 *a.* 靈活的，敏捷的，聰明的，多才的。

記憶 ①取走，轉義而為「身手敏捷」。

② ［易混字］numb麻木的，愚蠢的。意義與本字正相反。

③ ［同族字例］nim拿，取，偷；numb麻木的；noma壞疽性口炎；enemy敵人（e.nem.y,nem→nemesis）；Nemesis（希臘神話）復仇女神；number數目，點數（源於nim拿，抓→抓一個數一個）；numerable可數的；innumerable無數的；supernumerary額外的，多餘的；numerous許多的；knob疙瘩，球形突出；knop球形捏手；nob球形門柄。參看：nemesis復仇者；enumerate（一個一個地）數，點數，列舉。

nip [nip；nɪp] *

字義 *v. / n.* 咬，夾，鉗，掐。
　　　vt. 剪斷，凍傷。
　　　n. / vi. 刺骨寒冷。

記憶 ① ［義節解說］本字的本質含義是「咬」。「夾，鉗，掐，剪」等動作，實際上是一種廣義的「咬」，例如剪子的兩刃，猶如兩張嘴皮，一合攏就有「咬」的

動作。「刺骨寒冷」亦是「咬」的轉義。英文中也常用bite（咬）形容刺骨寒風。

② ［疊韻近義字］clip剪；grip緊咬，緊夾；rip撕裂；snip剪斷。

③ ［同族字例］neb鳥嘴；nib鳥嘴；nibble啃；snip剪斷；snap猛咬；snaffle馬嚼子；knob疙瘩，球形突出；knok球形捏手；nob球形門柄。

④字母n表示「咬」。例如：gnash咬牙，嚙；gnat咬人的小蟲；gnaw咬，啃。

nir.va.na

[nɪə'vɑːnə, nə:'v-；nɜ'vænə, nɪr-, -'vɑnə]

义節 nir.van.a

nir→mis→out；van→blow *v.*吹；-a名詞。

字義 *n.* （佛教用語）涅槃，無憂無慮的境界。

記憶 ① ［義節解說］blow out 吹滅。「涅槃」表示一種「寂滅」。燭光一滅，萬古如長夜。

② ［諧音］涅槃（註：在西方語文中，v和b的讀音常常相通）。

③ ［同族字例］wind風；window窗口；weather天氣；wing翼；fan扇子；van簸揚器具；ventilation通風。

noc.ti.vag.ant

[nɔk'tivəgənt; nɑk'tɪvəgənt]

义節 noct.i.vag.ant

noct→night *n.*夜；vag漫步，徘徊；-ant形容詞。

字義 *a.* 夜間徘徊的，夜遊的。

記憶 ① ［用熟字記生字］vague含糊的（註：「飄忽」不定）；night夜晚。

② ［同族字例］-noct-：noctiluca夜光蟲；noctitropic夜向性的。參看：equinox

畫夜平分時；nocturnal夜的。-vag-：
參看：extravagant浪費的；vag遊民；
vagabond浪子；vagary異想天開；vex
使煩惱；vogue時尚；wag搖擺（v→w
通轉）；wiggle擺動；divagate漫遊，離
題；vacillate搖擺；gig旋轉物，（乘）雙
輪馬車（g→w通轉）。
③〔形似近義字〕noctambulant夢行的。

noc.tur.nal

[nɔk'tə:nl; nɑk'tənəl, -nl] *

義節 noct.urn.al

noct→night *n.*夜；urn→天，日子；-al形
容詞。

字義 *a.* 夜的，夜間開花的，夜間活動的。

記憶 ①〔用熟字記生字〕night夜晚。
②〔同族字例〕-noct-：noctiluca夜
光蟲；noctitropic夜向性的。參看：
noctivagant夜遊的；equinox畫夜平分
時。-urn-：journal日記；journalist新
聞記者；pan檳榔葉。參看：vernal春天
（似）的，清新的，青春的；sojourn逗
留；fern蕨類植物。
③〔反義字〕參看：diurnal白天活動的，
白天開花的。

noc.u.ous [ˈnɔkjʊəs; ˈnɑkjʊəs]

義節 noc.u.ous

noc損害，致死；-ous形容詞。

字義 *a.* 有毒的，有害的。

記憶 ①〔用熟字記生字〕innocent無罪的；
noise噪音。
②〔同族字例〕nocent有害的，有罪的；
pernicious有害的，有毒的；internecine
互相殘殺；nobbler毒馬者（使馬不能
取勝）。參看：innocuous無害的；
obnoxious引起反感的；necrology訃告；
necromancy向亡魂問卜術；noxious有害

的，有毒的；noisome有毒的，有害的，
惡臭的，可厭的。

no.dose

[ˈnoudous, nəˈdous; ˈnodos, nəˈdos]

義節 nod.ose

nod結，節，瘤；-ose…多的，有…性質
的。

字義 *a.* 有節的，多節的，結節的。

記憶 ①〔用熟字記生字〕knot結。
②〔同族字例〕node結，節，瘤；nodule
小節結；nodus節結，錯綜複雜；
denoument終結；knit編織；net網；
connect連結；annex附件；connexion親
戚，聯結；nest巢；snood束髮帶，網式
帽子。參看：noose套索；nettle蕁麻；
nexus連結。
③字母n表示「結，節，瘤」的其他字
例：kang木節，木瘤；knob結，瘤；
knurl樹木硬節，瘤；nub小瘤；nubble
木瘤。參看：knur瘤；gnarl木節，木
瘤；knar木節，木瘤。

noi.some [ˈnɔisəm; ˈnɔisəm]

義節 noi.some

noi→nox傷害，致死；-some帶有…性
質。

字義 *a.* 有毒的，有害的，惡臭的，可厭
的。

記憶 ①〔用熟字記生字〕innocent無罪的；
noise噪音。
②〔同族字例〕「損害，致死」：nocent
有害的，有罪的；pernicious有害的，
有毒的；internecine互相殘殺；nobbler
毒馬者（使馬不能取勝）。參看：
innocuous無害的；obnoxious引起反感
的；necrology訃告；necromancy向亡
魂問卜術；noxious有害的，有毒的。

「惡臭，惹厭」：annoy使煩惱；ennui
厭倦；nasty使人討厭的；enmity敵意；
nuisance討厭的人。參看：naughty頑皮
的；noxious討厭的。

no.mad.ic

[nou'mædik, nɔ'm-; no'mædɪk]

義節 nomad.ic
nomad放牧；-ic形容詞。
字義 a. 游牧民（生活）的，流浪的。
記憶 ① ［義節解說］nome（古埃及的）
省。記：「穿州過省，到處流浪」。
② ［同族字例］anomie社會的反常狀
態；antinomian主張廢棄道德律者；
astronomer天文學家；nummular扁平而
圓的；numismatics錢幣與獎章的收集；
nomo-（字首）習慣，法律；-nomy（字
尾）…學，…法。

nom.i.nal ['nɔminl; 'namənl] *

義節 nomin.al
nomin名字；-al形容詞。
字義 a. 名義上的，名字的。
　　　a./n. 名詞性（的）。
記憶 ① ［用熟字記生字］name名字。把
nomin記作：in nom→in name（名義上
的）。
② ［同族字例］malnomer誤稱；nominal
名義上的；nominate提名，任命。參
看：agnomen附加名字。

non.cha.lance

['nɔnʃələns; 'nanʃələns]

義節 non.chal.ance
non-表示否定；chal→cal熱；-ance名
詞。
字義 n. 漠不關心，若無其事，冷淡。
記憶 ① ［義節解說］不「熱」心。

② ［用熟字記生字］calorate熱。
③ ［同族字例］chauffeur汽車司機（原意
是把機車燒熱發動的人）；chaudfroid肉
凍，魚凍；chafing dish保溫鍋；calefy發
熱；caustic苛性鹼（諧音：「苛士的」，
會燒傷皮膚）；calorie卡（熱量單位）；
caldron大鍋；recalescence（冶金）
再輝；caudle病人吃的流質；chowder
魚羹；calenture熱帶的熱病。參看：
culinary廚房的，烹飪（用）的；caloric
熱（量）的；scathe灼傷；scorch燒焦；
scald燙傷；chafe擦熱。

non.com.mit.tal

['nɔnkə'mitl; ,nankə'mɪt!]

義節 non.commit.tal
non-否定；commit v.承擔義務，表態，
約束；-al形容詞。
字義 a. （態度，觀點等）不明朗的，不表
明意見的，不承擔義務的。
記憶 ① ［用熟字記生字］committee委員
會。
② ［同族字例］emetio催吐劑；
concomitance伴隨，共存，參看：
emissary密使。

non.en.ti.ty [nɔn'entiti; nan'ɛntətɪ]

義節 non.ent.ity
non-否定；ent = ess存在；-ity名詞。
字義 n. 不存在，虛無。
記憶 ① ［用熟字記生字］entity存在。
② ［同族字例］essence精髓；absent缺
席；present出席；interest利益。

non.plus ['nɔn'plʌs; nan'plʌs, 'nanplʌs]

義節 non.plus
non-表示否定；plus v.加上。
字義 vt./n. （使）迷惑，（使）爲難。

n. **窘境。**

記憶〔義節解說〕字面意義為not more，即not a step further，無法前進一步。由於進退維谷，難以採取進一步的行動，因而暫時停止。

---

non.se.qui.tur

[nɔn'sekwɪtə; nɑn'sɛkwɪtə]

義節 non.sequ.it.ur

non-否定；sequ→follow *v.*跟隨；it→go走；-ur字尾。

字義 *n.* **不根據前提的推理。**

記憶 ①〔義節解說〕It doesn't follow不能得出這個結果。

②〔用熟字記生字〕seek追尋；queue排隊。

③〔同族字例〕subsequence隨後；sequence連續的過程；sequitur推論；consequence結果，影響；sequacious奴性的，盲從的，順從的；execute執行；second第二的；persecution迫害。參看：intrinsic固有的；extrinsic非固有的；obsequious諂媚的，奉承的，順從的；consecutive連續的，連貫的，順序的；subsequent隨後的。

---

noo.dle ['nuːdl; 'nudl]

義節 nood.le

nod結，節，瘤 / 下垂；-le重複動作。

字義 *n.* **笨蛋，傻子，腦袋瓜，麵條。**

記憶 ①〔義節解說〕「麵條」一意，從「結」。「笨蛋」一意，從「下垂」→只會點頭或搖頭，「傻」態可掬。

②〔同族字例〕「麵條」一意：knot結；node結，節，瘤；nodule小節結；nodus節結，錯綜複雜；denoument終結；knit編織；net網：connect連結；annex附件；connexion親戚，聯結。

nest巢；snood束髮帶，網式帽子。參看：noose套索；nettle蕁麻；nexus連結；nodose有節的，多節的，結節的。「笨蛋」一意：nod點頭；noddy傻瓜，笨蛋；noddle點（頭），搖頭；Netherland荷蘭（原意為：萊茵河下游的低地，neth→nad；th與 d發音相近而形成變體）；nether下面的；nethermost最低的；nutate俯垂，下垂；nutation垂頭。參看：gnome矮子；neap最低潮；nadir天底，最低點，極度消沉的時刻。

③字母組合oo常表示「呆，笨」。例如：goose呆鵝；goof呆子，可笑的蠢人；goop粗魯的孩子，笨蛋；boob【俚】笨蛋，蠢人；boor鄉巴佬；doodle笨蛋；drool說傻話；fool蠢人；footle呆話，傻事；foozle笨拙地做；looby傻大個兒；笨蛋；loon笨蛋，傻瓜；noodle笨蛋，傻瓜；poop【俚】傻子，無用的人；spoony蠢人…等等。參看：gawk呆子，笨人。

---

nook [nuk; nʊk] *

字義 *n.* **凹角，隱藏處，藏匿處。**

記憶 ①〔同族字例〕neck頸；knacker收買舊屋、舊船拆賣的人；nut硬殼果；nougat牛奶胡桃糖；nucellus（植物）珠心；nucleus核心；nock弓箭的凹口；newel盤旋扶梯的中心柱；naze海角；ness海角；niche壁龕（註：凹進去）；snooker彩色落袋撞球；snug隱藏；snuggery舒適的私室；snuggle舒適地蜷伏，偎依；sneak潛行；snake蛇；snick刻痕；snail蝸牛。參看：notch凹口；snag殘根，暗礁。

②〔形似近義字〕snare陷阱，圈套，羅網；snarl纏繞，糾結。

③ 字母組合-oo-有時也表示「隱蔽」。例如：spook鬼，暗探；gloom朦朧；loom

隱隱呈現；brood低覆，籠罩…等等。

noose [nuːz ; nus]

字義 *n.* **套索，圈套，束縛。**
　　　vt. **用套索捕捉，打活套，處絞刑。**

記憶 ① ［用熟字記生字］knot結。

② ［同族字例］node結，節，瘤；nodule
小節結；n o d u s節結，錯綜複雜；
denoument終結；knit編織；net網；
connect連結；annex附件；c o n n e x i o n
親戚，聯結；nest巢；snood束髮帶，網
式帽子。參看：nodose有節的；nettle蕁
麻；nexus連結。

③字母n表示「結，節，瘤」的其他字
例：k n a g木節，木瘤；knob節，瘤；
knurl樹木硬節，瘤；nub小瘤；nubble
木瘤。參看：knur瘤；gnarl木節，木
瘤；knar木節，木瘤。

④字母組合-oo-表示「圓，環」的其他字
例：hoop鐵環，箍；coop籠，棚；spool
卷軸；cocoon蠶；spoon匙；scoop勺
子。參看：loop打環，成圈。

nose.gay ['nouzgei ; 'noz,ge] *

義節 nose.gay

nose *n.*鼻子；gay *a.*歡樂的。

字義 *n.* **花束。**

記憶 ① ［義節解說］聞到花香，鼻子快樂。

② ［用熟字記生字］nose鼻子。

③ ［同族字例］nostril鼻孔；nuzzle（用鼻
子）挨擦。參看：nasty（氣味）令人作
嘔的；nasal鼻（音）的。

④n是鼻音字母，常表示「鼻」。例如：
sniff抽鼻子；snivel抽鼻子，啜泣；snort
噴鼻息，發哼聲；snot鼻涕；snout大鼻
子；snuffle抽鼻子。

⑤ ［形似近義字］rose玫瑰。

no.sog.ra.phy

[nou'sɔgrəfi; no'sɑgrəfɪ]

義節 nos.o.graph.y

nos→diagnosis *n.*診斷； graph刻，畫，
寫；-y名詞。

字義 *n.* **病情學。**

記憶 ① ［義節解說］由診斷所知寫出的情
況。

② ［用熟字記生字］know知道；geography
地理學。

③ ［同族字例］g n o s i s對宗教的直接
領悟；p r o g n o s i s病情的預後。參
看：connoisseur鑒定家，鑒賞家；
reconnaissance偵察。

nos.tal.gi.a

[nɔs'tældʒiə, - jə; nɑ'stældʒɪə, -dʒə] *

義節 nost.algia

nost→back背，返；algia痛。

字義 *n.* **懷鄉病，懷舊。**

記憶 ① ［義節解說］本字來源於拉丁文
nostalgia背痛→痛切望「還」鄉。

② ［用熟字記生字］nest巢，窩；ache痛。

③ ［同族字例］-nost-：neck頸；harness
鎧甲，馬具，控制。-algia-：neuralgia
神經痛；cephalgia頭痛；algesia痛覺；
algetic痛的。參看：analgesic止痛的，止
痛藥。

no.ta.ry ['noutəri; 'notərɪ]

義節 not.ary

not→note *n.*紀錄；-ary字尾。

字義 *n.* **公證人，公證員。**

記憶 ① ［義節解說］把真實情況調查記錄下
來，讓有關方面知道。

② ［用熟字記生字］notice公告。

③ ［同族字例］notify告知；connotation
涵義。參看：notorious臭名昭彰的。

N

④字母n表示「知道」。例如：noble著名的，高貴的；know知道；knowledge知識。參看：connoisseur鑒定家；renown（使有）聲譽；reconnaissance偵察。

notch [nɔtʃ; nɑtʃ] *

字義 *n.* 凹口，刻痕，山峽。

vt. 開槽口，刻痕記（數等），贏。

記憶 ①〔義節解說〕本字是nook的變體；k→ch通轉。「山峽」是一個凹口。「刻痕」可以記「贏」的數目。

②〔同族字例〕neck頸；knacker收買舊屋、舊船拆賣的人；nut硬殼果；nougat牛奶胡桃糖；nucellus（植物）珠心；nucleus核心；nock弓箭的凹口；newel盤旋扶梯的中心柱；naze海角；ness海角；niche壁龕（註：凹進去）；snooker彩色落袋撞球；snug隱藏；snuggery舒適的私室；snuggle舒適地蜷伏，偎依；sneak潛行；snake蛇；snick刻痕；snail蝸牛。參看：nook凹角，隱藏處，隱匿處；snag殘根，暗礁。

no.to.ri.ous

[nou'tɔːriəs, nə't-; nɔ'tɔriəs] *

義節 not.ori.ous

not知道；ori來源；-ous充滿…的。

字義 *a.* 臭名昭著的，聲名狼藉的。

記憶 ①〔義節解說〕充滿著使人知道的原因→壞事。

②〔用熟字記生字〕noted著名的。

③〔同族字例〕notify告知；connotation涵義。參看：notary公證人，公證員。

④字母n表示「知道」。例如：noble著名的，高貴的；know知道；knowledge知識。參看：connoisseur鑒定家；connotation含義；renown（使有）聲譽；reconnaissance偵察。

nour.ish ['nʌriʃ; 'nʌriʃ] *

義節 nour.ish

nour養育，滋養；-ish動詞。

字義 *vt.* 養育，施肥於，懷抱（希望，仇恨等）。

記憶 ①〔用熟字記生字〕nurse護士；nursery養育室，托兒所。

②〔同族字例〕nutrition營養；nourishment養料。參看：nurture養育；nutrient營養的。

nov.ice ['nɔvis; 'nɑvis] *

義節 nov.ice

nov新；-ice字尾。

字義 *n.* 新手，初學者，見習修道士（修女）。

記憶 ①〔用熟字記生字〕new新的；novel小說。

②〔同族字例〕innovation革新；renovate恢復，革新；novation更新。參看：naivete天真（的言行）；樸素，knave男子。

nox.ious ['nɔkʃəs; 'nɑkʃəs] *

義節 nox.i.ous

nox傷害，致死；-ous形容詞。

字義 *a.* 有害的，有毒的，使道德敗壞的，討厭的。

記憶 ①〔用熟字記生字〕innocent無罪的；noise噪音。

②〔同族字例〕「損害，致死」：nocent有害的，有罪的；pernicious有害的，有毒的；internecine互相殘殺；nobbler毒馬者（使馬不能取勝）。參看：innocuous無害的；obnoxious引起反感的；necrology訃告；necromancy向亡魂問卜術；noisome有毒的，有害的，惡

臭的，可厭的。「惡臭，惹厭」：annoy
使煩惱；ennui厭倦；nasty使人討厭的；
enmity敵意；nuisance討厭的人。參看：
naughty頑皮的；noxious討厭的。

nude [nju:d; njud] *

義節 n.ude

n→ne-無，不；ude→suéde n.麂皮。

字義 a. 裸體的，光禿的。

　　　 n. 裸體畫，裸體者。

記憶 ①［用熟字記生字］not無，不。

②［同族字例］ｎａｋｅｄ裸體的；
gymnasium體育館（註：原意是「裸體
訓練」）；gymnosperm裸子植物。參
看：ecdysiast脫衣舞女；ecdysis蛻皮。
參看：denude剝裸；exuviate蛻皮；
endue穿（衣），使穿上。

③字母n常表示「無」。其他字例：
nothing什麼都無；none一個人也無；
null無效的；numb失去感覺的…等等。

nu.ga.to.ry

['nju:gətəri; 'njugə,tori, 'nu-, -,tɔrı]

義節 nugat.ory

nugat細碎；-ory形容詞。

字義 a. 瑣碎的，無價值的，無效的。

記憶 ①［義節解說］nug模擬咬嚼硬殼的聲
音，不論是果殼還是果仁，咬碎了就成爲
「瑣屑」，變得沒有價值。

②［用熟字記生字］nougat花生「牛軋」糖
（有核桃仁或花生仁的牛奶糖）。

③［同族字例］nut堅果；nuclear核；
niggle爲小事操心，小氣地給，nugget
（天然）塊金，塊礦；knack小玩意兒。
參看：niggard小氣的，吝嗇的。

④字母n表示「咬，啃」，例如：neb鳥
嘴；nib鳥嘴；nibble啃；gnash咬牙，
嚙；gnat咬人的小蟲；gnaw咬，啃；

snap猛咬；snaffle馬嚼子。參看：nip
咬。

null [nʌl; nʌl]

義節 n.ull

n→ne→not；ull→any

字義 a. 無束縛力的，不存在的，零的。

　　　 n. 零。

記憶 ①［義節解說］本字來源於拉丁文
nullus無意義的，無價值的（n→ne否
定；ull→ullus任何）。

②［用熟字記生字］not不；no否定。

③［同族字例］nihil虛無，無價值；
annihilate消滅。參看。annul廢止。

nu.mis.mat.ics

[,nju:miz'mætiks; ,njumɪz'mætɪks, -mɪs-]

義節 numism.atics

numism古代金幣；-atics學科。

字義 n. 錢幣學，古錢學。

記憶 ①［義節解說］字根nom和norm均表
示「規範」，「鑄幣」是一種國家規範，
num→nom。

②［用熟字記生字］normal正規的。

③［同族字例］anomie社會的反常狀
態；antinomian主張廢棄道德律者；
astronomer天文學家；nummular扁平
而圓的；nome（古埃及的）省；nomo-
（字首）習慣，法律；-nomy（字尾）…
學，…法。參看：nomadic游牧民（生
活）的。

nun [nʌn; nʌn]

字義 n. 修女，尼姑。

記憶 ①［義節解說］本字原意爲：old lady
老婦人。

②［同族字例］nanna奶奶，保姆；nanny
保姆。

nup.tial [ˈnʌpʃəl; ˈnʌpʃəl]

義節 nupt.ial

nupt→marry v.結婚，-ial有…性質的（形容詞字尾）。

字義 a. 婚姻的，婚禮的，結婚的。

記憶 ① ［義節解說］本字來源於拉丁文nubilus雲覆蓋的；nebes雲，面紗，掩蓋，陰影，幻象→nubo遮羞，出嫁，結婚。

字根-nupt-表示「婚姻」，可能直接來源於nymph，希臘羅馬神話中居住於水湄、林泉的仙女→小姑獨處無郎，要找尋丈夫。所以，歸根到底ny mph來源於字根-nimb-→take取。「取」者「娶」也。英文解釋是：to take a husband。參看：nimble敏捷的。

語源上另有一種說法：nepot→nephew外甥，姪兒；-ism制度，行爲。中世紀時，羅馬教皇謊稱其私生子爲外甥，加以重用。

② ［同族字例］nubile女性發育到適合結婚的；nymphet年輕貌美的性感少女；nympholepsy色情狂；nymphomaniac患色情狂的女子；nymphalid色彩斑斕的蛺蝶；connubial婚姻的；nebulose雲霧狀的；nebulous雲霧狀的，模糊的；nimbus雨雲；nival雪的；snow雪；niflheim（北歐神話）陰間；nepheline霞石；nephelometer測液計；nephology雲學。參看：nemesis復仇者；nebula星雲，噴霧劑；nepotism重用親戚，裙帶關係。

③從更廣的角度看，裙帶關係，又稱爲裙帶「網」。字母n常表示「聯結」。例如：net網；connect連結；annex附件；connexion親戚，聯結；nest巢。參看：noose套索；nettle蕁麻；nexus連結。

nur.ture [ˈnɜːtʃə; ˈnɜˑtʃɚ] *

義節 nurt.ure

nurt養育，滋養；-ure名詞。

字義 n. 營養物，養育。

記憶 ① ［義節解說］本字來源於拉丁文nutrix奶媽，乳母。

② ［用熟字記生字］nurse護士；nursery養育室，托兒所。

③［同族字例］nutrition營養；nourishment養料；utricular子宮的；sweat出汗。參看：nutrient營養的；nourish養育。

---

nu.tri.ent

[ˈnjuːtrɪənt; ˈnjutrɪənt, ˈnu -]

義節 nutr.i.ent

nutr養育，滋養；-ent形容詞。

字義 a. 營養的，滋養的。

記憶 詳見上字：nurture養育。

櫻桃樊素口，環肥燕瘦，柳眼花鬚。

分析：

O 的字形是「圓滾滾的」，顯得「胖」。它既像我們的「口」形，又像「眼」珠。當然，它也像個洞，洞裡面是「隱，暗」的。

因此，「圓」是最重要的義項。它不僅緊扣字母形狀，「其來有自」；而且統馭著其他義項。

「免冠」：最主要的是 **ob-**。隨後接字母的不同，會有各種變體，如 **oc-** 等。

O 字母單字延伸字義

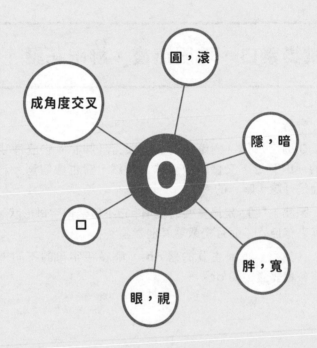

圓，滾

成角度交叉

隱，暗

O

口

胖，寬

眼，視

oaf [ouf ; of]

字義 *n.* **痴兒，蠢人，莽漢。**

記憶 ①〔同族字例〕oafish畸形兒似的，蠢人似的；elfish淘氣的，小精靈的。

②字母組合oo常表示「呆，笨」。例如：good呆子，可笑的蠢人；goop粗魯的孩子，笨蛋；boob【俚】笨蛋，蠢人；boor鄉巴佬；noodle笨蛋；drool說傻話；fool蠢人；footle呆話，傻事；foozle笨拙地做；looby傻大個兒，笨蛋；loon笨蛋，傻瓜；noodle笨蛋，傻瓜；poop【俚】傻子，無用的人；spoony蠢人…等等。參看：gawk呆子，笨人；goose呆鵝。

③〔形似近義字〕dull遲鈍的，呆笨的；doll洋娃娃，好看而沒有頭腦的女子。參看：dally嬉戲，玩弄；dolt笨蛋，傻瓜。

---

ob.du.rate

['ɔbdjurit, -reit, ɔb'djuərit, ɔb'joərit; 'ɑbdjərit, -də-]

義節 ob.dur.ate

ob-加強意義；dur耐久；-ate形容詞。

字義 *a.* **冷酷無情的，頑固不化的，執拗的。**

記憶 ①〔用熟字記生字〕endure容忍。

②〔同族字例〕durum硬質小麥；indurate使硬化；dough生麵糰；perdure持久。參看：duress強迫；indurate冷酷的；dour執拗的。

③字母d表示「費力」的其他字例：daunt威嚇；ordeal嚴峻考驗；tedious沉悶的，冗長乏味的；dogged頑強的。

---

o.bei.sance

[ou'beisəns, ə'b-; o'besns, -'bisns]

義節 obeis.ance

obeis→obed服從；-ance名詞。

n. **敬禮，鞠躬，敬意。**

記憶 ①〔義節解說〕本字來源於拉丁文oboedio聽從，遵命（ob-傾向；oedio→audio聽）。

②〔用熟字記生字〕obey服從；obedient順從的。

③〔同族字例〕audiophile音響愛好者；auditorium禮堂，會堂；audience聽衆；obedient聽話的，順從的（ed→aud）。參看：audit審計，查帳，旁聽（大學課程）。

---

ob.e.lisk ['ɔbilisk, 'ɑb!,ısk]

字義 *n.* **方尖塔，方尖碑。**

記憶 ①本字原意爲spit烤肉鐵叉。後來在古代寫本中成爲疑問符號。印刷上爲「箭號」。參考：spire塔尖。

②〔用熟字記生字〕oblong長方形的。

---

o.bes.i.ty [ou'bi:siti ; o'bisətı, o'bɛs-] *

義節 ob.es.ity

ob-→ip（動物）脂肪，肥，胖；-es→-ose充滿…的；-ity名詞。

字義 *n.* **過度肥胖，肥胖症。**

記憶 ①〔義節解說〕本字來源於拉丁文adeps油脂，肥，胖（其中ad-爲字首）。

②〔同族字例〕參看：adipose脂肪多的（-ip-→-ob-：p→b通轉）。

③〔用熟字記生字〕eat 吃。參看：edible可吃的，食用的；edacity貪吃。

④〔易混字〕參看：obeisance敬禮。

---

ob.fus.cate

['ɔbfʌskeit, -fəs-; ab'fʌsket, 'ɑnfəs,ket]

義節 ob.fusc.ate

ob-加強意義；fusc陰暗；-ate動詞。

字義 *vt.* **使糊塗，使困惑，使暗淡。**

記憶 ①〔用熟字記生字〕fog霧；confused

困惑的。

② 〔同族字例〕fuscous暗褐色的，深色的；fuscin褐色素；subfuscous陰暗的，單調的；fuss大驚小怪；puzzle使迷惑（p→ph→f通轉）；pus膿。參看：fug室內的悶濁空氣；fuzz使模糊；befuddle使大醉，使迷糊；fuddle（使）模糊。

---

o.bit.u.a.ry

[ə'bitjuəri, ɔ'b-, -tjoər-; ə'bɪtʃu,ɛrɪ, o-] *

義節 ob.it.u.ary

ob-加強語義；it走；-ary名詞。

字義 *n.* 訃告，訃聞。

記憶 ① 〔義節解說〕走了→逝去。本字來源於拉丁文obitus走近，落下，死亡。

② 〔用熟字記生字〕exit出口（ex-向外）。

③ 〔同族字例〕reiterate重述，重複；itinerary旅行路線。參看：itinerate巡迴，巡遊；ion離子；iterate重複，反覆申訴。

---

ob.jur.gate

['ɔbdʒə:geit; 'ɑbdʒɚ,get, əb'dʒɚget]

義節 ob.jurg.ate

ob-朝著；jurg→garg喉嚨發出的粗濃聲→爭吵；-ate動詞。

字義 *vt.* 怒斥，譴責。

記憶 ① 〔義節解說〕朝著（某人）爭吵→斥責（某人）。

字母g（有時加上字母r的輔助）模擬喉嚨發出的粗濃的聲音，並且，g與j常可「通轉」。例如：gabble和jabber均表示「急促不清地說。」在外人聽來也是「吱吱喳喳」的噪音。

② 〔同族字例〕gargle漱口的「咯咯」聲；giggle咯咯笑；gurgle咯咯聲；grunt喉鳴聲；gargoyle屋頂獸形排水嘴；gorge咽喉，貪吃；gorget護喉甲冑；gurgitation沟湧；ingurgitate狼吞虎嚥；regurgitate反胃，回湧。參看：voracity貪食（g→w；w→v通轉）；devour狼吞虎嚥；jargon講難懂的話，吱吱喳喳地叫；jangle吵架。

③字母J模擬「吱喳」叫聲。詳見上字：jangle發出刺耳聲。「隱語」，在外行的人聽來也不過是「吱吱喳喳」的噪音。

---

ob.late

['ɔbleit, ɔ'bleit; 'ɑblet, əb'let]

義節 ob.late

ob-→out，before；late舉起，運送。

字義 *a. / n.* 獻身於宗教工作的（人）。

記憶 ① 〔義節解說〕把生命呈獻給（神）。參考：oblation奉獻，供品。參看：offertory捐款。

② 〔同根字例〕translate翻譯；ablate切除。參看：collate對照；delate控告；elate使得意洋洋。

---

ob.li.gate

['ɔbligeit; 'ɑblə,get] *

義節 ob.lig.ate

ob-加強語義；lig捆綁；-ate形容詞。

字義 *a.* 有責任的，必須的。

     vt. 強制作某事，使感激。

記憶 ① 〔義節解說〕被責任、道義等種種因素所「縛」住→有責任。

② 〔用熟字記生字〕obligation義務，責任；rely依靠。

③ 〔同族字例〕leech前後帆的後緣；licteo屬從；colleague同事；league社團，同盟；enlace捆紮；lash用繩捆綁；lasso套索；link聯繫；ligate綁，紮；colligate紮在一起；religate結紮在一起；lunge練馬索；lock鎖。參看：latch彈簧鎖；leash皮帶；liable應服從的；liaison聯絡；allo緊密相聯的；ally結盟；lace繫帶；lackey男僕，走狗；legion軍團，大批部隊，大批。

ob.lique [ə'bli:k, ɔ'b-; ə'blik, ə'blaɪk]

義節 ob.lique

ob-向下；lique彎曲。

字義 a. 斜的，轉彎抹角的，無誠意的。

　　vi. / n. 傾斜（物）。

記憶 ①〔義節解說〕向下彎曲→傾斜。

②〔同族字例〕leer斜眼看，送秋波；leery懷疑的，狡猾的。參看：lurk潛伏，潛藏，潛行；lair獸穴；flinch退縮；flank側面；slink鬼鬼祟祟地走；lurch【古】潛行，潛藏，突然傾斜，東倒西歪，徘徊。

③字母 l 常表示「彎，斜」。例如：flexible易彎曲的。參看：decline下傾；declivity斜坡。

---

ob.lit.er.ate

[ə'blitəreit, ɔ'b-; ə'blɪtə,ret] *

義節 ob.liter.ate

ob-→out離去；liter→ lide傷害，消滅；-ate動詞。

字義 vt. 塗抹，擦去，使湮沒。

記憶 ①〔義節解說〕去掉字跡。字根-lid-來源於拉丁文laesio損壞；leade傷害，損害。

②〔用熟字記生字〕collide相撞，互相衝突（col-→con-→together一起；lide傷害）。

③〔同族字例〕elide取消；delete刪除；elision省略。參看：lethal致死的；lacerate傷害；lesion損害，傷害。

---

ob.liv.i.ous

[ə'bliviəs, ɔ'b-, -vjəs; ə'blɪvɪəs] *

義節 ob.livi.ous

ob-→out離去；livi→liver放鬆→刪除；-ous形容詞。

字義 a. 忘卻的，健忘的，不在意的。

記憶 ①〔義節解說〕在記憶中已刪去→忘卻。本字來源於拉丁文oblivio忘卻，健忘，寬赦，赦免。

②〔同族字例〕leave離開，留下；lift解除（禁令等），清償；relieve解除，免除；deliver釋放；dissolve溶解；resolve分解，決定；solve放鬆，鬆綁；absolve解除，免除。

③字母l表示「刪除」的其他字例：ablate切除；elide取消，刪節；elision省略；obliterate擦去；mutilate切去…等等。

---

ob.lo.quy ['ɔbləkwi; 'ɑbləkwɪ]

義節 ob.loqu.y

ob-逆，反；loqu講話；-y名詞。

字義 n. 大罵，強烈的指責。

記憶 ①〔義節解說〕講反對的話→指責。

②〔用熟字記生字〕colloquial口語的。

③〔同根字例〕eloquence口才，雄辯術；colloquial口語的；obloquy斥責。參看：soliloquy獨白；loquacity過於健談，多話。

④〔同族字例〕locution說話的語氣，風格；circumlocution迂迴說法，累贅的話；interlocution對話，交談；allocution訓誡；prolocutor代言人，發言人；elocution演說術，雄辯術，朗誦法；locust知了。

---

ob.nox.ious

[əb'nɔkʃəs, ɔb-; əb'nakʃəs, ɑb-]

義節 ob.nox.i.ous

ob-→against反對；nox傷害，毒害；-ous形容詞。

字義 a. 引起反感的，討厭的，應受譴責的。

記憶 ①〔義節解說〕因有毒而引起反感。參看：noxious有害的，有毒的，使道德敗

壞的，討厭的。

② ［用熟字記生字］ innocent無罪的；noise噪音。

③ ［同族字例］「損害，致死」：nocent有害的，有罪的；pernicious有害的，有毒的；internecine互相殘殺；nobbler毒馬者（使馬不能取勝）參看：innocuous無害的；noxious有毒的；necrology訃告；necromancy向亡魂問卜術；noisome有毒的，有害的，惡臭的，可厭的。「惡臭，惹厭」：annoy使煩惱；ennui厭倦；nasty使人討厭的；enmity敵意；nuisance討厭的人。參看：naughty頑皮的；noxious討厭的。

ob.scene [əb'si:n, əb-; əb'sin]

義節 ob.scene

ob-加強意義；scene骯髒。

字義 *a.* **猥褻的，淫穢的，汙穢的，可憎的。**

記憶 ① ［義節解說］本字來源於拉丁文obscena猥褻的，淫穢的，穢物，陰部；obscenus猥褻的，淫穢的，可憎的，凶兆的；obscaevo凶兆。

② ［用熟字記生字］sexy性感的。參考：soil弄髒；sow母豬。

③換一個角度。本字可釋作：ob-反；scene *n.* 場面，鏡頭→不堪入目的。

④ ［同族字例］sincere單純的，幼稚的，真誠的（註：cere表示「分離」。未受「原罪」熏染的→單純的）。參看：sin罪惡；sinister凶兆的，兇惡的，陰險的，不幸的，左邊的；scavenge清除（垃圾等）。

⑤ ［形似近義字］sensual肉慾的。參看：carnal肉慾的；licentions放蕩的。

ob.scure

[əb'skjuə, ɔb-, -bz'k-, -joə, -jə, -ɔ:; əb'skjur] *

義節 obs.cure

obs-→over；cure→cover。

字義 *a.* **暗的，模糊的，偏僻的。**
       vt. **使暗，遮掩，搞混。**

記憶 ① ［義節解說］cover over遮蓋住→暗。

② ［形似近義字］sconce【古】掩蓋物。參看：occult隱藏的。

③ ［同族字例］cow威脅，嚇唬；cover掩蓋；coward懦夫；cave洞。參看：covert隱藏的；cower畏縮；alcove凹室；cove山凹，水灣；curfew宵禁，晚鐘（通知把燈火遮蔽→宵禁）；kerchief（婦女用）方頭巾（ker→cure→cover遮蔽；chief→cap頭）；serenade小夜曲，月下情歌。

ob.se.qui.ous

[əb'si:kwiəs, ɔb -; əb'sikwiəs] *

義節 ob.sequ.i.ous

ob-加強意義；sequ跟隨；-ous形容詞。

字義 *a.* **諂媚的，奉承的，順從的。**

記憶 ① ［義節解說］像狗一樣，步步緊跟主人→諂媚。

② ［用熟字記生字］second第二的。

③ ［同族字例］consequence結果，影響；sequence過程；subsequent隨後的；sequacious奴性的，盲從的，順從的；execute執行；persecution迫害。參看：intrinsic固有的；extrinsic非固有的；consecutive連續的，連貫的，順序的。

ob.sess [əb'ses, ɔb -; əb'sɛs] *

義節 ob.sess

ob-在上；sess→sit *v.* 坐。

字義 *vt.* **著魔，纏住，使著迷，使煩擾。**

記憶 ① ［義節解說］（魔鬼，妄念等）

「坐」在頭上，驅之不去。本字來源於拉丁文obsessio封鎖，包圍，圍困。

② [用熟字記生字] settle安頓。

③ [同族字例] sit坐；preside主持；sedentary久坐的，需要坐的；session開會期，開庭期；siege包圍，圍攻，（舊用）席位，王位。參看：sedate安靜的，穩重的，嚴肅的；besiege圍困，包圍，圍攻；beset包圍，圍攻。

④ [形似近義字] possess擁有，（魔鬼妄念等）迷住，纏住。參看：sedition煽動叛亂，煽動性的言行；seduce誘惑，勾引，以魅力吸引人；sedulous勤勉的，努力不倦的。

---

ob.so.lete ['ɔbsəli:t, -sl- ; 'ɑbsə,lit] *

義節 ob.sol.ete

ob-→out離去；sol習慣，習俗；-ete字尾。

字義 *a.* 已廢棄的，過時的。
　　　 n. 被廢棄的事物。

記憶 ① [義節解說] out of fashion 脫離了當前習俗的。

② [同根字例] absolute獨裁的（註：不管「習俗」，獨斷獨行）。參看：disolute放蕩的，不道德的；solemn合儀式的；solecism失禮，語法錯誤，謬誤；insolent無禮的。

③本字的 [義節] 也可以作另一種劃分；obs.ol.ete：obs- → out離去；ol生長，成長；-ete字尾，所謂「老去」。-ol的同族字例：adult成年人（其中ul是ol的異體，表示「生，長」）。參看：alimony贍養費；alms救濟金；coalesce接合，癒合，聯合，合併（其中al是ol的異體，表示「生，長」）；adolescent青春的；aureola（神像的）光環，（日月等的）暈輪。

---

ob.stet.ric

[ɔb'stetrik, -bz't - ; əb'stɛtrɪk, ɑb-]

義節 ob.stetr.ic

ob - →by在旁邊；stetr→stand *v.*站立；-ic形容詞。

字義 *a.* 產科（學）的，助產的。

記憶 ① [義節解說] 站在產婦床邊等待接生。本字來源於拉丁文obstetrix助產士；該字又來源於obsto站在旁邊。

② [用熟字記生字] stood站立（stand的過去式）。

③ [同族字例] steady穩定的；staddle基礎，乾草堆的墊架；stound一段很短的時間；state狀況；stet印刷中表示「不刪」或「保留」的符號。參看：stud點綴，大頭針。

---

ob.sti.nate

['ɔbstinit, -bzt-, -tənit; 'ɑbstənɪt] *

義節 obs.tin.ate

obs→over；tin→hold *v.*持，抓牢；-ate形容詞。

字義 *a.* 固執的，頑固的，頑強的，難解除的。

記憶 ① [義節解說] 對（某事）堅持已見→固執。-tin-源於拉丁文tenere，法文作tenir，相當於英文的hold。

② [用熟字記生字] continue繼續；maintain維持；tenant租戶。

③ [同族字例] tenement地產；tenure占有（權）；tenable可保持的，站得住腳的；obtain獲得；sustentation支持，糧食。參看：tenet信條，宗旨；pertinacious堅持的，執拗的；tenacious緊握的，堅持的，頑強的，固執的；continence自制（力），克制，節慾；sustenance生計，支持，食物，營養，供

O

養，支撐物；abstinence節制，禁慾。

ob.strep.er.ous

[əb'strepərəs, ɔb-, -bz't-; əb'strɛpərəs, ɑb-]

義節 ob.strep.er.ous

ob-→out；strep吵鬧聲；-er重複動作；-ous形容詞。

字義 *a.* 吵吵嚷嚷的，喧嘩的，騷動的，任性的。

記憶 ① ［同族字例］ strepitant吵鬧的；strepent吵鬧的；stream溪流；storm風暴。參看：strum亂彈聲；maelstrom漩渦。

②字母組合str模擬一種尖銳刺耳的聲音。例如：strident發尖聲的；stridulate嘎嘎作響。

ob.struct

[əb'strʌkt, -bz't -; əb'strʌkt] *

義節 ob.struct

ob-→against反對；struct→build *v.*建設。

字義 *vt.* 阻塞，阻擋，擋住。
     vi. 設置障礙。

記憶 ① ［義節解說］ build sth against對著⋯而建→阻住。

② ［用熟字記生字］ construct建設。

③ ［同族字例］ structure結構；obstacle障礙物；destroy毀壞。

ob.trude

[əb'tru:d, ɔb-; əb'trud] *

義節 ob.trude

ob-朝向；trude（突然用力）推，刺。

字義 *vt.* 衝出，強加。
     vi. 強加於人，闖入。

記憶 ① ［義節解說］ 向外突然用力一推→衝出，闖入。

② ［用熟字記生字］ thrust刺，推。

③ ［同族字例］ intrude闖進，侵入；extrude擠出；protrude伸出。

ob.tuse

[əb'tju:s, ɔb-; əb'tus, -'tjus] *

義節 ob.tuse

ob-→out離去；tuse→tund→strike *v.*敲，打擊。

字義 *a.* 鈍的，遲鈍的，（印象等）不鮮明的。

記憶 ① ［義節解說］ 打擊的能力消減→鈍。本字來源於拉丁文obtundo重擊，弄鈍。其變化形式為obtudi；obtusum。

②字根tus / tund / ton 都來源於thunder（打雷）。模擬打雷的「咚咚聲」，引申為「敲，打」。

③ ［同族字例］ astound使震驚；astonish使驚訝，stun使大吃一驚；stupendous驚人的；startle使大吃一驚；torpedo魚雷；contund連續猛擊；obtund使遲鈍；stutter結結巴巴。

④換一個思路：tuse→trus / trud→thrust *v.*刺，衝，推。不能再刺→鈍的。參看：obtrude衝出。

ob.vi.ate

['ɔbvieit, -vjeit; 'ɑbvɪˌet] *

義節 ob.via.te

ob-→out離去；via路；-te→-ate動詞。

字義 *vt.* 排除，消除，預防，避免。

記憶 ① ［義節解說］ 闢出一條路讓⋯離去→排除。

② ［用熟字記生字］ via經由⋯；way路。

③ ［同族字例］ voyage航行；vehicle車輛；deviate偏離；envoy使節；invoice發票；pervious可以通過的；convey運送；vector向量，航向指標。

Oc.cid.ent ['ɔksidənt; 'ɑksədənt]

義節 oc.cid.ent

oc-→ob-向下；cid降落；-ent字尾。

字義 *n.* **西方。**

記憶 ①〔義節解說〕（太陽）落下的地方。

②〔對應字〕Orient東方（註：太陽升起的地方）。

③〔用熟字記生字〕cast投下；decay墮落。

④〔同族字例〕casual偶然的；occasional偶然的；accident偶然的事；deciduous脫落的。參看：cadaver屍體；decadence墮落。

---

oc.cult [ɔ'kʌlt, ə'k-, 'ɔkʌlt; ə'kʌlt, 'akʌlt] *

義節 oc.cult

oc-→ob-向下；cult→cul→bottom底部，背部，屁股→隱藏。

字義 *a.* **隱藏的，祕密的，神祕的。**
　　　v. **（使）隱藏。**

記憶 ①〔用熟字記生字〕cover掩蓋。

②〔同族字例〕occultism神祕主義；culet鑽石的底面。冑甲背部下片；culottes婦女的裙褲；bascule吊橋的活動桁架，活動橋的平衡裝置；culdesac死胡同，盲腸；color顏色；calotte小的無邊帽，（苔蘚蟲的）回縮盤；cell地窖，牢房；conceal藏匿，遮瞞；cilia眼睫毛；seel用線縫合（鷹）的眼睛（註：字母s→c同音變異）；solitary獨居的；seal封蠟，封緘；beclous遮蔽，遮暗；ciliary眼睫毛的；skulk躲藏。參看；quail膽怯，畏縮；asylum避難所；supercilious目空一切的；recoil退縮；soliloquy獨白；insular島嶼的，隔絕的；celibate獨身的；cloister使與塵世隔絕；ciliate有纖毛的。

---

oc.tant ['ɔktənt; 'aktənt]

義節 oct.ant

oct八；-ant名詞。

字義 *n.* **八分圓，八分儀。**

記憶 ①〔用熟字記生字〕October十月（註：舊曆第八個月）。

②〔同根字例〕參看以下二字。

---

oc.tave ['ɔktiv, 'ɔkteiv; 'aktev, -tɪv]

義節 oct.ave

oct八；-ave字尾。

字義 *a. / n.* **八個一組的（事物）；八行的（詩）。**
　　　n. **八音度。**

記憶 詳見上字：octant八分儀。

---

oc.to.pus ['ɔktəpəs; 'aktəpəs]

義節 oct.o.pus

oct八；pus→ped足。

字義 *n.* **章魚，盤根錯節的勢力。**

記憶 ①〔義節解說〕章魚有八個爪，又稱八爪魚。牠趴在地上，有一種「盤踞」的樣子。

②〔同族字例〕參看：expedient便利的；expeditious敏捷的；pedestrian步行的；peddle兜售；quadruped四足動物，有四足的（quadr-四；ped足）。

---

oc.u.list ['ɔkjulist; 'akjəlɪst]

義節 ocul.ist

ocul眼睛；-ist以…為職業者。

字義 *n.* **眼科醫生。**

記憶 ①眼睛是個圓球，而字母o是圓形的，且常用來表示「眼睛，視」例如：optical眼的，視覺的；ophthalmology眼科學；orbit眼眶。參看：panorama全景照片。

②〔同族字例〕ocular眼睛的；inoculate接種。參看：ogle媚眼。

---

o.di.ous ['oudjəs, -dɪəs; 'odɪəs] *

O

義節 odi.ous

odi（拉丁文字）（我）恨；-ous充滿…等（形容詞字尾）。

字義 *a.* 可憎的，醜惡的，令人作嘔的。

記憶 ①［義節解說］充滿令我憎恨的東西。

②［用熟字記生字］odor氣味。

③［同族字例］hate恨；epicedium哀歌；參看：feud世仇；invidious引起反感的。

---

of.fal [ˈɔfəl; ˈɔf.l, ˈɑf.l]

義節 of.fal

of→off脫離；fal→fall降落。。

字義 *n.* 廢物，碎屑，內臟，腐肉，麩皮，次品。

記憶 ［義節解說］fall off → throw away 扔掉。本字是縮合而成。類例參看：doff扔掉（垃圾）。

---

of.fer.to.ry [ˈɔfətəri; ˈɔfə.tori, ˈɑf-]

義節 of.fer.tory

of-→ob-→out，before；fer→bring；-tory名詞。

字義 *n.* 聖餐禮拜中的奉獻儀式，做禮拜時的捐款。

記憶 ①［義節解說］bring before 呈獻於（神）前。參看：oblate獻身於宗教工作的。

②［用熟字記生字］offer提供，獻祭。

③［同族字例］fare車船費；farewell告別；freight貨運；wayfaring徒步旅行的；seafaring航海的；far遠的；further進一步；confer商量；differ相異；offer提供，奉獻；prefer更歡喜，寧取；transfer轉移，傳送，傳遞；phosphor磷（phos光；→攜有「光」→磷光。它是字根fer的另一種形式，是ph→f同音「通轉」）。參看：ferry渡輪；aphorism格言；wherry駁船，載客舢舨；metaphor隱喻。

義節 off.hand

off.hand [ˈɔːfˈhænd, ˈɔfˈh -; ˈɔfˈhænd] *

off脫離；hand *n.* / *v.* 手，遞。

字義 *adv.* 立即地，無準備地。

　　　a. 即席的，臨時的，簡慢的。

記憶 ［義節解說］脫「手」而出，或是「白手」而做。

---

of.fi.cious [əˈfiʃəs, ɔˈf -; əˈfɪʃəs]

義節 of.fic.i.ous

of-→-op-→work工作；fic做；-ous充滿…的（形容詞字尾）。

字義 *a.* 過分殷勤的，好管閒事的，非官方的。

記憶 ①［義節解說］做得太公開，太多→過分殷勤。本字來源於拉丁文officiosus殷勤的，盡職的。

②［用熟字記生字］office辦公室。

③［陷阱］本字有「非官方的」一意。「官方的」應用official。

④［同族字例］-op-：operation操作；opera歌劇。參看：onomatopoeia擬聲字；opus作品（尤指樂曲）。

-fic-：feat手藝；effect結果，影響；proficiency精通；function功能。參看：faction派別；facility容易；feasible可行的；factitious人爲的，不自然的。

---

off.set

[*v.* ˈɔːfset, ɔf-; ɔfˈsɛt, ɑf- *n.*, *adj* ˈɔːfset, ˈɔf-; ˈɔf.sɛt, ɑf-]

義節 off.set

off脫離；set使處於某種狀態。

字義 *vi.* / *n.* （形成）分支。

　　　vt. / *n.* 抵銷。

記憶 ［義節解說］set off抵銷，劃分。

o.gle ['ougl ; 'og!]

義節 og.le
og眼睛；-le重複動作。

字義 v. / n. (做) 媚眼，(送) 秋波。

記憶 ① [義節解說] 把眼睛溜來溜去，眼波流動。詳見：oculist眼科醫生。

② [疊韻近義字] goggle瞪眼看，斜眼看，轉動眼珠。

③ [同族字例] agog渴望著 (註：望「眼」欲穿)；-agog-(字根)引導，指引。(註：把「眼睛」引向…)；ocular眼睛的；inoculate接種。參看：pedagogy教育學 (-ped-兒童)；oculist眼科醫生。

ol.fac.to.ry

[ɔl'fæktəri; ɑl'fæktəri, -trɪ]

義節 ol.fact.ory
ol氣味；fact做；-ory字尾。

字義 a. 嗅覺 (器官) 的。
　　　n. 嗅覺 (器官)。

記憶 ① [義節解說] 對氣味作出反應。

② [用熟字記生字] odor氣味。

③ [同族字例] malodorous惡臭的；deodorant除臭劑。參看：redolent芬芳的，有…氣味 (氣息) 的。

④ [音似近義字] aura (人或物發出的) 氣味，香味。參看：noisome惡臭；ozone臭氧。

ol.i.gar.chy ['ɔligɑːki; 'ɑlɪ,gɑrkɪ]

義節 olig.archy
olig-寡，缺少，微小；archy統治。

字義 n. 寡頭政治。

記憶 ① [用熟字記生字] 用lack (缺乏，短少) 記：olig缺少。

② [同族字例] olig-：oligodynamic微動的；oligomer低聚合物；oligemia貧血。-archy-：參看：patriarch家長。

o.me.ga

['oumigə, -meg -; ɔ'mɛgə, ɔ'migə, 'omɪgə]

義節 o.meg.a
o→of；meg→mag大；-a字尾。

字義 n. 終止，結局，最後 (一個)。

記憶 ① [義節解說] 這是希臘文最後一個字母的名稱→終止。

② [同族字例] macrocosm宏觀世界；macrophysics宏觀物理學；maximum最大的；majesty雄偉，君權；magnifico要人；major長者，少校。參看：magnanimous寬宏大量的；magistrate地方行政官；macrobian長壽；megalomania自大狂，妄自尊大；magniloquent誇張的，華而不實的；magnitude巨大，重大，大小，數量；magnate大官，權貴，巨頭。

om.i.nous

['ɔminəs, 'oum -; 'ɑmənəs] *

義節 omin.ous
omin→men領，引，驅；-ous充滿…的 (形容詞尾)。

字義 a. 不吉的，預兆的。

記憶 ① [義節解說] 引導人們想到將來的事。

② [用熟字記生字] mean意味著。

③ [同根字例] omen預兆；abominate厭惡，憎恨；abominable討厭的。

④ [同族字例] commence開始；amenity社交禮節；manner舉止；mien風度；mention提及；menace威脅。參看：promenade兜風，散步；meander漫步；demean行為，表現；mendacious虛假的；amenable有義務的，順從的。

O

om.ni.bus

[ˈɔmnibəs; ˈɑmnə,bʌs, ˈɑmnəbəs]

義節 omni.bus

omni-→all *a.*所有的；bus→boy *n.*待役。

字義 *n.* 公共汽車，選集。

　　 a. 總括的，多項的。

記憶 ① ［義節解說］大衆的侍役，人人都可以差遣的→爲大衆服役的。字根-omni-來源於拉丁文Ops農神的妻子，她是財富，權力，豐收之神。引申爲ops（拉丁文）力量，權勢，錢財。

② ［用熟字記生字］bus公共汽車。

③ ［同族字例］often經常地；cornucopia豐富，富饒（corn羊角，象徵富饒）；co-op大量生產，產出；optimism樂觀；omni-（字根）全部。參看：copious豐富的，大量的；optimum最適條件，最適合的；opulent富裕的，富饒的，繁盛的，豐富的。

om.nip.o.tent

[ɔmˈnipətənt; ɑmˈnɪpətətənt]

義節 omni.pot.ent

omni - →all *a.*所有的；pot力，能；-ent形容詞。

字義 *a.* 全能的，有無限權力的。

　　 n. 萬能者。

記憶 ① ［用熟字記生字］potential有潛能的；power權力。

② ［同族字例］omni-：參看上字：omnibus公共汽車，總括的，多項的。-pot-：possible可能的；emperor統治者；empire帝國；empower授權；puissance權勢。參看：potent有力的；impotent無能的。

om.ni.pres.ent

[ˈɔmniˈprezənt, ˌɔm -; ˌɑmni - ˈprezn̩t] *

義節 omni.present

omni - →all *a.*所有的；present *a.*在場的。

字義 *a.* 無所不在的。

記憶 ① ［義節解說］present→pre-在前；sent感覺。

② ［同族字例］omni-看上字：omnibus公共汽車，總括的，多項的。-sent-：entity存在，實體；presence存在，出席；essential本質的，不可缺少的；absent缺席；sentiment感情。參看：assent同意；presentiment預感；resent怨恨；quintessence精華，精髓，本質；consent同意，贊成，答應；dissent持異議（dis-分離）。

om.niv.o.rous

[ɔmˈnivərəs; ɑmˈnɪvərəs, - ˈnɪv - rəs]

義節 omni.vor.ous

omni - →all *a.*所有的；vor食；-ous形容詞。

字義 *a.* 雜食性的，博覽群書的。

記憶 ① ［義節解說］統吃！字根-vor-應是字根-gorg-（喉嚨）的變體，其中v→w→g音變通轉。

② ［用熟字記生字］swallow吞嚥。

③ ［同族字例］omni-：參看上字：omnibus公共汽車，總括的，多項的。-vor-：avarice貪婪；voracious極度渴望的，狼吞虎嚥的；gorge暴食；gormandis暴食；ingurgitate狼吞虎嚥；regurgitate反胃，回湧。參看：devour狼吞虎嚥；objurgate怒斥，譴責；voracity暴食，貪婪。

④字母v表示「貪，愛，強烈願望」的其他字例：venal貪汙的；vultrine貪得無厭的；covet覬覦，垂涎，渴望；envy忌妒。

on.er.ous [ˈɔnərəs, ˈoun -; ˈɑnərəs] *

義節 oner.ous

oner→onus n.責任；-ous充滿…的（形容詞字尾）。

字義 a. **繁重的，艱巨的，麻煩的。**

記憶 ① ［義節解說］責任多多→繁重。本字來源於拉丁文onerosus；沉重的，使人煩惱的，累人的；onus負擔，累贅，麻煩。

② ［用熟字記生字］on在…上面。→（壓）…在上面（的擔子）。

③換一個角度，可釋作：on在…上面；er力。參看：coerce強制。

④ ［同族字例］exonerate使免（罪），解除（責任等）；noise噪音；annoy使煩惱；ennui厭倦；nasty使人討厭的；nuisance討厭的人。參看：naughty頑皮的；noxious討厭的；noisome惡臭的，可厭的；onus責任。

---

on.o.mat.o.poe.ia

[ˌɔnoumætouˈpi(:)ə, ɔ,nɔmət -, -tə'p - ; ˌɑnə,mætə'piə, ɔ,nɑmətə -]

義節 onomato.poeia

onomato名字；（o）poeia製造。

字義 n. **擬聲字。**

記憶 ① ［義節解說］（模仿聲音）造出名字。

② ［用熟字記生字］name名字；poem詩（註：創作出來的）。

③ ［同族字例］-onomate-：anonymous匿名的；onomastic姓名的，名稱的。

-（o）poeia-：opera歌劇；operation操作。參看：opus作品（尤指樂曲）；officious過分殷勤的，好管閒事的，非官方的。

---

o.nus [ˈounəs; ˈɔnəs]

義節 on.us

on在…上面；-us字尾。

字義 n. **責任，過失，恥辱。**

記憶 ① ［義節解說］落在…頭上 / 身上（的）。本字來源於拉丁文onus負擔，累贅，麻煩。

② ［用熟字記生字］on在…上面。→（壓）…在上面（的擔子）。

③換一個角度，可釋作：on在…上面；er力。參看：coerce強制。

④ ［同族字例］exonerate使免（罪），解除（責任等）；noise噪音；annoy使煩惱；ennui厭倦；nasty使人討厭的；nuisance討厭的人。參看：naughty頑皮的；noxious討厭的；noisome惡臭的，可厭的；onerous繁重的。

---

ooze [u:z ; uz] *

字義 n. **淤泥，沼地。**

     v. / n. **滲出（物）。**

     v. **冒出，流血。**

記憶 ①本字從字根(s)ud / (s)us出汗。

② ［用熟字記生字］out出去；juice汁，液；sweat出汗；wet濕的。

③ ［使用情景］作「滲出」用時，本字的適用主詞多為汁液狀物，如：汗，血，油，樹液等等。引申為祕密走漏、勇氣流失等等。

④ ［同族字例］ostentatious矯飾的。參看：oust驅逐；ostracize放逐，排斥；ostentation誇示，賣弄，虛飾，炫耀；exude滲出。

---

o.pal.es.cent

[ˌoupəˈlesnt ;,oplˈɛsənt]

義節 o.pal.escent

o→of屬於…的；pal白色；-escent略為…的。

字義 a. **乳光的，乳色的。**

O

記憶 ① ［用熟字記生字］pale蒼白的，淡色的。

② ［同族字例］pallor蒼白；appalling使人吃驚的；opal蛋白石。參看：palliate減輕，緩和（病，痛等），掩飾（罪過等）；pasty蒼白的；appall使驚駭；bald禿頭的；pallid蒼白的，呆板的。

o.paque [ou'peik ; o'pek, ə'pek]

義節 o.paque

o→ob-逆，反；paque→pack n.包裹。

字義 a. 不透光的，暗的，晦澀的，愚鈍的。

　　n. 不透明體。

記憶 ① ［義節解說］包住了因而不透光。本字來源於拉丁文opacus遮蔭的。

② ［用熟字記生字］poach荷包蛋（像袋子般把蛋黃包起來）；pocket口袋。

③ ［同族字例］poke（放金砂的）袋，錢包；pucker皺，褶；package包，捆；packet小包；parcel小包；pock痘疱；compact契約，協議；peccable易犯罪的；impeccable無瑕疵的；pecky有霉斑的；speck小斑點，玷汙；pox牛痘；fog霧；fuscous暗褐色的，深色的（pac→fusc；p→ph→f通轉）；fuscin褐色素；subfuscous陰暗的，單調的。參看：pact契約，協定，條約，公約；pouch錢袋，菸袋，小袋；peccant犯罪的，犯規的；peccadillo輕罪，小過失；pigheaded頑固的，愚蠢的；pigment顏料，顏色，色素；obfuscate使暗淡；fug室內的悶濁空氣。

o.pi.ate

[n.,adj 'oupiit, 'oupieit ; 'opɪ,et v.'oupieit; 'opɪ,et]

義節 op.i.ate

op→ops（拉丁文）力量，權勢，錢財；-ate字尾。

字義 n. 麻醉劑。

　　a. 含鴉片的，安神的，麻醉的。

　　v. 使減輕，使緩和，使麻醉。

記憶 ① ［義節解說］本字來源於拉丁文Ops農神的妻子，她是財富，權力，豐收之神；以及opto選擇，希望→鴉片使人想入非非。

② ［諧音］opium鴉片。

③ ［同族字例］often經常地；cornucopia豐富，富饒（corn羊角，象徵富饒）；co-op大量生產，產出；optimism樂觀；omni-（字根）全部。參看：adopt使適應；option選擇；hope希望；copious豐富的，大量的；optimum最適條件，最適合的；opulent富裕的，富饒的，繁盛的，豐富的。

op.por.tune

[',ɔpətjuːn, ,ɔpəˈtjuːn; ,ɑpəˈtjuːn] *

義節 op.port.une

op- → ob-to；prot n.港口；-une→tune（turn）轉。

字義 a. 及時的，適時的。

記憶 ① ［義節解說］turn to port（風）轉朝港口吹→入港適時。

② ［用熟字記生字］opportunity機會；fortunate幸運的（portun→fortun；p→ph→f通轉，參看：fowl禽）。

③ ［同族字例］import進口；export出口；port舉止，風采；misfortune不幸，運氣不好；unfortunate不幸的。參看：deport舉止；comport舉動，舉止，（舉動等）適合，一致；fortuitous偶然（發生）的，幸運的；importune強求的，迫切的；pertinent適當的。

op.pro.bri.ous

[ə'proubriəs, ɔ'p -; ə'probriəs]

義節 op.probri.ous

op- → ob-逆，反；probri→prove v.證明；-ous形容詞。

字義 a. 辱罵的，無禮的，可恥的。

記憶 ①〔義節解說〕經試驗證明是不好的→可恥，該罵。

②〔用熟字記生字〕proper恰當的。

③〔同族字例〕probation試用，（緩刑）觀察；probity廉正，誠實；opprobrious不體面的；deprave使腐化，使墮落；perversion墮落；approve同意。參看：depravity墮落，腐敗（de-完全；prav→pervert墮落；-ity名詞）；reprove責罵，譴責，指摘，非難；reprobate譴責，斥責，墮落的（人），放蕩的（人）；exprobrate指責，非難。

④〔形似近義字〕reprehend申訴，嚴責；reproach責備，指責；reprimand懲戒，譴責（尤指當權者所作的）。

op.tic [ˈɔptik; ˈɑptɪk]

義節 opt.ic

opt眼睛，視力，光；-ic形容詞。

字義 a. 眼的，視力的，光學的。

n. 鏡片。

記憶 ①〔義節解說〕字根-opt-表示眼睛，可能與oval（卵形的）有關，因爲眼睛也像蛋形。

②〔用熟字記生字〕optics光學。

③〔同族字例〕necropsy屍檢（驗屍）；optometer視力計；achromatopsia色盲；hyperopia遠視；synopsis提要。參看：autopsy屍檢，勘察，分析；optician眼睛（或光學儀器）製造者，銷售商。

op.ti.cian [ɔp'tiʃən; ɑp'tɪʃən]

義節 opti.cian

opti眼，視，光學；-cian從事…工作者。

字義 n. 眼鏡（或光學儀器）製造者，銷售商。

記憶 〔同族字例〕-opt-：參看上字：optic眼的。-cian：technician技術人員；magician魔術師；musician音樂家，樂師。

op.ti.mum [ˈɔptimʌm; ˈɑptəməm] *

義節 opt.imum

opt→ops（拉丁文）力量，權勢，錢財；-imum最上級。

字義 n. 最適條件，最適度。

a. 最適合的。

記憶 ①本字是拉丁文借字。相當於英文的best最好的。拉丁文melior→英文better；bonus→good。本字來源於拉丁文Ops農神的妻子，她是財富，權力，豐收之神；以及opto選擇，希望。

②〔用熟字記生字〕optimism樂觀主義。

③〔同族字例〕-op-：often經常地；cornucopia豐富，富饒（corn羊角，象徵富饒）；co-op大量生產，產出；adopt使適應；option選擇；hope希望；omni-（字根）全部。參看：copious豐富的，大量的。-imum：maximum最大；minimum最小。

op.tom.e.trist

[ɔp'tɔmitrist; ɑp'tɑmətrɪst]

義節 opto.metr.ist

opto眼，視，光學；metr測量；-ist從事…工作者。

字義 n. 配鏡師。

記憶 ①〔義節解說〕字根-opt-表示眼睛，可能與oval（卵形的）有關，因爲眼睛也

像蛋形。

② ［用熟字記生字］optics光學；meter儀表。

③ ［同族字例］ -opt-：necropsy屍檢；optometer視力計；achromatopsia色盲；hyperopia遠視；synopsis提要。參看：autopsy驗屍，勘察，分析；optician眼鏡（或光學儀器）製造者，銷售商；optic眼的，視力的，光學的，鏡片。

-metr-：symetry對稱；geometry幾何學。參看：mete分配，分界；meticulous謹小慎微的。

④ 字母m表示「測量」的其他字例：measure測量；mensuration測量；commensurate同量的；immense無垠的；dimension長、寬、高。

---

op.u.lent ['ɔpjulənt; 'ɔpjələnt] *

義節 op.ulent

op→ops（拉丁文）力量，權勢，錢財；-ulent豐富的。

字義 *a.* **富裕的，富饒的，繁盛的，豐富的。**

記憶 ① ［義節解說］本字來源於拉丁文Ops農神的妻子，她是財富，權力，豐收之神。

② ［用熟字記生字］copy抄本，副本。

③ ［同族字例］ -op-：often經常地；cornucopia豐富，豐饒（corn羊角，象徵富饒）；co-op大量生產，產出；optimism樂觀；omni-（字根）全部。參看：copious豐富的，大量的；optimism樂觀；omni-（字根）全部。參看：copious豐富的，大量的；optimum最適條件，最適合的。-ulent-：flatulent腸胃氣脹的，自負的；corpulent肥胖的。

---

o.pus ['oupəs, 'ɔpəs; 'ɔpəs]

義節 op.us

op→work工作；-us字尾。

字義 *n.* **作品（尤指樂曲）。**

記憶 ① ［義節解說］works作品。

② ［用熟字記生字］operation操作。

③ ［同族字例］ opera歌劇。參看：onomatopoeia擬聲字；officious過分殷勤的，好管閒事的，非官方的。

---

or.a.cle ['ɔrəkl, -rik - ; 'ɔrəkl] *

義節 orac.le

orac→ora宣讀，祈禱，講話；-le道具，動作者。

字義 *n.* **神諭，預言（者），大智（者）。**

記憶 ① ［義節解說］宣述（神的）教諭。本字中的-or-來源於拉丁文orificium孔，口，洞口，眼，窟窿；os孔，口，洞口，臉，面具→用「口」說話。

② ［用熟字記生字］oral口語的。

③ ［同族字例］參看：orate演說；orison祈禱；perorate長篇演說；osculent接吻的；adore崇拜，敬慕。

---

o.rate [ɔ:'reit, ɔ'r -; 'ɔret, ɔret, o'ret]

義節 or.ate

or宣讀，祈禱，講話；-ate動詞。

字義 *vi.* **大言不慚地演說，裝演說腔。**

記憶 詳見上字：oracle神諭。

---

or.dain [ɔ:'dein; ɔr'den]

義節 ord.ain

ord命令；-ain字尾。

字義 *vi.* **委任（某人）爲牧師。**
　　　vt. v. **制定。**
　　　vi. **頒布命令。**

記憶 ① ［義節解說］本字來源於拉丁文ordino按秩序講，任命，委任。

② ［用熟字記生字］order命令，順序。

③ ［同族字例］o r d i n a r y普通的；inordinate無節制的；coordinate協調；subordinate下級的；coordinate。參看：s o r d i d骯髒的，令人不舒服的（s-→se-離開；ord秩序；-id形容詞）；ordinance法令，條令，條例：ornate過分裝飾的，華麗的，矯揉造作的；adorn裝飾；ornithologist鳥類學家；ordinal順序的；orthography正字法（orth→ord：th→d通轉）。

---

or.deal

[ɔːˈdiːl, -ˈdiːəl, -ˈdiəl; ɔrˈdil, ɔrdil, ɔrˈdiəl] *

義節 or.deal

or宣讀，祈禱；deal v.對付，處理。

字義 n. 嚴峻考驗，苦難的經驗，折磨。

記憶 ① ［義節解說］祈求（神）作出處理。古時候流行「試罪法」，要疑犯把手伸入火中或服毒。如不受損害，即證明其無罪。這種試罪的方式，的確是一種「嚴峻考驗」。本字中的or來源於拉丁文orificium孔，口，洞口，眼，窟窿；os孔，口，洞口，臉，面具。deal來源於拉丁文doleo疼痛，傷心；該字又來源於dolo匕首，蜂刺。

② ［用熟字記生字］deal分配，分給，發牌。

③ ［同族字例］doldrums憂鬱；dolor悲哀；tolerate忍受，耐受（dol→tol；d→t通轉）：intolerable不能忍受的，無法容忍的。參看：condole弔唁；direful悲痛的；toil苦工，難事；dole施捨，悲哀。

---

or.di.nal [ˈɔːdinl; ˈɔrdnəl]

義節 ordin.al

ordin秩序；-al形容詞。

字義 a. 順序的。（生物學分類）…「目」的

---

n. 序數。

記憶 ① ［用熟字記生字］order順序。

② ［同族字例］o r d i n a r y普通的；inordinate無節制的；coordinate協調；subordinate下級的；coordinate協調。參看：s o r d i d骯髒的，令人不舒服的（s-→se-離開；ord秩序；-id形容詞）；ordinance法令，條例；ordain頒布命令；ornate過分裝飾的，華麗的，矯揉造作的；adorn裝飾；ornithologist鳥類學家；orthography正字法（orth→ord：th→d通轉）。

---

or.di.nance

[ˈɔːdinəns, -dnəns; ˈɔrdnəns; ˈɔrdnəns]

義節 ordin.ance

ordin命令，順序；-ance名詞。

字義 n. 法令，條例。

記憶 ① ［用熟字記生字］order命令。

② ［同族字例］參看上字：ordinal順序的。

③ 參考：ordnance大炮，軍械部門（此字據說是由本字縮成，但字義有異）。

---

o.rex.is [ɔˈreksis, ou -; ɔˈreksis, o-]

字義 n. 【醫】食慾，慾望，願望。

記憶 ① ［義節解說］本字中的or從「口」。口→食→食慾→其他慾望。本字來源於拉丁文orificium孔，口，洞口，眼，窟窿；os孔，口，洞口，臉，面具。

② ［形似近義字］erotic色情的，性愛的。

③ ［同族字例］參看：orate演說；perorate長篇演說；orexis慾望，願望；orotund（聲音）洪亮的，圓潤的；oscillate（使）擺動，（使）動搖；osculent接吻的；oracle神諭；orifice口。

or.gas.tic [ɔːˈɡæstik; ɔrˈɡæstɪk]

義節 org.astic

org→swell v.脹大，使情緒高漲；-astic 有…特性的。

字義 a. 極度興奮的，【醫】情慾亢進的。

記憶 ① ［義節解說］-org-與字根-aug-（增大）相似而近義。

② ［同族字例］organ風琴，器官；augment擴大，增加，增長；auction拍賣（註：通過競價，使售價增長）。

③ ［音似近義字］agitate鼓動；instigate激動；trigger激發。

o.ri.en.ta.tion

[,ɔ:rienˈteiʃən, ,ɔr -; ,oriɛnˈteʃən, ,ɔr -] *

義節 orient.ation

orient v.使向東，定位；-ation名詞。

字義 n. 向東，方向，定位。

記憶 ① ［義節解說］字根-ori-意爲「升起，出源」。東方是太陽升起之處。

② ［用熟字記生字］rise升起；origin起源。

③ ［同族字例］orient使向東，定位；originate發起，創辦，發生；disorient暈頭轉向；reorient重定方向；unoriented沒有確定目標的。參看：abort（使）流產，（使）夭折；aureola（日月）暈輪。

or.i.fice [ˈɔrifis; ˈɔrəfɪc, ˈɑr -]

義節 ori.fice

ori口；fice→make製作。

字義 n. 孔，口，洞口，通氣口。

記憶 ① ［義節解說］製作出來的「口」→孔，通氣口。本字來源於拉丁文orificium孔，口，洞口，眼，窟窿；os孔，口，洞口，臉，面具。

② ［同族字例］參看：orate演說；perorate長篇演說；orexis慾望，願望；

orotund（聲音）洪亮的，圓潤的；oscillate（使）擺動，（使）動搖；osculent接吻的。

③ ［形似近義字］bore鑽（孔），挖（洞），孔，洞；pore毛孔，細孔，氣孔；perforate穿孔，有孔的。

or.i.son [ˈɔrizən; ˈɔrɪzn, ˈɑr -]

義節 ori.son

ori宣讀，祈禱，講話；son聲音。

字義 n. 祈禱。

記憶 ① ［用熟字記生字］oral口語的；sound聲音。

② ［同族字例］-or-：參看：orate演說；perorate長篇演說；osculent接吻的；adore崇拜，敬慕；oracle神諭。

-son-：supersonic超音速的；sonnet十四行詩；absonance不合拍；assonant諧音的。參看：resonance共鳴，共振；dissonance不和諧，不一致；sonorous響亮的，洪亮的；infrasonic次聲的；consonance和諧，一致，共鳴。

or.nate [ɔːˈneit, ˈɔːneit; ɔrˈnet]

義節 orn.ate

orn裝飾；-ate形容詞。

字義 a. 過分裝飾的，華麗的；矯揉造作的。

記憶 ① ［義節解說］本字來源於拉丁文orno裝備，裝飾，使有榮譽。該字又來源於ordino按秩序講，任命，委任；ordior開始講，起源。有秩序→好看。

② ［用熟字記生字］order順序。

③ ［同族字例］honor名譽，面子，自尊心（註：也是一種「裝飾」）；ordinary普通的；inordinate無節制的；coordinate協調；subordinate下級的；coordinate協調。參看：sordid骯髒的，令人不舒服的（s-→se-離開；ord秩序；-id形容

詞）；ordinance法令，條例；ordain頒布命令；adorn裝飾；ornithologist鳥類學家；orthography正字法（orth→ord：th→d通轉）；ordinal順序的。

④〔音似近義字〕furnish裝備，布置；varnish裝飾，上光。

or.ni.thol.o.gist

[,ɔ:niˈθɔlədʒist; ,ɔrnɪˈθɑlədʒɪst]

義節 ornitho.log.ist

ornith鳥；log學科；-ist從事…工作者。

字義 n. 鳥類學家。

記憶 ①〔義節解說〕本字來源於拉丁文orneoscopus鳥卜家；ornithon禽舍。該二字又來源於orno裝備，裝飾，使有榮譽→鳥用羽毛裝飾自己。

②〔同根字例〕ornithomancy觀察鳥的活動占卜術；ornithography鳥類學。

③〔同族字例〕erne鷹。參看上字：ornate過分裝飾的，華麗的；矯揉造作的。

o.rog.ra.phy

[ɔˈrɔgrəfi, ɔ:ˈr -；əˈrɑgrəfɪ]

義節 oro.graph.y

oro(g)山；graph刻，畫，寫；-y名詞。

字義 n. 山岳誌，山岳形態學。

記憶 ①〔義節解說〕刻畫描寫山岳的情形。

②〔同族字例〕-orog-：ragged高低不平的；rugose有皺紋的，多皺的；ruck皺，褶；ruga皺紋，折，脊；rugate有皺紋的；rock岩石；scrawny骨瘦如柴的；ridge山脊。參看：rugged有皺紋的，多岩石的，崎嶇不平的；ragamuffin衣服破爛骯髒的人（尤指小孩）；scrag皮包骨頭，肉骨頭；crag岩，崎嶇；corrugate弄皺，（使）起皺，（使）起波紋。-graph-：telegraph電報。參看：

geography地理學；glyph雕像；graphite石墨。

o.ro.tund

[ˈɔroutʌnd, ˈɔ:r; ˈorə,tʌnd, ˈɔr -, -ˈar-]

義節 o.rot.und

o→or口；rotund a.圓形的，（聲音）洪亮的，圓潤的。

字義 a.（聲音）洪亮的，圓潤的，（文體）浮誇的。

記憶 ①〔義節解說〕圓形的嘴巴，發出圓潤的聲音。本字中的-or-來源於拉丁文orificium孔，口，洞口，眼，窟窿；os孔，口，洞口，臉，面具。

②〔用熟字記生字〕oral口語的；round圓形的。

③〔同族字例〕-or-：參看：orate演說；orison祈禱；perorate長篇演說；osculent接吻的；adore崇拜，敬慕；oracle神諭，預言（者），大智（者）；orate大言不慚地演說，裝演說腔。-rot-：rotate旋轉；rotunda有圓形頂的大廳。參看：rotundity圓胖，（聲音）洪亮，圓潤。

④字母組合und表示「豐富，充溢」的字例：jocund歡樂的，高興的（joc→joy歡樂）；rubicund紅潤的（rubi→red）；fund基金；rotundity肥胖；abundant豐富的，充裕的…等等。參看：fecund多產的。

or.thog.ra.phy

[ɔ:ˈθɔgrəfi; ɔrˈθɑgrəfɪ]

義節 orth.o.graph.y

orth使直；graph刻，畫，寫；-y名詞。

字義 n. 正字法。

記憶 ①〔義節解說〕本字來源於拉丁文orthographia正字法。該字又來源於

ordino按秩序講，其實，字根-orth-是字根-ord-（秩序，命令）的變體（th→d通轉）。前者來源於希臘文。

② ［用熟字記生字］ order順序；orthority權威。

③ ［同根字例］orthodox正統的（教派）；orthoepy正音法；orthogonal直角的，直交的。

④ ［同族字例］ o r d i n a r y普通的；inordinate無節制的；coordinate協調；subordinate下級的。參看：sordid骯髒的，令人不舒服的（s-→se-離開；ord秩序；-id形容詞）；ordinance法令，條例；ordain頒布命令；ornate過分裝飾的，華麗的，矯揉造作的；adorn裝飾；ornithologist鳥類學家；ordinal順序的。

os.cil.late ['ɔsileit; 'ɑs!,et]

義節 os.cil.l.ate
os→ob-→out離去；cil→sil跳動；-ate動詞。

字義 v.（使）擺動，（使）動搖。
　　 vi.（無線電）發出雜音，振盪，猶豫。

記憶 ① ［義節解說］本字來源於拉丁文os孔，口，洞口，臉，面具。原意是「酒神的面具」，掛在樹上作為符咒，隨風飄盪。後來引申為「鞦韆」→搖擺。

② ［同族字例］ 參看：o r a t e演說；perorate長篇演說；orexis慾望，願望；orotund（聲音）洪亮的，圓潤的；orifice孔，口，洞口，通氣口；osculent接吻的。

③ ［音似近義字］resilient跳回的，彈回的，有彈性的；salient跳躍的，突起的；desultory散漫的，雜亂的。參看：vacillate猶豫，動搖，振盪。

os.cu.lant ['ɔskjulənt; 'ɑskjʊlənt]

義節 os.culant
os口；-culant表示「小」。

字義 a. 接吻的，接觸的，連結的。

記憶 ① ［義節解說］本字來源於拉丁文os孔，口，洞口，臉，面具。字母O的形狀像個「口」，並參與構建了許多表示「口」的字。

② ［同族字例］oscular口的，接吻的；ostiole孔，口；ostiary看門人。參看上字：oscillate（使）擺動，（使）動搖。

os.si.fy ['ɔsifai; 'ɑsə,faɪ]

義節 ossi.fy
ossi：骨；-fy…化。

字義 v.（使）骨化，（使）硬化，（使）變得無情。

記憶 ① ［形似近義字］fossile化石；fossilize使成化石，使僵化，使（思想等）陳舊。

② ［同族字例］osprey鶚；osteal骨的。參看：ostracean牡蠣；oyster牡蠣。

os.ten.ta.tion [,ɔsten'teiʃən; ,ɑstən'teʃən] *

義節 os.tent.ation
os→os（t）→oust v.驅逐→out出去；tent伸展；-ation名詞。

字義 n. 誇示，賣弄，虛飾，炫耀。

記憶 ① ［義節解說］把東西「伸展」出來→炫耀，賣弄。

② ［用熟字記生字］pretend假裝；tend趨向於。

③ ［形似近義字］outstanding突出的，顯著的。參看：pretentious自負的，矯飾的，使勁的（比較：ostentatious矯飾的，誇示的）。

④ ［同族字例］-tent-：extent程度，

廣度；attention注意；tender投標；contend爭奪；extend延伸；tend照料，管理，留心；attendant侍者，隨從（註：「照管」雜物）；intendant監督人，管理人；superintendent監督人，主管；ostentatious矯飾的，誇示的。參看：portend預示，給…以警告；pretentious自負的，矯飾的，使勁的；superintend監督，主管，指揮（工作等）；intendence監督，管理（部門）。-ost-：out出去。參看：oust驅逐；ostracize放逐，排斥；ooze流血，滲出。

os.tra.ce.an [ɔs'treiʃiən; ɑs'treʃiən]

義節 ostrac.e.an

ostrac硬殼；-an字尾。

字義 *n. / a.* **牡蠣（的）。**

記憶 ① ［義節解說］-ostrac-可能與-ossi-（骨）同源。

② ［形似近義字］oyster牡蠣。

③ ［同族字例］參看下字：ostracize放逐，排斥。

os.tra.cize

['ɔstrəsaiz; 'ɑstrə,saiz, 'ɔs-] *

義節 ostrac.ize

ostrac硬殼；-ize作…處理。

字義 *vt.* **放逐，排斥。**

記憶 ① ［義節解說］ostrac（硬殼）來源於test（trac→test）。test的原意是（蟹，蛤等的）甲殼，介殼，好像古代的東方人和西方人都把它們看作神物，引申爲「證物，見證」（witness）。參看：testament遺囑，遺言。

古希臘由公民把認爲危害邦國的人名寫在貝殼上進行投票，過半數票者則放逐之。參看：ostracean牡蠣。

② ［用熟字記生字］out出去。

③ ［同族字例］osprey鶚；osteal骨的。參看：ostracean牡蠣；oyster牡蠣；oust驅逐，攆走，剝奪，取代；estrange使離開；ossify（使）骨化，（使）硬化，（使）變得無情。

ot.ic ['outik ; 'otik, 'ɑtik]

義節 ot.ic

ot耳；-ic形容詞。

字義 *a.* **耳的，耳部的。**

記憶 ① ［同根字例］otitis耳炎；otology耳科學；otophone助聽器；otoscope耳鏡。

② ［同族字例］-aur- / -aud-（字根）耳，聽覺（-ot-→-aud-：t→d通轉）；aural聽力的；audience聽衆；audiophile音響愛好者；audiphone助聽器。

oust [aust ; aʊst]

字義 *vt.* **驅逐，攆走，剝奪，取代。**

記憶 ①本字可能是ostracize（放逐，排斥）的變體。-ostrac-（硬殼）來源於test（trac→test）。test的原意是（蟹，蛤等的）甲殼，介殼，好像古代的東方人和西方人都把它們看作神物，引申爲「證物，見證」（witness）。參看：testament遺囑，遺言。

古希臘由公民把認爲危害邦國的人名寫在貝殼上進行投票，過半數票者則放逐之。

② ［用熟字記生字］out離去。可將本字聯想爲out的動詞形式；juice汁，液；sweat出汗。

③ ［同族字例］osprey鶚；osteal骨的。參看：ostracean牡蠣；oyster牡蠣；estrange使離開；ossify（使）骨化，（使）硬化，（使）變得無情；ostracize放逐，排斥；ooze滲出，冒出，流血；ostentation誇示，賣弄，虛飾，炫耀；exude滲出。

O

④〔疊韻近義字〕out與rout（使潰退）疊韻近義；oust與 roust（驅逐）疊韻近義。參看：rout。

o.vert ['ouvə:t; 'ovɜt]

字義 *a.* 公開的，明顯的。

記憶 ① 法文 ouvrir→to open；ouvert→open (a.)。無非是「打開，開啓」之意。

②〔用熟字記生字〕open打開，公開的。

③〔反義字〕covert隱蔽的，祕密的。聯記：in an～and covert way以公開和隱蔽的方式。

④〔同族字例〕biforate有雙孔的；foramen骨頭或薄膜上的小孔；interfere干涉；pharynx咽喉；porch門廊；port港口；ford津渡；emporium商場；pore細孔，毛孔；bore打孔。參看：aperture孔隙；overture主動的表示；petulant易怒的；perforate穿孔；pert沒有禮貌的，冒失的，活躍的，別緻的，痛快的。

o.ver.ture ['ouvətjuə; 'ovɜtʃə]

義節 overt.ure

overt開；-ure名詞。

字義 *vt. / n.* 提議，主動表示。

    n. 開幕，序幕，開端。

記憶 ①〔義節解說〕法文 ouvrir→to open；ouvert→open (a.)。無非是「打開，開啓」之意。喜歡音樂的朋友，當會常常接觸本字：「序曲」。

②〔同族字例〕詳見上字：overt公開的。

o.vine ['ouvain; 'ovaɪn, -vɪn]

義節 ovi.ne

ovi羊；-ine屬於…的（事物，形容詞字尾）。

字義 *a.* 綿羊的，羊似的。

〔同族字例〕-ine：canine狗的；bovine牛的；leonine豹的；equine馬的；porcine豬的。參看：asinine驢的；aquinine鷹的。

o.void [ouvɔid; 'ovɔid]

義節 ov.oid

ov卵；-oid…形狀的。

字義 *a.* 卵形的，蛋形的。

    n. 卵形體，蛋形體。

記憶 ①〔義節解說〕卵是圓形的。字母o也是圓形的。字根-ov-和-oo-均表示「卵」。

②〔用熟字記生字〕oval卵形的，橢圓形的。

③〔同族字例〕ovary子房，卵巢；oviduct輸卵管；oosperm受精卵；ootid卵細胞；orb圓，環（ov→orb：v→b通轉）；orbit軌道；orbicular圓形的，環狀的；opal蛋白石（opal也許可以追溯到oval蛋形的）。參看：exorbitant（要求等）過高的，過分的。

owl [aul; aʊl] *

字義 *n.* 貓頭鷹，表情嚴肅者。

    a. / n. 夜晚活動的（人）。

記憶 ①本字模擬貓頭鷹的叫聲。作者兒時常被大人以此相嚇：「再哭，奧烏來了！」。當時根本不知「奧烏」爲何物，但據此怪名推想，一定極爲恐怖。學英語後，才恍然大悟，不禁失笑。

②〔疊韻近義字〕參看：growl嗥叫；howl嚎叫。

③〔同族字例〕參看：ululate嗥，嚎，吠，嗚嗚地叫，哀鳴（本字來源於拉丁文ulula貓頭鷹；ululo哀鳴）。

oys.ter ['ɔistə; 'ɔɪstə] *

字義 *n.* 牡蠣。鷄脊肉，沉默寡言者。

記憶 ①本字是ostrascean（牡蠣）的變體。

②［形似近義字］fossile化石；fossilize使成化石，使僵化，使（思想等）陳舊。

③［同族字例］osprey鶚；osteal骨的。參看：ostracean牡蠣；oyster牡蠣；ossify（使）骨化，（使）硬化，（使）變得無情。

o.zone ['ouzoun ; 'ozon, o'zon] *

字義 *n.* 臭氧，新鮮空氣，能使人興奮的力量。

記憶 ①本字可能來源於德文ozean，相當於英文ocean海洋。我們知道，海邊的空氣最新鮮，飽含臭氧。

②［用熟字記生字］odor氣味；oxygen氧氣。

③［音似近義字］aura（人或物發出的）氣味；noisome難聞的氣味。參看：olfactory嗅覺的（以上這些字都以「o」音開始）。

O

Memo

藥欄攜手銷魂侶

　　P 是字形像「手」掌。**pair** 一雙，一對伴「侶」；來源於字根 **-par-** 平等。本字母最重要的含義之一，是表示「尖樁」。用它可以築圍「欄」，造宮殿；它又表示「刺」，引出一大批單字。

　　免冠：本章需「免冠」的單字極多，最重要的是：**per-** 貫穿；**pre-** 前；**pro-** 向前。次要的還有 **pan-** 泛，全，**para-** 在旁，阻擋……等等。

　　分析：

　　P 的總體字形像手「掌」，有「包容」意，有「推」意，有「做，幹」意。

　　P 有一條長腳，於是似「足」，用以「行」，「走」。這條長腳又像把「勺子的柄」。勺子可以用來盛「粥」，「粉」，「糊」，以便「飲」用。這條長腳「垂」直而「尖」。它上面的圓環像是「球丸狀物」。

　　從另一角度看，P 字又像單片眼鏡，拿在手上，可以用來「視」。

　　P 是很多語言喚「父」的聲音。

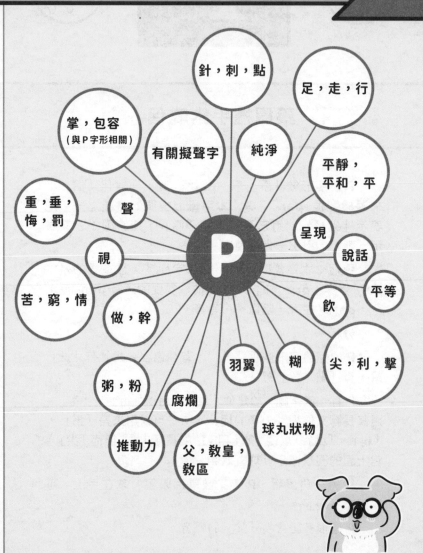

pach.y.derm
['pækidə:m; 'pækə,dɝm]

義節 pachy.derm
pachy→thick *a.*厚的；derm皮。

字義 *n.* 厚皮動物（如：象、犀等），遲鈍的人。

記憶 ① ［義節解說］th讀無聲音[θ]時與f音相似，而ph也可讀f音；ph中的h音在西方語文中常不發音，容易脫落；所以，p→th.又：ch→ck音變通轉。因此，pach→thick。

② ［用熟字記生字］pack捆紮。記：「捆紮起來變厚」。

③ ［同根字例］pachy- : pachyrhizus地瓜。-derm-: dermatology皮膚學；epidermic表皮的；hypoderm皮下組織。

pac.i.fist ['pæsifist ; 'pæsəfɪst]

義節 pac.i.fist
pac→peace *n.*和平；f→fy製造，使…；-ist主張…者。

字義 *n.* 和平主義者，不抵抗主義者。

記憶 ① ［義節解說］字根-pac-來源於拉丁文Pax和平神，和pax仁慈，寬容。字根-pass-（忍受，感情）因而同源。

② ［用熟字記生字］the Pacific太平洋；pacific和平的。

③ ［同族字例］peasant農民；pax朋友，和平，友誼；pacify平定，撫慰；appease使平靜；passible易感動的；dispassion冷靜，公平；impassion使感動，使激動；pity憐憫；apathy冷漠無情；patible能忍的；sympathy同情。參看：compassion同情，憐憫；pathos憐憫；compatible兼容的，可和諧共存的；pathetic傷感的；pathological病理學的，由疾病引起的；passion激情，熱情，熱愛，情慾，激怒。

pact [pækt ; pækt] *

字義 *n.* 契約，協定，條約，公約。

記憶 ① ［義節解說］字根-pact-來源於拉丁文pactio和pango。基本含義是：釘入，確定，制約，發誓，許諾。

② ［用熟字記生字］pack包，捆→用「契約，協定」把各方捆在一起。

③ ［同族字例］pin針；punch刺；acupuncture針灸；pique刺激；pierce刺穿；pink刺；poignant尖銳的，強烈的。參看：pungent（痛苦，悲傷等）強烈的，尖銳的；pang一陣劇痛。

pad.dle ['pædl ; 'pædl] *

義節 pad.d.le
pad→ped足，腳→尾鰭→槳，又：pad啪噠的水聲；-le重複動作。

字義 *n.* 槳（狀物），尾鰭。
  v. 划槳行進。
  vi. 涉水。

記憶 ① ［用熟字記生字］spade鍬（註：也是一種扁平狀工具）。

② 字母p常用來描寫水濺潑時發出的啪噠聲。例如：poop（浪）沖打船尾；spatter濺潑；spate氾濫；splash濺潑；splatter濺潑；pad低沉的拍打聲；pat輕拍，拍打；patter嗒嗒腳步聲。

③ ［同族字例］「尾鰭」一意：參看：expedient便利的；expeditious敏捷的；octopus章魚；pedestrian步行的；peddle叫賣，兜售。「涉水」一意：wade涉水；vademecum（原文的意思是：come with me）隨身用品；invade侵略；pervade走遍。參看：ford涉水，津，可涉水而過的地方；puddle水坑，泥潭。

④ ［易混字］參看：paddle槳，涉水；puddle水坑，泥潭。

⑤ ［形似近義字］caudal尾部的；rudder

舵。

pad.dock ['pædək; 'pædək]

義節 pad.d.ock

pad→pale *n*.樁，圍籬；-ock字尾。

字義 *n.* （放牧，馴馬用的）圍場，（賽馬前）集中馬的場地。

記憶 ① ［義節解說］pad來源於古英文pearroc用圍籬圍起來的地。

② ［用熟字記生字］park公園。

③ ［同族字例］border邊界；board板；barrack兵營；hoarding窖藏。

④ ［音似易混字］pet dog寵物狗。記：把愛狗放在圍場裡。

⑤字母p表示「圍籬」的其他字例：pake柵欄，圍籬；pen欄，圈，棚；picket用圍籬護圍；palisade柵籬。

pae.an ['pi:ən; 'piən]

字義 *n.* （古希臘對太陽神的）讚歌，凱歌，歡歌。

記憶 ①Paean是Apollo阿波羅神的稱號。

② ［用熟字記生字］poeny牡丹。記：「牡丹花下唱讚歌」。

③ ［雙聲近義字］poesy詩；poem詩歌。參看：psalm聖歌；posy格言，（贈物時所刻的）銘文。

④ ［形似近義字］response讚美詩；symphony交響樂。

pa.gan ['peigən; 'pegən]

義節 pag.an

pag→vulg農民，平民；-an字尾。

字義 *a.* / *n.* 異教徒（的），非基督教徒（的）。

記憶 ①字根-pag-來源於拉丁文pango。基本含義是：釘入，確定。引申爲「植入，栽種，農人」。pagan原意爲villager鄉下

人，平民。羅馬士兵看不起平民，稱之爲pagan。後基督徒借以稱異教徒。

② ［用熟字記生字］peasant農民。

③ ［雙聲近義字］pastoral鄉下的，田園的。參看：patois土話。

④字母組合ulg表示「粗，俗」。其他字例：參看：vulgar粗俗的，庸俗的，普通的；divulge【古】宣布，公布，洩漏（祕密等）；promulgate頒布，公布，傳播，散播（pro-公開；mulg民，俗）。

pail [peil ; pel] *

字義 *n.* 提桶，桶，一桶之量。

記憶 ①本字是bail的變體，其中p→b通轉。bail桶（用來舀出船艙內的水）。語源上認爲pail是由pattela（→small pan）縮略而成，錄供參考。

② ［用熟字記生字］bell鐘（註：和本字一樣，描寫「外脹內空之物」）。

③ ［同族字例］bale貨物的大包，bulk船艙；bulge（桶的）鼓脹部分；belly腹部；swell膨脹（註：其中w→b通轉）；blow吹脹。參看：valise背包（註：其中v→b通轉）；palette調色板。

pain.ter ['peintə; 'pentə]

義節 paint.er

paint→pend懸，吊；-er行爲者。

字義 *n.* （小船的）船頭纜索，繫船索。

記憶 ① ［義節解說］本字是由pender（懸，吊）音變而來，意謂吊住小船不讓動。

② ［陷阱］同形異議字painter（漆工，畫師）常用得多，先入爲主。

③ ［同族字例］pending懸而未決的；pensile懸垂的；pendulum鐘擺；suspend使懸而不決；pensive沉思。

P

pal.at.a.ble

['pælətəbl; 'pælətəb!] *

義節 palat.able

palat顎；-able可⋯的。

字義 *a.* **好吃的，可口的，含趣味的。**

記憶 ①〔義節解說〕字根-palat-來源於拉丁文palatum上顎，拱。可以用顎咬食的→好吃的。中國人叫做「大快朵頤」。

②〔用熟字記生字〕appeal引起興趣，有吸引力。

③〔同族字例〕palate嗜好，審美眼光；palatal顎的；bolection凸出嵌線；ballistics彈道學。

pa.la.tial

[pə'leiʃəl; pə'leʃəl]

義節 palati.al

palati宮殿；-al形容詞。

字義 *a.* **宮殿（似）的，宏偉的，壯麗的。**

記憶 ①〔義節解說〕字根-palati-來源於拉丁文palatium古羅馬城中一座小山，是宮殿所在地，深究之，本字應從pale（做柵欄用的）尖板條，椿→打椿建房。

②〔用熟字記生字〕palace宮殿。

③〔同族字例〕pale柵欄，圍籬；pillar柱子；pole杆，柱；bail馬廄裡的柵欄；bailey城堡外牆，外柵；baluster欄杆柱。參看：pallet小床；pillory頸手枷，當眾羞辱。

④〔易混字〕palatal顎的。

pa.lav.er

[pə'lɑ:və; pə'lævɚ, pə'lɑvɚ]

字義 *n.* / *vi.* **商議，空談。**

    n. / *v.* **攏絡，哄騙。**

記憶 ①〔用熟字記生字〕parliament議會。

②字母p表示「談話」的其他字例：parley會談；parole宣誓；speak講話。參看：parable寓言；parlance講話；parlor客廳。

③換一個思路；pal→para-非；aver斷言→「不是斷言，僅是商議」。

pal.ette

['pælit; 'pælɪt, -ɛt]

義節 pal.ette

pal→pail *n.*桶；-ette表示「小」。

字義 *n.* **調色板。**

記憶 ①〔義節解說〕調色板像個小的桶。

②〔同族字例〕bale貨物的大包；bulk船艙；bulge（桶的）鼓脹部分；belly腹部；swell膨脹（註：其中w→b通轉）；blow吹脹。參看：valise背包（註：其中v→b通轉）；pail提桶，桶；bail桶（用來舀出船艙內的水。p→b通轉）。

pall

[pɔ:l; pɔl]

字義 *n.* **棺罩，罩布，（主教）披肩；幕，（陰暗色的）遮蓋物。**

記憶 ①〔用熟字記生字〕veil面罩（pal→veil：p→b→v通轉）。

②〔同族字例〕velum隔膜；vexillum羽瓣；voile巴里紗；reveal顯露，展現。參看：palliate掩飾（罪過等）。

③字母p表示「包住，遮蓋」的其他字例：pack包，捆；pale柵欄，圍籬；panzer裝甲車；pavilion大帳篷；pen欄，圈；purse錢包；palace宮殿⋯等。

④〔疊韻近義字〕fall落下。

pal.let

['pælit; 'pælɪt]

義節 pal.l.et

pal→pale *n.*欄；-et表示「小」。

字義 *n.* **簡陋的小床。**

記憶 ①〔義節解說〕像柵欄一樣圍起來的小床。

②〔用熟字記生字〕palace宮殿。

③〔同族字例〕pale柵欄，圍籬；pillar柱子；pole杆，柱；bail馬廄裡的柵欄；

P

bailey城堡外牆，外柵；baluster欄杆柱。參看：palatial宮殿；pillory頸手枷，當衆羞辱。

④〔易混字〕參看：palette調色板。

---

pal.li.ate ['pælieit ; 'pælɪˌet] *

〔義節〕pall.i.ate

pall n.（酒等）走味，失去作用；-ate動詞。

字義 *vt.* 減輕，緩和（病，痛等），掩飾（罪過等）。

記憶 ①〔義節解說〕使（病等）失去作用。

②〔用熟字記生字〕fall跌落（p→f「通轉」：ph→f；h脫落）。

③〔同族字例〕poultice敷在傷處緩解疼痛的藥膏；placebo安慰物；complacent自滿的；placate撫慰；plea懇請；please使愉快。參看：placid平靜的；implacable難和解的；placable易撫慰的；complaisant和諧的。

---

pal.lid ['pælid ; 'pælɪd] *

字義 *a.* 蒼白的，呆板的。

記憶 ①〔義節解說〕（顏色）失去。

②〔用熟字記生字〕pale蒼白的，淡色的。

③〔同族字例〕pallor蒼白；appalling使人吃驚的；opal蛋白石。參看：opalescent發乳白光的；palliate減輕，緩和（病，痛等），掩飾（罪過的）；pasty蒼白的；appall使驚駭；bald禿頂的。

④〔使用情景〕用來描寫蒼白無血色的面容，瀕死者呆滯的眼神（後者不能用pale）。

---

pal.pi.tate ['pælpiteit ; 'pælpəˌtet]

〔義節〕palpit.ate

palpit顫動，跳動；-ate動詞。

字義 *vi.*（心臟）悸動，突突跳，顫抖。

---

①〔用熟字記生字〕pulse脈搏。

②〔諧音〕「卜卜」跳

③〔同族字例〕Psalter禱告用的分印詩篇；palp觸鬚；palpable摸得出的，容易感覺到的；palpebral眼瞼上的；catapaul弩炮；palpate觸診；psaltery八弦琴；feel觸摸。參看：pelt投，扔；psalm（唱）讚美詩。

④字母p表示「推動，跳動」的其他字例：impel推動；impact衝擊；impetuous猛烈的；push推；impulse衝動。參看：pant悸動；palsy痙攣。

---

pal.sy ['pɔːlzi; 'pɔlzi]

〔義節〕pals.y

pals→puls跳動；-y形容詞。

字義 *vt. / n.*（使）癱瘓。

　　　　n. 麻痹，中風，痙瘲。

記憶 ①〔義節解說〕跳動→抽搐→痙瘲。語源上認爲本字是從同義字paralysis縮約而成。para-→by；lysis→loose。解說（軟癱癱地）鬆弛在一旁。參考：analysis分析。

②〔用熟字記生字〕pause躊躇，停頓；peace和平；pulse脈動（註：脈動是動中有「停」）。

③〔形似近義字〕fail衰弱。

④〔同族字例〕impulse衝動。參看：compulsive強迫的；pulsate跳動；propulsive推進力的；repulse反感；vault（撐竿）跳；convulse使痙攣；revulse反感（註：-puls-→-vuls-；p→v通轉）。

---

pal.ter ['pɔːltə; 'pɔltɚ]

字義 *vi.* 模稜兩可，閃爍其詞，爭論不休，瞎談一番，敷衍搪塞。

記憶 ①本字原意爲「破布」。自然是我們中國人叫做「鷄毛蒜皮」、細碎無用的東

西。專講細事而不及宏旨，顯然有意推
搪。

②換一個角度，亦可從「談話」方面去聯
想，字母p表示「談話」，參看：palaver
商談。

③〔疊韻近義字〕-alter-（字根）→other
另一，其他。記：王顧左右而言它→閃爍
其詞。參看：falter支吾地說。

④〔同族字例〕belt帶狀物。參看：paltry
微不足道。

⑤〔形似近義字〕halt猶豫。

pal.try ['pɔːltri; 'pɔltrɪ]

義節 *a.* **沒有價值的，微不足道的，可鄙
的。**

記憶 ①〔同族字例〕參看上字：palter敷衍
搪塞。

②〔易混字〕poultry家禽。正好借此助憶
本字，記：「雞」毛蒜皮。

pam.per ['pæmpə; 'pæmpɚ]

義節 pamp.er

pamp麵包；-er重複動作。

字義 *vt.* **縱容，姑息，嬌養，使滿足，
【古】使吃得過飽。**

記憶 ①〔義節解說〕本字從「麵包」。麵
包，拉丁文是panis，法文是pain，英文
是bun。反覆地吃麵包→過飽，使滿足。
讓孩子拼命吃，是縱容。

②「嬌養」一意，亦可從palm（手掌，
撫摸）聯想：常用手掌撫摸孩子，是溺愛
的一種表現。

③〔同族字例〕pap軟食，半流質；
poppycock糊狀的；pabulum食物，
營養；repast餐飲；panada麵包粥；
pannier裝麵包的背籃；panocha粗糖，
紅糖；penuche粗糖，紅糖；appanage
封地，采邑，祿食；companion同伴
（註：com-共，同；共享麵包的人）；

company同伴，公司；bun麵包。參看：
pantry食品室；bumper（乾杯時的）滿
杯。

pan.a.ce.a

[ˌpænəˈsiːə; ˌpænəˈsiə, -sɪə] *

義節 pan.acea

pan-全；acea→cure *v.*治療。

字義 *n.* **萬應靈藥。**

記憶 ①〔義節解說〕包醫萬物。字首pan-
→Pan, the universal deity管理萬物之
神。參看：panic恐慌。

②〔同族字例〕autacoid內分泌素。

pan.dem.ic

[pænˈdemik; pænˈdɛmɪk]

義節 pan.dem.ic

pan-泛；dem人民；-ic形容詞。

字義 *a.* **（疾病）流行的，傳染性的。**
　　　n. **（極大範圍的）傳染病。**

記憶 ①〔義節解說〕在人民中廣泛地傳開。

②〔用熟字記生字〕democracy民主。

③〔同族字例〕epidemic流行性的，傳
染性的。參看：endemic地方性的（疾
病）；demagogy煽動；demography人
口統計學。

pan.de.mo.ni.um

[ˌpændɪˈmounjəm; ˌpændɪˈmoniəm, -ˈmonjəm] *

義節 pan.demon.ium

pan-萬，泛；demon *n.*惡魔；-ium字
尾。

字義 *n.* **魔窟，地獄（P大寫）；無法無
天，大混亂。**

記憶 ①〔義節解說〕萬魔齊舞。

②〔用熟字記生字〕devil魔鬼。

③〔同族字例〕eudemonia 幸福（eu-
→good；demon→spirit精靈）；

P

demonic惡魔的。參看：demon惡魔。

pan.der ['pændə; 'pændə]

字義 *vi. / n.* 拉皮條（者），勾引（者），慫恿（者）。

記憶 ①Panderus是荷馬史詩《伊利亞特》中的人物。爲Troilus勾引Cressida而當「紅娘」者。莎士比亞說Troilus是Panderus的第一個雇主。

作者認爲：本字應從Pan牧羊神。該神半人半羊，性淫。pander就是作淫媒的人。

②〔易混字〕panda熊貓。借此助記：熊貓吃竹子，拉皮條。

③〔同族字例〕pornography 色情描寫，春畫（porn→Pan淫羊）。參看：panic恐慌；pant渴望；pine渴望。

pan.e.gyr.ic

[,pæni'dʒirik; ,pænə'dʒirik]

義節 pan.egyric

pan喜愛，推崇；egyric集會（希臘文aguris的變體）。

字義 *n.* 頌詞（演講或文章），頌揚，推崇備至。

記憶 ①〔義節解說〕在各種集會上演講稱頌：「平生不解藏人善，到處逢人說項斯」。

②〔用熟字記生字〕fond喜愛（pan→fon；p→ph→f通轉）。

③〔同族字例〕-pan-：banner旗幟；honor尊敬，崇敬；honorable可敬的，值得尊敬的；honest誠實的，可敬的；venery性慾；venison野味；Venus維納斯，愛與美的女神；venerable莊嚴的，可敬的。參看：veneer虛飾；venerate尊敬，崇拜。

-gyr-：gregarious群集的，群居的；agregious異常的；congregate使集合；segregate使分離（註：se-：分離）；group群，組；agora古希臘集市（通常用於集會）；category範疇；gory血塊。參看：categorical絕對的，明確的，範疇的；exaggerate誇張，誇大，言過其實。

pang [pæŋ; pæŋ] *

字義 *n.* 一陣劇痛，一陣極度悲痛。

　　vt. 使劇痛，折磨。

記憶 ①本字從「刺，刺激」。參看：pungent（痛苦，悲傷等）強烈的，尖銳的。由於「刺」而引起的劇痛。

②〔用熟字記生字〕pain痛（註：「處罰」，就是要讓你「痛一痛」，下次不敢再犯）；punish處罰；fine罰金。

③〔同族字例〕pin針；punch刺；acupuncture針灸；pique刺激；pierce刺穿；pink刺；poignant尖銳的，強烈的。

④〔使用情景〕the～of death / toothache / jealousy / conscience 死亡 / 牙痛 / 忌妒 / 良心的劇痛、折磨。

⑤字母p表示「使疼痛」的其他字例：penalty罰金，刑罰；punity刑罰的；punitive處罰的；impunity不予懲罰。參看：penal受刑罰的。

pan.ic ['pænik ; 'pænik] *

字義 *n. / a.* （群衆性的）恐慌（的）。

　　vt. 使恐慌，使狂熱。

　　vi. 十分驚慌。

記憶 ①本字從Pan，是希臘神話中的牧羊神，相當於羅馬神話中的Faunus（參看：fauna動物群）。關於Pan會引起恐慌，有多種傳說。其中一種說是牧羊神一到，衆羊引起恐慌。另一種說是Pan曾經教人用類似「四面楚歌」的計策，造成敵軍的恐慌。

②換一個角度，可認爲本字從pant氣喘吁吁，意爲夢魘引起的驚怕。請參看。

③〔同族字例〕pornography色情描寫，春畫（porn→Pan淫羊）。參看：pant渴望；pine渴望；pander拉皮條（者），勾引（者），慫恿（者）。

④〔形似近義字〕fan狂熱的愛好者；mania狂熱。

pan.o.ply ['pænəpli; 'pænəplɪ]

義節 pan.opl.y

pan-全；opl→hopl→arms武裝；-y名詞。

字義 n. 全副甲胄，禮服，壯麗的陳列（或裝飾）。

記憶 ①亦可借ply（層片）助憶。three-ply wood三夾板。一層層包起來→全副甲胄。

②〔同族字例〕hoplite 古希臘持矛和盾的步兵，裝甲兵；Hoplophoridae武裝蝦科；hauberk中世紀武士穿的一種高領無袖鎖子甲（其中hau→high高的；berk→berg遮蔽，保護。例如Petersburg彼得堡）；habergeon鎖子甲；habilitate給…衣服穿；haberdasher男子服飾用品店。參看：dishabille衣著隨便，雜亂；habiliment裝飾，裝備，制服，衣服。

③〔形似近義字〕參看：garb服裝；garment衣服。

pan.o.ram.a

[ˌpænəˈrɑːmə; ˌpænəˈræmə, - ˈrɑmə] *

義節 pan.orama

pan-全部；orama視，景觀。

字義 n. 活動畫景，全景，概觀，概論。

記憶 ①〔義節解說〕字根-orama-應與「眼」有關。字母o表示「眼」。參看：optic眼的。

②〔同根字例〕cyclorama圓形畫景；diorama西洋景，立體布景；cosmorama世界名勝景物展覽鏡；georama內側繪有世界地圖的大空球；myriorama萬景畫；drama戲劇。

pant [pænt; pænt] *

字義 n. / v. 氣喘，（心等）悸動，劇跳。
    vi. 渴望。

記憶 ①語源上認爲本字從phantom鬼怪。意謂夢魘引起的驚嚇。由於h在許多種西文中不發音，進入英文時很易脫落，遂變成pant。

作者認爲：本字應從Pan牧羊神。該神半人半羊，性淫；且會引起驚恐。與本字「心跳，渴望」兩意，均能契合。而「鬼怪」則固能令人心悸，卻不能使人生出渴望。參看：panic恐慌。

②〔形似近義字〕參看：palpitate（心臟）悸動，突突跳。

③〔同族字例〕bounce跳躍；rebound反跳；pounce猛撲，飛撲；spring跳躍；pornography色情描寫，春畫（porn→pan淫羊）。參看：panic恐慌；pine渴望；pander拉皮條（者），勾引（者），慫恿（者）。

④〔諧音〕「盼」→渴望。參看：pine渴望。

pan.to.mime

['pæntəmaim; 'pæntə,maɪm]

義節 panto.mime

panto-全部；mime→mimic v.模仿。

字義 vi. / n. （演）啞劇。
    n. 啞劇演員。
    vt. 做手勢。

記憶 ①〔義節解說〕字根-mim-來源於拉丁文mimus古羅馬的啞劇演員。他們全部靠用模仿（身體語言），不用聲音語言。

②〔同族字例〕mum沉默的，緘默的，

演啞劇；mummer啞劇，啞劇演員。參看：mump繃著臉不說話，故作正經；mumps慍怒；mumbo迷信的崇拜物；mumble咕噥。

③字母組合mu（m）表示「緘默，喃喃的模糊語聲」。例如：muffle捂住，壓抑（聲音），消聲器；muse冥想；mute緘默的，啞子；mutter咕噥；muzzle（動物）口套，封住嘴。

④字母m表示「模仿」的字例：monkey猴子。參看：emulate仿效；mock模仿。

---

pan.try ['pæntrɪ ; 'pæntrɪ] *
字義 *n.* 餐具室，食品室，【美俚】胃。

記憶 ①本字從panis（拉丁文：麵包）。放麵包的地方→食品室。參看：pamper使吃得過飽。

②［用熟字記生字］pan平底鍋。這是炊具，聯想起「餐具」。

③［同族字例］panada 麵包粥；pannier裝麵包的背籃；panocha 粗糖，紅糖；penuche粗糖，紅糖；appanage封地，采邑，祿食；companion同伴（註：com-共，同；共享麵包的人）；company同伴，公司；bun麵包。參看：pamper嬌養。

---

pa.pyr.us [pə'paɪərəs; pə'paɪrəs] *
字義 *n.* 紙草紙，抄本。

記憶 ［用熟字記生字］paper紙；page頁。

---

par [paː; paɾ]
字義 *n.*／*a.* 評價（的），常態（的），平均（的）。

記憶 ①par可能從pend（秤重）。

②［用熟字記生字］pair一雙；compare比較。

③［同族字例］nonpareil 無比的，無雙

的；parity同等，字稱；disparate輕視；omniparity一切平等；peer 同輩；compeer 同等的人；peerless無匹的。參看：parable比喻；disparage輕視，貶低；peer同等的人。

---

par.a.ble ['pærəbl; 'pærəb!]
義節 para.ble

para- → beside在…旁邊；ble→bol叫喊，講話。

字義 *n.* 寓言，比喻。

記憶 ①［義節解說］本字來源於拉丁文parabola寓言，比喻。寓言的作用就是「旁」敲側擊，以此喻彼。

語源上一般將本字釋作：para→aside; ble→bol→throw; throw aside放在旁邊（作比較）。似嫌拖泥帶水。

②［用熟字記生字］comparable可以比較的。

③［同族字例］bell鐘，交尾期的雄鹿鳴叫；bellow公牛叫聲，咆哮；belch打嗝；bawl高聲喊叫；belfry鐘樓；ballad民謠；ballade擬敘事曲；blat咩咩叫聲，瞎說；blare喇叭嘟嘟聲，高聲；blast發出尖響的聲音；blather胡說的人；blazon宣揚，誇示；bleat哀聲哭訴，講蠢話；blether胡說；blithering囉嗦，胡說八道的；blurt脫口說漏的；bluster空洞的大話，大聲威嚇；appeal呼籲；voluble健談的。參看：billingsgate罵人的話；bleat（羊，牛等）叫聲，嘀咕；bellicose好爭吵的。

---

par.a.dox ['pærədɔks; 'pærə,dɑks] *
義節 para.dox

para-反；dox講話，意見。

字義 *n.* 反論，似非而是，自相矛盾，妄人。

記憶 ①［義節解說］表面上與常理相違。

② ［用熟字記生字］doctor博士。

③ ［同族字例］ 參看：ｄｏｇｍａ教義，doctrine教義；docile易管教的。

---

par.a.gon

['pærəgən; 'pærə,gɑn, - gən]

義節 para.gon

para-→by由…；agon→ac尖，磨光。

字義 *n.* **模範，完人，殊品，純粹鑽石。**

記憶 ① ［義節解說］「寶劍鋒從磨礪出」→完人；尖→純粹鑽石。另外，據作者所考，本字可能源出古法語：parage磨光，出身高貴的，加-on變名詞。

②換一個角度：para-反；gon角；→無人可與角坑→peerless無與倫比的。

③ ［同族字例］acne粉刺；acantho-（字首）刺；acanthus老鼠勒屬植物；coelacanth空棘魚；pyracantha火棘屬植物；tragacanth黃芪。參看：acme尖頂。

---

par.a.mour

['pærəmuə; 'pærə,mʊr]

義節 par.amour

par- →by通過；amour *n.*愛，私通。

字義 *n.* **情夫，情婦。**

記憶 ① ［義節解說］「私通」的關係。

② ［用熟字記生字］amateur業餘愛好。

③ ［同族字例］ａｍｏｒｉｓｔ好色之徒；amorous多情的；ａｍａｔｅｕｒ業餘的；amour戀愛；enamour使迷戀；amatory愛慕的。參看：amiable親切的，和藹可親的；amicable友好的，和睦的，溫和的。

④ ［疊韻近義字］smour私通。

---

par.a.noi.a

[,pærə'nɔiə; ,pæə'nɔiə]

義節 para.noia

para- 錯；noia→mind心，腦。

字義 *n.* **妄想狂，偏執狂。**

記憶 ① ［義節解說］ 用錯了心思，走火入魔；神經「搭錯」。

② ［同族字例］ｎｏｕｓ理性，常識；noumenon本體，實在；noetic理智的；nerve神經；neural神經的。

---

par.a.pet ['pærəpit; 'pærəpɪt, -,pɛt]

義節 para.pet

para-防護，擋開；pet→pect胸部。

字義 *n.* **欄杆，護牆，女兒牆。**

記憶 ① ［義節解說］ 擋住胸部，不會跌出去。

② ［用熟字記生字］bar棒，阻擋。

③ ［同族字例］ par -: parachute降落傘（註：chute→cid落下）；parasol陽傘（註：sol太陽）；barrage攔河壩；embarrass使為難，妨礙。參看：paregoric止痛的，止痛劑，樟腦阿片酊。-pect-：參看：expectorate吐痰。

---

par.a.pher.na.lia

[,pærəfə'neiliə; ,pærəfə'neliə, -fə -, - 'neljə]

義節 para.phern.al.ia

para-旁，側；phern嫁妝，裝備；-al字尾；-ia字尾。

字義 *n.* **隨身工具，設備，裝置，工具。**

記憶 ① ［義節解說］ 放在「身旁」的工具。

② ［用熟字記生字］furnish裝備；furniture家具（註：ph與同音）。

③ ［同族字例］ ｃｏｎｆｅｒｅｎｃｅ會議；difference區別；transfer轉移，傳遞；phosphor磷（phos光，→攜有「光」→磷光）；pherry駁船；fare車船費；farewell告別；freight貨運；wayfaring徒步旅行的；seafaring航海的；far遠的；further進一步；confer商量；differ相

異；offer提供，奉獻。參看：ferry渡輪；aphorism格言；wherry駁船，載客舢版；metaphor隱喻；periphery圓周，邊緣，周圍，界線，外圍。

par.a.phrase

['pærəfreiz; 'pærə,frez] *

義節 para.phrase

para-相似，相關；phrase說，顯示，表達。

字義 v. 意譯，改寫。

記憶 ①用（另一種形式）表達相似的意義。

② ﹝用熟字記生字﹞phrase短語。

③ ﹝同族字例﹞holophrastic以單字代整句的；meterphrase直譯；antiphrasis字義反用法；periphrase迂迴的表達。

par.a.site ['pærəsait; 'pærə,saɪt]

義節 para.site

para- → beside在⋯旁邊；site食物。

字義 n. 寄生蟲，食客。

記憶 ① ﹝義節解說﹞專門待在食物旁邊。

② ﹝同族字例﹞sitology營養學；sitotherapy飲食療法；satisfy使滿意；satiable可使滿足的；satiety飽足，滿足；saturate使滲透，使濕透；insatiable不知足的。參看：sate使飽享，使充分滿足。

parch [pɑːtʃ; pɑrtʃ] *

字義 n. 烘，烤，使焦乾，使乾透。

記憶 ① ﹝用熟字記生字﹞spark火花→用火烤，烘。（註：ch是k的「軟化」形式）；bake烘，烤（b→p；k→ch通轉）。

② ﹝同族字例﹞bacon煙燻肉。zwieback雙烤麵包片；bask取暖；barbecue燒烤；batch一爐烤出的麵包，一批。參

看：beacon燈塔，烽火。

③ ﹝形似近義字﹞scorch烤焦，燒焦。參看：pyrograph烙畫。

par.e.gor.ic

[,pærə'gɔrik; ,pærə'gɔrɪk, -'gɑrɪk]

義節 pare.gor.ic

pare→para-防護，擋開；gor血塊；-ic形容詞。

字義 a. 止痛的。

      n. 止痛劑，樟腦阿片酊。

記憶 ① ﹝義節解說﹞通過止血而止痛。參看：gory流血的。

② ﹝同族字例﹞para -: parachute 降落傘（註：chute→cid落下）；parasol 陽傘（註：sol太陽）；barrage攔河壩；embarrass使爲難，妨礙。-gor- : gregarious群集的，群居的；agregious異常的；congregate使集合；segregate使分離（註：se-：分離）；group群，組；agora古希臘集市，通常用於集會；category範疇；gory血塊；panegyric頌詞。

pa.ri.ah

['pæriə; pə'raɪə, 'pæriə, 'pɑr -]

義節 pari.ah

pari-→peri-環繞；-ah→-ar人。

字義 n. 賤民，流浪者。

記憶 ① ﹝義節解說﹞到處流浪的人，語源上一般認爲本字原意爲「鼓手」，被認爲是「操賤業者」。參看：percuss敲（鼓等）。

② ﹝用熟字記生字﹞perimeter周長。

③ ﹝同族字例﹞參看：peripatetic 徒步遊歷的（人）；periphery圓周。

par.i.ty ['pæriti ; 'pærətɪ]

義節 par.ity

par n.同等；-ity名詞。

字義 *n.* **同等，平等，均勢，字稱。**

記憶 ①par可能從pend（秤重）。天秤平衡時兩邊重量相等。

② ［用熟字記生字］pair一雙；compare比較。

③ ［同族字例］nonpareil無比的，無雙的；disparage輕視，貶抑；omniparity一切平等；peer同輩；compeer同等的人；peerless無匹的。參看：parable比喻；par平價；peer同等的人。

---

par.lance ['pɑːləns; 'pɑrləns]

義節 parl.ance

parl講話；-ance名詞。

字義 *n.* **說話，用語，發言，講話。**

記憶 ① ［用熟字記生字］parliament議會。

② ［同族字例］bell鐘，交尾期的雄鹿鳴叫；bellow公牛叫聲，咆哮；belch打嗝；bawl高聲喊叫；belfry鐘樓；ballad民謠；ballade擬敍事由；blat咩咩叫聲，瞎說；blare喇叭嘟嘟聲，高聲；blast發出尖響的聲音；blather胡說的人；blazon宣揚，誇示；bleat哀聲哭訴，講蠢話；blether胡說；blithering囉嗦的，胡說八道的；blurt脫口說漏的；bluster空洞的大話，大聲威嚇；appeal呼籲；voluble健談的。參看：parlance說法；parlor客廳；parley會談；parable寓言，比喻；billingsgate罵人的話；bleat（羊，牛等）叫聲，嘀咕；bellicose好爭吵的。

---

par.ley ['pɑːli; 'pɑrlɪ]

字義 *n. / vi.* **會談，談判。**

    vt. **講外語。**

記憶 ① ［用熟字記生字］parliament議會。

② ［同族字例］參看上字：parlance講話。

---

par.lor ['pɑːlə; 'pɑrlə]

義節 parl.or

parl談話；-or字尾。

字義 *n.* **客廳，起居室，休息室，營業室。**

    a. **客廳的，空談的。**

記憶 ① ［義節解說］談話的地方。

② ［用熟字記生字］parliament議會。

③ ［同族字例］參看上字：parlance講話。

---

par.lous ['pɑːləs; 'pɑrləs]

義節 parl.ous

par→per毀滅，沉淪；-l→il→-ile易於…，有…傾向；ous充滿…的。

字義 *a.* **危險的，不易對付的，精明的。**

記憶 ① ［義節解說］有毀滅的可能→極危險。

本字字根-per-來源於法文動詞perir死亡，滅亡，沉船。英文動詞字尾-ish一般加在以-ir結尾的法文字之後，語源上多將本字中的per看作字首，故百般牽強而不得要領。

本字從perilous（危險的）變來。參看：peril危險。

② ［同族字例］參看：perish滅亡；perdition毀壞；imperil危害。

---

par.o.dy ['pærədi; 'pærədɪ]

義節 par.ody

par→para-相似，相關；ody歌，頌。

字義 *n.* **模仿滑稽作品，拙劣的模仿。**

記憶 ① ［義節解說］故意學別人唱歌的腔調，旨在嘲笑。

② ［同族字例］ode頌。參看：comedy喜劇；tragedy悲劇；melody旋律。

---

par.ox.ysm

['pærəksizəm; 'pærəks,ɪzəm]

P

義節 par.oxysm

par→by被，通過；oxysm→sharpen v.磨尖，磨快。

字義 *n.* **突然發作，陣發。**

記憶 ① ［義節解說］好像受到一陣尖刺。

② ［用熟字記生字］oxygen氧氣（註：gen產生，產生刺激性氣味）。

③ ［同族字例］acid酸，醋酸（oxy→acu：x→c通轉）；cuspidate有尖端的；bicuspid雙尖的。參看：acute尖銳的；cusp尖頂，尖端，尖點；acumen敏銳，聰明；acetic醋的，醋酸的。

④ ［形似近義字］spasm痙攣（動作、感情等）一陣發作。

par.ri.cide ['pærisaid ; 'pærə,saɪd]

義節 parri.cide

parri父母；-cide殺。

字義 *n.* **弒父母者，叛逆罪。**

記憶 ① ［義節解說］把胎兒從母體中帶出來→分娩。

② ［用熟字記生字］parents父母。

③ ［同族字例］-par-：biparous一產二胎的。參看：postpartum產後的；repertory庫存；viper毒蛇；conifer針葉樹；parturition生產，分娩。

-cid-：suicide自殺；concise簡明的（-cis切，「切」掉蕪雜的部分）；excise割除；decision決定；scissors剪刀；share分享，分擔；shear修剪，剪羊毛；shire郡（註：國家行政上的劃「分」）。參看：incisive鋒利的；schism（政治組織等的）分裂，教會分立；assasin行刺者，暗殺者；patricide弒父者，弒父罪。

par.ry ['pæri ; 'pærɪ]

義節 par.r.y

par→para-擋開，防護；-y字尾。

字義 *v.* / *n.* **擋開，避開，迴避。**

n. **遁詞。**

記憶 ① ［用熟字記生字］bar棒，阻擋。

② ［同族字例］parachute降落傘（註：chute→cid落下）；parasol陽傘（註：sol太陽）；barrage攔河壩；embarrass使爲難，妨礙。參看：parapet欄杆；paregoric止痛的，止痛劑，樟腦阿片酊。

par.si.mo.ny ['pɑːsiməni; 'pɑːsə,monɪ] *

義節 parsi.mony

parsi分散，少；-mony表示「心」（名詞字尾）。

字義 *n.* **異常節省，吝嗇。**

記憶 ① ［義節解說］有錢也化整爲零地一點點用→節省。

② ［用熟字記生字］spare節省，省出。

③ ［同族字例］poco（音樂）少，稍；piece小塊，碎片；sparse稀少的，稀疏的；disperse使分散；parse字句分析；part分開；impart分給，給予。參看：patch補片，膏藥，小塊土地，碎片；paucity少量，少許，缺乏，貧乏。

par.ti.al.i.ty [,pɑːʃi'æliti ; par'ʃælətɪ, parʃi'æl -]

義節 part.ial.ity

part *v.*分開；-ial字尾；ity名詞。

字義 *n.* **偏愛，偏見。**

記憶 ① ［義節解說］分別對待。參考：partial偏愛的。

② ［用熟字記生字］part部分。

③ ［同族字例］party黨；department部門；portion部分。參看：partisan黨人。

par.ti.san [,pɑːti'zæn, 'pɑːti'zæn; 'pɑrtəzn] *

P

義節 parti.san

parti→party。*n.* 黨；-san從事…活動者。

字義 *n. / a.* **黨徒（的），游擊隊（的）。**

記憶 ① ［義節解說］黨棍。

② ［用熟字記生字］part部分；party黨。

③ ［同族字例］參看上字：partiality偏愛，偏見。

---

par.tu.ri.tion

[ˌpɑːtjuəˈrɪʃən; ˌpɑrtjʊˈrɪʃən]

義節 partur.i.tion

partur→per→carry *v.*攜帶，帶來；-ion名詞。

字義 *n.* **生產，分娩。**

記憶 ① ［義節解說］把胎兒從母體中帶出來→分娩。

② ［用熟字記生字］parents父母。

③ ［同族字例］biparous一產二胎的。參看：postpartum產後的；repertory庫存；viper毒蛇；conifer針葉樹。

---

par.ve.nu

[ˈpɑːvənjuː; ˈpɑrvəˌnju, -, ˌnu]

義節 par.ven.u

par→by；ven→fane神廟。

字義 *n. / a.* **暴發戶（的）。**

　　a. **像暴發戶（的）。**

記憶 ① ［義節解說］向神廟供奉的物品→牧師的俸祿，供養→利益，好處。

② ［用熟字記生字］provide供給（口糧等）。

③ ［同族字例］venerable莊嚴的，可敬的；venery性慾；venison野味；provisions口糧，存糧；debenture債券（b→v通轉）；debit借方；debt債務；benefice有俸聖職；benefit津貼，好處；benefaction捐助；furnish供應，

給予。參看：veneer虛飾；venerate崇拜；revenue收益；parvenu暴發戶；provender（家畜的）乾飼料，糧秣；fend供養（v→f通轉）；venal可以利誘收買的，為錢而做的。

④字母v常表示「貪，愛，強烈願望」的其他字例：avarice貪婪，voracious極度渴望的，狼吞虎嚥的；vultrine貪得無厭的；covet覬覦，垂涎，渴望；envy忌妒；devour吞。

---

pas.sion [ˈpæʃən; ˈpæʃən]

義節 pass.ion

pass忍受，感情；-ion名詞。

字義 *n.* **激情，熱情，熱愛，情慾，激怒。**

記憶 ① ［義節解說］字根 -pac- 來源於拉丁文Pax和平神，和pax仁慈，寬容。字根-pass-（忍受，感情）因而同源。

② ［同根字例］passible易感動的；dispassion冷靜，公平；impassion使感動，使激動。參看：compassion同情，憐憫。

③ ［同族字例］pity憐憫；apathy冷漠無情；patible能忍的；sympathy同情；the Pacific太平洋；pacific和平的；peasant農民；pax朋友，和平，友誼；pacify平定，撫慰；appease使平靜。

④ ［音似易混字］fashion流行，時尚。

---

pas.tiche

[pæsˈtiːʃ, ˈpæstiːʃ; pæsˈtiʃ, pɑsˈtiʃ]

義節 past.iche

past麵糊；-iche→ic形容詞。

字義 *n.* **（文藝）模仿作品，混成曲，雜燴。**

記憶 ① ［義節解說］用麵糊捏麵人→模仿一個樣子，用麵糊照捏出來。

② ［同族字例］patty小糕餅；pastel粉筆

畫；impasto厚厚地塗（顏色）。參看：
pasty麵糊似的；pallid蒼白的。

pas.tor ['pɑːstə; 'pæstɚ, 'pɑs -]
義節 past.or
past餵養，吃草；-or行為者。
字義 *n.* **牧師，精神生活方面指路人，牧人。**
記憶 ① ［義節解說］放羊的人。牧師是代上帝放牧衆生。中國古時亦把地方官喻作「代天子主牛羊之牧」，實卽「治民」。字根-past-從Pan牧羊神。參看：panic恐慌。
② ［用熟字記生字］peace和平，可能與-past-（牧草，放牧）有關。牧歌式的生活是平靜的，引申爲「和平」。作者這個想法是受到法文的啓發：法文paisible和平的，安靜的；paisson牧草，飼料。它們有共同的字根-pais-。
③ ［同族字例］repast餐飲；peasant農民；pax朋友，和平，友誼；pacify平定，撫慰；appease使平靜。參看：pastoral田園的，牧歌式的，鄉村的；pasture牧場。

pas.tor.al
['pɑːstərəl; 'pæstərəl, 'pɑs -]
義節 past.or.al
past放牧；-or行為者；-al形容詞。
字義 *a.* **牧人的，鄉村的，田園詩的，牧師的。**
記憶 詳見上字。

pas.ture ['pɑːstʃə; 'pæstʃɚ, 'pɑs -]
義節 past.ure
past餵養，吃草；-ure名詞。
字義 *n.* **牧場，牧草。**
　　n./v. **放牧。**

v. **吃草。**
記憶 ［同族字例］參看上字：pastoral田園的，鄉村的。

pas.ty ['peisti ; 'pestɪ]
義節 past.y
past麵糊；-y形容詞。
字義 *a.* **麵糊似的，蒼白的。**
　　n. **餡餅。**
記憶 ① ［義節解說］麵糊是白色的，故轉義爲「蒼白的」。
② ［用熟字記生字］pale蒼白的→麵糊是白色的。
③ ［同族字例］pallor蒼白；appalling使人吃驚的；opal蛋白石。參看：opalescent發乳白光的；palliate減輕，緩和（病，痛等），掩飾（罪過等）。參看：pallid蒼白的。

patch [pætʃ; pætʃ] *
字義 *n.* **補片，膏藥，小塊土地，碎片。**
　　vt. **修補。**
記憶 ①本字來源於古法語pech（→piece小塊）。
② ［用熟字記生字］repair修補。
③ ［同族字例］poco（音樂）少，稍；piece小塊，碎片；sparse稀少的，稀疏的；disperse使分散；parse字句分析；part分開；impart分給，給予。參看：paucity少量，少許，缺乏，貧乏；parsimony異常節省，吝嗇。
④ ［雙聲近義字］piece小塊，碎片；pad襯墊，襯填。
⑤ ［形似近義字］botch拙劣地修補，拙劣的補釘。
⑥ ［使用情景］「修補」的種種：用補釘去補破衣服，適用patch；襪子適用darn；補鞋子適用mend / repair, 修補破碗適用mend。

P

pat.ent
['peitənt, 'pæt -; 'petnt, 'pætnt] *

義節 pat.ent
pat打開；-ent形容詞。

字義 *a.* **(門) 開著的，公開的，顯然的。**

記憶 ①〔用熟字記生字〕open開著的；port港口。

②〔同族字例〕overt公開的；overture主動的表示；petulant易怒的。參看：pert痛快的；aperture孔；patricide弒父者，弒父罪。

pa.thet.ic [pə'θetik; pə'θεtɪk] *

義節 path.et.ic
path情感，痛苦，忍受；-et字尾；-ic形容詞。

字義 *a.* **哀婉動人的，悲哀的，憂鬱的。**

記憶 ①〔用熟字記生字〕sympathy同情。

②〔同根字例〕pity憐憫；apathy冷漠無情；patible能忍的。參看：pathos憐憫；compatible兼容的，可和諧共存的；pathetic感傷的；pathological病理學的，由疾病引起的；psychopathic精神變態的，心理變態的。

③〔同族字例〕passible易感動的；dispassion冷靜，公平；impassion使感動，使激動。參看：compassion同情，憐憫；passion激情，熱情。

path.o.log.i.cal
[,pæθə'lɔdʒikəl; ,pæθə'lɑdʒɪk!]

義節 path.o.log.ic.al
path痛苦，感情；log學科；-ic字尾；-al形容詞。

字義 *a.* **病理學的，由疾病引起的。**

記憶 ①〔義節解說〕(研究) 病痛 (機理) 的學科。

②〔用熟字記生字〕sympathy同情；pain痛。

③〔同族字例〕參看上字：pathetic哀婉動人的。

pa.thos ['peiθɔs; 'peθɑs]

義節 path.os
path忍受，感情；-os字尾。

字義 *n.* **憐憫，同情，悲愴，偶然因素，暫時性。**

記憶 ①〔用熟字記生字〕sympathy同情。

②〔同族字例〕參看上字：pathetic哀婉動人的。

pat.ois ['pætwɑ:; 'pætwɑ]

義節 pat.ois
pat→bet咬，講；-ois字尾。

字義 *n.* **方言，土話，行話。**

記憶 ①〔義節解說〕咬→嘴巴作「咬」的動作→講話。

②〔同族字例〕patter喋喋不休；dispute爭辯；repeat背誦，重講。bat外國語中的口語；bait餌；bitter苦的；bit一口的量，一點點；bet打賭；abetment教唆；bite咬；beetle甲殼蟲。參看：embitter加苦味於，使痛苦，激怒；batten貪吃，養肥自己。

pa.tri.arch ['peitriɑ:k ; 'petrɪ,ɑrk]

義節 patr.i.arch
patr父；-arch為首，統治。

字義 *n.* **家長，族長，鼻祖，父老，大主教。**

記憶 ①〔同族字例〕-patr- : paternal父親的；patriot愛國者；patron保護人，恩主；compatriot同胞；repatriate返回本國。參看：expatriate移居國外；patromony遺產。

-arch : anarchist無政府主義者。參看：

monarch君主。

② ［對應字］參看：maternal母親的。

pat.ri.cide

['pætrisaid, 'pei - ; 'pætrɪ,saɪd, 'petrɪ -]

義節 patr.i.cide

part父；-cide殺。

字義 *n.* **弒父者，弒父罪。**

記憶 ① ［義節解說］字根-patr-來源於字根-pat-開→開創者→父。

② ［同族字例］-patr- : paternal父親的；patriot愛國者；patron保護人，恩主；compatriot同胞；repatriate返回本國。參看：expatriate移居國外；patromony遺產；patriarch家長；patent（門）開著的，公開的，顯然的。

-cid- : suicide自殺；concise簡明的（-cis切，「切」掉蕪雜的部分）；excise割除；decision決定；scissors剪刀；share分享，分擔；shear修剪，剪羊毛；shire郡（註：國家行政上的劃「分」）。參看：incisive鋒利的；schism（政治組織等的）分裂，教會分立；assassin行刺者，暗殺者；parricide弒父母者。

pat.ri.mo.ny

['pætriməni; 'pætrə,monɪ]

義節 patr.i.mony

patr父；-mony名詞。

字義 *n.* **祖傳的財務，遺產，教會的基金。**

記憶 ［同族字例］參看上字：patricide弒父者。

pau.ci.ty

['pɔːsiti; 'pɔsətɪ]

義節 pauc.it.y

pauc貧乏；-ity名詞。

字義 *n.* **少量，少許，缺乏，貧乏。**

記憶 ① ［用熟字記生字］poor貧窮的；

poverty貧窮；penniless窮得精光的（註：一個便士也無）。

② ［同族字例］pauciloquy言語簡練；paucifoliate少葉的；pauper貧民；pauverty貧窮；depauperate使貧窮；impecunious貧窮的；penurious鄙吝的；few少（p→ph→f通轉）。參看：penury赤貧，缺乏；parsimony異常節省，吝嗇；pusillanimity卑怯，膽小，優柔寡斷（pusill極小的；anim心魂）。

③ 參考：作者猜測：pen表示「窮」，是其來有自的，實則仍來源於字根pens懸，吊，掛。掛心，卽是「嚮往，需要」（want）。引申爲「缺乏」→窮。參看：penchant嗜好。明乎此，就可少記一個字根！

pawn

[pɔːn; pɔn]

字義 *n. / vt.* **抵押，典當。**

n. **典當品，抵押品，馬前卒。**

記憶 ①本字可能從法文pan衣服下襬，古意可能指「衣服」。亦可聯想a piece of clothes一件衣服。典當的常用物可能多是衣物。

② 「馬前卒」一意應從ped足：拉丁文pedonem步兵。

③ ［同族字例］pane一件衣服；panel直條縫飾；panicle圓錐花序；vane風向標；banner旗。參看：fanon小旗。

pea.cock

['piːkɔk; 'pi,kɑk] *

義節 pea.cock

pea羽毛；cock *n.* 公鷄。

字義 *n.* **（雄）孔雀，愛炫耀者。**

vi. **炫耀，招搖。**

記憶 ① ［義節解說］有漂亮羽毛的鷄狀動物。開屏→炫耀。

② ［同族字例］pen（羽毛）筆；pennon（鳥）翅；pinnate羽狀的；-pter（字

P

尾）翼。參看：pinion翅膀，羽毛；
pennate羽狀的。

pec.ca.dil.lo

[,ˌpekə'dilou; ˌpɛkə'dɪlo]

義節 peccad.illo

peccad汙點，罪；-illo表示「小」。

字義 *n.* 輕罪，小過失。

記憶 ① ［同族字例］peccable易犯罪的；
impeccable無瑕疵的；pecky有霉斑的；
speck小斑點；玷汙；pox牛痘；peccant
犯罪的，犯規的。

②字母組合ac／ec（k）也常表示「斑
點，汙點」。例如：maculate有汙點；
fleck使起斑點；freck斑點；defect缺點。

pec.cant ['pekənt; 'pɛkənt]

義節 pec.c.ant

pec汙點；罪；-ant形容詞。

字義 *a.* 犯罪的，犯規的，病態的，致病
的。

記憶 參看上字：peccadillo輕罪。

peck [pek; pɛk] *

字義 *n.／v.* 啄，鑿。

      n. 啄痕。

      vi. 吃。

記憶 ①估計本字來源於beak鳥嘴，其中
b→p通轉。

②［用熟字記生字］bite咬，一口。用
「嘴」還可以講話。

③［同族字例］pierce刺破；pike槍刺；
pick啄，鑿；pink戳；poke戳；punch
沖壓，打孔；pica異食癖；pique激怒；
woodpecker啄木鳥；speak說話，談
話；bespeak預定，（正式地）說；
speech談話，言語。參看：magpie鵲；
peg用木釘釘；picket尖樁。

④［使用情景］a hen-pecked husband懼
內的丈夫。（字面爲：被母鷄啄的）可借
此助憶。

pec.u.late ['pekjuleit; 'pɛkjə,let]

義節 pecu.late

pecu牲口、土地等個人財產；late舉起，
運送。

字義 *v.* 挪用，盜用，侵吞。

記憶 ①［義節解說］把不屬於自己的財務拿
用。

②［用熟字記生字］peculiar獨特的。
（註：牲口等物屬個人私有，轉義爲「獨
特」）。

③［同族字例］impecunious無錢的，貧窮
的；special特殊的；speciality特性，特
質；species種類；specific特有的；具體
的；specification規格；specimen樣本，
標本；speciology物種學；spice香料，調
味品（註：特有的味道）；especially尤
其。參看：pecuniary金錢的；facultative
本能的。

pe.cu.ni.ar.y

[pi'kju:njəri; pɪ'kjunɪ,ɛrɪ]

義節 pecuni.ary

pecuni牲口，土地等個人財產；-ary形容
詞。

字義 *a.* 金錢的，應罰款的。

記憶 ①［義節解說］牲口等物，等於錢財。
類例：cattle牲口→chattle動產，即：牲
口，土地等個人財產。

②［同族字例］參看上字：peculate挪用。

ped.a.go.gy

['pedəgɔgi; 'pɛdə,godʒɪ, - ,gɑdʒɪ]

義節 ped.agog.y

ped小，少，→兒童；agog引領；-y名

P

詞。

字義 *n.* **教育學，教學法，教師職務。**

記憶 ① ［義節解說］教導兒童的學問。

② ［同字字例］-ped-：pedology兒童學；pedobaptism幼兒洗禮。參看：pedant學究；pettily小器地，偏狹地；pettycoat襯裙；pettifog挑剔；pet寵物（註：「小」常是愛稱）；pittance少量；pithly簡練的，精闢的。參看：paucity少量；petty（微）小的。

-agog-：hydragogue利尿藥；galactagogue催乳藥；mystagogue引人入神祕教者；agog渴望；ogle做媚眼；goggle斜視，瞪眼盯視；boggle吃驚，猶疑。參看：demagogy煽動。

ped.ant ['pedənt; 'pɛdnt]

義節 ped.ant

ped小，少，兒童；-ant行為者。

字義 *n.* **空談家，書呆子，學究。**

記憶 ① ［義節解說］本字原意是：教師→從事教育兒童者→書院氣濃的人。

② ［同根字例］pedology兒童學；pedobaptism幼兒洗禮。參看：pedagogy教育學。

③ ［同族字例］pettily 小器地，偏狹地；pettycoat 襯裙；pettifog挑剔；pet寵物（註：「小」常是愛稱）；pittance少量；pithly簡練的，精闢的。參看：paucity少量；petty（微）小的。

ped.dle ['pedl ; 'pɛd!] *

義節 ped.d.le

ped足；-le重複動作。

字義 *v.* **叫賣，兜售。**

　　vi. **忙於瑣事。**

　　vt. **散播（傳聞等）。**

記憶 ① ［義節解說］跑腿，東奔西走。

② ［同族字例］參看：expedient 便利

的；expeditious敏捷的；octopus章魚；pedestrian步行的。

③ ［易混字］參看：paddle槳，涉水；puddle水坑，泥潭。

pe.des.tri.an

[pi'destriən, pə -; pə'dɛstriən] *

義節 ped.estri.an

ped足；estr→ester人；-ian形容詞。

字義 *a.* **步行的，平淡的，沉悶的。**

　　n. **步行者，行人。**

記憶 ① ［義節解說］用腳走路的人→行人。步行時間長了就顯得「沉悶」。

② ［同族字例］參看：expedient 便利的；expeditious 敏捷的；octopus 章魚；peddle叫賣。

③ ［易混字］參看：pediatrician兒科醫生。

pe.di.a.tri.cian

[ˌpiːdiə'triʃən; ˌpidiə'triʃən, ˌpɛdi -]

義節 ped.iatri.cian

ped兒童；-iatri醫療術；-cian從業人員。

字義 *n.* **兒科醫生。**

記憶 ① ［同族字例］-ped-參看：pedagogy教育學；-iatri：physiatrics理療；psychiatry精神病學；-iatric醫師的；醫藥的。-cian: techician技術人員；magician魔術師。

② ［易混字］參看：podiatrist足病醫生；pedestrian步行者。

ped.i.gree ['pedigri: ; 'pɛdə,gri]

義節 ped.i.gree

ped，（d）igree→degree *n.*程度。

字義 *n.* **家譜，血統，淵源，純種。**

記憶 ① ［義節解說］從子女到子女一級一級的關係→家譜。

語源上一般認爲本字應釋作：ped→foot；gree→crane（鶴腳），意思是，族譜是分支結構，像鶴腳。參看：gromwell紫草，幾種有親緣關係的植物。

② ［用熟字記生字］ degree程度。

③ ［同族字例］ pedology 兒童學；pedobaptism幼兒洗禮。參看：pedant學究；pedagogy教育學。

pe.dun.cle [pɪ'dʌŋkl; pɪ'dʌŋk!]

義節 ped.uncle

ped足；-uncle表示「小」。

字義 n.【植】花梗，【動】梗節。

記憶 ① ［義節解說］足部／下部腫起一處。

② ［易混字］參看：caruncle肉瘤；furuncle癤。

③ ［同族字例］參看：expedient便利的；expeditious敏捷的；octopus章魚；peddle叫賣。

peel [pi:l ; pil] *

字義 n. 果皮，蔬菜皮，嫩芽。

v. 剝皮，削皮。

vi. 剝落。

記憶 ① ［諧音］「皮」。

② ［同族字例］pelage毛皮；pelisse皮製長外衣；pellagrous糙皮病的；pellicle薄皮，薄膜；peltry毛皮，皮貨；pelter剝獸皮者；pile絨毛；pilose柔毛狀的；plush長毛絨；caterpillar毛毛蟲；pileus菌蓋。參看：capillary毛狀的；pelt毛皮。

③ ［使用情景］幾年前到西亞某國開會。不兩日，與會者紛紛腹瀉，作者亦叨列其中。康復後，於旅館中遇一歐洲人，問其是否也有此類反應。歐人大笑導遊手冊上明寫著peel it, boil it, cook it, then forget it（削皮，燒煮，不要當回事）。你難道沒有看過嗎？」作者聞言，啞然失笑。

peer [pɪə; pɪr]

字義 n. 同等的人，貴族。

vt. 與…同等，封…爲貴族。

vi. 凝視，出現。

記憶 ① 「同等」一意。參看par平價。par可能從pend（秤重）。天秤平衡時兩邊重量相等。曾讀唐人小說英譯本，見《無雙傳》中的無雙，譯名爲：the peerless（無與倫比的），可茲助憶。

② ［用熟字記生字］ pair一雙；compare比較；appear出現。

③ ［雙聲近義字］「凝視」一意，參看：peek窺視，peep偷看；pore凝視。

④ ［疊韻近義字］leer色瞇瞇地看。

⑤ ［同族字例］nonpareil無比的，無雙的；parity同等，宇稱；disparage輕視，貶抑；omniparity一切平等；compeer同等的人；peerless無匹的。參看：par平價；parable比喻。

peg [peg ; pɛg] *

字義 vt. / a. (用) 木釘 (釘) 的，(用) 短椿 (固定) 的。

n. 藉口。

記憶 ①本字是字根-bac-（小桿）的變體。

② ［同族字例］bacillary 桿狀的，桿菌狀的；baculine棒的，笞刑的；balk樑；baguette狹長方形寶石；debacle垮臺；imbecile低能的；pierce刺破；pike槍刺；pick鑿；pink戳；poke戳。參看：peck啄；picket尖椿。

pe.jo.ra.tive

['piːdʒərətɪv; 'piːdʒə,retɪv, pɪ'dʒɔrətɪv, - 'dʒɜr -]

義節 pejor.ative

pejor較壞的；-ative形容詞。

字義 a. 惡化的，貶低的，輕蔑的。

記憶 ①［義節解說］pejor是拉丁文「壞」（-mal-）的比較級，相當於英文worse。最高級是pessim。參看：pessimism悲觀主義。類例：major較大的→maxim最大的。

②本字字根-per-來源於法文動詞perir死亡，滅亡，沉船。字母p表示「壞」的其他字例：impair損壞。參看：peril危險；perish滅亡；perdition毀壞；imperil危害。

pelf [pelf ; pɛlf]

字義 *n*. 不義之財，錢財。

記憶 ①本字來源於peel果皮，剝皮，peel→pilfer偷竊，鼠竊（pil皮，fer攜，取）→peef不義之財。

②［雙聲近義字］pilfer偷，竊、盜用；pirate海盜；pick-pocket小偷。

③［同族字例］pill搶掠；peel果皮，剝皮；pilfer偷竊，鼠竊；pilferage偷竊，贓物。pelter剝獸皮者；depilate拔毛，脫毛。參看：pillage（戰爭中的）搶劫，掠奪，偷竊；plagiarize剽竊，抄襲（別人的學說等）。

pel.lu.cid [pe'lju:sid; pə'lusɪd, -'lɪu-]

義節 pel.luc.id

pel- → per貫穿，加強意義；luc光，照；-id形容詞。

字義 *a*. 透明的，清澈的，易懂的，簡明的，頭腦清楚的。

記憶 ①［義節解說］光照到底→透明，清澈。

②［用熟字記生字］lux勒克司（照明的計量單位）。

③［同根字例］translucent半透明的；lucarne屋頂窗；luculent明白的，明顯的；noctiluca夜光蟲；relucent明亮的，返照的；elucidate闡明。參看：

leucocyte白細胞；lucid透明的。

④字母l表示「光，亮」的其他字例：lunar月亮的。參看：lambent閃爍的；luminous照亮的；luxuriant華麗的；illumine照亮；luscious華麗的；leucocyte白細胞；luster光澤。

pelt [pelt ; pɛlt]

字義 *v*. / *n*. 投去，（雨等）猛落。

n. 投擊，速度，毛皮。

記憶 ①［用熟字記生字］felt降雨（fall的過去式。p→f通轉。）。

②［同根字例］impel推動；propel推進，repel驅逐，反駁；compel強迫；expel驅逐。

③［同族字例］「投擊」一意：pulse脈膊；impulse衝動；catapaul弩炮；ballista投石器（bal→pel：b→p通轉）；ballistics彈道學；volley（槍炮，弓箭等的）群射，排球（vol→pel：v→b→p通轉）。參看：palsy痙攣；palpitate顫抖；vulnerable易受攻擊的。

「毛皮」一意：pelage毛皮；pelisse皮製長外衣；pellagrous糙皮病的；pellicle薄皮；薄膜；peltry毛皮；皮貨；pelter剝獸皮者。參看：capillary毛狀的；pelt毛皮；peel果皮。

pe.nal ['pi:nl, - nəl; 'pin!, - nəl]

義節 pen.al

pen罰金；-al形容詞。

字義 *a*. 刑事的，刑法的，（當）受刑罰的。

記憶 ①［義節解說］從「罰金」推廣到「刑罰」。

②［用熟字記生字］pain痛（註：「處罰」，就是要讓你「痛一痛」，下次不敢再犯）；punish處罰；fine罰金。

③［同族字例］penalty罰金，刑罰；

punity刑罰的；punitive處罰的；impunity不予處罰。

④〔形似易混字〕panel面板，全體陪審官。

pen.ance ['penəns; 'pɛnəns]

義節 pen.ance

pen→pain *n.*痛；-ance名詞。

字義 *n.* 苦行，懺悔。

vt. 使（某人）以苦行懺悔。

記憶 ①〔義節解說〕心裡作痛→悔恨。

②〔同族字例〕penitentiary感化院；repine訴苦。參看：penitence悔罪；repent後悔，懺悔。

pen.chant

['pɑːŋʃɑːŋ; 'pɛntʃənt, pã'ʃã] *

義節 pench.ant

pench→penser（法文）想念，嚮往；-ant字尾。

字義 *n.* 強烈愛好，嗜好。

記憶 ①〔義節解說〕本字從字根pend / pens懸，吊掛；「嗜好」是一種「吊」胃口的東西，心裡老是記「掛」著。

②〔同根字例〕depend依靠；suspend吊，懸，停止；prepense預先考慮過的；propensity嗜好。參看：pensive沉思。

③〔形似近義字〕參看：panic使狂熱。

pen.dant ['pendənt; 'pɛndənt] *

義節 pend.ant

pend懸，吊，掛；-ant行為者。

字義 *n.* 下垂物，垂飾，吊燈架，姊妹篇，尖旗。

記憶 參看上字：penchant嗜好。

pen.guin

['peŋgwin; 'pɛŋgwɪn; 'pɛŋ -]

義節 pen.guin

pen白色；guin頭。

字義 *n.* 企鵝；【美俚】跑龍套。

記憶 ①〔義節解說〕白頭（鳥）→企鵝。白鼻子→跑龍套的丑角。

②〔用熟字記生字〕pale蒼白的。

③〔同族字例〕pallor蒼白；appalling使人吃驚的；opal蛋白石。參看：opalescent發乳白光的；palliate減輕，緩和（病，痛等），掩飾（罪過等）；pasty蒼白的。參看：pallid蒼白的。

pen.in.su.lar

[pi'ninsjulə, pə'n -; pə'nɪnsələ, - sjulə, - ʃulə] *

義節 pen.in.sul.ar

pen一半，幾乎，差不多；insul隔絕；-ar字尾。

字義 *a.* 半島的。

記憶 ①〔義節解說〕差一點與大陸隔絕。-insul-還可以再分析爲：in-處於…狀態；sul→sole孤獨的。

②〔用熟字記生字〕island島；sole孤獨的。

③〔同族字例〕pen- : 參看：penumbra（日、月蝕的）半影。-sul- : insulation隔絕；絕緣；peninsula半島；sole單獨的；solo獨唱，獨奏；solitary孤獨的；desolation荒涼。參看：insolate孤立；insular島嶼的，隔絕的，保守的；asylum避難所。

pen.i.tence

['penitəns; 'pɛnətəns] *

義節 penit.ence

penit→pain *n.*痛→後悔；

字義 *n.* 悔罪，悔過，後悔，懺悔。

記憶 ①〔義節解說〕心裡作痛。

②〔同族字例〕penitentiary感化院；

P

repine訴苦。參看：penance懺悔；
repent後悔，懺悔；pine渴望。

pen.nate ['peneit ; 'pɛnet]

義節 pen.n.ate
pen羽翼；-ate形容詞。

字義 *a.* 羽狀物的。

記憶 ［同族字例］pen（羽毛）筆；pennon
（鳥）翅；pinnate羽狀的；-pter（字
尾）翼。參看：peacock孔雀；pinion翅
膀，羽毛。

pen.sion ['penʃən; 'pɛnʃən] *

義節 pens.ion
pens懸，掛，吊→秤重，放在一邊；-ion
名詞。

字義 *n.* 撫恤金，年金，退休金。
　　　vt. 給予…年金等。

記憶 ① ［義節解說］把金錢秤過後，擱在一
邊，按期發放。
② ［用熟字記生字］pay付錢；expense花
費。
③ ［同根字例］depend 依靠；suspend
吊，懸，停止；prepense預先考慮過的；
propensity嗜好。參看：pensive沉思；
penchant嗜好；pendant下垂物，垂飾。

pen.sive ['pensiv ; 'pɛnsɪv] *

義節 pen.sive
pens懸，吊，掛→秤重，放在一邊；-ive
形容詞。

字義 *a.* 沉思的，憂鬱的。

記憶 ① ［義節解說］有事「懸」心，反覆權
「衡」。
② ［同根字例］depend依靠；suspend
吊，懸，停止；prepense預先考慮過的；
propensity嗜好。參看：pension撫恤
金；penchant嗜好；pendant下垂物，

垂飾；penitence悔罪，悔過，後悔，懺
悔；pine渴望。
③ ［音似近義字］fancy想像，幻想。

pe.num.bra

[pi'nʌmbrə; pɪ'nʌmbrə]

義節 pen.umbra
pen-一半，幾乎；umbra *n.* 陰影。

字義 *n.* （日、月蝕的）半影。

記憶 ① ［用熟字記生字］umbrella傘。
② ［同族字例］pen- : 參看：peninsular半
島的。-umbr- : 參看：adumbrate暗示，
遮蔽；somber昏暗的；umbrage樹蔭，
不愉快的，懷疑。

pen.u.ry ['penjuri ; 'pɛnjərɪ] *

義節 pen.ury
pen窮；-ury字尾。

字義 *n.* 赤貧，缺乏。

記憶 ① ［用熟字記生字］poor窮的；
penniless窮得精光的（註：一個便士也
無）；want缺乏，想要。
② ［同族字例］pauciloquy言語簡練；
paucifoliate少葉的；penurious鄙吝的；
pauverty貧窮；depauperate使貧窮；
impecunious貧窮的。參看：parsimony
異常節省，吝嗇；paucity少量，少許，
缺乏，貧乏。
③參考：作者猜測，pen表示「窮」，
是其來有自的，實則仍來源於字根pens
懸，吊，掛。掛心，即是「嚮往，需要」
（want）。引申爲「缺乏」→窮。參
看：penchant嗜好。明乎此，就可少記
一個字根！

per.am.bu.late

[pə'ræmbjuleit; pə'æmbjə,let] *

義節 per.ambul.ate

per-穿越，ambul走路；-ate動詞。

字義 *v.* 徘徊。

    vt. 走過，巡視。

    vi. 漫步。

記憶 ①〔義節解說〕穿來穿去地走。

②〔用熟字記生字〕ambulance救護車。

③〔同族字例〕參看：amble輕鬆地走；preamble序言，開端；ramble漫步。

④〔形似近義字〕ramble閒逛；shamble蹣跚，拖沓地走；wamble蹣跚；scramble爬行；scamble懶散地閒蕩；preamble序言，開端。

---

per.cep.ti.ble

[pə'septəbl; pə'sɛptəbl]

義節 per.cept.ible

per-貫穿，徹底；cept取，抓；-ible能夠。

字義 *a.* 感覺到的，可領悟的，可認識的。

記憶 ①〔義節解說〕能夠切實抓住的。比較：comprehensible能理解的（com-加強意義；prehens抓住），構字思路一致，都以「把握得住」表現「領悟」。

②〔用熟字記生字〕reception招待，接待。

③〔同族字例〕perceive感知，理解；concept概念；except除外；acceptable可接受的。

---

perch [pə:tʃ; pɜtʃ] *

字義 *n.* 棲木，休息處。

    v. 棲息。

    vt. 放置。

記憶 ①本字原意爲高高吊起的椿杆，如舞臺上高高吊起的話筒杆之類。因此本字的「棲息」，總是在「高」處。作者這個看法的佐證：法文perche *n.*竿子；percher *v.*（鳥等）棲於高處。參看：roost棲息

（處）；棲木，鷄柵。該字可能從rise（升高）變來，過去式rose與該字音形均相似。描寫鷄跳到高處棲息。同族字：rest休息；roof屋頂；rooster雄鷄。參看：rostrum演講臺，講壇。

②〔用熟字記生字〕park停泊；pole電線杆，旗杆。

③〔使用情景〕帽子高高地戴在頭上，猴子高高地棲息在人肩上，讓小孩子騎在大人的肩上，白塔危峙於懸崖之上…等等，均適用本字描寫。

④〔同族字例〕berth停泊地，錨位。（b→p通轉；th→s→sh→ch音變）。參看：perk昂首，振作；豎起（耳朵等）。

---

per.cuss [pə:'kʌs; pə'kʌs]

義節 per.cuss

per-貫穿；cuss→quake / shake *v.*搖，震；→strike *v.*敲打。

字義 *vt.* 敲，叩，叩診。

記憶 ①〔義節解說〕cuss來源於拉丁文quasso搖動，使震動，引申爲「搖」，「震」，「敲擊」，「打擊」。用手敲擊，貫穿體腔，咚咚有聲，就是叩診。參看：percussion instrument打擊樂器（如鼓等）。

②〔用熟字記生字〕earth-quake地震；case錢箱→搖震錢箱的時候，會發生鏗鏘撞擊的聲音。

③〔同族字例〕squeeze壓榨；squab沉重地；square弄成方形；squaw蹲跪人形靶，女人；squeegee以輥輾壓；squelch鎮壓，壓碎；squish壓扁，壓爛。參看：squat使蹲坐；discuss討論。參看：concussion激烈地搖動；quash搗碎，壓碎，鎮壓；castigate懲罰，鞭打；squash壓碎（發）咯吱聲；repercussion反應。

④〔音似近義字〕crash砸碎，撞碎。

per.dit.ion [pəˈdiʃən; pəˈdiʃən] *

義節 perd.i.tion

perd喪失，毀掉，消失；-tion名詞。

字義 *n.* 毀滅，沉淪，地獄。

記憶 ① [義節解說] 本字從法文perdre喪失，毀掉，沉沒，墮落。

② [陷阱] 乍看之下，很容易想到釋作per.dit.ion猜作「講透」之類意思。

③ [同族字例] pessimistic悲觀的；pest瘟疫。參看：peril危險；perish死亡；pestilent致命的；imperil危害。

④純從助憶功利出發，可把本字釋作：per-徹底；di→die死亡。徹底死亡，即沉淪地獄，萬劫不復。

per.e.gri.nate

[ˈperigrineit ; ˈpɛrəgrɪˌnet]

義節 per.egr.in.ate

per-穿越；egr田地，農業；in→-ine字尾；-ate動詞。

字義 *vi.* 旅行，步行。

　　　vt. 走過。

記憶 ① [義節解說] 穿越田野→旅行。

② [同族字例] pilgrim朝聖；peregrine（鳥）遷移；migrate遷移；immigrate遷入；emigrate遷出；agriculture農業。

per.emp.to.ry

[pəˈremptəri, piˈrem-, ˈperəm -; pəˈrɛmptəri, ˈpɛrəmˌtorɪ, -ˌtɔrɪ]

義節 per.empt.ory

per-徹底；empt→拿走；-ory形容詞。

字義 *a.* 斷然的，高傲的，專橫的，絕對的。

記憶 ① [義節解說] 把其他想法徹底拿走→斷然的。empt可能是法文emporter（拿走）的縮略形式。

② [用熟字記生字] empty空的。記：目「空」一切→高傲的，專橫的。

③ [同族字例] sample樣品；example例子，榜樣；exemption免除。參看：preempt先占，先取；exemplar典型，樣品，範例。

④ [形似近義字] empery絕對的權力。

per.en.ni.al [pəˈreniəl; pəˈrɛniəl] *

義節 per.enni.al

per-貫穿，徹底；enni年；-al形容詞。

字義 *a.* 長久的，永久的，終年的。

記憶 ①年年有今日，直到永久。

② [同族字例] anniversary 周年；annual 每年的；biennial 兩年一度的；superannuate因超過年齡而被迫退休；annals紀年表；annuity年金；anile衰老的；anility衰老，老婦人的體態；annum年；senior較年長的，高級的。參看：superanuate給養老金退休，淘汰，millenary一千年；senility衰老；senator元老，參議員。

③ [形似近義字] permanent永久的。

per.fi.dy [ˈpəːfidi; ˈpəfədɪ]

義節 per.fid.y

per毀壞；fid誠信；-y名詞。

字義 *n.* 背信棄義，背叛，出賣。

記憶 ① [義節解說] 字根-per-來源於法文動詞perir死亡，滅亡，沉船。語源上多將本字中的per看作字首，故百般牽強而不得要領。

② [用熟字記生字] confidence信心。

③ [同族字例] -per- : pessimistic 悲觀的；pest瘟疫。參看：peril危險；perish死亡；pestilent致命的；imperil危害；perjury偽證；perfunctory敷衍塞責的；perverse墮落的。

-fid- : fidelity真實性；confide信託；

federal同盟；faith忠實；infide不信宗教。

per.fo.rate

[*v.*'pə:fəreit; 'pɝfə,ret *adj.* 'pə:frit; 'pɝfərɪt, -,ret] *

義節 per.for.ate
per-穿越；for打孔；-ate動詞。

字義 *v.* 穿孔（於）。
　　vi. 穿過。
　　a. 有孔的，穿孔的。

記憶 ① ［疊韻近義字］bore鑽孔，挖洞。參看：pore細孔（與字根-for-疊韻近義）。
② ［同族字例］biforate有雙孔的；foramen骨頭或薄膜上的小孔；interfere干涉；pharynx咽喉。

per.force

[pə'fɔ:s, pə:'f -; pɝ'fors, -'fɔrs]

義節 per.force
per→par（法文）→by；force *n.*力量。

字義 *adv.* 必要地，必然地，不得已地。

記憶 ① ［義節解說］為外力所制約→不得已地。
② ［同族字例］reinforce加強，鞏固；fort堡壘；effort努力；forte長處，優點。參看：enforce實施，強迫。

per.func.to.ry

[pə'fʌŋktəri; pɝ'fʌŋktərɪ]

義節 per.funct.ory
per毀壞；funct做，起作用；-ory形容詞。

字義 *a.* 敷衍了事的，草率的，馬馬虎虎的。

記憶 ① ［義節解說］字根-per-來源於法文動詞perir死亡，滅亡，沉船，語源上多將本字中的per看作字首，故百般牽強而不

得要領。
把該起的作用毀壞→敷衍塞責的。
② ［用熟字記生字］function功能。
③ ［同族字例］-per- : pessimistic 悲觀的；pest瘟疫。參看：peril危險；perish死亡；pestilent致命的；imperil危害；perjury偽證；perverse墮落的；-funct- : 參看：defunct不復存在的。

per.i.gee ['peridʒi:; 'pɛrə,dʒi]

義節 peri.gee
peri-近，環繞；gee地。

字義 *n.* 近地點。

記憶 ① ［用熟字記生字］geography地理學（geo-地）。
② ［同根字例］peri- : perihelion近日點；perimeter周長。參看：periphery圓周；peripatetic走來走去的，逍遙學派的。-ge- : apogee遠地點。

per.il ['peril, - r! ; 'pɛrəl] *

義節 per.il
per毀滅；沉淪；-il→-ile易於…，有…傾向。

字義 *n.* （嚴重的）危險，危險的事物，冒險。
　　vt. 置於危險之中。

記憶 ① ［義節解說］字根-per-來源於法文動詞perir死亡，滅亡，沉船。語源上多將本字中的per看作字首，故百般牽強而不得要領。有毀滅的可能→極危險。
另有一說：希臘著名銅匠Perillus曾為暴君鑄一銅件，以炮烙死囚。鑄成後被「請君入甕」。
② ［同族字例］pessimistic悲觀的；pest瘟疫。參看：perish死亡；pestilent致命的；imperil危害；perjury偽證；perfunctory敷衍塞責的；perverse墮落的；perdition毀壞。

P

569

per.i.pa.tet.ic

[ˌperɪpəˈtetik; ˌpɛrəpəˈtɛtɪk]

義節 peri.pat.etic

peri-環境；pat路，走路；-etic形容詞。

字義 *a.* / *n.* 徒步遊歷的（人）。

   a. 走來走去的，逍遙學派的。

記憶 ① [義節解說] 走著兜圈子的路。

② [用熟字記生字] perimeter周長；path 小路。

③ [同根字例] peri- : perihelion 近日點；perimeter周長。參看：periphery圓周；perigee近地點。-pat- :footpad大道上的徒步搶劫者；sputnik原蘇聯發射的衛星；patrol巡邏。

pe.riph.er.y [pəˈrifəri; pəˈrɪfəri]

義節 peri.pher.y

peri-環繞；pher→fer攜帶；-y名詞。

字義 *n.* 圓周，邊緣，周圍，界線，外圍。

記憶 ① [義節解說] 相攜繞場一周，畫出一個圓。字根phor意爲「攜帶，運送」。它是字根-fer-的另一種形式，是ph→f同音「通轉」。

② [用熟字記生字] perimeter周長；prefer更歡喜，寧取。

③ [同根字例] peri- : 參看上字：peripatetic走來走去的，逍遙學派的。-pher- : conference會議；difference區別；transfer轉移，傳送，傳遞；phosphor磷（phos光，→攜有「光」→磷光）；pherry駁船；fare車船費；farewell告別的；freight貨運；wayfaring徒步旅行的；seafaring航海的；far遠的；further進一步；confer商量；differ相異；offer提供，奉獻。參看：ferry渡輪；aphorism格言；wherry駁船；載客舢舨；metaphor隱喻；paraphernalia隨身工具。

per.ish [ˈperiʃ; ˈpɛrɪʃ]

義節 per.ish

per毀滅，沉淪；-ish動詞。

字義 *vi.* 滅亡，死去，枯萎，腐爛。

   vt. 毀壞，使死去，使麻木。

記憶 ① [義節解說] 本字應源於法文動詞perir死亡，滅亡，沉船，英文動詞字尾-ish一般加在以-ir結尾的法文字幹後。語源上多將本字中的per看作字首，故百般牽強而不得要領。

② 林肯總統的名言：Government of the people, by the people and for the people, shall not～from the earth。值得記誦，並作本字助憶。

③ [同族字例] pessimistic悲觀的；pest瘟疫。參看：peril危險；pestilent致命的；imperil危害；perjury僞證；perfunctory敷衍塞責的；perverse墮落的；perdition毀壞。

per.i.style [ˈperistail; ˈpɛrəˌstail]

義節 peri.style

peri-周圍；style尖樁，柱。

字義 *n.* 周柱式建築，列柱廊。

記憶 ① [用熟字記生字] perimeter周長；style文體，作風；still靜止的（註：柱子靜止不動）。

② [同根字例] peri- : 參看：peripatetic徒步遊歷的（人）；periphery圓周，周圍。

③ [同族字例] stalactite鐘乳石；stalk主莖，軸，梗；stela石碑，石柱；stool根株；stull橫樑，橫撐，支柱；stylet小尖刀，小花柱，口針；stall停頓。參看：stylus鐵筆，唱針；constellation星座；stale停滯的；stalemate僵持；stultify使顯得愚蠢可笑；stolid不易激動的，感覺

遲鈍的；stellar星球的，恒星的；stilt高蹺，支撐物。

per.ju.ry ['pəːdʒərɪ; 'pɝdʒərɪ] *

義節 per.jury
per - 毀壞；jury發誓。

字義 *n.* 假誓，偽證（罪）。

記憶 ①〔義節解說〕字根-per-來源於法文動詞perir死亡，滅亡，沉船。語源上多將本字中的per看作字首，故百般牽強而不得要領。

把該發的誓毀壞→假誓，偽證。

②〔用熟字記生字〕jury陪審團（每人先要手按聖經發誓，表明公正）。

③〔同族字例〕-per-：pessimistic悲觀的；pest瘟疫。參看：peril危險；perish死亡；pestilent致命的；imperil危害；perverse墮落的；-jur-：jural法制的；juridical司法上的；juristic合法的。參看：adjure使起誓；jurisdiction司法（權）；abjure發誓斷絕，公開放棄（意見等）。

perk [pəːk; pɝk]

字義 *vi.* 昂首，振作。
    vt. 豎起（耳朵等），昂（首），翹（尾），打扮。

記憶 ①本字是perch（棲息）的變體。ch的硬化音爲k音。該字原意爲高高昂起的椿桿，如舞臺上高高吊起的麥克風吊桿之類。引申爲「昂首，豎起耳朵，翹尾…」。

作者這個看法的佐證：法文perche *n.*竿子；percher *v.*（鳥等）棲於高處。參看：roost棲息（處）；棲木，鷄柵。該字可能從rise（升高）變來，過去式rose與該字音形均相似。描寫鷄跳到高處棲息，同族字；rest休息；roof屋頂；rooster雄鷄。參看：rostrum演講臺，講

壇。

②〔用熟字記生字〕park停泊；pole電線杆，旗杆。

③〔同族字例〕berth 停泊地，錨位。（b→p通轉；th→s→sh→ch音變）。參看：perch棲息。

④〔音似近義字〕cock翹起（鼻子）；翻起（衣領），豎起。

per.me.a.ble
['pəːmɪəbl; 'pɝmɪəbl]

義節 per.me.able
per-貫穿；me→go, pass通過；-able能夠。

字義 *a.* 可滲透的。

記憶 ①〔義節解說〕貫穿直入→滲透。

②〔同族字例〕meatus（解剖學）管，道；irremeable不能退回的，無法復原的；molt 換羽；remuda 牧場工人用的馬；permeate 滲透，瀰漫，充滿。參看：impermeable不可滲透的。

③〔形似近義字〕參看：pervious能被穿過的。

per.ni.cious
[pəːˈnɪʃəs, pəˈn -; pɝˈnɪʃəs] *

義節 per.nic.i.ous
per-加強意義；nic危害，損害；-ous形容詞。

字義 *a.* 有害的，致命的。

記憶 ①〔用熟字記生字〕innocent無罪的。

②〔同族字例〕nocent有害的，有罪的；internecine互相殘殺；nobbler毒馬者（使馬不能取勝）。參看：innocuous無害的；obnoxious引起反感的；necrology訃告；necromancy向亡魂卜術；noxious有害的，有毒的；nocuous有害的。

P

per.o.rate ['perəreit, -rɔr -; 'pɛrə,ret]

義節 per.or.ate

per-徹底；or口，講；-ate動詞。

字義 *vt.* 作長篇演說，（演說時）作結束語。

記憶 ① ［義節解說］長篇大論，講得徹底。

② ［用熟字記生字］oral口頭的。

③ ［同族字例］參看：orate 演說；orison 祈禱；perorate長篇演說；osculent接吻的；oracle神喻。

per.pe.trate

['pə:pitreit; 'pɚpə,tret] *

義節 per.petr.ate

per-徹底；petr做；-ate動詞。

字義 *vt.* 犯（罪），作（惡），做（壞事），胡說。

記憶 ① ［義節解說］本字來源於拉丁文 perpetratio完成，執行，實施；和petro 完成，執行，實踐，履行。考法文對應字，本字的意味是（已遂）罪，有「生米煮成熟飯」之意。又：法文動詞petrir捏麵糰；petri已捏好的麵，可知本字以「捏麵成形」指代已遂犯罪。

② ［用熟字記生字］pastry麵粉烤出的糕餅（註：已熟）。

③ ［同族字例］operate操作，奏效；opera歌劇。參看：pasty餡餅。

per.pet.u.al

[pə'petʃuəl; pə'pɛtʃuəl] *

義節 per.pet.u.al

per-徹底；pet追尋；-al形容詞。

字義 *a.* 永恒的，重複不停的。

記憶 ① ［義節解說］徹底地追尋，如夸父逐日，永無止境。

② ［同族字例］參看：petition請願。

per.qui.site ['pə:kwizit; 'pɚkwəzit]

義節 per.quisite

per- → away from離開；quisite→seek *v.*追尋。

字義 *n.* 額外所得，津貼，賞錢，小帳。

記憶 ① ［義節解說］不在刻意追求之中所得。

② ［用熟字記生字］acquire獲得；question 問題。

③ ［同族字例］參看：disquisition專題論文；inquest審訊，查詢；perquisite津貼；requisite必要的；exquisite異常的。

per.se.cute

['pə:sikju:t; 'pɚsɪ,- kjut] *

義節 per.secute

per-徹底；secute跟隨。

字義 *vt.* 迫害，殘害，困擾，爲難。

記憶 ① ［義節解說］追逐到底→迫害；問到底→困擾。

② ［用熟字記生字］seek追尋；queue排隊。

③ ［同族字例］pursue追蹤；consequence 結果，影響；sequence過程；sequacious 奴性的，盲從的，順從的；execute執行；second第二的；persecution迫害。參看：intrinsic固有的；extrinsic非固有的；obsequious諂媚的，奉承的，順從的；consecutive連續的，連貫的，順序的；subsequent隨後的，…之後的；conquest 征服。

per.se.vere [,pə:si'viə; ,pɚsə'vɪr] *

義節 per.severe

per-貫穿，貫徹；severe→weigh *v.*秤重，有分量。

字義 *v.* 堅持，不屈不撓。

記憶 ① ［義節解說］參考：作者認爲，

P

severe是從德文schwer（沉重的，嚴重的）變來，持「重」而「貫穿」→堅持。

② ［用熟字記生字］swear宣誓。

③ ［同族字例］answer回答。參看：severe嚴肅的，嚴重的，正經的；sermon講道。

per.si.flage

[ˌpɛəsiˈflɑːʒ, ˌpəːsiˈflɑːʒ; ˈpɚsɪ‚flɑʒ, ˌpɛrsɪˈflɑʒ]

義節 per.sifl.age

per-徹底；sifl作嘶嘶聲；-age名詞。

字義 *n.* 挖苦，戲弄，揶揄。

記憶 ① ［義節解說］老是作出嘶嘶怪聲，如吹口哨，旨在戲弄。

② ［用熟字記生字］sigh嘆息，作嘶嘶聲。

③ ［同族字例］siffle發嘶嘶聲地吹或說話；sibilate嘶嘶地說。

per.son.a.ble

[ˈpəːsnəbl; ˈpɚsnəb!, ˈpɚsnə -]

義節 person.able

peraon *n.*人，容貌，風度；-able能夠。

字義 *a.* 漂亮的，美貌的，風度好的。

記憶 ① ［義節解說］「容貌，風度」很「可以」的。

② ［易混字］personal個人的。

per.spi.ca.cious

[ˌpəːspiˈkeiʃəs; ˌpɚspɪˈkeʃəs]

義節 per.spic.acious

per-貫穿；spic看；-acious有…的。

字義 *a.* 眼光銳利的，敏銳的，穎悟的。

記憶 ① ［義節解說］有穿透性的看東西本領→一眼看穿。

② ［用熟字記生字］spy偵探；respect尊敬。

③ ［同族字例］despicuous輕視；despicable可鄙的，卑鄙的；auspice鳥卜，吉兆；conspicuous顯眼的，著名

的；suspicion懷疑。參看：despise鄙視，藐視，看不起。

per.spire [pəsˈpaiə; pəˈspaɪr] *

義節 per.spire

per-離開；spire呼吸。

字義 *vi.* 排汗。

    vt. 排出（汗）。

記憶 ① ［義節解說］（皮膚）呼吸，向外排出（汗液）。

② ［用熟字記生字］inspiring鼓舞人心的。

③ ［同根字例］aspire渴望；expire廢止；conspire陰謀。

pert [pəːt; pɚt]

字義 *a.* 沒有禮貌的，冒失的，活躍的，別緻的，痛快的。

記憶 ① ［用熟字記生字］pert→apert→open敞開的，公開的，直率的。

② ［同族字例］pet生氣，慍怒，不開心；pettard爆炸盒，炮竹；pettish易發脾氣的。參看：aperture孔隙；overt公開的；overture主動的表示；petulant易怒的，使性子的，脾氣壞的。

per.ti.na.cious

[ˈpəːtiˈneiʃəs; ˌpɚtnˈeʃəs]

義節 per.tin.acious

per-徹底；tin持，握，抓；-acious有…的。

字義 *a.* 堅持的，執拗的，頑固的。

記憶 ① ［義節解說］堅「持」到底。

② ［用熟字記生字］continue繼續；maintain維持；tenant租戶。

③ ［同族字例］tenement地產；tenure占有（權）；tenable可保持的，站得住腳的。參看：tenet信條，宗旨；obstinate固執的；tenacious緊握的，堅持的，頑

強的，固執的；abstinence節制，禁慾；continence克制；pertinent恰當的，中肯的，有關的。

per.ti.nent ['pə:tinənt; 'pɜtnənt] *

義節 per.tin.ent
per-徹底；tin持，握，抓；-ent形容詞。
字義 *a.* 恰當的，中肯的，有關的。
記憶 ① ［義節解說］徹底抓住要旨→中肯。
② ［同族字例］參看上字：pertinacious堅持的。
③ ［形似近義字］參看：opportune合時宜的。

---

per.turb [pə'tə:b; pɜ'tɜb] *

義節 per.turb
per-徹底，完全；turb攪渾，攪亂。
字義 *vt.* 使不安，煩擾，擾亂，攝動。
記憶 ① ［義節解說］完全擾亂。
② ［用熟字記生字］turbine透平機，渦輪機。
③ ［同族字例］turbid混濁，不透明的；stir攪動；turbulent激流的，湍流的；disturb動亂；masturbation手淫。參看：imperturbability冷靜，沉著。
④字母組合ur表示「擾動」的其他字例：current激流；hurricane颶風；hurly騷亂，喧鬧；hurry-scurry慌亂；flurry慌張，倉惶；sturt騷亂，紛擾；spurt突然迸發；slurry泥漿；purl漩渦，（使）翻倒；lurch突然傾斜；gurgitation渦漩，洶湧，沸騰；fury暴怒，劇烈；churn劇烈攪拌；churn顫鳴聲；burn燃燒；burst爆破，突然發作；burr小舌顫動的喉音；blurt突然說出…等等。

---

pe.ruse [pə'ru:z; pə'ruz] *

義節 per.use
per-貫穿，徹底；use *v.*使用。
字義 *v.* 細讀，閱讀，仔細察看。
記憶 ① ［義節解說］徹底地使用→透徹地審閱。
② ［用熟字記生字］use使用。
③ ［同族字例］usual慣常的；uaury高利貸；utility實用。參看：utensil器具；abuse濫用；usurious（放）高利貸的，高利（剝削）的。
④ ［使用情景］審閱文件、論文、合約等需要仔細處裡的文字。

---

per.vade [pə:'veid, pə'v-; pɜ'ved] *

義節 per.vade
per-徹底，穿越；vade走。
字義 *vt.* 瀰漫，滲透，遍及，充滿。
記憶 ①到處走→瀰漫；穿過→滲透。
② ［用熟字記生字］way路。
③ ［同族字例］evasion逃避；pervasion瀰漫；invade侵入；wade涉水；vademecum（原文的意思是：come with me）隨身用品；avoid避免。參看：ford涉水；inevitable不可避免的；evade逃避，躲避，迴避。

---

per.verse [pə'və:s; pə'vɜs]

義節 per.verse
per-毀壞；verse轉。
字義 *a.* 不正當的，墮落的，反常的，剛愎的。
記憶 ① ［義節解說］向「壞」的方面轉化→墮落。字根-per-來源於法文動詞perir死亡，滅亡，沉船。語源上多將本字中的per看作字首，故百般牽強而不得要領。
② ［用熟字記生字］conversation談話。
③ ［同族字例］-per-：pessimistic悲觀的；pest瘟疫。參看：peril危險；perish死亡；pestilent致命的；imperil危害；

perjury偽證；perfunctory敷衍塞責的；
perfidy背信棄義，背叛，出賣。
-verse-：vertical垂直的；vert改邪歸正
的；avert轉移（目光）；divert轉移；
evert推翻；revert恢復；vertiginate令人
眩暈地旋轉；vertex頂點。參看：vertigo
眩暈，頭暈；diverse不一樣的，多變化
的；convert改變信仰，轉變，轉換；
adversity逆境。

per.vi.ous ['pə:viəs; 'pɜviəs]

義節 per.vi.ous
per-徹底，貫穿；vi.道路；-ous形容詞。
字義 a. 能被通過的，能被穿過的，能接受
的。
記憶 ①［用熟字記生字］via道路，經由；
way路。
②［同族字例］obvious明顯的；voyage
航行，旅行；convoy護送，護衛；
convey輸送，運送。參看：envoy使者；
impervious不能滲透的；invoice托運，
開發票，開清單。
③［反義字］參看：pervious能滲透的。
④［形似近義字］permeable能滲透的。

pes.si.mism
['pesimizəm; 'pɛsə,mɪzəm] *

義節 passim.ism
pessim最壞的，最糟的；-ism主義。
字義 n. 悲觀（主義）。
記憶 ①［義節解說］pejor是拉丁文「壞」
的比較級，相當於英文worse，最高級是
pessim。類例：major較大的；maxim最
大的。
②本字字根-per-來源於法文動詞perir死
亡，滅亡，沉船。字母p表示「壞，死」
的其他字例：impair損壞。參看：peril危
險；perish滅亡；perdition毀壞；imperil

危害；pestilent致命的；putrid腐爛的；
pejoration惡化。
③［反義字］optimism樂觀（主義）。

pes.ter ['pestə; 'pɛstə] *

義節 pes.ter
pes→ped足；ter→tr纏繞。
字義 vt. 煩擾，糾纏。
記憶 ①［義節解說］考法文對等動詞
empetrer，原意為「絆腳」，轉義為「糾
纏」。
②換一個思路：pest害蟲。害蟲侵害莊
稼，使人覺得「煩惱」。參看：infest
（害蟲）大批出沒。
③［形似近義字］bother（使）煩惱，吵
鬧；pother（使）煩惱。
④字母組合tr表示「糾纏」的字例：
intricate纏結的，錯綜的；trap陷阱；
intrigue陰謀；inextricable糾纏不清的。
⑤［疊韻近義字］fester煩惱，怨恨；
detest厭惡，痛恨。

pes.ti.lent ['pestilənt; 'pɛstlənt]

義節 pest.il.ent
pest n.害蟲，瘟疫；-il→ile易…的，有…
傾向的；-ent形容詞。
字義 a. 致命的，有害的，討厭的，傳染性
的。
記憶 ①［義節解說］有發瘟致命的危險。
②［同族字例］參看：infest（害蟲）大批
出沒；pester煩擾，糾纏；perdition毀
滅。

pe.ti.tion [pi'tiʃn, pə't -; pə'tiʃən] *

義節 pet.i.tion
pet請求，追尋；-tion名詞。
字義 n./v. 請願（書），祈求（書）。
記憶 ①［用熟字記生字］competition競爭

（com-共，同；pet追逐）。

② ［同族字例］impettus動力；perpetual 永久的，不斷的；appetite胃口；bet打 賭（pet→bet：p→b通轉）；abetment 教唆。參看：competent能勝任的。

pet.ri.fy ['petrifai；'pɛtrə,faɪ] *
［義節］petri.fy

petri石；-fy…化。

字義 *v.* 使石化，使僵化，使（驚得）發 呆。

記憶 參看下字：petrolic石油的（註： ol→oil油）。

pe.trol.ic [pi'trɔlik；pɪ'tralɪk]
［義節］petr.ol.ic

petr石頭，岩石；-ol→oil *n.*油；-ic形容 詞。

字義 *a.* 石油的，汽油的，從石油中提煉 的。

記憶 ① ［同族字例］petril汽油；petrify使 石化，使發呆；petrochemical石油化學 的。

② ［形似易混字］petrel 海燕（註： petr→pter翼）；patrol巡邏（註： pat→path路）；petrol汽油。

pet.ty ['peti；'pɛtɪ] *
［義節］pet.ty

pet→pit *n.*桃核→小，少；-y形容詞。

字義 *a.* （微）小的，次要的，渺小的，細 微的。

記憶 ① ［義節解說］有如核桃之微。

② ［用熟字記生字］bit一點點。

③ ［同根字例］pettily 小器地，偏狹地； pettycoat襯裙；pettifog 挑剔；pet寵 物（註：「小」常是愛稱）；pithy簡練 的，精闢的；pit桃核。參看：pittance小

額捐贈，小額施捨，微薄的收入。

④ ［同族字例］pedology兒童學； pedobaptism幼兒洗禮。參看： pedagogy教育學；paucity少量；pedant 空談家。

pet.u.lant ['petjulənt；'pɛtʃələnt]
［義節］pet.ulant

pet→pert打開；-ulant充滿…的。

字義 *a.* 易怒的，使性子的，脾氣壞的。

記憶 ① ［義節解說］性子過直，外向，喜怒 均形於色。語源上認為本字從pet請求， 追尋。似未說到點子上。

② ［用熟字記生字］open打開。

③ ［同族字例］pet生氣，慍怒，不開心； pettard爆炸盒，炮竹；pettish易發脾氣 的。參看：aperture孔隙；overt公開的； overture主動的表示；pert沒有禮貌的， 痛快的。

phar.i.sa.i.cal
[,færi'seiikəl；,færə'se.ɪk!]

字義 *a.* 遵守表面教義的，表面虔誠的，虛 偽的。

記憶 Pharisee法利賽人，《聖經》中認為 他們言行不一。而他們則自我標榜遵守傳 統禮儀。

pheas.ant ['feznt；'fɛznt] *
字義 *n.* 雉，野雞。

記憶 ① ［用熟字記生字］phoenix鳳凰。 記：野雞想變鳳凰。

② ［易混字］peasant農民。

phi.al ['faiəl；'faɪəl]
字義 *n.* 管形瓶，小藥瓶。

記憶 ①本字可釋作：phi.al phi希臘字母 φ；-al…的；→像字母φ那樣形狀的→管

形瓶。

② ［疊韻近義字］vial小瓶，小藥水瓶。

③ ［音似近義字］vase花瓶；vessel容器；flask瓶。

phi.lan.der [fɪ'lændə; fə'lændə]

義節 phil.ander

phil愛；ander→man *n*.男人，人類（變體：anthrop人類）。

字義 *vt*. 調戲婦女，玩弄。

記憶 ① ［義節解說］拈花惹草的男人。

② ［同族字例］-phil- : audiophile音響愛好者。參看：philology語文學；philanthropist慈善家（註：anthro人）。

-ander- : polyandry一妻多夫；andrology男性學。

phi.lan.thro.pist
[fɪ'lænθrəpist; fə'lænθrəpist]

義節 phil.anthrop.ish

phil愛；anthrop人類（變體；ander人）；-ist…主義者。

字義 *n*. 慈善家。

記憶 ① ［義節解說］愛人類者→博愛者。

② ［同族字例］參看：philology語文學；philander玩弄。

phi.lis.tine
['filistain, -tin ; fə'lɪstɪn, 'fɪləs,tin,- ,taɪn]

字義 *n*. 腓力斯人，市儈，傭人。

記憶 腓力斯人古時居住在地中海東岸，後來入侵以色列，被當地人目爲無敎養。-ine表示「…人」。

phi.lol.o.gy [fɪ'blədʒi; fɪ'lɑlədʒɪ] *

義節 philo.log.y

philo喜愛；log講話，詞語；-y名詞。

字義 *n*. 語文學，語文文獻學，語言學。

記憶 ① ［義節解說］以擺弄詞語爲樂。

② ［用熟字記生字］fond喜愛的。

③ ［同族字例］參看：philanthropist慈善家（註：anthro人）；philander玩弄。參看：philosophy哲學（soph複雜）。

phleg.mat.ic
[fleg'mætik; flɛg'mætɪk] *

字義 *a*. 黏液質的；冷淡的，不動情的，遲鈍的。

記憶 ①估計本字從flag（無力地下垂，熱情衰退）變來。ph與f同音；「熱情衰退」變爲「冷淡」。

② ［用熟字記生字］slight輕微的，脆弱的，不結實的；loose鬆弛的。

③ ［同族字例］phlegm痰，黏液，冷淡；phlebitis靜脈炎；flebby鬆弛；inflame發炎；lax鬆；relax放鬆；lag鬆懈；loose鬆開；release釋放；dissolute放蕩的；flag無力地下垂，衰退，低落；lassitude無精打采的；slouch無精打采地走；leisure閒暇。參看：flaccid不結實的，鬆弛的，軟弱的；slack寬鬆的；sleazy質劣的，（理由）站不住腳的；lackadaisical懶洋洋的，無精打采的。

④ ［形似近義字］slim纖弱的，低劣的；slimsy脆弱的，不結實的，不耐穿的；slinky苗條的。參看：flimsy脆弱的；flabby鬆弛的。

phyl.lome ['filoum ; 'fɪlom]

義節 phyll.ome

phyll葉；-ome字尾。

字義 *n*. 葉叢，葉原體。

記憶 ① ［用熟字記生字］黑leaf葉子；flat扁平的；page頁。

② ［同族字例］chlorophyll葉綠素（chlolo

P

綠）；phyllite千層岩；podophyllin鬼臼樹脂（作瀉劑用）；phyllode葉狀的。

③ph是f音的另一種拼寫形式。字母f表示「葉」的其他字例：foliage簇葉；foliate多葉的；frondose多葉的。參看：foliar葉的；foil箔；portfolio文件夾。

---

phys.i.og.no.my

[ˌfɪziˈɔnəmɪ; ˌfɪzɪˈɑnəmɪ, -ˈɑnəmɪ] *

義節 physio.gnom.y

physio-自然的；gnom→know v.知道；-y學術。

字義 n. 觀相術，相貌，容貌，外貿特徵。

記憶 ①〔義節解說〕從天生的體貌中知道內在的信息。

②〔用熟字記生字〕face面孔。

③〔同族字例〕-physio-：phase 相，階段；physical 身體的；physics 物理學。-gnom-：recognize認出；diagnose診斷；ignominy恥辱。參看：agnomen綽號；gnome土地神，格言；cognomen姓，別名。

---

pic.a.resque

[ˌpikəˈresk; ˌpɪkəˈrɛsk]

義節 picar.esque

picar流浪；-esque形容詞。

字義 a. 傳奇流浪冒險的。

記憶 ①〔義節解說〕字根-picar-是pick（用來挖掘的尖物）的變體。而pick又來源於beak鳥嘴，其中b→p通轉。引申爲「到處啄食」→流浪。

②〔同族字例〕picador鬥牛士（註：用紅布「刺激」牛）；picnic野餐；picaroon流浪漢，海盜；pierce刺破；pike槍刺；pick啄，鑿；pink戳；poke戳；punch沖壓，打孔；pica異食癖；pique激怒；woodpecker啄木鳥。參看：magpie鵲；

peg用木釘釘；peck啄，鑿；picket尖椿；pique使生氣，刺激，激發。

---

pic.ket [ˈpikit; ˈpɪkɪt]

義節 pick.et

pick n.用來挖掘的尖物；-et表示「小」。

字義 vt. / n. （用）尖椿（圍住），（用）警戒哨（保衛）。

    vi. 擔任糾察。

記憶 ①〔義節解說〕估計本字來源於beak鳥嘴，其中b→p通轉。

②〔同族字例〕參看上字：picaresque傳奇流浪冒險的。

---

pic.tur.esque

[ˌpiktʃəˈresk; ˌpɪktʃəˈrɛsk] *

義節 pictur.esque

pictur→picture n.圖畫；-esque形容詞。

字義 a. 似畫的，別緻的，形象化的。

記憶 ①〔用熟字記生字〕picture圖畫，形象。

②〔同族字例〕depict描述；paint畫（圖畫），漆；pictograph象形文字。參看：pigment顏色。

---

pie.bald [ˈpaibɔːld; ˈpaɪˌbɔld]

義節 pie.bald

pie n.餡餅（狀物）；bald a.禿的。

字義 a. （馬）黑白斑的，花斑的。

    n. 花斑動物，花馬。

記憶 ①〔義節解說〕不時有一塊餡餅樣的地方，毛色不同，像禿了似的。

②〔同族字例〕pied雜色的，斑駁的；beluga鱘魚（註：白色的魚）；bleak無遮蔽的，蒼白的；blaze馬或其他動物臉上的白斑，樹皮上的指路刻痕；blesbok南非白面大羚羊；blemish瑕疵，汙點；blotch植物白斑病，汙斑；blind瞎的。參

看：blight陰影；bald禿的，露出的，露骨的。

pi.e.ty ['paiəti, 'paiiti; 'paɪətɪ]

義節 piet.y

piet（使）純淨；-y名詞。

字義 *n.* 虔敬行為，虔誠，孝順。

記憶 ①［用熟字記生字］pure純潔的。
②［同族字例］pious 虔誠的；impiety不虔誠；expiate贖（罪）；purge清洗；Puritan清教徒；depurant淨化器；expurgate使純潔；epurate提純。
③［音似近義字］beatify使快樂；devoir責任。

pig.head.ed
['pig'hedid, 'pig,h-; 'pɪg'hɛdɪd]

義節 pig.head.ed

pig *n.*豬；head *n.*頭；-ed形容詞。

字義 *a.* 頑固的，愚蠢的。

記憶 ［義節解說］「豬頭」三→蠢豬獵。

pig.ment ['pigmənt; 'pɪgmənt]

義節 pig.ment

pig描繪，畫；-ment名詞。

字義 *n.* 顏料，顏色，色素。

記憶 ①［用熟字記生字］picture圖畫。
②［同族字例］depict描述；paint畫（圖畫），漆；pictograph象形文字。參看：picturesque似畫的。
③［疊韻近義字］figment臆造的事物。

pig.my(pyg.my)
['pigmi; 'pɪgmɪ]

字義 *n.* 矮人，小精靈。
   a. 矮小的，微不足道的。

記憶 ①「皮格曼人」是非洲的侏儒部落，傳說曾與仙鶴作戰，本字原意為「前臂與

拳頭」→拳頭大小的。
②［同族字例］punch用拳頭打；poniard短劍；pugnacious好鬥的。

pil.lage ['pilidʒ; 'pɪlɪdʒ] *

義節 pill.age

pill→peel *n.*果皮 *v.*剝皮→ *v.*搶掠；-age字尾。

字義 *n. / v.*（戰爭中的）搶劫，掠奪。
   vt. 偷竊。

記憶 ［同族字例］pill搶掠；peel果皮，剝皮；pilfer偷竊，鼠竊；pilferage偷竊，贓物；pelter剝獸皮者；depilate拔毛，脫毛；spill傾覆，濺出；despoil奪取，劫掠。參看：peef不義之財；pluck拔毛；spoil掠奪（物）；flay剝皮，掠奪，嚴厲批評（pil→fil→fl；p→ph→p通轉）。

pil.lo.ry ['piləri; pɪlərɪ]

義節 pil.l.ory

pil尖椿，圍欄；-ory字尾。

字義 *n.* 頸手枷，當眾羞辱。

記憶 ①［義節解說］把頸、手用圍欄封住。
②［用熟字記生字］pillar柱子；pole杆，柱。
③［同族字例］pale（做柵欄用的）椿；圍欄；palace宮殿；bail馬厩裡的柵欄；bailey城堡外牆，外柵；baluster欄杆柱。參看：pallet小床；palatial宮殿（似）的。

pin.chers ['pintʃəz; 'pɪntʃɚz]

義節 pinch.er.s

pinch→punch *v.*用拳頭打→捏成拳頭狀→撐，夾，收縮；-er器具；-s名詞複數。

字義 *n.* 鐵鉗，鉗子。

記憶 ①［義節解說］要用拳頭打，就要把手指「收縮」，「捏」起來。引申為「鐵

鉗，鉗子」。

② ［用熟字記生字］spanner扳手，扳鉗。參看：pliers鉗子。

③ ［同族字例］punch 用拳頭打；pink 刺，扎，戳；expugn攻擊；impugn質問；repugn厭惡。參看：pugnacious好鬥的，好戰的。

pine [pain ; paɪn] *

字義 n. 松樹，松木。

vi. 衰弱，消瘦，渴望。

記憶 ① ［用熟字記生字］pin針→松樹的葉子尖，像針，所謂「松針」；pain痛→痛苦地「渴望」→爲伊消得人憔悴。

② ［諧音］動詞字義，特別是「渴望」一意可以諧音爲「盼」。參看：pant悸動，渴望。兩字音義均相似。

③ ［同族字例］「松樹」一意：pin針，尖。參看：pinion羽毛；pinnacle小尖塔，尖頂，頂峰，極點。

「渴望」一意：penitentiary感化院；repine訴苦。參看：penance懺悔；repent後悔，懺悔；penitence悔罪，悔過，懺悔。

④ ［疊韻近義字］fine纖細的。

pin.ion ['pinjən; 'pɪnjən]

字義 n. 翅膀，羽毛，小齒輪。

vt. 縛住翼，剪斷翅膀。

記憶 ① ［用熟字記生字］pin針。羽毛亦是尖如針狀，可作筆用。「縛住」一意，亦見於pin v.（用別針）別住，釘住，牽制；opinion意見，看法。上海話把「表示自己的意見」稱爲「豁翎子」→把羽翎張開，讓人看清楚。

② ［同族字例］pen（羽毛）筆；pennon（鳥）翅；pinnate羽狀的；-pter（字尾）翼。參看：peacock孔雀；pennate羽狀的。

pin.na.cle ['pinəkl; 'pɪnək!,- ɪk!] *

字義 n. 小尖塔，尖頂，頂峰，極點。

記憶 ① ［用熟字記生字］pin針，尖；pole極。

② ［同族字例］參看：pine松樹；pinion羽毛。

pique [pi:k ; pik]

字義 n. 生氣，不滿。

vt. 使生氣，刺激，激發。

記憶 ①本字是pick（用來挖掘的尖物）的變體，引申爲「刺激」，因受刺激而「生氣」。而pick又來源於beak鳥嘴，其中b→p通轉。

② ［同族字例］picador鬥牛士（註：用紅布「刺激」牛）；picnic野餐；picaroon流浪漢，海盜；pierce刺破；pike槍刺；pick啄，鑿；pink戳；poke戳；punch沖壓，打孔；pica異食癖；woodpecker啄木鳥。參看：magpie鵲；peg用木釘釘；peck啄，鑿；picket尖樁；picaresque傳奇流浪冒險的。

pis.ca.tor

[pis'keitə, 'piskə -; pɪs'ketə]

義節 pisc.at.or

pisc魚；at→ate動詞；-or行爲者。

字義 n. 捕魚人，釣魚者。

記憶 ［用熟字記生字］fish魚。此字應源自pisc，估計演變過程如下：p→ph→f；sc→sh。piscator→fisherman漁夫。

pith [piθ; pɪθ]

字義 n. 木髓，骨髓，精髓，【古】精力，氣力。

vt. 除去木髓，使癱瘓。

P

記憶 ①本字源於pit果核。核與「髓」均是被「包藏」在內的，可借pack（包，捆）助憶。

② 〔用熟字記生字〕peach桃子→pit桃核→pith精髓。

③ 〔同族字例〕pithy簡單扼要的；vitamin維他命；vital致命的。

pit.tance ['pitəns; 'pɪtns] *

義節 pit.t.ance

pit *n.*果核；-ance名詞。

字義 *n.* **小額捐贈，小額施捨，微薄的收入。**

記憶 ① 〔義節解說〕細微如果核。

② 〔疊韻近義字〕bit一點點。

③ 〔同根字例〕pettily 小器地，偏狹地；pettycoat 襯裙；pettifog挑剔；pet寵物（註：「小」常是愛稱）；pithy簡練的，精闢的；pit桃核。參看：petty（微）小的，次要的，渺小的，低微的。

④ 〔同族字例〕pedology兒童學；pedobaptism幼兒洗禮。參看：pedagogy教育學；paucity少量；pedant空談家。

- pl -

以下進入pl區域。

pl主要有「平」和「彎撓」二意，其他含義離散性較高。

pl描寫流體的「撲通」聲。於是有「嬉鬧」、「雨」等意。「羽毛」撲動空氣，引起「飛行、遊行」。

一般說，pl參與構成的單字會有如下義項：

①平，靜，板（p：「平靜」）

②編造，彎繞，皺折（l：「綁，合，聯結」，「柔軟」）

③煩擾，悲苦（p：「苦」）

④雨

⑤加，充足

⑥辯，贊，請求（p：「說話」）

⑦羽，絨（p：「羽，翼」）

⑧放，置，種，採

⑨飛行，遊行（p：「羽，翼」，「足，走，行」）

⑩鉛（p：「重，垂」）

⑪嬉，鬧

⑫竊，掠

⑬擬聲詞

plac.a.ble

['pleikəbl, 'plæk -; 'plekəb!, 'plæk -]

義節 plac.able

plac 使平，使愉快起來；-able能夠。

字義 *a.* **易撫慰的，易和解的，溫厚的。**

記憶 ① 〔義節解說〕可以使之高興起來→易撫慰的。

② 〔用熟字記生字〕please使愉快。

③ 〔同族字例〕poultice敷在傷處緩解疼痛的藥膏；placebo安慰物；complacent自滿的；placate撫慰；plea懇請；please使愉快。參看：placid平靜的；implacable難和解的；complaisant和諧的；palliate緩和（病，痛等）。

plac.ard

[*n.*'plæka:d ; 'plækard *v.* 'plæka:d ; plæ'kard, 'plækard]

義節 plac.ard

plac→place *v.*放在…位置；-ard名詞。

字義 *n.* **標語牌，招貼。**

　　vt. **張貼（布告於），揭示。**

P

記憶 ① ［義節解說］放在（來往人多）的位置。

② ［用熟字記生字］place地方，放在…位置。

③ ［同族字例］plaster黏貼；paste用漿糊黏貼；post貼布告；plasma血漿；plastic塑料；anaplasty外科整形術；dysplasia發育異常；metaplasm字形變化；polynya冰穴；patch（貼於傷口的）膏藥。

④pl表示「平板」的其他字例：placoid板狀的；plafond天花板；plank厚板；complanate平版的；explanate平展的；plaque飾板；plate板；platform平臺。

⑤ ［音似近義字］flake薄片；bulletin公告；policy保險單。

plac.id ['plæsid ; 'plæsɪd] *

義節 plac.id

plac使平，使愉快起來；-id形容詞。

字義 a. 平靜的，安靜的，溫和的。

記憶 ① ［義節解說］可以使人高興→溫和的。

② ［用熟字記生字］please使愉快。

③ ［同族字例］poultice敷在傷處緩解疼痛的藥膏；placebo安慰物；complacent自滿的；placate撫慰；plea懇請；please使愉快。參看：placable易撫慰的；implacable難和解的；complaisant和諧的；palliate緩和（病，痛等）。

pla.gia.rize

['pleidʒəraiz; 'pledʒə,raɪz] *

義節 plag.iar.ize

plag→pillage v.（戰爭中的）搶劫，掠奪，偷竊；-iar行為者；-ize…化。

字義 v. 剽竊，抄襲（別人的學說等）。

記憶 ① ［義節解說］掠人之美，等同強盜。

② ［同族字例］pill搶掠；peel果皮；剝

皮；pilfer偷竊，鼠竊；pilferage偷竊，贓物；pelter剝獸皮者；depilate拔毛，脫毛；spill傾覆，濺出；despoil奪取，劫掠。參看：peef不義之財；pillage（戰爭中的）搶劫，掠奪，偷竊；pluck拔毛；spoil掠奪（物）。

plague [pleig ; pleg] *

字義 n. 瘟疫，災禍。

　　vt. 使染瘟疫，使得災禍，煩擾。

記憶 ①本字來源於flagerate鞭打，和flag（草木）萎垂。f→p音變通轉。

② ［同族字例］plectrum撥弦片；plexor叩診槌；apoplexy中風；paraplegia下身麻痺，截癱；flog鞭打；flagellant自行鞭笞的；flagellate鞭打；flail鞭打；抽打，打穀；flick（用鞭）輕打，彈，拂；afflict折磨，使苦惱；conflict鬥爭，衝突；inflict打擊，處罰，加刑。

③ ［雙聲近義字］pest瘟疫。參看：pestilent致命的，傳染性的。「煩擾」一意，參看：pester煩擾。

④ ［易混字］plaque飾板。

plaint [pleint ; plent] *

字義 n. 悲嘆，抗議，訴苦，控訴。

記憶 ①plain模擬「敲，擊」聲，引申為「槌」胸。它來源於拉丁文plango打擊，槌胸。

② ［用熟字記生字］pain痛苦。

③ ［同族字例］plaintive哀怨的；plangent凄切動人的；complain抱怨；plangorous悲嚎的；plight苦況。參看：plangent轟鳴的，凄切動人的。

④ ［音似近義字］lament悲嘆。

plan.gent

['plændʒənt; 'plændʒənt]

義節 plang.ent

plan→plain模擬「敲，擊」聲；-ent形容詞。

字義 *a.* **隆隆作響，轟鳴的，迴盪的，淒切動人的。**

記憶 ① ［用熟字記生字］pang砰砰聲。

② ［同族字例］參看上字：plaint悲嘆。

③pl擬聲的其他字例：plash濺潑聲；plink叮咚聲；plop噗通聲；plump噗通地墜落；plunk噗通地放下。

plank [plæŋk ; plæŋk] *

字義 *n.* **厚板，基礎。**

    vt. **鋪板。**

    vi. **睡在板上。**

記憶 ① ［用熟字記生字］plane平板。

② ［同族字例］placoid板狀的；complanate平板的；explanate平展的；plaque飾板；planchet硬幣胚。參看：placard標語牌。

③pl表示「平板」的其他字例：plafond天花板；plate板；platform平臺。

plat.i.tude [ˈplætitjuːd ; ˈplætə,tjud, - ,tud]

義節 plat.i.tude

plat平；-tude表示「狀況」。

字義 *n.* **平凡，老生常談，陳詞濫調。**

記憶 ① ［義節解說］平平無奇。

② ［用熟字記生字］flat扁平的；platform平臺；plate盤，板。

③ ［同族字例］plateau高原；platoid寬扁形的；platter大淺盆。

plau.dit.o.ry [ˈplɔːditəri; ˈplɔdə,tɔri, - ,tori]

義節 plaud.it.ory

plaud→burst out爆破，爆發，敲擊，讚揚；-it字尾；-ory形容詞。

字義 *a.* **可稱讚的。**

記憶 ① ［義節解說］burst out into applause爆發出掌聲→讚許。

② ［同族字例］explore 探究；explode爆破，戳穿；implode壓破，內向爆破；applaud鼓掌稱讚；applause鼓掌稱讚；plaudit喝采讚美。參看：plausible似乎有理的；placet贊成票；implore哀求；deplore悲嘆，哀悼；plod沉重緩慢走。

③ ［音似近義字］laudable值得稱讚的。

plau.si.ble [ˈplɔːzəbl, - zib -; ˈplɔzəbl] *

義節 plaus.ible

plaus敲擊，爆發，讚揚；-ible能夠。

字義 *a.* **似乎有理的，似乎可能的，嘴巧的。**

記憶 ① ［義節解說］雙掌互擊，表示贊同→（似乎）能夠為人讚同的。「嘴巧的」一意，又可參看：plead辯護。

② ［用熟字記生字］pleasant討人歡喜的；applause鼓掌。

③ ［同族字例］參看：complaisant討好的。參看上字：plauditory可稱讚的。

④ ［音似近義字］possible可能的；laudable值得稱讚的。

plead [pliːd ; plid]

字義 *v.* **辯護，申明。**

    vi. **懇求。**

記憶 ① ［用熟字記生字］please使愉快。plead是please的異體。

② ［同族字例］placate撫慰；plea懇請。參看：complaisant討好的；implacable難和解的；placable易撫慰的；placid平靜的，安靜的，溫和的；pledge誓言；plight誓約。

P

ple.be.ian [pli'bi(:)ən; plə'biən] *

義節 plebe.ian

plebe平民；-ian字尾。

字義 *n.* / *a.* **平民（的），庶民（的）。**
   a. **粗俗的。**

記憶 ① ［義節解說］字根-plebe-來源於拉丁文plebs平民。深究之，本字應從pale（做柵欄用的）尖板條，樁→打樁建房→居住→平民。

② ［用熟字記生字］pillar柱子；pole杆，柱。

③ ［同族字例］pale（做柵欄用的）樁；圍欄；palace宮殿；bail馬廄裡的柵欄；bailey城堡外牆，外柵；baluster欄杆柱；divulge洩漏（di-分散；vulg村民；含義是「讓人一般知道」：vul→pl,v.→f→ph→p音轉）；vulgarize使庸俗；vulgus平民；villain粗魯的鄉下人，惡棍；villa別墅；villager村民。參看：pallet小床；palatial宮殿（似）的；pillory頸手枷，當眾羞辱；vulgar粗俗的，普通的，本土的，世俗的。

---

pledge [pledʒ; plɛdʒ] *

字義 *v.* / *n.* **（使）發誓，抵押（品），擔保（物），乾杯。**

記憶 ①本字來源於plea。plea的古意是「訴訟」，訴訟必要對神發誓。

② ［同族字例］bail擔保。參看：plead辯護；plight誓約。

③ ［雙聲近義字］repleven要求發還被扣押財物的訴訟。

---

ple.na.ry

['pli:nəri; 'plinərı, 'plɛnərı] *

義節 plen.ary

plen充滿；-ary形容詞。

字義 *a.* **完全的，充分的，絕對的，全體出席的。**

記憶 ① ［義節解說］字根-plen-可能來源於pile堆積→充滿。

② ［用熟字記生字］plenty豐富的，充足的，大量的；complete填滿，完成。

③ ［同族字例］plenish充滿；replenish補充；plenty充分；deplete減少；supplement填補；accomplish完成。參看：plethoric過多的；plenipotentiary有全權的。

---

plen.i.po.ten.ti.ar.y

[,plenipə'tenʃəri, -pou't,- ʃiər, -ʃjər-; ,plɛnəpə'tɛnʃərı, - ʃı,ɛrı]

義節 plen.i.pot.ent.i.ary

plen充滿；pot力，權力；-ent字尾；-ary形容詞。

字義 *a.* **有全權的。**
   n. **全權大使，全權受託者。**

記憶 ① ［用熟字記生字］potential有潛力的。

② ［同族字例］-plen-參看上字：plenary充分的。

-pot- ：potent有力的；impotent無能的；possible可能的；emperor統治者；empire帝國；empower授權；puissance權勢。參看：potentate統治者；omnipotent有無限權力的。

---

ple.thor.ic

[ple'θɔrik, pli'θ-; 'plɛθərık, plɛ'θɔrık, -'θɑr -]

義節 plet.hor.ic

plet滿載；hor→-ory有…性質；-ic形容詞。

字義 *a.* **過多的，過剩的，多血（症）的。**

記憶 ① ［義節解說］太「滿」了些。

② ［用熟字記生字］complete完成，填

滿。

③〔同族字例〕-plet-參看上字：plenary充分的。

plight [plait ; plaɪt] *

字義 *n.* 誓約，婚約，境況，困境。

　　vt. 保證。

記憶 ①〔同族字例〕「誓約」等意：repleven要求發還被扣押財物的訴訟；bail擔保。參看：plead辯護；pledge宣誓。

「困境」一意，從「編結，糾纏」而來；plait褶，襇，辮子；pleat褶，編織，編辮；plica褶；plicate褶的，折扇狀的，有溝；plication折，皺紋；plotter陰謀者；ply折，彎，使鉸合；deploy散開，布署。

②〔疊韻近義字〕參看：blight挫折，枯萎。

plod [plɔd; plɑd]

字義 *v.* / *n.* 沉重緩慢走。

　　vi. / *n.* 沉悶地(的)苦幹。

記憶 ①plod→字根-plod-→burst out爆發出聲

②〔用熟字記生字〕plumb鉛。(腳步)像鉛塊一樣沉重。

③〔同族字例〕explore 探究；explode 爆破，戳穿；implode壓破，內向爆破；applaud鼓掌稱讚；applause鼓掌稱讚；plaudit喝采讚美。參看：plausible似乎有理的；placet贊成票；implore哀求；deplore悲嘆，哀悼；plauditory可稱讚的。

④pl表示「鉛，沉重」的其他字例：plunge投入；aplomb鎮定自若；plump沉重地墜落；plunk沉重地放下。

plow [plau ; plaʊ] *

義節 pl.ow

pl→pol整平，耕，磨光；-ow字尾。

字義 *n.* / *v.* 耕，犁。

　　n. 耕地，掃雪機。

　　v. 開路。

記憶 ①本字是美式拼法(→plough)。the Plough北斗星。該星座形狀像把犁，可借此聯想助憶。深究之，本字應來源於拉丁文politio耕耘，加工。

②〔用熟字記生字〕polish磨光。

③〔同族字例〕polemic 辯論術；polemiz辯駁；politician政客；politics政治。參看：parley談判；politic精明的，有策略的，狡猾的。

pluck [plʌk; plʌk] *

字義 *vt.* 摘，採，拔(毛)，撥(弦)。

　　vi. 拉，拽。

　　n. 內臟，勇氣。

記憶 ①本字來源於peel果皮，剝皮。peel→pillage搶劫，掠奪，偷竊→plagiarize剽竊，抄襲→pluck拔毛。

②〔用熟字記生字〕pick摘，採，拔；pull摘，採，拔，拉，拖，牽引。

③〔同族字例〕pill搶掠；peel果皮，剝皮；pilfer偷竊，鼠竊；pilferage偷竊，贓物；pelter剝獸皮者；depilate拔毛，脫毛；spill傾覆，濺出；despoil奪取，劫掠。參看：peef不義之財；pillage(戰爭中的)搶劫，掠奪，偷竊；spoil掠奪(物)。

plum.age ['pluːmɪdʒ; 'pluɪmɪdʒ]

義節 plum.age

plum羽，翼；-age名詞

字義 *n.* 羽衣，全身羽毛，漂亮精緻的衣服。

P

① ［同族字例］plush長毛絨；pelage
毛皮；pile絨毛；pilose柔毛狀的；
caterpillar毛蟲；depilate脫毛。參看：
pluck拔（毛）；plunder搶劫；pillage搶
劫。
②字母p常表示「羽翼」。例如：pen
（羽毛）筆；pennon（鳥）翅；pinnate
羽狀的；-pter（字尾）翼。參看：
peacock孔雀；pennate羽狀的。

plun.der ['plʌndə; 'plʌndə] *
義節 plun.der
plun→plume n.羽毛。der給予。
字義 v./n. 掠奪，搶劫。
　　n. 贓物。
記憶 ① ［義節解說］雁過拔毛，實為劫掠。
② ［同族字例］pill搶掠；peel果皮，剝
皮；pilfer偷竊，鼠竊；pilferage偷竊，
贓物。pelter剝獸皮者；depilate拔毛，
脫毛。參看：peef不義之財；pillage（戰
爭中的）搶劫，掠奪，偷竊；pluck拔
毛；plagiarize剽竊。

po.di.a.trist
[pou'daiətrist; po'dəiətrist]
義節 pod.iatr.ist
pod→ped足；iatr治療術；-ist人。
字義 n. 足病醫生。
記憶 ① ［易混字］參看：pediatrician兒科
醫生。
② ［同族字例］-pod- : 參看：expedient
便利的；expeditious敏捷的；octopus章
魚；pedestrian步行的；peddle叫賣；
podium墩座牆，（動物）足。
-iatr- : iatric醫師的，醫藥的；physiatrics
理療。參看：pediatrician兒科醫生；
psychiatrist精神科醫生。

po.di.um ['poudjəm, - diəm; 'podiəm]
義節 pod.i.um
pod→ped足；-um字尾。
字義 n. 墩座牆，矮牆，（樂隊，交通）指
揮臺，（動物）足。
記憶 ① ［義節解說］「墩座」乃是基礎，猶
如人「足」。
② ［同族字例］字尾-podium表示「足、足
狀部分」。例如：pseudopodium偽足。
參看：expedient便利的；expeditious
敏捷的；octopus章魚；pedestrian步行
的；peddle叫賣；podiatrist足科醫生。

poign.ant
['pɔinənt, 'pɔinjə-, 'pɔignə -; 'pɔinənt,
'pɔinjənt] *
義節 poign.ant
poign尖，刺；-ant形容詞。
字義 a. 辛辣的，尖銳的，強烈的，透徹
的。
記憶 ① ［義節解說］「尖」銳的，「刺」激
性的。
② ［用熟字記生字］point尖端。
③ ［同族字例］punch 用拳頭打；pink
刺，扎，戳；expugn攻擊；impugn質
問；repugn厭惡。參看：pugnacious好
鬥的，好戰的；pinchers鐵鉗，鉗子；
pungent辛辣的，尖銳的，刺激的。

poise [pɔiz; pɔiz] *
字義 v./n. （使）平衡。
　　vi./n. 猶豫。
　　n. 沉著，砝碼。
記憶 ①「平衡」一意：從字根pend / pens
懸，吊，掛，秤重。秤重，要把重物和
砝碼分別「懸吊」起來，並使天平「平
衡」。

「沉著」一意：本字是pose（擺好姿勢，擺正位置）的變體。

② ﹝用熟字記生字﹞pause暫停。

③ ﹝同族字例﹞「平衡」一意：depend依靠；suspend吊，懸，停止；prepense預先考慮過的；propensity嗜好。參看：pensive沉思；penchant嗜好；ponder估量。

「沉著」一意：pose姿勢；expose暴露；pesade馬騰空向上的姿勢；diapause（昆蟲）發育停滯；repose休息，鎮靜，安靜。參看：composed安靜的，鎮靜的。

---

po.lem.ic [pɔ'lemik, pə'l - ; po'lɛmɪk]

﹝義節﹞polem.ic

polem→bel戰爭；-ic字尾。

字義 *a.* （愛）爭論的。

　　n. 攻擊，爭論。

記憶 ① ﹝用熟字記生字﹞parliament議會。記：在議會中辯論。

② ﹝同族字例﹞polemics辯證法；polemicist善辯者；belligerent好戰的，交戰中的（pol→bel：p→b通轉）；post-bellum戰後的；ante-bellum戰前的（此二字均特指美國南北戰爭）；Bellona女戰神；duel決鬥；bull公牛；bully欺悔。參看：rebel造反，bile膽汁，暴躁，壞脾氣；bellicose好戰的，好爭吵的。

③ ﹝音似近義字﹞參看：plead辯護。

---

pol.i.tic ['pɔlitik, - lət -; 'pɑlə,tɪk] *

﹝義節﹞pol.it.ic

pol整平，耕，磨光；-it字尾；-ic形容詞。

字義 *a.* 精明的，有策略的，狡猾的。

記憶 ① ﹝義節解說﹞本字應來源於拉丁文politio耕耘，加工。經過整平，磨光，加工→能言善辯，機巧精明。拉丁文politus

經過藝術加工的，有學問的，精細的。

② ﹝用熟字記生字﹞polish磨光。

③ ﹝同族字例﹞polemics辯論術；polemize辯駁；politician政客。參看：parley談判；plow耕，犁。

④ ﹝易混字﹞politics政治。

---

po.lyg.a.mist

[pɔ'ligəmist, pə'l-; pə'lɪgəmɪst]

﹝義節﹞poly.gam.ist

poly-多；gam結合，婚姻；-ist人。

字義 *n.* 多配偶（論）者。

記憶 ① ﹝義節解說﹞字根gam的基本含義是「膠，黏」，很易記：gum是口香糖，jam是果醬（j→g通轉）。從「膠，黏」引申為「結合」。亦可借助字根gen（生）記憶：因性結合而受胎出「生」。參看：progeny子孫。

② ﹝同族字例﹞geminate使成對，使加倍；monogamy一夫一妻制（mono-字首，表示「單一」）；bigamy重婚（bi-字首，表示「二」）；polygamy多配偶的（poly-字首，表示「多」），misogamy厭惡結婚（miso-字首，表示「厭惡」）；neogamist新婚者（neo-字首，表示「新」）；endogamy內部通婚（endo-字首，表示「內」）；exogamy異族通婚（exo-字首，表示「外，異」）；autogamy自體受精（auto-字首，表示「自己」）；cryptogam隱花植物（crypto-字首，表示「隱蔽」）；geminate使成對，使加倍（字根-gem-是字根-gam（o）-的變體）；Gemini雙子座；bigeminal成雙的，成對的；trigeminus三叉神經；gimmal雙連環。參看：xenogamy（植物）異株異花受精，（動物）雜交配合；gam鯨群，聯歡，交際；amalgam汞合金（汞齊），合併。

pol.y.glot ['pɔliglɔt; 'palɪ,glat]

義節 poly.glot

poly-多；glot舌→話語。

字義 *n.* **通曉數種語言者，有數種文字對照者。**

記憶 ① ［用熟字記生字］glossary詞彙表，術語。

② ［同族字例］glossology語言學；glottology語言學；glossate有舌的。

---

pom.mel ['pʌm!; 'pʌm!, 'pam!]

義節 pom.m.el

pom圓形物；-el表示「小」。

字義 *n. / vt.* **（用）刀劍上的圓頭（擊），用拳頭揍。**

記憶 ① ［義節解說］Pomona是羅馬神話中的果樹女神，由此，pom表示圓形的瓜、果。而pum是pom的變形，又引申而表示圓球形物。拳頭也是圓形物。

② ［同族字例］pome梨果；pomegranate石榴；pomelo文旦；pomology果樹學；pomanda香丸；pompon絨球，絲球；pomade潤髮油；pomace果渣。參看：pumpkin南瓜。

---

pomp [pɔmp; pamp]

字義 *n.* **華麗，壯觀，浮華，虛飾。**

記憶 ① ［用熟字記生字］pump泵，唧筒。記：用唧筒打得「脹大」→浮華。在法文中，表示「泵」與「浮華」兩字同形。

② ［音似近義字］參看：bombast故意誇大的話。

③ ［同族字例］boom景氣，繁榮（註：b→p通轉）；beam綻開笑容；bomb炸彈；bombard炮轟，連珠炮似地質問；bump撞擊；bumb爆發；bumper豐盛的，（乾杯時的）滿杯；pompous壯麗

的，浮華的。參看：bombast故意誇大的話；boom（發出）隆隆聲；突然繁榮，一時興盛；pumpkin南瓜，大亨。

---

pon.der ['pɔndə; 'pandə] *

義節 pond.er

pond吊，秤重；-er重複動作。

字義 *v.* **沉思，默想。**

      vt. **估量。**

記憶 ① ［義節解說］在心中「秤」了又「秤」，權衡再三。

② ［同根字例］depend依靠；suspend吊，懸，停止；prepense預先考慮過的；propensity嗜好。參看：pension撫恤金；penchant嗜好；pendant下垂物，垂飾；pensive沉思的。

---

pon.der.ous

['pɔndərəs; 'pandərəs] *

義節 pond.er.ous

pond吊，秤重；-er重複動作；-ous充滿…的。

字義 *a.* **沉重的，沉悶的，冗長的，平凡的。**

記憶 ① ［義節解說］充滿重量→秤了又秤→冗長的。

② ［同根字例］參看上字：ponder估量。

---

po.ny ['pouni; 'ponɪ]

字義 *n.* **小馬，小酒杯。**

      v. **付清。**

      a. **小（型）的。**

記憶 ① ［用熟字記生字］poor貧窮的；few少的。

② ［同族字例］pauciloquy 言語簡練；paucifoliate少葉的；penurious鄙吝的；pauvertuy貧窮；depauperate使貧窮；impecunious貧窮的。參看：penury赤

貧，缺乏；parsimony異常節省，吝嗇；paucity少量，少許，缺乏，貧乏。

③ ［音似近義字］foal（一歲以下）駒。

pop.lar ['pɔplə; 'pɑplə]

字義 *n.* 白楊，楊木。

記憶 ① ［義節解說］本字有一非正式的異體popole，原意是「早期的人」。可能是白楊的形態像站立著的人。

② ［陷阱］此爲陷阱字，乍一看，以爲是popular大衆的，流行的。

pore [pɔ:, pɔə; por, pɔr] *

字義 *vi.* 凝視，鑽研，默想。

n. 細孔，毛孔。

記憶 ① ［雙聲近義字］「凝視」一意，參考：peek窺視；peep偷看；appear出現。參看：peer凝視，出現。

② ［疊韻近義字］bore打孔。

③ ［同族字例］biforate有雙孔的；foramen骨頭或薄膜上的小孔；interfere干涉；pharynx咽喉；open敞開的，公開的，直率的；porch門廊；port港口；ford津渡；emporium商場。參看：aperture孔隙；overt公開的；overture主動的表示；petulant易怒的；perforate穿孔；pert沒有禮貌的，冒失的，活躍的，別緻的，痛快的。

por.poise ['pɔ:pəs; 'pɔrpəs]

義節 por.poise

por→pork *n.*豬；poise→pisc魚→fish *n.*魚。

字義 *n.* 海豚。

記憶 ① ［義節解說］像豬一樣的魚。關於字根-pisc-魚，參看：piscator捕魚人。

② ［形似字］tortoise烏龜。

por.tal ['pɔ:tl; 'portl, 'pɔr -]

義節 port.al

port *n.*港口；-al字尾。

字義 *n.* （正）門，橋門，隧道門。

a. （肝）門的。

記憶 ① ［義節解說］法文porte即表示「門」。「港口」亦是「門戶」。估計來源於pore（細孔，毛孔）和bore打孔，引申爲「門洞」。

② ［用熟字記生字］porter看門人；airport空港，機場。

③ ［同族字例］biforate有雙孔的；foramen骨頭或薄膜上的小孔；interfere干涉；pharynx咽喉；open敞開的，公開的，直率的；porch門廊；port港口；ford津渡；emporium商場。參看：aperture孔隙；overt公開的；overture主動的表示；petulant易怒的；perforate穿孔；pert沒有禮貌的，冒失的，活躍的，別緻的，痛快的；pore細孔，毛孔。

por.tend [pɔ:'tend; por'tɛnd, pɔr -]

義節 por.tend

por- → pro- 前；tend伸展。

字義 *vt.* 預示，給…以警告。

記憶 ① ［義節解說］把將來的事「伸展」到眼前。

② ［用熟字記生字］tend趨向於。

③ ［同族字例］tender投標；contend爭奪；extend延伸；tend照料，管理，留心；attendant侍者，隨從（註：「照管」雜物）；attention注意；intendant監督人，管理人；superintendent監督人，主管；ostentatious矯飾的，誇示的。參看：ostentation矯飾，誇示；pretentious自負的，矯飾的，使勁的；intuition直覺，直觀；superintend監督，主管，指揮（工作等）；intendence監督，管理（部門）。

P

port.fo.li.o

[pɔːt'fouljou, - liou; port'folɪ,o]

義節 port.folio

port→carry v.攜帶；folio樹葉，書頁。

字義 n. 文件夾，公事包，部長之職，業務量，投資組合。

記憶 ① ［義節解說］用以攜帶紙頁。

② ［用熟字記生字］porter搬運工；leaf葉子；flat扁平的。

③ ［同族字例］foliage簇葉；foliate多葉的；frondose多葉的。參看：foliar葉的；foil箔。

④ ph是f音的另一種拼寫形式。ph表示「葉」的其他字例：chlorophyll葉綠素（chlolo綠）；phyllite千層岩；podophyllin鬼臼樹脂（作瀉劑用）；phyllode葉狀的。參看：phyllome葉叢，葉原體。

port.ly

['pɔːtli; 'portlɪ, 'port -]

義節 port.ly

port n.舉止，風采；-ly形容詞。

字義 a. 肥胖的，粗壯的，魁梧的。

記憶 ① ［義節解說］port的原意是「持槍」，引申爲「相貌堂堂」。再由「持槍致敬」引申爲「舉止」。

② ［同族字例］port舉止，風采。參看：comport舉止；deport舉止。

port.man.teau

[pɔːt'mæntou; port'mænto, port -]

義節 port.manteau

port→carry v.攜帶；manteau n.斗篷

字義 n. 旅行皮包，旅行皮箱。

記憶 ① ［義節解說］可以攜帶的，用來包住衣物的東西。

② ［同族字例］字根-mant-表示「包裹，

遮蔽」。例如：mantel壁爐架；mantilla女用薄頭罩；mantle斗篷；mantlet移動掩蓋物，（炮的）護板，彈盾。

por.tray

[pɔː'trei; por'tre, pɔr -] *

義節 por.tray

por- → pro- → before / out前，出來；tray→draw v.畫，抽。

字義 vt. 畫，描述，扮演。

記憶 ① ［義節解說］把被畫人或物的特徵「抽提」出來。

② ［用熟字記生字］換一個思路：tray盤子→把調色盤拿出來（動手畫）。

③ ［同族字例］treat商討，款待，對付，對待；treaty契約；contract合約；retreat退卻；detraction誹謗；intractable倔強的，難管的；distrait心不在焉的；trace拖繩，痕跡，蹤影；trail拖曳，痕跡，蹤跡；entrain拖，拽；track痕跡，蹤跡；trait一筆，一畫；portrait肖像；betray洩露；distress悲苦，憂傷。參看：tract地帶；trait特色；entreat懇求。

pos.ter.i.ty

[pɔs'teriti; pɑs'tɛrəti] *

義節 post.er.ity

post-後；-er字尾；-ity名詞

字義 n. 後代，子孫。

記憶 ① ［義節解說］poster在後，走在後面的。

② ［用熟字記生字］post - war戰後。

③ ［同族字例］postpone推遲；postscript附言，又及。參看：preposterous反常的，十分荒謬的，前後顛倒的。

post.hu.mous

['pɔstjuməs; 'pɑstʃuməs]

義節 post.hum.ous

post-後；hum土；-ous形容詞。

字義 *a.* **身後的，遺腹的，作者死後出版的。**

記憶 ① ［義節解說］入土之後→死後。

② ［同族字例］ inhume埋葬，土葬；humify使變成腐殖質。參看：exhume掘出。

---

③ ［音似近義字］ bouquet花束。

④換一個思路；pos→put放置，「花束」是客人一送到就要接過來「放置」在花瓶上的。

⑤ ［雙聲近義字］ poesy詩；poem詩歌。參看：psalm聖歌；paean（古希臘對太陽神的）讚歌，凱歌，歡歌。

---

pos.tiche [pɔs'tiːʃ 'pɔst -;pɔs'tiʃ]

義節 post.iche

post→put *v.*放置；-iche字尾

字義 *n.* **假髮。**

a. **硬加上去而顯得不倫不類的，偽造的，假的，多餘的。**

記憶 ① ［義節解說］添加上去的→假髮。再引申爲「假的」。

② ［同族字例］ pseudo-（字首）假，偽。參看：postulate假設，要求，假定。

③換一個思路：post後；tiche→attach附加；附加在後面的→假髮。

---

pos.tu.late

['pɔstjulit, - leit; 'pɑstʃə,let] *

義節 post.ul.ate

post→put *v.*放置；-ul字尾；-ate動詞。

字義 *n.* **假設，要求，假定。**

記憶 ① ［義節解說］添加上去的→假髮。再引申爲「假的，假設」。

② ［同族字例］ expostulate規勸；propose建議；suppose假定。參看：postiche假髮。

---

po.sy ['pouzi ; 'pozɪ]

字義 *n.* **花束，格言，（贈物時所刻的）銘文。**

記憶 ①本字是poesy（詩）的縮略形式。詩→格言→贈物時的贈言→贈花束。

② ［用熟字記生字］ peony牡丹。

---

po.ta.ble ['poutəbl; 'potəbl]

義節 pot.able

pot水，飲；-able能夠。

字義 *a.* **可飲用的。**

記憶 ① ［用熟字記生字］ pot水壺；poison毒藥。

② ［同族字例］ potation暢飲，飲料；potamic河流的。參看：potion一服藥；compotation同飲。

③ ［易混字］ portable便攜的。

---

po.ten.tate

['poutənteit, -tit; 'potn,tet]

義節 pot.ent.ate

pot力，權力；-ent字尾；-ate字尾。

字義 *n.* **君主，統治者。**

記憶 ① ［義節解說］有權力者potent有（勢）力者。

② ［用熟字記生字］ potential有潛能的；power力權。

③ ［同族字例］ possible 可能的；emperor統治者；empire帝國；empower授權；potent有力的；puissance權勢；possess起作用，有影響。參看：impotent無能的；omnipotent有無限權力的。

---

poth.er ['pɔðə; 'pɑðɚ]

義節 pot.her

pot→drink *v.n.*飲，水；her→house *n.*房屋。

字義 *n.* 喧鬧，忙亂，瀰漫的塵霧。

    v./n.（使）煩惱。

記憶 ①〔義節解說〕pothouse是低級酒店，自然「喧鬧，忙亂」，煙霧瀰漫，使人煩惱。

②〔疊韻近義字〕bother（使）煩惱，吵鬧。

③〔用熟字記生字〕pot水壺；poison毒藥。

④〔同族字例〕potable可飲用的；potation暢飲，飲料；potamic河流的；pottage濃湯；pottle罐，壺，大杯；bottle瓶；botchpotch雜燴；pot-boiler賺錢的低劣文化品；pothouse低級小酒店。

⑤〔音似近義字〕bustle喧鬧。參看：pester煩擾，糾纏。

po.tion ['pouʃən; 'poʃən]

義節 pot.ion

pot→drink飲，水；-ion名詞

字義 *n.* 一服藥，一服麻醉藥（或毒藥）。

記憶 ①〔義節解說〕飲用（一服藥）。

②〔用熟字記生字〕pot水壺；poison毒藥。

③〔疊韻近義字〕lotion【藥】洗劑；【英俚】飲料。

④〔同族字例〕potable可飲用的；potation暢飲，飲料；potamic河流的。

pot.pour.ri

['pou'puri:, pou'p(:); pɑt'pʊrɪ, popu'ri]

義節 pot.pourri

pot *n.*壺，罐；pourri腐爛的

字義 *n.* 百花香，混雜物，雜燴，雜曲，雜集。

記憶 ①〔義節解說〕各種雜物一起放在罐裡腐爛。

②〔用熟字記生字〕pour倒出。記：把（雜

七雜八的東西）倒入罐裡。

③〔同族字例〕pottage濃湯；pottle罐，壺，大杯；bottle瓶；botch-potch雜燴；pot-boiler賺錢的低劣文化品；pothouse低級小酒店。

④字母p表示「腐爛，變壞」的其他字例：pus膿（液）；purulent化膿的；pyogenesis生膿；pyoid膿樣的；pustulous小膿瘡的；impair損害，損傷；spoil損壞，弄壞；pejorative惡化的；pessimistic悲觀的；putrescent正在腐爛（墮落）的；putrescible易腐爛的；putrefy化膿，腐爛，腐敗。參看：putrid腐爛的。

pouch [pautʃ; paʊtʃ] *

字義 *n.* 錢袋，菸袋，小袋，（動物）育兒袋。

    vt. 放入袋。

    vi. 成袋。

記憶 ①〔用熟字記生字〕poach荷包蛋（像袋子般把蛋黃包起來）；pocket口袋。（ch→k通轉）；basket籃子（bask→fisc；b→f通轉）。

②〔同族字例〕fiscal year會計年度；bag袋；bucket桶；disbursement支付；purse錢袋，錢包（bask→purs；b→p通轉）；poke（放金砂的）袋，錢包；pucker皺，褶；package包，捆；packet小包；parcel小包；pock痘疱；compact契約，協議；poach荷包蛋（像袋子般把蛋黃包起來）；pack包，捆；vase瓶，花瓶（bask→vas；b→v通轉）；vessel容器，船。參看：confiscate沒收，充公，扣押；reimburse償還，付還（款項），補償，賠償（re-重新，回；im- → in-進入；burse→purse錢袋）；pact契約，協定，條約，公約；fiscal國庫的，財政的。

- pr -

以下進入pr區域。

pr的主要含義是「取」。予「取」予「奪」，據爲「私」有。「私」心太重就會「墮落」。pr的另外兩個重要含義是「壓」和「原始」。它們旗下都擁有大量的單字。

一般來說，pr組成的單字會有如下義項：

① 先，原始

② 拿，取（r:「奪取」）

③ 奪（r:「奪取」）

④ 口，祈求（p:「說話」）

⑤ 私

⑥ 檢驗，發覺

⑦ 價值

⑧ 實踐（p:「做，幹」）

⑨ 壓

⑩ 癢

⑪ 傾斜，俯伏，墮落

⑫ 尖，刺（p:「針，刺」）

prac.ti.ca.ble

['præktikəbl; 'præktɪkəb!] *

義節 pract.ic.able

pract實踐，做；-ic字尾；-able能夠。

字義 a. 能實現的，行得通的，適用的。

記憶 ①〔用熟字記生字〕practical實踐的，實際的，事實上的。

②〔同族字例〕praxis實踐，運用；practician執業的，有實踐經驗的；impractical不切實的；empiric經驗主義的。參看：pragmatic重實效的。

③字母p表示「做」的字例：poiesis創造才能；poem詩；opera歌劇；operate操作；expert專家，熟練者，experience經驗；experiment實驗；operose繁忙的，費力的。

prag.matic

[præg'mætik; præg'mætɪk]

義節 pragmat.ic

pragmat做；-ic形容詞。

字義 a. 忙碌的，重實效的，實用主義的，國事的。

記憶 ①〔用熟字記生字〕practice實踐，實幹。

②〔同族字例〕參看上字：practicable能實現的，適用的。

prai.rie ['prɛəri; 'prɛrɪ] *

字義 n. 大草原。

記憶 ①〔義節解說〕本字源於拉丁文pratum草地，牧場；和pratens草綠的。

②〔形似近義字〕參看：predial土地的，不動產的，鄉村的；pledge抵押品→以「不動產」作抵押品。

③〔同族字例〕pratincole一種外觀像燕子的鳥。

prank [præŋk; præŋk] *

字義 n. 胡鬧，惡作劇，開玩笑。

　　　v. 打扮。

記憶 ①〔易混字〕plank厚板。

②〔形似近義字〕prance馬的後足立地騰躍，歡騰。參看：banter開玩笑。

prate [preit; pret]

字義 vi./n. 嘮叨，空談。

　　　v./n. 瞎談。

記憶 ①〔用熟字記生字〕parrat鸚鵡→嘮叨地講話；brey驢叫聲。

②〔同族字例〕prittle-prattle空談，饒

舌；rattle碟碟不休地講；roist喧鬧；
rote濤聲；rout咆哮；rumor謠言；bruit
喧鬧，謠言。參看：rant咆哮；riot騷
亂，放縱；rout聚眾鬧事，騷動；rut思
春；prattle嘮叨，空談。
③字母組合pr模擬祈禱時的喃喃語聲，引
申爲「懇請，空談」等。例如：precative
懇請的；imprecate詛咒；deprecate祈求
免去，不贊成。preen誇耀（自己）。參
看：precarious不穩定的；preach說教。

prat.tle ['prætl ; 'præt!]

義節 prat.t.le
prat→prate v.嘮叨；-le重複動作。
字義 vi./n. 空談，胡說，嘮叨。
　　vi. 天真地說，輕率地說。
記憶 ① [同族字例] 參看上字：prate空談。
② [用熟字記生字] parrat鸚鵡→嘮叨地講
話；brey驢叫聲。
③ [疊韻近義字] rattle喋喋不休地講。

preach [pri:tʃ ; pritʃ]
字義 v./n. 講道，說敎。
　　v. 鼓吹。
記憶 ① [用熟字記生字] speech演講；pray
祈禱。
② [同族字例] precative懇請的；
appreciate贊成。參看：precarious危
險的，不安全的（註：要祈求上帝保
佑）；imprecate祈求降（禍），詛咒；
deprecate反對，駁斥。

pre.am.ble
[pri:'æmbl, pri'æ - ; 'priæmb!, prı'æmb!]
義節 pre.amble
pre→在前；amble v.緩步走。
字義 n. (法規等的) 序言，開端。
　　vi. 作序言。

記憶 ① [義節解說] 走在前面的→序言。
② [用熟字記生字] ambulence救護車。
③ [疊韻近義字] 參看：amble輕鬆地走；
shamble蹣跚；scramble爬行；wamble
蹣跚；ramble閒逛，漫步。

pre.car.i.ous
[pri'kɛərıəs; prı'kɛrıəs] *

義節 prec.ari.ous
prec祈求；-ari→ary字尾；-ous充滿…
的。
字義 a. 不穩定的，不安全的，靠不住的，
危險的。
記憶 ① [義節解說] 見到人或物處於不穩
定的狀態，你擔心得一顆心懸了起來，直
念「上帝保佑」!本字存在拉丁文中的原
意是：通過祈求得到的，臨時的，不牢靠
的。
② [用熟字記生字] care擔心；pre-在前。
記：爲他擔心在前。
③ [同族字例] precative 懇請的；
imprecate 祈求降（禍），詛咒；pary
祈禱；deprecate祈求免去，不贊成。參
看：preach說教。
④ [使用情景] 賣藝姑娘走鋼索，頭上還頂
了十個瓷碗：看得人心裡噗噗跳；一份隨
時會丟掉的工作；健康不好，隨時可能病
倒…等等。這裡的「危險」，實在是「不
牢靠」之意，而並非致命的。

prec.e.dent
[n. 'presidənt; 'prɛsədənt adj. pri'si:dənt,
'presid -;prı'sidnt]

義節 pre.ced.ent
pre-在前；ced行走；-ent字尾。
字義 n. 先例，慣例，判例。
記憶 ① [義節解說] 走在前面的→先例。
② [同族字例] process過程；exceed超

過；concede讓步；succeed成功。參看：cession（領土的）割讓，（權等）讓渡；accessary同謀，附件，幫兇；recess休息。

③ ［易混字］president總統，總裁。

pre.cept ['priːsept ; 'prisεpt] *

義節 pre.cept

pre→前，在前；cept→capt捉住，握持。

字義 n. 教訓，戒律，格言，規則，命令書。

記憶 ① ［義節解說］預先「捉住」，「持」之在前→把話說在前面→告誡。本字在拉丁文中的原意是：提前獲得，預先形成的意見，命令。

② ［用熟字記生字］reception接待；capture逮住。

③ ［同根字例］accept 接受；except 除…外；concept概念；perceptible感覺得到的。參看：intercept攔截，竊聽。

④ ［音似近義字］discipline紀律。

pre.ci.os.i.ty

[ˌpreʃiˈɔsiti, - esi -;ˌpreʃiˈɑsəti, ˌpresi -]

義節 preci.osity

preci價值；- osity如同…似的（狀況）。

字義 n. 過分講究，過分文雅，矯揉造作。

記憶 ① ［義節解說］弄得好像很有價值似的，煞有介事。

② ［用熟字記生字］price價錢；precious寶貴的。

③ ［同族字例］appreciate升值，讚賞；praise讚揚；appraise評價；depraise貶損；prize獎賞；misprize蔑視。參看：depreciate貶值。

prec.i.pice ['presipis ; 'prεsəpis]

義節 pre.cipice

pre-在前；cipice→capit頭

字義 n. 懸崖，峭壁，危急的處境。

記憶 ① ［義節解說］懸崖是這樣一個地方，它有使你「頭在前」腳在後地掉下去的「危險」。

② ［用熟字記生字］cap帽子。

③ ［同族字例］capital首都；capita人頭；chapter章。參看：recapitulate扼要重述，摘要說明；caption標題，解說詞。

pre.cip.i.tant

[pri'sipitənt; prɪ'sɪpətənt]

義節 pre.cipit.ant

pre-在前；cipit→capit頭；-ant形容詞。

字義 a. 陡斜地落下的，猛衝的，急躁的，突然的。

記憶 ① ［義節解說］頭在前，腳在後地「猛衝」下去。

② ［同族字例］參看上字：precipice懸崖。

③ ［音似近義字］sharp陡峭的。

pre.clude [pri'kluːd ; prɪ'klud] *

義節 pre.clude

pre-在前；clude封閉。

字義 vt. 預防，排除，消除，阻礙。

記憶 ① ［義節解說］未亡羊，先補牢，預先關閉→預防，把…「關」在外面。

② ［用熟字記生字］close關閉；closet壁櫥；disclose洩漏。

③ ［同根字例］include包括；exclude排除在外；conclude結束。

④ ［同族字例］cell地窖，牢房；conceal藏匿，遮瞞；cilia眼睫毛；seel用線縫合（鷹）的眼睛（註：字母s→c同音變異）；solitary獨居的；seal封蠟，封緘；becloud遮蔽，遮暗。參看：obscure遮掩；asylum避難所；supercilious目空

P

一切的；recoil退縮；soliloquy獨白；insular島嶼的，隔絕的；celibate獨身的；claustrophobia幽閉恐懼症；occult隱藏；cloister修道院，寺院，使與塵世隔絕。

---

pre.coc.i.ty

[pri'kɔsiti, prə'k-;prɪ'kɑsətɪ]

[義節] pre.coc.ity

pre-前，在前；coc烹調；ity名詞。

[字義] *n.* 早熟，過早發展。

[記憶] ① [義節解說] 未到烹調火侯，已經熟了。

② [用熟字記生字] cook煮，烹調。

③ [同族字例] biscuit餅乾；kitchen廚房的。參看：cuisine廚房，烹飪；coax耐心地把火弄旺；concoct調製；decoct煎（藥），熬（湯）。

---

pre.cur.sor [pri(:)'kə:sə; prɪ'kɝsɚ] *

[義節] pre.curs.or

pre-前，在前；curs奔跑，奔流；-or行為者。

[字義] *n.* 先驅者，先鋒，前輩，前任，預兆。

[記憶] ① [義節解說] 走在前面的人（事物）。

② [用熟字記生字] occur出現，發生；current急流，電流，流行。

③ [同族字例] hurry匆忙（h→c通轉，因為在西班牙文中x讀h音，而x→s→c通轉）；occur出現，發生；cursor游標，光標；recursive循環的；excursion遠足，短途旅行。參看：cursory粗略的，草率的；courier信使，送急件的人；concourse集合，匯合；discourse講話，演講，論述；scurry急促奔跑，急趨，急轉；incursion侵入；discursive散漫的；

concourse集合，匯合；scour急速穿行，追尋。

④ [雙聲近義字] scamper蹦跳，瀏覽；scarper【俚】逃跑；scat跑得飛快；scoot【口】迅速跑開，溜走；scud飛奔，疾行，掠過；scutter急匆匆地跑；scuttle急奔，急趕；escape逃跑。

---

pred.a.to.ry

['predətəri; 'predə,torɪ, -,tɔrɪ]

[字義] *a.* 捕食其他動物的，食肉的，掠奪性的。

[記憶] ① [同根字例] 參看：depredate掠奪。

② [同族字例] prison監禁；pry撬；prize捕獲；spree狂歡；osprey魚鷹（註：會「捕」魚）。參看：prey被捕食的動物；pirate海盜。

---

pre.di.al ['pri:dəl; 'pridɪəl]

[義節] predi.al

predi→priet所有；-al形容詞。

[字義] *a.* 土地的，不動產的，鄉村的。

　　　 n. 農奴。

[記憶] ① [義節解說] 本字源於拉丁文praedium→farm 農場，農莊；praes財產；和proprie個別地，特別地。

② [用熟字記生字] property財產；private私人的。

③ [同族字例] appropriate撥款，挪用，盜用；impropriate侵吞（財產）。參看：expropriate沒收；propriety禮儀，禮節，適當，合宜；proprietor所有者，業主。

④ [形似近義字] pledge抵押品→以「不動產」作抵押品。

---

pre.dic.a.ment

[pri'dikəmənt, prə'd-; prɪ'dɪkəmənt] *

[義節] pre.dic.a.ment

pre-前，在前；dic說；-ment名詞

[字義] *n.* 困境，窘境，（可）被論斷的事物，範疇。

[記憶] ① [義節解說] 話說在前→論斷；拿不出來說的→窘境。

② [用熟字記生字] predicate論斷，述語（謂語）；predicative論斷性的，補語。

③ [同族字例] dictation 聽寫；dictionary字典；dedicate奉獻；predicate聲稱；dictum格言；edict布告；predict預告；interdict干涉；indicate指示。參看：benediction祝福；jurisdiction司法權；malediction詛咒；contradict反駁，否認，發生矛盾；vindicate辯護；abdicate放棄（職務等），退位；didact說教者；edict法令；indict控告，告發。

---

pre.di.lec.tion

[ˌpriːdɪ'lekʃən; ˌprɪd!'ɛkʃən, ˌprɛd -] *

[義節] pre.di.lect.ion

pre-在前；di→dis-分離；lect選；-ion名詞。

[字義] *n.* 偏愛，偏好，特別喜愛。

[記憶] ① [義節解說] 預先挑選出來的→偏愛。

② [用熟字記生字] elect選舉。

③ [同族字例] collect 收集；neglect 疏忽；intellect 智慧；select選擇。參看：eclectic折衷（主義）的（ec- → ex-→out；從各種學派中選擇合適的）。

---

pre.em.i.nent

[pri'eminənt; prɪ'ɛmənənt]

[義節] pre.e.min.ent

pre-在前；e-向外；min突出；-ent形容

詞。

[字義] *a.* 卓越的，傑出的。

[記憶] ① [義節解說] eminent著名的，傑出的，非常突出。

② [同族字例] prominent傑出的，突出的；supereminent出類拔萃的；eminent著名的（活著的人），（德行）突出的；minatory威脅性的；comminatory威嚇的。參看：imminent急迫的，危急的；promontory岬（角），海角。

---

pre.empt [pri'empt; prɪ'ɛmpt]

[義節] pre.empt

pre-在前；empt→take取走，買。

[字義] *vt.* 以先買權取得，先占，先取。

[記憶] ① [義節解說] 先取。

② [用熟字記生字] empty空的（內容已取走）。

③ [同族字例] sample樣品；example例子，榜樣；exemption免除。參看：peremptory斷然的；exemplar典型，樣品，範例。

---

pref.a.to.ry

['prefətəri; 'prɛfə,torɪ, - ,tɔrɪ]

[義節] pre.fat.ory

pre.-在前；fat說；-ory形容詞。

[字義] *a.* 序言的，位於前面的。

[記憶] ① [義節解說] 說在前面。

② [用熟字記生字] preface序言。

③ [同族字例] fate 命運；prophet 預言；infant 嬰兒的。參看：fable 寓言；prophecy 預言（能力）。

④字母 f 表示「話語」的其他字例：fame 名聲；defame誹謗；confession懺悔；professor 教授…等等。

preg.na.ble ['prɛgnəbl; 'prɛgnəb!]

義節 pregn.able

pregn→prehend抓住，取走；-able能
夠…的。

字義 *a.* **可攻克的，易占領的，易受攻擊
的。**

記憶 ① ［義節解說］可以被抓住，被取走。
② ［同族字例］prehensile能抓住的；
prehension抓住，理解；deprehend
奇襲；comprehension理解。參看：
impregnable鞏固的。
③ ［形似易混字］參看：pregnant懷孕
的。

---

preg.nant ['prɛgnənt; 'prɛgnənt]

義節 pre.gn.ant

pre-在前；gn生；-ant形容詞。

字義 *a.* **懷孕的，孕育著的，含蓄的，多產
的。**

記憶 ① ［義節解說］處在生養之前的狀況。
② ［同族字例］agnate父系的；
impregnate使懷孕。參看：cognate同源
的；benign良性的；malign惡性的。
③ ［形似近義字］參看：pregnable可攻克
的。

---

prel.ude ['prɛljuːd; 'prɛljud, 'priljud, 'prilud] *

義節 pre.lude

pre-在前；lude→play *v.*演戲。

字義 *vi. / n.* **（作）序言，（演）開場戲，
（作）序曲。**
    vt. **為…作序，成為…的預兆。**

記憶 ① ［義節解說］字根-lud-和-lus-來源
於拉丁文 ludus敬神競技，表演。引申為
「諷刺，遊戲，欺騙等」。該字又來源於
ludius古羅馬的鬥劍士。可見字根-lud-與
字根-lid-（打，擊）同源。

說明：字根lud / lus的傳統釋義為：play
玩笑，遊戲。難以用來解釋［同族字例］
中的其他單字。［義節]中的釋義是作者對
拉丁文綜合研究的結果，似較為圓通實
用。
② ［同族字例］collide碰撞；interlude穿
插，幕間；disillusion幻滅。參看：elude
逃避；collusion共謀；illusion幻覺；
allude暗指，間接提及。

---

pre.mo.ni.tion [ˌpriːmə'nɪʃən; ˌprimə'nɪʃən]

義節 pre.monit.ion

pre-在前；monit心，精神；-ion名詞
字義 *n.* **預先的警告，語兆。**
記憶 ① ［義節解說］預先使心魂有覺察。
② ［用熟字記生字］monitor監視器，勸告
者，班長；mind心。
③ ［同族字例］mental 精神的；remind提
醒；monish警告。參看：ominous惡兆
的。

---

pre.pon.der.ance [prɪ'pɒndərəns, -drən-; prɪ-'pɑndrəns, -dərəns]

義節 pre.pond.er.ance

pre-在前；pond吊，秤重；-er重複動
作；-ance名詞
字義 *n.* **（數量、力量等）優勢，優越。**
記憶 ① ［義節解說］經秤量，重量排列在
前。
② ［同根字例］depend依靠；suspend
吊，懸，停止；prepense預先考慮過的；
propensity嗜好。參看：pension撫恤
金；penchant嗜好；pendant下垂物，
垂飾；pensive沉思的；ponderous沉重
的；ponder沉思，默想，估量。

598

pre.pos.ter.ous

[pri'pɔstərəs; prɪ'pɑstərəs] *

義節 pre.post.er.ous

pre-在前；post-在乎後；-er字尾；-ous形容詞。

字義 *a.* 反常的，十分荒謬的，前後顛倒的。

記憶 ① ［義節解說］在後面之前→前後顛倒。

② ［用熟字記生字］post-war戰後。

③ ［同族字例］postpone推遲；postscript附言，又及。參看：posterity後代，子孫。

pre.rog.a.tive

[pri'rɔgətiv; prɪ'rɑgətɪv]

義節 pre.rogat.ive

pre-在乎前；rogat→ask *v.*請求，命令；-ive形容詞。

字義 *n.* 特權，特點。

　　a. 有特權的。

記憶 ① ［義節解說］可以不待請求而先行事→先斬後奏的特權。

② ［同族字例］abrogate廢除；derogate貶低；interrogate疑問；obrogate修改；surrogate代理人。參看：arrogant傲慢的；prorogue休會。

pres.age

[*n.*'presidʒ; 'prɛsɪdʒ, *v.* 'presidʒ, pri'seidʒ, prɪ'sedʒ] *

義節 pre.sage

pre-在前；sage察知。

字義 *v. / n.* 預言。

　　vt. / n. 預示，預知。

記憶 ① ［義節解說］察知在乎前→預知。

② ［用熟字記生字］sense知覺，感覺；seize抓住。

③ ［同族字例］sagacious有洞察力的，有遠見的；sage賢明的；sapient明智的；savant學者；savoir才幹；science科學。

pres.by.o.pi.a

[ˌprezbi'oupjə; ˌprɛzbɪ'opɪə]

義節 presby.opia

presby老人，長老；opia眼。

字義 *n.* 老花（眼），遠視（眼）。

記憶 ① ［義節解說］老眼昏花。

② ［用熟字記生字］priest牧師，由presbyster（長老，牧師）縮略而成。

③ ［同族字例］-presby-：presbyster長老，牧師；Presbyterian長老會的。參看：pristine太古的。

-op-：optics光學；necropsy屍檢；optometer視力計；achromatopsia色盲；hyperopia遠視；synopsis提要。參看：autopsy屍檢，勘察，分析；optician眼鏡（或光學儀器）製造者，銷售商；optic眼的，視力的，光學的。

pre.sen.ti.ment

[pri'zentimənt, -i'se -;prɪ'zɛn- təmənt]

義節 pre.sent.i.mant

pre-在前；sent感覺；-ment名詞

字義 *n.* （不祥的）預感。

記憶 ① ［用熟字記生字］sense感覺；sentence句子，判決。

② ［同族字例］sense感覺；sentiment感情；assent同意；dissent持異議（dis-分離）；resent怨恨。參看：consent同意，贊成，答應；sententious簡潔的，故作莊重。

pres.tige

[pres'tiːʒ; 'prɛstɪdʒ, prɛs'tiʒ] *

義節 pre.st.ige

pre-在前；st站立；-ige字尾

字義 *n.* **威信，威望，聲望，顯赫。**

記憶 ①〔義節解說〕本字源於拉丁文 praesto站在前面，突出，超出→顯赫。語源上有種說法認為本字釋作：pre-前；stige→stringent拉緊，束縛。比較費解。
② 〔同族字例〕stand站立；outstanding顯著的；astigmatism散光；astute精明的；distinct獨特的，性質截然不同的；distinguish區別，辨別，識別；tag標籤；shtick引人注意的小噱頭，特色。參看：instigate煽動；etiquette禮節，禮儀，格式；entice誘使，慫恿；instinct本能；stigma烙印，恥辱，汙名，點斑。
③ 〔形似近義字〕prestidigitation魔術（可釋作：presti→prompt快速的；digit手指；-ation表示「動作」）。變魔術的把戲全靠「手快」，使人眼睛一眩。

pre.sume [pri'zju:m ; prɪ'zum] *

義節 pre.sume
pre-在前；sume取。

字義 *vt.* **假定，推定。**
      vi. **擅自行動，設想。**

記憶 ① 〔義節解說〕先把…「取」作…→假定。
② 〔用熟字記生字〕consumer消費者。
③ 〔同族字例〕assume 承擔，假定；assuming 傲慢的；resume 取回，恢復；reassume再假定；consume消費。參看：unassuming不傲慢的，謙遜的。

pre.ten.tious
[pri'tenʃəs; prɪ'tɛnʃəs] *

義節 pre.tent.i.ous
pre-在前；tent伸展；-ous形容詞。

字義 *a.* **自負的，矯飾的，使勁的。**

記憶 ① 〔義節解說〕在別人面前伸展開來，旨在炫耀。
② 〔用熟字記生字〕pretend假裝。
③ 〔同族字例〕tender投標；contend爭奪；extend延伸；tend照料，管理，留心；attendant侍者，隨從（註：「照管」雜物）；attention注意；intendant監督人，管理人；superintendent監督人，主管；ostentatious矯飾的，誇示的。參看：ostentation矯飾，誇示；superintend監督，主管，指揮（工作等）；intendence監督，管理（部門）。

pre.var.i.cate
[pri'værikeit ; prɪ'værə,ket]

義節 pre.var.ic.ate
pre-在前；var→vary *v.*變化；-ic形容詞；-ate動詞。

字義 *vi.* **支吾，搪塞，推諉，撒謊。**

記憶 ① 〔義節解說〕把各種不同的說法擺到別人面前→支吾，推搪。
② 〔用熟字記生字〕various各種各樣的。
③ 〔同族字例〕variety show雜耍；invariable不變的；divaricate（道路等）分岔；anniverasry周年；convert轉換；vortex漩渦。參看：veer改變方向；vary改變，修改，使多樣化；environ包圍，圍繞。
④ 字母v的字形像個分岔，常表示「分岔，變化」。例如：diverge分岔，岔開；vice虎鉗；divide分開。

prey [prei ; pre] *

字義 *n.* **被捕食的動物，犧牲品。**
      vi. / n. **捕食，掠奪（品）。**

記憶 ① 〔用熟字記生字〕prison監禁。
② 〔易混字〕pray祈禱。
③ 〔同族字例〕pry撬；prize捕獲；spree狂歡；depredate掠奪；predacious捕食

P

其他動物的；osprey魚鷹（註：會「捕」魚）。參看：predatory捕食其他動物的，掠奪性的；pirate海盜。

④字母組合 pr 表示「捕食，掠奪」的字例：privateer私掠船；deprive剝奪；prowl（野獸）四處覓食。參看：privation喪失。

prim [prim；prɪm]

字義 v./a. **一本正經（的）**。

a. **整潔的，端正的**。

記憶 ①［義節解說］本字從prime（首要的，最好的）變形而來。→裝出一副「要人」的樣子。

②［用熟字記生字］premier首相（→一本正經的）；principle原則（原則性強→一本正經的）；princess公主（→整潔的，端正的）。

③［疊韻近義字］trim修剪（→修剪得整潔）。參看：grim嚴厲的。

④［雙聲近義字］prude顯得一本正經的人；prink化妝，打扮，裝腔作勢；prig一本正經的人，愛充學者的人；priest牧師（→一本正經的人）。參看：prissy謹小慎微的。

pri.mor.di.al
[praɪˈmɔːdjəl, -dɪəl；praɪˈmɔrdɪəl]

義節 prim.ord.i.al
prim最早的；ord順序；-al形容詞。

字義 a. **初生的，原始的，基本的**。

記憶 ①［義節解說］排序最早。

②［用熟字記生字］primier首相；order順序。

③［同族字例］-prim-：primary最初的，原始的，首要的；primitive原始的，自然的；primier首相；principle原則；prototype原型；protoplasm原生質。參看：protein蛋白質；pristine原始的。

-ord-：ordinary普通的；inordinate無節制的；coordinate協調；subordinate下級的。參看：ordinal順序的。

pris.sy [ˈprɪsɪ；ˈprɪsɪ]

義節 pri.ssy
pri→prim a.一本正經的，整潔的；ssy→sissy a.女人氣的，柔弱的。

字義 a. **謹小慎微的，過分講究的，纖柔的**。

記憶 ①［義節解說］本字由兩字縮合而成。女人一本正經，心細而慎微，愛整潔而柔弱。參看：prim一本正經的，整潔的，端正的。

②［用熟字記生字］princess公主（→整潔的，端正的）。

③［雙聲近義字］prude顯得一本正經的人；prink化妝，打扮，裝腔作勢；prig一本正經的人，愛充學者的人；priest（→一本正經的人）。

④［音似近義字］fussy過分講究的，小心翼翼的。

pris.tine
[ˈprɪstaɪn, -tiːn；ˈprɪstɪn, -tɪn, -taɪn]

義節 prist.ine
prist最早的；-ine字尾。

字義 a. **太古的，原始狀態的，早期的，質樸未染的**。

記憶 ①［用熟字記生字］first（第一的）與字根-prist-音似近義；priest牧師，由presbyster（長老，牧師）縮略而成。

②［同族字例］prior在前的，居先的；presbyster長老，牧師；Presbyterian長老會的。參看：presbyopia老花（眼），遠視（眼）（presby老人，長老；opia眼）。

③［形似近義字］參看：primordial原始的。

pri.va.tion [prai'veiʃən; praɪ'veʃən]

義節 priv.ation

priv剝奪；-ation表示動作。

字義 *n.* 喪失，缺乏，匱乏，貧困。

記憶 ①〔義節解說〕被剝奪了→喪失。本字來源於拉丁文privo奪去，和privus單個的，失掉…的。

②〔用熟字記生字〕private私人的。

③〔同族字例〕pry撬；prize捕獲；spree狂歡；deprecate掠奪；predacious捕食其他動物的；osprey魚鷹（註：會「捕」魚）；privateer私掠船；deprive剝奪。參看：prey被捕食的動物；predatory捕食其他動物的，掠奪性的。

④字母組合pr表示「捕食，掠奪」的字例：prowl（野獸）四處覓食。參看：prey掠奪。

priv.y ['privi ; 'prɪvɪ]

義節 priv.y

priv私人的；-y形容詞。

字義 *a.* 私人的，祕密的，隱蔽的。

記憶 ①〔義節解說〕作者認爲，字根-priv-原意爲「人的陰部」（中國人叫做：「私密」）。引申爲：私人的，祕密的，隱蔽的。例如：privates外陰部，生殖器。字根-priv-可能從字根-pub-（陰部）變來（b→v音變通轉）。例如：pubes陰毛，陰阜。又有同源字根-pud-（陰部），例如：pudenda外陰部，生殖器。參看：puberty青春期；impudent無恥的。

②〔用熟字記生字〕private私人的。

③〔同族字例〕privity默契；privateer私掠船；privilege特權；deprive剝奪。

probe [proub ; prob] *

字義 *n./v.* 探查，探索，查究。

記憶 ①〔用熟字記生字〕prove證明，探明；probable可能的。

②〔同族字例〕probation 檢驗，試用；approbate 認可；approve 批准。參看：pry窺探；probity正直，誠實，篤實。

③〔形似近義字〕poke刺探。

pro.bi.ty

['proubiti ; 'probətɪ, 'prɑb -] *

義節 prob.ity

prob探測，發現；-ity名詞

字義 *n.* 正直，誠實，篤實。

記憶 ①〔義節解說〕經探查，發現（證明）是好的。本字源於拉丁文probus品質好的。

②〔用熟字記生字〕improve改進。

③〔同族字例〕參看上字：probe探查。

pro.bos.cis [prou'bɔsis; pro'bɑsɪs]

義節 pro.boscis

pro-向前；boscis→feed *v.*餵食

字義 *n.* 象鼻，（獸）的吻，長鼻。

記憶 ①〔義節解說〕伸向前取食。

②〔用熟字記生字〕beak（鳥）嘴。

③〔同族字例〕bucolic牧羊生活的；peck啄。

pro.cliv.i.ty

[prə'kliviti, prou-; pro'klɪvətɪ]

義節 pro.cliv.ity

pro-向前；cliv傾斜；-ity名詞

字義 *n.* 癖性，（不良）傾向。

記憶 〔同族字例〕incline傾斜，傾向；clivus斜坡的。參看：acclivity向上的斜坡；declivity向下的斜坡；decline（使）下傾。

pro.cras.ti.nate

[prou'kræstineit ; pro'kræstə,net]

義節 pro.cras.tin.ate

pro-向前；cras明天；tin握，持；-ate動詞。

字義 *v.* 拖延，耽擱，因循。

記憶 ①〔義節解說〕向前拖持到明日。明日復明日→因循。

②〔用熟字記生字〕increase增長→比今天增長一天→明天。

---

pro.cure [prə'kjuə, pro'kjʊr] *

義節 pro.cure

pro- → for；cure→take care of照顧，用心。

字義 *vt.* （設法）獲得，實現。

　　v. 拉皮條。

記憶 ①〔義節解說〕預先努力，以便獲得。

②〔同族字例〕cure治療，治癒；curator管理者；secure保證，使安全；accurate精確的；manicure修剪（指甲）；pedicure修（腳），醫（腳）。

---

prod [prɔd; prɑd] *

字義 *n./v.* 刺，戳。

　　v. 刺激，促使。

　　n. 刺針，錐。

記憶 ①本字來源於brad角釘，土釘（b→p音變通轉）。

②〔用熟字記生字〕brooch胸針，飾針。

③〔同族字例〕bradawl錐鑽；broach錐形尖頭工具，教堂尖塔，飾針；brocade織錦，錦緞；brochure小冊子（註：用針裝釘起來的）；embroidery繡（註：用針刺起來的）；bristle鬃毛，硬毛；bur芒刺，多刺果。

④pr表示「尖，刺」的其他字例：prick刺（穿）；prickle刺，棘；prong尖頭，

叉子；prow船頭，飛機前端。參看：prowess英勇。

---

prod.i.gal ['prɔdigəl; 'prɑdɪg!] *

義節 pro.dig.al

pro-在…前面；dig→dike *n.*堤，壩；-al形容詞。

字義 *a.* 奢侈浪費的，豐富的，大量的，十分慷慨的，毫不吝惜的。

記憶 ①〔義節解說〕水勢大到了堤壩的面前：水量大得出奇。

②語源上對本字解釋十分牽強：prod→pro-向前；ig→ag→drive驅策。作者所闢新解，理據從法文來：法文digue堤；動詞diguer築堤；動詞prodiguer揮霍，浪費。

③〔同族字例〕dike防波堤；ditch溝，渠；prodigy奇蹟。參看：prodigious巨大的，異常的。

④〔形似近義字〕參看：profusion極其豐富，大量，揮霍，浪費，奢侈，慷慨，毫不吝惜。此字也是用「水勢」作形容（fus流動，傾注），有趣的是，所有義項與本字幾乎全同！可作旁證。

---

pro.di.gious

[prə'didʒəs; prə'dɪdʒəs] *

義節 pro.dig.ious

pro-在…面前；dig→dike *n.*堤，壩；-ious形容詞。

字義 *a.* 巨大的，龐大的，異常的，驚人的，奇妙的。

記憶 ①〔義節解說〕水漲到了堤壩面前，水勢大得驚人。

②語源上將本字釋作：pro-向前；dig說。卻是很難自圓其「說」的。其實從幾個相關派生字的形態和含義看，本字與prodigal怎麼看都應屬於同一字根。作者

另闢新解的證明，參看上字：prodigal奢侈的。

pro.fane [prə'fein; prə'fen] *

義節 pro.fane
pro-向前；fane神廟。

字義 *a.* 瀆神的，世俗的，外行的。
　　　vt. 褻瀆。

記憶 ① ［義節解說］神，只可遠瞻，不可近褻。本字源於拉丁文profanus聖殿之外的，不神聖的。
② ［同族字例］fanatical狂熱的；phantom幽靈（ph→f通轉）；benefice教區牧師享有的教產，有俸聖職（bene→fane；b→f通轉）；prebend牧師的薪俸（bend→fane）。參看：provender乾飼料。

prof.li.gate ['prɔfligit; 'prɑfləgit]

義節 pro.flig.ate
pro-向前；flig鞭子→揮動；-ate動詞。

字義 *a.* 放蕩的，荒淫的，恣意揮霍的。

記憶 ① ［義節解說］向前揮動→揮霍，放蕩。本字源於拉丁文profligatus品行壞的，衰弱的。
② ［同族字例］flog鞭打；flick（用鞭）輕打；afflict折磨；conflict衝突；inflict打擊。參看：flagellate鞭打。
③ ［雙聲近義字］flag低垂的，衰弱的；flighty輕浮的。參看：flaunt誇耀。
④fl表示「流動，飄動」的其他字例：flow流動；fluctuate波動；fluent流暢的；fluid流體；flux流動；fleet飛逝；float飄浮；flitter迅速飛掠；flicker撲翅；flourish揮舞；flight飛行，逃走。參看：flit掠過；fledge長翅；flutter飄揚；flirt飄動。flaunt（旗等炫耀地）飄揚，誇耀，揮動。

pro.fu.sion [prə'fju:ʒən; prə'fjuʒən]

義節 pro.fus.ion
pro-向前；fus傾，注；-ion名詞。

字義 *n.* 大量，豐富，奢侈，慷慨，毫不吝惜。

記憶 ① ［義節解說］向前傾出→花錢如淌水。
② ［用熟字記生字］confuse使混合，使慌張；refuse拒絕。
③ ［同族字例］diffuse散發，散布；effusive充溢的；infuse注入，灌輸；profuse豐富的，浪費的。參看：futile無效的；fusion熔化，熔合，合成，聯合。
④ ［形似近義字］參看：prodigal豐富的，慷慨的。

pro.gen.i.tor [prou'dʒenitə; pro'dʒɛnətə] *

義節 pro.genit.or
pro-在前；genit出生；-or行為者

字義 *n.* 祖先，先驅，原本。

記憶 ① ［義節解說］出生在前者。
② ［用熟字記生字］generate產生。
③ ［同族字例］genuine真正的；gene基因；genius天才。參看：eugenic優生學的；gender（文法中的）性；genealogy家譜；genetic遺傳學的；genre流派；genus種類；congenital天生的；progeny子孫，後裔，後代，成果。

prog.e.ny ['prɔdʒini; 'prɑdʒəni]

義節 pro.gen.y
pro-向前；gen出生；-y名詞

字義 *n.* 子孫，後裔，後代，成果。

記憶 ① ［義節解說］（在遺傳系列中）向前出生的→子孫。
② ［用熟字記生字］generate產生。

P

③〔同族字例〕genuine眞正的；gene基因；genius天才。參看：eugenic優生學的；gender（文法中的）性；genealogy家譜；genetic遺傳學的；genre流派；genus種類；congenital天生的；progenitor祖先，先驅，原本。

---

prog.na.thous

[prɔg'neiθəs; 'prægnəθəs, præg-'neθəs]

義節 pro.gnath.ous
pro-向前；gnath顎；-ous形容詞。
字義 a. 突顎的。
記憶 〔同族字例〕gnathic顎的；genial下頜的；chaetognath毛顎動物；hanuman癩猴（頰有硬毛）；gnaw咬，啃；gnash咬牙。

---

prog.no.sis

[prɔg'nousis; prag'nosɪs] *

義節 pro.gnosis
pro-向前；gnosis n.神祕的知覺。
字義 n. 預測，預知，【醫】預後。
記憶 ①〔義節解說〕知道前面會發生什麼。
②〔用熟字記生字〕know知道。
③〔同族字例〕diagnose診斷；agnostic不可知論者；recognize認出；cognition認識。參看：prognosticate預言，預示，預兆。

---

prog.nos.ti.cate

[præg'nɔstikeit, prɔg -;prag -'nɑstɪ,ket] *

義節 pro.gnost.ic.ate
pro-向前；gnost→gnosis n.神祕的知覺。-ic字尾。-ate動詞。
字義 vt. 預言，預示，預兆。
記憶 〔義節解說〕知道前面會發生什麼。參看上字：prognosis預知。prognosis變成形容詞：去掉字尾-is，改爲-tic。得：

prognostic預知的，再由此加-at變動詞，得本字。

---

pro.lif.er.ate

[prou' lifəreit; pro'lɪfə,ret] *

義節 pro.lif.er.ate
pro-向前；lif生；-er重複動作；-ate動詞。
字義 v. （使）激增，（使）擴散。
　　　　vi. 增生，多育。
記憶 ①〔義節解說〕向前反覆地出生→增生。
②〔用熟字記生字〕life生命。
③〔同族字例〕live生活；leave生葉；protlific多育的，肥沃的，富於…的。
④換一個思路：pro-向前；ol生，養；fer攜，運。→增生。
⑤〔形似近義字〕參看：rife流行的，衆多的。

---

pro.lix ['prouliks ; pro'lɪks, 'proliks]

義節 pro.lix
pro-向前；lix→liqu流動。
字義 a. 冗長的，囉嗦的。
記憶 ①〔義節解說〕如水流般，滔滔不絕。
②〔用熟字記生字〕liquid流體，液體。
③〔同族字例〕lixiviate浸出，漬出；flux流動。
④換一個思路：pro-向前；lix→lex→speak講話，滔滔不絕地講話→冗長的，囉嗦的。參看：lexicon字典；lex法律。

---

prom.e.nade

[ˌprɔmi'nɑːd; ˌpramə'ned, -'nɑd]

義節 pro.men.ade
pro-向前；men領，引，驅；-ade字尾。
字義 n. / v. （意在炫耀的）散布，（開車）兜風。

n. **散步場所。**

記憶 ① ［義節解說］向前走，引人注目。

② ［同族字例］commence開始；amenity社交禮節；manner舉止；mien風度；mention提及；menace威脅；mean意味著；permeate滲透，瀰漫，充滿。參看：impermeable不可滲透的；meander漫步；demean行為，表現；ominous預兆的；mendacious虛假的；permeable可滲透的；amenable有義務的，順從的。

pro.mis.cu.ous

[prə'mɪskjuəs, prə'mɪskjʊəs]

義節 pro.misc.u.ous

pro-向前；misc混合；-ous形容詞。

字義 *a.* **（男女）混雜的，亂七八糟的。**

記憶 ① ［義節解說］混合而前，亂七八糟。
② ［用熟字記生字］mix混合 （misc→mix） 。
③ ［同族字例］mess混亂；mix混雜；mux使混亂；mestizo混血兒；maslin雜糧麵包。參看：miscegenation人種混雜；miscellany混合物；maze迷宮；miscellaneous混雜的。

prom.on.to.ry

['prɔməntəri; 'pramən,tori, -,tɔri]

義節 pro.mont.ory

pro-向前；mont→mount山；-ory形容詞。

字義 *n.* **岬（角），海角。**

記憶 ① ［義節解說］向前（突出）如山狀。
② ［同族字例］mound土墩，土崗；mountain山；prominent突出的；supereminent出類拔萃的；eminent著名的（活著的人），（德行）突出的；minatory威脅性的；comminatory威嚇

的。參看：imminent急迫的，危急的；preeminent卓越的，傑出的。

prom.ul.gate

['prɔməlgeit, - mʌl -;prə'mʌlget] *

義節 pro.mulg.ate

pro-公開；mulg民，俗；-ate動詞。

字義 *vt.* **頒布，公布，傳播，散播。**

記憶 ① ［義節解說］向民衆公開→公布，散播。
②字母m表示「民衆」的其他字例：common （com-加強意義） 普通的；monarch君主 （arch首領） ；municipal市政的 （cip抓，握） ；democracy民主…等等。
③字母組合ulg表示「粗，俗」。其他字例：參看：vulgar粗俗的，庸俗的，普通的；divulge【古】宣布，公布，洩漏（祕密等）。

prone [proun; pron] *

字義 *a.* **俯伏的，有…傾向的，傾斜的，陡的。**

記憶 字首 pro-表示「向前」。「向前」就「傾向」於「前俯」。例如：prostrate俯臥的；pronate俯，伏。

prop [prɔp; prap] *

字義 *n.* **支柱，支持物，支持者。**
　　　 vt. **支撐，支持，維持。**

記憶 ①pro-向前。向前撐住→支撐。
② ［雙聲近義字］pillar柱；prism稜柱。

prop.a.gate

['prɔpəgeit; 'prapə,get] *

義節 pro.pag.ate

pro-向前；pag走，傳遞；-ate動詞。

字義 *v.* **繁殖，增殖，傳播，蔓延。**

記憶 ① ［義節解說］本字源於拉丁文 propago分開，移植，栽培；pagmentum 連接，接合；這兩字均來源於pango釘入→植入。

②換一個角度：page差役（註：跑腿的）大概來於ped（足）。類例可參考：pace步伐；pigeon鴿子（註：傳遞信息）。向前傳遞→傳播；把種子向前傳遞→繁殖。

③ ［同族字例］pageant壯觀的遊行；propaganda宣傳；punch用拳頭打；expugn攻擊；impugn質問；repugn厭惡；punctual守時的；punctuate加標點；acupuncture針灸。參看：compunction內疚；puncture刺穿；pungent刺激的；punctilious拘泥細節的，謹小慎微的；pugnacious好鬥的，好戰的，愛吵架的。

pro.pel.lant
[prə'pelənt; prə'pɛlənt]

義節 pro.pell.ant
pro-向前；pell推動；-ant字尾。

字義 *a.* 推進的。

　　n. 推進物，推進燃料。

記憶 ① ［同根字例］compel強迫；dispel驅逐；expel逐出；impel推動；repel擊退；spell迷住。

② ［同族字例］pulse脈動；push推。參看：compulsive強迫的；propulsive推進的。

pro.pen.si.ty
[prə'pensiti; prə'pɛnsəti] *

義節 pro.pens.ity
pro-在前；pens懸，吊，秤重；ity名詞。

字義 *n.* （性格上的）傾向，嗜好，癖好。

記憶 ① ［義節解說］吊在前面→優先考慮→嗜好。

② ［同族字例］depend依靠；suspend吊，懸，停止；prepense預先考慮過的。參看：pensive沉思；penchant強烈愛好，嗜好。

proph.e.cy [ˈprɔfisi; ˈprɑfəsi] *
義節 pro.phec.y
pro-向前；phec→speak *v.*講話；-y名詞。

字義 *n.* 預言（能力）。

記憶 ① ［義節解說］講在前面→預言。phec尤指作爲神的代言人講話。參考：fane神廟。參看：profane瀆神的。

② ［用熟字記生字］fable寓言。

③ ［同族字例］preface序言；confession懺悔；professor教授。

pro.pin.qui.ty
[prə'piŋkwiti; proˈpɪnkwəti -ˈpɪŋ-] *

義節 propinqu.ity
propinqu接近；-ity名詞。

字義 *n.* 接近，鄰近，近似，近親。

記憶 ① ［義節解說］-prop-是拉丁文「接近的」的原級，「最上級」是-proxim-最（接）近的。

② ［用熟字記生字］approach走近，接近。

③ ［同族字例］approximate近似的；propinquant鄰近的。參看：proximate最接近的。

pro.pi.ti.ate
[prə'piʃieit; prəˈpɪʃɪˌet] *

義節 pro.piti.ate
pro-向前；piti→pity *n.*同情，憐憫；-ate動詞。

字義 *vt.* 勸慰，撫慰，使息怒。

記憶 ① ［義節解說］把同情送到面前→勸

P

慰。

② [同族字例] propitious順利的，善意的；patiable能忍受的；patient病人，有耐心的，能忍受的；sympathy同情；pathetic感傷的；apathy冷漠。參看：compatible可和諧共存的；pathos憐憫，同情。

pro.pound [prə'paund; prə'paʊnd]

[義節] pro.pound

pro-→forward；pound→pond→put。

[字義] *vt.* 提出（問題），提議，建議。

[記憶] ① [義節解說] →put forward提出。

② [用熟字記生字] propose建議。

③ [同族字例] postpone推遲；expound闡述；compound複合。

pro.pri.e.tor

[prə'praɪətə; prə'praɪətə] *

[義節] pro.priet.or

pro-加強意義；priet占有；-or行為者。

[字義] *n.* 所有者，業主。

[記憶] ① [義節解說] 本字源於拉丁文proprie個別地，特別地。

② [用熟字記生字] property財產；private私人的。

③ [同族字例] appropriate撥款，挪用，盜用；impropriate侵吞（財產）。參看：expropriate沒收；propriety禮儀，禮節，適當，合宜；predial土地的，不動產的。

pro.pri.e.ty

[prə'praɪəti; prə'praɪətɪ] *

[義節] pro.priet.y

pro-公開；priet私人的，自己的；-y名詞。

[字義] *n.* 禮儀，禮節，適當，合宜。

[記憶] ① [義節解說] 公開自己：「禮節」可以看出人的教養。

② [用熟字記生字] proper適當的，自己的。

③ [同族字例] 參看上字：proprietor業主。

pro.pul.sive

[prə'pʌlsiv; prə'pʌlsɪv]

[義節] pro.puls.ive

pro-向前；puls推動，跳動；-ive形容詞。

[字義] *a.* 推進（力）的。

[記憶] ① [用熟字記生字] push推。

② [同族字例] pulse脈動；impulsive衝動的；repulse打退。參看：compulsive強迫的。

pro.rogue [prə'roug; proʊ'rog] *

[義節] pro.rogue

pro-→ for；rogue→ask。

[字義] *v.* （使）閉會，（使）休會。

[記憶] ① [義節解說] ask for請求（閉會）。

② [同族字例] abrogate廢除；derogate貶低；interrogate疑問；obrogate修改；surrogate代理人。參看：arrogant傲慢的；prerogative特權。

pro.sa.ic [prou'zeiik; pro'ze·ɪk]

[義節] pro.sa.ic

pro-向前；sa→say *v.*說；-ic形容詞。

[字義] *a.* 散文（體）的，平凡的，乏味的，如實的。

[記憶] [義節解說] 向前一直說下去。參考：verse韻文。原意為「轉」，按格律寫一行，就要「轉」而換行，用韻。prose散文，則是直截了當，不必要換行轉韻（語源上認為prose就是pro-＋verse之略）。

P

pro.sce.ni.um

[prou'siːnjəm, - niəm; pro'siniəm]

義節 pro.scen.i.um

pro-在前；scen→scene n.場景；-um字尾。

字義 n. 舞臺前部，顯著部分。

記憶 ① [義節解說] 在場景的前面→舞臺的前部。

② [用熟字記生字] see看見；seen看見（過去分詞）。

③ [同根字例] scenario劇本，方案；scenic景色優美的，布景的；scenograph透視圖。參看：scan仔細察看。

pro.scribe

[prous'kraib ; pro'skraɪb] *

義節 pro.scribe

pro-在前；scribe寫。

字義 vt. 公布（死囚等的）姓名，剝奪…公權，放逐，排斥。

記憶 ① [義節解說] 寫在前面→寫好名單，然後公布。

② [同根字例] scribe書法家，作家；scribble亂寫；ascribe歸功於，describe描述；subscribe簽名，認購；transcribe抄寫。參看：conscribe徵募。

pros.e.cute

['prɔsikjuːt; 'prɑsɪˌkjut] *

義節 pro.secute

pro-向前；secute跟隨。

字義 v. 檢舉，告發。

vt. 繼續從事，實行，執行。

記憶 ① [義節解說] 緊跟向前→執行。

② [用熟字記生字] consequence結果。

③ [同族字例] persecute告發，迫害；pursue追踪；sequence過程；

subsequent隨後的；sequacious奴性的，盲從的，順從的。參看：obsequious奉承的。

pros.e.lyte

['prɔsilait; 'prɑsˌlˌaɪt]

義節 pros.elyte

prose n.（羅馬天主教）續唱；-lyte鬆開。

字義 n. 改宗者。

v.（使）改變信仰，勸誘。

記憶 ① [義節解說] 不再「續唱」→離開原來的信仰。

語源上一般認為：pros-→to; elyte→come; come to皈依，歸宗。

② [同族字例] electrolyte電解質；solution溶液；absolute絕對的；resolution決議。

pros.o.dy

['prɔsədi; 'prɑsədɪ]

義節 pros.od.y

pros-→pro-→in addition to ; od頌，歌；-y…學。

字義 n. 詩體學，韻律學，作詩法。

記憶 ① [義節解說] 研究如何寫成韻律，可以直接吟唱。

② [同族字例] ode頌。參看：comedy喜劇；tragedy悲劇；melody旋律；parody模仿滑稽作品。

pros.per

['prɔspə; 'prɑspɚ] *

義節 pro.sper

pro-按照；sper希望。

字義 v.（使）繁榮昌盛，（使）成功。

記憶 ① [義節解說] 按照所希望的而發展→成功，繁榮。本字源於拉丁文spero和spes希望，期待。

② [同族字例] esperance希望；despair絕望；desperate絕望的；prospect前

P

景；expect希望，期待。

pros.trate ['prɔstreit; 'prɑstret]

義節 pro.strate

pro-向前；strate伸展，鋪開。

字義 *a.* 臥倒的，降服的，衰竭的。

　　vt. 弄倒，使衰竭。

記憶 ① ［義節解說］向前伸展鋪開→俯臥倒；因「衰竭」而俯倒。

② ［用熟字記生字］stretch伸展，鋪開。

③ ［同族字例］street馬路；strew撒，播，鋪蓋（大地等）；stratum地層，階層；astray迷途，邪道。

pro.te.ge

['prouteʒei; 'protə,ʒe, ,protə'ʒe]

義節 pro.teg.e

pro-在前；teg遮蓋；-e→ed過去分詞。

字義 *n.* 被保護人，門徒。

記憶 ① ［義節解說］被人在前面爲之遮風擋雨的。本字是法文借字，字尾e即英文的-ed。

② ［用熟字記生字］protect保護。

③ ［同族字例］toga袍掛，長袍；tectorial構成覆蓋物的；tile瓦；architect建築師；detective偵探。

pro.tein ['proutiːn; 'protiɪn] *

義節 prote.in

prote初，原始；-in處於⋯狀態。

字義 *n. / a.* （含）蛋白質（的）。

記憶 ① ［義節解說］處於「原生」狀態的物質。

② ［用熟字記生字］primary最初的，原始的，首要的。

③ ［同族字例］prototype原型；protoplasm原生質；primitive原始的，自然的；primary最初的，原始的，首要

的；primitive原始的，自然的；primier首相；principle原則。參看：pristine原始的，primordial初生的，原始的，基本的。

prot.es.tant

['prɔtistənt, prə'test -; 'prɑtistənt, prə'tɛst -]

義節 pro.test.ant

pro-在⋯前；test作證；-ant字尾。

字義 *n. / a.* 新敎徒（的）。

　　n. 抗議者。

　　a. 抗議的。

記憶 ① ［義節解說］在（別人）面前作證→新入敎 / 抗議。

test的原意是（蟹，蛤等的）甲殼，介殼，好像古代的東方人和西方人都把它們看作神物，引申爲「證物，見證」（witness）。參看：ostracise貝殼放逐法→古希臘由公民把認爲危害邦國的人名寫在貝殼上進行投票，過半數票者則放逐之。

② ［用熟字記生字］test試驗，考驗。

③ ［同族字例］attest證實，證明；contest競爭；protest抗議；testudo陸龜；tortoise龜；tester（舊式大床，布道壇上面的）華蓋。參看：detest痛恨；testy易怒的，暴躁的；testament遺囑，遺言；testimony證據，證明。

pro.to.col ['proutəkɔl; 'protə,kɑl]

義節 proto.col

proto-最早的，最先的，爲首的；col黏膠。

字義 *n.* 條約草案議定書，外交禮儀。

記憶 ① ［義節解說］黏在（文本）「首」頁上的→外交上的客套文字？

② ［同族字例］colloid膠體；collotype珂羅版；collage用火把商標等拼貼而成的

畫。

pro.tract [prə'trækt; pro'trækt] *

義節 pro.tract

pro-向前；tract→draw拖，拉。

字義 *vt.* 延長，拖延，（用尺）繪製，（動物）伸展。

記憶 ① ［義節解說］向前拖→延長，拖延，畫圖。

② ［用熟字記生字］attract吸引。

③ ［同族字例］train火車；contract締結；extract抽提；subtract減去，扣除；detract降低，誹謗；retract取消。參看：distract使分心；portray畫；tract地帶；trait一筆一劃。

pro.trude [prə'truːd; pro'trud] *

義節 pro.trude

pro-向前；trude推，衝。

字義 *vt.* 使伸出，使突出。

    vi. 露出，突出。

記憶 ① ［義節解說］向前推出。

② ［用熟字記生字］thrust推。

③ ［同族字例］intrude闖進，侵入；extrude擠出。參看：obtrude衝出。

prov.e.nance ['prɔvinəns; 'prɑvənəns]

義節 pro.ven.ance

pro-前；ven來；-ance名詞。

字義 *n.* 起源，出處。

記憶 ① ［義節解說］「來」之「前」的所在→從何處來。

② ［用熟字記生字］記event事件；venture冒險。

③ ［同族字例］advent到來；provenience起源；event事件。參看：adventitious外來的；convene召集；convent女修道院；contravene觸犯；conventional慣例的，常規的，傳統的，協定的。

pro.ven.der ['prɔvində; 'prɑvəndə, - ɪndə]

義節 pro.vend.er

pro-向前；vend→fane神廟（v→f通轉）；-er物品。

字義 *n.* （家畜的）乾飼料，糧秣。

記憶 ① ［義節解說］像神廟供奉的物品。本字來源於prebend牧師的俸祿，供養牧師用的教會財產；引申為「乾飼料，糧秣」（bend→fane；b→f通轉）。

② ［用熟字記生字］vegetable蔬菜；provide供給（口糧等）。

③ ［同族字例］venerable莊嚴的，可敬的；venery性慾；venison野味；provisions口糧，存糧；debenture債券（b→v通轉）；debit借方；debt債務；benefice有俸聖職；benefit津貼，好處；benefaction捐助；furnish供應，給予。參看：veneer虛飾；venerate崇拜；revenue收益；parvenu暴發戶；venal可以利誘的，貪汙的；fend供養（v→f通轉）。

④字母v常表示「貪，愛，強烈願望」的其他字例：avarice貪婪；voracious極度渴望的，狼吞虎嚥的；vultrine貪得無厭的；covet覬覦，垂涎，渴望；envy忌妒；devour吞。

prov.erb ['prɔvəːb; 'prɑvəb] *

義節 pro.verb

pro-公開；verb→word *n.*詞語。

字義 *vt. / n.* （使成為）諺語，話柄。

    n. 格言，笑柄。

記憶 ① ［義節解說］公開的詞語→廣為流傳的話→諺語。

P

② ［用熟字記生字］ verb動詞；word字
詞；baby嬰兒（bab→fab；b→f通轉）。
咿呀學語→話語。
③ ［同根字例］ adverb副詞；verbal詞語
的，逐字的；verbose累贅的；verb動
詞；verbalism拘泥文字，冗詞。參看：
verbatim逐字地，照字面地。
④ ［同族字例］ fabulous神話的
（fab→verb；f→b通轉）；confabulate
讀物；bambino嬰孩；booby笨蛋，婦
女的乳；burble滔滔不絕地講話。參看：
bauble小玩物；fable寓言；effable能
被說出的，可表達的；affable溫和的；
ineffable不能用語言表達的；babble咿呀
學語，嘮叨。
⑤字母f和讀f音的ph表示「話語」的其他
字例：preface序言；confession懺悔；
professor教授。參看：prefatory序言
的；fate命運；prophecy預言。

prov.i.dence
['prɔvidəns; 'prɑvədəns]

義節 pro.vid.ence
pro-向前；vid看；-ence名詞。
字義 n. 遠見，節儉，天意。
記憶 ① ［義節解說］ 向前看→遠見；看到今
後的需要→節儉。
② ［用熟字記生字］ view看，觀；visa簽
證。
③ ［反義字］ 參看：improvident浪費的，
無遠見的。
④ ［同族字例］ visit 參觀；advise忠告；
evident明顯的；provide提供，作準備；
provision供應，預備，規定；television
電視；revise修訂，複習。參看：
improvise即席創作（演奏等），臨時準
備；provisional臨時的，暫時性的。

pro.vi.sion.al
[prə'vɪʒənəl; prə'vɪʒən!] *

義節 pro.vis.ion.al
pro-向前；vis看；-ion名詞；-al形容詞。
字義 a. 臨時的，暫時性的。
記憶 ① ［義節解說］ 是否繼續下去，還得走
著瞧→臨時的。
② ［同族字例］ 參看上字：providence遠
見。

pro.vi.so [prə'vaizou; prə'vaɪzo]

義節 pro.vis.o
pro-向前；vis看；-o字尾。
字義 n. 附文，限制性條款，但書。
記憶 ① ［義節解說］ 且莫高興，還要再往下
看（前面那些事是有條件的！）
② ［用熟字記生字］ provided以…為條件；
visa簽證。
③ ［同族字例］ 參看上字：providence遠
見。

pro.voke [prə'vouk; prə'vok] *
義節 pro.voke
pro-面前；voke叫喊。
字義 vt. 挑釁，挑撥，煽動，激起。
記憶 ① ［義節解說］ 在…面前叫喊→挑釁，
煽動。
② ［用熟字記生字］ voice聲音。
③ ［同族字例］ vocation天賦，天職；
vociferous嘈雜的；vocabulary字彙；
fauces咽門；vouch擔保。參看：
advocate提倡；avocation副業；avow
公開宣稱；equivocal歧義的；revoke撤
回。

prow.ess ['prauis, -es; 'prauɪs]
義節 prow.ess
prow a.英勇的；-ess人。

字義 *n.* 英勇，傑出的才能，技術，本領。

記憶 ① ［義節解說］語源上認爲：prow→pro-向前；-ess存在。面對人生，不但要英勇，而且要有本領。

② ［用熟字記生字］proud自豪的，驕傲的。

③ ［同族字例］pride驕傲。

prowl [praul; praʊl] *

義節 pr.owl

pr-→pro-向前；owl *n.*貓頭鷹。

字義 *vi.*/*n.* 四處覓食。

　　　v./*n.* 徘徊，潛行。

記憶 ① ［義節解說］貓頭鷹向前覓食。

② ［同族字例］pry撬；prize捕獲；spree狂歡；depredate掠奪；predacious捕食其他動物的；osprey魚鷹（註：會「捕」魚）。參看：prey被捕食的動物；predatory捕食其他動物的，掠奪性的。

③字母組合pr表示「捕食，掠奪」的字例：privateer私掠船；deprive剝奪。參看：privation喪失。

④ ［形似近義字］sprawl笨拙地爬行。

prox.i.mate

['prɔksimit; 'prɑksə,met]

義節 proxim.ate

proxim最（接）近的；-ate形容詞。

字義 *a.* 最接近的，近似的，即將發生的。

記憶 ① ［義節解說］-prop-是拉丁文「接近的」的原級，「最上級」是-proxim-最（接）近的。

② ［用熟字記生字］approach走近，接近。

③ ［同族字例］approximate近似的；propinquant鄰近的。參看：propinquity接近，鄰近，近似，近親。

prox.y ['prɔksi; 'prɑksɪ]

義節 prox.y

prox近；-y名詞。

字義 *n.* 代理人，代表人，代理權。

記憶 ① ［義節解說］The one you should approach（代理人）是你要走過去和他打交道者。語源上把本字釋作：pro-向前；xy→cure→care照顧。太覺牽強。

② ［用熟字記生字］approach與…打交道，接近。

③ ［同族字例］參看上字：proximate最接近的。

prune [pruːn; prun] *

字義 *vt.* 修剪（樹枝等），【喻】刪除，刪節，削減（預算等）。

　　　vi. 刪除，刪節。

記憶 ① ［用熟字記生字］pure純潔的。記：修剪刪節，使更純潔簡潔。作者頗疑本字是從pure變形而來。

② ［同族字例］purge使潔淨，清洗（不良分子）；expurgate刪除；epurate提純；depurate使淨化；Puritan清教徒。參看：purgatory煉獄，暫時的苦難。

pru.ri.ent ['pruəriənt; 'prʊrɪənt]

義節 prur.i.ent

prur熱，癢；-i-連接母音；-ent形容詞。

字義 *a.* 好色的，淫慾的，（焦躁地）渴望的。

記憶 ① ［義節解說］字根-prur-從burn（燒）變來；b→p通轉。本字源於拉丁文prurio癢。

② ［用熟字記生字］brown棕色的。我們用brown來形容一片麵包，是指這片麵包微微有點焦，也就是slightly burnded。

③ ［同族字例］prurigo癢疹；pruritus搔癢；pruinose（植物）被一層霜狀排泄物

覆蓋的；brand烙印；broil烤，焙；brun棕色；brunet淺黑膚色的人；braise（用文火）燉，蒸；brazier火盆；bright光輝的。

---

pry [prai ; praɪ] *

字義 *vi. / n.* **窺探，探問（者）。**

     vi. / n. **用槓桿撬（起）。**

記憶 ①本字是prize撬（開）的變體。

② ［雙聲近義字］參看：probe探針，探究。

③ ［易混字］ply使勁揮舞，努力從事。

④ ［同族字例］prize捕獲；spree狂歡；deprecate掠奪；predacious捕食其他動物的；osprey魚鷹（註：會「捕」魚）。參看：prey被捕食的動物；predatory捕食其他動物的，掠奪性的；prowl四處覓食，徘徊，潛行。

⑤ ［形似近義字］參看：peer凝視；pore凝視。

---

psalm [sɑːm; sɑm]

字義 *vt. / n.* **（唱）讚美詩。**

     n. **聖詩，聖歌。**

記憶 ①本字來源於希臘文psallo演奏弦樂器，作為唱聖詩時的伴奏。而該字又可能來源於palm手掌，用手撫摸。palm又有變體（字根）-palp-接觸，撫摸。

② ［用熟字記生字］palm手掌，用手撫摸（註：彈八弦琴）；song歌。

③ ［形似近義字］chant讚美詩，聖歌。

④ ［同族字例］Psalter禱告用的分印詩篇；psaltery八弦琴；palp觸鬚；palpable摸得出的，容易感覺到的；palpebral眼瞼上的；catapaul弩炮；palpate觸診；feel觸摸。參看：palpitate悸動，感情衝動；pelt投，擲；cello大提琴。

---

pseu.do ['(p)sjuːdou ; 'sjudo]

字義 *a.* **假的，偽的，冒充的。**

記憶 ① ［義節解說］crypto（字首）隱密的（希臘文pseudothyrum祕密的門）。參看：postiche假的，偽造的。作者估計pseudo可能是postiche的音變縮合形式；supposititions假冒的。

② ［同族字例］pseudonym假名，筆名；pseudoscience偽科學；pseudoscope幻視鏡。

---

psy.che ['saiki; 'asɪkɪ]

字義 *n.* **靈魂，心靈，精神。**

記憶 ① ［義節解說］Psyhe普賽克，是希臘神話中人類靈魂的化身，形象為少女，與愛神Eros相戀。

② ［用熟字記生字］soul靈魂。

③ ［同族字例］psychics心靈研究；psychoanalysis精神分析（學）；psychology心理學。參看：psychiatrist精神病醫生。

---

psy.chi.a.trist

[sai'kaiətrist; saɪ'kaɪətrɪst, 'saɪ-kaɪətrɪst]

義節 psych.iatr.ist

psych精神的；iatr治癒；-ist人。

字義 *n.* **精神病醫生。**

記憶 ［ ［同族字例］-psych- : psychics心靈研究；psychoanalysis精神分析（學）；psychology心理學。參看：psyche精神。

-iatr- : iatric醫師的，醫藥的；physiatrics理療。參看：podiatrist足病醫生；pediatrician兒科醫生。

---

psy.cho.path.ic

[,saikou'pæθik; ,saɪkə'pæθɪk]

義節 psycho.path.ic

psycho心理的，精神的；path苦痛，感情；-ic形容詞。

字義 *a.* **精神變態的，心理病態的。**

記憶 ①〔義節解說〕Psyhe普賽克，是希臘神話中人類靈魂的化身，形象爲少女。

②〔用熟字記生字〕soul靈魂；sympathy同情。

③〔同族字例〕-psych-：psychics心靈研究；psychoanalysis精神分析（學）；psychology心理學。參看：psyche精神。-path-：sympathy同情；pity憐憫；apathy冷漠無情；patible能忍的。參看：pathos憐憫；compatible兼容的，可和諧共存的；pathetic感傷的；pathological病理學的，由疾病引起的；pathetic哀婉動人的，悲哀的，憂鬱的。

pter.o.dac.tyl

[ˌtɛərə'dæktil; ˌtɛrə'dæktɪl]

義節 pter.o.dactyl

pter翼；dactyl→digit手指。

字義 *n.* **飛龍目動物（已絕跡，如翼手龍）。**

記憶 ①〔用熟字記生字〕helicopter直升飛機（helic旋轉）。

②〔同族字例〕pteropod翼足目的；pteridology蕨類植物學；petrel海燕（petr→pter）；helicopter直升飛機。

③字母p表示「羽，翼」。參看：pennate羽狀的。

pu.ber.ty

['pju:bəti; 'pjʊbɚtɪ]

義節 puber.ty

puber短柔毛，陰毛；-ty名詞。

字義 *n.* **發育，青春期。**

記憶 ①〔義節解說〕長出陰毛，是發育特徵之一。同源字根-pud-（陰部），例如：pudenda外陰部，生殖器。參看：

impudent無恥的。又有同源字根-priv-（陰部），例如：privates外陰部，生殖器。引申爲：私人的，祕密的，隱蔽的。參看：privy私人的。

②〔同族字例〕pubes陰毛，陰阜；pubescence到達發育期；pubic陰毛的；pudendum女性外生殖器，陰門；pudency害羞。參看：puddle任何液體的小池；repudiate遺棄（妻子等）；impudent無恥的。

pud.dle ['pʌdl; pʌdl] *

字義 *n.* **水坑，泥潭，膠土，窪。**

vt. **攪渾，用膠土填塞。**

vi. **攪泥漿，在汙水中潑濺。**

記憶 ①〔雙聲近義字〕pond池塘；pool水塘，水池。參看：pug泥料，填塞。

②〔疊韻近義字〕muddle使混濁，使多淤泥。

③〔易混字〕參看：peddle叫賣；paddle漿，涉水。

pu.er.ile ['pjuərail; 'pjuə,rɪl, -ə,rəl]

義節 puer.ile

puer孩子；-ile有…性質的。

字義 *a.* **幼稚的，孩子氣的，不成熟的。**

記憶 ①〔義節解說〕字根-puer-（幼小）源於拉丁文pusio小男孩。所以，又與字根-pusill-（小）同源。

②〔用熟字記生字〕pupil小學生。

③〔同根字例〕puerperal分娩的，產後的。參看：puberty青春期。

④〔同族字例〕-pusill-：pauciloquy言語簡練；paucifoliate少葉的；pauper貧民；pauverty貧窮；depauperate使貧窮；impecunious貧窮的；penurious鄙吝的；few少（p→ph→f通轉）。參看：penury赤貧，缺乏；parsimony異常節省，吝嗇；pusillanimity卑怯，膽小，優

P

柔寡斷；paucity少量，缺乏。

⑤ ［雙聲近義字］pup小狗，幼犬；puppy（不滿一歲的）幼犬；puisne下級的。參看：puny小的，弱小的；petit小的；pony小馬，小（型）的；pusillanimity膽小的。

---

pug [pʌg; pʌg]

字義 n. 泥料。

　　vt. 搗，拌，捏（黏土），用泥土填塞。

記憶 ① ［雙聲近義字］pond 池塘；pool水塘，水池。參看：puddle膠土，用膠土填塞。

② ［疊韻近義字］plug塞子，堵塞物；塞，堵。

---

pug.na.cious
[pʌgˈneiʃəs; pʌgˈneʃəs]

義節 pugn.acious

pugn尖，刺，打擊；-acious有…的，多…的。

字義 a. 好鬥的，好戰的，愛吵架的。

記憶 ① ［用熟字記生字］punch用拳頭打。

② ［同根字例］expugn攻擊；impugu質問；repugn厭惡。

③ ［同族字例］punctual守時的；punctuate加標點；acupuncture針灸。參看：compunction內疚；puncture刺穿；pungent刺激的；punctilious拘泥細節的，謹小慎微的。

---

puis.sant ['pjuisnt; 'pjuːsnt]

義節 puis.s.ant

puis力，能；-ant形容詞。

字義 a. 有力的，有權勢的。

記憶 ① ［義節解說］本字在法文中是常用助動詞，相當於英文的can。

② ［用熟字記生字］potential有潛能的；power權，力。

③ ［同族字例］possible 可能的；emperor統治者；empire帝國；empower授權；potent有力的；puissance權勢；possess起作用，有影響。參看：impotent無能的；omnipotent有無限權力的；potentate君主，統治者。

---

pul.chri.tude
['pʌlkritjuːd; 'pʌlkrɪ,tjud, - ,tud]

義節 pulchr.i.tude

pulchr美麗；-tude名詞。

字義 n. 美麗，漂亮（指人）。

記憶 ① 本字是拉丁文借字。拉丁文：pulcher美麗的；pulchritudo美麗。

② ［同族字例］polish使優雅；palate審美眼光。

---

pul.mo.nar.y
['pʌlmənəri; 'pʌlmə,nɛrɪ]

義節 pulmon.ary

pulmon肺；-ary形容詞。

字義 a. 肺（狀）的，由肺進行的。

記憶 ① ［用熟字記生字］pump泵。→用肺來泵氣。

② ［同族字例］字根-pneum-表示「呼吸」。例如：pneuma呼吸，精神（炎；pneumonectasia肺氣腫）。

③字母p表示「呼吸、肺」的其他字例：字根-spir-表示「呼吸」，例如：respiration呼吸；inspire吸氣…等等。

---

pul.sate [pʌlˈseit, 'pʌlseit; 'pʌlset]

義節 puls.ate

puls推，跳動；-ate動詞。

字義 vi. 搏動，跳動，抖動，震動。

　　a. 推進（力）的。

記憶 ① ［用熟字記生字］push推。

② ［同族字例］pulse脈動；impulsive衝動的；repulse打退。參看：compulsive強迫的；propulsive推進的。

pump.kin

['pʌmpkin, 'ʌmkin; 'pʌmpkɪn, 'pʌŋkɪn]

義節 pump.kin

pump瓜；-kin表示「小」。

字義 *n.* **南瓜（藤），大亨。**

記憶 ① ［義節解說］Pomona是羅馬神話中的果樹女神，由此，pom表示圓形的瓜、果。而pum是pom的變形，又引申而表示圓球形物。

② ［同族字例］ 「南瓜」一意：pome梨果；pomegranate石榴；pomelo文旦；pomology果樹學；pomanda香丸；pompon絨球，絲球。參看：pommel（刀劍炳上）圓頭。

「大亨」一意：bomb炸彈；bombard炮轟，連珠炮似地質問；beam綻開笑容；bump撞擊；bumb爆發；bumper豐盛的，（乾杯時的）滿杯；pompous壯觀的，浮華的（註：b→p通轉）。參看：boom（發出）隆隆聲，突然繁榮，一時興盛；bombast故意誇大的話；pomp壯觀，浮華。

punc.til.i.ous

[pʌŋk'tiliəs; pʌnk'tɪlɪəs]

義節 punctilio.ous

punctili小尖頭，刺；-ous形容詞。

字義 *a.* **拘泥細節的，謹小慎微的。**

記憶 ① ［義節解說］對於如小針尖那麼小的細事都加以注意。

② ［同根字例］ punctual守時的；punctuate加標點；acupuncture針灸。參看：compunction內疚；puncture刺

穿；pungent刺激的。

③ ［同族字例］punch用拳頭打；expugn攻擊；impugn質問；repugn厭惡。參看：pugnacious好鬥的，好戰的，愛吵架的。

punc.ture ['pʌŋktʃə; 'pʌŋktʃə]

義節 punct.ure

punct針，刺；-ure名詞。

字義 *n.* / *v.* **刺穿，戳穿。**

n. 刺孔，刺痕。

記憶 ① ［用熟字記生字］point尖端，點。

② ［同根字例］ punctual守時的；punctuate加標點；acupuncture針灸。參看：compunction內疚；pungent刺激的；punctilious拘泥細節。

③ ［同族字例］punch用拳頭打；expugn攻擊；impugn質問；repugn厭惡。參看：pugnacious好鬥的，好戰的，愛吵架的。

pun.dit ['pʌndit; 'pʌndɪt]

義節 pun.dit

pun→pan-泛，全；dit→dict說。

字義 *n.* **博學家，（學科的）權威，權威性的評論者。**

記憶 ① ［義節解說］萬事都說得出個道理。

② ［形似近義字］ erudite博學的；recondite深奧的（學識）。

③ ［用熟字記生字］edit編輯。

④ ［同族字例］dictation聽寫；dictionary字典；dedicate奉獻；predicate聲稱；dictum格言；contradict反駁；predict預告；interdict干涉；indicate指示。參看：benediction祝福；jurisdiction司法權；malediction詛咒；contradict反駁，否認，發生矛盾；vindicate辯護；abdicate放棄（職務等），退位；didact說教者；edict法令；indict控告；indite

寫，作（詩，文）。

pun.gent ['pʌndʒənt; 'pʌndʒənt] *

義節 pung.ent

pung針，刺；-ent形容詞，

字義 *a.* **刺激的，刺鼻的，辛辣的，尖銳的。**

記憶 ①〔用熟字記生字〕punch用拳頭打。
②〔同根字例〕punctual守時的；punctuate加標點；acupuncture針灸。參看：compunction內疚；punctilious拘泥細節。
③〔同族字例〕expugn攻擊，impugn質問；repugn厭惡。參看：pugnacious好鬥的，好戰的，愛吵架的。

pu.ni.tive ['pjuːnitiv; 'pjunətɪv]

義節 punit.ive

punit痛，罰；-ive形容詞。

字義 *a.* **給予懲罰的，懲罰性的。**

記憶 ①〔用熟字記生字〕pain痛（註：「處罰」，就是要讓你「痛一痛」，下次不敢再犯）；punish處罰；fine罰金。
②〔同族字例〕penalty罰金，刑罰；punity刑罰的；impunity不予懲罰；penal刑事的，刑法的，（當）受刑罰的。

pu.ny ['pjuːnɪ; 'pjunɪ] *

義節 pu.ny

pu→post在後；ny→na生。

字義 *a.* **弱小的，次要的。**

記憶 ①〔義節解說〕出生在後的→後生「小」子。
②〔用熟字記生字〕pupil小學生。
③〔同族字例〕nation民族；native本地生的；agnate父系的；impregnate使懷孕。參看：cognate同源的；benign良性的；malign惡性的；pregnant懷孕的，孕

育著的，含蓄的，多產的。
④字母P表示「小」的其他字例：pup小狗，幼犬；puppy（不滿一歲的）幼犬；puisne下級的。參看：petit小的；pony小馬，小（型）的；pusillanimity膽小的；puerile幼稚的。

pur.ga.to.ry

['pɜːgətəri; 'pɝgə,torɪ, -, tɔrɪ]

義節 purg.at.ory

purg使純潔；-at字尾；-ory形容詞。

字義 *n.* **煉獄，暫時的苦難。**

記憶 ①〔義節解說〕在煉獄中洗脫罪孽，變成純潔。
②〔用熟字記生字〕pure純潔的。
③〔同族字例〕purge使潔淨，清洗（不良分子）；expurgate刪除；epurate提純；depurate使淨化；Puritan清教徒。

pur.loin [pɜːˈlɔin; pɝˈlɔɪn, pɝ -]

義節 pur.loin

pur→pro-遠離；loin→long長的，遠的。

字義 *v.* **偷竊。**

記憶 ①〔義節解說〕使遠離→掏腰包。
②〔同族字例〕eloign移走財產；prolong延長；elongate延長；long渴望；belong屬於…所有。
③〔易混字〕loin腰。

pur.port

[*n.*ˈpɜːpət, pɜːˈpɔːt; ˈpɝport *v.*ˈpɜːpət, pɝˈpɔːt; pɝˈport, ˈpɝport] *

義節 pur.port

pur - → pro -向前；port攜帶，運送。

字義 *n.* **意義，含義。**
    vt. **意味著，聲稱，意欲。**

記憶 ①〔義節解說〕把（內中意義）向前運送。

② ［用熟字記生字］porter搬運工。

③ ［同族字例］import進口；export出口；transport運輸；report報告；emporium商場。

pur.vey.or [pə'veiə; pɚ'veɚ]

義節 pur.vey.or

pur- → pro- 向前；vey路，運送；-or行為者。

字義 *n.* **辦伙食者，伙食供應商。**

記憶 ① ［義節解說］向前運送→供應。

② ［用熟字記生字］provide供應。

③ ［同族字例］venerable莊嚴的，可敬的；venery性慾；venison野味；provisions口糧，存糧；debenture債券（b→v通轉）；debit借方；debt債務；benefice有俸聖職；benefit津貼，好處；benefaction捐助；furnish供應；給予。參看：veneer虛飾；venerate崇拜；revenue收益；parvenu暴發戶；venal可以利誘的，貪汙的；fend供養（v→f通轉）；provender（家畜的）乾飼料，糧秣。

pur.view ['pə:vju:; 'pɚvju]

義節 pur.view

pur-→pro-向前；view *n.*視野。*v.*觀看。

字義 *n.* **權限，範圍，視界，眼界。**

記憶 ① ［義節解說］向前極目所見到的→眼界，引申爲「範圍、權限」。

② ［用熟字記生字］vedio視的。

③ ［同根字例］interview面試；review複習；overview一般看法；viewpoint觀點；preview預習。

④ ［同族字例］visit參觀；advise忠告；evident明顯的；visa簽證；television電視；revise修訂，複習。參看：providence遠見，節儉，天意。

pu.sil.la.nim.i.ty

[ˌpjuːsiləˈnimiti; ˌpjusl̩əˈnɪmətɪ]

義節 pusill.anim.ity

pusill極小的；anim呼吸，生命，心魂；-ity名詞。

字義 *n.* **卑怯，膽小，優柔寡斷。**

記憶 ① ［義節解說］氣魄太小。字根-pusill-源於拉丁文pusillus矮小的，微弱的。該字又來源於pusio小男孩。所以，又與字根-puer-（幼小）同源。

② ［用熟字記生字］few少（p→ph→f通轉）。

③ ［同族字例］-pusill-：pauciloquy言語簡練；paucifoliate少葉的；pauper貧民；pauverty貧窮；depauperate使貧窮；impecunious貧窮的；penurious鄙吝的；few少（p→ph→f通轉）。參看：penury赤貧，缺乏；parsimony異常節省，吝嗇；puerile幼稚的；paucity少量，缺乏。

-anim-：參看：animadvert責備；animosity仇恨；equanimity沉著；magnanimous寬宏大量的。

pu.ta.tive ['pju:tətiv; 'pjutətɪv]

義節 put.ative

put思考；-ative形容詞。

字義 *a.* **一般假定的，推定的，據稱的。**

記憶 ① ［義節解說］思考出來的。

② ［用熟字記生字］computer計算機。

③ ［同族字例］compute計算，估計；dispute爭辯；impute把…歸咎於…；repute評價；reputation聲譽，名聲；disrepute壞名聲；depute委託（權力等）。參看：amputate切掉（am- → a- → out, put out）；impute歸咎於；deputy代表，代理（人）。

P

pu.trid ['pju:trid；'pjutrɪd]

義節 putr.id

putr→rotten *a.*腐爛的；-id形容詞。

字義 *a.* **腐爛的，腐敗的，墮落的。**

記憶 ①〔義節解說〕字根-putr-源於拉丁文puter和pus腐爛。

②〔同族字例〕putrescent正在腐爛（墮落）的；putrescible易腐爛的；putrefy化膿，腐爛，腐敗；pus濃（液）；purulent化膿的；pyogenesis生膿；pyoid膿樣的；pustulous小膿瘡的。

③字母p表示「腐爛，變壞」的其他字例：impair損害，損害；spoil損壞，弄壞；pejorative惡化的；pessimistic悲觀的。參看：potpourrie雜燴；pest令人討厭的人或物，毒蟲，疫病；infest（害蟲，歹徒等）大批出沒（p→ph→f通轉）。

④〔形似近義字〕參看：fester（使）潰爛（使）化膿。

pyr.a.mid ['pirəmid；'pɪrəmɪd] *

字義 *n.* **金字塔，角錐形。**
　　v. **（使）成尖塔形（角錐形）。**

記憶 ①〔形似近義字〕prism稜柱，角椎（註：估計pyram是prism的變體，pyr中的y脫落，縮合爲pr）；pillar柱。

②〔同族字例〕pierce刺激；spear矛，槍；spire塔尖。參看：spur靴刺；spurt衝刺。

py.rog.ra.phy

[paɪ'rɔgrəfi；paɪ'rɑgrəfɪ]

義節 pyro.graph.y

pyr（o）火，熱；praph刻，畫，寫；-y名詞。

字義 *n.* **燙畫，烙畫。**

記憶 ①〔義節解說〕用火來畫出。

②〔用熟字記生字〕fire火。可助憶字根pyr（p→ph→f；y→i，這是合乎英文規律的音變和拼法變異。相信經此一分析，讀者馬上會覺得無從捉摸的字根pir其實不費吹灰之力就可記住！）

③〔同族字例〕pyrometer高溫計；pyrology熱學；antipyretic退熱的（藥）。參看：pyromaniac放火狂，放火癖。

py.ro.ma.ni.ac

[,paɪərou'meiniæk；,paɪrə'menɪ,æk]

義節 pyro.maniac

pyro火，熱，maniac…狂的。

字義 *n.* **放火狂，放火癖。**

記憶 ①〔用熟字記生字〕fire火；mad瘋狂的。

②〔同族字例〕-pyro- 參看上字：pyrograph烙畫；-maniac- 參看：dipsomania酒狂。

Q

靜如處子，動如脫兔。

　　大寫的 **Q** 像個問號「**?**」，有「好奇」、「疑問」意。字的底部是一個小波浪，寓「顫動」。但整個字形卻好像一個圓球浮在水面上，四平八穩，給人以「平靜」的感覺。

　　小寫的 **q** 帶根「尾巴」，引申爲「辮子」。辮子多爲「女子」所有。尾巴則總是「跟隨」的意思。

　　通轉：由於 **Q** 發 **[k]** 音，在書寫形式上，會與用 **C**、**CH**、**K** 等拼寫的字互爲變體。

Q 字母單字延伸字義

- 疑問，奇怪 →祈求而得
- 使平靜
- 水，液體的聲音
- 計量
- 女子
- 顫動，不安
- 跟隨
- 離開
- 眼，視
- 胖，寬

quack [kwæk; kwæk]

字義 *n. / a.* 庸醫 (的)，江湖醫生 (的)。

v. 胡吹，賣假藥。

記憶 ①本字應為quacksalver的縮略形式。quack模擬鴨子嘎嘎叫聲。salve油膏，藥膏。江湖醫生聲嘶力竭地吹噓自己藥膏，形象如在目前！

② [同族字例] squeg無規振盪。參看：quaver震動，發顫音；quagmire沼澤地，泥沼，困境；quirk遁詞，詭辯，嘲弄；squeak發出短促的聲音，脫逃；croak低聲嘶啞地說。

quad.ru.ped ['kwɔdruped; 'kwɑdrə,pɛd]

義節 quadr.u.ped

quadr四；ped足。

字義 *n.* 四足動物。

記憶 ① [用熟字記生字] quarter四分之一。

② [同族字例] -quadr- : square四方形的；quadruple四倍的；quarter夸脫 (四分之一)。參看：quarry方形石；quarantine檢疫。-ped- : 參看：expedient便利的；expeditious敏捷的；octopus章魚；pedestrian步行的；peddle兜售。

quaff [kwɑ:f, kwɔf; kwæf, kwɑf, kwɔf]

字義 *v.* 大口地喝。

v. / n. 暢飲。

記憶 ① [諧音] 本字模擬大口喝水時「咕嘟」的響聲。

② [音似近義字] cup杯子。

③ [同族字例] squiffed喝醉了的。

quag.mire ['kwægmaiə, kwɔ-; 'kwæg,mair, 'kwɑg -]

義節 quag.mire

quag黏液→aqu水，液體；mire *n.*淤泥，泥潭。

字義 *n.* 沼澤地，泥沼，困境。

記憶 ① [用熟字記生字] liquid液體；mud泥。

② [同族字例] -quag- : aqueg 無規振盪。參看：quack庸醫，賣假藥；quaver震動，發顫音。

-mire-：moss 青苔，沼澤；litmus 石蕊；mustard 芥，芥末；must 發酵中的果汁；myriad 無數的；mysophobia 潔癖；mere 池沼；mermaid 美人魚；smearcase農家鮮乾酪；schmeer 行賄；smorgasbord 由多種食物配成的斯堪的納維亞自助餐；smirch 弄髒，玷汙；besmirch 玷汙，糟蹋。參看：morass 沼澤；marsh沼澤，濕地；moor 荒野，沼澤；smear 用油膩的東西塗汙；mire 淤泥，泥坑。

quail [kweil ; kwel] *

字義 *vi.* 膽怯，畏縮。

記憶 ①本字是coil的變體，coil→cul→bottom底部，背部，屁股。也就是「後部，尾巴」。

語源上認為本字來源於coagulate凝結。

② [用熟字記生字] tail尾巴。記：夾著尾巴→畏縮。

③ [同族字例] occultism神祕主義；culet鑽石的底面，胄甲背部下片；culottes婦女的裙褲；bascule吊橋的活動桁架，活動橋的平衡裝置；culdesac死胡同，盲腸；color顏色；calotte小的無邊帽，(苔癬蟲的) 回縮盤；cell地窖，牢房；conceal藏匿，遮瞞；cilia眼睫毛；seel

用線縫合（鷹）的眼睛（註：字母s→c同音變異）；solitary獨居的；seal封蠟，封緘；becloud遮蔽，遮暗；ciliary眼睫；slulk躲藏。參看：obscure遮掩；asylum避難所；supercilious目空一切的；recoil退縮；soliloquy獨白；insular島嶼的，隔絕的；celibate獨身的；cloister使與塵世隔絕；ciliate有纖毛的；occult隱藏的，祕密的，神祕的；quill羽毛管；quilt被子。

④〔形似近義字〕couch獸穴蹲伏；crouch蹲伏；cower畏縮；coward膽小鬼；shy羞澀；coy羞澀；decoy圈套；conch海螺。

quaint [kweint ; kwent] *

字義 *a.* **離奇的，古怪的，古雅的，精巧的（設計等），優雅的（語言等）。**

記憶 ①本字的基本意義是：「懂得，知道」，字根的基本形式是-kan-, -can-，由於音變又產生變體-quaint-。

②〔用熟字記生字〕acquaintance熟人，熟悉（ac-→a-否定）。

③在拉丁系語文中，qu-相當於英文的wh-，表示疑問。因不知是何物，故覺得陌生，奇怪。類例：queer奇怪的，古怪的；quizzical古怪的；quirk古怪的說話、行動，怪癖；quip奇怪行為；squirrelly古怪的，發瘋的…等等。

④〔同族字例〕can能夠。參看：ken知識範圍；canny精明的；cunning靈巧的，狡猾的；con研究；uncanny離奇古怪的。

quake [kweik ; kwek] *

字義 *vi./n.* **震動，顫動。**
　　n. **地震。**
　　vi. **發抖。**

記憶 ①〔義節解說〕本字來源於拉丁文

quasso搖動，使震動。引申為「搖」，「震」，「敲擊」，「打擊」。參考：percussion instrument打擊樂器（如鼓等）。

②〔用熟字記生字〕earth-quake地震；case錢箱→搖震錢箱的時候，會發出鏗鏘撞擊的聲音。

③〔疊韻近義字〕shake搖動，抖動。

④〔同族字例〕squeeze壓榨；squab沉重地；square弄成方形；squaw蹲跪人形靶，女人；squeegee以輥輾壓；squelch鎮壓，壓碎；squish壓扁，壓爛。參看：squat使蹲坐；discuss討論。參看：concussion激烈地搖動；quash搗碎，壓碎，鎮壓；percuss敲，叩，叩診；castigate懲罰，鞭打；squash壓碎，（發）咯吱聲；repercussion反應；concuss激烈地搖動，震動，恐嚇。

⑤qu表示「震動、顫動」的其他字例：squall 短暫的動盪。參看：quiver顫動，抖動；quaver震動，發顫音。

qualm [kwɔːm, kwɑːm; kwɑm, kwɔm]

字義 *n.* **一陣眩暈，疑慮，不安。**

記憶 ①qu表示「震動，顫動」，可引申為「暈船」。類例：queer眩暈的，想嘔吐的。參看：queasy不穩的，催人嘔吐的。參考：squeamish易嘔吐的。

②〔易混字〕calm平靜的。

③〔同族字例〕在拉丁系語文中，qu-相當於英文的wh-，表示疑問，因而常在拼寫上「通轉」：whelm淹沒；overwhelm淹沒，壓倒；swallow淹沒；swim旋轉，眩暈；squeamish易嘔吐的，神經質的，易生氣的。參看：squirm蠕動，蠢動，輾轉不安；swill沖洗；swamp沼澤；淹沒；vomit嘔吐。

④qu表示「不安定」的其他字例：squall暴風，騷動；squally多風波的，不安定

的；squeg無規振盪；squib甩炮，諷刺；
squiffed喝醉了的；squirrel松鼠，老是作
無意義重複的東西；squirrelly古怪的，發
瘋的。

⑤〔音似近義字〕emetic催吐劑；vomit嘔
吐，湧出，催吐劑。

---

quan.da.ry

['kwɔndəri; 'kwandrı, 'kwandərı]

義節 quan.dar.y

quan如何；dar給予；-y名詞。

字義 *n.* 窘境，猶豫不定。

記憶 ①〔義節解說〕不知「給」出什麼行動
爲好。

②〔用熟字記生字〕question問題。

③〔同族字例〕在拉丁系語文中，qu-相
當於英文的wh-，專門用來提問。例如
法文：qui→who；quand→when…等
等。於是在英文中就用qu來構成了許多與
「疑問，追尋（答案）」有關的字。如：
inquest審問；enquire調查；request請
求…等等。又：quantity數量；quality質
量；分別回答了「多少」和「如何」的問
題。參看：quaint離奇的；querulous抱
怨的；query詢問。

---

quar.an.tine

['kwɔrənti:n; 'kwɔrən,tin, 'kwar -] *

字義 *n.* 檢疫（處），隔離（區）。

    vt. 對…檢疫。

記憶 ①本字原意爲「四十天」，是一個檢
疫期。

②〔同族字例〕square四方形的；
quadruple四倍的；quarter四分之一。參
看：quarry方形石；quadruped四足的。

---

quar.ry ['kwɔri; 'kwɔrı, 'kwarı] *

字義 *n.* 方形石，採石場，獵物。

---

   vt. 挖掘。

   vi. 搜尋。

記憶 ①採石時即把石頭鑿成方塊，以便建
築。

②〔用熟字記生字〕square四方形的。

③〔同族字例〕「方形」：square四方
形的；quadruple四倍的；quarter四
分之一。參看：quadruped有四足的；
quarantine檢疫（處）。

「搜尋」：query訊問；inquire詢問；
question探究；inquisition調查，追究。

---

quash [kwɔʃ; kwɑʃ] *

字義 *vt.* 廢止，使無效，鎮壓，平息。

記憶 ①本字來源於拉丁文quasso搖動，使
震動。引申爲「打擊」。

②〔疊韻近義字〕squash鎮壓，壓扁，壓
碎。

③〔同族字例〕quench撲滅；squelch鎮
壓，壓服；squeeze壓扁；vanquish征
服；squish壓扁；discuss討論。參看：
concussion激烈地搖動；percuss敲，
叩，叩診；squash搗碎，壓碎，鎮壓；
castigate懲罰，鞭打。

④qu常表示「使平靜」，例如：quiet
安靜的；conquer征服；requiem安魂
曲；tranquil寧靜的；equilibrium平衡；
requiescence進入寂靜和安寧…等等。

---

qua.ver ['kweivə; 'kwevə]

義節 quav.er

quav震動；-er重複動作。

字義 *vi.* 震動，發顫音。

   vt. 用顫音說（唱等）。

   n. 顫音。

記憶 ①〔同族字例〕shiver顫抖；squeg無
規振盪。參看：quack庸醫，賣假藥；
quiver顫動，抖動；quagmire沼澤地，泥

沼，困境。

②qu表示「震動、顫動」的其他字例：quack鴨叫聲；squall短暫的動盪。參看：quake震動。

---

quay [kiː ; ki]

字義 *n.* **碼頭**

記憶 ①「碼頭」乃是船隻拋錨繫泊之處。[k]音表示「錨」，引申爲「碼頭」。參考：anchor錨；kedge小錨；killick小錨；killock小錨。

② ［同族字例］cay沙洲；key門戶，鑰匙。

---

quea.sy ['kwiːzi ; 'kwɪzɪ]

字義 *a.* **不穩定的，催吐的，不舒服的，脆弱的。**

記憶 ① ［義節解說］本字來源於拉丁文quasso搖動，使震動；quassus震動的，顫抖的，衰弱無力的。

② ［用熟字記生字］earth-quake地震；case錢箱→搖震錢箱的時候，會發出鏗鏘撞擊的聲音。

③ ［疊韻近義字］greasy油膩的。「油膩」與「催人嘔吐」相關，兩字韻部全同，都爲-easy。

④ ［同族字例］squeeze壓榨；squab沉重地；square弄成方形；squaw蹲跪人形靶，女人；squeegee以滾軸輾壓；squelch鎮壓，壓碎；squish壓扁，壓爛。參看：squat使蹲坐；discuss討論。參看：concussion激烈地搖動；quash搗碎，壓碎，鎮壓；percuss敲，叩，叩診；castigate懲罰，鞭打；squash壓碎，（發）咯吱聲；repercussion反應；concuss激烈地搖動，震動，恐嚇；quake震動，顫動。

⑤qu表示「震動、顫動」的其他字例：squall短暫的動盪。參看：quiver顫動，抖動；quaver震動，發顫音。

---

quell [kwel ; kwɛl] *

字義 *vt.* **鎮壓，平息，消除，減輕。**

記憶 ①本字來源於拉丁文culter刀→cultrarious屠宰供祭祀用的牲畜的人→cultor崇拜者。cul→quel；c→qu通轉。

② ［音似近義字］kill殺害，扼殺，抵銷。

③ ［同族字例］whelm 淹沒；overwhelm淹沒，壓倒；swallow 淹沒。squall暴風，騷動；squally 多風波的，不安定的；qualm 不安；calm 平靜的；tranquil寧靜的；equilibrium 平衡；squelch鎮壓，壓服；claymore大砍刀，劍；calamity災難；challenge 挑戰，非難，反對；cultism 崇拜迷信；cultist 熱衷於敬神的人；slam 猛擊，砰地關門（sl→cl; s→c通轉）；slap 拳擊，猛地關門；slash 猛砍，鞭打；slate 痛打，鞭打；sledgehammer 猛擊；slog 猛擊，跋涉，苦幹；onslaught猛攻；slogan 口號；slice 切成薄片，切，割。參看：slay殺死，殺害；cult禮拜，狂熱的崇拜；calumny誹謗，中傷，誣蔑；slander 誹謗，詆毀，造謠中傷；slaughter屠宰，屠殺，殘殺。

④qu常表示「使平靜」，例如：quiet安靜的；conquer征服；requiem安魂曲；requiescence進入寂靜和安寧；quash鎮壓，平息；quench撲滅；squeeze壓扁；vanquish征服；squish壓扁；squash鎮壓，壓扁，壓碎。

---

quer.u.lous

['kwerʊləs, 'kwerju-; 'kwɛrələs, 'kwɛrjə-, -rʊləs] *

義節 quer.ulous

quer吵，罵；-ulous充滿…的。

字義 *a.* 愛發牢騷的，抱怨的，易怒的。

記憶 ①〔義節解說〕本字來源於拉丁文 querulus抱怨的，訴苦的；queror抱怨，訴苦，發牢騷。

②〔用熟字記生字〕quarrel吵架。

③〔同族字例〕curse咒罵；querimonious 愛發牢騷的。

que.ry ['kwiəri; 'kwɪrɪ] *

義節 quer.y

quer疑問，追尋；-y字尾。

字義 *n. / v.* 詢問，質問。

     n. 疑問號。

記憶 ①〔用熟字記生字〕question問題。

②〔同族字例〕inquire詢問；inquisition 調查，追究；inquest審問；enquire調查；request請求；require要求，需要；prerequisite必要的，先決條件。參看：quarry獵物，搜尋；requisite需要的，必要的；exquisite高雅的；aquisitive 渴望得到的；disquisition專題論文；conquest征服。

③ 在拉丁系語文中，qu-相當於英文的 wh-，專門用來提問。例如法文：qui→who；quand→when…等等。於是在英文中就用qu來構成了許多與「疑問，追尋（答案）」有關的字。如：quantity 數量；quality質量；分別回答了「多少」和「如何」的問題。參看：quaint離奇的；querulous抱怨的；quandary猶豫不定。

quib.ble ['kwibl; 'kwɪb!] *

義節 quib.ble

quib→equi相等，相當；-le重複動作。

字義 *n.* 雙關語，遁詞。

     n. / v. 詭辯。

     vi. / n. 吹毛求疵（的意見）。

記憶 ①〔義節解說〕說出來的話，兩種含義

相等，使人不知講話人意在哪一種。

②〔用熟字記生字〕equal相等的。

③〔音似近義字〕jabber含糊不清地說；gibber含混不清地說。

④〔同族字例〕squabble爭吵，口角；squib諷刺；quiddity遁詞，詭辯。參看：quip雙關語；quirk遁詞。

qui.es.cent [kwai'esnt; kwaɪ'ɛsnt]

義節 qui.escent

qui平靜；-escent開始，漸漸成為。

字義 *a.* 靜止的，不動的，沉默的。

記憶 ①〔用熟字記生字〕calm安靜（qu→c 通轉）；quiet安靜的。

②〔同族字例〕requiescence進入寂靜和安寧。參看：quietude安靜，平靜；tranquil平靜的，安寧的，平穩的；requiem安靈曲，輓歌，哀詩，墓誌銘。

③ qu常表示「使平靜」，例如：quash鎮壓，平息；quench撲滅；squeeze壓扁；vanquish征服；squish壓扁；squash 鎮壓，壓扁，壓碎；quell鎮壓，平息；quash平息；equilibrium平衡；squelch 鎮壓，壓服。參考：kill殺害，扼殺，抵銷。

qui.e.tude

['kwaiətjuːd; 'kwaɪə,tjud, - ,tud]

義節 quiet.ude

quiet *a.* 平靜；-ude表示「程度、狀況」。

字義 *n.* 安靜，平靜。

記憶 詳見上字：quiescent靜止的。

quill [kwil; kwɪl] *

字義 *n.* 羽毛管（製品，浮標）。

     vt.（用羽毛管等）刺穿。

記憶 quack模仿鴨子的嘎嘎叫聲，轉義為「鴨子」。queue原意為「尾巴」。quill

估計原意應爲鴨尾巴的長毛，可用來書寫。把鴨毛充塞到布袋裡，可製成被子。參看下字：quilt被子。

quilt [kwilt ; kwɪlt] *

字義 *n.* 被子，被狀物。

　　　v. 縫被子。

記憶 ①本字來源於拉丁文culcita褥子，床墊，枕頭。quil→culc→bottom底部，背部，屁股。也就是「後部，尾巴」。

② 〔同族字例〕occultism神祕主義；culet鑽石的底面，胄甲背部下片；culottes婦女的裙褲；bascule吊橋的活動桁架，活動橋的平衡裝置；culdesac死胡同，盲腸；color顏色；calotte小的無邊帽，（苔癬蟲的）回縮盤；cell地窖，牢房；conceal藏匿，遮瞞；cilia眼睫毛；seel用線縫合（鷹）的眼睛（註：字母s→c同音變異）；solitary獨居的；seal封蠟，封緘；becloud遮蔽，遮暗；ciliary眼睫；skulk躲藏。參看：obscure遮掩；asylum避難所；supercilious目空一切的；recoil退縮；soliloquy獨白；insular島嶼的，隔絕的；celibate獨身的；cloister使與塵世隔絕；ciliate有纖毛的；occult隱藏的，祕密的，神祕的；quail膽怯，畏縮；quill羽毛管。

quin.tes.sence
[kwin'tesns ; kwɪn'tɛsns]

義節 quint.ess.ence

quint五；ess存在，精華；-ence名詞。

字義 *n.* 精華，精髓，本質。

記憶 ① 〔義節解說〕中古哲學中水、火、土、氣「四大要素」之外的「第五要素」，據說可化生萬物。

② 〔用熟字記生字〕essence精華；essential本質的，不可缺少的；absent缺席。

③ 〔同族字例〕entity存在，實體；presence存在，出席。

quip [kwip ; kwɪp] *

字義 *n.* 嘲弄，妙語，遁詞，奇怪行爲。

記憶 ①本字是quibble（遁詞）的變體。

② 〔音似近義字〕jabber含糊不清地說；gibber含混不清地說。

③ 〔同族字例〕squabble爭吵，口角；squib諷刺；qiddity遁詞，詭辯。參看：quibble遁詞；quirk遁詞。

quirk [kwəːk; kwɜk]

字義 *v.* / *n.* 突然的彎曲，扭曲。

　　　n. 遁詞，詭辯，嘲弄。

　　　a. 離奇的，古怪的。

記憶 ① 〔音似近義字〕參看：jerk突然猛地一動（拉，推）；lurch（船）突然傾斜。

② 〔同族字例〕「彎曲」：circle圓；circumstance環境；wire金屬線；environment環境。

「古怪」：queer奇妙的，古怪的；curiosity好奇心；curious奇妙的，古怪的；squirrelly古怪的。

「詭辯」：參看：squeak發出短促的聲音，脫逃；croak低聲嘶啞地說；quip遁詞。

③在拉丁系語文中，qu-相當於英文的wh-，表示疑問。因不知是何物，故覺得陌生，奇怪。類例：quizzical古怪的；quaint古怪的；quip奇怪行爲…等等。

quits [kwits ; kwɪts]

字義 *a.* 抵銷的，對等的，不分勝負的。

記憶 ① 〔用熟字記生字〕equal相等的，完全補償（或酬報）。

② 〔同族字例〕quit離開，清償；acquit

宣判無罪，償清債務；equity衡平法；equate（使）相等；equation方程；equator赤道（註：到南北兩極的距離相等）；aqueous水的。參看：adequate適當的，適度的，充分的，可以勝任的；equanimity沉著，平靜，鎮定；equivocal模稜兩可的，歧義的，曖昧的；equinox晝夜平分點，春分，秋分；requite報答，回報，酬答，報復。

quiv.er [ˈkwivə; ˈkwɪvə] *

義節 quiv.er
quiv震動；-er重複動作。

字義 *v. / n.* （使）顫動，抖動。
　　n. 箭袋。
　　vi. 射中。

記憶 ①本字是quaver（震動）的變體，該字有疊韻近義字waver搖動。在拉丁系語文中，qu-相當於英文的wh-，表示疑問，因而常在拼音上通轉。看來，quiv即是wave（波動）的變形。

「箭袋」一意，參看：quill羽毛管。箭是羽毛製成的。

②［疊韻近義字］shiver顫動，發抖。

③［同族字例］shiver顫抖；squeg無規振盪。參看：quack庸醫，賣假藥；quagmire沼澤地，泥沼，困境；quaver震動，發顫音。

④［使用情景］

(1) 擊中目標後的箭桿，槍桿等的顫動。武俠小說中常會寫到：一支箭射中箭垛後，箭桿「兀自抖動不已」：
An arrow~s as it enters its target.

一隻長矛亦是如此：
He hurled a spear at the wooden horse, the point stuck in the wood and the shaft~ed.

(2) 人體的某些部分
曼斯菲爾德（ketherine Mansfield）是一位嫻熟運用意識流的作家，她寫一位外祖母回憶可愛的小外孫，孩子的小臉依偎著她，她感到孩子的眼瞼在她面頰上的顫動：
She felt his eyeid~ing against her cheek.

這種寫法，在意識流中叫做「訴諸觸覺」，可以使回憶更逼真顯親切。請讀者體會一下，你對本字的印象就更生動了。

除了眼瞼，還有其他：
Her lips were~ing 嘴唇
his chin was~ing 下巴
a~ing of his whole face 整個臉

(3) 其他事物：
最典型的是羽翼之類：
the moth~ed its wings.

還有葉子：
~ing leaves

甚至閃電：
a~ing of lightning.

還有萬花筒中的彩色玻璃：
Swans move through a coloured Kaleidoscope of ~ ing square, triangle andoellipse.

(4) 聲音的顫動
人：he said in a high,~ ing voice.
鳥：to feel the happy~ of a bird in full songs.

qui.vive [kiːˈviːv ; kiˈviv]

義節 qui.vive
qui（法文）誰；vive（法文）活著，存在。

字義 （哨兵查問口令）誰在走動！

記憶 ①［用熟字記生字］survive倖存。

②［同族字例］qui：參看：kismet命運，命定（kis→qui；met→put放置）。-viv-：vivacious活潑的，愉快的；survive倖存。參看：convivial快樂的；vivid生動的，活潑的。

quix.ot.ic [kwik'sɔtik; kwɪks'ɑtɪk]

義節 quixot.ic

quixot（唐）吉訶德；-ic形容詞。

字義 *a.* **幻想的，狂熱而俠義的。**

記憶 ①本字源於名著《唐·吉訶德》。x 在西班牙文中讀h音。

② ［同族字例］quiz測驗（quix→quiz；x→z通轉）。參看：quizzical古怪的，可笑的，嘲弄的，探詢的，疑惑的。

quiz.zi.cal ['kwizikəl; 'kwɪzɪ - k!]

義節 quiz.ic.al

quiz *n.*測驗，答問；-ic字尾；-al字尾。

字義 *a.* **古怪的，可笑的，嘲弄的，探詢的，疑惑的。**

記憶 ① ［用熟字記生字］question問題（quest→quiz, s和z讀音相近，易形成變體）。

② ［同族字例］quiz測驗；queer奇妙的，古怪的；curiosity好奇心；curious奇妙的，古怪的；squirrelly古怪的，參看：quirk離奇的，古怪的；quixotic幻想，狂熱而俠義的（quix→quiz；x→z通轉）。

③ ［形似近義字］whimsical古怪的，嬉鬧的。

④在拉丁系語文中，qu-相當於英文的wh-，表示疑問，因不知是何物，故覺得陌生，奇怪。類例：queer奇怪的，古怪的；quirk古怪的說話、行動，怪癖；quip奇怪行為…等等。參看：quaint離奇的。「嘲弄的」一意，參看：quirk嘲弄。

⑤字母Z表示「奇怪，搞糊塗」的字例：maze迷宮；amaze使驚奇；daze迷亂；dizzy頭暈目眩的；muzzy迷惑的；woozy糊裡糊塗的。

quon.dam ['kwɔndəm; 'kwɑndəm]

義節 quond.am

quond→quand（法文→when當…之時）；-am字尾。

字義 *a.* **一度曾是的，以前的。**

記憶 ［用熟字記生字］once一度，曾經；when當…之時。

quo.rum

['kwɔ:rəm; 'kwɔrəm, 'kwɔrəm]

字義 *n.* **治安法官，法定人數，挑選出來的一群人。**

記憶 ① ［疊韻近義字］參看：forum論壇，法庭。

② ［用熟字記生字］quota配額；quotation語錄；score刻痕記數，記分。

③ ［同族字例］quotient商（I.Q智商）；cite引用，引證；quote引用。參看：cull挑選；cavil挑剔；carp挑剔；curia歐洲中世紀的法庭；羅馬教廷；court法庭。

④ ［形似近義字］jury陪審團；try審問。

R

一騎紅塵妃子笑，車走雷聲語未通。

　　小寫的 **r** 像棵小草，象徵「分裂，分叉」。涵蓋了「條狀物」，「根」和「枝蔓」，「流」，「散，亂，放蕩」等其他含義。

　　R 的發聲，就像「隆隆」的喉音，或是「轆轆」的腸胃鳴聲，「咬，撕，刮，扒」所發出的濁重聲。這是本字母最基本的含義。其他許多含義大體是由此引申出來。

　　免冠：本章需「免冠」的單字不多，最主要的是：**re-** 又，再，回，反。這個字首不難記，它不過是簡譜 2 的唱名：**do re mi** 中的 **re**，就是 2，「梅開二度」。**re-** 的變體，有 **red-,ran-,retro–** 等。

　　分析：

　　大寫的 **R** 有「圓，捲」的形態。它的線條也有「帶狀」。

　　小寫的 **r** 像棵小草，引申為「根」和「枝蔓」，再

引申爲「流」，「散，亂，放蕩」。它的總體形態給人以微「笑」感，同時也有「皺」感。從「皺」引申爲「反芻，沉思，反覆」，「推算，推想」。

R 的發音「粗」濃而含混，使人聯想到「強大，有力」，「狂暴」，「奪取」，「撕裂」，「剝，畫，磨」，「嬉鬧，喧嚷」。從「強大」，「狂暴」再引申而爲「皇權，統治」。「皇權」的象徵是「紅」色。法國名著《紅與黑》就分別象徵「皇權」（紅）與敎會勢力（黑）。

皇權，統治

淫，色情

破裂，破壞，撕裂

嬉鬧，喧嚷

粗俗

圓，捲

反芻，沈思，反覆

強大，有力

枝蔓

漫遊

根

濁重的聲音

速度，快

狂暴

紅

推算，推想

流

咬，蝕，臭

笑

冷，僵，硬，直

奪取

剝，畫，磨

條狀，帶狀物

縮，皺

散，亂，放蕩

R

rab.id ['ræbid; 'ræbɪd]

義節 rab.id

rab狂犬病，狂怒；-id形容詞。

字義 *a.* **狂暴的，狂熱的，偏激的，固執的。**

記憶 ①〔用熟字記生字〕rage狂怒。

②〔同族字例〕rabble暴亂之民；rabies狂犬病；rave叫囂，發狂，胡言亂語。

③字母 r 表示「發狂，狂暴」的其他字例：delirious發狂，胡言亂語。參看：rhapsodize狂熱地寫、講；revel狂歡，歡宴；ravish使狂喜，使出神。

rack.et.eer [,ræki'tiə; ,ræking'ır]

義節 rack.et.eer

rack n.飼草架，拉肢刑架；-et字尾；-eer人。

字義 *v. / n.* **詐騙（者），敲詐勒索（者）。**

記憶 ①〔義節解說〕拉肢刑架用以拉人的四肢，使關節脫離，備受痛苦折磨，從而「勒索」。rack原意爲飼草架。有疊韻近義字hack飼鷹架。

②〔同族字例〕rock搖動；rocket火箭；racket網球拍。參看：rackety搖晃的。

rack.et.y ['rækiti; 'rækɪtɪ, -əti]

義節 rack.et.y

rack → *v.*搖動，擺動，震動；-et字尾；-y形容詞。

字義 *a.* **喧鬧的，不牢固的，搖晃的。**

記憶 ①〔用熟字記生字〕rock and roll 搖滾樂；rocket火箭。

②〔同族字例〕參看上字：racketeer詐騙。

raff [ræf; ræf]

字義 *n.* **大量，大批，許多，廢料，垃圾。**

記憶 ①〔用熟字記生字〕river河流→rivers大量→rife衆多的，盛行的，充滿的→riffraff廢物，碎屑。

②〔音似近義字〕參看：rubble碎磚，破瓦→rubbish垃圾；rough粗糙的；rude粗魯的；trash垃圾。

③〔易混字〕參看：raffle抽獎。

④〔同族字例〕riffle流過（淺灘），使起漣漪，洗紙牌；ruffle洗（紙牌）；rival競爭；thrifty繁榮的；thrive繁榮。參看：raffle抽獎；rife流行的；ripple細浪；rove漫遊，流浪（於）。

raf.fle ['ræfl; 'ræfl]

義節 raf.fle

raf→re-又，再；fle→fold疊合。

字義 *n. / vt.* **抽獎售貨。**
      vi. **抽獎。**

記憶 ①〔義節解說〕抽獎前先要把彩票弄亂，像洗牌一樣，以做到「機會面前人人平等」。

②〔同族字例〕riffle洗紙牌（聲）；ruffle洗紙牌，弄亂。參看上字：raff大量。

③〔形似近義字〕shuffle洗（牌），弄亂；rumple弄亂，弄皺。

rag.a.muf.fin

['rægə,mʌfin; 'rægə,mʌfɪn]

義節 rag.a.muffin

rag n.破布，破舊衣服；a連接母音；muffin→muff裹住。

字義 *n.* **衣服破爛骯髒的人（尤指小孩）。**

記憶 ①〔義節解說〕用破布裹住（身體）。

②〔用熟字記生字〕rough粗糙的。

③〔形似近義字〕shaggy邋遢的，不修邊幅的；jag織物上的凹口。

④〔同族字例〕-rag-：ragged破的，高低不平的，參差不齊的，刺耳的；rugose

有皺紋的，多皺的；ruck皺，褶；ruga皺紋，折，脊；rugate有皺紋的；crag岩，崎嶇；rock岩石；scrawny骨瘦如柴的。參看：rugged有皺紋的，多岩石的，崎嶇不平的；corrugate（使）起皺，（使）起波紋；scrag皮包骨頭，肉骨頭。-muff-: muff女子防寒用的皮手套；camouflage偽裝（mouf→muffle）；muffler厚圍巾，消音器；mufti便衣；muffin鬆糕。參看：muffle裹住，包住，捂住。

⑤其實，字母r常表示「皺、縮」的意思。例如：ruffle弄皺；rumple使皺；crone滿臉皺紋的老太婆；crumple使皺；frown皺眉；scrunch皺眉，弄皺；shrink皺，縮…等等。

raid [reid ; red] *
字義 *v. / n.* **襲擊，搜捕。**
　　n. **搶劫，突然行動。**
記憶 ①［用熟字記生字］ride騎（馬）→飛騎突襲；razor刮鬍刀；rat老鼠（老鼠要「磨牙」）。
②［同族字例］rodent咬的，嚼的；erode腐蝕，侵蝕；corrosive腐蝕的；erosive腐蝕的；corrode腐蝕，侵蝕；anticorrosion防腐蝕；rot腐爛；rotten腐爛的；rusty（肉類）腐爛發臭的；graze放牧，使吃牧草；abrade磨擦，磨掉，擦傷（皮膚等）。
③［音似近義字］rather寧可（-rath- → quick快）。參看：foray突然襲擊。

rail.ler.y ['reiləri; 'relərɪ, 'ræl-]
義節 rail.l.ery
rail使用汙言粗語；-ery名詞。
字義 *n.* **善意的嘲弄，戲弄（的言行）。**
記憶 ①［用熟字記生字］ridiculous可笑的。
②［同族字例］rally嘲笑，挖苦；rail咒

罵，抱怨。參看：roil攪渾，惹怒，激起，使動盪。
③［易混字］railway鐵路；rail沉木。
④字母 r 表示「笑」的其他字例：razz嘲弄，戲弄；risible可笑的；derision嘲笑。

ram [ræm ; ræm] *
字義 *n.* **公羊，撞槌。**
　　v. **猛擊，撞。**
　　vi. **迅速移動。**
　　vt. **塞，壓，灌輸。**
記憶 ①本字來源於拉丁文ramus粗棍棒，鹿的叉角，河的支流，族的支脈。
小寫r的字形酷似羊頭。Ram是白羊星座。羊跑得快，又喜「頂撞」，故有其他引申意。
②［用熟字記生字］drum鼓→用「撞槌」擊鼓。
③［雙聲近義字］rapid快速的。
④［疊韻近義字］jam堵塞。參看：cram塞滿。
⑤［同族字例］ramp躍立，猖獗，蔓生；rampage暴跳，橫衝直撞；ranch大牧場；random胡亂的，隨便的；range延伸；rank繁茂的。參看：ramify分枝。

ram.ble ['ræmbl ; 'ræmb!] *
義節 r.amb.le
r → re- → again又，再；amb步行，走路；-le重複動作。
字義 *v. / n.* **閒逛，漫步，蔓生。**
　　vi. / n. **漫筆。**
記憶 ①［疊韻近義字］參看：amble輕鬆地走；shamble蹣跚；scramble爬行；wamble蹣跚；preamble開端。
②［同族字例］roam漫步，漫遊；ramp躍立，猖獗，蔓生；rampage暴跳，橫衝直撞；ramage成年枝；ramate分叉的，多

R

枝的；ramble蔓生植物；ramee苧麻；ramify使分枝，使分岔；ramose生枝的，多枝的；ramulus神經分支；rattan藤；random胡亂的，隨便的；range延伸；rank繁茂的；ranch大牧場。

③ 字母r表示「漫遊」的其他字例：ranger漫遊者，巡邏兵；rapparee流浪者；rounder巡行者；rove漫遊；-err- → ex- (out) + r (字根) 漫遊；error錯誤；errant錯的，漫遊的；erroneous錯誤的；erratic古怪的；aberrant異常的。

---

ram.i.fy　['ræmifai；'ræmə‚faɪ]

義節 ram.i.fy

ram n.公羊；-fy使…（動詞字尾）。

字義 vi. **(使) 分枝，(使) 分叉，(使) 成網狀。**

記憶 ①〔義節解說〕公羊→羊角（像個「分叉」）→分枝。

②〔用熟字記生字〕branch分枝（註：其中ran與ram相似）；angle角。

③〔同根字例〕ramification分枝，分叉，支流，衍生物；ramee苧麻；ramp躍立，猖獗，蔓生；rampage暴跳，橫衝直撞；ramage成年枝；ramate分岔的，多枝的；ramble蔓生植物；ramee苧麻；ramose生枝的，多枝的；ramulus神經分支。參看：rampant繁茂的。

④〔同族字例〕random胡亂的，隨便的；range延伸；rank繁茂的；ranch大牧場；rattan藤。

---

ramp　[ræmp；ræmp]

字義 n. **斜坡，(彎曲的) 坡道，斜面。**
　　　vt. **使有斜坡。**

記憶 ①本字應從ram公羊。羊角像個「分叉」→枝蔓→攀緣。「斜坡」便於「攀」高。參看：ramify分枝；rampant蔓延的。

---

②〔形似近義字〕cranky易傾斜的。

---

ram.pant　['ræmpənt；'ræmpənt] *

義節 ramp.ant

ramp分叉，攀緣；-ant形容詞。

字義 a. **繁茂的，蔓延的，猖獗的，猛烈的，躍立的。**

記憶 ①〔義節解說〕本字應從ram公羊。羊角像個「分叉」→枝蔓→攀緣。

②〔用熟字記生字〕climb攀爬；crawl爬行；leap跳躍。

③〔形似近義字〕limb分支，肢，大樹枝；scamper蹦跳，奔跑；scramble攀爬，攀緣；ample充分的，富裕的；ampulate截肢。

④〔同根字例〕ramification分枝，分叉，支流，衍生物；ramose多枝的；ramee苧麻；ramp躍立，猖獗，蔓生；rampage暴跳，橫衝直撞；ramage成年枝；ramate分叉的，多枝的；ramble蔓生植物；ramulus神經分支。參看：ramify使分枝，使分叉。

⑤〔同族字例〕random胡亂的，隨便的；range延伸；rank繁茂的；ranch大牧場；rattan藤；branch分枝。

---

ram.part
['ræmpɑːt；'ræmpɔrt, - pət]

義節 ram.part

ram- → re-加強意義；part→par遮擋。

字義 n. **壁壘，防禦物。**
　　　vt. **(用壁壘) 保護。**

記憶 ①〔義節解說〕據作者考證，本字中的part應是字根-pare-（準備）的變形：法文rempart壁壘，防禦物；remparer築壁壘防禦；前者應是後者的名詞形式。意思是：「加強」，「準備」→築壁壘防禦。但是爲了更直接地幫助記憶，另作了義節

R

中的解釋。

② 〔用熟字記生字〕bar棍棒，阻礙（bar→part；b→p通轉。用「棍」築「壘」）；prepare準備；repair修補。

③ 〔同族字例〕parry擋開，避開；para-（字首）保護，庇護；parasol陽傘（sol太陽）；parapet欄杆（pet胸）；barrier柵欄。

---

ran.cid ['rænsɪd；'rænsɪd]

義節 ranc.id

ranc→rank a.腥臭難聞的；-id形容詞。

字義 a. 有陳腐脂肪味的，敗壞的，惡臭的。

記憶 ① 〔同族字例〕rotten腐爛的。參看：reek（冒）臭氣。

② 〔使用情景〕參看：addle腐壞。雞蛋壞了，叫addle，形容它裡面的蛋黃「混亂」得一場糊塗也；麵包壞了叫做stale，形容有一種陳腐氣味；牛奶壞了叫sour，因為發酵變酸；火腿，燻肉，臘腸等壞了叫rancid，因為其有股變質刺鼻的油脂氣味；人變「壞」了叫做corrupt（腐敗的）。

---

ran.cor ['ræŋkə；'ræŋkə] *

義節 ran.cor

ran- → re- →again又，再；cor→cour心。

字義 n. 深仇，積怨。

記憶 ① 〔義節解說〕一而再地湧上心頭。所謂「中心藏之，何日忘之」的積怨。

② 〔用熟字記生字〕courage勇氣；recur（往事等）重新浮現。

③ 〔同族字例〕rankle引起怨恨。

---

ran.sack ['rænsæk；'rænsæk] *

義節 ran.sack

ran→room n.房間；sack v.劫掠。

字義 vt. 徹底搜查，洗劫，搶掠。

記憶 ① 〔義節解說〕各個房間都找遍。

② 〔用熟字記生字〕search搜索；seek搜尋。

③ 〔易混字〕ramshackle倒塌似的。

④ 〔同族字例〕soke地方司法權；sack劫掠，解雇。參看：forsake遺棄。

---

ran.som ['rænsəm；'rænsəm] *

義節 ran.som

ran- → re- → back回來；som→eem→empt→take v.取，買。

字義 n. 贖金。

vt. / n. 贖，勒索。

記憶 ① 〔義節解說〕本字是redemption（買回，贖回）的變體。

② 〔同族字例〕redemption買回，贖回；exemption免除。

參看：peremptory斷然的；preempt先占，先取；redeem買回，贖回。

③ 〔造句助憶〕the handsome ransom一筆可觀的贖金（利用handsome與本字讀音相似而造）。

---

rant [rænt；rænt] *

字義 v. 咆哮，怒吼，喧囂誇張地說。

n. 粗言豪語，誇誇其談。

記憶 ① 〔用熟字記生字〕roar吼叫，怒號，轟鳴。

② 〔同族字例〕arena 競技場；range放牧區；ranch大牧場；rink滑冰場；rank橫列；arrange整理，排列。參看：harangue高談闊論的演說。

③字母r發低沉的喉鳴聲，模擬「吼叫」聲。其他字例：ran-tan敲打聲，歡鬧；rave咆哮，狂亂地說；growl咆哮，轟鳴。

R

ra.pa.cious [rəˈpeɪʃəs; rəˈpeʃəs]

義節 rap.acious

rap→rapt奪；-acious形容詞。

字義 *a.* 掠奪的，貪婪的，捕食生物的。

記憶 ① ［同根字例］raptorial捕食其他動物的，兇猛的；rap搶走，奪去，使著迷；rape強奪，強姦；rapt著迷的；enrapture使狂喜，使出神；rapturous引起狂喜的。參看：reap收穫；rapture著迷，銷魂，全神貫注，狂喜。

②字母r表示「奪取」的其他字例：rob搶劫；ransack搶劫；riffle劫掠；wrest奪取，搶去；forage搶掠；privation剝奪；deprive剝奪；maraud搶掠；razzia劫掠。參看：ravish強奪，使出神。

rap.port [ræˈpɔːt; ræˈport, -ˈpɔrt] *

義節 rap.port

rap-→ re-→ back回；port *n.*舉止。

字義 *n.* （親善的）關係，聯繫。

記憶 ① ［義節解說］禮尚往來→聯繫。

② ［用熟字記生字］sport運動。

③ ［同族字例］port舉止，風采。參看：comport舉止；portly肥胖的，粗壯的，魁梧的；deport舉止；disport嬉戲。

④ ［形似近義字］reciprocity相互關係，交換，互惠。

rap.proche.ment

[ræˈprɔʃmã ːŋ, -mɔ̃ːŋ, - mɑːŋ, -mɔːŋ, - mɔŋ; raprɔʃˈmã]

義節 r.approche.ment

r → re- 重新；approche→approach *v.*接近，聯繫；-ment名詞。

字義 *n.* 恢復友好關係（邦交）。

記憶 ① ［義節解說］本字是法文借字，按法文，應分解爲rap-→ re-；proche走近。因英文有approach這一熟字，爲記憶方

便，作如上分解。

② ［同族字例］approximate近似的。參看：proxy代理人；proximate近似的。

rap.ture [ˈræptʃə; ˈræptʃə] *

義節 rapt.ure

rapt捕獲，奪取；-ure名詞。

字義 *n.* 著迷，銷魂，全神貫注，狂喜。

記憶 ① ［義節解說］整個心神都被「抓住」了→著迷。

② ［同根字例］raptorial捕食其他動物的，兇猛的；rap搶走，奪去，使著迷；rape強奪，強姦；rapt著迷的；enrapture使狂喜，使出神；rapturous引起狂喜的。參看：reap收穫；rapacious掠奪的，貪婪的，捕食生物的。

③ ［疊韻近義字］capture捕獲，奪得，引起（注意）；captivate迷住。從「捉住」到「迷住」，於此亦是同一引申思路。

④字母r表示「奪取」的其他字例：rob搶劫；ransack搶劫；riffle劫掠；wrest奪取，搶去；forage搶掠；privation剝奪；deprive剝奪；maraud搶掠；razzia劫掠。參看：ravish強奪，使出神；rapacious掠奪的，貪婪的，捕食生物的。

rar.e.fy [ˈrɛərɪfaɪ; ˈrɛrə.faɪ, ˈrær -]

義節 rare.fy

rare *a.*稀薄的，稀疏的，珍貴的；-fy使…

字義 *vt.* 使稀薄，使稀少，使純化。

記憶 ①本字的基本含義是「隔離」，引申爲「稀薄」。

② ［同族字例］hermet隱士；ermite隱士（註：h脫落）。參看：hermetic奧祕的，煉金術的，密封的。

③ ［形似近義字］sparse稀少的，稀疏的；scarce缺乏的，稀有的，珍貴的。參看：scarcity缺乏，蕭條，稀罕（比較：rarity

稀罕，稀薄）。

ras.cal [ˈræskl ; ˈræsk!] *

義節 rasc.al

rasc耕田；-al字尾。

字義 *n.* 流氓，無賴，小淘氣。

　　 a. 下賤的。

記憶 ① ［義節解說］本字來源於拉丁文rus
農村，農田→下賤的。

② ［用熟字記生字］rough粗糙的，粗野
的。由「粗野」引申爲「流氓」。

③ ［同族字例］rural鄉村的；rusticate到
鄉村去（定居）；rurban住在從事農業
居住區的；rusticity鄉村風味，生活；rus
in urbe城市裡的鄉村。參看：rustic粗俗
的，莊稼人；risque有傷風化的；arable
可耕的。

④ ［形似近義字］rash魯莽的。

⑤ 字母r表示「粗野」的其他字例：
ruffian流氓。參看：rasp粗聲粗氣地
說；rogue無賴；raucous粗聲的；rat鼠
（註：鼠愛「磨牙」）。

rasp [rɑ:sp; ræsp] *

義節 r.asp

r- → re-又，再；asp→asperity *n.*（態
度，語氣，天氣）粗暴，（聲音）刺耳。

字義 *n.* 粗銼，銼磨聲，粗厲的刺耳聲。

　　 vt. 刺激，粗聲粗氣地說。

記憶 ① ［用熟字記生字］razor剃刀。剃鬍子
時也發出銼磨聲。

② ［同族字例］raspberry（表示嘲笑等
的）砸舌音；spire塔尖；spear矛，槍，
刺；spur靴刺，刺激；spurn踢開，蹂
躪；spurge大戟（植物）；spoor動物足
跡；spar拳擊，爭論；spareribs肋骨；
spinose多刺的。參看：exasperate激
怒，加劇；asperity（態度，語氣，天
氣）粗暴，（聲音）刺耳；razz（表示嘲

笑等的）砸舌音，嘲笑，戲弄。

③ 字母r表示「粗野」的其他字例。參
看：rascal流氓；rogue無賴；rustic粗
俗的，莊稼人；raucous粗聲的。參考：
ruffian流氓，暴徒；rat鼠（註：鼠愛「磨
牙」）。

ra.ti.oc.i.na.tion
[ˌrætiɔsiˈneiʃən; ˌræʃiˌɑsn -ˈeʃən]

義節 ratiocin.ation

ratiocin計算；-ation名詞。

字義 *n.* （三段論式）推理。

記憶 ① ［義節解說］本字來源於拉丁文
ratio原因，理由，度量→推理。可能與字
根-rad-（根）同源。

② ［用熟字記生字］reason理由，推理；
reasonable合理的；right正確的。

③ ［同族字例］rationale基本原理；
rationalize使合理化。參看：ration定
量；rational推理的。

④ ［同族字例］參看：reck顧慮。

ra.tion [ˈræʃən; ˈræʃən, ˈreʃən] *

義節 rat.ion

rat計算，算計，思考；-ion名詞。

字義 *n.* 定量，給養，食物。

　　 vt. 配給，定量供給。

記憶 ① ［義節解說］本字來源於拉丁文
ratio原因，理由，度量。計算好數量→定
量。

② ［同根字例］rate比率，評價，評定；
ratio比率；rating等級，額定值。參看：
rational合理的。

③ ［同族字例］參看：reck顧慮。

ra.tion.al [ˈræʃən!; ˈræʃən!] *

義節 rat.ion.al

rat計算，算計，思考；-ion名詞；-al形容

詞。

字義 *a.* **（有）理性的，推理的，合理的。**

記憶 ① ［義節解說］本字來源於拉丁文 ratio原因，理由，度量→有理的。

② ［用熟字記生字］reason理由，推理；reasonable合理的；right正確的。

③ ［同根字例］rationale基本原理；rationalize使合理化。參看：ration定量。

④ ［同族字例］參看：reck顧慮。

rau.cous ['rɔːkəs; 'rɔːkəs]

字義 *a.* **沙啞的，粗聲的，喧鬧的，刺耳的。**

記憶 ① ［形似近義字］ragged刺耳的；rugged刺耳的；coarse沙啞的；hoarse嘶啞的。

② ［同族字例］riot騷動，狂鬧；rote濤聲；rout咆哮；rut雄鹿等的叫春聲；bruit喧嚷，謠言，雜音；rumor謠言。

ra.ven ['reivn, - vən; 'revən]

義節 rav.en

rav捕獲，奪取；-en動詞。

字義 *v.* **狼吞虎嚥。**

    vi. **貪食，悄悄捕食，掠奪。**

記憶 ① ［用熟字記生字］rob搶劫；deprive剝奪。

② ［同族字例］ravin捕食，搶奪；enravish使狂喜；reave掠奪；bereft失去親人的，被剝奪的；revel著迷，狂歡；rape強姦，強奪；rap奪走；rapt銷魂的；ravage掠奪；riffle搶掠；crave渴望。參看：bereave剝奪，使失去；privation剝奪；raven強奪。

③ 字母r表示「奪取」的其他字例：forage搶掠；maraud搶掠；razzia劫掠；ransack搶劫，掠奪；wrest奪取…等等。

④ 字母v表示「貪婪」的字例：avarice

貪婪；covet貪求；vulture貪得無厭者；envy忌妒。

rav.ish ['ræviʃ; 'ræviʃ]

義節 rav.ish

rav捕獲，奪取；-ish動詞。

字義 *vt.* **強奪，使出神，使狂喜，強姦。**

記憶 ① ［用熟字記生字］rob搶劫；deprive剝奪。

② ［同族字例］ravin捕食，搶奪；enravish使狂喜；reave掠奪；bereft失去親人的，被剝奪的；revel著迷，狂歡；rape強姦，強奪；rap奪走；rapt銷魂的；ravage掠奪；riffle搶掠。參看：bereave剝奪，使失去；privation剝奪；raven強奪。

③ 字母r表示「奪取」的其他字例：forage搶掠；maraud搶掠；razzia劫掠；ransack搶劫，掠奪；wrest奪取…等等。

razz [ræz; ræz]

字義 *n.* **（表示嘲笑等等的）砸舌音。**

    vt. **嘲笑，戲弄。**

記憶 ① 本字是擬聲字。用 [z] 音模擬砸舌時發出的「咂咂」聲。引申爲嘲笑。

② ［同族字例］raspberry（表示嘲笑等的）砸舌音。參看：rasp銼磨聲，粗厲的刺耳聲。

realm [relm; rɛlm]

字義 *n.* **王國，國土，領域，範圍。**

記憶 ① ［用熟字記生字］rule統治；royal皇家的，堂皇的。

② ［同族字例］railway鐵路；rail枕木；regina王后；regency攝政；regiment聯隊，團；region地區，範圍；range範圍。參看：regime政體；regatta賽船會；rein統治。

ream [ri:m ; rim]

字義 *vt.* （用鉸刀等）鉸大，鑽大（孔），鉸大（槍）的口徑，榨果汁，折進（子彈殼等）的邊。

記憶 ①〔用熟字記生字〕ream→room房間，空間→to make room擴大空間。

②換一個角度，立義節 re.am re -加強意義；am→amplify *v.* 擴大。我們從本字上列各義項中看到一個關鍵字：「邊」，即「邊緣」本字表示的基本動作，是把「邊緣」擴大。參看：rim邊（緣）。

③〔疊韻近義字〕seam縫口，接縫。

④〔同族字例〕rumen反芻胃；ruminant反芻動物。參看：rummage翻尋，遍找；ruminate反芻，再嚼，沉思默想，反覆思考。

⑤字母m、n常表示「邊緣」。例如：brim邊緣；brink邊緣；limit限度；hem邊緣；limb邊緣；seam縫口；ring圓環。

reap [ri:p ; rip] *

字義 *v.* 收割，收穫，得到（報償）。

記憶 ①本字從字根-rap-捕食，捕獲（詳見：rapture著迷）。原始人類以狩獵為主，捕到食物即為「收穫」。後把這一概念推廣到農業中。

②〔同根字例〕raptorial捕食其他動物的，兇猛的；rap搶走，奪去，使著迷；rape強奪，強姦；rapt著迷的；enrapture使狂喜，使出神；rapturous引起狂喜的。參看：rapture著迷。

③字母r表示「奪取」的其他字例：rob搶劫；ransack搶劫；riffle劫掠；wrest 奪取，搶去；forage搶掠；privation剝奪；deprive剝奪；maraud搶掠；razzia劫掠。

re.bate ['ri:beit, ri'beit ; 'ribet, rɪ'bet]

義節 re.bate

re- → back回；bate→beat *v.* 打擊。

字義 *n.* 減少，回扣，折扣。

v. 給回扣，打折扣。

vt. 減少。

記憶 ①〔義節解說〕從價錢中「打」下一部分「返回」→回扣。

②〔用熟字記生字〕beat打擊；battle戰鬥。

③〔同族字例〕debate爭論；batter連續猛擊；combat戰鬥。參看：bate減少，壓低；abate減少。

re.bel

[*n., adj* 'rebl ; 'rɛbl *v.*ri'bel, rə'b -; rɪ'bɛl] *

義節 re.bel

re- → back回；bel戰爭。

字義 *vi. / a.* 造反（的），反抗（的）。

n. / a. 造反者（的），反抗者（的）。

記憶 ①〔義節解說〕殺回馬槍→反叛；還打→反抗。

②換一個思路：bel→ball球，→轉動。參看：revolt反叛（註：volt轉動）。

③〔用熟字記生字〕bull公牛；bully欺悔。

④〔同族字例〕belligerent好戰的，交戰中的；post-bellum戰後的；ante-bellum戰前的（此二字均特指美國南北戰爭）；Bellona女戰神；duel決鬥；bilious膽汁過多的，肝氣不和的，暴躁的，壞脾氣的；bull公牛；bully欺悔。參看：bile膽汁，暴躁，壞脾氣；bellicose好戰的，好爭吵的；valiant勇敢的（b→v通轉）；gallant勇敢的（b→v→w→g通轉）。

re.buff [ri'bʌf; rɪ'bʌf] *

義節 re.buff

re- → back回；buff→buffet *v.* 衝擊，搏

門。

字義 *n. / vi.* **斷然拒絕，冷漠，挫敗。**

記憶 ① ［義節解說］ fight back擊退，衝回去→回絕。「挫敗」一意，可能來源於buffalo水牛→撞擊→挫敗。

② ［形似近義字］ refuse拒絕。參看：rebut駁回。

③ ［同族字例］ buffet打擊，衝擊；buff打擊，緩衝；bouffant膨起的；buffer緩衝；buffalo水牛，威嚇（註：中國人說「牛脾氣」，說話易「衝撞」別人）。參看：puff噴氣；baffle挫敗，阻礙，使困惑。

---

re.buke [ri'bju:k, rə'b -; rɪ'bjuk] *

義節 re.buke

re-加強語氣；buke→bark *v.*（狗）吠；（人）叫罵，咆哮。

字義 *vt. / n.* **指責，非難，訓斥。**

vt. **阻止。**

記憶 ① ［義節解說］ 劈頭衝撞別人。「阻止」一意，從balk阻礙。

經作者查考，buke也許是從德文的bescholten（指責，非難）縮合而變來（bescho→buke）。其中，字根scolt就是英文的scold（罵）。德文unscholten意為：「無可非難的」。所以，buke→be- + scold。但因為變化太大，已經不易望文生義。僅錄供參考。

② ［用熟字記生字］ bark（狗）吠；（人）叫罵，咆哮。

③ ［同族字例］ 「指責」：beak鳥嘴；beckon用手勢招呼示意；bicker爭吵；belch打嗝；buccal口腔的；buck閒談，自吹自擂。

「阻礙」：bank堤（用以「阻」水）；balcony陽臺，包廂；debacle垮臺，潰散；bilk使受挫折，欺騙，躲避付錢；baguette小凸圓體花飾；imbecile蠢的，

低能的；peg短椿。參看：bacillary桿狀的；bacteria細菌；debauch使墮落；imbecility固執；balk阻礙，（使受）挫折。

④ ［形似近義字］ 參看：reprimand譴責；reproach指責；reprobate譴責；reprove責罵。

⑤ ［雙聲近義字］ bar短棍，阻礙；block阻礙。參看：baffle阻礙。

---

re.but [ri'bʌt; rɪ'bʌt] *

義節 re.but

re- → back回；but→butt *v.*頂撞，衝撞。

字義 *vt.* **辯駁，反駁，駁回。**

vt. **揭露，抗拒。**

記憶 ① ［義節解說］ 往回頂撞→反駁。

② ［用熟字記生字］ batter連續打擊（b常表示「打、擊」時發出的「砰」聲）；bull公牛。記：牛會用角「頂」撞。

③ ［同族字例］ beat打；battle打仗；beetle木槌；bout競爭，較量；Bastille巴士底獄；buttress扶壁，支柱；buttock屁股；debut首次演出。參看：abut鄰接；butt抵觸，衝撞，粗端，槍托；baste狠揍，痛罵；bate壓低，【英俚】大怒；abate使減退。

④ ［形似近義字］ 參看：rebuff斷然拒絕；refutation反駁（but→fut；b→f迵轉）。

---

re.cal.ci.trant
[ri'kælsitrənt; rɪ'kælsɪtrənt] *

義節 re.calc.itr.ant

re- → back回；calc→kick踢；-ant行為者。

字義 *a. / n.* **不服從的(人)，執拗的(人)，難對付的(人)。**

記憶 ① ［義節解說］ 「踢」回去→不接受。

② ［同族字例］ decalcomania移畫印花

法（註：發瘋般地用腳踩，使花脫落而印上去：de-分離；calc腳跟，踢，踩；-mania瘋狂）；cockamamie偽造的，價值小的（註：用移畫印花法仿製：cock→calc；mamie→mimic 模仿）；skulk躲藏。參看：inculcate灌輸（註：「踢」進去）。

③〔形似近義字〕參看：recusant不服權威者。

re.cant [rɪ'kænt ; rɪ'kænt] *

〔義節〕re.cant
re- → back回；cant n.行話，吟唱。

字義 v. 宣布放棄（信仰等），撤回聲明。
　　　 vi. 公開認錯。

〔記憶〕① 〔義節解說〕把「唱」出來的東西收回→撤回。
② 〔用熟字記生字〕song歌（chant唱歌。其中ch變成c音，得cant吟唱；再由c變成s音，得song歌）；cancel取消，抹殺。
③ 〔同族字例〕canto篇章；cantata清唱劇；cantilate吟唱；enchant施魔法於，使銷魂，使喜悅；chant唱歌，念咒；chantey船夫曲。參看：descant旋律，唱歌，詳談；incantation咒語，妖術；cantankerous愛爭吵的（anker→anger怒）。

re.ca.pit.u.late

[ˌriːkə'pitjuleit ; ˌrikə'pɪtʃə,let]

〔義節〕re.capit.ul.ate
re→重新；capit頭；-ul字尾；-ate動詞。

字義 v. 扼要重述，摘要說明。

〔記憶〕① 〔義節解說〕頭→重要的部分，例如段落的主題句。參看：caption標題，解說詞。
② 〔用熟字記生字〕cap帽子；capital首都。

③ 〔同族字例〕capital首都；capita人頭；chapter章。參看：caption標題，解說詞。
④ 〔易混字〕capitulate（有條件）投降。

re.cess

[n. ri'ses, 'riːses ; rɪ'ses, 'rises v. ri'ses; mɪ'ses] *

〔義節〕re.cess
re- → back後，回；cess走。

字義 n. / vi. 休息，休假。
　　　 vt. / n. （放）隱蔽處，（使有）凹進處。

〔記憶〕① 〔義節解說〕往回走→休假；退到後面→凹進去。
② 〔用熟字記生字〕rest休息；excess過量，超越。
③ 〔同根字例〕concede讓與；concession讓步，遷就；process進行；succeed成功。參看：precedent先例；cession（領土的）割讓，（權力等）讓渡；accessary附件，幫兇。

re.cher.ché [re'ʃɛəʃei; rə'ʃɛrʃe]

〔義節〕re.cherché
re-再；cherché（法文）找尋（過去分詞形容詞）。

字義 a. 精選的，珍貴的，（太）講究的。

〔記憶〕① 〔義節解說〕法文動詞chercher，相當於英文的search搜尋（ch→s通轉）找了又找，百中挑一 → 精選的。
② 〔用熟字記生字〕choose挑選；cherish珍惜（註：法文的cher相當於英文的dear貴的，親愛的）。

rec.i.pe ['resipi ; 'rɛsəpɪ, - ,pi] *

〔義節〕re.cipe
re-再；cipe拿，取。

字義 n. 處方，食譜，烹飪法，訣竅。

〔記憶〕① 〔義節解說〕取了又取→配藥，配

R

菜。

② ［用熟字記生字］ receipt收據，配方，製法；receive接受。

③ ［同族字例］ recipient接受的；anticipate預見，占先；participate參與；accept接受；except除卻。參看：incipient開始的；perceptable感覺得到的。

re.cip.i.ent

[ri'sipiənt, rə's-, - pjənt; tɪ'sɪpənt] *

［義節］re.cipi.ent

re- → back回；cipi→cept抓住；-ent字尾。

［字義］*n.* 接受者，容器。

　　a. （能）接受的，容納的。

［記憶］① ［義節解說］往回抓住→接受

② ［用熟字記生字］ receive接受；reception接受，接待；receipt收據。

③ ［同族字例］ 詳見上字：recipe處方。

re.cip.ro.cal

[ri'siprəkəl, rə's -; rɪ'sɪprək!] *

［義節］rec.i.proc.al

rec→ re- 後；-i-連接母音；proc→ pro-前；-al形容詞。

［字義］*a.* 相互的，互惠的，有交往的。

［記憶］① ［義節解說］本字來源於拉丁文reciproco前後運動，往返運動。有前有後，有來有去→互有往還。

② ［同根字例］ 參看：reciprocate互換。

re.cip.ro.cate

[ri'siprəkeit, rə's -; rɪ'sɪprə,ket] *

［義節］rec.i.proc.ate

rec→ re-後；-i-連接母音；proc→pro-前；-ate動詞。

［字義］*v.* 互給，交換，酬答，報答。

［記憶］① ［義節解說］本字來源於拉丁文reciproco前後運動，往返運動。有前有後，有來有去→互有往還。

② ［同根字例］ 參看：reciprocal相互的。

reck [rek；rɛk]

［字義］*vi.* 顧慮，介意。

　　v. （對…）有關係，（和…）相干。

［記憶］①參看：reckon計算，估計。此字可理解爲：re-又，再；+ kon→count計算，算了又算→顧慮。

② ［同族字例］ reckless魯莽的，顧前不顧後的。

re.cluse

[*n.* ri'kluːs；'rɛklus, rɪ'klus *adj.* ri'kluːs；rɪ'klus] *

［義節］re.cluse

re- → back後，回；cluse封閉，閉關。

［字義］*a.* 隱居的，遁世的，孤寂的。

　　n. 隱士。

［記憶］① ［義節解說］關到後面去，不出頭→隱居。

② ［用熟字記生字］ close關閉；closet壁櫥；disclose洩漏；include包括。

③ ［同族字例］ cell地窖，牢房；conceal藏匿，遮瞞；cilia眼睫毛；seel用線縫合（鷹）的眼睛（註：字母s＝c同音變異）；solitary獨居的；seal封蠟，封緘；becloud遮蔽，遮暗；claustral修道院的；closet壁櫥；clavicle鎖骨。參看：obscure遮掩；asylum避難所；supercilious目空一切的；recoil退縮；soliloquy獨白；insular島嶼的，隔絕的；celibate獨身的；claustrophobia幽閉恐懼症；occult隱藏；cloister修道院，寺院，使與塵世隔絕。

re.coil [ri'kɔil, rə'k -；rɪ'kɔil] *

義節 re.coil

re-回，後；coil *v.*捲，盤繞。

字義 *vi./n.* **撤退，後退，退縮，跳回，彈回，（產生）反作用。**

記憶 ① ［義節解說］捲繞回去→退縮；回捲發條就會「反彈」。實際上 coil→cul→bottom底部，背部，屁股，也就是「後部」。

② ［同族字例］curl捲曲；cilia眼睫毛；ciliary眼睫毛的；occultism神祕主義；culet鑽石的底面，胄甲背部下片；culottes婦女的裙褲；bascule吊橋的活動桁架，活動橋的平衡裝置；culdesac死胡同，盲腸；color顏色；calotte小的無邊帽，（苔癬蟲的）回縮盤；cell地窖，牢房；conceal藏匿，遮瞞；becloud遮蔽，遮暗；skulk躲藏；scowl皺眉；quail膽怯，畏縮。參看：obscure遮掩；ciliate有纖毛的；occult隱藏的，祕密的，神祕的；supercilious目空一切，傲慢的。

③ ［形似近義字］couch獸穴蹲伏；crouch蹲伏；cower畏縮；coward膽小鬼；coy羞澀；decoy圈套；conch海螺。

rec.on.cile

['rekənsail, -kn -; 'rɛkən,saɪl] *

義節 re.con.cile

re-重新；con- 一起；cile→call *v.*召喚。

字義 *vt.* **使復交，使和交，調解，調停。**

記憶 ① ［義節解說］重新在一起。

② ［用熟字記生字］council會議；counsel協商。

③ ［同族字例］intercalate插入，添加，設置（閏月等）；paraclete調解人，安慰者；Paraclete聖靈。參看：ecclesiastic教士；eclectic折衷的；conciliate調停。

rec.on.dite

[ri'kɔndait, 'rekənd -; 'rɛkən,daɪt, rɪ'kɑndaɪt] *

義節 re.cond.ite

re-後，回；cond貯存，藏；ite形容詞。

字義 *a.* **深奧的，難解的，隱祕的。**

記憶 ① ［義節解說］藏到後面去→潛得很深。-cond-的基本含義是「角」→貝殼的形狀似「角」。再從「貝殼」引申爲表示「覆蓋而使之隱藏」的含義。傳說法海和尚鎮壓白蛇之後遭報復，躲進了寄生蟹裡，當了「縮頭和尚」，求蟹殼之「覆蓋」而「潛藏」，正合此意。

② ［用熟字記生字］corn角；can罐頭。

③ ［同族字例］cockle海扇殼；conchology貝殼學；congius康吉斯（古羅馬液量單位）；cochlea耳蝸；cochleate狀如蝸牛殼的，螺旋形的；cone錐形物；sconce掩蔽物；second調任，調派；honk汽車喇叭聲。參看：abscond潛逃；ensconce隱蔽；conch貝殼，海螺。

re.con.nais.sance

[ri'kɔnisəns, rə'k -; rɪ'kɑnəsəns]

義節 re.con.nais.s.ance

re-再；con-加強意義，或：con→can知道，辨別（-cern-）；nais知道；-ance名詞。

字義 *n.* **偵查（隊），勘察，搜索，預先調查。**

記憶 ① ［義節解說］要「知道」得清楚→勘察。

② ［用熟字記生字］recognize認出。

③ ［同族字例］agnostic不可知論者；gnosis神祕知覺；diagnose診斷；prognosis預測；cognition認識。參看：connoisseur鑑賞家。或：ken知識範圍；discern分辨；canny幹練的；scout搜索，偵察；sense感覺；census人口普

查；censor審查，檢查；science科學。
參看：scan細看，審視，瀏覽，掃描；
canvass詳細檢查（選票等），遊說（爭
取選票，訂單等），研討。

---

re.course

[ri'kɔ:s, - 'kɔəs; ri'kɔrs, rı'kors] *

義節 re.course

re-回；course v.奔跑，追。

字義 *n.* **求援，求助，追索權。**

記憶 ① ［義節解說］往回奔→請救兵；往回
追→（事後）追索。

② ［用熟字記生字］course進程，跑馬場，
學科。

③ ［同族字例］occur出現，發生；
cursor游標，光標；recursive循環的；
excursion遠足，短途旅行；hurry匆
忙（h→c通轉：因爲，在西班牙文中x
讀h音，而x→s→c通轉）；courser跑
馬；current急流，電流，流行。參看：
cursory粗略的，草率的；courier信差，
送急件的人；concourse集合，匯合；
discourse講話，演講，論述；precursor
先驅者，預兆；incursion侵入；succor救
濟，援助；discursive散漫的；scour急速
穿行，追尋；scurry急促奔跑，急趕，急
轉；concourse合流，匯合，集合，中央
廣場。

④ ［形似近義字］resort求助。

---

rec.re.ant [ˈrekriənt; ˈrɛkriənt]

義節 re.cre.ant

re-回，相反；cre→cred信心；-ant字尾。

字義 *a.* **討饒的，怯懦的，變節的。**
**　　*n.* 懦夫，變節者。**

記憶 ① ［義節解說］「背」「信」棄義→變
節。

② ［用熟字記生字］coward懦夫。

③ ［同族字例］credit信用。參看：
miscreant墮落的，異教的；decree命令。

④ ［易混字］參看：recreate休養。

---

re.cre.ate [ˈrekrieit; ˈrɛkrı,et]

義節 re.create

re-又，重新；create v.創造，產生。

字義 *v.* **（使）得到休養，（使）得到消遣**
（或娛樂）。

記憶 ① ［義節解說］休息的目的，是爲了重
新造出精力。

② ［用熟字記生字］grow生長；increase增
長；create創造。

③ ［同族字例］crescent新月；accrue增
長；Ceres羅馬神話中的穀物女神；cereal
穀物的；crew全體人員；reeruit招募；
concrescence結合，增殖；decrement
減少；excrescence贅生物；procreate生
育。參看：decrepit衰老的；cram塞滿；
increment增長，增額，增值。

---

re.crim.i.na.tion

[ri,krimi'neiʃən, re,k -; rı,krımə'neʃən]

義節 re.crimin.ation

re-回；crimin罪，起訴；-ation名詞。

字義 *n.* **反責，反（控）訴。**

記憶 ① ［義節解說］往回起訴→反訴。

② ［用熟字記生字］crime犯罪。

③ ［同族字例］criminate控告有罪；
criminal罪犯，犯罪上的。參看：
incriminate控告。

---

rec.tan.gle

[ˈrektæŋgl ; ˈrɛktæŋg!] *

義節 rect.angle

rect（使）正，（使）直；angle *n.*角。

字義 *n.* **矩形，長方形。**

記憶 ① ［義節解說］四個角均爲直角。

② ［同族字例］correct正確的；erect直立的。參看：rectify修正；rectitude正直，公正；corrigent矯正的；rector教區長，校長，院長，主任。

---

rec.ti.fy ['rektifai ; 'rɛktə,faɪ] *

［義節］rect.i.fy

rect正，直；-fy使……。

字義 *vt.* **糾正，矯正，整頓。**

記憶 ① ［義節解說］→make…right使上軌。

② ［同族字例］correct正確的；erect直立的。參看：rectangle矩形；rectitude正直，公正；corrigent矯正的。

---

rec.ti.tude

['rektitjuːd ; 'rɛktə,tjud, - ,tud]

［義節］rect.i.tude

rect正，直；-tude名詞。

字義 *n.* **正直，嚴正，正確，筆直。**

記憶 ［同族字例］correct正確的；erect直立的。參看：rectangle矩形；rectify修正；corrigent矯正的。

---

rec.tor ['rektə; 'rɛktə]

［義節］rect.or

rect（使）正，（使）直；-or行為者。

字義 *n.* **教區長，校長，院長，主任。**

記憶 ① ［義節解說］使（教區，學校的運作）處於正軌的人。

② ［用熟字記生字］director董事，主任，校長。

③ ［同族字例］correct正確的；erect直立的。參看：rectangle矩形；rectify修正；rectitude正直，公正；corrigent矯正的。

---

re.cum.bent

[ri'kʌmbənt, rə'k -; rɪ'kʌmbənt]

［義節］re.cumb.ent

re - → back回，後；cumb躺；-ent形容詞。

字義 *a.* **躺著的，斜靠的，不活動的，橫臥的。**

記憶 ① ［義節解說］lie back ; lean back向後躺，向後倚憑。

② ［同根字例］incumbency責任，職權（字根-cub-是-cumb-中的m脫落後的變體）；cucumber黃瓜。參看：incubus煩累；encumber妨礙，拖累；accumbent橫臥的；cumber妨礙，煩累；incumbent壓在上面的，有責任的，義不容辭的；supine仰臥的，手心向上，懶散的，【古】向後靠的（這裡的sup應是cub的變音。c與s，b與p，常常會互相通變，主要是因爲發音相同或相近）。

③ ［同族字例］cubicle小臥室；concubine妾；cube立方體；cubital肘的；succubus妓女，女魔；covey（鷓鴣等）一窩，（人）一小群。參看：incubus煩累，夢魘；incubate孵（卵），醞釀成熟。

---

re.cu.per.ate

[ri'kjuːpəreit, rə'k -; rɪ'kjupə,ret]

［義節］re.cuper.ate

re-重新，回；cuper→capt→hold *v.*掌握，容納；-ate動詞。

字義 *v.* **（使）復原，挽回，彌補（損失等）。**

記憶 ① ［義節解說］本字來源於拉丁文recupero和recipio，意爲：重新獲得，恢復。把（健康，損失等）重新「抓回來」。

② ［同族字例］cup杯子，occupy占據；cupola圓頂；receipt收據，配方，製法；recipient接受的；anticipate預見，占先；participate參與；accept接受；

except除卻。參看：incipient開始的；
perceptable感覺得到的；recipet處方，
食譜，烹飪法，訣竅。

③換一個思路：cuper→cover；recover
恢復。

re.cur.rent [ri'kʌrənt; rɪ'kɜ·ənt] *

義節 re.cur.r.ent

re-又，再；cur奔跑，流動；-ent形容
詞。

字義 *a.* 再發的，經常發生的。

記憶 ① ［義節解說］本字是recur（再發
生）的派生字，不是current（奔流）加
re-的派生字。

② ［用熟字記生字］occur發生；current急
流，電流，流行。

③ ［同族字例］hurry匆忙（h→c通轉，
因為在西班牙文中x讀h音，而x→s→c通
轉）；occur出現，發生；cursor游標，
光標；recursive循環的；excursion遠
足，短途旅行。參看：cursory粗略的，
草率的；courier信使，送件的人；
concourse集合，匯合；discourse講話，
演講，論述；precursor先驅者，預兆；
scurry急促奔跑，急趕，急轉；discursive
散漫的；concourse匯合；scour急速穿
行，追尋；incursion進入，襲擊，流入。

rec.u.sant
['rekjuzənt, ri'kju:z-, rə'kju:z - ; 'rɛkjʊznt,
rɪ'kjuz -]

義節 re.cus.ant

re - → back回，相反；cus→cas落下；-
ant字尾。

字義 *a. / n.* 不服權威的（人）。

記憶 ① ［義節解說］本字來源於拉丁文
cause事件，原因，訴訟。而該字又來源
於cado跌落。反過來訴訟→不服。

② ［用熟字記生字］excuse原諒（其中ex-

→out排除在外）；cause原因，訴訟；
curse咒罵；回罵→不服。

③ ［同族字例］case情形；casual偶然
的；occasion時機；occasional偶然
的；accident偶然的事；incident事件；
coincide巧合。參看：accuse指責，
譴責，控訴，控告；casualty傷亡（事
故），傷亡人員，損失物。

④ ［音似近義字］curse咒罵；accursed遭
詛咒的。

re.deem [ri'di:m ; rɪ'dim] *

義節 red.eem

red- → re- →back回；eem→empt→take
v. 取，買。

字義 *vt.* 買回，贖回，恢復，履行。

記憶 ① ［用熟字記生字］exemption免除。

② ［同族字例］redemption買回，贖回；
exemption免除。

參看：peremptory斷然的；preempt先
占，先取；ransom贖金。

red.o.lent
['redoulənt, -dəl -; 'rɛd!ənt]

義節 red.ol.ent

red- → re- 加強意義；ol氣味；-ent形容
詞。

字義 *a.* 芬芳的，有…氣味（氣息）的。

記憶 ① ［用熟字記生字］odour氣味。

② ［同族字例］malodorous 惡臭的；
redolent有…氣味的；deodorant除臭
劑。參看：odious令人作嘔的；olfactory
嗅覺的；ozone臭氧。

③ ［音似近義字］aura（人或物發出的）氣
味，香味。參看：noisome惡臭。

re.doubt.a.ble
[ri'dautəbl, rə'd -; rɪ'dautəb!]

R

义节 re.doubt.able

re-加強意義；doubt v.害怕；-able易於…的。

字义 a. **可怕的，厲害的。**

记忆 ① ［義節解說］doubt的基本字義是「二」，有「兩」種看法而生疑，由疑而生懼。「害怕」是該字的古意。

② ［用熟字記生字］doubt懷疑。

③ ［同族字例］double兩倍；dubious可疑的；dubiety懷疑。參看：indubitably無疑地。

④ ［形似近義字］daunt威嚇；使膽怯；dauntless大膽的。

⑤ ［音似近義字］devil魔鬼。

re.dress

[v. ri'dres；rɪ'drɛs n.'riːdres, ri'dres；'ridrɛs, ri'drɛs] *

义节 re.dress

re-加強意義；dress v.整理，敷裹（傷口）。

字义 v. / n. **糾正，調整，補償，賠償。**

记忆 ① ［用熟字記生字］direct指導，指引，把（郵件等）寄至…；dress就是從此字變來。

② ［同族字例］address對…講話，致（函等）。

re.dun.dant

[ri'dʌndənt, rə'd -；rɪ'dʌndənt] *

义节 red.und.ant

red- → re- 加強意義；und波浪，水流（flow）；-ant形容詞。

字义 a. **過多的，過剩的，豐盛的，豐富的。**

记忆 ① ［義節解說］overflow過多。

② 本字的動詞為redound增多。類例：abound富於，充滿→abundant豐富的。

③ ［同族字例］字母組合und表示「波浪，充溢」的字例：undulant波動的；rotundity肥胖，洪亮；rubicund紅潤的；fecundate使豐饒，使受孕；jocound歡樂的；abundant豐富的，充裕的；inundate淹沒。

reel [riːl；ril] *

字义 n. **捲筒，捲盤。**

v. / n. **（使）旋轉，（使）搖晃。**

vt. **捲，繞。**

记忆 ① ［用熟字記生字］rock and roll 搖滾樂。其中roll除釋作「滾動」外，也有「捲，繞，搖擺」等意義，應是由本字經母音交替：ee→o而成的變體。

② ［疊韻近義字］eel（鱔、鰻）等蛇形魚類（註：也像蛇一樣，會「盤繞」起來）；wheel輪子。

③ ［同族字例］role角色（扮演者的臺詞寫在一「捲」紙上）；trolly手推車。

re.fec.tion [ri'fekʃən；rɪ'fɛkʃən]

义节 re.fect.ion

re-再，重新；fect→fact做→製造，準備；-ion名詞。

字义 n. **（通過飲食）提神，恢復體力；飲食，點心，便餐。**

记忆 ① ［義節解說］人進食，就像車加油，馬上又精力充沛，如同「再造」。

② ［同族字例］affect影響；disaffection離間；confectionary糖果店；perfect完全的；effect效果；confetti糖果；confiture糖果，甜點。參看：confect調製，拼湊，製糖果、蜜餞。

③ ［形似近義字］refreshment使恢復精力的事物，茶點，簡餐。

④ ［派生字］refectory餐廳。

R

re.frac.tion

[riˈfrækʃən, rəˈf-; rɪˈfrækʃən]

義節 re.fract.ion

re- → back後，回；fract碎，裂；-ion名詞。

字義 n. 折射（作用），折射度。

記憶 ① ［義節解說］光線從光疏煤質進入光密煤質後，產生折射，與入射光線成一角度，猶如光線「劈裂」。

② ［用熟字記生字］break破裂，破碎。

③ ［易混字］reflection反射。

④ ［同族字例］fraction片斷，部分；fragile易碎的；diffract分解，折射；effraction闖進；infraction違犯；refractory倔強的。參看：fractious倔強的。

⑤字母組合fr表示「破裂，破碎」的其他字例，參看：infringe破壞；suffrage投票；infrangible不能侵犯的；frail脆弱的；fritter消耗；froward難駕馭的。

re.frain [riˈfrein; rɪˈfren] *

義節 re.frain

re- → back回；frain→frame n.框架。

字義 v. 忍住，抑制，制止。

　　vi. 戒除。

記憶 ① ［義節解說］回到「框架」之內→不逾矩→忍住。

② ［用熟字記生字］frame框架，心情，精神狀態。

③ ［同族字例］frenum（昆蟲的）繫帶；frenulum（昆蟲的）繫帶；chamfron馬頭甲，馬盔。參看：rein韁繩，控制。

ref.uge [ˈrefjuːdʒ; ˈrɛfjudʒ] *

義節 re.fuge

re- → back後，回；fuge逃，逸。

字義 vt./n. 庇護（者）。

vi./n. 避難（所）。

　　n. 權宜之計。

記憶 ① ［義節解說］躲到後面→避難→托庇。

② ［用熟字記生字］refugee難民。

③ ［同族字例］fugacious轉眼即逝的；febrifuge退燒藥；vermifuge驅蟲藥。參看：centrifugal離心的；fugitive逃亡者。

re.ful.gent

[riˈfʌldʒənt, reˈf -; rɪˈfʌldʒənt]

義節 re.fulg.ent

re-加強意義；fulg照耀，閃光；-ent形容詞。

字義 a. 光輝的，燦爛的。

記憶 ① ［用熟字記生字］flame火焰；flash閃光；black黑色的（註：燃燒炭化成「黑」。flag→black；f→b；g→ck通轉）。

② ［同根字例］refulgent明亮的，燦爛的；fulgorous閃電般的；fulgid閃閃發光的；effulgent光輝的，燦爛的。參看：fulgent光輝的，燦爛的。

③ ［同族字例］flag旗（記：「壞名聲的旗號已經打起」。）conflagrant燃燒的，熾熱的；deflagrate（使）突然燃燒。參看：phlegmatic多痰的（註：發「炎」生痰）；flagrant惡名昭彰的，臭名遠揚的，火焰般的，灼熱的。

④字母f象徵火燒起來的「呼呼」聲，字母l形狀瘦長而軟，常用來表示「舌」，亦可引申爲「火舌」。所以fl和l都有表示「火」的義項，再引申而有「光」和「熱」，此二字均是「火」的本性。fl表示「火」的字例，參看：conflagration火災；flake火花；flamboyant火焰似的；flamingo火鶴；flambeau火炬；flint打火石…等等。

f表示「火」的字例：fire火；fuel燃料。

參看：effulgent光輝的。
⑤［形似近義字］flagitious罪大惡極的，兇惡的，無恥的。
⑥［易混字］fragrant芳香的，馥郁的。（註：fragr碎裂。）

ref.u.ta.tion
[,refju(:)'teiʃən; ,rɛfju'teʃən]
義節 re.fut.ation
re- → back回；fut→fus熔，傾注；-ation名詞。
字義 *n.* 駁斥，反駁，駁倒。
記憶 ①［義節解說］本字來源於拉丁文refuto擊退，反擊，駁倒，拋棄，抑制，口若懸河地往回「傾倒」→「駁回」。
②［用熟字記生字］fight鬥爭；refuse拒絕。
③［同族字例］confute駁倒；confuse使混合，使慌張；diffuse散發，散布；effusive充溢的；infuse注入，灌輸；profuse豐富的，浪費的。參看：futile無效的；fusion融合；interfuse混合。
④［音似近義字］參看：rebut反駁（but→fut；b→f通轉）。

re.gal [ˈriːɡəl; ˈriɡ!] *
義節 regal
reg王國，統治，國王；-al形容詞。
字義 *a.* 國王的，王室的，莊嚴的，豪華的。
記憶 ①［義節解說］本字來源於拉丁文rego駕馭，管理；該字又來源於ago駕駛，驅趕。
②［用熟字記生字］royal皇家的，堂皇的；rule統治；regulation規則。
③［同族字例］regina王后；regency攝政；regiment聯隊，團；region地區，範圍；range範圍。參看：regime政體；

realm王國；regatta賽船會；rein統治。

re.gale [riˈgeil; rɪˈgel]
義節 re.gale
re-加強意義；gale *n.*歡樂。
字義 *vt./n.* （盛情）款待。
　　v. （使）吃喝享用。
　　vt. 使快樂。
　　n. 盛會。
記憶 ①［義節解說］賓主盡歡。
②［用熟字記生字］gay快活，快樂。
③［同族字例］gallant（服裝）華麗的；gallery遊廊；galore豐盛；game娛樂；gala節日，慶祝，盛會，盛裝；jollity歡樂（gal→jol；g→j通轉）；jolly快活的，開玩笑，戲弄；cajole甜言蜜語，誘惑欺騙。

re.gat.ta [riˈgætə; rɪˈgætə]
義節 reg.atta
reg國王；-atta字尾。
字義 *n.* 划船比賽，賽船會。
記憶 ①［義節解說］本字是義大利文借字，原意為：爭霸。有點像中國的賽「龍」舟，以奪錦為目標。故本字從reg「王」。字根-reg-來源於拉丁文rego駕馭，管理；該字又來源於ago駕駛，驅趕。
②［用熟字記生字］royal皇家的，堂皇的；rule統治；regulation規則。
③［同族字例］regina王后；regency攝政；regiment聯隊，團；region地區，範圍；range範圍。參看：regime政體；realm王國；rein統治；regal國王的。

re.gen.er.a.tion
[ri,dʒɛnəˈreiʃən; rɪ,dʒɛnəˈreʃən]
義節 re.gen.er.ation

651

re-再；gen生；-er字尾；-ation名詞。

字義 *n.* **新生，再生，更新，更生。**

記憶 ① ［用熟字記生字］generation gap代溝；generate產生。

② ［同族字例］genius天才，保護神；genial（水土等）溫和宜人的；genuine真正的。參看：congenital先天的，天生的；congenial同族的，同類的，志趣相投的，相宜的。

re.gime [reiˈʒiːm, reˈʒ -; rɪˈʒim] *

義節 reg.ime

reg王國，統治，國王；-ime→-ine…的。

字義 *n.* **政體，政權，社會制度，攝生法。**

記憶 ① ［義節解說］本字來源於拉丁文rego駕馭，管理；該字又來源於ago駕駛，驅趕。

② ［用熟字記生字］royal皇家的，堂皇的；rule統治；regulation規則。

③ ［同族字例］regina王后；regency攝政；regiment聯隊，團；region地區，範圍；range範圍。參看：regime政體；realm王國；regatta賽船會；rein統治；regal國王的。

reg.i.men

[ˈredʒimen, -mən; ˈrɛdʒə,mɛn, -mən]

義節 reg.i.men

reg→rig正，直；-men字尾。

字義 *n.* **統治（方式），經系統安排的生活方式，攝生法。**

記憶 ① ［義節解說］本字來源於拉丁文rego駕馭，管理；該字又來源於ago駕駛，驅趕。把國家或個人的生活規範化。

② ［用熟字記生字］royal皇家的，堂皇的；rule統治；regulation規則。

③ ［形似易混字］regiment（軍隊的）團，管轄。

④ ［同族字例］regina王后；regency攝

政；regiment聯隊，團；region地區，範圍；range範圍。參看：regime政體；realm王國；regatta賽船會；rein統治；regal王室的。

re.ha.bil.i.tate

[,riːəˈbilieit, ,riːhə -, riə -; ,rihəˈbɪlə,tet, ,riə -]

義節 re.habil.it.ate

re- → again再；habil使能夠，裝備；-it字尾；-ate動詞。

字義 *vt.* **恢復（地位，權力，財產，名譽等），修復，更新，使（身體）復原，使（失業者）恢復就業資格。**

記憶 ① ［義節解說］使重新具有原來的能力、裝備。

② ［用熟字記生字］ability能力（在許多西方語文中，h不發音，易脫落）。

③ ［同根字例］habile能幹的；habilitate（使）具備資格，給…衣服穿；hauberk中世紀武士穿的一種高領無袖鎖子甲；habergeon鎖子甲；haberdasher男子服飾用品店。參看：dishabille衣著隨便，雜亂；habiliment裝備。

re.hearse [riˈhəːs, rəˈh -; rɪˈhɝs] *

義節 re.hearse

re- → again再；hearse→hash *v.*反覆推敲，重述，切碎。

字義 *v.* **排練，練習。**
　　　vt. **背誦，複述。**

記憶 ① ［義節解說］一而再地重述→背誦，排練。作者認爲：hearse是hash音變而成。參考：rehash重講，改作。

語源上有種說法：hearse→harrow耙，反覆耙→重複同一個動作→練習。錄供參考，請讀者比較一下，哪一種解釋更加圓滿實用。

② ［用熟字記生字］axe斧頭。事實上，

hash原來的意思就是用斧頭砍。經過反覆用斧頭修正，需要的樣子就出來了。於是引申為「反覆推敲」。我們中國人也常說「斧鑿，斧正」，表示修改。h在西文中常不發音，容易脫落。

③［同族字例］hatchet小斧；hack用斧亂砍；hackle砍，劈。

re.im.burse

[ˌriːimˈbəːs, ˈriːimˈb -; ˌriɪmˈbɝs] *

義節 re.im.burse
re-重新，回；im- → in-進入；burse→purse n.錢袋。

字義 vt. 償還，付還（款項），補償，賠償。

記憶 ①［義節解說］重新進入腰包。
②［用熟字記生字］basket籃子（bask→fisc；b→f通轉）
③［同族字例］fiscal year會計年度；bag袋；bucket桶；disbursement支付；purse錢袋，錢包（bask→purs；b→p通轉）；poke（放金砂的）袋，錢包；pocket小袋，衣袋；package包，捆；packet小包；parcel小包；portfolio公事包，文件夾；compact契約，協議；poach水煮蛋；pack包，捆；vase瓶，花瓶（bask→vas；b→v通轉）；vessel容器，船。參看：pouch錢袋，菸袋，小袋；confiscate沒收，充公，扣押；pact契約，協定，條約，公約；fiscal國庫的，財政的。

rein [rein；ren]

義節 re.in
re- → back後；in→tin→hold v.持，握。

字義 vt./n.（配）韁繩，駕馭，控制，統治。
vi. 止住，放慢。

記憶 ①［義節解說］hold back把韁繩向後拉牢→駕馭。
②［形似近義字］reign統治，支配。
③［同族字例］frenum（昆蟲的）繫帶；frenulum（昆蟲的）繫帶；chamfron馬頭甲，馬盔。參看：refrain忍住，抑制，制止。

re.it.er.ate [riːˈitəreit；riˈɪtəˌret] *

義節 re.it.er.ate
re-加強意義；it走，去；-er重複動作；-ate動詞。

字義 vt. 反覆做（講），重申，重做。

記憶 ①［義節解說］走來走去→反覆。參看：iterate反覆說明，重複。
②［同族字例］exit出口（ex-向外）；itinerary旅行路線。參看：itinerate巡遊巡迴。

re.ju.ve.nate [riˈdʒuːvineit；rɪˈdʒuvəˌnet]

義節 re.juv.en.ate
re-重新；juv年輕；-en字尾；-ate動詞。

字義 v.（使）返老還童，（使）恢復活力，（使）復原。

記憶 ①［用熟字記生字］youth青春（j→y；u→ou；v→th。均為常見音變）。參考：junior（較年輕的）與young（年輕的）：j→y；u→ou；n→ng.
②［同族字例］junior年輕的。參看：jejune不成熟的；juvenile青少年的，幼稚的。

rel.e.gate [ˈreligeit；ˈrɛləˌget]

義節 qre.leg.ate
re-離開，向下；leg通過法律授權；-ate動詞。

字義 vt. 驅逐，使降位，把…歸類，把…移交給。

653

①〔義節解說〕本字來源於拉丁文relego遣走，使離開。該字又來源lego派遣（使者）。以法律形式要求離開→驅逐。

②〔用熟字記生字〕legal法律上的，合法的。

③〔同根字例〕legate使節；delegate委派，授權；delegation代表；legislate立法。

④〔同族字例〕relique / relic遺物，遺址；derelic遺棄的；juvenile delinquency青少年犯罪；relict遺體，寡婦。參看：derelic遺棄的；relinquish放棄，撤回，停止，鬆手放開，讓與（權利，財產等），把…交給。

re.lent [ri'lent, rə'l -; rɪ'lɛnt]

義節 re.lent

re-加強意義；lent柔和，放鬆。

字義 *vi.* 發慈悲，憐憫，變溫和，減弱，緩和。

①〔義節解說〕本字來源於拉丁文relentesco逐漸衰減。

②〔用熟字記生字〕lend借出→鬆手（讓別人借去）→得放手時且放手→發慈悲。

③〔同族字例〕lenitive鎮痛性的，緩和的；relentless無情的，嚴酷的；lenis軟音，弱子音；lean瘦的；splanchnic內臟的；spleenful易怒的，懷恨的；splenetic脾臟的；易怒的，懷恨的；splenitis脾臟炎。參看：lenient寬大的，憐憫的；spleen脾臟，壞脾氣，惡意，怨恨，消沉。

④字母l的形態細長而柔軟，常表示「柔軟」。例如：lidia柔和的，纖弱的；light輕柔的；limp柔軟的，易曲的。參看：limber柔軟的；lissome柔軟的；lithe柔軟的。

rel.e.van.cy ['relivənsi; 'rɛləvənsɪ]

義節 re.lev.ancy

re-加強意義；lev舉起；-ancy名詞。

字義 *n.* 關聯，貼切，中肯，恰當。

①〔義節解說〕本字原意為「舉起，抬起」，轉義為「測定方位」，再轉義為「中肯」。

②〔形似近義字〕relativity相關性。

③〔同族字例〕leverage槓桿作用，力量，影響；alleviate使減輕；elevate抬起，升起；lift舉起，升起，電梯；light輕的。參看：levity輕浮；levy徵稅；loft閣樓；lofty高聳的；lever槓桿；irrelevant離題的，無關的。

re.lin.quish

[ri'liŋkwiS, rə'l-; rɪ'lɪŋkwɪʃ] *

義節 re.linqu.ish

re- → back回，後；linqu流動，發送→遺留；-ish動詞。

字義 *vt.* 放棄，撤回，停止，鬆手放開，讓與（權利，財產等），把…交給。

①〔義節解說〕本字來源於拉丁文relinquo遺留。該字的變化形式有reliqui和relictum留在原處，留在後面→放棄。

②〔用熟字記生字〕leave遺留；liquid液體。

③〔同族字例〕relique / relic遺物，遺址；derelic遺棄的；juvenile delinquency青少年犯罪；relict遺體，寡婦。參看：derelic遺棄的。

rel.ish ['reliʃ; 'rɛlɪʃ] *

義節 re.lish

re-後；lish→lick v.舔→味。

字義 *n.* 滋味，風味，意味，樂趣。

　　vt. 加味於，樂於，玩味。

①〔義節解說〕after-taste餘味（無

窮）。

② ［用熟字記生字］delicious美味的。

③ ［同族字例］lush甘美的，芬芳的，肉感的，豪華的，有利的；lure誘惑，吸引。參看：lust慾望；lusty貪慾的；luxuriant華麗的，豐富的；lucrative有利的；luscious甘美的。

---

re.me.di.a.ble

[ri'miːdiəbl, rə'm -, - djəb -; rɪ'mɪdɪəb!] *

義節 re.medi.able

re-回；medi醫治；-able能夠。

字義 *a.* 可挽回的，可補救的，可糾正的。

記憶 ① ［義節解說］能夠治好的。

② ［用熟字記生字］medicine藥；medical醫術。

③ ［同根字例］remedial治療的，補救的；remedy醫藥，補藥。參看：irremedible不可救藥的。

---

rem.i.nis.cence

[ˌremi'nisns; ˌrɛmə'nɪsns]

義節 re.min.iscence

re-回；min心；iscence→escence開始，逐漸。

字義 *n.* 回憶（的往事），懷舊，回憶錄。

記憶 ① ［義節解說］（往事）一點點回到心裡→回憶。

② ［用熟字記生字］remember回憶。

③ ［同根字例］mind心；remind使想起；reminiscent引人回想的。

---

re.miss [ri'mɪs, rə'm-; rɪ'mɪs] *

義節 re.miss

re-加強意義；miss *v.* 錯過機會，失敗，感到寂寞。

字義 *a.* 疏忽的，不負責任的，無精打采的。

記憶 ① ［義節解說］本字來源於拉丁文remissus未縮緊的，鬆弛的，無精打采的。該字又來源於remitto打發走；和mitto發送，釋放，耗盡。miss在古英語中原意約略相當於fail失敗，沒有能夠，未能盡職→怠忽職守。

② ［用熟字記生字］緊緊抓住miss助憶本字：miss錯過機會，失敗，感到寂寞。miss a chance / the bus / the train 錯過機會 / 沒趕上巴士 / 火車…等等，是極常用的。

③ ［同族字例］參看上字：remit緩和。

---

re.mit [ri'mit, rə'm -; rɪ'mɪt] *

義節 re.mit

re- → back回；mit→send *v.* 發，送。

字義 *v.* 緩和，減輕，匯集。

　　vt. 寬恕，豁免，使復職，推辭，移送，發回（案件）。

記憶 ① ［義節解說］send back→使復職，推辭，發回（案件）。本字來源於拉丁文remitto打發走；和mitto發送，釋放，耗盡。

② ［用熟字記生字］message口信；admission接納，允許進入。

③ ［派生字例］remittance匯款。

④ ［同族字例］missionary傳教士；dismiss開除；promise答應；commission委員會。參看：emanate發射；demise轉讓，遺贈；emetic催吐劑；missile發射物，導彈，飛彈；emissary密使；concomitance伴隨，共存；mission派遣；remiss疏忽的，不負責任的，無精打采的。

---

rem.nant ['remnənt; 'rɛmnənt]

義節 re.mn.ant

re- → -back回，後；mn→main→stay停留；-ant字尾。

字義 *n. / a.* 殘餘（的），剩餘（的）。

n. 殘跡，零料。

記憶 ①［義節解說］停留在原處→殘餘，殘跡。

②［用熟字記生字］remain遺留，停留，剩餘。

③［同族字例］museum博物館；manse牧師住宅；immanent內在的，固有的；permanent持久的，永久的；remanent殘餘的；menage家庭，家務；menagerie動物園，（馬戲團中）囚在籠中的獸群。參看：menial僕人；mansion大樓，大廈，宅第。

④［形似近義字］remanent殘餘的。

ren.dez.vous

['rɔndivuː, 'raːnd -, 'rɔːnd -, - deiv - ; 'randə,vu, 'rɛn -] *

義節 rendez.vous

rendez（法文）到…地方去；vous→you（法文）您，你們。

字義 *n. / v.* 約會。

n. 集合地，公共場所，約會地。

記憶 ①［義節解說］本字是法文借字。法文動詞rendre（相當於英文的render給予），作自反動詞用時，解釋「到…去」。

②［同族字例］rent出租；surrender投降，交出，放棄。參看：rendition給予。

ren.di.tion   [ren'diʃən; rɛn'dɪʃən]

義節 ren.di.tion

ren- → re-回，再，又，重新；di給予；-tion名詞。

字義 *n.* 給予，翻譯，放棄，引渡，交出，致使。

記憶 ①［義節解說］本字源於動詞render「重新給出」→翻譯；「給回」→引渡。

②字母d表示「給予」。詳見：donation捐贈。

③［同族字例］rent出租；surrender投降，交出，放棄。參看：rendezvous約會。

ren.e.gade   ['renigeid ; 'rɛnɪ,ged] *

義節 re.neg.ade

re- → back回，反對；neg否定，負；-ade字尾。

字義 *n.* 叛徒，變節者，脫教者。

vi. / a. 背叛（的），變節（的）。

記憶 ①［義節解說］回過頭來否定→背叛。

②［用熟字記生字］negative負的。

③［同族字例］參看：abnegate放棄（權力等）；naught無。

re.nounce

[ri'nauns, rə'n -; rɪ'naʊns] *

義節 re.nounce

re-回，離開；nounce信差，告知。

字義 *v.* 放棄，拋棄，脫離關係。

記憶 ①［義節解說］半路上召回信差，收回成命→放棄；告知（對方）離開→距離。

②［用熟字記生字］noun名詞；known知道。

③［派生字］renunciation放棄，拋棄，脫離關係。

④［同族字例］announce宣布；denounce廢除；enounce宣告；pronounce宣布，發音；renown（使有）名望，（使有）聲譽。

ren.o.vate

['renouveit, - nəv -; 'rɛnə,vet]

義節 re.nov.ate

re-重新；nov新；-ate動詞。

字義 *vt.* 革新，更新，修復，恢復（精力等），刷新。

記憶 ① ［用熟字記生字］new新的（字根-nov-的變形）；novel小說。

② ［同根字例］innovation革新；novation更新。參看：novice新手。

---

re.nown [ri'naun；rɪ'naʊn] *

義節 re.nown

re-→again又，再；nown→name *n.* 名字。

字義 *vt. / n.* **(使有) 名望，(使有) 聲譽。**

記憶 ① ［義節解說］久仰大名，如雷貫耳。

② ［用熟字記生字］noun名詞；known知道。

③ ［同族字例］announce宣布；denounce廢除；enounce宣告；pronounce宣布，發音；renunciation放棄，拋棄，脫離關係。參看：nominal名字的；agnomen附加名字；congnomen姓；renounce放棄，拋棄，脫離關係。

---

rep.a.ra.ble ['repərəbl；'rɛpərəb!]

義節 re.par.able

re-回，重新；par準備妥當；-able能夠。

字義 *a.* **可修理的，可補救的，可補償的，可治癒的。**

記憶 ① ［義節解說］重新備妥，可茲使用。

② ［用熟字記生字］prepare準備；repair修理，修補。

③ ［形似近義字］repairable可修理的，可補救的。

④ ［派生字］reparation賠償，修復。

---

rep.ar.tee [ˌrepɑːˈtiː；ˌrɛpəˈti]

義節 re.part.ee

re- → back回；part出發，開動，開始。

字義 *n.* **快而巧妙地回答，巧辯。**

記憶 ① ［義節解說］本字是法文借字，源於法文動詞repartir敏捷地答辯，立即反駁。

② ［用熟字記生字］reply回答；depart出發；part分開，離開。

---

re.pel.lent

[ri'pelənt, rə'p -；rɪ'pɛlənt]

義節 re.pel.l.ent

re-回，後；pel推動；-ent形容詞。

字義 *a.* **擊退的，排斥的，使人反感的。**

記憶 ① ［義節解說］向後堆→擊退，排斥，往回推→使人反感。

② ［用熟字記生字］push推動，促使。

③ ［同族字例］compel強迫；impel推進；propel推進；repel擊退，排出；pulse脈搏。參看：expel驅除，排除（氣體等）。

---

re.pent [ri'pent, rə'p -；rɪ'pɛnt] *

義節 re.pent

re-回，又，再；pent痛苦，後悔。

字義 *v.* **後悔。**

      vi. **悔悟，悔改，懺悔。**

記憶 ① ［義節解說］往回想而感到痛苦→後悔。

② ［用熟字記生字］pain痛。

③ ［同族字例］penitentiary感化院；repine訴苦；penalty罰金，刑罰；punity刑罰的；punitive處罰的；impunity不予懲罰；punish處罰；fine罰金（p→f 音變）。參看：penitence悔罪；penance苦行，懺悔；penal刑事的，刑法的，（當）受刑罰的；impenitent無悔意的。

---

re.per.cus.sion

[ˌriːpəˈkʌʃən, - pəˈk -；ˌripəˈkʌʃən]

義節 re.per.cuss.ion

re-回；per -加強意義；cuss敲擊；- ion名詞。

字義 *n.* 彈回，擊回，反衝，反射，回聲，回響，反應。

記憶 ① ［義節解說］cuss來源於拉丁文quasso搖動，使震動，引申爲「搖」，「震」，「敲擊」，「打擊」。參考：percussion instrument打擊樂器（如鼓等）。

② ［用熟字記生字］earth-quake地震；case錢箱→搖震錢箱的時候，會發出鏗鏘撞擊的聲音。

③ ［同族字例］squeeze壓榨；squab沉重地；square弄成方形；squaw蹲跪人形靶，女人；squeegee以輥輾壓；squelch鎮壓，壓碎；squish壓扁，壓爛。參看：squat壓扁，壓爛。參看：squat使蹲坐；discuss討論。參看：concussion激烈地搖動；quash搗碎，壓碎，鎮壓；castigate懲罰，鞭打；sqush壓碎，（發）咯吱聲；percuss敲，叩，叩診。

④ ［音似近義字］crash砸碎，撞碎。

rep.er.toire

['repətwɑ:, -twɔ:; 'rɛpə‚twɑr, - ‚twɔr]

義節 re.pert.oire

re-重新；pert→carry *v.*攜帶，帶來；-oire字尾。

字義 *n.* 保留劇目，（準備好演出的）全部節目，全部技能，所有組成部分。

記憶 ① ［義節解說］本字的基本含義是re-produce重新產生。爲了能夠隨時找到，就得編成目錄匯編，有點像我們中國的《大戲考》、《錄鬼簿》之類，把傳統劇目加以彙編。

② ［用熟字記生字］parents父母。

③ ［同族字例］prepare準備；apparatus儀器，裝置；repertory庫存，全部劇目；biparous雙胞胎的。參看：postpartum

產後的；viper毒蛇；conifer針葉樹；parturition生產，分娩。

④ ［形似近義字］reservoir水庫，儲藏。參看：retrieve找回（獵物等）。

re.plen.ish

[ri'pleniʃ, rə'p -; rɪ'plɛnɪʃ]

義節 re.plen.ish

re-重新；plen滿；-ish動詞。

字義 *v.* 填滿，充滿，補充。

記憶 ① ［用熟字記生字］plenty豐富的，大量的。

② ［同族字例］參看下字：replete飽滿的。

re.plete [ri'pli:t; rɪ'plit]

義節 re.plete

re-加強意義；plete滿。

字義 *a.* 飽滿的，充滿的，塞滿的，肥胖的。

記憶 ① ［用熟字記生字］complete完成，填滿。

② ［同族字例］plenish充滿；plenty充分，deplete減少，使空虛，耗盡；supplement填補；accomplish完成。參看：replenish補充；plethoric過多的，過剩的，多血（症）。

rep.li.ca

['replikə, ri'pli:kə, rə'pli:kə; 'rɛplɪkə] *

義節 re.plic.a

re-又，再；plic彎，折，迭。-a字尾。

字義 *n.* （藝術）複製品，拷貝。

記憶 ① ［義節解說］通過折疊，又得到一個。

② ［形似近義字］duplicate複製品，拷貝。

③ ［同族字例］apply適用；reply回答；

imply暗指；implication暗示；comply
照辦；complex複雜的；supply供
應；supplement增補，附錄。參看：
compliant屈從的；complexion局面；
double兩倍的；implicit含蓄的，內含
的，無疑的；explicit明晰的；supple柔
軟的，順從的，反應快的。

re.pos.i.to.ry

[ri'pɔzitəri, rə'p -; rɪ'pɑzə,torɪ, - ,tɔrɪ]

義節 re.posit.ory

re-後；posit→put v.放置；-ory字尾。

字義 n. 儲藏所，倉庫，陳列室，博物館，墓地。

記憶 ① ［義節解說］放置在後面（暫時不用）→儲藏。

② ［用熟字記生字］deposit存款，存放；
position位置。

③ ［同族字例］ posit安置；apposite 並
列；composite 合併的；opposite反
射；preposition介系詞；oppose反對；
propose建議；interpose插入，干預。參
看：imposter騙子，冒名頂替；impose
徵（稅等）。

re.prieve [ri'priːv, rə'p -; rɪ'priv]

義節 re.prieve

re- → back後；prieve→priv→take剝奪。

字義 vt. / n. 緩期執行（死刑等），暫緩
（痛苦等）。

        n. 暫緩。

記憶 ① ［義節解說］take back→把剝奪
（生命及其他權力）往後推。

② ［同族字例］predacious捕食其他動
物的；privateer私掠船；deprive剝
奪；prowl（野獸）四處覓食。參看：
privation喪失；prey捕食，掠奪（品）。

rep.ri.mand

[n. 'reprimaːnd ; 'rɛprə,mænd, - ,mɑnd
v.'reprimaːnd, ,repri'm - ; 'rɛprə,mænd,
,rɛprə'mænd -'mɑnd]

義節 re.prim.and

re-向下；prim→print v.壓，印；-and字
尾。

字義 n. / vt. 懲戒，譴責（尤指當權者所作
的）。

記憶 ① ［義節解說］本字來源於拉丁文
reprimo壓制，擊退。該字的變化形式
repressi就是由我們熟悉的press（壓）組
成。向下施加壓力→訓斥。

② ［用熟字記生字］prime minister首相；
supreme最高的，至上的。

③ ［同族字例］pressure壓力；impression
印象；express表達。

④ ［形似近義字］reprehend申訴，嚴責。
參看：reprobate譴責；reproach責備，
指責；reprove責罵，譴責，指摘，非
難；prim一本正經。

re.pri.sal [ri'praizəl, rə'p -; rɪ'praiz!] *

義節 re.pris.al

re - → down,back向下，向後；
pris→take取，奪；-al名詞。

字義 n. 沒收，拘押，報復（行為），賠
償。

記憶 ① ［義節解說］take down→沒收，拘
押；take back→報復，賠償。

② ［用熟字記生字］prison監獄。

③ ［同根字例］surprise吃驚，驚喜；
comprise包括，組成；enterprise企業。
參看：entrepreneur企業家。

re.proach

[ri'proutʃ, rə'p -; rɪ'protʃ] *

義節 re.proach

re- → against反對；proach近。

字義 *vt. / n.* 責備，指責，（使）丟臉。

　　n. 恥辱。

記憶 ①［義節解說］用反對的姿態逼近某人→指著臉罵，或是脫下手套打（表示侮辱）…等。

②［用熟字記生字］approach走近，打交道。

③［同族字例］approximate近似的；propinquant鄰近的。參看：proxy代理人；proximate最接近的。

④［形似近義字］reprehend申訴，嚴責；reprobate譴責；reprove責罵，譴責，指摘，非難；reprimand懲戒，譴責（尤指當權者所做的）。

---

rep.ro.bate

['reproubeit, -prəb-, -prub -, -bit; 'rɛprə,bet] *

義節 re.prob.ate

re- → dis否定；prob試驗，證明；-ate字尾。

字義 *vt.* 譴責，斥責，指責，摒棄。

　　a. / n. 墮落的（人），放蕩的（人）。

記憶 ①［義節解說］本字來源於拉丁文reprobo斥責，不贊成。經試驗證明「不好」，需要訓斥。

②［用熟字記生字］proper恰當的。

③［同族字例］probation試用，（緩刑）觀察；probity廉正，誠實。opprobrious不體面的；deprave使腐化，使墮落；perversion墮落；approve同意。參看：depravity墮落，腐敗（de-完全；prav→pervert墮落；-ity名詞）；reprove責罵，譴責，指摘，非難。

④［形似近義字］reprehend申訴，嚴責；reproach責備，指摘；reprimand懲戒，譴責（尤指當權者所做的）。

---

re.prove

[ri:'pru:v ; ri'pruv] *

義節 re.prove

re- → dis否定；prove v.試驗，證明。

字義 *vt.* 責罵，譴責，指摘，非難。

記憶 ①［義節解說］經試驗證明「不好」，需要訓斥。

②［用熟字記生字］proper恰當的。

③［同族字例］參看上字：reprobate譴責。

④［形似近義字］reprehend申訴，嚴責；reproach責備，指責；reprimand懲戒，譴責（尤指當權者所做的）。

---

re.pu.di.ate

[ri'pju:dieit, rə'p- ; rɪ'pjudɪ,et]

義節 re.pudi.ate

re- 離開；pudi→pudendum n.女性外生殖器，陰唇→羞恥，羞怯；-ate動詞。

字義 *vt.* 遺棄（妻子等），與…斷絕關係，拒絕接受，否認。

記憶 ①［義節解說］本字來源於拉丁文repudio推開，放棄，鄙視。該字又來源於pudeo使羞，不堪蒙羞而休妻；羞於承認或接受。同源字根-pub-（陰部），例如：pubes陰毛，陰部。又有同源字根-priv-（陰部），例如：privates外陰部，生殖器。引申為：私人的，祕密的，隱蔽的。參看：privy私人的。

②［用熟字記生字］push推；refuse拒絕。

③［同族字例］puddle 任何液體的小池；pudency 害羞；pubes 陰毛，陰部；pubescence到達發育期；pubic陰毛的；pudency害羞。參看：impudent 無恥的；puberty青春期；impute推諉，歸咎於，轉嫁於。

④語源上另外還有一種看法，認為pud→ped 腳。準此，則棄妻如脫鞋（棄如敝屣）？還是「拔腿就走」？

re.pug.nant

[ri'pʌgnənt, rə'p-; rɪ'pʌgnənt]

義節 re.pugn.ant

re- → back回，後；pugn刺，擊，鬥爭；-ant形容詞。

字義 a. **不一致的，令人厭惡的，對抗性的。**

記憶 ① ［義節解說］像碰到刺一樣，馬上向後退→厭惡；針鋒相對→對抗性。pinge亦可釋作ping（子彈等的）砰聲。

② ［同族字例］expugn攻擊；inexpugnable不能征服的，難推翻的；repugn和…鬥爭，反對，排斥，使憎惡；impugn質問；punch用拳頭打；puncheon打孔器；expunction抹去；punctuate加標點；punctual守時的；acupuncture針灸。參看：pugnacious好鬥的，好戰的，愛吵架的；punctilious拘泥細節的，謹慎的；compunction內疚；puncture刺穿；pungent刺激的；impugn指責；expunge除去，省略，消滅；impinge撞擊；oppugn非難，反駁。

③字母p表示「擊」的其他字例：pike槍刺；pip射擊；poniard用短劍戳；pugilism拳擊。

re.qui.em

['rekwiem, - iəm; 'rikwɪəm, 'rɛkwɪ -]

義節 re.quiem

re-加強意義；quiem安靜。

字義 n. **安魂曲，輓歌，哀詩，墓誌銘。**

記憶 ① ［義節解說］到處一片寧靜。

② ［用熟字記生字］calm安靜（qu→c通轉）；quiet安靜的。

③ ［同族字例］requiescence進入寂靜和安寧。參看：quiescent靜止的，不動的，沉默的；quietude安靜，平靜；tranquil平靜的，安靜的，平穩的。

④qu 常表示「使平靜」，例如：quash鎮壓，平息；quench撲滅；squeeze壓扁；vanquish征服；squish壓扁；squash鎮壓，壓扁，壓碎；quell鎮壓，平息；quash平息；equilibrium平衡；squelch鎮壓，壓服。參考：kill殺害，扼殺，抵銷。

req.ui.site ['rekwizit ; 'rɛkwəzɪt] *

義節 re.quis.ite

re-加強意義；quis→quest追尋；-ite字尾。

字義 a. **需要的，必要的。**

    n. **必需品。**

記憶 ① ［義節解說］一定要追尋到的。

② ［用熟字記生字］require要求，需要。

③ ［同族字例］request要求，請求，需要；prerequisite必要的，先決條件。參看：exquisite 高雅的；aquisitive 渴望得到的；disquisition 專題論文；inquest 審訊；conquest征服。

re.quite [ri'kwait, rə'k -; rɪ'kwaɪt] *

義節 re.quite

re- → back回；quite→quit v.償清（債務等）。

字義 vt. **報答，回報，酬答，報復。**

記憶 ① ［用熟字記生字］equal相等的，完全補償（或酬報）。

② ［同族字例］quit離開，清償。

③ ［同族字例］acquit 宣判無罪，償清債務；equity 平衡；equate（使）相等；equation方程式；equator赤道（註：到南北兩極的距離相等）；aqueous水的。參看：adequate適當的，適度的，充分的，可以勝任的；equanimity沉著，平靜，鎮定；equivocal模稜兩可的，歧義的，曖昧的；equinox晝夜平分的，春分，秋分；quits抵銷的，不分勝負的。

R

re.scind [ri'sind, rə's -; rɪ'sɪnd] *

義節 re.scind

re-離開；scind剪，切。

字義 *vt.* **廢除，取消，撤回，解除。**

記憶 ① ［義節解說］一刀兩斷→廢除；剪斷→告一段落→解除。

② ［用熟字記生字］scissors剪刀。

③ ［同族字例］abscind 切斷；exscind割開，切除；prescind分開，使分離；chine脊骨；skean雙刃短劍；rescission廢除，撤回，解除；abscission切除；scission切斷；scissure分裂；scion（嫁接用的）接穗，幼枝。

---

re.sent [ri'zent ; rɪ'zɛnt] *

義節 re.sent

re-又，再，重新；sent→feeling感覺。

字義 *vt.* **對⋯憤恨，對⋯不滿，怨恨。**

記憶 ① ［義節解說］有一種hard feeling（怨恨），一而再地湧上心頭。

② ［用熟字記生字］sentiment感情。

③ ［同族字例］sense感覺，感情；assent同意；dissent持異議；presentiment預感。參看：consent同意。

---

res.i.due ['rezidju: ; 'rɛzə,dju, - -,du] *

義節 re.sidu.e

re- → back後，回；sidu坐；-e字尾。

字義 *n.* **殘餘，渣滓，濾渣，餘數。**

記憶 ① ［義節解說］坐在後面→留在後面→殘留。

② ［用熟字記生字］sit坐；seat座位；deposit沉澱，澱積。

③ ［同族字例］sedate 穩重的；sedentary坐著的，定居的；subside下沉，沉澱；dissident持不同政見者；assiduous勤勉的。

---

re.sil.ient

[ri'ziliənt, rə'zil -, ri'sil -, rə'sil -, - ljə -; rɪ'zɪlɪənt] *

義節 re.sil.i.ent

re- → back回，又，重新；sil跳躍；-ent形容詞。

字義 *a.* **有回彈力的，有彈性的，恢復活力的。**

記憶 ① ［義節解說］往回跳→回彈；重新跳→恢復活力。

② ［同族字例］assilient跳躍的，凸出的；saltate跳躍；desultory散漫的，唐突的；result結果，效果；insult侮辱；sally出擊，突圍；assault攻擊，襲擊；somersault筋斗；saltant跳躍的，跳舞的；salmon鮭魚；dissilient爆裂的；halt跛行；resile反彈。參看：assail攻擊，襲擊，毅然應付，出發。

---

res.in ['rezin ; 'rɛzn, - zɪn]

字義 *n.* **樹脂（製品），松香。**

　　vt. **用樹脂處理。**

記憶 ①拉丁文robur橡樹；robustus橡樹的→英文ross（樹皮上）粗糙帶鱗狀的表面→rosin樹脂→resin。

② ［同族字例］resinous富含樹脂的；retinol松香油；rosinous含松脂的；robust健壯的。參看：corroborate確定；arbor樹。

---

re.sort [ri'sɔːt ,ri'sɔrt] *

義節 re.sort

re- 又，再；sort出發，離開。

字義 *vi. / n.* **求助，憑藉，採取，常去。**

　　n. **常去的人群（地方）。**

記憶 ① ［義節解說］法文動詞sortir出發，離開，解救。一再地去→常去；去的目的，是爲了得到「解救」。

② ［用熟字記生字］set出發，離開；seek尋求。

③ ［同族字例］sortie單架飛機的出動，突圍。參看：abort流產。

④ ［形似近義字］recourse求助。

re.splen.dent

[ris'plendənt, rəs -; rɪ'splɛndənt]

義節 re.splend.ent

re- 加強意義；splend發光，光輝；-ent形容詞。

字義 *a.* 燦爛的，輝煌的，華麗的。

記憶 ① ［用熟字記生字］splendid華麗的，發亮的。

② ［同根字例］splendor光彩，光輝；splendorous華麗的，光輝的；splendent發光的，有光澤的；splendiferous華麗的，燦爛的（fer→carry攜帶，運送）；splurge炫耀。參看：splendid燦爛的，壯麗的，顯著的。

res.ti.tute

['restitjuːt; 'rɛstə,tjut, - tut]

義節 re.stitute

re-重新，回；stitute站立，建立。

字義 *v.* 恢復，復原，償還。

    vi. 歸還。

記憶 ① ［義節解說］重新建立→恢復，復原；先造好，再送回→償還。

② ［同根字例］constitute組成；institute協會；prostitute妓女；substitute代用。參看：destitute貧困的，缺乏的。

res.tive

['restiv; 'rɛstɪv]

義節 re.st.ive

re-加強意義；st站，立；-ive形容詞。

字義 *a.* 倔強的，煩躁的，不安定的，難控制的，（馬等）難駕馭的，不肯前進的。

記憶 ① ［義節解說］屹立不動。

② ［用熟字記生字］rest是個熟字，但作*vi.*用時，其意義近似於remain，表示：「依然是，保持」，即：巍然不動。於是引申出「倔強的，難駕馭的，不肯前進的」等意。

③ ［同族字例］stay停留；stout堅實的，固體的；stow堆放，停止；stiff堅定的，頑固的。

re.strain [ris'trein, rəs -; rɪ'stren] *

義節 re.strain

re- → back回，後；strain *v.*拉緊，拽。

字義 *vt.* 抑制，制止，管束，限制，約束。

記憶 ① ［義節解說］本字來源於拉丁文restringo捆緊。該字的變化形式restrictum就是由我們熟悉的strict（嚴，緊）組成。把馬韁向後拉緊→制止馬向前行，達到約束的目的。

② ［用熟字記生字］stress緊張，強調；strict嚴厲的。

③ ［同根字例］constrain強迫，強制；distrain扣押。

④ ［同族字例］strangle勒死；stringent緊迫的；strengthen加強；astringe束縛；string細線。

re.sume

[ri'zjuːm, rə'z -, -'zuːm; rɪ'zum, -'zɪum, -'zjum] *

義節 re.sume

re-回，又，重新；sume取，拿，抓。

字義 *vt.* 取回，恢復，重新占用。

    v. 重新開始。

記憶 ［同根字例］assume假定，承擔；presume假定；sumptuous奢華的；resumé個人經歷；consume消費。

re.sur.gent [ri'sə:dʒənt; rɪ'sɚdʒnet]

義節 re.surg.ent
re-回，重新；surg升起；-ent字尾。

字義 *a./n.* **甦醒的(人)，復活的(人)。**
　　a. **恢復活動的，恢復活力的。**

記憶 ① ［義節解說］字根 -surg- 來源於拉丁文surgo→subrigo豎起來，舉起，出現。surrect是surgo的拉丁文變格形式。法文介詞sur表示「在…上面」。g→agere（拉丁文）→drive驅動。驅到…上面→升起。有趣的是，作者發現有一同構反義字根-merg-沉，浸；mer海；g→drive驅到海裡→下沉。

② ［同族字例］surge波濤洶湧，湧現；surly兇暴的；surf拍岸浪；resurrection復活，再生，再起。參看：insurgent起義的，暴動的，洶湧而來；insurrection起義。

---

re.tail

[*n.*, *adj.*, 'ri:teil, ri:'t -; 'ritel *v.*, ri:'teil, ri't -; 'ri: -; 'ritel]

義節 re.tail
re-再；tail剪，切。

字義 *n./v.* **零售。**
　　a. **零售（商品）的。**
　　adv. **以零售方式。**

記憶 ① ［義節解說］通過「剪」或「切」，化整爲零。

② ［用熟字記生字］tailor裁縫。

③ ［同族字例］detail細節；tally符契，對號牌（註：tal→tail剪，切，割。原意是一塊符木一分爲二，借貸兩方各執其一，日後對驗。中國古代的兵符，是由皇帝和統帥各執其一，如信陵君所竊虎符。符木引申爲「護符」）；stall分成隔欄的畜舍。參看：subtle微妙的；retaliate以牙還牙，反擊；installment分期付款；

talisman護符，避邪物，法室；entail使承擔。

④也是由t組成字根-tom-也表示「切」。例如：atom原子（註：a-否定；古時以爲不可再分）；anatomy解剖。

---

re.tal.i.ate

[ri'tælieit, rə't- ; rɪ'tælɪ,et] *

義節 re.tal.i.ate
re- → back回；tal秤量，銀兩；-ate動詞。

字義 *v.* **報復。**
　　vi. **反擊，以牙還牙。**

記憶 ① ［義節解說］希臘文talanton，相當於英文的balance，意爲「天平」，用來秤量銀子。轉義爲貨幣單位，再引申爲法律上的報復（懲罰）。這種「報復」，好像用天平秤過一樣，以牙還牙，分毫不爽。

② ［同族字例］talent才能（註：所謂「量」才施用）；talion古法律以牙還牙的懲罰法。參看：retail零售。

---

retch [ri:tʃ ; rɛtʃ]

字義 *v.* **嘔吐，噁心。**
　　vi. **乾嘔。**

記憶 ①本字可能是擬聲字，etch是字母h的本音，似中文的「嗝」，中文「打嗝」也是擬聲。r→re-又，再。一再打嗝→乾嘔。參考：hiccup打嗝。在西方語文中h常不發音，於是ic也是「嗝」音。

②換一個角度。參看：reek發出臭味，聞到臭味而噁心（其中ch→k通轉）。

③ ［同族字例］rook白嘴鴉，欺騙；cricket蟋蟀；shrike伯勞，百舌鳥；shriek尖叫；screak尖叫；screech尖叫。

④ ［形似近義字］belch打嗝，爆發；reek冒臭氣。

re.trib.u.tion

[ˌretriˈbjuːʃən; ˌrɛtrəˈbjuʃən]

義節 re.tribut.ion

re- → back回；tribut分配，分攤，給予；-ion名詞。

字義 *n.* 懲罰，報應，報酬，報答。

記憶 ①［義節解說］本字來源於拉丁文retribuo付還，給予。該字又來源於tribuo給予。字根原意爲部落之間分攤祭神的供品（古羅馬分爲三個tribe部落），引申爲「分配」。種因而後分得果：「報酬」或「報應」。

②［用熟字記生字］contribution貢獻；tribe部落。

③［同根字例］tribute供品；distribution分配；attribution歸因，歸屬；tribune論壇；tributary進貢的，從屬的。

---

re.trieve [riˈtriːv, rəˈt -; rɪˈtriv] *

義節 re.trieve

re- → back回，重新；trieve→find *v.*找到。

字義 *vt.* 取回，恢復，挽回，記憶。
　　v. 找回（獵物）。

記憶 ①［義節解說］法文動詞trouver相當於英文的find。在電腦中調用先前存入的資料，就適用本字。

②［同族字例］strive努力，奮鬥；strife苦鬥，競爭。參看：travail辛勤勞動，艱苦努力，分娩；contrive發明，設計。

---

ret.ro.spect

[ˈretrouspekt, ˈriːt -, - trəs -; ˈrɛtrəˌspɛkt]

義節 retro.spect

retro-向後；spect看。

字義 *n. / v.* 回顧，追溯。

記憶 ①［用熟字記生字］expect期待。

②［同族字例］inspect檢查；spectacle

展品，奇觀；spectrum光譜；respect尊敬；suspect懷疑；spy間諜；prospect展望；speculate，推測，投機。參看：specter鬼影，幽靈；conspicuous明顯的。

---

rev.el [ˈrevl; ˈrɛvl] *

義節 rev.el

rev→rav奪取，狂喜，出神；-el字尾。

字義 *vi. / n.* 狂歡，歡宴，作樂。
　　vi. 著迷。
　　vt. 浪費。

記憶 ①［同根字例］ravin捕食，搶奪；enravish使狂喜；reave掠奪；bereave使失去親人；bereft失去親人的，被剝奪的。參看：raven強奪；ravish使狂喜，使出神；reverie夢想，幻想（曲），沉思，出神。

②字母r表示「奪取」的其他字例：rob搶劫，ransack搶劫；riffle劫掠；wrest奪取，搶去；forage搶掠；privation剝奪；deprive剝奪；maraud搶掠；razzia劫掠。

③字母v表示「貪婪」的字例：avarice貪婪；covet貪求；vulture貪得無厭者；envy忌妒。

---

rev.e.nue

[ˈreivinjuː, riˈvenjuː, rəˈvenjuː; ˈrɛvəˌnju] *

義節 re.ven.ue

re- → back回；ven→fane *n.*神廟（v→f通轉）→供奉；-ue → -ed（法文）過去分詞字尾。

字義 *n.* 歲入，稅收，收益，稅捐處。

記憶 ①［義節解說］向神廟供奉的物品→牧師的俸祿，供養→「乾飼料，糧秣」→交公糧，納稅。

一般將本字解釋爲re-→back；ven→come；come back 回來→回收，似不夠

允當。

② ［用熟字記生字］provide供給（口糧等）。

③ ［同族字例］venerable莊嚴的，可敬的；venery性慾；venison野味；provisions口糧，存糧；debenture債券（b→v通轉）；debit借方；debt債務；benefice有俸聖職；benefit津貼，好處；benefaction捐助；furnish供應，給予。參看：veneer虛飾；venerate崇拜；parvenu暴發戶；provender（家畜的）乾飼料，糧秣；fend供養（v→f通轉）；venal可以利誘的，可以收買的，貪汙的，爲錢而做的。

④字母v常表示「貪，愛，強烈願望」的其他字例：avarice貪婪；voracious極度渴望的，狼吞虎嚥的；vultrine貪得無厭的；covet覬覦，垂涎，渴望；envy忌妒；devour吞。

re.ver.ber.ate

[ri'vəːbəreit, rə'v -; rɪ'vɚbə,ret] *

義節 re.verb.er.ate

re- → back回，再；verb（馬鞭）打擊聲；-er重複動作；-ate動詞。

字義 v. （使）反響，（使）回響，反射。
　　　a. 回響的，反射的。

記憶 ① ［義節解說］本字來源於拉丁文reverbero打回去，扔開。該字又來源於verbero鞭打，投射，扔掉。

② ［用熟字記生字］verb動詞（從「打擊聲」引申爲「語聲」）。

③ ［同根字例］verbena馬鞭草屬植物；reverberant迴盪的。

④ ［形似近義字］resonate共振，共鳴，回響（son聲音）。此字與本字構字思路如出一轍！又：resonant反響的，諧振的。

re.vere

[ri'viə, rə'v -; rɪ'vɪr]

義節 re.vere

re-加強意義；vere→very adv. 極其，非常。

字義 vt. 敬畏，崇敬，尊敬。

記憶 ① ［義節解說］本字的意味，有「畏」，veriest是very的最高級形式，表示「絕對的，極度的」。見到這樣的東西使人由「畏」而「崇敬」。

② ［用熟字記生字］afraid害怕的（ver→fr：v→f通轉）。

③ ［同族字例］awe敬畏；aware明白（war→ver：w→v通轉）；wary愼重的，密切注意的；worry擔憂；fear害怕；frighten使人害怕的；reverend應受尊敬的。參看：irreverent不恭敬的。

④ ［形似近義字］respect尊敬。參看：venerate崇拜，尊敬（此字的意味是因年高德劭而被尊崇）。

rev.er.ie

['revəri; 'rɛvərɪ]

義節 rev.er.ie

rev→rav奪取，狂喜，出神；-er重複動作；-ie字尾。

字義 n. 夢想，幻想（曲），沉思，出神。

記憶 ① ［義節解說］神遊→進入夢境。

② ［音似近義字］referee（足球）裁判。記：「裁判走了神」。

③ ［同根字例］ravin捕食，搶奪；enravish使狂喜；reave掠奪；bereave使失去親人；bereft失去親人的，被剝奪的。參看：raven強奪；ravish使狂喜，使出神；revel著迷。

re.vive

[ri'vaiv, rə'v-; rɪ'vaɪv] *

義節 re.vive

re-回，重新；vive活，生活。

字義 v. （使）甦醒，（使）復興，（使）還

原。

記憶 ① ［用熟字記生字］live活，生活；vitamin維他命。

② ［同族字例］vital有生命力的，致命的；vitalize使有生氣，激發。vis活力，自癒力；vivid生動的；survive倖存；ivy常春藤；verve活力，生命力；vigour活力；vitamin維他命；vegete有生氣的，健康的，茂盛的；viable能活的，能生長發育的。參看：convivial歡樂的。

re.voke [ri'vouk, rə'v -; rɪ'vok] *

義節 re.voke

re- → back回；voke→call v.n.叫喊，聲音。

字義 vt. 撤回，廢除，回想，召回。

記憶 ① ［義節解說］call back→召回，回想，撤回。

② ［用熟字記生字］voice聲音。

③ ［同族字例］vocation天賦，天職；vociferous嘈雜的；vocabulary字彙；fauces咽門；vouch擔保。參看：vocal有聲的，暢所欲言的；advocate提倡（者），擁護（者）；avocation副業；avow聲明；provoke煽動；equivocal模稜兩可的，歧義的，曖昧的；irrevocable不可撤消的。

re.volt [ri'voult, rə'v -; rɪ'volt] *

義節 re.volt

re- → against反對 / back回；volt→volu→turn轉。

字義 vi./n. 反抗，反叛，起義。

v. （使）厭惡，（使）反感。

記憶 ① ［義節解說］turn against 反抗；turn back因厭惡而別過頭去。

② ［用熟字記生字］volume卷。

③ ［形似近義字］revolution革命，大變革。參看：rebel反叛（bel→ball球→轉。與本字構造思路一樣）。

④ ［同族字例］welter翻滾，打滾；whelm淹沒，壓倒，覆蓋；overwhelm淹沒，壓倒，覆蓋；wheel滾動，轉動。參看：swelter熱得發暈。

re.vul.sion [ri'vʌlʃən, rə'v -; rɪ'vʌlʃən]

義節 re.vuls.ion

re-回；vuls拉，抽，拔；-ion名詞。

字義 n. 收回，（突然）抽回（資金等），（感情等）突變，嫌惡，反感。

記憶 ① ［用熟字記生字］pull拉，抽，拔（註：vuls與pull字形相似，v→p音變通轉）；violin小提琴（註：「拉」提琴）。

② ［同根字例］avulse拉掉；convulsion痙攣，抽搐；divulse拉裂；evulse拔出。

③ ［同族字例］字根-vuls-應是-puls-的變體；其中v→p音變通轉。試把本字與repulsion（反感，厭惡，排斥）作一對比，便明白了。其他字例：詳見：pulsate跳動。

rhap.so.dize ['ræpsədaiz; 'ræpsə,daɪz]

義節 rhaps.od.ize

rhaps縫合，捲繞；-od頌歌；-ize使…。

字義 vi. 狂熱地寫（或說）。

vt. 狂熱地吟誦。

記憶 ① ［義節解說］rhapsidy（古希臘適於一次吟誦的）敘事詩，狂詩吟誦者。即「一圈」下來，便可以結束故事內容的頌歌。想當年吟唱者非常投入角色，喜怒哀樂，表露無遺，後來引申爲「狂熱地吟誦」。

② ［用熟字記生字］wrap包裝；melody歌曲，旋律。

R

③〔同族字例〕-rhap- : raphe縫；raphide針晶體；tenorrhaphy腱縫合術。-od- : 參看：comedy喜劇；parody諷刺。

④字母r表示「發狂，狂暴」的其他字例：rabble暴亂之民；rave叫囂，發狂，胡言亂語；rabies狂犬病；delirious發狂，胡言亂語。參看：rabid狂熱的。

---

rhet.o.ric ['retərik ; 'rɛtərik]

義節 rhet.or.ic

rhet→orat口，講話；-or行為者；-ic形容詞。

字義 *n.* 修辭學，辯術，花言巧語，言語。

記憶 ①〔義節解說〕orator雄辯家。

②〔用熟字記生字〕write寫；oral English英語口語。

③〔同族字例〕rhematic文字的，動詞的。參看：orate演說；orison祈禱；perorate長篇演說；oracle神諭。

---

rheum.y ['ru:mi ; 'rumɪ]

義節 rheum.y

rheum流，漂流；-y形容詞。

字義 *a.* （多）稀黏液的，（空氣）潮濕陰冷的，易引起感冒或風濕的。

記憶 ①〔義節解說〕（鼻涕）流出→陰冷，感冒；（風濕）周身流動。

②〔用熟字記生字〕river河流。

③〔諧音〕流（鼻涕）。

④〔同族字例〕rheum稀黏液；rhythm節奏，韻律；rheometer電流計；rheumatism風濕。參看：roam漫遊；ramble漫步；rhime韻；errant漂泊不定的；errand差使；erroneous錯誤的。

---

rhyme [raim ; raɪm] *

字義 *n.* 韻（腳）。

　　v. / n. （使）押韻。

　　v. 寫詩。

---

①〔義節解說〕本字應是由rhithm（節奏，韻律）變來。rhith→riv流動（西方語文中h不發音，易脫落，rhi→ri. th→v因讀音相似而「通轉」）。韻律有如流動的節奏。

②〔用熟字記生字〕river河流。

③〔同族字例〕rheomater電流計；rheumatism風濕。參看：rheumy分泌黏液的；rife流行的。

---

rib.ald ['ribld ; 'rɪbǃd]

義節 rib.ald

rib→rub *v.*磨擦，挨擦→發情→下流玩笑，戲謔；-ald字尾。

字義 *a. / n.* 開下流玩笑的（人），（講）下流話的（人）。

記憶 ①〔用熟字記生字〕rub磨擦，挨擦。

②〔形似近義字〕參看：libel誹謗；rut發情。

③〔同族字例〕rubbish垃圾。參看：rubblsh碎石，碎磚，破瓦。

---

ridge [ridʒ; rɪdʒ] *

字義 *n.* 脊，（狹長的）隆起部。

　　v. （使）起皺，（使）成脊狀。

記憶 ①本字的原意是「皺起，隆起」，轉義爲「脊」。

②〔同族字例〕rachis脊柱，脊椎；rachitis佝僂病；ragged破的，高低不平的，參差不齊的，刺耳的；regose有皺紋的，多皺的；ruck皺，褶；ruga皺紋，折，脊；rugate有皺紋的；crag岩，崎嶇；rock岩石；scrawny骨瘦如柴的。參看：ragamuffin衣服破爛骯髒的人；corrugate（使）起皺，（使）起波紋；scrag皮包骨頭，肉骨頭；rugged崎嶇的，皺眉蹙頭的。

rife [raif ; raɪf] *

字義 *a.* 流行的，盛行的，普遍的，充滿的。

記憶 ①本字從字根riv流動。引申爲：流行。

② [用熟字記生字] river河流（v→f「通轉」）；rich富的。

③ [同族字例] riffle流過（淺灘），使起漣漪，洗紙牌；ruffle洗（紙牌）；rival競爭；thrifty繁榮的；thrive繁榮。參看：raffle抽獎；raff大量，大批，許多；rove漫遊，流浪。

rift [rift ; rɪft] *

字義 *n.* 裂縫，空隙。
　　　vt. 劈開，穿透。
　　　vi. 裂開。

記憶 ①字根-riv-（流）有兩個變體：-rif-，參看：rife流行的；-rip-，例如：riparian河邊的。同形字根riv（切，割）也有同樣兩個變體。參看：rive撕開；rift劈開。

② [同族字例] abrupt突然的；bankrupt破產；corrupt腐敗的；disrupt使分裂；erupt爆發；interrupt打斷；craven膽小的；crevasse冰隙，堤裂；crepitate發出爆裂聲；discrepency差異，脫節；decrepitate燒爆；crisp鬆脆的；quebracho樹皮；rupture破裂，裂開；disrupt使分裂。參看：decrepit衰老的；corrupt腐敗的；crevice裂縫；rip撕（開）；rive撕開，扯裂，裂開。

rig.id ['rɪdʒɪd; 'rɪdʒɪd] *

義節 rig.id

rig冷，轉義為「硬」；-id形容詞。

字義 *a.* 剛毅的，僵硬的，嚴峻的，嚴肅的。

記憶 ① [用熟字記生字] refrigerator電冰箱。

② [同根字例] rigor發冷，僵直，嚴峻，嚴苛；rigorous嚴峻的，嚴格的，嚴密的。

③ [同族字例] freeze冷凝；frost霜凍；refrigerate使冷；dragon龍，兇暴的人；Draco天龍座，【動】飛龍屬；draconian（法律上）嚴酷的；draconic龍的，似龍的；dragonet小龍；dragonnade武力，迫害；dragoon龍騎兵暴徒；drat詛咒；rage狂怒。參看：dragonfly蜻蜓；dread害怕；enrage激怒，使暴怒；drastic激烈的，嚴厲的。

rim [rim ; rɪm] *

字義 *n.* （圓形物的）邊緣（如眼鏡框，帽邊），水面。
　　　vt. 裝邊於。
　　　vi. 形成邊狀。

記憶 ① [形似近義字] 參看：ream鑽大，鉸大。

② [同族字例] berm狹道，小隔板；bramble懸鈎子屬植物；broom掃帚，金鳳花；bream（刮擦）清掃木船體；frame構架，框架；frambesia熱帶性類梅毒。參看：brim邊緣。

③有趣的是，英文中許多表示「邊緣」概念的字，均以m(偶爾也用n)作結。例如：brim(杯，碗，漏斗，帽等圓形物的)邊緣；hem邊緣，捲邊；limb(日、月等的)邊緣；limit界線；seam(接合處的)縫；brink(河流等的)邊緣，(抽象的)邊緣。rim的意味則與brim同。

rime [raim ; raɪm]

字義 *n.* 結殼，結晶，【詩】白霜。
　　　vt. 【詩】使蒙上霜。

記憶 ①本字的基本意義是「結殼」。應從

「殼，覆蓋」意。「霜」指蒙上一個「白殼子」，是詩歌的形象化用法。

② [用熟字記生字] room房間。

③字母r表示「覆蓋，殼」的其他字例：rind樹皮，果皮；roof屋頂；mushroom蘑菇。參看：roost雞柵。

rinse [rɪns ; rɪns] *

字義 v./n. 漂清。

　　vt./n. 沖洗。

　　n. 清水。

記憶 ① [義節解說] 語源上認為本字從recent（新的，最近的）變形而來。主要表示fresh（使新鮮）之意。

② [諧音] 「淋洗」。

③ [用熟字記生字] rain雨。

④ [同族字例] ravine窄而深的峽谷；rill小河，溪流。參看：irrigate灌溉，沖洗（傷口），滋潤。

⑤ [形似近義字] 參看：sprinkle噴，淋。

ri.ot ['raɪət; 'raɪət] *

字義 n./vi. 騷亂，放縱。

　　vt. 揮霍。

　　n. 鬧宴。

記憶 ①本字應是從roar（吼叫）變來，模擬「喧鬧」的人聲。

② [音似近義字] 參看：rant咆哮。

③ [同族字例] roil惹怒，使動蕩；roist喧鬧；raucous粗啞的，刺耳的；rote濤聲；rumor謠言；bruit喧鬧，謠言。參看：rout咆哮，聚衆鬧事；rut發情。

rip [rip ; rɪp] *

字義 v. 撕（開）。

　　vt. 扯，劈，剝（等）。

　　vi. 猛衝。

　　n. 裂縫。

記憶 ①字根-riv-（流）有兩個變體；-

rif-，參看：rife流行的；-rip-，例如：riparian河邊的。同形字根riv（切，割）也有同樣兩個變體。參看：rive撕開；rift劈開。

② [形似近義字] 參看：reap收割；rasp銼刀。

③ [疊韻近義字] clip修剪；snip剪；strip剝去。

④ [同族字例] rupture破裂；abrupt突然的；bankrupt破產；corrupt腐敗的；disrupt使分裂；erupt爆發；interrupt打斷；craven膽小的；crevasse冰隙，堤裂；crepitate發出爆裂聲；discrepency差異，脫節；decrepitate燒爆；crisp鬆脆的；quebracho樹皮。參看：decrepit衰老的；corrupt腐敗的；crevice裂縫；rive撕開，扯裂，裂開；rift裂縫。

rip.ple ['rɪpl ; 'rɪp!] *

義節 rip.p.le

rip→riv流，水流，-le重複動作。

字義 n. 細浪，波紋，潺潺水聲。

　　v. （使）起細浪，（使）波動，（使）作潺潺水聲。

記憶 ① [義節解說] 字根riv有兩個變體：rif和rip參看：rife流行的；rip撕。

② [形似近義字] 參看：ruffle弄皺（可用以描寫「吹皺」水面）。

③ [同族字例] rip巨瀾；riparian河邊的；（拉丁文）ripa河岸，河堤；ripplet小波紋；riprap防沖亂石；crepe皺布；crispate捲曲，收縮；ribbon緞帶。參看：crape皺紗，皺布，黑紗。

ris.i.ble ['rɪzibl ; 'rɪzəb!]

義節 ris.ible

ris笑；-ible能夠。

字義 a. 愛笑的，能笑的，可笑的。

記憶 ① [用熟字記生字] ridiculous可笑

R

的。

②〔同族字例〕rally嘲笑，挖苦。參看：razz嘲笑；deride嘲笑。

ris.que [ris'kei ; rıs'ke]

字義 *a.*（作品等）有傷風化的，近乎淫穢的。

記憶 ①〔用熟字記生字〕risk冒險，危險，風險。記：作品有色情描寫，要冒遭禁的風險。

②〔同族字例〕rural鄉村的；rusticate到鄉村去（定居）；rurban住在從事農業居住區的；rusticity鄉村風味，生活；rus in urbe 城裡的鄉村。參看：rustic粗俗的，莊稼人；arable可耕的；rascal流氓，無賴。

③字母r表示「淫慾」的字例：ramish淫蕩的；rip荒淫的人，浪子；Eros（愛神）；ruttish好色的；erotic色情的，性愛的；erotica黃色書籍；erotomania色情狂；erotopathy色情變態。

rite [rait ; raɪt]

字義 *n.* 宗教儀式，典禮，儀式。
　　a. 儀式的，典禮的。

記憶 ①〔用熟字記生字〕right正確的，記：「禮者理也」（rite is right）。

②〔諧音〕「禮」物。

③〔用熟字記生字〕route路線，可助記「車轍」一意。

④〔同族字例〕routine日常工作，機械方程式；road路。參看：rut車轍，凹槽，慣例；rostrum演講臺，講壇，【動】頭部的喙狀凸起；rote老套，機械的方法。

rive [raiv ; raɪv]

字義 *v.* 撕開，扯裂，裂開。
　　vt. 折斷，摔去，使（心）碎。

記憶 ①〔義節解說〕字根-riv-（流）有兩個

變體：-rif-，參看：rife流行的；-rip-，例如：riparian河邊的。同形字根riv（切，割）也有同樣兩個變體。參看：rive撕開；rift劈開。

②〔同族字例〕rupture破裂；abrupt突然的；bankrupt破產；corrupt腐敗的；disrupt使分裂；erupt爆發；interrupt打斷；craven膽小的；crevasse冰隙，堤裂；crepitate發出爆裂聲；discrepency差異；脫節；decrepitate燒爆；crisp鬆脆的；quebracho樹皮。參看：decrepit衰老的；corrupt腐敗的；crevice裂縫；rip撕（開）；rift裂縫。

riv.et ['rivit ; 'rıvıt]

字義 *vt.* 固定，集中（目光等），吸引。
　　n. 鉚釘。

記憶 ①本字來源於法文動詞river釘住，釘上，勾結。字根-riv-的基本含義是「河流，流動」，引申爲「引導」。例如derive引導出。把（目光等）引導到…→吸引。

②〔形似近義字〕參看：covet覬覦。

roam [roum ; rom] *

字義 *v. / n.* 漫步，漫遊，遊歷。

記憶 ①本字可能是ramble的一種變體。詳見：ramble漫步。

②〔用熟字記生字〕river河流；road路。記：路上漫步。

③〔同族字例〕rheometer電流計；rheumatism風濕。參看：ramble漫步；rheumy（多）稀黏液的，易引起感冒或風濕的；rhime韻（腳）；errant漂泊不定的；errand差使；erroneous錯誤的；rife流行的。

④字母r表示「漫遊」的其他字例：ramble漫步；ranger漫遊者，巡邏兵；rapparee流浪者；rounder巡行者；rove

R

671

漫遊；-err- → ex（out）＋ r（字根）漫
遊；error錯誤；errant錯的，漫遊的；
erroneous錯誤的；erratic古怪的；
aberrant異常的。

roan [roun ; ron]

字義 *a. / n.* **皮毛紅棕色夾雜著灰白色的
（馬或其他動物），花毛的（馬等）。**

記憶 ①本字來源於法文rouen紅色。

②［用熟字記生字］brown棕色（與本字讀
音極似）；red紅色；rose玫瑰紅色。

③［同族字例］rouge胭脂，口紅；rowan
結紅色漿果的一種落葉樹。

rob.in ['rɔbin; 'rɑbɪn] *

義節 rob.in

rob紅色；-in字尾。

字義 *n.* **知更鳥。**

記憶 ①［義節解說］知更鳥的胸部是紅色
的。又叫red breast。

②［用熟字記生字］ruby紅寶石；red紅色
的。

③［同族字例］ruby紅寶石；rubiginous銹
色的；rubric紅字；rufescent帶紅色的。
參看：rubicund（臉色，膚色）紅潤的，
血色好的。

④字母r表示「紅色」的其他字例：rust
鐵鏽；rutilant發紅色火光的；raddle紅
赭石；reddle紅赭石。參看：ruddy紅潤
的；roseate玫瑰紅的。

ro.bust [rə'bʌst, rou'b -; ro'bʌst] *

字義 *a.* **強壯的，堅強的，粗野的。**

記憶 ①拉丁文robur意為「橡樹」；英文
roborant檪樹。引申為「結實的」。

②［用熟字記生字］robber強盜。

③［同族字例］roborant檪樹，起強壯作用
的；robot機器人；strapper彪形大漢；

buster龐然大物，茁壯的孩子。參看：
corroborate確定，確證；arbor樹。喬
木。

ro.co.co [rə'koukou; rə'koko, ,rokə'ko]

字義 *n. / a.* **洛可可式（的）。**

a. **纖巧浮華的。**

記憶 ①這是十八世紀在歐洲流行的一種建
築風格，以纖巧，繁瑣，浮華為特點。現
在使用本字，已帶有「過時的」意味。

②［用熟字記生字］rock岩石。本字從roc
石，鵝卵石。可能在這種建築中大玩石頭
遊戲，疊床架屋地用大小石頭構築，以致
浮華，繁瑣。

③［音似近義字］參看：baroque巴洛克風
格。

rogue [roug ; rog] *

字義 *vi. / n.* **（耍）無賴，（除去）劣種、
雜種（植物）。**

vt. **詐欺。**

記憶 ①本字可能從roam（漫遊）變來，
古意是「流浪漢」。田地裡的「劣種」，
指其漫生而無用。詳見：roam。

②［用熟字記生字］rough粗糙的，粗陋
的。

③［同族字例］raggle-taggle混雜的，雜色
的；roguish流氓的；rascal流氓，無賴，
惡棍；ruffian流氓，暴徒；rake浪子，流
氓；rowdy吵鬧的人，無賴。

roil [rɔil; rɔil]

字義 *vt.* **攪渾，惹怒，激起，使動盪。**

記憶 ①［用熟字記生字］roll滾動，翻滾。

②［疊韻近義字］boil沸騰，使激動，激
怒。

③［同族字例］rally嘲笑，挖苦；rail
咒罵，抱怨；roar吼叫；roist喧鬧；

R

raucous粗啞的，刺耳的；rote濤聲；rout咆哮；rumor謠言；bruit喧鬧，謠言；rumpus【口語】喧嚷，口角，吵鬧。參看：rant咆哮；riot騷亂，放縱；rut發情；raillery善意的嘲弄，戲弄（的言行）。

rood [ru:d ; rud]

字義 *n.* 基督受難的十字架。

記憶 [用熟字記生字] rod桿，棒。兩根桿子交叉即成十字架，俗語說：spare the rod, spoil the child 省了棍子，害了孩子。參看，基督在rood上受難，孩子在rod遭殃。

roost [ru:st ; rust]

字義 *vi./n.* 棲息（處）。

　　 n. 棲木，雞柵，群棲地家禽。

　　 vt. 設棲息處。

記憶 ①本字可能從rise（升高）變來，過去式rose與本字音形均相似。描寫雞跳到高處棲息。類例參看：perch在高處棲息。

② [用熟字記生字] rest休息；roof屋頂。

③ [同族字例] rooster公雞；roster花名冊；craddle搖籃，支架。參看：rostrum演講臺，講壇。

ro.se.ate ['rouziit ; 'rozɪɪt, -zɪ,et]

義節 rose.ate

rose *n.*玫瑰。-ate形容詞。

字義 *a.* 玫瑰紅的，美好的，愉快的，樂觀的。

記憶 ① [用熟字記生字] red紅色的。

②字母r表示「紅色」的其他字例：raddle紅赭石；reddle紅赭石；rubric紅字；ruby紅寶石；rust鐵鏽；rutilant發紅

色火光的。

ros.trum ['rɔstrəm; 'rɑstrəm]

字義 *n.* 演講臺，講壇，【動】頭部的喙狀凸起。

記憶 ① [義節解說] 本字來源於拉丁文rostrum鳥嘴，裝在船頭用以撞沉敵船的獸頭形尖角。因爲羅馬市政廣場講臺的迴廊上裝有戰爭獲得的敵艦船頭，後來引申爲「講臺」。

② [用熟字記生字] rooster公雞。記：上臺演講的人，有點像公雞報曉，昂首而叫；rat老鼠（註：嘴尖要咬牙）。

③ [形似近義字] 參看：forum論壇。

④ [同族字例] rooster公雞；roster花名冊；rodent咬的，嚙的；erode腐蝕，侵蝕；corrosive腐蝕的；anticorrosion防腐蝕；rot腐爛；rotten腐爛的；rusty（肉類）腐爛發臭的。參看：corrode腐蝕，侵蝕；erode（受）腐蝕，（受）侵蝕；roost棲息處。

rote [rout ; rot] *

字義 *n.* 死記硬背，老套，機械的方法。

記憶 ①本字從rot旋轉。轉來轉去的老套，按機械的程式流轉。

② [用熟字記生字] route路線；routine日常工作，機械程式。

③ [同根字例] rotate旋轉；roster花名冊。參看：rotundity肥胖；rut車轍，凹槽；慣例。

ro.tun.di.ty

[rou'tʌnditi; ro'tʌndətɪ]

義節 rot.und.ity

rot輪，旋轉；-und波浪，充滿；-ity名詞。

字義 *n.* 圓（形物），圓胖，（聲音）洪

R

亮，圓潤，（文體）浮華。

記憶 ①〔義節解說〕像輪子一樣圓，圓滾滾的→圓胖。

②〔同根字例〕rotunda圓形建築物；rotund圓形的，圓胖的，圓潤的；rotate旋轉；roster花名冊；route路線；routine日常工作，機械程式。參看：rut車轍，凹槽，慣例；rote老套；orotund（聲音）洪亮的，（文體）浮誇的。

③字母組合und表示「豐富，充溢」的字例：jocund歡樂的，高興的（joc→joy歡樂）；rubicund紅潤的（rubi→red）；fund基金；rotundity肥胖；abundant豐富的，充裕的…等等。參看：orotund（聲音）洪亮的；（文體）浮誇的；fecund多產的。

rout [raut ; raʊt] *

字義 vt. 擊潰，（使）潰退。

n. 潰退。

v. 用鼻子拱，翻，尋。

n. 聚眾鬧事，騷動。

記憶 ①這裡把三個同形字歸併在一起，需要分別解釋：

「擊潰」一意，應是從out（出去）變來。

「騷動」一意，應是從roar（吼叫）變來，模擬「喧鬧」的聲音。

「用鼻子拱，翻，尋」一意，另有一種拼法為root。從字根root（根）→刨根挖底。

②〔用熟字記生字〕route路線。可助記「翻，尋」一意；「擊潰」一意，可借熟字out（出去）助憶。

③〔同族字例〕「騷動」一意：roil惹怒，使動盪；roist喧鬧；rote濤聲；raucous粗啞的，刺耳的；rout咆哮；rumor謠言；bruit喧鬧，謠言；Eros愛神；ruttish好色的；erotic色情的，性愛的；

erotica黃色書籍；erotomania色情狂；erotopathy色情變態；rip荒淫的人，浪子。參看：rant咆哮；riot騷亂，放縱。

「翻，尋」一意：road路。參看：rite慣例；rut凹槽，車轍，慣例。「擊潰」一意：roust驅逐。參看：oust驅逐。

rove [rouv ; rov] *

字義 v. / n. 漫遊，流浪（於）。

記憶 ①本字可能從字根riv（流）變來。人之流浪，有如水之流動。

②〔用熟字記生字〕river河流；drive驅策（過去式drove）。

③〔同族字例〕riffle流過（淺灘），使起漣漪，洗紙牌；ruffle洗（紙牌）；rival競爭；thrifty繁榮的；thrive繁榮。參看：raffle抽獎；raff大量，大批，許多；rife流行的；ripple細浪。

④字母r表示「漫遊」的其他字例：ramble漫步；roam漫步，漫遊，遊歷；ranger漫遊者，巡邏兵；rapparee流浪者；rounder巡行者；-err- → ex（out）+ r（字根）漫遊；error錯誤；errant錯的，漫遊的；erroneous錯誤的；erratic古怪的；aberrant異常的。

rub.ble ['rʌbl; 'rʌb!] *

義節 rub.b.le

rub破裂；-le重複動作。

字義 n. 碎石，碎磚，破瓦。

記憶 ①〔義節解說〕反覆，磕碰而磨碎。

②〔用熟字記生字〕rub磨擦，磨損；rubbish垃圾。

③〔同族字例〕rupture破裂；abrupt突然的；bankrupt破產；corrupt腐敗的；disrupt使分裂；erupt爆發；interrupt打斷；rive撕開，扯裂，劈開；rift裂縫，裂開。參看：rip撕（開）；rift裂縫；rive裂開，使（心）碎。

④字母r表示「磨擦」的其他字例：
abrade磨損；abrasion磨掉；raze剃去。
參看：rasp銼。

ru.bi.cund

['ru:bikənd; 'rubə,kʌnd, 'rɪu -]

義節 rub.ic.und
rub紅色；-ic字尾；-und充溢。
字義 *a.* （臉色，膚色）紅潤的，血色好
的。

記憶 ① ［用熟字記生字］ruby紅寶石；red
紅紅色的。
② ［同族字例］ruby紅寶石；rubiginous鏽
色的；rubric紅字。參看：robin知更鳥。
③字母r表示「紅色」的其他字例：rust
鐵鏽；rutilant發紅色火光的；raddle紅
赭石；reddle紅赭石。參看：ruddy紅潤
的；roseate玫瑰紅的。
④字母組合und表示「豐富，充溢」的字
例：jocund歡樂的，高興的（joc→joy
歡樂）；fund基金；rotundity肥胖；
abundant豐富的，充裕的…等等。參
看：orotund（聲音）洪亮的；（文體）
浮誇的；fecund多產的。

rud.dy ['rʌdi; 'rʌdɪ] *

義節 rud.d.y
rud紅色；-y形容詞。
字義 *a.* 紅色的，（臉色）紅潤的。

記憶 ① ［用熟字記生字］red紅色的。
② ［同族字例］raddle紅赭石；raddle紅赭
石；rust鐵鏽；rutilant發紅色火光的。參
看：infrared紅外線（的）。
③字母r表示「紅色」的其他字例：ruby
紅寶石；rubiginous鏽色的；rubric紅
字。參看：rubicund（臉色）紅潤的；
roseate玫瑰紅的。

ru.di.men.ta.ry

[,ru:di'mentəri; ,rudə'mɛntərɪ] *

義節 rud.i.ment.ary
rud根→根基，原始。
字義 *a.* 基本的，初步的，發展不完全的。

記憶 ① ［用熟字記生字］rude粗陋的；
rough粗糙的；root根。
② ［同根字例］crude粗野的；rudiment基
本（原理）。參看：erudite博學的。
③ ［同族字例］race種族（註：同「根」
而生）；radix根本；eradicate根除；
radical根本的；root根；disroot根除；
enroot安根；rhizophorous有根的。

rue.ful ['ru:fəl; 'rufʊl, - f!]

義節 rue.ful
rue *n.* 蕓香→苦→憐憫，同情，悲哀，悔
恨；-ful充滿…的（形容詞尾）。
字義 *a.* 悔恨的，沮喪的，悲哀的，可憐
的。

記憶 ① ［義節解說］本字來源於拉丁文ruta
蕓香，（轉義）苦楚。
參考：ruth也許是德文rücksicht的縮
略。其中rück→reck，相當於英文的re-
→back；而sicht則相當於英文的sight，
即see。德文rücksicht的字義是：照顧，
留意，重視。到了英文中，略轉義爲：
憐憫，同情。德文rücksichtslos則相當
於英文的ruthless，字義都是：無情的。
德文字尾-los相當於英文的-less。讓我們
記住：ruth就是re-sight，就是look back
/ look after。look after就是「憐憫，同
情」，look back就是「回顧」，就是
「悲哀，悔恨」。
② ［用熟字記生字］sorrowful悲傷的；
sorry後悔的。
③ ［同族字例］ruthless無情的。參看：
ruth悔恨。

R

ruf.fle ['rʌfl; 'rʌfl] *

義節 ruf.f.le

ruf皺,波,-le重複動作。

字義 *vt.* 弄皺,弄毛燥,弄亂,觸怒,洗(紙牌)。

n. 皺紋,波紋,煩惱。

記憶 ① [用熟字記生字] rough粗糙的。

② [形似近義字] 參看:ripple波紋;rugged有皺紋的。參考rumple弄皺;crumple使皺。

③ [疊韻近義字] shuffle洗牌,攪亂。

④ [同族字例] ruffian暴徒,殘暴的;raffish放蕩的;ruff鳥獸的頸毛;gruff粗暴的,生硬的;dandraff頭皮,頭垢;graupel軟雹。參看:raffle抽獎(註:「亂」中抽出)。

---

rug.ged ['rʌgid; 'rʌgɪd] *

義節 rug.g.ed

rug波,皺;-ed過去分詞字尾。

字義 *a.* 崎嶇不平的,有皺紋的,粗魯而樸實的,刺耳的。

記憶 ① [義節解說] 崎嶇不平,亦如波浪起伏。

② [用熟字記生字] rough粗糙的。

③ [同族字例] ragged破的,高低不平的,參差不齊的,刺耳的;rugose有皺紋的,多皺的;ruck皺,褶;ruga皺紋,折,脊;rugate有皺紋的;crag岩,崎嶇;rock岩石;scrawny骨瘦如柴的。參看:ragamuffin衣服破爛骯髒的人;corrugate(使)起皺,(使)起波紋;scrag皮包骨頭,肉骨頭。

④其實,字母r常表示「皺,縮」的意思,例如:ruffle弄皺;rumple使皺;crone滿臉皺紋的老太婆;crumple使皺;frown皺眉;scrunch皺眉,弄皺;shrink皺,縮…等等。

---

ru.mi.nate ['ruːmineit; 'rumə,net]

義節 rumin.ate

rumin喉,食道;-ate動詞。

字義 *v.* 反芻,再嚼,沉思默想,反覆思考。

記憶 ① [義節解說] rumin模擬在喉頭、食道的空腔發出的粗膿聲。「反覆思考」是引申意。

② [同族字例] rumen反芻胃;ruminant反芻動物;rumble隆隆響;rumor謠傳。參看:rummage翻尋,遍找;ream鑽大(孔)。

---

rum.mage ['rʌmidʒ; 'rʌmɪdʒ] *

義節 rum.m.age

rum→room *n.*房間,空間。-age字尾。

字義 *n.* (徹底的)搜查,雜物(堆)。

v. 翻找,搜查,仔細檢查。

記憶 ① [義節解說] 本字原意,是在船艙的空間中堆垛貨物。船到之後,海關要在其中仔細檢查,就要「翻找」。

② [用熟字記生字] room房間,空間。

③ [同族字例] rumen反芻胃;ruminant反芻動物。參看:ream鑽大(孔);ruminate反芻,再嚼,沉思默想,反覆思考;ruse詭計,計策;rustic鄉村的(人)。

---

ruse [ruːz; ruz]

字義 *n.* 詭計,計策。

記憶 ①rust→open露天的 / space空間→突然撤退,故布疑陣。

② [用熟字記生字] rush沖,急流,突然襲擊(註:與本字同源)。

③ [同族字例] rural鄉村的;rusticate到鄉村去(定居);rurban住在從事農業居住區的;rusticity鄉村風味,生活;rus in urbe城裡的鄉村。參看:rustic鄉村的

（人）；ream鑽大（孔）；ruminate反芻，再嚼，沉思默想，反覆思考。

rus.tic ['rʌstik 'rʌstik] *

義節 rust.ic

rust→open露天的 / space空間→鄉村；ic形容詞。

字義 *a.* / *n.* 鄉村的（人）。

    a. 粗俗的。

    n. 莊稼人。

記憶 ①〔義節解說〕本字來源於拉丁文rus農村，農田→鄉村接近大自然，各方面都是「粗」線條的。

②〔用熟字記生字〕rough粗糙的，粗野的；rash魯莽的。

③〔同族字例〕rural鄉村的；rusticate到鄉村去（定居）；rurban住在從事農業居住區的；rusticity鄉村風味，生活；rus in urbe城裡的鄉村。參看：ruse詭計，計策；ream鑽大（孔）；ruminate反芻，再嚼，沉思默想，反覆思考；rascal流氓，下賤的；risque有傷風化的；arable可耕的。

rut [rʌt; rʌt]

字義 *n.* 車轍，凹槽，慣例。

    vt. 在…挖槽。

    n. / *vi.* 思春。

記憶 ①「車轍」一意，應是表示「用鼻子拱，翻，尋」的rout字的變體。字義亦變為「挖槽」。

「思春」一意，應是從roar（吼叫）變來，模擬「叫春」的聲音。

②〔用熟字記生字〕route路線。可助記「車轍」一意。

③〔同族字例〕「思春」一意：roil惹怒，使動盪；roist喧鬧；raucous粗啞的，刺耳的；rote濤聲；rout咆哮；rumor謠言；bruit喧鬧，謠言。Eros愛神；

ruttish好色的；erotic色情的，性愛的；erotica黃色書籍；erotomania色情狂；erotopathy色情變態；rip荒淫的人，浪子。參看：rant咆哮；riot騷亂，放縱；rout聚眾鬧事，騷動；irritate激怒，刺激，使不悅。

「車轍」一意：routine日常工作，機械方程式；road路。參看：rite宗教儀式，典禮，儀式；凹槽，慣例；rostrum演講臺，講壇，【動】頭部的喙狀凸起；rote老套，機械的方法。

ruth [ru:θ; ruθ]

義節 ru.th

ru→rue *n.* 蕓香→苦→憐憫→同情→悲哀，悔恨；-th名詞。

字義 *n.* 憐憫，同情，悲哀，悔恨。

記憶 ①本字來源於拉丁文ruta蕓香，（轉義）苦楚。

參考：ruth也許會是德文rücksicht的縮略。其中rück→reck，相當於英文的re-→back；而sicht則相當於英文的sight，卽see。德文rücksicht的字義是：照顧，留意，重視。到了英文中，略轉義為憐憫，同情。德文rücksichtslos則相當於英文的ruthless，字義都是：無情的。德文字尾-los相當於英文的-less。讓我們記住：ruth就是re-sight，就是look back / look after。look after就是「憐憫，同情，look back就是「回顧」，就是「悲哀，悔恨」。

②〔用熟字記生字〕sorrowful悲傷的；sorry後悔的。

③〔同族字例〕rue蕓香，憐憫，同情，悲哀，悔恨；ruthless無情的。參看：rueful悔恨的。

R

Memo

S

聽流水兮潺爰。

　　S 的字形像「流水」,曲曲彎彎。S 的發聲,就像「吸,吮」液體的聲音。這是本字母最基本的含義。其他許多含義大體是由此引申出來。

　　免冠:
　　本章需「免冠」的單字極多,最主的是:s- → se- → ex- 離開;s- → self 自身。

　　分析:
　　用 S 來記錄「S 形」的物品是再合適不過的了。再者,我們曲膝而「坐」,彎身而「睡」,弓身而起「跳」,都呈這個形態。

　　S 的字形也像我們八卦符號中間的那條曲線,用來「分隔」兩條陰陽魚。引申而有「裁」意。

S的發音似「呷」，「吮」聲。「呷」而得「味」，從而獲得感「知」。「吮」的對象是「汁，液」。從「汁液」引申而爲「浸透」，「滿足」，「泉源」，「糖，甜」，「汗」。

S 形狀之物

汁液，吸汁

sh →
掩蔽，遮蔽，
包容

純淨

安全，健康
滿足，浸透

分割，
分離，分隔

睡

共，同，似

跳

聖

跟隨

S

呷，味，知

sh →
尖的

坐

縫，裁

尋求
種子，泉源

污

熱，汗

推動力

糖，甜

sh →
光，振動，
顫動

發嘶嘶聲，
吸吮聲

sh →
毛，粗陋

sh →
移動，使碎，
斷，裂

sab.o.tage

['sæbətɑːʒ, - tidʒ; 'sæbə,tɑʒ, 'sæbətɪdʒ]

義節 sa.bot.age

sa剪，切→鑿；bot→board *n*.木板，船；-age字尾。

字義 *n*. （對財產等的）故意破壞。

v.／*n*. 破壞活動。

記憶 ① ［義節解說］本字是法文借字。語源上認為本字來源於sabot（木鞋），但又無法解說。經細考法文字典，本字應源於法文sabordage鑿沉（法文動詞saborder表示：「自行鑿沉，自行停業」→故意毀壞）。這樣，形音義均說得通。

② ［用熟字記生字］boat船；scissors剪刀。

③ ［同族字例］字母s的讀音象徵「切，割」物品時發出的沙沙聲（如切菜），常表示「切，割」，其結果則是「分開，分裂」。例如：sabre馬刀，軍刀；section部分；sickle鐮刀；shear剪，切；sever分開；slay殺…等等。

sac.cha.rine

[*adj*. 'sækərain, - riːn; 'sækə,raın, -,rın *n*. 'sækərin, - riːn, - rain; 'sækərın, - ,rın]

義節 sacchar→sugar *n*.甘蔗，糖（音變變體）；-ine…的。

字義 *a*. 糖的，含糖的，極甜的，討好的。

n. 糖精。

記憶 ① ［用熟字記生字］sugar糖。

② ［同族字例］sucrose蔗糖；saceharose蔗糖；saccharide糖類；saccharometer糖量計。sacchar（o）-（字首）糖；saccharine太甜的，討好的；saccharate【化】糖質酸鹽；saccharic【化】糖化物的；saccharogenic產糖的。

sac.ri.lege ['sækrilidʒ; 'sækrəlidʒ]

義節 sacr.i.lege

sacr聖；lege→les傷害，損害。

字義 *n*. 瀆聖（罪），褻瀆（罪）。

記憶 ① ［義節解說］有損神明形象的言行。

② ［用熟字記生字］sacred神聖的；collision碰撞（lis→les傷害）。

③ ［同根字例］sacral神聖的；sacrament聖禮，聖事；sacrifice犧牲；sacristan教堂司事；sacristy聖器收藏室；sacrosanct極神聖的；sacrum薦骨；consecrate奉獻，獻祭，使就聖職；desecrate神物俗用；execrable該咒罵的；execrate咒罵；obsecrate懇請。

④ ［同族字例］sacellum教堂小紀念品；sacerdotal聖職的，僧侶的；sanctify使神聖；sanctity聖潔；sanctimonious假裝神聖的，偽裝虔誠的；sanctuary聖殿；sanctum聖所，私室；saint聖。

⑤字母l表示「傷害，消滅」的其他字例：elide取消；delete刪除；elision省略；obliterate擦去；oblivion忘卻；collide相撞，互相衝突（col-→con-→together一起；lide傷害）。參看：lethal致死的；lacerate傷害；lesion傷害；libelous誹謗性的。

sa.dist ['sædist; 'sædıst]

義節 sad.ist

sad→Comte de Sade（1704～1814）描述過性虐待現象；-ist…主義者。

字義 *n*. 施虐淫者，（性）虐待狂者。

記憶 ① ［用熟字記生字］sad悲傷的。

② ［同族字例］參看：satyr色情狂者。

sag [sæg; sæg] *

字義 *v.*／*n*. （使）下垂，（使）下陷；

vi. 傾斜；

vi. / n. **（物價）下跌，蕭條。**

記憶 ①［用熟字記生字］sack麻袋，記：裝了東西的麻袋總是下垂的。

②［同族字例］sank下沉，下陷（sink的過去式）。

③［疊韻近義字］flag下垂；lag慢慢地減少。

sa.ga.cious [sə'geiʃəs; sə'geʃəs] *

義節 sag.acious

sag知，智，講；-acious多…的。

字義 *a.* **有洞察力的，有遠見的，精明的。**

記憶 ①［用熟字記生字］see看出，領悟；say說，發表意見。

②［同族字例］saga英雄史詩；sage聰明的，明智的；sapient有智慧的；savoir才智的；savant學者，博學之士；savvy有見識的，精明的，老練的；saying格言，諺語；saw格言，諺語；sophist大智者。

sa.lac.i.ty [sə'læsiti; sə'læsəti]

義節 sal.acity

sal→sult跳躍；-acity名詞。

字義 *n.* **色情，淫蕩，淫穢。**

記憶 ①［義節解說］本字來源於拉丁文salax好淫的，春情旺盛的，該字又來源於salio跳躍→躍動不安。

②［同族字例］assault攻擊；assail攻擊；insult侮辱；somersault翻筋斗。

③［形似近義字］參看：solicit懇求，誘惑，勾引。

④字母l表示「淫慾，誘惑」的其他字例：lascivious淫亂的；lust淫慾，慾望；listless無精打采的。

sa.li.va [sə'laivə; sə'laɪvə] *

義節 sa.liv.a

sa- → se- → self自身：法文表示「自反動詞」的符號；liv→lav水。

字義 *n.* **涎，唾液。**

記憶 ①［義節解說］見到渴望的，自動分泌出來的。

②［用熟字記生字］lavatory洗手間。

③［同族字例］slaver垂涎；slobber流涎；slob泥濘地。參看：alluvial沖積的；lavender薰衣草；lavish浪費的；lava熔岩；lave沖洗。

④［易混字］參看：silva森林誌；salacity淫蕩。

⑤字母l表示「渴望」的其他字例：delicious可口的，美味的；elicit引出，誘出。參看：licentious放縱的；libertine淫蕩者。

sal.low ['sælou; 'sælo] *

字義 *a.* **灰黃色的。**

    v. **（使）變灰黃色。**

    n. **柳（枝）。**

記憶 ①［用熟字記生字］yellow黃色的。

②［形似近義字］willow柳（樹）。

③［同族字例］salicylate 水楊酸鹽；salicin柳醇；saffron橘黃色；xanthic黃色的（s→x 音變。下同）；xyloid木質的。參看：silva森林誌；sylograph木刻。

sal.ly ['sæli; 'sælɪ]

義節 sal.l.y

sal跳躍；-y形容詞。

字義 *n. / vi.* **突圍，出擊，外出。**

    n. **妙語。**

記憶 ①［義節解說］「跳」出去→出擊；「跳」出來→顯得「突出」→妙語。

②［同族字例］字根-sal-有許多種變體，如-sil-，-sault-，-sult，-sol-等等；saltant跳躍的，舞蹈的；salient顯著的，突出的；saltatory跳躍的；assault攻擊；

S

somersault筋斗；resile回彈；insult侮辱；result導致，結果。

③［雙聲近義字］sortie出擊，突圍。

---

sa.lu.bri.ous

[sə'lju:briəs; sə'lubrɪəs, sə'lju -] *

義節 salubr.i.ous

salubr-健康，安全；-ous充滿…的。

字義 a.（有益）健康的，有利的。

記憶 ①［用熟字記生字］salute打招呼，致敬（註：在法國，熟人之間即可以用此字互相問候，等於「你好！」）；save安全的。

②［同族字例］salt鹽（註：保證健康之物）；salutary有益健康的，合乎衛生的；sound健康的；sanitation公共衛生；haloid海鹽（h→s通轉；因為在西班牙文中x讀h音，而x→s通轉）；health健康；whole完整的；heal痊癒；hello問候語（註：作者認為：此字實即「你身體好?」）參看：hallow聖徒；wholesome健康的，有生氣的；husky強健的；hail招呼；salve救助；sane健全的；hale強壯的，矍鑠的。

---

salve [sɑːv, sælv; sæv] *

字義 vt. / n.（塗）油膏，安慰（物），奉承。

vt. 救助，打撈。

記憶 ①字根-salv-是-salu（br）-的變體，表示「安全，健康」。參看：salubrious健康的。

②［用熟字記生字］save拯救。助記「救助」一意；help幫助（s→h通轉；因為在西班牙文中x讀h音，而x→s通轉；v→p通轉）。

③［同族字例］salvage救援；saluation救助，挽助；rescue救助；savior救世主，

救助者。參看上字：salubrious（有益）健康的，有利的。

④參看：quack→quacksalver庸醫，即專賣狗皮藥膏（salve）的江湖醫生。salve表示「塗油膏」一意，應分析為：s.alve：s→se-自己；alve油。同族字例：oil油；oliver橄欖（註：出「油」）；ointment油膏；oiticica一種植物，其籽油似桐油；unction油膏，塗油（註：unct→oint音變）。

---

sanc.tion ['sæŋkʃən; 'sæŋkʃən] *

義節 sanct.ion

sanct→saint神聖；-ion名詞。

字義 n. / vt. 認可，批准支持。

n.（教會的）法令，制裁，約束力。

記憶 ①［義節解說］神的意旨→有令則行，有禁則止。

②［同族字例］sanctity神聖；sanctum聖所；sanctify奉為神明；sanctimonious假裝神聖的，偽裝虔誠的；sanctuary聖殿。

③［同根字例］sacred 神聖的；sacral神聖的；sacrament聖禮，聖事；sacrifice犧牲；sacristan 教堂司事；sacristy聖器收藏室；sacrosanct 極神聖的；sacrum薦骨；consecrate奉獻，獻祭，使就聖職；desecrate神物俗用；execrable該咒罵的；execrate咒罵；obsecrate懇請；sacellum教堂小紀念品；sacerdotal聖職的，僧侶的。參看：sacrilege瀆聖。

④［音似近義字］cinch（馬鞍的）肚帶；cincture腰帶；succinct緊身的。以上這些字均有「束縛」的意味。字根-cinct-，-cing-表示「束縛，圍繞，阻礙」。與本字「約束力，制裁」之意相近；讀音也相似。

san.dal ['sændl ; 'sænd!] *
字義 *n.* 涼鞋，便鞋。

    vt. 給…穿上便鞋。

記憶 ［用熟字記生字］sand沙。記：在沙灘上穿便鞋。

sane [sein ; sen] *
字義 *a.* （心智）健全的，穩健的，明智的，合情合理的。

記憶 ① ［用熟字記生字］sound健康的（safe and sound安康），是本字的變體。

② ［同根字例］sanitary 衛生的，清潔的；sanitation公共衛生；sanatorium休養所；sanatarium療養所；insane精神錯亂的；insanitary不衛生的，有害健康的。

③ ［同族字例］參看：sap元氣；salubrious健康的；salve救助。

san.guine ['sæŋgwin ; 'sæŋgwɪn] *
義節 sangu.ine

sangu血；-ine…的。

字義 *a.* 血（紅）的，樂觀的。

    n. 紅粉筆（畫）。

    vt. 染紅。

記憶 ① ［同根字例］sangfroid（遭逢危難時的）冷靜（froid：冷）；sanguinary血腥的，血淋淋的；exsanguine貧血；ensanguine血染，血濺。參看：consanguinity同宗關係，血緣。

② ［同族字例］haemal血液的（h→s通轉，因為在西班牙文中x讀h音）；hematose充血的；hemoid似血的；anaemic貧血的。

③ ［諧音］「腥」→血腥→血紅。

sap [sæp ; sæp] *
字義 *n.* 樹液，體液（血，淋巴，精液）。

---

    vt. / n. （使傷）元氣，耗竭。

記憶 ① ［用熟字記生字］soup湯；sob泣。

② ［同族字例］sip啜，飲；sop浸於湯中的食物，浸濕；soppy浸透的；supper晚餐（原意：坐下喝湯）；sapor味覺；sapid有風味的。參看：seep滲透的。

③字母s模擬吮吸時的「嘶嘶聲」，所以常用來表示「吸吮」。如：sip啜飲；suck吸吮…等等。於是又引申爲：「嘗到味道」，如：sapor味覺；savor滋味；saliva唾液；sapid有風味的…等等。

④有趣的是，表示「汁液」及其「滲出，流入，吸入」的英文很相似。參看：suds濃肥皂水；sudorific發汗劑；exude使滲出；saturate使滲透。參考：sweat出汗；juice果汁。

sar.don.ic [saːˈdɔnik; sarˈdɑnɪk]
義節 sardon.ic

sardon→Sardinia島名；-ic形容詞。

字義 *a.* 譏諷的，挖苦的，嘲笑的。

記憶 ① ［義節解說］該島所產一種植物，據說服用會使人面部抽搐，神情怪異，有如被人挖苦時的尷尬苦相。

② ［用熟字記生字］sardine沙丁魚。

③字母s表示「嘲諷」的其他字例：sarcasm諷刺。參看：satire諷刺（作品）；saturnine諷刺的；scoff嘲笑；scorn嘲笑。

sar.to.ri.al [saːˈtɔːriəl; sarˈtorɪəl]
義節 sart.or.i.al

sart剪，切，裁；-or行為者；-al形容詞。

字義 *a.* 裁縫的，服裝的。

記憶 ① ［用熟字記生字］tailor裁縫（→sartor裁縫）；scissors剪刀。

② ［同族字例］字母s的讀音象徵「切，割」物品時發出的沙沙聲（如切菜），常表示「切，割，剪」，其結果則是「分

S

開，分裂」。例如：sabre馬刀，軍刀；section部分；sickle鐮刀；shear剪，切；sever分開；slay殺…等等。參看：sabotage破壞。

③字母s表示「裁縫」的其他字例：seam線縫，縫口；seamstress女裁縫；sew縫製；sutra箴言；suture【醫】縫合。

sash [sæʃ; sæʃ]

字義 *vt. / n.* **(給門、窗裝上) 框格。**

記憶 ①［用熟字記生字］本字源於chasso汽車底盤，底架，炮架，起落架，音變（ch→s）後成本字。而chassis應從case（箱子，框架）變來（c→cr）。因此，本字可借助熟字case助憶。

②［同族字例］capsule膠囊，太空艙；cash現金；chase活字板的框格；enchase鑲嵌；chest箱，櫃。

sate [seit; set]

字義 *vt.* **使飽享，使充分滿足，使厭膩。**

記憶 ①［用熟字記生字］satisfy使滿意。

②［同根字例］satiable可使滿足的；satiety飽足，滿足；saturete使滲透，使濕透；insatiable不知足的。

③［同族字例］有趣的是，表示「液汁」及其「滲入，流入，吸入」的英文很相似。例如：sweat出汗；juice果汁。參看：suds濃肥皂水；sudorific發汗劑；exude使滲出；sap體液；saturate使滲透。

sat.ire ['sætaiə; 'sætaɪr] *

義節 satir.e

satir→Saturn *n.*農神；-e字尾。

字義 *n.* **諷刺作品，諷刺。**

記憶 ①［義節解說］satir是Saturn的陰性名詞。語源上一般認為本字從sat滿足，意為「盤子擺滿一桌」。因為豐收之後，要

謝農神，大家狂歡慶賀，果盤混雜，有酸有甜。「酸」就是諷刺。

②［同族字例］Saturday星期六（註：周末狂歡的正合時）；saturnalian縱情狂歡的；satisfy使滿足；satiate充分滿足（慾望）；sate使饜足；saturate飽和，飽享。參看：satyr森林之神，色情狂者。

③字母s表示「諷刺」的其他字例：sarcasm諷刺。參看：sardonic譏諷的；saturnine譏諷；scoff嘲笑；tease取笑，挖苦。

sat.ur.nine

['sætə:nain; 'sætə,naɪn]

義節 saturn.ine

saturn→Saturn *n.*土星；-ine…的。

字義 *a.* **(表情等) 陰沉的，譏諷的，鉛 (中毒) 的。**

記憶 ①［義節解說］感受土星的「土」氣而生，表情如「鉛」：灰冷沉鬱，趨向憂傷。

②［用熟字記生字］sad悲傷的。

③［易混字］與本字形音相似的有兩位「星主」：一是Saturn農神；二是Saturn土星。本字應從後者。因為豐收之後，要謝農神，大家狂歡慶賀。例如：Saturday星期六（註：周末狂歡正合時）；saturnalian縱情狂歡的。這兩字的意味與本字恰恰相反。

sat.yr ['sætə; 'sætə, 'setə]

字義 *n.* **森林之神，色情狂者。**

記憶 ①這位森林之神的尊容，是半人半獸：他有羊的耳朵，羊角，羊腿。在英文中，羊必主淫。中藥也有「淫羊藿」，是壯陽藥。請參看：fauna動物群；panic恐慌（都提到「牧羊神」）和ram公羊。

②［音似近義字］參看：sadist施虐淫者。

S

③［同族字例］satisfy 使滿足；satiate充分滿足（慾望）；sate使饜足；saturate飽和，飽享。

sau.cy [ˈsɔːsɪ; ˈsɔsɪ] *

義節 sauc.y

sauc→savor *n.*滋味（u→v音變）；-y形容詞。

字義 *a.* **莽撞的，無禮的，活潑的，漂亮的。**

記憶 ①［義節解說］加鹽加醬滋味足，人便顯得神氣，甚至忘乎所以。

②［用熟字記生字］sauce醬油，調味品，增加刺激或風味的東西，莽撞，輕率無禮。

③［同族字例］salty鹹的；salad沙拉（生菜）；sausage香腸。參看：savor滋味；chic漂亮的。

saun.ter [ˈsɔːntə; ˈsɔntɚ, ˈsɑn -]

義節 s.aunt.er

s- → se- →self自己；法文自反動詞符號；aunt→avant向前進；-er重複動作。

字義 *vi. / n.* **閒逛。**

　　　vi. **逍遙。**

　　　n. **漫步。**

記憶 ①［用熟字記生字］advance前進。

②［形似近義字］wander漫遊，閒逛，漫步（註：此字是avant的變體：a脫落，v→w；t→d，實是同源字）。

③［同族字例］wind彎曲前進；went走（go的過去式）；wend行走；wonderful奇妙的；wand魔杖。參看：wade跋涉；wanton任性（的），放肆（的），繁茂的，揮霍；swan閒蕩，遊逛，（車輛）蜿蜒地行駛；squander驅散，浪蕩（quander→wander：qu→g→w通轉）。

sa.vor [ˈseivə; ˈsevɚ] *

字義 *n.* **滋味，吸引力，嗜好。**

　　　vi. **具有…的滋味。**

　　　vt. **使有味，品嚐。**

記憶 ①本字源於法文savoir知道。引申爲「滋味」。

②［同族字例］savant博學之士；savoir才智；saucy漂亮的；sauce調味汁；supper晚餐（原意：坐下喝湯）；sapor味覺；sapid有風味的；soup湯。

③［疊韻近義字］參看：flavor風味，味道，加味於。

- SC -

以下進入sc區域。

sc最最核心的含義是物體的外表面，以及在它上面進行的活動。這來源於c這個字母的形狀像個外殼。於是有「麟」、「硬覆蓋物」等意。在表面上「刮、擦」會有「刻痕」。還可以在物體的表面上「快速移動」。

sc中的「c」一般發k音。因此，sk亦有上述含義。

sc的另一重要含義是「爬、攀」。

sc描寫「切、割」的聲音，來源於「c」。

由於sc有時會讀sh音，用sc拼成的字常會有sh拼字的變體。

本區域的單字一般會有下列義項：

① 分格，攀

② 麟，疥，表面粗糙物，硬的覆蓋物（c：「硬，無知覺」，「覆蓋」）

③ 切，分離（s：「分割，分離」）

④ 快速移動（c：「流動」）

⑤ 景色，場景

S

⑥ 嚇，責，罵，嘲

⑦ 壞蛋，人渣，粗俗

⑧ 熱，火（s：「熱，汗」）

⑨ 少，短

⑩ 架，骨架

⑪ 刻痕，刮，擦

scab [skæb; skæb]

字義 *vi.*（傷口等）結痂，當工賊。

　　n. 痂，（家畜的）疥癬，（器物的）瑕疵，工賊。

記憶 ①［用熟字記生字］scar傷疤，結疤。工會中出了賊，就變動物身上生了疥癬。

②［同族字例］scabby結滿痂的，長滿疥癬的，卑鄙的，下賤的（→shabby襤褸的，卑鄙的，低劣等；sc→sh音變）；scabrous多痂的，粗糙的，凹凸不平的；scabies疥瘡；scabious疥瘡的；scurfy長滿皮屑的；scale魚鱗的，介殼；scall痂病，鱗癬；scalp頭皮；scarry斑痕的，崢嶸的；scutellation動物鱗片排列；scutellum胚鱗；scurf頭皮屑，鱗片狀附著物；scurvy長頭屑的。

scaf.fold

['skæfəld, - ould; 'skæf!d, - old]

義節 scaf.fold

scaf→scale *n.*梯子，攀登；fold *v.*合攏，交迭。

字義 *n.* 腳手架，斷頭臺，骨架。

　　vt. 搭架於…

記憶 ①［義節解說］腳手架像兩把梯子合攏起來組成的架子，可以登高。

②［用熟字記生字］escalator自動樓梯。

③［同族字例］scantling 臺架；scarcement 平架，壁階；scarf 木材的嵌接；catafalque靈柩臺。

scald [skɔ:ld; skɔld]

義節 s.cald

s → se- 分離；cald→cal熱。

字義 *v. / n.* 燙傷。

　　v. 燙（洗）。

　　vi. 燙痛。

記憶 ①［用熟字記生字］coal煤。

②［同族字例］chauffeur汽車司機（原意是把機車燒熱發動的人）；chaudfroid肉凍，魚凍；chafing dish保溫鍋；calefy發熱；caustic苛性鹼（諧音：「苛士的」，會燒傷皮膚）；calorie卡（熱量單位）；caldron大鍋；recalescence（冶金）再熱；caudle病人吃的流質；chowder魚羹；calenture熱帶的熱病。參看：culinary廚房的，烹飪（用）的；caloric熱（量）的；scathe灼傷；scorch燒焦；chafe磨擦，擦熱，（使）焦躁，發怒；nonchalant冷漠的。

scam.per ['skæmpə; 'skæmpə]

義節 s.camp.er

s → ex- 離開；camp *n.*野地；-er反覆動作。

字義 *vi. / n.*（動物等）驚惶奔跑，（孩子等）蹦蹦跳跳，匆忙遊覽。

記憶 ①［義節解說］在野地上奔來奔去。

②［用熟字記生字］camp野營；campus校園；champion冠軍（註：野地奔跑得第一名）。

③［形似近義字］romp（兒童等）蹦來跳去。參看：gambol跳躍。

④［同族字例］capriole跳躍；Capricorn山羊星座；capric acid羊蠟酸；caber體育測驗棍棒；cabrilla鱸魚；cabriolet單馬雙座，有篷車；capella五車二星座；chevron（紋章）山形符號；caprifig無花果；scarper【俚】逃跑；scamp【古】攔路強盜，壞蛋。參看：caper跳躍，亂

蹦亂跳；caprice反覆無常；skip蹦跳。

④〔形似近義字〕scarce不足的，缺乏的。

scan [skæn ; skæn] *

義節 s.can

s- → ex- 出來；can→知道；辨別（cern）。

字義 *vt.* / *n.* 細看，審視，瀏覽。
     vi. / *n.* 掃描。

記憶 ①〔用熟字記生字〕examine檢查，細查（從「義節」分析中，我們看到：此字與本字極為「神似」）。
②〔同族字例〕請注意：k與c有同音「通轉」：can能夠；couth有教養的；discern分辨；scout搜索，偵查；sense感覺；census人口普查；censor審查，檢查；examine檢查，細查；science科學。參看：canvass詳細檢查，研討；knack訣竅；con研究；cunning狡猾的，精巧的；canny狡猾的，精明的；ken知識範圍；uncanny離奇的，不可思議的（註：不可「知道」的）。
③〔諧音〕細看。

scant [skænt ; skænt] *

義節 s.cant

s- → ex- 出來；cant *n.*（容器的）邊，角。

字義 *vt.* 減少，削弱。
     a. 不足的，缺乏的。

記憶 ①〔義節解說〕從容器的邊角中倒出來→減少，因減少而造成「不足」。
②〔用熟字記生字〕可借corner（角落）記cant；short不足，缺乏。
③〔同族字例〕cant斜角，斜面；cantle切下的一角；canton州，市區（行政的一「角」）；canteen軍營中的販賣部，餐廳；canthus眼角；scant減少，削弱，不足；contrast相反；counter相反的；反對的。參看：decant傾注，移注。

scarf [skɑːf ; skɑrf]

義節 s.carf

s- → ex- 外；carf→cover *n.*遮蓋。

字義 *vt.* / *n.*（圍）圍巾，（披）披巾，嵌接。
     n. 領巾，領帶。

記憶 ①〔義節解說〕披在外面，用以遮蔽→披巾。
②〔同族字例〕chapeau帽子；handkerchief手帕；cape披肩，斗篷；escape逃脫（註：原意為：脫去披肩，像金蟬脫殼一樣逃脫）；shard（昆蟲等的）鞘翅，薄硬殼（sc→sh音變）。參看：shawl（長）方形的披巾，（女用）圍巾（sc→sh音變）；kerchief（婦女用）方頭巾。

scarp [skɑːp ; skɑrp]

字義 *vt.* / *n.*（使形成）陡坡。
     n. 懸崖。

記憶 ①本字從shear（剪，切）而來，轉義為「峭壁」（「削」得筆直）。
②〔用熟字記生字〕sharp陡的，鋒利的（註：sc→sh相通，sc有時也會讀sh音）。
③〔同族字例〕shear剪斷，切斷；share分享；short短的；shirt襯衫；shire郡；sheer陡峭的；shard陶器的碎片；shore海邊；discern分辨；discriminate歧視；secant正割（三角函數）；section部分；sickle鐮刀。參看：shirk逃避（義務等），開小差；sheer（使）偏航，（使轉向），避開。

scathe [skeið ; skeð]

義節 s.cathe

S

s- → se- 分離；cathe→caust燒灼。

字義 *vt.* / *n.* 損害，傷害。
　　　vt. 灼傷，使枯萎。

記憶 ① ［用熟字記生字］coal煤。

② ［同族字例］字根 -cal-和-al- 都表示「熱」。例如：calefy發熱；anneal退火；aestive夏季的；heat熱；chauffeur汽車司機（原意是把機車燒熱發動的人）；chaudfroid肉凍，魚凍；chafing dish保溫鍋；calefy發熱；caustic苛性鹼（諧音：「苛士的」，會燒傷皮膚）；calorie卡（熱量單位）；caldron大鍋；recalescence（冶金）再熱；caudle病人吃的流質；chowder魚羹；encaustic上釉燒的，蠟畫法；calenture熱帶的熱病。參看：culinary廚房的，烹飪（用）的；caloric熱（量）的；scorch燒焦；scald燙傷；nonchalant冷漠的；chafe擦熱；holocaust燔祭（燒全獸祭神），大量燒殺人、畜。

---

scav.enge ['skævindʒ; 'skævindʒ]

義節 s.cav.enge

s → se- 分離；cav→saw看見；-enge名詞。

字義 *v.* 清除（汙物，垃圾等），在廢物中尋取有用物質。

記憶 ① ［義節解說］仔細看出要處置的東西。

② ［用熟字記生字］shave刮（鬍子），修剪（草坪等），助記「清除汙物」一意（sc有時也可讀作sh）；save挽救，保存，助記「廢物中尋取有用物質」。

③ ［形似近義字］參看：scour擦（亮）。

④ ［同族字例］caveat警告，告誡；caution謹慎；precaution謹慎；acoustic聽覺的；acoustics聲學，音響裝置；acousticon助聽器；echo回聲；show顯示。參看：scout偵查（員，飛機等），

搜索。

---

schism ['sizəm; 'sizəm] *

義節 s.chis.m

s → se- 分離；chis→ -cis- 切，割，分；-m名詞。

字義 *n.* （政治組織等的）分裂，教會分立。

記憶 ① ［義節解說］字根 -schis- 和 -schiz（o）- 表示「分裂，解離」，可能是字根-cis-（切，割，分）的音變變體：sch→s（都讀s音）。

② ［用熟字記生字］concise簡明的（-cis切，「切」掉蕪雜的部分）。

③ ［同族字例］schizoid 精神分裂症的；scissors 剪刀；abscission 切斷，切除；rescission削除，撤銷，廢止；decision決定；suicide自殺；watershed分水嶺，轉折點；share分享，分擔；shear修剪，剪羊毛；shire郡（註：國家行政上的劃「分」）；chasm裂口，空隙，大的分歧。參看：assassin行刺者，暗殺者；incisive鋒利的。

---

scin.til.late ['sintileit ; 'sint!,et]

義節 scin.till.ate

scine→shine *v.*照耀；till點，滴；-ate動詞。

字義 *v.* 發出（火花），閃耀（出）。
　　　vi. 煥發。

記憶 ① ［義節解說］一點一滴都發出光→閃耀。

② ［用熟字記生字］shine照耀（sh→sc通轉）。

③ ［同族字例］-scin-：scintilla火光（sh→sc通轉）；scintillescent發光的，閃爍的；sun太陽；candle蠟燭（sc→c同音「通轉」）；incandescent白熱的，白熾的；candid眞實的；incense使激

動，奉承（cendi →candi火）。參看：
incentive誘因；incendiary縱火者，煽動
者；kindle點燃，（使）照亮；shimmer
閃爍。
-till-：distillation 蒸餾（註：水氣凝結後
一滴一滴地滴下）。

---

sci.o.lism

['sai - əlizəm, 'saioul-; 'saɪə,lɪzəm]

義節 sci.ol.ism
sci知道；ol養育，成長；-ism表示「狀
態，特性」。

字義 *n.* 膚淺的知識，一知半解，假充內
行。

記憶 ① ［義節解說］知識還處於生長階段，
未成熟，只有「半桶水」。
② ［用熟字記生字］science科學。
③ ［同族字例］-sci-：conscious有意識
的；conscience良心；conscientious認
真的，憑良心做的。
-ol-：adult成年人（其中ul是ol的異體，
表示「生，長」）。參看：alimony贍養
費；alms救濟金；coalesce接合，癒合，
聯合，合併（其中al是ol的異體，表示
「生，長」）；adolescent青春期的。

---

scle.rous ['sklirəs; 'sklɪrəs]

義節 scler.ous
scler乾枯，硬；-ous充滿…的。

字義 *a.* 硬化的，骨質的。

記憶 ① ［用熟字記生字］skeleton骨骼，
骷髏（c→k通轉）；shell殼（sc→sh通
轉）。
② ［同根字例］sclera（眼的）鞏膜；
scleroid硬（化）的；sclerometer硬度
計。
③ ［同族字例］calcify鈣化（註：變
「硬」）；calcium鈣；calcic鈣質的，石

灰的；calculate計算（註：古時候用「石
子」計數）；chalk粉筆；scale魚鱗，介
殼；scall痂病，鱗癬；scalp頭皮。

---

scoff [skɔf; skɔf, skɑf] *

字義 *v.* 嘲弄，嘲笑，藐視。

記憶 ［同族字例］chew嚼；chafer金龜子；
cockchaffer 傷害植物的一種大甲蟲；
chaffer閒談，討價還價。參看：coax哄
騙；chaff（對…）打趣，（跟…）開玩笑
（sc→ch音變，ch有時讀k音）；scorn嘲
笑，藐視；scorch挖苦。

---

scorch [skɔ:tʃ; skɔrtʃ] *

義節 s.corch
s → ex- → out；corch→cook *n.*燒，煮
（k→ch）。

字義 *v./n.* 燒焦，枯萎。
v. 挖苦。

記憶 ① ［用熟字記生字］cook燒，煮
（k→ch通轉）；caustic苛性鹼（諧音：
「苛士的」，會燒傷皮膚）。
② ［同族字例］calcar鍛燒爐；biscuit餅
乾；kitchen廚房的。參看：cuisine廚
房，烹飪；culinary廚房的，烹飪（用）
的；coax耐心地把火弄旺，哄誘；
cogent有說服力的；cogitate慎重地考
慮，謀劃；concoct調製；decoct煎藥；
precocity早熟，過早發展；scathe灼傷。
③字母c表示「熱」和「燒」的字例：
chauffeur汽車司機（原意是把機車燒熱
發動的人）；chaudfroid肉凍，魚凍；
chafing dish保溫鍋；calefy發熱；caustic
苛性鹼（諧音：「苛士的」，會燒傷皮
膚）；calorie卡（熱量單位）；caldron
大鍋；recalescence（冶金）再熱；
caudle病人吃的流質；chowder魚羹；
calenture熱帶的熱病。參看：caloric熱
（量）的；scald燙傷；nonchalant冷漠

的；chafe磨擦，擦熱，（使）焦躁，發
怒。

④［疊韻近義字］torch火把。

---

scour ['skauə; skaʊr] *

字義 *v. / n.* **擦（亮），洗滌，沖刷，沖
洗。**

v. **急速穿行，追尋。**

記憶 ①［義節解說］s.cour s- → se- 出去；
cour→cure治理，管理→把汙物清除掉。

②s.cour s- → se- →self自己；cour奔跑
→急速穿行。

③［同族字例］「刻痕，刮，擦」：scarify
【醫】多次劃破；scarification劃破的
痕跡，苛責；score刻痕，傷痕，劃線；
scotch刻痕，畫傷；shower陣雨，淋浴
（sc有時可讀sh音，所以sc→sh相通，淋
浴→沖洗）。參看：scavenge清除（汙
物）。

「快速移動」：current急流；hurry匆忙
（h→c通轉，因爲在西班牙文中x讀h音，
而x→s→c通轉）。參看：scurry急匆匆
地跑；cursory倉卒；discursive散漫的；
concourse匯合。

④［雙聲近義字］scamper蹦跳，瀏覽；
scarper【俚】逃跑；scat跑得飛快；
scoot【口】迅速跑開，溜走；scud飛
奔，疾行，掠過；scutter急匆匆地跑；
scuttle急奔，急趕；escape逃跑；quarry
搜尋。

⑤［形似近義字］參看：scout偵查→追
尋。

---

scourge [skə:dʒ; skɚdʒ] *

義節 s.cou.rge

s- → se- 加強意義；cou→co-共，同；
rge→rig鞋帶，鞭子。

字義 *n. / vt.* **鞭（打），懲罰。**

n. **苦難的根源。**

vt. **使痛苦。**

記憶 ①［義節解說］用帶子編成鞭子打。

②［用熟字記生字］core核心（註：剝去皮
後所剩下的）。

③［同族字例］rig裝帆，裝束。

---

scout [skaut ; skaʊt] *

義節 s.cout

s- → ex-出來；cout→acoust聽（法文
ecouter→英文listen聽）。

字義 *v. / n.* **偵查（員，飛機等），搜索。**

vt. / n. **物色。**

記憶 ①［義節解說］竊聽出情報。

②［用熟字記生字］acoustics聲學，音響裝
置。

③［同族字例］acoustic 聽覺的；
acousticon助聽器；echo回聲；caveat
警告，告誡；caution謹慎；precaution
謹慎；show顯示。參看：scavenge清除
（汙物，垃圾等），在廢物中尋取有用物
質。

④［形似近義字］參看：scour追尋。

---

scowl [skaul ; skaʊl]

義節 s.cowl

s- → se- →self自身；cowl→curl *v.*捲曲。

字義 *n. / vi.* **皺眉。**

v. **怒視。**

n. **怒容。**

記憶 ①［義節解說］眉毛自行捲曲→怒容。

②［用熟字記生字］sour酸的，慍怒的。例
如：a sour face慍怒的面孔→怒容。sc有
時可讀s音，所以sc→s相通。又：scold
罵。

③［同族字例］coil盤捲；recoil退縮。

- scr -

以以下進入scr區域。

scr主要描寫一種尖銳刺耳的聲音，如「刮、擦」聲。「寫」就是用書寫工具在紙上「刮，擦」。再引申爲「爭鬥」和「碎」。

本區域的單字一般會有下列義項：

①刮，擦，寫，扒，爬（sc：「刮，擦」）

②搜，檢查

③碎（r：「破裂」）

④爭鬥

⑤矮，瘦，縮（r：「縮，皺」）

scrag [skræg ; skræg]

義節 s.crag

s- → se- →self自身；crag *n*.岩，崎嶇，喉嚨。

字義 *n.* **皮包骨頭，肉骨頭。**
　　　vt. **掐住…的脖子。**

記憶 ① ［義節解說］身上有骨頭，摸上去像是凸出的岩石：病骨「嶙峋」；喉嚨→脖子。

② ［用熟字記生字］rock岩石→crag岩，崎嶇→scrag。

③ ［同族字例］ragged高低不平的；rugose有皺紋的，多皺的；ruck皺，褶；ruga皺紋，折，脊；rugate有皺紋的；crag岩，崎嶇；rock岩石；scrawny骨瘦如柴的。參看：rugged有皺紋的，多岩石的，崎嶇不平的；ragamuffin衣服破爛骯髒的人（尤指小孩）；corrugate弄皺，起波紋。

④其實，字母 r 常表示「皺，縮」的意思，例如：ruffle弄皺；rumple使皺；

crone滿臉皺紋的老太婆；crumple使皺；frown皺眉；scrunch皺眉，弄皺；shrink皺，縮…等等。

scram.ble ['skræmbl ; 'skæmbl] *

義節 sc.ramble

sc- → se-自身；ramble *n*.蔓生植物。

字義 *v.* **爬行，攀爬，蔓延。**

記憶 ① ［義節解說］「爬」著「走」。

② ［同族字例］ramp躍立，猖獗，蔓生；rampage暴跳，橫衝直撞；ramage成年枝；ramate分叉的，多枝的；ramble蔓生植物；ramee苧麻；ramify使分枝，使分叉；ramose生枝的，多枝的；ramulus神經分支；rattan藤；random胡亂的，隨便的；range延伸；rank繁茂的；ranch大牧場；ramble閒逛，漫步，蔓生。

③ ［疊韻近義字］參看：amble輕鬆地走；shamble蹣跚；ramble漫步；wamble蹣跚；preamble開端。

scrap [skræp ; skræp] *

義節 s.crap

s- → ex-分離；crap→crep裂。

字義 *n.* **碎片，片斷。**
　　　a. **零碎的，廢棄的。**
　　　vt. **弄碎，廢棄。**

記憶 ① ［義節解說］破裂開來→碎片，片斷，弄碎，廢棄。

② ［同族字例］scrappy 碎料做成的，片段的； scrip（紙等的）小片，小張；discrepancy差異，脫節，不一致（dis-分，離）；crepitate發出爆裂聲；decrepitate燒爆；cripple跛子，殘廢人，殘缺物；rupture破裂，裂開；interrupt打斷；bankrupt破產的，垮了的；abrupt突然的；disrupt使分裂；erupt爆發；corrupt腐敗的；crisp鬆脆的；quebracho樹皮；rip撕（開）。參

S

看：decrepit衰老的，老弱的。

③〔雙聲近義字〕scrunch碾碎，壓碎；crack裂開；cracker「克力架」餅乾，很脆，易碎裂；shred碎片，碎條，破布（sc讀音軟化為sh）；scraggly不整齊的，碎裂的；crackle龜裂；crag岩石碎片；cranny（牆等）裂縫；crevasse冰隙，堤裂；craven怯懦的，膽小的。參看：crevice裂縫；rive撕開，扯裂，劈開；rift裂縫。cr表示「碎裂」這個含義，估計是從「喀啦啦」的爆裂聲而來。

scrawl [skrɔːl ; skrɔl]

字義 *vt.* **潦草地寫（或畫）。**

    vi. **亂寫，亂塗。**

    n. **潦草的字（或畫）。**

記憶 ①〔用熟字記生字〕crawl爬行，（蟲，蟻等）爬滿，潦草亂寫亂畫，中國人叫「塗鴉」，就像紙上爬滿了蟲，蟻。寫東西，中國人又叫「爬格子」，總之是筆在紙上「爬」。

②〔同族字例〕creep爬行，reptile爬蟲，爬行動物；describe描寫；script筆跡，手跡；scratchy書寫潦草的；screed冗長的文章；screeve在人行道上畫圖畫討錢；scribal抄寫員的，作者的；scribble潦草書寫；scribe抄寫員，作家；scripture手稿；scrivener文書，掮客。

③〔疊韻近義字〕crawl爬。

screed [skriːd ; skrid]

義節 s.creed

s- → dis-的縮略；離開；creed→cut *v.*切，割，刻→cret分開，分辨。

字義 *n.* **冗長文章（或講話等）。**

記憶 ①〔用熟字記生字〕creed信條，教義→長篇大論，creed又可借熟字credit（信任）助憶。

②〔同族字例〕secret祕密的；concrete具體的；scrutable可辨認的，可理解的；inscrutable不了解的，不可思議的；perscrutation徹底檢查，詳細調查；scrutinize細讀；scrotum陰囊；scrod切成塊的小鱈魚；escrow第三者保存的契據；shrew潑婦；shrewd尖銳的，精明的；shred碎片，碎條。參看：scroll紙卷；scrutiny細看，細閱，仔細檢查，監視。

scrimp [skrimp ; skrɪmp]

義節 s.crimp

s- → ex-超，過；crimp *v.*皺縮，捲曲，打摺。

字義 *vt.* **過度縮減，吝於供給。**

    vi. **吝嗇。**

    a. **縮減的。**

記憶 ①〔用熟字記生字〕shrimp小蝦（sc讀音軟化為sh；小蝦蜷「縮」著身軀）。

②〔形似近義字〕shrink皺縮，收縮，減少，畏縮（sc讀音軟化為sh）；crinkle皺縮；cringe畏縮。

③〔同族字例〕rimple皺，折；rumple弄皺；ripple漣漪；cramp痙攣。

scroll [skroul ; skrol] *

字義 *n.* **紙卷，名冊，卷形物。**

    v. **（使）成卷形。**

記憶 ①〔用熟字記生字〕roll卷狀物，卷軸，麵包卷，滾動（搖滾樂：rock and roll）；rell卷軸，卷筒，（電影膠卷，錄音帶等）一盤。

②〔同族字例〕secret祕密的；concrete具體的；scrutable可辨認的，可理解的；inscrutable不了解的，不可思議的；perscrutation徹底檢查，詳細調查；scrutinize細讀；scrotum陰囊；scrod切成塊的小鱈魚；escrow第三者保存的契據；shrew潑婦；shrewd尖銳的，精

明的；shred碎片，碎條。參看：screed
冗長文章；scrutiny細看，細閱，仔細檢
查，監視。

scru.ple ['skru:pl ; 'skrup!] *

義節 s.crup.le

s- → se-自身；crup→crapulence n.無節
制縱慾；-le重複動作。

字義 v. / n. （因道德的考慮而）猶疑，顧
慮，不安。

記憶 ① ［義節解說］武俠書上有「逢林莫
入」之戒。因為敵暗我明，有許多顧忌。
② ［形似近義字］prudent謹愼的。
③ ［同族字例］unscrupulous肆無忌憚
的；discrepancy差異，脫節，不一致
（dis-分，離）；crepitate發出爆裂聲；
decrepitate燒爆；cripple跛子，殘廢
人，殘缺物；crisp鬆脆的；quebracho
樹皮；rupture破裂，裂開；bankrup破
產的，垮了的；abrupt突然的；disrupt
使分裂；erupt爆發；interrupt打斷；
craven怯懦的，膽小的；crevasse冰隙，
堤裂，劈開；rip撕（開）；rift裂縫；
decrepit衰老的，老弱的。

scru.ti.ny ['skru:tini ; 'skrutnt] *

義節 s.crut.in.y

s- → dis-的縮略：離開；crut→cut v.切，
割，刻→cret分開，分辨；-in→-ine…
的；-y名詞。

字義 n. 細看，細閱，仔細檢查，監視。

記憶 ① ［義節解說］力圖分辨出錯誤和疏
漏。
② ［用熟字記生字］discretion離散，辨
別，謹愼。比較：scrutable可辨認的，
能被理解的。可見這兩個字確是同源異形
字。
③ ［同族字例］secret祕密的；concrete
具體的；scrutable可辨認的，可理解

的；inscrutable不了解的，不可思議的；
perscrutation徹底檢查，詳細檢查；
scrutinize細讀；scrotum陰囊；scrod切
成塊的小鱈魚；escrow第三者保存的契
據；shrew潑婦；shrewd尖銳的，精明
的；shred碎片，碎條。參看：scroll紙
卷；screed冗長文章；inscrutable不明白
的，不可思議的。
④ ［形似近義字］cruit巡航。

scud [skʌd; skʌd]

字義 vi. / n. 飛奔，疾行。
　　n. 飄飛的雲（雪，雨等）。

記憶 ① ［用熟字記生字］shoot射出，（箭
一樣地）飛馳。我們來比較一下這兩個
字：sc讀音軟化，可以變為sh；oo讀u
音；d→t，實際上同源而異形。
② ［用熟字記生字］water-skiing滑水；kite
風箏（註：在空氣中「滑行」）。
③ ［同族字例］skitter在水面上掠過；scud
掠過；scat跑得飛快；scoot【口】迅速
跑開，溜走；scutter急匆匆地跑；scuttle
急奔，急趕；shuttle織梭，穿梭（巴士）
（sc軟化為sh）；shoot發射，飛奔。參
看：skid溜滑；scuttle急促奔跑，匆忙撤
退；skittish輕佻的。
④ ［雙聲近義字］scarper【俚】逃跑；
scour急速穿過，追尋；scurry急匆匆地
跑。參看：scamper（動物等）驚惶奔
跑。

scuf.fle ['skʌfl; 'skʌf!] *

義節 s.cuff.le

s- → ex-向外；cuff n.袖口，褲腳的翻
邊，手銬，掌擊；-le反覆動作。

字義 vi. / n. 拖著腳走，拳打，扭打，混
戰。

記憶 ① ［義節解說］舊時的袖口，是可脫
卸的，用以保護衣袖，兼作裝飾。（估計

cuff是從cover [遮蔽] 變來，不會難記），引申爲「褲腳的翻邊」，於是行動就不那麼方便，要「拖著腳走」。

② ［疊韻近義字］shuffle拖著腳走。sc讀音軟化，變爲sh，便得到這個字，同源而異形。

③ ［同族字例］scuff拖著腳走；scop吟遊詩人。參看：shove猛推；shovel鏟子。

sculk [skʌlk; skʌlk]

義節 s.culk

s → se-分離，外面；culk→calk腳踝，腳跟。

字義 *vi.* 躲藏，偷偷摸摸地走。

記憶 ① ［義節解說］腳跟「離」地→提起腳跟→偷偷摸摸地。

② ［用熟字記生字］kick踢。

③ ［同族字例］「躲藏」一意：occultism神祕主義；culet鑽石的底面，胄甲背部下片；culottes婦女的裙褲；bascule吊橋的活動桁架；活動橋的平衡裝置；culdesac死胡同，盲腸；color顏色；calotte小的無邊帽，（苔蘚蟲的）回縮盤；cell地窖，牢房；conceal藏匿，遮瞞；cilia眼睫毛；seel用線縫合（鷹）的眼睛（註：字母s→c同音變異）；solitary獨居的；seal封蠟，封緘；becloud遮蔽，遮暗；ciliary眼睫。參看：quail膽怯，畏縮；obscure遮掩；asylum避難所；supercilious目空一切的；recoil退縮；soliloquy獨白；insular島嶼的，隔絕的；celibate獨身的；cloister使與塵世隔絕；ciliate有纖毛的；occult隱藏的，祕密的，神祕的。

④ 「偷偷摸摸地走」一意：couch蹲伏，埋伏；cakcaneal腳後跟的；calk（馬蹄鐵或皮靴底的）尖鐵（註：發出「喀喀」聲，此字可能是擬聲字）。參看：inculcate反覆灌輸；recalcitrant不服從

的；crouch蹲伏。

scur.ril.i.ty

[skʌ'riliti, skə'r-; skə'rɪlətɪ, skɜ'ɪl -]

義節 s.cur.r.il.ity

s-→ex-出來；cur→curse *n.*咒罵；-ile易於…的；-ity名詞。

字義 *n.* 庸俗下流，粗俗的言語，濫罵。

記憶 ① ［義節解說］一碰上就罵出來。

② ［用熟字記生字］scold罵。

③ ［同族字例］curse咒罵。

scur.ry ['skʌri; 'skɜɪ] *

義節 s.cur.r.y

s-→ex-向外；cur→cour 奔跑；-y字尾。

字義 *vi.* / *n.* 急促奔跑，急趕，急轉。
　　　n. 短距離賽跑。

記憶 ① ［用熟字記生字］current急流，電流，流行。

② ［疊韻近義字］hurry匆忙；flurry疾風，倉皇，慌張。

③ ［同族字例］hurry匆忙（h→c通轉，因爲在西班牙文中x讀h音，而x→s→c通轉）；cursor游標，光標；excursion遠足，短途旅行；occur出現，發生；recursive循環的。參看：cursory粗略的，草率的；courier信差，送急件的人；concourse集合，會合；discourse講話，演講，論述；discursive散漫的；incursion侵入；precursor先驅者，預兆；scour急速穿行，追尋。

④ ［雙聲近義字］scamper蹦跳，瀏覽；scarper【俚】逃跑；scat跑得飛快；scoot【口】迅速跑開，溜走；scud飛奔，疾行，掠過；scutter急匆匆地跑；scuttle急奔，急趕；escape逃跑。

S

scut.tle ['skʌtl; 'skʌt!]

義節 scut.t.le

scut→scud *v.*飛奔；-le反覆動作。

字義 *vi./n.* **急促奔跑，匆忙撤退。**

記憶 ①〔用熟字記生字〕shuttle織梭，穿梭（巴士）：sc軟化爲sh，即得這個字，都是「急促奔跑」的意思。其實，這個字從shoot（發射，飛奔）變來；oo本發u音，再加了表示反覆動作的字尾-le。

②〔用熟字記生字〕water-skiing滑水；kite風箏（註：在空氣中「滑行」）。

③〔同族字例〕skitter在水面上掠過；scud掠過；scat跑得飛快；scoot【口】迅速跑開，溜走；scutter急匆匆地跑；scuttle急奔，急趕；shuttle織梭，穿梭（巴士）（sc軟化爲sh）；shoot發射，飛奔。參看：scud飛奔，疾行；skid溜滑；skittish輕佻的。

④〔雙聲近義字〕scarper【俚】逃跑；scour急速穿過，追尋；scurry急匆匆地跑。參看：scamper（動物等）驚惶奔跑。

scythe [saið; saið]

字義 *n.* **長柄大鐮刀。**

　　　vt. **用長柄大鐮刀割。**

記憶 ①本字是字根-cide-的變形：sc→c；y→i；th→d；都因讀音相似而通轉。-cide-表示「切，割」。例如：decide決定。

②〔用熟字記生字〕sickle鐮刀；concise簡明的(-cis切，「切」掉蕪雜的部分)。

③〔同族字例〕schizoid 精神分裂症的；scissors剪刀；abscission切斷，切除；rescission削除，撤銷，廢止；decision決定；suicide自殺；watershed分水嶺，轉折點；share分享，分擔；shear修剪，剪羊毛；shire郡（註：國家行政上的劃「分」）；chasm裂口，空隙，大的分歧。參看：assassin行刺者，暗殺者；incisive鋒利的；schism（政治組織等的）分裂，教會分立。

sear [siə; sır]

字義 *v.* **（使）乾枯，凋謝。**

　　　a. **乾枯的，凋謝的。**

　　　n. **烙印，焦痕。**

　　　vt. **燒灼。**

記憶 ①〔用熟字記生字〕sore（因發炎而）痛的，惱火的。記：發炎，就是「上火」。

②〔同族字例〕sere乾枯的，凋謝的；sorrel紅褐色，栗色；xeroderma皮膚乾燥病；xeransis乾燥，除濕；xerophyte旱生植物。參看：serene晴朗無雲的，陽光燦爛的（ser→xero乾燥；-ene…的）。參看：serenade小夜曲；xerography靜電印刷術。

se.clude [sɪ'kluɔd; sɪ'klud] *

義節 se.clude

se-分離；clude關，閉。

字義 *vt.* **使隔離，使孤立，使隱退，隔開。**

記憶 ①〔義節解說〕把他關在外面，不讓進入「圈子」。

②〔用熟字記生字〕cell小房間，細胞；exclude排除，不包括；close關，閉。

③〔同族字例〕occultism神祕主義；culet鑽石的底面，冑甲背部下片；culottes婦女的裙褲；bascule吊橋的活動桁架，活動橋的平衡裝置；culdesac死胡同，盲腸；color顏色；calotte小的無邊帽，（苔蘚蟲的）回縮盤；cell地窖，牢房；conceal藏匿，遮瞞；cilia眼睫毛；seel用線縫合（鷹）的眼睛（註：字母s→c同音變異）；solitary獨居的；seal封蠟，封緘；becloud遮蔽，遮暗。

S

697

參看：obscure遮掩；asylum避難所；supercilious目空一切的；recoil退縮的；soliloquy獨白；insular島嶼的，隔絕的；occult隱藏；cloister使與塵世隔絕；celibate獨身的。

---

sec.u.lar ['sekjulə; 'sɛkjələ]

義節 secul.ar

secul→cycle *n*.周期，一段很長時期，永世；-ar形容詞。

字義 *a*. **現世的，世俗的，長期的，延續幾個世紀的。**

記憶 ① ［義節解說］本字來源於拉丁文saecular一百年，一段很長時期，永世。在一個世代中，除了神，任何事物都要經歷「成住壞空」，這就是「俗世」。

② ［同族字例］circle圓；circular循環熱，供流傳的；sequence過程；consecutive連續的。

---

se.date [si'deit; sɪ'det] *

義節 sed.ate

sed→sit *v*.坐；-ate字尾。

字義 *a*. **安靜的，穩重的，嚴肅的。**

　　vt. **給…服鎮靜劑。**

記憶 ① ［義節解說］正襟危坐。

② ［用熟字記生字］settle安頓。

③ ［同族字例］sit坐；preside主持；sedentary久坐的，需要坐的。

---

se.di.tion [si'dɪʃən, sə'd-; sɪ'dɪʃən]

義節 se.dit.ion

se-離開；dit→dic說；-ion名詞。

字義 *n*. **煽動叛亂，煽動性的言行。**

記憶 ① ［義節解說］遊說人們「離」經「叛」道。

② ［用熟字記生字］edit編輯。

③ ［同根字例］tradition傳說。參看：

indite寫，作（詩，文）。

④ ［同族字例］dictation聽寫；dictionary字典；dedicate奉獻；predicate聲稱；dictum格言；contradict反駁；predict預告；interdict干涉；indicate指示。參看：benediction祝福；jurisdiction司法權；malediction詛咒；contradict反駁，否認，發生矛盾；vindicate辯護；abdicate放棄（職務等），退位；didact說教者；edict法令；indict控告，告發；pundit（某學科）權威。

---

se.duce [si'dju:s; sɪ'djus]

義節 se.duce

se-離開；duce引導。

字義 *vt*. **誘惑，勾引，以魅力吸引人。**

記憶 ① ［義節解說］引導別人離開（正軌，家庭等）。

② ［用熟字記生字］introduce介紹；introduction導言。

③ ［同族字例］product產品；education教育；educe推斷出；conduct導電；induct引導；reduction減少；subduce剪去。參看：conduit管道，導管；abduct誘拐；deduct減去，推論；ductile可鍛的，易變形的，馴順的。

---

sed.u.lous ['sedjuləs; 'sɛdʒələs]

義節 se.dul.ous

se→離開；dul→talk *v*.講；-ous充滿…的。

字義 *a*. **勤勉的，努力不倦的。**

記憶 ① ［義節解說］有人說：做學問，要「板凳坐得十年冷」，少講多做。

② ［同族字例］tell告訴；tale故事。

③ ［音似近義字］tolerate忍受。參看：toil苦工；thole忍受；ordeal嚴峻考驗。

S

seep [si:p ; sip]

字義 *vt.* 滲出，滲漏。

　　n. 小泉，地下水滲出處。

記憶 ①〔用熟字記生字〕soup湯；sob泣。

②〔同族字例〕sip啜，飲；sop浸於湯中的食物，浸濕；soppy浸透的；supper晚餐（原意：坐下喝湯）；sapor味覺；sapid有風味的。參看：sap樹液，體液（血，淋巴，精液）。

③字母s模擬吸吮時的「嘶嘶聲」，所以常用來表示「吸吮」。如：sip啜飲；suck吸吮…等等。於是又引申爲：「嘗到味道」，如：sapor味覺；savor滋味；saliva唾液；sapid有風味的…等等。

④有趣的是，表示「液汁」及其「滲出，流入，吸入」的英文很相似。例如：sweat出汗；juice果汁。參看：suds濃肥皂水；sudorific發汗劑；exude使滲出；saturate使滲透。

⑤〔疊韻近義字〕weep哭泣。此字還有一個意思是「滲出」，哭泣，就是眼淚「滲出」。

seethe [si:ð ; sið] *

字義 *v. / n.* 沸騰。

　　v. （使）煮沸。

　　vi. 激動。

　　vt. 使浸濕。

記憶 ①本字模擬沸水的「嘶嘶聲」，又如：frizz吱吱地煎或炸；sizzle油炸食物時的嘶嘶聲。參看：sizz發嘶嘶聲。

②〔同族字例〕sweat出汗。參看：suds濃肥皂水；sudorific發汗劑；exude使滲出；saturate使滲透。

③〔派生字〕本字古時的過去式爲sod，今意爲「草皮」，過去分詞爲：sodden浸透了的。

④〔易混字〕soothe使安靜。

seism [saizm, saism ; saɪzm, saɪsm]

字義 *n.* 地震。

記憶 ①〔義節解說〕本字來源於拉丁文concussi劇烈震動（cuss→seis：c→s通轉）。

②〔用熟字記生字〕shake搖，震；earthquake地震。

③〔形似近義字〕參看：schism分裂。

④〔同族字例〕discuss討論；concussion激烈地搖動。參看：percuss敲，叩，叩診；repercussion反應；concuss激烈地搖動，震動，恐嚇。

sem.blance ['semblans; 'sɛmblans]

義節 sembl.ance

sembl相同，相似，模仿；-ance名詞。

字義 *n.* 外表，假裝，相似（物）。

記憶 ①〔用熟字記生字〕same同樣的；sample樣品。

②〔同族字例〕resemblance相似。參看：dissemble掩飾；simulate假裝，模仿。

sem.i.na.ry ['seminari; 'sɛmə,nɛrɪ]

義節 semin.ary

semin→semen *n.*種子；-ary形容詞。

字義 *n.* 發源地，溫床，學院，高等中學。

記憶 ①〔用熟字記生字〕same同樣的。記：種瓜得瓜，種子發育後長成相似的東西；sow播種。

②〔同族字例〕semen精液，種子；seminary學校；seed種子；season季節；sesame芝麻籽；insert插入。參看：seminar研討會；disseminate傳播，散步。

sen.a.tor ['senətə, -nit-; 'sɛnətə]

義節 se.n.ator

se- → self自己；n→an年，老；-ator人。

S

字義 *n.* 元老，參議員。

記憶 ①〔義節解說〕一般書上把-sen-看作字根，表示「老」。但不能解釋anile衰老的。

②〔同族字例〕anniversary周年；annual每年的；biennial兩年一度的；superannuate因超過年齡而被迫退休；annals紀年表；annuity年金；anile衰老的；anility衰老，老婦人的體態；annum年；senior較年長的，高級的。參看：superanuate給養老金退休，淘汰；millenary一千年；senility衰老；perennial長久的，永久的，終年的。

---

se.nil.i.ty [si'niliti , se'n- ; sə'nılətı]

義節 se.n.il.ity

se- → self自己；n → an 年，老；-il充滿…的；-ity名詞。

字義 *n.* 衰老，老邁，老態龍鍾。

記憶 ①〔義節解說〕senile老態龍鍾的。

②〔同族字例〕參看上字：senator元老，參議員。

---

sen.ten.tious

[sen'tenʃəs; sɛn'tɛnʃəs]

義節 sent.ent.i.ous

sent感覺，想法；-ous充滿…的。

字義 *a.* 簡潔的，好用格言警句的，故作莊重的。

記憶 ①〔用熟字記生字〕sentence句子，判決。記「愛用句子，喜歡掉文」。

②〔同族字例〕sense 感覺；sentiment 感情；assent 同意；presentiment預感；dissent持異議（dis-分離）；resent怨恨。參看：consent同意，贊成，答應。

---

sen.try ['sentri ; ' sɛntrı] *

義節 sent.ry

sent感覺；-ry名詞。

字義 *vi. / n.* 站崗，放哨。

    n. 衛兵，看守。

    vt. 設崗哨於。

記憶 ①〔義節解說〕站崗放哨，需要眼觀四面，耳聽八方，感覺靈敏。

②〔形似近義字〕saunter漫步（註：放哨要踱來踱去）。

③〔同族字例〕sentinel崗哨，衛兵，看守。參看上字：sententious簡潔的。

---

sep.tic ['septik ; 'sɛptık]

義節 sept.ic

sept切，割，裂→腐蝕；-ic形容詞。

字義 *a.* 引起腐爛的，膿毒性的，敗血病的。

    n. 腐爛物，腐爛劑。

記憶 ①〔義節解說〕septicidal胞間開裂的→scorbutic壞血症的→腐爛的。

②〔用熟字記生字〕antiseptic防腐劑；separate分離。

③〔同族字例〕ascorbic acid 抗壞血酸；aseptic無菌的，冷漠的；sapraemia敗血症；saprobe腐物寄生物；saprogenic能使腐敗的。

---

se.ques.ter

[si'kwestə, sə'k -; sı'kwɛstə]

義節 se.quest.er

se-分離；quest講話；-er在法文中表示動詞。

字義 *vt.* 使隔離，使分離，使隱退，扣押，沒收。

記憶 ①〔義節解說〕根據講過的話脫離原所在地→隱退；脫離原主→扣押。

②〔同族字例〕quote引用，引錄；quoth【古】「說」的過去式；bequeath（按遺囑）遺贈；quit放棄，脫離；cite引

證，引用（q—c通轉）。參看：bequest
遺贈，遺產，遺物。

ser.e.nade

[ˌseriˈneid, -rəˈn; ˌsɛrəˈned]

義節 ser.en.ade
ser（義大利）夜→soir（法文）夜；-
en…的；-ade→ode頌歌。
字義 *n.* **小夜曲，月下情歌。**
記憶 ①〔義節解說〕夜晚唱的歌。
②〔用熟字記生字〕Silent Night平安夜（聖
誕夜）。
③〔同族字例〕參看：obscure暗的；參看
下字：serene寧靜的。

se.rene [siˈriːn, səˈr-; səˈrin] *

義節 ser.ene
ser→xero乾燥；-ene…的。
字義 *a.* **晴朗無雲的，陽光燦爛的，寧靜
的，安詳的。**
記憶 ①〔義節解說〕夜，靜靜的。
②〔用熟字記生字〕Silent Night平安夜(聖
誕夜)。
③〔同族字例〕sore（因發炎而）痛的，
惱火的；sere乾枯的，凋謝的；sorrel紅
褐色，栗色；xeroderma皮膚乾燥病；
xeransis乾燥，除濕；xerophyte旱生植
物。參看：serene晴朗無雲的，陽光燦
爛的（ser→xero乾燥；-ene…的）。參
看：serenade小夜曲；sear乾枯的，凋謝
的，燒灼；xerography靜電印刷術。
④〔易混字〕siren汽笛，警報器。

se.ri.cul.ture

[ˈseriˌkʌltʃə; ˈsɛriˌkʌltʃə]

義節 seri.cult.ure
seri→silk *n.*絲；cult培養，種植；-ure名
詞。

字義 *n.* **養蠶（術），蠶絲業。**
記憶 ①〔義節解說〕seri和silk都模擬蠶在
桑葉上爬，絲綢發出的嘶嘶聲。
②〔用熟字記生字〕series系列，連續
（註：蠶絲是連續不斷的）；agriculture
農業。
③〔同族字例〕參看：serrate有鋸齒
（邊）的，鋸齒狀的（蠶在桑葉咬出的形
狀）
④字母s常表示「（發）嘶嘶聲」。例
如：saw鋸；serpent蛇；snake蛇；hiss
蛇遊行的聲音；sigh嘆氣；hush噓。參
看：sizz（發）嘶嘶聲。

ser.mon [ˈsəːmən; ˈsɝmən] *

義節 serm.on
serm→say *v.*說話；-on介系詞。
字義 *n.* **講道，說教，訓誡。**
記憶 ①〔義節解說〕say on→keep on
saying滔滔不絕地講→說教。
②〔用熟字記生字〕speech講話。
③〔同族字例〕say說話；saw格言，警
句；answer回答；swear宣誓。參看：
persevere堅持，不屈不撓。
④〔易混字〕summon召集，傳喚；
salmon鮭魚。

ser.pent [ˈsəːpənt; ˈsɝpənt] *

義節 serp.ent
serp→creep *v.*爬行；-ent名詞。
字義 *n.* **蛇，陰險毒辣的人。**
記憶 ①〔義節解說〕serp是creep的變體；
c可讀s音；cre → cer→ ser。另外，字母
s是「蛇」形；s的讀音像是蛇遊走在草上
時的「嘶嘶」聲，英文用hiss描寫蛇行，
使人如聞其聲。
②〔用熟字記生字〕snake蛇。
③〔同族字例〕serpigo匐行疹，癬；
reptile爬行動物。參看：herpitology爬蟲

S

學；surreptitious鬼鬼祟祟的，偷偷摸摸的，祕密的。

④字母s表示s形的事物。例如：serpentine蛇形的。參看：serrate鋸齒形的；sinuous蜿蜒的。

ser.rate ['serit, -reit ; 'sɛrɪt, -et]

義節 ser.r.ate

ser→cern分開，分辨；-ate字尾。

字義 *a.* 有鋸齒（邊）的，鋸齒狀的。

記憶 ①［義節解說］分開→切割→鋸齒狀。

②［用熟字記生字］saw鋸。

③［同族字例］excerpt摘錄（cerpt→割）；discern分開，分辨（HD→high discern高分辨率，高清晰度）。參看：sericulture養蠶（術），蠶絲業。（蠶在桑葉咬出的形狀）。

④［雙聲近義字］section部分（sect→切）。參看：sever切斷。

ser.vil.i.ty [sə:'viliti; sə'vɪlətɪ]

義節 serv.il.ity

serv保管，服務，奴隸；-il有…傾向的；-ity名詞。

字義 *n.* 奴態，奴性，卑從，屈從。

記憶 ①［義節解說］字根-serv-表示「服務」，因爲：s→self；erve→work。法文oeuvre相當於英文的work。

②［用熟字記生字］servant僕人。

③［同族字例］serve服務。參看：manure施肥；metalurgical冶金的（metal金屬；urg→work）；maneuver調動，（使）演習，（用）策略（man手；euver→work工作）。

④［雙聲近義字］slave奴隸。

sev.er ['sevə; 'sɛvə] *

義節 sev.er

sev切，割；-er反覆動作。

字義 *vt.* 切斷，割斷，使分離，斷絕。

vi. 斷，裂。

記憶 ①［用熟字記生字］several幾個的，各自的。記：「切成幾份」。

②［同族字例］saw鋸（sev→saw：v→w通轉）；dissever分離，分裂。參看：serrate鋸齒狀的。

sham.ble ['ʃæmbl ; 'ʃæmbl]

字義 *vi./n.* 蹣跚。

vi. 拖沓地走。

n. 拖沓的步子。

記憶 ①［用熟字記生字］amble步行。

②［疊韻近義字］參看：amble輕鬆地走；scramble爬行；wamble蹣跚；preamble開端；ramble漫步。

③［易混字］shambles屠宰場，肉店，廢墟（記：把死豬拖著走）。

④［同族字例］shin小腿，攀，爬；shinny攀，爬。參看：shank脛（骨），小腿，桿，柄。

shank [ʃæŋk ; ʃæŋk]

字義 *n.* 脛（骨），小腿，桿，柄。

記憶 ①猜想本字是cane（杖，葦桿）的同源字：sh音變爲c。

②［同族字例］shaft桿狀物；shin小腿；ankle腳踝；sugar cane甘蔗；cannon大炮（註：管狀）；canoe獨木舟；channel海峽，航道，槽；candy糖果。參看：canna美人蕉。

shan.ty ['ʃænti ; 'ʃæntɪ]

義節 shan.ty

shan→sen老，舊；ty→tect覆蓋。

字義 *n.* 簡陋小屋，棚屋。

記憶 ①［義節解說］蔽舊的房屋。

S

② ［同族字例］-sen-：senior較年長的，高級的。參看：senility衰老；senator元老，參議員。-tect-：architect建築；protect遮蔽；thatch茅屋。

③sh常表示「遮蔽」，引申爲「小屋」。其他字例：shack簡陋小屋，棚屋；shed棚，小屋；shelter防空洞；shelty簡陋小屋，棚屋。

---

shat.ter ['ʃætə; 'ʃætə] *

義節 shat.t.er

shat→shake v.震動，搖動；-er重複動作。

字義 vt. 震落，使散開，使垮掉。

v./n. 粉碎，破壞。

vi./n. 落花。

記憶 ① ［義節解說］本字來源於拉丁文concutio劇烈運動（cut→shat：c→sh通轉）。反覆震搖，房屋要垮掉，「散」架，花要落下。

② ［疊韻近義字］scatter散開，撒。此字是本字的方言變體，sh變爲sc，讀音變硬，字義稍變。

③ ［用熟字記生字］shake搖，震；earthquake地震。

④ ［形似近義字］參看：schism分裂。

⑤ ［同族字例］discuss 討論；concussion激烈地搖動。參看：percuss敲，叩，叩診；repercussion反應；concuss激烈地搖動，震動，恐嚇；seism地震。

---

shawl [ʃɔːl; ʃɔl] *

字義 n. 披巾，圍巾。

vt. 用披巾包裹。

記憶 ①本人認爲本字來源於印度地名Shaliat，是最初製造shawl的地方。sh常表示「遮蔽」，參看：sheathe入鞘；shanty棚屋。披在外面，用以遮蔽→披巾。

② ［同族字例］caul胎膜，大網膜；scalp人的頭皮；shell貝殼；cape披肩，斗篷；escape逃脫（註：原意爲：脫去披肩，像金蟬脫殼一樣逃脫）；shard（昆蟲等的）鞘翅，薄硬殼；scarf披巾，圍巾（sc→sh音變）。

---

sheathe [ʃiːð; ʃið] *

字義 vt. 入鞘，覆蓋。

n. （劍）鞘，（槍）套。

記憶 ①本字是scute（鱗甲）的變形：sc-sh；t→th通轉。「鱗甲」是用於「覆蓋」的。

② ［用熟字記生字］shelter隱蔽處，防空洞。

③ ［同族字例］shoes 鞋；scuttle 有蓋天窗，煤桶；scute 甲殼類動物的盾板；scutum角質鱗甲，殼板，古時的長盾；scut盾牌；scutate盾狀的；escutcheon飾有紋章的盾；cutis眞皮；cutin角質；cuticle表皮，角質層；cutaneous皮膚的；custos監護人；cortex外皮；corium眞皮；decorticate剝去外皮（或殼、莢等）；excoriate擦傷皮膚，剝（皮）；cottage農家，小別墅；coterie小團體；cottier小農；cod莢，殼；cattle烏賊魚；cote（鳥，家禽，羊等的）小棚，圈，欄；castle城堡，巨宅；casbah北非的要塞，城堡；alcazar西班牙的宮殿或要塞；chest箱，匣；case箱，罩，蓋；cattle家畜；court庭院；escort護送，護衛，伴隨，護理。參看：shoddy以次充好，贋品；custody保管，保護，監護，拘留；cot（羊，鴿等的）圈，小棚，小屋；chattel動產；costume服裝，戲服。

④ ［形似近義字］scabbard鞘（sh是sc的軟化音）。

⑤ ［雙聲近義字］參看：shanty棚屋；shawl披巾。

S

shed [ʃed ; ʃɛd] *

字義 *v.* 流出（眼淚等），（使）洩去，散發，脫落（皮，殼等）。

　　n. 棚屋。

記憶 ①「流出（眼淚等）」一意，是從 sudation（發汗，出汗）而來。

「脫落（皮，殼等）」一意，是從 suéde（小山羊皮）和 shell（殼）而來，表示「蛻皮，脫殼」。

「棚屋」一意，是從 shade（蔭蔽）變來。熟字：shut 關閉；shadow 陰影。參看：shanty 棚屋。

② ［用熟字記生字］sweat 出汗。

③ ［諧音］「洩」。

④ ［同族字例］參看：exude 滲出；weep 哭泣，滲出；suds 濃肥皂水；sudorific 發汗劑；ooze 流血；sodden 浸透了的；seep 滲出，滲漏，地下水滲出處。參考：juice 果汁；sewage 汙水。上列這些字都表示「汁液，滲出」，基本形式是-（s）ud-，形成各種變體。

sheer [ʃiə, ʃiə:; ʃɪr] *

字義 *v.* / *n.* （使）偏航，（使）轉向。

　　vi. 避開。

記憶 ①本字從 shear（剪，切）而來，轉義爲「峭壁」（「削」得筆直）。船行要「避開」峭壁，所以要「偏航」。

② ［用熟字記生字］shake off 擺脫。

③ ［疊韻近義字］steer 駕駛，掌舵；steer clear of 避開，繞開。

④ ［雙聲近義字］參看：shirk 逃避；shun 躲開；swerve 急轉彎。

⑤ ［同族字例］shear 剪斷，切斷；share 分享；short 短的；shirt 襯衫；shire 郡；sheer 陡峭的；shard 陶器的碎片；shore 海邊；discern 分辨；discriminate 歧視；secant 正割（三角函數）；section 部分；sickle 鐮刀。參看：shirk 逃避（義務

等），開小差。

shift.less ['ʃiftlis ; 'ʃiftlɪs] *

義節 shift.less

shift 轉換，變速，辦法；-less 無。

字義 *a.* 無能力的，無計謀生的，偷懶的。

記憶 ① ［義節解說］shift 是從 sheave（滑輪，繩輪）變來，表示「滑度，變化」，引申爲「手段，辦法」。一個人如果不會審時度勢，因勢利導，隨機應變，就是呆滯無能。

② ［同族字例］shifty 多策略的，不正直的。

③ ［形似近義字］craft 手工藝（古時就是謀生之計）。

shim.mer ['ʃimə; 'ʃimɚ]

義節 shim.m.er

shim→shine *v.* 照耀；-er 反覆動作。

字義 *vi.* / *n.* 發（微光）

　　v. （使）閃爍。

記憶 ① ［用熟字記生字］shine 照耀（sh→sc 通轉）。

② ［同族字例］scintilla 火花（sh→sc 通轉）；scintillescent 發光的，閃爍的；sun 太陽；candle 蠟燭（sc→c 同音「通轉」）；incandescent 白熱的，白熾的；candid 眞實的；incense 使激動，奉承（cendi→candi 火）。參看：incentive 誘因；incendiary 縱火者，煽動者；kindle 點燃，（使）照亮；scintillate 發出（火花），閃耀；somber 昏暗的。

shirk [ʃə:k; ʃɚk] *

字義 *v.* 逃避（義務等）。

　　vi. 溜掉，開小差。

記憶 ① ［用熟字記生字］shake off 擺脫。

② ［同族字例］shear 剪斷，切斷；share

分享；short短的；shirt襯衫；shire郡；sheer陡峭的；shard淘器的碎片；shore海邊；discern分辨；discriminate歧視；secant正割（三角函數）；section部分；sickle鐮刀。參看：sheer避開，（使）偏航，（使）轉向。

③ ［形似近義字］lurk鬼鬼祟祟地行動；skulk逃避（職責），躲藏，偷偷摸摸地走；shift逃避（義務等）；shun躲避。參看：sheer避開。

shiv.er [ˈʃɪvə; ˈʃɪvə] *

義節 shiv.er

shiv→shake v.震，搖；-er反覆動作。

字義 vi./n. 顫抖。

     vt. 使（帆）飄揚。

     v./n. 粉碎。

記憶 ① ［義節解說］qu讀 [k] 音，c也可讀 [k] 音，qu→c；c可讀s音，變成sh。例如：quake→shake；quiver→shiver。參看：quiver顫動。

② ［用熟字記生字］shake搖，震；shock震動；quake震動；chill寒顫。

③ ［同族字例］shudder顫抖（註：shiver是因冷而發抖，和chill相似；shudder則多因恐懼，憎厭，例如見到人面蜘蛛，心裡發毛）。

④ ［疊韻近義字］waver搖擺，搖晃，揮動；quaver震動，顫抖。參看：quiver顫動。

shoal [ʃoul; ʃol]

字義 a. 淺的。

     n. 淺灘，魚群，大量。

     v. （使）變淺。

記憶 ① ［用熟字記生字］shallow淺的；shore海邊（記：海邊水較淺）。

②「魚群」一意，是school（魚群）的變體（sch音變軟化為sh）。引申為「大

量」。記：school學校→有「大量」學生，快活得像水中之魚。

③ ［同族字例］shalloon一種薄形織物，作襯裡用；shell貝殼，薄殼。

shod.dy [ˈʃɔdi; ˈʃɑdɪ]

義節 shod.d.y

shod→shoe鞋子；-y形容詞。

字義 a. 以次充好的，不穩固的，不牢靠的。

     n. 贋品。

記憶 ① ［義節解說］shod是shoe的過去分詞，作形容詞用，表示「穿著鞋的，裹了金屬包頭的」。「以次充好」，就要給予偽裝、包裝。實際呢，是「銀樣蠟槍頭」。

② ［用熟字記生字］shoe鞋子。

③ ［同族字例］shadow陰影，仿製品；shotten無用的；sham贋品；shudder震動，顫動。

shove [ʃʌv; ʃʌv] *

字義 v./n. 使勁推，猛推，開船離去（～off）。

記憶 ① ［用熟字記生字］push推（和本字一樣，都有sh）；shoe鞋子（鞋子像條船）。

② ［同族字例］shuffle推諉；shift推卸，轉嫁；scuffle推式鋤（註：sc是sh的「硬化音」）；shovel鏟；scoop小鏟子。

shov.el [ˈʃʌvl; ˈʃʌvl]

義節 shov.el

shov→shove v.推。-el名詞。

字義 n./v. 鏟。

     n. 鐵鍬，鏟狀物。

記憶 ① ［義節解說］鐵鏟可以用來「推土」。

② ［同族字例］scoop小鏟子，杓子，戽斗，（sh是sc的「軟化音」：v與p常會相通，變音過程；v→f→ph→p）。參看上字：shove推。

shriv.el ['ʃrɪvl ; 'ʃrɪv!] *

義節 shriv.el

shriv→cribr篩子，籮筐；-el字尾。

字義 v.（使）皺縮，（使）枯萎，（使）束手無策。

記憶 ① ［義節解說］「篩子」受重而皺縮。

② ［用熟字記生字］shrimp小蝦（註：蜷縮著身子）。

③ ［同族字例］ shrive 懺悔；garble 歪曲，篡改，篩選；garboil 混亂，喧鬧；cribriform篩狀的，有小孔的；sieve篩子，籮筐。參看：sift篩（選），細查，精選。

④ ［雙聲近義字］shrink皺縮；shrug聳肩（註：肩膀收「縮」）；scrimp縮減。

shuf.fle ['ʃʌfl ; 'ʃʌf!] *

義節 shuf.f.le

shuf→scuff v.拖著腳走；-le重複動作。

字義 v. 拖著腳走，蒙混，推諉，洗牌。

記憶 ① ［義節解說］本字來源於scuffle拖著腳走。sc讀音軟化，變爲sh，便得到本字，同源而異形。scuffle又來源於cuff袖口，褲腳的翻邊，手銬，掌擊。舊時的袖口，是可脫卸的，用以保護衣袖，兼作裝飾。（估計cuff是從cover [遮蔽] 變來，不會難記），引申爲「褲腳的翻邊」，於是行動就不那麼方便，要「拖著腳走」。

「推諉」一意。參看：shove推。

「洗牌」一意。參看：shift轉換，輪換。「洗牌」就是把紙牌翻來翻去地弄亂。shift指輪班工作，如三班制工廠等等。

② ［疊韻近義字］參看：scuffle拖著腳走。

③ ［同族字例］scuff拖著腳走；scop吟遊詩人。參看：shove猛推；shovel鏟子。

shun [ʃʌn; ʃʌn] *

字義 vt. 避免，迴避，躲開。

記憶 ①本字是scunner（厭惡）的變體，sc讀音軟化，變爲sh，便得到這個字，同源而異形。因爲厭惡，所以躲開。

② ［同族字例］scunner厭惡，反感；canny狡猾的，精明的。參看：cunning狡猾的，善騙的，奸詐的，巧妙的，熟練的；shunt轉向一旁，讓路。

③ ［雙聲近義字］參看：shirk逃避；sheer避開。

shunt [ʃʌnt; ʃʌnt]

字義 vt. 轉向一旁，讓路，推延。

　　v./n. （火車）調軌。

記憶 本字從上字shun（迴避）變來。特指「避開，讓路」。

sift [sift ; sɪft] *

字義 v. 篩（選），細查，精選。

記憶 ① ［義節解說］本字的名詞形式是sieve篩子，籮筐，可能是從seep（滲出，滲漏）變化而來。因爲「篩」出來的東西，就像「漏」出來一樣。

② ［用熟字記生字］soup湯；sob泣。

③ ［同族字例］garble歪曲，篡改，篩選；garboil混亂，喧鬧；cribriform篩狀的，有小孔的；sip啜，飲；sop浸於湯中的食物，浸濕；soppy浸透的；supper晚餐（原意：坐下喝湯）；sapor味覺；sapid有風味的。參看：sap樹液，體液（血，淋巴，精液）；seep滲出，滲漏，地下水滲出處；shrivel（使）皺縮。

④換一個角度，「篩選」即是篩「分」。字母s表示「分開」的字例：se-（字首）分開；scissor剪開；section部分。參

S

看：schism分裂；excerpt節錄；seclude
隔開。

sill [sil ; sɪl]

字義 *n.* 窗臺，檻，基石。

記憶 ① ［同族字例］xyloid木質的；
xylophone木琴；salicylate水楊酸鹽
（s→x通轉）；salicin柳醇；willow柳
（樹）。參看：silva森林誌；sallow柳
（枝）；xylograph木刻，木板印畫。
用木製造檻和窗臺，一般先要鋸成木條或
厚板，於是派生出下列各字（縮去了母音
i）：slab厚板；slat板條；slice薄片。後
來引申為「石板」，如slate（建築或書寫
用的）石板；silcer薄片。
② ［用熟字記生字］shelf隔板，隔架，書
架。

silt [silt ; sɪlt]

字義 *n.* 淤泥。
　　　 v. （使）淤塞。

記憶 ①本字原意為salt鹽沼，鹽鹼灘，
鹽鹼灘又叫salt marsh。marsh是「沼澤
地，濕地」。於是silt引申為「淤泥」。
② ［用熟字記生字］salt鹽。
③ ［諧音］「塞了的」。
④ ［同族字例］參看：slosh泥濘；slush爛
泥（註：silt中的母音i被縮略）。

sil.va ['silvə; 'sɪlvə]

字義 *n.* 森林區，森林誌。

記憶 ① ［同族字例］xyloid木質的；
xylophone木琴；salicylate水楊酸鹽
（s→x通轉）；salicin柳醇；willow柳
（樹）。參看：sill窗臺，檻，基石；
sallow柳（枝）；xylograph木刻，木版
印畫。
用木製造檻和窗臺，一般先要鋸成木條或

厚板，於是派生出下列各字（縮去了母音
i）：slab厚板；slat板條；slice薄片。後
來又引申為「石板」，如：slate（建築或
書寫用的）石板；silcer薄片。
② ［易混字］silver銀色的。也可借助記
憶：「銀色的森林」。

sim.i.an ['simiən; 'sɪmɪən]

義節 sim.ian
sim像，類似；-ian…的。

字義 *a.* 類人猿，猿猴的，像猿猴的。
　　　 n. 猿，猴。

記憶 ① ［義節解說］類人猿很「像」人，和
人「類似」。
② ［用熟字記生字］same同樣的；similar
相似的。
③ ［同族字例］resemble像…的；symbol
象徵，記號。參看：assimilate使相似；
dissimulate假裝（鎮靜）；simulate模
仿；simile明喻。

sim.i.le ['simili ; 'sɪmə,li]

義節 sim.ile
sim像，類似；-ile易於…的。

字義 *n.* 明喻，直喻。

記憶 ① ［義節解說］用「類似」的東西作比
喻。
② ［用熟字記生字］similar相似的。
③ ［同族字例］參看：simian類人猿。

sim.u.late ['simjuleit ; 'sɪmjə,let] *

義節 simul.ate
simul像，類似；-ate動詞。

字義 *vt.* 假裝，冒充，模仿。

記憶 ① ［義節解說］使自己和別人相似。
② ［用熟字記生字］same同樣的；similar
相似的。
③ ［同族字例］參看上字：simian類人猿。

S

sin [sin ; sɪn] *

字義 v. / n. 犯罪。

　　 vi. / n. **（犯）過失。**

　　 n. **罪惡。**

記憶 ①本字所指，著重在宗教意義上的「原罪」，與crime（罪）有點不同。在德文中，本字與sense（感覺）同源。亞當與夏娃就是有了sense才犯了「原罪」。

②〔用熟字記生字〕sincere單純的，幼稚的，真誠的（註：cere表示「分離」。未受「原罪」薰染的→單純的）。

③〔同族字例〕essence精華；present出席；absent缺席。參看：sinster兇惡的。

si.ne.cure

['sainikjuə, 'sin - ; 'saɪnɪ,kjʊr, 'sɪnɪ -]

義節 sine.cure

sine→se-分離；cure→care n.關心，掛慮。

字義 n. **掛名職務，閒職。**

記憶 ①〔義節解說〕free from care毋需操心和操作。

②〔用熟字記生字〕secure無憂慮的，保證的。

③〔同根字例〕cure治療，治癒；accurate精確的。參看：pedicure修（腳），醫（腳）；curator管理者；procure獲得；manicure修指甲。

sin.ew

['sinjuː ; 'sɪnju]

義節 sin.ew

sin→syn-相同，共同；（n）ew→neuro-神經網路。

字義 n. **腱，筋肉，氣力，精力。**

　　 vt. **像腱一樣地連結，支持。**

記憶 ①〔義節解說〕把肌肉連在一起的網路→腱。由於腱的作用，使肌肉可以伸縮，

做出各種動作，這樣才有了「氣力」。

②〔用熟字記生字〕nerve神經；nervous緊張的。

③〔同族字例〕字根-neur（o）-和-nerv-均表示「神經」，也表示葉脈。如：nervure（葉）脈；neuration脈序。神經網路和葉的脈絡確實很相似，共同點就在一個「網」字上，故亦可借net（網）幫助聯想。參看：neuron神經原。

sin.is.ter

['sinistə; 'sɪnɪstə]

義節 sin.ist.er

sin n.罪惡；-ist有…性質的；-er字尾。

字義 a. **凶兆的，兇惡的，陰險的，不幸的，左邊的。**

記憶 ①〔義節解說〕有罪惡性質的→凶險的。又：左邊象徵「凶」，右邊象徵「吉」。

②〔對應字〕dexter右邊的，吉兆的。

③〔同族字例〕sincere單純的，幼稚的，真誠的（註：cere表示「分離」。未受「原罪」薰染的→單純的）。參看：sin罪惡；obscene淫穢的。

sin.u.ous

['sinjuəs; 'sɪnjʊəs] *

義節 sin.u.ous

sin→in the shape of S彎曲的，S形；-ous充滿…的。

字義 a. **蜿蜒的，起伏的，曲折的。**

記憶 ①〔用熟字記生字〕sine正弦三角函數（註：其圖像是波浪形曲線）。

②〔同根字例〕sinuate波狀的；sinus海灣，穴；cosine餘弦。參看：insinuate使潛入，使巧妙進入，暗示。

③字母s常表示S形狀之事物。例如：saw鋸；serpent蛇；serpentine蜿蜒的；serrate有鋸齒邊的；sickle鐮刀；sigmoid S形的；surf浪湧；surge波濤…等等。

si.ren ['saiərin; 'saɪrən]

字義 *n.* 女歌手，警報器。

　　a. 誘惑的。

記憶 ①本字原意是希臘神話中的女海妖，形狀半人半鳥，歌聲曼妙，每每使海員爲之吸引，而航船觸礁。所以引申爲「警報」。

② [形似近義字] seize抓住（海妖的歌聲「抓住」了人們的心神）。

③ [易混字] 參看：serene平靜。

---

sis.sy ['sisi ; 'sɪsɪ]

義節 sis.s.y

sis→seri系列，連串→sister *n.*姊妹；-y形容詞。

字義 *n.* 女人氣的男人，膽小鬼。

　　a. 女人氣的，柔弱的。

記憶 ① [義節解說]「姊妹」是一個接一個地養出來的。「姊妹篇」是一本接一本的系列小說。

② [用熟字記生字] sister姊妹→「娘娘腔」。

③ [同族字例] sort種類，分類；sortilege抽籤占卜，魔術；assort分類；consort配偶，夥伴，聯合；assert斷言；sear擊發阻鐵（槍炮的保險裝置）；serried排緊的，靠攏的；sorus孢囊群；sorosis聚花果；series系列。參看：dissert論述，講演；sororal姊妹（般）的。

---

sizz [siz ; sɪz]

字義 *vi./n.* （發）嘶嘶聲。

記憶 ① [形似近義字] frizz吱吱地煎（或炸）；frizzle（油煎時）發吱吱聲；buzz吱吱喳喳嘈雜聲，營營聲，蜂鳴。

②字母s常表示「（發）嘶嘶聲」。例如：saw鋸；serpent蛇；snake蛇；hiss蛇遊行的聲音；sigh嘆氣；hush噓；silk絲（模擬蠶在桑葉上爬，絲綢發出的嘶嘶

聲）。參看：sericulture養蠶業。

- sk -

以下進入sk區域。

本區域的單字一般會有下列義項：

① 跳，滑（s：「跳」）

① 框架（k：「種，類」）

① 表面，邊緣，假象（k：「詐欺」）

sk和sc讀音一致，也描寫物體的外「表面」及於其上面的活動。於是有「跳、滑」意。

---

skep.tic ['skeptik ; 'skɛptɪk]

義節 s.kept.ic

s→se-分離，外面；kept→cept取，抓，容納；-ic字尾。

字義 *n.* 懷疑論者。

記憶 ① [義節解說] 沒有被納入…範圍之內→對正統教義有懷疑。本字的英式拼法是sceptic。

② [用熟字記生字] exception例外，反對，表示異議（作者認爲，此字和本字同源：skept [skept] → scept [sept] → except [iksept]）。

③ [同族字例] accept接受；concept概念；incept攝取，開始；intercept截取；percept教訓；reception接待；susceptible敏感的。

---

skid [skid ; skɪd]

字義 *n.* 滑行器，刹車，墊木。

　　vt. 刹住，溜滑。

　　v. 打滑。

記憶 ①估計本字的遠祖應是skiff輕舟。

S

「輕舟」在水面上滑行，於是把雪橇叫作ski，此後，字母組合sk就有了「滑行」的含義，在德文中，skiff就是英文ship的對應字。

② ［用熟字記生字］water-skiing滑水；kite風箏（註：在空氣中「滑行」）。

③ ［同族字例］skitter在水面上掠過；scud掠過；scat跑得飛快；scoot【口】迅速跑開，溜走；scutter急匆匆地跑；scuttle急奔，急趕；shuttle織梭，穿梭（巴士）（sc軟化為sh）；shoot發射，飛奔。參看：scud飛奔，疾行；scuttle急促奔跑，匆忙撤退；skittish輕佻的。

---

skimp [skimp; skɪmp]

義節 s.kimp

s-→se-分離；kimp→crem n.奶油，奶脂。

字義 vt. 少給。

　　vi. 吝嗇，省儉。

　　a. 少的，不足的。

記憶 ① ［義節解說］奶油就是牛奶表面的凝脂，把它撇去→克扣，「刮地皮」；「撇」去表面，造成了「不足」。skim撇去（液體）飄浮物，撇去（奶油）。

② ［用熟字記生字］simple簡單的。

③ ［同族字例］scum（煮沸或發酵時發生的）泡沫，浮渣，浮垢；skimpy缺乏的，不足的；skin皮（註：cream就是milk的「皮」）；skumble薄塗（顏色），輕擦；scanty不足的；skim略讀。

---

skip [skip; skɪp] *

字義 v./n. 跳（過），略過，蹦跳。

　　vi. 急速改變。

記憶 ① ［用熟字記生字］leap跳躍；ski滑行。

② ［使用情景］跳繩，學生「跳」級，講話忽而「跳」到另一話題。

---

③ ［同族字例］capriole跳躍；Capricorn山羊星座；capric acid 羊蠟酸；caber體育測驗棍棒；cabrilla鰭魚；cabriolet單馬雙座，有篷車；capella五車二星座；chevron（紋章）山形符號；caprifig無花果；scarper【俚】逃跑；scamp【古】攔路強盜，壞蛋。參看：caper跳躍，亂蹦亂跳；caprice反覆無常；scamper蹦跳。

---

skit [skit; skɪt]

字義 n. 滑稽短劇。

記憶 ①shoot發射，射出→飛奔；變體：scoot迅速跑開，溜走；再變為skit，基本含義仍然是「迅速跑開」。演滑稽劇中的角色，多是蹦蹦跳跳，節奏快速，有些像卡通。

② ［同族字例］參看下字：skittish易驚的。

---

skit.tish ['skitiʃ; 'skɪtɪʃ]

義節 skit.t.ish

skit→shoot v.發射，射出→飛奔；-ish…似的。

字義 a. 易驚的，輕佻的，三心二意的，羞怯的。

記憶 ① ［義節解說］shoot發射，射出→飛奔；變體；scoot迅速跑開，溜走；再變為skit，基本含義仍然是「迅速跑開」；或者是「受驚」，或者是「輕佻，三心二意」。

② ［用熟字記生字］water-skiing滑水；kite風箏（註：在空氣中「滑行」）。

③ ［同族字例］skitter在水面上掠過；scud掠過；scat跑得飛快；scoot【口】迅速跑開，溜走；scutter急匆匆地跑；scuttle急奔，急趕；shuttle織梭，穿梭（巴士）（sc軟化為sh）；shoot發射，飛奔。參看：scud飛奔，疾行；scuttle急促奔跑，

勿忙撤退；skid溜滑。

- sl -

以下進入sl區域。

本區域的單字一般會有下列義項：

① 遮滑

② 細長的（l：「細，長，狹之物」）

③ 泥，渣，不潔（s：「汙」）

④ 舌(舔)，口舌（l：「唇，舌」）

⑤ 平，板（l：「薄片」）

⑥ 鬆（l：「放鬆」）

⑦ 睡（s：「睡」）

⑧ 慢（l：「遲緩」）

⑨ 猛擊

⑩ 切，割，殺（s：「分割，分離」）

⑪ 傾斜

sl的「濕性」來源於「s」有「吮、吸」意。主要描寫「泥」，從而有「滑」。

sl從「l」中繼承了「舌」、「鬆」、「慢」、「細長」等意。

slack [skæk；slæk]

義節 s.lack

s- → se-離開；lack→lax n.鬆。

字義 a. 懶散的，無精打采的，鬆弛的。
　　　 vi. 鬆弛，怠惰。
　　　 vt. 使緩和。

記憶 ① [用熟字記生字] lazy懶的；loose鬆弛的。

② [同族字例] lax鬆；relax放鬆；lag鬆懈；loose鬆開；release釋放；dissolute放蕩的；flag無力地下垂，衰退，低落；lassitude無精打采；slouch無精打采地走；leizure閒暇；languid無精打采的；languish衰弱無力；lounge懶散的人，懶洋洋。參看：flaccid鬆弛的；lackadaisical懶洋洋的，無精打采的。

③ 字母l表示「鬆，散，懶」的其他字例：listless無精打采的；lie躺，臥。參看：loiter閒逛；libertine浪子；sloth懶散；sloven懶惰的人；slug懶漢；slattern懶婦；floppy鬆軟的；flippery-flopperty鬆弛地下垂；flabby鬆弛的。

slag [slæg；slæg]

字義 n. 礦渣，爐渣，火山渣。
　　　 v. (使) 成渣。

記憶 ①本字是clag（泥團）的變體（c→s通轉）。

② [同族字例] clod泥塊；clog黏成一塊；clot土塊。

③sl表示「泥，渣」的其他字例：slew沼澤；slime軟泥，黏泥；slob爛泥，淺灘；slop泥泉，濺出；slosh濺泥水；slough沼澤地；slubber沾汙；sludge軟泥，淤泥；slurry泥漿；slush爛泥，淤泥。

slake [skeik；slek] *

義節 s.lake

s- → se- 離開；lake→lax n.鬆。

字義 v. 消除 (渴等)，平息 (怒氣等，火焰等)，緩和，滿足。

記憶 ① [義節解說] 本字是slack（使緩和）的變體。基本含義是loosen使鬆弛→緩和。

② [同族字例] 詳見上字：slack鬆弛，怠惰，使緩和。

slan.der ['slɑːndə；'slændə] *

義節 sl.and.er

sl→cal→strike, cut擊，砍；-and字

S

711

尾；-er反覆動作。

字義 *n. / vt.* **誹謗，詆毀，造謠中傷。**

記憶 ①〔用熟字記生字〕slang俚語，用下流話罵人。（如果你不熟悉這個字，可以這樣聯想：s→se-離開；lang舌→language語言；離開了正軌的語言→下流話→詆毀。）

②〔形似近義字〕calumny誹謗，中傷，誣衊（slan→calum；s→c通轉）。

③〔同族字例〕slam猛擊，砰地關門；slap拳擊，猛地關門；slash猛砍，鞭打；slate痛打，鞭打；sledgehammer猛擊；slog猛擊，跋涉，苦幹；onslaught猛攻；slice切成薄片，切，割；slur誹謗；slogan口號；kill殺死；claymore大砍刀，劍（sl→cl；s→c通轉）；calamity災難；challenge挑戰，非難，反對。參看：slay殺死，殺害；quell屠殺，鎮壓；calumny誹謗，中傷，誣衊；slaughter屠宰，屠殺，殘殺。

slant [slɑ:nt; slænt] *

義節 s.lant

s → se- 向外，離開；lant→lean *v.*傾斜，傾向。

字義 *v. / n.* **（使）傾斜，（使）傾向。**

a. **（傾）斜的。**

n. **斜面。**

記憶 ①〔用熟字記生字〕lean傾斜，傾向，斜倚。

②〔同根字例〕declension傾斜。參看：decline（使）下傾，拒絕；recline使斜倚，使依靠；incline（使）傾斜，（使）傾向於，斜面。

③〔同族字例〕acclivity向上的斜坡；clivus斜坡的；client主顧。參看：declivity向下的斜坡；proclivity傾向，癖性。

④字母l表示「傾斜」的其他字例。參

看：lurch突然傾斜；leer斜眼看；slope斜坡，傾斜。

slap [slæp; slæp] *

字義 *v. / n.* **（用扁平物）拍，摑，掌擊，指責，侮辱。**

記憶 ①〔用熟字記生字〕clap拍手，鼓掌。slap可能是這個字的變體。因為c有時會讀s音。

②〔疊韻近義字〕flap拍打，拍擊，（鳥翼）撲動。這個字是模擬軟平的羽翼在空氣中撲動時發出的「劈啪聲」。後來引申為其他軟而扁平的東西「拍打」，再引申為扁平物，如口袋蓋等。

slat [slæt; slæt]

字義 *n.* **條板，板條。**

vt. **用板條製造，給…裝條板。**

記憶 〔同族字例〕xyloid木質的；xylophone木琴；salicylate水楊酸鹽（s→x通轉）；salicin柳醇；willow柳（樹）。參看：sill窗臺，檻，基石；sallow柳（枝）；silva森林區；xylograph木刻，木板印畫。用木製造檻和窗臺，一般先要鋸成木條或厚板，於是派生出下列各字（縮去了母音i）：slab厚板；slice薄片。後來又引申為「石板」，如slate（建築或書寫用的）石板；silcer薄片。

slat.tern ['slætən; 'slætɚn]

義節 s.lat.tern

s → se- →out；lat→lie躺，lay放置；-ern朝…方向。

字義 *n.* **懶婦，邋遢女人，妓女。**

a. **邋遢的。**

v. **浪費掉。**

記憶 ①〔義節解說〕lie out成天懶洋洋地躺著，自然衣冠不整；lay out放在一邊，廢

置不用→浪費掉。

② ［用熟字記生字］slow緩慢的，遲鈍的；lazy懶惰的。

③ ［同族字例］slut懶婦，邋遢女人，妓女；slather厚厚地撒，厚厚地塗抹，浪費。參看：sleet（雪，雨等）大片地落下；lethargy嗜眠症，冷淡，懶散，無生氣；lethal致命的；sloth懶惰，散散，樹獺。

④sl表示「懶」。參看：sloven懶散的人；sluggard懶漢；slouch無精打釆地走；slug懶漢。

⑤字母l表示「懶」的其他字例：relax休息；languid無精打采的；leizure閒暇；listless無精打采的；lie 躺，臥…等等。參看：languish 衰弱無力；lounge懶散的人；lassitude 無精打采；loiter閒逛；lounge懶洋洋；libertine浪子。

---

slaugh.ter ['slɔ:tə; 'slɔtɚ] *

字義 *n. / vt.* 屠宰，屠殺，殘殺。

記憶 ① 本字源於拉丁文：culter刀→cultrarius屠宰供祭祀用的牲畜的人→cultor崇拜者。音變過程：cul→cl→sl；c→l通轉。

下面再把相關的德文字和英文字作一個有趣的比較：

德文	英文
schlag	slog
打，擊	猛擊；
schlagwort	slogan
口號	口號；
schlacht	onslaught
會戰，戰役	猛攻；
schlachten	slaughter
屠宰、屠殺、殘殺	屠宰、屠殺、殘殺

左邊一組嚴格相似的德文字，到了英文中就有了很大的變形，但含義基本未變。可以看出：slaught（德文的schlag /

schacht）的基本的含義是「打，擊」，引申爲「打仗。屠殺」。

② ［用熟字記生字］slice切成薄片，切，割。

③ ［造句助憶］his daughter was～ed in the war他女兒在戰爭中遭慘殺。

④ ［同族字例］本字的基本含義是：strike猛擊。其他字例：slam猛擊，砰地關門；slap拳擊，猛地關門；slash猛砍，鞭打；slate痛打，鞭打；sledge大錘，致命的；sledgehammer猛擊；slog猛擊，跋涉，苦幹；onslaught猛攻；kill殺死；claymore大砍刀，劍（sl→cl；s→c通轉）；calamity災難；challenge挑戰，非難，反對；cultism崇拜迷信；cultist熱忱於敬神的人。參看：slay殺死，殺害；quell屠殺，鎮壓；calumny誹謗，中傷，誣衊；slander誹謗，詆毀，造謠中傷；cult禮拜，狂熱的崇拜；slit切開，撕開，使成狹縫，縱切，縱裂。

---

slay [slei; sle] *

字義 *v.* 殺死，殺害。

記憶 詳見上字：slaughter屠殺。

---

slea.zy ['sli:zi; 'slei -; 'slizɪ, 'slezɪ] *

字義 *a.* （織物等）質地稀鬆的，薄的，質劣的；（理由）站不住腳的。

記憶 ① ［義節解說］本字可能是sleave（細絲）和flimsy（脆弱的；理由站不住腳的）兩字複合形成的變體。

② ［用熟字記生字］slight輕微的，脆弱的，不結實的；loose鬆弛的。

③ ［同族字例］phlegm痰，黏液，冷淡；phlebitis靜脈炎；flebby鬆弛；inflame發炎；lax鬆；relax放鬆；lag鬆懈；loose鬆開；release釋放；dissolute放蕩的；lag鬆懈；flag無力地下垂，衰退，低落；lassitude無精打采；slouch無精打采地

713

走；leizure閒暇。參看：flaccid不結實的，鬆弛的，軟弱的；slack寬鬆的；phlegmatic冷淡的；lackadaisical懶洋洋的，無精打采的。

④〔形似近義字〕slim纖弱的，低劣的；slimsy脆弱的，不結實的，不耐穿的；slinky苗條的。參看：flimsy脆弱的；flabby鬆弛的。

sleet [sli:t ; slɪt]

字義 n. / vi. （下）凍雨，（下）雨夾雪，（雪，雨等）大片地落下。

記憶 ①本字應是slat（條板）的變體，西方人喜歡用「薄片」轉義為「雪」。又例如：flake薄片→薄雪花。凍雨，又稱「糝」，指凍雨落到葉子上結成冰硬的長條，像「條板」一樣。參看：slat條板。

②〔同族字例〕slate石板；slather厚厚地撒，厚厚地塗抹，浪費。參看：slat條板；slattern邋遢女人，妓女，浪費掉。

③〔疊韻近義字〕sheet大片，大雨。

sleight [slait ; slaɪt]

字義 n. 奸詐，詭計，熟練，戲法，花招。

記憶 ①〔義節解說〕本字應是sleigh（雪橇）的變體。從「滑溜」轉義為「狡猾」，「熟練」。

②〔用熟字記生字〕clever聰明的。

③〔同族字例〕slide滑動；sleek圓滑的，滑頭的；一種光滑的油布雨衣，滑頭。參看：sly狡猾的；slick圓滑的，聰明的。

slick [slik ; slɪk]

字義 a. 光滑的，熟練的，圓滑的，聰明的。

記憶 詳見上字：sleight奸詐，熟練，花招。

slim [slim ; slɪm] *

字義 a. 細長的，微小的，低劣的。

v. （使）變苗條。

記憶 ①〔用熟字記生字〕slight輕微的，細長的，苗條的，脆弱的。

②〔雙聲近義字〕slender細長的，苗條的，纖弱的；slinky苗條的；slip瘦長的。參看：sleazy細長的。

③字母l表示「瘦」。參看：lank細長的。

④〔同族字例〕slam砰的一聲關閉；limp跛行，慢慢行進；collapse坍塌；lump笨重地移動；clump重踏的腳步聲。參看：slum貧民窟；slump衰退，消沉，頹然。

slink [skiŋk ; slɪŋk] *

義節 s.link

s → se- →out離開；link斜。

字義 vi. 鬼鬼祟祟地走，早產。

記憶 ①〔義節解說〕link的基本含義是「傾斜」。來源於法文loucher斜視，（轉）曖昧不明。

②〔同族字例〕sling吊腕帶；climb爬，攀；leer斜眼看，送秋波；leery懷疑的，狡猾的。參看：lurk潛伏，潛藏，潛行；lair獸穴；flinch退縮；flank側面；lurch【古】潛行，潛藏，突然傾斜，東倒西歪，徘徊。

③字母組合sl常表示「滑動」，如：slide滑動。引申為「腳底抹油，溜之大吉」。類例：slide偷偷地走掉；slip偷偷地走掉。字母l表示「偷偷走掉」的字例，參看：lurk潛行。

slit [slit ; slɪt] *

字義 n. 狹縫。

vt. 切開，撕開，使成狹縫。

vi. 縱切，縱裂。

記憶 ①〔諧音〕「撕裂」。

②〔同族字例〕slot狹縫；let讓，出讓；

lot抽籤；lottery抽彩給獎法；litter使凌亂。參看：allot分配，分給；slaughter屠宰，屠殺。

③sl表示「切開，撕開」的其他字例：sleave細絲，亂絲；slice切薄片；sliver切薄片，切碎；slive切開。

sl表示「狹縫」的其他字例：sluice水槽，狹水道。

④〔疊韻近義字〕參看：split劈裂。

---

sliv.er ['slivə; 'slivər]

字義 *n.* 薄片，裂片。

    vt. 切成薄片，裂成碎片。

記憶 ①〔用熟字記生字〕slice切成薄片。

②〔同族字例〕slive切開；sleave細絲，分開亂絲；cleave劈開，裂開；levigate粉碎。

③sl表示「切開，撕開」的其他字例：slit切長條，撕；slice切片。

---

sloop [slu:p; slup]

義節 s.loop

s → se- → self自身；loop滑。

字義 *n.* 單桅小帆船

記憶 ①〔用熟字記生字〕slip滑動，（船）滑行。從「滑行」引申爲「船」。

②〔同族字例〕shallop輕舟，小舟，雙桅船（應是本字的變體）；slope斜坡；sleeve衣袖；lubricate潤滑。參看：slop（寬鬆的）罩衣，外衣，工作服。

③sl表示「滑」的其他字例：slalom障礙滑雪；sled雪橇，用雪橇運；sledge雪橇，用雪橇運；sleek柔滑的，使光滑；sleigh馬拉雪橇；sleight詭計，花招；slen旋轉滑溜；slick滑溜溜的，圓滑的；slide滑動，溜冰；slip滑動；slither不穩定地滑動；sly狡猾的。

④字母l表示「滑」的其他字例：參看：lubricate使潤滑。

---

slop [slɔp; slɑp] *

義節 s.lop

s → se- → self自身；lop滑。

字義 *n.* 船上販賣部供應海員的衣物，（寬鬆的）罩衣，外衣，工作服。

記憶 ①〔義節解說〕將「（寬鬆的）罩衣」往身上套，一「滑」，就穿進去了。

②也可以將本字看作是floppy（鬆軟的）的變體。參看：slap拍擊。寬鬆的衣服穿在身上，走起路來「啪噠啪噠」的，就像鳥翼拍打的聲音。

③〔同族字例〕參看上字：sloop單桅船。

---

slosh [slɔʃ; slɑʃ]

字義 *n.* 泥濘，濺潑聲。

    vt. 濺，潑。

    vi. 發濺潑聲。

記憶 本字應是slush（發濺潑聲）的變體。sl表示「泥」的其他字例：slew沼澤；slime軟泥，黏泥；slob爛泥，淺灘；slop泥泉，濺出；slough沼澤地；slubber沾汙；sludge軟泥，淤泥；slur汙點，糊塗；slurry泥漿；slush爛泥，淤泥。

---

sloth [slouθ; sloθ, slɔθ]

字義 *n.* 懶惰，懶散，樹獺。

記憶 ①〔用熟字記生字〕slow緩慢的，遲鈍的（sloth是這個字的變體）；lazy懶惰的。

②〔同族字例〕參看：lehargy嗜眠症，冷淡，懶散，無生氣；lethal致命的；slattern懶婦。

③sl表示「懶」。參看：slattern懶婦；sloven懶散的人；sluggard懶漢；slouch無精打采地走；slug懶漢。

④字母l表示「懶」的其他字例：relax休

息；languid無精打采的；leizure閒暇；listless無精打采的；lie躺，臥…等等。參看：languish衰弱無力；lounge懶散的人；lassitude無精打采；loiter閒逛；lounge懶洋洋；libertine浪子。

slov.en ['slʌvən; 'slʌvən]

字義 *n.* 邋遢人，懶散的人。

記憶 ①〔用熟字記生字〕slave奴隸（這個字的古意是「卑鄙低下的人」）；slow緩慢的，遲鈍的（slov→slow；v→w變體）。
②〔同族字例〕參看上字：sloth懶惰，懶散。

slug.gard ['slʌgəd; 'slʌɡəd]

義節 s.lug.g.ard

s- → se- 離開；lug→lag *v.*鬆懈；-ard人（有貶義）。

字義 *n.* 懶漢。

記憶 ①〔義節解說〕作風拖拖拉拉，懶懶散散的人。
②〔用熟字記生字〕lazy懶的；loose鬆弛的。
③〔同族字例〕lax鬆；relax放鬆；lag鬆懈；loose鬆開；release釋放；dissolute放蕩的；flag無力地下垂，衰退，低落；lassitude無精打采；slouch無精打采地走；leizure閒暇；languid無精打采的；languish衰弱無力；lounge懶散的人，懶洋洋；slug懶漢。參看：flaccid鬆弛的；lackadaisical懶洋洋的，無精打采的；slack懶散的，無精打采的，鬆弛的。
④字母l表示「鬆，散，懶」的其他字例：listless無精打采的；lie躺，臥。參看：loiter閒逛；libertine浪子；sloth懶散；sloven懶惰的人；slug懶漢；slattern懶婦；floppy鬆軟的；flipperty-flopperty鬆弛地下垂；flabby鬆弛的。

slum [slʌm; slʌm] *

字義 *n.* 貧民窟。

記憶 ①估計本字是由clump（密密的一團，建築群）和clumsy（製作粗陋的）變來的（c→s通變：c常常會讀s音）粗陋的建築群→貧民窟。
②〔同族字例〕參看下字：slump蕭條。

slump [slʌmp; slʌmp] *

義節 s.lump

s- → se- 分離，向外；lump *v.*笨重地移動。

字義 *n.* / *vi.*（物價等）暴跌，衰退，消沉，頹然。

    n. 下降。

    vi. 蕭條。

記憶 ①〔義節解說〕笨重地向外移動→倒下沉重地跌落。
②〔疊韻近義字〕dump砰的一聲落下；flump砰的一聲落下；plump沉重地墜下；clump重踏地腳步聲。
③〔同族字例〕slam砰的一聲關閉；limp跛行，慢慢行進；lambast鞭打；lame跛行；lumber笨拙地向前走；lumb笨拙地移動；collapse坍塌。參看：slim細長的，微小的，低劣的；slum貧民窟；lam（鞭）打，逃走，（犯罪者）突然潛逃；loom赫然聳現。

slush [slʌʃ; slʌʃ]

字義 *n.* 爛泥，雪水。

    vt. 濺濕。

    vi. 跋涉，發出濺潑聲。

記憶 ①sl表示「泥」的其他字例：slew沼澤；slime軟泥，黏泥；slob爛泥，淺灘；slop泥泉，濺出；slough沼澤地；slubber沾汙；sludge軟泥，淤泥；slur汙點，糊塗；slurrg泥漿；slosh泥濘，發濺潑聲。

S

② ［形似近義字］slop濺出；plash發出潑濺聲；splash濺起泥漿，濺潑聲。

③ ［疊韻近義字］gush（水）湧出；flush臉紅；blush臉紅（註：血液「上湧」）。

sly [slai ; slaɪ] *

字義 *a.* 狡猾的，躲躲閃閃的，淘氣的。

記憶 ①本字應是sleigh（雪橇）的變體。從「滑溜」轉義為「狡猾」。

② ［用熟字記生字］slide滑動；clever聰明的。

③ ［同族字例］sleek圓滑的，滑頭的；slick圓滑的，聰明的。參看：sleight奸詐，詭計，花招。

④ ［音似近義字］參看：snide狡詐的。

- sm -

以下進入sm區域。

本區域的單字一般會有下列義項：

① 沾汙（s：「汙」，m：「斑點，汙點」）

② 煙

③ 氣味，風味，口（m：「口」。s：「呷，味」）

④ 小，少

⑤ 打，擊，碎，活躍

sm的主要義項是「煙」。從而有「沾汙」，有「氣味」。

sm主要描寫「摑打」聲。

smack [smæk ; smæk] *

字義 *v.* （發出）呃嘴（聲），出聲地吻。

n. 滋味，風味。

記憶 ① ［用熟字記生字］mouth口→嘴巴發出的聲音；味道好，吃得「呃呃」有聲。

② ［同族字例］smooch接吻；smirk傻笑；manger馬槽；munch用力嚼；mock嘲弄。參看：mug嘴，下顎；masticator咀嚼者。

③ ［疊韻近義字］snack小吃，快餐。

smat.ter ['smætə; 'smætɚ]

義節 s.matter

s→ se- 離開；matter→mutter *v.*咕噥。

字義 *n.* 膚淺的知識。

v. 略微會說一種語言，一知半解地談論。

記憶 ① ［義節解說］只有吱咕講幾句→略微會說一種語言，就一知半解地談論→膚淺。法文的mot等於英文的word→（重要的）詞兒。

② ［用熟字記生字］It doesn't matter.不要緊，沒關係。

③ ［同族字例］meeting會議；gemot群衆大會；folkmote群衆集會；blackmail敲詐，勒索；riksmal挪威官方話；matter要緊，（講話的）內容。參看：mutter咕噥；moot可討論的，爭議未決的；motto箴言，座右銘，格言，題詞。

smear [smiɚ ; smɪr] *

字義 *v.* （被）塗汙，（被）弄髒。

n. 汙跡。

vt. 塗（去），抹（去）。

記憶 ① ［用熟字記生字］mud泥→用泥塗抹而弄髒；spread塗抹（黃油等）。

② ［同族字例］smearcase農家鮮乾酪；schmeer行賄；smorgasbord由多種食物配成的斯堪的納維亞自助餐；smirch弄髒，沾汙；besmirch沾汙，糟蹋；moss青苔，沼澤；litmus石蕊；quagmire泥沼；mustard芥，芥末；must發酵中的果汁；myriad無數的；mysophobia潔癖；mere池沼；mermaid美人魚。參看：morass沼澤；marsh沼澤，濕地；moor

S

荒野，沼澤；mire淤泥，泥坑。

③sm表示「沾汙」的其他字例：smooch汙跡，弄髒；smudge汙跡，沾汙；smut汙跡，煤塵，沾汙；smutch弄髒，塵垢；smutty被煤炭弄黑的，猥褻的；schmaltz食用動物脂肪；medulla骨髓。

---

smoth.er ['smʌðə; 'smʌðɚ] *

義節 s.moth.er

s→se-離開；moth→muff裹住；-er重複動作。

字義 *vt.* **使窒息，悶熄（火等），抑制（感情），覆蓋。**

　　　 n. **濃煙，濃霧。**

記憶 ①［義節解說］動詞的字義可能從muffle而來。muffle的主要含義是「捂住，悶住」，引申為「抑制（感情，聲音）」。th的聲音也和f相似。

②［用熟字記生字］smoke煙。

③［同族字例］smoothen使平靜，使平滑；smoother把東西弄平整的人，路面整平機；muff女子防寒用的皮手套；camouflage偽裝（moufl→muffle）；muffler厚圍巾，消音器；mufti便衣；muffin鬆糕。參看：ragamuffin衣服破爛骯髒的人（尤指小孩）；muffle裹住，包住，捂住。

④sm表示「煙」的其他字例：smeech【英方】濃煙；smog煙霧；smudge用濃煙熏，使火產生濃煙。

---

smug [smʌg; smʌg] *
字義 *a.* **整潔的，體面的，自滿的。**

記憶 ①［用熟字記生字］smart瀟灑的，漂亮的，時髦的；smooth圓滑的，吸引人的。

②［疊韻近義字］snug整潔的。參看：mug（扮）鬼臉。

③［同族字例］smock罩衫；schmuck笨拙而固執的人。參看：meek謙和的。

- sn -

以下進入sn區域。

本區域的單字一般會有下列義項：

① 鼻發聲（n：「鼻」）

② 偷偷的做某事

③ 口

④ 紐纏，捲繞（s：「S形狀之物」）

sn最突出的是表現鼻子發出的聲音。其次，它描寫一種隱密的行動。如蛇和如蝸的爬行，都是無聲無息的。

---

snag [snæg; snæg]
字義 *n.* **殘幹，殘根，斷牙，暗礁。**

　　 vt. **絆住，使觸礁。**

記憶 ①［用熟字記生字］neglect忽視，忽略。樹的殘樁和暗礁，正是你會「忽視」而遭麻煩的東西。這兩個字的相似處是nag和neg。

②［同族字例］snug隱藏；snuggery舒適的私室；snuggle舒適地蜷伏，偎依；sneak潛行；snake蛇；snick刻痕；snail蝸牛；snooker彩色落袋檯球；neck頸；knacker收買舊屋、舊船拆賣的人；nut硬殼果；nougat牛奶胡桃糖；nucellus（植物）珠心；nucleus核心；nock弓箭的凹口；newel盤旋扶梯的中心柱；naze海角；ness海角；niche壁龕（註：凹進去）。參看：notch凹口；nook凹角，藏匿處，偏僻隱蔽的角落。

③［疊韻近義字］knag根，株。

④［形似近義字］snare陷阱，圈套，羅網；snarl纏繞，糾結。

S

snort [snɔːt; snɔrt] *

字義 *vi. / n.* 噴鼻息，（發）噴氣聲。

　　v. 哼著鼻子（說）。

記憶 ① ［同族字例］sneer嘲笑，譏笑；schnorrer寄生蟲；snarl咆哮；snort發鼾聲，發哼聲表示譏笑；snorkel水下呼吸管。

②sn表示鼻子發聲的其他字例：sneeze打噴嚏；snick馬嘶，竊笑；sniff有聲地以鼻吸氣，嗤之以鼻；sniffle抽鼻子；snivel抽鼻子，啜泣；snooze小睡；snot鼻涕；snuff發怒，嗅，聞；snuffle抽鼻子。

snub [snʌb; snʌb]

字義 *v. / n.* 斥責，冷落，怠慢。

記憶 ① ［用熟字記生字］snob勢利的人，諂上欺下的人；（s-→self；nob→noble高貴的。自以為高貴的）。

② ［同族字例］snippy言語簡慢衝撞的，擺架子瞧不起人的；snoop窺探；snap厲聲地說；snifty傲慢的；snuffy傲慢的；snooty勢利的，傲慢的。snivel抽咽。

soar [sɔː; sor] *

義節 s.oar

s→se-出去；oar→air *n.*空氣，高空。

字義 *n. / vi.* 高飛，翱翔，高漲。

　　vi. 昂揚，高聳。

記憶 ① ［義節解說］（飛）到高空。

② ［同族字例］aeroplane飛機；aural氣味的；upsoar高飛，上升；oriental東方的（太陽上升處）。

③ ［形似近義字］參看：hover翱翔。

④ ［易混字］solar太陽的；sour酸的；sore痛的。

so.bri.e.ty

[souˈbraiəti, sə -; səˈbraiəti]

義節 so.bri.ety

so-→se-離開；bri釀造，酒；-ety名詞。

字義 *n.* 清醒，嚴肅。

記憶 ① ［義節解說］沒有喝酒→清醒；不是酒後胡言→嚴肅，當真的。

② ［用熟字記生字］beer啤酒；brewery釀造廠。

③ ［同族字例］sober清醒的；ebriosity嗜酒中毒；brewis肉湯；bread麵包；brew釀造，醞釀；inebriate酒醉的；broil灼熱；brood孵蛋；bruise青腫，傷痕，紫血塊。參看：imbrue沾汙（尤指血汙）；embroil使混亂；bouillon肉湯，牛肉湯；broth肉湯，清湯。

sod.den [ˈsɔdn; ˈsɑdn]

義節 sod.d.en

sod浸，滲；-en過去分詞字尾。

字義 *a.* 濕的，未燒透的，麻木的。

　　v. （被）浸濕。

　　vt. 使麻木。

記憶 ① ［義節解說］本字原是seethe的過去分詞。seethe表示「煮沸，浸透」。

② ［同族字例］sod草皮（註：被雨浸濕）；besot使沉醉；swelter滲出。參看：exude滲出；seep滲出，滲漏；shed流出；sweat出汗；suds濃肥皂水；sudorific發汗劑；ooze流血；juice果汁；seethe（使）煮沸；激動；使浸濕。上列這些字都表示「汁液，滲流」，基本形式是-（s）ud-，形成各種變體。

so.journ

[*n.* ˈsɔdʒɜːn, ˈsʌdʒ -; ˈsɔdʒɜn *v.* ˈsɔdʒɜːn, ˈsʌdʒ -; soˈdʒɜn, ˈsɔdʒɜn] *

義節 so.journ

S

so→se-→off；journ→jour→day.

字義 *vi. / n.* **旅居，逗留。**

記憶 ①〔義節解說〕take a day off暫歇一天（不上路）。

②〔用熟字記生字〕journey旅行，旅程。

③〔同族字例〕journal日記，日誌；journalist記日記的人，報刊（註：「日」報）。參看：diurnal白天活動的，白天開花的；nocturnal夜的，夜間開花的，夜間活動的；adjourn延期，休會。

sol.ace [ˈsɔləs, - lis; ˈsɑlɪs, -əs] *

義節 sol.ace

sol→hil→happy *a.*開心的；-ace字尾。

字義 *vt. / n.* **安慰（物）。**

      vt. **使快樂，減輕（悲痛等）。**

記憶 ①〔義節解說〕用好言好語使對方脫離壞心境而高興起來。

②〔用熟字記生字〕calm使平靜（sol→cal：s→c通轉）。

③〔同根字例〕solatium賠償費，慰問金；console安慰；inconsolable無法安慰的。

④〔同族字例〕exhilarate使興奮；howl歡鬧；hullabaloo喧鬧。

參看：wholesome有生氣的；hail歡呼；hilarity歡鬧，狂歡。

⑤〔形似近義字〕soothe安慰，撫慰，使平靜。

sol.e.cism [ˈsɔlisizm; ˈsɑləˌsɪzəm]

義節 sol.ec.ism

sol禮儀，習俗；ec→-eck疵點，斑點；-ism有…性質的。

字義 *n.* **失禮，語法錯誤，謬誤。**

記憶 ①〔義節解說〕禮儀上有缺點→失禮；因爲語法是約定俗成的，所以語法上的缺點就用這個字表達。

②〔用熟字記生字〕leck缺少。

③〔同根字例〕absolute獨裁的（註：不管「習俗」，獨斷獨行）。參看：disolute放蕩的，不道德的；insolent無禮的；obsolete過時的，廢棄了的；solemn合禮儀的。

④〔同族字例〕關於 -eck：inpecable無瑕的；immaculate無瑕疵的；speck汙點；speckle使沾汙。

⑤參考：另一同形字根-sol-表示「太陽」。作者猜測，古人崇拜自然，祭太陽神時儀式很莊重（solemn），後來引申爲「禮儀」。

sol.emn [ˈsɔləm, ˈsɑləm]

義節 sol.emn

sol禮儀，習俗；-emn形容詞。

字義 *a.* **莊重的，隆重的，合禮儀的。**

記憶 ①〔義節解說〕另一同形字根-sol-表示「太陽」。作者猜測，古人崇拜自然，祭太陽神時儀式很莊重（solemn），後來引申爲「禮儀」。

②〔同根字例〕absolute獨裁的（註：不管「習俗」，獨斷獨行）。參看：disolute放蕩的，不道德的；insolent無禮的；obsolete過時的，廢棄了的；solecism失禮。

③〔同族字例〕holy神聖的；hell地獄；holiday假日；holisom聖物；hallon崇敬，視爲神聖；Halloween萬聖節前夕。參看：hale強壯的，矍鑠的；hallow聖徒，崇敬，把…視爲神聖。

so.lic.it [səˈlisit; səˈlɪsɪt] *

義節 so.lic.it

so→se-出來；lic→lure *v.*誘惑；-it走。

字義 *v.* **請求，懇求，徵求，（妓女）拉客。**

      vt. **誘發，誘惑。**

記憶 ①〔義節解說〕引誘對方走出來→懇求對方出口（同意），出手（幫忙）；拉

客，誘發。

② ［用熟字記生字］ like歡喜；delicious美味的。

③ ［同族字例］ delight 高興；delicate美味的。參看：elicit引出；salacity淫穢；licentious放蕩的；solicitous渴望的。

---

so.lic.i.tous [sə'lisiəs; sə'lɪsɪtəs]

義節 so.lic.it.ous

so→se-出來；lic→lure v.誘惑；-ous充滿…的。

字義 *a.* **渴望的，焦慮的，非常講究的。**

記憶 ① ［義節解說］ 受到誘惑，胃口被「吊」了出來→渴望。

② ［用熟字記生字］ like歡喜；delicious美味的。

③ ［同族字例］ delight 高興；delicate美味的。參看：elicit引出；salacity淫穢；licentious放蕩的；solicit誘惑。

---

so.lil.o.quy [sə'liləkwi; sə'lɪləkwɪ]

義節 soli.loqu.y

soli→soly *a.*單獨的；loqu講話；-y名詞。

字義 *n.* **自言自語，獨白。**

記憶 ① ［用熟字記生字］ dialogue對話。

② ［同族字例］ -sol：solitary獨居的；seal密封；seel用線縫鷹的眼睛；conceal隱藏（註：字母s→c同音變異）。參看：insular島嶼的，隔絕的；celibate獨身的；occult隱藏的；asylum避難所；cloister使與塵世隔絕。-loqu-：obloquy斥責；prolocutor代言的；colloquial口語的。參看：elocution演講術；loquacity多話。

---

so.mat.ic [sou'mætik; so'mætɪk]

義節 somat.ic

som（at）→corp身體；-ic形容詞。

字義 *a.* **身體的，肉體的，體細胞的。**

記憶 ① ［同根字例］ soma（動植物）軀體；somatology軀體學；somite（昆蟲等）體節；somersault翻筋斗（註：sault跳）；somatotype體型。

② ［同族字例］ 參看：corpse屍體。字根-som-和-corp-可能同源，s→c是常見的音變；m→p也很自然，因為都是閉口音。我們見到許多以m結尾的單字後面都有p。例如：camp露營。

---

som.ber ['sɔmbə; 'sɑmbɚ] *

義節 s.omber

s→se-→self自身；omber→umber陰影，蔭。

字義 *a.* **昏暗的，憂鬱的，暗淡的，淺黑的。**

記憶 ① ［義節解說］ 自身陰暗。

② ［用熟字記生字］ umbrella傘。

③ ［同族字例］ 參看：adumbrate遮蔽；penumbra（日，月蝕）半影；umbrage樹蔭，不愉快的，懷疑。

---

som.nif.er.ous
[sɔm'nifərəs; sam'nɪfərəs]

義節 somni.fer.ous

-somn-睡眠，昏迷；fer攜帶，運送；-ous充滿…的。

字義 *a.* **催眠的，麻醉的。**

記憶 ① ［義節解說］ 把人帶到無知覺的狀態。

② ［用熟字記生字］ ferry渡輪。

③ ［同族字例］ 參看：insomnia失眠；coma昏迷，麻木，怠惰（註：som→com；其中s→c音變通轉）；soper迷睡，酣睡。

S

so.no.rous

[sə'nɔːrəs; sə'nɔrəs, -'nor-]

義節 son.or.ous

son聲音；-ous充滿⋯的。

字義 *a.* 響亮的，洪亮的，能發出（響亮）聲音的。

記憶 ① ［用熟字記生字］sound聲音；supersonic超音速的。

② ［同根字例］ s o n n e t 十四行詩；absonance不合拍；assonant諧音的。參看：consonance共鳴；resonance共鳴，共振；dissonance不和諧，不一致。

soph.ist [ˈsɔfist; ˈsafist]

義節 soph.ist

soph知，智；-ist⋯的人。

字義 *n.* 詭辯家，大智者，博學家。

記憶 ① ［用熟字記生字］philosophy哲學。

② ［同族字例］sophisticated世故的，複雜的；sophism詭辯。參看：sophomore大學二年級學生。

soph.o.more

[ˈsɔfəmɔː; ˈsafm,or -,ʃ;ˌcməfc,] *

義節 soph.o.more

soph知，智；more停滯→蠢，笨。

字義 *n.* （大，中學）二年級學生，工作第二年的人。

記憶 ① ［義節解說］本字原意是：聰明的傻瓜。二年級學生某種方面已經學了乖，不像剛進校時那樣「傻乎乎」。

② ［對應字］morosoph愚蠢的智者。

③ ［同族字例］-soph-：參看上字：sophist智者。-mor-：moron低能人；moronic低能的，笨的；oxymoron（修飾語中的）矛盾修飾法；amortization分期償還，緩衝；morademur韻律單位（相當於一個短音）；demur遲疑，異

議；remain停留，保持；moratory延期償付的；mur牆；demure嫺靜的，拘謹的，假正經的；marline細索。參看：mortify抑制，禁慾；mortage抵押；mortmaint傳統勢力；moratorium暫停；moor繫泊，繫住。

so.por [ˈsoupə; ˈsop、-pɔr]

義節 sop.or

sop→somn昏迷，睡覺；-or字尾。

字義 *n.* 迷睡，酣睡。

記憶 ① ［義節解說］本字來源於拉丁文sopor使人昏昏欲睡，使緩和。m和p都是閉口音，有密切的親緣關係，我們經常見到以-mp結尾的單字，如camp等。這裡somn→sop就是音的變體。

② ［用熟字記生字］soften使柔和（sop→sof：p→ph→f通轉）。

③ ［同根字例］ s o p o r i f i c 催眠的；soporose酣睡的。

④ ［同族字例］參看：insomnia失眠；coma昏迷（somn→com，s→c音變變體）；somniferous催眠的，麻醉的。

sor.cer.er [ˈsɔːsərə; ˈsɔrsərə] *

義節 s.orc.er.er

s-→ex-→out出來；orc唸咒語；-er重複動作；-er行為者。

字義 *n.* 男巫，術士，魔術師。

記憶 ① ［義節解說］重複唸出咒語→作法。

② ［用熟字記生字］oral口頭的。

③ ［同族字例］sortilege抽籤占卜，魔術；hanky-panky欺騙，障眼法；hexerei巫術；hag女巫；hocus-pocus咒語，魔術，哄騙，戲弄；joke戲弄。參看：hoax欺騙；hocus愚弄，戲弄，麻醉；exorcize用咒語驅魔；coax哄騙。

sor.did [ˈsɔːdid; ˈsɔrdɪd] *

義節 s.ord.id

s-→se-離開；ord秩序；-id形容詞。

字義 *a.* 骯髒的，令人不舒服的，卑鄙的，可憐的。

記憶 ① [義節解說] 無秩序→不整潔，骯髒。

② [用熟字記生字] order秩序，順序。

③ [同族字例] o r d i n a r y 普通的；inordinte無節制的；coordinate協調；subordinate下級的。參看：ordinal順序的。

sor.ghum [ˈsɔːgəm; ˈsɔrgəm]

字義 *n.* 高粱，高粱糖漿，甜得發膩的東西。

記憶 ①本字可能是sugar（甘蔗）的音變變體。作者猜測，這兩個字都來源於suck吸吮。讀者只要想想我們是怎樣吃甘蔗的，便知余言不謬。

② [同族字例] sucrose蔗糖；saccharose蔗糖；saccharide糖類；saccharometer糖量計。sacchar（o）-（字首）糖；saccharine太甜的，討好的；saccharate【化】糖質酸鹽；saccharic【化】糖化物的；saccharogenic產糖的；suck吸吮。參看：succus汁液；saccharine糖的，含糖的，極甜的。

sor.go [ˈsɔːgou; ˈsɔrgo]

字義 *n.* 盧粟，甜高粱。

記憶 本字可能是sugar（甘蔗）的音變變體。作者猜測，這兩個字都來源於suck吸吮。讀者只要想想我們是怎樣吃甘蔗的，便知余言不謬。參看上字：sorghum高粱。

so.ro.ral [səˈrɔːrəl; səˈrɔrəl, -ˈror-]

義節 soror.al

soror→seri系列，連串；-al形容詞。

字義 *a.* 姊妹（般）的。

記憶 ① [義節解說]「姊妹」是一個接一個地養出來的。「姊妹篇」是一本接一本的系列小說。

② [用熟字記生字] series系列。

③ [同族字例] sort種類，分類；sortilege抽籤占卜，魔術；assort分類；consort配偶，夥伴，聯合；assert斷言；sear繫發阻鐵（槍炮的保險裝置）；serried排緊的，靠攏的；sorus孢囊群；sorosis聚花果，參看：dissert論述，演講。

sot [sɔt; sɑt]

字義 *n.* 酒鬼。

     vi. 嗜酒。

     vt. 因嗜酒而浪費掉。

記憶 ①本字可能是sodden（浸濕）音變而來（d→t）。一個人喝足了酒，就像整個身心都被浸濕了。參看：suck吸吮。

② [同族字例] sod草皮（註：被雨浸濕）；besot使沉醉；swelter滲出。參看：exude滲出；seep滲出，滲漏；shed流出；sweat出汗；suds濃肥皂水；sudorific發汗劑；ooze流血；juice果汁；seethe（使）煮沸，激動，使浸濕。上列這些字都表示「汁液，滲流」，基本形式是-（s）ud-，形成各種變體。

sou.ve.nir

[ˈsuːvəniə; ˌsuvəˈnɪr, ˈsuvəˌnɪr]

義節 sou.ven.ir

sou-→sub-→under；ven→come來；-ir字尾。

字義 *n.* 紀念禮物，紀念品。

記憶 ① [義節解說] 本字是法文借字。under come→gift under your coming

S

here 因爲你到此一行，而贈予的禮物。

② ［同族字例］advent到來；provenience 起源；event事件。參看：revenue收 益；parvenu暴發戶（的）；convent女 修道院；convene集合；adventitious 偶然的，外來的；contravene觸犯； conventional慣例的，常規的，傳統的， 協定的。

sov.er.eign ['sɔvrɪn; 'savrɪn] *

義節 sov.e.reign

sov→super-高，超；reign *n*.統治，君主 統治。

字義 *a.* 最高的，獨立自主的，君主的。
　　　n. 君主，統治者。

記憶 ① ［義節解說］reign（統治，支配） 來源於rein（配）韁繩，駕馭，控制，統 治。

② ［同族字例］reign統治，支配；frenum （昆蟲的）繫帶；frenulum（昆蟲的） 繫帶；chamfron馬頭甲，馬盔。參看： refrain忍住，抑制，制止；rein統治。

soy [sɔi; sɔɪ]

字義 *n.* 醬油，大豆，黃豆。

記憶 ①本字是從日文shoyu（醬油）音變 而來。而shoyu實際上是中文「醬油」的 日文讀音（與中文讀音相似：sho醬；yu 油）。因爲「醬油」是用黃豆製造，又引 申爲「黃豆」。

② ［同族字例］soybean黃豆；soya黃豆； sauce醬油。

- sp -

以下進入sp區域。

本區域的單字一般會有下列義項：

sp從p處繼承較多，主要描寫「小 點」，從而有「驅散」意，有「泡 沫」意。另外，「尖、刺」和「足」 也源於p。

sp描寫人語聲，有「口、說」意。這 也源於p。

sp的另一重要含義是「旋轉」。

① 小點及其運動（p：「球丸狀 物」，「針，刺，點」）
② 驅散（p：「推動，力」）
③ 尖，刺，激（p：「尖，利」）
④ 看，視（p：「視」）
⑤ 延伸（p：「翼」）
⑥ 生發，發生（s：「種子，泉 源」）
⑦ 特別，種類
⑧ 足，快速（p：「足，走」）
⑨ 旋
⑩ 泡沫
⑪ 口，說（p：「說話」）
⑫ 剝（皮），奪
⑬ 空，間隔

spa [spɑ: ; spɑ, spɔ]

字義 *n.* 礦泉（療養地），遊樂勝地，豪華 旅館。

記憶 spa是義大利地名，該地以礦泉知 名。

spall [spɔ:l; spɔl]

義節 s.pall

s→se-分離；pall→fall *v*.崩潰，衰亡。

字義 *n.* 裂片，碎片。

　　 vt. 弄碎。

　　 vi. 剝落，裂開，分裂，蛻變。

記憶 ① 〔義節解說〕字母p和f常會通用，因爲ph與f讀音一樣，而h在西方語文中一般不讀音，容易脫落。參看：pall無味。原子核的「蛻變」，又叫「衰變」和「嬗變」，建築物崩潰，石頭風化，都會形成碎片。

② 〔用熟字記生字〕peel剝落；spell拼音，拼綴（註：把裂片重新「拼合」）。

③ 〔同族字例〕appalling令人震驚的；pelt連續打擊；spalder擊碎礦石的工人。

----

span [spæn ; spæn] *

義節 s.pan

s→se-→out向外；pan伸展，泛，全。

字義 *n.* **（手掌伸開時）拇指到小指的距離，全長，跨（度）。**

　　 vt. 估量，橫跨。

　　 vi. 蠕動。

記憶 ① 〔義節解說〕伸張出來→指距，跨度。

② 〔用熟字記生字〕pan平底鍋；pan-（字首）泛，全；expand張開；palm手掌。

③ 〔同族字例〕spanner扳手；expanse廣漠，擴張；spider蜘蛛；spin紡紗，（蠶）吐絲；spindle紡錘，主軸；spinding細長的；spinster未婚女子（原意：織女）。

----

span.gle ['spæŋgl ; 'spæŋ!]

義節 spang.le

spang→pend / pens 懸，吊，掛→hang *v.*懸掛；-le表示「小」。

字義 *n.* **亮晶晶的小東西（金屬片等）。**

　　 v. **（使）閃爍。**

記憶 ① 〔義節解說〕「掛」在衣服上作裝飾用。

② 〔用熟字記生字〕hang懸掛；sparkle閃爍。

③ 〔同根字例〕depend 依靠；suspend吊，懸，停止；prepense預先考慮過的；propensity嗜好。參看：pensive沉思；penchant強烈愛好，嗜好；pendant下垂物，垂飾，吊燈架，姊妹篇，尖旗。

----

spank [spæŋk ; spæŋk] *

義節 s.pank

s→se-離開；pank→palm *n.*手掌。

字義 *vt.* **（用手掌）打屁股，拍擊，鞭策。**

　　 vi. **飛跑。**

　　 n. **一巴掌。**

記憶 ① 〔義節解說〕用手掌拍馬→鞭策→飛跑。

② 換一個思路：pank→punct刺，刺激→鞭策→飛跑。

③ 〔同族字例〕參看上字：span（手掌伸開時）拇指到小指的距離。

----

spar [spɑː ; spɑr]

字義 *n.* **圓木材（如船的桅杆）。**

記憶 ① 〔用熟字記生字〕spear矛，槍，梭標，魚叉，（註：有長「桿」）。

② 〔用熟字記生字〕bar（木）桿，棒（b→p音變）。

③ 〔同族字例〕balberd戟；barbel魚的觸鬚；barbellate有短硬毛的；barbicel鳥的羽纖枝；barbule小芒刺；rebarbatives難看的，討厭的；barber理髮師（剃去「棒狀」鬚、髮的人）；beard鬍鬚。參看：barb倒鈎，倒刺，（動物）羽枝。

----

spar.si.ty ['spɑːsiti ; 'spɑrsətı]

義節 spars.ity

spars散開，空間；-ity名詞。

字義 *n.* **稀少，稀疏。**

記憶 ① 〔用熟字記生字〕space空間，物體

S

在空間一散開，就變得稀疏。

② ［同族字例］dissipate驅散，浪費；spare空餘的；spate氾濫，洪水；sparge灑，撒，噴霧於；sparse稀疏的；aspersion灑水，誹謗；intersperse散布，點綴；sprout發芽，展開；sprit斜撐帆杆；spray小樹枝；sprayey有小枝的；sprig小枝，使（草）蔓生；spriggy多小枝的；spruce雲杉。參看：sprawl伸開手足（躺，坐），（使）蔓生；sprightly生氣勃勃地；sporadic分散的，零星的；disperse驅散。

---

spasm ['spæzm ; 'spæzəm] *

義節 s.pas.m

s→se-→out出來；pas→puls有節奏的抖動，拉動；-m表示動作的結果。

字義 n. 痙攣，抽搐，（疾病等）一陣發作。

記憶 ① ［用熟字記生字］space空間，間隙；pull拉。

② ［形似近義字］spell(疾病等)一陣發作。

③ ［同族字例］pulsate抖動；impulse衝動；expulsion驅逐。

---

spat.ter ['spætə; 'spætə]

義節 spat.t.er

spat噴濺；-er重複動作。

字義 vt./n. 濺，灑。

　　 vi./n. 滴落，飛濺。

　　 vt. 誣衊。

　　 n. 汙跡。

記憶 ①本字可能是模擬水潑濺的聲音。

② ［同族字例］spit吐痰，吐唾沫；spout噴射；sputter噴濺唾沫；sputum痰，唾；cuspidor痰盂；spittle唾涎。參看：spew嘔出，噴出。

---

spawn [spɔ:n; spɔn] *

義節 s.pawn

s→se-→out出來；pawn→pan伸展，舒張。

字義 n. （魚等的）卵，產物。

　　 v. 產（卵）。

　　 vt. 引起，釀成。

　　 vi. 大量生育。

記憶 ① ［義節解說］一舒張，就排「出」（卵）來。

② ［用熟字記生字］born出生（b→p是常見音變）。

③ ［同族字例］spanner扳手；expanse廣漠，擴張；spider蜘蛛；spin紡紗，（蠶）吐絲；spindle紡錘，主軸；spindling細長的；spinster未婚女子（原意：織女）；pan平底鍋；pan-（字首）泛，全；expand張開；palm手掌。參看：span（手掌伸開時）拇指到小指的距離，全長，跨（度），蠕動。

④sp表示「生發，發生」的其他字例：sponsor發起，倡議。參看：sperm精子；spontaneous自發的；sporadic偶爾發生的。還可以再聯想到：sow播種；seed種子。

---

spe.cious ['spi:ʃəs; 'spiʃəs]

義節 speci.ous

speci看→外表→種類；-ous充滿…的。

字義 a. 似是而非的，貌似有理的，華而不實的。

記憶 ① ［義節解說］徒有其表→華而不實，似是而非。

② ［用熟字記生字］special特殊的。

③ ［同根字例］species種類；specific具體的；spice香料（註：有獨特的香味或風味，如茴香）。

speck [spek；spɛk] *

字義 *n.* **小點，斑點，汙點，一點點。**

　　　vt. **使有斑點、汙點。**

記憶 ①［用熟字記生字］spot小點，斑點，汙點，地點。

②［同族字例］speckle小斑點；spark火花；splotch斑點，汙跡；pock痘疱；pox天花。

③字母組合-eck表示「斑點」的其他字例：fleck使起斑點；freckle雀斑，斑點；pecky有霉斑的，有蛀蟲的；defect缺點。參看：imeckable無瑕疵的。

---

spec.ter ['spɛktə；'spɛktə]

義節 spect.er

spect看；-er字尾。

字義 *n.* **鬼影，幽靈，無法擺脫的恐懼。**

記憶 ①［義節解說］鬼影隱約可見。

②［用熟字記生字］expect期待。

③［同根字例］inspect檢查；spectacle展品，奇觀；spectrum光譜；respect尊敬；suspect懷疑；spy間諜；speculate推測，投機。參看：spook鬼，暗探，鬼一樣地出沒。

---

sperm [spə:m；spɝm]

義節 s.perm

s→se-出來；perm→pan伸展，舒張。

字義 *n.* **精液，精子。**

記憶 ①［義節解說］一舒張就散逸出來。

②［用熟字記生字］pump泵。

③［同族字例］spore孢子；diaspora猶太人的分散，散居；spread散布；off-spring子孫；parents父母；biparous一產二胎的（雙胞胎的）。參看：postpartum產後的；repertory庫存；viper毒蛇；conifer針葉樹；sporadic單個發生的，偶爾發生的，分散的，零星

的；parturition生產，分娩。

④sp表示「生發，發生」的其他字例：sponsor發起，倡議。參看：spontaneous自發的；sporadic偶爾發生的。還可以再聯想到：sow播種；seed種子。

⑤［疊韻近義字］germ萌芽，起源。

---

spew [spju:；spju] *

字義 *vi./n.* **嘔吐（物），滲出（物），噴出（物）。**

　　　vt. **嘔出，噴出。**

記憶 ①本字可能是模擬水潑濺的聲音。類例：spit吐痰，吐唾沫；spout噴射；sputter噴濺唾沫；sputum痰，唾；cuspidor痰盂；spittle唾涎。

②［諧音］「噗」的一聲噴出。

③［同族字例］spit 吐痰，吐唾沫；spout噴射；sputter噴濺唾沫；sputum痰，唾；cuspidor痰盂；spittle唾涎。參看：spatter灑，滴落，飛濺。

---

spike [spaik；spaɪk]

字義 *n.* **大釘，釘鞋，穀穗。**

　　　vt. **用大釘釘，刺。**

記憶 ①［義節解說］本字從pike（矛盾，強刺，有尖頭的）變來。而估計該字又來源於beak鳥嘴，其中b→p通轉。字母p表示「尖，刺」。參看：picket尖樁。

②［同族字例］pike槍刺；pick啄，鑿；pink戳；poke戳；punch衝壓，打孔；pica異食癖；pique激怒；woodpecker啄木鳥；spicula針狀體，刺。參看：pciket（用）尖樁（圍住）；magpie鵲；peg用木釘釘；peck啄，鑿。

③字母p常表示用尖物刺，擊。「啄」是其中一種。例如：pierce刺破；spear矛，槍；asperity（聲音）刺耳；spire塔

尖。參看：spur靴刺；spurt衝刺。

spin [spin；spɪn] *

義節 s.pin

s→se-→out向外；pin→pan延伸，舒張。

字義 *v.* / *n.* **(使) 旋轉。**
 v. **紡 (紗)，(蠶等) 吐絲。**
 vi. / *n.* **疾駛。**

記憶 ①〔義節解說〕紡紗時紗線伸張，再由紡機轉動引申爲「旋轉」。
②〔用熟字記生字〕spider蜘蛛，蜘蛛「吐絲」而「織網」。
③〔同族字例〕 pan平底鍋；pan-（字首）泛，全；expand張開；palm手掌；spanner扳手；expanse廣漠，擴張；spindle紡錘，長得細長。參看：span跨度。

spine [spain；spaɪn] *

字義 *n.* **脊骨 (似的東西)，【植】針。**

記憶 ① 本字原是針刺，脊骨上有許多「刺」（例如魚脊骨），轉義爲脊骨。
②〔用熟字記生字〕pin針，大頭針；bone骨。
③〔同族字例〕penitentiary感化院；repine訴苦；spinose多刺的；spinulose有小刺的。參看：pine松樹，松木；penance懺悔；repent後悔，懺悔；penitence悔罪，悔過，懺悔；pinnacle小尖塔，尖頂，頂峰。

spi.ral ['spaiərəl；'spaɪrəl] *

義節 spir.al

spir螺旋；-al形容詞。

字義 *a.* **螺旋 (形) 的，盤旋 (上升) 的。**
 n. **螺旋 (形物)。**

記憶 ①〔同族字例〕spire螺旋的一圈；

esparto茅草。
②字母組合-ir表示「圓，螺旋」的其他字例：circle圓；whirl迴旋，旋轉；swirl旋動，漩渦。參看：gird圍繞。
③字母組合sp表示「圓，螺旋」的其他字例：spider蜘蛛（蜘蛛「吐絲」而「織網」）；spindle紡錘。參看：spin（使）旋轉，紡（紗）。
④〔形似近義字〕screw螺絲。
⑤〔疊韻近義字〕wire金屬線。

spi.ro.phore

['spaiərəfɔ:；'spaɪrə‚for]

義節 spir.o.phore

spir呼吸，精神；o連接字母；phore→fer攜帶，運送。

字義 *n.* **人工呼吸器。**

記憶 ①〔義節解說〕爲你帶來呼吸。
②〔用熟字記生字〕spirit精神。
③〔同族字例〕-spir-：aspire渴望；expire終止；perspiration出汗；inspire鼓勵；sprite小精靈；spry充滿生氣的，敏捷的。參看：sprint疾跑；sprightly活潑地（的），生機勃勃地（的），輕快地（的）。

-phor-：字根phor意爲「攜帶，運送」。如：phosphor磷（phos光→攜有「光」→磷光）。它是字根fer的另一種形式，是ph→f「通轉」。例如：fare車船費；farewell告別；freight貨運；wayfaring徒步旅行的；seafaring航海的；far遠的；further進一步；confer商量；differ相異；offer提供，奉獻；prefer更歡喜，寧取；transfer轉移，傳送，傳遞。參看：ferry渡輪；aphorism格言；wherry駁船，載客舢舨；metaphor隱喻。

S

- spl -

以下進入spl區域。

本區域的單字一般會有下列義項：

spl描寫「裂」的劈啪聲，引申為「斑」和「展開」，水沖擊物體的「裂」聲即為「濺、潑」聲。人的「脾氣」「裂」了就會發作。

① 光（l：「亮，光」）

② 裂（l：「缺，裂」）

③ 斑（l：「針，點」）

④ 濺，潑

⑤ 展開（sp：「延伸」）

⑥ 脾，脾氣

spleen [spli:n ; splin] *

義節 sp.leen

sp→se-→out出來；leen→lienal *a.*脾（臟）的。

字義 *n.* 脾，壞脾氣，惡意，怨恨，消沉。

記憶 ①本字從lienal脾（臟）的。該字的原始意義是「柔軟」，而「脾臟」是柔嫩的。

② [同族字例] lenitive鎮痛性的，緩和的；relentless無情，嚴酷的；lenis軟音，弱子音；splanchnic內臟的；spleenful易怒的，懷恨的；splenetic脾的，易怒的，懷恨的；splenitis脾炎；relentless無情的。參看：lenient寬大的，憐憫的；relent發慈悲（註：心腸「軟」）。

③字母l的形態細長而柔軟，常表示「柔軟」，例如：lidia柔和的，纖弱的；light輕柔的；limp柔軟的，易曲的。參看：limber柔軟的；lissome柔軟的；lithe柔軟的。

splen.did [ˈsplendid ; ˈsplɛndɪd] *

義節 splend.id

splend光亮；-id形容詞。

字義 *a.* 燦爛的，壯麗的，顯著的。

記憶 [同族字例] splendent輝煌的，顯著的；splendiferous極好的，了不起的；splendor光彩，壯麗，顯赫；splurge炫耀。參看：resplendent燦爛的。

splice [splais ; splaɪs]

字義 *vt. / n.* 拼接（處），絞接處。

記憶 ① [用熟字記生字] spell拼音，拼字，拼綴。

②這個字也可以借助ply（折疊，使絞合）作聯想：ply wood三夾板。估計splice就是ply派生。

③ [同族字例] splint夾板；splinter木頭，石頭等的裂片或碎片；splintery易裂的；splitter分裂機；splittism分裂主義；flint打火石（註：p→f音變，因為ph讀f音，h在西方語文中容易脫落）；flinders碎片。參看：split劈裂，裂縫。

④ [疊韻近義字] slice切片。

split [split ; splɪt] *

字義 *v. / n.* (被)劈開，(使)分裂。

　　　n. 劈裂，裂縫。

記憶 ① [疊韻近義字] 參看：slit切開，撕開，狹縫。

② [同族字例] 參看上字：splice拼接（處），絞接處。

③ [諧音] 是劈裂的。

spoil [spɔil; spɔɪl] *

義節 s.poil

s→se-→out；poil→peel *v.*去皮。

字義 *v. / n.* 掠奪（物）。

　　　vt. 糟蹋，寵壞。

vi.（食物等）變壞，腐敗。

記憶 ①〔義節解說〕本字原意是「剝皮」，引申爲「掠奪」。

②〔同族字例〕spill溢出，濺出，傾覆；despoil剝奪，搶掠；pill搶掠；peel果皮，剝皮；pilfer偷竊，鼠竊；pilferage偷竊，贓物；pelter剝獸皮者；depilate拔毛，脫毛。參看：peef不義之財；pillage（戰爭中的）搶劫，掠奪，偷竊；pluck拔毛。

③〔疊韻近義字〕soil損害名聲，腐敗，泥土，土壤。

---

spon.ta.ne.ous

[spɔn'teiniəs; spɑn'tenɪəs] *

義節 s.pont.an.e.ous

s→se-→self自身；pont→pon→put v.放，置；-ous充滿…的。

字義 *a.* 自發的，出於自然的，本能的。

記憶 ①〔義節解說〕to put oneself into…（自發地）突入…。

②〔用熟字記生字〕sponsor倡議者，贊助人。

③〔同族字例〕despond灰心，消沉；respond響應，回答；espouse嫁，娶，擁護，支持，採納。參看：spouse配偶。

④sp表示「生發，發生」的其他字例。參看：sperm精子；spawn卵；sporadic偶爾發生的。還可以再聯想到：sow播種，seed種子。

---

spook [spu:k ; spuk, spʊk]

字義 *n.* 鬼，暗探。

vt. 鬼一樣地出沒於…，驚嚇。

vi. 驚逃。

記憶 ①本字可能從poke變來。poke：把頭伸出去，探聽，刺探。

②〔用熟字記生字〕expect期待（spook→

spect看）。

③〔同根字例〕inspect檢查；spectacle展品，奇觀；spectrum光譜；respect尊敬；suspect懷疑；spy間諜；speculate推測，投機。參看：specter鬼怪，鬼影，幽靈，無法擺脫的恐懼。

---

spool [spu:l ; spul] *

義節 sp.ool

sp→spin v.紡紗；（p）ool→pole桿。

字義 *n.* 線軸，卷軸（狀物）。

vt. 纏繞。

記憶 ①〔用熟字記生字〕pole極，桿。

②〔同族字例〕pale柵欄，圍籬；bail馬廐裡的柵欄；bailey城堡外牆，外柵；baluster欄杆柱。參看：pallet小床；palatial宮殿（似）的，宏偉的，壯麗的。

③〔形似近義字〕參看：reel卷筒，纏繞。

---

spoor [spuə, spoə; spʊr, spor, spɔr]

字義 *n.*（野獸的）足跡，痕跡。

v. 跟蹤追擊。

記憶 ①本字可能從foil變來。foil：（動物的）足跡，蹤跡。p→f音變。因爲ph讀f音，而h在西方語文中常不發音，易脫落。

②〔用熟字記生字〕prosperity繁榮（pro-向前；因得到激勵向前發展而致繁榮）。

③〔同族字例〕spire塔尖；spear矛，槍，刺；spurn踢開，蹂躪；spurge大戟；spoor動物足跡；spar拳擊，爭論；spareribs肋骨；spinose多刺的；pierce刺破。參看：exasperate激怒，加劇；spurt衝刺；asperity（態度，語氣，天氣）粗暴，（聲音）刺耳；spur用馬刺踢馬。

④〔形似近義字〕參看：sporadic零星的，分散的。

spo.rad.ic

[spə'rædik, spɔ'r- ; spo'rædik, spɔ -] *

義節 spor.ad.ic

spor→spon生發，發生；-ic形容詞。

字義 *a.* 單個發生的，偶爾發生的，分散的，零星的。

記憶 ① ［義節解說］「分散的」一意，spor→sper驅散。參看：disperse分散。

② ［用熟字記生字］spread伸開，展開，散布。

③ ［同族字例］dissipate驅散，浪費；spare空餘的；spate氾濫，洪水；sparge灑，撒，噴霧於；sparse稀疏的；aspersion灑水，誹謗；intersperse散布，點綴；sprout發芽，展開；sprit斜撐帆杆；spray小樹枝；sprayey有小枝的；sprig小枝，使（草）蔓生；spriggy多小枝的；spruce雲杉。參看：sprawl伸開手足（躺，坐），（使）蔓生；sprightly生氣勃勃地；sparsity稀少，稀疏；disperse驅散。

④字母組合sp表示「生發，生發」的其他字例，參看：sperm精子；spawn卵；spontaneous自發的，出於自然的，本能的。還可以再聯想到：sow播種；seed種子。

spor.tive [ˈspɔːtiv; ˈsportiv]

義節 s.port.ive

s→se-離開；port *n.*舉止，樣子；-ive形容詞。

字義 *a.* 嬉戲的，開玩笑的。

記憶 ① ［義節解說］離開「一本正經」的樣子，放鬆一下。

② ［用熟字記生字］sport運動，娛樂。

③ ［同族字例］port舉止，風采；disport娛樂，玩耍。參看：comport舉動，舉止；deport舉止；portly肥胖的，粗壯的，魁梧的。

spouse [spauz; spaʊz]

義節 s.pouse

s→se-→self自身；pouse→pon→put *v.*放，置。

字義 *n.* 配偶。

vt. 和…結婚。

記憶 ① ［義節解說］to put oneself into…（自發地）投入…→to be engaged in 從事，訂婚。

② ［用熟字記生字］sponsor倡議者，贊助人，擔保人。

③ ［同族字例］despond灰心，消沉；respond響應，回答；responsible負責的；espouse嫁，娶，擁護，支持，採納。參看：spontaneous自發的，出於自然的，本能的。

- spr -

以下進入spr區域。

本區域單字一般會有下列義項：spr有「枝蔓」意，乃是因爲小寫的「r」像稞草，也像「分叉」。引申爲「生氣勃勃」。因爲p往往用來描寫水聲，故有「噴、濺、灑」意。

① 枝蔓，伸展（r：「枝蔓」）

② 生氣勃勃（r：「嬉鬧，喧鬧」）

③ 噴，濺，灑（r：「散，亂」）

sprain [sprein ; spren] *

義節 s.prain

s→se-→out；prain→press *v.*壓。

字義 *n.* / *vi.* 扭傷，扭筋。

記憶 ① ［義節解說］press out 受力向

S

「外」→扭。

② 〔同族字例〕 print印刷；pregnant（證據）有說服力的。參看：reprimand懲戒。

sprawl [sprɔːl; sprɔl] *

義節 s.prawl

s→se-→out；prawl伸展，散開。

字義 v./n. 伸開手足（躺，坐），（使）蔓生。

vi. 笨拙地爬行。

vt. 潦草地寫。

記憶 ① 〔疊韻近義字〕 crawl爬行；scrawl潦草地寫。

② 〔用熟字記生字〕 spread伸開，展開，散布。

③ 〔同族字例〕 dissipate驅散，浪費；spare空餘的；spate氾濫，洪水；sparge灑，撒，噴霧於；sparse稀疏的；aspersion灑水，誹謗；intersperse散布，點綴；sprout發芽，展開；sprit斜撐帆杆；spray小樹枝；sprayey有小枝的；sprig小枝，使（草）蔓生；spriggy多小枝的；spruce雲衫。參看：sprawl伸開手足（躺，坐），（使）蔓生；sprightly生氣勃勃地；sparsity稀少，稀疏；sporadic分散的；disperse驅散。

spright.ly ['spraitli; 'spraɪtlɪ]

義節 spright.ly

spright→sprite n.小精靈；-ly副詞。

字義 adv./a. 活潑地（的），生機勃勃地（的），輕快地（的）。

記憶 ① 〔用熟字記生字〕 spirit精神，靈魂。sprite就是從這個字變來的。

② 〔同族字例〕 spry充滿生氣的，敏捷的；spring跳，躍，春天（註：春天「生機勃勃」）。參看：sprint疾跑；spirophore人工呼吸器。

③ 〔疊韻近義字〕 lightly輕快地。

sprin.kle ['sprɪŋkl; 'sprɪŋk!] *

義節 sprink.le

sprink v.灑，撒，噴；-le反覆動作。

字義 v./n. 灑，噴，淋。

vt./n. 散（布）。

vi./n. （下）雨。

記憶 ① 〔同族字例〕 freckle雀斑；spry輕快的，敏捷的；sprag防止車輛移動的制動條；sparge灑，撒，噴霧於；sparse稀疏的；aspersion灑水，誹謗；intersperse散布，點綴；besprent散布，撒遍，灑滿；spray噴霧，飛沫；sprayey濺起飛沫的；sprout發芽，展開；sprit斜撐帆杆；spary小樹枝；sprayey有小枝的；sprig小枝，使（草）蔓生；spriggy多小枝的；spruce雲衫。參看：sprawl伸開手足（躺，坐），（使）蔓生；sprightly生氣勃勃地；sparsity稀少，稀疏；disperse驅散。

② 〔形似近義字〕 rain雨。參看：rinse漂洗。

sprint [sprint; sprɪnt]

字義 v./n. （用）全速奔跑。

vi. 疾跑。

n. 短跑。

記憶 ① 〔用熟字記生字〕 spring跳，躍，春天。跳→逃跑。

② 〔同族字例〕 spry充滿生氣的，敏捷的；sprite小精靈；spirit精神，靈魂。參看：spirophore人工呼吸器；sprightly活潑地（的），生機勃勃地（的），輕快地（的）。

spume [spjuːm; spjum]

字義 n. 泡沫，浮沫。

v. **（使）起泡沫。**

記憶 ①［用熟字記生字］foam泡沫（f→p音變：f→ph→p）

②［同族字例］pounce吸墨粉，印花粉；pumice浮石，輕石（註：多孔而「輕」）；sponge海綿；pump泵。

---

spur [spəː; spɚ] *

義節 spur

s→se-→out；pur→ankle *n.*腳踝。

字義 *v.* **踢馬刺驅馬。**

　　　vt. / n. **刺激（物），鞭策。**

　　　vi. **疾馳。**

記憶 ①［義節解說］「踢」是腳踝的動作。踢馬→驅策→疾馳。

②［用熟字記生字］prosperity繁榮（pro-向前；因得到激勵向前發展而致繁榮）。

③［同族字例］spire塔尖；spear矛，槍，刺；spure踢開，蹂躪；spurge大戟；spoor動物足跡；spar拳擊，爭論；spareribs肋骨；spinose多刺的；pierce刺破。參看：exasperate激怒，加劇；spurt衝刺；asperity（態度，語氣，天氣）粗暴，（聲音）刺耳；spoor（野獸的）足跡。

---

spu.ri.ous

['spjuəriəs, - joər -; 'spjuriəs] *

義節 s.pur.i.ous

s→se-離開；pur→pure *a.*純潔的；-ous充滿…的。

字義 *a.* **假的，偽造的。**

記憶 ①［義節解說］不純的→假的。

②［用熟字記生字］pure純潔的，純眞的。

③［同族字例］purge使潔淨，清洗（不良分子）；expurgate刪除；epurate提純；depurate使淨化；Puritan清教徒。參看：purgatory煉獄，暫時的苦難。

---

spurt [spəːt; spɚt] *

義節 s.purt

s→se-→out；purt→burst *v.*迸發或爆發。

字義 *v. / n.* **噴射，迸發。**

　　　vi. / n. **精力，活力等短促的迸發或爆發。**

記憶 ①［義節解說］burst out迸出→噴出。

②［形似近義字］spit吐痰。參看：spew噴出。

③［音似近義字］參看：squirt噴出。

④［同族字例］burst爆發，突然迸發；boast自誇；boost提高，助爆，吹捧；combustion爆破，燃燒。參看：boisterous洶湧；burgeon發（芽），開花，生出（蓓蕾）。

- squ -

以下進入squ區域。

本區域的單字一般會有下列義項：

squ有「不安定」意，是因爲「qu」有「平靜」意，而這時的「s」是字首「se-」的縮略，表示「分離」。「離開平靜」即爲「不安定」。

另外「qu」有「壓制而使其平靜」意，於是squ有「壓」意。

squ描寫類似鴨子的「嘎嘎」聲。

① 不安定（q：「顫動，不安」）

② 擬聲詞

③ 壓（q：「使平靜」）

---

squab.ble ['skwɔbl; slwɑbl̩] *

字義 *vi. / n.* **爭吵，口角。**

S

[記憶] ① [用熟字記生字] quarrel爭吵。

② [音似近義字] jabber含糊不清地說；gibber含混不清地說。

③ [同族字例] squib諷刺；quiddity遁詞，詭辯。參看：quip雙關語；quirk遁詞；quibble詭辯，雙關語，遁詞。

④squ描繪吱吱呱呱的聲音，其他字例：squall尖叫，嚎哭，暴風；squawk粗厲的叫聲；squeak鼠吱吱叫，短促尖聲，沒油機械軋軋聲；squeal長聲尖叫，告密；squelch咯吱咯吱響；squish咯吱聲。

squad [skwɔd; skwɑd] *

[義節] s.quad

s→se→self自身；quad→quadr四，四方。

[字義] *n.* 班，小組，小隊。

　　vt. 編成班或組。

[記憶] ① [義節解說] 自身形成方陣，如飛機的編隊。

② [用熟字記生字] square四方形的。

③ [同族字例] quadrate四方形的；quarrel窗格上的小方形玻璃；quarry採石礦，方形玻璃片。

squal.id [ˈskwɔlid; ˈskwɑlɪd]

[義節] s.qual.id

s→se→out 離開；qual什麼種類？→本質→質量；-id形容詞。

[字義] *a.* 骯髒的，邋遢的，卑劣的，貧窮的。

[記憶] ① [義節解說] 離開了質量→質次的→差的，劣的。

② [用熟字記生字] quality質量。

③ [同族字例] qualify夠資格的。

④ [音似近義字] scabby長滿疥癬的，卑賤的；shabby襤褸的，卑劣的（註：q與c都讀 [k] 音，[k] 音又可軟化為sh音。所以，這幾個字都是同源的變體）。

squall [skwɔːl; skwɔl] *

[義節] s.quall

s→se→out；quall→call *v.*叫喊。

[字義] *n. / v.* 尖聲高叫。

　　n. / vi. 嚎啕，（起）風暴。

　　n. 動蕩。

[記憶] ① [義節解說] call out高聲叫。

② [用熟字記生字] call叫喊。

③ [同族字例] quail鵪鶉；squall尖叫，嚎哭，暴風；squeal長聲尖叫，告密；squelch咯吱咯吱響。

④squ描繪吱吱呱呱的聲音，其他字例：squawk粗厲的叫聲；squeak鼠吱吱叫，短促尖聲，沒油機械軋軋聲；squish咯吱聲。參看：squabble口角，爭吵。

squan.der [ˈskwɔndə; ˈskwɑndə] *

[義節] s.quand.er

s→se→out離開；quand→wend *v.*行走；-er反覆動作。

[字義] *v. / n.* 浪費。

　　vt. 驅散。

　　vi. 浪蕩。

[記憶] ① [義節解說] 英文中常把「走路」引申為「揮霍」。參看：extravagant浪費的（-vag-走路）。

② [疊韻近義字] 參看：wander漫步，閒逛（quander→wander：qu→g→w通轉）。

③ [形似近義字] 參看：saunter漫步，閒逛（註：saunter可分析成：s. aunter s→se→out；aunter→wander）。

④ [同族字例] wind彎曲前進；wander漫遊；wend行走；wonderful奇妙的；wand魔杖；went走（go的過去式）。參看：wade跋涉；wanton任性（的），放肆（的），繁茂的，揮霍。

S

squash [skwɔʃ; skwɑʃ] *

字義 v. （被）壓扁，壓碎。

　　vt. 壓制，鎮壓。

　　vi./n. （發）咯吱聲。

記憶 ①本字來源於拉丁文quasso搖動，使震動。引申為「打擊」。

②〔用熟字記生字〕crash砸碎，撞碎；square方形的（「壓扁」就是make square）。

③〔疊韻近義字〕參看：quash鎮壓，平息。

④〔同族字例〕squeeze壓榨；squab沉重地；square弄成方形；squaw蹲跪人形靶，女人；squeegee以輥輾壓；squelch鎮壓，壓碎；squish壓扁，壓爛。參看：squat使蹲坐；discuss討論。參看：concussion激烈地搖動；quash搗碎，壓碎，鎮壓；percuss敲，叩，叩診；castigate懲罰，鞭打。

---

squat [skwɔt; skwɑt]

字義 v./n. （使）蹲坐。

　　v. 侵占（土地）。

　　a./n. 矮胖（的）。

記憶 ①〔用熟字記生字〕square方形的。「蹲坐」，就是把兩腿盤起來「壓扁」。「壓扁」用英文解釋，就是make square。

②〔同族字例〕squeeze壓榨；squab沉重地；square弄成方形；squaw蹲跪人形靶，女人；squeegee以輥輾壓；squelch鎮壓，壓碎；squish壓扁，壓爛。參看：squash壓扁。

③〔形似近義字〕couch蹲伏；crouch蹲伏。

---

squint [skwint; skwɪnt]

義節 s.quint

s→as如同；quint→quan→so如此。

字義 n./v. 瞇著眼睛看，斜眼看。

　　vi./n. 偏向。

　　a. 斜視（眼）的。

記憶 ①〔義節解說〕as so → as if to say似乎想說…

②〔同族字例〕askance斜視；asquint斜眼。參看：askew斜（的），歪（的）；quasi好像是的；crank歪倒的，易傾斜的。

③〔形似近義字〕參看：wink眨眼；brink眨眼。

④〔疊韻近義字〕hint暗示。

---

squire ['skwaiə; skwaɪr]

字義 n. 地方治安官，地方顯貴，英國鄉紳，殷勤護送女子的人，騎士的扈從。

記憶 ①「地方顯貴」一意，從shire郡。原意為「切，割」。把國家分切成一塊一塊政區，就是「郡」。類例：share一份；shear剪。sh音「硬化」即為［sk］音。

②「扈從，護送」一意，從shield盾。拿著金牌護衛。sh音「硬化」即為［sk］音。

③〔同族字例〕「地方顯貴」一意：esquire候補騎士，英國鄉紳，騎士的扈從（Esq.男人的尊稱）；Sir男人的尊稱；surly乖戾的，粗暴無禮的；shear剪斷，切斷；share分享；short短的；shirt襯衫；shire郡；sheer陡峭的；shard陶器的碎片；shore海邊；discern分辨；discriminate歧視。參看：sheer避開，（使）偏航，（使）轉向；shirk逃避（義務等），溜掉，開小差。

「扈從，護送」一意：shelter隱蔽處，防空洞；scuttle有蓋天窗，煤桶；scute甲殼類動物的盾板；scutum角質鱗甲，殼板，古時的長盾；scut盾牌；scutate盾狀的；escutcheon飾有紋章的盾；cutis

S

眞皮；cutin角質；cuticle表皮，角質層；cutaneous皮膚的；custos監護人；cortex外皮；corium眞皮；decorticate剝去外皮（或殼、莢等）；excoriate擦傷皮膚，剝（皮）；court庭院；escort護送，護衛，伴隨，護理。參看：shoddy以次充好，贋品；custody保管，保護，監護，拘留；sheathe入鞘，（劍）鞘，（槍）套。

④〔疊韻近義字〕sire有身分的紳士。

squirm [skwə:m; skwɜ˞m]

字義 *vi./n.* 蠕動，蠢動，輾轉不安。

記憶 ①〔用熟字記生字〕worm蚯蚓（註：蚯蚓是蠕動的）。

②〔疊韻近義字〕-verm-（字根）蠕動。例如：vermian蠕動的。參看：vermin害蟲。

③〔同族字例〕whelm淹沒；overwhelm淹沒，壓倒；swallow淹沒。swim旋轉，眩暈；squeamish易嘔吐的，神經質的，易生氣的。參看：qualm眩暈，不安；swill沖洗；swamp沼澤，淹沒；vomit嘔吐。

④squ表示「不安定」的其他字例：squall暴風，騷動；squally多風波的，不安定的；squeg無規振盪；squib甩炮，諷刺；squiffed喝醉了的；squirrel松鼠，老是做無意義重複的東西；squirrelly古怪的，發瘋的。

squirt [skwə:t; skwɜ˞t]

字義 *v./n.* 噴。

    v. 噴出，噴濕。

    n. 噴射器，年輕人。

記憶 ①本字可能是shoot（發射）的變體。sh音硬化即爲[sk]音。

②〔疊韻近義字〕參看：spurt噴射。

- st -

以下進入st區域。

本區域的單字一般會有下列義項：

st往往被看做一個字根，表示「站、立」。引申而有「存在」、「儲藏」、「桿」、「靜止」、「穩定」、「壯、剛」、「阻、滯」、「堆垛」、「黏著」、「支撐」、「分段」、「星」等細義。

st還表示「尖、刺」，可以寫「字」。

① 立，形態，存在

② 刺，尖，斑（t：「點，滴，微粒」）

③ 尖→筆尖→刻→文字

④ 桿，株（st：「立」）

⑤ 固定的，靜止的（st：「立」）

⑥ 匿藏，儲藏（t：「掩蓋」）

⑦ 穩定

⑧ 星

⑨ 壯，剛，耐（t：「持有，持久」）

⑩ 阻，滯（t：「慢，滯後」）

⑪ 黏著，沾著，印上，附著，加之於…上（st：「立」）

⑫ 廠，圈，站，場（st：「立」）

⑬ 基架，支撐（s：「坐」）

⑭ 驚（s：「跳」）

⑮ 昏，暈，傻（s：「睡」）

⑯ 雄性，陽剛（s：「安全，健康」）

⑰ 堆垛（st：「立」）

⑱ 分段（s：「分割，分離，分隔」）

⑲ 滴（t：「點，滴，微粒」）

⑳ 口，食（s：「呷→味」）

stac.ca.to [stəˈkɑ:tou; stəˈkɑto]

義節 s.tac.c.ato

s→se-離開；tac→tach尾巴，附著；-ato
字尾。

字義 *a./adv.* **斷續的（地）。**
　　n. **斷奏，不連貫的東西。**

記憶 ①［義節解說］本字是義大利文借字，
原意與英文的detach（分離，脫開）相
似，在連續之中不時有脫開的地方。
②［用熟字記生字］tail尾巴。
③［同族字例］tag標籤，尾隨；attach附
著。參看：stag閹割過的雄畜；stagger搖
晃。

stag [stæg；stæg]

義節 s.tag

s→se-離開；tag *v.n.*尾隨，附籤。

字義 *n.* **牡鹿，閹割過的雄畜。**
　　a. **全是男人的。**

記憶 ①［義節解說］割去尾部→「去勢」。
有尾部的→雄性。
②［用熟字記生字］tail尾巴。
③［同族字例］attach 附著；detach分
離；staggy像成年雄畜的；stallion種
馬；stamen雄蕊；steer小公牛；stud種
馬，留種的雄畜。參看：stagger搖晃；
staccato斷續的。

stag.ger ['stægə；'stægə-] *

義節 s.tag.g.er

s→se-→self自身；tag *v.*尾隨；-er反覆動
作。

字義 *v./n.* **（使）搖晃。**
　　vi./n. **蹣跚。**
　　v. **（使）動搖。**

記憶 ①［義節解說］tag實質上指尾部，尾
巴→尾巴搖動著。
②［用熟字記生字］tail尾巴。
③［同族字例］attach 附著；detach 分
離；stick 刺，黏住，棍，柴；steak牛排
（註：用尖物叉住烤成）stitch 用針縫；

stake木樁；sting刺，螫；stcokade木柵
圈；sticker芒刺；tagger附加物；stick
黏貼；shtcik引人注意的小噱頭，特色；
stack堆積；stacks書庫；stock儲存，
股票；stoke添柴加火；attack攻擊。參
看：etiquette禮節，禮儀，格式；stigma
烙印，恥辱，汙名，斑點；stag閹割過的
雄畜；staccato斷續的。
④［形似近義字］wag搖晃尾巴。

stag.nant ['stægnənt；'stægnənt] *

義節 stagn.ant

stagn→stain *v.*汙染，使腐壞。

字義 *a.* **汙濁的，停滯的，呆滯的，蕭條
的。**

記憶 ①［義節解說］水不流動，就容易汙染
腐壞。
②［用熟字記生字］stick停留，阻塞；stay
停留。
③［同族字例］stint限制，停止；
stammer口吃；stem阻遏；staunch堅定
的，壯健的；stanza音節。參看：stunt
阻礙…發育；stymy妨礙。參看：stigma
汙名，恥辱；contagion傳染；stanch使
止血，使止流，止住。

staid [steid；sted] *

字義 *a.* **固定的，沉著的，穩重的。**

記憶 ①［用熟字記生字］stay停留。
②［同族字例］staid可能是字根 -stat-
的變體（t→d音變）；staic 靜止的；
stationary固定的，不動的；steady穩定
的，不變的。

stale [steil；stel]

字義 *a.* **陳腐的，走了味的，停滯的。**
　　v. **（使）變陳舊，（使）變無味。**

記憶 ①本字可能是stall（停頓，停止，拖
延）的變體。

② ﹝用熟字記生字﹞ still靜止不動的。

③ ﹝形似近義字﹞ 參看：pall走味；stalmate僵持。

④ ﹝使用情景﹞ 鷄蛋壞了，叫addle，形容它裡面的蛋黃「混亂」得一塌糊塗也；麵包壞了叫作stale，形容有一種陳腐氣味；牛奶壞了叫sour，因爲發酵變酸；火腿、醃肉、臘腸等壞了叫rancid，爲其有股變質刺鼻的油脂氣味；人變「壞」了叫作corrupt（腐敗的）。參看：addle。

⑤ ﹝同族字例﹞ stall 停頓。 參看：constellation星座；stellar星球的，恒星的；stalemate僵持；stultify使顯得愚蠢可笑；stolid不易激動的，感覺遲鈍的；stilt高蹺，支撑物。

stale.mate ['steil'meit ; 'stel,met]
義節 stale.mate

stale *a.*停滯的；mate（下棋）「將」軍。

字義 *vt. / n.* **(使成) 僵局，(使) 僵持。**

記憶 ① ﹝義節解說﹞ 「將」軍將不死，老繞圈子，形成僵局。

② ﹝用熟字記生字﹞ stay停留。

③ ﹝同族字例﹞ 參看上字：stale停滯的。

stam.i.nal ['stæminəl; 'stæminəl]
義節 stamin.al

stamin→stamen *n.*雄蕊；-al形容詞。

字義 *a.* **(有) 持久力的，(有) 耐力的，雄蕊的。**

記憶 ① ﹝義節解說﹞ 雄蕊挺立，雄性有堅強的耐久力。

② ﹝用熟字記生字﹞ stand站立。

③ ﹝同族字例﹞ stem莖，幹，梗，家譜中的關係；stemma世系，血統；stemple橫樑；stump根株；temineous雄蕊的，顯著的。參看：extirpate根除；ethnic種族的；etymon詞源，詞的原形，原意（e-→ex-→es-→s-，所以etym→stem。

類例：state在法文中作état；study作étude等等）。

stam.mer ['stæmə; 'stæmə] *
義節 stam.m.er

s→ex-離開；tam→dumb *a.*啞的；-er反覆動作。

字義 *v.* **口吃，結結巴巴地說話。**

記憶 ① ﹝義節解說﹞ 啞→不啞→啞…→口吃。tam→dumb，因爲d→t通轉。

② ﹝同族字例﹞ stint限制，停止。參看：stunt阻礙…發育；stymy妨礙，阻礙；stanch止住。

③ ﹝形似近義字﹞ 參看：cram塞滿。

stanch [stɑ:ntʃ ; stæntʃ, stɑntʃ]
字義 *vt.* **使止血，使止流，止住。**

記憶 ①本字可能從stem（阻遏）變來：阻遏（液體）流出。

② ﹝用熟字記生字﹞ stick停留，阻塞；stay停留。

③ ﹝同族字例﹞ stint限制，停止；stem阻遏；staunch堅定的，壯健的；stanza音節。參看：stammer口吃；stunt阻礙…發育；stymy妨礙；stagnant汙濁的，停滯的，呆滯的，蕭條的。

stel.lar ['stelə; 'stɛlə]
義節 stel.l.ar

stel靜止不動的→恒星；-ar形容詞。

字義 *a.* **星球的，恒星的，顯著的。**

記憶 ① ﹝用熟字記生字﹞ still靜止不動的；star星。

② ﹝同族字例﹞ aster星（狀）體；disaster天災；asterisk星號，星狀物；asteroid小行星；stall停頓。參看：constellation星座；stale停滯的；stalemate僵持；stultify使顯得愚蠢可笑；stolid不易激動的，感覺遲鈍的；stilt高蹺，支撑物。

sten.to.ri.an

[stenˈtɔːriən; stɛnˈtoriən, -ˈtɔr-]

義節 s.tentor.ian

s→se-→out；tentor→thunder *v.*打雷；-ian形容詞。

字義 *a.* 聲音響亮的。

記憶 ① [義節解說] 像雷打出來似的。如雷貫耳。

② [用熟字記生字] thunder打雷（th中h很易脫落；th→t；un→en；d→t是音變變體）。astonish使大吃一驚。

③ [同族字例] Stentor特洛伊戰爭中的傳令官（註：顧名思義，此人聲音洪亮，否則如何在戰火中傳令？）tornado龍捲風；thunder雷鳴。參看：detonate爆炸；consternate使驚愕；stun使震聾，驚人的事物，猛擊；stertor鼾聲。

ster.ile [ˈsterail；ˈstɛrəl] *

義節 s.ter.ile

s→se-離開；ter地；-ile傾向於⋯的。

字義 *a.* 不生育的，不結果實的，貧瘠的，無菌的，枯燥無味的。

記憶 ① [義節解說] 傾向於離開土地→紮不下根→結不了果。

② [用熟字記生字] territory領土。

③ [同族字例] terrace階地，平臺；terrain地形，領域；terrestrial地球上的；stirk一兩歲的小牛犢；stirps種族。

④換一個思路，本字也可以分析成：s.ter.ile s→se-離去；ter→terg擦去；-il易於⋯的，易於擦去的→不結果的，無味的。參看：obliterate擦去；detergent清潔劑。

stern [stəːn; stɝn] *

義節 s.tern

s→se-→self自身；tern→ter黑色的，陰暗的。

字義 *a.* 嚴厲的，冷酷的，堅定的，無情的。

記憶 ① [義節解說] 黑色的，陰暗的→嚴厲的，冷酷的，無情的，暴行。本字來源於拉丁文ater黑色的，陰鬱的，惡意的，凶狠的。

② [用熟字記生字] stone石頭→石頭堅硬，冰冷無情。

③ [同族字例] stare凝視；stark嚴峻的，險惡的；starch刻板；terror恐怖；dark黑暗（dar→ter：d→t通轉）；star星星；atrabilious憂鬱的，悲觀的，易怒的；atrium正廳；atrocious兇殘的；ataractic心神安定的；trachoma沙眼；trachyte淺色的火山岩；austere嚴厲的，緊縮的；strict嚴格的，嚴厲的；strife激烈的暴力衝突。參看：atrocity暴行。

ster.tor [ˈstəːtə; ˈstɝtɚ]

字義 *n.* 鼾聲，鼾息。

記憶 ①本字是stentor（聲音洪亮的人）的變體。stent的含義是「打雷」。用雷鳴形容鼻鼾，是再恰當不過的。

② [用熟字記生字] thunder打雷（th中h很易脫落，th→t；un→en；d→t是音變變體）；astonish使驚訝。法文動詞toner（打雷），估計是模擬響雷的「咚咚」聲。

③ [同族字例] Stentor特洛伊戰爭中的傳令官（註：顧名思義，此人聲音洪亮，否則如何在戰火中傳令？）tornado龍捲風；thunder雷鳴。參看：detonate爆炸；consternate使驚愕；stun使震聾，驚人的事物，猛擊；stentorian聲音響亮的；astound使震驚。

S

stew [stju: ; stju] *

字義 *n.* 【古】妓院；燉過的食品。

　　vt. 燉，燜。

　　vi. 受悶熱，受禁閉。

記憶 ① ﹝用熟字記生字﹞sty豬圈，汙濁的地方。豬圈→妓院→被關在裡面→悶；steam蒸氣→燉。參考：in tow在…保護之下。

② ﹝用熟字記生字﹞stove火爐。

③ ﹝同族字例﹞stowage堆裝；bestow儲藏，安放；steward廚師，管家；air-stewardess空中小姐；stoup桶，杯，盛器；steep浸泡，浸透。

參看：stow堆，裝，儲藏，使暫留。

stig.ma ['stigmə ; 'stɪgmə] *

字義 *n.* 烙印，恥辱，汙名，斑點。

記憶 ① ﹝用熟字記生字﹞stick刺，黏住，棍，柴→點火。

② ﹝同族字例﹞steak牛排（註：用尖物叉住烤成）；stitch用針縫；astigmatism散光；stake木樁；sting刺，螫；stockade木柵圈；sticker芒刺；stink發惡臭；astute精明的；extinguish絕種，撲滅，使破滅，消滅；distinct獨特的，性質截然不同的；distinguish區別，辨別，識別；ticket票券；tag標籤；tagger附加物；stick黏貼；attach繫，貼；shtick引人注意的小噱頭，特色；stack堆積；stacks書庫；stock儲存，股票；stoke添柴加火。參看：instigate煽動；etiquette禮節，禮儀，格式；entice誘使，慫恿；instinct本能；extinct熄滅的，滅絕的，過時的。

③ ﹝形似近義字﹞參看：ignomity恥辱；enigma謎。

stilt [stilt ; stɪlt]

字義 *n.* 高蹺，支撐物。

　　vt. 使踏上高蹺，使誇張。

記憶 ① ﹝用熟字記生字﹞stool凳子，跪凳。人立在高蹺上，就像立在一張凳子上。still靜止的→穩穩地立在高蹺上。tall高的。

② ﹝形似近義字﹞tilt傾斜。剛立在高蹺上時，難免左右「傾斜」。

③ ﹝同族字例﹞stalk躡手躡腳地走；stele石柱；still靜止不動的；stall停頓；stull橫樑，橫撐；支柱；stylet小尖刀，小花柱，口針；stalactite鐘乳石。參看：constellation星座；stale停滯的；stalemate僵持；stultify使顯得愚蠢可笑；stolid不易激動的，感覺遲鈍的；stellar星球的，恒星的；stylus鐵筆，唱針，（日晷）指時針；peristyle列柱廊。

sti.pend ['staipend, - pənd ; 'staɪpɛnd]

義節 stip.end

stip→staple *a.*經常需要的；-end名詞。

字義 *n.* （牧師，教師等的）薪俸；（學生的）定期生活津貼。

記憶 ① ﹝義節解說﹞維持生計的經常需要。

② ﹝用熟字記生字﹞tip給小費；stable穩定的。

③ ﹝同族字例﹞stipendiary領薪金的；stipulate規定，約定。

④ ﹝諧音﹞「貼」。

sto.ic ['stouik ; 'sto·ɪk]

字義 *a.* 禁慾主義的，淡泊的。

　　n. 禁慾主義。

記憶 公元前308年Zeno創立Stoichs學派，主張禁慾。stoicus原意為porch門廊，柱廊。特指Zeno講學的地方（字根-st-→stand站立）。

stoke [stouk ; stok]

義節 s.toke

s→se→self自身；toke火。

字義 *vt.* **給（爐子）添燃料。**

vi. **燒火，司爐，大吃，狼吞虎嚥。**

記憶 ① 〔義節解說〕使火保持旺盛。stick刺，黏住，棍，柴→點火。

② 〔用熟字記生字〕torch火把（註：-tor-捻，轉，扭→亞麻繩捻在一起點燃）。

③ 〔同族字例〕steak牛排（註：用尖物叉住烤成）；stitch用針縫；astigmatism散光；stake木樁；sting刺，螫；stockade木柵圈；sticker芒刺；stink發惡臭；astute精明的；extinguish絕種，撲滅，使破滅，消滅；distinct獨特的，性質截然不同的；distinguish區別，辨別，識別；ticket票券；tag標籤；tagger附加物；stick黏貼；attach繫，貼；shtick引人注意的小噱頭，特色；stack堆積；stacks書庫；stock儲存，股票；stoke添柴加火。參看：instigate煽動；etiquette禮節，禮儀，格式；entice誘使，慫恿；instinct本能；extinct熄滅的，滅絕的，過時的；token標誌，象徵（註：例如「烽火臺」是傳遞訊號的標誌）；stigma烙印，恥辱，汙名，斑點。

---

stol.id ['stɔlid; 'stɑlɪd] *

義節 stol.id

stol→still *a.*靜止不動的；-id形容詞。

字義 *a.* **不易激動的，感覺遲鈍的，呆頭呆腦的。**

記憶 ① 〔義節解說〕靜靜地站著不動，對外界反應遲鈍。

② 〔用熟字記生字〕still靜止不動的；solid固體，堅固。

③ 〔同族字例〕stall 停頓。參看：constellation星座；stale停滯的；stalemate僵持；stultify使顯得愚蠢可笑；stellar星球的，恒星的；stilt高蹺，支撐物。

---

stow [stou; sto]

義節 s.tow

s→se→away；tow *v.*拖，拉。

字義 *vt.* **堆，裝，儲藏，使暫留。**

記憶 ① 〔義節解說〕拖到一邊，→儲藏，使暫留。參考：in tow在…保護之下。

② 〔用熟字記生字〕store儲藏；restore儲存。

③ 〔同族字例〕stack堆積，成堆；statistics統計；instinct充滿的；stook把（禾束）整理成堆；stowage堆裝；bestow儲藏，安放；stock存貨，儲存；stash藏匿處；steward廚師，管家；air-stewardess空中小姐。參看：stew受禁閉。

- str -

以下進入str區域

本區域的單字一般會有下列義項：

str主要描寫狹、長的「條狀物」。

用它可以「拉緊」。拉緊就有張「力」。

str還描寫「吵鬧」的嘈雜聲。

① 條狀，窄，層（r：「條狀，帶狀物」）

② 緊（str：「條狀，窄」）

③ 力，壯（st：「壯，剛，耐」，r：「強大，有力」）

④ 偏（斜，差，離，開）

⑤ 建造（st：「立」）

⑥ 吵鬧（r：「嬉鬧，喧嚷」）

⑦ 擬聲

④ 星（st：「星」）

S

strad.dle ['strædl ; 'stræd!]

字義 *v. / n.* 叉開腿（坐），騎牆，觀望。
   vt. 跨立。

記憶 ① ［用熟字記生字］ride騎（馬）→騎
馬時兩腿要叉開。

② ［同族字例］astraddle兩腳分開著；
astride兩腳分開著；bestride跨騎在…
上。參看：stride跨過。

③ ［疊韻近義字］saddle馬鞍。

strag.gle ['strægl ; 'stræg!] *

義節 stra.g.g.le

stra→estra（拉丁文）→outside of 在→
之外；g→go走；-le反覆動作。

字義 *vi. / n.* 散亂，落伍。
   vi. 路，蔓延。

記憶 ① ［義節解說］走到範圍之外去了。

② ［用熟字記生字］stretch延伸；street
街，路。

③ ［同族字例］astray迷路，入歧途。參
看：stray迷路，流浪，偏離；stratagem
計策。

④ ［易混字］參看：strangle扼死，勒死，
壓制。

stran.gle ['strængl ; 'stræng!]

字義 *v.* （被）扼死，（被）勒死，壓制。

記憶 ① ［用熟字記生字］string線，繩→用
繩勒死。

② ［同族字例］stringent嚴格的，（銀
根）緊的（註：繩子拉緊）；astringe束
緊；strangulate扼死，勒死；constringe
壓迫，使緊縮；strict嚴格的。參看：
strenuous緊張的。

③ ［易混字］參看：straggle散亂。

strat.a.gem

['strætidʒəm, - tədʒ -, - dʒim, -dʒem;
'strærtədʒəm]

義節 strat.ag.em

strat伸展→遠征→軍隊；ag→act行
動；-em字尾。

字義 *n.* 計策，策略，詭計。

記憶 ① ［義節解說］軍事行動→戰略。

② ［用熟字記生字］stretch伸展；trick詭
計。

③ ［同族字例］stratocracy軍人統治；
strategy戰略（學）。參看：stratum地
層；prostrate平臥；stray流浪。

stra.tum

['streitəm, -rɑːt -; 'stretəm, 'strætəm]

義節 strat.um

strat延伸，擴散；-um字尾。

字義 *n.* 地層，階層。

記憶 ① ［義節解說］延伸而分層。

② ［用熟字記生字］stretch延伸；street
街，路。

③ ［同族字例］substratum 基礎，下層；
stratus 層雲。參看：stratagem計策；
prostrate平臥。

stray [strei ; stre] *

義節 str.ay

str→estra（拉丁文）→outside of在…之
外；-ay→way *n.*路。

字義 *vi. / a.* 迷路（的）。
   vi. / n. 流浪（者）。
   vi. 偏離。

記憶 ① ［義節解說］走到正路之外。

②換一個思路：stray也可分析爲：s.tray
s→sr-出去；tray→travel旅行。

③ ［用熟字記生字］stretch延伸；street
街，路。

④ ［同族字例］astray 迷路，入歧途。參

看：straggle迷路，流離；stratagem計策。

stren.u.ous

['strɛnjuəs; 'strɛnjuəs] *

義節 stren.u.ous

stren繩子→拉緊→力；u連接母音；-ous充滿…的。

字義 a. 奮發的，使勁的，緊張的，狂熱的。

記憶 ① ［用熟字記生字］strength力量；strengthen加強；strong強壯的。

② ［同族字例］strain拉緊，盡全力；strait緊的；straiten使緊窄，限制；stress緊張；strict嚴格的；astrict限制，約束；astringe束緊；industrious勤奮。參看：strangle勒死。

strew [struː; stru]

義節 str.ew

str→estra（拉丁文）→outside在…外；ew→sow v.播種。

字義 v. 撒，播，點綴，鋪蓋。

記憶 ① ［義節解說］向外面撒種子。

② ［用熟字記生字］sow播種。

③ ［同族字例］streusel蛋糕表面上撒的核仁等；straw稻草；stren撒播；bestren撒播，撒布。

stride [straid; straid] *

字義 v. / n. 大步跨。

　　　v. 跨過。

　　　vi. 邁進。

記憶 ① ［用熟字記生字］ride騎馬。騎馬時兩腿要左右分開，跨步時兩腿要前後分開。

② ［同族字例］astraddle兩腳分開著；astride兩腳分開著；bestride跨騎在…上。參看：straddle跨立。

strin.gent

['strindʒənt; 'strɪndʒənt] *

義節 string.ent

string→draw拉緊，抽，吸；-ent形容詞。

字義 a. 嚴格的，迫切的。

記憶 ① ［義節解說］用繩子綁緊→嚴格；透不過氣→迫切。

本字與drink（飲）同源；string→drink；其中t→d；g→k通轉。「飲」的動作，就是「抽，吸」。

② ［用熟字記生字］string繩子；strict嚴格的。

③ ［同族字例］strain拉緊；astringe束縛；constring壓迫，使緊縮；perstringe挑毛病；restringent收斂性的。參看：strangle勒死；astringent收斂性的，澀味的。

strip [strip; strɪp] *

字義 v. 剝光（衣服）。

　　　vt. 剝奪，拆卸。

　　　n. 條，帶。

記憶 ① ［用熟字記生字］strap帶，皮帶。要剝衣服，先要卸去皮帶。

② ［疊韻近義字］參看：rip撕（裂），剝（去）。

③ ［同族字例］streak條紋，紋理；stream川流；streamer飄帶，橫幅；streptomycin鏈黴素；striation條紋狀，條痕；string細繩，帶子；stripe條紋。

stroll [stroul; strol] *

字義 v. / n. 散步（於），溜躂。

　　　vt. 巡迴演出。

　　　vt. 跋涉於。

記憶 ① ［疊韻近義字］roll滾動，流浪；

S

troll使旋轉。

② ［同族字例］truant閒蕩的；trollop蕩婦；trolly手推車。

---

strum [strʌm; strʌm]

義節 str.um

str→string線，弦；um→thumb n.拇指。

字義 v. 亂彈，亂奏。

　　 n. 亂彈聲。

記憶 ① ［義節解說］拇指被認為是不靈活的，笨拙的。用拇指彈弦，即是亂彈。

② ［用熟字記生字］string線，弦。

③ ［疊韻近義字］drum鼓；thrum亂彈；trump喇叭。

④ ［音似近義字］triumph勝利（用trump（喇叭）「奏」凱歌）。

---

stub.born ['stʌbən; 'stʌbən] *

義節 stub.born

stub n.樹椿，殘根；born→bound n.範圍，約束。

字義 a. 頑固的，堅持的，棘手的。

記憶 ① ［義節解說］像樹一樣固執，礙手礙腳。

②換一個思路：stub.b.orn－orn→-ern→turn轉向→傾向於…的。

③ ［用熟字記生字］stand站立。字根-st-表示「站立」，可引申為「堅持」。

④ ［同族字例］stumble絆跌（註：絆了「樹椿」）；stunt阻礙發育；stem樹幹；stubble殘梗；stump樹椿。

---

stud [stʌd; stʌd]

字義 v. 用大頭針裝飾，散布，密布，點綴。

　　 n. 大頭針。

記憶 ① ［用熟字記生字］stood站立（stand的過去式）。大頭針或其他東西紛紛站立

在…上面。

② ［形似近義字］stuff塞滿，充滿。

③ ［同族字例］steady穩定的；staddle基礎，乾草堆的墊架；stound一段很短的時間；state狀況；stet印刷中表示「不刪」或「保留」的符號。

④ ［使用情景］岩石散布在山邊（Rocks～the hillside）；無核葡萄乾散布蛋糕表面（～raisins over a cake）；繁星密布的天空（a star - studded shy）；用鑽石鑲嵌手鐲（～the bracelet with diamonds）；用銅釘裝飾皮門罩（the leather - covered door was ～ ded with brass nails）；島嶼星羅棋布的海面（a sea～ ded with islands）；錯誤充斥的作文（a composition～ded with errors）；螢火蟲點綴著黑暗（Its darkness was～ded with the glow - worm）…等等。

---

stun [stʌn; stʌn] *

義節 s.tun

s→se-→out離開，出去；tun→thunder v.打雷。

字義 vt. 使震聾，打暈，使暈眩。

　　 n. 暈眩，驚人的事物，猛擊。

記憶 ① ［義節解說］一個響雷，把魂兒打掉了。參考：knock out打暈。

② ［用熟字記生字］astonish使驚訝。法文動詞toner（打雷），估計是模擬響雷的「咚咚」聲。

③ ［同族字例］Stentor特洛伊戰爭中的傳令官（註：顧名思義，此人聲音洪亮，否則如何在戰爭中傳令？）tornado龍捲風；thunder雷鳴。參看：detonate爆炸；consternate使驚愕；astound使震驚；stentorian聲音響亮的；stertor鼾聲。

stu.por ['stjuːpə; 'stjupə]

義節 s.tup.or

s→se-→self自身；tup→torp麻木，僵呆；-or字尾。

字義 *n.* **昏迷，恍惚，麻木，僵呆。**

記憶 ①〔用熟字記生字〕stupid愚蠢的。

②〔同族字例〕torpedo魚雷，雷管，摔炮；stupendous驚人的；torpify使麻木；stupefy使麻木。參看：torpor麻痺，麻木，遲鈍，蟄伏。

sty.lus ['stailəs; 'stailəs]

義節 styl.us

styl柱，桿；-us字尾。

字義 *n.* **鐵筆，唱針，（日晷）指時針。**

記憶 ①〔用熟字記生字〕style文體，作風（註：文章是用筆寫的）；still靜止的（註：柱子靜止不動）。

②〔同族字例〕stalactite鐘乳石；stalk主莖，軸，梗；stela石碑，石柱；stool根株；stull橫樑，橫撐，支柱；stylet小尖刀，小花柱，口針。參看：peristyle列柱廊。

sty.my ['staimi; 'staimi]

義節 stym.y

stym→stem *n.*樹幹；-y → -fy表示「使動」。

字義 *vt.* **從中作梗，使處於困境，妨礙。**

記憶 ①〔義節解說〕使處在眾多的樹幹之中，到處受阻。

②〔同族字例〕stemma家譜，世系；stemmer去梗機；stemple橫樑；stump樹樁，根株，殘餘部分；stem逆行，停行，堵，塞；stint限制，停止；staunch堅定的，壯健的；stunt阻遏…發育。參看：stammer口吃；stubborn棘手的；stanch使止血，使止流，止住；stagnant

汙濁的，停滯的，呆滯的，蕭條的。

suav.ity ['swæviti, 'sweiv -; 'swævəti, 'swɑv -]

義節 suav.ity

suav溫和，柔和，使和平；-ity名詞。

字義 *n.* **溫和，（酒，藥等）平和，討好。**

記憶 ①〔用熟字記生字〕sweet甜的；persuade勸說。

②〔同族字例〕suasive勸說性的。參看：dissuade勸阻；assuage緩和。

sub.al.tern ['sʌbltən; səb'ɔltə-n]

義節 sub.alt.ern

sub-低於，次於；alt其他，另一個；-ern→turn *v.*轉向。

字義 *a.* **次的，副的，【哲】非全稱的。**
　　 n. **副官，部下。**

記憶 ①〔義節解說〕altern表示「轉換」。正職不在時，轉由他手下另一個人代替→副職。

②〔用熟字記生字〕other其他，另一個（字根-ali-，-alt（r）-和ulter都是other的變體）。

③〔同族字例〕alternate交替；alternator交流發電機；alienate使疏遠；parallel平行的（-allel-→-ali-）；adulterate不純的（註：摻入其他雜物）；adulterous私通的（註：和「另一」個人發生關係）。參看：ultra極端的；ulterior在那邊的，遙遠的；ultimatum最後通牒，最後結論，基本原理；altruism利他主義；alias別名；alien外國的；altercate爭辯。

sub.due [səb'djuː; səb'dju] *

義節 sub.due

sub-→under 在…之下；due→jug→yoke *n.*牛軛。

字義 *vt.* **使屈服，征服，克制，抑制（感情，慾望等），緩和。**

記憶 ① ［義節解說］字母d常會讀成「顎化」音，與j音基本相同。而在德文中，j讀y音。

比較：subjugate使屈服，征服，克制，抑制（感情，慾望等）。這個字的字義與本字全同，可見作者所立的義節是有依據的。許多字典認為subdue中的due是duce（引導）之意，作者不敢苟同，錄供參考。

② ［同族字例］jugulate勒死；zeugma軛式搭配法。參看：conjugate結合，（使）成對。（註：jug→yoke同軛的一對牛或馬）。

sub.lime [sə'blaim; sə'blaɪm] *

義節 subl.ime

subl→supr→super 高於，最高；-ime→eme字尾。

字義 *n.* / *a.* **莊嚴的，崇高（的），雄偉的，壯麗的，極端的，異常的。**

記憶 ① ［義節解說］關於這個字的解說，字典上眾說紛紜，都不得要領，特別是sub-這個字首，含義是「低於」，為什麼會構成「崇高」之意?作者思索了幾年，忽然一日在路上候車時悟出：原來這個字乃是supreme（最高的）的音訛！不管您是否同意這個看法，但這兩個字確實音近義通。而Supreme Court（最高法院）又是大家熟悉的，純從助憶功利上說，也許您至少會覺得很實用吧?

② ［用熟字記生字］supreme最高的。

③ ［使用情景］據說有一位英國修辭學專家認為，要形容瀑布之雄奇瑰麗，只有這個字最停當妥貼。其他用例：a～mountain雄偉的山；～scenery壯麗的景色；a～thought崇高的思想；a～idiot十足的傻瓜；～indifference異常的冷淡；～

conceit極端的自負。

sub.man ['sʌbmæn; 'sʌb,mæn]

義節 sub.man

sub-低，次，亞；man *n.* 人，男人。

字義 *n.* **發育（或理解力）極差的人，殘暴的人。**

記憶 ［反義字］superman超人。您一定熟悉這個電影人物，那麼，記住subman是不費吹灰之力的了。

sub.se.quent
['sʌbsikwənt; 'sʌbsɪ,kwɛnt] *

義節 sub.sequ.ent

sub-在下；sequ跟隨；-ent形容詞。

字義 *a.* **隨後的，…之後的。**

記憶 ① ［義節解說］跟隨在…之下。

② ［用熟字記生字］seek追尋；queue排隊。

③ ［同族字例］consequence結果，影響；sequence過程；sequacious奴性的，盲從的，順從的；execute執行；second第二的；persecution迫害。參看：intrinsic固有的；extrinsic非固有的；obsequious諂媚的，奉承的，順從的；consecutive連續的，連貫的，順序的。

sub.sist [səb'sist; səb'sɪst] *

義節 sub.sist

sub-低，下；sist（使）站立。

字義 *v.* **生存，維持生活，存在，有效。**

記憶 ① ［義節解說］在下面站起來→存在。

② ［用熟字記生字］exist存在，生存。

③ ［同根字例］assist幫助；consist組成；persist堅持；resist抵抗。

S

sub.ter.fuge

['sʌbtəfjuːdʒ; 'sʌbtɚˌfjudʒ]

義節 sub.ter.fuge

sub-在下；ter土，地；fuge逃，逸流。

字義 *n.* 狡猾的逃避手段，遁詞，託詞。

記憶 ① ［義節解說］subter→underground 地下的→隱蔽的；用來掩蓋逃去的手段。

② ［用熟字記生字］refugee難民。

③ ［同族字例］fugacious轉眼卽逝的；febrifuge退燒藥；vermifuge驅蟲藥。參看：centrifugal離心的；fugitive躲避的，逃的。

sub.tle ['sʌtl; 'sʌl!]

義節 sub.tle

sub-在下；tle→tail *v.*剪，切。

字義 *a.* 稀薄的，精巧的，微妙的，細微的，敏感的，詳盡的。

記憶 ① ［義節解說］再往下面切開，越切越細，越分越微。

② ［用熟字記生字］detail細節；tailor裁縫。

③ ［同族字例］philately集郵（phila愛；tel印花稅→郵票）。參看：tally符木（tal→tail剪，切，割。原意是一塊符木一分爲二，借貸兩方各執其一，日後對驗。中國古代的兵符，是由皇帝和統帥各執其一。符木引申爲「護符」）；talisman護符，避邪物，法寶；stall分成隔欄的畜舍；retaliate以牙還牙，反擊；installment分期付款；toll捐稅，通行稅，服務費用。

sub.vert [sʌb'vɚːt; səb -; səb'vɚt] *

義節 sub.vert

sub-在下；vert轉。

字義 *vt.* 顚覆，暗中破壞，攪亂（人心等），敗壞。

記憶 ① ［義節解說］在下面（暗中）翻雲覆雨。

② ［用熟字記生字］universe宇宙。

③ ［同族字例］vertical垂直的；vert改邪歸正的人；avert轉移（目光）；divert轉移；evert推翻；revert恢復；vertiginate令人眩暈地旋轉；vertex頂點；extrovert性格外向者。參看：vertigo眩暈，頭暈；diverse不一樣的，多變化的；convert改變信仰，轉變，轉換；adversity逆境，災難，不幸；invert使顚倒；conversant熟悉；perverse反常的；introvert性格內向者，內省者。

suc.cinct [sək'siŋkt, sʌk-; sək'sɪŋkt] *

義節 suc.cinct

suc-→sub-在下；cinct→circle環繞。

字義 *a.* 簡明的，簡潔的，緊身的，貼身的。

記憶 ① ［義節解說］cinct環繞→束腰帶→束緊→簡明。

② ［同族字例］cinch（馬鞍等的）肚帶；cincture圍繞；percinct（敎堂等的）圍地；enceinte圍廓，城堡；shingles皮疹。

suc.cor ['sʌkə; 'sʌkɚ] *

義節 suc.cor

suc→sub-在下；cor→cour奔跑。

字義 *n./vi.* 救濟，援助。

n. 救濟物，救助者。

記憶 ① ［義節解說］奔到現場向下面伸出援助之手。

② ［用熟字記生字］course進程，跑馬場，學科。

③ ［同族字例］occur出現，發生；cursor游標，光標；recursive循環的；excursion遠足，短途旅行；hurry匆忙（h→c通轉：因爲，在西班牙文中x讀h音，而x→s→c通轉）；courser

S

跑馬；current急流，電流，流行。參看：cursory粗略的，草率的；courier信差，送急件的人；concourse集合，會合；discourse講話，演講，論述；precursor先驅者，預兆；incursion侵入；discursive散漫的；scour急速穿行，追尋；scurry急促奔跑，急趕，急轉；concourse合流，會合，集合，中央廣場；recouse救援，求助，追索權。

④〔形似近義字〕resotr求助；rescue救援；secure掩護，使安全。

---

suc.cus [sə'kʌs; sə'kʌs]

義節 suc.c.us

suc→suck *v.*吸，吮；-us名詞。

字義 *n.* 液，汁。

記憶 ①〔義節解說〕suck大概是模擬吸吮時的「嘘嘘」聲。吸吮的對象是汁、液。

②〔用熟字記生字〕sugar甘蔗（註：請您想像一下我們吸吮甘蔗時的聲音）。

③〔同族字例〕succulent 多汁的，有趣的；sucrose 蔗糖；saccharose 蔗糖；saccharide糖類；saccharometer糖量計。sacchar(o)-(字首)糖；saccharine太甜的，討好的；saccharate【化】糖質酸鹽；saccharic【化】糖化物的；saccharogenic產糖的；suck吸吮。參看：sorghum甜得發膩的東西；saccharine糖的，含糖的，極甜的；sorgo蘆粟，甜高粱。

---

su.dor.if.ic

[ˌsjuːdə'rifik, ˌsuː-, -dɔ'r-;ˌsudə'rɪfɪk, ˌsɪu-]

義節 sud.o.rif.ic

sud汁，也叫汗；o連接母音；rif流動；-ic形容詞。

字義 *a.* 發汗的。

　　n. 發汗劑。

①〔義節解說〕使汗液流出。

②〔用熟字記生字〕sweat汗；river河流。

③〔同族字例〕sod草皮（註：被雨浸濕）；shed流出；suds濃肥皂水；ooze流血；seep滲透，滲漏；juice果汁。參看：exude滲出；sodden濕的。上列這些字都表示「汁液，滲流」，基本形式是-(s)ud-，形成各種變體。

---

suf.fo.cate ['sʌfəkeit; 'sʌfə,ket] *

義節 suf.foc.ate

suf-→sub-在下；foc→fauces *n.*咽門；-ate動詞。

字義 *v.* (使) 窒息，把…悶死。

　　vt. 悶熄。

　　vi. 受阻。

記憶 ①〔義節解說〕堵住喉嚨，下面的氣出不來。

②〔同族字例〕throat喉嚨；faucet水龍頭，旋塞。

③〔形似近義字〕muffle捂住，蒙住，壓抑（聲音）。

---

suf.fu.sion

[sə'fjuːʒən, sʌ'f-; sə'fjuʒən]

義節 suf.fus.ion

suf-→sub-在下；fus灌，傾注；-ion名詞。

字義 *n.* 充滿，瀰漫，(臉等) 漲紅。

記憶 ①〔義節解說〕不斷向下灌注，漸漸就會高漲，充滿。

②〔用熟字記生字〕confuse使混合，使慌張；refuse拒絕。

③〔同族字例〕diffuse散發，散布；effusive充溢的；infuse注入，灌輸；profuse豐富的，浪費的。參看：futile無效的；fusion融合；confound混淆；refutation駁斥，反駁，駁倒；interfuse

S

使滲透，（使）融合，（使）混合。

sul.len ['sʌlən, - lin; 'sʌlin, -ən] *

義節 sul.l.en

sul→sol單獨，孤獨；-en形容詞。

字義 *a.* **慍怒的，悶悶不樂的，繃著臉不高興的，（天氣等）陰沉的。**

記憶 ① ［義節解說］獨個兒發悶、生氣；不睬別人，使自己孤獨。

② ［用熟字記生字］silent靜的，不作聲的。

③ ［形似近義字］sulky慍怒的，繃著臉不高興的，（天氣等）陰沉的…

④ ［同族字例］insulation隔離，絕緣；peninsula半島；sole單獨的；solo獨唱，獨奏；solitary孤獨的，獨居的；seel用線縫合（鷹）的眼睛；seal封蠟，封緘；occultism神祕主義（註：字母s→c同音變異）；culet鑽石的底面，冑甲背部下片；culottes婦女的裙褲；bascule吊橋的活動桁架，活動橋的平衡裝置；culdesac死胡同，盲腸；color顏色；calotte小的無邊帽，（苔蘚蟲的）回縮盤；cell地窖，牢房、conceal藏匿，遮瞞；cilia眼睫毛；becloud遮蔽，遮暗。參看：desolate荒涼的；obscure遮掩；asylum避難所；supercilious目空一切的；recoil退縮；soliloquy獨白；celibate獨身的；cloister使與塵世隔絕；occult隱藏的，祕密的，神祕的；insular島嶼的，隔絕的，保守的。

sul.ly ['sʌli; 'sʌlɪ]

義節 sul.l.y

sul→soil *v.*沾汙；-y使動。

字義 *vt.* **弄髒，沾汙。**

記憶 ① ［用熟字記生字］soil土壤，泥土。記：沾上泥土→弄髒。

② ［同族字例］本字與「豬」有關。因為豬愛在泥土中打滾，弄得很髒；sow母豬；swine豬；swill沖洗，用廚餘餵豬。參看：slosh泥濘；slush爛泥（註：silt中的母音i被縮略）；silt淤泥，（使）淤塞。

sul.try ['sʌltri; 'sʌltrɪ] *

義節 sultr.y

sultr→swelter *v.*（使）悶熱；-y形容詞。

字義 *a.* **悶熱的，狂熱的，狂暴的，淫蕩的。**

記憶 ① ［義節解說］本字是swelter（悶熱）的變體。

② ［用熟字記生字］south南方（註：南方是「熱」的）；summer夏天。

③ ［同族字例］sweat出汗；swale窪地，沼澤地；swallow吞嚥，淹沒。參看：sully沾汙；swill涮，沖洗，大喝；swelter（使）悶熱。

sump.tu.ous

['sʌmptjuəs; 'sʌmptʃʊəs]

義節 sumpt.u.ous

sumpt拿，抓，占；u連接母音；-ous充滿…的。

字義 *a.* **豪華的，奢侈的。**

記憶 ① ［義節解說］占有太多，花費就很大。

② ［用熟字記生字］consumption消費，耗費；resumé個人簡歷。

③ ［同族字例］assume假定；consume消費；presumption假定；resume重新開始。

sun.dry ['sʌndri; 'sʌndrɪ] *

義節 sundr.y

sundr→sunder *v.*切斷，分開。-y形容詞。

字義 *a.* **各式各樣的，雜的。**

記憶 ① ［義節解說］分開得很細，分門別

類。
② ［用熟字記生字］side邊，界（註：以此劃「分」）
③ ［同族字例］sans無。參看：sonecure閒職（sone無）；asunder（向各方面）分開，散，碎。

su.per.an.nu.ate

[ˌsjuːpəˈrænjueit ; ˌsupəˈænjuˌet, ˌsjuː -] *

義節 super.ann.u.ate
super - 超，上；ann年；u連接母音；-ate動詞。

字義 vt. 給養老金退休，淘汰。

記憶 ① ［義節解說］超過了工作年齡；上了年紀；退休拿「年」金生活。
② ［同族字例］anniversary 周年；annual 每年的；biennial兩年一度的；superannuate因超過年齡而被迫退休；annals紀年表；annuity年金；anile衰老的；annility衰老，老婦人的體態；annum年；senior較年長的，高級的。參看：millenary一千年；senator元老，參議員；senility衰老；perennial長久的，永久的，終年的。

su.per.cil.i.ous

[ˌsjuːpəˈsiliəs; ˌsupəˈsiliəs, ˌsju -] *

義節 super.cili.ous
super - 超，高於；cili眼皮，睫毛；-ous充滿…的。

字義 a. 目空一切的，傲慢的。

記憶 ① ［義節解說］眼高於頂。
② ［同族字例］cilia 眼睫毛；seel 用線縫合（鷹）的眼睛；ciliary眼睫毛的；occultism神祕主義；culet鑽石的底面；胄甲背部下片；color顏色；culottes婦女的裙褲；bascule吊橋的活動桁架，活動橋的平衡裝置；culdesac死胡同，盲

腸；calotte小的無邊帽，（苔蘚蟲的）回縮盤；cell地窖，牢房；conceal藏匿，遮瞞；seal封蠟，封緘；becloud遮瞞，遮暗。參看：obscure遮掩；ciliate有纖毛的；recoil退縮；occult隱藏的，祕密的，神祕的。

su.per.fi.cial

[ˌsjuːpəˈfiʃəl, ˌsuː - ; ˌsupəˈfiʃəl, ˌsju -] *

義節 super.fic.i.al
super - 在上；fic→face n.面，臉；-al形容詞。

字義 a. 表面的，膚淺的。

記憶 ① ［義節解說］停留在表面上。
② ［用熟字記生字］face臉。
③ ［同族字例］surface表面；efface抹去；deface損傷外觀；phase相，外觀（fac→phas：f→ph；c→s通轉）。

su.per.in.tend

[ˌsjuːprintˈtend ; ˌsuprɪnˈtɛnd]

義節 super.in.tend
super-超，在上；in在…內；tend v.管理，照管。

字義 v. 監督，主管，指揮（工作等）。

記憶 ① ［義節解說］居高臨下地照管→監督。
② ［用熟字記生字］attend照顧，伺候。
③ ［同族字例］tender投標；contend爭奪；extend延伸；tuition直覺；tutelage監護；tend照料，管理，留心；attendant侍者，隨從（註：「照管」雜物）；attention注意；intendant監督人，管理人；superintendent監督人，主管；參看：intuition直覺，直觀；intendence監督，管理（部門）。

su.pine

[*adj.* sju:'pain, su:'p -; su'paɪn, sɪu - *n.*
'sju:pain, 'su: - ; 'supaɪn, 'sɪu -]

義節 sup.ine
sup→cub躺，臥；ine形容詞。

字義 *a.* **仰臥的，手心向上，懶散的，**
【古】向後靠的。

記憶 ① ［義節解說］這裡的sup應是cub的
變音。c與s，b與p，常常會互相通變，主
要是因爲發音相同或相近。

② ［同根字例］cubicle小臥室；concubine
妾；cube立方體；cubital肘的；succubus
妓女，女魔；covey（鷓鴣等）一窩，（人）
一小群。參看：incubus煩累，夢魘；
incubate孵（卵），醞釀成熟。

③ ［同族字例］incumbency責任，職權
（字根-cub-是-cumb-中的m脫落後的變
體）；cucumber黃瓜。參看：encumber
妨礙，拖累；accumbent橫臥的；
recumbent橫臥的；cumber妨礙，煩
累；incumbent壓在上面的，有責任的，
義不容辭的。

---

sup.ple ['sʌpl; 'sʌp!] *

義節 sup.ple
sup - 在下面；ple→ply / plex 彎，折。

字義 *a.* **柔軟的，順從的，反應快的。**
**　　*vt.* 使柔軟，使順從。**

記憶 ① ［義節解說］向下彎折→順從。

② ［用熟字記生字］complex複雜的。

③ ［形似近義字］compliant依從的，屈從
的。

④ ［易混字］supply供應；supplement增
補，附錄。

⑤ ［同族字例］apply適用；reply回答；
imply暗指；implication暗示；comply
照辦。參看：compliant屈從的；
complexion局面；duple兩倍的；replica

複製品；implicit含蓄的，內含的，無疑
的；explicit明晰的。

---

sup.pos.i.ti.tious

[sə,pɔzi'tiʃəs; sə,pɑzə'tiʃəs] *

義節 sup.posit.itious
sup -在下；posit→put *v.*放置；-itious形
容詞。

字義 *a.* **假定的，想像的，假冒的，私生**
的，頂替的。

記憶 ① ［義節解說］因爲是假想的，只好放
在心底裡，不好拿出來。

② ［用熟字記生字］suppose猜想；
position位置。

③ ［形似近義字］superstitious迷信的；
substitute代替，頂替。參看：surmise猜
測（註：sur-在下；mise→put。與本字
的構字思路完全一樣）。

④ ［同族字例］post崗位，職位；dispose
排列，處置，處理；compose作文，作
曲；expose暴露。參看：depone宣誓作
證；depose廢黜，宣誓作證。

⑤ ［音似近義字］參看：pseudo假的，僞
的，冒充的。

---

sup.pu.rate

['sʌpjuəreit; 'sʌpjə,ret]

義節 sup.pur.ate
sup→sub-在下面；pur腐壞，爛；-ate動
詞。

字義 *vi.* **化膿。**

記憶 ① ［義節解說］在皮膚下面爛了→化
膿。

② ［同族字例］putrescent正在腐爛（墮
落）的；putrescible易腐爛的；putrefy
化膿，腐爛，腐敗；pus膿（液）；
purulent化膿的；pyogenesis生膿；
pyoid膿樣的；pustulous小膿瘡的；

S

751

empyema積膿（註：pyem→pur）；foul腐爛（註：f與p常常構成變體字。因為ph讀f音，而ph中的h很易脫落。所以foul→pur）。參看：putrid腐爛的，腐敗的，墮落的。

---

sur.feit ['sə:fit; 'səfɪt] *

義節 sur.feit

sur（法文）→on，over在…之上；feit（法文）→faire→do。

字義 *v. / n.* **（使）飲食過度。**
  n. / vt. **過量（供應）。**

記憶 ①[義節解說]overdo太多，過頭，參考：「夠了，行了，」的英文是：That'll do.

②[用熟字記生字] sufficient充足的，足夠的。

③[同根字例] counterfeit僞造的；forfeit喪失，沒收。

sur.geon ['sə:dʒən; 'sədʒən]

義節 sur.geon

sur→chir手；geon→urgian→urg（用力驅動）+ -ian從事…工作的人。

字義 *n.* **外科醫生，軍醫。**

記憶 ①[義節解說]本字是法文單字的「張冠李戴」：法文surgeon，意爲「嫩芽」（sur-在下面；geon→gen生長），法文的chirurgian才是「外科醫生」。可能因讀音相似（法文ch讀sh音）而誤植，後來以訛爲正。

外科醫生主要是「手術」，要用力驅動手而作業。

②[用熟字記生字] urge慫恿；urgent緊急的。

③[同族字例] 參看：chiropodist手足科醫生；cheiromancy手相術。

sur.mise

[*v.* sə:'maiz, 'sə:m -; sə'maiz *n.* 'sə:maiz, sə:'maiz, sə'maiz, 'səmaiz] *

義節 sur.mise

sur-在下；mise放置。

字義 *v.* **推測，猜測，臆測。**

記憶 ①[義節解說] 因爲是猜測的，只好放在心底裡，不好拿出來。

②[用熟字記生字] promise答允。

③[同族字例] mise支出，浪費；mission派遣，使節；dismiss使退去，打發。參看：demise轉讓，遺贈。

④[形似近義字] 參看：supposititious假定的（註：sub-在下；posit放置，與本字的構字思路完全一樣）；muse沉思，冥想。

sur.rep.ti.tious

[ˌsʌrəp'tiʃəs; ˌsʌrəp'tɪʃəs] *

義節 sur.rept.it.i.ous

sur-在下面；rept爬；it走；-ous充滿…的。

字義 *a.* **鬼鬼祟祟的，偷偷摸摸的，祕密的。**

記憶 ①[義節解說]專門在背人之處「爬行」（不敢抬頭挺胸地走路）。

②[用熟字記生字] crept爬行（creep的過去式）。

③[同族字例] herpes疱疹；hop單足跳（此字另有一意：蛇麻草。是一種蔓生攀爬植物）；serpigo癬，匐行疹；creep爬行；reptile爬行動物。參看：serpent蛇（註：其中erp與ept相似，「蛇」也是「爬行」的）；harp豎琴；herpetology爬蟲學。

S

sur.veil.lance

[sə:ˈveiləns, sə -; səˈveləns, - ˈveljəns] *

義節 sur.veill.ance

sur-（法文）在…上；veill→awake *a.*醒的，警覺的；-ance名詞。

字義 *n.* 監視，監督。

記憶 ① ［義節解說］居高臨下地保持警覺。本字和supervise（監督）的構字思路相似（super-在上；vise看）。

② ［用熟字記生字］survey俯瞰；調查，檢查（sur-在上；vey→ciew看）。

③ ［同族字例］watch監視；wake叫醒；reveille起床號；vigilant警備的；invigilate監考。

sus.te.nance

[ˈsʌstinəns; ˈsʌstənəns] *

義節 sus.ten.ance

sus-→sub-在下面；ten→tin / tain→hold握住，堅持；-ance名詞。

字義 *n.* 生計，支持，食物，營養，供養，支撐物。

記憶 ① ［義節解說］在下面撐著站起來，動詞是sustain。-tin-源於拉丁文tenere，法文作tenir，相當於英文的hold。

② ［用熟字記生字］continue繼續；maintain維持；tenant租戶。

③ ［同族字例］tenement地產；tenure占有（權）；senable可保持的，站得住腳的；obtain獲得；sustentation支持，糧食。參看：tenet信條，宗旨；pertinacious堅持的，執拗的；obstinate固執的；tenacious緊握的，堅持的，頑強的，固執的；continence自制（力），克制，節慾；abstinence節制。

④ ［形似近義字］support支持，供養。參看：subsist生存，供養。

- SW -

以下進入sw區域。

本區的單字一般會有下列義項：

① 搖，轉，彎（w：「彎，扭，搖）

② 汗：（s：「熱，汗」）

③ 水，洗（w：「水」）

④ 包，纏（w：「包圍」）

⑤ 口，吞，喝（s：「呷→味」）

⑥ 炫耀，虛張聲勢

⑦ 擊

⑧ 擬聲

sw主要意思來源於w：「轉、彎」、「纏」。引申而為「炫耀」。sw從s處繼承了「吸、吮」意。於是有「口、喝」和「水、洗」。

swamp [swɔmp; swɑmp] *

字義 *n.* 沼澤（地）。

    v. （使）陷入沼澤，淹沒。

記憶 ① ［用熟字記生字］swim游泳。

② ［同族字例］whelm淹沒；overwhelm淹沒，壓倒；swallow淹沒。參看：swill沖洗。

③ ［音似易混字］swarm蜂群，一大群。

swan [swɔn; swɔn] *

義節 s.wan

s→se-→self自身；wan→wander *v.*閒蕩。

字義 *vi.* 閒蕩，遊逛，（車輛）蜿蜒地行駛。

記憶 ① ［用熟字記生字］went走；swan天鵝。記：天鵝在水中遊蕩；wind纏繞，蜿蜒迂迴地走。

② ［諧音］「彎」→蜿蜒；「玩兒」→遊逛。

③〔同族字例〕wend走，前進；wand
柔軟纖細的枝條；winch絞車；wind
彎繞，使船轉向；wanton任性（的）
放肆（的），繁茂的，揮霍；swivel使
旋轉；swirl彎曲，盤繞；swim眩暈，
眼花。參看：swerve轉向；saunter
漫步，閒逛；sqander驅散，浪蕩
（quander→wander：qu→g→w通
轉）。

swat [swɔt; swɑt]

字義 v. 重拍，猛擊。

記憶 ①〔用熟字記生字〕battle打仗
（wat→bat；w→v→b通轉）；beat打；
batter連續打。

②〔疊韻近義字〕bat用棍棒擊；pat輕拍。
pat是「用」手掌或扁平物輕輕拍打，
例如拍拍對方的肩膀，表示「鼓勵，撫
慰」。swat是重重地拍，意在打擊，如
拍打蒼蠅。pat可諧音為「拍」，最易記
憶。

③〔同族字例〕beetle木夯；bout競爭，較
量；Bastille巴士底獄；buttress扶壁，支
柱；debut首次演出。參看：abut鄰接；
rebut反駁；butt衝撞；bate壓低，【英
俚】大怒；abate使減退；baste狠揍，痛
罵。

swath [swɔθ; swaθ, swɔθ]

字義 n. 一鐮刀刈的幅度，刈痕，長而寬的
地帶。

記憶 ①〔用熟字記生字〕sword劍；width
寬度。

②〔形似近義字〕sickle鐮刀；scythe鐮
刀。參看：swathe帶子，繃帶。

③〔形似易混字〕參看：swathe包圍。

swathe [sweið; sweð]

字義 vt. 綁，裹，纏，包圍，封住。
     n. 帶子，繃帶。

記憶 ①〔用熟字記生字〕wrap裹，包，捆，
纏，環繞。

②〔形似近義字〕wreathe紮成花圈；盤
繞，纏住，扭，擰。

③〔同族字例〕swaddle包纏，限制；
wattle枝條，編枝條成籬笆。參看：
swath長而寬的地帶。

swel.ter ['sweltə; 'swɛltə]

義節 s.welt.er

s→se-離開；welt→wear v.損耗；-er反覆
動作。

字義 v.（使）熱得發昏，（使）中暑。
     vt./n.（使）悶熱。
     n. 槳（狀物），尾鰭

記憶 ①〔義節解說〕本字原意是「因」天
「熱」或愛情的「熱」而消耗體力。

②〔用熟字記生字〕sweat出汗。

③〔同族字例〕swale窪地，沼澤地；
swallow吞嚥，淹沒。參看：sully沾汙；
sultry悶熱的；swill涮，沖洗，大喝。

④〔形似近義字〕helio（字根）太陽。

swerve [swəːv; swɜv] *

義節 s.werve

s→se-→out；werve→warp v.弄彎，弄
歪，使翹起。

字義 v.（使）突然轉向，（使）背離。
     n. 轉向，彎曲。

記憶 ①〔義節解說〕warp out轉彎離開原
路。

②〔用熟字記生字〕curve彎曲的。

③〔同族字例〕warp弄彎，弄歪；garble
歪曲（註：由於歷史的原因，g和w常
會互相形成變體。例如：guard守衛

→ward守衛）；wind彎繞，使船轉向；swivel使旋轉；swirl彎曲，盤繞；swap交換；swim眩暈，眼花；wire金屬線；environment環境。參看：swan蜿蜒行駛。

swill [swil ; swɪl]
字義 *v. /n.* 涮，沖洗，大喝。
　　vt. /n. （用）殘食飼料（餵）。
記憶 ① ［用熟字記生字］swallow吞嚥，淹沒。
② ［同族字例］swale窪地，沼澤地；swallow吞嚥，淹沒。參看：swamp淹沒；sully沾汙；swelter（使）悶熱。

swin.dle ['swindl ; 'swɪndl] *
義節 s.wind.le
s-→se-→out；wind *v.*欺騙；-le反覆動作。
字義 *v. /n.* 詐取，騙取。
　　n. 騙局，騙人的東西。
記憶 ① ［義節解說］通過欺騙，把東西弄出來→騙去。wind原有「迂迴前進」之意。迂迴地達到目的→欺騙。
② ［用熟字記生字］wind纏繞，蜿蜒迂迴地走。
③ ［同族字例］wend 走，前進；wand 柔軟纖細的枝條；winch絞車；wind 彎繞，使船轉向；wander 閒蕩。參看：swan閒蕩，遊逛，（車輛）蜿蜒地行駛。

swoon [swu:n ; swun]
義節 s.woon
s-→se-→out；woon→worn *a.*變得衰弱的。
字義 *vi. /n.* 暈厥，昏倒，神魂顛倒。
　　n. 漸漸的消失。
記憶 ① ［義節解說］worn out 筋疲力盡的，變得衰弱的。

② ［用熟字記生字］vanish消失；faint虛弱的，昏倒，暈厥。
③ ［同族字例］wean斷奶；want缺少，缺乏；wanton揮霍，浪費，放蕩；faint暗淡的；（w→v→f通轉）。參看：wan暗淡的；wane（月）虧，缺（損），變小；dwindle變小，衰退；vain空虛的（v→w通轉）；bane死亡，毀滅（v→b通轉）。
④W表示「變小，變虧」的其他字例：waste損耗；weak弱的；wear耗損；wilt使枯萎；wither枯萎，凋謝；wizen枯萎，凋謝；dwarf使變矮小，妨礙（發育等）。

swoop [swu:p ; swup] *
字義 *vt.* 攫取。
　　vi. /n. 飛撲。
　　vi. 猛撲，猝然攻擊。
記憶 ① ［用熟字記生字］sweep掃除，掃蕩，沖走，襲擊。
② ［同族字例］whip鞭打；wipe揩，擦，除去；swipe猛擊；swobble大口大口地吞吃；swab（用拖把）擦洗，洗澡。

syc.o.phant ['sikəfənt ; 'sɪkəfənt] *
義節 syco.phant
syco→suck *v.*吮；phant→fant顯現；-ant字尾
字義 *n.* 拍馬屁者，諂媚者。
　　a. 拍馬屁的，諂媚的。
記憶 ① ［義節解說］syco的原意是fig，把拇指夾在食指和中指之間的手勢→作出這種手勢，表示「告密，諂媚」。
② ［同族字例］syco-：syconium無花果；sack袋。-phant-：fancy想像，幻想；fantasy空想，幻想，phantasm幻想，幻影；phantom幽靈；phenomenon現象；wonderful奇妙的（fant→wond；

755

f→w通轉）；banner旗幟（fant→ban；f→b通轉）。參看：diaphanous透明的；fanion小旗；fantastic奇異的，怪誕的，空想的，荒謬的。

③〔用熟字記生字〕syco→seek追求；phant→fond歡喜的。→追求別人的歡喜→拍馬屁，諂媚。

syl.lo.gism

['siləʤizm; 'sɪlə,ʤɪzəm]

義節 syl.log.ism

syl- → sym- →seem v.看上去像…；log講話，推理；-ism特別的方式。

字義 n. 三段論法；講繹推理，詭辯。

記憶 ①〔義節解說〕看起來講得頭頭是道→推理，詭辯。

②〔用熟字記生字〕logic邏輯；dialogue對話。

③〔同根字例〕prologue序言；epilogue後記，結語；eulogy頌詞。

sym.me.try ['simitri; 'sɪmɪtrɪ] *

義節 sym.metr.y

sym- → same a.相同的；metr測量；-y名詞。

字義 n. 對稱。

記憶 ①〔義節解說〕（兩邊）測量出來完全一樣。

②〔用熟字記生字〕same相同的；meter公尺。

③〔同族字例〕diameter直徑；parameter變數，參數；perimeter周長；measure測量。

syn.the.sis ['sinθisis; 'sɪnθəsɪs] *

義節 syn.thesis

syn- → together共同；thesis→text編織，排列。

字義 n. 綜合，合成。

記憶 ①〔義節解說〕編排在一起。

②〔用熟字記生字〕textbook教科書（thesis→texi；其中th→t；s→x通轉）。

③〔同族字例〕text課文；textile紡織；texture構造，組織，紋理；context上下文；contexture構造，組織，織造；hypothetical假設的，（邏輯上）有前提的；thesis論點，論文；diathesis素質；epenthesis增音，插入字母；metathesis易位；parenthesis插入語；prosthesis字首增添字母；antithesis對偶；tissue組織。參看：hypothesis假設。

S

T

細葉誰裁出？春風似剪刀。

T 的字形像「拉」織，「拖」把。T 的發音，就像「撕」扇子作千金一笑的「裂」帛聲。這是本字母最基本的含義。其他許多含義大體上是由此引申出來。

免冠：

本章需「免冠」的單字不多，最主要的是：tra-→ trans– 轉，跨越。這的字首不難記，它不過是 turn（轉）的一種變體。

分析：

大寫的 T 頂上有一橫，可以看作一個平面，「掩蓋」和「保護」其下面的東西。也可以看成這個平面圍繞著豎軸在「轉」。

小寫的 t 字，「細細的」豎畫後加一「拖」。這個字的讀音似「滴」水聲。

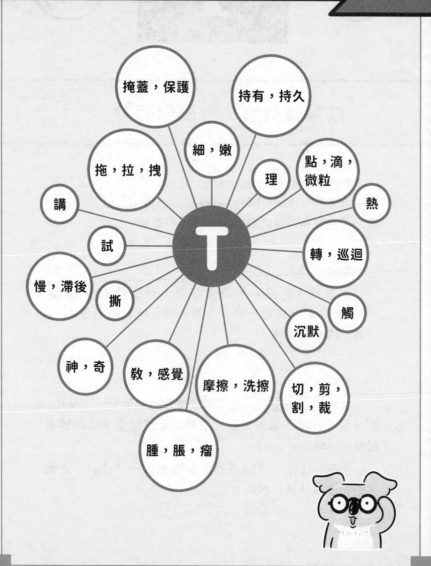

tab [tæb ; tæb]

字義 *n.* （拱手拉或懸掛的）短小突出物（如鞋後跟的拉攀），小標籤，（服飾）垂片。

記憶 ① [用熟字記生字] tag標籤，（鞋後跟的）拉攀，（服飾）垂片；tail尾巴。

② [同族字例] tape帶子；taper細長燭芯；tippet（教士，女士的）披肩。

ta.bour [ˈteibə; ˈtebə]

字義 *n.* （伴奏用的）小鼓。

vi. 敲小鼓。

記憶 ①本字是tambour（鼓，鼓手）的變體。tambour模擬「咚咚」的鼓聲。

② [用熟字記生字] drum鼓；storm大風暴。

③ [同族字例] tamb和storm都模擬了一種沉重的「咚咚」聲。類例：tamper夯具；stamp跺腳，蓋章；stampede（畜群）驚跑；tornado旋風，龍捲風；tympan（鼓）tympa-num耳鼓，耳膜。參看：tempest（使）騷動，大風暴，風潮；timbre音色。

tac.i.turn [ˈtæsitəːn ; ˈtæsə,tɚn]

義節 tacit.urn

tacit → tag → tect遮蔽；-urn朝方向。

字義 *a.* 沉默寡言的。

記憶 ① [義節解說] 嘴巴有「遮攔」。

② [用熟字記生字] tight緊的。記：嘴巴「緊」，不苟言笑。

③ [同族字例] tacit緘默的；reti-cent緘默的，沉默寡言的；test（蟹，蛤等的）甲殼，介殼；architect建築師；testudo陸龜；tortoise龜；tester（舊式大床，布道壇上面的）華蓋；toga袍掛。參看：detest痛恨。

tack.le [ˈtækl ; ˈtækl] *

字義 *n.* 滑車，用具。

vt. 用滑車固定，抓住，揪住，對付，解決。

記憶 ① [用熟字記生字] take拿，抓。

② [同族字例] tuckle滑輪；tooth牙齒。參看：tug用力拉（拖），繩索；tusk（象，野豬等的）長牙，獠牙，用長牙抵（或掘）；tacky有點黏的。

tacky [ˈtæki；ˈtækɪ]

義節 tack.y

tack *n.*平頭釘，附加，黏加；-y形容詞。

字義 *a.* 有點黏的，襤褸的，俗氣的。

記憶 ① [用熟字記生字] sticky黏的；tail尾巴（註：衣服襤褸，碎布條好像尾巴）。

② [同族字例] ticket票券；tag標籤；tagger附加物；stick黏貼；steak牛排；attach繫，貼；shtick引人注意的小噱頭，特色；stack堆積；stacks書庫；stock儲存，股票；stoke添柴加火。參看：etiquette禮節，禮儀，格式；tab小標籤。

tac.tic [ˈtæki ; ˈtækɪ] *

義節 tact.ic

tact → text *v.*編織，安排順序；-ic字尾。

字義 *a.* 順序的。

n. 戰術。

記憶 ① [義節解說] 戰術，就是如何「安排」好用兵。

② [用熟字記生字] textbook教科書（註：按照學科，把這門知識整理好讓人學習）

③ [同族字例] text課文；textile紡織；texture構造，組織，紋理；context上下文；contexture構造，組織，織造；hypothetical假設的，（邏輯上）有前提的；thesis論點，論文（thesis → text；

T

其中th → t；s → x通轉）；diathesis
素質；epenthesis增音，插入字母；
metathesis易位；prosthesis字首增添字
母；antithesis對偶。參看：hypothe-sis
假設；synthesis綜合，合成；taxology分
類學。

④ ［形似近義字］trick詭計；technique技
巧。

tac.tile ['tæktail；'tæktɪl]

義節 tact.ile

tact接觸；-ile易於⋯的。

字義 *a.* 觸覺的。

記憶 ① ［用熟字記生字］touch觸，碰；
contact接觸，聯繫。

② ［同族字例］attach附加；tag標籤，垂
片；tack平頭釘，附加，黏加；tangent
正切（三角函數）；tangible可觸知的。
參看：tacky有點黏的；contaminate汙
染，傳染；contagion傳染（病），傳
播；contiguous接觸的，鄰近的，接近
的。

taint [teint；tent] *

字義 *v. / n.* （使）腐敗，（使）感染。
vt. 腐蝕。
n. 玷汙。

記憶 ① 本字的基本意思，是因接觸
（touch）而吸著了顏色，轉義爲「玷
汙，感染」。

② ［用熟字記生字］stain玷汙，汙點。

③ ［同族字例］tinge色彩，風味，著色；
intinction浸禮；tangible可觸知的。參
看：contaminate汙染，傳染；tint色
澤，著色；entangle糾纏；tactile觸覺
的；tangle（使）糾結，（使）糾纏，
（使）混亂。

tal.is.man

['tælizmən；'tælɪsmən，'tælɪz-]

義節 talis.man

talis → tally *n.*符木；-man字尾。

字義 *n.* 護符，避邪物，法寶。

記憶 ① ［義節解說］stally中的tal → tail
剪，切，割。原意是一塊符木一分爲二，
借貸兩方各執其一，日後對驗。中國古代
的兵符，是由皇帝和統帥各執其一。符木
引申爲「護符」。

② ［用熟字記生字］tailor裁縫；detail細
節。

③ ［同族字例］philately集郵（phila愛；
tel印花稅→郵票）；stall分成隔欄的畜
舍。參看：subtle微妙的；retailiate以
牙還牙，反擊；installment分期付款；
entail限定（繼承人），遺留，課（稅）
使承擔；retail零售；toll捐稅，通行稅，
服務費；tally符木。

tal.ly ['tæli；'tælɪ] *

義節 tal.ly

tal → tail剪，切；-y名詞。

字義 *n.* 符木，比分，帳頁。
v. / n. 記錄，紀錄。

記憶 詳見上字：talisman護符。

tal.on ['tælən；'tælən]

義節 tal.on

tal腳踝，後跟；-on名詞。

字義 *n.*（猛禽的）爪，抓狀物，手(指)，魔
爪，分牌後剩餘的牌。

記憶 ① ［用熟字記生字］tail尾巴。

② ［同族字例］talus踝骨。

tan.gle ['tæŋgl；'tæŋgl] *

義節 tang.le

tang接觸；-le反覆動作。

字義 v. / n. **（使）糾結，（使）糾纏。**
　　vt. / n. **（使）混亂。**

記憶 ①［用熟字記生字］tangent三角函數中的「正切」，數學上寫作tan或tg。「正切」義源於「接觸」，「接觸」多了便有糾葛。或記：tango探戈舞；→「探戈一舞便纏綿」。

②［同族字例］tangible可觸知的；tactile觸覺的；taint感染。參看：contaminate汙染，傳染；tint色澤，著色；entangle糾纏。

tan.ta.mount

['tæntəmaunt; 'tæntə,maunt] *

義節 tant.amount
tant（法文）那麼多；amount *v.*合計，相當於。

字義 *a.* **相等（於⋯）的，相當（於⋯）的。**

記憶 ①［義節解說］一共達到⋯那麼多→相當於⋯那麼多。

②［用熟字記生字］amount數額；total總的。

③［同族字例］參看：tautology同義反覆。

④［諧音］當得。

tar [tɑ:; tɑr] *

字義 *n. / a.* **焦油（的），柏油（的）。**
　　vt. **燒焦油於⋯，煽動。**

記憶 ①本字來源於拉丁文ater黑色的，陰鬱的，惡意的，凶狠的。「焦」油是黑色的。

②［用熟字記生字］terror恐怖；dark黑暗（dar → ter：d → t通轉）；star星星；tree樹。焦油是木材乾餾的產物。記：用「樹木」乾餾製成。

③［同族字例］atrabilious憂鬱的，悲觀的，易怒的；atrium正廳；atrocious兇殘的；ataractic心神安定的；trachoma沙眼；trachyte淺色的火山岩；austere嚴厲的，緊縮的；strict嚴格的，嚴厲的；strife激烈的暴力衝突。參看：atrocity暴行。

tar.dy ['tɑ:di; 'tɑrdɪ] *

義節 tard.y
tard緩慢；-y形容詞。

字義 *a.* **慢的，行動緩慢的，遲（到）的，勉強的。**

記憶 ①［用熟字記生字］tear撕，拉。記：She can not tear herself away from the shop windows.她捨不得離開商店櫥窗。

②［同族字例］tarry逗留，耽擱；retard延遲，放慢，使停滯；tired勞累的；torrer蹣跚。參看：leth-argy懶散的；tedious冗長乏味的，使人厭煩的，沉悶的。

tarn [tɑ:n; tɑrn]

字義 *n.* **山中小湖，冰斗湖。**
記憶 ［諧音］「潭」。

tart [tɑ:t; tɑrt] *

字義 *a.* **（尖）酸的，尖刻的。**
　　n. **果餡餅。**

記憶 ①［用熟字記生字］dart飛鏢（註：飛鏢是「尖」的）。

②［同族字例］tack平頭釘；tattoo刺花紋，紋身；taunt嘲笑（註：「尖酸」）。

tat.ter ['tætə; 'tætɚ]

義節 tat.t.er
tat → tear *v.*撕；-er反覆動作。

字義 *n.* **破布條。**
　　vt. **扯碎，使破爛。**

vi. **變得破爛。**

記憶 ① ［義節解說］ t的軟化音（顎音）像ch音，正是撕布的聲音。中文叫「扯一尺布」，用的也是類似的ch音。

② ［用熟字記生字］ tear撕開。

③ ［同族字例］ tacky襤褸的；tetter濕疹；turd糞塊。

taut [tɔːt; tɔt] *

字義 *a.* **（繩子等）拉緊的，繃緊的，整齊的，嚴格的。**

記憶 ① ［用熟字記生字］ tight緊的。

② ［同族字例］ tauten拉緊，繃緊；tighten拉緊；tie繩，帶，束緊；tidy整潔的；tug用力拉；tow拖，拉，牽引。參看：tether（用繩子等）拴，束縛，限制。

tau.tol.o.gy [tɔːˈtɔlədʒi; tɔˈtɑlədʒɪ]

義節 tauto.log.y

tauto相同的；log講，說；-y名詞。

字義 *n.* **同義反覆，重複，贅述。**

記憶 ① ［義節解說］ 相同的東西講了又講，tauto → two auto二的自身→相同的東西。auto表示「自身」。如：automatic自動的。

② ［同根字例］ tautonym重複；tautophony同音反覆。參看：tantamount相等（於…）的；相當（於…）的。

taw.dry [ˈtɔːdri; ˈtɔdrɪ]

字義 *a.* **俗氣的，俗麗的。**

　　　　n. **俗麗的服飾。**

記憶 ① ［義節解說］ 語源上認爲本字是St. Audrey's Laces的縮合。說是在St. Audrey的廟會上出售的項鍊很俗氣。

② ［形似近義字］ tacky華麗而俗氣的

（tack大頭釘→耀眼而又「刺」眼→俗麗）。

tax.ol.o.gy [tækˈsɔlədʒi; tækˈsɑlədʒɪ]

義節 tax.o.logy

tax排列，組織；- o -連接母音；-logy學科名。

字義 *n.* **分類學。**

記憶 ① ［義節解說］ 把內容組織排列好→分類。

② ［用熟字記生字］ textbook教科書（註：按照學科，把這門知識整理好讓人學習）。

③ ［同族字例］ text課文；textile紡織；texture構造，組織，紋理；context上下文；contexture構造，組織，織造；hypothetical假設的，（邏輯上）有前提的；thesis論點，論文（thesis → text；其中th → t；s → x通轉）；diathesis素質；epenthesis增音，插入字母；metathesis易位；prosthesis字首增添字母；antithesis對偶。參看：hypothe-sis假設；synthesis綜合，合成；tactic順序的，戰術。

te.di.ous [ˈtiːdjəs; ˈtidɪəs, ˈtidʒəs] *

義節 ted.ious

ted → tard緩慢；-ious充滿…的。

字義 *a.* **冗長乏味的，使人厭煩的，沉悶的。**

記憶 ① ［義節解說］ 由於「拖」長使人感到疲勞厭煩。

② ［用熟字記生字］ steady穩定的，不變的；tring令人厭倦的，引起疲勞的。

③ ［同族字例］ tarry逗留，耽擱；retard延遲，放慢，使停滯；tired勞累的；torrer躕躕。參看：tardy慢的，勉強的。

④〔音似近義字〕參看：hideous可怕的，駭人聽聞的。

⑤〔形似近義字〕參看：tirade長篇的激烈演說。

teem [ti:m; tim] *

字義 *vi.* 充滿，富於，大量湧現，傾注。

記憶 ①本字來源於tame馴養，而tame這個字，來源於字根-dom-（房子，家）。t和d這一對子音，只有「有聲」和「無聲」之別，常常會互相通用。字根-dom-的例子。domes-tic家裡的，國內的；madame夫人（持「家」的人，其中dame和tame就更像了）。

②〔用熟字記生字〕dominate統治，支配；team（球）隊，一隊。

③〔同根字例〕timorous膽怯的；tame馴服的；team（球）隊，一隊。參看：intimidate恐嚇；timid膽怯的，羞怯的，易驚的。

④〔同族字例〕dame夫人；diamond金剛鑽；dauntless無畏的。參看：dominant支配的；dormer屋頂窗；predominate把持；domesticate馴養；adamant堅定不移的，堅硬的；daunt威嚇，嚇倒；dome圓頂屋。

⑤〔使用情景〕

teemed with（大量湧現），置入下列句型：

New york紐約 ～ swindlers騙子

the river河 ～ fish魚

his head頭腦 ～ ideas主意

the soil 土壤～ insects昆蟲

the kitchen 廚房 ～ germs細菌

the swamp 沼澤 ～ tourists觀光客

Rome羅馬 ～ mosquitoes蚊子

the woodlands樹林 ～ wild life野生生物

the beaches海灘 ～ bathers浴客

the article文章 ～ blunders錯誤

his mind心中 ～ plans計畫

tell.tale ['tel-teil; 'tɛl,tel] *

義節 tell.tale

tell *v.*告訴；tale *n.*故事，壞話，謊言。

字義 *a. / n.* 搬弄是非的（人）。

    a. 暴露內情的。

    n. 告密者，指示器。

記憶 〔義節解說〕本字是複合字，自身含義明瞭。tell tales是「揭人隱私，搬弄是非」的意思。

te.mer.i.ty [ti'meriti; tə'mɛrətɪ]

義節 tem.er.ity

tem嘗試；er反覆動作；-ity名詞。

字義 *n.* 輕率，魯莽，蠻勇。

記憶 ①〔義節解說〕輕於嘗試→輕率。

②〔用熟字記生字〕attempt嘗試。

③〔同族字例〕tempt嘗試。參看：tentative試驗性的。

tem.pest ['tempist; 'tɛmpɪst]

字義 *vt. / n.* （使）騷動。

    n. 大風暴，風潮。

    vt. 使激動。

記憶 ①〔用熟字記生字〕storm大風暴。

②〔同族字例〕temp和storm都模擬了一種沉重的「咚咚」聲。類例：tamper敲棍；stamp踩腳，蓋章；stampede（畜群）驚跑；tornado旋風，龍捲風；tambour鼓，鼓手（模擬「咚咚」的鼓聲）。參看：tabour（伴奏用的）小鼓。

tem.po.rise

['tempəraiz; 'tɛmpə,raɪz]

義節 tempor.ise

tempor時間；-ise按照…處理。

字義 *vi.* 順應時勢，拖延應付，妥協。

記憶 ①〔義節解說〕按照時勢處理→因勢利導；施緩兵之計。

②〔用熟字記生字〕time時間。

③〔同根字例〕t e m p o r a r y暫時的；contemporary當代的；extemporary卽席的，卽興的；tempo速度，節拍。

te.na.cious

['ti:djəs; 'tidɪəs, 'tidʒəs] *

義節 ten.acious

ten握，持；- acious有…傾向的。

字義 *a.* 緊握的，堅持的，頑強的，固執的。

記憶 ①〔用熟字記生字〕continue繼續；maintain維持；tenant租戶。

②〔同族字例〕tenement地產；tenure占有（權）；tenable可保持的，站得住腳的；obtain獲得；sustentation支持，糧食。參看：tenet信條，宗旨；pertinacious堅持的，執拗的；obstinate固執的；continence自制（力），克制，節慾；sustenance生計，支持，食物，營養，供養，支撐物；abstinence節制，禁慾。

ten.et ['ti:net; 'ten-, -nit; 'tɛnɪt, 'tinɪt] *

義節 ten.en

ten握，持；-et字尾。

字義 *n.* 信條，宗旨，原則。

記憶 ①〔義節解說〕所謂「堅持」的東西→原則。

②〔同族字例〕參看上字：tenacious緊握的，堅持的，頑強的，固執的。

ten.ta.tive ['tentətɪv; 'tɛntətɪv] *

義節 tent.ative

tent測試；-ative形容詞。

字義 *a.* 測試性的，暫定的，暫時的。

n. 試驗。

記憶 ①〔義節解說〕tent表示「試驗」，可能來源於tend（伸展）→伸出去試試看。「暫時的」一意，可能來源於tempor（時間）。

②〔用熟字記生字〕attempt試圖；time時間。

③〔同族字例〕tentacle觸角；tempt誘惑，考驗；t e m p o r a r y暫時的；contemporary當代的；extemporary卽席的，卽興的；tempo速度，節拍。

ten.u.ous ['tenjuəs; 'tɛnjuəs] *

義節 ten.u.ous

ten → thin *a.*瘦的，薄的；- u -連接母音；ous充滿…的。

字義 *a.* 纖細的，稀薄的，脆弱的，精細的。

記憶 ①〔用熟字記生字〕thin瘦的，薄的（注意：在某些拉丁系語文中，h不發音，形同虛設）。

②〔同族字例〕tiny微小的；tender嫩的，軟的；attenuate使變細，減弱。參看：extenuate減輕，減弱，低估。

ten.ure ['tenjuə; 'tɛnjə]

義節 ten.u.re

ten 握，持；- u法文字尾，表示「過去分詞」；-re字尾。

字義 *n.* 占有（權，期等），（土地的）使用，使用權（期）

記憶 ①〔義節解說〕過去分詞表示「完成，已然」。→已經持有政權在握→占有。

②〔用熟字記生字〕continue繼續；maintain維持；tenant租戶。

③〔同族字例〕tenement地產；tenable可保持的，站得住腳的；obtain獲得；sustentation支持，糧食。參看：tenet信條，宗旨；pertinacious堅持的，執

T

拗的；obstinate固執的；continence自
制（力），克制，節慾；sustenance生
計，支持，食物，營養，供養，支撐物；
abstinence節制，禁慾；tenacious緊握
的，堅持的，頑強的，固執的。

tep.id ['tɛpid; 'tɛpɪd] *

義節 tep.id
tep → temper火；-id形容詞。
字義 *a.* 微溫的，溫熱的，不太熱烈的。
記憶 ① ［義節解說］有火就會熱。
② ［用熟字記生字］temperature溫度。
maintain維持；tenant租戶。
③ ［同族字例］extinguish滅火（ex -
→ out；tingu → tinder火種）；stick
棍，柴（→點火）；stoke添柴加火。
參看：instigate煽動；entice誘使，慫
恿；instinct本能；stigma恥辱，汙點；
extinct熄滅的，滅絕的，過時的；tinder
引火物，火絨，火種；thermal熱的。
④ ［同義字］參看：lukewarm微溫的，不
太熱烈的。
⑤ ［使用情景］溫度高→低；hot > warm
> tepid > lukewarm > cool > clod。

ter.mi.nol.o.gy

[,tə:mi'nɔlədʒi; ,tɚmə'nɑlədʒɪ] *

義節 term.in.o.logy
term → tom切；-in字尾；- o -連接母
音；- logy學科名。
字義 *n.* 術語學，專門名詞。
記憶 ① ［義節解說］與一般事物之間界線分
明，外行人不能懂。
② ［同根字例］term界線，界石，把…稱呼
爲；termagant悍婦，潑婦；terminism唯
名論。參看：termi nus終點。

ter.mi.nus ['tə:minəs; 'tɚmənəs]

義節 term.in.us
term → tom切；- in字尾；- us名詞。
字義 *n.* 終點（站），目標，界線，界石。
記憶 ① ［義節解說］從這裡一切切斷→界
線。
② ［用熟字記生字］term學期，期限；
determination決心；tailor裁縫。
③ ［同根字例］t e r m i n a t e 終 結；
p r e d e t e r m i n a t e 預 先 決 定 的；
exterminate滅絕。參看：terminology術
語學；interminable漫無止境的。
④ ［同族字例］tmesis分詞法；anatomy
解剖；atom原子；dichotomy二等分；
entomotomy昆蟲解剖學（entomo昆蟲；
tom切→解剖）。參看：epitome摘要；
contemplate凝視，沉思，期望；anatomy
解剖（學），分解；ento-molgy昆蟲學；
tome大卷書。

ter.res.tri.al

[ti'restriəl; te'r-; tə'rɛstrɪəl]

義節 terre.str.i.al
terre → ter地，土；- str → ster人；- al字
尾。
字義 *a.* 地球（上）的，陸上的，人間的。
     n. 地球上的生物。
記憶 ① ［用熟字記生字］territory領土。
② ［同族字例］t e r r a c e 梯田，平臺；
terrain地面，地形；terrapin泥龜；
parterre花壇；Mediterranean地中海；
terrene陸地的，現世的。參看：ethereal
輕飄飄的，天上的，靈妙的（e - → ex -→
out在外；ther → ter地）；inter埋葬。

terse [tə:s; tɚs]

字義 *a.* 簡潔的，簡明的。
記憶 ① ［義節解說］本字來源於拉丁文
detero磨傷，磨破。其中：tero研磨，擦

洗，疲勞。字母組合tr表示「磨擦」，就是從tero中的ter通過字母er互相「易位」變成tre而來。把無關宏旨的東西擦去，就是簡明。

② ［同族字例］absterge擦去，洗淨；deterge洗淨（傷口等）；abstersion洗淨，淨化；tired疲勞；tribulate磨難，災難；attrition磨擦，磨損；contrite悔恨；detrition磨損，耗損；detritus碎岩；atrophy使衰退，使萎縮。參看：detriment損害，傷害；detergent清潔劑。

ter.ti.ar.y

['tə:ʃəri, -ʃʃəri; tзʃɪ, ɛrɪ, - ʃərɪ]

義節 terti.ary

terti第三；- ary形容詞。

字義 *a.* 第三的，第三位的，【醫】第三期的。

記憶 ① ［用熟字記生字］third第三的（註：th→t通轉；ir→er；d→t通轉）。

② ［同根字例］tertium（介於精神與物質之間的）中間物；tern三個一套；tertian每隔一日的。

tes.ta.ment

['testəmənt; 'tɛstəmənt]

義節 test.a.ment

test *v.*試驗；- ment 名詞。

字義 *n.* 遺囑，遺言。

記憶 ① ［義節解說］test的原意是（蟹，蛤等的）甲殼，介殼，好像古代的東方人和西方人都把它們看作是神物，引申爲「證物，見證」（witness）。參看：ostracise貝殼放逐法→古希臘由公民把認爲危害邦國的人名寫在貝殼上進行投票，過半數票者則放逐之。

「遺囑」是有外人作見證的。

② ［用熟字記生字］test測驗，考試。

③ ［同族字例］attest證實，證明；contest競爭；protest抗議；testimony證據。

tes.ty ['testi; 'tɛstɪ] *

義節 test.y

test *n.*（蟹，蛤等的）甲殼，介殼；- y形容詞。

字義 *a.* 易怒的，暴躁的。

記憶 ① ［義節解說］蟹的型態給人「暴躁，易怒」的感覺，所以有這一轉義。參看：crabbed易怒的（crab蟹）。

② ［用熟字記生字］tile瓦（註：「瓦」是房子的「介殼」）。

③ ［形似近義字］touchy易怒的。

④ ［同族字例］architect建築師；testudo陸龜；tortoise龜；tester（舊式大床，布道壇上面的）華蓋；toga袍掛。參看：detest痛恨。

teth.er ['teðə; 'tɛðə]

義節 teth.er

teth → tie *v.*（用繩子等）繫，拴；- er字尾。

字義 *vt.*（用繩子等）拴，束縛，限制。

　　n. 繫繩，（權力，知識等的）限度，範圍。

記憶 ① ［義節解說］本字原意是用繩子拴住吃草的牲畜，不讓它們跑丟了。這樣，牲畜就被限制在一定範圍內活動，引申而爲勢力所能及的範圍。

② ［用熟字記生字］tie繫繩，領帶。

③ ［同族字例］tauten拉緊，繃緊；tighten拉緊；tie繩，帶，束緊；tidy整潔的；tug用力拉；tow拖，拉，牽引。參看：taut拉緊的。

thau.ma.turge

[ˈθɔ:mətə:ədʒ; ˈθɔ,əmɛ,tɚˈdʒ]

字義 *n.* 演奇術者，魔術師。

記憶 ① ［義節解說］本字來源於 thaumatrope留影盤。在一個盤子上畫上各種形象的東西，盤子轉起來時，好像在做各種動作，因此顯得「神奇」。其中 thauma可能是drama（戲劇）的變體（d → th通轉，因為讀音相似）；trope表示「轉動」。參看：trope轉喻。本字中的 urge原意是「出力」，與work（做工）同源。全字解釋爲：做出神奇事物的人。

② ［用熟字記生字］drama戲劇；work工作；urgent急迫的；urge慫恿。

③ ［形似近義字］somersault翻筋斗；tumbler翻筋斗者。記：「留影盤」上的小人在翻筋斗，顯得「神奇」。

④ ［同根字例］thaumatology奇蹟學，靈怪學。

the.oc.ra.cy

[θiˈɔkrəsi; θiˈɔmɛ,tɚdʒ]

義節 theo.cracy

theo神；- cracy統治。

字義 *n.* 神權統治，僧侶政治。

記憶 ① ［義節解說］神的統治。

② ［同族字例］theolog神學；pan-theism 泛神論；theism有神論；thearchy神權統治；thumatology奇蹟學。參看：apotheosis神聖之理想，神話，頂峰。字根 – theo -有一個變體的deo（神）。這是因爲th讀濁音時有與d的讀音很相似，易形成變體：deify神話；deity神，上帝；divine神的；adieu再見（dieu → god；→God by you → good – bye）。參看：deity神。- cracy：democracy民主；aristocracy貴族統治。

ther.a.peu.tic

[,θerəˈpju:tik; θɛrəˈpjutɪk]

義節 ther.ap.eutic

ther → there；ap → up；- eutic形容詞。

字義 *a.* 治療的。

記憶 ① ［義節解說］there up → up there就在那裡→伺候在床旁邊的→護理者。

② ［同根字例］therapy治療；therapeutics治療學；- therapy（字尾）…療法。

③ ［同族字例］serve服務（希臘文 therapon → servant：therap → serv；th → s；p → b → v通轉）。

ther.mal [ˈθə:məl; ˈθɚm!]

義節 therm.al

therm熱；- al形容詞。

字義 *a.* 熱的。

記憶 ① ［用熟字記生字］warm暖的，熱的。

② ［同族字例］thermometer溫度計；thermel熱電溫度計；furnace爐；temperature溫度；extinguish滅火（ex - → out；tingu → tinder火種）；stick 棍，柴（→點火）；steak牛排；stoke添柴加火。參看：instigate煽動；entice誘使，慫恿；instinct本能；stigma恥辱，汙點；extinct熄滅的，滅絕的，過時的；tinder引火物，火絨，火種；tepid微溫的，溫熱的，不太熱烈；lukewarm微溫的，不太熱烈的。

③ ［音似近義字］參看：fervid熱烈的（th 與f讀音相似）。

thim.ble [ˈθimbl; θɪmb!]

義節 thimb.le

thimb → thumb *n.* 大拇指；- le字尾。

字義 *n.* （縫紉用的）頂針，套筒。

記憶 ① ［義節解說］套在拇指上。

② ［用熟字記生字］thumb拇指。

③ ［同族字例］參看：fumble摸索，笨拙地亂摸。

thrive [θraɪv; θraɪv]

字義 vi. 興旺，繁榮，旺盛，茁壯成長。

記憶 ① ［義節解說］本字可能是tribe（部落）的變體：th → t，因為h在西方語文中常不發音，很容易脫落；b → v，有些西方語文如西班牙文中，至今b、v不分。部落繁衍→興旺。

② ［用熟字記生字］river河流→ rivers大量→ rife眾多的，盛行的，充滿的。

③ ［疊韻近義字］live活生生的；hive蜂群，蜂擁。

④ ［形似近義字］參看：raff大量，大批，許多。

⑤ ［同族字例］throng人群；thrift繁茂。參看：tribunal法庭。

throe [θrou; θro]

字義 n.（分娩時會臨死時的）陣痛，劇痛，痛苦。

記憶 ①這是一種「尖銳的」痛，估計由字根- trud -（推，刺，戳）變來（th → t通轉）。參看：protrude伸出；trenchant銳利的。

② ［用熟字記生字］through貫穿；stroke打擊，中風。

③ ［同族字例］thorough徹底的；threat威脅；thrust塞，戳；threnody哀歌，輓歌；threnetic悲哀的；thrill毛骨悚然的。

throt.tle [ˈθrɔtl; ˈθrɑtl] *

義節 throt.t.le

throt → throat n.咽喉；- le反覆動作。

字義 v. 扼死，使窒息。

記憶 ［用熟字記生字］throat咽喉→反覆扼喉嚨→扼死。

thug [θʌg; θʌg]

字義 n. 惡棍，暴徒，刺客，兇手。

記憶 ① ［義節解說］thug → tog → tect覆蓋。thug的原意是「印度黑鏢客」，專門從事暗殺。

② ［用熟字記生字］daggar匕首，用劍刺（註：d和th讀音相似，容易形成音變）；attack攻擊。

③ ［疊韻近義字］dug刺入，插入。

④ ［同族字例］tegument內種皮；tegular瓦的；tegument覆皮，外殼；deck裝飾；protege被保護人；protect保護；thatch茅屋頂，頭髮；architect建築師；test（蟹，蛤等的）甲殼，介殼；testudo陸龜；tortoise龜；tester（舊式大床，布道壇上面的）華蓋；tog衣服，袍掛。參看：toga（古羅馬市民穿的）寬外袍，（某一行業、官職等）特用的袍掛。

thwart [θwɔːt; θwɔrt] *

字義 adv. / prep. / vt. 橫過，橫跨。

　　a. 橫放的。

　　vt. 阻撓。

記憶 ①本字可能是traverse（橫越，橫向穿過）的音變變體。

② ［同族字例］參看：athwart橫跨。

thyme [taɪm; taɪm]

字義 n. 百里香，麝香草。

記憶 ① ［用熟字記生字］perfume香水。thyme可能是fume的音變變體；th讀音與f相似。

② ［同族字例］fume煙；fumitory藍菫屬植物，花紫色；thymol百里酚。

tim.bre

['tɪmbə,tɛ̃:br, tæm -,bə; 'tɪmbə]

字義 *n.* **音色。**

記憶 ① ［用熟字記生字］drum鼓；thinkle叮咚聲，鈴聲。記：「定音」鼓。

② ［同族字例］tympan鼓；tympanum耳鼓，耳膜；tambour鼓，鼓手；tingle作叮咚聲；tinkle叮咚鈴聲。參看：tabour；（伴奏用的）小鼓。

tim.id ['tɪmid; 'tɪmɪd] *

義節 tim.id

tim → tame *a.*馴服的，順從的；- id形容詞。

字義 *a.* **膽怯的，羞怯的，易驚的。**

記憶 ① ［義節解說］有受經過馴養，去掉了野性，變得馴順而怯懦。順便提一下，tame這個字，來源於字根- dom -（房子，家）。t和d這一對子音，只有「有聲」和「無聲」之別，常常會互相通用。字根- dom -的例子：domestic家裡的，國內的；madame夫人（持「家」的人，其中dame和tame就更像了）。

② ［用熟字記生字］dominate統治，支配。

③ ［同根字例］timorous膽怯的；tame馴服的；team（球）隊，一隊。參看：intimidate恐嚇；teem充滿，富於，大量湧現，傾注。

④ ［同族字例］dame夫人；diamond金剛鑽；dauntless無畏的。參看：dominant支配的；domineer盛氣凌人；dormer屋頂窗（天窗）；pre-dominate把持；domesticate馴養；adamant堅定不移的，堅硬的；daunt威嚇，嚇倒；dome圓頂屋。

⑤ ［音似近義字］tremulous發抖的，膽小的；tremble發抖。

tin.der ['tində; 'tɪndə] *

義節 tind.er

tind → tinct → srick *n.*棍，柴→點火；- er行為者。

字義 *n.* **引火物，火絨，火種。**

記憶 ① ［用熟字記生字］candle蠟燭→kindle點燃，引火物→tinder引火物。參看：kindle點燃。

② 換一個思路：tind → tend伸展→接觸→「觸」即發→觸煤。

③ ［形似易混字］tender柔軟的。

④ ［同族字例］extinguish滅火（ex - → out；tingu → tinder火種）；stick棍，柴（→點火）；steak牛排；stoke添柴加火。參看：instigate煽動；entice誘使，慫恿；instinct本能；stigma恥辱，汙點；extinct熄滅的，滅絕的，過時的。

tip.sy ['tipsi; 'tɪpsɪ]

義節 tips.y

tip浸，蘸 → thirst *n.*渴→喝；- y形容詞。

字義 *a.* **喝醉的，搖搖晃晃的，歪斜的。**

記憶 ① ［用熟字記生字］dip浸泡。

② ［同族字例］deep深的；depth深度。參看：dabble弄濕，濺濕；damp潮濕；dew露水；dope黏稠物；dipstick量水位、油位用的木桿；tipple酗酒；tip歪斜；tilt使傾斜；dipsomania酒狂（- tip -是- dips -的變體；d → t子音無聲化）。

③ ［易混字］tip(s)小費。

ti.rade

[tai'reid, ti'reid, ti' rɑːd, 'taired, tə'red] *

義節 tir.ade

tir拉，拖，拽；- ade名詞。

字義 *n.* **長篇的激烈演說。**

記憶 ① ［義節解說］「拖」得很長的演說。字根- tir -來源於法文動詞tirer拖，拉。-

T

tir - 的變體- tr -是縮略了子音i而成。

② ﹝用熟字記生字﹞ tired疲累的；tiring使
人感到疲累的。記：「長篇大論」使人感
到疲累。

③ ﹝同族字例﹞ retire退下，撤退；tier
（一）層、層層排列；attire穿衣，打
扮，裝飾；attract吸引（- tr -拖，拉）。

tithe [taɪð; taɪð]

字義 *n.* （向教會繳納的）農產品什一稅，
十分之一。

記憶 ﹝用熟字記生字﹞ ten十；tenth第十；
one tenth 十分之一。

tit.il.late ['titileit; 'tɪt,let]

義節 tit.ill.ate

tit *n.*乳頭；- ill字尾；- ate動詞。

字義 *vt.* 呵…的癢，使興奮，使愉快。

記憶 ① ﹝義節解說﹞ 乳頭是身體的敏感部
位，容易有癢感和快感。tit來於法文的
tete（頭，相當於英文的head）。

② ﹝用熟字記生字﹞ title頭銜，題目。

③ ﹝同族字例﹞ teat乳頭；titular有頭銜
的；entitle提名，給予尊稱，權利。

toad.y ['toudu; 'todɪ]

義節 toad.y

toad *n.*蟾蜍；- y字尾。

字義 *v. / n.* 諂媚（者）。

　　v. 奉承。

　　n. 馬屁精。

記憶 ﹝義節解說﹞ 本字是toadeater（吃蟾
蜍者）的縮寫。古時認為蟾蜍有毒，庸醫
的助手便假裝吃蟾蜍，已表示該庸醫驅毒
有方。拍馬屁，可以吃蟾蜍，可以吃痂，
總之為了討好而無所不為。

to.ga ['tougə; 'togə]

義節 tog.a

tog → tect覆蓋；- a名詞。

字義 *n.* （古羅馬市民穿的）寬外袍，（某
一行業、官職等）特用的袍掛。

記憶 ① ﹝義節解說﹞ 生物的皮，甲殼→衣
服。

② ﹝用熟字記生字﹞ tile瓦（註：「瓦」是
房子的「介殼」）。

③ ﹝同族字例﹞ tegument內種皮；tegular
瓦的；tegument覆皮，外殼；deck裝
飾；protege被保護人；protect保護；
thatch茅屋頂，頭髮；thug印度黑鏢客；
architect建築師；test（蟹，蛤等的）甲
殼，介殼；testudo陸龜；tortoise龜；
tester（舊式大床，布道壇上面的）華
蓋；tog衣服，袍掛。

toil [tɔil; tɔɪl]

字義 *v. / n.* 苦幹。

　　n. 苦工，難事。

　　vi. 艱苦地行動。

記憶 ① ﹝用熟字記生字﹞ tolerate忍受，耐
受。toil是字根- tol -的變形。

② ﹝同族字例﹞ tolerate忍受，耐受；
intolerable不能忍受的，無法容忍的；
doldrums憂鬱（dol → tol；d → t通
轉）；dolor悲哀。參看：dole悲哀；
ordeal試罪法，嚴峻考驗；condole哀
悼，慰問。

③ ﹝疊韻近義字﹞ 參看：moil做苦工。

④ ﹝雙聲近義字﹞ 參看：tug苦幹。

to.ken ['toukən; 'tokən] *

義節 tok.en

tok → show *v.*顯示；- en字尾。

字義 *n.*表示，標誌，記號，特徵，紀念
品。

a. **象徵性的。**

記憶 ①〔用熟字記生字〕torch火把（註：ch有時可讀k音，常可通變）→用火把做爲標誌。

②〔同族字例〕teach教；tetchy過度敏感的，易生氣的；index指示符號；indicate指示。參看：betoken預示，顯示。

③〔易混字〕toke，taken（take的過去分詞）。

toll [toul; tol] *

字義 *n.* **稅捐，通行稅，服務費用。**

     v. **徵稅。**

記憶 ①本字識字跟- tal -（切，割，分離）的變體。從你的收入中「割」出一「塊」來→稅捐。參看：excise強徵貨物稅（cise切，割）。

②〔用熟字記生字〕tailor裁縫。

③〔同族字例〕philately集郵（註：phila愛；tel印花稅→郵票）；stall分成隔欄的畜舍；atom原子（註：a -否定；tom切→不可分割的）。參看：subtle微妙的；tally符木；retaliate以牙還牙，反擊；installment分期付款；talisman護符，避邪物，法寶。

tome [toum; tom]

字義 *n.* **冊，卷，大冊書，大卷書。**

記憶 ①字根- tom -切→「切」分成一卷卷。

②〔用熟字記生字〕atom原子（a -不；古時以爲原子不可切分。）

③〔諧音〕tom的諧音是：開「膛」。

④〔同族字例〕tmesis分詞法；anatomy解剖；atom原子；dichotomy二等分；entomotomy昆蟲解剖學（entomo昆蟲；tom切→解剖）。參看：epitome摘要；contemplate凝視，沉思，期望；anatomy解剖（學），分解；ento molgy

昆蟲學。

to.pol.o.gy

[tou'pɔlədʒi; tɔ'talədʒi] *

義節 topo.logy

topo地方；- logy 學科。

字義 *n.* **地質學，拓樸學，局部解剖學。**

記憶 ①〔諧音〕「拓樸」。

②〔同族字例〕topos陳腔濫調；topography地形（學）。參看：isotopic同位素的；Utopia烏托邦，理想的完美境界。

tor.ment

[*v.* tɔ:'ment; tɔr'mɛnt *n.*'tɔ:ment, - mənt; 'tɔrmɛnt] *

義節 tor.ment

tor扭曲，彎；- ment名詞。

字義 *n.* **痛苦，折磨。**

記憶 ①〔義節解說〕把你的手扭曲→折磨→使痛苦。

②〔用熟字記生字〕torture折磨，拷打。

③〔同族字例〕extort勒索；intortion曲折，向內旋轉；retort反駁，報復；distort歪曲；torque轉矩。參看：contort扭彎。

tor.na.do [tɔ:'neidou; tɔr'nedo] *

義節 torn.ado

torn → turn *v.*轉；- ado字尾。

字義 *n.* **旋風，龍捲風。**

記憶 ①〔用熟字記生字〕turn轉動；storm風暴。

②〔同族字例〕tamper弄亂；stamp踩腳，蓋章；stampede（畜群）驚跑；return返回；tourism周遊。參看：tempest大風暴。

T

tor.pe.do [tɔːˈpiː.dou; tɔrˈpido]

義節 tor.ped.o

tor→thunder v.打雷→打擊；ped腳→走路；-o字尾。

字義 n. 魚雷，爆破筒。

　　v.用魚雷進攻，破壞。

記憶 ① [義節解說] 有腳的雷，可以自己走到目標處爆炸。

② [同族字例] 參看下字：torpor麻痺，麻木，遲鈍，蟄伏。

---

tor.por [ˈtɔːpə; ˈtɔrpə]

義節 torp.or

torp→tup 麻木，僵呆；- or字尾。

字義 n. 麻痺，麻木，遲鈍，蟄伏。

記憶 ① [用熟字記生字] stupid愚蠢的。

② [同族字例] torpedo魚雷，雷管，摔炮；stupendous驚人的；torpify使麻木；stupefy使麻木。參看：stupor昏迷，恍惚，麻木，僵呆。

---

to.tal.i.tar.i.an

[ˌtoutæliˈtɛəriən, touˌt -; toˌtælə -ˈtɛriən]

義節 total.it.arian

total a.總的，全部的；- arian…派別的人。

字義 n. 極權主義者。

　　a. 極權主義的。

記憶 ① [義節解說] 把所有的權力都集中到自己的手裡。

② [用熟字記生字] total總的，全部的。

③ [同族字例] tutti全體的，齊唱；factotum家務總管，打雜的人。

---

tow [tou; to] *

字義 vt. / n. 拖，拉，牽引。

　　n. 拖纜，被拖（拉）的東西。

記憶 ①本字可能從bow（船頭）變來。因

為拖纜總是會繫在被拖的船的前頭。

② [諧音] 「拖」。

③ [用熟字記生字] tight緊的。

④ [同族字例] tauten拉緊，繃緊；tighten拉緊；tie繩，帶，束緊；tidy整潔的；tug用力拉；taut（繩子等）拉緊的，繃緊的。參看：tether（用繩子等）拴，束縛，限制。

⑤ [雙聲近義字] 參看：tirade長篇演說（字根- tir -拖）。

---

tox.ic [ˈtɔksik; ˈtɑksɪk] *

義節 tox.ic

tox毒；- ic形容詞。

字義 a. 有毒的。

記憶 [同族字例] toxicant有毒性的；intoxicant使中毒的；intoxicate使喝醉，使中毒；toxicology毒物學，毒理學。

---

tract [trækt; trækt] *

義節 tr.act

tr→tir 拖，拽，拉；- act字尾。

字義 n. 一片（土地），地帶，傳單。

記憶 ① [義節解說] 拖長成為一片。

② [用熟字記生字] tractor拖拉機。

③ [同族字例] treat商討，款待，對付，對待；treaty契約；contract合約；retreat退卻；detraction誹謗；intractable倔強的，難管的；distrait心不在焉的；traces拖繩；trail拖曳；entrain拖，拽。參看：distress悲苦，憂傷；tract地帶；trait特色；portray畫（人，景）；entreat懇求；distract分散（注意等）。

---

trac.ta.ble [ˈtræktəbl; ˈtræktəb!] *

義節 tract.able

tract n.（政治或宗教宣傳的）短文，傳

單；- able可以…的，易於…的。

字義 *a.* **易管敎的，易控制的，馴服的，易處理的。**

記憶 ① ［義節解說］容易接受宣傳的。

② ［用熟字記生字］track軌道；treat處理；attract吸引。

③ ［同族字例］trash修剪；intractable倔強的，難管的；train培養，訓練；instruction教育，敎導，敎誨。參看：tract地帶。

tra.duce [trə'dju:s; trə'djus, -'dus]

義節 tra.duce

tra - → trans橫過，貫穿；duce引，領。

字義 *vt.* **誹謗，中傷，違反，背叛。**

記憶 ① ［義節解說］「引」向各地方→宣傳→誹謗。「背叛」一意，應另作如下講說：tra → terg背；duce引，領；→指向背面→背叛。

② ［用熟字記生字］introduce介紹。

③ ［形似近義字］detraction誹謗。

④ ［同族字例］conduct導電；introduction導言，介紹；product產品；education教育；educe推斷出；induct引導；reduction減少；seduce勾引；subduce減去。參看：conduit管道，導管；abduct誘拐；deduct減去，推論；ductile可鍛的，易變形的，馴順的。

⑤字母組合tr表示「背叛」的其他字例：traitor賣國賊，叛徒；betray背叛，出賣；treacherous背叛的；treason叛逆，叛國。參看：treachery背叛。

trait [trei, treit; tret] *

字義 *n.* **品質，特性，性格，一筆，一畫，少許。**

記憶 ①trait是draw（拖，拉，畫）的變體（d → t子音無聲化）。draw表示「繪畫」（註：在紙上「拖」著筆走）→一筆

一畫→刻劃出特徵。

② ［同族字例］treat商討，款待，對付，對待；treaty契約；contract合約；retreat退卻；detraction誹謗；intractable倔強的，難管的；distrait心不在焉的；traces拖繩；trail拖曳；entrain拖，拽。參看：distress悲苦，憂傷；tract地帶；portray畫（人，景）；entreat懇求；distract分散（注意等）。

tramp [træmp; træmp] *

字義 *v. / n.* **步行（者）。**

      v. **踩，跋涉。**

      vi. / n. **流浪（者）。**

記憶 ① ［形似近義字］amble步行；ramble流浪，閒晃。

② ［用熟字記生字］trip旅行。

③ ［疊韻近義字］stamp跺腳，用腳踩踏。

④字母組合tr表示「足的活動」的其他字例：trace足跡，跟蹤；retrace折回，折返，回顧；track行蹤，追蹤；traffic交通往來；trail足跡，跟蹤；trample踩，踐踏；trapes疲乏厭倦地走；travel旅行，行進；tread踩，踏；treadle踏板；trek旅行，移居；trickle慢慢移動；trot小跑步；trudge步履艱難的走。

tran.quil

['træŋkwil; 'træŋkwil, 'træŋ -] *

義節 tran.quil

tran - → trans - 橫穿；quil → quell *vt.*鎮壓，平息，使平靜。

字義 *a.* **平靜的，安寧的，平穩的。**

記憶 ① ［義節解說］到處一片寧靜。

② ［用熟字記生字］quiet靜的。

③ ［同族字例］requiem安魂曲；requiescence進入寂靜的安寧；calm平靜的。參看：quiescent靜止的，不動的，沉默的；quietude安靜，平靜。

T

④ qu常表示「使平靜」，例如：quash
鎮壓，平息；quash平息；equilibrium
平衡；quench撲滅；squeeze壓扁；
vanquish征服；squish壓扁；squash
鎮壓，壓扁，壓碎；quell鎮壓，平息；
quash平息；equilibrium平衡；squelch
鎮壓，壓服。參考：kill殺害，扼殺，抵
銷。

tran.scend

[træn'send, tɑ:n-; træn'sɛnd] *

[義節] trans.cend

trans–超越；scend攀爬。

[字義] v. 超過，勝過。

[記憶] ① ［用熟字記生字］descend下降，斜
坡；ascend登高，追朔，上升。
② ［同族字例］ascendency優越，支
配地位；transcendent卓越的。參
看：scramble爬行，攀爬，蔓延；
condescend屈尊，俯就。

tran.scribe

[træns'kraib, tɑ:n -; træn'skraɪb]

[義節] tran.scribe

trans -轉移；scribe刻，畫，寫。

[字義] v. 謄寫，藤印。

[記憶] ① ［義節解說］用書寫的方法轉移→謄
寫。
② ［同根字例］scribe書法家，作家；
scribble亂寫；ascribe歸功於；describe
描述；subscribe簽名，認購。參看：
conscribe徵募；proscribe公布（死囚等
的）姓名，放逐，排斥。

trans.gres.sion

[træns'greʃən, trɑ:n-, -nz'g-; træns'grɛʃən,
trænz-]

[義節] trans.gress.ion

trans -到…的另一邊；gress走路；- ion名
詞。

[字義] n. 違例，違背，犯規。

[記憶] ① ［義節解說］走到「規矩」的另一邊
去了。
② ［用熟字記生字］progress進步。
③ ［同族字例］congress議會；aggressive
進取的，積極的；digress離題；ingress
進入；regress退回；retrogress退化；
transgress越界。參看：egress外出。

tran.si.gent

['trænsidʒənt; 'trænldʒət]

[義節] trans.ig.ent

trans - 橫貫；ig → ag引，領，行動；-
ent名詞。

[字義] n. 願意，妥協者。

[記憶] ① ［義節解說］用轉折的辦法去做→妥
協。
② ［反義字］參看：intransigent不妥協
的。
③ ［同族字例］參看：actuate開動（機
器等），激勵，驅使；agitate鼓動，攪
動，使焦慮不安；actuary保險統計員；
agenda議程，記事冊；agile敏捷的，靈
活的。
④ ［易混字］transient短暫的，過路的，
過渡的。

trans.lu.cent

[trænz'lu:snt, trɑ:n -; - ns'l -, - 'lju: -;
træns'lu:snt, - 'lju -]

[義節] trans.luc.ent

trans - 橫貫；luc光照；- ent形容詞。

[字義] a. 半透明的。

[記憶] ① ［義節解說］光罩貫穿→半透明。
② ［用熟字記生字］lux勒克司（照明的計
量單位）。

774

③〔同族字例〕lucarne屋頂窗（天窗）luculent明白的，明顯的；noctiluca夜光蟲；relucent明亮的，反照的；elucidate闡明。參看：leucocyte白細胞，lucid透明的；pellucid透明的；lucent透明的。
④ 自此l表示「光，亮」的其他字例：lunar月亮的。參看：lambent閃爍的；luminous照亮的；luxuriant華麗的；illumine照亮；luscious華麗的；leucocyte白細胞；luster光澤。

trans.mute
[trænz'mjuːt, trɑːn -; - nsʼm -; træns'mjut]

義節 trans.mute

trans – 轉移，轉換；mute轉換，變換，改變。

字義 *vt.* **使變質，使變形。**

記憶 ①〔用熟字記生字〕commute乘車往返…之間；mutual相互的。
②〔同族字例〕mutable善變的；commute乘車往返…之間；permute改變順序；transmute使變形。參看：mew鷹籠；moult換羽；mutinous叛變的，反抗的，騷亂的；immutable不變的；mutation變化，更換，突變，人生的沉浮。

trans.par.ent
[træns'pɛərənt, trɑːn -, trən -, -nz'p -, -'pær -; træns'pɛrənt] *

義節 trans.par.ent

trans -貫穿；par呈現；- ent形容詞。

字義 *a.* **透明的，明顯的。**

記憶 ①〔義節解說〕穿透物體而呈現出來→透明。
②〔用熟字記生字〕appear出現；disappear消失；bare裸露的。

③〔同族字例〕separate分離；parade遊行；apparel服飾。

tran.spire
[træns'paiə, trɑːn -; træn'spɪr] *

義節 trans.pire

trans -貫穿；spire呼吸。

字義 *v.* **洩漏。**

記憶 ①〔義節解說〕漏了「氣」。
②〔用熟字記生字〕spirit精神。
③〔同族字例〕aspire渴望；conspire同謀；expire呼吸，到期；inspire鼓勵；perapore排汗；respire呼吸。

trau.ma ['trɔːmə; 'trɔmə, 'traumə]
字義 *n.* **損傷，外傷，創傷，引起損傷的外力作用。**

記憶 ①字根- trauma（t）-側重精神上的創傷。估計與字跟-tor（t）-（扭曲）和-tr-（磨擦）同源而變異。
②〔用熟字記生字〕tragedy悲劇，悲慘（註：ed → od歌，劇）。
③〔同族字例〕traumatona感傷性；traumatolgy外傷學；detriment損害。參看：torment痛苦，折磨。
④〔同族字例〕triste悲哀的，暗淡的；tristful悲哀的，憂鬱的；atrabilious憂鬱的，悲觀的，易怒的；distress悲傷，憂傷，苦惱；atrium正廳；tired疲勞的。參看：contrite悔悟的；atrocious兇惡的；retrench緊縮，刪除；truculent兇猛的；atrocious兇惡的；trechant犀利的，銳利的，清晰的；trite用壞了的，陳腐的，【古】磨損的。

tra.vail ['træveil; 'trævel,- vǃ]
義節 tra.vail

tra -→ trans -橫貫；vail力，有力。

字義 *vi. / n.* **辛勤勞動，艱苦努力。**
　　n. **分娩。**

記憶 ①〔義節解說〕全身都要用力，分娩時尤其如此。

②〔用熟字記生字〕value價值，交換力，購買力。

③〔同族字例〕avail有助於，有益於；convalescent恢復健康的；prevail勝過，盛行；valid有效力的。

---

trav.es.ty

['trævisti, - vəs -; 'trævɪstɪ, - vəstɪ]

義節 tra.vest.y

tra -轉換；vest衣服；- y字尾。

字義 *vt. / n.* **改變衣服或外觀，滑稽模仿，歪曲。**

記憶 ①〔義節解說〕換了衣服去模仿，偽裝。

②〔用熟字記生字〕wear穿衣。

③〔同族字例〕vest背心，馬甲（注意：背心的領口正好呈V字形）；invest使穿；transvest使穿他人衣服。參看：divest剝去，脫去，剝除，剝奪，放棄。

---

treach.er.y ['tretʃəri; 'trɛtʃərɪ]

義節 treach.ery

treach → terg背，背部；- ery名詞。

字義 *n.* **背叛（行爲），變節（行爲），背信棄義。**

記憶 ①〔用熟字記生字〕traitor叛徒，賣國賊。

②〔同族字例〕trick詭計，欺騙；tergal背的；tergiversate背叛，變節。參看：betray出賣。

---

trek [trek; trɛk]

字義 *v. / n.* **（坐）牛車旅行，艱苦的跋涉。**
　　vi. **（牛）拉車。**

記憶 ①trek是字根- tract -（拖，拉，拽）的變體（ k → ct同音異形）。同源字根- truck -的基本含義是「轉動」，引申爲「輪，圓」。

②〔用熟字記生字〕tractor拖拉機；train火車。

③〔同族字例〕trochlea滑輪車；trochometer轉速計；trochal輪狀的；truck（有滾輪的）手推車，貨運車；trace足跡，蹤跡；retrace折回，折返，回顧；track行蹤，追蹤；trickle慢慢移動。參看：truckle小輪，滑輪，靠小腳輪移動。

④字母組合tr表示「足的活動」的其他字例：traffic交通往來；trail足跡，跟蹤；trample踩，踐踏；trapes疲乏厭倦地走；travel旅行，行進；tread踩，踏；treadle踏板；trot小步跑；trudge步履艱難的走；tramp步行（者），踩，跋涉。

---

trench.ant ['tretʃənt; 'trɛtʃənt] *

義節 trench.ant

trench切，割；- ant形容詞。

字義 *a.* **犀利的，銳利的，清晰的**

記憶 ①〔用熟字記生字〕tear撕；through穿過。

②〔同族字例〕thorough徹底的；trans -（字首）橫貫；trunk樹幹；truncate截短。參看：retrench緊縮，刪除；truculent兇猛的；atrocious兇惡的。

---

trep.i.da.tion

[,trepi'deiʃən; ,trɛpə'deʃən] *

義節 trep.id.ation

trep顫抖；- id形容詞字尾；- ation名詞。

字義 *n.* **發抖，震驚，驚慌。**

記憶 〔同族字例〕tremot顫抖，震動；tremulous顫抖的；trill顫動，顫音，囀

鳴；thill顫動，激動。參看：intrepid無畏的，勇敢的。

trib.u.la.tion

[͵trɪbjuˈleɪʃən; ͵trɪbjəˈleʃən] *

義節 trib.ul.ation
trib磨擦，磨難；- ul充滿…的；- ation名詞。

字義 n. 苦難，患難，憂傷，引起困難的事物。

記憶 [同族字例] tribulate磨難；tribade女同性戀者；trypsin胰蛋白酶；trepan開孔；trypanosome錐形蟲；detrition磨損。參看：contrite悔恨；detriment損害；diatribe謾罵，諷刺。

tri.bu.nal

[traɪˈbjuːnl; trɪˈb -; trɪˈbunl, traɪ -]

義節 trib.un.al
trib → tribe n.部落；- al名詞。

字義 n. 審判員席，法官席，法庭。

記憶 ① [義節解說] 本字原意爲「部落的首領」。部落之中的是非，由他們判定，引申爲「法庭」。古羅馬曾分爲三個部落（tribe）。

② [用熟字記生字] contribution貢獻（註：由各個「部落」分攤進貢）。

③ [同族字例] attribute品行；tribute貢物；tribune講壇；distribute分配。

tri.dent

['traɪdənt; 'traɪdnt]

義節 tri.dent
tri - → three三；dent凹，齒。

字義 n. 三齒魚叉，法官席，法庭。

記憶 ① [義節解說] 古羅馬曾分爲三個部落（tribe），所以「三」就以tri -表示。

② [用熟字記生字] triangle三角；dentist牙醫生。

③ [同族字例] - tri - : tricycle三輪車；trilogy三部曲。參看：trivia瑣事。

- dent - : dental牙齒的；dentate【植】鋸齒狀的；edentate【動】齧齒類的。參看：dent凹部；indent凹痕。

trite ['traɪt; 'traɪt] *

義節 tr.ite
tr → tear v.撕；- ite形容詞。

字義 a. 用壞了的，陳腐的，老一套的，【古】磨損的。

記憶 ① [義節解說] 本字可能是tear的過去分詞tron（磨損的）的變體。

② [用熟字記生字] detriment損害；distress悲傷，憂傷，苦惱；tragedy悲劇。

③ [同族字例] triste悲哀的，暗淡的；tristful悲哀的，憂鬱的；traumatona感傷性；traumatolgy外傷學；atrabilious憂鬱的，悲觀的，易怒的；atrium正廳；tired疲勞的。參看：torment痛苦，折磨；atrocious兇惡的；trauma損傷；retrench緊縮，刪除；truculent兇猛的；trechant犀利的，銳利的，清晰的；contrite悔悟的，由悔悟引起的。

tri.umph ['traɪəmf; 'traɪəmf, -mpf] *

字義 vi. 獲勝，成功。

　　n. 凱旋，勝利，成功。

記憶 ① 作者認爲本字是trump（出王牌贏牌）一字的變體。而該字則來源於trumpet喇叭→奏凱。

② [用熟字記生字] trumpet喇叭。

③ [同族字例] trombone長號，拉管；tube管，管道。參看：trumpery中看不重用的，虛有其表的，無用的，淺薄的。

triv.i.a ['trivɪə; 'trɪvəɪ]

義節 tri.via

tri -三；via *prep.* 取道，經由。

字義 *n.* 瑣事。

記憶 ① ［義節解說］三岔路上，耳目衆多，只能講些瑣碎事情，也最容易聽到這種瑣事。古羅馬曾分爲三個部落（tribe），所以，「三」就以tri -表示。

② ［用熟字記生字］three三；way路。

③ ［同族字例］trivial瑣碎的，不重要的；trifle瑣事。參看：trident三叉戟。

trope [troup; trop]

字義 *n.* 轉義，借喩。

記憶 ① ［義節解說］字根- trop -和strophe -都表示「轉」，而- trop -更側重「轉而朝向…」的含義。而他們可能是字根- turn -（旋轉）的變體。近義字根還有- tort -（扭曲，轉）；- tour -（轉圈）；trans -（轉變）…等等。字例可參看：torment痛苦；contour輪廓；transigent 願意妥協者；perturb攪亂。

② ［用熟字記生字］tropical熱帶的，轉喻的。

③ ［同族字例］tropology比喻法；helotropic向日的；tropic回歸線。

④ ［同族字例］apostrophe撇號「'」（apo -離開，全字意爲：一「轉」而把兩個字母隔開）；anastrophe〔語法〕倒裝法（ana -向後）；strophe（古希臘戲劇中）歌詠隊向左面的舞動。參看：catastrophe大災變。

troth [trouθ, trɔθ; trɔθ, troθ]

字義 *n.* 眞實，誓言，訂婚。

　　vt. 發誓保證，和（某人）訂婚。

記憶 ① ［用熟字記生字］true眞實的。

② ［同族字例］truth事實，眞實；betrothal訂婚，婚約；trow相信，信任；trustworthy可信賴的；entrust委託；distrust不信任，懷疑。參看：

betroth同…訂婚；turism自明之理，老生常談，陳腔濫調。

tru.ant [ˈtru(ː)ənt; ˈtruənt]

義節 tru.ant

tru → tro（1）轉動，遊蕩；- ant 名詞。

字義 *vi. / n.* 逃學(者)，逃避責任(者)。

　　a. 閒蕩的，逃學的。

記憶 ① ［義節解說］本字可能來源於法文動詞troler閒遊、遊蕩、徘徊。引申而爲「逃學」到外面遊蕩，再引申爲逃學。

② ［用熟字記生字］trolly手推車。

③ ［同族字例］trot小跑；troll使旋轉，輪唱；control控制。參看：stroll閒蕩。

truck.le [ˈtrʌkl; ˈtrʌk!]

義節 truck.le

truck *n.*（有滾輪的）手推車，運貨車；- le 反覆動作。

字義 *vi.* 屈服，討好。

　　n. 小輪，滑輪。

　　v. 靠小腳輪移動。

記憶 ① ［義節解說］字根- truck -的基本含義是「轉動」，引申爲「輪，圓」。早先主人躺在這種手推車上，由僕人按照主人的意向推著走，後來轉義成「屈服，奉承」。

② ［用熟字記生字］trolly手推車；tractor拖拉機；train火車。

③ ［同族字例］trochlea滑輪車；trochometer轉速計；trochal輪狀的；truck（有滾輪的）手推車，貨運車；trace足跡，蹤跡；retrace折回，折返，回顧；track行蹤，追蹤；trickle慢慢移動。參看：trek（坐）牛車旅行，艱苦跋涉。

④字母組合tr表示「足的活動」的其他字例：traffic交通往來；trail足跡，跟蹤；trample踩，踐踏；trapes疲乏厭倦地

走；travel旅行，行進；tread踩，踏；
treadle踏板；trot小跑步；trudge步履艱
難的走；tramp步行（者），踩，跋涉。

truc.u.lent

['trʌkjulənt, 'truːkju -; 'trʌkjələnt, 'trukjə -] *

義節 truc.ulent

truc → ter 黑色的，陰暗的→殘暴，激
烈；- ulent充滿⋯的。

字義 a. 好戰的，好鬥的，兇猛的，毀滅性
的。

記憶 ① [義節解說] 黑色的，陰暗的→暴
行。本字來源於拉丁文ater黑色的，陰鬱
的，惡意的，凶狠的。

② [用熟字記生字] terror恐怖；dark黑暗
（dar → ter：d → t通轉）；struggle鬥
爭。

③ [同族字例] atrabilious憂鬱的，悲觀
的，易怒的；atrium正廳；atrocious兇
殘的；ataractic心神安定的；trachoma
沙眼；trachyte淺色的火山岩；austere嚴
厲的，緊縮的；strict嚴格的，嚴厲的；
strife激烈的暴力衝突。參看：tar焦油；
atrocity暴行。

tru.ism ['truː(ː)izm; 'truɪzəm]

義節 tru.ism

tru → true a.真實的；- ism學說，信仰，
特徵。

字義 n. 自明之理，老生常談，陳腔濫調。

記憶 ① [義節解說] 如此簡單的事實，還用
得著闡釋嗎？

② [用熟字記生字] true真實的。

③ [同族字例] truth事實，真實；
betrothal訂婚，婚約；trow相信，
信任；truism自明之理，老生常談；
trustworthy可信賴的；entrust委託；
distrust不信任，懷疑。參看：betroth

同⋯訂婚；troth真實。

trum.per.y ['trʌmpəri; 'trʌmpərɪ]

義節 trump.ery

trump n.喇叭；- ery字尾。

字義 n. 中看不重用的東西，廢物，廢話。
　　a. 虛有其表的，無用的，淺薄的。

記憶 ① [義節解說] 靠吹喇叭「吹」出來的
→華而不實。

② [用熟字記生字] trumpet喇叭。

③ [疊韻近義字] dump（垃圾堆）
與-trump-疊韻。

④ [同族字例] trombone長號，拉管；
tube管，管道。參看：triumph凱旋，勝
利，成功。

⑤ [形似近義字] plumber管子工，鉛管
工；pump水泵，唧筒。

tryst [traist; trɪst; traɪst]

字義 n. 約會（處），幽會（處），市集（每年
定期的牛市集）。

記憶 ① [用熟字記生字] trust信託。Tryst
原先是獵人的驛站，獵人們把獵物趕來，
在圍獵中進行監察。記：「信守」約會的
地方。

② [同族字例] truth事實，真實；
betrothal訂婚，婚約；trow相信，
信任；truism自明之理，老生常談；
trustworthy可信賴的；entrust委託；
distrust不信任，懷疑。參看：betroth
同⋯訂婚；troth真實；truism自明之理，
老生常談，陳腔濫調。

tug [tʌg; tʌg] *

字義 v. / n. 用力拉（拖）。
　　vi. / n. 苦幹，掙扎。
　　n. 較量，繩索。

記憶 ① [用熟字記生字] tight 緊的。

② ［同族字例］take拿，抓；tuckle滑輪；tooth牙齒；tauten拉緊，繃緊；tighten拉緊；tie繩，帶，束緊；tidy整潔的；toil苦幹；taut（繩子等）拉緊的，繃緊的。參看：tug用力拉（拖），繩索；tusk（象，野豬等的）長牙，獠牙，用長牙抵（或掘）；tacky有點黏的；tackle用滑車固定，抓住，揪住，對付，解決；tether（用繩子等）拴，束縛，限制；tow拖，拉，牽引，拖纜。

tu.mid ［'tjuːmid; 'tjumɪd, 'tu -]

義節 tum.id

tum腫脹；- id形容詞。

字義 *a.* 腫大的，突出的，浮華的。

記憶 ① ［義節解說］字根- tum -表示「腫脹」。可能來源於dome圓屋頂，圓丘，膨脹成圓頂狀（d → t通轉）。類例：dumpy矮胖的；dumpling湯糰。參看：dome圓屋頂。

② ［用熟字記生字］drum鼓。比較：tambour鼓（d → t通轉）。

③ ［同族字例］tumefy使腫大；tumor腫塊；tumular古墓的（《紅樓夢》稱「土饅頭」→ 腫起，「墳」起）；tomb墓；intumescent腫起的，膨脹的；tuberculosis肺結核；protuberant隆起的；tuber塊莖，結節；turgid腫脹的，浮誇的；turgent腫脹的。

tur.bu.lence ['təːbjuləns; 'tɚbjələns] *

義節 turb.ulence

turb旋轉，攪亂；-ulence充滿。

字義 *n.* 騷動，騷亂，（水）洶湧，（風）狂暴。

記憶 ① ［同族字例］turbid混濁的，不透明的；turbulent激流的；turbine渦輪機；disturb動亂；stir攪動；troop部隊。參看：imperturbability冷靜，沉著；turpitude卑鄙（的行爲）墮落。

② 字母組合ur表示「攪動」的其他字例：current激流；hurricane颱風；hurly騷動，喧鬧；hurry-scurry慌亂；flurry慌張，倉皇；sturt騷亂，紛擾；spurt突然併發；slurry泥漿；purl漩渦，（使）翻倒；lurch突然傾斜；gurgitation漩渦，洶湧，沸騰；fury暴怒，劇烈；churn劇烈攪拌；churr顫鳴聲；burn燃燒；burst爆破，突然發作；burr小舌顫動的喉音；blurt突然說出…等等。

tur.pi.tude ['təːpitjuːd; 'tɚpə,tjud, -,tud]

義節 turp.i.tude

turp → turb旋轉，攪亂，使混濁；- tude表示程度。

字義 *n.* 卑鄙（的行爲），墮落。

記憶 ① ［義節解說］估計本字是從turbid（汙濁的）變來。turb → turp（b → p通轉）；- id → it（d → t通轉）。字尾-tude表示抽象化，程度。字義則因此從「汙濁」引申爲「卑鄙」。

另有一故事可供參考：Tarpeia是說中羅馬守將的女兒，被撒賓人收買，私開城門。撒賓人偷襲入城後，將她殺死，葬於萬神殿山崗，並以她的名字命名之。古羅馬的死刑犯就在這裡被推下懸崖處死。

② ［同族字例］參看上字：turbulence騷亂。

tusk ［tʌsk; tʌsk]

字義 *n.* （象，野豬等的）長牙，獠牙。
    vt. 用長牙抵（或掘）。

記憶 ① ［用熟字記生字］本字應該是tooth（牙齒）的變體：oo → u通轉；s → th通

轉（因爲th的無聲子音[θ]與[s]）。

② ［同族字例］tush長牙，象牙；take拿，抓；tack平頭釘，附加，黏加；tuckle滑輪。參看：tug用力拉（拖），繩索；tacky有點黏的；tackle用滑車固定，抓住，揪住，對付，解決。

---

tu.te.lage

['tju:tilidʒ; 'tutlidʒ, 'tju -]

義節 tutel.age

tutel觀察，遮蓋，保護；- age名詞。

字義 n. 保護，監護，（個別）指導。

記憶 ① ［義節解說］本字來源於拉丁文tueor看，照料。tutel可能是- tect -的變體，涵義相同。

② ［用熟字記生字］tutor私人教師，導師；protect保護。

③ ［同族字例］tuition直覺；tend照料，管理，留心；attend照顧，伺候。參看：intendence監督，管理（部門）；intuition直覺。

---

tweak [twi:k; twik]

字義 n. / vt. 擰，捏，扭。

　　n. 焦急，苦惱。

記憶 ① ［用熟字記生字］two二。把「兩」股繩擰成一股，就要有「捻，擰，扭」的動作。轉喻心中受到「扭，擰」→苦惱。

② ［同族字例］twin雙生子；twine兩股的線，捻，搓，編；twinge擰，捏，痛苦；twiddle捻弄，旋弄；twitch抽搐，陣痛。參看：twirl捻弄。

---

twig [twig; twig] *

字義 n. 細枝，纖細的神經。

記憶 ① ［用熟字記生字］two二→二分岔出來的旁枝；twin雙生子。

② ［疊韻近義字］sprig小枝。

---

③ ［同族字例］betweeen在兩者之間；twice兩次，兩倍；twelve十二。參看：tweak擰，扭。

---

twirl [twə:l; twɝl] *

字義 v. （使）快速轉動。

　　vt. 捻弄。

　　n. 旋轉（的東西）。

記憶 ① 參看：tweak扭，擰。

② ［疊韻近義字］swirl旋動，漩渦，旋轉（的東西）；whirl急轉。

---

ty.rant ['taiətənt; 'taırənt] *

義節 tyr.ant

tyr → dur冷酷，苛刻，強硬，持久；- ant表示「人」。

字義 n. 暴君，惡霸，專橫的權勢，使人痛苦的事物。

記憶 ① ［義節解說］估計tyr可能是dur的變體：d → t通轉；y → u通轉。至少，這個解釋易於記憶。

② ［用熟字記生字］endure忍受。

③ ［同族字例］durum硬質小麥；in-durate使硬化；dough生麵團；perdure持久；Draco天龍座，【動】飛龍屬；draconian（法律上）嚴酷的；draconic龍的，似龍的，dragon龍，兇暴的人；dragonet小龍；dragonnade武力，迫害；dragoon龍騎兵暴徒。參看：duress強迫；indurate冷酷的；obdurate執拗的，陰鬱的，嚴厲的；dragonfly蜻蜓；drastic激烈的，嚴厲的。

---

ty.ro ['taiərou; 'taıro] *

義節 tyr.o

tyr → Tyr n.（北歐神話）戰神；- o字尾。

字義 n. 初學者，新生，生手。

T

記憶 ① ［義節解說］本字原意是「剛入伍的
新兵」。

② ［諧音］日文「太郎」。記：「太郎是
新手」。

③ ［同族字例］參看：tyrant暴君。

U

滿則溢，智若愚。

　　U 的字形對稱性很好。它是由完全相同的兩個筆型「聚合而成」一種很「笨」拙的，「矮矮胖胖」的樣子，好像「胖大」得要「滿」出來。這樣的東西自然是「礙手礙腳」的。

　　從圖像上看，U 就像圓錐曲線中的拋物線。如果一顆星星的運動軌跡是拋物線，那麼，它就會有「遠」去的「傾向」。

　　「通轉」：字母 u 的讀音與 o、v、f 相似，在同族字中，常有用 v、f 拼寫的。了解此特點，有利於我們融會貫通，把 o、v、f 項的有關單字聯繫起來一起記住。

U 字母單字延伸字義

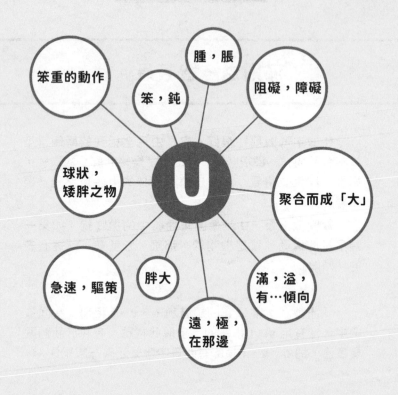

- 笨重的動作
- 腫，脹
- 笨，鈍
- 阻礙，障礙
- 球狀，矮胖之物
- U
- 聚合而成「大」
- 急速，驅策
- 胖大
- 滿，溢，有…傾向
- 遠，極，在那邊

u.biq.ui.tous

[ju(:)'bikwitəs; ju'bɪkwətəs] *

義節 ubi.qu.it.ous

ubi位置，場所；- iqu → - ique形容詞；it
走，去；- ous形容詞。

字義 a. (同時) 普遍存在的，無處不在
的。

記憶 ① [義節解說] 本字來源於拉丁文
ubique相當於英文的everywhere到處。

② [同族字例] - ubi - : ubiety所在位置；
ubiquitism基督無所不在論。- it - : exit
出口 (ex -向外) ；reiterate重述，重
複；itinerary旅行路線。參看：itinerate
巡迴，巡遊；ion離子；iterate重複，反
覆，申訴。

ud.der [ˈʌdə; ˈʌdɚ]

義節 ud.d.er

ud → out 出來；- er器物。

字義 n. (牛、羊等的) 乳房，乳腺。

記憶 ① [義節解說] 會流出 (奶) 來的東
西。本字來源於拉丁文uber (牛、羊等
的) 乳房；udus潮濕的。

② [用熟字記生字] out出來：juice汁液。

③ [同族字例] sod草皮 (註：被雨浸
濕) ；besot使沉醉；swelter滲出；
參看：exude滲出；shed流出；sweat
出汗；suds濃肥皂水；sodden浸濕；
sudorific發汗劑；ooze流血；exuberant
豐富的；oust驅逐；seep滲出，滲漏；
seethe (使) 煮沸，激動，使浸濕。上列
這些字都表示「汁液，滲流」，基本形式
是- (s) ud -，形成各種變體。

u.kase [ju:ˈkeiz, - esi; ˈjukes, juˈkez]

義節 u.kase

u → out出來；kase → cast v.投，擲。

字義 n. (沙皇的) 聖旨，專橫的命令，布

告，通令。

記憶 ① [義節解說] cast out發布出來→
「降」旨→通令。

② [用熟字記生字] case錢箱，個案。

③ [同族字例] cassino一種兩人到四人玩
的紙牌戲。參看：casino娛樂場，賭場。

ul.cer [ˈʌlsə; ˈʌlsɚ]

義節 ulc.er

ul → cul → bot-tom底部，背部，屁股；-
er物。

字義 n. 潰瘍。
　　v. (使) 潰瘍，(使) 腐敗。

記憶 ① [義節解說] 本字來源於拉丁文
ulcus潰瘍，疔瘡，(樹的) 節疤，瘤。
揣摩其基本含義，應是「尾巴，後部」→
長了疔瘡，就是多長了個尾巴。再由「疔
瘡」引申爲「潰瘍」。

② [同族字例] occultism神祕主義；culet
鑽石的底面，胄甲背部下片；cultottes
婦女的裙褲；bascule吊橋的活動桁架，
活動橋的平衡裝置；culdesac死胡同，
盲腸；color顏色；calotte小的無邊帽，
(苔蘚蟲的) 回縮盤；cell地窖，牢房；
conceal藏匿，遮瞞；cilia眼睫毛；seel
用線縫合 (鷹) 的眼睛 (註：字母s →
c同音變異) ；solitary獨居的；seal封
蠟，封緘；becloud遮蔽，遮暗；ciliary
眼睫；skulk躲藏。參看：quail膽怯，
畏縮；obscure遮掩；asylum避難所；
supercilious目空一切的；recoil退縮；
solioquy獨白；insular島嶼的，隔絕的；
celibate獨身的；cloister使與塵世隔絕；
ciliate有纖毛的；recoil退縮；occult隱藏
的，祕密的，神祕的。

③ [音似近義字] gore流出血的；sore潰
瘍；pus膿液；myxome黏液瘤；sore
n.潰瘍，痛處。

u

ul.te.ri.or [ʌl'tiəriə; ʌl' tɪrɪə] *

義節 ulter.ior

ulter → alter它，另一個；- ior拉 丁文比較級字尾。

字義 *a.* 在那邊的，較遠的，將來的，進一步的，隱蔽的。

記憶 ① ［義節解說］在「更加」另一個地方。

② ［用熟字記生字］other另一個。alter和ulter都是other的變體。

③ ［同根字例］- ult -：參看下字：ultimatum最後通牒。

- ior：superior上等的，上級的；interior下等的，下級的；major較大的。

④ ［同族字例］參看下字：ultimatum最後通牒。

ul.ti.ma.tum

[ˌʌlti'meitəm; ˌʌltə'metəm] *

義節 ult.imat.um

ult →alt它，另一個；- imat比較最高級；- um名詞。

字義 *n.* 最後通牒，最後結論，基本原理。

記憶 ① ［義節解說］最旁邊那一個，最遠的→最後的。

② ［用熟字記生字］other另一個。字根-alter -和- ulter -都是other的變體。

③ ［諧音］「哀的美敦」書。

④ ［同根字例］- ult -：adulterate不純的（註：摻入其他雜物）；adulterous私通的（註：和「另一個」人發生關係）。參看：ultra極端的；ulterior在那邊的，遙遠的。- imat：maximun最大值；proximate最接近的。

⑤ ［同族字例］alternate交替；alienate使疏遠；parallel平行的；（- allel -→- ali）。參看：alias別名；alien外國的；altercate爭辯；altruism利他主義。

u.lu.late ['juːljuleit; 'juljə,let]

義節 ul.ul.ate

ul → owl *n.*貓頭鷹（叫聲）；- ul似…的；- ate動詞。

字義 *vi.* 嗥，嚎，吠，鳴鳴的叫，哀鳴。

記憶 ① ［義節解說］本字來源於拉丁文ulula貓頭鷹；ululo哀鳴。

② ［諧音］「鳴鳴」。

③ ［音似近義字］參看：owl貓頭鷹；howl嚎叫；growl嗥。

um.brage ['ʌmbridʒ; 'ʌmbrɪdʒ]

義節 umbr.age

umbr陰影，蔭；- age名詞。

字義 *n.* 樹蔭，不愉快，懷疑。

記憶 ① ［義節解說］由樹的陰影引申為心中的陰影。

② ［用熟字記生字］umbrella傘。

③ ［同族字例］參看：somber憂鬱的；penumbra半影部；adumbrate勾畫，暗示，遮蔽。

u.na.nim.i.ty

[ˌjuːnə'nimiti; ˌjunə'nɪmətɪ] *

義節 un.anim.ity

un -→one一；anim呼吸；- ity名詞。

字義 *n.* （全體）一致（同意）。

記憶 ① ［義節解說］同一個鼻孔出氣，異口同聲。

② ［用熟字記生字］animal動物。

③ ［同族字例］un -：參看：unique唯一的；unison一致。- anim -：maguanimity寬宏大量；unanimity同意，一致。參看：animadvert譴責；equanimity沉著，平靜，鎮定；animosity敵意。

U

un.as.suaged

[ˌʌnəˈsweidʒd; ˌʌnəˈswedʒd]

〔義節〕un.as.suag.ed
un -否定；as - → ad - →處於…狀態；suag → suad柔軟，柔和；- ed過去分詞形容詞。

〔字義〕*a.* **未和緩的，不滿足的。**

〔記憶〕① 〔義節解說〕不是處於「柔和」的狀況。參看：assuage緩和。
② 〔用熟字記生字〕sweet甜美的。
③ 〔同族字例〕persusde勸說；suave溫和的，和藹的；suasive勸說性的；suède麂皮，小山羊皮；exuviae（蟬、蛇等脫下的）皮，殼；sweater毛衣，絨衣。參看：suavity溫和，（酒，藥等）平和，討好；dissuade勸阻；assuage平息，減輕；exuviate脫（殼），蛻（皮）

un.as.sum.ing

[ˌʌnəˈsjuːmiŋ; ˌʌnəˈsumɪŋ, - ˈsjum -]

〔義節〕un.as.sum.ing
un -否定；as - → ad - → to；sum拿，抓，取；- ing現在分詞形容詞。

〔字義〕*a.* **不傲慢的，謙遜的。**

〔記憶〕① 〔義節解說〕assume假設，裝出…的樣子，僭取；assuming傲慢的。
② 〔同族字例〕resume取回，恢復；reassume再假定；consume消費。參看：presume擅自行動。

un.can.ny [ʌnˈkæni; ʌnˈkænɪ]

〔義節〕un.can.n.y
un -否定；can知道；- y形容詞。

〔字義〕*a.* **離奇古怪的，不可思議的。**

〔記憶〕① 〔義節解說〕超出我們所知→不可思議。
② 〔用熟字記生字〕can能夠。
③ 〔同族字例〕keen敏銳的；know知道；cunning狡猾的；discern分辨；scout搜索，偵查；sense感覺；census人口普查；censor審查，檢查；examine檢查，細查；science科學；acquaintance熟悉，認識，相識。參看：scan細看，審視，瀏覽，掃描；canvass詳細檢查，研討；con研究；ken知識範圍；canny精明的。

un.con.scion.a.ble

[ʌnˈkɔnʃənəbl; ʌnˈkɑnʃənəbl]

〔義節〕un.con.scion.able
un -否定；con - 共，同；scion知道；- able能夠。

〔字義〕*a.* **不是受良心引導的，不合理的，過度的。**

〔記憶〕① 〔義節解說〕conscience良心（註：共同知道的道理）→不能夠用良心衡量→不合理。
② 〔用熟字記生字〕science科學。
③ 〔同族字例〕nescient無知的；prescient預知的；omniscient全知的。參看上字：uncanny離奇古怪的，不可思議的。

un.couth [ʌnˈkuːθ; ʌnˈkuθ] *

〔義節〕un.couth
un - 否定；couth → court禮貌。

〔字義〕*a.* **（人，動作等）粗野的，不文明的，【古】不知道的。**

〔記憶〕① 〔義節解說〕不知禮→粗野。本字的古意來源於know知道。其中的n脫落，就成了cow → cou；th是字尾。
② 〔用熟字記生字〕courtesy謙恭有禮的；cultured文明的，有教養的。
③ 〔同族字例〕know知道，認識；couth有教養的；court奉承。參看：kith朋友，鄰居。

U

unc.tu.ous [ˈʌŋktjuəs; ˈʌŋktʃʊəs]

義節 unct.u.ous

unct → oint塗油；- u -連接母音；- ous形
容詞。

字義 *a.* 油（似）的，油膏的，肥沃的，油
滑的。

記憶 ① ［用熟字記生字］oil油。- unct - / -
oint - / - ung -是三種變體。

② ［同族字例］unction塗油儀式；
ointment軟膏；anoin塗油。參
看：unguent油膏；quack賣假藥
（quacksalver的縮略。salve藥膏，油
膏）。

un.du.late

[*v.* ˈʌndjuleit; ˈʌndjə,let *adj.* ˈʌndjulit; ˈʌndjəlɪt] *

義節 und.ul.ate

und波浪，豐溢；- ul似…的；- ate動詞。

字義 *v.* （使）波動，（使）成波浪形。
　　　a. 波浪形的，起伏的。

記憶 ① ［義節解說］本字來源於拉丁文
undo掀起波浪，灌注，豐產。

② ［同族字例］字母組合und表示「波
浪，充溢」的字例：undulant波動的；
redundant多餘的；rotundity肥胖，洪
亮；rubicund紅潤的；fecundate使豐
饒，使受孕；jocund歡樂的；abundant
豐富的，充裕的。參看：inundate淹沒，
使充滿。

un.earth [ʌnˈəːθ; ʌnˈɚθ]

義節 un.earth

un - 由…中取出；earth *n.*泥土，地球。

字義 *v.* 掘出，發掘，揭露。

記憶 ① ［用熟字記生字］earth土地，地
球。

② ［同義字］exhume掘出，發掘（ex -
→out由…中取出；hume地）。

③ ［易混字］unearthly非塵世的，埋想
的，怪異的。

un.err.ing.ly

[ʌnˈəːrɪŋli; ʌnˈɝɪŋlɪ, - ˈɛrɪŋ -]

義節 un.err.ing.ly

un -否定；err漫遊；- ing現在分詞；- ly
形容詞。

字義 *a.* 沒有過錯的，沒有偏差的。

記憶 ① ［義節解說］- err -爲常用字根。竊
以爲此字根還可以拆成er - → ex -→out
；r：漫遊（例如：roam漫遊；rave漫
遊；road路）。漫遊而出了軌→出錯。

② ［用熟字記生字］error錯誤；river河流；
road路。記：路上漫步。

③ ［同族字例］erratic古怪的；aberrant
異常的；error錯誤（「漫遊」出了軌
→錯）；to be on an errand出差；
rheometer電流計；rheumatism風濕。
參看：ramble漫步；rheumy（多）稀
黏液的，易引起感冒或風濕的；rhime韻
（腳）；errant漂泊不定的，錯的，漫遊
的；aberrance離開正路，脫離常軌，心
理失常；erroneous錯誤的；rife流行的；
roam漫步，漫遊，遊歷；errand差使，
差事。

④ 字母r表示「漫遊」的其他字例：
ranger漫遊者，巡邏兵；rapparee流浪
者；rounder巡行者；rove漫遊。

un.fal.ter.ing

[ʌnˈfɔːltərɪŋ; ʌnˈfɔltərɪŋ]

義節 un.falter.ing

un -否定；falter *v.*猶豫；- ing現在分詞。

字義 *a.* 不猶豫的，穩定的，堅定的。

記憶 ① ［義節解說］falt → vult跳動，滾
動，轉動；- er反覆動作。轉來轉去→躊
躇。前加否定→不猶豫的，穩定的，堅定

的。

② ［用熟字記生字］pause躊躇，停頓。

③ ［疊韻近義字］halt躊躇，猶豫；halter（馬的）籠頭，韁繩，束縛，抑制；- alter -（字根）→ other另一個。記：顧左右而言它→閃爍其詞。參看：palter模稜兩可，閃爍其詞。

④其他韻部相近，字義相近的字例：balk阻礙；calk填塞缺口；galt閹豬；halt停住，止步。這些字，包括本字，最基本的含義均是「阻礙行動」。

⑤ ［同族字例］impules衝動。參看：compulsive強迫的；pulsate跳動；propulsive推進力的；repulse反感；vault（撐竿）跳；convulse使痙攣；revulse反感（註：- puls - → - vuls -；p → v通轉）；welter翻滾，顛簸；palsy痙攣；wallop打滾，顛簸；falter躊躇，畏縮，搖晃，支吾地說。

un.feigned [ʌnˈfeind; ʌnˈfend]

義節 un.feign.ed

un -否定；feign v.捏造，假裝；- ed過去分詞形容詞。

字義 a. 不是假裝的，真正的。

記憶 ① ［義節解說］feign來源於finger手指。用手指捏成形，引申為「捏造，假象」。

② ［同族字例］vain虛有其表的（v → f通轉）；faint不清楚的。參看：feign假裝，捏造；feint佯攻，假象。

un.gain.ly [ʌnˈgeinli; ʌnˈgenlɪ]

義節 un.gain.ly

un -否定；gain → gait n.步態；- ly形容詞。

字義 a. 笨拙不雅的。

記憶 ① ［用熟字記生字］gain原意是「步子比…更快」，引申為：「追獵，獲得」，

步態不好，就是笨拙不雅。

② ［同族字例］gainly優雅的；gentle溫柔的；genteel優雅的。參看：gait步態；gambit開局讓棋法；genial親切的，溫暖的；gentility出身高貴的，紳士們，文雅。

un.gual [ˈʌŋgwəl; ˈʌŋgwəl]

義節 ung.u.al

ung → angle n.角；- al形容詞。

字義 a. 爪（或蹄）的，有爪（或蹄）的，爪（或蹄）似的。

記憶 ① ［義節解說］爪，可以理解成手掌出來的「角」

② ［用熟字記生字］angle角度；nail爪甲。

③ ［同族字例］anchor錨（註：形狀如「爪」）；urchin刺蝟；onyx縞瑪瑙，條紋理岩；agate瑪瑙；sardonyx纏絲瑪瑙。參看：sardonic譏諷的。

un.guent [ˈʌŋgwənt; ˈʌŋgwənt]

義節 ung.u.ent

ung → uncl → oint塗油；- ent名詞。

字義 n. 藥膏，油膏，潤滑膏。

記憶 ① ［用熟字記生字］oil油。- unct - / - oint - / - ung -是三種變體。

② ［同族字例］unction塗油儀式；ointment軟膏；anoin塗油。參看：quack賣假藥（quacksalver的縮略。salve藥膏，油膏）；unctuous油膏的。

u.ni.lat.er.al

[ˌjuːniˈlætərəl; ˌjuniˈlætərəl]

義節 uni.later.al

uni - → one一；later邊，側邊；- al形容詞。

字義 a. 單方面的。

記憶 ［同根字例］bilateral雙邊的；lateral

側面的；equilateral等邊的。參看：
dilate膨脹；latitude行動的自由範圍；
latent潛伏的。

---

un.im.peach.a.ble
[ˌʌnimˈpiːtʃtəbl; ˌʌnimˈpitʃtəb!]

義節 un.im.peach.able
un -否定；im → in – 處於…狀態；peach
→ pec汙點，罪，錯；- able可以…的。
字義 *a.* 無可指摘的，無懈可擊的，無可懷
疑的。
記憶 ① ［義節解說］peach來源於法文動詞
pécher犯罪，有缺憾，引申爲「汙點」。
② ［用熟字記生字］speak / speech講話→
講出來→控告。
③ ［同族字例］pique激怒；piquant辛
辣的；peck啄；beak鳥嘴；bicker口
角，爭吵；bark怒吼。參看：bilk欺騙；
impeach責問；impeccable無瑕疵的。
④字母p常表示「講話」。例如：parley
會談；parliament議會；parol口頭的；
parrot鸚鵡；expatiate細說；exponent
闡述的；peal大聲說；appeal呼籲，控
告，上訴…等。

---

un.in.hib.it.ed
[ˌʌninˈhibitid; ˌʌninˈhibətid]

義節 un.in.hibit.ed
un -否定； in – 處於…狀態；hibit →
hold *v.*抑制，約束。
字義 *a.* 不受禁令約束的，大吵大鬧的。
記憶 ［同族字例］adhibit黏，貼；exhibit
顯示，展示；prohibit禁止；have有；
behavior行爲；debit借方。參看；inhibit
禁止，起抑制作用。

---

u.nique [juːˈniːk; juˈnik] *
義節 un.ique

un -否定；ique形容詞。
字義 *a.* 唯一的，無比的，珍奇的。
記憶 ① ［用熟字記生字］unit單位。
② ［同族字例］union工會，聯合；unite
聯合。參看：unison一致；unanimity一
致。

---

u.ni.son [ˈjuːnisn, - zn; ˈjunəsn]
義節 uni.son

uni一，統一；son聲音。
字義 *n.* 一致，調和，齊唱，齊奏。
　　n. / a. 同音（的）。
記憶 ① ［義節解說］和諧的好像只有一個聲
音·有點像佛家所說的「一音」。
② ［用熟字記生字］one一個。Un是one的
音變變體；sound聲音。
③ ［同族字例］- uni - : union工會；
United States美國（合眾國）；unicorn
獨角獸。- son - : assonant諧音的；
absonant不和諧的。參看：consonance
和諧，一致；resonnant共鳴的。

---

un.kempt [ʌnˈkemp; ʌnˈkɛmp]
義節 un.kemp.t

un -否定；kemp → comb *v.*梳（頭）；- t
→ed過去分詞形容詞。
字義 *a.* （頭髮）蓬亂的，不整潔的。
記憶 ［用熟字記生字］comb梳子，梳頭；
calm使平靜。

---

un.mit.i.gat.ed
[ʌnˈmitigeitid; ʌnˈmitə,geitid]

義節 un.mitigate.d
un -否定；mitigate *v.*緩和；- d → - ed過
去分詞形容詞。
字義 *a.* 未緩和的，純粹的，十足的。
記憶 ① ［義節解說］make mild使柔和。本
字來源於拉丁文mitigo使柔軟（mitis柔軟

u

的，安靜的；ago驅使）。

② ［同族字例］melting溫柔的。參看：molt融化，混合；mitigate緩和。

③字母m表示「柔軟」的其他字例：mellow使柔和；moderate溫和的；modest謙和的；molify使軟化；molluscoid軟體動物；muliebrity溫柔；mull細軟薄棉布；mush軟糊糊的東西。參看：malleable柔順的。

un.ru.ly [ʌn'ruːli; ʌn'ruli]

義節 un.rul.y

un - 否定；rul → rule n.規則；- y形容詞。

字義 a. 不守規矩的，難駕馭的。

記憶 ［用熟字記生字］ruler尺；rule規則。

un.seem.ly [ʌn'siːmli; ʌn'sim-lɪ]

義節 un.seem.ly

un - 否定；seem表現，適合；- ly形容詞。

字義 a. 不體面的，不合禮節的，不適宜的。

記憶 ① ［用熟字記生字］seem看上去像，似乎。

② ［同族字例］seemly好看的，合適的；beseem合適的；resemblance相似；comity禮儀，禮貌。參看：dissemble掩飾；simulate假裝，模仿；semblance外表，假裝，相似（物）；comely適宜的。

③ ［雙聲近義字］suitable合適的。

un.sul.lied [ʌn'sʌlid; ʌn'sʌlɪd]

義節 un.sul.li.ed

un - 否定；sul → soil v.弄髒；- li → ly字尾；- ed過去分詞形容詞。

字義 a. 沒弄髒的，清白的。

記憶 ① ［用熟字記生字］soil土壤，泥土。記：沾上泥土→弄髒。

② ［同族字例］本字與「豬」有關。因爲豬愛在泥土中打滾，弄得很髒：sow母豬；swine豬；swill沖洗，用廚餘餵豬。參看：slosh泥濘；slush爛泥（註：silt中的母音i被縮略）；silt淤泥，（使）淤塞。參看：sully弄髒。

un.ten.a.ble [ʌn'tenəbl, - 'tiːn -; ʌn'tɛnəbl,- 'tinə -]

義節 un.ten.able

un - 否定；ten持，握；- able能夠。

字義 a. 防守不住的，站不住的，站不住腳的。

記憶 ① ［用熟字記生字］continue繼續；maintain維持；tenant租戶。

② ［同族字例］tenement地產；tenure占有（權）；tenable可保持的，站得住腳的；obtain獲得；sustentation支持，糧食。參看：tenet信條，宗旨；pertinacious堅持的，執拗的；obstinate固執的；continence自制（力），克制，節慾；sustenance生計，支持，食物，營養，供養，支撐物；abstinence節制，禁慾；tenable守得住的，站得住腳的；tenacious緊握的，堅持的，頑強的，固執的。

un.to.ward [ʌn'touəd,, ʌn -tə'cw; d; ʌn'tord,- 'tɔrd]

義節 un.tow.ard

un - 否定；tow v.拖，拉；- ard字尾。

字義 a. 倔強的，難對付的，，不幸的，麻煩的，不適當的，【古】笨拙的。

記憶 ① ［義節解說］拽不動的→倔強，難對付。「不適當的」等意，應釋作：un + toward 朝…方向→風向不對→不合適，

U

不幸。

② ［同族字例］ toward朝…方向；stow堆裝；steward（輪船，飛機）乘務員。參看：tow拖，拉。

un.wit.ting [ʌnˈwitiŋ; ʌnˈwitiŋ]*

義節 un.wit.ting

un-否定；wit→vid看；-ing現在分詞形容詞。

字義 *a.* **不知情的，無意的，不知不覺的。**

記憶 ① ［義節解說］ 沒有看見，因而不知道。

② ［用熟字記生字］ witness目擊。

③ ［同族字例］ video電視的；wit智力；wise有智慧的；advise忠告；fidelity真實，忠實。

un.wont.ed

[ʌnˈwoutid; ʌnˈwʌntid, - ˈwon -]

義節 un.wont.ed

un - 否定；wont *v.*習慣；- ed過去分詞形容詞。

字義 *a.* **不習慣的，異常的。**

記憶 ① ［義節解說］ wont可能來自於字根- vent -來到，其中w → v通轉。

② ［用熟字記生字］ convention慣例，常規，習俗。

③ ［同族字例］ wont習慣；conventional慣例的。參看：convene召集。

up.braid [ʌpˈbreid; ʌpˈbred]

義節 up.braid

up *prep.*向上；braid韁繩。

字義 *vt.* **責備，譴責，申訴。**

記憶 ① ［義節解說］ 勒起馬韁，對馬喝斥。

② ［用熟字記生字］ bridle馬勒，韁繩；unbridled不受約束的；brae山腰，急坡；bride花邊上的狹條（連接花紋用）；bream鯛魚；debridement外科擴創手術。參看：braid編帶，辮子。

up.shot [ˈʌpʃɔt; ˈʌpˌʃɑt]

義節 up.shot

up *prep.*結束；shot → shoot *v.*發射。

字義 *n.* **結果，結局，結論，要點。**

記憶 ［義節解說］ 在競賽中，最後決定結果時所射的一箭，一箭定局。

ur.bane [əːˈbein; ɚˈben]

義節 urb.ane

urb有教養的，都市化的；- ane形容詞。

字義 *a.* **有禮貌的，溫文有禮的，文雅的。**

記憶 ① ［形似近義字］ 參看：curb馬勒，約束。與字根- urb -疊韻近義→因受到「教化」的約束，而顯得溫文有禮。

② ［同族字例］ suburban在郊外的；suburb郊區；conurbation大都會。

u.ri.nate [ˈjuərineit; ˈjurəˌnet]

義節 ur.in.ate

ur水，尿；- in → ine…的；- ate 動詞。

字義 *vt.* **排尿，撒尿。**

記憶 ① ［用熟字記生字］ water水。water是從字根- ur變出。

② ［同族字例］ ureter輸尿管；urine尿；urology泌尿學。參看：manure肥料（man人）。

urn [əːn; ɚn] *

字義 *n.* **缸，甕，骨灰甕，茶壺。**

記憶 ① ［諧音］ 「甕」。

② ［同族字例］ 參看：ewer水壺，水罐。在法文中，水是eau。估計ewer中的ew和urn中的ur，都是eau的音變變體。

ur.sine [ˈəːsain, - sin; ˈɚsaɪn, -sɪn]

義節 urs.ine

urs熊；- ine…的。

字義 *a.* **(像)熊的，長滿硬毛的。**

記憶 ① ［義節解說］urs是arc的變體，其中 s → c常因發音相近而通轉。arctic北極的 →北極熊。

② ［同族字例］- urs -：arch拱門；archery 射箭；ursid熊科動物；Ursa Major大 熊星座。- ine：canine狗的；bovine牛 的；leonine豹的；equine馬的；porcine 豬的；anserine鵝的；colubrine蛇的； murine鼠的。參看：asinine（像）驢 的。

ush.er [ˈʌʃə; ˈʌʃɚ] *

義節 ush.er

ush → os口→入口；- er行為者。

字義 *n.* **引座者，招待員。**
    vt. **招待，引（進），領。**

記憶 ① ［義節解說］本字是ostiary（看門 人）的音變變體。ost → ush；- ary →- er。

② ［用熟字記生字］out出去。

③ ［同族字例］ostiole小孔，小口。參 看：osculant接吻的；ostentation誇示； oust驅逐；orifice孔，口。

u.su.ri.ous

[juːˈzjuəriəs, - ˈʒuə -; juˈʒʊriəs]

義節 us.ur.i.ous

us（長期）使用；- ur→- ure字尾；- ous 充滿…的。

字義 *a.* **(放)高利貸的，高利（剝削） 的。**

記憶 ① ［義節解說］本字來源於拉丁文 usura使用，貸款。Usure在法文中的意思 是：用壞，磨損，消耗精力，放高利貸。

略如英文中的：use up。放高利貸，等於 把人家的人力消耗殆盡。

② ［用熟字記生字］use使用。

③ ［同族字例］usual慣常的；usury高利 貸；utility實用。參看：utensil器具； abuse濫用。

u.surp [juːˈzəːp, juˈz; jʊˈzɚp]

義節 u.surp

u → out出來；surp切，割，取。

字義 *v.* **篡奪，強奪，侵占。**

記憶 ① ［義節解說］把別人的東西取出來據 爲己有。本字來源於拉丁文usurpo使用， 篡奪，強奪，侵占。

② ［同族字例］occupy占據；capture捉 住。參看：cull採集；cupidity貪財； excerpt摘錄。

u.ten.sil [ju(ː)ˈtensl; juˈtɛnsl] *

義節 uten.s.il

uten → ut →us（長期）使用；- il字尾。

字義 *n.* **器具，器皿。**

記憶 ① ［用熟字記生字］use使用。

② ［同族字例］usual慣常的；usury高利 貸；utility實用。參看：abuse濫用； usurious高利貸。

U.to.pi.a [juːˈtoupiə, juˈt -; juˈtopiə]

義節 u.top.ia

u → out出去，在外；top地點，地方；- ia字尾。

字義 *n.* **烏托邦，理想的完美境界。**

記憶 ① ［義節解說］u →「烏」，烏有，在 現實之外；不存在的地點。

② ［同族字例］topos陳腔濫調； topography地形（學）。參看：isotopic 同位素的；topology地誌學，拓撲學，局 部解剖學。

u

ux.o.ri.ous

[ʌkˈsɔːriəs; ʌkˈsoriəs, ʌgˈz - , -ˈsɔr -]

義節 ux.or.i.ous

ux → ox牛；- or行為者；- ous充滿…的。

字義 *a.* **溺愛妻子的。**

記憶 ① 〔義節解說〕uxor表示「妻」，乍看之下，使人不知所以然。作者苦思良久，忽然一日，豁然開悟：ux是ox的變音；yoke是「牛軛，同軛的一對牛」，轉義爲「配對，夫妻」（yoke是ox的音變）。uxor → yoker即：「被配對者→妻」。充滿對妻子的（情意）→溺愛妻子。

② 〔同族字例〕ox牛；Oxford牛津；yoke牛軛；yogurt酸奶酪；subjugate使屈服（註：- jug -是yoke的變體）。參看：subdue屈服；conjugate成對的。

u

缺月掛疏桐，空鎖樓中燕

　　V 的字形「缺口」，像「凹」口。「V 形」的事物有不少。V 的中間「空」，因而能發「聲」。V 的字體重心高，容易「搖，晃，振」。它又像一個人像上伸張兩臂，顯示出一種「活力」。也像是振臂向天，高「聲」「呼」「叫」。

　　V 還像一個正在高速「旋轉」的陀螺的正視圖。

　　「通轉」：字母 v 的讀音與 w、f、d 相似，在同族字中，常有用 w、f、d 拼寫的。了解此特點，有利於我們融會貫通，把 w、f、d 項的有關單字聯繫起來一起記住。

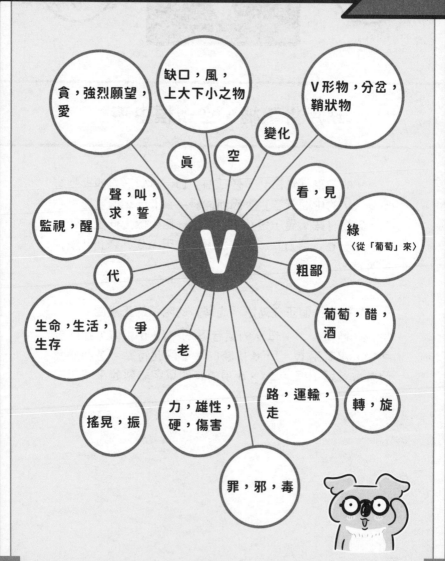

vac.il.late ['væsileit; 'væs!,et] *

義節 vac.il.l.ate

vac → wag v.搖擺；- il反覆動作；- ate動詞。

字義 $vt.$ 搖擺，振盪，波動，猶豫。

記憶 ① [義節解說] 本字可能來源於wagon四輪馬車。馬車在路上顚簸搖擺，再引申出其他字義。

② [用熟字記生字] wagon車。

③ [同族字例] vexillary旗手，軍旗的。參看：vicar代理敎主，代理人；vicissitude變化；vag流浪漢；vagabond流浪的；vagary奇想；vex使煩惱；vogue時尙；wag搖擺（v → w通轉）；wiggle擺動；extravagnat過分的。

④ [形似近義字] 參看：oscillate動搖，擺動（可能是本字的音變變體）。

---

vag [væg; væg]

字義 $n.$ 流浪漢，遊民。

記憶 ① [義節解說] 本字來源於wagon四輪馬車→乘車到處流浪。

② [用熟字記生字] way路；vague含糊的（註：「飄忽」不定）。

③ [同族字例] 參看：vagabond流浪的；vagary奇想；vex使煩惱；vogue時尙；wag搖擺（v → w通轉）；wiggle擺動；extravagnat過分的；divagate漫遊，離題；vacillate搖擺；gig旋轉物，（乘）雙輪馬車（g → w通轉）；vagabond流浪的，漂泊的；noctivagant夜間徘徊的，夜遊的。

---

vag.a.bond ['vægəbənd, -bɔnd; 'vægə,band] *

義節 vag.a.bond

vag → wagon n.四輪馬車；bond → bound a.被束縛的。

字義 $a.$ 流浪的，漂泊的。

$n.$ 流浪者。

$vi.$ 到處流浪。

記憶 ① [義節解說] 「束縛」在馬車中→以馬車爲家，四處流浪。

② [用熟字記生字] way路。

③ [同族字例] 參看：vag流浪漢。

---

va.ga.ry ['veigəri, 'veigɛri; və'gɛri, ve-, -'gɛri]

義節 vag.ary

vag→wagon n.四輪馬車；-ary形容詞。

字義 $n.$ 異想天開，古怪的行爲，難以預測的變化。

記憶 ① [義節解說] 需乘著四輪馬車→遊蕩→思想上的「遊蕩」→異想天開。類例：wander遊蕩→wonder奇怪；errant周遊的→erratic古怪的，反覆無常的。

② [同族字例] 參看：vag流浪漢。

---

vain [vein; ven] *

字義 $a.$ 徒勞的，空虛的，愛虛榮的，愚蠢的。

記憶 ① [用熟字記生字] vanish消失；avoid避開。

② [同族字例] vanity虛榮；evaneace消失，消散；wean斷奶；faint虛弱的，暗淡的（註：v → f音變通轉）；want缺少，缺乏；wanton揮霍，浪費，放蕩；vain自誇；devoid缺乏。參看：wan暗淡的；wane（月）虧，缺（損），變小；swoon漸漸消失；dwindle變小，衰退（v → w通轉）；bane死亡，毁滅（v → b通轉）。

---

val.e.tu.di.na.ry [,væli'tju:dinəri; ,vælə'tju:dn,nɛrɪ]

義節 val.etud.in.ary

V

val → well *a.*健康的；etud → study *n.*修習；- in → in 進入；- ary形容詞。

字義 *a. / n.* **體弱的（人），多病的（人），努力恢復健康的（人）。**

記憶 ① ［義節解說］需要好好修習健康之道的人。本字的法文對應字爲：valétudinaire；study的法文名詞爲étude；請注意這兩個法文字étude的e都是é，它相當於英文中的ex -或se - , s -。

② ［用熟字記生字］pale蒼白的，淡色的；well好的，無恙的；fall跌落（v → f「通轉」）。

③ ［同族字例］avail有助於；convalesce恢復健康；invalism久病；revalidate使再生效；pall（酒等）走位，失去作用（val → pal；其中：v → f → ph → p通轉：ph → f；h脫落）；poultice敷在傷處緩解疼痛的藥膏；pallor蒼白；appalling使人吃驚的；opal蛋白石。參看：opalescent發乳白光的；palliate減輕，緩和（病，痛等），掩飾（罪過等）；pallid蒼白的，呆板的，無生氣的。

---

val.iant ['væljənt; 'væljənt] *
義節 val.i.ant

val → caval馬；- ant形容詞。

字義 *a.* **勇敢的，英勇的。**

記憶 ① ［義節解說］作者傾向於認爲本字是從cavalier（騎士）縮略而成。「騎士」是「英勇的」。

② ［同族字例］cavalry騎兵；chivalrous勇武的，有騎士氣概的（- chival -是- caval -的變體，c → ch音變通轉）；chivalry騎士團。Bellona女戰神（b → v通轉）；bilious膽汁過多的，肝氣不和的，暴躁的，脾氣壞的；bull公牛；bully欺侮；belligerent好戰的，交戰中的；post-bellum戰後的；ante – bellum戰前的（此二字均特指美國南北戰爭）；duel決鬥。參看：rebel造反；bellicose好戰的，好爭吵的；bile膽汁，暴躁，壞脾氣；gallant勇敢的（v → w → g通轉）。

---

va.lise [və'li:s, væ'l -; və'lis]
義節 val.ise

val帆布→包裹；- ise字尾。

字義 *n.* **旅行袋，士兵的背囊。**

記憶 ① ［義節解說］本字可能來源於拉丁文velum帆布，包裹。

② ［用熟字記生字］envelop信封，籠罩（註：基本含義都是「包」）。

③ ［同族字例］develop發展；bale貨物的大包（val → bal；v → b通轉）；bulk船艙；bulge（桶的）鼓脹部分；belly腹部；swell膨脹（註：其中w → v通轉）；blow吹脹。參看：pail桶。

---

vam.pire ['væmpaiə; 'væmpaɪr]
義節 vam.pire

vam → verm 血紅色→血；pire →pirate *v.*以海盜方式掠奪。

字義 *n.* **吸血鬼。**

記憶 ① ［義節解說］掠人精血。

② ［用熟字記生字］vitamin維他命；pirate海盜。

③ ［形似近義字］參看：viper毒蛇。

④ ［同族字例］- verm -：vermeil朱紅色的；vermilion朱砂，朱紅；vermian蠕蟲的；helminthiasis蠕蟲病，腸蟲病；helminth寄生蟲，蛔蟲；haematin血色素，血紅素；worm蚯蚓（註：蚯蚓是紅色的）；squeamish易嘔吐的，神經質的，易生氣的；vim精力，活力。參看：squirm蠕動；vermin害蟲，寄生蟲，害獸，歹徒。

- pir -：prison監獄；pry橇；prize捕獲；spree狂歡；pirate海盜；osprey魚鷹（註：會「捕」魚）。參看：prey被捕食

的動物；depredate掠奪；predatory補食其他動物的，食肉的，掠奪性的。

vap.id [ˈvæpid; ˈvæpɪd] *

義節 vap.id
vap氣，蒸發；- id形容詞。

字義 *a.* 缺乏的，無滋味的，無生氣的，無趣味的。

記憶 ① ［義節解說］ 汽化→走了味。

② ［用熟字記生字］ vapor蒸氣。

③ ［同根字例］ evaporate使蒸發。

④ ［疊韻近義字］ sapid有味道的，滋味好的。

var.y [ˈvɛəri; ˈvɛrɪ] *

字義 *vt.* 改變，修改，使多樣化。
　　　vi. 變化，不同，違反，變異。

記憶 ① ［用熟字記生字］ various各式各樣的。

② ［同族字例］ variety show雜耍；invariable不變的；divaricate（道路等）分岔；anniversary周年；convert轉換；vortex漩渦。參看：veer改變方向；prevaricate搪塞；environ包圍，圍繞。

③字母v的字形像個分岔，常表示「分岔，變化」。例如：diverge分岔，岔開；vice虎鉗；divide分開。

④ ［易混字］ very非常。

vas.sal [ˈvæsə; ˈvæs!] *

義節 vas.s.al
vas → wait *v.*等候，伺候；- al人。

字義 *n.* 奴僕，附庸，諸侯，陪臣。

記憶 ① ［義節解說］ 等在一旁「待命」的人。宋朝時，中國把一些能工巧匠尊稱為「待詔」→等待召喚。

② ［用熟字記生字］ waiter侍者；watch觀察（記：察言觀色，侍奉主子）。

③ ［同族字例］ valet男僕；varlet侍從；vavasor侍臣；wake醒。參看：vigilant警備著的。

④ ［音似近義字］ page小侍從。

vault [vɔːlt, vɒlt; vɒlt] *

字義 *v. / n.* （撐物）跳躍，撐竿跳。

記憶 ①本字的基本含義是「旋轉」，撐竿跳需要「轉」身。

② ［疊韻近義字］ assault攻擊；somersault翻筋斗（註：字根- sault -跳躍）。

③ ［同族字例］ volt馬術中馬的環形走動；volume卷；revolution革命，大變革；welter翻滾，打滾；whelm淹沒，壓倒，覆蓋；overwheel滾動，轉動；revolve轉動。參看：swelter熱得發昏；revolt反感；revulsion反感；falter猶豫。

vaunt [vɔːnt; vɒnt, vɑnt] *

字義 *v.* 自誇。
　　　n. 自吹自擂的話。

記憶 ① ［義節解說］ 本字的基本含義是blow吹。

② ［用熟字記生字］ vanish消失；avoid避開。

③ ［同族字例］ vanity虛榮；vainglorious自負的，誇大的；evanesce消失，消散；van簸揚器具；ventilation通風；faint虛弱的，昏倒（註：其中v → f音變通轉）；fan扇子；wind風；window窗口；weather天氣；wing翼。參看：vain空虛的；wane衰退；devoid缺乏；nirvana（佛教用語）涅槃，無憂無慮的境界。

④ ［疊韻近義字］ flaunt誇耀，鼓吹。

veer [viə; vɪr] *

字義 *v.* （使）改變方向。
　　　n. 方向的改變。

V

記憶 ① ［用熟字記生字］various各式各樣的；wire金屬絲。

② ［同族字例］variety show雜耍；invariable不變的；divaricate（道路等）分岔；anniversary周年；convert轉換；vortex漩渦。參看：vary改變，變化；prevaricate搪塞；environ包圍，圍繞。

③字母v的字形像個分岔，常表示「分岔，變化」。例如：diverge分岔，岔開；vice虎鉗；divide分開。

④ ［疊韻近義字］steer駕駛，掌舵。

veg.e.tal ['vedʒitl; 'vɛdʒət!] *

義節 veget.al

veget → vig使有生氣的，活潑化；- al字尾。

字義 a. 植物（性）的，動植物共同的。
   n. 植物，蔬菜。

記憶 ① ［義節解說］欣欣向榮。

② ［用熟字記生字］vegetable蔬菜；wake醒來。

③ ［同族字例］watch觀察；vagete有生氣的，繁茂的；reveille起床號。參看：surveillance監視；vigor活力；vassal侍臣；vigil守夜；vigilant警醒的。

ve.he.ment

['vi:imənt, 'vi:əm - , 'viəm - , 'vi:him - , 'vi:həm -; 'viəmənt, 'vihı] *

義節 vehem.ent

vehem → ferm激動，起泡；- ent字尾。

字義 a. 情感激烈的，熱烈的，強烈的。

記憶 ① ［義節解說］f → v；r → h音變通轉。

② ［用熟字記生字］foam泡沫，使起泡，發怒。

③ ［同族字例］barm酵母，發酵的泡沫（註：f → b通轉，也可以與bubble ［沸騰］聯想）。參看：foment煽動；

fulminate爆炸；fume激動；ferment（使）發酵，（使）激動。

④換一個思路：vehe.ment vehe → carry運送；ment精神，心靈。把心中的東西傳出來→感情激烈。［同族字例］inveigh痛罵，猛烈攻擊；convey傳送；vehicle載具工具；way路。參看：impervious不可滲透的；trivial小事；envoy使節。

⑤ ［音似近義字］effervesce冒泡，興奮；fiery激烈的；fervent熱情的，強烈的。

ve.nal ['vi:n!; 'vin!]

義節 ven.al

ven → fane神廟（v → f通轉）→供奉；- al形容詞。

字義 a. 可以利誘的，可以收買的，貪汙的，爲錢而做的。

記憶 ① ［義節解說］向神廟供奉的物品→牧師的俸祿，供養→「乾飼料，糧秣」→利益，好處。

② ［用熟字記生字］provide供給（口糧等）。

③ ［同族字例］venerable莊嚴的，可敬的；venery性慾；venison野味；provisions口糧，存糧；debenture債券（b → v通轉）；debit借方；debt債務；benefice有俸聖職；benefit津貼，好處；benefaction捐助；furnish供應，給予。參看：veneer虛飾；venerate崇拜；revenue收益；parvenu暴發戶；provender（家畜的）乾飼料，糧秣；fend供養（v → f通轉）。

④字母v常表示「貪，愛，強烈願望」的其他字例：avarice貪婪；vora-cious極度渴望的，狼吞虎嚥的；vultrine貪得無厭的；covet覬覦，垂涎，渴望；envy忌妒；devour吞。

V

ve.neer [vəˈniə, viˈn -; vəˈnɪr]

義節 ven.eer

ven → Venus維納斯，愛與美的女神；- eer → - er人或物。

字義 *n.* （牆的）飾面，外表，薄板，虛飾。

記憶 ① ［義節解說］裝飾而求美。

② ［用熟字記生字］varnish光澤面，虛飾；furnish裝備；burnish擦亮（金屬），光澤。

③ ［同族字例］參看下字：venerate崇拜。

---

ven.er.ate

[ˈvenəreit, viˈn -; ˈvɛnə,ret]

義節 vener.ate

vener → honor *n.*尊敬，崇拜；- ate動詞。

字義 *vt.* 尊敬，崇拜。

記憶 ① ［義節解說］vener → fane神廟（v → f通轉）→供奉，崇敬。

② ［用熟字記生字］honorable可敬的，值得尊敬的→venerable可敬的，值得尊敬的。

③ ［同族字例］honest誠實的，可敬的；venery性慾；venison野味；Venus維納斯，愛與美的女神；venerable莊嚴的，可敬的；provisions口糧，存糧；debenture債券（b → v通轉）；debit借方；debt債務；benefice有俸聖職；benefit津貼，好處；benefaction捐助；furnish供應，給予；fanatical狂熱的；phantom幽靈（ph → f通轉）；prebend牧師的薪俸（bend → fane）。參看：veneer虛飾；venal可以賄賂；revenue收益；parvenu暴發戶；provender（家畜的）乾飼料，糧秣；fend供養（v → f通轉）。profane瀆神的，世俗的，外行的，褻瀆。

---

④ ［形似近義字］參看：revere敬畏。

venge.ance

[ˈvendʒəns;ˈvɛndʒəns] *

義節 venge.ance

venge → fend攻擊；- ance名詞。

字義 *n.* 報仇，報復。

記憶 ① ［義節解說］本字能來源於vendetta世仇，宿怨。該字中的字根vend則是fend的音變（f → v通轉）。

② ［用熟字記生字］offend開罪。

③ ［同族字例］vindictive報復的，懲罰的，起辯護作用的；defend防護，辯護；vengeful有報仇心理的；avenge報復；revenge報復。參看：feud世仇；foe敵人。

---

ve.ni.al [ˈviːniəl, - njəl; ˈviniəl, - njəl]

義節 veni.al

veni → fane神廟（v → f通轉）→供奉→beni- 好，恩惠；- al形容詞。

字義 *a.* 可原諒的，可寬恕的，（錯誤）輕微的。

記憶 ① ［義節解說］向神廟供奉的物品→牧師的俸祿，供養→「乾飼料，糧秣」→利益，好處。而本字的直接來源是拉丁文的venia好感，恩惠，赦免，允許。所以知道它同源於字根beni -好，恩惠，b → v通轉。

② ［用熟字記生字］provide供給（口糧等）。

③ ［同族字例］venerable莊嚴的，可敬的；venery性慾；venison野味；provisions口糧，存糧；debenture債券（b → v通轉）；debit借方；debt債務；benefice有俸聖職；benefit津貼，好處；benefaction捐助；furnish供應，給予；bon好的；benefactor恩人；beneficiary

受益人；benevolent仁慈的。參看：
veneer虛飾；venerate崇拜；revenue收
益；parvenu暴發戶；provender（家畜
的）乾飼料，糧秣；fend供養（v → f通
轉）；venal可以利誘的，為錢而做的；
bounty恩惠；boon恩惠；benediction祝
福；benign慈和的。

④［形似近義字］wheen少量的。

ven.om ['venəm; 'vɛ nəm] *

義節 ven.om
ven毒；-om名詞。

字義 *n.* 毒液，毒物，惡毒。
  vt. 放毒。

記憶 ①字根- ven -是- ban -（毒）的變
體，v → b通轉。參看：bane毒物。古英
文該字意為「殺人者」。
②［用熟字記生字］vanish消失。
③［同族字例］wean斷奶（w → v → b
通轉）；faint暗淡的；want缺少，缺
乏；wanton揮霍，浪費，放蕩。參看：
bonfire大篝火（古時候用骨頭燒起篝
火。參考法文：bucher篝火，燒死異教
徒的火刑臺）；bane禍根，毒物，死
亡，毀滅；vain空虛的；dwindle變小，
衰退；wan暗淡的；wane（月）虧，缺
（損），變小，衰落；swoon漸漸消失。

ve.rac.i.ty

[və'ræsiti, vi'r -, veir -; və'ræsəti]

義節 ver.acity
ver真正，確實；- acity名詞。

字義 *n.* 講實話，誠實，真實，準確。

記憶 ①［用熟字記生字］swear發誓（s - →
se - → out；wear → ver；w → v通轉→
講出真話）；answer回答（ant - → anti -
反）。
②［同族字例］verity真實性；verify證明，
證實；veracious誠實的；verdict斷言。

參看：aver斷言。

ver.ba.tim [və'beitim; vɚ'betɪm]

義節 verb.atim
verb字，詞；- atim字尾。

字義 *a.* 逐字的，照字面的。

記憶 ①［用熟字記生字］word字，詞；verb
動詞；adverb副詞。
②［同根字例］verbal詞語的，逐字的；
verbose累贅的。參看：proverb格言。
③［同族字例］fabulous神話的（fab →
verb；f → b通轉）；confabulate讀物；
babe嬰兒（bab → verb；b → v通轉）；
bambino嬰孩；bobby笨蛋，婦女的乳；
burble滔滔不絕地講話。參看：bauble小
玩物；fable寓言；effable能被說出的，
可表達的；proverb格言；affable溫和
的；ineffable不能用言語表達的；babble
咿呀學語，嘮叨。
④字母f和讀音f音的ph表示「話語」的其
他字例；preface序言；confession懺悔；
professor教授。參看：prefatory序言
的；fate命運；prophecy預言。

ver.dant ['və:bənt; 'vɝdnt] *

義節 verd.ant
verd綠色；- ant形容詞。

字義 *a.* 嫩綠的，生疏的，不老練的，無經
驗的。

記憶 ［同族字例］vireo產於美洲的一種捕
蟲鳴鳥；viresvent開始現綠色；virid青
綠色；verdigris銅綠；verdure青翠，清
新，精力旺盛。參看：vernal春天（似）
的，清新的，青春的。

ver.min ['və:min; 'vɝmɪn]

義節 verm.in
verm蠕動，蠕蟲；- in字尾。

字義 *n.* **害蟲，寄生蟲，害獸，歹徒。**

記憶 ① ［用熟字記生字］ worm蚯蚓（註：蚯蚓是紅色的）。

② ［同族字例］ whelm淹沒；overwhelm淹沒，壓倒；swallow淹沒；swin旋轉，眩暈；squeamish易嘔吐的，神經質的，易生氣的；vermian蠕蟲的；helminthiasis蠕蟲病，腸蟲病；helminth寄生蟲，蛔蟲；haematin血色素，血紅素（註：蚯蚓是紅色的）。參看：qualm眩暈，不安；swill沖洗；swamp沼澤，淹沒；vomit嘔吐；squirm蠕動。

---

ver.nal ['vəːn!; 'vɜn!] *

義節 vern.al

vern開始，早；- al形容詞。

字義 *a.* **春天（似）的，清新的，青春的。**

記憶 ① ［用熟字記生字］ warm暖和的。記：春暖花開。

② ［同族字例］ era時代；early早的；east東方的；journal日記；jounalist新聞記者；pan檳榔葉。參看：diurnal白天的；nocturnal夜的；sojourn逗留；fern蕨類植物。

---

ver.ti.go

['vəːtigou; vəː' taig -, vəː' tiːg -; 'vɜtɪˌgo] *

義節 vert.igo

vert旋轉；- igo字尾。

字義 *n.* **眩暈，頭暈，暈頭轉向。**

記憶 ① ［義節解說］ 因旋轉而頭暈。

② ［用熟字記生字］ vertical垂直的。

③ ［同族字例］ vertical垂直的；vert改邪歸正的人；avert轉移（目光）；divert轉移；evert推翻；revert恢復；vertiginate令人眩暈的；vertex頂點。參看：diverse多種多樣的；adversity逆境；convert改變信仰，轉變，轉換；animadvert責備，譴責。

---

ves.per ['vespə; 'vɛspə]

義節 vesp.er

vesp西方；- er字尾。

字義 *n.* **晚禱（曲），晚課。**
　　　　a. **夜晚的，晚禱的。**

記憶 ① ［義節解說］ 本字從Hesperus長庚（金星的別名），象徵西方。轉義為「日落，沒落，夜晚」。

② ［用熟字記生字］ west西方。

③ ［同族字例］ Hesperian西方的。參看：vestige殘餘；investigate調查。

---

ves.tige ['vestidʒ; 'vɛstɪdʒ] *

義節 vest.ige

vest足，腳步；- ige字尾。

字義 *n.* **痕跡，遺跡，殘餘，退化。**

記憶 ① ［義節解說］ 查法文vestige足跡。又：piste足跡；dépister追蹤獸跡。所以vest是pist的音變變體。v → p通轉。pist是pus（足）的變體。

② ［用熟字記生字］ pace步子。

③ ［同族字例］ octopus章魚（八爪魚，oct八）；pass經過，通過；path路；passage通道。參看：investigate調查；infest侵擾，（害蟲，盜賊等）大批出沒。

---

vex [veks; vɛks] *

字義 *vt.* **使煩惱，使惱火，【詩】使洶湧，使激盪。**

記憶 ① 本字來源於拉丁文vexo搖擺，抖動，折磨，使煩惱。轉義為「波濤洶湧」，再引申為「心潮激盪」。

② ［用熟字記生字］ wagon車。

③ ［同族字例］ irk使煩惱，使惱火（註：這是vex的音變變體）；convex凸面的；vexatious麻煩的，不安的，使人惱火的。參看：irksome使人厭煩的，惹惱

的；vicar代理教主，代理人；vicissitude變化；vag流浪漢；vagabond流浪的；vagary奇想；wag搖擺；wiggle擺動；extravagnat過分的；vacillate搖擺，振盪，波動，猶豫；oscillate動搖，擺動。

④字母x表示「困惑，困擾」的其他字例：exotic異國風味的；fix困境；hex巫婆，術士；intoxicated陶醉的；mix一團糟，使混亂；nix水中精靈；paradox似是而非；perplex困惑，使糾纏不清；pixilated精神有點失常的，怪僻的；pixy妖精，小鬼。

---

vic.ar ['vɪkə; 'vɪkə]

義節 vic.ar

vic轉，轉變，轉換；- ar人。

字義 *n.* **教區牧師，代理主教，代理人，代表者。**

記憶 ① ［義節解說］轉換一個人→代理，教區牧師是教會在該地區的「代理」人。

② ［用熟字記生字］vice副的，代理的。

③ ［同族字例］- wise（字尾）方向，位置，狀況；clockwise順時鐘方向；otherwise否則；wicker柳條。參看：vicissitude變化；vacillate搖擺，振盪，波動。

---

vi.cis.si.tude

[vɪ'sɪsɪtjuːd, vaɪ's -,; və'sɪsə,tjud]

義節 vicissi.tude

vicissi → vic轉，轉變，轉換；- tude名詞。

字義 *n.* **變化，變遷，盛衰，興致。**

記憶 ［同族字例］參看上字：vicar代理人。

---

vict.ual ['vɪtl; 'vɪt!]

義節 vict.u.al

vict生命，生活；- al字尾。

字義 *n.* **食物，糧食。**

     vt. **給…供應儲備食物。**

記憶 ① ［義節解說］本字來源於拉丁文victus食物，糧食，生活，營生，字根-vict -來源於- viv -生，活。食品是生存的基本需求。

② ［用熟字記生字］vitamin維他命。

③ ［同族字例］vital維護生命所需的，致命的；fatal命運的，致命的；vaind食物；victim犧牲品（註：獻給神的「食品」）。

---

vig.il ['vɪdʒɪl; 'vɪdʒəl] *

義節 vig.il

vig警覺，首頁，觀察；- il反覆動作。

字義 *n.* **守夜，警戒，監視。**

記憶 ① ［義節解說］保持警醒。本字來源於拉丁文vigil不眠的，勁頭十足的，警醒的，守夜的。與字根- veget -同源。

② ［用熟字記生字］wake醒的；big大的。

③ ［同族字例］watch注視；vigilant警醒的；vigor活力；invigorate使精力充沛；reveille起床號；vegetable蔬菜；vegete有生氣的，繁茂的。參看：surveillance監視，看守；vassal侍臣；vegetal食物，蔬菜；vigor活力。

---

vile [vaɪl; vaɪl] *

字義 *a.* **卑鄙的，邪惡的，討厭的，壞透的，無價值的。**

記憶 ①本字原意是「鄉野的」，轉義爲「粗魯，卑鄙，邪惡」。

② ［用熟字記生字］evil邪惡的；devil魔鬼；village鄉村。

③ ［疊韻近義字］beguile詐欺；wile詭計，奸計，詐欺。參看：guile狡詐；revile辱罵，誹謗；defile汙損，敗壞。

④ ［同族字例］vilify誹謗；vicious惡毒的；villain粗魯的鄉下人，惡棍；wild野

的；villa別墅；vulgar粗俗的；field田野（註：f → v → w音變通轉）；fell殘忍的；fault罪過；Belial《舊約聖經》邪惡。參看：felon重罪犯，邪惡的人（fel→vil）。

---

vin.di.cate ['vindikeit; vɪndə,ket] *

義節 vind.ic.ate

vind → fend攻擊；- ic字尾；- ate動詞。

字義 vt. 維護，爲…辯護，證明…正確。

記憶 ① ［義節解說］主動出擊，是最好的防護手段。

② ［用熟字記生字］defend維護，辯護。

③ ［同族字例］convince說服，使確信；invincible不可戰勝的；win贏得；vindictive報復的，懲罰的，起辯護作用的；defend防護，辯護；vengeful有報仇心理的；avenge報復；revenge報復。參看：feud世仇；foe敵人；vengeance報復；fend擋開（vind → fend；v → f通轉）；evince表明。

---

vi.o.late

['vai - əleit, 'vaioul -; 'vaɪə,let] *

義節 viol.ate

voil → foul v.玷汙，慣犯（規則等）；- ate動詞。

字義 vt. 玷汙，慣犯（規則等），侵犯。

記憶 ① ［義節解說］voil 是 foul的變體，因爲f → v音變通轉。

② ［同族字例］vilify誹謗；wild野的；fell殘忍的；fault罪過；Belial《舊約聖經》邪惡。參看：foul骯髒的，犯規；defile玷汙，敗壞；vile卑鄙的；felon重罪犯，邪惡的人；inviolability無法傷害；guile狡詐；revile辱罵，誹謗。

---

vi.per ['vaipə; vaɪpə] *

義節 vi.per

vi → vir毒；per → carry v.攜帶，運送。

字義 n. 毒蛇，奸詐者。

記憶 ① ［義節解說］攜帶並輸送毒液者。

② ［用熟字記生字］virus病毒。

③ ［音似近義字］file奸詐者；wile奸計。參看：vampire吸血鬼。

④ ［同族字例］- vir -：viruliferous傳播病毒的；virosis病毒的。參看：virose有毒性的。- per -：parents父母。參看：parturition分娩；repertoire演會目錄。

---

vi.ra.go

[vi'rɑːgou, -'reig -; və'rego, vaɪ'rego]

義節 vir.ago

vir雄性，陽剛；- ago陰性字尾。

字義 n. 潑婦，悍婦。

記憶 ① ［義節解說］雄糾糾的女性。

② ［用熟字記生字］sir先生；fire火（註：陰柔如水，陽剛如火）。

③ ［同根字例］virile男人的，雄壯的；virility男子氣概；world世界；decemvir十人掌權的機構（decem十）；triumvirate三頭政治，三位一體；duumvirate兩頭政治；virtuoso大師，名家（原意是有大德大才的男人）；virtue善德，優點；virtu藝術品愛好。

---

vi.rose

['vaiərous, vaiə'rous; 'vaɪros, vaɪ'ros]

義節 vir.ose

vir毒；- ose字尾。

字義 a. 有毒性的，有病毒的。

記憶 ① ［義節解說］原意是「楠樹的汁液」，引申爲「毒藥」。

② ［用熟字記生字］virus病毒。

③ ［同族字例］viruliferous傳播病毒的；

virosis病毒的。參看：vitiate汙染。

vis.age ['vizidʒ; 'vɪzɪdʒ]

義節 vis.age
vis看；- age名詞。
字義 *n.* **面容，外表。**
記憶 ① ［義節解說］人家所「看」見的。
② ［用熟字記生字］face面孔（fac – vis音轉；f → v；c → s）。
③ ［同族字例］televicion電視（tele - 遠）；visit參觀；visa簽證；invisible不可見的；facade（建築物）正面，（事物）外表；surface表面；superficial表面的；phase相，階段；efface擦掉，抹去；deface損傷外觀，使失面子。參看：improvident浪費的；facet小平面，（事物之）一個方面。

vis.cose ['viskous; 'vɪskos]

義節 visc.ose
visc膠黏的；- ose字尾。
字義 *a.* **黏緻的，黏性的，（含）黏膠的。**
記憶 ① ［用熟字記生字］wax臘。
② ［同族字例］viscous黏滯的，黏性的；viscid黏質的。參看：virose有毒性的。

vi.ti.ate ['viʃieit; 'vɪʃɪ,et]

義節 vit.i.ate
vit變壞，墮落；- ate動詞。
字義 *vt.* **使腐壞，汙染，使墮落，敗壞，使無效。**
記憶 ① ［義節解說］本字來源於拉丁文vitio使受損害，玷汙，侮辱。
② ［用熟字記生字］bite咬→蝕（bit → vit；b → v通轉）。
③ ［同根字例］vitiligo白斑症；vitriolic硫酸的，尖刻的。參看：vituperate辱罵。
④ ［同族字例］vice邪惡；vicious惡毒的；

wicked邪惡的，惡劣的；witch女巫。參看：foul腐壞；vile邪惡的；defile使腐敗（註：f → v；w → v音變通轉）。

vit.re.ous ['vitriəs; 'vɪtrɪəs]

義節 vitr.e.ous
vitr玻璃；- ous 充滿…的。
字義 *a.* **玻璃（狀）的，玻璃體的，透明的。**
記憶 ① ［義節解說］- vitr -表示「玻璃」。可能是從字根- vid -（看見）變來，其中d → t音變通轉。
② ［用熟字記生字］evident明顯的。
③ ［同族字例］vitriolic硫酸的，尖刻的；vitrain（礦物）閃光；vitric玻璃的；vitrics玻璃製品。

vi.tu.per.ate

[vi'tju:pəreit, vai't -; vaɪ'tupə,ret, vɪ -, -'tju -]

義節 vit.u.per.ate
vit → bite *v.*咬→尖刻的；per → carry *v.*攜帶，輸送；- ate動詞。
字義 *vt.* **謾罵，咒罵，辱罵。**
記憶 ① ［義節解說］本字來源於拉丁文vitio使受損害，玷汙，侮辱。基本含義是bite咬（bit → vit；b → v通轉）。用尖刻的語言傳送出去。
② ［用熟字記生字］witch女巫。
③ ［同族字例］- vit -；bait餌；bitter苦的；bit一口的量，一點點；bet打賭；abetment教唆。參看：vitiate敗壞；batten貪吃；baste狠揍，痛罵。- per-：parents父母；parturition分娩；repertoire演會目錄；viper毒蛇。

viv.id ['vivid; 'vɪvɪd] *

義節 viv.id
viv生命，活力；- id形容詞。

字義 *a.* 鮮豔的，強烈的，活潑的，生動的，逼眞的，清晰的。

記憶 ① ［用熟字記生字］live生活；alive活生生的。

② ［同族字例］vivacious活潑的，愉快的；survive倖存。參看：convivial快樂的；quivive（口令）誰在走動（qui → who誰）

vo.cal [ˈvoukə; ˈvok!] *

義節 voc.al

voc聲音；- al形容詞。

字義 *a.* 有聲的，歌唱的，口述的，暢所欲言的。

　　　n. 母音，聲樂作品。

記憶 ① ［義節解說］字根- voc -表示「聲音，發聲」，來源於fauces咽門→「發聲的器官」，voc → fauc：其中v → f通轉。

② ［用熟字記生字］voice聲音。

③ ［同根字例］vociferous嘈雜的；vocabulary字彙；vocation使命，天賦，天職。參看：advocate提倡；avocation副業；equivocal模稜兩可的，歧義的，曖昧的。

④ ［同族字例］fauces咽門；vouch擔保。參看：avow聲明；provoke煽動；revoke召回。

vogue [voug; vog] *

字義 *n.* 時尚，流行，時髦。

　　　a. 流行的。

記憶 ① ［義節解說］本字來源於wagon四輪馬車→到處流浪→流行。

② ［用熟字記生字］folk song民歌→「流行」歌（f → v通轉）。

③ ［同族字例］參看：vagabond流浪的；vagary奇想；vex使煩惱；vag流浪漢，遊民；wag搖擺；wiggle擺動；extravagnat過分的；vacillate搖擺。

vol.a.tile [ˈvɔlətail; ˈvalət!, - tɪl] *

義節 vol.at.ile

vol旋轉→飛；- ile易於…的。

字義 *a.* 能飛的，易發揮的，輕快的，易變的。

記憶 ① ［用熟字記生字］fly飛（vol → vl → fl；v → f通轉）。

② ［同根字例］volume卷；volute渦漩形；volant飛行的；volplane滑翔。參看：voluble易旋轉的。

③ ［同族字例］velocity速度；aviation航空；avian鳥的；aviate飛行。

vol.u.ble [ˈvɔljubl; ˈvaljəb!]

義節 vol.u.ble

vol → bol講話；- ble →- ible能夠。

字義 *a.* 健談的，多話的，流暢的。

記憶 ［同族字例］boloney胡扯（vol → bol；v → b通轉）；baloney廢話，瞎扯；ballad民謠；blat咩咩叫聲，瞎說；blare喇叭嘟嘟聲，高聲；blast發出尖響的聲音；blather胡說的人；blazon宣揚，誇示；bleat哀聲哭訴，講蠢話；blether胡說；blithering囉嗦的，胡說八道的；blurt脫口說漏話的；bluster空洞的大話，大聲威嚇；bell鐘，交尾期的雄鹿鳴叫；bellow咆哮；belch打嗝；bawl高聲喊叫；belfry鐘樓；bleat嘀咕。

vo.lup.tu.a.ry

[vəˈlʌptjuəri; vəˈlʌptʃʊ,ɛrɪ]

義節 volupt.u.ary

volupt強烈的願望；- ary字尾。

字義 *a. / n.* 驕奢淫逸的（人），貪圖酒色的（人）。

記憶 ① ［義節解說］有強烈的慾望。本字來源於拉丁文Voluptas享樂女神。基本含義

是will願望，意志。字根- volupt -的基本形式是- vol -。

② ［用熟字記生字］ will願望，意志。

③ ［同族字例］ volition意志；voluntary自願的。參看：benevolent慈善的，malevolent惡意的。

vom.it ['vɔmit; 'vɑmlt] *

義節 vom.it

vom蠕動，不安；- it字尾。

字義 v. / n. 嘔吐，湧出，噴出。

　　n. 催吐劑。

記憶 ① ［義節解說］ 因「蠕動，不安」而「嘔吐，湧出，噴出」。

② ［用熟字記生字］ worm蚯蚓（註：蚯蚓是紅色的）。

③ ［同族字例］ whelm淹沒；overwhelm淹沒，壓倒；swallow淹沒；swin旋轉，眩暈；squeamish易嘔吐的，神經質的，易生氣的。參看：qualm眩暈，不安；swill沖洗；swamp沼澤，淹沒；vermin害蟲；squirm蠕動，不安；（胃）wamble翻騰；emetic推吐劑。

vo.rac.i.ty

[vɔ'ræsiti, və'r -, vɔ:'r, vu'r -; və' ræsəti]

義節 vor.acity

vor吞嚥；- acity名詞。

字義 n. 暴食，貪婪。

記憶 ① ［義節解說］ 字根- vor -應是字根- gorg -（喉嚨）的變體，其中v → w → g音變通轉。

② ［用熟字記生字］ swallow吞嚥。

③ ［同族字例］ avarice貪婪；voracious極度渴望的，狼吞虎嚥的；gorge暴食；gormandis暴食；ingurgitate狼吞虎嚥；regurgitate反胃，回湧。參看：devour狼吞虎嚥；objurgate怒斥，譴責。

④字母v常表示「貪，愛，強烈願望」的

其他字例：venal貪汙的；vultrine貪得無厭的；covet覬覦，垂涎，渴望；envy忌妒。

vow [vau; vaʊ] *

字義 n. / vi. 發誓，許願。

　　n. 誓約，誓言。

　　vt. 立誓。

記憶 ①本字來源於拉丁文voveo（向神）許願，宣誓。變化形式爲：vovi；votum。所以，字根- vot -與之同源。

② ［用熟字記生字］ vote投票選舉；voice聲音。

③ ［同族字例］ votary崇拜者，愛好者；devote奉獻；vouch擔保。參看：devout虔誠的；avow聲音；vocal有聲的。

vul.gar ['vʌlgə; 'vʌlgə] *

義節 vulg.ar

vulg野，粗野；- ar形容詞。

字義 a. 粗俗的，庸俗的，普通的，本土的，世俗的。

記憶 ① ［義節解說］ 本字來源於拉丁文vulgus平民，大量。字根- vulg -是- vil -的變體。參看：vile卑鄙的。

②有趣的是，字根- vulg -有一個疊韻近義字根字根- mulg -，我們來比較一下promulge（頒布）和divlge（洩漏）；pro –向前；di -分散，兩個字的含義，都是「讓一般人知道」。

③ ［同根字例］ vulgarize使庸俗；vulgus平民。

④ ［同族字例］ vilify誹謗；vicious惡毒的；villain粗魯的鄉下人，惡棍；wild野的；villa別墅；field田野（註：f → v → w音變通轉）；fell殘忍的；fault罪過。參看：felon種罪犯，邪惡的人（feil → vil）。

V

vul.ner.a.ble

['vʌlnərəbl; 'vʌlnərəb!] *

義節 vulner.able

vulner傷害；- able能夠。

字義 *a.* 容易受傷的，脆弱的，易受攻擊的。

記憶 ① ［義節解說］本字來源於拉丁文 vulnus損害，殘害，傷，裂。

② ［用熟字記生字］wounded受傷的（v → w通轉）。

③ ［同族字例］Valhalla（北歐神話中）接待戰死英靈的殿堂（halla → hall殿，廳）；volley（槍砲，弓箭等的）群射，排球；vulnerary治傷的；wen皮脂囊腫，粉瘤；pall（酒等）走味，失去作用（val → pal；其中：v → f → ph →p通轉；ph → f；h脫落）；poultice敷在傷口處緩解疼痛的藥；pallor蒼白；appalling 使人吃驚的；opal蛋白石。參看：invul-nerable無懈可擊的；bellicose好戰的；valetudinary體弱的（人），多病的（人）。

V

809

蕭瑟秋風，洪波湧起。

　　W 的字形，給人第一印象是彎彎曲曲的，於是有「彎，扭，搖，波」以及「隆起，凸出」等意義。它也是「水」的形相。其次，它有很多線條，於是有「條狀物」一意。再者，它看起來像是兩個 V 字母「聯結」而成。

　　從另一個角度看，它也給人一種「包圍」的印象，引申而得「保護，警戒」。

　　W 的讀音似「哭泣」聲，也似風的颼颼聲。

　　「通轉」：字母組合 gu，由於語言的歷史地理變遷，導致 g 的脫落，又改用 w 代替 u。產生了一些以 w 起首的對等字，與 gu 起首的字基本同義，共存於英文中。掌握了這一規律，自然可以使我們收「一箭雙鵰」之效。這樣的字在詞條裡都有說明。

　　字母 w 的讀音與 v 相似，在同族字中，常用有 v 拼寫的。了解此特點，有利於我們融會貫通，把 v 項有關的單字聯繫起來一起記住。

W 字母單字延伸字義

- 哭，發聲，擬聲
- 財富，福利，好
- 包圍，保護，警戒
- 小，變虧，變小，欠缺
- 聯結
- 水
- 怪異
- 彎，扭，搖，波
- 戰爭
- 條狀物
- 變大，隆起，凸出的
- 白
- 嬉鬧
- 煩惱，暴怒，刺激
- 女
- 廣，野
- 心，智，心志
- （腳的）移動，滾動
- 漂，飄，吹，揮
- 重量，重擊，傷害
- 空洞，無聊

wade [weid ; wed]

字義 *v. / n.* 涉(河)，(跋)涉。

　　vi. 費力地通過。

記憶 ①本字是字根-vad-（走，前進）的變體，v→w通轉。

② ［用熟字記生字］way路。

③ ［同族字例］vadose滲流；invade侵入；evasive推諉的；waddle搖搖擺擺地走。參看：evade逃避；pervade瀰漫；exude滲出；ford津，涉水。

wag.gish [ˈwægiʃ; ˈwægɪʃ]

義節 wag.g.ish

wag *v.*搖擺，*n* 小丑；-ish形容詞。

字義 *a.* 滑稽的，幽默的，惡作劇的。

記憶 ①［義節解說］搖頭擺尾，滑稽之狀可掬。

② ［同族字例］參看：wag搖擺；wiggle擺動；vagabond流浪的；vagary奇想；vex使煩惱；vogue時尚；extravagant過分的；vacillate搖擺。參看：vag遊民，gig旋轉物，（乘）雙輪馬車（w→g通轉）。

waive [weiv; wev] *

字義 *vt.* 放棄，不堅持（權利等），揮手打發走。

記憶 ①［用熟字記生字］wave揮動→揮手打發走→放棄；give（up）給（放棄）（g→w通轉）。

② ［同族字例］waif棄兒，漂流物；waft漂送；wipe擦掉；waver搖晃；whiffle（風）一陣陣吹來，飄忽不定地移動；swift快的；gavel中世紀的貢品或地租；gift禮物；forgive饒恕。參看：whiff吹（起），噴（煙）。

wal.lop [ˈwɔləp; waləp] *

義節 wal.lop

wal滾動，轉動；-lop→leap *v.*跳躍。

字義 *vi.* 亂竄猛衝，打滾，顛簸。

記憶 ① ［用熟字記生字］ball球→滾動；wheel輪子。

② ［同族字例］welter翻滾，顛簸；ballistic彈道的；wallow打滾，顛簸；whorl葉輪，旋輪。參看：swelter熱得發昏；voluble易旋轉的；helical螺旋的。

③ ［疊韻近義字］gallop（馬）飛奔（g→w通轉）。

wan [wɔn; wan] *

字義 *a.* 蒼白的，病態的，有愁容的，暗淡的。

記憶 ①本字是字根-van-（空）的變體，v→w通轉。空→逐漸消失→血色消失變蒼白，變暗淡。

②［用熟字記生字］faint暗淡的。

③［同族字例］參看下字：wane變暗淡。

wane [wein; wen] *

字義 *vi. n.* (月)虧，缺(損)，衰退(期)。

　　vi. 變暗淡，變小。

記憶 ①本字是字根-van-（空）的變體，v→w通轉。空→逐漸消失→血色消失變蒼白，變暗淡。

②［用熟字記生字］vanish消失。

③ ［疊韻近義字］參看：bane死亡，毀滅。

④ ［同族字例］wean斷奶；faint暗淡的；want缺少，缺乏；wanton揮霍，浪費，放蕩。參看：wan暗淡的；dwindle衰退，變小；swoon漸漸消失；vain空虛的（v→w通轉）；bane死亡，毀滅（v→b通轉）。

⑤w表示「變小，變虧」的其他字例：waste損耗；weak弱的；wear耗損；wilt

使枯萎；wither枯萎，凋謝；wizen枯
萎，凋謝；dwarf使變矮小，妨礙（發育
等）。

wan.ton ['wɔntən; 'wɑntən] *

義節 want.on

want→went走（go的過去式）；-on字
尾。

字義 *vi./a.* **任性（的），放肆（的）。**
　　a. **繁茂的。**
　　vt. **揮霍。**

記憶 ① ［義節解說］到處走→放肆，繁茂。
英文中常把「走路」引申爲「揮霍」。參
看：extravagant浪費的 (-vag-走路)。
② ［用熟字記生字］went走。
③ ［同族字例］wind彎曲前進；wander
漫遊；wend行走；wonderful奇妙的；
wand魔杖。參看：wade跋涉。

warp [wɔ:p; wɔrp] *

字義 *v./n.* **（弄）彎曲。**
　　vt./n. **（使）有偏見。**
　　vt. **歪曲。**

記憶 ① 本字的基本含義是「彎折，轉
向」。
② ［用熟字記生字］towards朝…方向；
curve曲線。
③ ［同族字例］wire金屬絲；warble
（鳥）鳴囀；wrap包，裹，纏；wrong
錯；carpal腕的 (w→g→k→c通轉)；
garble竄改，歪曲 (g→w通轉)。參看：
swerve彎曲；environ包圍，圍繞；wrest
扭，擰。

war.ran.ty

['wɔrənti; 'wɔrəntɪ, 'war-] *

義節 war.r.ant.y

war保衛，保護，警戒；-ant字尾；-y名

詞。

字義 *n.* **保證，擔保，根據，批准。**

記憶 ① ［用熟字記生字］guard衛兵（g→w
通轉，參考：ward保護，看護）。
② ［疊韻近義字］guaranty保證，擔保。
③ ［同族字例］garden花園，庭院；
garrison駐軍；warden看守人；warn警
告；aware意識到的。參看：wary機警小
心。

war.y ['wɛəri; 'wɛrɪ, 'wɛrɪ, wærɪ] *

義節 war.y

war保衛，保護，警戒；-y形容詞。

字義 *a.* **機警小心的，謹慎的。**

記憶 ① ［用熟字記生字］warn警告；care小
心。
② ［同族字例］garden花園，庭院；
garrison駐軍；warden看守人；warn警
告；aware意識到的。參看：warranty保
證，擔保，根據，批准。

weal [wi:l; wil]

字義 *n.* **福利，幸福，好運氣。**

記憶 ① ［用熟字記生字］will好的。
② ［疊韻近義字］heal痊癒。
③ ［同族字例］will願意；welfare福利；
wealth財富；felicitate慶幸，慶祝 (-feli-
→weal幸福；f→w通轉)；infelicity不
幸。參看：voluptuary驕奢的；felicity幸
福，運氣；gala慶祝。

whack ['wæk,hw-; 'hwæk]

字義 *v./n.* **重擊。**
　　vt. **砍，劈。**

記憶 ① ［疊韻近義字］thwack重擊；attack
攻擊。參看：hack砍，劈。
② ［同族字例］wedge劈開，切入；axe斧
頭。

whee.dle ['wiːdl, 'hw-; 'hwidl] *

義節 wheed.le

wheed→wade *v*.淌（河），費力地通過。-le反覆動作。

字義 *v.* 哄，騙。

記憶 ① [義節解說] 費力地涉水而過→設法哄騙。

② [形似近義字] 參看：swindle哄，騙，其中字根-wind-（走路）與wade（字根-vad-走路）同義。用法也相同：swinde / wheedle one's way into favor 騙取歡心。

③ [同族字例] weed水草；weedy雜草叢生；waddle搖搖擺擺地走；wind風；vadose滲流；invade侵入；evasive推諉的。參看：wade（跋）涉；evade逃避；pervade瀰漫；exude滲出；ford津，涉水。

wher.ry ['weri, 'hw-; 'hwɛri]

義節 wher.r.y

wher→fer 攜帶，運送（w→f通轉）；-y名詞。

字義 *n.* 載客舢舨，駁船。

記憶 ① [用熟字記生字] transfer轉移，傳送，傳遞。

② [疊韻近義字] 參看：ferry渡船。

③ [同根字例] confer商量；differ相異；offer提供，奉獻；prefer更喜歡，寧取。

④ [同族字例] fare車船費；fare-well告別；freight貨運；wayfaring徒步旅行的；seafaring航海的；far遠的；further進一步；confer商量；differ相異；offer提供，奉獻；prefer更喜歡，寧取。參看：ferry渡船；aphorism格言；metaphor隱喻。

whet ['wet,hw-; hwɛt]

字義 *vt. / n.* 磨（快），刺激（物）。

    vt. 促進。

    n. 開胃物。

記憶 ① 本字可能來源於gad帶刺的棍棒，其中g→w，d→t通轉。

② [用熟字記生字] wet濕的。磨刀總是先把磨石弄濕。

③ [同族字例] weather侵蝕。參看：gad追求刺激；gadfly牛虻；goad刺激；wuther使消亡。

whiff [wif, hw-; hwɪf]

字義 *v.* 吹（起），噴（煙）。

    n. 一吸，一吹，一陣氣味。

記憶 ① [形似近義字] puff噴（煙）。字母f表示風的「呼呼」聲。詳見F章。

② [疊韻近義字] 參看：miff發脾氣。

③ [同族字例] waif棄兒，漂流物；waft漂送；wipe擦掉；waver搖晃；whiffle（風）一陣陣地吹，飄忽不定地移動；wave揮動；swift快的。參看：waive放棄，不堅持（權利等），揮手打發走。

④ 字母組合ff表示「吹風，生氣」。參看：huff吹氣，發怒；bluff嚇唬；luff貼風行駛；puff吹氣，噴煙；snuff撲滅，消滅。

whim [wim, hw-; hwɪm] *

字義 *n.* 狂想，怪想，幻想，突然的念頭。

記憶 ① 本字的基本含義是「呈現」→神怪的「呈現」，引起腦中怪念頭的「呈現」。

② [用熟字記生字] fancy怪想（w→f；m→n音變通轉）。

③ [疊韻近義字] vim活力。又：本字的派生字whimsical古怪的，與quizzical（古怪的）近韻近義。

W

④［同族字例］fame名聲（註：基本含義；「呈現」）；banner旗幟；phantastic幻想；phantom鬼怪；fantastic異想天開的；fantasy怪念頭。

whit [wit, hw-; hwɪt]

字義 *n.* **一點點，絲毫。**

記憶 ① ［疊韻近義字］bit一點點。

② ［同族字例］wight生物，東西；wee極小的，很少的；ween少量的；wean斷奶。

③ ［易混字］wit機智。

④字母組合-it常表示「一點點」，其他字例：little一點點；pit桃核。參看：mite極小的東西。

whole.some

['houlsəm; ' holsəm] *

義節 whole.some

whole *a.*完整的；-some易於…的。

字義 *a.* **健康的，適合衛生的，安全的，有生氣的。**

記憶 ① ［義節解說］完整無損→健康。粵人習慣的問候對答：「你好嗎？」答：「無穿，無爛，還好。」頗足解頤。

② ［用熟字記生字］health健康。

③ ［同族字例］whole完整的；heal痊癒；hello問候語（註：作者認為：此字實即「你身體好嗎？」。佐證：法國熟人間用salute作問候。等於「你好！」字根-sal也表示「健康」）；haloid海鹽（註：保證健康之物）；salt鹽（h→s通轉，因爲在西班牙文中x讀h音）；save安全的；salutary有益健康的，合乎衛生的；sound健康的；sanitation公共衛生。參看：hallow聖徒；hale強壯的，矍鑠的；husky強健的；hail招呼；salve救助；sane健全的；salubrious健康的。

with.er ['wiðə; 'wɪðɚ] *

字義 *v.* **（使）枯萎，（使）消亡，（使）衰弱。**

記憶 ① ［用熟字記生字］weather天氣，使經受風吹雨打，侵蝕。本字就是從這個字變來的。所謂「一年三百六十日，風霜刀劍嚴相逼。」花兒哪得不枯萎？

② ［形似近義字］wizened枯槁的，凋謝的。參看：wane衰退。

③ ［同族字例］wind風；ventilation通風；ether太空，氣氛，以太。參看：whet磨（快）。

④ ［音似近義字］fade枯萎，衰弱（f→v→w通轉；d→th音變）。

wiz.ard ['wizəd; 'wɪzɚd] *

義節 wiz.ard

wiz→wise *a.*智慧的，quiz *n.*怪人；-ard人。

字義 *n.* **男巫，奇才。**
　　　　a. **有魔力的，巫術的。**

記憶 ① ［義節解說］有大智者→奇才。

② ［對應字］參看：witch女巫。

③ ［同族字例］advise忠告，指導（註：使人更加wise一些）；wit智慧；wish希望。參看：quizzical古怪的（註：quiz→wiz；qu→g→w通轉）；bizarre古怪的（w→b通轉）。

④Z字母常有「怪異」的含義，例如：maze迷宮；amaze驚異的；muzzy迷惑的；puzzle謎；quizzical古怪可笑的；zombi回魂屍。

wont [wount; wʌnt, wont]

字義 *v./n.* **（使）習慣。**
　　　　*a.***傾向於。**

記憶 ① ［義節解說］wont可能來源於字根-vent-來到，其中w→v通轉。

② ［用熟字記生字］convention慣例，常規，習俗。

③ ［同族字例］conventional慣例的。參看：convene召集；unwonted不習慣的。

---

wreak [riːk; rik]

字義 *vt.* 洩（怒），露出（惡意），發（脾氣），報（仇）。

記憶 ① ［用熟字記生字］break打破，破裂→「破」開就要「出」來。

② ［疊韻近義字］leak洩漏。

③ ［同族字例］wrack破壞，毀滅；wreck毀壞，毀滅；wretch可憐的人；rack破壞，毀滅；rag破布，碎布。參看：ragamuffin衣衫襤褸的人。

---

wreat [rest; rest] *

字義 *n. / vt.* 扭，擰。

    vt. 奪取，費力取得。

記憶 ① ［用熟字記生字］wrist手腕→抓住手腕一擰→奪取。

② ［同族字例］wrestle角力（註：「扭」打）；wire金屬絲；divaricate（道路等）分岔；vortex漩渦；girt圍繞，佩帶（註：vir→wir→gir：v→w→g「通轉」。其中字母g與w的「通轉」，參看：gage挑戰）；girth圍繞，肚帶；girdle腰帶，束縛，圍繞。參看：vary改變，變化；prevaricate搪塞；veer改變方向；gyrate旋轉；gird佩帶，圍繞；environ包圍，圍繞。

③字母w的形狀好像是「扭彎」了的，由此引出字母組合wr有「扭彎，擰，絞」等含義。其他字例：wring擰，絞，勒索；wrench猛扭，急轉；writhe扭動，扭曲；wry扭歪的，曲解的…等等。

W

X

玄之又玄，眾妙之門。

　　這個字母的造型有著很深的神祕感。日本學人用計算機檢驗著名的《大預言》，就發現世紀末的星象會排成一個「黑色十字架」。這種排列的確很「怪」。

　　由於 X 讀音爲 [ks] 或 [gz]，有些用 X 拼寫的字已放在 S 一章中，請參看。

　　「通轉」：

　　字母 x 常因讀音相似而與字母 s，c，-ct，k，g，z 通轉。

眩暈的，
怪的

X

xan.thic ['zænθik; 'zænθɪk]

義節 xanth.ic

xanth黃色；-ic形容詞。

字義 *a.* **（帶）黃色的。**

記憶 ① ［用熟字記生字］yellow黃色的。

② ［同族字例］xanthin葉黃素；xanthous
黃色（人種）的；saffron橘黃色。參看：
sallow黃灰色的（s→x通轉）；jaundice
黃疸，偏見（jaun-→-xan-；j→x通轉。因
為在西班牙文中，j讀h音，而在某些西文
中，x也讀h音）。

xe.nog.a.my [zi'nɔgəmi; zɪ'nagəmɪ]

義節 xeno.gamy

xeno異，它，外國人；gam婚配；-y名
詞。

字義 *n.* **（植物）異株異花受精，（動物）
雜交配合。**

記憶 ① ［義節解說］異種相配。

② ［同族字例］-xeno-：xenograft異種皮
移植；xenophobic畏懼和憎恨外國人；
henotheism（信奉一個主神而又不否認
其他神的）單一神教（-xeno-→-heno-；
x→h通轉。西班牙文的x讀h音。例如：
DonQuix唐·吉訶德）。參看：hetero-
geneous異類的。-gam-：monogamy
一夫一妻制（mono-字首，表示「單
一」）；polygamy多配偶的（poly-字
首，表示「多」）；bigamy重婚（bi-
字首，表示「二」）；misogamy厭惡
結婚（miso-字首，表示「厭惡」）；
neogamist新婚者（neo-字首，表示
「新」）；endogamy內部通婚（endo-
字首，表示「內」）；exogamy異族
通婚（exo-字首，表示「外，異」）；
autogamy自體受精（auto-字首，表
示「自己」）；cryptogam隱花植物
（crypto-字首，表示「隱蔽」）；
geminate使成對，使加倍（字根-gem-

是字根-gam（o）-的變體）；Gemini
雙子座；bigeminal成雙的，成對的；
trigeminus三叉神經；gimmal雙連環。

xe.rog.ra.phy

[zi'rɔgrəfi; zɪ'ragrəfɪ]

義節 xero.graph.y

xero使乾燥；- graph刻，畫，寫；-y名
詞。

字義 *n.* **靜電印刷術。**

記憶 ① ［義節解說］乾法「寫」出。相對於
「濕法」用藥水顯影、定影而言。

② ［諧音］「全錄」影印機。

③ ［同族字例］xeroderma皮膚乾燥病；
xeransis乾燥，除濕；xerophyte旱生植
物。參看：serene晴朗無雲的，陽光燦爛
的（ser→xero乾燥；-ene…的）。

④ ［音似近義字］siccative使乾燥的。參
看：exsiccate使乾燥；desiccate使乾
燥。

⑤字母s常表示「吸液」。可能與「吸
液」時發出的「嘶嘶聲」有關。（把水
份）完全吸出→脫水。其他字例：sip
吸；suck吸吮 ；sack白葡萄酒；secco用
水和蛋黃、膠料等顏色的壁畫方式；sorb
吸收；absorb吸收；sup啜飲；siphon虹
吸…等。

xy.lo.graph

['zailəgra:f; 'zailə,græf, - graf]

義節 xyl.o.graph

xyl→sy木；-graph；刻，畫，寫。

字義 *n.* **木刻，木板印畫。**

記憶 ［同族字例］xyloid木質的；xylophone
木琴；salicylate水楊酸鹽（s→x通轉）；
salicin柳醇；willow柳（樹）。參看：silva
森林誌；sallow柳（枝）。

用木製造檻和窗臺，一般先要鋸成木條或

厚板，於是派生出下列各字（縮去了母音
i）：slab厚板；slat板條；slice薄片。又
引申爲「石板」，如slate（建築或書寫
用）石板；silcer薄片。參看：sill窗臺，
檻，基石。

X

相如消渴，文君賣酒。

　　Y 的字形，很像一株「成長」之中的小樹，也像一艘「遊艇」的俯瞰圖。如果一個人「渴望」著什麼，他會舉起雙臂問天，向天求告，一如 Y 的形象。Y 的讀音像「喂」，意味著：我有「話」要講。

　　「通轉」：

　　字母 y 常因讀音相似而與字母 i，j，g，u 等通轉。

Y 字母單字延伸字義

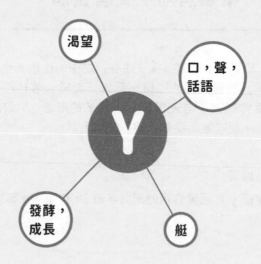

渴望

口，聲，話語

Y

發酵，成長

艇

yacht [jɔt ; jɑt] *

字義 *vt. / n.* （駕）快艇，（乘）遊艇。

記憶 ①本字可能是字根-ject-（彈處，彈射）的音變變體。這種艇的速度快，猶如「射」出來的一樣，類似的音變如：youth（青春）→juvenlie青少年的。

②［同族字例］yawl船載小艇（註：jolly-boat船載小艇）；eject彈出；inject注射。參看：yaw偏航。

③［形似近義字］jaeger獵鷗，獵人。語源上一般認爲本字來源於這個字。

yaw [jɔ ; jɑ]

字義 *vi.* （船或飛機）偏航，左右搖轉，越出航線。

記憶 ①［疊韻近義字］saw鋸→鋸齒形運動→左右搖擺。參看：zigzag成之字形。

②［同族字例］yank突然猛拉；jag顛簸（註：j→y通轉）；jiggle（輕輕搖晃）；joggle輕輕顛搖；juggler玩雜耍，耍花招；jink急轉；jar劇震；jounce顛簸；zigzag之字形（路線）（j→z通轉）。參看：jog輕推，輕搖，緩步走，顛簸地移動；jerk顛簸；yacht快艇；jolt顛簸，猛然一擊。

yawn [jɔːn ; jɔn] *

字義 *v. / n.* （打）呵欠。

    vi. 張開口，裂開。

    n. 裂縫。

記憶 ①本字可能從jaw（頜部，顎）變來。打呵欠時，顎部要張開。y→j通轉（參看：yacht快艇）。

②［同族字例］gap裂口（註：y→j→g通轉）；gill鰓，峽谷。參看：gape張口，打呵欠；gasp喘氣。

yearn [jəːn ; jɜn] *

字義 *vi.* 渴望，想念，嚮往。

記憶 ①本字可能來源於拉丁文jejuns斷食的，齋戒的，餓的，渴的（註：空腸而望食；jun→yearn；j→y通轉）。

②［用熟字記生字］earnest熱切的，誠摯的。

③［同族字例］「缺乏營養的」的一意：jejunum空腸；jejunitis空腸炎；jejunetomy空腸切除術。參看：jejune缺乏營養的，枯燥無味的，不成熟的。

④［形似近義字］urgent急迫的；urge強烈要求；yen渴望（註：源於中文「癮」）。

yoke [jouk ; jok] *

字義 *n.* 牛軛，軛狀物，（同軛的）一對牛（或馬）。

記憶 ①本字可能來源於ox牛。

②［同族字例］從「牛軛」引出「屈從」的含義：subjugate使屈服。參看：subdue使屈服。從「同軛之牛」引出「配對，夫妻」的含義：-zyg（o）-（字根）軛，成對，接合（y→z；k→g音變）；zygosis接合；zygodactyl對趾的。參看：conjugate結合，成對；uxorious溺愛妻子的（y→j通轉）。參看：yacht快艇；xenogamy雜交。「牛」的含義：yak犛牛。

③［形似近義字］urge驅策，推進。

yore [jɔː ; jor]

字義 *n.* 昔日，往時。

記憶 ①本字原意是：of year，應是year的變體。

②［用熟字記生字］yesterday昨天；years歲月。

③［同族字例］early早先的；era時代，

年代；ere在⋯之前；or（古用）在⋯之
前，比⋯更早。參看：hoary古老的。

Z

逃之夭夭，灼灼其華。

Z 可以用來描寫「Z 形」或漢字「之字形」的事物。

走 Z 字形的路夠頭暈的，加上 Z 的讀音濃濁含混，造成「眩，暈，怪」的印象。

Z 的讀音又像水滴濺在燒紅的鐵上所發出的「滋滋」聲，給人以「熱」感。使人感覺很有「活力」，虎虎有生氣。正如大家都知道的：zoo 表示「動物園」。

「通轉」：

字母 z 常因讀音相似和與字母 s，c，x，j 等通轉。

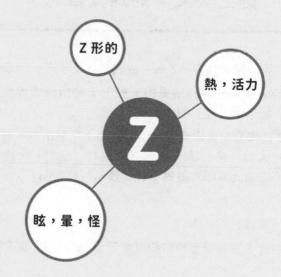

Z 形的

熱，活力

Z

眩，暈，怪

zeal [ziːl; zil] *

字義 *n.* **熱心，熱情，熱忱。**

記憶 ① ［用熟字記生字］jealousy *n.*忌妒，嫉妒（jeal→zeal；j→z音變通轉）；coal煤（-cal-熱；zeal→cal；z→s→c通轉）。

② ［同族字例］chauffeur汽車司機（原意是把機車燒熱發動的人）；chaudfroid肉凍，魚凍；chafing dish保溫鍋；calefy發熱；caustic苛性鹼（諧音：「苛士的」，會燒傷皮膚）；calorie卡（熱量單位）；caldron大鍋；recalescence（冶金）再熱；caudle病人吃的流質；chowder魚羹；calenture熱帶的熱病；zealot熱心者，狂熱者。參見：culinary廚房的，烹飪（用）的；caloric熱（量）的；scorch燒焦；chafe磨擦，擦熱，（使）焦躁，發怒；nonchalant冷漠的；scald燙傷。

zen.ith [ˈzeniθ,ziː-; ˈziniθ] *

義節 zen.i.th

zen→sen高，老；-th名詞。

字義 *n.* **天頂，（幸運，繁榮，權力等）頂點。**

記憶 ① ［義節解說］本字是senit的誤音。字根-sen-表示「長，高，老」。例如：senior地位較高級的，年長的。

② ［形似近義字］summit頂點，最高官階。

③ ［對應字］參看：nadir天底，最低點。

④ ［同族字例］senate參議院；senator參議員；senile老邁的。

zest [zest; zɛst] *

字義 *vt. / n.* **(給…加) 香味，(給…添) 風趣，(給…增) 興趣。**

記憶 ①參看：jest俏皮話，玩笑，戲謔。本字可能由此字變來，j→z音變通轉。

② ［用熟字記生字］joke笑話，玩笑。

③ ［音似近義字］yeast發酵，動機。

④ ［同族字例］jeer開玩笑；josh玩笑。參看：jocose開玩笑的；jocular喜歡開玩笑的；jest（說）笑話，開玩笑。

zig.zag [ˈzigzæg; ˈzigzæg]

義節 z.ig.zag

z字母z；ig形容詞；zag重疊前面的聲音。

字義 *a. / n.* **之字形 (的)，Z字形 (的)，鋸齒形 (的)。**

記憶 ① ［義節解說］Z字形的。英文常用變換母音的辦法，造成疊字。中文更有大量此類連綿字。如「琳瑯」。

② ［疊韻似近義字］rigrag鋸齒形的。

③ ［音似近義字］jigsaw鋸曲線機；jag鋸齒狀的凸出部。

④ ［同族字例］jag顛簸（j→z通轉）；jiggle輕輕搖晃；joggle輕輕顛搖；juggler玩雜耍，耍花招。參看：jerk猛推；jog輕推，輕搖，緩步走，顛簸地移動。

zoom [zuːm; zum]

字義 *vi.* **(飛機) 陡直上升，(開支，銷售額等) 激增。**

　　　　n. **(照相機) 變焦鏡。**

記憶 ①本字可能是從字根-sum-（累加）變來，其中s→z通轉。

② ［用熟字記生字］summit頂點，最高峰；jump跳，躍（j→z通轉；zoom就是jump up之意）。

③ ［疊韻似近義字］boom激增；bloom突然激增；loom赫然聳現。

④ ［形似近義字］-zym（o）-（字根）發酵，酶（發酵，體積會「激增」）；zymotic發酵的；enzyme酶；juice果汁；jam果醬，擁擠。

Z

Memo

Memo

Memo

Memo

新版TOEFL‧GRE必考字彙活記字典/張宇綽著.
-- 二版. -- 臺北市：笛藤出版, 2021.07
　面；　公分
ISBN 978-957-710-825-8(平裝)
1.英語 2.詞典
805.132　　　　　　　　　　110011189

2021年8月23日　二版第1刷　定價650元

著　　　者	張宇綽
編　　　輯	鄒翠華
編 輯 協 力	袁若喬‧斐然國際事業有限公司
美 術 設 計	王舒玕
總 編 輯	賴巧凌
編 輯 企 劃	笛藤出版
發 行 人	林建仲
發 行 所	八方出版股份有限公司
地　　　址	台北市中山區長安東路二段171號3樓3室
電　　　話	(02) 2777-3682
傳　　　眞	(02) 2777-3672
總 經 銷	聯合發行股份有限公司
地　　　址	新北市新店區寶橋路235巷6弄6號2樓
電　　　話	(02)2917-8022‧(02)2917-8042
製 版 廠	造極彩色印刷製版股份有限公司
地　　　址	新北市中和區中山路二段380巷7號1樓
電　　　話	(02)2240-0333‧(02)2248-3904
郵 撥 帳 戶	八方出版股份有限公司
郵 撥 帳 號	19809050

T
O
E
F
L
・
G
R
E

必考字彙
活記字典